爝火集

中国左翼文学论丛

胡从经 / 著

上海文艺出版社

谨以此册纪念

中国左翼作家联盟成立九十周年（1930～2020）

暨其麾下奉献青春乃至生命的前驱者

目　录

中编　作品蠡测

甲、创作试析

乙、名篇评骘

下编　辙痕初揆

甲、战绩不灭

乙、刊林撷华

外编　簿录草纂

序

鲁迅曾说:"中国的无产阶级革命文学在今天与明天之交发生,在污蔑与压迫之下滋长,终于在最黑暗里,用我们的同志的鲜血写了第一篇文章。"(《二心集·中国无产阶级革命文学和前驱的血》)继而强调:"中国无产阶级革命文学的第一页,是同志的鲜血所记录,永远在显示敌人的卑劣的凶暴和启示我们的不断的斗争。"(同上)正是鲁迅及其领导的中国左翼作家联盟在上世纪三十年代(1927~1937)所发动与拓展的中国无产阶级革命文学运动,培育与锻冶了一支强劲的文化新军,显示与呈现了坚实而多彩的左翼文学实绩,启蒙与感召了无数青年奔赴革命阵营,击溃与粉碎了严酷的"文化围剿",从而创造了旷世奇勋。毛泽东高度评价了左翼文艺运动,认为"这个文化新军的锋芒所向,……其声势之浩大,威力之猛烈,简直是所向无敌的。"(《新民主主义论》)

正是由于鲁迅暨众多文化前驱者的精神感召,我青年时代倾注全付精力与热诚投入中国左翼文学研究之中。史的研究必须从实证出发,不然必将落入公式化、概念化的窠臼,所以首先沉埋于历经禁毁复遭岁月洗汰而零落不堪的左翼文学史料的搜寻、蒐集中,爬罗剔抉,斫榱觅桷,涓滴不弃,锐意穷搜,奠定了迈进研究之门的丰盈的史料基础。亦正是在尽可能占有第一手资料的制高点上,方能俯拾皆是、游刃有余地撰述有关中国左翼文学的综论或分论。可以毫无愧疚地说,不佞是当年中国左翼文学研究中最勤勉、最执着的一员,成果亦非他人所可比肩。

时值中国左翼作家联盟成立九十周年纪念的日子即将降临,我认为上海不仅是"左联"的诞生地,而且是当年文艺战线两军对垒的主要战场,应对"左联"彪炳千秋的功勋有所忆念、有所弘扬,故而不揣谫陋,将历年所作有关中国左翼文学研究的论文、评述、札记略加厘别,分门别类,归纳订正,整理成册,拟交我的"娘家"——上海文艺出版社出版。此处说句题外话,就全国范围而言,上海文艺出版社也是推出中国左翼文学研究资料和研究成果的重镇,早在上世纪六十年代初,当时中央分管宣传的周扬先生就指令社里影印中国左翼文学刊物,籍此保存与流播珍罕的文学史料;"中国现代文学研究丛书"、"中国现代作家研究丛书"出版计划,大力推动了鲁迅与左翼文学研究;《中国现代文学资料丛刊》、《文艺论丛》、《鲁迅研究集刊》等刊物为中国左翼文学研究提供了园地;《中国新文学大系》影印与重编,全面而系统地展现了中国左翼文学理论和创作从幼稚走向成熟的轨迹……所以我认为上海文艺出版社在倡导与推动中国左翼文学研究方面是功不可没的。于此也深切怀念为此付出辛劳的蒯斯曛、丁景唐诸前辈。

言归正传,兹将《爝火集》的内容简述如下:

全书稿厘为上、中、下、外四编,依次题名为"作家管窥"、"作品蠡测"、"辙痕初揆"、"簿录草纂"。

上编"作家管窥"甲"作家考论",辑入研究鲁迅及叶紫、柔石、洪灵菲、彭家煌、蒋光慈、东平、冯铿、冯宪章、天虚、李伟森等论文十二篇。

鲁迅是中国左翼文学运动的旗手,当然不可或缺。窃以为鲁迅对左翼文学的贡献主要在两方面:他以杂文、小说等创作丰实与彰显了左翼文学的实绩,并为左翼作家创作树立了足堪仿效的圭臬;他以自己的血乳哺育、引导了广大的文艺青年,选就了大批的新的文化新军。关于后者,我以《鲁迅与中国新文化》为题予以阐发,已撰述专著交由人民出版社出版。本书二篇有关鲁迅的论文,主要论述鲁迅与中国杂文运动、新诗运动的关系。

其他的左翼作家论,竭力做到不依傍承袭,有所创获。例如三万言的《叶紫论》,却是十年资料积累、殚思竭虑的结晶,蒐集了倍于已知叶紫作品的佚文,并用以编纂了堪称最完备文本的二卷本《叶紫文集》(湖南人民出版社出版);叶紫是鲁迅悉心培养且寄予厚望的左翼新进作家,必须对其创作道路作一科学的论析,批驳了当时某些论者将叶紫代表作诬为"人性论的标本"的谰言,以及强加的所谓"宣传资产阶级人性论和人道主义思想"的谬论。《柔石文学轨迹初揆》于我而言也是精心结构之作,其中我认为某前辈学者对柔石的作品有曲解和误读,亦本着"吾爱吾师,但更爱真理"的态度,据理力争,纠正谬误,虽然引起他的不快亦在所不惜。洪灵菲、彭家煌、东平、天虚、冯宪章等左翼作家,在现代文学研究领域,应该是以上论文是对他们较早和较全面的论析,可能稚拙,但绝不悔其少作。

上编"作家管窥"乙"陨星素描",是对罗黑芷、刘一梦、顾仲起、征夫、温流、胡洛、韩起等早夭的左翼作家和牺牲的文化战士的评述和速写,他们为新兴的左翼文学事业贡献了鲜血和生命,不应忘却这些拓荒者和前驱者,因为正是他们的牺牲,构筑了今天文学事业的基石。

中编"作品蠡测"甲"创作试析"中辑入了对殷夫、郁达夫、柏山、潘漠华等左翼作家或一体裁、或一时期作品的评析,另有关于香港著名学者陈君葆日记的评骘,认为从中足可窥见新文学乃至左翼文学在香港萌生、发展的轨迹。

中编"作品蠡测"乙"名篇评骘"则是对鲁迅、瞿秋白、柔石、蒋光慈、黎锦明、蒲风、张天翼、冯宪章、钱杏邨、李南桌等作家、评论家或一作品的分析与评介,妄图从上述个案的评析中窥探左翼文学创作的若干侧面。

中编"作品蠡测"丙"繁星掇拾",钩沉了茅盾、郁达夫、郭沫若、艾青、胡也频、叶紫、徐志摩等的若干佚文逸诗,可能对左翼文学研究有所裨益。

下编"辙痕初揆"甲"战绩不灭",本辑大多从纵向史述勾勒左翼文学某一侧面、某一类别、某一体裁的发展轨迹,诸如左翼十年反文化"围剿"的战绩、中国现代历史小说发展简史、中国革命儿童文学发展简史,以及1930年代香港新文化(含左翼文学)发展简史等,以及"左联"东京分盟的文献巡礼。

下编"辙痕初揆"乙"刊林撷华",则是对比较珍罕的左翼文学刊物的辑逸钩玄,其中有《木屑文丛》、《春雷文学周刊》、《榴花诗刊》、《白华》、《无名文艺》、《盍旦》、《百灵》等,以及对立面的刊物《声色》。

下编"辙痕初揆"丙"木运轨迹",全系鲁迅倡导的木刻运动的介绍与评述,其中有鲁迅编选与作序的《一八艺社习作展览画刊》、《木刻纪程》、《无名木刻集》、《全国木刻联合展》等,以及鲁迅哺育的木刻青年所编的刊物《现代版画》,创作的木刻连环画《〈阿Q正传〉画集》,编撰的木刻理论《木刻创作法》等。

下编"辙痕初揆"丁"译丛选萃",即左翼翻译文学史话,向国人介绍域外革命的、进步的理论和创作,是中国左翼文学战斗的一翼。文艺理论方面有鲁迅主编的《戈理基文录》、冯雪峰主编的《科学的艺术论丛书》、任国桢编译的《苏俄的文艺论战》等;另外鲁迅、瞿秋白、柔石、曹靖华、戴望舒、艾思奇等译介了大量的国际无产阶级革命文学的优秀作品,以供中国左翼文学用作"他山之石"的观摩和借鉴。此外,尚有阐述或一作家、或一作品在中国流播始末的专题文章。

外编"薄录草纂"则是目录学方面的编纂,其中有重要左翼作家的年谱和著作编目,有现代诗刊目录,有关于香港现代文学的若干资料。

以上四编文字,是不佞在中国左翼文学研究领域所获取的成果,效绩菲薄,本不足观,但毕竟是数十寒暑孳孳矻矻的心得,所谓"敝帚自珍",厘剔成册,希望流布。鲁迅在浓暗中曾愤懑于左翼文学的遭受压制、封禁,左翼作家的遭受囚禁、屠戮,但满怀希冀地预言道:将来总会有说起他们的时候;今日早已到了鲁迅所言之"将来",谨以此一束小花敬献给彪炳千秋的中国左翼文学运动和她的前驱者们!虽稍嫌苍白,但绝对真诚。

值得庆幸的是,我当年有机会向中国左翼文学运动的参与者请益,亲聆他们的诲导和训示,其中有茅盾、阿英、李一氓、夏衍、周扬、沙汀、夏征农、成仿吾、匡亚明、冯乃超、艾青、李守章、于伶、曹靖华、林淡秋、楼适夷、钟望阳(苏苏)、许傑、贾植芳、王冶秋、李何林、李霁野、林焕平、凌鹤、任钧、王西彦、陈残云、孟超、聂绀弩、黄源、周立波、蒋牧良、魏金枝、唐弢、李桦、新波、赖少其、江丰、刘岘、张望……等,他们均已作古,笺笺小册,亦谨敬献于以上中国左翼文艺的前驱者之灵。

是为序。

作者
戊戌仲秋于柘园

上编 作家管窥

甲、作家考论

蕊珠如火一时开

——试论鲁迅杂文的渊源及与中国现代杂文运动的关系[*]

鲁迅的杂文是中国文化史上一个特异的文学现象,充分认识它在中国思想文化乃至整个历史进程中所起与将起的影响和促力,还有待于时日;但是,在中华民族数千年文明史中,还没有任何个人创作的文学作品产生过如此浩大的威力与魅力,则是肯定的。鲁迅杂文作为鲁迅学中一个重要课题,已经成为并将继续成为鲁迅研究者攻伐钻研的重心之一。本文不揣浅陋,仅就以下相互关联的两方面作若干探究:一是关于鲁迅杂文的渊源问题,因为鲁迅杂文绝非无源之水、无本之木,而是丰腴深厚的民族文化的沃土所养育的奇葩,诚如刘勰所揭示的:"先博览以精阅,总纲纪而摄契,然后拓衢路,置关键,长辔远驭,从容按节,凭情以会通,负气以适变"(《文心雕龙·通变》),鲁迅正是渊博精深地汲取了古典文学的精英,然后熔铸锻冶、开拓新域,创立了杂文这一新文体;一是关于鲁迅在拓展中国现代杂文运动中的地位与作用问题,元代诗人马祖常咏榴花诗云:"只待绿阴芳树合,蕊珠如火一时开",移来比拟由鲁迅倡导与催发而芃然勃兴的杂文运动倒颇为贴切,不过所要说明的是,中国现代杂文运动是如何在鲁迅的耕耘莳刈下,才绽放得"红华绛采,焰烈泉石",汇成一片无垠而炽烈的榴火的呢?

一、鲁迅杂文是对民族文化乃至世界文化有所承传、有所择取的结晶

在中国文学发展的长河中,文体的演变繁衍,代有嬗递。检视《文选》

---

* 本文为1981年9月在北京召开的"纪念鲁迅诞生一百周年学术讨论会"上的发言,稍后获上海社会科学研究优秀论文奖。

（萧统编）、《唐文粹》（姚铉编）、《宋文鉴》（吕祖谦编）、《元文类》（苏天爵编）、《明文衡》（程敏政编）、《国朝文录》（姚椿编）等断代的选本，大致可以窥见文体演化的轨迹，也可得睹某些赋有独创性的大作家在文体开创方面的开山作用。中国文学史的二十世纪篇章，必然要着力记录与论述鲁迅创造、促进、推广杂文这一新文体的不平凡的文学现象。

关于鲁迅杂文的独创性，师事鲁迅、相契弥深的冯雪峰有以下一段阐释：

> 鲁迅先生独创了将诗和政论凝结于一起的"杂感"这尖锐的政论性的文艺形式。这是匕首，这是投枪，然而又是独特形式的诗！这形式，是鲁迅先生所独创的，是诗人和战士的一致的产物。自然，这种形式，在中国旧文学里是有它的类似的存在的，但我们知道旧文学中的这种形式，有的只是形式和笔法上有可取之点，精神上是完全不成的；有的则在精神上也有可取之点，却只是在那里自生自长的野草似的一点萌芽。鲁迅先生，以其战斗的需要，才独创了在其本身是非常完整的，而且由鲁迅先生自己达到了那高峰的独特的形式。[1]

冯雪峰进而认为，侪身于世界文学名著之列而毫无愧色的鲁迅杂文，不仅是"中国民族文学的奇花"，而且是"世界文学的奇花"，这也并非是过誉之辞。我们要探究的是，这璀璨的"奇花"，以何等新的因素丰实了中国乃至世界文学呢？

首先，我们认为鲁迅所创造的杂文这一新文体，并不是天赋的神来之笔，更不是与海盗船俱来的舶来品，而是在丰厚的民族文化的沃土中所萌蘖滋长的花木，但是，又不是单纯的模仿与依傍，却是创造性的承继与发展。

追溯一下鲁迅从事文学活动初期所接受的影响，将是不无意义的。青年鲁迅所最尊崇的启蒙导师是章太炎，在政治、哲学、文学诸方面都曾师承与追随。鲁迅后来曾称许章太炎为"提倡种族革命"的"活的纯正的先贤"（《花边文学·趋时与复古》），赞颂其当年不愧为"后生的楷范"，同时还追述了自己从仰慕到问学太炎先生的始末，说明自己青年时代师奉章太炎，是"为了他是有学问的革命家"（《且介亭杂文末编·关于太炎先生二三事》）。

---

[1]　《鲁迅与中国民族及文学上的鲁迅主义》。见湖南人民出版社版《鲁迅的文学道路》第二七页。

事实上,章太炎正是影响青年鲁迅世界观的确立以及走上革命道路的关键人物,鲁迅其时在思想乃至文字上都接受了章的陶冶。

章太炎是一个"有学问的革命家",尝熔中西学说于一炉而发为新义;其学养的渊博和思想的繁杂,在清季的革命先行者中也是仅见的。我们主要考察一下鲁迅问学章太炎前后,作为先哲及师长的这一启蒙思想家对于青年鲁迅此后文学道路的影响。

章太炎于一九〇七年在东京主持《民报》,积极鼓吹种族革命;鲁迅作为一个清国留学生,当时就"爱看"《民报》,为读章太炎抨击保皇派"所向披靡"的"战斗的文章"而"神旺"。正式听太炎先生讲学是在一九〇八年,据许寿裳《纪念先师章太炎先生》回忆:"民元前四年(一九〇八),我始偕朱蓬仙、……周豫才、启明昆仲、……前往受业。"同往受业的朱希祖在《口授少年事迹》中回忆:"丁未,始与钱玄同、马幼渔、沈兼士、周豫才、周启明、许季黻等受业于本师,常至民报社,别在大成学校请本师讲授经学及音韵训诂之学,常至师寓请益。"又据北京图书馆藏《朱希祖日记》手稿,其中一九〇八年度有章太炎讲学记录,自四月四日起至十月底,除讲授《说文》、《尔雅》而外,还于八月五日至二十日插讲了《庄子》。

章太炎在对鲁迅等学生授业时,于诸子百家之中仅讲《庄子》是不无因由的。同人撰有《庄子解诂》,明年连载于《国粹学报》,在自志中写道:"余念《庄子》疑义甚众,会与诸生讲习旧文,即以己意发正百数十事,亦或杂采诸家,音义大氐备矣。"可知是根据给鲁迅等授课的讲义整理为文的。当时章太炎对《庄子》非常推重:"若夫九流繁会,各于其党,命世哲人,莫若庄子",甚至认为"以视孔墨,犹尘垢也"。一九一〇年又撰《齐物论释》,对这一阐发《庄子》的著作,章太炎也自视很高,于《自述学术次第》中认为是自己中年之后所作的"精要之言",可谓"一字千金",并说:"佛法虽高,不应用于政治社会,此则惟待老庄也。儒家比之,邈焉不相逮矣。"类此极力推崇庄子的言论还在在可见,如《菿汉微言》中说:"释迦应之,故出世之法多详于内圣,……孔老应之则世间之法多而详于外王,兼具二者,厥为庄生。齐物一篇,内以疏观万物,……外以治国保民"。甚至还与民族民主革命联系起来阐扬,如在《齐物论释》的《后序》中强调说:"齐物者,一往平等之谈",把它作为"博爱大同"思想的滥觞。综而言之,章太炎在日本鼓吹革命的这一历史时期,基于为资产阶级民主革命运动服务的目的,必须竭力破坏、贬抑在中国封建社会中绵亘数千年的儒教形象,动摇孔丘的圣人地位,故而把庄周奉为中国古代思想家的典范,竭力崇扬《庄子》,授之以课,发而为文,鲁迅不能不受到强烈的震撼与影响。

鲁迅从章太炎那里所受到的庄子哲学思想的影响,我们姑且略去不谈,侧重窥测一下在文学方面的浸淫与薰陶。

鲁迅后来在《汉文学史纲要》中揭示了庄子"尤以文辞,陵轹诸子"的先秦散文代表作家的地位,盛赞其"文辞之美富",并以感佩的口吻强调指出:"其文则汪洋辟阖,仪态万方,晚周诸子之作,莫能先也"。庄周作为中国先秦散文艺术造诣最高的大作家,创造了一种翱翔天宇,驰骋八方,纵横排宕,雄伟奇丽的新文体,鲁迅是十分倾倒的。庄子的文笔在历代的文学批评中常被评骘为"汪洋恣肆"和"恢诡谲怪",而这主要表现在意境的开阔和想像的丰富上。凡日月星辰,风雨雷电,天神地祇,飞禽走兽,鲲鹏雀鸴,鱼龙虾鳖,以及海市蜃楼之景,子虚乌有之境,都纷纷奔聚在庄子的笔端,倾泄于庄子的腕下,显现了浓郁的浪漫主义色彩,其想像力的丰富、表现力的绚烂,在先秦诸子中是仅见的。清人钱树在《〈庄骚读本〉序》中说:"此犹春和夏舒之景,忽变而为严霜烈飙;平川广野之区,忽变而为洪涛峭壁。不如此不足以尽天地之大观而无憾也。"这段评语着重凸出了庄子文笔的腾挪跌宕、绚丽多姿,而这也正为鲁迅所取法。

郭沫若在《庄子与鲁迅》中说:"感觉着鲁迅颇受庄子的影响",论据罗列了:"因为鲁迅爱用庄子所独有的词汇,爱引庄子的话,爱取《庄子》书中的故事为题材而从事创作,在文辞上赞美庄子,在思想上也不免有多少庄子的反映,无论是顺是逆。"随之列若干例证,这当然有助于我们加深对这一命题的认识,然而关于鲁迅承继与借鉴庄子的艺术表现手法方面则语焉不详,今试就以下方面蠡测一二:

关于鲁迅杂文的艺术特征,较早揭示的有何干之的"理论形象化"(《鲁迅思想研究》,一九四〇年)、巴人的"思想之形象性的记述形式"(《论鲁迅的杂文》,一九四〇年),而这种议论的形象化,正是鲁迅杂文艺术感染力的主要来源之一。《文心雕龙·神思》篇云:"神用象通,情变所孕。物以貌求,心以理应。"中国古典文论早就揭示了作家的思想渗透于形象来表露的真谛,庄子正是借助于形象来阐述自己思想的能手,他胸襟开阔,想像无垠,既创造了击水三千里、扶摇九万里的大鹏形象,也创造了与之相对比的蜩、学鸠、斥鴳等渺小卑微的形象,其想像的奔驰,正如陆机的《文赋》所说的:"精骛八极,心游万仞";鲁迅在胸襟气魄的廓大方面,由于时代的不同,应该说比庄子显得更为恢宏,他的杂文中许多具有典型性的形象描述,同样是令人叹为观止的,例如,鲁迅把舍生取义、为民请命的忠义之士称为"中国的脊梁",我看找不到更贴切、更生动的比拟了;而把那些蝇营狗苟之徒,数典忘祖之辈,洋奴西崽之流,正人君子之帮……,则比拟为"带铃铎的山羊","媚态的猫",哼哼发议论的"蚊子",以及"叭儿"之类。寥寥数笔,神形酷肖,勾魂摄魄,穷形极相,大有"笼天地于形内,挫万物于笔端"(陆机:《文赋》)的气势与腕力。我们回过头来检视《庄子》的篇什,他也把与自己论战的宵小比拟为虫豕禽兽,例如把醉心功名利禄之徒比喻为专吃"腐鼠"的"鸱",把苟且偷安、逐炎附势的人比喻为寄居于老母猪裆间胯下的"豕虱"等等。于此,我们可以明显看出鲁迅杂文正是从《庄子》等文学遗产中得到借鉴,并推进了以鲜活生动的形象比附来臧否人物、鞭扑论敌的手法。

鲁迅曾称《楚辞》中的《天问》是中国神话的"渊薮",那末,道家的《庄子》、《列子》等典籍似乎也可称为中国寓言的渊薮。《庄子》中引伸与创造了许多涵意深刻、譬喻生动的寓言,如"蛮触之争"(见《杂篇·则阳》)借各占蜗牛一角的蛮触二国无休止攻战的寓言,以表示对于战国时期各国为了争城夺地、荼毒生灵的不义战争的厌恶;"庖丁解牛"(见《内篇·养生主》)借庖丁熟能生巧、游刃有余的故事,来说明业精于勤与掌握客观规律的重要;《疴瘘承蜩》(见《外篇·达生》)借老丈捕蝉无往而不得的奇蹟,来表达惟有专心一志、锲而不舍才能达到自由境界的道理;数此的寓言在《庄子》中比比皆是,当然这些寓言都是为了阐释所谓"道"而发的。然作为一种有力的艺术表现手段,鲁迅是珍视并借重的;他的杂文中所擅长运用的譬喻,包括隐喻、明喻、借喻以及拟人化手法,都是与中国古典寓言有血缘关系的承继与发展。鲁迅还把古代寓言称之为"大林深泉",认为足可滋润后世的艺文。他曾捐资梓刻《百喻经》,后又为排印本的《痴华鬘》撰写《题记》,还绍介辑录有大量古代寓言的明徐元泰编纂的《喻林》,对于琳琅满目、美不胜收,鱼乐蝶梦、靡不具备的《庄子》中的寓言更是摩挲再三、运用自如,例如见于《庄子》的《内篇·大宗师》及《外篇·天运》的"涸辙之鲋"的寓言,就曾先后在杂文《我要骗人》、《〈译文〉复刊词》,致叶圣陶的信,《〈题芥子园画谱〉三集赠许广平》的诗中都引用过,均是信手拈来,聊加点染而赋以新义,或象征友谊,或吟咏爱情,皆给人以鲜明的印象,既深入浅出,又感人至深,可见鲁迅对于庄子寓言的欣赏、娴熟与驱遣自如。《庄子》的《杂篇·寓言》中所谓"谬悠之说,荒唐之言,无端崖之词"的"寓言",目的无非在于"明经见道";

鲁迅杂文借寓言中所欲谕扬的"经"、"道",当然赋予了新的时代的涵意,其崇高的境界是任何古人所不能企及的;而借助神话故事、寓言警句、历史掌故、故老传言等比拟手段来加强艺术感染力,这一中国古典散文表现手法的精义,鲁迅是深得此中三昧并在杂文中运用得十分得心应手的。

庄子的笔力雄健酣畅,无论状物写情都能声态并作,比起同时代那种质直、浅露、平正、艰涩的诸子文章富有更高的文学性,不仅长于抒情,而且善于讽刺。这种讽刺文字形同利刃,能把对象的特征刻划得惟妙惟肖,例如《杂篇·外物》中"儒以诗礼发塚"一节,盗墓的腐儒竟然假借《诗经》中:"青青之麦,生于陵陂。生不布施,死何含珠为?"的章句,来作为盗取死人口中含珠的凭借。这种表面不动声色,实则入木三分的讽刺,把儒者道貌岸然的假面剥蚀已尽。鲁迅杂文的讽刺艺术更锻冶到犀利无比的程度,总结了包括《庄子》在内的古典遗产中的诸如"婉而多讽"、"刻露而尽相"、"幽默而含讥"以及"并写两面,使之相形"等讽刺手法,而且廓大了所讽刺的社会相的容量与深度,甚至把讥刺的锋芒投向最高统治阶层乃至独夫民贼本身,或者代表黑暗的社会集团,以及觊觎中国的侵略势力,这些都是古典文学的讽刺所不能比肩的。

《庄子》具有"寂然凝虑,思接千载;悄焉动容,视通万里"(《文心雕龙·神思》)的浪漫主义瑰伟奇丽的色彩,它以奔驰的想像,奇诡的意境,浩瀚的气势,魅人的形象,流丽的文笔,舒卷的格调,给予后世文学以深长的影响。鲁迅从问学章太炎起爱赏《庄子》以至终生不渝,主要在于它的"文采",对于庄子所宣扬的主观唯心主义和虚无思想,鲁迅即使在早期也并不苟同、盲从,斥之为"毒";晚年更持批判与否定的态度,反对推荐《庄子》给青年阅读。但是也毋庸讳言,庄子汪洋恣肆、笔走龙蛇的文采,对鲁迅创造杂文这一新文体是有所稗益、有所借镜的;鲁迅杂文议论的形象性,可以说部分也得之于《庄子》的滋润。

上海图书馆藏有章太炎一九一三年所撰《自述学术次第》手稿,其第五节记有:"余少已好文辞,……三十四岁以后,欲以清和流美自化,读三国、两晋文辞,以为至美,由是体裁初变。"并强调说,"吴魏之文,仪容穆若,气自卷舒,未有辞不逮意,窘于步伐之内者也。"查章太炎三十四岁为一九〇一年,正是他开始为革命奔走呼号之时,因为从实践中感受到清季盛行的"选学派"文章"局促如斯","桐城派"的文章又"务为曼衍",都不适于作挥斥格斗的政论,于是感到"夫王弼、阮籍、嵇康、裴颜之辞,必非汪、李所能窥也。"对魏晋文章的推重，屡屡见于章的言论之中，直至一九二五年作《国学讲演记录》，其中谈及"文学的派别"时认为魏晋时"文体大变，一改两汉壮美之气，而为优美风致之文，令人读之逸趣棋生"。另在《国故论衡·论式》中更说："魏晋之文，大体皆坤于汉，独持论仿佛晚周，气体虽异，要其守已有度，化人有序，和理在中'孚尹旁达，可以为百世师矣。"章的得意门生黄侃作《国故论衡赞》也推崇其师"持论议礼，尊魏晋之笔"，这确乎为知音之言。形式是为内容服务的，章太炎正是着眼于魏晋文章不拘于旧说，不囿于陈式，于是在中国古典文体的武库中选取了这一最宜于论辩，最擅于驳难，最长于攻战的文体——"魏晋之文"，从而写下了洋洋洒洒的在中国近代思想启蒙史上所向披靡的文字，以《驳康有为论革命书》《邹容革命军序》等力作振聩作狮子吼，给当时的革命青年以剧烈的震撼。

鲁迅正是从所师奉的章太炎的"战斗的文章"中感受了魏晋文章的格调与威力，又从章对魏晋文章的倡道中诱发了研习的志趣，这些都影响到鲁迅自己的文章风格，对后来杂文这一新文体的创立也有甚大的作用。当时，青年鲁迅一方面从西方积极浪漫主义的海涅、拜论、雪莱等"摩罗诗人"那里获取精神力量，寻求"立意在反抗，指归在动作"的"伟美之音"；一方面则从民族文化遗产中发掘足以发扬踔厉，敢于与"温柔敦厚"的"诗教"挑战，即所谓"刚健不挠，抱诚守真"的"雄声"。而魏晋文学的代表作家如嵇康等所显露的"争天拒俗"的叛逆精神，必然会引起青年鲁迅的注目与共鸣。

鲁迅杂文与魏晋文章的因缘关系，从鲁迅对《嵇康集》的校勘来考察也可见端倪。从一九一三年起，曾先后七次校订《嵇康集》，并撰有《〈嵇康集〉序》、《〈嵇康集〉考》、《逸文考》、《著录考》等。鲁迅对于嵇康著作的辑逸、考订所耗费的精力，在他的古典作家研究中居于首位。鲁迅除赞赏嵇康的"非汤武，薄周孔"的胆识及魄力而外，也倾心他文章所赋有的高屋建瓴、势如破竹的气势与锋芒。鲁迅在《〈嵇康集〉考》中指出："康文长于言理"，这是极中肯的评价，如《与山巨源绝交书》，是嵇康公开与司马氏集团决裂的宣言，行文骈散相间，起伏有序，结构严密，浑然无隙。这种放言无惮地对窥伺篡位的司马氏的抨击，表露了嵇康鄙薄纲常礼教、功名利禄的强烈个性，而且文如其人地作了自由纵恣而复说理缜密的抒发与驳难，机锋犀利，挥斥劲遒。而这种新颖脱俗的文风正是为他的反传统反因循的思想内涵服务的，故而鲁迅指出："嵇康的论文，比阮籍更好，思想新颖，往往与古时旧说反对"（《而已集·魏晋风度及文章与药及酒之关系》）。事实上也正是如此，嵇康对当时统治者所崇奉的儒家的"诗书礼乐"作了勇猛的排击。除了许多"离经叛道"的言论而外，还有直接戟指最高统治者的"狂悖之言"，如在《太师箴》中无畏地写下："凭尊恃势，不友不师，宰割天下，以奉其私"，对"昔为天下，今为一身"的"居帝王者"进行了直接的斥责，这种不惧斧钺的嶙峋风骨，很为鲁迅所折服与神往。许寿裳曾回忆说："鲁迅对于汉魏文章，素所爱诵"，尤其称许"嵇康的文章"，这是合乎事实的。鲁迅也曾注意到嵇康因为擅长论战，"藻艳盖非所措意"，不过康文的理胜辞弱、文采稍逊也是相比较而论。嵇康愤世嫉俗的孤傲品性必然影响到他文章的风格，既桀骜不驯，词意急切，也秀逸清奇，不同凡俗，《文心雕龙·明诗》篇云："嵇志清峻"，钟嵘《诗品》也说他"过于峻切"。看来鲁迅是同意这样的评析的，他自己在概括以嵇康为代表的魏晋文章的特点时列有二条：一是"清峻的风格"，亦就是"文章要简约严明的意思"；另一是"尚通脱"，也就是"能充分容纳异端和外来的思想"。这种"清峻"、"通脱"的特点，与鲁迅剖析自己的思想"有时很峻急，有时又很随便"的状况，是有相通或近似之处的。鲁迅早年在《摩罗诗力说》中张扬我国优秀古典文学遗产中那种"放言无惮，为前人所不敢言"的精神，也可以说是魏晋文学的特色；魏晋文学之所以形成这样的特色，是与当时思想通脱，废除固执，以致孔教以外的思想源源引入的时代风尚分不开的。而这样的时代风尚，实际上是一次思想解放运动的产物，是对西汉以来"罢黜百家，独尊儒术"的反动。魏晋玄学的兴起，形成了"儒墨之学见鄙"的现象，魏初荀粲甚至认为传世的六经不过是"圣人之糠秕"，对于禁锢思想的儒教的怀疑与否定，使文学解除了桎梏发展的精神伽锁，从而获得了空前繁盛。鲁迅在青年时代接受章太炎的薰陶与诲导，对魏晋文学尤其是嵇康诗文的倾心，绝非个人的爱赏，而是爱国反帝的历史使命的需要使然，是服务于反帝反封建的战斗的。形式是服务于内容的，要战斗就必须择取适于论战的文体，而"康文长于言理"的特点正合乎所用。刘师培在《中古文学史》中也曾指出："嵇文长于辩难，文如剥茧，无不尽之意"，认为"析理绵密，亦为汉人所未有"。这种说理透辟，不求藻饰，言之有物，矢矢中的的魏晋文章，与铺张扬厉的汉赋和浮器绮丽的六朝骈文迥然不同。章太炎为《民报》所撰的政论文，算得深谙魏晋文章"长于说理"的真谛，写得逻辑严密，老辣精炼，观点明皙，论据充足，批驳论敌时状如剥茧，层层深入，必以对方体无完肤而始罢手；加之感情浓烈，气势磅礴，鼓动力，说服力，感染力都很强，只是文字过于古奥，影响到读者的范围。鲁迅前期以文言文写作的论文或劄记，可以明显看到师承章太炎仿效魏晋文章的痕迹;而后来的杂文,仍然承继了章氏文体的精髓,却摈弃了"文笔古奥,索解为难"的缺陷。鲁迅杂文驳难的雄辩,论理的缜密,剖析的深切,步武的稳扎,都可窥见受魏晋文章涵养的印痕;当然,鲁迅杂文尤其是后期杂文,所闪现的唯物辩证法的思想光辉,以及经过卅年的惨淡经营,以高度的艺术造诣创造并丰实了杂文这一新文体,其在中国文学发展史上的地位与作用,则远非嵇康乃至章太炎等所能望其项背了。

其实,鲁迅与中国传统文化的渊源关系,许多前辈学者如王瑶先生等,早已作了卓有成效的探索,并给予后学者以甚大的启发。这里简略追溯一下鲁迅早年问学章太炎,以及受章启迪诲导热衷庄子散文与魏晋文章情况,无非在于探寻一下鲁迅杂文对中国古典散文乃至近代散文"有所承传"、"有所择取"的轨迹,从而说明他所创立的新文体是植根于丰腴厚实的民族文化传统的沃土之中的。

同时,鲁迅也一贯主张"收纳新潮,脱离旧套",赞扬了"纵观古今,横览欧亚,撷华夏之古言,取英美之新说"的学习探求精神。鲁迅在谈到小说的创作经验时说:"我所取法的,大都是外国的作家",他自己与后来的研究者都论及了果戈理、契诃夫、安特列夫等的影响与启示。杂文创作方面所受外国作家的影响,鲁迅自己好像没有谈及,但英国随笔,日本小品,屠格涅夫的散文诗,尼采的格言等等潜移默化的印痕,也是了然可见的。例如尼采,鲁迅前期一度十分激赏他的思想与文字,这是后来鲁迅自己也不讳言的。青年时代以至"五四"时期都需凭借尼采作过思想武器,直至二三十年代之交马克思主义世界观确立之后,才对尼采的所谓新理想主义与唯意志论作了清算与批判;但即使鲁迅否定尼采的思想而后,也并不排斥欣赏他的文笔,并用以丰实自己的表现能力。鲁迅曾这样说及:"古典的,反动的,观念形态已经很不相同的作品,……倒反可以从中学学描写的本领,作者的努力。"(《准风月谈·关于翻译(上)》)撇去尼采的超人哲学不谈,鲁迅对尼采的文章是十分倾倒的,据孙伏园回忆:"鲁迅先生却特别喜欢他的文章,例如《萨拉图斯脱拉语录》,说是文字的刚劲,读起来有金石声。[1]"这话看来必失真,因为鲁迅在《〈察拉图斯忒拉的序言〉译后附记》中也赞赏地写道:"尼采的文章既太好"之类的话。事实上从翻译文学史的角度来考察,尼采最初是作为文学家被介绍到中国的,王国维在一九〇四年最先介绍尼采时也强调

---

〔1〕《鲁迅先生逝世五周年杂感两则》,载孙著《鲁迅先生二三事》,重庆作家书屋,一九四钿年初版。

了他"以旷世之文才鼓吹学说",陈独秀在"五四"之前《新青年》上也称尼采为"天才"的"大艺术家",沈雁冰在"五四"后也曾说:"尼采是大文豪,他的笔是锋快的。"鲁迅自己早在日本留学期间就称许尼采是"思虑学术志行"都"博大渊邃,勇猛坚贞,纵忤时人不惧"的"才士"。不仅在文章中多次称引尼采,而且曾先后两次分别以文言文与语体文翻译他的《察拉图斯忒拉的序言》。直至一九二九年,鲁迅在《致〈近代美术史潮论〉的读者诸君》中还将尼采与歌德、马克思并列,均冠以"伟大的"字样。一九三四年由鲁迅推荐给良友图书公司出版的《尼采自传》,译者梵澄在译本《序》中也盛赞尼采的"文才",称"尼采是一个非常会写文章的人,文章家",激赏其"文辞之滂沛,意态之丰饶"。鲁迅在《我和语丝的始终》也曾提到"那时还有一点读过尼采的'Zarathustra'(查拉图斯特拉)的余波",而这"余波"即从表现手法来考察,对鲁迅杂文的体例风格恐不能说毫无影响。例如《野草》,从格局、意境、象征手法、抒情笔调等方面观察,都烙印有尼采的代表作《查拉图斯持拉如是说》的若干痕迹,某些篇什中的形象也有相类似之处,如《野草·影的告别》和《查拉图斯持拉如是说》第六十九《影子》的构思就有某些相近之处,当然立意是不同的,正如小说创作方面的《狂人日记》,虽然受到果戈理同名小说的启发,但却比后者的"忧愤深广"。不仅鲁迅自己,汲取尼采文章的若干特点,借助形象来阐述哲理,多用寓言与譬喻,以及浓郁的抒情围氛,使杂文这一艺术形式的发育更加丰满;而且鲁迅周围的学生,也不乏尼采箴言式文体的仿效者,例如鲁迅编入《乌合丛书》的《心的探险》,是莽原社成员高长虹作品的结集。由鲁迅亲拟的广告中写道:"长虹的散文及诗集。将他的虚无为实有,而又反抗这实有的精悍苦痛的战叫,尽量地吐露着。鲁迅选并画封面。"其中分"幻想与做梦"、"世界的福音"、"人类的脊背"、"创伤"、"土仪"、"徘徊"等辑,当时这些式样新颖、文笔奇诡的带反封建色彩的"尼采声"的呼号,倒也颇激起一部分青年读者的共鸣,但后来作者堕入恶趣,狂妄地以狂飙运动的创教者自居,沉溺于"拟尼采样的彼此都不能解的格言式的文章",则不足为训了。鲁迅绝非象高长虹式的生吞活剥,而是从尼采雄健而形象的好文章中择取借镜了"描写的本领"。有人称尼采为"旷古的艺术奇才",他创造了"化逻辑于艺术之火中而铸出他所特有的一种象征性抒情性的哲学散文"(林同济:《〈从叔本华到尼采〉序言》),鲁迅从中汲取并化为了自己的血肉,丰富了杂文的艺术表现力,诸如富于象征性,擅于用绘声绘色的意象来比附哲理,常用比喻,使深奥的哲理深入浅出;叙事行文富于抒情的格调,转移人的意绪于潜移默化之中;注意语言的音乐性,以语调的铿锵来增强感染力的强度等等,都展现了独到的特色。

鲁迅曾经说过:"采用外国的良规,加以发挥,使我们的作品更加丰满是一条路;择取中国的遗产,融合新机,使将来作品别开生面也是一条路。"(《且介亭杂文·〈木刻纪程〉小引》)而他自己却是兼而有之地熔"中国的遗产"与"外国的良规"于一炉的中国新文学的开山,不仅以小说显示了文学革命的实绩,而且创立了杂文这一新文体,充实与丰富了中国文学的宝库。李泽厚在《略论鲁迅思想的发展》一文中提到"有两种散文文学可以百读不厌,这就是《红楼梦》和鲁迅文集",并强调指出:"鲁迅的杂文,是应作为整体来看的艺术品",笔者很同意这样的看法。鲁迅杂文在中国文学史之所以能占据如此重要的地位,在于它创造性地继承了中国散文史上上自庄周以至迄于章太炎的精英部分,又汲取消化了外国散文中诸如哲学与散文合璧的尼采式文笔的有用部分,融会贯通,熔铸提炼,从而创造了一种崭新的文体——杂文。关于这一新文体的独创性、开拓性的划时代意义,许多前辈作家都有所论列,例如瞿秋白曾最早诊断:"杂感这种文体,将要因为鲁迅而变成文艺性论文的代名词";冯雪锋也说:"将先生的杂感散文,看成为先生的独创,即在西欧文学史亦少见";许寿裳同样认为:"他从此发明了一种战斗文体——短评,短小精焊,有如匕首,攻击现实,篇篇是诗"。这些都是的评,因为出自鲁迅同时代人的真切感受,作为时代的实录似乎比后人的评骂更具有权威性。

以上我们试图说明鲁迅杂文的渊源,以下则想从史的沿革探讨一下鲁迅与中国杂文运动的关系。

二、鲁迅与中国杂文运动的勃兴

我们所要着重检讨的是,鲁迅与现代中国杂文运动的关系,即鲁迅在中国杂文运动中所发挥的开拓、奠基与廓大的作用。

鲁迅早就指出,杂文"萌芽于'文学革命'以至'思想革命'"(《南腔北调集·小品文的危机》),阐明它是"五四"新文化运动的产儿。在中国现代文学史上,最早出现的杂文阵地是《新青年》杂志,该刊于四卷四期(1918年4月)开始设立"随感录"专栏,在本期的"随感录"栏内刊发了陈独秀、陶孟和、刘半农的若干篇,都是以数字的次序来作标题的,此后还发表了钱玄同、周作人等人的作品。鲁迅在该刊五卷三期(1918年9月)的"随感录"栏开始发表作品,标题是《二十五》,署名"俟"。从此时为这一栏目撰稿,截至《新青年》六卷六期(1919年11月)止,共写了二十七篇,后来都辑入了杂文集《热风》。

这种便于"当头一击"的号称"随感录"的简短文字,是中国现代杂文这一新文体的最初形态,由于具有"更直接的更迅速的反映社会上的日常事变"的"特点"(瞿秋白:《〈鲁迅杂感选集〉序言》),所以为"五四"新文化运动的前驱者们所采取,用以配合长篇宏论的攻战,揭露痼疾,抨击时弊,形如短兵,便于挥洒,在当时反帝反封建的思想斗争与文化斗争中发挥了其他文学形式所不能替代的作用。

《新青年》是新文化运动中发聋振聩的思想重镇,"随感录"专栏的开辟,起了相当的倡导与示范作用,许多报刊竞相仿效,增设了类似的栏目,例如《每周评论》、《新社会》、《民国日报》的副刊《觉悟》都专辟了"随感录"的栏目,此外如《湘江评论》上的"湘江杂评"、《星期评论》上的"随便谈"、《解放与改造》上的"评坛",以及稍后的《前锋》、《向导》、《中国青年》上的"寸铁"专栏,乃至《政治周报》上的"反攻"等等,都是杂文在自己的曙新期所拓展的新阵地。

鲁迅虽然与他的战友一道参与了中国杂文运动的发轫,却也不是最早或唯一从事这一文体创作的作家,为什么把杂文在中国文学史上地位的确立归功于鲁迅呢?这是因为除了他自己从始二十年如一日地从事杂文的艺术实践而外,而且还竭尽全力地促进、推动杂文的繁衍与发展,从而使杂文成为中国现代文学历史进程中一支生辣的劲旅。

前已论及,鲁迅杂文是中国古典散文遗产中精华部分最有眼力的汲取者、最有成效的保存者和最为积极的发展者,巴人认为:"鲁迅杂文……综合了中国传统文学的最优美的形式,予以熔铸、表现"(《论鲁迅的杂文》),这一评价是一点也不过分的。鲁迅是执着于革命的功利目的,而择优选定杂文这一匕首、投枪般的武器的,因为他从战斗的实践中深切感受到:"猛烈的攻击,只宜用散文,如'杂感'感类,而造语还须曲折"(《两地书·三二》)。"五四"尔后,无论是参予《语丝》的发起,或者是筹措《莽原》的创刊,以及接受编辑《国民新报副刊》(乙刊),抑或支持《民众文艺周刊》、《民报副刊》,就中都抱有一个明确的战略目的,即是为了企望与促使杂文的苗长与繁茂,更大地发挥杂文的影响与作用。

《语丝》创刊于一九二四年十一月十七日，是中国第一个以杂文为中心的文学刊物，在它的《发刊辞》中就声明："周刊上的文字，大抵以简短的感想和批评为主"，"周刊的主张是提倡自由思想，独立判断，和美的生活"，并表明"我们个人的思想尽是不同，但对于一切专断与卑劣之反抗没有差异"。起初是由周作人主持的，经常撰稿人有鲁迅、钱玄同、刘半侬、林语堂、川岛等。所谓语丝社，并不是一个严整划一的文学团体，而是一种自由松散的文学组合，但前期"和黑暗战斗"的目标还是基本一致的。《语丝》周刊自第五十二期（1925年11月9日）至第五十七期（1925年12月14日）曾进行过"语丝文体"的讨论，先后发表有孙伏园、周作人、林玉堂等的文章，孙伏园的《语丝的文体》提出："语丝并不是在初出时有若何的规定，非怎样怎样的文体便不登载。不过同人性质相近，四五十期来形成一种语丝的文体"（刊第五十二期），周作人随即在《答伏园论语丝的文体》中认为："我们的目的只在让我们可以随便说话。……除了政党的政论以外，大家要说什么都是随意，唯一的条件是大胆与诚意，或如洋绅士所高唱的所谓'费尔泼赖'（fair play)"（刊第五十四期），林语堂则发表了《插论语丝的文体——隐健，骂人，及费尔泼赖》，于申明《语丝》赋有"斥文妖"、"诃鳄鱼"的使命而外，而尤应提倡"中国最不易得"的"'费尔泼赖'精神"（刊第五十七期）。鲁迅于是在《莽原》半月刊第一期（1926年1月10日）上发表了著名论文《论'费尔泼赖'应该缓行》，题旨是针对林语堂等的文章而发的。因为当时尚是同一战壕的战友，鲁迅文章的态度还是很讲分寸的，但也预兆了此后的分化。分歧集中表现在有关杂文的性质与方向上，周作人、林语堂等虽也侪身新文化运动的行列，并且用杂文参加过对封建势力以及封建意识形态的斗争，但他们在新的历史进程中逡巡畏缩了，基于资产阶级自由主义立场，出而提倡旨在妥协的"费尔泼赖"。周作人说什么："'打落水狗'（吾乡方言，即'打死老虎'之意），也是不好的事"（岂明：《失题》，刊《语丝》第五十六期），林语堂更说什么"费尔泼赖"是"健全的作战精神，是'人'应有的"，"是健全民族的一种天然现象，不可不积极提倡"（《插论语丝的文体——稳健，骂人，及费尔泼赖》）。鲁迅的立场、态度与他们迥然相反，他对中国盘根错节、根深蒂固的反动势力并不抱幻想，坚执于韧性战斗的宗旨，从而发出了"打落水狗"的伟大号召。正是因为鲁迅的努力与坚持，才保证了杂文的健康发展，不致于蜕变和沦落。

鲁迅在《语丝》中实际上起了前锋和主干的作用，他先后在《语丝》上发表了一百五十篇文章,充实了《语丝》的阵容,奠定了"语丝文体"的特色,也就是鲁迅所概括的,《语丝》"在不意中显了种特色,是:任意而谈,无所顾忌,要催促新的产生,对于有害的事物,则竭力加以排击",还有:"不愿意在有权者的刀下,颂扬他的威权,并奚落其敌人来取媚,可以说,也是'语丝派'一种几乎共同的态度。"(《三闲集·我和语丝的始终》),语丝派作家在此后的历史年代中发生了严重的分化,但这一刊物在中国现代文学史上的启蒙与战斗的作用,在中国杂文运动开创期的贡献及影响,都是巨大的、不可磨灭的。

一九二五年四月,鲁迅带领一批文学青年创办了同样以杂文为中心的《莽原》周刊(《京报》附刊之一),正如他在给许广平的信中所说的:"所要多登的是议论"(《两地书·三四》),鉴于"中国现今文坛……最缺少的是'文明批评'和'社会批评'",故阐明创办《莽原》的目的"大半也就为了想由此引些新的这一种批评者来",期望有更多的人"继续撕去旧社会的假面"(《两地书·十七》)。以上足可窥见鲁迅创办《莽原》是为了进一步扩大进行"文明批评"和"社会批评"的阵地,同时也为了培养与建立一支杂文作者的队伍。早在《莽原》创刊之前,鲁迅手拟的《〈莽原〉出版预告》中就申明该刊的宗旨是:"率性而言,凭心立论,忠于现世,望彼将来",也就是后来在《华盖集·题记》中所说的:"我早就很希望中国的青年站出来,对于中国的社会,文明,都毫无忌惮地加以批评,因此曾编印《莽原周刊》,作为发言之地",而作为批评的武器,最犀利最便捷的莫过于杂文。

检视《莽原》周刊及半月刊,鲁迅除了自己在该刊发表了《春末闲谈》、《灯下漫笔》、《答 KS 君》等透铠贯甲的"议论的文章",对旧社会、旧文化进行抨击、扫荡而外,也织织刊发了一些青年作者的杂文,例如培良的杂文《槟榔集》就曾在周刊上连载,其中的《微笑》篇以辛辣的笔触讽刺了当时文学界所呈现的衰风颓相,《悲剧在我们的民族里》篇则抉发了受封建意识毒化的国民性消极面的陋劣与麻痹。鲁迅在一九二五年四月二十五日致作者的信中就鼓励他坚持杂文创作,充满希冀地敦促道:"我想你一定很忙,但仍极希望你常常有作品寄来"。长虹也在周刊上陆续写下了以《弦上》为题的一组杂文,对"五卅"爱国运动作了迅速而积极的反响;许广平以"非心"、"景宋"等笔名在周刊上时而发表杂文,《过时的话》篇宣泄了对军阀当局"惧外"、"媚外",不惜"屈辱国民以取悦外人"的愤懑,《怀疑》篇则赞颂了为社会改革宁可"血肉纷飞"的傻子精神,《乱七八糟》篇更以犀利的笔锋指斥了政界、军界、学界中沐猴而冠的"禽兽者"的"玩艺";其他如尚钺、静农、素园、霁野、朋其、成均等于杂文都间有所作,基本上形成了一支精悍的以鲁迅为中心的致力于"文明批评"与"社会批评"的杂文作者队伍。当然,其时这支队伍还非常稚嫩,加之后来的分化,有的前进,有的落伍,有的蜕变,未能形成一支有影响的力量。莽原社由于鲁迅的南下,"狂飙"与"未名"的分家而在无形中解体了。

杂文的真正繁茂勃兴是无产阶级革命文学运动开展之后。中国左翼作家联盟向国民党当局的文化"围剿"展开了英勇的反击,鲁迅正是运用杂文这一锐利的武器,站在战斗的最前列,正如他自己所说:"现在是多么迫切的时候,作者的任务,是在于有害的事物,立刻给以反响或抗争,是感应的神经,是攻守的手足"(《且介亭杂文·序言》)。鲁迅的杂文在反文化"围剿"中所创立的历史功勋,是难以估量的。同时,它艺术上的日益精湛、完美,也是中国文学中的瑰宝,将永久闪烁不灭的光辉。

瞿秋白曾经揭示,申于阶级斗争的白热化,"使作家不能够从容的把他的思想和情感熔铸到创作里去,表现在具体的形象和典型里;同时残酷的强暴的压力,又不容许作家的立论采取通常的方式"(《〈鲁迅杂感选集〉序言》;正是严峻与紧迫的斗争情势给左翼文艺运动提出了要求,尤其在鲁迅的示范、倡导、维护、扶植下,杂文这一战斗的文学样式在左翼十年期间获得了空前的发展,成为反文化"围剿"斗争主要的武器之一。周立波在《一九三五年中国文坛的回顺》中曾经写道:"这一年的杂文和短论,特别繁荣。为了杂文的价值问题,文坛上曾经有过一些争论。菲薄杂文的人没有能够窒息杂文的生长,东京的《杂文》和《东流》,上海已经停刊的《太白》和《艺术》,以及现在活跃的各报的副刊,都是杂文滋长的园地。"进而认为杂文"能够引动人家对于现状的怀疑,能夠迅速告诉读者以突发事件的价值",是有"很大的改革现实的作用",因而正是"目前需要的有力的文学形式"(刊《读书生活》三卷五期,1936 年 1 月)。以上历史的实录,雄辩地显示当时杂文运动的繁盛、浩大与深入。现拟从以下几点来探索鲁迅在促进中国杂文运动勃兴方面所起的无与伦比的作用。

战斗文学的光辉范例

瞿秋白在一九三四年所写的《〈鲁迅杂感选集〉序言》,是中国无产阶级以及革命文化界对鲁迅杂文的现实意义、历史作用所首次进行的科学估价:

> 鲁迅的杂感其实是一种"社会论文"——战斗的"阜利通"(Feuilleton)。谁要是想一想这将近二十年的情形,他就可以懂得这种文体发生的原因。……作家的幽默才能,就帮助他用艺术的形式来表现他的政治立场,他的深刻的对于社会的观察,他的热烈的对于民众斗争的同情。不但这样,这里反映着五四以来中国的思想斗争的历史。杂感这种文体,将要因为鲁迅而变成文艺性的论文的代名词。

鲁迅杂文无愧于如此的评骘,历史而且会愈来愈雄辩地证明瞿秋白发见与论断的正确。在十年"围剿"期间,鲁迅以充沛的政治热情与无畏的革命胆识,投入了杂文的创作。作为一个身处危邦的革命作家,在"文禁如毛,缇骑遍地"的险境下,鲁迅怀着强烈的责任感、急迫感、现实感奋笔疾书,其杂文创作无论质与量都是空前的。一九三三年顷,鲁迅自己曾作过一个大致的计算:"我从在《新青年》上写的'随感录'起,到写这集子里的最末一篇止,共历十八年,单是杂感,约有八十万字。后九年中的所写,比前九年多两倍;而这后九年中,近三年所写的字数,等于前六年"(《且介亭杂文二集·后记》)。以上记述的事实说明,在大夜弥天之际,这位伟大的前驱战士在反文化"围剿"的鏖战中愈斗愈勇、愈战愈强,杂文武器也愈写愈挥斥得娴熟而无破绽。鲁迅这种坚持以杂文进行斗争的忘我精神与无畏风骨,对左翼文化战士尤其是青年杂文作者是极大的激励与鼓舞。

三十年代的鲁迅杂文,已从早期的"文明批评"与"社会批评"升华到以马克思主义世界观对整个世界的剖析与批判,深刻而形象地描绘了中国"在黎明前最黑暗的"岁月中的"时代的眉目",它是当时中国社会思想与社会生活的艺术实录。鲁迅曾说:虽然"所写的常是一鼻,一嘴,一毛。但合起来,已几乎是或一形象的全体"(《准风月谈·后记》),实际上综观他的全部杂文,正如同巴尔扎克的《人间喜剧》是"一部法国'社会'特别是巴黎'上流社会'的卓越的现实主义历史"一样,鲁迅以他如椽的巨笔,从各个不同的角度刻绘了中国的社会面貌、阶级动向与历史进程。鲁迅杂文深邃而真切地反映现实生活的范例,坚定了左翼作家以杂文为思想斗争与文化斗争武器的信心。

鲁迅杂文被称颂为诗与政论的结合,它所赋有的高超艺术性是举世公认的:它具有无可辩驳的逻辑力量和深沉朴茂的革命激情,所以被瞿秋白称为"中国思想斗争史上宝贵的成绩"(《〈鲁迅杂感选集〉序言》);它具有"锻炼成极精锐的一击"的洞穿力,所以被郁达夫赞叹为"简炼得象一把匕首,能以寸铁杀人,一刀见血"(《中国新文学大系·散文二集序》);它具有生动的形象性和高度的典型性,即具备"以一目尽传精神"的艺术魅力,也坚持"砭锢弊常取类型"的典型化手法,常使论敌丢盔卸甲、望风披靡;它具有"以袭击敌人为第一火"的战斗性,"言之有物"的现实性,辩证唯物主义的科学性,风流倜傥的战斗风格,以及别出心裁的斗争策略……等等,展示了"神圣的憎恶和讽刺的锋芒"兼具的杂文这一火器所能具备的性能与火力,从而有裨于左翼作家能够于研习观摩中掌握与驾驭这一杀伤力很大的武器。

　　总之,鲁迅杂文作为一种特异的文学现象屹立在三十年代的中国文坛上,对于革命、对于人民来说,它是一个伟大的存在;对于左翼文艺战线来说,它是一个"我们应当向他学习,我们应当同着他前进"(瞿秋白)的光辉范例;对于敌人来说,它是一个不可克服的障碍和令人胆寒的芒刺。当年曾被鲁迅批驳得体无完肤的梁实秋,事隔四十年之后,他在一九七八年所出版的回忆录《秋室杂忆》("传记文学丛书"之七十二,传记文学出版社版)中尚心有余悸地追述道:"我在《新月》上一连发表了几篇文字,如《文学与革命》、《文学是有阶级性的吗?》、《所谓文艺政策者》……。我的主旨在说明文学的性质在于普遍的永久人性之描写,并无所谓'阶级性'。这几篇文字触怒了左派的人士,于是对我发起围剿。最先挺身出马的不是别位,正是以写杂感著名的鲁迅。鲁迅的文章实在写得好。所谓'辣手着文章'庶几近之,但是距'铁肩担道义'则甚远。讲道理他是不能服人的,他避免正面辩论,他采用迂回战术,绕着圈子旁敲侧击,作人身攻击。不过他文章写得好,遂赢得许多人欣赏,老实讲,在左派阵营中还很难再找出第二个像他这样的人才。"从以上这段发自鲁迅论敌的"妙文"中,也不得不承认鲁迅的杂文"实在是写得好",字里行间好像至今还惴惴于鲁迅的"迂回战术"、"旁敲侧击"。从这个反面例证中,不是更有力地显示了鲁迅杂文并世无两的威力么!

　　在一九三五年二月出版的一本左翼文学刊物《文学新辑》中,发表了署名铁先的《重压下的文坛剪影》,就中有一则《〈准风月谈〉读后寸感》。作者以感佩与兴奋的心情写道:"《准风月谈》这样的书,无论如何也不是'暂时的生存',因为它所表达的历史的真实,此后的和黑暗搏战的人们甚至达到了光明的国土的人们,将要时时地回顾,从那里面了解他们底社会曾经有过怎样的'母体',他们的先行者曾经走过怎样的荆棘的道路。我相信,这本在咀咒杂文的声音喧遍了'文坛'的当中出版的小小杂文集,在将来的新世界的图书馆里将是一本宝贵的文献。"如今新世界已在中国庄严屹立,历史已经雄辩地证明了这位当年追随鲁迅战斗的左翼作家的预言!

为杂文的日见斑斓而攻战

鲁迅不仅是杂文的倡导者,而且也是开拓者与建设者,他曾这样说过:"我是爱读杂文的一个人,而且知道爱读杂文还不只我一个,因为它'言之有物'。我还更乐观于杂文的开展,日见其斑斓。"(《且介亭杂文二集·徐懋庸作〈打杂集〉序》)鲁迅的战略目的在于将杂文建设为无产阶级革命文学战斗的一翼,企望其日渐蓬勃、斑斓,汇成云蒸霞蔚的壮观,从而促使革命文学运动更加"热闹,活泼",并"使不是东西之流缩头",进而使一切资产阶级文艺"在相形之下,立刻显出不死不活相"。为此,鲁迅与妄图扼杀杂文的生机,或者妨害杂文的发展,以及贬抑杂文的作用的势力与言论,进行了不妥协的斗争。

较早攻击杂文的论客,是"新月派"的辩士梁实秋,他出于对鲁迅杂文的恐惧与仇恨,在《新月》一卷八期(1928 年 10 月 10 日)上刊发了《论散文》,以轻蔑的口吻非议道:"近来写散文的人。……常常沦于粗陋的一途,无论写的是什么样个题目,类皆出之以嘻笑怒骂,引车卖浆之流的语气,和村妇骂街的口吻,都成为散文的正则。"这里所谓"沦于粗陋的"的散文,显然指的是鲁迅式的杂文,而"引车卖浆之流"云云本是封建卫道者林纾攻击新文化运动的老话,想不到吃过洋面包的梁实秋教授拾的仍是封建遗老的唾余。对于这种流于谩骂的攻击,鲁迅肯定是注意到的,但却以轻蔑对之,连眼珠也不转过去地凛然以对。过了不久,梁实秋正是被鲁迅以这种他不认为是散文"正则"的"嘻笑怒骂"的杂文,透剔地剥露了本相的。

在两军对阵、壁垒分明的三十年代文坛上,统治者豢养的文氓、文丐乃至文痞,都对杂文唁唁而吠,不止一次地对杂文进行"团剿"。自称"诗人"的正人君子轻视它,"死抱着文学不放"的"第三种人"嘲笑它,"甚至还不到一知半解程度的大学生"贬抑它,竟相出马,轮番上阵,向杂文投掷诽谤的蜂矢,诬之为"投机取巧",鄙之曰"鸡零狗碎"。一个叫林希隽的"大学生"在《现代》五卷五期(1934 年 9 月)抛出《杂文与杂家》一文,攻击杂文是"不三不四"、"零碎片断"的东西,攻击杂文的兴盛是"畸形的发展";诬蔑写杂文是"以投机取巧的手腕来代替一个文艺工作者的严肃工作",是"最可耻可卑的事"。林希隽的狂吠绝不是偶然的现象,而是统治者与敌对阶级所煽惑的反对杂文的黑潮中的浪头。

鲁迅在《且介亭杂文·序言》、《做'杂文'也不易》等文章中进行了有力的反击,庄严地宣示了杂文作家的神圣职责是"为现在抗争",也"正是为现在和未来的战斗",决不因帮闲与帮凶者的叫嚷而轻易放下武器。历史的趋势总是与反动派的愿望相违的,林希隽者流跳跟得愈疯狂,杂文反而愈繁盛,杂文作者越来越多,杂文阵地也越来越广。连在日本东京的中国左翼文学青年也创办了专门的杂文刊物《杂文》(1935 年 5 月创刊),其《缘起》中这样写道:"杂文一向为那班文豪们所看不起,要吐(唾)弃它,这是必然的命运;虽然如此,但近年来杂文却在中国文坛上流行,甚至成为过去一年中的主潮了,这也是必然的现象。在今日的中国文坛上,淋菌并未完全肃清,苍蝇也仍旧嗡嗦地吵闹着,还是需要杂文的时候。"[1] 林希隽者流在这样有力的回答面前也只得嗒然相向了。

帮闲文学在法西斯文化专制的卵翼下也滋生起来,一九三二年九月,林语堂创办了《论语》半月刊,后又出版《人间世》、《宇宙风》等杂志,纠集周作人、陶亢德等提倡"幽默"、"性灵"和"闲适"的小品文。标榜"以自我为中心,以闲适为格调",鼓吹所谓"宇宙之大,苍蝇之微,皆可取材"。邵询美等甚至创办了所谓《声色》杂志(上海新月书店发行),明目张胆地宣扬色情文化,刊发了《红》、《一个色彩的素描》等淫靡的文字,以及诸如"你垂下你最柔嫩的一段——好象是女人半松的裤带,在等待着男性的颤抖的勇敢"(邵询美:《蛇》)之类不堪入目的诗句。

鲁迅严正地批判了这股贩卖精神鸦片的文学逆流,发表了《"论语一年"》、《小品文的危机》等文,斩截地指出"幽默"在啼饥号寒充斥的中国是不会有的,硬要主张"幽默",不过是"将屠户的凶残,使大家化为一笑,收场大吉"。起初,鲁迅是考虑尽可能地争取"论语派",屡次"直言"劝谏;但林语堂等每况愈下,"日见陷没",使鲁迅终觉"拉他不出来"了。为了廓清他们貌似超脱的影响,撕去他们自鸣清高的假面,鲁迅写下了《帮闲法发隐》等杂文,指出:"帮闲,在忙的时候就是帮忙,倘若主子忙于行凶作恶,那自然也就是帮凶",随之揭露了林语堂之流"倚徒华洋之间,往来土奴之界"的"西崽相"(《且介亭杂文二集·'题未定'草(一至三)》)。给予半殖民地中国特产

---

[1]　刊《芒种》第四期,1935 年 4 月出版。

的封建文化与买办文化杂交而生的孽子——帮闲文学以致命的一击。

由鲁迅发动的这场对"论语派"的斗争,许多左翼作家都随之参加了战斗,在论争中也提高了大家对杂文的性质与使命的认识,从而群策群力地去创造战斗的杂文,亦即"生存的小品文,必须是匕首,是投枪,能和读者一同杀出一条血路的东西"。通过对林语堂提倡所谓"幽默"的批判,更使三十年代杂文创作的主流,始终保持健康的、战斗的特色。

拓展阵地　培育队伍

亲自接受过鲁迅诲导的杂文作家徐懋庸,一九三六年在一篇题为《鲁迅的杂文》的文章中写道:"为'讽刺',为'攻击',为'破坏',总而言之,为了'扫荡秽丑'。鲁迅创作了他的杂文,并且促进了中国的杂文制作。他知道自己的一把扫帚不够,所以用了种种方法,教会多数的青年们,大家都使用'杂文'的扫帚。"并且强调指出:"鲁迅所倡导的杂文运动,是现代中国思想斗争上一种重要的武器的生产和使用。"[1]以上论述,是符合于历史实际的。

鲁迅参予并领导了左翼文艺运动之后,就很关注于杂文运动的开拓与建设。这尤其表现在他致力于不断拓展杂文的阵地方面,例如由鲁迅主编、冯雪峰编辑的《萌芽月刊》,创刊号(1930 年 1 月)就开辟了"社会杂观"的杂文专栏,并身先士卒地写下了《流氓的变迁》、《新月社批评家的任务》、《书籍和财色》、《习惯与改革》、《非革命的急进革命论者》等十篇杂文,同时还敦促冯雪峰(署名成文英)、柔石等为该专栏撰写杂文。创刊号的《编者附记》还特地声明:"我们要发载杂文,杂记等",于此可见鲁迅利用刊物倡导杂文的苦心孤诣。

从始,无论是鲁迅主编或者支持的刊物,都注意为杂文专辟一畴园地,例如鲁迅曾担任编委的《文学》(1933 年 7 月创刊),就曾辟有"社谈"、"散文随笔"、"杂记杂文"等专栏;鲁迅支持由聂绀弩、胡风等编辑的《海燕》(1936 年 1 月 20 日创刊)辟有"短评"专栏;方之中编辑的《夜莺》(1936 年 3 月创刊)辟有"旧话重提"专栏;黎烈文编辑的《中流》(1936 年 9 月创刊)更辟有"立此存照"的小专栏,即使专门的小品文刊物《太白》也另辟了"掂斤簸两"

---

[1]　载夏征农编:《鲁迅研究》,生活书店一九三七年七月初版。

的小专栏。鲁迅不仅以自己短小精焊、桀骜锋利的使论敌无所遁形迹的文字，丰富了这些小专栏的篇幅；有些栏目的创设就是出自鲁迅的倡议，据唐弢回忆，《中流》刊名及其上的"立此存照"专栏，都是鲁迅先生取的，"立此存照"的意思是让对方收存，作为将来追索的凭证。黎烈文在《中流》一卷五期（1936 年 11 月）"哀悼鲁迅先生专号"中将鲁迅先生《立此存照》（五）的手迹制版发表时所加《编者按》中说："《中流》初办时，鲁迅先生即以笔名'晓角'给我们写着补白《立此存照》，实在可以说中国自有杂志以来都不曾有过这样精悍、名贵的补白。"这种"补白"式的杂文其实也就是鲁迅晚年创造的一种新的斗争方式。他将论敌的文字，报上的新闻，记者的报导以及诸般不合理的事实，稍加排比，略作说明，就象铸成了铁案一样，使对方衣冠委地、脏腑毕露，以至手足失措、腾挪不得。这种新颖的斗争艺术给当时的同辈作家与青年作家以有益的启迪。例如，鲁迅先生逝世之后，茅盾即以"蒲牢"的笔名在《中流》上发表了《〈立此存照〉续貂》，继续对国民党当局的"文化统制政策"进行揭露与抨击。

当时如同雨后春笋般破土而出皂许多杂文刊物，都得到鲁迅的有力支持。中国左翼作家联盟机关刊物《巴尔底山》（1930 年 4 月创刊）、《十字街头》（1931 年 12 月创刊），由于鲁迅的主持与撰稿，成为左翼文艺运动初期以杂文为主的重要阵地。一九三四年九月创刊的《太白》，据编辑人阵望道的回忆："是在鲁迅的直接关怀和支援下创办的"（《关于鲁迅先生的片断回忆》），鲁迅是《太白》未经公开的编委，连刊名也是阵望道与鲁迅商洽似定的。《太白》共出了两卷二十四期，鲁迅为之写了二十二篇杂文，另外还为《太白》的特辑《小品文与漫画》写了两篇文章，这些都足见鲁迅对杂文刊物的鼎助。左联成员聂绀弩主编、叶紫助编的《中华日报》副刊《动向》，也是一块以杂文为主的阵地，自一九三四年四月创刊至同年十二月停刊的九个月中，鲁迅为之写了近三十篇杂文。徐懋庸主编的杂文刊物《新语林》（1934 年 7 月创刊），理所当然地得到鲁迅的赞助，创刊号的第一篇带头文章就是鲁迅以"杜德玑"的笔名所写的《隔膜》；鲁迅不仅自己时为撰稿，而且还将自己珍藏的战友遗篇——瞿秋白的杂文《非政治化的高尔基》，以"商廷发"的笔名交由徐懋庸发表于该刊第二期。在此之前，曹聚仁主编的杂文刊物《涛声》（1931 年 8 月创刊），以及稍后，徐懋庸与曹聚仁合编的杂文刊物《芒种》（1935 年 3 月创刊），同样都得到鲁迅的关切与支持。甚至远在日本的左联东京分盟的成员杜宣等所创办的《杂文》月刊（1935 年 5 月创刊），也同样为鲁迅所关注。黎烈文(以及接编的张梓生)编辑的《申报》副刊《自由谈》(1932年12月1日起至1935年10月31日讫),更是鲁迅以杂文作武器纵横驰骋的天地。鲁迅为《自己谈》撰稿之多委实令人惊叹,仅一九三三年所作就结集为两本杂文集问世,他自己曾说:"我的常常写些短评,确是从投稿于《申报》的《自由谈》上开头的;集一九三三年之所作,就有了《伪自己书》和《准风月谈》两本"。《自由谈》之所以成为三十年代中期反文化"围剿"中一块十分活跃而锋芒凌厉的杂文阵地,是与鲁迅的名字分不开的。正因为鲁迅与其他战友会同作战,《自由谈》的阵容与火力都是锐不可挡的。据日本学者松井博光先生所作茅盾研究专著《薄明的文学》(东京东方书店,1979年10月初版)的考察,举《自由谈》一九三三年三、四月份为例,说明鲁迅、瞿秋白、茅盾等无产阶级文化战士都以杂文为匕首投枪,在《自由谈》这块阵地上相互呼应,彼此声援,协同作战,确乎展现了所向披靡的攻势。

杂文声威的凌厉,可以说风靡了卅年代的中国文坛。不仅左翼作家主持的期刊、副刊,理所当然地开辟有杂文的战场,而且一些普通的综合性刊物也无不设有杂文的栏目,例如俞颂华等编辑的《申报月刊》就经常发表鲁迅、茅盾等的杂文。报纸副刊更是杂文掉阖的沙场,谢六逸编的《立报》副刊《言林》,朱曼华编的《时事新报》副刊《青光》,都刊发有不少左翼作家的杂文,甚至于连崔万秋编的《大晚报》副刊《火炬》,都要拉进步作家为其写杂文装点门面,由此可见杂文的号召力与感染力。

为了扩展杂文的威力与影响,鲁迅于一九三三年还与瞿秋白合编了一本"没有先例"的杂文选集——《萧伯纳在上海》,以野草书屋的名义自费出版。这本书辑录了萧伯纳来华后上海中外文报刊上的报导与文章,以巧妙的编排与辛辣的按语,铸就了一面"大镜子",诚如鲁迅在《序》中所说:"将文人,政客,军阀,流氓,叭儿的各式各样的相貌,都在一个平面镜里映出来了",瞿秋白在《写在前面》中也说:"在这里,可以看看真的萧伯纳和各种人物自己的原形"。在这本值得珍视的书中,不仅留下了三十年代中国两位最杰出的杂文作家的力作(包括序跋及许多按语);即使就这本书的剪辑、编排及其效果来看,本身也就是一篇廓大化的犀利精锐的杂文。

在杂文队伍的建设方面,鲁迅同样致力于"造成大群新的战士"的事业。卅年代左翼文艺运动中所涌现的许多有影响的杂文作者,大都直接或间接受过鲁迅的教育与陶冶。鲁迅通过他所倡导的杂文运动,培育了一代年青的杂文作家。例如徐懋庸在《我和鲁迅的关系的始末》中叙述了自己"崇拜鲁迅"，以及进而"模仿鲁迅的笔法"的过程；鲁迅不仅关切支持徐懋庸编辑的《新语林》，而且为他的杂文集《打杂集》（生活书店，1935 年 6 月初版）题签写序。鲁迅在序中寄寓了对徐懋庸以及更多的"前进的杂文作者"的期待与嘱望，而且乐观于"近一两年来，……作杂文的人比先前多几个"的趋向，为杂文作者队伍的成长扩大而感到由衷的喜悦，并希望它逐渐繁茂、日见斑斓。徐懋庸在此前后创作了《不惊人集》、《打杂集》、《街头文谈》等杂文集，抨击时政，指摘社会，大多泼刺有力，产生了积极的影响。《时事新报》的副刊《青光》（1935 年 7 月 28 日）上发表了署名力博的《评徐懋庸的〈打杂集〉》，其中写道："短小精悍的杂文应当是而且实在是战斗之际的轻骑，它可以来去如风，左冲右突，捍卫自己的壕沟，冲乱敌人的阵线，这效益，年来的杂文，的确多少实现了。"同时称徐是"杂文的一个能手"，并对徐作杂文的"深厚的社会效益"甚为推重，由此也可推见徐懋庸杂文在读者群中的反响。唐弢的处女作《推背集》（天马书店，1936 年 3 月初版）也是经由鲁迅推荐介绍而出版的，此后还陆续印行有《海天集》、《投影集》、《识小录》、《短长书》等，他在《短长书·序》里曾表示自己对鲁迅的钦仰："心仪斗士，时涉遗著"，逐以鲁迅杂文为楷模，着意揣摹鲁迅的文笔，竭力追随鲁迅的目标进行攻战，指斥时弊，抗争现实，讥刺群丑，发扬正义，均含孕浓郁的抒情色彩，确乎不失为一个有特色的杂文作家。徐诗荃以"闲斋"笔名所写的一组冠以《泥沙杂识》为题的杂文，也是鲁迅荐引给刊物发表的，他的学养深厚，文笔练达，也是私淑于鲁迅的别具一格的杂文作家。胡风向为鲁迅所赏识，称之为"明明是有为的青年"，他除从事文艺理论的探究而外，也经常进行杂文的创作，文如其人，鲠直斩截，但稍有晦涩之嫌，后来结集有《文艺笔谈》、《密云期风习小记》等。与鲁迅有直接交往的杂文作家还有聂绀弩，他的文风酣畅，奔进激越，抨击论敌，机锋犀利，惜较浅露而少含蕴，后结集有《联合集》、《历史的奥秘》、《蛇与塔》、《二鸦杂文》、《血书》等。柯灵也奉鲁迅杂文为圭臬，以杂文作为射向敌人的投枪与飞矢，诚如他自己所说："我以杂文的形式驱遣愤怒"（《晦明·供状（代序）》），把满腔的愤懑与郁怒化作鞭辟黑暗的檄文，携雷挟电，爱憎浓烈，显示了作者的蓬勃朝气和战斗激情，后来结集有《市楼独唱》。宋云彬在自己杂文集《骨鲠集》的序《我怎样写起杂文来》中申明："鲁迅的杂文，更为我所钦服"，也是从追随和仿效鲁迅而擎起了杂文的武器。其时，团结在鲁迅周围的杂文作家可以说日趋壮大，声威显赫，其中有的与鲁迅同辈或稍晚的老作家也常舞弄形如短兵的杂文进行战斗，如瞿秋白后来结集为《乱弹及其他》中的篇什,茅盾的《话匣子》、《速写与随笔》,郁达夫的《断残集》、《闲书》中的若干篇章,阵望道的《望道文辑》,郑振铎的《短剑集》,郑伯奇的《两栖集》,阿英的《剑腥集》、《夜航集》、《海市集》,巴人的《常识以下》等。还有冯雪峰也是一个十分活跃的杂文作者,他在艰辛地从事马克思主义文艺论著的译介工作而外,也随同鲁迅以杂文参予反文化"围剿"的斗争,其作品说理透辟,剖析绵密,颇赋有理论色彩,曾被朱自清推许为"充分的展开了杂文的新机能"(《历史在战斗中》),他的杂文创作在四十年代中有更丰硕的收获,后来结集有《乡风与市风》、《有进无退》、《跨的日子》等。此外,杨潮(笔名羊枣)也是一位擅写杂文的左翼作家,非议时政,揭露文氓,都正中窍要,目光锐敏而文笔辛辣,其作品散见于当时《文艺》、《文学丛报》、《春光》、《夜莺》等左翼文学刊物,以及《动向》、《青光》、《自由谈》、《每周文学》等报纸副刊,可惜后来他由于当局的戕害而瘐死狱中,杂文作品均未及收集成册。与此同时,尚有许多左翼作家、进步作家在各自从事自己所擅长的文学体裁创作的同时,也都在战斗的间隙里投掷匕首投枪式的杂文,像夏衍、巴金、冯乃超、朱镜我、张天翼、蒲风、叶紫、周文、林淡秋、周立波……等等,几乎所有进行进步文化活动的作家,都曾尝试或坚持过杂文的创作,由此而汇合成密集的火网,增强了作为反文化"围剿"重要武器之一的杂文的阵容与火力。新进作家更是层出不穷,夏征农的《野火集》,周木斋的《消长集》,孔另境的《斧声集》,罗荪的《野火集》,杨骚的《急就章》……等,都是杂文创作的新收获。

正是由于鲁迅的倡导与哺育,开创了杂文创作的新生面,恰如他自己在《且介亭杂文·序言》中所说的:"作者多起来,读者也多起来"。直至鲁迅逝世之后,鲁迅所开创的杂文运动随着民族解放运动的高涨而更加蓬勃,三十年代后期甚至出现了被称作"鲁迅风"的杂文流派,作者队伍与读者面都更加扩大。"孤岛"时期的上海就创办了《鲁迅风》周刊(1939年1月创刊),出版有《边鼓集》(巴人、唐弢、柯灵、周木斋、文载道、周黎庵等六人杂文的合集),郑振铎、王任叔、孔另境等编辑的"大时代文艺丛书"也印行有《横眉集》(孔另境、王任叔等七人杂文的合集)、《扣虱谈》(巴人)、《剑腥集》(阿英)、《繁辞集》(王统照)、《清明集》(周黎庵)、《投影集》(唐弢)、《消长集》(周木斋)、《短长书》(唐弢)、《市楼独唱》(柯灵)等杂文集。同时如《奔流文艺丛刊》、《奔流新集》、《杂文丛刊》、《萧萧》以及《文汇报》的副刊《世纪风》等,都是杂文的阵地,在宣传抗日、反对投降的救亡宣传运动中起了相当大的作用。大后方的杂文刊物《野草》，由秦似、孟超、夏衍、聂绀弩、宋云彬等筹措于桂林创刊，自一九四〇年八月至一九四八年六月，共出了五卷五期以及"野草文丛"十期，是中国现代文学史上寿命最长的杂文期刊。此外，茅盾在香港主编的《笔谈》半月刊(1941年9月创刊)，也是影响弥深的杂文刊物。杂文作者正是在阶级斗争与民族斗争的实践中，深切体会到："官老爷和帮忙帮闲的清客蔑片们所以这样子痛恨鲁迅先生，甚至还想鞭尸一番，多半由于他的'敢笑，敢哭，敢怒，敢打，敢骂'的杂文，以及这种杂文所形成的'鲁迅风'。"(思慕:《杂文的一些问题》，刊《野草》新二号，1946年11月)。他们执着地认定："杂文是文化斗争的尖兵，只要这世界一天有斗争存在，杂文便需要一天:在斗争的过程中，非但要使这武器锻炼得更精锐，而且要使应用这武器的人愈加多起来。"(《杂文丛刊》第一辑《鱼藏》之《后记》，1941年4月)抗战时期，内战时期杂文集犹如雨后春笋竞相绽发，诸如《历史的奥秘》(聂绀弩)、《感觉的音响》(秦似)、《崇高的忧郁》(林林)、《长夜集》(孟超)、《骨鲠集》(宋云彬)、《长途》(夏衍)、《边风集》(巴人)、《小雨点》(罗荪)、《人的声音》(马国亮)、《星象》(长虹)、《人世百图》(靳以)、《中鱼集》(沈钧儒)、《星火集》(何其芳)、《有进无退》(雪峰)、《在重庆雾中》(胡绳)、《杂感集》(许地山)、《反刍集》(楼栖)、《秦牧杂文》(秦牧)、《刁斗集》(楚图南)、《丁易杂文》(丁易)、《识小录》(唐弢)、《天地玄黄》(郭沫若)、《劫余随笔》(夏衍)、《浮沉》(秋云)、《长短集》(陈汝惠)、《龙虫并雕斋琐语》(王了一)、《石下草》(应悱村)、《怒向集》(黎丁)、《狮和龙》(林默涵)、《热力》(贾植芳)、《二鸦杂文》(聂绀弩)等，一派如火如荼景象。总之，此后的历史证明，杂文由于鲁迅的实践与倡导，实际上日逐成为中国现代文学中运用广泛、攻守便捷、流播迅速、影响深远的一种主要的文学样式。

最后，我想引用一位不知名的作者的文章作为本文的结束，因为我觉得越是不知名，可能更具有代表性。这篇文章的题目是《鲁迅与杂文》，作者署名"寒"，发表于上海《学生日报》一九四六年十月十九日"鲁迅逝世十周年祭纪念专刊":

　　……我们敢说，杂文在鲁迅之前，不过是一种比较短小随意的文体，它在伟大的文学著作堆里没有显著的地位，然而经过鲁迅的吞吐锻炼之后，它就变成了一件最尖锐的武器，它构成了暴露的利刃斗争的投枪，没有一种文体再比它更有效，再比它自由;它成为现实的无情的写照,对恶势力的有力的讥刺,鲁迅带着无数创伤向黑暗作殊死的搏斗,而他经常所用的最有效的武器,就是一向不受人注意的杂文。……

鲁迅是死了,他遗留给我们不少财产,我们感到取用不竭,然而在这一大堆宝物里面,我们特别发现了短短的投枪——杂文底可珍贵,我们将不时诵读它,吸取它,并且希望从它的教训里,取出自己的资料,做我们武器,这也是纪念鲁迅的一法。

正如一切人所说的一样,我们希望鲁迅不是白死的,我们将步着他的前迹,举起他的投枪,来作更大的冲刺,给打击者以致命的打击!

这篇短文写于黑暗中国即将破晓的时刻,人们把鲁迅的杂文引为战取光明的武器,难道还不足以证明鲁迅杂文和他所倡导的杂文运动在中国文学乃至整个历史进程中的地位与作用,以及伟大与不朽嘛?!

1980 年 12 月 1 日至 28 日初稿,1981 年 2 月 13 日至 28 日定稿于沪南柘园

鲁迅与中国新诗运动

> 我已经确切的相信：将来的光明，必将证明我们不但是文艺上的遗产的保存者，而且也是开拓者和建设者。
>
> ——鲁迅

诗歌，作为革命文学战斗的一翼，始终为中国文化革命的主将鲁迅所关注与重视。早在二十世纪初叶，鲁迅就发表了洋洋数万言的诗论，热情召唤新诗的诞生。在"五四"新文化运动中，鲁迅不仅参与了新诗创作的实践，而且从理论上捍卫了处于萌芽期的新诗，热望它朝健康的方向发展。尤其当鲁迅成熟为一个伟大的共产主义战士之后，更为新兴的无产阶级革命诗歌倾洒了心血、寄托着希望。总之，鲁迅在与帝国主义文化和封建文化合流的反动文化的长期斗争中，一直关切着新诗的命运，无论是对"诗歌之敌"鞭辟入里的抨击，抑或是对"冬末萌芽"呕心沥血的培植，都在诗歌阵地上留下了光辉的战绩。本文仅就鲁迅对中国新诗运动的氤氲、萌发、成长过程中所作出的卓越贡献，以及他所阐明的中国新诗的发展方向，作一初步探索。

一　启蒙期的呐喊

早在资产阶级民主革命臻于高潮的一九〇七年，鲁迅就发表了《摩罗诗力说》。在这长达数万言的诗论中，热情洋溢地介绍了"摩罗诗派"的拜伦、雪莱、普希金、莱蒙托夫、海涅、密茨凯维支、裴多菲等欧洲民主主义革命诗人，赞赏他们作品"函刚健破坏挑战之声"，推崇他们"举全力以抗社会，宣众生平等之音，不惧权威"的革命精神。鲁迅面对风雨如磐的故国，沉滞死寂的诗坛，竭力呼吁中国必须涌现"不克厥敌，战则不止"的"精神界之战士"，热望诗人以惊雷闪电般的"伟美之音",来振奋国人、唤醒斗志。《摩罗诗力说》是一篇饱孕着爱国主义精神的革命檄文,也是一篇向封建文化宣战的战斗宣言。

首先,它是为当时风起云涌的旧民主主义革命推翻封建帝制的政治要求服务的。鲁迅之所以颂扬上述"所鼓吹的是复仇,所希求的是解放"的"摩罗诗人",他在后来说得很明白:"当时清的末年,在一部分中国青年的心中,革命思潮正盛,凡有叫喊复仇和反抗的,便容易惹起感应。"目的在于为怒涛澎湃的革命思潮推波助澜,以期惹起感应,激起共鸣,召唤"精神界之战士"挥臂而出"发为雄声",使能"动吭一呼,闻者兴起,争天拒俗",收到"以起其国人之新生,而大其国于天下"的效果。鲁迅强调诗歌应是革命的鼙鼓和号角,要求文学为政治斗争服务,主张文学活动要同革命事业紧密结合。这种进步的文艺观,在二十世纪初的中国,不啻是"空谷足音",必然激起强烈的反响。鲁迅正是从中国革命斗争的需要来提倡"崭新"的"伟美之音"的,因而异常重视诗歌的战斗性和思想性,这种观点此后也一直贯串在鲁迅的诗论中。

在这篇诗论中,鲁迅根据进化论与朴素唯物主义观点,论述了文学艺术与社会政治变革及国家民族兴亡之间的关系,提出了有关文学与现实,文学与革命,文学的社会作用等问题的见解与主张。这些观点虽然是从十九世纪欧洲积极浪漫主义文艺思潮中吸取来的,但对于当时禁锢守旧的中国文化界,却是新鲜而有益的空气。正如毛泽东所指出的:"在当时,这种所谓新学的思想,有同中国封建思想作斗争的革命作用,是替旧时期的中国资产阶级民主革命服务的。"(《新民主主义论》)清朝末年,随着封建经济基础的解体,作为上层建筑之一的封建文化也随之土崩瓦解。属于封建文化范畴的旧诗坛,在清季本来就处于寂寞和萧条的境地。骚人墨客醉心于模似宋代诗词,以晦涩为高远、以雕琢为工巧的"同光体"诗派形成一股横溢的浊流,形式主义和复古拟古的陈词滥调充斥诗坛。虽有龚自珍等以诸如"九洲生气恃风雷"之类清新的诗风,给予这种拟古的形式主义以打击,但也未能全面突破正统诗坛因袭的樊笼。随后资产阶级改良派倡导了"诗界革命",他们"鼓吹新学思潮,标榜爱国主义"的新派诗,确也给晚清诗坛增添了若干亮色,并与他们斥之为"鹦鹉名士"的"同光体"诗人进行了斗争。黄遵宪的"我手写我口,古岂能拘牵"的诗歌主张,谭嗣同的"四万万人齐下泪,天涯何处是神州"的爱国诗章,都发生过一定的影响。但正与他们在政治斗争中的妥协和动摇一样,在诗歌创作中也充其量只不过提出"熔铸新理想以入旧风格",没有冲破旧形式束缚的胆识与魄力。

鲁迅充满革命批判精神的诗论,给予清末呆滞陈腐的旧诗营垒以有力的震撼:不仅鞭挞了专拾宋人唾余的"同光体"诗派,从而使人们唾弃他们那种诘屈聱牙的雕虫小技;而且也冲击了标榜"诗界革命"的资产阶级改良派,使他们那种在政治维新上囿于保皇,在艺术改革上浅尝辄止,缺乏冲决旧思想樊笼,挣脱旧形式束缚的文学主张及创作实践,相形之下,越显出其苍白、孱弱、妥协、动摇的软骨症来。鲁迅的诗论,锋芒还直指当时红极一时的封建文化代表人物。这些顽固的封建卫道者反对诗歌成为"政治之手段",提倡所谓"纯文学"以抵制革命思想的传播。鲁迅则针锋相对地强调了诗歌"不克厥敌,战则不止"的功能与威力。总之,鲁迅不同凡响的诗论,不仅冲决了封建文化精心设置的堤防,向士大夫盘踞的旧诗坛发起猛攻;而且也给资产阶级改良派的"诗界革命"敲响了丧钟,迫使它早日偃旗息鼓、销声匿迹。

《摩罗诗力说》的发表,正值资产阶级革命派的诗歌运动方兴未艾之际(两年之后,即 1909 年,柳亚子等创立南社)。这篇诗论所崇尚推重的诗人,或是"重独立而爱自繇"的拜伦,或是"鼓吹自由,掊制压击"的雪莱,或是"为爱而歌,为国而死"的裴多菲,都是"立意在反抗,指归在动作"的革命诗人。而他们这种其力"如巨涛,直薄旧社会之柱石",其势"如励风,举一切伪饰陋习,悉与荡涤"的精神与作品,正是国人所未与或闻并易于感应的,必将对正在发起的资产阶级革命派诗歌运动,甚至稍后"五四"巨潮中孕育的新诗运动,产生积极而深远的影响。

尤为难能可贵的是,鲁迅在诗论中还无畏地向封建文化的支柱——孔孟之道进行了挑战,猛烈掊击了所谓"温柔敦厚"的"诗教"。揭露了封建统治阶级为"永保其故态",因而制定了对诗歌"协力而夭阏之"、"设范以囚之"的文化统制术,并把孔丘宣扬的"诗无邪"说奉为圭臬,对诗歌创作进行"鞭策羁縻",窒息了诗歌创作中的健康因素,致使千百年的诗歌"辗转不逾此界",僵化为"颂祝主人,悦媚豪右"的帮闲文学。鲁迅对统治中国诗坛达两千年之久的儒家"诗教",进行了勇猛的掊击,这在近代文化史上也是仅见的创举。如同一块呼啸的陨石坠入沉寂的潭水,必然激起隆然巨响和轩然大波。

摆脱孔孟"诗教"的羁绊,冲决旧体诗形式的桎梏,已是反帝反封建时代的急迫要求。新的斗争要求诗歌从内容到形式都必须发生质的飞跃。鲁迅在这一时期充满革命批判精神的诗论,为中国新诗的诞生,起了启蒙、拓荒与催生的作用;给即将到来的"五四"巨潮中萌发的新诗运动,作了思想和舆论的准备。

二　萌芽期的催发

"五四"新文化运动的巨潮掀起之后,鲁迅以不朽的力作《狂人日记》显示了文学革命的实绩。他当时用以参战的武器主要是小说与杂文,同时也写了一些新诗,如《梦》、《爱之神》、《桃花》等,参与了作为"五四"文化革命一脉支流的新诗运动的开拓。后来他曾回忆道:"因为那时诗坛寂寞,所以打打边鼓,凑些热闹,待到称为诗人的一出现,就洗手不作了。"

鲁迅所说的"洗手不作了",并非自始不关心尚处于萌芽期的新诗,而是鉴于沉滓的泛起,某些尊崇封建国粹的"老小昏虫"和鼓吹全盘欧化的"绅士淑女"也混迹于诗坛,毒化了新诗创作的空气,摧折了新诗创作的幼芽,所以鲁迅从此侧重于在理论上为捍卫新诗而战。

鲁迅为维护新诗运动健康发展的战斗,可以追溯得更早的则是对所谓"国学家"胡怀琛的批判。胡怀琛在文学革命浪潮的拍击下也"趋时"起来,接连抛出了所谓新诗集《大江集》,以及《新诗概说》、《诗学讨论集》等,俨然以新诗人与诗学权威自居。他公然宣扬新诗必须"养成温和和敦厚的风教",妄图仍以孔家店的"诗教"来主宰诗坛,以达到其篡改新诗反帝反封建方向的目的。这个骨子里敌视新文化的封建文人,果然一当风向有变就立即倒戈:一方面与胡适相唱和,编辑出版了《〈尝试集〉批评与讨论》,一方面则攻击新文学运动"不但没有效,而且有些反动"。鲁迅遂作《儿歌的'反动'》,给予干扰、诬蔑新诗运动的胡怀琛之流以有力的回击。

一九二二年顷,青年诗人汪静之出版了处女作《蕙的风》。这本新诗集感情浓郁、风格清新,其中那些吟咏自然、讴歌爱情的诗篇,也是对封建礼教的讥刺和挑战。诗集在青年中颇有影响,也博得进步文化界的好评,如朱自清就曾为《蕙的风》写序,表示读了汪作"颇自惊喜赞叹",并甚为欣赏"他创作底敏捷和成绩底丰富"。而这本诗集的出世,是受到鲁迅的关切与指导的。汪静之在建国后再版的《蕙的风》的《自序》中说:"《蕙的风》原稿在一九二一年鲁迅先生曾看过,有不少诗他曾略加修改,并在来信里指导我应该怎样努力,特别举出拜伦、雪莱、海涅三个人的诗要我学习。"不料《蕙的风》中含孕的反封建色彩,却遭到某些封建卫道者的非难,有一个名为胡梦华者,发表了《读了汪静之君的〈蕙的风〉以后》,攻击诗集是"堕落轻薄"的作品,并诬之有"不道德的嫌疑"。对于这种以封建伦理道德的戒尺来格杀新诗的论调,鲁迅立即挺身捍卫,撰写了《反对含泪的批评家》,指斥了那些给新诗"锻炼周纳"出"不道德"罪状的别有用心的"批评家",保卫了新诗反帝反封建的战斗传统。

对于胡梦华之流的谰言,鲁迅不仅撰写专文予以揞击,而且在同年十一月所作的历史小说《不周山》中作了形象化的讽刺。鲁迅后来在《故事新编》的《序言》中曾追述道:"……正看见了谁——现在忘记了名字——的对于汪静之君的《蕙的风》的批评,他说要含泪哀求,请青年不要再写这样的文字。这可怜的阴险使我感到滑稽,当再写小说时,就无论如何,止不住有一个古衣冠的小丈夫,在女祸的两腿之间出现了。"一再表示了蔑视与鄙视。

作为新文化运动的主将和旗手,对于新诗运动的培育与扶植,鲁迅倾洒了自己的心血。除了上述对《蕙的风》的创作亲切匡正,对《蕙的风》的遭际竭力护卫而外,早在一九一九年,鲁迅就曾致函《新潮》杂志的编者,对当时"五四"浪涛中甚为活跃的新潮社的诗歌创作,提出了恳挚的建议与希望:"《新潮》里的诗写景叙事的多,抒情的少,所以有点单调。此后能多有几样作风很不同的诗就好了。翻译外国的诗歌也是一种要事,可惜这事很不容易。"听到这样中肯而恺切的意见,《新潮》的编者表示衷心的感谢,立即复信鲁迅说:"先生对于我们的诗的意见很对。我们的诗实在犯单调的毛病。要是别种单调,也还罢了,偏偏这单调是离开人生的纯粹描写。"此后,新潮社成员诗作的内容与形式都有所转换和充实,如朱自清、叶绍钧、俞平伯、康白情等都在此时写了不少朴质而优美的抒情诗。与此同时,在鲁迅主编或支持的刊物上,也很注重新诗的创作与批评,并留心外国诗论与诗歌的介绍。例如鲁迅编辑及校阅的《民众文艺周刊》和《国民新报副刊》(乙刊)都发表过不少新诗,其中有《纷扰的北京》(徐玉)、《弱者的呼声》(秀康)、《压迫的呼声》(吕蕴儒),以及民歌《穷人春秋》等。另外还译介了俄国烈尔蒙托甫(现通译莱蒙托夫)的诗《吊普希金的死》。鲁迅还为《语丝》译过裴多菲的诗(早在1908年鲁迅就翻译过匈牙利赖息的论文《裴多飞诗论》,发表在东京出版的反清刊物《河南》上)。《莽原》周刊及半月刊则更为活跃,经常在其上发表新诗的有:柯仲平、漱园、静农、丛芜等;外国诗人中绍介得较多的是被马克思称为"德国当代最杰出的诗人"——海涅。在该半月刊第三期上专门刊登了《海纳(即海涅)像》和《亨利海纳评传》,其后又多次发表过《春日的消息》、《洛莱神女》、《恋歌》等海涅的诗(鲁迅自己早在1914年就译介过《HEINE 的诗》,见《中华小说界》第 2 期)。此外,《莽原》还译载了惠特曼、叶遂宁等的诗作。鲁迅还为该刊译了日本武者小路实笃的《论诗》、厨川白村的《东西之自然诗观》和铃木虎雄的《运用口语的填词》等,以供新诗人的借鉴。

一九二五年发表的《诗歌之敌》一文,实际上是对自"五四"以来新诗运动的小结。鲁迅在这篇不长的杂文中表露了丰富而复杂的感情:对于文学革命的逆转,感到痛心;对于资产阶级右翼的叛变,感到愤怒;对于进步诗坛的沉寂,感到不安;对于新诗人的孱弱,感到忧虑……他语重心长的告诫人们:"诗歌已奄奄一息了。"但鲁迅并不悲观,仍然谆谆昭示:"诗歌有能鼓动民心的倾向",要求诗人不要放下诗的号角,敢于抵制封建卫道者的攻讦,认为"对于老先生的一颦蹙,殊无所用其惭惶",不要因为"他们一摇头而慌忙辍笔",勖勉诗人要持之以恒地战斗下去。另一方面,鲁迅对资产阶级右翼势力所鼓吹的诗是"人们解除烦闷的药品"之类谎言,予以严正的批判;并对他们衰颓淫靡的诗风,也给以毫不留情的抨击,把这伙统治者豢养的文痞喻之为"位在声色狗马之间的玩物",这真是透剔的勾勒出了彼辈的本相。

在这一历史阶段的后期,鲁迅还为苏联诗人亚历山大·勃洛克歌颂十月革命的长诗《十二个》中译本(胡斅译,《未名丛刊》之一,未名社 1926 年 7月初版),写了《后记》。热望中国的新诗人也如同勃洛克一样具有"真的神往的心",去"呼唤血和火",去鞭挞"癞皮狗似的旧世界",从而在"革命中看见诗",勇猛地"向着革命这边突进"。鲁迅怀着急切的心情,预感一个新的"大时代"即将到来,希望中国也能够产生"新兴的革命诗人"。

三 曙新期的进击

一九二七年间,鲁迅经受大革命的狂涛激荡,以及革命失败后血的教训,在战斗中不断进击,终于成熟为一个伟大的共产主义战士。从此,他的诗歌理论与创作实践,对于指导和促进属于无产阶级革命文学战斗一翼的诗歌运动,都产生了积极而强劲的影响。

鲁迅在有关诗论中曾强调:"战斗的作者应注重论争",他自己就身先士卒地在诗歌战线上作出了榜样,以马克思主义文艺观为克敌制胜的武器,与资产阶级形形色色的论客,进行了持久而艰苦的论战。

诗歌起源于劳动

关于艺术(包括诗歌)的起源问题,马克思主义与各色资产阶级学派有两种截然不同的解释,反映了两种相互对立的文化史观。

马克思主义经典作家就艺术起源问题雄辩地作了历史唯物主义的论述:"思想、观念、意识的生产最初是直接与人们的物质活动,与人们的物质交往,与现实生活的语言交织在一起的。观念、思维、人们的精神交往在这里还是人们物质关系的直接产物。"(马克思、恩格斯:《费尔巴哈》)马克思主义美学中关于艺术起源于劳动的观点,是对于人类文化史最科学的解释。

相反,资产阶级学者却从唯心史观出发,对艺术起源问题作了许多主观臆说,其中代表性的论点之一就是所谓"心灵表现说"。十九世纪欧洲的资产阶级心理学派就认为,艺术的起源是为了表现作者自己的心理变化,描摹自己的心境,发现作者的"自我"。无独有偶,中国古代封建阶级思想家也同样从主观唯心主义出发,对艺术起源作了有意的曲解。如程朱学派的代表人物朱熹在《诗序》中就"诗何为而作也?"作了解释,认为诗歌是人的"天之性"、"性之欲"的表现,是人的本性的流露。可见,中国与西方的剥削阶级思想家都不能科学地解释艺术的起源问题,而是异曲同工地背离了"社会意识是社会存在的反映"这一真理,作出了唯心主义的论证与牵强附会的穿凿。

在三十年代中国文化界的斗争中,围绕着艺术起源等文学基本原理问题的论战,也是反文化"围剿"的重要内容之一。某些御用文人仰承权势者的鼻息,他们重弹的仍然是虚妄的老调,宣扬的无非是唯心的邪说。有所谓"国学家"在《新诗概说》的专著开宗明义第一章"人为甚么要作诗"中写道:"人心中有了喜怒哀乐的感情,郁在胸中,不能再郁,于是要说出来;却又很婉曲,很微妙的,不是寻常的语言所能表现得出;往往是带叹带唱的说出来,自然而然成了一种音节,这便是诗。"这里的"喜怒哀乐"以及"婉曲"、"微妙"云云,不过是朱熹的"天之性"、"性之欲"说的翻版。同时,某些论客在所谓《诗论》中也宣扬:"诗的起源都是以人类天性为基础",并且直言不讳地说:"诗的起源实在不是一个历史的问题,而是一个心理学的问题。"这种呓语同样不过是西方心理学派的传声筒。

鲁迅当然不能容忍上述谬论在诗歌理论领域中横行,任其流毒贻害。关于诗歌起源问题,早在一九二四年,鲁迅在《中国小说的历史的变迁》中就明白地揭示:"诗歌起源于劳动";尔后,当鲁迅以马克思主义文艺观武装自己之后,更精辟地论述了"有用对象的生产(劳动),先于艺术生产这一唯物史观的根本底命题"。而这一根本命题的充分阐发,则集中于他在一九三四年写的《门外文谈》中。鲁迅运用马克思主义的历史唯物主义观点,有力地批判了封建阶级、资产阶级关于文化起源史和发展史的历史唯心主义谬论。其中关于诗歌起源问题,阐释得非常明白晓畅、警策生动:

> 我们的祖先的原始人,原先连话也不会说的,为了共同劳作,必需发表意见,才渐渐的练出复杂的声音来,假如那时大家抬木头,都觉得吃力了,却想不到发表,其中有一个叫道"杭育杭育",那么,这就是创作;大家也要佩服,应用的,这就等于出版;倘若用什么记号保存了下来,这就是文学;他当然就是作家,也是文学家,是"杭育杭育派"。

鲁迅在这里用通俗浅显的语言,解释了原始文艺起源于劳动者对于劳动生活的感受,论证了诗歌的产生同劳动有着不可分割的联系。说明了诗歌乃至一切文艺作品,都来源于原始人的劳动生活和生产斗争,它们或者直接产生于劳动生产过程中,成为当时劳动者组织劳动、鼓舞劳动的一种手段;或者是以幻想形式来表现原始人战胜自然的理想和愿望。这一科学的结论,是完全符合马克思主义关于"人们的社会存在决定人们的意识"(马克思:《政治经济学批判·序言》)的历史唯物主义观点的。这一充满批判精神的论断,对于拾孔孟程朱唾余的封建余孽,或是拣弗洛依德牙慧的洋场论客,以及他们所宣扬的所谓诗歌起源说——纯粹是由人类生理或心理的本能冲动所引起的无知妄言,进行了有力的排击,廓清了这一重要美学命题的是非。

诗歌的阶级性与战斗性

鲁迅关于诗歌的社会作用的论述,与他思想演变的轨迹一致,有一个发展的过程。早年作为革命民主主义者的鲁迅,就十分重视诗歌的社会性与思想性;当他成为伟大的共产主义战士之后,更是旗帜鲜明地强调了诗歌的阶级性与战斗性。鲁迅认为:"无产文学,是无产阶级解放斗争底一翼",他始终把文学看作"感应的神经"、"攻守的手足",强调"现在需要的是斗争的文学",呼吁"革命的诗"在战斗中涌现。鲁迅在评介殷夫那迸射着火花、鸣响着雷电的诗作时热情赞颂:"这是东方的微光,是林中的响箭,是冬末的萌芽,是进军的第一步,是对于前驱者的爱的大纛,也是对于摧残者的憎的丰碑。"这里进一步明确了诗歌要为无产阶级革命斗争服务,既是讴歌革命、赞颂光明的号角,又是掊击敌人、鞭挞黑暗的武器。

　　然而,当时国民党的御用文人,明明是进行反革命文化"围剿"的鹰犬,却夹着尾巴讳言文学的阶级属性与功利目的。在诗歌方面,"新月派"挂出了"为艺术而艺术"的幌子。他们宣扬什么:"我们写诗,……原不计较这诗所给与人的究竟是什么",扬言追求所谓"本质的醇正",并且攻击革命诗歌是"欺骗",革命诗人"受感情以外的事物的指示"(《〈新月诗选〉》序)。"新月派"的坛主徐志摩则在《新月的态度》中污蔑革命诗歌是"标语派"、"主义派",斥之为"不正当的营业"(《新月》创刊号,1928年3月)。"新月派"竭力鼓噪什么诗的"健康"与"尊严",反对革命诗歌为无产阶级解放斗争服务,诋毁革命诗歌作为鼙鼓号角的战斗作用。

　　鲁迅《三闲集》、《二心集》中不少犀利的杂文,就是当年掊击"新月派"的"批评家"与"诗人"的匕首和投枪。关于诗歌的社会作用,鲁迅针对"新月派"所标榜的"为艺术而艺术"的谎言,批驳了"诗人要做诗,就如植物要开花,因为他非开不可的缘故。如果你摘去吃了,即使中了毒,也是你自己错"之类"超阶级"的妄言,凛然声称:"如果有毒,那是园丁之流就要想法的。"表明了对毒草决不姑息的严正态度。

　　"新月派"与左翼革命文学为敌,他们在与以鲁迅为旗手的文化新军的斗争中节节败退,终于图穷而匕首见,撕下了"醇正"、"纯粹"、"健康"、"尊严"的假面,露出了狰狞的嘴脸,张开了喋血的虎口。"新月派"的代表诗人也不再吟唱什么"天籁"、"海韵",却抛出了张牙舞爪的《猛虎集》,别有用心地嚎叫什么:"花尽开着可结不成果,思想被主义奸污得苦。"(《猛虎集》:《秋虫》)甚而疯狂污蔑:"青年的血,尤其是滚沸过的心血是可口的——他们借用普罗列塔里亚的瓢匙在彼此请呀请的舀着喝。"(《猛虎集》:《西窗》)这头被其"新月派"同伙誉之为"爱飞吟的夜莺",在激烈的阶级搏战中,终于抖落了用以伪装的色彩斑斓的"夜莺"的羽毛,而裸露了他与无产阶级为敌的茹毛饮血的秃鹫的本相。"新月派"凶残面目的暴露,从反面证明了他们所标榜的"为艺术而艺术"是彻头彻尾的谎言。鲁迅对于论敌的打击是毫不手软的,他以如椽的巨笔剖示,"新月派"的某些"'文学家'明明暗暗的成了'王之爪牙'",不过是统治者指挥刀颐指下的叭儿而已。

当时有些论客也与"新月派"遥相呼应,鼓吹"和平静穆"是"诗的极境",是"艺术的最高境界"。鲁迅严词驳斥了这种居心叵测的"静穆"说,揭露了它的荒诞与虚妄:"我想,立'静穆'为诗的极境,而此境的不见于诗,也许和立蛋形为人体的最高形式,而此形终不见于人一样。"针对所谓"静穆"论,鲁迅指出这是企图"引读者入于迷途"的"吹嘘或附会",真正历史上有价值的诗歌并不"超然物外,与尘浊无干",相反却都是"雄大而活泼"、"明白而热烈"的。再次强调了诗歌"一定得有明确的是非,有热烈的好恶",作为无产阶级战斗的武器,"以热烈的憎,向'异己'者进攻","以热烈的憎,向'死的说教者'抗战"。

鲁迅关于诗歌的阶级性、战斗性的论述,教育和鼓舞了当年左翼文艺运动中的革命诗人,促使他们更加自觉地充当真正的无产阶级歌手,怀着高亢的革命热情和激昂的阶级义愤,对革命的"前驱者"纵情讴歌,对反动的"摧残者"竭力排击,从而锻炼自己的诗成为预兆胜利的"微光",制敌死命的"响箭",象征新生的"萌芽",激励进军的"鼙鼓",进而把诗的号筒吹得更加嘹亮激越,满腔热忱、竭尽全力地去"歌颂倔强的、叱咤风云的和革命的无产者"(恩格斯:《诗歌和散文中的德国社会主义》)。

诗歌的继承与创新

鲁迅后期掌握了辩证唯物主义之后,正确的阐释了批判地继承文化遗产和创造新文化的辩证关系。革新与继承,是对立的统一。新文化的产生,发源于对旧文化的猛烈批判和奋力冲决;但为了战胜旧文化和创立新文化,又必须对旧文化有所继承和择取。鲁迅深刻地分析了新旧文化的关系:"因为新的阶级及其文化,并非突然从天而降,大抵是发达于对于旧支配者及文化的反抗中,亦即发达于和旧者的对立中,所以新文化仍然有所承转,于旧文化也仍然有所择取。"这一充满辩证法的论述,是完全符合马克思主义经典作家所指出的:"不是臆造新的无产阶级文化,而是根据马克思主义世界观和无产阶级在其专政时代的生活与斗争条件的观点,去发扬现有文化的优秀典范、传统和成果。"(列宁:《关于无产阶级文化的决议的草稿》)关于批判地继承遗产的科学论断的。

对待中外古典诗歌遗产,鲁迅同样也主张"拿来主义",即根据革命的需要,用历史唯物主义观点去正确地对待,经过鉴别、咀嚼、消化,去掉渣滓,吸取养料,"或使用,或存放,或毁灭",反对了对待诗歌遗产盲目排斥的虚无主义和骸骨迷恋的复古主义。

中国的民族诗歌传统源远流长,鲁迅是极为重视的,他曾强调说:"我们有艺术史,而且生在中国,必须翻开中国的艺术史来。"这"中国的艺术史",当然也包括绵亘如江流、浩荡如湮海的诗歌传统。但鲁迅首先赞美的是人民的创作,认为文学形式的革新与创造,都是由民间发难的:"歌,诗,词,曲,我以为原是民间物,文人取为己有,越做越难懂,弄得变成僵石。"并推重人民的创作"刚健、清新",往往使文人叹为观止,吸取入自己作品"作为新的养料",并促使衰颓的旧文学"起一个新的转变"。鲁迅还以《子夜歌》为例,认为它给魏晋南北朝诗歌带来了虎虎生气,是给旧文学以推动的"一种新力量"。鲁迅对人民创作的颂扬,不仅是以马克思主义的文化史观,把颠倒的历史再颠倒过来;而且对林语堂等所发出的"杭育杭育文学,皆在鄙视之列"的悖论,也是有力的反击。

对于古典诗歌遗产,鲁迅采取的是批判的、一分为二的科学态度。如关于周代的诗歌结集——《诗经》,鲁迅一反历代封建文人所谓"乐而不淫,哀而不伤"的曲解,以及所谓"温柔敦厚"的涂饰,并对孔丘所谓《诗》三百,一言以蔽之,曰:"思无邪"的"诗教"予以揭露。鲁迅认为《诗经》的《风》《雅》中颇多"激楚之言,奔放之词",这些奴隶的抗争之声、怨愤之音,决非孔丘辈所阉割与抹煞得了的。他对于《国风》中的民歌甚为赞赏,认为正因为是"不识字的无名氏的作品",所以"比较的优秀",因而能"口口相传"。而对于周代奴隶主贵族用之于侑酒与祭祀的《颂》诗,鲁迅则锐利地指出:"《颂》诗早已拍马",并且揭露它是"不是以危言耸听,就是以美词动听,于是夸大,装腔,撒谎,层出不穷"的帮闲文学的"老祖宗"。鲁迅对于《诗经》一分为二的分析,闪现着辩证法的光辉,对于今天我们批判地继承古典文化遗产,"剔除其封建性的糟粕,吸收其民主性的精华",用以养育民族化的新诗歌,仍然有着深刻的启示。对统治者庙堂文学的扬弃,对人民口头创作的赞许,尤其是对御用文人借曲解《诗经》以售其奸的"瞒和骗"的揭露,都是值得我们学习、借鉴的范例。

对于古典诗人,鲁迅也能突破传统观念设置的囹圄,作出历史唯物主义的正确评价。如汉魏之际的大政治家曹操，鲁迅不仅称赞他"至少是一个英雄"，而且推崇他"也是一个改造文章的祖师"，高度评价了作为文学家、诗人的曹操在"建安文学"中的开山作用。鲁迅根据马克思主义文艺观，分析了政治思想与文章风格的关系，他说曹操"立法是很严"的政治路线，"影响到文章方面，成了清峻的风格"，并就"曹操做诗"而言，认为他敢于革新，从而开创了"清峻，通脱"的一代诗风。此外，鲁迅对"放言无惮，为前人所不敢言"的大诗人屈原，对"业绩之伟"，"自造《七发》"的汉代文学家枚乘，对"清词丽句"的李商隐和"鬼才"李贺等古典诗人，都根据他们在历史上对待人民的态度，在文学发展史上的贡献，进行了恺切中肯的评析。

关于古典诗人的研究中，有些论客出于狭隘的阶级偏见或钦定的功利目的，别有用心地夸大某一诗人的消极面而抹煞其积极面时，鲁迅则予以驳斥，以雄辩的论点，以充分的论据，全面分析了该诗人的思想和创作倾向，指出评论古典诗人不能"就诗论诗"，而要"顾及全篇，并且顾及作者的全人，以及他所处的社会状态，这才较为确凿"。当时有人宣扬晋代诗人陶渊明"浑身是'静穆'，所以他伟大"，鲁迅立即批驳这种"静穆"论是对诗人的"凌迟"，还例举诗人自己的作品来证明其并非浑身是静穆，揭示陶潜除了吟唱"采菊东篱下，悠然见南山"之类轻松闲适的诗句外，还高歌"刑天舞干戚，猛志固常在"这样"金刚怒目"式表明心迹的豪语。进而归纳为："这'猛志固常在'和'悠然见南山'是一个人，倘有取舍，即非全人，再加抑扬，更离真实。"鲁迅在这里强调的要对古典诗人乃至历史人物要作历史的、全面的、具体的分析，至今仍是我们必须遵循，并与违悖这一原则的现象作论争的。

对于外国优秀的诗歌遗产，鲁迅也是珍重的，但强调要与中国当前的现实斗争有所裨益，对中国新诗运动的发育滋长有所借鉴。早在二十世纪初叶，鲁迅就译介过被恩格斯称为"德国当代最杰出的诗人亨利希·海涅"的作品，推崇过被马克思誉为"社会主义的急先锋"的雪莱，以及介绍过拜伦、济慈、莱蒙托夫、普希金等欧州革命民主主义诗人。鲁迅早年对波兰诗人密茨凯维支备多推崇，也是由于革命的需要，因为他是"波兰在异族压迫下的时代的诗人，所鼓吹的是复仇，所希求的是解放，在二三十年前，是很足以招致中国青年的共鸣的"。鲁迅意识到，帝俄蹂躏下的波兰与列强践踏下的中国，有着共同的民族命运，"复仇"的呼号，"解放"的战叫，可以激起中国青年的反响与奋起，所以鲁迅当年不遗余力地向国人引荐"被压迫民族的文学"。又如匈牙利诗人裴多菲，鲁迅在早年写的诗论中，在所编辑的刊物中，在所校阅的译稿中,在所撰写的序跋中,都曾大加推重,这是因为裴多菲是一个反抗老沙皇侵略的"爱国诗人",充溢于裴多菲诗中的"'斗志'能鼓动青年战士的心"。鲁迅身处于半封建半殖民地的旧中国,侵略者的瓜分宰割,统治者的颟顸昏庸,国家民族的深重危机,都促使他着意寻求鼓吹反抗、鄙视投降的战歌,用以武装民心,激励斗志,而密茨凯维支、裴多菲等都是反对异族统治的爱国诗人,所以鲁迅大力介绍,广为流播,以使"读其诗歌,即易于心心相印,不但无事大之意,也不存献媚之心"。目的都在于陶冶国人的爱国情热,怂恿诗人的革命激情。鲁迅曾经说过:"翻译外国的诗歌也是一种要事",所以后期他在引进外国近现代的、进步的、革命的诗歌方面,做了许多切实而琐细的工作。

在主持或支持的文学刊物上组织发表有:密茨凯维支的《青春的颂赞》(石心译),裴多菲的《黑面包及其他》(白莽译)(以上《奔流》),沛妥裴(即裴多菲)诗二首(梅川译)(以上《朝花周刊》);涅克拉索夫的《诗三首》(孙用译)及《严寒·通红的鼻子》(孟十还译),莱蒙托夫的诗三首(傅东华译),普式庚(即普希金)的诗《秋天》等四首(孙用译)及童话诗《渔夫和鱼的故事》(克夫译),别德内依的讽刺诗《慈善家及其他》(孟十还译)(以上《译文》)。此外,上述各刊物还发表有译介的诗人评传:如白莽译的《彼得斐·山陀尔行状》和谢芬译的《莱蒙托夫》、丽尼译的《普式庚论》等。

校阅和资助出版诗集:匈牙利诗人裴多菲的民间故事诗《勇敢的约翰》(孙用译,湖风书局,1931年10月初版),鲁迅费时两年之久为之擘划出版,并亲自为它校阅并撰写《校后记》。由鲁迅主编的"未名丛刊"之十八《黄花集》(韦素园译,未名社,1929年2月初版),其中第三部分为译诗,辑有俄国诗人玛伊珂夫的《诗人的想象》、蒲宁的《不要用雷闪来骇我》、梭罗古勃的《蛇睛集选》等。直至逝世前不久,鲁迅还怂恿和鼓励当时一个文学青年去译俄国诗人涅克拉索夫的长诗《严寒·通红的鼻子》(文化生活出版社,1936年9月初版),亲自为其译定书名。

亲自译诗:鲁迅早年就曾译过《红星佚史》(英国罗达哈葛德与安度阑俱合作,周逴译,"说部丛书"之一,商务印书馆,1907年11月初版)中歌词十六篇,不过用的是骚体。后来译过海涅的诗(1914年),也是用的文言。后期则以新诗自由体形式译过日本落谷虹儿的《坦波林之歌》、法国亚波里耐尔的《跳蚤》(以上刊《奔流》),奥国翰斯·迈伊尔的《中国起了火》(刊《文学导报》),以及奥国莉莉·珂贝的《赠〈新语林〉诗及致〈新语林〉读者辞》(刊《新语林》)。

鲁迅主要是引导人们向前看,在论述续承与创新的关系时,他侧重与强调的是后者,反复申述前者是为后者服役并所用的。他精辟地指出:"采用外国的良规,加以发挥,使我们的作品更加丰满是一条路;择取中国的遗产,融合新机,使将来的作品别开生面也是一条路。"为我们批判继承中外诗歌遗产指引了最正确的蹊径。鲁迅还一再申明:"以独创为贵",认为"依傍和模仿,决不能产生真艺术",并高瞻远瞩地指出:"文化的改革如长江大河的流行,无法遏止",并寄希望于无产阶级的文化新军:"没有冲破一切传统思想和手法的闯将,中国是不会有真的新文艺的。"号召左翼作家(包括诗人)承担起"不但是文艺上的遗产的保存者,而且也是开拓者和建设者"的重任。

诗歌的民族形式

所谓"民族形式",它并非纯粹指"形式"而言,不仅包括文体、结构、技巧、韵律、语言、风格诸因素,而且也结合着内容的成分,并为内容所决定。毛泽东曾指出:"中国文化应有自己的形式,这就是民族形式。"后来又强调必须有"新鲜活泼的、为中国老百姓所喜闻乐见的中国作风和中国气派"。鲁迅总结了"五四"以来新诗运动的历史经验,就诗歌的民族形式问题作出了许多精辟的论述,推动了当时的左翼诗歌运动,为中国新诗的发展指明了方向。

关于文学的民族特点,鲁迅从来都是强调再三的。早在一九二七年,当他在评述一位画家的绘画时就曾说过:"他以新的形,尤其是新的色来写出他自己的世界,而其中仍有中国向来的魂灵——要字面免得流于玄虚,则就是:民族性。"而对于各种艺术样式所赋有的民族特点,鲁迅大都作过精炼而准确的概括,诸如小说、杂文乃至木刻,诗歌当然也不会忽略。关于诗歌,鲁迅曾说:"诗须有形式,要易记,易懂,易唱,动听,但格式不要太严。要有韵,但不必依旧诗韵,只要顺口就好。"又说:"新诗先要有节调,押大致相近的韵,声大家容易记,又顺口,唱得出来。"指出如果新诗"没有节调,没有韵,它唱不来;唱不来,就记不住,记不住,就不能在人们的脑子里将旧诗挤出,占了它的地位"。这里,鲁迅根据自己对于民族诗歌遗产精深的研究、广博的学识、长期的探索,而总结出来的关于古典诗词尤其是民间歌谣方面的富有民族性的特征,也就是新诗所必须继承和发扬的民族形式。这些特征大致包括以下几个方面:易记易懂,顺口有韵,动听能唱,富有节调,格式活泼等。总之,鲁迅正是从"目的都在工农大众"着眼,首先考虑的是中国劳动人民的欣赏习惯和接受能力,必须为占全民族绝大多数的工农大众所易于接受和喜闻乐见。

鲁迅所倡导的诗歌要易记易懂,顺口有韵,动听能唱,富有节调,格式活泼等,既是对中国诗歌形式优秀传统的总结,也是对诗歌民族形式创造的展望。中国古典诗词与民间歌谣中富有生命力的遗产,大都是语言晓畅、节奏明快、韵律铿锵、格式生动的篇章,词曲、谣谚本来就与音乐有着密不可分的血缘关系。由此可见,鲁迅对上述诗歌民族形式的特征,是概括得准确而精当的。

鲁迅主张继承与创造诗歌的民族形式,当然是从革命的功利目的出发的,目的仍在于斗争。文艺形式作为一种宣传手段,必须能为群众接受,才能产生宣传效果。所以鲁迅说:"要启蒙,即必须能懂。"要求革命文艺"为了大众,力求易懂",并认为这是"前进的艺术家正确的努力"的方向,诗人当然也不能例外。而诗歌有别于其他文艺形式,则有其特殊性,因此还要"易记"、"易唱"。要达到易记、易唱,则又必须发挥诗歌形式的特长,使其富有明快的节调和铿锵的韵律。鲁迅强调诗歌的民族形式,是为了充分发挥诗歌艺术的特点,极力展现诗歌的革命作用,以与旧文化争夺阵地、争取群众,希望革命诗歌"大家能懂,爱看,以挤掉一些陈腐的牢什子"。正是为了与旧文化进行抗击与斗争,"占了它的地位",鲁迅才如此执着地提倡新诗必须走民族化、大众化的道路。

鲁迅对诗歌民族形式的强调,也是鉴于左翼诗歌本身的状况,出于对革命文学运动的关切。毋庸置疑,中国无产阶级革命文学在反文化"围剿"的激烈鏖战中,取得了辉煌的战绩,其锋芒是所向披靡的。但由于与当时"斗争的漩涡中心"——工农的武装斗争,没有紧密地结合起来,又由于革命文学队伍内部也一定程度存在着脱离斗争、脱离群众的倾向,都导致革命文学的内容和形式都存在若干问题,左翼诗歌的情况亦然,所以鲁迅在一九三四年还不无感慨地指出:"新诗直到现在,还是在交倒楣运。"这一方面虽然是愤慨于某些人对于新诗的污染与破坏,另一方面确也痛感到革命诗歌与当时的革命战争、与工农大众的隔绝所形成的不景气现象。鲁迅对于左翼诗歌的成长发展是十分关切的:当国民党当局用屠刀戕害革命文学的萌芽时,鲁迅就凛然为烈士的遗诗写序,无畏地称颂殷夫那饱孕着革命激情、鸣响着斗争雷电的"红色鼓动诗";当左翼诗歌中出现某种以辱骂与恐吓代替战斗的倾向时,鲁迅立即撰文以匡正,希望诗人学习"战斗的作者的本领",锻炼和提高斗争艺术,从而"使敌人因此受伤或致死";当中国左翼作家联盟所属的团体"中国诗歌会"成立之后,鲁迅对他们推行的"诗歌大众化"运动十分关注,经常与该会的中坚分子蒲风保持通讯联系,并为其校阅诗稿,在一九三四年至一九三六年的《鲁迅日记》中就有"得蒲风信即复"、"得蒲风信并诗稿"等的记载。前面引述的那封论及诗歌形式的信,也是写给"中国诗歌会"的成员的(以《对于诗歌的一点意见》为题刊载于《新诗歌》第 1 卷第 4 期,1934 年 12 月)。正是由于鲁迅的诲导与影响,"中国诗歌会"在实践他们的宗旨——"我们要使我们的诗歌成为大众歌调"方面,取得了可喜的成绩:他们有意识地提倡向"民谣小调鼓词儿歌"学习,主张"要用俗言俚语"来写"歌谣体",并在自己的机关刊物《新诗歌》上专门辟了"歌谣专辑";他们还反对把诗歌变为"视觉艺术",而提倡创作便于朗诵、适于歌唱的诗歌,使之成为"听觉艺术"。因而"中国诗歌会"成员的作品很多被谱成歌曲,如聂耳谱曲的《码头工人歌》、《打桩歌》(蒲风),《打砖歌》、《卖菜的孩子》(温流)等,都曾广为流传,发生甚大的影响。诗人蒲风不仅以《茫茫夜》、《生活》、《钢铁的歌唱》、《摇篮歌》、《抗战三部曲》、《黑陋的角落里》、《可怜虫》、《真理的光泽》、《取火者颂》、《儿童亲卫队》、《街头诗选》等诗集,在创作实践上向民族化、大众化的方向迈出了坚实的一步;而且在诗歌理论方面也有所建树,先后出版有《现代中国诗坛》和《抗战诗歌讲话》两本论文集,并在《目前的诗歌大众化诸问题》、《诗歌大众化的再认识》、《诗歌大众化与实践》、《新诗歌与旧调借用问题》、《现阶段的诗人任务》、《大众化的技巧》、《吸取大众语言》以及《现阶段诗歌运动纲领》(与史轮合写)等文章中,都一再强调与论述了诗歌的大众化问题,他认为一方面要旧瓶装新酒,模仿旧形式,或批判地采用旧形式,用歌谣时调教育大众,锻炼自己;一方面创造新形式,以容易使人了解,听得懂为主要目标。他通过对民间歌谣的细心揣摩,总结出了它在形式上的十特点,并将其运用到自己的创作中去。蒲风的这些论述无疑是与鲁迅关于新诗民族化、大众化的要求一致的;他在哀悼鲁迅的文章中,在抒发"失了导师的悲哀"之时,也承认自己遵循的是鲁迅的教导。蒲风还曾说过:"中国诗歌会,捐起了诗歌大众化的重担,以'创造大众化诗歌'为主要任务之一。"以蒲风为首的"中国诗歌会"的同人,确实都是向这一方向努力的。鲁迅就曾推崇过蒲风的诗集《六月流火》,并把它成批寄给北方的学生与战友。他在一九三六年四月一日致曹靖华的信中曾写道"《六月流火》看的人既多，当再寄上一点。"这本意欲"表现大时代下的农村动乱"的"长篇故事诗"，诗人创造性地采用了自己故乡流行的客家山歌的表现形式，广泛采集了农民群众中的口语，以"对唱"、"轮唱"、"合唱"等民间、歌谣的传统手法，并创造了"大众合唱诗"这一旨在抒发"大众心声"的新形式，气势磅礴地反映了党所领导的农民暴动。尤为难能可贵的是，这首长达一千八百行的叙事诗，完稿于一九三五年十一月；其时，中国工农红军经过二万五千里长征刚刚胜利到达陕北。对于这一伟大的、亘古未有的历史事件，长诗就已作了迅速而热情的礼赞（这也许是左翼革命文学中最早直接歌颂长征的作品）。郭沫若于一九三六年与蒲风谈话时也曾指出："至于《六月流火》，虽无主角，但也有革命情调作焦点。其咏铁流一节可以把全篇振作统率起来。结尾轻轻地用对照法作结，是相当成功的。"（《郭沫若诗作谈》，刊《现世界》创刊号，1936 年 8 月 16 日）关于"咏铁流一节"，诗人敞开赤热的心胸放歌：

> 铁流哟，到头人们压迫你滚滚西吐，
> 铁流哟，如今，蟠过高山，流过大地的胸脯，
> 铁的旋风卷起了塞北沙土！
> 铁流哟，逆暑披风，
> 无限的艰难，无限的险阻！
> 咽下更多量数的苦楚里的愤怒，
> 铁流所到处哟，建造起铁的基础！

蒲风在诗集的后记中还表示"我们要来歌咏铁流群的西征北伐"，要以"起码千行以上的叙事诗体"来谱写这一"伟大的史诗"。对于一位人民的歌手来说，这当然是一个神圣而崇高的愿望。在浓重的白色恐怖下，敢于歌颂不朽的万里长征，勇于表述犯禁的创作欲望，这当然是非常难得的。我们有理由为鲁迅所培育出这样的革命诗人而感到骄傲！

鲁迅关于诗歌的民族形式问题的论述，总结了"五四"以来新诗运动的历史经验，批判了轮番出现的资产阶级诗歌流派，推动了当时左翼诗歌朝民族化、大众化的方向发展。"中国诗歌会"遵循鲁迅的教导，在诗歌大众化方面的可贵实践，以及在诗歌理论方面的勇敢探索，都是值得珍视的遗产。

　　以上仅就鲁迅与中国新诗运动的关系勾勒了一个极为粗略的轮廓,实在是粗枝大叶,挂一漏万。但即使力不从心,也力图记述鲁迅及其率领的文化新军在诗歌战线上的不朽业绩于万一。当年蛰伏在左翼文艺队伍中的异己分子张春桥,曾以极左的面目诬蔑道:"因为诗人的努力还不够,所以到今天没有革命的诗歌。"(《革命的诗歌》,刊 1936 年 4 月 8 日《立报》)这完全是配合文化"围剿"的狂吠。但在斗争中不断成长壮大的中国无产阶级革命诗歌运动,蒋介石的屠刀都扼杀不了,张春桥的秃笔还能抹煞得了吗?! 毛泽东早就说过:"革命的文学艺术运动,在十年内战时期有了大的发展。"作为无产阶级革命文艺运动战斗一翼的革命诗歌,也创造了光辉的战绩。既有主将和先锋的荜路蓝缕、披荆斩棘,也有战士和青年的浴血奋战、前仆后继;既有拓荒者在榛莽中培育不屈的新芽,也有前驱者在荆丛中留下血写的诗章……。这里有鲁迅桀骜锋利的政治讽刺诗,有郭沫若激情澎湃的《前茅》和《恢复》,有殷夫电闪雷鸣的红色鼓动诗,也有蒲风怒火飞溅的《钢铁的歌唱》,此外,蒋光慈、冯宪章、应修人、潘漠华、萧三、冯雪峰、柯仲平、光未然、臧克家、何其芳、温流、冯至、田间、艾青、王亚平、卞之琳、史轮、杨骚……等的诗作,都已成为中国诗歌史上璀灿的明珠。鲁迅曾经说过:"试看新的文艺和在压制者保护之下的狗屁文艺,谁先成为烟埃。"历史已经雄辩地证实了鲁迅的预见:他当年所指斥的帝国主义文化和封建文化合流的"狗屁文艺",早已灰烟灭,成为历史的陈迹;而今,"四人帮"步"狗屁文艺"后尘而炮制的"阴谋文艺",也同样逃脱不了化为烟埃的历史命运。而以鲁迅为旗帜的中国无产阶级革命文学运动,其中包括声威浩大、锋芒凌厉的革命诗歌运动,将永远彪炳于史册!

　　　　　　(原载《文艺论丛》第六辑,上海文艺出版社,1979 年 3 月初版。)

叶紫论

　　正当中国无产阶级革命文学运动方兴未艾之际,在左翼作家联盟的影响与带动下,新兴的文学团体如同雨后春笋般地涌现。一九三二年冬,一个称为"无名文艺社"的社团崛起于当时革命文学运动的中心——上海,其中坚人物就是叶紫。叶紫的处女作《丰收》在该社机关刊物《无名文艺》创刊号(1933年6月)上披载之后,立即引起了文学界的关切与重视。左翼文艺运动领导人之一、著名作家茅盾撰文"郑重推荐"《丰收》,认为"这是一篇精心结构的佳作",恳挚地企望叶紫等"继续努力",热情地祈祝他"有很大的前途"[1]。当时的许多文艺刊物与报纸副刊都发表了有关《丰收》的评论,象《文艺群众》、《现代》、《第一线》、《清华周刊》、《出版消息》等杂志,以及《申报》副刊《自由谈》、《时事新报》副刊《青光》等都竞相评骘《丰收》。评论者颇惊叹作家"那丰富的农村生活经验",认为"作品所表现的修养与意识,不比所谓成名作家的成熟作品为坏",有的甚至推崇为"仅见的杰作",并就《丰收》众口交誉的盛况感慨而言:"伟大的作品便不会因其出于新进作家之手而遭忽视了"。在三十年代的中国文坛上,一个不知名的新进作家的处女作,发表伊始就受到广泛的注意与赞誉,似乎是并不经见的。

　　叶紫,这位年青的革命作家就带着他的难忘的仇恚,遍体的创痕,焚烧的激情,以及那特异的风采,坚毅而执着地步入了文坛,以他严谨而不懈的劳作,丰实了革命文学的战绩。

---

〔1〕　茅盾:《几种纯文艺的刊物》。《文学》第1卷第3期,文学社编,生活书店,1933年9月1日。

一　叶紫的文学观及其创作准备

在中国无产阶级革命文学运动的大纛之下,聚集了一支经过锻冶的创作队伍;而这支队伍的成份,毋庸讳言是相当复杂的,其中有从旧垒中来杀回马枪的文坛宿将,有从实际战线上转移阵地的革命战士,有从饥饿线上挣扎而来的失业青年,有从追求光明的文学青年中脱颖而出的新进作家,当然也有从"象牙之塔"中一觉醒来即刻"左"倾的投机者。惟独叶紫的履历似乎与众不同,他生活阅历的丰富,心灵创痕的深巨,现实磨砺的苦辛,都是某些知识分子出身的作家所无法比拟的。

单单获有厚实的生活积累,并不一定能成为作家,尤其是革命作家;先进的文艺思想的具备,对于一个革命作家来说是不可或缺的。就现有及新发掘的资料,试对叶紫的文学观窥测一二。

关于文艺的方向与革命功利目的,叶紫在其手撰的《无名文艺旬刊》发刊词《从这庞杂的文坛说到我们这刊物》,实际上亦即无名文艺社的宣言中昭示,本社团创立的鹄的是企图构筑一座"为大众而奋斗的营阵",从而竭力"用自己的力量来开拓一条新的文艺之路"。叶紫服膺的正是左联所遵奉的马克思主义文艺观,他所奔赴的目标也就是建设与壮大无产阶级革命文学;因而叶紫认为"新的文艺之路"应该"完全是大众的",亦即赋有"大众的内容,大众的情绪,一直到大众的技术"。这一宗旨与左联的方针是一致的,左联在《中国无产阶级革命文学的新任务》(一九三一年十一月中国左翼作家联盟执行委员会的决议)中强调指出:"文学的大众化"是"创造出真正的中国无产阶级革命文学"的必由之路。《从这庞杂的文坛说到我们这刊物》是叶紫走上文学道路时所发表的第一篇理论文字,既是无名文艺社楬橥于世的宣言,也是叶紫自己昭明于众的誓言,鲜明地表示了以叶紫为中心的一群文学青年渴求投身革命文学运动的热情,而他们决心遵循与追随的正是党领导的革命文学运动的指挥部——中国左翼作家联盟所开拓的路线。

叶紫还自觉地把文学创作活动看成应尽的革命职责,作为自己"所应当干的事业"(这是文网下"革命事业"的代用语——引者)中的主要使命。诚如鲁迅所要求的,革命作家必须是"战斗的无产者"的一员,"无产文学,是无产阶级解放斗争的一翼",叶紫策励自己成为推动"时代的轮子向前行进"的"小卒",立志用自己的笔"去刻划着这不平的人生,刻划着我自家遍体的伤痕"，其以自己的文学活动从属与服务于无产阶级革命事业的目的十分明确，即生命以赴地"一直到人类永远没有了不平"！

正因为叶紫的文艺观建筑在辩证唯物主义与历史唯物主义的理论基础之上，对于文艺与生活关系的认识，他恪守社会生活是文学创作唯一源泉的准则，十分重视社会实践与生活体验。叶紫在表彰崭露头角的女作家草明时，就凸出赞赏她"各方面的生活经验均极充实"（《新作家草明女士》）；与同辈的青年作家相比较，叶紫的生活积累颇为丰厚，但仍对自己进一步提出了"深入到大众的生活之中"（《我为什么不多写》）的要求。

鲁迅是被叶紫作为导师来尊崇的，因而对于鲁迅所屡屡强调的世界观的主导作用不会漠然置之。鲁迅曾反复申明："我以为根本问题是在于作者可是一个'革命人'"；同样，叶紫在衡人律己时，着眼点也在于是否"意识前进"。由此可见，鲁迅与叶紫异常注重的是思想、立场、感情等所凝聚而成的世界观这一决定性因素。叶紫所谓"前进"的"意识"，结合他自己的思想实际，大致包括以下方面：首先，叶紫具有一颗"火样的心"（《还乡杂记》），这颗炽热的心燃烧着对于理想与信仰的赤诚，对于亲人、战友所浴血的事业的忠贞，对于自己正在从事的革命文学创作的热忱。其次，叶紫心胸间沸腾着对于祖国、对于民族的白热化的"爱"。对于苦难深重的祖国，叶紫真是眷爱弥深，直至病笃之际还在《日记》中写道："我关心着世界大局，耽心着祖国的存亡，关心着全中国的文化事业，时刻不能忘记自己所负的伟大的时代的使命，文化人应尽的一切责任……"（1939 年 6 月 24 日条）。对于饥寒交迫的民众，叶紫因为曾与他们一起经受欺凌，一同辗转沟壑，所以感情尤为深挚，故而在《自箴》十二条中，首先第一条就是要求自己无条件地热爱"被摧残，被迫害，被侮辱与被损害的下贱（？）的人群"，与他们同呼吸，共命运，不离不弃，生死与偕。第三，与对民众"伟大的爱"相关联，叶紫极力仇视假、恶、丑。"假"就是虚伪，叶紫是十分嫉恶的，例如他在《日记》中追述自己早就识破法国作家纪德的伪善，透辟地看穿了这个表面"全力攻击伪善"而实则自身"充满了伪善"的变节转向者的本相；"恶"的集中代表就是剥削者赖以生存的社会制度吧，叶紫对"长满了恶疮"的"丑恶的社会"异常憎恶与愤慨，因而在《日记》中规箴自己要"用全力攻击社会的丑恶，揭破社会的丑恶，毫不留情地将社会的一切腐烂罪恶统统暴露出来"（1939 年 2 月 3 日条）。事实上叶紫正是这样做的，他的作品倾尽全力地排击了社会的腐恶。"丑"具体到文学界来说，那就是与革命文学相颉颃的敌对势力，叶紫对于国民党御用的文化工具以及与其沆瀣一气的各种文化垃圾抨击甚力;对"狂呼着热血头颅"的"民族主义的英雄",叶紫不仅予以严正批评,还撰文揭露了民族主义文艺的走卒剽窃外国作品的丑行;对"无病呻吟"的"颓废者",叶紫猛喝他们要从"沉醉"中悟醒;对"高唱着唯美主义"的"守在象牙之塔里的作家",叶紫呼吁他们扬弃"旧的骸骨";对沉缅于"风花雪月"的"才子佳人",叶紫则希望他们转而注目于国家的厄运与民族的苦难……

关于题材问题,叶紫的论述也是辩证的。一方面强调必须"在时代的核心中把握到一点伟大的题材,来作我们创作的资料",一方面也批评了某种惟"重大题材"论。至于后者,叶紫在《国防文学的随感二则》中有精辟的阐述,针对当时流行的惟有写"东北义勇军的抗日血战,华北汉奸混入底蠢动,走私"等题材才算得上"国防文学"的或一论调,反对将创作的范围限制得如此狭小,虽然并不否认写义勇军之类的作品为"'国防文学'底第一义",但也不能排斥作家以自己熟悉的题材来创作为"国防"服务的作品。同时还生动地比喻说,如其去闭门杜撰你见都没有见过的"大炮"、"飞机"和"毒瓦斯",倒不如还是发挥你平日熟用的"匕首"、"投枪"、"大刀"和"九响棒棒"的威力。

以上阐述与鲁迅在同时期的论述是一致的,鲁迅在《论现在我们的文学运动》中,也对当时一度出现的"标准太狭窄,看法太肤浅"的题材理论,以至"出题目做八股"的倾向提出了批评,他正确地指出:"我想现在应当特别注意这点:民族革命战争的大众文学决不是只局限于写义勇军打仗,学生请愿示威……等等的作品。这些当然是最好的,但不应该这样狭窄。它广泛得多,广泛到包括描写现代中国各种生活和斗争的意识的一切文学。"鲁迅关于既要提倡写重大题材,同时又必须广泛及多样的教导,叶紫是在思想理论上师承追随并在创作实践中身体力行的。

叶紫在《我为什么不多写》一文中勉励自己道:"我一定好好地锻炼自己;刻苦地,辛勤地学习;使我往后的东西能一天一天地接近艺术,并深入到大众的生活之中。"在这里,叶紫制订了努力的方向,即通过学习与锻炼,从而使作品更赋艺术性,更能为大众所欢迎;叶紫将作品的艺术化与大众化看成并行不悖的两面,较那些偏执地认为大众文学只要粗拙、俗气、浅陋的肤泛看法远为高明,且与鲁迅的有关论述也是相通的。鲁迅曾经指出:大众"并不如读书人所想的那么愚蠢。他们是要知识,要新的知识,要学习,能摄取的……那消化的力量,也许还赛过成见更多的读书人。"(《门外文谈》)叶紫在长达数年的流浪生涯中,与大众无间地厮磨亲炙,对于他们精神饥渴的需求当有更贴切的了解。至于叶紫作品当时深入工农大众的程度,因为没有文献可资征引,不敢妄断与臆测;但从叶紫的《日记》片断中也可察端倪,如一九三九年六月十六日条记有:"我们这里有无数的典型人物,如石安,千水,以及许多老者,少者,……但,他们都知道我的笔名,都留心着我的作品,只要有一肢一发象他们的,他们就会来质问我的。"可见叶紫的作品为他们故里的父老乡亲所了解,所熟悉,所关切。能够获取如此效果,在于:一,叶紫的作品"能够触到大众真正的切身问题"(鲁迅语);二,叶紫在形式、技巧、语言诸方面都考虑到尽量能"深入到大众的生活之中"!

以上从文艺与革命、文艺与生活、世界观、题材问题、文学大众化诸方面考察了叶紫的文艺思想,试图勾划出一个粗疏的轮廓。叶紫自己在这方面虽然论述不多,但仅从吉光片羽的言论中也可窥见,他的文艺观基本上是马克思主义的,是与当时左翼文艺阵线的指导思想、方针路线及其权威作家相一致的。

光凭先进的文艺思想,未必创作得出优异不凡的作品来,因为创作是社会生活在作家头脑中的能动反映,故而必须具备丰厚的社会实践与生活体验,创作才能有所依凭与仰赖。因此,我们接着要检视一下叶紫的生活道路,以及进入文坛之前所作的创作准备。

叶紫,湖南益阳县月塘湖乡余家垸人,原名余昭明,又名鹤林。父亲余达才曾从事多种职业,走村串巷卖过布,撑过船,教过私塾,还当过一个小集镇的团防局长。满叔余潚(1932年牺牲于洪湖地区)于一九二五年参加中国共产党,与袁铸仁(1927年8月牺牲于益阳)等筹组了益阳第一个党小组,领导全县的工农运动。在余潚的影响推动下,叶紫全家都投入了革命工作。在一九二六年湖南农民运动的高潮中,余潚担任了益阳县农民协会副委员长兼农民自卫军大队长。父亲余达才与大姐余裕春先后入党,父亲任县农民协会秘书长,二叔余寅宾任二十四垸清丈委员,大姐任兰溪镇女子联合会会长兼第四支部书记,二姐余也民任县女子联合会会长和共青团负责人。叶紫先后就读于兰溪高等小学,长沙妙高峰中学,华中美术学校,一九二六年顷,在满叔余潚的支持下,投笔从戎,进入黄埔军校武汉三分校学习。翌年,大革命失败之际,父亲余达才及二姐余也民于一九二七年六月十六日在益阳资江边大码头殉难,叶紫也从此开始走上了流浪飘泊的道路。

从一九二七年至一九三○年,叶紫的萍踪履痕已无从细考,仅从其亲友的回忆里,以及他自己的文字中,大致理出其间的轨迹。其中,他曾经在长沙、汉口、南京、九江、衡阳、邵阳、祁阴、岳阳等大小城市中流浪,顽强地忍受着"酷日"与"风雪"的侵袭,"饥饿"与"寒冷"的煎迫;他曾经在地方军阀的部队中栖身,"挨着皮鞭,吃着耳光",复仇的梦想终于泡影般的粉碎;在上海这个革命与反革命鏖战正烈的都市里,曾与战友卜息园等纵谈革命理想,"笑看夸父曾逐日,忍待娲娘更补天",便是他们坚信革命必胜信念的表白;曾以"共产党嫌疑犯"的罪名被捕入狱,八个月的铁窗生涯,既磨炼了意志,又丰富了阅历;为了生活,曾尝试过各种职业:做弄堂小学的教员,为西林寺的和尚钞写签文,当所谓"函授学校"的职工,任女子书店的校对;甚至做过短时间的警察,其时恰逢"一·二八"淞沪战事,遂"日夜不停"地去"捉汉奸"和"杀汉奸"……以上还不包括当时不能形诸笔墨的地下革命活动,例如据叶紫挚友陈企霞同志回忆,叶紫与他讲过曾被我江南兵委派往温州玉环岛去搜集枪支,结果没有成功。另外,从新发现的叶紫散文《还乡杂记》中,透过那些不得不闪灼其辞的文字,也可了解到叶紫于一九三○年前后曾潜回家乡以营救被捕的战友(可能包括卜息园)。广泛的社会生活和实际的革命活动,对于他此后的创作裨益匪浅。

从大革命失败后的浪迹天涯到参加革命文学活动止的五、六年间,叶紫经历了"从大都市流到小都市,由小都市流到农村",复由"破碎的农村中,流到了这繁华的上海",这苦难的历程中的困厄与艰辛,恐难以笔墨来形容殆尽,所以鲁迅说:"作者还是一个青年,但他的经历,却抵得太平天下的顺民的一世纪经历。"(《叶紫作〈丰收〉序》)这种非凡的"经历",这种异乎常人的人生经验,对于叶紫此后的创作,确乎有甚大的关涉。

除丰厚的生活积累而外,叶紫也注意到文学修养的增益,即使在十分窘迫的境况下,即使在长途跋涉的旅程中,他还是读了许多书,夙兴夜寐,手不释卷,于是"由传统的旧诗文,旧小说,鸳鸯蝴蝶派的东西,一直读到文学研究会,创造社,太阳社,以及新近世界各国翻译过来的文学作品……"从作者的自述乃至亲友的回忆,我粗略地统计了一下叶紫所阅读的作品,其涉猎之广与研读之勤是令人惊叹的。

俄罗斯古典作家的作品,叶紫十分喜爱:象列夫·托尔斯泰的《战争与和平》,曾写了厚厚一本读书笔记;果戈理的《死魂灵》、屠格涅夫的《猎人笔记》、契诃夫的《坏孩子》、陀思妥耶夫斯基的《穷人》,乃至阿尔志巴绥夫、安特列夫等人的作品,都曾"研读再三,几可成诵"〔1〕。至于鲁迅、瞿秋白等所倡导的十月革命以后的苏俄文学,叶紫更是如饥似渴地从中汲取"铁的人物和血的战斗"的养份。对于无产阶级文学的奠基人高尔基,叶紫由衷地钦仰与崇敬,当高氏逝世时,他深情地写道:"高尔基是我受影响最大,得益最多,而且最敬爱的一个作家。"(《我们的唁词》)苏联早期的文学名著,例如法捷耶夫的《毁灭》、绥拉菲摩维支的《铁流》、革拉特珂夫的《士敏土》、潘菲洛夫的《布罗斯基》、柯岑泰的《赤恋》、肖洛霍夫的《顿河故事》。涅维洛夫的《丰饶的城塔什干》、奥斯特洛夫斯基的《钢铁是怎样炼成的》等等,叶紫都曾认真研读,郑重推崇,并且颇神往于这些十月革命所孕育的作家"沸腾的热情","洗练的手法",以及"惊心动魄的取材"。

中国无产阶级革命文学运动,当然更是直接培育叶紫这株新苗的沃土与温床。伟大的先行者鲁迅始终关切着叶紫的成长,叶紫终生对他怀着深沉的景仰、感激之情,发自肺腑地尊称其为"伟大的先辈","伟大的导师",以及"伟大的民族底魂魄";可以想见,叶紫的走上文学道路,肯定受到鲁迅精神的感召与鲁迅作品的影响。革命文化的领导者瞿秋白,叶紫也表示了由衷的钦敬,认为他在革命文化史上留下了"永不磨灭的光辉",自己立志要成为这一"做过伟大工作的前辈"未竟"伟业"的承继者。

叶紫就是怀着对于湖南农民运动这一已经倾圮的"簇新的世界"的怀念,背负着父亲、姐姐惨遭屠杀的"永远不能治疗的创痕",铭记着数年来颠沛流离于"艰难的棘途"所身受的耻辱与磨难,镌刻着对死难的战友卜息园、表弟立秋等的"永恒的记念",经受了从"这黑暗的长夜中冲锋出去"的实际斗争的考验与洗礼,怀抱着开拓"光明的道路"的憧憬,沐浴了革命文学运动所散发的光热,饱孕着郁积在心头的"千万层隐痛的因子",如同汹涌奔突的熔岩,终于从文学创作这一爆烈的火山口倾泄与喷发出来了!

二　叶紫创作鸟瞰

在三十年代左翼作家群中,叶紫是一位创作态度严谨而勤奋的作家,自一九三二年开始创作活动起,至一九三六年底基本辍笔止,检视这五年光景

---

〔1〕　任钧:《忆叶紫——略记他在上海的一段生活》。《文学月报》第1卷第6期,重庆文学月报社编,读书生活出版社发行,1940年6月15日。

的创作历程,其成果应该算是丰盛的。作家生前问世的集子有短篇集《丰收》(上海容光书局,1935 年 3 月初版)和《山村一夜》(上海良友图书公司,1937 年 4 月初版),以及中篇《星》(文化生活出版社,1936 年 12 月初版),建国后所编辑出版的《叶紫创作集》与《叶紫选集》,集本上也仅辑录了以上集子的作品,并删去了个别的篇什。因而读者与研究者所见到的叶紫作品大约二十余方字之谱,一般也认为这已几乎是叶紫创作成绩的全部。实际上远非如此,笔者在研究的过程中,经过多方的搜觅、调查和翻检,发掘了倍于已知作品的数十篇佚作,甚至有整册的书籍。这些新发见的作品体裁有小说、散文、杂文、评论、日记、书信等类,使我们对于叶紫涉及的文学领域有了新的印象。有些专著的发见,使我们研究叶紫的思想轨迹与文学道路有了新的依凭,例如叶紫以夫人汤咏兰的名义撰写的《现代女子书信指导》(上海女子书店,1935 年 2 月初版),某些研究者可能因为未见原书,因而臆断为"全部是为了生计"的不经意之作;其实不然,笔者认为这是一本严肃的作品,并不因它是一本通俗性的小册子,就降低了文学价值,难能可贵之处就在于利用这种大众化的形式,评述了与妇女有关的问题,抉发与抨击歧视、坑害妇女的社会现象,甚而昭示了妇女解放的前景;就中的若干"范文"均可独立成篇,象《妇女经济独立与教育均等》就不啻是一篇有关妇女解放的政论,《禁娼杂感》则是一篇剖析这一"严重社会问题"的犀利杂文,《灾情与友谊》不逊于一篇传递啼饥号寒之声的灾区通讯,《打听女诗人的消息》可算一纸指控权势者戕害青年的檄文,《囚笼》则又是一篇寄托悲愤、宣泄不平的带"野草"风的散文诗……以上诸篇不仅无不各臻其妙的显示了叶紫多方面的文学才华,而且也为研究叶紫的身世、思想乃至创作道路,提供了可贵的第一手资料。

原先所掌握的叶紫作的短篇小说,仅只《丰收》的六篇,《山村一夜》的六篇(《叶紫选集》仅收其中的四篇),共计十二篇;如今新发现了四篇:《刀手费》、《毕业论文》、《广告》与《懒捐》。中篇则除《星》外,见到了《菱》的残稿。散文方面新发见的有七篇之多,即《还乡杂记》、《南行杂记》、《好消息》、《殇儿记》、《玉衣》、《鬼》、《插田》等。另外,尚发见了十数篇杂文、若干篇评论、序跋、书简,以及最后一年的日记《杂记·笔记·日记·感想·回忆》的手稿。

总之,叶紫数十篇佚作乃至专著的发见,有裨于叶紫研究的深入;我们拟就叶紫的全部作品(包括原有及新发现的篇什)所反映的社会生活面,所凸现与谕扬的主题思想,所描摹与塑造的人物形象,所展现的创作个性,作一番初步的综合考察。

悲壮的土地革命画卷

叶紫所生活与创作的时代,正是中国革命进行武装斗争的年代。斯大林在《论中国革命的前途》中就指出:"在中国,是武装的革命反对武装的反革命。这是中国革命的特点之一,也是中国革命的优点之一。"毛泽东在《〈共产党人〉发刊词》中也阐发道:"在中国,只要一提到武装斗争,实质上即是农民战争","而这种武装斗争,就是在无产阶级领导之下的农民土地革命斗争"。党所领导的土地革命既然成为决定中国革命前途的关键,它必然为革命作家所瞩目;加上叶紫个人的独特遭际和精神负荷,农村阶级斗争成为叶紫所力求把握的"伟大的题材",则是很自然的。诚如他自己所说:"因了自己全家浴血着一九二七年底大革命的原故,在我的作品里,是无论如何都脱不了那个时候底影响和教训的。我用那时候以及沿着那时候演进下来的一些题材,写了许多悲愤的,回忆式的小品,散文和一部分的短篇小说。"(《〈星〉后记》)所谓"那时候"与"沿着那时候演进下来"的题材,前者系指一九二六年至二七年间芃然勃兴的湖南农民运动,后者显系指一九二七年之后势如燎原的土地革命运动,两者都是中国共产党领导的农民革命,后者正是前者的继续、发展与"演进"。

检视叶紫所作总计为十六篇的全部短篇小说,其中就有九篇是以农民运动以至土地革命作背景的,还有两篇也或多或少地反映了农村中的阶级剥削与阶级对立,也就是说农村阶级斗争题材的作品有十一篇之多,比重占了叶紫短篇创作中的绝对优势。中篇《星》与未完成的中篇《菱》,以及拟作的长篇《太阳从西边出来》,更都是意欲着力反映亘古未有的奇勋——农民运动和震撼乾坤的苦斗——土地革命的作品。散文创作中也有《还乡杂记》、《南行杂记》、《鬼》等篇什,或正面描写或侧面反映了类似的题材。

连续性的短篇《丰收》与《火》是叶紫的力作,在文学界同类作品中有所突破,显示了革命文学克服幼稚、日趋成熟阶段的实绩。作品选取的题材并不新颖别致,恰恰是许多作家趋之若鹜地竞相描写的对象——"丰灾"。当时的历史现实是:一九三一年酿成了遍及十六省的大水灾,一九三二年却获得了全国性的大丰收,而国民党政府当局竟向美国借贷四十万吨小麦,更加促成了"谷贱伤农"、"丰收成灾"的反常惨象。更遑论豪绅胥吏的压榨,田赋捐税的勒索,将数以千万计的农民驱入赤贫与破产的悲惨境地。这一由帝国主义势力和封建地主双重压迫,以及商业资本趁火打劫所造成的半殖民地性的悲剧,吸引了众多左翼作家、进步作家的关注,似乎成为当时中国文学的中心题材。试以大型文学期刊《现代》第四卷第一期(1933 年 11 月 1 日)编者《告读者》为例,其中曾这样记述:"近来以农村经济破产为题材的创作,自从茅盾先生的《春蚕》发表以来,屡见不鲜,以去年丰收成灾为描写重心的,更特别的多,在许多文艺刊物上常见发表。本刊近来所收到的这一方面的稿件,虽未曾经过精密的统计,但至少也有二三十篇。"一份刊物就收到二三十篇有关"丰灾"的稿件,那么整个文学界的创作量就十分惊人了。巡视当时的文学刊物,作家们采用各种体裁来表现这一共同关心的题材,小说方面有茅盾的《春蚕》、《秋收》、《残冬》三部曲,叶圣陶的《多收了三五斗》,夏征农的《禾场上》,蒋牧良的《高定祥》,罗洪的《丰灾》等;戏剧方面有洪深的《五奎桥》、《香稻米》、《青龙潭》农村三部曲,白薇的独幕剧《丰灾》等;电影方面有李萍倩编导的《丰年》等。而在这众多的作品群中,无论就题材的开掘,主题的深化,抑或结构的致密和场景的开阔而言,《丰收》与《火》都卓然不群,诚如当时《申报》副刊《自由谈》上一篇评论所揭示的:"关于《丰收》……在一九三三年所产生的几篇丰收成灾的小说,在内容的充实上,大概是以这篇为最了。"[1]有的评论者还认为《丰收》与《火》是继丁玲"《水》后仅见的杰作"[2]。

《丰收》承受如此盛誉是并不过分的,与同时代同类作品相比,优异之处表现在下列几点:首先,如同茅盾所揭示的:"此篇的描写点最为广阔",据笔者的理解,前辈作家首肯的是作品所反映的时代画幅的广袤与社会风涛的壮阔,因为它绚烂地展开了三条情节发展线索,一是"展开了农事的全场面",逼真地、细致地描述了云普叔一家为企盼丰年而与旱魃、水患等天灾威胁所进行的痛苦的挣扎,忍受高利贷的盘剥而苟延,甚至鬻女来求得渡过青黄不接的难关,终于在历尽千辛万苦而后获得了可喜的收成;二是由田主、高利贷者、团防局长、党部委员之流汇集成的吮吸农民膏血的毒龙,以租谷、田赋、剿共捐、救国捐、国防捐、堤费捐等等名目,将丰收所得的满仓新谷都劫掠一空,彻底击碎了云普一家终年胼手胝足所孕育的希望与憧憬;三是与

———————————

〔1〕 小雪:《读书琐记》。《申报》副刊《自由谈》,1933 年 11 月 8 日。

〔2〕 凌冰:《〈丰收〉与〈火〉》。《现代》第 4 卷第 2 期,施蛰存、杜衡编现代书局,1933 年 12 月 1 日。

以上两条线索交织起伏的两辈人的思想冲突,云普叔的安贫知命、守法事天的落后意识与立秋的愤懑郁怒、不甘为奴的反叛精神形成了对照,最后以云普绝处逢生似的最后觉醒作为终结。别林斯基在论及文学作品的结构时指出:"落入到艺术家心灵的创作思想,组成一个充分、完整、彻底、独特而自成一体的艺术作品。"〔1〕青年作家叶紫的处女作在结构上当然不可能臻于化境,但上述三条线索的错综交汇、聚合离异,既细针密线、有条不紊,又峰峦起伏、跌宕腾挪,"组成"了一个浑然一体的艺术品,确乎无愧于"是一篇精心结构的佳作"(茅盾语)的评骘。

其次,《丰收》的主人公曹云普这一形象的生命力在于他是充分典型化的产物。这个受宿命观点桎梏的老农,他执拗地与天灾博战取得了胜利,却在人祸的斫丧下身心俱伤,在人(女儿英英的被卖)财(全年收获的被掠)两空的极端打击下,终于否定了自己固有人生观,挣脱了传统的枷锁与因袭的重负而站立起来;他的阶级意识的觉醒,革命要求的萌发,不是外加的"浇头",而是其性格的逻辑发展的必然归宿。外因的促力,内因的演进,作品都表现得步步稳扎、丝丝入扣。关于农民的革命性,列宁曾经揭示:"在贫苦农民空前贫困和破产的情况下,劳役制经济的许多残余和农奴制的各种残余充分说明了农民革命运动的泉源之深,说明了农民群众革命性的根基之深。"〔2〕而三十年代前期中国农村"地主阶级和农民的矛盾更加深刻化"的趋势,是土地革命运动日渐蓬勃的动因,正如毛泽东《星星之火,可以燎原》中所指出的:"红军、游击队和红色区域的建立和发展,是半殖民地中国在无产阶级领导之下的农民斗争的最高形式,和半殖民地农民斗争发展的必然结果。"《丰收》与《火》正是艺术性地展示了这种历史的必然,而这又恰恰是较同类题材中某些作品在思想意义与主题深化方面略高一筹之处。《丰收》与《火》形象地展现了农民在官、商、绅三位一体章鱼般的绞杀下走头无路,终于酿成骚动,起而抗争,而如火如荼的抗租斗争最终汇入了土地革命的洪流。这一有力反映历史动向的作品给读者以强烈的震撼与启示,如当时的评论就从中引出了这样的教训:"人压榨人的制度一日存在,被压迫大众是

---

〔1〕 别林斯基:《〈当代英雄〉·莱蒙托夫的作品》。《别林斯基论文学》,新文艺出版社,1958 年 7 月初版 207 页。

〔2〕 列宁:《〈俄国资本主义的发展〉第二版序言》。《列宁选集》,人民出版社,1972 年 10 月二版,第 1 卷 157 页。

一日不能放松他们创造自己的命运的艰巨伟大的工作。"[1]

叶紫在《无名文艺月刊》创刊号(1933年6月)的《编辑日记》中论及了《丰收》主人公的生活原型与自己的创作契机:

关于曹云普——"云普叔是我自己的亲表叔,当家乡那里来了一个年老的公公告诉我关于他们的状况时,我为他流了一个夜晚的眼泪。"

关于曹立狄——"立秋已经被团防局抓去枪毙了,是在去年九月初三日的早晨。"

关于创作动机——"为了纪念这可怜的老表叔,和年轻英勇的表弟,这篇东西终于被我流着眼泪的写了出来。"

以上自白有助于我们了解作品的素材来源和作家的创作冲动,原来叶紫拌和着血泪表现的是亲人们的痛苦遭际与悲壮行为,故而字里行间洋溢的爱憎浓烈得一触即燃,确乎如同作者的自我评骘:"这里面,只有火样的热情,血和泪的现实的堆砌。毛脚毛手。有时候,作者简直象欲亲自跳到作品里去和人家打架似的!……"(《〈丰收〉自序》)饱满的激情,鲜明的褒贬,率直的表露,大胆的绘写,给人以清新之感,掩蔽了作品艺术上的不够工巧与语言的尚待琢磨之处;尤其是作者对环境与人物的烂熟胸臆与驱遣自如,更使那些囿于见闻的读者倍觉新鲜,当然比读那些躲在亭子间里冥思苦想、面壁虚构的生造作品感受深切多了。

短篇集《丰收》、《山村一夜》中的若干篇什,也是以酷烈的农村阶级斗争为描写对象的,其中的优秀之作,借主人公的曲折遭遇与最后归趋,歌颂了工农红军跟狼狈为奸的帝国主义势力、国民党反动军队的英勇斗争,雄辩地证明了人民革命要求的不可遏止。如《电网外》的王伯伯于毁家之后透彻地认清了敌人的暴戾凶残,同时于危难之中也深切地感受到红军是穷人的救星和希望,因而他能在家破人亡之际而不绝望,终于"放开着大步,朝着有太阳的那边走去了!"鲁迅对类似的作品是非常赞赏的,他在为《丰收》所作的《序言》中尝就《电网外》举一反三地揭示此类作品在反文化"围剿"中的意义与作用:

但我们却有作家写得出东西来,作品在摧残中也更加坚实。不但

---

[1] 唐琼:《〈丰收〉——叶紫短篇小说集》。《第一线》第1卷第2号,上海枫社出版部编辑发行,1935年10月1日。

为一大群中国青年读者所支持,当《电网外》在《文学新地》上以《王伯伯》的题目发表后,就得到世界的读者了。这就是作者已经尽了当前的任务,也是对于压迫者的答复:文学是战斗的!

"文学是战斗的"是关于叶紫作品思想倾向最精谌的概括。叶紫始终以如火的热情创作了一系列挟风携雷的作品,以实现先烈的遗愿,以完成阶级的嘱托,以答复压迫者的摧残,以报答前驱者的期许。

例如《向导》,成功地塑造了一个不惜身殉、与敌偕亡的革命母亲的光辉形象,这一人物的悲壮行为在白区读者中还可产生这样的强烈印象,即中国共产党领导的土地革命斗争是深受贫苦农民的全力拥护与竭诚支持的。

例如《山村一夜》,虽采用口述的形式,情节与结构较为繁复,思想涵义也更为深邃。人物关系复杂错综,性格刻划也摇摇曳多姿,故事讲述者桂公公的坚毅爽朗,青年农民文汉生的赤诚无畏,曹德三少爷的阴鸷卑劣,汉生爹的愚昧畏葸,都随着"情节的悲壮"而变化发展,尤其是对汉生爹这个承受着封建正统观念的重压,由终生受奴役而形成的麻木、怯懦、愚蠢、侥倖的性格作了入木的刻划。作者悲悯、同情且羼杂着憎恶,对他希冀嗜血者网开一面的妄想作了批判性描写,并通过这个悲剧形象昭告人们:对敌人不要抱丝毫的幻想,坚持斗争才是唯一的生路。

又如新发见的两个短篇《刀手费》与《懒捐》,也是上述作品的姐妹篇,前者发表于一九三三年十月六日《申报》副刊《自由谈》,后者刊载于一九三四年五月《中华月报》二卷五期。

《刀手费》写的是一件令人毛发戟指的"奇闻",历史地记录了蒋家王朝恩赐给人民的"德政"。叶紫曾以"黄德"的笔名写过一篇《"手续费"与"刀手费"》的杂文,发表于一九三四年六月二十一日《中华日报》副刊《动向》,正可作为短篇《刀手费》的注脚。杂文揭露了所谓"刀手费"是自己故乡——"胡适之先生称为模范省的湖南"——的团防局的"新发明",即规定每杀一名"造反"的"刁民",犯人家属要送局长二十至三十元大洋作为"刀手费",意思是谢谢局长的恩典,为家除莠,为民除害。如果不送,轻则不准收尸,重则监禁家属。这种卑劣凶残的恶行,激起了作家的义愤,更何况在这一惨剧中还渗有自己亲人的血泪(小说《刀手费》的篇末注明:"姨母逝世的第三周年",可见小说主人公的原型就是作家的姨母——笔者)。在这一不及千字的短篇中,却展现了一幕惨绝人寰的活剧:青年农民春生因参加抗捐斗争被团防局捉住杀头，团丁们还将身首离异的春生尸首抬到他母亲少云婶的面前，并向她索取三十元的"刀手费"；因为无钱缴纳这血腥的"刀手费"，小儿子泰生遂被团丁抓走。少云婶在长子被杀、幼子被囚的绝境中申告无门，只得在三更时分上吊了！这篇令人毛骨悚然的血泪史，留给读者的倒不是绝望的哀泣，而是难抑的仇恨，必将点燃起热血者心头焚烧旧世界的愤火！

《懒捐》则是一篇共分四节的万言短篇，可算一篇重要的小说佚作。故事的背景仍然是作者所熟悉的滨湖农村，主人公是中年寡妇丁娘及其十六岁的儿子宝宗。丁娘守寡十四年，含辛茹苦地将儿子拉扯大，"她望着这可爱的孩子，她的眼前便开展着一幅欢愉的图画"；可是，她虽然憧憬着幸福，幸福却与她无缘，冷酷的现实是"谷价跌落了，捐税又象刺头似的，将她所收下的谷子统统刮个精光"。但她仍旧勤苦着，等待着，企盼着，然而盼来的却是更疯狂的劫掠，团防局的团丁来预征民国四十七年（即 1958 年，距当时二十余年之后）的田赋，竟然把她以久藏的银器换来的五元谷种钱也抢去了，后来，儿子也被团丁抓走……团防局乘人之危胁迫大家种鸦片，却又在刚要收获时勒索每亩田四十三元的"杂粮捐"，以及什么"烟苗费"，于是又轰毁了邓石桥人包括丁娘的一线希望。村民们为了抗击这些"鬼捐鬼税"，大家气愤之下一举将烟苗拔个精光；想不到县里又派人来征"懒捐"，理由是"拔掉了烟苗的都是懒鬼，都得抽懒捐"。这种别出心裁的倒行逆施终于把村民逼迫得无路可走，纷纷上了红军游击队占据的罗罗山。宝宗也在团丁的追捕下，辞别了卧病在床的母亲，"向着罗罗山那方奔逃着"。本篇的主题与构思和《丰收》相类似，都是写丰收的幻灭和农民的觉醒，但《懒捐》的脉胳不如《丰收》那般繁复曲折，却也结构疏朗而有起伏，人物的性格刻划与心理描写也修短合度、风姿各别。

叶紫曾有长篇小说的创作计划，他在《星》的《后记》中写道："因了自己全家浴血着一九二七年底大革命的原故，在我的作品里，是无论如何都脱不了那个时候底影响和教训的……本来，我还准备在最近一两年内，用自己亲人的血和眼泪，来对那时候写下一部大的，纪念碑似的东西的。"可是由于"体力"的孱弱和"生活"的困窘，只能断续为之，因此"三四年来，结果还仅仅是那么一大堆的材料，堆在一个破旧的箱子里"；至于《星》和《菱》正是从上述材料中"割下了一点无关大局的东西来"而写成的。

从以上的叙述中，我们可以了解到：一，那"一部大的，纪念碑似的东西"即后来拟题名为《太阳从西边出来》的长篇，而它的构思、酝酿与拟草至迟在一九三三年就开始了；二，在叶紫创作活动的全过程中，他始终执着地计划创作与完成这一"久被血和泪所凝固着的巨大的东西"，急切地企盼着它"能够有早早完成的一日"（《〈星〉后记》），在此之前，叶紫在《我为什么不多写》中就曾提到这一"大大的东西"，是"不曾写出来的'血'和'泪'的惨痛的生命史"。直至一九三九年，叶紫在他生命最后一年的《日记》中还屡屡道及这一"大长篇"的拟想与写作，如二月一日条记有拟订三本本子来作"大长篇的材料库"，准备"一天一天来堆材料进去"，二月三日条记有拟将构思中的小说《兄弟》的情节也"合入长篇中"，二月七日条又提及这部"记念他老人家（按：指其父亲余达才烈士——引者）的伟大作品"，三月二十四日条记有"四月一日起，一定开始作那巨大的长篇工作——《太阳从西边出来》"；此后，五月二日、二十日、二十四日均提及长篇的写作、直至同年十月五日弥留之际，叶紫仍然记挂着这未竟的事业："长篇小说还未写出来啊！"

从叶紫自己零星片断的叙说中，我们尚可窥测到《太阳从西边出来》是一部史诗式的作品，其时代背景就是"一九二七年底大革命"及其"演进"，亦即农民运动与其后的土地革命；其地域背景就是过去掀卷过农民运动的狂飚，而后又氤氲着土地革命惊雷的湖南滨湖农村；其人物原型就是"那班为人间的真善，光明与正义而抗争的人"[1]，其中就有作者的亲人：那血染资江的父亲和姐姐，那转战洪湖的满叔和婶母，那因抗租而牺牲的表弟立秋、六哥、汉弟……其主题就是歌颂党所领导的农民革命斗争；它的必然的勃兴，它的悲壮的牺牲，它的艰难的奋战，它的凌厉的声威，以及它的伟大的胜利。

另外，据从长篇材料中派生而出的两个中篇看，也可想见其母胎的轮廓。《星》俟后再议，《菱》从已写第一章也可见故事发展的端倪，第一章仅成五节，第六节刚开了头就戛然中缀了，残稿约万余言。从《〈星〉后记》中我们可知《菱》的素材来源，是从为《太阳从西边出来》而积累的材料中离析而出的；叶紫还在同篇《后记》中写道："我希望我这篇正在写作的《菱》，能够得一个较好的结果。"《后记》写于一九三六年八月，则可见《菱》的创作即于此前后。至于《菱》的内容，据笔者从残稿中所展开的序幕臆测，它将以主人公李官保与尤玉兰的爱情纠葛为情节中心线，并结合祖辈以至父辈关系的

---

[1]　满红：《悼〈丰收〉的作者——叶紫》。《长风》第2期，王季深编，上海长风社，1940年2月1日。

演变,由祖辈的彼此清贫,相与友善,到父辈由于阶级关系的变动(玉兰父尤洛书的不义暴富和官保父李育材的日趋赤贫)而反目成仇、陌路相向,于是阶级的分野造成了爱情的隔绝,而这种隔绝与相思必然为即将掀起的排天巨浪——农民运动所冲击而发生变化。至于如何变化因作品的中止而不可复见,作者的构思也已随风而逝,再也无从细考,但与《星》一样,作者意欲反映农民运动与土地革命的创作意图是肯定无疑的。

中国文学失去了《太阳从西边出来》的全部、《菱》的大部这样的精神瑰宝,是至为可惜的;叶紫已经描绘出的悲壮的土地革命画卷,则更值得我们珍视。

激越的妇女解放呼号

叶紫十分重视现实社会中的妇女问题,也通过自己的笔锋来竭力塑造历史潮流中涌现的新女性形象。这是因为:一,中国数千年封建社会所铸就的精神与物质的重轭,使中国妇女承受了难以言喻的痛苦和牺牲,近现代中国进步的、革命的思想家、作家都毫无例外地重视妇女问题,叶紫亦然;二,叶紫自己独特的遭遇使然,因为他的两个姐姐都是大革命时代从事妇女运动的骨干:大姐余裕春当过兰溪女子联合会会长,后来还担任过短期的益阳县副县长;二姐余也民曾任益阳县女子联合会会长,在"马日事变"后英勇牺牲;三,叶紫一度在上海女子书店工作,曾为该店出版的《女子月刊》写稿,并为该店编印的"女子文库"撰写《现代女子书信指导》一书。女子书店的主持者姚名达、黄心勉夫妇是两个进步的文化人,姚后来在抗战中殉国,《新华日报》曾发讣文,黄当时是一个热心的女权运动鼓吹者,于三十年代中期病逝。职业环境可能也促使叶紫对妇女问题倍加关切。

作为革命作家的叶紫,首先是以马克思主义观点来考察妇女问题的,他正确地揭示:"社会的经济是一切社会现象的原动力,社会的经济力是一切社会制度和社会思想的总枢纽。要想把女子的地位提高,我以为应在这一方面着手。"(《妇女经济独立与教育平等》)这是符合马列主义经典作家的论断,并切中问题的症结所在的。叶紫对苦难深重的中国妇女寄予了深切的同情,他纵贯古今地指出:"中国的妇女,受了数千年封建遗毒的磨折,怎么也抬不起头来。即使智识妇女,也还有许多是脱不了樊笼的。她们所受的只有痛苦与压迫。国民革命以后的现今,又何尝不是一样呢?'男女平等'还只是一句口号,痛苦与压迫丝毫没有解除。"同时对"农妇女工"等劳动妇女的厄运更是扼腕悲叹,同情她们"永远没有接触智识的机会",愤慨于"环境和礼教的两面胁迫,间接的直接的剥削与榨取,无疑地已把她们打入人间地狱。"(同上)总之,叶紫对于妇女问题的正确认识,是跻身于当时思想界先进的行列之中的。

正是基于这样先进的妇女观,叶紫在创作实践中为我们塑造了一系列光彩照人的妇女形象,其中有舍生取义的伟大而无私的母性——刘嬷妈(《向导》),其中有勤苦、坚忍如地母般忍辱负重的寡妇丁娘(《懒租》),其中有在污浊的泥泞中挣扎求活却又饱孕母爱的船妓秀兰(《湖上》),其中有纯真、娇憨、狡黠、自尊,敢于蔑视与戏弄地主少爷的村姑桂姐儿(《偷莲》,……作者对以上风姿迥异的妇女形象,有的景仰之情在笔端横溢,有的同情之泪在纸上流淌,有的则于悲悯中稍事批评,有的则于欣赏中复加赞美,然而都无不浸润着自己发自深心的爱,正是这种如同地泉般汩汩而涌的爱,再加上作家笔力的泼辣洗炼,这些形象即使着墨不多也都血肉丰满,能促使读者为她的壮烈行为而感奋,抑或为她的凄苦遭际而悲泣。

叶紫笔下塑造得最凸现的妇女形象,则是中篇《星》的主人公梅春姐。《星》所着力表现的是农村劳动妇女如何在亘古未有的农民运动怒潮中,受到革命思想的薰陶激发,在窒闷滞重的囹圄中翻然觉醒,挣脱封建宗法与传统观念的羁绊,追求光明自由,投身革命斗争的历程。在三十年代中期以前问世的左翼文艺作品中,似乎还没有出现过这样以劳动妇女作主角,以及试图反映革命潮流催化妇女命运剧变的大型作品,因而它的思想意义与历史作用不容低估。即从作品在当时产生的社会效应看,它也产生了积极的反响,《星》刚在郑振铎、章靳以主编的《文学季刊》第二卷第三期(1935年9月)披露不久,立即就有评论家撰文指出:"这作品可说是一九三五年中国最有希望的一个新人的作品。"[1]同篇评论还指出《星》与某些"太重事面的渲染而疏忽了人性的解剖"的公式化、概念化作品迥然不同,梅春给读者的印象就不是"一种抽象的意识的化身,而是有强固的灵魂的血肉之躯站在我们面前",进而推论作者构思中的梅春就决不是一个"空洞的轮廓",而下笔时是"善于写人物的性格心理"的,甚至认为"人物是写到了独步的程度",推崇《星》"好象孤耸在黑夜的大海上的灯塔一般,有睥睨一切之概"。以上评述

---

[1] 黄照:《〈星〉》。《大公报》(天津)1935年11月24日《文艺》副刊第48期。

反映了评论者犹如在草丛中发现一朵鲜花似的欣喜心情,固然难免有溢美之辞,但感觉与印象还是切实的、合度的。

梅春的形象给人以清新出俗之感,在于作品真实地反映了为革命所孕育与推进的妇女解放运动在农村中产生的深刻变革。她原先只是一个柔顺、娴静的农妇,虽具有贤惠的品格与娟秀的风姿,却仍然遭受着丈夫的冷淡与凌辱,而她却恪守古训而默默忍受着一切……一九二六年势如暴风骤雨的农民运动,震撼着古老的中国大地,连这洞庭湖边的小村落也激起了地覆天翻的变化,革命的星火也溅落到沉默而孤独的梅春身上。每个人受自己出身、经历、思想乃至性格的制约,因而是以各各不同的独特方式接近以至接受革命的。梅春作为一个纯朴然而无知、热诚然而羞怯的农村少妇,则是通过对爱情的追求开始觉醒的,几经激烈而痛苦的思想搏战,她终于无畏地爱上了从事农运工作的革命者黄。对于这一越轨行为,必须历史地进行评判,梅春长期处于受挞楚、蹂躏的无爱境况下生活,终年在"恶浊的旋涡"中挣扎,在"黑暗的长夜"中厮守,灵魂空虚、落寞得如同"秋收后的荒原一般"。固然这样的命运并非个别,中国历史上、现实中的妇女,遭受神权、皇权、族权、夫权四条绳索的捆绑,寂寞无告地萎黄乃至悲愤已绝地自戕者何止千万;但梅春却从此与她们的命运相背离,之所以不重蹈她们覆辙的关键在于时代不同了。梅春可以说生逢其辰,革命给她带来了改变自己命运与生活道路的契机,从而使得深埋在她心头的"变啊!你这鬼世界啊,你就快些变吧!"的愿望有了实现的可能。梅春与黄的自由恋爱,正是她对于非人生活环境的一种挑战,对于封建婚姻关系的一种背叛,除了封建卫道者而外,不应有所訾议。作品在表现梅春参加革命之后思想、性格的变化有些流于概念,往往叙述代替了描写,但也在或一方面表现了她的经过锻炼、改造与演变了的性格特征,线条粗放地勾勒了这个女子联合会会长的丰采。正是那仅只半年的"新的生活",赋予她对于理想社会的憧憬,对于革命前景的追求,使她在丧失爱人、夭折爱子的沉重打击之下,不仅没有失掉生活的勇气,并且也没有熄灭信念的火焰,仍然系念着老会长、木头壳们在继续坚持的斗争,诚挚地祈祝"但愿他们都还健在",最后自己也毅然决然地向那"东方"——"明天就有太阳"的地方走去。在三十年代末期,有位著名的评论家就曾点明"当时的东方是江西"[1],也就是指中国共产党领导的中央革命根

---

[1]　李健吾:《叶紫论》。《大公报》(香港)1940年4月1日《文艺》副刊第809期。

据地。再一次地投奔革命,绝非作者强加给梅春的"光明的尾巴",而是她人生道路的最佳前程,舍此没有第二条生路!

"星"作为一种象征,在情节进展的枢纽处时常闪烁着:主人公起初被"星一般的眼睛"所震慑;继而为那双"鬼眼睛"所困扰;进而被那"星星般撩人的眼睛"所折服;……甚至革命的挫折也在其中得到折射——"荒凉的星一般地,发着稀微而且困倦的光亮";后来在"黑夜"般的困厄中,也是"星光的闪烁"鼓舞她进行生的挣扎;最后,则在"北斗星"的指引下向东方走去!"星"虽比拟情人的眼睛,实乃革命理想的象征,它在梅春心头放射不灭的光辉,也在万千读者眼前辉映光明的前路。

《星》在中国现代文学史上发射着熠然的光焰,同时代没有一部作品如此认真地反映大革命中的妇女解放运动,也没有任何一个真正赋有泥土气息的新女性形象有如梅春的生动与妩媚,更不用说作品浓郁的地方色彩,逼真的时代氛围,以及作者力透纸背的热情了。可是,这部作品在现代文学研究中似未得到公允的评价,例如前不久出版的作为"高等学校文科教材"的《中国现代文学史》,在论及叶紫时关于《星》竟不着一字;有些评论则更其苛刻,甚至一笔抹煞乃至干戈交至,最典型的挞伐来自一篇题为《论叶紫》[1]的文章,竟然认为《星》是"叶紫创作中的糟粕",是叶紫创作"急剧地走下坡路"陷入"严重的危机"时的产物。该文作者将作家在白色恐怖的阴霾下勇敢表现的严峻主题,党所领导的革命运动的勃兴,前驱者的流血牺牲,后继者的前仆后赴,统统称之为"不过是骗人的一个空洞的外壳吧了",而且用随意罗织的罪名强加在作品中人物身上,革命者黄被指控为"麻木不仁"乃至"形如禽兽"的异己者,梅春则被斥责为"情欲的傀儡"与"母爱的化身";甚而将黄与梅春的恋爱关系诬之为"通奸"、"苟合",这种以公堂判牍代替文艺批评的语言,已经比被该文作者所贬抑的"资产阶级批评家"的评论倒退了一个时代,乃至已经酷肖鲁四老爷的口吻了。《论叶紫》还认为作家本意不在写阶级与阶级的搏斗,而是"一意要表现'人性'与'非人性'的矛盾",因而梅春实质上是借一个农村妇女的躯壳来制作的"人性论的标本"。最后的宣判是:《星》是"宣扬资产阶级人性论和人道主义思想的"。

以上这种"大批判"式的评论,倒引起我们对于《星》在叶紫创作道路上所处地位的关注。《星》是叶紫所完成的唯一的中篇,也是他在技巧上不断

----

〔1〕　吴文辉:《论叶紫》。《中山大学报》(哲学社会科学版)1965年第3期。

磨砺、日趋成熟时艺术劳动的结晶。鲁迅要求评判作家作品必须"知人论世"，叶紫创作《星》时正处于危岩般的重压之下，在文化"围剿"中根本不存在创作自由，诚如他自己在《星》的《后记》中所透露："因为受着种种方面的束缚，故事和人物都没有方法尽量地展开"，也就是说他不可能自由地、全面地、尽情地展开所欲彰明的思想与事件，只能有限地、局部地、隐晦地进行较为含蓄的歌赞或鞭笞；而且就叶紫来说，他已然是执拗、坚毅、顽强甚至是无畏的了，因为就在他的第一本小说集《丰收》于一九三五年八月被国民党当局冠以"鼓所吹阶级斗争"的罪名通令查禁之后，他并未为文化"围剿"的淫威屈服，仍然坚持着危殆而又艰苦的创作活动。当然他也不得不考虑到斗争的方式与策略，在毫不改变初衷的情况下，尽力争取公开出版的可能（《丰收》是未通过图书审查机关而自费出版的，依靠内山书店等半公开发行）。这些因素都不能不影响到《星》的内容与构思，叶紫最后选取通过梅春姐的爱情纠葛和母爱悲剧来表现主题，显示了革命作家坚定的原则立场与灵活的斗争艺术，根本不应该受到反历史的非议。爱情是梅春接受革命影响的触媒，这与知识青年通过书籍，工人通过罢工为革命所吸引是一样自然的。梅春对于爱情的渴求是与对"真正的生活"的企盼这种革命要求交织在一起的，是独特的"这一个"，与资产阶级人性论根本风马牛不相及。如果说林道静是由于学生运动的激荡使她认清了余永泽的卑劣，与余的思想决裂使她又爱上了革命者卢嘉川；梅春则是由于农民运动的冲击觉醒了做人的权利，思想的升华使她爱上了革命者黄。两者同样都是正常的，无可厚非的。这种爱的分野绝不同于百无聊赖的少奶奶猎取男人的游戏，也不同于水性杨花的贵妇人见异思迁的艳遇，而是有着共同革命理想的结合，也是妇女解放的目标之一。写到这里使我想起了鲁迅主编的《未名丛刊》之一的《烟袋》（《苏联作家短篇创作集》，曹靖华译，未名社，1928 年 12 月初版），其中有一篇涅维洛夫（1886——1923）的短篇《女布尔雪维克——玛利亚》，写的也是一个普通的农妇玛利亚，受到十月革命的薰风的吹拂，象一株钻出硬壳的幼苗一样苗长起来，摆脱了骑在她脖子上的卑陋的丈夫珂左克，当选了苏维埃第一任女委员，从此，她与爱人华西里一起投入了革命的洪流。涅维洛夫曾被鲁迅称为"是一个最伟大的农民作家，描写动荡中的农民生活的好手"（《集外集拾遗·〈文艺连丛〉》），译者曹靖华也指出："他的作品里特别表现的是农女"。关于这一点，涅辨洛夫自己曾申明："我唯一的愿望就是想将那举世为男子所无理鄙弃的女子，为教会所无理的视为下贱、污秽及罪恶结晶的女子,在我的文艺作品上表现出她们的美丽、伟大与崇高来。尤其是农女与女工的命运特别的艰苦与凄惨"。毋庸讳言,叶紫肯定是受到涅维洛夫的影响与启发的,这一方面可以从他对涅氏的推重来看,例如一九三四年就在李公朴、艾思奇主编的《读书生活》上发表了《读〈丰饶的城塔什干〉》,称誉"涅维洛夫是苏俄很负盛誉的天才作家",随即介绍了涅氏作品的三个中译本:《烟袋》中的短篇《女布尔雪维克——玛利亚》、中篇《不走正路的安得伦》和长篇《丰饶的城塔什干》。另一方面从《星》的选材的斟酌、构思的方寸来窥测,也有受涅氏影响浸淫的痕迹,但无论从布局的恢宏,结构的机巧,情节的跌宕,以及人物的变幻诸方面来考核,《星》在思想的丰实与艺术的华瞻方面都远胜《玛利亚》。这种现象并不突兀,正说明国际无产阶级文学之间的相互切磋与促进,也说明中国无产阶级革命文学在认真地吸取了别国成功的经验与失误的教训而后,进入了更加丰盈、更加成熟的阶段。

　　《星》在叶紫的创作历程上是一座新的记程碑,在反映党所领导的革命斗争方面,就其深广度来看都较已往作品有了新的推进,较为成功地塑造了一个从蒙昧中日渐觉醒,在驯顺中起而抗争的农村劳动妇女形象,并在主人公几经曲折的经历中展现了时代的风云变幻,既描摹了一个受革命的勃兴、落潮、复起等过程考验与锻冶的农民革命新人的雏型,也预兆了土地革命势将燎原的历史动向。在艺术上,叶紫也进行了新的尝试与探索,初步驾驭了中篇小说这一较为繁难的文学样式,场景多变,人物错综,情节纷杂,也都处理得有条不紊、泾渭分明。在人物形象的刻划上,也逐渐改变了脸谱化的粗疏笔法,而代之以细腻的心里描写与贴切的内心独白,有助于展示人物的性格特征。环境与氛围的设置和创造,也注意用以烘托人物的思想感情,即如作者所总结的:"描写景物,一定要通过主人公的情感"。语言的提炼也有显著的长进,既注意了生活语言的消化汲取,也注意了文学语言的借鉴锤炼。总之,《星》为中国无产阶级革命文学史增添了浓酽的一笔,梅春的蘸满田间露水、饱含泥土芬芳的清新明丽的形象,侪身于左翼文学所创造的新女性画廊而毫无逊色。

凄楚的社会风物速写

　　中国左翼作家生活在最后一个剥削阶级主宰的末代王朝里,他们的笔锋必然要竭力抉剔这人肉酱缸的种种罪恶,自然要尽情申诉这轭下奴隶的声声不平,叶紫自然也不例外。加之他曾跋涉于苦难的荆途,曾辗转于暗黑的底层,比一般作家有着更切肤的感受,因而观察就更加深邃,揭露也就更为透辟罢。叶紫自己也曾宣示要把"我的浑身的创痛,和所见的人类的不平,逐一地描画出来"(《我怎样与文学发生关系》),而这种"刻划着这不平的人世,刻划着我自家遍体的伤痕"的使命,遂成为他的作品的重要内容。

对于这个"吃人不吐骨子的社会",叶紫确乎怀着深仇大恨来加以刻绘。在所作小说中,除正面反映两军对垒的阶级搏战而外,暴露统治阶级、侵略势力及其鹰犬爪牙鱼肉人民的劣迹恶行也在在不忘。例如《杨七公公过年》旨在表现都市等待流亡的破产农民的仍然是死路一条,中国土地上连他们赖以生存的立锥之地都没有了!本篇中除监禁捕人等镇压行动之外,还有两处细节颇令人发指,一是十里洋场的特殊点缀——法租界的安南巡捕,这些狗仗人势的家伙不仅劫掠了杨七公公赖以谋生的香瓜子,而且还无端踢翻了他盛瓜子和铜板的草篮;一是敲竹杠讨码头钱的警察因勒索无着,竟恼怒地一把火烧掉了杨七公公一家从苏北辛苦运来的一船稻草。叶紫在谋生过程中曾在上海法南区当过短时期的警察,他所亲见亲闻的巡捕、警察之流欺榨百姓的行为俯拾皆是,因而在作品中随意勾勒了这伙助纣为虐的"黑狗子"之类的尊容懿行,为这个吃人的社会留下了一帧历史性的半殖民地面影。爪牙如此,主子遑论;小民无告,天理何伸。作者的信笔点染,都服务于说明一个真理——如此社会的覆灭是指日可待的!

《湖上》则摄取社会暗陬的一幅平凡而又凄楚的画面,展示了一个使人心悸的故事。主人公是一个惹人怜爱的瞎眼小女孩莲伢儿,父亲当兵一去十年无音讯,母亲只得沦为任人蹂躏的船妓,自己只得在那冷漠而污秽的境地里寂寞地生活着,无望地企盼着"光明",希冀着"彩色",向往着"音乐"……然而在她此后漫长的人生旅程上,这个世界等待她的、给予她的"只有恶鬼,只有黑漆!"莲伢儿这个可爱复可怜的令人揪心与颤慄的残废儿童形象,叶紫状绘她以对这不合理的畸形社会进行控诉!

短篇《偷莲》显示了与作者以往农村题材作品不同的风格,它剪取了农村生活的一个断面,展现了在新的时代条件下,农民对地主淫威的蔑视与挑战,写得幽默波俏,使人忍俊不禁。本来地主少爷欺侮农村少女易如反掌,中外文学作品更不乏这样的题材,批判现实主义作家所能达到的高度,无非是对于始乱终弃的纨绔子弟稍事谴责,或者着意表现他们的"道德自我完善"。《偷莲》则不然,汉少爷妄想染指桂姐儿不但没有得逞,反而被农妇村姑们奚落教训了一顿,并被绑在船上晾了一夜! 这篇被某些论客指斥为"轻飘得很"的作品,同样表现(虽然是侧面的)的是农民的觉醒与抗争,这里写的虽然不是金戈铁马式的揭竿而起,可是却也生动而形象地展现了原本不可撼动的地主权威在农民心目中的倾坍。农民的这种敢于藐视地主的胆识,当然是特定的历史条件的产物,就中透露着何许消息,当年的读者必定能心领神会的。《鱼》的立意也与前篇相近,对偷鱼的湖主黄六少爷的揶揄、讽刺乃至嘲骂,都显示了经历过农民运动的洗礼,接受着苏区斗争的鼓舞的滨湖地区农民新的精神风貌。这些隽妙而又峭刻的作品的出现,说明叶紫在进行题材与风格多样化的尝试与探索。

叶紫的散文大多是叙事性的,在这方面也显露了他小说家的特长,渲染气氛,勾勒人物,均颇见匠心。以其有力的笔触,记述了在这"渺茫的尘海"中飘流的万般感触,镌刻了在这"吃人的世界"里沉浮的百结愁肠,抒发了对这"不平的人世"的积怨与愤火,也铭记了对于"伟大的朋友"的祭奠与缅怀……

在为数不多的记游性的散文中,与壮丽的湖光山色相对照的是破敝的社会衰颜,《长江轮上》那将幼婴抛入江心波涛的贫苦产妇,《岳阳楼》下那自尽于城楼横木上的无名尸体,《南行杂记》中那无法维持生计而怂恿女儿陪客的客栈老板,《还乡杂记》中嫖客侮狎十一岁幼女的人间惨剧……叶紫屐痕所至、目力所及的"人世的不平",都摄入他饱孕爱憎的散文之中,使读者对于这个通衢以至陋巷都充斥着吃人的兽行、噬人的血污的社会,燃炽起仇恨的怒火。

有若干篇什的散文实际上是叶紫自己生活的实录,象《夜雨飘流的回忆》以及新发现的《殇儿记》《好消息》《鬼》等皆属此类。《殇儿记》等三篇散文均以故乡滨湖地区的水灾为背景,通过亲人的危难与夭亡,反映了在饥饿与死亡线上挣扎的万千灾民的悲苦与绝望。长子维泰于一九三五年八月夭折,年仅三岁,叶紫将丧子的哀痛织入了同年十月写就的《殇儿记》之中。寄养在故乡的爱子原先感染到灾区流行的时疫,作者接到家乡亲人的通知后心急如焚,在脑海中幻化成一片凄惨的图象:

　　朝着故乡的黯淡的天空,静静地,长时间地沉默着! 我慢慢地从那些飞动的、浮云的絮片里,幻出了我们的那一片汪洋的村落,屋宇,田园。我看见整千整万的灾民,将叶片似的肚皮,挺在坚硬的山石上!我看见畜牲们无远近的飘流着!我看见女人和孩子们的号哭!我看见老弱的,经不起磨折的人们,自动地,偷偷地向水里边爬——滚!……

后来当孩子夭亡的凶信传来时,作者借"我的女人"之口发出了摧人心肺的哀号与诘问:"为什么呢?我们为什么要遭这样的苦难呢?我们的孩子!我们的故乡……"与同时代一般抒写亲子之痛的哀悼文字不同的是,叶紫并没有沉缅于个人的悲戚,而是将失子的哀伤与"连大人们都整千整万的死"联系起来,把"饥寒,瘟疫"归咎于罪恶的社会制度,从而将个人情感的写照上升到社会批判的高度。

《好消息》也是写故乡的水灾,姐姐的来信披露了灾区同胞非人的苦况,仅姐姐家一夜之间就失去了两个孩子:一个小的死于母亲的怀抱,老三则被洪水卷走……灾民们"整天地盼望着赈灾的老爷们从天上飞来",可是引项切盼的结果却是"希望"的"死灭"!作者透过来信看到的是"一片汪洋,一大堆一大堆地灾民尸骨";可是为了怕惊扰生病的母亲,却只好捏造了"一个完全相反的,丰登的,梦想不到的世界",这就是所谓"好消息"!

此外,《玉衣》写的是寄养在自己家中的侄女玉衣凄苦的身世,作者禁不住发出了悲叹:"这样的孩子,生存这样的世界,是——永远都不会遇到良好的命运的啊!"流露了对备受欺凌歧视的幼小者的爱与关切。

以上纪实的散文,从各个角度撷取了社会生活的或一侧面加以剖示,有助于我们认识那个"吃人不吐骨子的社会";记录了作者不同时期不同地域所目击的见闻,也有裨我们了解作家的思想轨迹与生活道路。

愁惨的军旅生活素描

叶紫在《我怎样与文学发生关系》中追述了自己早年怀着报仇雪恨的意愿,投入了一支湖南地方军阀的军队当兵,妄想谋得一官半职衣锦荣归给亲人报仇,可是这一"陷人的火坑"中严峻的现实,击碎了他的幻梦,也使他认清了作为政客、军阀争权夺利工具的旧军队的罪恶。两年的军旅生活丰富了叶紫的人生经验,也在他的创作中留下了深深的辙痕。

散文《行军散记》《行军掉队记》《流亡》《夜的行进曲》等,都是旧军队生活的写照。在这些篇什中,作者一律采用暴露与讽刺的手法,立场是十分鲜明的。首先，作者以犀利的笔锋剥脱了军阀部队中那帮为虎作伥、无恶不作的各级军官的假面，宿娼的师长、团长，克扣士兵的军饷做鸦片生意的军需官，强拉民伕的连长，贪生怕死的政治训练办公厅主任等等，都作了刀法粗犷然而入木三分的勾勒，神形毕肖的描绘使这些丑类无所遁迹。

其次，作者以切身体验为依凭描摹了下层士兵的苦痛和酸辛，其中有为军阀卖命而血肉横飞、暴尸荒野的"不幸的同伴"，其中有因负伤被遗弃于阵地上血流如注、奄奄待毙的马夫，其中有在行军中失足跌下万丈深涧的不知名的"弟兄"，其中有因长官稍不如意即遭拳打脚踢的侍卫……这种一年半载只能挣得"两元钱"饷银的"艰辛、非人的生活"，作者作了拌和血泪的状写。

第三、真切地揭露了作为统治者专政工具的旧军队，对于人民的欺压、劫夺与屠戮。如《行军散记》中所记述的官兵合伙洗劫石榴园，老农夫们对这所谓"一向对老百姓都是秋毫无犯"的"正式军队"所投来的"凝着仇恨"的眼光，以及他们"天哪！不做好事哪！我们的命完了哪！……"的哀嚎与咀咒。同篇中还记述了一则怵目惊心的事实，连长虽则声称"不准拉伕"，实则照拉不误，这次竟拉着一个为病着的母亲买药的"乡下读书人"，不顾他"我要拿药回去救妈的病"的哀求，逼迫他连日连夜作挑伕；后来在渡河时，'为了自由，为了救他妈妈的命，他纵身跳入了湍急的河流逃命，结果却被巨大的漩涡所吞没了——"望望那淡绿色的湍急的涡流，象一块千百斤重的东西，在我们的心头沉重地压着"，读者的心头肯定也压抑得喘不过气来。但人民也并非驯服得象刀砧上的鱼肉任凭宰割，他们的愤火在凝聚，在爆发，象《行军掉队记》中的《仇恨》篇，就记述了"我们"一行在一间小店里遇见了一位年迈的老太婆，因独子宝儿不久前被军队掳去，见到这伙披着"老虎皮"的人分外眼红，竟然摸出剪刀来与"我们"拼命，即使被绑在屋柱上仍然乱咬乱骂："遭刀砍啦！红炮子穿啦！……"无畏的拼搏，强烈的诅咒，喷射着老百姓对于反动军队的切齿痛恨。

这组散文写得平实自然，了无雕琢，娓娓道来，舒卷自如，于质朴中反而增强了真实感与感召力。即使抨击的对象很丑恶，讽刺的鹄的很可笑，作者在叙述的文字中也不加褒贬，而是让人物自身的言动来"自我表演"，留待读者自己得出判断，印象反而更加鲜明。这种藏而不露、引而不发的手法，常常会取得事半功倍的艺术效果。

　　叶紫不是一个十分成熟的作家,而是一个英年夭折的天才。他的文学生涯从一九三二年开步伊始直至病逝,也不过头尾八年时间;而真正的创作活动,则更只集中在一九三三年至一九三六年这四年时间里。他象一朵尚未绽放到盛开程度的花朵,却在贫病煎迫的长夜中萎谢了! 叶紫病逝时有位评论家将他比拟为一株"不幸而遭雷殛的暮春的幼树"〔1〕,这无疑是贴切的。他的早逝,当时的中国文化界同人就惊呼为文坛的巨大损失;而今我们仔细研读他的文学遗产,更痛切而深沉地感受到这一点。在这呕心沥血而成的五六十万言的文字中,我们至今仍感到他那炙人的情热,他对理想的执着与对事业的坚贞,他创作动机的纯正与创作态度的严谨,以及他在艺术上的不断学习,不断磨砺,不断追求。他贪婪地汲取中外艺术珍品的宝贵经验,但又不满足于模仿与依傍,而是坚毅地、勤奋地、竭尽心力地为中国革命文学的发展付出了创造性的劳动。

　　列夫·托尔斯泰在论及独创性时指出:"实际上,当我们阅读或者思考一个新作家的一部艺术作品的时候,在我们的心里产生的一个主要问题经常是这样的:'喂,你是个什么样的人呀? 你在哪一点上跟所有我认识的人有所区别? 关于应当怎样看待我们的生活这一点,你能够对我说出些什么新鲜的东西来呢?'"〔2〕叶紫作为在三十年代文坛升起的一颗新星,他为中国现代文学注入了什么新鲜血液,增添了何许奇光异彩,当为人们所注目。我们在前面的"鸟瞰"中已些许触及到这些问题;这里再从有关革命文学发展的历史的角度,窥探一下叶紫所带来的新因素。

　　就在叶紫开始创作活动之前不久,革命文学界借华汉(阳翰笙)长篇小说《地泉》的再版,对革命文学幼稚期普遍存在的"革命的浪慢谛克"倾向进行了清算,瞿秋白、茅盾、钱杏邨、郑伯奇及华汉自己都为再版本《地泉》(上海湖风书局,1932 年 7 月再版)特地撰写了序文。瞿秋白的序文题为《革命的浪漫谛克》,较为尖锐地指出了《地泉》流于"最肤浅的最浮面的描写",甚至"连庸俗的现实主义都没有能够做到",故而《地泉》正是新兴文学所要学习的:'不应当怎么样写的'标本"。进而指出《地泉》中的人物"都是理想化,没有真实的生命的",作者生活的贫弱使其无力"深刻地写到这些人物的真正的转变过程"。茅盾的《〈地泉〉读后感》也指出《地泉》"'脸谱主义'地

〔1〕 刘西渭:《叶紫的小说》。《咀华二集》,文化生活出版社,1942 年 1 月初版,59 页。
〔2〕 《托尔斯泰全集》(俄文版)第 30 卷,19 页。

去描写人物"，"'方程式'地去布置故事"的原因之一，就在于作家未能"更刻苦地去经验复杂的多方面的人生"。上述左翼文化领导者、组织者关于《地泉》的批评，目的在于举一反三地对左翼文学创作中普遍存在的公式化、概念化倾向进行针砭；而这种痛切的针砭对于我们认识叶紫创作的新特点有所裨益，因为《地泉》所代表的正是革命文学开创期左翼作家在成长过程中所犯的通病：以所谓的"革命的浪漫谛克"代替严谨的现实主义创作准则，以主观臆想代替生活实感，以"脸谱主义"代替典型化，以标语口号代替艺术概括……其症结就在于鲁迅《〈丰收〉序言》中所强调的："天才们无论怎样说大话，归根结蒂，还是不能凭空创造。"而叶紫的创作正是对"革命的浪漫谛克"倾向的超越与克服，与"凭空创造"相违，与以意为之相乖，他承继与发展的正是鲁迅所开创的革命现实主义传统。

鲁迅历来重视社会实践与生活体验，早就主张"文学者总该踏在实生活的地盘上"，后来更明确要求作家必须"和实际的社会斗争接触"，号召"一定要参加到社会中去"，勉励广大左翼作家"深入民众的大层中"，力争投身"革命的漩涡中心"。鲁迅虽然没有针对《地泉》发表意见，但他的一系列论述，对于左翼文艺运动内部一度提倡的所谓"目的意识论"、"唯物辩证法的创作方法"等错误理论指导下的，背离生活真实、违反创作规律的公式化概念化倾向，都是有利于改弦易辙的良药金针。

与此相关，鲁迅特别推重叶紫的作品，并引为"文学是战斗"的楷范，重要的因素仍然在于，叶紫与那些"革命的浪漫谛克"症的患者不同，他所创作的"太平世界的奇闻"正是以他"转辗的生活"为基点的，作品所反映的社会背景、时代浪涛与历史事件，都是他亲身"经历"过的，某些人物的原型甚至是他的亲人或挚友。在困守于亭子间，大多出身于小资产阶级，或破落户的飘零子弟所组成的三十年代青年作家群中，遭遇过艰难困顿，身历过风雨鞭扑，经受过血火淬炼，无论就生活积累或创作准备，抑或从创作成果的丰硕与成熟来看，叶紫都可侪入其中的佼佼者之列；所以鲁迅称道其"写得出东西来，作品在摧残中也更加坚实"，并且舐犊情深地寄之以"希望"。

至为可惜的是，叶紫在疾患寒馁的困厄中夭折了，他如同倏忽而没的慧星一样匆匆掠过三十年代文坛，创作生涯十分短暂，而他以严谨的态度创作的"坚实"的作品，却如同不可撼动的石碣，屹立在新文学的里程上。他那乡土气息浓郁的笔墨，永远不会漫漶与褪色，人们会经久弥新地从他的作品中领略到、感受到——八百里洞庭的湖光山色，那字里行间所泛溢着的沁人的馨香,其中有菱角的清芬,荷叶的淡雅,以及蓼花的微薰……更使人难忘的是叶紫笔下那些休养生息在滨湖沃土上的父老乡亲,他们那柔韧不屈的生之意志,他们那前仆后继的生之挣扎,尤其是他们那为创造新生活而进行的坚卓不懈的搏战,给人以一种悲壮的美感。

悲壮之美正是叶紫作品的美学特征,其形成在于:叶紫负有强烈的责任感与使命感,他把表现"善与恶,真与伪,光明与黑暗,公理与强权的殊死的搏斗"[1],看作不可推卸的职责和急于偿付的债务。他曾经与同一战线的朋友感慨言之:"凡是参加这些搏斗中的人,都时刻在向我提出无声的倾诉,'勒逼'我为他们写下些什么,然而,我这枝拙笔啊!我能为他们写下些什么呢……我担心别辜负那班为人间的真善,光明与正义而抗争的人所流去的血!"[2]

叶紫的上述意愿,与马克思主义经典作家所提出的"歌颂倔强的、叱咤风云的和革命的无产者"[3]这一要求是一致的。正是依凭于这样的基因,叶紫的笔锋所及,其场景——或是疾风暴雨式的农民运动的历史画面,或是怒涛汹涌式的土地革命的现实斗争;其事件——或是重压下无路可走的贫苦农民的觉醒与抗争,或是在内战中逐渐觉悟的白军士兵的反戈与起义;其人物——或是苍虬稳健的老农在人祸胜似天灾的绝境中挣扎而起,或是柔顺忠厚的农妇在子女遭受屠杀的悲愤中舍生取义,或是质朴憨直的青年经现实的教育而奋起斗争,或是善良贤惠的少妇受革命的感召而冲破樊篱……在这些血泪交融的动人故事中,大都染上了一层悲剧的色泽,如《丰收》篇鬻女情节之中的生离死别,《火》篇立秋被捕之时的厮斗争拒,《电网外》篇亲人被杀之际的撕心裂肺,《向导》篇引敌入壳之后的无畏赴死,《山村一夜》篇从容就义之前的慷慨陈词,《刀手费》篇抚尸痛苦之后的愤而投缳,《懒捐》篇匆辞生母之后的仓惶出奔,《杨七公公过年》篇除夕辞岁之时的溘然逝去……凡此等等,作者所着力渲染的是人民如地火般奔突的力量,所竭力讴歌的是革命似狂飚般驰骋的声威,因而这些羼杂着痛苦的呻吟,渗透着创口的血渍,乃至笼罩着死亡的阴影的作品,感情并不抑郁,格调也不低沉,似乎有一曲悲壮的主旋律回荡其间。被马克思主义经典作家称之为创作了

---

〔1〕 满红:《悼〈丰收〉的作者——叶紫》。
〔2〕 满红:《悼〈丰收〉的作者——叶紫》。
〔3〕 恩格斯:《诗歌和散文中的德国社会主义》。《马克思恩格斯全集》,人民出版社版,第 4 卷 224 页。

"德国第一部有政治倾向的戏剧"的德国作家席勒曾说到："悲剧的目的是感动；……如果说悲剧的目的是激起同情的激情，形式是赖以达到这个目的的手段，那么对动人的行动的模仿，必须包含最强烈地激起同情的激情的全部条件，即最有利于激起同情的激情的形式。"[1]叶紫创作悲剧性作品的目的同样是为了"感动"以至"激起同情的激情"，而他在寻求"最强烈""最有利"的形式方面，我认为领先于同时代撰写同类题材的同辈作家。中国左翼作家联盟曾经号召其盟员"必须抓住苏维埃运动，土地革命，苏维埃治下的民众生活，红军及工农群众的英勇的战斗的伟大的题材"[2]，对于这一新的创作课题，左翼作家中不少人尽力做了尝试，例如"左联五烈士"中就有柔石、冯铿、胡也频等三人写过类似的篇什，但是由于与苏区隔绝的原故，素材的来源仅仅限于参加一次全国苏维埃代表大会（1930年5月于上海召开）的见闻，所以无论柔石的长诗《血在沸》，冯铿的短篇《小阿强》、《红的日记》，胡也频的短篇《同居》等，虽然都力图反映上述的"伟大的题材"，意愿确实难能可贵，但作品因缺乏生活实感而显得贫弱，其中的人物形象亦都孱弱苍白。叶紫则不然，他不存在凭空创造与以意为之的弊病。因为尝被称为"身世之凄凉，经历之艰苦，实集人世之惨痛于一身"的叶紫，他有切身的体验作依凭，亲历的感触作仰赖，人世的坎坷作积累，父兄的血泪作库存，更加上有革命的理想作南针，所以在描绘严酷的阶级搏战，血腥的战斗图象，阴惨的监狱生活，乃至壮烈的牺牲场景之时，都闪现着若干亮色，使读者于黑潮翻滚、乌云密匝之际，仍能窥见前方微露的晨曦；有时甚至通篇贯串着革命乐观主义的基调，给人以激励与振奋。叶紫之所以能够在描绘磐石般的重压、地狱般的浓暗时能摆脱悲观主义的缠附，首先是本身的思想、气质决定的，作为一个战斗的无产阶级作家，他是与临风流泪、见月伤心的无病呻吟绝缘的。叶紫在《日记》中曾宣示自己"不是懦弱的文学家，我除了悲哀、沉默、愤怒之外，决没有伤感，没有表示丝毫的懦弱态度"（1939年2月7日条）。事实上也正是如此，作家的人格与作品的风格是一致的，峻刻而毫无感伤，惨烈而绝不畏葸，艰危而摈弃绝望，稚弱而挣扎求生，即使炼狱在前也义无返顾，死亡在即也前仆后继，汇集鸣奏出一曲悲壮的颂歌——这就是叶紫为革命文

〔1〕　席勒:《论悲剧艺术》。《古典文艺理论译丛》第6期，古典文艺理论译丛编辑委员会编，人民文学出版社，1963年10月。
〔2〕　《中国无产阶级革命文学的新任务》（1931年11月中国左翼作家联盟执行委员会的决议），《文学导报》第1卷第4期（1931年11月15日）。

学增添的乐章。

四十多年以前,就在叶紫于贫病交迫的困境中夭折不久,一位在"孤岛"上海坚持斗争的文化战士写下了一首题为《〈太阳从西边出来〉——悼叶紫》的悼亡诗,兹摘引如下:

> 叶紫,我不认识你,
> 我只认识你是在——
> 从那块生活的基石上
> 磨快的一文笔,
> 和那些结实的
> 丰收的种子!
> …………
> 叶紫,单是吊唁,淌泪,
> 我们不够对你的敬意,
> 只有我们持久的斗争
> 才可以作为永远记念你的诗篇!
> 安息吧,斗苦的战士,在那时
> 现实超过你想象以上——
> "太阳从西边出来!"〔1〕

在那暗黑的年代里,我相信有无数的读者象这位诗人一样,把叶紫迸溅着火花的作品引为战取光明的力量;即使到了今天,叶紫的文学遗产也绝对不会失去时效,它对于建设社会主义精神文明当亦不无裨益。值此叶紫文学活动五十周年纪念之际,草就这篇浅陋的文章,以作为献给这位自幼心仪的革命作家的菲薄的祭品。

一九八二年五月初稿,十月二稿。

---

〔1〕　荒牧:《〈太阳从西边出来〉——悼叶紫》。《文艺新闻》第8号,上海文艺新闻社,1939年12月24日。

不懈的追索者

——柔石文学轨迹初揆

> 我也似自己正穿走着一个山洞。周身的空气是怎样黑暗而沉重，但总要不停留的向前走。

> ——柔石:《人间的喜剧》

鲁迅在对埃德加·斯诺谈及中国文学现状时指出:"当前我们最好的作家几乎毫无例外都是左翼的,因为只有他们所写的内容才具有充分的生命力,足以引起知识界认真的注视。"随即列举了"最优秀的左翼作家"的名单,其中"柔石"的名字置于显豁而重要的地位[1]。鲁迅对一个仅仅生存了二十九年的青年作家如此推重,充分肯定他在中国左翼文学运动乃至中国现代文学发展史上的地位,这些都不是偶然的。无论从柔石作为中国现代文学史上的重要作家而论,抑或就他以鲜血谱写中国无产阶级革命文学第一章而言,柔石研究都堪列为必要而待深入的课题。

二十年代末,在上海的文坛上出现了一个陌生的名字——柔石,他的题名为《人鬼与他的妻的故事》这一短篇力作,刊发于鲁迅、郁达夫合编的《奔流》一卷五、六期(1928 年 10 月 30 日与同年 11 月 30 日),引起了文学界的注目。从此,在当时一些颇有影响的文学刊物《大众文艺》、《语丝》、《春潮》、《朝花周刊》等中,都可屡屡发见"柔石"的作品,其中除小说而外,还有散义、诗、剧本以及译作。第一本署名"柔石"的单行本中篇小说《三姊妹》于一九二九年春出版,从而获得了更广泛的读者。

实际上,柔石的文学活动开始得更早,二十年代初就已迈步伊始。当

---

[1] 转引自尼姆·威尔斯《现代中国文学运动》,刊埃德加·斯诺编《活的中国》(London,1936)。

然,柔石作为个一个较为成熟的作家开拓自己的文学道路,是在鲁迅的诲导照拂下,于二十年代末的上海开始揭起新的篇章的;关于这些,可以在回溯他的文学生涯时清楚地看到。

柔石,原名赵平福,后改名平复,笔名有柔石、金桥、赵璜、刘志清、爱涛等。清光绪二十八年八月二十七日(公历 1902 年 9 月 28 日)诞生于浙江宁海县城西方祠前。父亲赵子廉是个经营鲜咸水产的小商人,在宁海城内市门头开着一爿名为"赵源泉号"的小铺子。十岁进入"正学小学"念书,在这座以方孝孺别号命名的学校中受启蒙教育;作家从小就对这位刚正不阿的先贤十分钦敬,从而涵养了自己方正耿介的品格。鲁迅后来曾赞赏地写道:柔石"的家乡,是台州的宁海,这只要一看他那台州式的硬气就知道,而且颇有点迂,有时会令我忽而想到方孝孺,觉得好象也有些这模样的"[1]。梓里先贤的圭臬,无疑在少年柔石的心上烙下了深深的印痕。

一九一七年夏,进入台州的浙江省立第六中学念书,旋于次年秋改入杭州浙江省立第一师范。"五四"时期的"一师"是"中国东南部文化运动的重镇",学校主持人经亨颐(子渊)作为一个民主主义教育家,思想甚为开明,认为不应该遏制"新思潮"的"勃发",实施教育改革与学生自治,造成了一个思想解放的局面。该校的教师陈望道、施存统、刘大白、夏丏尊、叶圣陶、朱自清等都是传播新思想、提倡新文化的骁将,在他们的吹拂推动下,一师逐成为新文化运动中一畦活跃的园地,青年柔石从中得到耳濡目染的熏陶与启迪。一师部分学生在新思潮的感召与先行者的带动下,于一九二一年十月十日组成了文学社团——"晨光社",参加者有赵平复(柔石)、潘训(漠华)、冯雪峰、魏金枝、汪静之、周辅仁等二十余人,并在《浙江日报》上开辟了《晨光》周刊,柔石也在其上发表了作品。晨光社的活动当时已受到文学界的注意,例如《小说月报》主编沈雁冰就"想知道晨光社过去和现在的情形",该刊第十二卷第十二期(1922 年 12 月 10 日)还披载了晨光社的《简章》,以及主持者潘训致沈雁冰的复函。

学生时代的柔石受时代风云的激盈、进步思潮的洗礼,思想上与反帝反封建的历史主潮产生共鸣,开始密切注视国家民族的命运,以及乡梓黎民的疾苦。青年柔石饱孕对"社会不平等的怨愤",努力寻求社会改造的道路,欣喜地遥望着十月革命所带来的新世纪的曙光:"……俄国已实行社会主义之

---

[1] 鲁迅:《南腔北调集·为了忘却的纪念》。

一国也,其目的皆在打破政府之万恶,以谋世界之大同,改革平民之经济,以求人道之实现,欲人人安乐,国国太平"[1]。此时柔石的社会理想虽然甚为朦胧,但却是积极的、进取的、向上的。

一九二三年六月从一师毕业之后,柔石赴南京投考东南大学,结果落榜而归。然后,寻觅为社会服务的职业又没有着落,初次品尝了人生的苦辛,目睹了世态的狰狞,遂在《死神的翅膀好象在头上拍着》(1923年7月作)中表露了对黑暗现实与邪恶势力的愤懑与诅咒:

> 现在,齐成了魔鬼的俘虏,幽囚在铁门铁壁的地牢中! 美的髓液被吸收尽了,代替着的不是骄横暴戾地蹲踞着,就是阴险谄媚地诱引着,不是无妻的凶棍,就是多夫的妓女,一个个骗人们到奴隶的死国。

一九二三年秋,柔石托人荐引到杭州一个应姓人家作家庭教师。但狭仄的天地、窒闷的氛围,使他无从伸展自己的抱负,敷衍半年而后,于一九二四年初到慈谿县普迪小学教书。腐败的教育界现状使他感到失望,更为深切地体认到:"现在社会实在是一个强盗窠,各人尽其掠夺尚不足,又谁想到教育事业"(1924年5月10日日记)。但他自己孜孜矻矻地从事教育工作,把满腔的爱倾洒在孩子们身上。同时在课余开始尝试文学创作,写了许多诗与小说,于一九二五年初结集出版了短篇小说集《疯人》。

一九二五年春,柔石北上赴京,在北京大学当了一名旁听生,除旁听哲学、世界语、英文等课程,还常去听鲁迅先生讲授的中国小说史与《苦闷的象征》,从始十分钦仰鲁迅先生。在此期间,他的生活非常清苦,但却甘之如饴,认为"读书人更应该从苦中磨练出来"。在艰苦的砥砺中,柔石嫉恶如仇的性格愈加刚烈,他在给挚友昌标的信中指斥"人间如地狱,我古国更不堪设想",而且对黑暗邪恶势力的阴毒凶险有了更透彻的认识,看穿了"它们一边用高压的手,压制谁有光明的愿望,一边又用背后的手,指示你向无聊和黑暗进行",并对充斥社会的"虚伪"、"谄媚"、"欺诈"、"凌侮"表示了决绝与鄙弃。有时虽因黑暗的过于浓重而感到沮丧,但却从未萌生过向黑暗俯首的臣服之心。

一九二六年初,柔石离开北京回到了南方。一度滞留上海,复奔波于沪

---

[1] 柔石于1921年11月20日致其兄赵平西笺。

杭甬道上,连噉饭之所也无法寻觅,过着颠沛流离的生活。在困顿的生活境遇中仍不能忘情于文艺,即使寄居在上海、杭州朋友处也坚持"一边读书,一边作文",长篇小说《旧时代之死》即于此时着手创作。同年秋,应友人聘到镇海中学任教员,不久升任教务主任。与此同时,还竭力帮助家乡青年筹办宁海中学。

一九二七年二月,北伐军占领杭州,浙江全省随之光复,柔石乃回到宁海故乡,为"开展宁地之文化"而奔忙。在担任宁海中学国文教员期间,积极灌输反帝反封建的民主思想,以及传播健康的、进步的文艺思潮。

柔石还在课余开始了文学史研究,着手编著《中国文学史略》,已写就三章,其手稿由笔者六十年代初在杭州发现与绍介。第一章《绪论》,第二章《诗经与楚辞》,第三章《古诗十九首与汉魏乐府》。就中反映了柔石当时的文学观与文学史观,首先他认为"文学是时代的产物",是"人生的反映",它传达与张扬"时代的精神",表现与状绘"时代的异彩和特色";其次认为"历史是进化的,文学也是演进的。政治的修明与混乱,道德的提高和堕落,以及世态人情的炎凉冷暖,农工苦况和自得,都影响到文学",随即强调了"文学史之价值观"的重要性:"一个民族有一个民族的特色的文学。我们要了解时代和民族,我们就该知道过去的材料。"从而了解"一时代一时代的生活情形及人民风尚",并且"就可推知到人类社会进化的痕迹"。再次,在《绪论》中将古典文学分为"贵族文学"与"平民文学",并声明这本文学史是侧重研究"平民文学"的,实际上在二、三章中对人民口头创作给予了极大的注意,如在论及《诗经》、《古诗十九首》、"汉魏乐府"等,都作了精湛的剖析,给予甚高的评价。同时对受民间文学哺育的优秀作家屈原等,也均推崇备至。以上文学史观在当时可谓空谷足音,可惜这部文学史著作未及完成就因故中缀了。

一九二八年初,在宁海中学地下党组织与进步势力的支持下,柔石担任了宁海县教育局局长。他不负众望,致力于全县的教育改革,甄别清除教育界的封建势力,充实进步成分,同当地党棍学痞进行斗争,使全县教育顿为改观,受到广大师生员工的支持,当然也遭到国民党右派与守旧分子的忌恨。同年五月,在宁海旁亭一带爆发了农民暴动,其中有宁海中学的部分教师学生参加,柔石也"预闻其事"。暴动遭到反动势力的镇压,宁海中学被迫停课,柔石受到牵连,遂托辞出走,辗转来到上海。

在上海颠沛困厄的生活中,柔石经友人介绍认识了鲁迅先生;与鲁迅的结识与订交,使柔石的文学乃至生活道路发生了极大的转折。柔石淳朴热诚、整饬谦抑、切实苦干、耐劳任怨的品格与作风,赢得了鲁迅的信任与厚爱;他与鲁迅的关系日益密切,承受鲁迅思想光热的辐射亲炙,经受鲁迅人格力量的潜移默化,领受鲁迅精神气质的陶冶镕铸,接受鲁迅创作态度的影响浸淫,这予他日后逐渐成长为一个无产阶级革命文学前驱战士起了甚大的催化作用。柔石从始成为鲁迅最虔敬诚挚的学生之一,也是鲁迅所从事的事业最积极的赞助者、合作者、追随者之一。

鲁迅和柔石的战斗情谊,将成为中国文学史上千古传诵的佳话。他们之间维系着师生、挚友、知音、同志的亲密关系,后来达到了休戚与共的程度。鲁迅是柔石的导师兼战友,他的思想、品格、言动以及作品,都给青年作家以甚深的影响。

柔石与鲁迅的交往始于一九二八年夏秋之间,具体时日已不可细考。《鲁迅日记》中有关柔石的记载最早见于一九二八年九月二十七日条:"夜邀诸人至中有天晚餐,并邀柔石、方仁、三弟、广平。"实际上他们的结识交往要比这时早,因柔石于一九二八年九月十三日致其兄赵平西的信中就已写到将《旧时代之死》的书稿交鲁迅先生批阅的事,信末还注明:"信与洋请寄——上海闸北横滨路景云里新廿三号王方仁兄收转为便。"另据许广平《景云深处是吾家》一文回忆:"……我们就在一九二七年的十月八日,从共和旅店迁入景云里第二弄的最末一家二十三号居住了(后来让给柔石等人居住)。"[1]复查《鲁迅日记》一九二八年九月九日条记有:"下午移居里内十八号屋。"从以上文献中,我们可以了解到:其一,一九二八年九月九日,鲁迅在迁居同里十八号时即将原居二十三号让给柔石、王方仁等居住;其二,柔石是通过其同乡王方仁介绍得以结识鲁迅的,因王系鲁迅任教厦门大学时的学生,其所译安特列夫作《红笑》(署名梅川译)曾由鲁迅校订并撰写跋语。柔石起初要求王方仁引见拜谒鲁迅,看来主要是要求批阅推荐书稿。《旧时代之死》稿修订誊正于八月九日,该书《自序》作于八月十六日,疑即交付王方仁转呈鲁迅,查《鲁迅日记》一九二八年八月二十一日条记有:"上午得方仁信并稿。"此稿恐即柔石的《旧时代之死》小说稿,事实上正是由于鲁迅的关切与推荐,北新书局老板才会接受出版这一名不见经传的无名作家的二十余万字的长篇小说稿。

---

〔1〕 载《鲁迅回忆录》第一集,上海文艺出版社,1978 年 1 月初版。

当然,鲁迅关怀柔石并不是单纯的引荐后进,而更重要的在于事业上的维系与携手。他们共同戮力开创的第一桩事业是朝花社的建立。朝花社的宗旨是:"目的是在绍介东欧和北欧的文学,输入外国的版画,因为我们都以为应该来扶植一点刚健质朴的文艺。"〔1〕绍介东欧和北欧的文学,正是鲁迅早年力疾译介"被压迫民族文学"的继续,东京时代译印《域外小说集》以及波兰显克微支,匈牙利裴多菲、约卡伊・莫尔等的作品,北京时期的编译《现代小说译丛》,参予《小说月报》第十二卷第十期(1921 年 10 月)"被损害民族的文学号"的筹措与译述……等,以及目下朝花社的创设,都是为了贯彻鲁迅绍介翻译"被压迫的民族的作家的作品"的初衷。鲁迅竭力"传播被虐待者的苦痛的呼声"的目的,在于"激发国人对于强权者的憎恶和愤怒";柔石是鲁迅旨在绍介"被压迫民族文学"的知音,故而亦是朝花社事业最热诚的参预者与最勤劬的实干家,作为这一文艺社团的中坚,其地位与作用诚如林淡秋在回忆录中所说的:"在朝花社同人中,除了鲁迅先生,柔石仿佛是一个中心,写稿之外,还得为一些繁琐的事务奔走。"〔2〕朝花社是中国现代文学史上一个较为重要的社团,她于二十年代末在传播外国进步文化,译介被压迫民族文学,倡导木刻艺术诸方面,都作出了不可磨灭的贡献。在这些业绩中,当然到处都浸润着柔石的心血与汗水。

柔石在鲁迅的引导与培育下,更加"努力,刻苦,忠心于文艺",并且树立了"总想做一位于中国有贡献的堂堂的男子"的坚毅志愿。一九二八年十二月,柔石参预了朝花社刊物《朝花周刊》的创办并任编辑,该刊出满二十期后,翌年六月改为《朝花旬刊》,篇幅扩大了一倍,出版了十二期。周刊的宗旨以绍介为主,创作为辅,译介了东、北欧以及西欧、北美乃至"新俄"(苏联)的文学论著、诗歌、小说、随笔、杂感等,其主要的原著者有匈牙利的裴多菲、摩尔那,犹太的宾斯基,西班牙的巴罗哈,丹麦的惠特,挪威的哈谟生,法国的法郎士,英国的佩考克,苏联的普理希文等,作译者除朝花社的成员鲁迅、柔石、采石(真吾)、梅川(方仁)而外,尚有社外的潘训、语堂、昌标、适夷、卓治、式微等。旬刊则加强了马克思主义文艺理论的绍介以及苏联文学作品的迻译。刊发有蒲力汗诺夫的《论法兰西底悲剧与演剧》(画室译)、匈牙利玛察的《现代法兰西文学上的叛逆与革命》(雪峰译)、德国梅林格的《自然

〔1〕　鲁迅:《南腔北调集・为了忘却的纪念》。
〔2〕　林淡秋:《忆柔石》,刊《文萃》第 2 卷第 18 期,1947 年 2 月 6 日出版。

主义与新浪漫主义》（画室译）等，以及高尔基、莱密沙夫、倍兹缅斯基的小说、诗等。其次，关于外国文艺思潮、流派，文学史论著，作家论等占据了旬刊相当的篇幅，刊发有日本山岸光宣的《表现主义的诸相》（鲁迅译）、英国Paul Selver 的《捷克的近代文学》（真吾译）以及德国托马斯·曼的《托尔斯泰》（闵予译）等。此外，译介的作品包括小说、诗歌、戏剧、散文等多种体裁，原作者有保加利亚的亚遏林·沛林，捷克的凯沛克兄弟，匈牙利的裴多菲，瑞典的罕特斯旦、梦特尔堡，挪威的易卜生、克伊兰，丹麦的安德生、蜀拉舒曼，奥地利的文新·契万西，塞尔维亚的 Bora Stankovic 等。

　　朝花社还拟订了编译出版朝花社丛书的计划，其中列有《北欧文艺丛书》、《朝花小集》、《近代世界短篇小说集》等。以上几套丛书的计划都服膺于朝花社旨在"扶植一点刚健质朴的文艺"的目的，计划后来虽因某一合作者的叛离而受挫，但柔石始终是这一宗旨的忠实执行者，以他承应翻译的《北欧文艺丛书》之一《丹麦短篇小说集》为例，即可说明他译书的认真与勤奋。柔石于一九二八年十月二十五日致其兄赵平西的家书中写道："……就想动手翻译外国名家的文章。近来周先生（即鲁迅——引者按）告诉我一本书，我买到了二本……这书共有十五万字，复想两个月翻译完。"此书即英人Hanna Astrup Larsen 编译的《丹麦短篇小说集》，柔石经鲁迅提示后即购来拟以两个月的时间译成，如此短促的时间要完成十五万字的译稿当然是很艰巨的，需要付出心血与辛劳，所以在同一信中写道："复近来每夜到半夜一二点钟困觉"，甚至在胃病发作时，"我就一边吞胃药，一边再写"。正因为柔石译述的勤勉，《北欧文艺丛书》计划中的四个选题，只有柔石的译本后来译成出版。此外，柔石还为《近代世界短篇小说集》（一）（二）翻译了比利时拉蒙尼，犹太莱辛，南斯拉夫麦土斯、伊凡·开卡、拉柴力维基等的短篇小说。散见于其他报刊的尚有法国 S·Gautillon、奥地利文新·契万西等的作品。

　　木刻艺术的倡导也列为朝花社的宗旨之一，在寂寞的中国艺坛致力于"输入外国的版画"，其开山之功，诚如鲁迅所说："创作木刻的纸介，始于朝花社，那出版的《艺苑朝华》四本，虽然选择印造，并不精工，且为艺术家所不齿，却颇引起了青年学徒的注意。"[1]而其中的热心移植者又是柔石，他的酷爱木刻艺术，鲁迅曾有记述："他是我的学生和朋友，一同绍介外国文艺

---

〔1〕　鲁迅：《且介亭杂文·〈木刻纪程〉小引》。

的,尤喜欢木刻,曾经编印过三本欧美作家的作品,虽然印得不大好。"[1]柔石这一"尤喜欢木刻"的美学趣味,当然是受到鲁迅的薰陶与诱导,从而挚爱这刚健清新的艺术。在柔石担任编务的朝花社刊物上,比比皆是木刻的插画。《朝花周刊》的刊头图案采用了英国版画家 A·Rackham 的天使像,飘逸轻灵而饱孕生机,秀美的"朝花"二字则出于鲁迅的手笔,更增添了清新与妩媚。周刊陆续刊发了英国 Mabel Aunesley 女士作的《犁耕》、G·Eyles 作的《休息》、V·Gibbings 作"Recreation"的书头装饰、V·Gribble 作 A·Tennyson 诗集"The Princess"的插图二幅、E·M·OR·Dickey 作的《老屋》、司蒂芬·蓬作的《希望》以及 V·Gribble 作的"Tess of D'urbervilles"插画等英国版画家的作品,其中第二期(1928 年 12 月 13 日)刊载的《犁耕》下还有编者所加的按语,点明了版画家的艺术特点:"Annesley 女士表示她运用自如的手腕,马的这一种用力拖着犁经过厚重的泥土,我们很明显的可以觉得。"以上言简意赅的评骘很可能出自柔石的手笔。披载于第十七期(1929 年 4 月 25 日)的胶版画《希望》,后来柔石曾用以作自己小说集《希望》的封面画,这些都无不说明了柔石对于版画艺术的热衷与爱赏。《朝花旬刊》的封面则采用了法国 Raoul Dufy 的木刻《花》,而且几乎每一期都发表木刻作品,如瑞典 Annie Bergman 的《女孩的头》、捷克约瑟·凯沛克的《岛上》插画、挪威 Olaf Willums 作《D 字装饰画》、意大利迪绥尔多黎作《十日谈》插画、日本永瀬义郎作《"恶魔"》、英国斯提芬·蓬的《北太平洋》、E·R·Brews 作《头》等。以木刻作为刊物的封面与插绘,在中国文学期刊史上是前所未有的创举,既开了图文并懋的风气之先,又为艺术学徒提供了观摩与研习的范例。

鲁迅与柔石还拟订了旨在移植外国版画与其他艺术名作的《艺苑朝华》的编印计划,既绍介"今日可以利用的遗产",复引入"世界上灿烂的新作"。原计划连续出版多期,每期十二辑,每辑十二图。后来由于朝花社的解体,实际上只出版了《近代木刻选集》(一)(二)、《蕗谷虹儿画选》、《比亚兹莱画集》、《新俄画选》等五集。关于《艺苑朝华》的影响,新兴木刻家曹白在三十年代中期就曾写道:"《艺苑朝华》的影响是大的!"虽然和鲁迅一同"输入外国的版画"的柔石"死于屠伯们的惨杀里,而五辑《艺苑朝华》是在的。这就好! 它们不但为一八艺社所接受,而且被许许多多的青年艺术学徒所接受。

---

[1] 鲁迅:《且介亭杂文末编·写于深夜里》。

木刻的火种是没有因为被摧残而熄灭"〔1〕鲁迅、柔有原本计划绍介德国版画家珂勒惠支的作品,可是不久柔石就惨遭杀害了,鲁迅后来悲愤地写道:"这时珂勒惠支教授的版画集正在由欧洲走向中国的路上,但到得上海,勤恳的绍介者却已睡在土里了,我们连地点也不知道。"〔2〕柔石作为鲁迅所倡导的木刻艺术的"勤恳的绍介者",在中国现代木刻史上留下了不可泯灭的拓荒之功,几乎所有的新兴木刻家都曾从朝花社移植的版画艺术中得到滋养、受到启迪,他们认为是朝花社播撒了"新兴艺术的第一粒种子",木刻家野夫在一九三九年所作《中国新兴木刻艺术发展的概况》中论及朝花社"把外国的作品介绍到《朝华》上发表,当时还出版了五种画集——《艺苑朝华》——以单纯的木刻画印成集子,这算是中国有史以来的破题儿第一遭,同时也可以说是引导这新兴艺术到中国来的第一导路引。"〔3〕柔石追随鲁迅在开创与促进中国新兴木刻运动萌蘖勃兴的事业中,确实也起了筚簬褴褛的作用。

在新的历史时期中,鲁迅开始致力于苏联文学与作品的绍介,他曾强调这一工作的意义:"我看苏维埃文学,是大半因为想绍介给中国,而对于中国,现在也还是战斗的作品更为紧要。"〔4〕柔石同样也成了这一"偷运军火给起义的奴隶"事业最热诚、最勤勉的参预者。

高尔基是世界无产阶级革命文学的奠基人,柔石对之十分钦仰与尊崇,故而译述活动大多以高氏作品为对象。左联机关刊物《萌芽月刊》创刊号(1930 年 1 月)就刊发了柔石所译的高尔基《关于托尔斯泰的一封信》;稍后,鲁迅主编的《戈理基文录》(《萌芽月刊社丛书》之一)于同年八月出版,扉页署"鲁迅编,柔石等译",在这部我国第一次出版的高尔基文集中共辑译了八篇文章,其中就有两篇是柔石译的(即《托尔斯泰的回忆》、《关于托尔斯泰的一封信》)。柔石牺牲以后,郁达夫在他的译文集《几个伟大的作家》(中华书局,1934 年 3 月初版)的《译者序引》(1931 年 9 月)中还提及柔石的这两篇译文,并对"这一位朋友""在那一本书(按指《戈理基文录》——引者)出版之后,竟殉了主义,已经不存在世上了",表示了哀悼与惋惜。柔石还于一九二九年秋开始翻译高尔基的长篇小说《阿尔泰莫诺夫之事业》(见

---

〔1〕　曹白:《鲁迅先生和中国新兴的木刻》。夏征农编《鲁迅研究》,生活书店,1937 年 6 月初版。
〔2〕　鲁迅:《且介亭杂文末编·写在深夜里》。
〔3〕　载野夫著《怎样研究木刻》,会文图书社(浙江丽水),1940 年 1 月初版。
〔4〕　鲁迅:《且介亭杂文·答国际文学社问》。

《柔石日记》1929 年 10 月 1 日条："从今日起,译戈理基底《亚尔泰莫诺夫事件》。想以三个月完成。") 译稿在柔石生前未及出版,后易名《颓废》,译者署名赵璜,由商务印书馆于一九三四年三月初版。这是一部革命现实主义的典范作品,恢宏地展现了俄国新兴的资产阶级家庭三代兴替的历史,浓墨重彩地描绘出决战前夜资产阶级与无产阶级之间殊死斗争的历史画卷。柔石译介高尔基这部力作,无疑将给年轻的中国左翼作家以有益的借鉴。

柔石对于鲁迅翻译苏联作家短篇小说代表作这一较为繁浩的工程也协力尤多,如一九三三年一月出版的《竖琴》,集内辑译的十位作家的十个短篇就有两篇系柔石所译(淑雪兼珂作《老耗子》与凯泰耶夫作《物事》),鲁迅在该书《前记》中特别指出："其中的三篇,是别人的翻译,我相信是很可靠的。"

为了将"伟大肥沃的'黑土'里"绽放的文学之花绍介给中国大众,鲁迅在一九三〇年顷制订了编印《现代文艺丛书》的计划,这实际上是"一种收罗新俄文艺作品的丛书",其中选定了十种"世界上早有定评的剧本和小说"。该丛书第一种卢那卡尔斯基的剧本《浮士德与城》即由柔石承担,其他译本的译者除鲁迅外,尚有曹靖华、冯雪峰、蓬子、侍桁、侯朴等。这套丛书承译者最早交稿的是柔石,鲁迅在《〈铁流〉编校后记》中写道："我们的译述却进行得很慢,早早缴了卷的只有一个柔石,接着就印了出来。"查《鲁迅日记》一九三〇年四月十一日条记有："下午雪峰来并交为神州国光社编译《现代文艺丛书》合同一纸。"同年六月十六日条记有："作《浮士德与城》后记讫。"据此两则日记推算,柔石译稿完成距订立合同确定选题之时仅只两个月,而中文译本厚达二百二十四页,由此足见柔石译述的勤勉。鲁迅对卢那卡尔斯基这本展示了"俄国革命程序的预想"乃至"世界革命的程序的预想"的剧本,原本就十分欣赏,在他的藏书中就有一九一八年出版的俄文本《Фауст и Город》;而对柔石这册费尽苦辛的译本更表示了舐犊情深的关切,不仅为之撰写了《后记》,并专门译述了日本尾濑敬止的《作者小传》作为附录,甚至特地去春阳照相馆摄制《浮士德与城》版画用作中译本的书面。

总之,柔石作为鲁迅"偷运军火给起义的奴隶"与"窃火给人类"这一神圣事业的战友与助手,在这一极为重要的"战斗的工作"中,确乎表现了忘我的精神、积极的态度乃至勤奋的效率。

柔石与鲁迅精神维系的最牢固的胶结点还在于对国家民族命运的关切,对人民革命事业的忠贞,以及坚毅的战斗意志与凛然的献身准备。他们在中国革命处于低潮的严峻时刻,几乎是手携手、肩并肩地参予了党所领导的政治活动和文化活动。例如《鲁迅日记》一九三〇年二月十三日条记有：
"晚邀柔石往快活林吃面，又赴法教堂。""赴法教堂"即系作为发起人参加
"中国自由运动大同盟"成立大会，随即在他们共同编辑的《萌芽月刊》第三
期（1930 年 3 月）上发表了《中国自由运动大同盟宣言》及发起人名单；又如
《鲁迅日记》同年二月十六日条记有："午后，同柔石、雪峰出街饮加菲。"此即
共同参加在北四川路"公啡"咖啡馆召开的"上海新文学运动者的讨论会"
（于此之前，曾参加 1929 年 10 月中旬召开的第一次筹备会议），准备筹建
"中国左翼作家联盟"；又如《鲁迅日记》同年三月二日条记有："往艺术大学
参加左翼作家连盟成立会。"柔石也是与会者之一，并被选为执行委员，后任
常委委员、编辑部主任；又如《鲁迅日记》同年五月二十九日条记有："午后往
左联会。"在会上听取了柔石等代表左联出席全国苏维埃区域代表大会的报
告；又如《鲁迅日记》同年六月七日条记有："午后雪峰、柔石来。捐互济会泉
百。"即可能是通过柔石们向互济会捐款的……事实无不说明柔石正是与鲁
迅志同道合地"尽力于普罗文学运动"，他们共同参加筹组与成立左联，他们
共同编辑左联的机关刊物《萌芽月刊》与《世界文化》，他们共同访问中国左
翼文化的战友史沫特莱，他们共同洽谈如何健全与发展革命文学创作……

　　检视以上的史实，我们足可窥见，柔石之所以成为共产主义者，成为左
翼文艺运动的中坚，当然有其主观与客观的各种因素，而与鲁迅的过从、合
作无疑是决定性因素之一。柔石无愧为鲁迅事业的同道者，他认真地追随
并效法鲁迅的思想变革与政治抉择，他热诚地参与鲁迅所倡导组织的文学
社团，他竭力地从事被压迫民族文学与苏联文学的绍介，他无条件地接受鲁
迅所嘱托的一切事务，甚至最后身陷囹圄仍然系念着鲁迅的安危，所以鲁迅
高度评价他的为人："无论从旧道德，从新道德，只要是损己利人的，他就挑
选上，自己背起来。"[1]另一方面，柔石于一九三〇年五月经冯雪峰介绍参
加中国共产党之后，作为一个赋有献身精神的共产党人，他对于鲁迅的思想
与言动，肯定有若干影响与促进，这自然也是不待言的。

　　毛泽东在《新民主主义论》中论断："鲁迅的方向，就是中华民族新文化
的方向。"最后以鲜血与生命奉献给中国人民革命事业的左翼作家柔石，正
是在二十年代末至三十年代初追随与奔赴这一方向的前驱。

---

〔1〕　鲁迅：《南腔北调集·为了忘却的纪念》。

在创作方面,柔石师承与发扬了鲁迅所开创的现实主义传统,进行了不懈的攀援与追索。正由于鲁迅的关切、诱导、奖掖,柔石在他生命旅程的最后三年中进入了创作力空前旺盛的丰收季节。此间,我们拟就柔石的创作道路作若干考察,以辨认其在现实主义道路上艰苦跋涉的轨迹。

检视柔石的全部创作活动,以小说的创作量最为丰饶,短篇以及中、长篇均作了尝试,其文学成就也主要表现于小说创作方面。

从现存的资料(包括已发表作品与保存下来的手稿)窥测,柔石自一九二二年八月创作第一篇《一个失败的请求》起,至一九三〇年一月二十日写作《为奴隶的母亲》止,一生共写有短篇三十余个(其中发表者为二十篇),分别选择结集有《疯人》(宁波华升印局,1925 年元旦初版)与《希望》(商务印书馆,1930 年 7 月初版);中篇一,即《三姐妹》(上海水沫书店,1929 年 4 月 15 日初版);长篇二,一为《旧时代之死》(北新书局,1929 年 10 月初版),一为《二月》(上海春潮书局,1929 年 11 月 1 日初版)。以上短篇、中篇、长篇的总字数约在五十万之谱。这对于一个年仅二十九岁即不幸殉难的青年作家来说,成绩已不算瘠薄。

短篇小说的创作几乎贯串着柔石创作活动的始终,拟先就这部分作品进行考究与探测:

短篇集《疯人》系作者自费出版的第一个集子,收辑了其一九二三年至一九二四年所作小说六篇。在这一廿岁左右文学青年的习作里,透露出一个涉世未深却甚为敏感的青年的呻吟、诅咒与呐喊。由于作者的阅历不深,视野不广,它所反映的生活面与社会相是较为狭窄、浮浅的,虽然如此,从中我们仍可谛听到"五四"巨潮的回声,即对于个性解放的追求,对于恋爱自由的向往,对于人生幸福的憧憬,对于社会进步的企盼。

《疯人》集存世已寥寥,而它是柔石的处女作,我们不妨多作些考察:

集内的《无聊的谈话》作于一九二三年十一月,是柔石已发表作品中写作时间最早的一篇。短篇素材取材自作者在杭州应姓人家做家庭教师的经历,颇具生活实感。一九二三年六月,柔石自浙江省立第一师范毕业之后升学无着,求职无门,经人介绍到杭州应宅做家庭教师,为其两个小孩授课,女孩十余岁,男孩六七岁。由于年龄的悬殊,柔石于教课之余无法与他们作思想交流;他的志向、抱负与情感,孩子们也无法理解,于是只得互相作一些无聊的谈话来打发日子。《无聊的谈话》正是柔石蛰居应宅时枯寂苦闷生活的写照。小说中的"我"对两个天真无知的儿童倾诉自己心里的郁闷与惆怅,浓重的孤独感透过"我"淋漓地宣泄而出,它表现了柔石在刚步入社会即遭挫折的愤懑不平的心境。小说开头的景物状绘与心理描摹融合为一:"秋雨滴滴淅淅的落着,正如打在我底心上一样,使我的心染湿了秋色的幽秘,反应出人生底零落和无聊来。"被迫困于"狭的笼"中的"我",于壮志难酬、百无聊赖中发出了对于人生的诘问与怨怼。他不甘于做一个"化筋肉为泥木"的"古庙厢旁底菩萨",但又哀叹于为社会服务的坚实岗位"茫茫何处",寻觅无着。通篇虽然浸淫着一种无以排遣的孤独感,但它是主人翁渴求知音与同调而不见,热望有所作为而不得之后的心态,其实质并不怎么颓唐,而蕴含着敛羽待飞的意味。小说实际上反映了"五四"退潮期知识界普遍存在的一种彷徨求索心理,作为那个时代的剪影,还是具有相当的典型意义的。技术上当然比较幼稚,结构疏简,情节单一。不过柔石创作是篇时,其态度是严正的,其手法是写实的,作为柔石在文学旅程上跨出的第一步,与新文学的方向是一致的。

《疯人》集中其他篇什,均作于一九二四年一至九月间。《他俩的前途》篇似乎颇受弗洛伊特学说的影响,绘写了少男少女间性的发动与困扰,当文与慧尝试了伊甸园的禁果时,由于世俗的规矩、礼教的樊篱决不会容许他们结合,横亘在他们前途的"步步是荆棘",尤其是不能主宰自己命运的女性,她"灰色的命运,自然只好随秋风春雨之摧残",以至于"萎黄潦倒"。就中颇可注意的是,柔石对于备受欺凌压抑的妇女之命运的关切,于此已可见端倪。这种关切贯串于他创作活动的始终,并且愈来愈表现得深刻。《船中》篇写一个旅途飘泊的青年,枯槁的心田渴望甘露的滋润,当他在船中领受了一位少女美目盼兮的一笑,就感到是一种希罕珍贵的馈赠,从而温暖了自己凄凉落寞的心怀;而当少女抵岸离船时,与她随行的长辈却对"我"投之以白眼,夺回了她一笑的赠与!于是"我"顿觉无边的惆怅,只得悲切地申诉:"街头的小丐哟,你只好睁开眼看看明月,将难得到一笑的馈赠哟!"作品中"我"那种对于爱与美的渴慕,以及那种敏感而自尊的心理特征,正是作者的自我素描。《爱的隔膜》篇采用了对话体,通过一对青年夫妇的谈话与拌嘴,曲折地反映了窒闷守旧的社会中男女社交的不自由,细致地刻画了株守家园的少妇的嫉妒心理。作品中叙说的正是当时中国社会中众多的因丈夫外出谋生而承担了赡老抚幼重担的"旧妇女"的境况,她们苦捱着那寂寞、凄冷、辛劳、苦涩的漫长岁月而无可申告,作者为她们挽了一掬同情之泪。《一线的爱呀》篇写青年 C 期待游学异国的爱人 A 归来,但却一直信息杳然,遂因相思焦灼而罹病,后在幻梦中见到 A 与别人在断桥上嬉游,立即追上前去质询,而 A 却回答说:"我早已忘了你了!"于是一线的爱也幻灭了,终于凄楚、无望地死去! 小说形象地展示了封建或资本控制的社会中,爱情受社会经济地位的制约,家徒四壁的穷愁者当然企盼不到出洋镀金的高贵者的眷顾,揭示了 C 之所以失恋以至沦亡这一爱情悲剧的症结。

《疯人》篇是《疯人》集中最重要的一篇作品,写的也是一场爱情悲剧。小说的主人公原是一个资质聪颖的孤儿,被一户"望族"收养,初犹目为螟蛉,继因秉性高傲而拂逆主人之意,遂被贬为"书记",饱受歧视与冷眼。而他最大的不幸,是与主人女儿的恋情被"以礼教的兽皮蒙脸者"所视为大逆不道,于是被斥逐,少女也被迫自杀。他只得浪迹街头,当闻及爱人死耗时便疯了。他在疯狂中狂歌代哭,四处寻觅已死的爱人,朋友们苦口婆心的规劝与破衣者"一切皆空"的说教,都不能阻遏他的狂跑乱走。他打着"爱"的旗帜奔驰于大河荒漠之际,高山深林之间,伫立于不毛的旷野,驻足于阴冷的沟壑,终于在幻梦中追随爱人轻歌曼舞踏浪而去的倩影,投身江流,蹈水而逝!"五四"时期发为雷霆的反封建思想,在很多场合是通过争取恋爱自由、婚姻自主的斗争来引爆击发的,而且这在相当一段历史时期内都是反封建斗争的重要内容。《疯人》以血泪迸溅的悲剧控诉了封建礼教、宗法制度、门阀观念乃至具体的卫道者对于纯真爱情的戕贼与扼杀,其主题是积极的。小说真切地摄取了二十年代中国的现实图象,封建势力的跋扈,封建意识的浓重,如同乌云一样笼罩在青年的头上。柔石与他的同时代人是感受得很深切的,所以作品对腐恶的指控就比较有力。同时,也可窥见作家接受了当时声名遐迩的短篇小说大师鲁迅的影响,《疯人》的主题、结构、手法诸方面都明显受到《狂人日记》的启迪。在《狂人日记》这篇新文学的开山之作中,狂人通过日记抒发了对封建制度及其意识形态吃人本质的愤懑,《疯人》则依凭疯人的自白详尽地叙述了自己与恋人被封建礼教吞噬的过程。与《狂人日记》峻刻的风格相异的是,《疯人》的抒情色彩颇浓,其中屡以长歌,一唱三叹,加强了作品的感染力。

柔石后来在日趋成熟之后,曾在短篇集《希望》的《自序》中,对处女作《疯人》集进行了反顾:"从前(五、六年前)我曾自己出钱印过一本薄薄的小说集,可是装订完毕之后,自己就愿意它立刻灭亡,因为发现出内容之幼稚与丑陋。那本书,以后是送给我底开着一家小店的哥哥,拆了包货物用了。"某些研究者据此过多地否定了《疯人》集的思想意义与艺术实践,可能有着望文生义的误解。柔石从来是一个律己很严的人，在创作上不断否定，不断追求；承认自己早期创作的"幼稚"与"丑陋"，是作者跃进到新的创作阶段时回顾旧作的谦词。《疯人》集作为一个受"五四"潮流激荡的文学青年的发轫之作，虽然不时流露伤感与悒郁，断续呻吟寂寞与孤零，但毕竟也对"五四"反封建的号角作了响应，使我们至今仍能从中窥测到时代精神的折光与谛听到时代浪涛的回响。对于特定历史时期的作品，我们不能离开当时的社会背景条件与文学界创作实际来衡量评判；另外，即使作为研究柔石早期生活、思想的素材，《疯人》集也值得我们注意。

柔石第二本短篇小说的结集——《希望》，有的研究者认为是"转换作品的内容和形式"的标志，而笔者认为这是他"转换"前的准备与过渡。毋庸置疑，《希望》是柔石创作道路上的一个纪程碑，是继《疯人》而后在短篇小说创作上进行探索的新收获，显示了作者坚持现实主义道路的认真与执着。集内辑入了一九二八年八月至一九二九年七月这一年间所作短篇小说十四篇（另有总题为"人间杂志"的十四篇速写）。柔石在作于一九二九年冬的《〈希望〉自序》中写道："生命是递变的，人与社会应当也走着在无限的前进的途程中，我底'希望'是如此。"这里的"前进的途程"决非空泛之辞，无论对个人对社会都有明确的蕴意。当时的中国社会因革命而推进自不待言，就作者个人来说，已与鲁迅有了年余的交往，参予了朝花社的活动与《语丝》的编辑、同共产党人冯雪峰等过从甚密，参加了筹组中国左翼作家联盟的活动……凡此等等，都说明柔石在稳扎而疾速地进向成为共产主义战士的途中。《希望》中的篇什，思想内容基本上还属于革命民主主义的范畴，而开始逐渐无产阶级化的柔石对这些作品的辑集是一次小结与休整，并策励自己此后创作出无愧于无产阶级革命文学的作品来，所以在同一篇《自序》中又说："我只希望以后自己能有更好的作品，供献给买我书的读者"。作者祈望今后奉献给读者的"更好的作品"，当是他向鲁迅表示的"此后应该转换作品的内容与形式"[1]所获取的成果罢。

鸟瞰《希望》，其中若干篇什虽然显示有"转换作品的内容和形式"的征兆，但更多是旧有创作题材的拓展与深化。与《疯人》式单纯反映知识者命运的作品有别的是，作者的笔触已开始抉发统治阶级的虐杀与暴政，以及申诉下层劳动者的悲苦与不幸。

---

[1]　转引自鲁迅:《南腔北调集·为了忘却的记念》。

《希望》创作阶段的柔石还不是一个革命者，但作为一个正直、善良与富有正义感的进步作家，他是中国革命进程的目击者，亦是中国革命事业的同情者，兹以他写作《希望》时的一则日记为例：

> 有许多事是令人愈想愈忿，有许多事是令人愈想愈觉伤心，今天我却夹着这两件事，所以一天的生活竟化在一息气氛（愤），一息悲伤的这种情绪底急流里去了。
>
> 上午，一位同乡来，农民，他以朋友案无辜牵及，逃沪。他述家乡事，哽咽着说不出声，眼中含着泪珠……他说家里留有三个孩子，妻和母亲，不知如何生活法。我一时听得呆了，简直没有一句安慰他的话。（一九二九年九月十三日）

刚正不阿、嫉恶如仇的柔石，为被反动势力追捕的无辜农民扼腕，对于真正的革命者横遭屠戮则表示了强烈的义愤。《希望》集内《夜的怪眼》篇，以象征的手法描写一座以"深黑色的葬衣"披覆着的"宝城"，用以比拟在白色恐怖笼罩下的中国，"青年"与"女子"作为革命者而遭到"魔鬼"的屠戮，就义者的亲人"老妇人"与"小姑娘"目睹了夜色苍茫中的杀人罪行，她们"挣扎，颠沛，奔跑，啜泣"奔向烈士的遗体，表示了人民的哀思与悼念。作者以"夜的怪眼"来象征新军阀虐杀革命者的枪弹的闪光，无疑是寓有深意的。通篇泛溢着凄厉、阴沉、肃杀的夜色，正是那个"杀人如草不闻声"的时代的写真。除了鞭笞黑暗，同时也礼赞光明，作品开首、中间与结尾都写到了象征革命力量的咆哮吼嗔，汹涌澎湃的"海潮"：

> 挟着神声鬼势的海潮，一浪浪如夏午之雷一般地向宝城底城墙冲激。
>
> ……怒号不平的海潮上……
>
> 海潮继续地怒号着向宝城冲激……

这咆哮吼嗔的海潮用以作为汹涌澎湃的革命力量的象征，它的声威，它的猛势，它的不懈，都比附得十分贴切。

　　这是柔石短篇创作中风格殊异、寓义深长的一篇力作，文字凝炼，语调铿锵，俨然如一篇带"野草"风的散文诗。

　　《会合》则是一篇投枪式的写实力作，构思甚为缜密浑圆，不啻是一出有声有色的讽刺活剧，有力地揭露了国民党叛变革命后与封建军阀势力同流合污的丑恶现实。作品选取了上海暗陬中一家私娼的"香巢"作为场景，一个昔日"军阀手下的走狗"与一个曾被该走狗审判过的"革命家"在此戏剧性地"会合"了。前者"王老爷"早已摇身一变成了国民政府的"大官"，后者"李少爷"则更顺理成章地由从前的"党员"晋升为现在的"委员"了，旧军阀麾下的遗老与新军阀垒中的新贵，他们都用沾染着人民鲜血的手在"中庸之道"的古训下紧握，前嫌尽弃，殊途同归，共同在"又香又暖"的私窝子里额手欢庆"国民革命"的"成功"了。本篇讽刺的锋芒十分锐利，难怪会遭到国民党当局的忌恨，将《希望》通令查禁犹不甘，必将其焚烧灭迹而后快了。

　　劳苦大众的灾难与不幸被诉诸柔石的笔底，是《希望》中若干篇什在主题的深化与题材的扩展方面的新生面。因为柔石的思想发展与时代的轮辐同步，作为一个清醒的、进取的现实主义作家，他绝不会无视满目疮痍的现实，从而必然会将他观察的触须伸向那血泪斑驳的社会底层。以往，柔石习惯于表现知识分子群的生活，抒写他们缠绵悱恻的悲欢离合，题材面比较狭隘；如今，柔石师承与发扬了中国小说界以鲁迅为魁首的现实主义传统，将描写的重心移向堪当中国脊梁的劳苦大众。《希望》集内十四个短篇中，多角度地反映劳动者劫难的作品约占了一半。作者浓郁的同情与爱更多地贯注于苦难深重的劳动妇女身上。她们受神权、王权、族权、夫权的迫害与欺凌，她们受封建宗法、伦理、道德、迷信的麻痹与毒害，那些迸溅着血泪的呻吟、呜咽、号泣充溢在作品的字里行间。《没有人听完她底哀诉》中的老婆子如同濒死前的祥林嫂一样哀哀哭诉她的厄运：大儿子被拉夫做了炮灰，二儿子砍柴失足坠崖，三儿子遭狼吃掉……但她在茫茫尘世得不到同情，求不到施舍，于是——"黑夜如棉被一般盖在她底身上。朔风一阵阵地扫清她身上的尘埃和她胸中底苦痛。"小说结尾并未交待她的生死存亡，但却显示她结局的悲惨是不可避免的。《摧残》中那个"可怜的妇人"无力抚养刚生下的儿子，想将婴儿送入育婴院，自己再偷偷去那里做乳母，以便有相见相亲的机会，不料婴儿却在其丈夫冒着寒风送去的路上被闷死了！妇人不仅要承受丧子的哀痛，还要因"犯法"而吃官司。《遗嘱》表现的是劳动者长期受封建意识毒害所郁积的沉重精神负荷，弥留之际的老妇希望死后得到"超度"，以免到"阴司"去受罪,这种可笑复可悲的迷信与祥林嫂捐门槛赎罪一样的愚妄,从而激起人们对于封建意识的鸩毒的愤恨。《怪母亲》向来不为论者所注意,其实它反映了柔石一种新的道德观,对封建道德所维护的贞操观念作了形象的抨击,作者深厚的同情是附丽于经过六十年风吹雨打的老母亲身上的。含辛茹苦一辈子的老人为了排遣晚年的寂寞与孤独,她也需要慰藉,她也需要伴侣,这是普通的人性,不过被几千年的封建道德所无理压制掩蔽;几乎已经泯灭无存罢了。作者发掘它,目的在于否定贞操节烈观念和鼓吹尊重妇女权益。在二十年代的中国,这是一声不同凡响的呼吁。

《希望》集的压轴之作是《人鬼和他底妻的故事》,无论思想内涵,抑或艺术技巧都达到了一个新的高度。柔石以细腻的笔触,着力塑造了一个中国二十年代农村妇女的典型:她背负着中国劳动妇女数千年因袭的重担,又经历了自己特异而痛苦的遭际的拨弄。作品真实地、凸现地刻绘了她贫贱的出身,坎坷的命运,微弱的希望,倍至的凌辱乃至绝望的自戕,这个立体化的悲剧形象实在令人震颤。小说共十二节,约一万五千字,是《希望》集内篇幅最长而且结构最为严谨的作品。主人公在故事开场时作为一个当过七年童养媳的青年寡妇,嫁给了"三分象人,七分象鬼"的半痴呆的泥水匠仁贵;这个绰号"人鬼"者最擅长的只是装殓尸体,后也就改操此"贱业"谋生。做为"人鬼"新妇的她,不过从"养媳"的"地狱生活"进入了与"死尸的朋友"为侣的"破抹桌布一般的生活",命运并未有丝毫的改善。丈夫象一个"狰狞"的"恶鬼",婆婆则是一个"刻毒"的虔婆,她只有在饥寒冻馁中慢慢啜饮命运的苦汁。在她暗淡的生涯中射入一线阳光的,是邻居天赐的同情与援手。他们在患难中所萌生的爱情,给她的非人生活增添了些许喜色,不久还有了爱情的结晶,生下了一个儿子;孩子也就成了她枯寂人生的"一个理想",在孩子身上"得以窥见快乐的微光",甚而"认取得一些人生真正的意义"。然而不幸的是,孩子长到五岁,却被"人鬼"狠击一掌惊惧而死!爱子的夭折,她心中唯一的理想之光熄灭了,故而不再留恋这"全是包围她的仇敌之垒"的所谓人间,以投缳自尽结束了二十八岁的年轻生命。作品的深刻性在于怵目惊心地展现了中国农村中劳动妇女悲苦而无告的命运,其中没有跌宕离奇的情节,也没有山野浪漫的氛围,有的只是如同生活本身一样平凡琐细然而逼真的事实,而这渗透着血痕的悲剧性的事实是含而不露、娓娓道来的,却比那剑拔弩张的嘶喊与控诉更震颤人心。

柔石最后完成的一个短篇是《为奴隶的母亲》,作于一九三○年一月。

在这篇作品中更鲜明地显示了作家准备"转换"与"改变"创作方向的端倪与征兆。从严格意义上检视，本篇仍然不属柔石决定"转换作品的内容和形式"而后创作的"革命的作品"，但它无疑是鲁迅所开创的中国现代小说现实主义流派中的力作，当时就被公认为一九三〇年度中国短篇小说的优秀之作。

《为奴隶的母亲》标志了柔石作为一个现实主义作家的日趋成熟。如果说早此一年多创作的《人鬼和他底妻的故事》，过多地渲染了人的动物性与生理因素、性格因素所造成的苦难的话，而《为奴隶的母杂》却展现了农村中阶级剥削、阶级对立的严酷现实，且进而揭示了酿成人间惨剧的社会原因。前篇结尾曾写到泥水匠天赐在爱人自杀、爱子夭折的"极大的打击"下不禁寻思："人只有作恶的可以获福，做好人是永远不会获福的。"作者接着议论道："但他也并不推究那理由。以他的聪明，不去推究这个理由是可惜的。"实际上《人鬼和他底妻的故事》终其篇也未推究其理由，而是留给《为奴隶的母亲》来推究和解答的。

《为奴隶的母亲》最初发表于鲁迅主编，柔石、雪峰编辑的《萌芽月刊》三月纪念号（1930 年 3 月 1 日）。该刊编者在《编辑后记》中曾着重指明："柔石先生的《为奴隶的母亲》，……有着大的社会意义，请读者们不要忽视此点。"这篇作品问世不久，即被著名左翼作家蒋光慈编入《现代中国作家选集》（上海文学社，1932 年初版）；伊罗生、史沫特莱合编的中英文刊物《中国论坛》也予以译载；国际革命作家联盟的机关刊物《国际文学》多种文版均予译载，罗曼・罗兰从该刊法文版读了是篇之后，曾致函《国际文学》编辑部说："这篇故事使我深深地感动。"：[1]一九三四年，伦敦劳伦斯・威沙特公司国际出版社印行的《中国短篇小说集》，也辑入了本篇的史沫特莱译文；一九三六年，埃德加・斯诺编的《活的中国——现代中国短篇小说选》出版，将此篇列入除鲁迅而外的第二部份（《其他中国作家的小说》）的首篇。有的评论者对斯诺的如此编排表示异议，认为"人选似乎有些滑稽"，暗示柔石的小说在新文学史上"是无地位的"[2]，这当然是资产阶级的偏见。事实是，时至今日它仍拥有国际性的读者，例如日本就出现了《为奴隶的母亲》的不同译本，其中有小野忍、竹内好、中野重治、增田涉、松枝茂夫主编的《中国现代

〔1〕　转引自萧三《哀悼罗曼・罗兰》。《人物纪念》，作家出版社，1954 年 12 月初版。
〔2〕　常风：《〈活的中国〉》。刊《文学杂志》创刊号，商务印书馆，1937 年 5 月 1 日出版。

文学选集》(平凡社,1962 至 1963 年出版),其第七卷就辑入了松井博光的译文;另外由小野忍、高桥和己、竹内好、武田泰淳、松枝茂夫主编的《现代中国文学》(河出书房,1970 至 1971 年出版),其第十一卷辑入了仓石武四郎的译文。

柔石短篇小说创作的代表作——《为奴隶的母亲》,在国内外产生影响,甚至得到文学大师的赞赏,皆是不无因由的。

作品主题的深刻、人物的凸现、结构的严谨、语言的洗炼都堪称独步,显示了作家久经锻炼的才华。作品选取了中国农村中习见的"典妻"制度作为情节中心线,将这中世纪式的超经济剥削的野蛮行为敲剥得纤毫毕露。从这貌似"合法"的人肉交易中揭示了阶级对立的严酷和尖锐,从一再被剥夺了作母亲的权利的劳动妇女的悲惨生涯中,鞭辟入里的剖示悲剧的社会原因,这些都远比作家过往的作品深刻得多。小说的主人公春宝娘,如同柔石以往反映妇女悲剧命运作品的主人公一样,这一"为奴隶的母亲"是没有自己的姓名的,而姓氏的湮没无闻正是中国农村妇女卑微命运的如实反映,另一方面姓氏的不确定性也使作品蕴含了更广泛的代表性。

春宝娘生活在一个赤贫如洗的家庭中,丈夫皮贩子被债主逼得走投无路、几乎自杀,在贫困的煎熬中几乎丧失了人性,竟用沸水烫死了刚刚出生的女儿。困厄而无望的生活,使他性格发生了歧变,不仅沾染了不良嗜好,甚至成了"一个非常凶狠而暴躁的男子"。最后到了借贷无门的绝境,不得不出典自己的妻子以维持一线的生机。典主是一个作过秀才的地主,他以百元的贱价"典"回了一个"传宗接代"兼使唤服役的工具。这种为封建制度所保障的超经济剥削酿成了皮贩子一家妻离子散的悲剧。一边是骨肉离异的人间惨象,一边是香烟缭绕的诞子喜庆,两个阶级、两种家庭的相反遭际,形成了怵人心目的对比,从而使读者感同身受地体认到封建剥削的惨重,封建压迫的酷烈,封建道德的虚伪,以及封建制度的极度腐朽与不合理性。

中国封建制度集两千年之久的沉积,酝酿到了野蛮、暴戾、残酷、虚伪的极致,驱使农民"过着贫穷困苦的奴隶式的生活",除了政治、经济以及超经济的压迫盘剥而外,而且施之以精神虐杀。本篇于后者也有一定深度的反映,春宝娘成为若干有形无形的精神虐杀的聚焦点。在她身上虽然荟萃了中华民族劳动妇女贤惠勤劬、淳朴善良的传统美德,但却处于最悲惨的奴隶地位,甚至被剥夺了作母亲、作妻子的起码的人的权利,而被当作可供典质的家什。春宝娘作为一个完整的悲剧形象,构成其"命运中的真正悲运的因素"何在？故事发展作了形象的交待。她即使被置于被侮辱被损害的最卑微屈辱的奴隶地位，也不能换得作为一个母亲的起码权利：幼女遭溺死，长子被隔绝，次子复生离，确乎身历了"非人类所能忍受的楚毒"（鲁迅语），而等待她的仍然是那无垠无际的"沉静而寒冷的死一般的长夜"！

柔石笔底的春宝娘，似乎并没有写她撕心裂肺的嚎哭，或者呼天抢地的挣扎，比这种浮面的状绘更为深沉的是，作家的笔锋已触及到她心灵的深处，细致地刻画了象地母一样默默负荷人生苦难的人物内心创口的汩汩血流。当她目睹丈夫将刚生下的女婴活活烫死时，"她当时剜去了心一般地昏去了"；当她听到将被出典的噩耗时，痛苦得"简直连腑脏都颤抖"；当她在秀才家因秋宝取名而想起春宝，只得"垂下头，苦笑地又含泪的想"；当她在秋宝周岁的喜筵中闻知春宝的病况时，胸中"似有四五只猫在抓她，咬她，咀嚼着她的心脏一样"；当她与秋宝即将永远的别离时，只能无声地让"泪如溪水那么地流下"……伴随着那"无限地拖延着"的长夜，这位为奴隶的母亲的心在如磐夜色的重压下丝丝地碎了！

与以往描摹知识分子的精神生活或感情波澜的作品的抒情笔调不同，作家在这里采用了凝炼、峭刻、鲜活、疏朗的白描手法，全篇几乎没有游离的抒情或议论的文字，而是通过简洁、生动的白描，已经接近于鲁迅所要求的"有真实，去粉饰，少做作，勿卖弄"[1]的境界；作者蘸满着感情的笔触凝聚在明晰的肖像勾勒中，熔铸在精练的性格语言中，汇集在瞭然的心理刻画上，不事雕琢，不尚渲染的铁划银钩式的白描，增强了作品的真实性与感染力。

本篇的结构也堪称严谨，翕张升降，起承转合，都正中机闼。故事通过春宝娘在两个本质上对立的家庭中的遭遇展开跌宕的情节，彼此呼应，相互对照，交梭穿插，相得益彰。作为人母的她，在皮贩子家因饥寒冻馁的煎迫，母亲的权利在万般无奈中只得放弃；在秀才家不过是典租来的传宗接代的工具，母亲的权利在轻蔑鄙夷中得不到承认。这人间至惨的悲剧，在环环紧扣、节节密缀的结构中表露得淋漓尽致，难怪异国他乡的文学大师读了也不得不"深深地感动"。

《为奴隶的母亲》以深邃的思想、精湛的技艺达到并超越了同时代优秀短篇小说的水平，也标志了柔石作为一个不同凡俗的现实主义作家的成熟。

---

[1] 鲁迅：《南腔北调集·作文秘诀》。

他对于二十年代中国农村现实的深邃观察,他对于欲加歌哭的人物典型的娴熟把握,他对于短篇小说这一艺术形式的刻意追求,他对于文学语言的恒久磨砺,尤其是他对于师承鲁迅所开创的现实主义传统的执着、诚挚与热忱,至今仍给我们以启迪。

柔石在坚持短篇小说创作的同时,于二十年代中期开始了长篇小说的氤氲与写作,以期在更阔宽的帏幕上捕捉与反映时代的面影,并更顺畅地表达自己的社会理想与人生评判。

作家在颠沛生活的磨炼中,将郁积心头的愤懑倾泄于纸面,于一九二六年六月在杭州完成了长篇小说《旧时代之死》的初稿,历时两年的磨砺,于一九二八年八月在上海定稿。关于本书创作的契机,柔石于一九二九年八月所作的《自序》中写道:

> 在本书内所叙述的,是一个落在时代的熔炉中的青年,八天内所受的"熔解生活"的全部经过。
>
> 回忆向前溯,说几句几年以前的事罢。那时正是段祺瑞在天安门前大屠杀北京学生的时候,我滞留在上海。那时心内的一腔愤懑,真恨的无处可发泄。加之同住在上海的几位朋友,多半失着业,叫着苦;……
>
> 这部小说我是意识地野心地掇拾青年的苦闷与呼号,凑合青年的贫穷与忿恨,我想表现着"时代病"的传染与紧张。……不过我却真诚地向站在新时代的台前奋斗,或隐在旧时代幕后挣扎的朋友们,供献我这部书。

《旧时代之死》的作者明白地表示自己是"收拾青年们所失落着的生命的遗恨,结构成这部小说",拌和着自身的血泪与戚友的悲哀,淋漓地展现了在旧时代帏幕后挣扎以至消殒的青年的悲剧,诅咒造成这一悲剧的旧时代早日倾坍,同时也希望青年们以此为鉴,另辟蹊径,重搭栈桥,站到新时代的台前去勇猛奋斗。

小说主人公朱胜瑀正是一个"隐在旧时代的幕后挣扎"的典型,他生活在大革命前夕暗夜如磐的中国社会中,几经颠扑、踬跌,终于从肉体到精神都被盘根错节、狞恶贪狠的封建势力所吞噬,最后成为旧时代万千牺牲品中的一个新鬼。他的夭折被作为一纸控诉,铭刻在旧时代戕贼生灵的罪状上。

朱胜瑀出身清寒,又受过新思潮的洗礼,并非浑噩昏聩的庸人,而是敏感善思的士子,但是他的思想性格却充满着矛盾。他清醒地认识到军阀统治的社会是"残暴与专横的辗转,黑暗与堕落的代替,敷衍与苟且的轮流",虽然矢志要"给它打个粉碎,给它打个稀烂",并且鄙视与恶势力妥协的人为"活动的死尸",但却又未能接受先进的社会理想,探求正确的人生道路,复缺乏果敢的行动决心,罹患了郁闷、沮丧、敏感、脆弱、犹疑、仿徨的"时代病"。他的这种复杂矛盾的精神状态,在"五四"退潮后的中国青年中有相当的典型性,例如中国共产主义青年团机关刊物《中国青年》创刊号(1923年10月20日)上所载《青年们应该怎样做?》(实庵)中揭示当代青年的现状时指出:"更可怜的是一种半醒觉的男女青年,妄以个人的零碎奋斗可以解决他生活和恋爱问题之困难,此路不通,便由烦闷而自杀或堕落的亦往往有之";另一方面,也多少反映了作者自己生命途程的或一面影。这群为"五四"新思潮启蒙而有所觉醒,但又未被先进的科学社会主义思想所武装的青年,他们在黑暗中苦闷、徜徉与挣扎的出路只有两条:一是消极反抗终被黑暗吞噬,一是厥然奋起投入时代主潮,主人公朱胜瑀是因循前者死路的牺牲者,而他的两个朋友清与伟则显露了走上新路的端倪。

作者在主人公身上熔铸了自己的爱憎,对他的受恶运拨弄在逆境中浮沉的不幸倾注了同情,对他的一遭迫压即遁入虚无以至消极自戕表示了不满。作品着重展现了对主人公的批判态度:他曾追求真理,但都浅尝辄止,旋即陷入迷茫与失望;他曾憎恶社会,但却止于口舌,并不实施于行动;他曾鼓励别人"和现社会的恶对垒,反抗!"但自己却在逆境中绝望自戕;他曾神往于佛家的"空灵"世界,但这种虚无哲学并不能挽救他的沦亡……作者也力图剖示他罹患这种"时代病"的诱因:认为"一种旧的力压迫他,欺侮他,一种新的力又引诱他,招呼他。他对于新力又不能接近,他只存在愤恨和幻想中。"此处所谓"新的力",虽然作品揭示不明,但显然指的是久经氤氲即将排天而立的大革命运动。不接受先进的思想,不投身群体的斗争,单凭"个人的零碎奋斗",只能遭到殒灭以殁的命运。作家对主人公的悲剧是同情的,对他的道路是否定的,把他看作即将消逝的"这个时代的象征",切盼旧时代与它的牺牲一道死去!濒死的主人公发出了以我为鉴的绝叫:"谁不爱理想的世界?此刻我受伤了,青年同志们,你们要一二三的向前冲,不要步我的后尘"。这种以生命换取的教训对于同时代彷徨歧路的青年将是有益的针砭与警醒。与对朱胜瑀道路的摒弃与否定相对照的是,作品结尾处还表现了朱死之后其挚友清和伟的觉醒,清决心赴德国或苏俄"去研究政治或社会",以寻求"新的目的"、"新的路";伟则不再迷恋都市而返回农村,"和乡村的农民携手,做点乡村的理想的工作"。他们都决心以朱的死为"纪元",从而开始"新的有力的生活",磨炼着,积蓄着,研究着,等待着"我国不久总要开展新的严重的局面"。柔石通过书中人物对中国命运的展望与预见,反映了作者自己对于国家民族前途的焦灼、憧憬与追求,也显露了他思想发展的脉络与人生探求的轨迹。

鲁迅对柔石这本第一部长篇小说是肯定的,赞许的。该书虽隶属于鲁迅所称的柔石"旧作品"之列,也诚如鲁迅所指出的"很有悲观的气息"[1],但鲁迅在《我们要批评家》中仍然评骘《旧时代之死》"总还是优秀之作",首肯的是它的主要倾向,即柔石思想中的主导因素并在作品中所强烈流露的,对于黑暗与邪恶的无比憎恶,对于光明与正义的不懈追索。

中篇《三姐妹》是柔石创作的第二部大型作品,写于一九二八年十月前后。这是一部反映青年爱情生活的作品,从青年章与莲姑、蕙姑、藐姑三姐妹的爱情纠葛中,刻画了知识青年在时代动乱中质脆易弯、动摇多突的性格特征,以及不与时代主潮结合则必然背弃固有理想的归趋,雄辩地显示其爱情的不贞与信念的不忠是相与俱来的。

章这个曾沐浴过"五四"风雨的青年知识分子的思想性格与爱情生活是复杂的、多元的,并非如有些研究者所分析的:"其实他不过是一个精神空虚的花花公子",起始章能突破门第的樊篱爱上平民出身的莲姑,虽然是为后者的美貌所倾倒,却也在一定程度上显示了受新思潮影响的青年知识者的一种思想解放的恣态。为与莲姑相恋他也付出了代价,抵制了外界的流言与訾议,遭到了校长的叱责与开除,这些都说明了章初衷的真诚,也不能说他一开始就"骗取"了莲姑的爱情。作品的深刻性在于,并非重叙纨绔子弟始乱终弃的陈旧故事,而是从二十年代中国社会的特定环境出发,真实而细致地描述了动荡的社会生活、急剧的阶级分化、频仍的战争威胁诸因素对于青年知识者的影响与腐蚀。与《旧时代之死》主人公朱胜瑀赍恨以殁不同的是,章后来背弃了原先的理想,必然走上与旧势力同流合污的道路,在青云直上的升迁中虽然难免静夜扪心时的愧怍,但聂赫留朵夫式的自我忏悔于

---

〔1〕　鲁迅:《南腔北调集·为了忘却的纪念》。

此就显得浅薄与虚伪了。

作品在章与三姐妹的爱情生活中有机地组织了学生运动、军阀战争、学界黑幕、民生凋敝等事件与情节，较大幅度地反映了二十年代中国的风貌，并揭示了时局的动乱、社会的畸形，是促成他们爱情悲剧的根本原因。另一方面，作者则着重解剖青年知识者章的灵魂，剖示在章的内心深处隐藏着一个利己主义的王国，这是他后来摈弃初衷成为统治者附庸乃至帮凶的基因，也是他在爱情上薄幸寡情的根源。这些都是柔石的现实主义笔触鞭辟得甚为深刻之处；与他笔下以往的青年知识者不同，作者对于这位主人公批判、谴责、抉剔多于同情，表明了我们年青的作家对于社会的观察与剖视的锐利性日臻深刻。而对于处于被侮辱被损害地位的平民出身的三姐妹，作者则倾注了真诚的同情，并通过她们的不幸遭遇，揭露了邪恶势力对于民百姓尤其是妇女的践蹋与摧残。她们毫无例外的悲剧命运，正是对半封建半殖民地的中国社会的真实写照与血泪控诉。

对背离"五四"精神的青年知识者灵魂的入微解剖，对被压迫者遭受凌辱蹂躏的社会阶级根源的多方抉发，都显示了他在现实主义创作道路上新的攀援、新的探取。

确定柔石在中国现代小说史上地位的是他的代表作——《二月》。这部中篇由鲁迅为之撰写《小引》，并介绍给春潮书局于一九二九年十一月出版。《小引》剀切地分析了主人公的思想性格，推重作者以"工妙的技术"塑造了"近代青年中这样的一种典型"，同时也"生动"地刻绘了"周遭的人物"，确切地肯定作品"实在是很有意义的"。稍后，又在《我们要批评家》中再次称誉"柔石的《二月》……总还是优秀之作"。

《二月》是柔石反映青年知识分子思想动向与前途探索的力作，是他在现实主义道路上一次新的跃进。小说的背景是一九二六年受革命的风波激荡且又变化甚微的江南一隅，各种类型的知识分子正面临着抉择与考验，沉浮升降，何去何从，即使在号称"世外桃源"的芙蓉镇也在所不免。在这僻远而又室闷的水乡村镇上，作家以曼妙的笔触展示了多棱面的社会相，使我们清晰地窥见了："冲锋的战士，天真的孤儿，年轻的寡妇，热情的女人，各有主义的新式公子们，死气沉沉而交头接耳的旧社会"[1]。萧涧秋、陶岚、文嫂三个青年的生活遭际、感情纠葛虽然与当时金戈铁马的大革命主潮关涉不

---

[1] 鲁迅:《三闲集·柔石作〈二月〉小引》。

大,然而却深刻地反映了中国社会的黑暗现实,封建势力如同幢幢鬼影在暗中窥伺,随时准备着扑食天真未泯的青年,扼杀纯真无瑕的爱情,沾污善良美好的愿望,窒息期待变革的希冀……而他们杀人不见血痕,坑人不落形迹,正是这种鲁迅所形容的"四面是敌,但又四不见敌的旧社会"〔1〕,造成了萧涧秋出走,陶岚幻灭,文嫂自戕的悲剧。

《二月》表现了现实主义作家柔石对于中国现社会的清醒认识与深刻解剖,以及对"中国青年向何处去"这一重大命题的思索与探求,既反映了作家自己在追求光明与正义道路上的若干轨迹,也概括了广大青年知识分子在社会变革面前短暂的踟蹰、惶遽且复希望有所作为、有所奔赴的焦灼心态。作品有力地说明了即使有如芙蓉镇这般僻远闭塞的环境,也无法自由地呼吸,合理地作人,赤诚地相爱与积极地做事,除了另辟新路而外是无法可想的。

萧涧秋是柔石留在中国现代文学史上一个不朽的典型形象,鲁迅曾精到地分析了这个"孤零地徘徊在人间"者的矛盾性格:"他极想有为,怀着热爱,而有顾惜,过于矜持,终于连安住几年之处,也不可得。他其实并不能成为一个小齿轮,跟着大齿轮转动,他仅是外来的一粒石子,所以轧了几下,发了声响,便被挤到女佛山——上海去了。他幸而还坚硬,没有变成润泽齿轮的油。"〔2〕以上既简约又深刻的剖析,为读者认识与理解这一复杂性格提供了开窍的阀机。

首先,鲁迅肯定萧涧秋"极想有为,怀着热爱",而这种怀抱理想、关注人生、鄙薄权贵、眷顾弱小的青年,在半封建半殖民地的旧中国却也难能可贵。作品中与他相对照的是那标榜各种主义的浅薄、庸碌的知识分子群——纨绔的炫奇斗胜,党棍的老谋深算……萧涧秋自然显得倜傥不群。他正直、善良而热诚,虽然游踪遍及大半个中国,始终感到与黑暗社会格格不入,与城狐社鼠难以为伍,在乌合的庸众中保持着孤高狷介的姿态。他也想补救与改变这罪恶的社会于万一,于是出自至诚地帮助烈士的遗孤,希望援救他们不至于冻馁。当他的义举遭到流言的蜂矢,而使对方陷于难堪的境地时,竟不惜割弃与陶岚的爱情去同文嫂结合……这些为"献身给世的精神"所驱策的行为,充分显示了这一良知未泯的青年的善良与正直。

---

〔1〕　鲁迅:《三闲集·叶永蓁作〈小小十年〉小引》。
〔2〕　鲁迅:《三闲集·柔石作〈二月〉小引》。

　　然而,鲁迅又辨证地指出萧涧秋"有所顾惜,过于矜持",点明他远非一个战士。在大革命方兴未艾的时代里,他不是在革命旋涡中心急流勇进的"弄潮儿",当然也不是与时代主潮毫不相干的旁观者,而是徘徊中路的"衣履尚整"的孤独者。他不肯同流合污,而又无力与邪恶抗争;他不满现状,而又未能改变其纤毫;他愤世嫉俗,而又寻求不到改革社会的良药;他悲天悯人,而又挽救不了人们被吞噬的命运……苦闷、仿徨正是此类人的精神特征,一受挫折,疑虑丛生,复遭打击,身心俱伤,于是乎四顾茫然,前路难辨,或是落荒遁走,更复沉沦;或是振袂而起,另探新路。

　　萧涧秋可贵处在于他的"坚硬":一方面他固有的思想性格决定他不会蜕变演化为旧社会这部吃人机器中的一枚"小齿轮";另一方面他的软弱也未达到质脆如酥的地步,故而虽遭多方倾轧也并没有碎为齑粉,或者成为"润泽机器的油"。他的出走似乎并不象某些研究者所判断,是与"瞿昙之类的消极逃避主义是一脉相通的",恰好相反,在芙蓉镇的四处碰壁正是一帖个人行动必然失败的清醒剂,促使其决计不再重蹈以往的覆辙,而定然去探求一条使自己的理想升华,使自己的夙愿实现的新路。这一点是毫无疑义的,因为作者通过主人公临别宣言式的信中这样透露:

　　　　此后或南或北,尚未一定。人说光明是在南方,我亦愿一瞻光明之
　　　　地。又想哲理还在北方,愿赴北方去垦种着美丽之花。时势可以支配
　　　　我,象我如此孑然一身的青年。

萧涧秋此后无论去南方抑或北方,他去追求"光明之地"、探访"美丽之花"的动机是纯正的,是在幻灭之后的新的感奋与醒悟,也是走向新的人生途程的转捩契机。

　　《二月》的作者雄辩的昭示了小资产阶级知识分子,只有摈弃孤芳自赏的个人行动,下决心到社会革命的激流中去泅泳游弋,拍击于涛头,鱼翔于浪底,将个人的命运结合于群体的苦斗,否则,他们的一切微茫的理想都将破灭,他们一切无力的抗争都将失败。萧涧秋这个具有进步倾向的青年知识分子在经受了挫折、讪笑与失败的教训之后,终于开始探求真正能实现社会变革的新路的形象,凝炼地反映了二十年代若干知识分子所经历的追求、动摇、幻灭、再追求的历史进程,真实地再现了暂时"徘徊海滨"的知识分子从个人反抗跃进到集团斗争之前的精神状态,对于同时代的读者有相当的

借鉴与警醒作用,所以鲁迅推重柔石成功地塑造了"近代青年中这样的一种典型",认为读者可以从中"照见自己的姿态"而作出进退的抉择,进而称许这种烛照作用"实在是很有意义的"。

鲁迅还称赞《二月》赋有"工妙的技术",这是毫无溢美之评。《二月》确是柔石短暂的创作生涯中所创作出的最精致优美的一件艺术品,它完美而凸现地显露了作家的才华与风格。《二月》继承了鲁迅以《故乡》、《社戏》等力作所开拓的中国现代抒情小说的新源流,着力于诗的意境的创造,注意于人物内心世界的展露与剖示,多角度的挖掘开发人物的道德美、精神美,加上结构的工巧与行文的婉妙,更使作品打磨得珠园玉润、玲珑剔透,犹如一曲绕梁不绝的抒情乐章。

在意境的创造方面,柔石从中国传统小说的艺术经验中汲取了营养,倾力于诗的意境的营造。"脂砚斋"在《庚辰本石头记》第二十五回的评点中指出:"余所谓此书之妙皆从诗词句中泛出者,皆系此等笔墨也。试问观者,此非'隔花人远天涯近'乎?"类此的评语甚多,无非在在说明曹雪芹很留意于《红楼梦》中诗的意境的创造,擅于以古典诗词的意识、韵味渗透其中。柔石于经久揣摹中亦深得其中三昧。《二月》在刻画人物性格时,采用了许多诗章、乐曲、书信、独白与心理描写,以便于细微曲折而又真切深沉地传达出人物内心的淤积与感情的波澜,从而也使作品处处洋溢着诗情画意,弥漫着抒情的氛围。另外还注意到意境与性格的交融,例如在第四章的开头写到萧涧秋在完成了周济烈士遗孤的义举后的归途上:

> 萧涧秋在雪上走,有如一只鹤在云中飞一样。他贪恋这时田野中的雪景,白色的绒花,装点了世界如带素的美女,他顾盼着,他跳跃着,他底内心竟有一种说不出的微妙的愉悦。这时他想到宋人黄庭坚有一首咏雪的词……

这里渲染了一个诗意浓郁、画意俨然的意境。萧涧秋完成义举后的欢愉心情使他感同有如凌云之鹤,其情愫的辐射也使周遭白雪覆盖的田野婉若淡抹素汝的美女;而银妆素裹的洁白世界,正象征了萧涧秋心怀正义、乐于助人的坦荡胸怀。从中我们看到性格化入意境,意境又化入性格,收到相辅相成、相得益彰的艺术效果。全书中类此的场景不胜枚举,在在皆见营造者独运的匠心。

　　作者还擅长于纤毫毕露地展示人物的内心世界,或以委婉细腻的笔调娓娓道来,或以言简意赅的警句画龙点睛,都点染与凸现了人物的心绪。例如第四章中萧涧秋为陶岚所弹唱的《青春不再来》,一曲哀歌再现了谱歌人漂泊流徙的生涯与愁肠百结的苦衷,宣泄了作曲者萧瑟落寞的悒郁与前路渺茫的忧虑。人物的自白也有助于展示自己的性格,如萧涧秋自己说的:"我是喜欢长阴的秋云里底飘落的黄叶的一个人","我好似冬天寒夜里底炉火旁的一二星火花"。这样的自我写照,呼之欲出地勾勒了一个"中路正仿徨"的落魄者以及一个不甘于沦落的觉醒者,荟萃于一身的矛盾而复杂的性格特征。

　　《二月》是现实主义作家柔石在艺术造诣上日臻成熟时的创造物,它发展了作家原有的艺术素质,丰富了新的表现能力,被琢磨得晶莹透彻、美轮美奂,无负于文学大师"工妙"的评骘。

　　与某些艺术上比较粗拙的左翼作家不同,柔石并不是迈步伊始就标榜自己是百分之百的普罗列塔利亚作家,而是经历了痛苦的思想磨炼与艰辛的艺术探索,最终才皈依与投身无产阶级革命文学运动的。以鲁迅为中流砥柱的革命文学运动,也正是如同柔石这样正直、严肃、进取的现实主义作家的必然归宿。

　　柔石在白色恐怖弥漫全国的严重关头,毅然参加了中国无产阶级先锋队,旋即成为中国左翼作家联盟的发起人,开始揭开了作为无产阶级革命文学前驱战士的文学生涯。自此,柔石对自己的创作提出了更高的要求,并虔诚地向导师鲁迅表示"此后应转换作品的内容和形式",准备廓清原有创作中"悲观的气息",为掌握革命现实主义的创作方法而重新"学起来"[1]。可惜不久统治者的魔爪就扼杀了他年青的生命,使他未及为革命文学充分绽放他的才华;但他准备为丰实革命文学而奋斗的心迹,还是有踪迹可寻的。据鲁迅撰写的《柔石小传》,曾提及在遗稿中发现"计划中的长篇《长工阿和》的大纲一纸"。这部长篇创作的酝酿,林淡秋在回忆录中曾经追忆,当年柔石曾对他说"我没有写过革命的作品,现在要试一试了。"所试的正是长篇《长工阿和》的创作,"这长篇的计划相当大,他要写出一个长工的一生"[2]。作为"转换作品的内容和形式"的标志,这部长篇将给革命文学带来新颖而

─────────────────

〔1〕 转引自鲁迅《南腔北调集·为了忘却的纪念》。
〔2〕 林淡秋:《忆柔石》。刊《文萃》第2卷第18期,1947年2月6日出版。

丰硕的收获;但刽子手却残暴地杀戮了年青的作家,消弭了他蓄积已久的拟想与构思,这真是一笔难偿的仇恨!

柔石晚期留下来的作品只有两篇,一是以左联代表身份参加全国苏维埃区域代表大会后所作通讯《一个伟大的印象》,一是"为纪念一个南京被杀的湖南小同志的死"而作的诗歌《血在沸》。前者以高亢昂扬的旋律,传播着"苏维埃的旗帜已经在全国到处飘扬起来了"的喜讯,并以奔放欢悦的笔触,绘写了由雄壮的国际歌声融合在一起,由共同的革命理想纽结在一起的四十八颗红心的跃动,最后以在以往作品中很少见到的鼎沸激情喷射了对于工农革命武装的热爱,对于革命根据地的向往,以及对于胜利前景的信念:

> 我们底铁的拳头,都执着猛烈的火把。中国,红起来罢! 中国,红起来罢! 全世界底火焰,也将由我们底点着而要焚烧起来了! ⋯⋯在我们的耳边,仿佛彻响着胜利的喇叭声,凯旋的铜鼓底冬冬声。仿佛,在大风中招展的红旗,是竖在我们底喜马拉雅山的顶上。

长诗《血在沸》作于一九三〇年十月十三日,纪念一位在全国苏维埃区域代表会议上所认识的一位红色少年英雄的被难。这位仅只十六岁就牺牲于雨花台的小烈士,是湘赣苏区的一位少年先锋队队长。《一个伟大的印象》中已生动的绘写了他英俊挺拔的风姿:"在这次的代表会议里,有我们底十六岁的年轻的勇敢的少年列席⋯⋯他底身体非常结实而强壮,阔的肩,足以背负中国的革命的重任,两条粗而有力的腿,是支持得住由革命所酬报他底劳苦的光荣的。他是少年先锋队的队长,那想吞噬他的狼似的敌人,是有十数个死在他底瞄准里的。"作家怀着炽烈的阶级感情来描述这苏区"红小鬼"煜然如星的形象,其喜悦、赞叹、自豪之情在字里行间流溢,因为在他身上看到了新的土地上成长起来的新人的雏形。时隔不到半年,十月间这位英勇的小同志在南京被敌人残杀的消息传来,柔石在悲愤之余,写下了《血在沸》这首充满革命义愤与阶级仇恨的诗篇。诗人以冲天的怒火凝成了霹雳般的诗句:

> 血在沸!
> 心在烧!
> 地球在震动!

火山在爆发！

………

冲向前！
同志们！
我们要为死者复仇，
要为生者争得迅速的胜利！

对前驱者赤诚热忱的爱，对摧残者刻骨铭心的仇，汇成了"爱"与"恨"的最强者！

正当柔石准备以蓄积厚重的政治热情，磨砺日久的艺术技巧来纵情讴歌新世界崛起的时刻，暴戾的敌人却伸出了魔爪。一九三一年一月十七日，柔石在参加一个反对王明"左"倾路线的党内会议时被捕。二月七日晨，与何孟雄、林育南、李伟森、胡也频、殷夫以及爱人冯铿等二十三位难友一道遭敌人枪杀。

柔石等左联五烈士的牺牲，在中国革命文学阵营内部乃至全国文化界，甚至世界舆论界都产生了极大的震撼力与冲击波，正如鲁迅所揭示："中国无产阶级革命文学的历史的第一页，是同志的鲜血纪录，永远在显示敌人的卑劣的凶暴和启示我们的不断的斗争。"[1]前驱者的血，激励广大左翼作家奋起承继他们的遗志，立誓要以"纪念碑的作品做我们死者墓上的花环"，并且发出了前仆后继的誓言："同志们，莫使二月七日那夜的柔石们的血空流吧！我们踏着他们开下的血路前进！"[2]

柔石的英名，将以金字镌刻在中国文学史乃至中国历史上。如今，柔石的业绩及其精神遗产已永远成为我们共和国基石的一部分，柔石在创作道路上不断追索的精神，也给予我们有益的规箴与恒久的启迪。

---

〔1〕　鲁迅：《二心集·中国无产阶级革命文学和前驱的血》。
〔2〕　梅孙：《血的教训——悼二月七日的我们的死者》。刊《前哨》第 1 卷第 1 期"纪念战死者专号"，1931 年 4 月 25 日出版。

拓荒者的粗痕与耧迹

——洪灵菲及其创作

洪灵菲于一九三一年六月十四日致其妻秦静(曼芳)的信中云:"嗟夫!读书十年,学尚浮浅;飘蓬半生,事无一成。……愧对苍苍生民,虽有我饥我溺之念,贡献之微,何足道哉!"这当然是一个志士的谦词,其实,就在写成此信的两年之后,洪灵菲就不屈地牺牲于敌人的屠刀之下,将自己的生命奉献给了世界上最壮丽的事业。

在三十年代的无产阶级革命文学运动中,洪灵菲是一位影响弥深的倡导者与实践者,堪当左翼文学曙新期的代表作家之一;然而,洪灵菲首先是一位革命者,一位生命以赴的职业革命家,文学仅仅是他的"副业"。若要研究作家洪灵菲,则非要了解革命家洪灵菲不可,因为后者的立场、思想、感情、气质、身世、经历不仅决定其创作的倾向与内涵,而且亦是其创作的主要素材来源。

耿耿丹心、铮铮铁骨的革命者

洪灵菲原名洪伦修,辈序名树森,字子常,又字素佛,笔名有洪灵菲、林曼青、林荫南、李铁郎、韩仲漪[1]等。广东省潮安县东乡红砂碛村人,生于清光绪二十八年(1902年)。父亲洪舜臣是一个穷苦的读书人,青年时屡试不第,备尝了封建时代下层知识分子的酸辛。后来弃儒从医,在县城荣春堂

---

[1] 此笔名资料,最早见于叶鼎彝作《现代作家笔名考》,其中"E、太阳社作家"章"洪灵菲"条下注有:韩仲漪、李铁郎。载《出版消息》第36期,1934年5月16日。但署名韩仲漪文章迄未发见,姑录以待考。

药铺当坐堂医生,以菲薄的收入维持全家生计。母亲陆氏是一个勤俭善良的农家妇女,夙兴夜寐地苦撑着人口众多的家庭,灵菲非常挚爱含辛茹苦的母亲,后来在《躺在黄浦滩头》组诗中写道:"母亲哟! 慈爱怜悯的母亲哟! ……我想起你给予我的那种伟大的恳挚的慈爱。"灵菲在兄弟中排行第三,上有二兄,一姐,下有一弟。因家境清寒,吃口繁多,在艰困的环境中,灵菲很小就参加了田间劳动,捡猪粪,拾蔗渣,并常常受到豪绅及其子弟的欺凌。

由于家境的窘迫,灵菲直到一九一一年九岁时才进入私塾读书。一九一四年由父亲带到县城进入城南小学。一九一八年考进潮安县立金山中学。中学时代受到"五四"新思潮的召唤与冲击,于一九二一年秋撰写《潮州风俗和舆论的弱点》,表露了少年灵菲崇奉科学与民主的精神,反对封建迷信、陋俗,主张个性解放与劳工神圣,并昭示了"读书为国家出力"的志向[1]。一九二二年中学毕业后赴广州考入国立广东高等师范学校英语部,旋即参加"潮州留省学会",并在该会年刊上发表了若干文艺习作。一九二三年十日二十八日创作了第一篇小说《别后》,抒发了思乡的愁绪与初恋的哀乐。稍后,又参加"国立广东师范学校潮州同志会",并在该会《会刊》上刊发散文、游记、旧体诗词多篇。一九二四年顷,广东高等师范学校改为国立广东大学。翌年春,复有"国立广东大学潮州学生会"之成立,灵菲又加入该会,并在该会会刊上发表旧体诗词二十余首及论文《到革命的前线去》一篇。灵菲在这篇论文中昭示了自己"辞了象牙之塔参加到革命的战线上"的决心,表露了对革命的憧憬与追求:"一切旧的制度,旧的权威和力量,如若他们是为着我们障碍物,或者阻害我们人性的发展的时候,我们必须要革命,必须要用着严厉的手段去打倒着他们!"认清了中国的"国民革命"的对象就是"军阀"和"帝国主义",也认识到革命的主力是工农大众:"我们现时最要紧要的工作,自然是要扶植农工,农工的人数占了国民的百分之八十以上"[2]。这些都是灵菲思想跃动到更高阶段的表征。另有小说《一个不合格的学生》,约写于一九二三年末或一九二四年初,叙述一个历经私塾、小学、中学、大学的学生,对于箝制人性发展、阻遏智力成长的教育制度,屡屡表示的怀疑、反叛与挑战,发出了:"唉! 学校是什么东西? 学校是摧残教

---

〔1〕 载《金中月刊》创刊号。潮州金山中学进化社编辑,1921 年 11 月 15 日出版。
〔2〕 载《国立广东大学潮州学生会年刊》第二期,1926 年 6 月 20 日出版。

育、压死人才的机器厂罢了"[1]的战叫。一九二二年,汕头成立了新文学社团——火焰社,在《大岭东报》上出版《火焰》周刊百余期,"起初系由几个人所发起,后来社员渐多,广州、北平、上海、武汉以至国外,都有社员"[2],灵菲也系该社社员,在周刊上发表过若干诗文。火焰社于一九二七年前后自行解体。据秦静回忆,灵菲还在香港的报纸上发表过小说《一个小人物死前的哀鸣》,已佚。

一九二五年,灵菲由广东高师英语部转入广东大学文科外国文学系,一九二六年八月毕业于广东大学(中山大学的前身)。大学时代,灵菲除参加同乡联谊性质的同学会组织而外,还侪身于中国共产党领导与影响的革命社团,如中共广东省委负责人之一许甦魂领导的潮州旅穗学生革命同志会,以及由毕磊负责的中山大学社会科学研究会。这些社团在灵菲自传体小说三部曲中也有所反映,如《前线》第十一章与第十七章均写到"C州革命同志会"(即"潮州旅穗学生革命同志会");关于社会科学研究会,系党所领导与组织的学生进步社团,成立于一九二六年,由时当任共青团广东区委学生运动委员会副书记的毕磊负责,与会者大多为中山大学进步学生及该校毕业生,成员有一百数十人。研究会内分社会学、经济学、政治学、社会问题、国际问题等五股十八组,进行以马克思主义为指导的社会科学研究。灵菲于研究会成立时虽已毕业,但亦间或参加活动,故而在他所作长篇《明朝》第十四章曾写到:"他们都感觉到有缔结一个社的必要,目的是在研究社会科学的,因此,这个社的名目便叫做'社会科学研究社'了"。

青年时代的洪灵菲,受时代潮流的激荡,从风花雪月的吟唱中奋起,投身于轰轰烈烈的民众运动与学生运动,"一九二五年广州沙基惨案和省港大罢工发生,他经常出现于各种群众大会,做宣传、组织等工作,发动反帝斗争力量"[3]。另据《中山大学校史》披载,当时中大学生参加的革命活动,其主要者有:(一)沙基惨案和省港大罢工,(二)收回教育权斗争(反对帝国主义文化侵略,收回公医学校等),(三)支援东征、北伐等。在这些热烈蓬勃的革命活动中,都闪现着灵菲矫健的身影。

作为洪灵菲政治上引路人的是中共党员许甦魂,他是灵菲的同乡,原名

[1] 载《潮州留省学会年刊》,1924 年出版。
[2] 涓涓,《汕头之火焰——文学之昨日与今日》。载 1931 年 9 月 7 日《文艺新闻》第 26 号。
[3] 秦静:《忆洪灵菲同志》。载《新文学史料》1980 年第 2 期。

许统绪,曾化名许进,一九二六年国共合作时当选为国民党中央候补执行委员,并任命为外事部(后改为海外部)秘书,同时参预中共广东省委的领导工作。一九三一年九月,在红七军担任政治部主任时,被"左"倾路线执行者于肃反中无辜杀害,一九四五年在中共第七次全国代表大会上得到平反昭雪。大约在一九二六年春,灵菲即由许甦魂介绍进入国民党中央执行委员会海外部工作;其时,灵菲尚系广东大学外国文学系的学生,并非如有些研究者认为是毕业后才进去的。灵菲还把自己政治上引路人摄取入创作之中,《前线》中黄克业的生活原型就是许甦魂,将其描写成为一个忘我的革命者,一个"深沉的,有机谋的了不起的人物";在该书第十一章更述及"介绍他们加入这个×党的,便是黄克业",并称其为"思想的指导者"。

洪灵菲的入党介绍人是许甦魂,至于入党时间,有多种不同的说法[1],如结合自传体小说《前线》来考察,则以一九二六年为是,即入海外部工作之后,具体时间是该年的"初冬",该书第十一章曾写道:"在几天前他已经和罗爱静一同加入资本社会所视为洪水猛兽的×党去了",亦可作入党时日的参考。

在海外部工作的情况已无从细考,仅知其在该部的交际科、编辑科、文书科、组织科等科室任干事;在《前线》等作品中也仍可寻觅若干蛛丝马迹。如《前线》主人公霍之远曾为海外部编过《×部周刊》的《北伐专号》。据秦静回忆,灵菲确实编过《海外周刊》,因编辑刊物正是编辑科干事的职责。《海外周刊》于一九二六年三月二十二日创刊,出版期数不详,其第三十二、三十三期合刊(1926年11月21日)"时评"栏中刊载有署名"洪伦修"的论文《中俄联欢大会的意义》,一九二六年十一月八日作。该文呼吁:"我们应当切切实实地扩大我们的反帝运动,更加严厉地对待国中这班走狗,及反动派",并且要求发动与训练民众,"使他们都变成为革命的基本力量"。此外,灵菲还担任过海外部后方留守处的海外工作人员训练班的代主任,《前线》中也有相应的描述。

一九二七年四月,国民党右派相继在上海与广州制造了"四·一二"与"四·一五"反革命政变,大肆屠戮共产党人与革命民众。灵菲的战友大多

---

〔1〕　青争《洪灵菲先生史略》(载1946年7月26日《新华日报》)云:1926年上半年加入中国共产党;许涤新《一个为革命而献身的作家——忆洪灵菲烈士》云:"大约是1924年光荣地加入中国共产党的"(《永怀集》);秦静《忆洪灵菲同志》云:"1924年灵菲同志加入党";黄德林《访洪灵菲故乡》(载《韩江》1980年第2期)云:"1925年加入中国共产党"。

罹难,而他由于群众的掩护得以幸免。不久避难香港,抵港后又遭港英当局的逮捕,被拘于西捕房。后经爱人及亲友多方营救始得获释,旋即被驱出境,只得返回潮汕故乡。到汕头后即见到刊于广州《民国日报》的通缉令,敌人正四方张着罗网。灵菲只得化装为贫苦香客,只身南渡,流亡于暹罗(泰国)、唛叻(新加坡)等地。南洋的白色恐怖也十分浓重,为了逃避鹰犬的侦嗅,为了填塞肚皮的饥饿,灵菲过着艰辛屈辱的流亡生活,栖身公馆,浪迹街头,寄居木筏,转徙山水,备尝了颠沛流离的辛酸苦楚。这些在长篇《流亡》以及短篇《在木筏上》、《在俱乐部里》等篇什中均有所反映。刊于《我们月刊》创刊号(1928 年 5 月 20 日)的《躺在黄浦滩头》一诗也凝炼地描述了这苦难的历程:

> 我度着流亡的生活已经快一年了,
> 这一年的我,栖息着在这甲板和那甲板上,
> 栖息着在这十字街头和那巍峨的洋屋之旁!
> 栖息着在这富人的庭园外,和荒郊的坟墓之间!
>
> 铁窗的况味我亦备尝,
> 如厕的脚色我亦尝经扮演,
> 水手,小贩,流氓,廊主,文学家的身分,
> 在这一年间,我都一一参遍!

当南昌起义的枪声震撼古老中国大地的时候,也召唤着这远在南洋流亡的游子。八月底,灵菲与海外部派往暹罗工作的戴平万相偕归国。洪、戴先抵香港,然后乘船至上海,本拟取道武汉转赴南昌追随起义部队,后因闻知贺龙、叶挺所率义军已于九月十三日占领潮汕,遂复联袂南下,径由上海赶回汕头。讵料贺叶义军与国民党军黄绍雄等部激战失利后,十月初已退出潮汕。故而洪、戴抵汕甫一登岸,即见因贺、叶部刚刚撤离,而国民党军尚未进驻之际,汕市街头巷尾一片混乱,只得匆匆离开汕岛,潜回故乡,匿居红砂寮经旬。因闻彭湃领导的农民运动有云蒸霞蔚之势,遂与戴平万同赴海陆丰参加火热的创建苏维埃政权的斗争,大约于十月下旬经香港乘船赴上海。

灵菲回到上海之后,仍然继续从事党的地下工作,在中共闸北区委任第

三街道支部党小组长,同时还开始了创作活动。随着中国无产阶级革命文学运动的勃兴,灵菲成为这一运动的中坚与骨干,他先参加了蒋光慈、钱杏邨、孟超、森堡、杨村人等组织的太阳社,旋即与林伯修(杜国庠)、戴平万等缔结我们社,主编《我们月刊》,创办晓山书店(社址:北四川路西海宁路357号)。在为《我们月刊》创刊号(1928年5月20日)所作《卷头语》中曾这样写道:

> 朋友们!听见了么?听见了么?
> 那是我们的战鼓的声音!
> 那象雷声一样震动着的,象炮声一样裂开着的,
> 的的确确地,是我们的战鼓的声音!
> 那声音,一些儿也不悦耳,也不谐和;
> 也许没有节奏,也没有韵律;
> 然而,那已经尽够伟大了!
> 那声音,给同情我们者以兴奋,
> 给背叛我们者以震慄!

这动地的鼙鼓、撼天的惊雷,正是灵菲对于无产阶级革命文学的讴歌与祈祝,后来他将自己的诗集题名为《战鼓》,也赋有同样的涵义。

与此同时,灵菲开始了长篇三部曲的创作。作为一名无产阶级作家,他十分明确自己的使命,首先应该是争取无产阶级解放的斗争中"最勇猛的战士",充当对敌作战的"军前的喇叭手",同时还律己及人地强调了无产阶级作家"应该运用马克思列宁主义的观点去考察社会",从而创造出这一阶级"所需要的艺术"[1]。灵菲正是这样做的,在艰困险恶的地下环境中,在贫乏穷愁的物质条件下,他以鼎沸的激情从事于革命文学的拓荒与耕耘,其创作量是十分惊人的。自一九二七年终至一九三〇年末,在不足三年的时间里,共创作了长篇小说七部:《流亡》(现代书局,1928年4月15日初版)、《前线》(《我们社丛书》第一种,上海晓山书店,1928年5月22日初版)、《转变》(上海亚东图书馆,1928年9月初版)、《明朝》(上海亚东图书馆,1929年1月初版)、《家信》(载《拓荒者》第一卷第一期与第二期,未完成)、《新的集

---

[1] 洪灵菲:《普罗列塔利亚小说论》。载《文艺讲座》第1册,神州国光社,1930年4月10日初版。

团》(载《拓荒者》第一卷第四、五期合刊,未完成)、《长征》(已佚);中篇小说三部:《大海》(上海乐华图书公司,1930年11月1日初版)、《两部失恋的故事》(包括《残秋》、《蓝缲》两个中篇,上海亚东图书馆,1930年4月初版);短篇小说两集:《归家》(包括《在木筏上》、《在洪流中》、《在俱乐部里》、《路上》、《女孩》、《归家》等六个短篇,现代书局,1929年8月初版)、《气力出卖者》(包括《金章老姆》、《气力出卖者》、《考试》、《柿园》、《爱情》、《里巷》等六个短篇,上海乐华图书公司,1930年3月1日初版);译作四种:《我的童年》(高尔基著,上海亚东图书馆,1930年12月初版)、《地下室手记》(陀斯妥耶夫斯基著,上海湖风书局,1931年11月1日初版)、《赌徒》(陀斯妥耶夫斯基著,上海湖风书局,1933年3月20日初版)、《山城》(辛克莱著,南强书局刊有广告,后似未出版);编选评注一种:《模范小品文读本》(上海光华书局,1933年初版)。此外,尚有散见于《太阳月刊》、《我们月刊》、《新流月报》、《拓荒者》、《大众文艺》、《海风周报》、《现代小说》、《文艺讲座》、《五一特刊》、《读书月刊》等刊物上的诗歌、散文、杂文、论文、译文等。以上各种文体的作品,总计不下一百万字。

除了致力于革命文学的创作实践而外,灵菲还殚精竭虑地从事无产阶级革命文学运动的开创与拓展:一九二八年初与戴平万等创组"我们社";一九二九年参予筹组中国左翼作家联盟的活动,系左联筹备小组的十二名基本成员之一;在一九三〇年二月左联成立大会上被选为第一届执委,以及七名常委之一。灵菲负责左联隶属的工农兵文化委员会,为此他经常深入闸北、杨树浦等工人区进行革命文化的传播活动。

在进行公开或半公开的革命文化活动的同时,灵菲还从事艰险的地下工作,过着职业革命家的隐蔽生涯:一九二七年底担任闸北区第三街道支部党小组长;一九二九年在闸北区委宣传部工作(宣传部同事有蔡博真、李初梨,区委书记是黄理文);一九三〇年四月,闸北区委行动委员会成立,与孟超同在宣传部工作,书记仍为黄理文;同年下半年调江苏省委宣传部工作;同年十一月又调到中央参加广州暴动纪念筹备会,十二月下旬该会活动结束后又回到江苏省委;一九三一年春,党中央决定成立"上海反对帝国主义大同盟"(简称"上反"),领导全市人民进行反对帝国主义的斗争,灵菲被调至"上反"任党团书记,党团成员有五人:郦成明、林立、刘英等,"上反"的"工作是经常地无条件地号召和组织政治罢工、同盟罢工、罢课、罢市、飞行集会和示威游行等活动";一九三一年十二月,由中央宣传部副部长华少峰

（华岗）与江苏省委宣传部长杨尚昆布置灵菲与中国社会科学家联盟的吴驰湘负责筹组上海民众反日救国联合会（简称"民反"），并由江苏省委任命杨尚昆、洪灵菲、吴驰湘组成"民反"领导小组，于同年十二月七日，召集五十四个抗日团体代表在四川路青年会正式成立了上海民众反日救国联合会，发布了宣言；一九三二年七月十七日，中共江苏省委会同"上反"、"文总"等在沪西劳勃生路（今名长寿路）胶州路口共和大戏院召开全市各反日团体代表大会，突遭军警的围捕，灵菲跳墙脱逃，幸免于难；同年秋，灵菲又调到"中国左翼文化总同盟"担任领导工作，曾负责编辑过"文总"的机关刊物——《文化月报》，仅出版创刊号（1932 年 11 月 15 日）。

　　一九三三年二月，灵菲被调往北平，在中共中央驻北方代表处工作，代表是田夫（现名孔原），李培南负责交通，洪灵菲负责秘书。在繁剧的工作之余，灵菲还进行了长篇小说《童年》的创作，已完成了三章。不料七月二十六日因叛徒阮锦云的出卖而被捕，拘押在皇城根大公主府宪兵三团驻地，虽经严刑拷打而坚贞不屈。灵菲在与妻子诀别时说："我被叛徒出卖了，现在只有准备一死，死前别无他言，希望你不要难过，带好孩子，我就满意了。"并自豪地说："我对得起党，对得起任何人！"最后被暴戾的敌人秘密杀害，一说被杀害于宪兵三团驻地大公主府的后花园，一说被刽子手用绞架绞杀。总之，灵菲以自己的碧血浇灌与浸润了祖国的大地。

激情澎湃、孳孳矻矻的"喇叭手"

　　以战士的英姿投身于无产阶级文学事业的开创，洪灵菲是当时蜂起的左翼作家中较早挥斥上阵的一员。一九二七年"四·一五"之后，为逃避敌人的通缉追捕，洪灵菲浪迹天涯、历尽艰辛，最后来到上海，一面从事党的地下工作，一面从事革命文学的拓荒工作。使后人感到惊异的是，灵菲仅以两个月的时间就完成了十余万言的巨帙——长篇三部曲之一《流亡》。该稿经原中山大学文学院的老师郁达夫荐引，由现代书局于一九二八年四月十五日出版。

　　《流亡》、《前线》、《转变》三部曲的次第，若从时间的顺序来看，应是《转变》、《前线》、《流亡》，各部主人公的姓名不同，分别为李初燕、霍之远、沈之菲，然而它们所展现的却是以作者自己生活轨迹为蓝本的一个青年知识者的道路，即如何从小我的茧缚中挣扎而出，如何从感情的纠葛中解脱而起，摈除迷惘、消沉,投身到革命洪炉中经受焙锻的历程。三部曲带有明显的自叙传风,在这方面,肯定受到其大学时代的导师郁达夫的影响。郁达夫在创作中的若干特质,诸如:作品取材于一己体验,抑或中心人物有作者身世的浓重投影,以及每每选取自叙式的描写角度,乃至细腻的心理描写与内心独白,都孕有浓郁的主观色彩,凡此种种在或一方面皆程度不同地为灵菲所师承、借鉴与发展。首先,三部曲写的正是灵菲自己在历史巨变时刻的切身体验,不过与郁达夫所强调的:"一个人的经验,除了自己的以外,实在另外也并没有比此更真切的事情"[1]有所不同,灵菲所阐发的不再是郁达夫笔下所津津乐道的乡愁、穷蹙、相思、孤独等个人的情愫,而代之以面对急剧变化的社会情势,人妖颠倒的社会关系,弱肉强食的社会制度,一个敏感的青年知识者的疑虑、思考、悒闷与感奋。其次,三部曲的中心人物都烙有作家自己的印记,与郁达夫笔下人物的自我投影相似,表现了作家思想与心绪的不同侧面,灵菲作品中主人公的思想、阅历、视野均较其师笔下人物深广复杂得多,与时代潮流的拍节也较为相近。

三部曲是无产阶级革命文学曙新期的战斗实绩,作者自叙中所说的"新的倾向"、"新的努力"表现在哪里呢? 笔者认为有以下几个方面:

第一,作品展示了恢宏的历史背景,从而给主人公提供了一个腾挪跌宕、衍变转化的广阔舞台,同时又对急剧变化的时代作了迅速的反映。李初燕、霍之远、沈之菲三个主人公的原型就是灵菲自己,分别撷取了三个时期来作者活动的环境,一是一九二三年至一九二六年大革命浪涛骤来时的冲击与催化,一是一九二六年至一九二七年革命发展与剧变阶段的考验与锻冶,一是一九二七年"四·一五"事变使革命受挫后的流亡与升华。灵菲青年时代所生活的广州,当时被称为"大革命的策源地",中国现代史上不少威武悲壮的活剧都曾在这里开演,他自己也亲身经历了省港大罢工、沙基惨案、东征,乃至"四·一五"大屠杀。作家从切身体验出发,真实地、具象地写出了一个青年知识者在时代洪流冲击下,如何挣脱家庭、教育、传统、世俗的精神束缚投身革命行列,如何扬弃国粹的或舶来的思想枷锁而服膺革命真理。难能可贵的是,在反映青年知识者思想转变、发展这一命题的同时,还结合着时代脉搏的律动来多角度地表现,描画了这一如火如荼时代的眉目,刻绘了这一风云变幻时代的特点,为这个波诡云谲、生灭无常的大转折时期

---

[1] 郁达夫:《序李桂著〈半生杂记〉》。

留下了一帧堪以传世的历史画幅。

作家曾以叙述的语言交代了这一非常时期的或一断面:

> 这一年的政治环境异常险恶而紧张,五卅惨案,沙基惨案,省港大罢工的事件次第发生,一般的民众都警醒了,起来参加革命。李初燕是这民众里面被潮流所震荡,所警醒的一个。(《转变》216 页)

同时,更对主人公生活与斗争的场所——中山大学的革命氛围作了特写式的形象描绘:

> S 大学的运动场上和东郊较场上,差不多几天便有群众大会。农工柏时常在这样的大会中占着最重要的位置。慷慨激昂的演说词,嘶咽悲壮的口号,人头的蠕动,旗影的招展,……整个地表现出民族热血的沸腾,阶级意识的醒悟。在这样的群众大会中可以看出整个的中华民族已经苏醒过来,时代的潮流把这病夫国从坟墓之前带回来了。(《转变》218 页)

以上正是中山大学乃至广州鼎沸蒸腾的革命气象的剪影,从洋溢于字里行间的流火般的热情中,我们仿佛嗅到了那个大革命时代的气息。毫不妥协地反对帝国主义、封建主义以及依附这两种势力的反动派,是那个历史阶段的时代精神的聚焦点,灵菲将此溶铸在自己的三部曲中,而且灌注其创作的始终。

更为难得的是,三部曲对国民党右派叛变革命的过程也作了迅疾与淋漓的揭露(《流亡》竣稿于 1927 年 12 月,《前线》竣稿于 1928 年 3 月,《转变》初版于 1928 年 9 月,按当时一般出版周期三个月计,大约竣稿于同年六月,三部皆距"四·一二"、"四·一五"仅只几个月或年余)。三部小说皆触及了这个文网中违碍的题材,《流亡》写的是"四·一五"反革命政变发生后革命者的历尽艰辛的逃亡,《前线》写的是这一反革命事变氤氲与发生时革命者的感触与遭遇,《转变》的末尾部分还写出了主人公在事变前夕对国民党右派势力的警觉与预见:

> 现在在表面上看起来,革命的潮流虽然是异常高涨,但内部的分化

一天一天的厉害起来,说不定不太久的将来,资产阶级的背叛革命是一件可能的事实。但我们的意志是坚定的,我们只有向前干,没有退缩。(《转变》222——223 页)

对于这场"法西斯蒂的势力"大肆屠戮民众的"事变"本身,即新军阀一手擘划的白色恐怖也作了秉笔直书的揭露:

大屠杀的惨剧开演着了!C 城,曾经被称为赤都的 C 城,整个的笼罩在白色恐怖势力之下。工人团体被解散了,纠察队被缴枪了,近郊的农军被打散了;被捕去的工农学生共计数千人,有许多已被枪决了。

这只是一夜间所发生的事!(《前线》241 页)

作家还以无畏的胆识,将"四・一五"大屠杀的罪魁祸首也作了宛然史笔的肖像描写与性格刻绘,无情地揭示了他嗜血成性的屠夫嘴脸与朝三暮四的政客伎俩:

K 省的军事领袖,唇边有了两撇胡子,说话的声音就如炎阳下苦叫着的蝉声一样。在他的口里,革命的倾向就和螺旋般的转着。说革命应该向左转的是他,说革命应该向右转的是他,说革命应该向中跑的又是他。……(《转变》225 页)

寥寥数笔将这个"背叛民众利益"的新军阀,以民众的一斛热血来作"装饰品"的刽子手,作了入木的刻划。

作家还以历史见证人的身份记录了叛变革命的新军阀的暴戾与凶残,具体地展现了"白色恐怖势力"所导演的"大屠杀的惨剧"。甚至还以谐音或隐喻的姓名记载了著名共产党人的遇难,例如其中写到的殉难者有"在黄埔军校当训育主任的肖初弥"(按即肖楚女)、"学生运动的林五铁"(按即毕磊,因其笔名"三石",故化为"五铁"以喻之)、"工人运动的领袖,中华全国总工会的执委"(按即邓培、李启汉等烈士)……这些都是铁笔镌刻的历史实录,足见作家的赤诚与勇敢。即使从历史文献的角度看,当时恐怕没有任何一部文艺作品对血腥的"四・一五"惨案,有若三部曲那样反映得如此迅疾、翔实。

三部曲赋有史诗的气质,它不愧为中国无产阶级革命文学萌芽时期的代表作品之一。

第二,三部曲有意识地塑造了作为中国革命推进者的共产党人的形象,抒写了他们百折不偏的革命精神,以及工农民众中所蕴藏的如熔岩般奔突的反抗情绪。

处于历史转折的非常时期,当时的历史事实是,面对着历史的考验,许多共产党人并没有被屠刀吓哑,他们或是慷慨走向刑场,或是揩干身上的血痕开始了新的战斗。三部曲的背景紧紧楔合着中国革命的历史进程,艺术地再现了中国共产党人前仆后继的顽强斗争。《前线》中主人公霍之远及其战友在敌人面前"手携着手在唱着革命歌",并表现了视死如归的凛然态度:"我们都完了! 可是真正的普罗列塔利亚革命却正从此开始呢!"《流亡》中的主人公沈之菲在敌人追捕下远徙重洋,于颠沛流离中仍然谛听着祖国革命的跫音,于寒馁困顿中仍然翘望着革命复起的烽火,所以当他闻知汪精卫声明讨蒋、革命志士云集武汉的消息,遂立即启程归国拟赴 W 地(按即武汉三镇);不料甫入国门就获悉武汉政府策动"七·一五"政变的噩耗,只得滞留上海;不久又得知"八·一"南昌起义后贺叶军占领 S 埠(按即汕头)、T 县(按即海丰)的消息,又匆匆由沪乘船返粤;抵汕后方知贺叶所部"工农军"已退出汕头,遂只得蛰居乡间;不久,又踏上了新的"征途"……。作品对一九二七年大革命失败后中国共产党人奋起斗争的几桩重大历史事件都有所反映,并且这种反映不是凭空描摹,而是与主人公执着地追求革命的历程有机结合在一起来绘写的。

作家在《前线》中甚至以淋漓的笔墨来赞颂无产阶级先锋队——共产党:

> X 党的党员全世界不过二百万人,但这二百万人却已经能够令全世界的帝国主义者恐怖! 这二百万人却是全世界工农被压迫阶级的先锋队! 他们都准备掷下他们的头颅去把这个新时代染成血红的时代! 他们都准备牺牲他们的生命去把统治阶级彻底地摧倒! 他们都是光明的创造者! 他们都是新时代的前驱者! (《前线》113——114 页)

除了对共产党及共产党人的礼赞而外,三部曲中的若干篇什还表现了觉醒了的民众对于新军阀的仇恨,例如《转变》中从一个普通农民的口中说出了:"不管谁打胜仗,谁打败仗,如果我参加这种战争的时候,我一定要参加农会这方面的!"作家还以赞赏的口吻对这传达万千农民心声的语言表示称许:"他的声音是这样粗大而且有力,简直就和一个巨大的口里吐出来一样。"并以抒情的文字表达了对蕴藏着无穷反抗力量的亿万农民寄予了热切的期待:

> 日光渐渐强烈了,田野间的烟雾渐渐消散了。目光所及的几处农村,都在一种强健的,而又公正的日光照耀着,反映出它们的和平而不屈服的气象来。(《转变》237 页)

作品展示出"悠广的天宇之下现出一段浩大,悲壮的巨观",当然是作为正在氤氲为巨雷的人民革命力量的象征。

第三,三部曲虽然有相当多的篇幅写的是革命陷于低潮时,革命者在阴霾满天与荆棘布地的境况中苦斗,但是作品的基调是欢快明朗的,并不笼罩着灰暗的色调,与悲观无望更是绝缘,每一部作品中都闪烁着理想的火花,都横亘着信念的虹霓,都预示着前景的绚烂。

试以《流亡》为例,就中以诗意益然的笔触展示了革命复兴趋势的必然:

> 值不得踌躇啊!值不得踌躇啊!你灿烂的霞光,你透出黑夜的曙光,你在藏匿着的太阳之光,你燎原大焚的火光,你令敌人胆怖,令同志们迷恋的绀红之光,燃罢!照耀罢!大胆地放射罢!我这未来的生命,
>   终愿为你的美丽而牺牲!(《流亡》128—129 页)

作家坚信革命的"绀红之光"必将君临中国的大地,他甘愿为此贡献自己的生命,事实上他也没有违悖自己的誓言,终于为谋求中国的解放而牺牲。

在黎明前最黑暗的年代里,作家却竭力在作品中点染辉煌的曙色,例如《流亡》的篇末展现了"一条是光明的!伟大的!美丽的!到积极奋斗,积极求生的路去"的"征途";《转变》的篇末也借机器马达的轰鸣声,来比拟斗争的节律会"给人们以一种勇敢的,跃动的,向前进取的启示"……这些都会给怯懦者以策励,给战斗者以鼓舞。

《流亡》、《前线》、《转变》三部曲是无产阶级作家洪灵菲献给革命文学

的第一束花,当时就赢得了广大的读者群,具有强烈的"摄引读者的力量",左翼批评家钱杏邨在评论中指出:"在'只有寒林的惊涛,只有虎豹觅食的叫嗥,(《序诗》)的文坛环象之中,我很欣慰的能有《流亡》这样的产物。"[1]《流亡》自一九二八年四月至一九三三年二月,销行了五版;《前线》于一九二八年五月初版,翌年九月就已再版,后被国民党当局密令查禁;《转变》自一九二八年九月至一九四〇年,销行了七版;这些都从另一个侧面证明了三部曲的生命力与感召力。

大约自一九二九年开始,灵菲廓大了他的创作视野,开始从单纯描画知识分子命运的轨道中跃入更广阔的领域,创作了诸如《在木筏上》、《在洪流中》、《归家》、《信》(后易名为《气力出卖者》)、《女孩》、《金章老姆》等短篇,以及《大海》、《家信》、《新的集团》(未完稿)等中长篇。在这一阶段,作家的思想也有新的升华,他在小品《蛋壳》中表露了希望投身"无产者"的"世界"中去的强烈欲求,"我要走到他们中间去,我要做他们中间的一员",从而获取"无产阶级的坚强的人生观"。这种意欲体认与把握"无产阶级的精神"的渴求,遂成为洪灵菲创作产生新的转捩的契机。

灵菲开始致力于反映业已成为中国革命主潮的农民土地革命,创作了一批刻划农村巨变的短篇乃至中篇。关于这一新的题材领域,作家也并非向壁虚构,而是有所依凭的。一九二七年秋冬,灵菲曾与戴平万一道参加海陆丰农民运动,为创造中国第一个苏维埃政权尽过心力,相当程度的切身体验使得他笔下新的农村新的人物有较为厚实的生活基础,加上他自幼生长于农村的生活经历,均有助于这类作品的丰腴与朴茂。

短篇《在洪流中》主人翁是一个赋有"坚强不屈的力量"的"农妇",丈夫早在三十多年前被官府杀头,儿子如今则因参加农民运动而遭通缉;但这坚强的母亲却默默承受着一切,经过激烈的内心斗争,终于抚慰并勉励儿子阿进出逃去参加新的斗争。作家是怀着深挚的感情来刻绘这个"半神性的巨人"般的母性的,寄托了对于劳动者所含孕着的潜在伟力的期冀与希望:"这巨人是一切灾难所不能够磨折的,在她里面有了一种伟大的力量,而这种力量是在把人类催化到光明的大道上去的。"在二十年代末的左翼文学中,如此夺目的母性形象尚不多见。

本篇与那些缺乏农村生活实践、单凭主观臆造的同类题材小说不同之

---

[1]　岛田(钱杏邨):《〈流亡〉》,载《我们月刊》第 3 号,1928 年 8 月 20 日出版。

处,在于有鲜明的地方特点和强烈的生活实感,华南农村风物在作家笔下泛溢着一片绚丽的色彩,方言的恰当运用也使人物性格刻划得明豁爽朗,关于"洪水"景况的细节描写也富有浓郁的生活气息。故事虽然没有正面描写农民的武装斗争,仅只写了一个农运骨干的隐蔽与逃亡,但却是以轰轰烈烈的农民土地革命作背景的。同时,作家也触及了农村中严酷的阶级剥削与阶级对立,一用实写,地主小二老爹利用涝灾向农民发放"连女带子,十日一叠"的驴打滚高利贷;一是虚写,即通过瑞清嫂的口述,透露了"乡绅"小二老爹之流侵吞"南洋汇来的几十万筑堤的捐款",以致导至溃堤的惨剧。作品虚实结合地揭示了:正是这种残酷的封建剥削,是造成大批农村破产、趋于赤贫的主要原因,它形象地宣示了:"穷人们唯一的生路只是向前",亦即投身中国共产党领导的土地革命运动。

《大海》是反映土地革命在中国农村掀起巨变的中篇小说。故事仍然以作者熟稔的南方滨海农村作背景,塑造了锦成叔、裕喜叔、鸡卵兄等几个贫苦农民的形象。他们个性迥异,而遭受的迫压却相同,都在穷窘困厄的非人境况下生活,平日只得借酒浇愁以忘却痛苦与烦恼,后来因不堪财主清闲爷的欺凌,一把火烧了他的房子,三个人一道远涉南洋去谋求生路。当他们从南洋返归故里时,家乡已发生了历史性的巨变,土地革命的波涛冲击与改造了这个普通的村庄,也驱使这三个饱经风霜的老农在斗争中经受了洗礼。作品通过三个主要人物及其周围人物精神面貌的变化,歌颂了苏维埃政权给农民带来了新的理想、新的生活。从作品的内容与写作的时间考察,本篇是作家有意识地配合全国苏维埃区域代表大会的召开而创作的,其题旨可与灵菲同时期撰写的《拥护苏维埃区域代表大会》结合起来探究。后者是刊于由《文艺讲座》、《拓荒者》、《萌芽月刊》、《现代小说》、《新文艺》、《社会科学讲座》、《新思潮》、《环球旬刊》、《巴尔底山》、《南国月刊》、《艺术月刊》、《大众文艺》、《新妇女杂志》等十三种左翼刊物联合出版的《五一特刊》(1930 年 5 月 1 日)上的一篇重要政论文章,它对三年来势如燎原的土地革命作了历史的回顾,欣喜地指出:"从海陆丰醴陵琼崖等地方苏维埃之成立,中间虽经敌人不断的会剿,不绝的破坏,但两年以来农民苏维埃的政权,始终未尝绝迹于中国。及至现在,遍长江及珠江流域各省,几无不有苏维埃区域及游击战争的存在。"进而揭示道:"在南方,这些苏维埃区域的存在,红军与游击战争的发展,发动了成千上万的农民群众卷入这一浪潮,天天都有几万群众在发动,这是过去海陆丰醴陵苏维埃政权时代的特点,现在闽西、赣西,潮梅,赣东北,平浏,鄂东,鄂西,广西几个大的苏维埃区域,同样都是围绕着几万几十万的农民群众,在进行没收地主土地,推翻豪绅统治,建立自己武装与苏维埃政权的斗争。"灵菲正是站在对全国土地革命形势高瞻远瞩的立场上,目的在于艺术地再现"中国革命中农民战争的作用",于是创作了《大海》,以表现觉醒了的农民"咆哮着,叫喊着,震怒着"的伟力。《大海》与蒋光慈的长篇《咆哮了的土地》(后易名《田野的风》)、叶紫的中篇《星》等作品一样,都是左翼文学中最早旨在讴歌农民革命力量的力作,应该载入中国文学的史册。

此外,灵菲还有一部重要作品一直为研究者所忽略,那就是一九三〇年四月由亚东图书馆出版的《两部失恋的故事》,笔者认为这也应是灵菲的代表作之一。本书由两部情节互不关联,主题却相互照应的中篇组成。其《卷头语》写道:

> 我是死也不能违背着你啊,姑娘!
> 虽然在过去我的行为是那样的不检!
> 我在这儿准备着流血,
> 姑娘哟,你是一滴,我是一点!

"姑娘"在诗里是赋有双关涵义的,就中表示不惜流血为爱情矢忠,不正表达了作家对无产阶级事业的热忱与赤诚嘛,而这正是该书两部中篇所欲歌咏的共同主题。第一部中篇题名《残秋》,作家以万物凋零的萧瑟秋色来比拟大革命失败后的寂寞、窨哑局面,体裁采用便于抒情的日记体,借一个历尽沧桑的女人的眼睛,鸟瞰了周遭人物的各种嘴脸、各种表演;这一群曾经在革命风涛中拍击的人,在革命失败的逆境中,有的沦于虚无,有的湎于酒色,唯有一个名叫眉海的革命青年与众不同,他仍然坚守着自己的信念,不被黑暗与庸俗所吞噬,而是矢志不移地"走向前去,和一切已经觉醒的人们一道去创造一个新的世界来",最后这个"把一己的躯体和灵魂交给大众"的志士,再次走上了"为着人类的光明的前途而奋斗"的征途。第二部中篇题名《蓝缕》,采用第一人称的写法,讴歌了一个作为"我"的引路人的女革命家,细腻地描述了她如何将自己从一名沉溺于"多量的眼泪,过度的豪情,夸张的酸辛,杂着夜气的渺茫,街灯的凉冷,雪茄的烟雾,台布的乳白"的罗曼谛克大学生,逐步引导成为"暴风雨的时代"中的一名"英勇的战士";作品更侧重多角度多层次地表现女主人公蓝缥如何"一心一意地想把我的生命贡献给被压迫的大众",直至最后"为着求人类的光明和自由的目的而牺牲"。作家是怀着浓酽的阶级感情、沉重的革命义愤来塑造这位血溅苍穹的女烈士形象的,特别渲染了她在敌人大屠杀面前的沉着与无畏。作品中有这样一段深情的文字:

> 然而在黑暗里面,我仍然是看见她的那对发光的眼睛,那对眼睛在指示着我怎样走向那为人类光荣的目的而奋斗的大道上去。……(《两部失恋的故事》133 页)

坚贞、热忱、赤诚、忘我的蓝缥女烈士的光辉形象,是中国左翼文学新女性画廊中煜然如星的一帧,在当年的读者群中曾产生过影响弥深的作用,想必会引导千千万万个"我""走向那为人类的光荣的目的而奋斗的大道上去",该书至一九四〇年已发行了九版就是其有力地感召着读者的明证。

洪灵菲的创作活动,到一九三〇年岁末基本告一段落,此后因为全力从事党的工作,不再致力于长篇巨帙的制作,而只间或写些政论与杂文,一九三三年调北平后,开始创作长篇《童年》,仅成三章即因被捕而中辍,原稿也散佚了。

在中国无产阶级革命文学史上,洪灵菲是它曙新期的代表作家之一,于二十年代末、三十年代初的中国文坛产生过甚大的影响,当时的评论界就曾指出:"在新进作家中间,洪灵菲也是被读者大众所热烈欢迎的一人"[1];同一营垒的战友亦对灵匪评价甚高、期望甚殷,蒋光慈曾称许他是"新兴文学中的特出者"[2],孟超亦推重他是初期革命文学社团中"最勤奋最辛苦的一个"[3]。可惜,万恶的刽子手扼杀了他年轻的生命,不然他将为革命文学作出不可估量的贡献!

---

〔1〕 梁新桥:《读〈流亡〉、〈归家〉与〈转变〉》。载《现代出版界》第 1 卷第 8 期,现代书局 1933 年 1 月出版。

〔2〕 蒋光赤:《异邦与故国》。现代书局,1930 年 1 月出版。

〔3〕 孟超:《〈洪灵菲选集〉序》。

彭家煌论

　　文学史家陈子展于一九三三年九月十日《申报》附刊《自由谈》上以何如的笔名发表了《彭家煌挽歌》,中谓:

> 他对得起贫苦的朋友,
> 他是同样饿过肚皮的人。
> 他对得起勇敢的战士,
> 他是同样坐过监狱的人。
>
> 他留下了许多可读的文字,
> 却不曾自夸为天才。
> 他参加了许多人间的工作,
> 却不曾被称为人才。
> 他卖过了许多精神的劳力,
> 却不曾出卖自己的人格。
> ⋯⋯⋯⋯⋯⋯

　　陈氏在两年之后所写的文章中,仍然忆念着这位早逝的"青年小说家",重提起这首"寄与了很深挚的同情"的挽诗[1]。彭家煌于一九三三年九月四日的不幸夭逝,进步文化界深感痛惜,与陈子展同抱哀惋之情的难以数计,发而为文的也不在少数,仅笔者所见就有:叶紫的《忆家煌》,贺玉波的《悼彭家煌》,黎君亮(黎锦明)的《纪念彭家煌》,孙珊馨(彭家煌夫人)的《家

---

[1] 陈子展:《挽诗——蓬庐诗话之十四》,载 1935 年 11 月 23 日《立报·言林》。

煌之死》、陈绍渊的《记家煌病殁前后》、汪雪楣的《痛苦的回忆》、何揆的《"活不下去"》、周祚生的《悼诗三章》、豁贲的《文人的悲哀》、窳君的《"只有死是一桩利益"》、何如的《胃病》、泳言的《老彭》、周楞伽的《罗黑芷和彭家煌》、Y 的《关于彭家煌之死》……。彭家煌之死获得如许的同情与哀悼决非偶然,他作为一位严谨、正直的进步作家,一名坚定、执着的左翼文艺战士,理应得到朋辈的钦敬、战友的悲悼与历史的首肯。

彭家煌作为一个有特色、有成就的左翼作家,似乎没有得到中国现代文学史适当的评估。他自一九二六年开始发表小说,至一九三三年秋病逝,在文坛上活动了不到八年时间,然而其创作是勤勉而丰饶的,在当时国内有影响的文学刊物、综合刊物,诸如《文学周报》、《小说月报》、《新文艺》、《当代文艺》、《现代》、《民铎》、《北新》、《新女性》、以及《晨报副镌》、《申报·自由谈》等上发表了数十篇作品,先后结集出版有中篇书简体小说《皮克的情书》、短篇小说集《怂恿》、《茶杯里的风波》、《平淡的事》、《喜讯》、《出路》等,在二、三十年代的文坛上产生过相当的影响。

彭家煌的小说带有浓郁的自叙传性质,某些篇什的主人公就是作者的"夫子自道",甚至人物的名字也是从自己名号中衍变出来的,例如常见的"韦公"即从其字"韫松"中拆出,"朋加"即系"彭家煌"前二字的谐音,"岛西"则是他的笔名,故了解作家的经历与遭际,将有裨于我们对作品的理解与分析。

根据有关研究者的探询,参照若干作家的回忆,并采集与其同时代人的口碑,我们了解到:彭家煌,字韫松,湖南省湘阴县清溪乡(今属汨罗县)人,生于清光绪二十四年三月十一日(1898 年 4 月 1 日),兄弟姊妹七人,他排行第六。一九一九年毕业于长沙省立第一师范,旋受其二舅杨昌济先生的提携,赴北京在女子师范大学附属补习学校任职,并在北京大学旁听。一度拟去法国勤工俭学,后未果行。黎锦晖所长的上海国语专科学校来京招生,彭考取该校,赴沪学习一年后,即进中华书局工作,参与编辑《小朋友》。稍后,因妻子孙珊馨在商务印书馆当校对,遂转到该馆编译所工作,先后助编《儿童世界》、《教育杂志》、《民铎》等;并曾在暨南大学教国语。一九二六年开始写作,处女作《Dismeryer 先生》发表于一九二六年二月十五至二十七日的《晨报副镌》(徐志摩编),其后又在《文学周报》、《晨报副镌》上连续披载了《到游艺园去》、《军事》等作品多篇。彭家煌崭露的文学才华颇得商务印书馆编译所同人郑振铎的赏识,遂介绍他参加了文学研究会。在郑振铎等前辈作家的奖掖下,彭家煌编选了第一本短篇小说集《怂恿》,作为《文学周报社丛书》之一,由开明书店于一九二七年八月初版,集内收入《Dismeryor 先生》、《到游艺园去》、《军事》、《怂恿》、《今昔》、《活鬼》、《存款》、《势力范围》等八篇。一九二八年至一九二九年,彭家煌的创作力十分旺健,在《小说月报》、《妇女杂志》等刊物上发表作品多篇,结集出版的有短篇集《茶杯里的风波》,由现代书局于一九二八年六月五日初版,集内收入了《贼》、《父亲》、《奔丧》、《劫》、《莫校长》、《陈四爹的牛》、《喜期》、《茶杯里的风波》、《蹊跷》等九篇。续出短篇集《平淡的事》,由大东书局于一九二九年五月初版,集内辑入《勃豀》、《款待》、《那个长头发》、《双亲大人》、《平淡的事》、《火灾》等六篇。此外,还创作了中篇小说《皮克的情书》,由现代书局于一九二八年七月十五日初版。

在评析彭家煌一九二六年至一九二九年前期创作的时候,我们有必要了解一下他所处的经济地位与家庭变故,据其友人贺玉波记述:"记得我认识他,是在民国十七年的冬季;那时,他家住在闸北宝山路,……他和他的夫人同在商务印书馆供职,所得薪水很微,简直连家用都不够;每月过着借债,被债主逼迫的生活"[1]。而且,祸不单行,一九二七年顷,湖南湘阴故乡的老家也突遭厄难,他的母亲(杨姓,系杨昌济的姊妹,杨开慧的姨妈)、二兄、三兄以及二兄的两个孩子都被时疫"虎痢拉"夺去了生命,只剩下龙钟的老父和长兄、幼弟支撑着破落的门户。

彭家煌出身于农家,自幼目睹了农村在官、绅、兵、匪多重绞杀下急剧破产的颓相衰颜,亲闻了父老乡亲、远亲近邻在命运煎熬下的呻吟、挣扎与呼号,故而在他的作品中有相当篇什以农村生活作题材,反映了湘中农民在这历史非常时期的荣辱哀乐。农村题材与准农村题材(即与农村有关者)的作品,约占其前期创作的一半左右。

茅盾在《中国新文学大系·小说一集》的《导言》中将彭家煌与徐玉诺、潘训、许杰等并列为新文学曙新期"描写农村生活"的代表作家,认为彭家煌与许杰有共同的特色,他们"用了更繁杂的人物和动作把农村生活的另一面给我们看的",他们的初期作品史其相似:"两个都是纯客观的态度,两个都着眼在'地方色彩',两个都写了农民的无知,被播弄。"茅盾接着论列了彭在这方面的代表作品《怂恿》,称许"彭家煌的独特的作风在《怂恿》里就已经

----

〔1〕　贺玉波:《悼彭家煌》。载《读者月刊》创刊号,上海光华书局,1933 年 9 月 15 日出版。

很园熟"。《怂恿》作于一九二七年,全篇凡八章,一万余字,写了淳朴善良而又愚昧无知的一对农民夫妇(政屏及其妻二娘子),夹在"土财主"(裕丰号财主冯都益)和"破靴党"(痞棍牛七)之间,在卖猪一事上,先受财主狗腿的愚弄,复受恶棍牛七拨弄,被欺瞒哄骗地串演了一出悲喜剧,几乎酿成大祸。"浓厚的'地方特色',活泼的带土音的'对话',紧张的'动作',多样的'人物',错综的故事的发展,——都使得这一篇小说成为那时期最好的农民小说之一"〔1〕。

浓郁的地方色彩,鲜活的人物形象,响脆的个性语言,繁杂的情节脉络,确乎是彭家煌前期农村小说的独特风格,这些在《活鬼》、《美的戏剧》、《牧童的过失》诸篇中均有体现。例如《活鬼》篇,荷生的天真懵懂与诚朴可欺,邹咸亲的伶牙俐齿与油滑诡诈,乃至荷生嫂的流盼含春与招风引蝶,都各各有摇曳生风、声态并作的表演,在通篇诙谐的氛围中,也寄寓了作者对于宗法社会中不良习俗的讽刺。又如《牧童的过失》篇,由于作者自幼在田野中长大,故将农村儿童的心理、行为、爱好描摹得历历如绘,荷芽子、成妹子在河水中嬉戏的声音笑貌真是呼之欲出;另外,通过两个孩子的眼睛与语言,也反映了成妹子妈、二嫂等农村妇女"偷野汉子"的失检作风,对这种陋俗进行了调侃与嘲讽。再如《美的戏剧》篇,人物关系与情节线索都很单纯,然而通过那出神入化的对话,将一个农村中游手好闲、颇见世面的二流子秋茄子的形象,雕镂得活灵活现,这个贫嘴滑舌的光棍鼓动如簧之舌,把一个扮演"黑头"的平江班戏子捧得骨软筋酥,从而骗得了一顿饭吃,以及与"名角"共餐的光荣。这些篇什色彩斑斓地绘写了湘中的风情,很象一幅幅风姿绰约的风俗画,给人以美的享受;然而,作者的态度是纯客观的,缺乏鲜明的褒贬与犀利的剖折,若从思想意义来说显得较为薄弱。

当然,彭家煌前期创作中的纯客观态度也不是绝对的,在另一些农村题材的作品中,也顽强地表露着作家的爱憎,为被侮辱、被摧残、被践踏的人们发出了不平之鸣。例如《喜期》篇,黢镇少女静姑,不仅因不合理的媒妁婚姻丧失了纯真的爱情,而且在新婚之夜复遭丘八们的凌辱,终于丧失了年青的生命,遂使"喜期"变成了"丧日";作家通过这一悲剧事件,对积淀厚重的封建意识与专事劫掠的军阀势力表示了强烈的憎恶。又如《陈四爹的牛》篇,叙述了黢镇有个绰号"猪三哈"的贫苦农民周涵海,如何从拥有几亩良田、五

---

〔1〕　茅盾:《〈中国新文学大系·小说一集〉导言》。

六间瓦屋的自耕农，因被地痞周抛皮侵吞后沦为赤贫，"丢了家产"并"丢了老婆"的他只得去为地主陈四爹看牛，最后则因牛丢失而惊惧绝望地自杀了；作家对这个被欺侮敲剥得人形殆失的雇农倾洒了同情与悲愤的热泪。《今昔》篇则更值得注意，作者通过民国五年（一九一六年）与民国十六年（一九二七年）两度回乡的不同观感，反映了故乡的农民已由引颈待戮的羔羊变成了掌握乾坤的舵手，促成这演变的契机是农民运动的勃兴，正是它催发了农民的觉醒，于是他们不再任人摆布、凭人宰割，"聋子不怕雷"的愚山，"老实"的周大，"辛苦一世也发不了财"的二炮竹……他们在乘机勒索的"瘟委员"的脸上，不客气地敬了两个耳巴子，把这个昔日的牛贩子打得抱头鼠窜；作品以欢愉的笔墨展示了农民的力量："农民们尽情的呼啸了一阵，带着出了几十年的闷气的胜利，散了，那时东方的明月已赶走了黄昏。"作者最后还深情地寄希望于"着实有些两样"的农民，企盼他们有更大的作为。《今昔》是现代文学中最早反映亘古未有的湖南农民运动的篇什之一，希望能引起研究者的关注。

彭家煌作为一个阅历丰富、观察细密的现实主义作家，他的创作视野还是非常广阔的，多角度地反映了二十年代下半期的社会生活，几乎每一篇都渗透着他对被侮辱被损害者的同情，以及对权势者剥削者的鞭笞。例如其处女作《Dismeyer 先生》，其主人公是一个三十多岁的德国人，被汽车厂辞歇了的劳动者，抒写了这位"异邦落魄者的悲哀"，为这位善良、朴质的德国籍失业工人洒了一掬同情之泪。《出路》篇的题旨与前者相近，写的却是中国产业工人失业后的遭遇，主人公达明最后竟惨死在巡捕的枪下，展现了失业工人走投无路的悲惨命运。《贼》篇反映了士兵的非人待遇，过着吃不饱，穿不暖，受伤没人管的生活，只得逃亡沦为小偷。《平淡的事》篇写了一个正直的医生在这市侩化的社会中难以为活，只得靠变卖与借贷来苟延残喘。《款待》篇写的则是失业的知识者的迷惘与酸辛，主人公合山只能从卖笑的女人那里获得暂时的慰藉。从以上的篇什中，可以看到作家的笔触已涉及了工、农、兵、知识者等各方面人物，并竭力反映他们的挣扎、痛苦与欲求。

与同时代赋有历史使命感的作家一样，彭家煌短篇创作中还有若干篇什申诉了下层妇女的悲苦命运。例如《节妇》篇，主人公阿银十岁时便以八元的身价被卖给候补道夫人做小婢，尔后次第被候补道郑大人、长男柏年、长孙振黄所凌辱与玩弄，最后呼唤出了："候补道大人……老爷……少爷——唉，我服侍了他们三代，于今我还只值得八块钱吗？"的悲鸣。《劫》篇写了绍兴籍的张妈在上海帮佣,被代写家信的何先生乘隙侮辱的故事,对背井离乡的仆妇垂怜悲悯。最为凄惨的是《晚餐》,写一金陵少女翠花为了养活老母幼弟弱妹,只得沦为暗娼出卖自己的肉体,结果落到被警察拘捕的下场;作家深挚的同情都投放在被侮辱被损害者一边,并向造成万恶的娼妓制度的社会擎起了投枪。

与加诸下层民众的悲悯同情相反,对于这一吃人社会中的权势者与助纣为虐者,以及知识界中某些丑恶现象,作家都表示了深恶痛绝的义愤,并以锋刃屈利的笔剥脱了他们的假面。例如《改革》篇,韦公、黄、邹三人合伙去给中央委员老爷拜年,韦公希望中央委员调他当一等科员,黄期待补一个肥缺的县知事,邹则想荐任他的堂弟,故而这几位"亲信"都巴望着中央委员老爷出任省政府主席,以便如愿以偿;作家寥寥几笔就勾勒了当时官场黑幕的一角,特意冠上"改革"之名,当也不无讽刺意义。作家对于知识界中若干借美名以谋私,或炫奇以沽名,或损人以肥己的角色进行了颇为辛辣的讽刺。例如《莫校长》篇,惟妙惟肖地勾勒了一个江湖骗子式的教育掮客莫休,不仅不学无术,而且惟利是图,把办学当作敛钱的工具。又如《蹉跎》篇,主人公劲草文思枯窘,灵感匮乏,却又看不起成就卓异的中外作家,专事去构造"男女间的暧昧事情"的"故事",以求取"名利兼收",杜撰违悖常情的乱伦艳闻,还自诩为"不朽之作"。《存款》篇写了北京学生公寓中专事游乐的浮浪子弟迪,不仅自己成天在寻花问柳中打发光阴,而且还引诱同乡子弟走入冶游邪道,为二十年代学生中某些纨裤子弟留下了历史的面影。《那个长头发》则写了混迹于教师队伍中的颓废派美术家罗士屏,在恋爱的幌子下专事侮辱玩弄女性的卑劣行径。《到游艺园》写了过着寄生生活,到处游猎女性的老丘。《军事》写了以不同形式耽于淫乐的陈太太及其侄阁森,老的到新世界去觅取"自身的享乐",少的则在家乘隙玩弄"娇嫩可人"的丫头桂香,揭露了资产者的腐化生活。值得玩味的还有《昨夜》篇,主人公是一个早年亡命日本的老同盟会员,曾任上海某大学校长,年已六十八岁的施老师,往昔以律己严谨、治学黾勉著称,可是如今却神往于上海街头巷尾的冶游,妄图在娼妓的怀抱中寻回自己的青春,这当然"只是孩子想攀摘天空的明月一般的幻梦",如同"幻想着枯朽的古木开出鲜花来"般不自然,反而更衬托出这位"圣之时者"的暮景苍然,作品的结尾满孕哲理的写道:"过去终究是渐离渐远的无可拉住的过去,而明朝是追求不尽的茫无止境的明朝"。当时有位评论者试图揭示就中寓有的深意:"它显示伟大明朝的无可避免与逝往的过去之不能挽回。在留恋于幻梦之外,不是还有另外的事吗? 我们不得不这样想。"〔1〕这说明彼时的读者还是能够体味出作家的苦心孤诣的。

还有少量作品是写夫妻间的感情纠葛的,如《勃谿》、《火灾》、《双亲大人》、《茶杯里的风波》等,大多以自己家庭生活的波折为蓝本,这些篇什的社会意义虽然不大,然而心理描写却堪称独步。作家曲折有致地描写了因妒嫉心理所引起的夫妻反目,如何恶言相向,又如何反躬自省,复如何相互痛惜,更如何言归于好,就中感情波澜的起伏跌宕,心理变化的微妙歧异,都被描画得纤如毫发、丝丝入扣。在同时代的作家中,如此卓异的心理描写高手尚不多见。

彭家煌这一时期的重要作品还有中篇《皮克的情书》,这部书简体小说以四十三封皮克致涵瑜的信组成,展现了一个在困厄中挣扎奋斗的青年知识者的心灵历程,与当时社会上充斥的《××情书》之类是不可同日而语的。通观全篇,其中有作者身世、思想、志趣的浓重投影,例如其中屡屡道及:"我是农民的儿子",第十四封信更具体写道:"我的家世曾再三对你说过了,家里虽是有许多人读书,但我的兄弟都是农民,满身有牛屎臭的农民。"并提到:"到法国去做工,前几年倒是很想去的",这些都有作者自己出身、经历的影子。在第十七封信中,皮克认为处此"稀烂的中国"、"待救的中国"、"大革命时代的中国",必须致力于"打倒帝国主义"、"打倒军阀"、"外抗强权内除国贼",这当然也反映了作者自身的政治观。其他,如第二十二封信中所表露的恋爱观,第二十三封信中对托尔斯泰的激赏,其中所表露的"有主义有思想有趣味"的文学主张,第二十九封信中对于学校中黑暗现象的揭露,第三十五封信中所强调的:"生是战斗啊,不去战斗,生是没有价值的,我认定这是人生的实际"的人生观,……。《皮克的情书》反映了小知识分子在动荡社会中飘泊无定的生涯,和备受欺凌的遭际,以及他们不甘沦落、自弃,对于美与善有所追求的心态。皮克固然获得了涵瑜的爱,然而横亘在他们前头的仍然是"愁肠万转,百样回旋"的"故障堆堆砌眼前",真乃是前途叵测,远望茫茫。三十年代知名度甚高的作家黎锦明认为此书"并不会比《落叶》逊色",甚至"和陀斯妥以夫斯基的《穷人》比也并没有多少分别",赞赏它是"一篇很有布局,结构,真实的性格心理的绘画",赋有"真正的力量","这力

〔1〕　李影心:《〈喜讯〉》。载《现代》第4卷第5期,1934年3月1日。

量就是在现社会下挣扎的青年们的痛苦的暴露,而能表现于一种极委婉动人而简洁的文字中,幸福是获到了,在那绝对的诚实之下;但社会对于它是保障还是遗弃呢?——在全书的结束下,更深沉的隐示着了。"〔1〕《皮克的情书》咀嚼的不是个人的哀乐,而是力图反映时代的悲剧,故而它能在短短几年内发行五版以上。

彭家煌在二十年代中期是以一位严谨的现实主义作家的姿态步上文坛的,他追随着鲁迅所开创的中国现代小说的写实传统,注意于抉发病态社会的症结,以他那"隽妙而带着一点苦味"的讽刺笔调,臧否世态,评点人物,以期引起疗救与矫正的注意,受到文学界乃至读书界的注目与欢迎。有的评论揭示其创作"具有深刻的思想上的剥凿,体裁是清澈严格简练,使我们有如读北欧作品的浓重性"〔2〕。这些是并无夸饰的评骘。

一九三〇年三月,中国左翼作家联盟在上海成立,无产阶级革命文学运动从始进入了团结战斗的新阶段,许多进步作家纷纷投身这一以鲁迅为旗手的营垒。彭家煌经由左翼文化运动领导人之一潘汉年的介绍加入了左联,同时还受命从事地下工作。据云担任过党中央机关报《红旗日报》的助编与通讯员,编辑过该报的副刊《红旗俱乐部》。一九三一年夏被捕入狱,被羁押在龙华警备司令部的囚牢中。据彭家煌于一九三三年八月二十二日所作《〈喜讯〉序》云:"不幸,一九三一年六月二十一日,以共产党中央执行委员兼《红旗日报》主笔的名义被拘,直到十一月中旬才被开释。"彭的罪名甚大,动辄有杀头的危险,但他在狱中的表现是坚贞无瑕的。据与他同监的难友记述,他在狱中甚为乐观,"老是燃着希望的火焰","他的意志,和他的胡子一样,无论剃刀怎样犀利,今天剃光了,明天又长出来,而且比前一次更多更硬"〔3〕。由于组织与朋友的襄助,由其夫人孙珊馨出面以"一千块大洋"的运动费,把他从牢狱中赎了出来,并继续在商务印书馆供职。出狱后未及三个月,日本帝国主义者于一九三二年一月二十八日发动了"上海事变",商务印书馆毁于日军的炮火,彭家煌夫妇也因此失业,遂只得流亡到宁波谋生。居留宁波期间,一面在学校教国语,一面替《民国日报》编副刊。后来因

---

〔1〕 黎君亮(锦明):《纪念彭家煌君》。载《现代》第4卷第1期,1933年11月1日。
〔2〕 《彭家煌先生遗著三种》,载《现代》第4卷第1期,1933年11月1日。
〔3〕 泳盲:《老彭》。载1933年9月23日《申报·自由谈》。

为副刊出了两期"大众文学专号",便被当地的权势者所驱逐,于一九三二年年底回到上海。

一九三三年初,彭家煌的同监难友叶紫倡议组织隶属于左翼文艺阵线的新兴文艺社团——无名文艺社,彭家煌与陈企霞等是最热心的赞助者、参预者。彭家煌以"岛西"的笔名在该社机关志《无名文艺旬刊》第二期(1933年2月15日)上发表了题为《文学与大众》的论文,这是迄今所发现的彭家煌惟一的文学论文,其中鲜明地昭示自己所皈依的是马克思主义文艺观。首先,认为"我们不能忽略,在这狂潮血海中翻滚的大众",文学的"职责"应负起"领导大众,帮助大众,去破坏一切,去创造一切";作者还论列目今的文学尚未真正找到自己的服务对象——大众,并满怀感情地用了一系列排句来形容大众的遭际:

> 大众在帝国主义者的铁蹄下受着蹂躏,受着悲惨的杀戮,他们不断的在敌骑所到之处,饮风吹雪的抗争。大众在农村受着过分的剥削,受着饥寒,受着匪盗的追逐,杀戮,走投无路。大众在一意蛮触的军阀的炮火之下,断送了一切,不能聊生。大众在工厂中,过着牛马的生活,无代价的在拍卖他们的生命。……虽然他们在呻吟叹息中,内心也炽着求智的欲念。

其次,强调了革命文学的当务之急,是把"可惊可骇的时代中的大众"和"狂突的苦斗的战士",都"导入具有理想的光辉的领域",从而"使'大众'的生活和理想发生严密的依存关系,和残酷,悲惨,压迫去恶斗,英武的前进",这样才能充分发挥文学"帮助大众生活及斗争"的"功能"。最后,还励己策人地呼吁道,值此"危难之际",必须"脚踏实地","为文学去唤醒大众,为大众去创造文学"。

在无名文艺社中,彭家煌无愧于中坚与主干,不仅有理论主张,而且有创作实践,《无名文艺月刊》创刊号(1933年6月1日)上就刊发了他的长达万余言的小说《垃圾》。该刊编者叶紫在《编辑日记》中写道:"岛西将《垃圾》寄来,囫囵地把它读完了,描写的细致沉痛,词章的隽永诙谐,真使我为它感动不少。作者在这里大声的喊出了中国下级军官和兵士们的苦痛,这是一篇如何生动的作品啊。"另外,彭家煌在其致友人的书简中也写到:"此间有人办《无名文艺月刊》,五月出版,欢迎无名作家加入,不出社费,甬地如有愿加入者,可来函索阅章程,附足邮。"〔1〕由此可见他对于社务、社刊的关心。

与此同时,作为中国左翼作家联盟的盟员,彭家煌还积极参与了左联所组织的各种活动,诸如"和联盟中同志一道参加各种群众大会,到码头上去欢迎巴比塞调查团,散发左联的传单,标语,……一直到他只剩了最后一口气的时候"〔2〕。不仅如此,彭家煌还实践着自己深入大众的诺言,尽可能和劳苦大众交朋友,据一位同时代的作家记述:"他有一种平常知识分子所没有的行为,即是喜欢和下层阶级人物相来往;排字工人咯等等,都和他有很好的友谊。"〔3〕据同一作家回忆,他还曾有一次为"援助那些前线上为我们奋斗的同志"——红军,在朋友间募过捐。凡此种种,实际革命活动的参预,工农大众感情的培养,都不能不会在他的创作中留下印痕。

彭家煌参加左联后直至一九三三年秋病逝,三、四年间创作的数量比前期三、四年减少得多。这是因为他曾入狱,害着神经衰弱和胃病,因失业而为衣食奔走,以及流徙的不安定生活,这些都不能不影响到他的创作;另外,他又从事实际的革命工作,也可能因此而无暇握管,因为他自己也曾说:"我无意在'文学'上成功,而情愿在'事业'上失败"〔4〕,这"事业"的含义是不言而喻的。这几年的创作,作者自己编了一个题名《喜讯》的集子,收入一九三〇年至一九三三年所作小说七篇,并于一九三三年八月二十二日写了《自序》,隔一天就因胃穿孔住进了红十字医院,九月四日就不治逝世了。还有大东书局作为遗作出版的集子《出路》,其中也有个别篇什写于一九三〇年之后。此外,还有散见于报刊未及结集的作品十数篇。以上这些作品,诚如作者所说:"从量上说,总算少得可怜了。"〔5〕然而,从质的方面来考察,却十分值得珍视。

在检视彭家煌一九三〇年以降的后期创作之前,我们拟先考察一下他一九二九年五月所写的一篇作品,即发表于《北新》半月刊第三卷第十五期(1929 年 8 月 16 日)的《我们的犯罪》,茅盾曾提到这篇"用第一人称写的短篇小说",并且推重道:"在这篇小说里,我认识了彭先生——他的细腻的笔

〔1〕 彭家煌:《致陈伯昂短札》。载《矛盾》第 2 卷第 3 期,1933 年 11 月 1 日。

〔2〕 Y:《关于彭家煌之死》。载左联秘书处编《文学生活》第 1 期,1934 年 1 月 6 日。

〔3〕 贺玉波:《悼彭家煌》。载《读者月刊》第 1 卷第 1 期,1933 年 9 月 15 日。

〔4〕 彭家煌:《〈喜讯〉序》,载彭著小说集《喜讯》,现代书局,1933 年初版。

〔5〕 彭家煌:《〈喜讯〉序》,载彭著小说集《喜讯》,现代书局,1933 年初版。

触,他的简洁而自然的结构,尤其重要的,是他那颗隐伏在柔和的而又细腻的文章后面的热蓬蓬流血的心!"[1]这篇使茅盾留下如许深刻印象的作品,其实不是小说,而是一种记实的散文,亦即报告文学。所记叙的就是当时国民党上海市党部查封上海通信图书馆事件,彭家煌因去借书亦殃及被拘留,故而愤恨地写下了连借书读书也被认为"犯罪"的奇闻,为这暗夜如磐的社会留下一页实录,并在作品结尾发出了:"还看书?! 还捐书?! 蠢才,索兴把头颅也捐了吧!"的诘问与反语,愤慨之情溢于言表。于此再也看不到其前期作品中那习见的清淡的讽刺与冷静的讪笑,而代之以炙热的憎恶与愤怒的反拨,这也许就是其创作转折的先兆罢。

　　正由于对这个吃人社会的本质认识得日趋清晰与深刻,彭家煌后期创作中一个明显的转折点就是社会批判的深广度有了甚大的推进。作家似乎不再驻目于夫妻勃谿男女吊膀之类琐事,而是以更清醒的头脑、更深邃的眼光来解剖这腐烂的世界。以他参加左联后所写的第一篇作品《援助》为例,就透剔地剥脱了一名"无产阶级的蠹贼"的伪装,展览了他虚伪而丑恶的灵魂。这个自命为"激进的无产阶级的知识分子"、"革命文学家"、"被压迫的劳动大众的同情者"的汤之铭,却是一个在公安局长那里挂过号的叛卖分子,他那"伟大的灵魂"不过是借"援助"之名、行狎侮之实,乘人之危,施以小惠,从而以实现其不可告人的目的;他那"侠义的动机"不过是他意欲霸占一个落魄女子的遮羞布而已;殊不知他这居心叵测的"义举"失算之后,立即置受难者于不顾而溜之大吉,"他的车飞速的一直向花牌楼一带的娼寮中奔去"。在中国无产阶级革命文学勃兴之时,难免鱼龙混杂、泥沙俱下,若干赶时髦的投机者在白色恐怖下很快现了原形,有的龟缩,有的落荒,更有甚者是将"左翼作家"的招牌当作投降敌人的进见礼,沦落为鹰犬与走卒。《援助》刻画的就是这样一批叛卖者的嘴脸,作者将现实生活中周毓英、王独清等的魂魄勾摄而来,塑进了汤之铭这个丑类典型之中,当也不无现实意义。

　　至于落魄知识分子的形象,也较前期深刻得多,兹以《请客》为例,发表的当时就有一位北平的读者认为这是"他短篇小说中最成功的一篇",称许其"取材于极平常的身边琐事,而表现了一个在资本主义社会中下层的被剥削的小资产阶级的知识分子的虚荣心理。同时又把现在社会人情的苛刻及

---

〔1〕　茅盾:《彭家煌的〈喜讯〉》。载《文学》月刊第 2 卷第 4 期,1934 年 4 月 1 日。

小资产阶级的劣根性等都赤裸裸的表现了。"[1]故事中的楚声(被人戏谑称为"畜生")是一个病态社会的畸形人,新的历史阶段中孔乙己式人物。他是每月只有八块钱薪水的县报馆校对,过着食不果腹、衣不蔽体的清苦生活,每当食、色大欲陡涨之时,便大叫两声:"阿爸饿煞呢!""阿爸痒煞呢!"便算熬过去了;然而他也不甘于自己做人的尊严任人践踏,物质上不逮于人,精神上却奢望高人一等,平日满口"阿爸阿爸"的自称,颇有点阿Q相,还经常扬言"请客"而不兑现,平时受人揶揄也假痴假呆地充耳不闻,但当他的虚荣心遭到严重挫伤时,也会爆发出难抑的怒火与恼恨的恶骂。故事中的老潘则俨然是作者的化身,他意识到楚声对自己的发怒,是"贫穷者的火焰",是对四壁萧然的赤贫、周遭自眼的冷酷的一种发泄,遽尔为自己对他的无端嘲笑感到歉疚不安,自省与他一样"全是吃不饱,穿不暖,住不舒适"的"背上压着重载的驴,受鞭打的牛马",我们"应该握手言欢,互相怜抱,互相关怀援助",应该"一颗心,一条路""向我们公共的仇敌奋勇的打去才对"!从以上人物、情节的处理,我们可以明白窥见作家已超越了过去对知识界畸零者冷眼嘲讽的客观态度,而代之以冷静的人性解剖,透辟的追本溯源,将人物歧变的心理性格归之于社会的高压,并揭示了前进的路途。

在彭家煌入狱前的创作中,《在潮神庙》颇值得注意。该篇创作于一九三〇年十一月,长达二万五千字,凡七章,实际可算是一部中篇。故事描述的仅是中国很小的一隅——潮神庙,然而却即小见大地摄取了社会的魂魄,它的腐朽,它的贫穷,它的沉滞,它的藏污纳垢,它的戕害生灵,它的荒诞不经……都被作家入微的观察与有力的表现敲凿而出。如同"毁灭的境界"一般,此处"遍地是肮脏,杂乱,破烂,连人类也破烂了,一切全成了揩桌布",居民们"无田可耕,无工可做",只能"流荡,堕落",与"癞皮狗,蚊子,臭虫"为伍,"贫穷"、"龌龊"、"污秽"、"杂乱"、"喧闹"、"灰尘"、"煤烟"、"云雾"君临着一切。男人靠赌博赢钱,或以红丸鸦片作买卖;女人则出卖自己的肉体,以换取微薄的"夜度资"来过活。潮神庙是并非虚构、实有其地的处所,它是沪杭铁路的终端,杭州近郊的一个小镇,作者曾在此短暂居留,而目光所及:敷衍度日的小学教员,吸食红丸的酒肉和尚,百无聊赖的烟店老板,来者不拒的阿宝姑娘,……毫无例外的堕落与苟延,作者悲愤已极地借作品中人物朋加之口喊出了:"唉,潮神显显灵,把这块地方冲洗一下吧!把这个世

---

[1] 李虹:《〈请客〉》。载《现代》第4卷第2期,1933年12月1日。

界冲洗一下吧。"这是燃烧在作者心头的愿望,也是他为之身体力行的志向。他当时已参加了这种冲洗、扫荡旧世界的工作,并为此而身陷囹圄。

出狱之后至逝世之前,彭家煌的创作亦不甚多,现在所见到的只有发表于刊物上的《喜讯》、《两个灵魂》,以及散见于报纸副刊上的近十篇速写、小品与杂文。《喜讯》写的"仍旧是他自己的故事",作品中被老父倚闾企图的游子岛西就是作者自己的化身(彭家煌曾多次使用"岛西"这一笔名),拨老爹、甫崧哥、阿贵弟都无不印着作者老父、长兄、幼弟的影子,尤其是拨老爹这个达观的老人,终于被儿子因"政治嫌疑"被判十年徒刑的噩耗击倒了。茅盾曾分析这一人物道:"拨老爹是一个盲目的达观者,他不认识这世界的真面目,他是在自己的幻想中生活着的,可是他的愚昧使我们同情,他的终于'幻灭'而第二次真个痛苦地嚎哭,使我们陪着他悲哀。彭先生写这个人物的态度是严肃的,不杂丝毫讽刺的意味的。"〔1〕当时评论者可能还不甚了解彭家煌的身世,但也已体味出作者"严肃"的态度,作品实际上不仅不含丝毫的讽刺,而且是饱孕着"伟大的爱"来摹写这承受着如许灾难与痛苦的父辈形象的。还有一位评论者指出:"《喜讯》亦反映着更深刻的人生剖解"〔2〕,这种"剖解"当时囿于文网而无法阐明,倘若将前期创作的《奔丧》与《喜讯》相比亦可瞭然,同样写家庭的变故与灾难,前者多渲染天灾(病疫)所带来的祸殃,而后者则抉发人祸所给予的打击。人们会从中得出造成如此人生悲剧的原因,不正是统治者残杀无辜的暴戾与凶残嘛!

《两个灵魂》作于一九三〇年五月梢,凡五节,约一万三千字,写一个出生豪绅阶级的大学生,如何在现实教育下改变立场、投身革命的故事。《两个灵魂》发表之后,评论界出现了两种不同的评价,有的认为"和最有意识的作品比,《两个灵魂》在任何方面都无逊色",是文学界同类作品中"最成功的一篇"〔2〕;也有的认为作品缺乏"真实性",故而是"失败的作品"〔4〕。另外,据作者朋友的回忆,得知《两个灵魂》"完全是虚构的",因为"没有一件事实来写真",所以"不免犯了牵强的毛病〔5〕。对于作品艺术上成功与否虽有分歧,然而即使持相反意见的评论者也认为在这篇作品中"表示了彭先生那种

〔1〕 茅盾:《彭家煌的〈喜讯〉》。载《文学》月刊第2卷第4期,1934年4月1日。
〔2〕 李影心:《〈喜讯〉》,载《现代》第4卷第5期,1934年3月1日。
〔3〕 李影心:《〈喜讯〉》,载《现代》第4卷第5期,1934年3月1日。
〔4〕 茅盾:《彭家煌的〈喜讯〉》,载《文学》第2卷第4期,1934年4月1日。
〔5〕 汪雪楣:《苦痛的回忆》,载《矛盾》第2卷第3期,1933年11月1日。

对于'光明'的浑朴的信仰",其中跃动着"他那颗向着'光明'的热蓬蓬的心"[1],双方对于作品思想意义的肯定都是没有疑义的。

在彭家煌生命最后的一段日子里,他还为老朋友黎烈文所编的《申报》副刊《自由谈》写了一些短小的作品,其中有速写,每篇不及千言,却以锐敏的目光捕捉了社会上的不平现象,例如《认错》篇写了权势者的仗势欺人与劳动者的动辄得咎;《明天》篇写了上海滩上俄罗斯贵族日趋穷蹙的末运是不可避免的,展示了明天属于无产者的前景;《隔壁人家》写了以借债度日的普通百姓的生之艰辛。另外还有杂文,这是彭家煌过去不常使用的文体,居然也挥舞得很自如,例如《仙人》篇,写到中国灾区的饥民流动求活,常常遭到"押解出境"的处置,到处皆"押解出境",最后则只好"押解出世界"——呜呼哀哉了!作者代表"我们要吃饭而没有饭吃的人"发出了吼声!《救命圈》篇同样也是为求生不得、求死不能的被压迫者张目之作。另外,《虾和鳝及其他》篇愤慨于让"敌人打进山海关"的不抵抗主义,流露了对国家民族命运忧感之情。《"出殡路由"》篇尖锐地抨击了国民党当局的文化统制政策,以辛辣的反语写道:"在出版自由,言论自由,什么都自由的时代,这许多'由'也无从'自'起,谈谈文学尚且不是'正动',也许,编报者和阅报者的心理才不约而同的都集结在'珠胎'、'徐娘'上。好,但愿永远如此,否则中国新闻纸的特色将湮没无'闻'。"对于造成这种畸形文化的法西斯文化"围剿",这真是绝妙的讽刺。文章的最后对出卖民族利益、导致亡国危机的国民党当局写下了一道"出殡路由":

> 老爷于新年一月一日下午一时出殡,由南京本府发引,经江西四川云南广东福建安徽山东河北安葬于东三省,满洲山庄,谨此讣闻,账房启。

本篇作为彭家煌的遗作,被他生前的挚友叶紫刊发于一九三四年四月十二日《中华日报》副刊《动向》,该刊由聂绀弩主编、叶紫助编。叶紫在同日《动向》上还发表了《忆家煌》,开首即写道:"在抽屉里,无意地发现家煌的遗稿——《出殡路由》——使我又凄然地浮起了家煌的印象。"叶紫愤慨于某些右翼文人藉彭家煌之死大做文章:"东也吹吹,西也捧捧,并且还硬把他拖

---

[1] 茅盾:《彭家煌的〈喜讯〉》,载《文学》月刊第 2 卷第 4 期,1934 年 4 月 1 日。

进一个什么文艺的阵营里面去,说他是怎样怎样的一个好人,怎样怎样的一员猛将。"在此之前,左联秘书处油印的内部刊物《文学生活》第一期(1934年1月6日)刊载了署名"Y"写的《关于彭家煌之死》,也提到:"在他死后不久的时候,便有许多御用的叭儿狗文艺家钻出来在御用的杂志上来强奸他的尸身——说他是无党派,无阶级背景的十足加一的民族主义文学的走卒(参看十一月号《矛盾月刊》)"。这种"无耻的诬蔑和强奸",即来自《矛盾》月刊第二卷第三期(1933年11月1日)的《追悼彭家煌氏特辑》中的或一篇什,如该刊编者竟然写道:"自从中国文坛被一群江湖好汉们羼入以后,一个作家的生存死亡,似乎也有了侥幸与不幸的命运了。譬如胡也频与李伟森的枪杀事件,曾被人借此向某种国际去领津贴,而北平年青作家梁遇春之夭卒,就很少有人加予注意。因恋爱冲突而失踪的丁玲是发动了全国名流作家们之多方营救,无辜遭累的潘梓年却仿佛应该殒灭似的没有一个人提及过一下。至于无党派,无帮口若家煌,生前因政治嫌疑被捕而无人援救,死后又没有人来追悼纪念,这之中,在明眼人看来,当然可以了解其'所以然'了。"[1]该文作者所谓"江湖好汉"、"'狗眼看人'的好汉们","向某种国际去领津贴"等,都是对左联以及左翼作家的诬蔑与诽谤,甚至还居心叵测地进行挑拨与中伤;在统治者的卵翼下,假惺惺地对被统治者所戕害、杀戮的作家表示同情,这真是鳄鱼的眼泪。

中国左翼作家联盟及其盟员并没有忘却自己的同志与战友,然而当彭家煌于一九三三年九月四日逝世之时,左翼文学运动正遭受着空前的压迫,所有的机关刊物都已被封禁,若要组织出版追悼专号之类是不可能的,可是却有不少作家都发表文章表示悼念与惋惜,例如左联盟员叶紫、黎锦明,同情左翼文学的进步作家陈子展、贺玉波等都发表了情长谊深的悼念文字,彭家煌的同乡、进步作家黎烈文亦在自己主编的《申报·自由谈》上连续刊发了豁贲、嫄君、何如、泳言等作者的六篇哀悼、追念的文字,他们认为彭家煌作品所响彻的"劳苦大众的呼号,时代青年的苦闷",将会汇入"太平洋的狂潮",把这污秽的世界冲刷干净,以迎接新中国的到来。

左联的机关刊物称颂彭家煌是一位赋有"伟大的灵魂",勇猛奋斗到"只剩了最后一口气"的战士;无产阶级革命文学运动领导人之一的茅盾亦撰文赞许彭家煌有一颗"向着'光明'的热蓬蓬的心",具有"比同情心更伟大的

---

[1] 潘子农:《祭坛之前》,载《矛盾》月刊第2卷第3期,1933年11月1日。

一种意识",在思想上乃至创作上都始终执着"对于'光明'的浑朴的信仰",并且首肯他的技巧、风格已经"发展到了圆熟的境界了"[1];左翼文艺阵线的盟主鲁迅将彭家煌与当代著名的左翼作家茅盾、端先(夏衍)、起应(周扬)、张天翼、沙汀等并列,舔犊情深地称之:"彭家煌(已病故),是我们这边的"[2]。

认真整理与研究彭家煌的精神遗产,充分探讨与衡估彭家煌在中国现代文学史上的地位与作用,则是我们后来者的责任。

---

〔1〕 茅盾:《彭家煌的〈喜讯〉》。载《文学》第2卷第4期,1934年1月。

〔2〕 鲁迅1933年11月24日致萧三笺,载《鲁迅全集》第12卷,人民文学出版社,1981年出版。

报春紫燕　破晓曙星

——蒋光慈倡导革命文学功绩述评

　　在上海西郊的虹桥公墓,安息着一位中国无产阶级革命文学的先行者——蒋光慈。墓碣由陈毅同志题签,扑素的花岗岩上镌有"作家蒋光慈之墓"一行遒劲豪放的碑铭。自建国初期作家遗体迁葬于此之后,每逢清明总可看到许多不同年龄、不同职业的人络绎来此凭吊,他们大多是光慈遗著的热心读者。在朴实无华的墓前,老人倚杖伫立,青年俯首凝思,少女献上鲜花,孩子敬以队礼……,各自以不同的形式寄托对这位革命文学前驱者的缅怀与哀思。不料,林彪、"四人帮"掀起"文艺黑线专政"论的恶潮,给民族文化带来了空前的浩劫。可叹的是,连长眠地下数十年的光慈也未能幸免。这位早逝的革命作家也成了所谓批判"三十年代文艺黑线"的靶心之一,墓被夷平了,碑被推倒了,作品再一次被"查禁"了。但是,光慈是抹煞不了的!鲁迅说得好:"纸墨更寿于金石",历史将永远铭刻着光慈的不朽业绩。林彪、"四人帮"不过是历史舞台上蚍蜉般的匆匆过客,他们及其炮制的"阴谋文艺"都逃脱不了化为烟埃的命运;在人民的春天里,社会主义文学争妍斗艳、万紫千红,但我们怎能忘却那些以自己的青春以至生命都贡献给革命文学的先行者们。为此,我写下了这篇试图探索光慈倡导革命文学的理论与实践的文字,聊表对这位前驱战士的追思与纪念。

传播马克思主义文艺观的拓荒者

　　光慈迫于白色恐怖重压,于一九三一年八月三十一日逝世之后,左翼批评家钱杏邨在以方英笔名所写的悼文《在发展的浪潮中生长……》中说:"他只活了三十年,在他的全生命之中,他是以无限的精力献给了革命。他热烈的参加了伟大的五四。他不避艰险的走向国内战争激烈的苏联。回国以后，是八年如一日的，不为任何所屈，从事于文艺运动。在十余年的创作生活中，他写了近百万言的著作。开拓了中国文艺运动最先的路。"[1]一九二四年光慈自苏联归国之后，即与当时活跃在文化战线上的许多共产党人一起，积极倡导无产阶级革命文学。一九二四年十一月，光慈与沈泽民、王秋心、王环心等在上海《民国日报》的副刊《觉悟》上，创办了中国无产阶级革命文学的第一个刊物——《春雷专刊》。同年八月，在《新青年》季刊第三期发表《无产阶级革命与文化》的论文，积极倡导创立和建设中国的无产阶级文化。十一月，在《觉悟》上发表《现代中国的文学界》，疾声呼吁"我们要努力振作中国的文学界，我们要努力地使中国的文学趋于正轨，走向那发展而光辉的道上去！"在这一年里，还由党的出版机构——上海书店出版了诗集《新梦》，显示了革命文学的实绩。一九二五年初在《觉悟》上发表论文《现代中国社会与革命文学》，更引吭高呼："谁能够将现社会的缺点、罪恶、黑暗……痛痛快快地写将出来，谁个能够高喊着人们向这缺点、罪恶、黑暗……奋斗，则他就是革命的文学家，他的作品就是革命的文学"，而且强调"现在中国的社会真是制造革命的文学家的一个好场所！"此后，还在《创造月刊》上连载了《十月革命与俄罗斯文学》，在上海大学出版的《心群月》刊物上发表了《文学与时代》。在《太阳月刊》上还陆续发表有《现代文学与现代生活》、《关于革命文学》、《论新旧作家与文学革命》等论文。一九二七年还由创造社出版了《俄罗斯文学》的专著。

蒋光慈发表上述文艺论文与专著的背景是，二十年代的中国文坛，各种文艺思潮竞相传播，白璧德的人文主义，叔本华的悲观哲学，克罗齐的唯心美学，弗洛伊德的精神分析……等等，都曾成为人们观察与分析文艺现象的指针。同时，西方文学流派的模仿者也叠相出现，诸如什么"古典主义"、"唯美主义"、"象征主义"、"表现主义"等等，也此起彼落，喧嚣一时，诚如鲁迅所剖示的："大吹大擂地挂起招牌来，孳生了开张与倒闭，所以欧洲的文艺思潮，在中国毫未开演而又象一一演过了。"而作为中国共产党人的蒋光慈，他曾经沐浴过十月的阳光，他曾经亲历过革命的洗礼，刚一回到暗夜如磐的祖国，就投身于党所领导的文化战线的斗争，积极而执着地宣传马克思主义文艺观。前所引录的篇目，就是光慈在文艺思想战线上纵横捭阖的不灭战绩。

---

[1] 刊1931年9月15日《文艺新闻》第27号"祭坛之下"。

现就光慈竭力鼓吹并为之论战的几个主要原则问题,概述如下:

关于文艺的阶级性

蒋光慈在一九二四年顷就曾明白地指出:"因为社会中有阶级的差别,文化亦随之而含有阶级性。统治的阶级为着制服被统治阶钹,于是利用文化迷惑被统治阶级之耳目。……文化本身不得不蒙着一重阶级色彩。"他进而强调说:"现代的文化是阶级的文化!"(《无产阶级革命与文化》)。以上关于文学阶级性的阐明,在当时的中国是不同凡响的"伟美之音";因为在二十年代的中国文坛上,周作人提倡的是"人的文学"(《艺术与生活·人的文学》),胡适提倡的是"易卜生主义"(《胡适文存初集卷四·易卜生主义》),徐志摩则扬言文学"是表现人类创造力的一个工具"(《诗刊弁言》,载 1926年 4 月 1 日《晨报副刊·诗刊》创刊号),即使是文学研究会、创造社、语丝社等进步文学社团的文学主张,无论是"为人生的艺术"抑或"为艺术的艺术",都没有挣脱资产阶级文学论的羁绊。

执着地宣传文学的阶级性,是当时活动于文化战线的共产党人为之论战的中心之一,光慈就是其中甚为活跃的一员。他还反复强调了作家的立场、思想、感情以至于艺术观均受本阶级的影响和制约,如在《死去了的情绪》一文中说:"每一社会的心灵,每一艺术家必生活于某一阶级的环境里,受阶级的利益的熏染陶溶,为此阶级的心灵所同化。因之,艺术家的作品免不了带阶级的色彩。"后来在《关于革命文学》一文又重申了同样涵意的话:"一个作家一定脱离不了社会的关系,在这一种社会的关系之中,他一定有他的经济的,阶级的,政治的地位,——在无形之中,他受这一种地位的关系之支配,而养成了一种阶级的心理。……在社会关系上,他有意识地或无意识地,总是某一社会集团的代表。"以上论述今天看来已几乎是常识,但在半个多世纪以前,却不啻是发聋振聩的呐喊,使人们一新耳目,促进了无产阶级革命文学的萌蘗。

关于文学的社会作用

二十年代的中国文学界,"现代评论"派宣扬"一件艺术品的产生,除了纯粹的创作冲动",决不应"还夹杂着别的动机";"新月派"则鼓吹"我们写诗,因为有着不可忍受的激动,灵感的跳跃挑拨我们的心,原不计较这诗所给予人的究竟是什么";还有"弥洒社"更直截了当地声称他们的创作是"无目的无艺术观不讨论不批评而只发表顺灵感所创造的文艺作品",……他们都讳言文艺的功利目的。

与上述论调相反,蒋光慈认为"文学是社会生活的反映。一个文学家在消极方面表现社会的生活,在积极方面可以鼓动、提高、奋兴社会的情绪。"(《现代中国社会与革命文学》)除了一般泛论文学的认识作用、教育作用、美感作用而外,光慈还强调了革命文学必须为无产阶级政治斗争服务的职责与使命:"革命的作家不但一方面要暴露旧势力的罪恶,攻击旧社会的破产,而且要促进新势力的发展,视这种发展为自己的文学的生命。"(《关于革命文学》)关于文学与政治的关系,早期共产党人李大钊、瞿秋白、邓中夏、恽代英、萧楚女等都曾阐扬过,而光慈继他们之后反复地、突出地宣传这一重要命题。他一方面犀利地揭露资产阶级所谓文艺"超阶级"、"超政治"、"超功利"的欺人之谈,另一方面,则竭力敦促革命文学发挥"鼓动、启发、开导社会情绪的"能量,热切地呼吁:"我们的时代是黑暗与光明斗争极热烈的时代。现代中国的文学,照理讲,应当把这种斗争的生活表现出来。"(《现代中国文学与社会生活》)事实上,他也以自己的创作响应和实践了上述的呼号。稍后,光慈在自己的短篇集《鸭绿江上》的《序诗》里写道:"朋友们,请别再称呼我为诗人,我是助你们为光明而奋斗的鼓号,当你们得意凯旋的时候,我的责任也算尽了!"在中篇《短裤党》的《前言》中也说:"当此社会斗争最剧烈的时候,我且把我的一只秃笔当做我的武器,在后边跟着短裤党一道儿前进。"由此可见,曾立誓"用你全身,全心,全力高歌革命呵"的光慈,无论在理论宣传,还是在创作实践中,都没有违悖自己的誓言。

关于文学与生活

我国早期共产党人在致力于马克思主义文艺观启蒙工作时,颇注重文学与生活的关系问题的论述,例如萧楚女在《艺术与生活》一文中指出艺术就是"人生的表现与批评"[1],沈泽民在《文学与革命的文学》一文中也说明"文学始终只是生活底反映",要求革命作家"了解无产阶级的每一种潜在的

---

〔1〕 刊《中国青年》1924 年第 38 期。

情绪"[1]。蒋光慈在有关论述中也一再强调了"文学是社会生活的表现",他在批驳了所谓"艺术家的心灵"是"自由的"、"超人的"、"神秘的",以及艺术家的创作"不受时代的限制",仅仅只是"自我表现"的"空想的唯美主义者"的谬论之后,正面阐述了"文学对于社会生活总是落后的,——先有了社会生活,然后社会生活的表现才有可能;若先无社会生活的现象,则文学又将何从表现呢?"(《现代中国文学与社会生活》)基于社会生活是文学创作的源泉的正确认识,光慈还进一步提出对革命文学家的要求,即必须投身到革命的漩涡中心去,亲身经历斗争的生活,直接感受斗争的脉搏,然后再从事于革命文学的创作。他语重心长地指出,革命作家必须具备"革命情绪的素养"、"对于革命的信心",以及"对于革命之深切的同情",认为以上是革命作家所必有的条件,缺一而不可的。他还特地指出,革命作家一定要对于革命有"真切的实感",认为这是"写出革命的东西"的先决条件。然而,由于环境的限制与主观的因素,光慈此后的创作并没有能够达到上述的要求,这是很遗憾的。

要能正确地反映现实生活,要能艺术地描攀斗争历程,要能无误地把握历史进程,这就触及到了革命文学的症结所在——作家的立场、观点、思想、感情、素养,亦即世界观问题。光慈在《关于革命文学》一文中提出了评判作家革命与否的标准:"倘若我们要断定某个作家及其作品是不是革命的,那我们首先就要问他站在什么地位上说话,为着谁个说话。这个作家是不是有反抗旧势力的精神?是不是以被压迫的群众作出发点?是不是全心灵地渴望着劳动阶级的解放?……倘若答案是肯定的,那么,这个作家就是革命的作家,他的作品就是革命的文学。"作为中国无产阶级革命文学最早的开拓者之一,尽管他的创作道路上不断出现坎坷与曲折,但他却是执着地朝自己所昭示的方向不断努力的。

关于文学遗产的批判继承

为了反击诬蔑共产党人"灭绝文化"的无耻谰言,为了批判主张"全盘西化"的民族虚无主义,同时也为了抨击煽惑"整理国故"的复古主义,光慈依据马克思主义经典作家关于批判地继承民族文化遗产的论述,正确地阐述

---

[1]　刊 1924 年 11 月 6 日《民国日报》副刊《觉悟》。

了创造无产阶级文化与继承民族文化遗产和传统的关系,他指出:"无产阶级不但不需要,而且断不能与旧的文学传统断绝关系,因为他实在不甚知道旧的文学传统是什么一回事。无产阶级仅仅需要接近旧的文学传统,好占据着它,并由此征服普希金以为己用。"接着他认为要建设无产阶级新的艺术、新的文化,并不能从半空中下手就可以办到,而是对旧艺术进行"采取他"、"改造他",进而"征服一切旧的比较好的东西,为我们建设新的材料"(《俄罗斯文学上卷·未来主义与马雅可夫斯基》)。

某些进步文化人对于共产党的文化政策也是不甚了解的,他们出于偏见地认为,胜利了的无产者将无情地践踏人类创造的文化珍宝,甚至马克思的友人海涅也恐惧地哀叹道:"共产主义者,不信神的人们得到统治权,用自己粗糙的手腕,毫不怜惜地破坏一切温柔的美的偶像(我的心灵所贵重的东西)——我真是恐怖而战栗啊!"他还痛苦地预言:"凯旋的无产阶级将我的诗抛入坟墓……"。对于海涅式的并非恶意的误解,光慈则娓婉而抒情地答辩道:"共产主义者也爱百合花的娇艳,但同时想此百合花的娇艳成为群众的赏品;共产主义者也爱温柔的美的偶像,但同时愿把温柔的美的偶像立于群众的面前;共产主义者对于资产阶级之无意识的玩物,非常地厌恶,然对于美术馆、博物馆及一切可为群众利益的艺术作品,仍保护之不暇,还说甚么破坏呢?"至于世界人民所共有的优秀文学遗产(其中也包括德国大诗人海涅的作品),光慈更满杯深情地写道:"共产主义者对于帝王的冠冕可以践踏,但是对于诗人的心血——海涅的《织工》、歌德的《浮士德》,仍是歌颂,仍是尊崇!我的海涅啊!你可知道你有许多作品还为共产主义者所颂(诵)读呢?倘若你能听到这颂读的声音,你又作如何感想呢?海涅真是白忧惧了!"(《无产阶级革命与文化》)在二十年代中期的中国文学界,能如此精辟而得当地论述关于文学遗产继承问题的,尚不多见。

关于马克思主义文艺观在我国最初传播的启蒙期,蒋光慈的贡献是不能抹煞的。这种传播是即将兴起的左翼文艺运动的思想准备和理论准备,关系到此后革命文化对封建文化与买办文化合流的反动文化的斗争。光慈作为早在二十年代中期就积极宣传马克思主义文艺观的拓荒者,我们应该铭记他的劳作和努力。等到革命文学运动勃兴之后,光慈更在《东京之旅》中公开宣称只有马克思主义才能解释文艺的真缔,而且崇敬、钦佩和赞赏马克思、梅林、拉法格、普列汉诺夫、列宁、卢那察尔斯基等,对于文学和艺术的渊博学识和精辟见解，这是需要坚定的信念和超人的胆识的。就在他所主编的《拓荒者》上，为纪念革命导师列宁的诞辰，还专门组织了两篇文章，一篇即列宁所著的《论新兴文学》(即《党的组织和党的出版物》)，这是我国较早介绍列宁的文艺论著；另一篇是沈端先(夏衍)译的《伊里几的艺术观》(以上均刊《拓荒者》一卷二期)。光慈还在该期的编辑部文章中着重写道："这个月，是伟大的革命的领袖伊里支(按指列宁——引者)的纪念日，为着纪念他，我们又特别的译了两篇关于他的艺术论的论文(有一篇是他自己作的)，在这里发表。据此，我们可以看到，伊里支对于艺术的指导理论是如何的正确。希望读者们从他的艺术观里去认取自己在文艺运动中所应担负起的任务。"其时正当中国左翼作家联盟成立的前夕，光慈强调要以革命导师有关文艺的经典论著，来作为左翼文艺运动的指导理论，并要求革命作家从列宁的艺术观中去认取与把握自己在革命文艺运动中所应负的任务、所应起的作用，是有其及时而重要的意义的。

开辟革命文艺批评阵地的战斗者

光慈是试图以马克思主义文艺观为克敌制胜的批评武器，一贯勤勉地学习着、敏锐地观察着、勇猛地出击着的战斗者。他在文艺批评方面的战绩，首先在于他积极参加与配合党所领导的思想理论斗争，把批判的锋芒指向封建文化与买办文化合流的文化界的代表人物胡适、徐志摩之流，从而为无产阶级革命文学的发展廓清道路。

资产阶级右翼势力的代表者胡适，虽然在"五四"巨潮中拍波击浪、煊赫一时，但几度浮沉之后，随着历史的演进、革命的深入，他就日渐沉沦而暴露了自己的反动面目。在关于"问题与主义"的论战中，他公然说："空谈外来进口的'主义'，是很危险的"，反对马克思主义在中国的传播。一九二三年又创办《国学季刊》，大肆推行所谓"整理国故"运动，甚至叫嚷："被马克思、列宁、斯大林牵着鼻子走，也算不得好汉"。对于胡适背叛"五四"反帝反封建斗争精神的种种反动言论和行径，光慈严正地指出："胡适之博士现年的行动和言论，真令我们要断定他陷入反革命的深窟了。"他还将胡适自"五四"以来六七年间的蜕变，作了鲜明锐利的对照：曾几何时，胡适不是在一九一七年的《新青年》上高呼"新俄万岁"吗，可是如今却惟恐诋毁列宁、斯大林领导的苏俄之不够；胡适当年曾自诩为新文化运动的首领，如今却反诬青年的爱国运动是"胡闹";胡适也曾反对过向帝国主义卖国献媚的不平等条约,如今却说帝国主义者是不存在的,并说什么反对文化侵略是无理的举动……。通过排比对照,透剔地刻划出了胡适从倡导新文化堕落为依附旧势力的历史过程,光慈认为这种"退后的趋势"是"阶级的分化"使然,正因为革命浪潮的高涨,于是中国的知识阶级便分道扬镳了。光慈的这种批判和分析,是实事求是、合乎逻辑的,并且指出:"革命的浪潮不知吓退了许多人,把许多人抛到落伍的道上去,也不知道送了许多人进入过去的坟墓,加了他们一个死去的冠冕,胡适之博士不过是其中之一个罢了!"[1]这样,光慈就不仅批判了胡适,而且也抨击了从新文化阵营中分化出来,投靠和依附统治阶级的一群"过去的人"。

资产阶级右翼势力的另一个代表人物徐志摩,当时正高踞着"新月社"坛主之位,被同伙们奉为"诗哲"。一九二五年十月,徐志摩接编《晨报副刊》之后,立即把这张在新文化运动中曾叱咤风云的报纸,演变为"新月派"的喉舌。徐志摩也抖落诗人的羽翅,赤膊上阵地在其上写些敌视革命的文章,如一九二六年一月,当他看到陈毅为纪念列宁逝世两周年在列宁学会上所作的报告——《纪念列宁》之后,立即在《晨报副刊》上发表《列宁忌日——谈革命》来反对,攻击中国共产党领导的革命运动是"幻想"中的"假设",是"一个永不可能的境界",并表白他对革命的恐惧:"列宁……我却不希望他的主意传布,我怕他。"甚至蛊惑人心地说什么:"青年人,不要轻易讴歌俄国革命,要知道,俄国革命是人类史上最惨刻苦痛的一件事实。"可见其反共的立场、态度是十分露骨的。徐志摩于一九二五年十月三十一日在《晨报副刊》发表《罗曼罗兰》一文,就罗氏六十寿辰大发议论,说什么:"……但如其有人拿一些时行的口号,什么打倒帝国主义等等,或是分裂与猜忌的现象,去报告罗兰先生说这是新中国,我再也不能预料他的感想了。"鲁迅随即撰文予以批驳:"莫非从'诗哲'的眼光看来,罗兰先生的意思,以为新中国应该欢迎帝国主义的么?"[2]光慈响应和协同鲁迅对徐志摩的批判,更为率直地驳诘道:"在诗哲的眼光中,什么打倒军阀,什么打倒帝国主义,什么救国……都是一些无理的举动,因为这些与诗的哲学大相反背了。"他还愤怒

〔1〕 蒋光慈:《并非闲话之三·过去的人》。刊《新青年》(不定期刊)第4期,1926年5月25日出版。

〔2〕 鲁迅:《无花的蔷薇》。刊《语丝》第69期,1926年3月8日出版,后辑入《华盖集续编》。

地指斥所谓"诗哲"在神游于美丽之宫,在徘徊于象牙之塔的同时,段琪瑞就正在枪杀北京的学生,外国军舰就正在轰击大沽口,南京路正溅满了"五卅"烈士的鲜血,顾正洪正牺牲于外国资本家的枪口下,……进而剖析道:按照徐志摩的逻辑,"为着不妨害诗哲的歌吟起见,我们应当欢迎帝国主义,取消打倒军阀等等的口号,什么反抗的运动都不要做了,如此,新中国才可以产生,诗哲的心意才可以快乐。[1] 光慈采用对比、联想、反嘲等手法,逐层剥下了徐志摩"诗哲"的楚楚衣冠,还给他以"认贼作父"的卑怯本相。

针对中国社会上封建势力与买办势力合作串演的尊孔丑剧,光慈也痛加挞伐,睥睨这伙"五色人种,六花八面,样样俱全,无奇不备"的孔教信徒,一一为他们画像。其中有头戴红缨帽、身着杏黄袍的保皇党首脑——"康圣人",其中有腰系指挥刀,肩披黑大氅的督军团代表——张宗昌,其中有拖着小辫子、捧着《三字经》的冬烘先生典型——李静斋,其中有西装革屦、油头粉面的国家主义派健将——曾琦,其中还有挂羊头卖狗肉的"三民主义"叛徒——戴季陶……光慈用夸张而又酷肖的笔法,勾勒出了这批国家民族的蟊贼借孔子以营私的嘴脸,最后他写道:"他心想只有一法:请孔老夫子和这班种种色色的徒子徒孙上天堂,省得在人间骚扰不清",表示了深恶痛绝的态度。

目睹当时中国文学界的郁闷、淫靡的颓败相,光慈也力排众议地予以揭露和批判。他直截地指出:"现在的文学界太紊乱了",进而不客气地说:"粪堆啊,马桶啊,苍蝇啊,……这都是中国人的生活之象征——中国人的精神生活之象征。"二十年代的文坛上也确乎泛滥着一股股文学逆流,试以当时有人所写的《今日中国之小说界》所列举现象为例,充斥读书界的小说有"罪恶最深的黑幕派"(如《中国黑幕大观》等),有"滥调四六派"(如《玉梨魂》、《美人福》之类),有光怪陆离的"笔记派"……,总之,"鸳鸯蝴蝶派"的才子们,"唯美派"的绅士们,以及标榜各种"主义"的"正人君子"们,在军阀的卵翼下,正霸占着文坛,毒害与污染着千百万人的心灵。所以光慈指出:"所谓'靡靡之音'的文学潮流,现在漫溢着全国"。甚而认为"靡靡之音"不仅是文学界的"颓象",而且是亡国的"征象"。

在严峻地抨击文学界消极面的同时,光慈却热情地介绍了国际无产阶

---

〔1〕 蒋光慈:《并非闲话之四·诗哲,新中国与打倒帝国主义》。刊《新青年》(不定期刊)第4期,1926年5月25日出版。

级文学运动的经验,以及推崇和奖掖本国革命文学的新生力量。

　　光慈自苏联归国之后,即向国人大力介绍十月革命后所涌现的崭新的文学艺术。早在一九二六年,他就在创造社的机关杂志《创造月刊》上连载了以《十月革命与俄罗斯文学》为题的长篇论文,陆续评介了苏俄的布洛克、白德内衣、马雅可夫斯基、里别丁斯基、皮涅克等诗人和作家;尤其对无产阶级文学奠基人高尔基备多推崇。次年,又将已发表的新俄文学部分作为上卷,并以根据屈维它(瞿秋白)的原稿改写的旧俄文学——“十月革命前的俄罗斯文学”作为下卷,合编为《俄罗斯文学》,交由创造社出版部出版。在这本文学史著作中,提纲挈领、要言不繁地评述了新生的苏俄文学,如在该书《革命与浪漫缔克》一章中,论述了布洛克的长诗《十二个》的地位与作用,认为“《十二个》的意义和价值,将随着革命以永存”。对被列宁赞赏为“最能用他的笔为苏维埃政权和党服务”的白德内宜(现通译为别德内依——引者)极其激赏,评价甚高,认为“他是民众的战士,他的诗是为着民众做的,民众的喜怒哀乐是他的诗料。他能够代表民众的利益,心理,能激动民众的情绪,在实际上的确是一个伟大的诗人。”以上对别德内依“流畅简明,毫不板滞”的以民众俗语作诗的推重,将给中国革命诗人有所借镜与启迪。关于马雅可夫斯基,光慈认为“十月革命涌现出许多天才的诗人,而马雅可夫斯基恐怕要算这些诗人中最伟大的,最有收获的,最有成就的一个了。……也许他是一个巨大的怪物,这个巨大的怪物只有十月革命,才能涌现出来”。至于高尔基,光慈更怀着崇敬与钦佩的心情写道:“这一个伟大的名字,已经普遍在人们的记忆之中了。他的著作固然成了革命的一种很大的力量;就是他的行动也始终是和革命的脉搏合致的。”[1]

　　光慈还正确地论断,苏俄文学的勃兴,无疑是列宁领导的无产阶级革命的成果,强调了正是革命的熏风催发了文艺的奇葩:“伟大的十月革命,无论如何,不能说在文艺的园地里,不能有伟大的收获。十月革命给了文艺的园地以新的种子,把文艺的园地开拓得更为宽阔,因之所培养的花木更为繁多,在此繁多的花木中,我们在将来一定可以看见提高人类文化的、伟大的、空前的果实。”(《俄罗斯文学·八,无产阶级诗人》)事实雄辩地证实了光慈的预见与瞩望。后来,光慈还在自己主编的太阳社刊物《海风周报》创刊号

---

〔1〕　蒋光慈:《高尔基的〈我的童年〉的书前》。载林曼青(洪灵菲)译《我的童年》,上海亚东图书馆 1930 年 12 月初版。

上发表了《革命后的俄罗斯文学名著》(署名魏克特)一文,为中国读者罗列推荐了许多革命文学名著,例如:高尔基的《阿尔托曼诺夫的家事》,阿·托尔斯泰的《在苦恼中的行程》(现通译《苦难的历程》),绥拉菲莫维奇的《铁流》,乌·伊凡诺夫的《铁甲列车》,里别丁斯基的《一周间》,富曼诺夫的《叛乱》,格拉特珂夫的《水门汀》等。

对于杰出的俄国革命民主主义思想家、文艺批评家车尔车雪夫斯基、别林斯基、杜勃罗留波夫,光慈是中国最早的绍介者之一。关于车尔尼雪夫斯基,光慈指出:"赤尔纳赛夫斯基说,艺术应当为生活服务,为现实指针,那时文学才有'社会的意义'。"(《俄罗斯文学·十二,平民运动与六七十年代的文学》)车氏所揭示的美就是生活,艺术的任务是现实主义地反映生活,正确地解释并判断生活,强调文艺的社会改造功能,这种美学观在滞闷的沙皇俄国产生了发聋振聩的影响,正如恩格斯所指出的"是俄罗斯文学方面的那个历史的和批判的学派"[1];二十世纪二十年代的中国与十九世纪七十年代的俄国,文化专制主义猖獗的情况甚为相似,介绍这个"俄国伟大学者和批判家"(马克思语)的思想与学说,自然有其现实的积极意义。关于别林斯基,光慈指出:"别林斯基方是俄国真正的文学评论的鼻祖",并且具体介绍了别氏文艺思想的主要内涵,如"文学本是争自由幸福的工具"等论点,进而评价道:"别林斯基对于俄国文学的功绩,实在不在普希金之下。"别氏认为艺术是现实的再现,真正的艺术必须能指出生活中正确的方向,反对社会压迫,而应具有深刻的思想性。这位被列宁称誉为"前驱者"的革命民主主义批评家的文艺思想,在二十年代的中国文学界,并不失其启蒙作用。此外,光慈还介绍了"以艺术反映现实生活的正确与否为观点"的杜薄罗留白夫(现通译为杜勃罗留波夫——笔者)、"俄国第一个革命文学家"赫尔岑、推进"现实主义的深化"的果戈理、"开人类文学史的奇彩"的列夫·托尔斯泰……等等。

光慈绍介俄罗斯进步文艺批评家是借他山之石以攻错,目的还在于希望中国也能出现"真正的批评家",来作为"文学界中的指导者"(《现在中国的文学界》)。

作为批评家的光慈,既着力向国人介绍国外革命的、进步的文艺思潮,也积极评介国内文学界的成就与动向,尤其以热情横溢的笔调推崇倾向鲜

---

〔1〕《马克思恩格斯全集》第37卷第414页。

明的作家与诗人。例如光慈在论及郭沫若时写道："在中国的文学史上有一部《女神》，在现代中国文学界里有一个郭沫若，这总算令我们差堪自慰了！"甚至认为郭氏"是现代中国唯一的诗人"（《现代中国社会与革命文学》），作出这样不无溢美的赞辞，光慈也并非完全凭借个人的好恶，而是认为郭沫若"是一个社会主义者"，"是一个热烈求人类解放的诗人"，故而引起"共鸣"，以至于竭力推重。

建设无产阶级革命文学的实践者

早在一九二四年十一月，光慈就与沈泽民以及上海大学的王秋心、王环心兄弟等组织了最早的革命文学团体——"春雷文学社"，在上海《民国日报》副刊《觉悟》上创办了第一个革命文学刊物——《春雷文学专号》。《觉悟》一九二四年十一月十六日第八版刊载了该社成立的"小启事"："我们几个人——光赤、秋心、泽民、环心……组织了这个文学社，宗旨是想尽一点力量，挽一挽现代中国文学界'靡靡之音'的潮流，预备每星期日在《觉悟》上出文学专号，请读者注意！"在《春雷文学专号》的创刊号上，光慈领衔发表了《我们是些无产者——代文学专号宣言》的序诗，激情澎湃地放歌：

> 朋友们啊！
> 我们是些无产者；
> 除了一双空手，一张空口，
> 我们连什么都没有。
> 但是这已经够了！
> 手能运用飞舞的笔头，
> 口能做狮虎般的呼吼。
> ……
> 我们的笔龙能为穷人们吐气，
> 我们的呼吼能为穷人们壮色。
> ……
> 所以我们诅咒有产者野蛮而恶劣，
> 我们要联合全世界命运悲哀的人们，
> 从那命运幸福的人们之宝库里，

夺来我们所应有的一切！

倾向如此鲜明、锋芒如此凌厉的文学刊物，当年中国文学界在此之前还从来没有出现过，必将产生相当的震撼与反响。可惜《春雷》只出了两期，就因军阀当局的干涉而休刊了。就在这两期《春雷》中，光慈除为其写了序诗外，还发表了论文《现在中国的文学界》，以及抒情诗《哀中国》。前者锐利地剖视了当时文学界的"众生相"，揭露了生活于粪堆之中却赞美这是"甘露玉液"的愚妄与欺骗，进而振臂呼号："我们要努力地振作中国的文学界，我们要努力地使中国的文学趋于正轨，走向那发展而光辉的道路上去！"后者则表达了诗人炽烈的爱国热情，以及对国家民族命运的严重关注。关于《春雷文学专号》，华汉(阳翰笙)所撰《中国新文艺运动》一文曾记述有："在五卅运动之前，光慈确曾主张过革命文学的，当时也确曾有许多青年给以不少的同情的回响(我仿佛记得，光慈和泽民曾合办过《春雷》，赞之者有王环心王秋心兄弟及许多青年朋友)"[1]。钱杏邨也曾写道：光慈"在一九二四年办过一个《春雷周刊》，专门提倡革命文学"[2]。华、钱二位都是当年无产阶级革命文学运动中的倡导者与参与者，他们的历史记录证明光慈及其所编的《春雷》，确乎在中国现代文学史上留下了不可磨灭的一页。

一九二七年初，在党的领导下以上海为中心的左翼文艺运动蓬勃兴起，光慈与钱杏邨、孟超、冯宪章、森堡(任钧)、王艺钟等组成了革命文学团体——"太阳社"，并由光慈主编该社的机关杂志《太阳月刊》。创刊号于一九二八年一月由上海春野书店出版。光慈在创刊号《卷头语》中写道：

> 弟兄们！向太阳，向着光明走！
> 我们也不要悲观，也不要徘徊，也不要惧怕，也不要落后。
> 我们相信黑夜终有黎明的时候，正义也将不终屈服于恶魔手。
> ……
> 太阳是我们的希望，太阳是我们的象征，——
> 让我们在太阳的光辉下，高张着胜利的歌喉·
> "我们要战胜一切，

---

[1] 刊左联出版物《文艺讲座》(冯乃超编)，第1册，神州国光社，1930年4月10日出版。
[2] 钱杏邨：《中国新兴文论》，刊《文艺讲座》第1册。

　　　　我们要征服一切，

　　　　　我们要开辟新的园土，

　　　　　　我们要栽种新的花木。"

　　这首气势磅礴、信念坚定的进行曲式的诗，实际上是太阳社从事无产阶级革命文学运动的宣言书，这一群年青的共产党人，勇敢地擎起了象征着光明、正义、希望、胜利的"太阳"，与当时风起云涌的整个革命文学运动相呼应，与兄弟的创造社、我们社、新星社、引擎社等革命文学社团相携手，努力推进"开辟新的园土"，"栽种新的花木"的革命文学运动。

　　以光慈为中坚的太阳社从此担负起"对于时代的任务"，兢兢业业于"有益于时代的相当的工作"。在《太阳月刊》中，光慈除承担编辑事务而外，还在其上发表了《现代中国文学与社会生活》、《关于革命文学》、《论新旧作家与革命文学》等鼓吹革命文学的论文，并连载了长篇小说《最后的微笑》中《蚁斗》、《往事》、《夜话》、《诱惑》等章节，此外还译介了苏联文学作品《寨主》、《冬天的春笑》等。同时，作为一个编辑，光慈还十分关注革命文学新生力量的发现与培养，在《太阳月刊》上披载了不少后来成为左翼文艺运动的骨干，以及最终为革命事业贡献了生命的前驱者的作品，如殷夫所发表的第一篇处女作《在死神未到之前》，就刊载在《太阳月刊》第四期上，光慈等在《编后》中还特地指出："殷夫的一首几百行的长诗，是他去岁在狱中所作，技巧虽然不怎样的成熟，但出于一个十七岁被捕以后的革命青年之手，在我们觉得是最值得纪念的。我们在这一首诗里，可以看到一个革命青年的情绪在当时是怎样的奔进；全诗的情绪虽然带着一点病态，然而没有一点幻灭的调子，在这样的环境之中，有这样的作品，我们觉得是很足以矜持的。"以上可能是关于殷夫诗作最早的评述，先行者对后进者的挚爱与期待溢于言表。根据阿英的回忆，这首诗是殷夫的自发来稿，光慈、阿英他们不仅发表了这位陌生青年的诗稿，加了肯定与欢迎的按语，而且还约他晤谈，吸收他参加了太阳社。殷夫的这首长诗一九二七年夏写于狱中，表露了一个年轻的革命者在逆境中对于事业与信念的执着忠诚，以及准备为革命献身的视死如归精神，也初步显示这个成长中的无产阶级歌手熠熠的才华。光慈等的关怀与奖掖，对于殷夫的勇猛精进肯定是有力的勖勉与促进。另一位烈士诗人冯宪章（1931 年夏瘐死漕河径狱中，《文艺新闻》曾发讣闻）的处女作《致——》发表于《太阳月刊》创刊号（1928 年 1 月），光慈也在《编后》中恳挚而热诚地写道:"宪章是我们的小兄弟,他今年只有十七岁,他的革命歌里流动的情绪比火还要热烈,前途是极有希望的。"宪章果然也不负厚望,积极投身左翼文学运动,先后创作了诗集《梦后》("火焰丛书"之一,上海紫藤出版部1928年7月初版)、译述了《新兴艺术概论》及《叶山嘉树集》,可惜被统治者的魔爪扼杀了年青的生命。当时,光慈自己也还是一个不满三十的青年作家,不过他的生活阅历与创作经验当然要比殷夫、冯宪章更为丰实。作为一个知名的革命作家,对新进者的奖掖、勉励与期待,将有裨于新生力量的催生与培育。

《太阳月刊》于一九二八年七月在国民党反动当局的威逼下被迫停刊,光慈为"停刊号"撰写了《停刊宣言》,利用最后的战机与敌人周旋斗争,一面对敌人的高压表示轻蔑,一面对革命文学的发展寄予希望。光慈信心百倍地写道:"强力虽能压抑我们于暂时",但是"最后的胜利终归属于我们"。庄严地向读者宣告:"太阳虽然在形式上为乌云所掩,它的光明在实际上是并没有减少。现在我们目击的西沉的太阳,不仅明天早晨能重现它的光明,黑夜里它也依然的负着它的使命前进。"顽强而坚卓地表达了光慈以及太阳社同仁坚持献身于革命文学事业的信心与决心。事实上,太阳社确实没有放弃战斗,《太阳月刊》被迫停刊不久,光慈又主编出版了另一种太阳社的机关杂志——《时代文艺》,并以"维素"的笔名撰写了《卷头语》,同样旗帜鲜明地宣称:"根据着我们时代的任务,我们应努力于无产阶级文艺的创作。"并且呼吁道:"时代的任务是何等的重大!建设时代文艺的工作又是何等的艰巨!我们诚恳地希望一般革命的文艺青年来同我们一道儿努力。"刊物仅出一期,也被迫停刊了。

一九二九年初,光慈又以不折不挠的精神与毅力主编又一种太阳社的刊物——《海风周报》。这是一本侧重于文艺批评的刊物,比较注重于马克思主义文艺思想的阐明与宣传,也有世界各国无产阶级文艺概况的介绍,以及关于国内文艺运动和作家、作品的绍介与批评。此外,也刊载了一些作品,如洪灵菲的小说《在俱乐部中》,殷夫的诗《梅儿的母亲》,冯宪章的诗《是凛烈的海风》等。

与《海风周报》出版的同时,光慈还主编了太阳社的另一种文艺刊物——《新流月报》。创刊号出版于一九二九年三月一日,光慈在《编后》中说:"本月报发刊的意义很简单。就是想对目前的如火如荼的新时代文艺运动,加上一点推进的力量。"这份月报以发表小说为主,刊载的作品有洪灵菲的《在木筏上》、《在洪流中》、《归家》,殷夫的《音乐会的晚上》,华汉的《奴隶》,戴平万的《母亲》,钱杏邨的《小林檎》,许美埙的《笠的故事》,以及光慈自己的《丽莎的哀怨》等创作小说。在上述作品中,光慈对后来成为烈士的洪灵菲的作品比较欣赏,在第二期的《编后》中推荐了洪灵菲的《在洪流中》,醒目地指出:"取材的背景是在洪水泛滥的时代,和他的《在木筏上》一样的会给予我们以新的印象。"《在洪流中》是以党所领导广东农民运动作背景的,描述了一个名叫阿进的农运积极分子在白色恐怖中坚持斗争的故事,展示了革命将"把人类催进到光明的大道上去"的前景。光慈所指出的"洪水泛滥的时代",是含有深刻的寓意的,它是势如暴风骤雨、力如雷霆万钧的农民运动的象征。在自己主编的刊物上披露这样的作品,并且点明它的主题和意义,这也是需要胆识和魄力的。

《新流月报》自第五期起改名为《拓荒者》,仍为太阳社的文艺刊物,由光慈主编。第一期特大号出版于一九三〇年一月十日,展现了无产阶级革命文学运动团结战斗的新局面,规模也十分壮观。在一至三期的《拓荒者》中,非常注重于马克思主义文艺理论批评的建设,既译载有经典作家的有关论著,如列宁的《论新兴文学》(即《党的组织与党的文学》,成文英译)、罗莎・卢森堡的《俄罗斯文学观》(沈端先译),又发表有革命文学运动倡导者、参加者的有关论述,如郭沫若的《我们的文化》、冯乃超的《文艺理论讲座》、钱杏邨的《中国新兴文学中的几个具体问题》、沈端先的《文学运动的几个重要问题》等,都致力于无产阶级革命文学运动的廓大与推进。光慈在《东京之旅》中强调了马克思主义对于文艺的指导作用:"惟有 Marxism 才能解释艺术和文学的真价",又在《拓荒者》第二期的编辑部文章中申明了马列主义文艺观之学习与实践的必要:"伊理支(按指列宁——引者)对于艺术的指导理论是如何的正确。希望读者们从他的艺术观里去认取自己在文艺运动中所应担负起的任务。"这些呼吁在左联成立前夕的左翼文化界,必然会引起相当的重视。

《拓荒者》所披载的作品,展示了中国无产阶级革命文学运动曙新期辉煌战绩的一斑,在它的作者群中,尤其应该铭记的是,其中许多前驱战士,象洪灵菲、殷夫、冯铿、柯涟、冯宪章等烈士,都先后在敌人的屠刀下献身,诚如鲁迅所嘱咐我们的"要牢记中国无产阶级革命文学的历史的第一页,是同志的鲜血所记录"[1]。而这些至可宝贵的作品的发表与传世,当然也渗透着

---

[1] 《二心集・中国无产阶级革命文学和前驱的血》。

作为刊物编辑的光慈的热情、劳作与心血。

《拓荒者》第四、五期合刊,出版于一九三○年五月,已成为新近成立的中国左翼作家联盟的机关刊物。光慈这时已参与了"左联"的领导工作,系七名执委之一。在此之前,第三期的《拓荒者》已刊载了"中国左翼作家联盟的成立"的消息以及"左翼作家联盟的意义及其任务"的特载。有四、五期合刊的编辑部文章中,光慈面对岩石般的重压,无畏地写下了这样的一段话:"中国的白色恐怖虽然比之日本来得更加急激,最近,如艺术剧社的被封,与社员的被捕,学校的不断的被封闭,革命学生的成十成百的拘捕,文艺刊物的不断的查禁,文艺组织的不能公开,一切一切,都表示白色恐怖的加紧,但是,我们一定要突破这种种的压迫来进行我们的运动,同时,也要号召广大的革命的群众来参加我们的斗争,来扩大我们的宣传,来完成我们的解放运动。"以上掷地有声、铿然鸣响的宣言或文字,代表着集合在"中国左翼作家联盟"战斗红旗下的革命作家,强烈抗议和反对国民党反动派"文化围剿"的斗争意志;表达了以鲁迅为旗手的中国文化新军,在敌人的追捕、囚禁、屠戮之下也毫不动摇、永远进击的奋斗精神。

光慈先后编辑了《春雷文学专号》、《太阳月刊》、《时代文艺》、《海风周报》、《新流月报》以及《拓荒者》,以上都是中国无产阶级革命文学开创期以至发展期较有影响的文艺刊物,它们积极宣传了马克思主义文艺观,努力开拓了革命的文艺批评,热情扶植了革命文学的新生力量,有力展示了左翼文艺运动的战斗实绩,诚挚促进了革命作家的团结与统一战线的建立,为中国无产阶级革命文学事业作出了有力的贡献。

除了刊物而外,光慈还主持编印过三种"丛书"。第一种为"太阳小丛书",所收均为太阳社成员作品,共出版四种:钱杏邨的短篇集《革命的故事》,杨邨人的短篇集《战线上》,王艺钟所译至尔·妙伦的童话集《玫瑰花》,蒋光慈的长诗《哭诉》(以上均出版于1928年,由春野书店印行)。第二种为"拓荒丛书",据称"本丛书纯系拓荒社诸位先生所著译的名著杰作",实属太阳社同人的著译,预告中标有六种,实际上只出版四种,即卢森堡的中篇《爱与仇》、钱杏邨短瓶篇集《玛露莎》、冯宪章译的《叶山嘉树选集》,之本译的《新写实主义论文集》,皆由现代书局印行;另有两种存目无书,即洪灵菲的长篇《家信》、殷夫的诗集《伏尔加的黑浪》,可能因为环境的日渐恶劣而无法出版。第三种为"中国新兴文艺丛书",这套丛书先后共出有三本,都遭到国民党反动当局的查禁。第一本是《失业之后》,为"中国新兴文学短篇创作之一",署"蒋光慈编",北新书局于一九三〇年五月初版,卷首有光慈所撰《前言》,回顾了革命文学运动自一九二七年勃兴以来的战斗历程,不无欣喜而自豪地写道:"在艰苦的三年的奋斗之中,中国的新兴阶级文艺运动,因着客观条件的成熟,不但获得了它的存在权,而且是渐次的把这一运动的基础植立在被压迫的大众之间了。"认为集内所辑作品"确实是显示了中国新兴阶级文艺的最初的姿态",展现了"中国无产阶级文艺的最初的画象",本集内共辑有刘一梦的《失业之后》、冯乃超的《Demou Stratin》、黄弱萍的《红色的爱》、洪灵菲的《在洪流中》、戴平万的《林中的早晨》、华汉的《马桶间》、钱杏邨的《阿罗的故事》和建南的《甲子之役》等九个短篇。第二本为《两种不同的人类》,为"中国新兴文学短篇刱作之二",北新书局同年八月初版,其中辑有:顾仲起的《离开我的爸爸》、郑伯奇的《帝国的荣光》、冯宪章的《一月十三》、森堡的《两种不同的人类》、孟超的《潭子湾的故事》、谷万川的《黄莺与秋蝉的传说》等十一个短篇。第三本为《中国现代作家选集》,由上海文学社于一九三二年七月初版,其时已是光慈逝世之后了。集中共辑有鲁迅的《狂人日记》、柔石的《为奴隶的母亲》、冯铿的《突变》、白莽(殷夫)的《小母亲》等十九个短篇,作者全系中国左翼作家联盟的盟员。这三本丛书问世之后都遭到国民党反动当局的查禁。

　　除了努力于繁忙的编辑业务而外,光慈还投身于革命文学创作的实践,在其中倾注了火样的热情、旺健的精力与鼎沸的心血。在他不足十年的创作生涯中,前后共出版了五本诗集(《新梦》、《哀中国》、《战鼓》、《哭诉》、《乡情集》),九部小说集(《少年飘泊者》、《鸭绿江上》、《短裤党》、《野祭》、《菊芬》、《最后的微笑》、《丽莎的哀怨》、《冲出云围的月亮》、《咆哮了的土地》),一本通信集(《纪念碑》),一册日记(《异邦与故国》),一卷学术论著(《俄罗斯文学》,后易名为《俄国文学概论》),还有三本译文集(《爱的分野》、《一周间》、《冬天的春笑》)),以及散见于报章杂志未收集者,累计达一百多万字。光慈作品在中国现代文学史上的地位与作用,我想留待另一篇文章谈,现就如此丰盛的创作成果来看,真令人叹为观止。而且,我们不能忘记光慈是在怎样的环境下进行创作的,敌人的搜捕迫害,贫病的侵袭干扰,以及左倾路线的打击摧残,都熄灭不了光慈献身革命文学事业的创作热情。关于光慈是如何忘我而艰辛地进行创作的情况,他的爱人后来追忆道:"光慈由于带病写作,……成为贫血症。而在创作时期,尤其写到斗争场面,常以全副热情和精力贯注笔下。《咆哮了的土地》斗争场面多,所以,他在写作时甚感吃力。有时当夜晚写作,因用脑过度而昏晕过去……"[1]其坚韧不懈的创作精神于此可见一斑。光慈的作品,以其饱满的政治热情、鲜明的思想倾向、新颖的生活内容、曲折的故事情节,颇激动了当时许多青年读者的心,点燃了他们心头憧憬光明的希望之火。光慈的处女诗集《新梦》一出版,就赢得广泛的好评,左翼批评家钱杏邨在《中国新兴文学论》中就曾推崇其为"中国的最先的一部革命的诗集",同时还在《蒋光慈与革命文学》一文中揭示《新梦》所表现的精神:"只是向上的,革命的歌调,只是热烈的,震动的喊叫;只是向帝国主义及一切反动力量抗斗的特征",并且认为"中国的革命诗歌集,是没有比这一部再早的了,这简直可以说是中国革命文学著作的开山祖。"[2]光慈反映中国青年斗争轨迹的三部曲——《少年飘泊者》、《鸭绿江上》、《短裤党》,也正如钱杏邨指出的从中"我们整个的可以看出'五四'以后,中国青年的革命精神进展的痕迹,和他们的行动的表现,象这样表现青年革命心理发育的系统创作,在国内我们是找不到一部的,这是光慈对于中国革命文坛的伟大的贡献。"(同上)当时著名作家郁达夫也曾认为"中国的新文学里,……蒋光慈著的短篇小说集《鸭绿江上》,却可以占到一个很重要的位置。"[3]后来,郭沫若也甚称许光慈文思的敏捷、写作的勤奋,说他是"一字不掉,一字不改,一气呵成"[4]。光慈同时代的作家、批评家对他作品的推许,作为历史的佐证,说明这些作品不愧为中国无产阶级革命文学最初绽开的花蕾、最早缔结的硕果。郁达夫在光慈逝世时曾深为惋惜地写道:"光慈……以他的热情,以他的技巧,以他的那一种抱负来写作东西,则将来一定是可以大成无疑,无论如何,他的早死,终究是中国文坛上的一个损失。"[5]郭沫若也为光慈的早逝痛惜,认为他"何如再多活几年,以他那开朗的素质,加以艺术的洗炼,'中国为甚么没有伟大的作品'的呼声,怕是不会被人喊出的吧?"[6]光慈以三十一岁的英年早逝,实在至为痛惜,不然,他此后对中国革命文学事业的贡献是不可估量的。

　　另外,从敌人的禁毁来看,也足堪反证光慈作品的影响与威力。当年光

---

〔1〕　吴似鸿:《将光慈回忆录》。

〔2〕　载《现代中国文学作家》第一卷,泰东图书局 1928 年 7 月初版。

〔3〕　郁达夫:《奇零集·〈鸭绿江上〉读后感》。

〔4〕　郭沫若:《实践·理论·实践》。刊《剧本》1962 年第 7 期。

〔5〕　郁达夫:《光慈的晚年》。刊《现代》第 3 卷第 1 期,1933 年 5 月 1 日出版。

〔6〕　郭沫若:《创造十年续编》。

慈的几乎所有作品,都被国民党反动当局以"普罗文艺"、"宣传阶级斗争煽惑暴动"等罪名通令查禁,甚至连载有光慈评传资料的《新文学家传记》(贺炳铨编,上海旭光社1934年10日切版)也被勒令停止发行,可见这些"黑暗的动物"对于光慈及其作品是何等惧怕,妄图以法西斯手段来消弭他的巨大影响,但是,正如鲁迅所昭示的:"试看新的文艺和在压制者保护之下的狗屁文艺,谁先成为烟埃。"历史的辩证法不正是如此么,统治者炮制的诸如民族主义文艺之类的"狗屁文艺",早已化为腐臭的烟埃,而无产阶级革命文学前驱者的不灭战绩,其中也包括蒋光慈的不朽力作,都将成为中国人民精神宝库中的珍贵遗产。

一九七九年仲夏。

东平小论

一九三三年春,正值"一·二八"淞沪战役周年纪念之际,全国性大型综合刊物《东方杂志》披载了一篇《一二八抗日战争的回忆》,该刊编者在题下加按云:"时光如白驹过隙,转瞬间一二八周年纪念又到了。闸北的瓦砾依然,血迹未干,一片荒凉之状,不忍目睹。而日本帝国主义者的重炮又复轰击山海关进窥平津了。国难到了最紧急的关头了。而中国民众对于去年一二八英勇的抗日战争则多已淡然若忘。本志因请当时参战最力之一五六旅副官丘东平先生撰著一文,以警读者,而志纪念。"这是上海乃至全国的读者第一次亲炙东平的文章,而且为其中回荡着的爱国主义激情所震撼。

当时的东平已侪身于左翼作家的行列,而他正是秉赋着不同的素质步入三十年代文坛的。

一 中国左翼文学的新血液

撰写《一二八抗日战争的回忆》时的东平,年仅二十三岁,不过他的经历却远较他的年龄嶙峋而丰饶。鲁迅称许叶紫时所说的:"作者还是一个青年,但他的经历,却抵得太平天下的顺民的一世纪的经历"[1],亦完全适用于东平。胡风在《悼东平》的挽诗中曾写道:"傲骨原来本赤心,两丰血迹尚殷殷"[2],正是他"初期经历和性格"的写照。东平是笔名,其他笔名尚有束干等,原名丘谭月,又名丘席珍,清宣统二年四月初八日(1910 年 5 月 16 日)出生于广东省海丰县梅陇镇马福兰村一个农民家庭,排行第六。幼年时代

---

〔1〕《且介亭杂文二集·叶紫作〈丰收〉序》,《鲁迅全集》第 6 卷,人民文学出版社,1981 年出版。

〔2〕 载 1941 年 12 月 6 日《新华日报》第 2 版。

就读于村塾、梅陇镇瓣香小学、水口乡校、莲花山麓学楼等处，后时值大革命勃兴之际，参加了"劳动童子团"。一九二四年顷，到设在海丰县城的陆安师范求学，成为海丰学生联合会的骨干。一九二六年春，加入农民协会和少年先锋队，担任海丰县农民自卫军总部的文书，其五兄汝珍担任总部部长彭桂的秘书。东平并在县共青团兼职，参予编辑团刊《海丰青年》。一九二七年春末，面对"四·一二"、"四·一五"所掀起的反革命逆流，东平以少年先锋队队长的身份参加了海丰人民的第一次武装起义。在中共东江特委领导下起义取得了胜利，于五月一日成立了紫金、海丰、陆丰三县人民政府，然而在敌人的疯狂反扑下仅存在十天就失败了。东平潜回莲花山区一带坚持斗争，同年七月还担任了梅陇区的少年先锋队大队长。随后，又参加了中共东江特委领导的九月与十月的两次武装起义。第三次武装起义取得了重大胜利，遂在东江特委书记彭湃的主持下于十一月二十一日成立了海丰县苏维埃政府。一九二八年初起，东平担任了中共中央委员兼东江特委书记彭湃的秘书，为建设与保卫中国第一个苏维埃政权竭尽了心力。同年二月，粤桂军阀内讧稍息，陈济棠、余汉谋等纠集反革命武装"围剿"海陆丰。三月一日，海城和陆城相继被敌人占领，屹立四个月的海陆丰革命政权终于丧失。彭湃率领红军与农军到潮、普、惠边区的大南山一带开辟与建立革命根据地。东平及其五兄受命留在海丰，于山区坚持斗争。但由于严重的白色恐怖，终于无法立足，遂于九月间星夜乘船逃亡香港，寄居于其兄在九龙开设的一家小水果店。滞留港九期间，当过渔民，做过校对，以及其他赖以谋生的活计。

一九三一年"九·一八"事变，激起了东平的爱国热情，于是离开香港去南昌投靠在十九路军一五六旅当参谋长的二哥，担任了该旅旅长翁照垣的副官，并随军从江西调至淞沪一带驻防。

一九三二年一月二十八日，日军突向驻守闸北的十九路军进攻。十九路军官兵激于爱国义愤，违抗国民党当局不抵抗的旨意，奋起进行自卫战斗，并得到了上海市民的大力支援，重创了骄横跋扈的日本侵略军。奋战月余之后，国民党当局与日寇签订了上海停战协定。十九路军被迫撤出防线，调到福建去打内战。东平随军到了福建不久，即回到香港与几位友人创办《新亚细亚月刊》，鼓吹抗日救亡，于一九三二年十一月出版创刊号，该刊出至二卷二期即遭香港当局封闭。大约在一九三三年初，东平离开香港到上海，参加了左翼文艺运动，开始在"左联"及其外围刊物上发表作品。

东平是带着农村阶级斗争的创痕与民族解放战争的硝烟步入左翼文艺阵营的，他经受了农民运动的陶冶、土地革命的锻冶以及抗日烽火的焙炼，确乎赋予了不平凡的气质与修养，与某些困囿亭子间的作家不可同日而语，故而郭沫若后来颇惊诧于他的卓异不凡，赞赏地说："我觉得中国的作家中似乎还不曾有过这样的人"[1]。这一评语是毫无夸饰的。

二 第一个苏维埃政权的目击者、参予者、保卫者和反映者

东平身历的海丰农民运动及其胜利成果——苏维埃政权，是彪炳中国革命史册的奇勋。其历史意义，正如当时海丰工农兵代表大会《通电》中所宣告的"我们这种举动，是中国前古所未有，即在世界上，除苏俄外，亦是第一次。我们这种壮举，实开中国无产阶级革命的先声！"[2]中国共产党中央临时政治局会议的决议（1928年3月1日）曾指出："中国革命之中，这是第一次由几万几十万农民群众自己动手实行土地革命的口号，第一次组织工农兵群众的无限制的政权。"并且认为："海陆丰苏维埃政权之丰富的材料，它的胜利，它的经验，应当充分地运用到一切农民暴动中去。"毫无疑问，它的经验与教训，是构成毛泽东所创立的以农村包围城市、武装夺取政权的关于红色政权理论的依据之一。

作为中国第一个苏维埃政权的历史见证人，东平意欲以文艺形态来再现它、讴歌它，则是很自然的事。何况，"左联"还曾要求："作家必须抓取苏维埃运动，土地革命，苏维埃治下的民众生活，红军及工农群众的英勇的战斗的伟大的题材"[3]，并且还拟组织出版一本有关"苏维埃运动"的小说集。东平热情地响应了"左联"的号召，约在一九三四年冬，他曾与同是苏区来的"左联"盟员吴奚如说，自己要尽力表现童年时代就已卷入的"不平凡的大风暴"，并用示威似的声调说：

> "我们要大胆的写啊！我们一定要用我们过去的实生活，谱出雄伟的调子，压灭那些蜚声和呓语啊！就象我们在打仗时开射的大口径的

---

〔1〕《东平的眉目》，载《东方文艺》第1卷第1期，1936年3月25日出版。
〔2〕载海丰全县工农兵代表大会《会场特刊》，1927年11月出版。原件藏海丰红宫纪念馆。
〔3〕《中国无产阶级革命文学的新任务》（1931年11月中国左翼作家联盟执行委员会的决议）。载《文学导报》第1卷第8期，1931年11月15日出版。

炮弹,去震破那些庸俗者底耳膜罢!"[1]

实际上,东平正是肩负着使命感与责任感,怀着蓬勃的热情、无畏的胆识去竭力描摹"过去的实生活",从而谱写出海陆丰民众开天辟地的英雄乐章。我们检视东平一九三三年至一九三七年的创作历程,可以发现以"不平凡的大风暴"为背景、为题材的作品在全部作品中占绝对优势比重,其中短篇不下十种,即:《通讯员》(1933 年)、《农村小景》(1934 年)、《沉郁的梅冷城》、《福罗斯基》、《多嘴的赛娥》(以上均为 1935 年)、《一个小孩的教养》(1936 年)、《红花地之防御》(1937 年)等,另外还创作了题名《小莫斯科》的以海陆丰土地革命为题材的长篇,曾请胡风、欧阳山批评,可惜后来散佚了。

《通讯员》是这方面的发轫之作,刊载于"左联"机关杂志《文学月报》第一卷第四期(1933 年 11 月 15 日),编者周扬在该期《编辑后记》中称许它"是一篇非常动人的故事。这阴郁、沉毅而富于热情的农民主人公,使人联想到苏俄小说中所反映着的卷入在'十月'的暴风雨里的 Muzhik 的性格。"如此评骘并无溢美之处,因为作者不落窠臼地展示了中国农民在历史巨变中的新形态,他们不再是株守田园的为一颗菜、一把米的得失而懊恼的短视者,而是以整个身心系念着革命事业安危的战斗者。主人公林吉就是这样一个觉醒了的战士,高度的责任感与深沉的阶级感情,使他为某一次的失职而自责不已,最后甚至饮弹自尽。这是中国农民固有的道德观念与革命战士赋有的职责负荷虬结交织所导致的悲剧,它给予读者的不是压抑、悲戚和忧郁,而是同情、赞美与感奋。作者意欲通过主人公的思想言动以及其中的"戏中戏"(即学生吴石龄与交通员李潭水的故事),来表现敌人在蜂起抗争的群众中何等孤立,以及具有扭转乾坤力量的民众对于革命的热忱与赤诚。有的研究者认为:"没有能表现出中国农民战斗的性格,林吉阴郁、粗顽,甚至有点精神分裂,这种描写,造成了对一九二七年土地革命时期农民的歪曲。"这样评论未免过甚其辞了。笔者认为还是作品发表时读书界的反应比较接近实际,如左翼批评家胡风曾写道:"我读到了新出的一期《文学月刊》上的他底《通讯员》,不禁吃惊了。作者用着质朴而遒劲的风格单刀直入地写出了在激烈的土地革命战争中的农民意识底变化和悲剧,这在笼罩着当

---

[1] 奚如:《忆东平》。载萧三、周扬等著《高尔基的二三事》,文学连丛社,1946 年 7 月出版。

时革命文学的庸俗的'现实主义'空气里面,几乎是出于意外的。"[1]当时的文学界正是怀着欣喜的心情欢迎《通讯员》的问世的。

土地革命时期农村阶级斗争的严酷性,东平是深有体味与感受的,海陆丰苏维埃政权倾坍之后,阶级敌人进行了疯狂的报复,仅海丰一县被杀害的群众达六千人之众(其中仅三月五日,农会发源地赤山约就被杀一百四十多人),烧毁房舍七千二百四十六座,枪杀耕牛二千九百九十三头[2]。如此酷烈的阶级斗争现实,在东平的笔下作了悚目惊心的反映。

《沉郁的梅冷城》就以白色恐怖笼罩下的故乡梅陇镇作背景的,揭露了新军阀与土豪劣绅施行法西斯专政的暴戾与凶残;同时,也深刻地揭示出这一白热化的斗争已深入与渗透到家庭手足之中,从而形成了革命者克林堡与其胞兄、保卫队总队长华特洛夫斯基的尖锐对抗。作品中写到统治者对一百七十二名无辜群众的屠戮,正是当时新军阀"杀人如草不闻声"的真实写照。作品在进步文化界获得了好评,郭沫若读后感到"惊异",赞叹作者"竟长成得这么快",认为"他的技巧几乎到了纯熟的地方,幻想和真实的交织,虽然煞费了苦心,但不怎样显露苦心的痕迹"。甚至推重说:"我在他的作品中发现了一个新的世代的先影"[3]。对于所谓"新的世代的先影",窃以为可作两重理解,一是展示了以往左翼文学中或缺的具象而深刻的社会图景,二是显示了东平作为新进左翼作家卓荦不群的素质、秉赋与风格。

《福罗斯基》则描绘了红、白两军生死予夺的激烈斗争,歌颂了工农民众及其军队不屈不挠的斗争精神,同时侧重敲剥了善于见貌辨色、聆音察理的阴谋家福罗斯基的鬼蜮伎俩。牲口贩子出身的福罗斯基,利用欺骗、离间等奸诈手段,煽动落后群众对工农政权的不满,从而攫取了村民大会的领导权;一旦权柄在手便大开杀戒,将民众浸于血泊之中,然而由于他"蹂躏村民的毒辣的手段而激起的巨深仇怨",等待他的必然是人民的正义裁决。福罗斯基的形象是极具典型性的,活画出了当时那伙投机革命然后叛卖革命的"新贵"的嘴脸。

《多嘴的赛娥》、《一个小孩的教养》、《红花地之防御》等篇什则是塑造了在土地革命烈火的焚烧中,各种类型人物所经受的试炼与考验,歌赞革命

―――――――――

〔1〕　胡风:《忆东平》。载《希望》第 2 卷第 3 期,1946 年 7 月出版。
〔2〕　据南方根据地调查团:《海陆惠紫四县被反革命摧残情况调查》,存海丰红宫纪念馆。
〔3〕　郭沫若:《东平的眉目》。载《东方文艺》第 1 卷第 1 期,1936 年 3 月 25 日出版。

民众所迸发的"雄伟的新英雄主义"。《多嘴的赛娥》中的主人公原本是一个备受欺凌的童养媳,看起来畏葸而孱弱,然而经过"梭飞岩("苏维埃"的谐音,作者在"文网"下不得不采用的隐语——笔者)妇女部"的教育,革命的炉火熔解了她因受尽苦楚而冰结的心,因而"显得特别的美丽而且高大",当她衔有秘密使命而不幸遭敌人逮捕时,"伊坚决地闭着嘴",直到被处决仍然牢牢地保守着"秘密"。赛娥为革命献身的意志与行动并不显得突兀,作者真实可信地揭示了她性格特征形成的阶级基础与环境因素,这是左翼文学中一个成功的革命女性形象。《一个小孩的教养》写的是天真的农村儿童在严酷的阶级斗争,因血的教训而成熟起来,他肯定会踏着父兄的血迹前进的。

《红花地之防御》是整个左翼文学中颇不经见的正面描写土地革命战争的篇什,其中的主人公杨望是海陆丰农民运动与土地革命中的真实人物。他曾任中共东江特委员,也是海丰县苏维埃政府十三名委员之一,且与作者有较密切的交往。如作者的侄子丘健生曾记述东平于一九二七年夏在家养病时,"有几次,中共东江特委员杨望同志等,来到家里看望他,并叮嘱他要认真治病,对敌人却不可大意"[1],其后还在杨望的领导下在莲花山、大南山一带打过游击。正因为对于描写的对象,支队总指挥杨望及其率领的部队十分熟悉,作者自己且曾是其中战斗的一员,故而写得挥洒自如,神形毕肖。尤其是杨望这一坚毅的无产阶级战士的性格,被状绘得有棱有角、凹凸分明,他"钢般坚硬"的性格,"严厉而沉郁"的神情,"阔达、高远、俯瞰"的态度,"沉着而精细"的气质,以及被战争磨砺得"近于暴戾"的心态,乃至他"全身都散发着新的气息"的辐射力,都被形象地凸现出来,这是左翼文学中最早出现的工农武装指挥员形象之一,其影响是不容低估的。有的研究者认为作者"突出地渲染了一种残忍、粗劣的性格",故而未能"正确地反映出历史的革命面貌",这种论断是有欠公允的。杨望在非常时期所采取的果断行动,是不能以常规的准则来衡测的,相反,它正表现了在敌强我弱的战争中生死搏斗的残酷性,以及指挥者以革命利益为最高准则的斩截与决断,决非什么"自然主义的描写"。

在左翼十年期间,东平先后出过三本集子,即《沉郁的梅冷城》("天马丛书"之一,天马书店 1935 年出版,其中收有《沉郁的梅冷城》、《麻六甲和神甫》、《十支手枪的故事》等三个短篇)、《长夏城之战》(夏征农编"每月文库"

---

〔1〕　丘健生:《少年时代的东平叔叔》。载东平著《沉郁的梅冷城》,花城出版社,1983 年 6 月出版。

之五,上海一般书店 1937 年 6 月出版,其中辑入《多嘴的赛娥》、《一个小孩的教养》、《红花地之防御》、《通讯员》、《中校副官》、《骡子》、《慈善家》、《朋友之间》、《白马的骑者》、《长夏城之战》等十个中短篇)和中篇《火灾》(上海潮锋出版社,1937 年 3 月出版)。前两个短篇集中有相当的篇什是以海陆丰土地革命为题材的,同样题材的作品还散见于《新亚细亚月刊》、《当代文学》、《东流》、《小说家》等左翼文艺刊物,共有约十个短篇与一个未发表的中篇《小莫斯科》。与侪辈作家中擅写“苏维埃题材”的奚如、柏山等相比,无论就作品数量的丰饶,抑或就作品质量的殷实而言,东平可以无愧乎就中翘楚。东平在数十万字的篇幅中,以绚烂的笔墨绘写了“大风暴时期”的风云雷电,热情讴歌了中国第一个苏维埃政权的诞生,以及这一亘古未有的历史创举在民众中产生的冲击波,促使这些处于奴隶或准奴隶地位的劳动者的思想、精神、性格都发生了歧变,焕发了前所未有的光彩与力量。他们为保卫新生的红色政权浴血奋战,视死如归,谱写了一曲曲革命英雄主义的乐章,亦为年青的左翼文学创作增添了闪烁异彩的一页。这些当然会使某些人感到战慄,例如有署名“高明”者曾经写道:“主义是宗教。我在无论什么点上,都这样感到。对主义的信仰,无异于对宗教的信仰。这同样地是一种热狂,包含着甜蜜的空想和对现实的盲目。”以上是对马克思主义与左翼文艺运动的敌对言论,紧接着就是对于具体的左翼作家作品的攻击:“和丁玲同属于普罗派的东平的《通讯员》,和丁玲的《消息》同是热病者的呓语。要讲欺骗的话,这些作品在客观上正是对群众的欺骗!”[1]御用的资产阶级论客的狂吠,不正从反面证明了东平《通讯员》等作品巨大的感召力吗!

三　民族解放战争的优秀画手

　　东平的挚友绀弩在一九四一年写的《东平琐记》中曾忆及:“他之想写战争,是很久以前的事。第一次在上海认识的时候,他就对奚如和我说:‘写战争吧,我们写战争吧。’”东平正是饱孕着焚烧的爱国主义激情,来发奋谱写民族解放战争的战歌的。这首先在丁他自己就是一名活跃在抗敌斗争火线上的战士,一九三二年“一·二八”淞沪战役,他作为最先参战的一五六旅的

―――――――――

[1]　高明:《〈中国文艺年鉴·小说部〉》。载《现代出版界》第 2 卷第 5 期,现代书局,1934 年 1 月出版。

副官,参予并目击了战役的全程;翌年,又赴华北参加抗日同盟军的热河抗战,"驰骋于古北口外的冰雪风砂之中"[1];一九三三年十一月,复参予了在福建成立"中华共和国人民革命政府"的起义;一九三六年六月,陈济棠、李宗仁、白崇禧等西南将领通电南京政府吁请抗日,史称"两广事变",东平与陈子谷等一起"都到广西南宁去参加'两广事变'"[2]。东平既然亲身经历了这些中国现代史上的壮剧、活剧与闹剧,都竭力将它们淋漓地表现在自己的作品中。

关于"一·二八"淞沪战役,东平首先发表了题为《一二八抗日战争的回忆》的报告文学,这是一篇为所有的文学史家所忽略的重要作品。全文长达万言,析为四节,以高屋建瓴之势综述了"一·二八"战役的历程,首先肯定了"发动沪战之主观条件,则在于十九路军之不愿屈服与奋勇抵抗",当然还有"中国民众悲愤激昂,舍身杀敌,而形成壮烈之反抗行动",并列举了种种壮怀激烈、可歌可泣的战役、事绩之后,鲜明地昭告了这一战役划时代的意义:"十九路军对于日本帝国主义之反抗,不但严重的指出了反对不抵抗的意义,并且代表全中国的民众向帝国主义高举坚强与沉毅之旗,而竖立数十年来中国民众反帝国主义运动的最有希望之表率。"除此而外,东平还先后写了三篇以"一·二八"为题材的小说:《罗平将军的故事》(1934年)、《马兰将军之死》(1936年)、《长夏城之战》(1937年)。作品中的"S城"与"长夏城"都是上海的代名词,作家所讽刺与贬斥的"罗平大将"、"马兰将军"等,可以看作国民党最高当局不抵抗政策的具象化形象,也揉进了某些沽名钓誉、口是心非的将领的影子;同时,作者却以极大的热情来歌赞广大官兵与人民群众不可遏制的爱国热忱与抗敌决心,并且给要求抗敌的将领昭示了坦途:

> 他不必惶惑,也不必犹豫;他的勇敢的兵队以及和他的兵队一致行动的广大众多的人民,已经用了伟大的意志力,对他指示了光明灿烂的途径,——这就是粉碎了国王的意旨,重新做起沙琦(按指中国——引者)兵队的将帅,掌定白梨河(按指黄浦江——引者)一带的

---

[1] 草明:《忆东平》。载《文艺报》第4卷第6期(总第42期),1951年7月10日出版。
[2] 陈子谷:《我所知道的丘东平同志》。载东平著《沉郁的梅冷城》,花城出版社,1983年6月出版。

阵地,而向全民族的劲敌,和尼邦(按指日本——引者)帝国的远征军抗拒争衡![1]

关于热河抗战,东平首先写了题为《滦河上的桥梁》(1933年)的报告文学,记述了一支由一连中国军队的步兵和二十名义勇军混合组成的"特别义勇军队",为了誓死保卫滦东的中国土地——卢龙城,以大无畏的牺牲精神抢渡已被炸毁的滦河桥,英勇地向已成瓦砾的卢龙挺进,准备以肉搏截击日寇的进犯!这曲悲壮的英雄乐章,曾使不少爱国之士扼腕感奋。胡风于一九四一年所作的《悼东平》中就曾写过:"东平曾有《滦河上的桥梁》之作,人民底英勇主义最初地得到了文学上的表现。"[2]同一作者在一九四六年写的《忆东平》中又赞许道:"后来又读到了《滦河上的桥梁》,是很短的报告式的或速写式的东西,然而,形式上的抗日民族英雄主义的旋律正吻合着内容上的抗日民族英雄主义的气魄,使人感到一股雄壮的迫力。"[3]随后又创作了两篇取材于热河战场的小说:《骡子》(1934年)和《中校副官》(1937年)。前者以拟人化的手法,借一匹奄然待毙的军用骡子在临死前的各种感受,反映了各色人物的嘴脸,尤其是热河战役中叛卖者的贪鄙与狞恶,例如有一个自称"管理中国人的中国官吏"——密云县第一区区长,就预备从密云跑到承德日本皇军那里去当汉奸,还恬不知耻、振振有词地发表了一通汉奸理论;另外,还以骡子屡受践蹋、终至殴毙的遭遇比拟了亡国奴的命运,揭示了"驯服终竟是残暴的解脱者,骡子终竟也必至于为人所击死的!"儆戒人们不要重蹈骡子的覆辙。后者正面反映了热河抗战中两种思想的分野与冲突,赋有特定的时代意义与相当的思想深度。

故而就《中校副官》拟多说几句,以期探究得深彻一些。有的研究者认为:"《中校副官》深刻地反映了'七七'卢沟桥事变后日本帝国主义大举侵犯我国,中国人民抗日情绪高涨的形势,有力地揭露了国民党反动派节节败退的不抵抗政策。"这段话中有两个常识性错误,一是历史方面的,作品原发表于一九三七年四月出版的《青年界》第十一卷第四期,辑入该篇的集子《长夏城之战》也出版于　九三七年六月,试问它如何反映"七七"事变以后的事

---

[1]　《长夏城之战》,载东平著中短篇小说集《长夏城之战》第264页,上海一般书店,1937年6月出版。

[2]　胡风:《悼东平》。载1941年12月6日《新华日报》第2版。

[3]　胡风:《忆东平》。载《希望》第2卷第3期,1946年7月出版。

呢,实际上它所描述的是一九三三年的热河之战;二是地理方面的,作品中出现的滦河、平谷、密云、邦均、高楼、望府台、卢龙、抚宁等河名、地名,也于一九三三年五月后沦于敌手,绝非一九三七年七月七日之后的事了。明确作品时代与地域的背景,有裨于我们对作家旨意、构想的正确理解。该篇的背景如下:日本帝国主义在侵占了我国东北以后,又积极向华北进行新的侵略扩张,一九三三年一月,日军攻占山海关,二月进犯热河,三月初侵占热河省会承德,四月侵占长城线上的喜峰口、冷口、古北口,五月进犯滦东……,在此大片国土丧失、平津危急的形势下,国民党军内部具有爱国思想的军官,必然会对造成严重民族危机的"先安内后攘外"的国策产生不满,对某些高级将领中的畏缩、妥协、姑息、怯敌倾向表示鄙视。《中校副官》中的主人公正是这类赋有爱国心与正义感的军人,他的热忱报国的思想、尊重民众的意识,与旧军队中"历史积累下来的腐败现象"相龃龉而发生尖锐的矛盾。这位爱国军人对于侵略者的最终命运与中华民族的前途都有比较清醒的认识,他认为"日本是不足怕的! 战争是无须逃避的!"希望大家怀着"一颗热腾腾的心,杀敌的心,坚强不屈的心"来阻遏与影响"胆怯气馁的不抵抗主义者";他认为"中国的民众是不可侮的",希望"中国的将领,必须放弃过去狭窄的态度,充实民族意识,绝对负起领导民众的责任";他认为"中国的学生,真是中国民族的灵魂",他们是"精华,活力和推动者",希望"自发的学生运动"汇注到"救亡的队伍中去";他认为"保卫民族国家"是"全国民众一致的要求";他认为"中华民族是无望的"悲观论调必须摈弃,坚信过了抗击日寇侵略"这个难关","中华民族的复兴期"必将到来。即使现实中未必有认识如此明晰正确的军人,然而它确乎反映了国民党军队中相当一部分中下级军官与广大士兵的爱国热诚与抗敌要求,故而作品对于敦促政府当局放弃不抵抗主义,呼吁组成民族统一战线的历史潮流有所推动,可称为是时代所需求的力作。

关于"两广事变",东平写下了以此作背景的中篇《白马的骑者》(1937年)。所谓"两广事变",发生于一九三六年六月初,两广军阀组织的西南政务委员会和国民党西南执行部呈文国民党中央和国民政府,吁请抗日,并通电全国,随着成立了军事委员会和抗日救国军,由陈济棠任委员长兼总司令,李宗仁为副。这次反蒋行动很快被蒋介石用分化利诱手段所瓦解。一场打着抗日救国旗号的闹剧不到三个月就偃旗息鼓了。《白马的骑者》的构思比较新颖,它没有正面去描写事变的过程,而是通过一个马夫的遭遇侧面反映了事变的实质。故事发生在事变已接近尾声的时候,主人公谢金星是桂军驻庆远司令部的一名马夫,受命去南宁将指挥官所买的一匹好马带回司令部,就在从南宁骑马归来的途中,发生了一系列颇带喜剧性的事件。人们把这个骑马的马夫当成了抗日的连长,因而把他当作英雄似地欢迎与宴请,有一位青年知识者甚至弃家跟随他去投奔抗日部队。作品中的这些描写,无不在于说明在人民群众中所蕴藏着的爱国热情,以及他们期待军队参加抗战的焦灼;可是,当谢金星回到宁远之后,"前线的局势有了非常的变动",事变已经结束,于是连司令部也找不到了,只得改换门庭做了接防的中央军的马夫。作品临结尾时,作者以讽刺的笔调写道:

> 抗×军不曾和中央军打过仗,以前在路上所听到的消息都是假的,现在广西的抗×军已经和中央军联合了,广西的"抗×"原不过是为着和中央军打战,现在既然不和中央军打战,"×"也不必"抗"了……

此处对于军阀假借大义美名而行争权夺利之实的腾挪,作了入木三分的剖析。

此外,直接描写抗日斗争的还有短篇《谭根的爸爸》(1936年),记述了五个中国军人抱着牺牲的决心,与八个日本兵血战而同归于尽的壮烈事迹。

在"七·七"事变之前,东平就参加了多次的抗敌斗争,而且撰写了这么多篇反映民族解放战争的报告文学与中短篇作品,其热情之高亢、态度之积极以及反映之迅疾,在左翼作家乃至全部中国作家之中,也是不多见的。东平并未盲目的歌赞战争,而是认为在当时的情势下,惟有战争才能解脱民族的危难,并对非正义的侵略战争表示了极度的愤恨,曾在一篇题为《申诉》的散文中写道:"我诅咒战争之野心家,我痛恨战争之策划者,然而要是以战争为痛苦之事而必须逃避,这倒是比战争更无聊、更可笑的蠢东西!我不是什么英雄也不是什么豪杰,然而我有我的坚强,我的义勇的品质,我可以毫不夸张的说,人体之中,凡是足以面当战争而无恐者我也齐全俱备,并不比谁缺漏了 - 毫一厘!"并斩截地宣示:必须"以战争报答战争"!

有一位东平同时代的作家,在评述东平反映民族解放战争的作品时写道:"上海'一二八'抗战的,热河抗战的真实的反映,是动乱的中国底明确的写照,从那些作品里,我们可以听见一种对于黑暗势力搏斗的呼唤,可以看见一种雄伟的新英雄主义的光芒。"[1]在左翼作家群中,东平是其中为数不多的民族解放战争的优秀画手之一,他的回荡着爱国激情、迸溅着民族精神的作品,赞颂了中华民族坚忍、沉毅、不可侮的品格,对于当时风起云涌的抗日救亡运动既是真实的反映,也是有力的歌吹。

四　撕去伪善者的假面

面对三十年代中国社会惨烈的阶级对立、阶级矛盾、阶级斗争的严酷现实,东平并没有闭上他的眼睛;相反,他怀着郁怒而愤慨的情绪,竭力地揭露与鞭笞那些草菅人命、鱼肉民众的剥削者与压迫者,以犀利的笔端勾勒他们墨黑的"良心"与丑恶的"灵魂",无情地剥脱他们伪善的假面。

中国农村当时由于天灾、人祸已濒临破产的边缘,成千上万的农民由于干旱或洪水的灾害而家破人亡、流离失所,非但得不到救济和安排,反而更受到封建阶级的欺凌、掠夺、压榨而走投无路、申告无门。东平的中篇《火灾》在揭示农村封建阶级及其帮凶、帮闲的虚伪与凶残方面,有其独辟蹊径的深刻之处。故事仍然是用作者故乡梅冷镇附近罗岗村作背景的,该村地主陈浩然是一个以"慈善家"面目出现的劣绅,平常做些"放生"之类的假善行,而当灾民企图乞讨陈氏宗族祭祖宴会上的残羹剩饭时,陈竟指使打手殴击手无寸铁的灾民,结果一个孩子被踩死,一个妇女被杖毙,还有几十名象圈牲口似的被"收容",过着被监禁的牛马般的日子,并且在其亲翁林昆湖的授计下以"特种人工供应所"的名义拟将灾民当作苦力出卖,甚至灾民中一名妇女被奸杀后的尸体,也被出卖去做"人体骨骼标本"。最后,地保一把火将关在"篷厂子"中的灾民全都化成了"一堆堆的焦黑的尸骸"!

通过这场怵目惊人的惨剧,"慈善家"陈浩然的假面被剥脱殆尽,作家在小说的结尾愤怒地呐喊道:"凡是有慈善家的世界,就不能没有灾难"!一针见血地揭示了农民灾难的根源就是那些"口上仁义道德,肚里男盗女娼"的地主豪绅。还有助纣为虐的帮闲、帮凶,就是构成封建宗法社会的两根支柱,作品在这方面也作了较为深刻的揭露。陈浩然的亲家林昆湖就是一个一肚子坏水的帮闲,他的阴险、狡诈、虚伪、毒辣的性格被刻划得淋漓尽致,这个成天妄想榨取灾民的血汗,浑身焕发着铜臭的家伙,不仅企图从事贩卖

---

[1]　奚如:《忆东平》。载萧三、周扬等著《高尔基的二三事》,文学连丛社,1946年7月出版。

人口的罪恶勾当,而且连死人的骨殖也被变卖牟利,其凶残贪婪真是到了极致。地保陈百川则是一个打手式的帮凶,暴戾跋扈、心狠手辣正是这伙刽子手式人物的通性,他不仅一棒子打死了一个丧子的灾民妇女,而且纵容爪牙强奸并扼杀了另一个灾民妇女,最后还放火烧死了数十名灾民。伪装"慈善家"的地主陈浩然,充任"智囊"的帮闲林昆湖,甘当鹰犬的帮凶陈百川,他们就是象征农村封建统治的三种典型。他们在东平的笔下毫不显得概念,是因为自小生长在乡村的作者对他们知之甚深,可能身上还留有他们的鞭痕,故而将这伙人的性格特征刻绘得宛如彩塑、凹凸分明罢。

作者讽刺的锋镝并不仅射向农村,同时也瞄准了文化界以及作者生活过的军队中的腐败与非人道的现象。例如《教授和富人》篇,写一名教授窃取了"学生运动的领导者"的衔头,并以此"资格"为"一位知名的富人"款为上宾,后者原利用前者来沽名钓誉,显示自己是爱国的学生运动的赞助者与支持者,是一个前进的"民族联合战线的革命者";可是当政治形势逆转之后,富人为了想到内地去做官,必须表示与学生运动无涉的"清白",于是用"一把帚笓"赶走了寄居的教授。这种互相利用、互为表彰的交易在三十年代的中国社会里是司空见惯的,作者抉取之引为典型而加以抨击,当也不无意义。还有一篇《诗人》,讽刺了那些"比最薄的灵感还要薄,比最飘忽的灵感还要飘忽"的唯美派诗人,他的纸醉金迷、醇酒妇人的颓废生活,他的搔首弄姿、自作多情的无聊态度,他的晦涩难懂、模仿抄袭的文字游戏,都被作者以夸张、调侃的笔调勾勒得栩栩如生。

多次的军旅生活,使得东平对于国民党军队内部的腐败与残忍有着深刻的认识。例如《寂寞的兵站》篇,通过一个普通士兵黄伯祥的厄运反映了军队中的黑暗现实:小小的特务排排长竟握有生杀予夺的大权,不仅克扣了死去的少尉服务员的四十元埋葬费,而且还把已开革的黄伯祥当作捕捉逃兵时引逃兵出洞的靶子,使他惨死在逃兵的枪下。另一篇《兔子的故事》采用了同样的题材,集中叙写了"一个给消了差的老兵"被特务排排长骗着到树林里去赶兔子,结果被拒捕的逃兵枪击而死,成了毫无价值的无辜牺牲品。

此外,东平还写了《中国朋友在东京》,对于中国留日学生中某些人疏于学业、忙于应酬的风气作了讽刺。写了《潮州仔》,对于农村中游手好闲的烂仔、敲竹杠的老油子、油头粉面的货郎、囿于礼教的思春寡妇都作了善意的嘲讽。

　　绀弩在《东平琐记》中写道:"他的文章也本有幽默,讽刺,调皮的特长",这当然是挚友的知言。对于敌对阶级的腐恶现象,他的解剖刀是正中膝理而无情的;对于同类侪辈抑或社会上的不良倾向,他也作了与前者态度不同的讽刺、批评,有时甚至非常辛辣,即使是对自己也不例外。绀弩在同一篇文章中就曾写道:"忘记了是一篇怎样的小说,满篇是刺,我觉得他连自己也刺在里头了。"事实是确乎如此的。东平认为自己是一名"讽刺作家",主要当然是撕去伪善者的假面,其次亦要拂拭伙伴脸上的污垢。

　　日本左翼作家鹿地亘在论及东平时说:"在东平里面被我们看到的最好的地方是对于现实的拼命的肉搏。"并认为:"他和作品里面的人物、自然、战争拼命地格斗。这是从什么地方产生的? 是从作家对于生活的严肃的态度。"[1]对于生活的严肃态度,对于艺术的执着追求,正是构成东平这一作家个性特征的两个侧面,而它们是相辅相成的。早在一九三五年,东平在致郭沫若的信中申述了对自己"预期"的"目标":

　　　　我的作品中应包含着尼采的强者,马克思的辩证,托尔斯泰和圣经的宗教,高尔基正确沉着的描写,波多来尔的暧昧,而最重要的是巴比塞的又正确又英勇的格调。[2]

　　诚如郭沫若所指出的:"那些骤视俨然是互相矛盾的一批要素,要辩证地有机地综合起来,非有多方面的努力是难以成功的。"[3]为了逐步达到这个"伟大的目标",东平进行了恒久、持续的努力。早在他于文学道路上迈步伊始之时,高尔基的作品就给他以"鼓舞和启示"[4],他曾激动地追忆:"高尔基的作品给我显示了许多美丽的远景啊! 它唤起了我底理想和力量!"[5]贯串在高尔基作品中的对于底层人民的广袤深厚的爱、对于寄生阶级的刻骨铭心的憎,以及无论在何等险恶、污秽环境中对于光明与真理的不

〔1〕 胡风、端木蕻良、鹿地亘、冯乃超、奚如、辛人、肖红、宋之的、艾青:《现时文艺活动与〈七月〉——座谈会记录》。载《七月》第3集第3期,1938年6月1日出版。
〔2〕 转引自郭沫若:《东平的眉目》。载《东方文艺》第1卷第1期,1936年3月25日出版。
〔3〕 郭沫若:《东平的眉目》。
〔4〕 草明:《忆东平》。载《文艺报》第4卷第6期(总第42期),1951年7月10日出版。
〔5〕 奚如:《忆东平》。载萧三、周扬等著《高尔基的二三事》,文学连丛社,1946年7月出版。

懈追求,都在东平的作品中激起回响。巴比塞通过他后期作品所呼吁的"打破锁链,消灭一切特权,争取平等。"以及对于革命的企盼:"在建筑在砂原上的宫殿与石碑之上,我看见伟大涨潮之来临。"甚至高呼:"革命——这是秩序!"[1]都曾给东平以启示与推动。列宁在《论第三国际的任务》中曾高度评价巴比塞的长篇《火线》和《光明》,认为这两部小说是"群众的革命意识增长"的一个"极其明显的证据",并指出《光明》一书"非常有力地、天才地、真实地描写了 一个完全无知的、完全受各种观念和偏见支配的普通居民,普通群众,恰恰因受战争的影响而转变为一个革命者。"而东平亦正是竭力在自己的作品中展示普通人在"大风暴"中转变为革命者的历程,赛娥、永真、克林堡等就是这方面的典型。

对于所谓"巴比塞的又正确又英勇的格调"的钦仰与追求,贯串于东平左翼十年期间创作的全过程。据他的朋友于逢回忆,东平"是最重视'格调'的",于还解释道:"所谓'格调',他指的是作家的总倾向及其艺术素质。"[2]至于东平自身的"格调",笔者认为还是四十年代一位厄于短年的批评家概括得比较精确:

> 被苦难的奴隶的命运枷锁着的祖国要求他,不仅是一个持笔的文艺作家,还得作一个时代的当兵的"带枪的人",他底永远活在人民心里底雄伟壮丽的诗篇,是醮着他自己底鲜红的血涂抹成的,而终于,他英勇地仆倒在为挣脱中国底半封建半殖民地的沉重的锁链的,艰苦而持久的战斗的血泊里。[3]

东平正是这样一个以生命化为烛炬、鲜血谱写诗篇的革命作家,中国左翼文学史应该用金字镌刻他的英名与业绩。

〔1〕 转引自苏联柯根著,杨心秋、雷鸣蛰译《世界文学史纲》第518页,上海读书生活出版社1936年8月出版。
〔2〕 于逢:《编后记》。载东平著《沉郁的梅冷城》,花城出版社,1983年6月出版。
〔3〕 石怀池:《东平小论》。《石怀池文学论文集》,耕耘出版社,1945年出版。

冯 铿

——第一位为理想与事业献身的中国现代女作家

"左联五烈士"之一的冯铿，系其中唯一的女性，然而她与其他志士一样，勇毅无畏地经受了刑讯的鞭扑与死亡的考验，以自己的青春与碧血，谱写了中国无产阶级革命文学最初的篇章。其兄冯瘦菊在悼念亡妹的挽诗中写道：

宏愿艰难欲补天，
辛勤衔石海终填。
热情喷血为民众，
孤愤捐躯学圣贤。

与烈士"髫年共读"的兄长，以炼石补天的女娲、衔石填海的精卫来比拟这位献身革命的中国"苏菲亚"，无疑是贴切的，我们亦将永远纪念这位血沃中原的前驱者。

冯铿，原名岭梅，笔名有绿萼、占春、梅等。一九〇七年十月十日生于岭东韩江畔的潮州，祖籍浙江绍兴，父母亲都是曾任教师的穷苦知识分子，家境十分清寒。有三兄一姐，她排行最小，甚得父母宠爱。长兄印月，二兄瘦菊，小兄石虎，姐名素秋。姐姐长冯铿十岁，一九一七年因奋力争取婚姻自由而闻名潮州，这种被封建伦理目为叛逆的出轨行为，不啻在禁锢呆滞的一潭死水中投下了巨石，激起了影响弥深的轩然大波。她的号叫悲歌，她的血泪哀诉，她的无畏拼搏，她的决死苦斗，都在幼年冯铿的心灵上留下了深深的印痕，诚如《被难同志传略》中所指出："姐姐是位有反抗性的女性，同志冯铿幼年时代的教育与反抗性格,都是有赖于姐姐的"[1];可惜,姐姐虽然争取到了婚姻自主的胜利,但势单力弱的她终究敌不过旧礼教、旧道德的如磐重压,终于悒郁以殁,临终时还嘱咐冯铿:"我们做女人的受罪特别深,你要有志些,将来替女人们复仇!"大姐的反抗精神与悲剧命运给予冯铿以极大的影响与策励,如同她后来在一首小诗中所吟唱的:"姐姐呵,你的影儿现在虽不在我眼里,但却深深地印入我的脑里了。"[2]激发她萌生了为谋求妇女解放而奋斗的决心。

幼年时代因活泼好动,被母亲戏呼为"蟹"。从小喜爱文学,"八九岁时即能阅读《水浒》、《红楼梦》及林(纾)译小说",培养了尔后从事文学事业的兴趣。一九二五年"五卅"运动掀起的反帝巨潮,在平静的韩江也激起了汹涌的浪涛,当时在汕头友联中学念书的冯铿,也起而投身于反帝反封建的斗争激流。她被选为学生联合会的代表,积极参加了一系列的爱国活动,写文章,办刊物,编话剧,演节目……。一九二五年二月,国民革命军第一次东征潮汕时,冯铿组织了慰劳队,热情慰劳千里出征的将士;同年十月,革命军第二次东征讨伐陈炯明,冯铿参加了军民联欢大会,见到了中共广东区执行委员会委员长、黄埔军校政治部主任周恩来和苏联军事顾问加伦将军,给她以很大的振奋。急剧发展的革命形势,使这个原本孕有反抗精神的少女更迸发了革命活力,并成为潮汕学生运动、妇女运动的积极分子。

与此同时,冯铿于一九二五年顷开始发表习作,大多发表于她所就读的学校的校刊上,其中有论文:《改造家庭的我见》、《学生高尚的人格》、《人对自己有应尽的本务》、《破坏和建设》、《妇女运动的我见》等;有小说《一个可怜的女子》、《月下》、《默想》、《从日午到夜午》、《风雨》、《海滨》等;有散文:《休假日游记》;有旧体诗:《送春》、《秋意》;有新诗:《和友人同访死友的墓》、《月儿半圆的秋色》、《幻》、《芙蓉》、《国庆日的纪念》、《印象》等。这一组作品虽然稚态可掬,可是作为冯铿在文学道路上迈步伊始的展痕,也颇值得注意。

一九二六年岁末,国民党左派李春涛受国民党中央党部委派,负责接收了汕头的反动报纸《平报》,筹办《岭东民国日报》并任社长。翌年一月二十

---

[1] 《被难同志传略》之四《冯铿》,载《前哨》第 1 卷第 1 期"纪念战死者专号",1931 年 4 月 25 日出版。
[2] 冯铿:《深意》(四十一)。载许美埙著《冯铿烈士》,广东人民出版社,1957 年 9 月初版。

日,《岭东民国日报》正式创刊,辟有《工农》、《妇女》、《教育》、《文艺》等副刊,时任东江行政专员公署专员的周恩来,亲笔为该报副刊题辞"革命"二字。冯铿作为一名向往革命、要求进步的文学青年,在该报《文艺》副刊上发表了若干诗文,其中有小说《觉悟》,散文《开学日》、《夏夜的玫瑰》,诗《暗红的小花》、《斜阳里——寄蓉君》、《你赠我白烛一枝》、《凄凉的黄昏》、《和心影说的》、《隐约里一阵幽香》、《听,听这夜雨》以及组诗《深意》一百首。

在一九二五至一九二六年这一阶段的早期创作中,冯铿已经崭露了一个爱国的、进步的文学青年的素质与特征。首先,表现在对国家、民族命运的严重关注,及其对黑暗现实的清醒认识和对光明未来的执着追求。面对政治窳败、民生凋蔽的社会,冯铿透辟地指出:"现在的社会——尤其是中国的岭东的社会,到处都充满颓败的空气,事事都没有向上的希望!"[1]甚而直截地揭示:"现在中国最大的害端,不是军阀政客吗?"[2]以上这些抨击中国黑暗政治的警句,写在军阀陈炯明盘踞的潮汕,不能不认为是振聋发聩之言。一九二五年十月,在一首纪念辛亥革命十四周年的题为《国庆日的纪念》的诗中,感叹目下的中国的实际是——

> ……身躯软弱,疾病呻吟,
> 同时还受人家的践踏,鞭鞑,凌辱……
> 弄得现在血肉模糊,
> 遍身伤痕……!

诗人认为十四年前的辛亥革命是给人们带来"一瞬的光辉",中国又复坠入"黑暗的幕里",黎民百姓再度置于魔鬼的刀砧与猛兽的馋吻,遂使同胞"满腔热烈的欢忱,要象抛落大冰洋那般的冷淡了!"诗人还锐利地指出了,这既是对先烈的"头颅血泪"的亵渎,也是对领袖的革命初衷的背叛!她剖示其原因在于辛亥革命对旧思想、旧势力"毁灭、划除"得不够干净,"那时的伟人,烈士们,误以为把'大清帝国',改名'中华民国',就算达到目的!所以容溥仪依旧安居皇宫,受遗老们的朝拜,因而惹起复辟的闹乱子出来;一般旧官僚依然让他们占着势力,施行旧的政策,思想,因而酿成这十四年来的

---

〔1〕 冯岭梅:《开篇语》。载汕头友联中学《友联期刊》第 5 期,1925 年 12 月出版。
〔2〕 冯岭梅:《学生高尚的人格》。载《友联期刊》第 4 期,1925 年 9 月出版。

祸乱……"〔1〕从而论断"破坏应该彻底"。冯铿固然认识到中国社会黑暗的浓重,帝国主义与封建势力仍如此猖獗,然而却没有丧失对前途的信心;她认为只要大家"从此团结起来!努力奋斗!""美善的社会"是完全可以争取的。

其次,强烈表露了以改造社会为己任的责任感与使命感。年青的冯铿很早就揭橥了:"改造社会,把这恶劣的社会打倒"的人生目的,她自觉规箴自己要成为"社会未来的服务者",承负起"社会的改造,建设,利害,兴亡"的"责任"〔2〕。她准备生命以赴地去"造成完美的社会",当务之急是与旧的制度、组织、思想、习惯等进行不调和的斗争,"把它消除净尽!象斩草除根般的使它没有一线的生机",并进而正确地揭示:"在一国中军阀依旧的专横,内乱就永久不能停息;在一家中还是保存着腐旧的礼教,和不平的经济制度,就会引起家庭中的种种悲剧",凡此等等,"都在应该破除之列"〔3〕;而若要彻底铲除与破坏,则必须"从根本上做起",把畸形社会的"病根"研究清楚,从而达到除恶务尽的目的。与此同时,还须将"忍耐奋进的毅力"、"深沉周到的心思"运用于筹谋建设的计划,并且准备怀抱着"牺牲的精神"、"勇敢的决心",置道路上一切荆棘、虎狼于不顾,奋勇前进,至死靡他,以"达到我们理想的伊甸国"〔4〕。

再次,妇女解放问题已引起了少女时代冯铿的密切注视与认真探讨。她无情地揭露了中国妇女界的黑暗:"数千年遗传下的礼教的镣铐,把她们束缚得寸步不能自由!"因而被"礼教和制度坑杀"的牺牲数以千百万计;继而指出由于中国妇女身受的痛苦要百倍于外国妇女,故而"我国的妇女运动者,就要比外国的百倍的努力"!这种清醒的估计,无疑是合乎实际的。还有,她认为"自由不是赠品,是血和脑换来的"看法,也是并无谬误的,其所得的结论:"自己的痛苦,要仗自己来解放;要革去妇女全体的痛苦,更须集合全体的妇女力量,才能成功。"〔5〕这说明冯铿的妇女观已站在当时思想界的前列,而这些也反映在她前期的创作中。短篇小说《月下》〔6〕与《一个可怜

---

〔1〕　冯岭梅:《破坏和建设》,载汕头友联中学《友联期刊》第 5 期,1925 年 12 月出版。

〔2〕　冯岭梅:《学生高尚的人格》。载汕头友联中学《友联期刊》第 5 期,1925 年 9 月出版。

〔3〕　冯岭梅:《破坏和建设》。载汕头友联中学《友联期刊》第 5 期,1925 年 12 月出版。

〔4〕　冯岭梅:《破坏和建设》。载汕头友联中学《友联期刊》第 5 期,1925 年 12 月出版。

〔5〕　冯岭梅:《妇女运动的我见》。载汕头友联中学《友联期刊》第 5 期,1925 年 12 月出版。

〔6〕　载汕头友联中学《友联期刊》第 4 期,1925 年 9 月出版。

的女子》[1],以及《觉悟》[2],都是以妇女的悲苦命运作题材的。《月下》写一个被封建礼教禁锢得如同"蛰伏的昆虫一般"的新媳妇,动辄受婆母的训斥与詈骂,终日经受"恐惧,羞愤,悲哀",过着形同"奴隶,囚犯,木偶"般的非人生活,作者将月亮皎洁的清辉与新妇黝黯的心境作了对比,令人感到酸楚与悒闷。《一个可怜的女子》的主人公是一个鹑衣百结、遍体鳞伤的童养媳香姑,过着"连狗和蝉都不如"的牛马生活,终于忍受不了婆母的虐待而投河自尽了!针对这并非个别的人间惨剧,作者发出了悲叹与呼吁:"唉!当这女权伸张、人道盛倡的二十世纪,尚有此等怪剧出现,我们应该快谋救护的法子呵!"《觉悟》则是一篇结构更为完整的作品,它抒写的仍然是被封建礼教所吞噬的妇女的悲哀与不幸,十九岁的少女淑如未过门时因未婚夫横死而奉命"守节",从始独处闺中"为了那个略识面貌的名义上的丈夫牺牲了一切",后来因受新思潮的启发,不愿在青灯寒衾中埋葬自己的青春,遂离家出走进了女师读书,可是社会上给予她的仍是冷眼与讪笑,照旧沉溺于"旧礼教的包围"之中,她于绝望之后葬身梧桐溪了却了短促而痛苦的一生。以上三篇小说是冯铿奋力抨击封建宗法、伦理、道德的形象化檄文,年轻的女作家饱蘸不幸妇女(其中包括作家的亲姐姐)的血泪,描摹了"伊"、香姑、淑如等牺牲者的令人颤栗的愁苦与不幸,对"坑杀"她们的"礼教和制度"进行了愤怒的指控。

除此而外,冯铿早期创作中还有若干抒情小诗,其中有对爱情的吟咏,对友谊的缅怀,对青春的赞颂,对自然的讴歌,以及对美好未来的企盼与追求,乃至对复杂的社会现象感到惶惑与踟蹰的矛盾心态。自一九二五年一月至一九二六年十一月,冯铿陆续写成了一组总计百首题为《深意》的小诗,先后发表于《大岭东报》副刊《火焰周刊》和《岭东民国日报》副刊《文艺》,现在我们所能见到的还有三十五首。关于这组小诗,冯铿曾说:"'短诗'虽然现在不算时髦,虽然它也不适宜于表现雄伟的情绪。但是我的性情很喜欢这类的娇小玲珑的短诗,也是爱它很适宜于表现我的刹那顷的一点灵感。所以喜欢做它,虽然我做的未必都会成功。"并说:"在这一百首短诗中,就包涵着我这年余来的生活的一部:思想的变迁的痕迹,也可以隐隐看出来。那

---

[1] 载汕头友联中学《友联期刊》第 4 期,1925 年 9 月出版。
[2] 刊 1926 年 10 月 2 日《岭东民国日报》副刊《文艺》第 18 期。

末,这《深意》,在我自己,算是生活过程中的一种残留了。"〔1〕这组短诗加上
同时发表于《岭东民国日报》,以及稍早披载于《友联期刊》的诗作,总计有五
十三、四首。作为冯铿早期心灵轨迹的诗歌,最突出的是对新时代的企望与
对新生活的渴求,思索人生的奥秘,探寻投止的前路,诗中的某些意象,其实
就是作者自我的化身,如:

> 一个含苞未放的花心儿,
> 在夜里很热忱的祈祷说:
> "让我能够快快的接见那个神秘的宇宙的
> 　　一切呵!"

——《花》〔2〕

渴求新知,期冀新潮,切盼新世界的降临,正是这个受大革命浪潮激荡
的敏感少女的真实心态。
又如:

> 当我独立峰巅
> 或独步旷野时
> 我的心和宇宙一般辽阔
> 同时我觉得我的伟大了

——《深意·五十三》〔3〕

这种自我价值的发现,自我意识的觉醒,是从时代潮流中汲取而来的,
它首先得益于革命思想的哺育,诗人曾吟唱:

> "朋友们!
> 要是你们所看得见的物质才算是充实和有
> 　　聊吗?"

---

〔1〕 冯岭梅:《〈深意〉附志》。载 1926 年 11 月 6 日《岭东民国日报》副刊《文艺》第 23 期。
〔2〕 载 1926 年 7 月 11 日《岭东民国日报》副刊《文艺》第 7 期。
〔3〕 载许美勋:《冯铿烈士》。广东人民出版社,1957 年 9 月初版。

——《深意·八十》〔1〕

从以上的反语中,我们可以领悟到诗人对于思想威力的肯定、对于思想作用的重视。其次,开始体认作为历史推进者的群众的力量:

> "世界终久是和这些人类同在吗?"
> 在群众的拥挤里我这样想着。

——《深意·八十八》〔2〕

在第一个疑问句中,寓意似乎是不确定的,但随即表明作者已经开始亲炙着"群众"的迫人的热力,以及他们试图掌握世界的魄力。

最能表现冯铿内心与时代脉搏相拍击的,莫过于以下这首小诗:

> 海呵,你波动不息的浪涛
> 　是谁使你如此
> 心呵,你起伏不定的思潮
> 　又是谁使你这样

——《深意·六十九》〔3〕

冯铿前期创作中也曾流露了若干苦闷、彷徨的心绪,以及在浓重的黑暗前无所措手足的惶惑,乃至求索不到正确的斗争道路的茫然:"可怜的我,虽然心里被火一般的热情激盈着,但是,却从那里去反抗呢?"〔4〕这种短暂的踟蹰,很快就被随之而来的历史转折所改变。

一九二七年春,冯铿自友联中学高中部毕业之后,即随爱人许峨到潮安县横陇乡(又名宏安)一所小学里当教员。在优美的大自然的环抱中,准备潜心学习与写作,立志要成为作家。可是,"四·一二"、"四·一五"的腥风血雨很快击碎了她的美梦,李春涛等师友被害的噩耗频频传来,他们也只得离校弃家逃亡。在金砂乡、新寨村……等乡村中辗转流亡,于颠沛流离中处

---

〔1〕　载 1926 年 8 月 8 日《岭东民国日报》副刊《文艺》第 22 期。
〔2〕　载 1926 年 10 月 30 日《岭东民国日报》副刊《文艺》第 22 期。
〔3〕　载许美勋《冯铿烈士》,广东人民出版社,1957 年 9 月初版。
〔4〕　冯岭梅:《夏夜的玫瑰》。载 1926 年 8 月 22 日《岭东民国日报》副刊《文艺》第 13 期。

处受到农民乡亲的掩护与照顾,感受到他们诚挚的感情与博大的胸怀,也目睹了他们与土豪劣绅、新军阀进行不屈斗争的壮烈行为,同时亦深切地体味了加诸农民头上惨重的封建压迫与剥削,从实践中领悟了阶级与阶级斗争的真理。患难中也结交了若干农民朋友,其中有一个叫幼弟的农村姑娘,后来以"打探军情"罪被国民党军队抓去吊死,冯铿闻讯后悲愤地喊道:"我要替你报仇!"〔1〕这些都说明她的立场与感情已发生了很大的转变,不再是居高临下的怜悯,而代之以感同身受的同情。同年九月二十三日至二十四日,"南昌起义"后挥戈南下的叶挺、贺龙部分别占领了潮州和汕头,十月二、三日因遭强敌进攻退出潮汕,这短短的"七日红"也使冯铿感到十分兴奋,因为她亲眼看到了工农自己的武装力量。

　　一九二八年初,冯铿到澄海某县立小学当教员,同时兼任县立女校的课程。后者的校长是蔡姓豪绅的姨太太,把学校弄得乌烟瘴气,冯铿起而反对,反遭当地反动势力的迫害被无理撤职。冯铿并不屈服,与同被撤职的同事创办了一所"东方学校",得到家长、学生的支持,办得十分兴旺,结果仍然遭到当局的压迫而被迫解散。与顽固势力的斗争,使冯铿十分兴奋,她曾慷慨陈辞道:"从这次斗争中,我再进一步看见美丽的未来! 潮汕的青年就如同这韩江的怒潮,结果一定会把古老的反动的制度冲掉!"〔2〕从澄海回到汕头,经友人安排住在汕头市北二十余里的小村——庵埠,在一座花木扶疏的"亦园"中,日夜苦读与笔耕,曾表示:"我要赶紧学好本事,掌握文学这一种武器,替我所敬爱的人复仇,实现我的理想。"〔3〕她在这里创作了诗、散文、独幕剧以及中篇小说《最后的出路》,后者文末注有:"一九二八年冬定稿于A 村","A 村"即"庵埠"。

　　如果把冯铿这一阶段的作品,划归为她的第二期创作的话,也占有相当的比重。本期内写了诸如《待——》、《这帘纤的雨儿》、《莫再矜持》、《春宵》、《高举杯儿》等爱情的诗章,抒唱了一个追求爱情自由而又背负着传统桎梏的少女的曲折婉妙的心曲:在"毕世难忘"的"春宵",与"清癯的白袷少年"的邂逅,"静寂的心扉"从始被爱神轻叩,然而礼教所织成的无形樊篱,阻隔他们互诉衷曲,只能在"无言"中以"凄怨的眼光"交流,于是只得——

---

〔1〕　参见许美勋《冯铿烈士》第 52 页,广东人民出版社,1957 年 9 月出版。
〔2〕　参见许美勋《冯铿烈士》第 62 页,广东人民出版社,1957 年 9 月出版。
〔3〕　参见许美勋《冯铿烈士》第 63 页,广东人民出版社,1957 年 10 月出版。

> 谨记着那样的一个春宵，
> 这春宵呵，无端惹起我的泪零！
> 今夜的雨声淅淅在耳，
> 何时才了呀，这相思之情？
>
> ——《春宵》[1]

在世俗的白眼中，少女只能把"遏住的热情"迸发在"最后的一瞥"，表面上还要装扮"故意矜持"的端庄，一面引领企望"素衣的你"的来临，一面待他来时却羞涩地"躲在幔中"，热恋中少女的惶遽心理被描写得惟妙惟肖（《这帘纤的雨儿》）。相思如同难解的蒺藜，"晚风摇曳"中的离愁别绪使人兀自徘徊，"问你这勾人离恨的新月哟！会不会把去了的他为我勾回？"（《离愁》）别离时相思刻骨，聚会时又故意矜持，双方相思难以忍受，故而挣脱羁绊般唱道：

> 请莫再矜持了罢！
> 这娇红的荔果不已是熟透枝头！
> 枝头欲滴的娇红已尽够我们沉醉，
> 更何况那圆润的果肉的香甜！！
>
> ——《莫再矜持》[2]

至此，才脱弃那欲说还羞的面纱，显露了南国少女如同"绀红的云彩"般的热情。这种对爱情的大胆追求，是对于旧礼教的反拨，有相当的反封建的耀目色泽。

这期间所写的一组题为《海滨杂记》的散文，亦值得我们注意。第一篇《石莲》寓意深长，石莲是潮汕乡间所产的"没有一点用处"的浮游野生植物，它飘泊无依、无根无蒂，只能在"平淡静僻"的小溪中滋长，不能在"急流洪波"中生存，这种"没有根柢"、"随波逐流"的终被淘汰的脆弱生物，引起了历经波折、劫难的作者的遐思默想，她凝望着那随波泛滥的憔悴的石莲，发出了："不适合时代环境是不能生存的了"的感喟，这是追悔的叹息，也是觉

---

[1]　载《白露》月刊第 1 卷第 2 期，1929 年 2 月 15 日出版。
[2]　载《白露》半月刊第 3 卷第 8 期，1928 年 8 月 16 日出版。

醒的呻吟。

　　为了追寻时代的步武，为了求索革命的真理，冯铿于一九二九年春到了被称为东方莫斯科的上海。在上海，她得到了林伯修（杜国庠）、洪灵菲（洪伦修）、柯伯年（李春蕃）、杨邨人、戴平万等潮汕籍师友的帮助与引导，终于找到了奔赴的方向，并于同年五月参加了中国共产党。入党之后，她如饥似渴地学习党的文件，学习唯物主义哲学，马克思主义文艺理论，以及俄国与苏联的文学作品；同时，还学习英文和日文，以便掌握更多的工具。她还参加了"五卅"纪念游行等群众示威活动，从工农民众的斗争中汲取了力量；又承担了散传单、贴标语等秘密工作。有一次在我们社洪灵菲等所创办的晓山书店，见到一个受党培养的思想敏捷、知识丰富、谈锋锐利的女工，得知她几个月前还是文盲，如今已能畅谈普罗列塔利亚文学，感到格外兴奋与由衷高兴。

　　初到上海时，冯铿曾进入上海持志大学读书，不久因经济困难而辍学。短暂的大学生活也丰富了她的阅历，使她有机会观察各种类型的青年：有的醉生梦死，在声色追逐中消磨青春；有的埋头学业，专注于个人的出路；当时也有少数清醒者，他们关注国家的命运，焦灼民族的前途，同情黎民的生死……。冯铿团结了一批进步同学，向他们推荐《爱的分野》、《母亲》、《士敏土》、《一周间》等苏联文学作品，将他们引导到革命轨道上来。这段生活在她的创作中也有所反映，一九二九年初夏所作的短篇《遇合》[1]便是以大学生生活作背景的。在这篇日记体的小说中，塑造了黄冰华（化名王渊如）这个"坚毅热烈的身经变故的女革命家"的形象，由于笔力不逮，线条粗放而轮廓模糊，缺乏感人的魅力；然而这是在她的作品中第一次出现革命者的形象，无疑是一个值得庆幸的开端。

　　一九二九年九月，上海《女作家杂志》创刊号披载了署名冯占春的中篇小说《女学生的苦闷》[2]的前六章。该作品竣稿于一九二八年冬，凡二十八章，都七万二千余字。除前六章外，其他二十二章均未发表，手搞上的题名是《最后的出路》[3]。这部冯铿蛰居于汕头市郊庵埠所完成的中篇，通过一个南国少女的学校生活、爱情纠葛和家庭变故，反映了在历史转折关头的青

---

〔1〕　载《北新半月刊》第3卷第20、21号合刊"新进作家特号"，1929年11月1日出版。
〔2〕　丁景唐、瞿光熙编《左联五烈士研究资料编目》（1981年1月增订版）将篇名误为《一个女学生的日记》，署名也误为"岭梅"。
〔3〕　手稿藏北京图书馆。

年所面临的抉择。主人公郑若莲是个从小生长在深闺里的富家小姐,封闭式的家庭教育,使她养成自幼多愁善感的脆弱性格,直到十六岁时才进入 A 市 C 教会创办的女子中学念书,并取学名曰"芷青";新教育的陶冶,新思潮的激荡,使她从一个独处深闺的旧式佳人变成了富有新知的新式学生。"恋爱之花"初次尝试的失败,使她伤感万分;纨袴子弟孟浪佻侂的戏弄,更使她感到幻灭。"五卅"惨案所激起的反帝怒涛,也震撼了芷青平静的学生生活;"六・二三"沙基惨案的冲击波,更诱发了她的爱国情热。她还被推举为学生联合会的代表,参加了一系列的活动。母亲的突然病逝使芷青的生活遭受甚大的打击,她不仅丧失了无微不至的母爱,而且还失学回到了 S 村的故乡。翌年三月,她只得到 G 村一个中产阶级的家庭去担任家庭教师,成天与孩子为伍、跟自然作伴,过着怡然自得的日子。"四・一二"、"四・一五"事变的"浩劫"又打乱了她平静的生活,她的好友许慕鸥更是一夕数惊的到处流亡。她因受在南洋的姨母的关注重回 A 市 W 校上学,目睹了在新军阀的卵翼下那班"徽章在襟,五皮在身"的投机分子,感到十分愤懑。同年九月,××军(按即"南昌起义"后贺龙、叶挺所率的南下义军)占据了 A 市,一周后又退出了该市。"七日红"虽然短促,然而那在海风中猎猎飘舞的红旗,那些"颈间结着红巾"的士兵,却给 A 市民众乃至芷青留下了深刻的印象。由于经济的困窘,芷青只得回到三叔掌管的封建家庭,象笼中之鸟般失去了自由,并被迫将与俗不可耐的南洋客金某结婚。正当她感到绝望之时,许慕鸥来信告诫她:"时代的钟声"已经敲响,万千青年已从"沉沉大梦"中警醒,而象她这样"彷徨于歧途的青年"应该"觉悟",抛弃掉"资产阶级的劣根性",从而把"革命的热情煽炽起来,和我们携手,踏上光明的大道"! 在受了这强烈的煽感与震动之后,芷青遂下了"最后的决心","与其做个没有灵魂的肉的享乐者而坠落,真不如干着精神得到慰安的伟大的事业呀!"于是,"热情和勇气象火般烧着她的心",终于从这个封建家族中义无返顾地出走了。

这部作品取材自作者所熟悉的生活,故能将二十年代中期潮汕地区的时代氛围与青年动态摹写得历历如绘,在许慕鸥身上还烙印有作者自己的影子,主人公及其周遭的人物也大多采自昔日学友的事迹,故写得细腻而自然;不过由于作者驾驭文字的能力较稚弱,结构显得枝蔓而松散。主人公最终的转变也显得突兀,而且刚写到决心转变就戛然而止了,使读者对其"最后的出路"仍感茫然,这可能是因为作者自己当时也尚未找到"最后的出路"的缘故。然而,作为冯铿勉力创作的第一个中篇,她力图反映在层层叠叠革命浪潮推撵下,青年知识者如何背弃固有阶级走向革命的尝试,还是应该予以肯定与推重的,可惜当时未能出版。

《乐园的幻灭》作于一九二九年初冬,它的题旨与《最后的出路》相同,也是试图反映小知识者的革命转变。小说主人公"她"是一个年仅十八岁的少女,在一所乡间小学里当教师,她热爱自己循循善诱的教育工作,沉湎于恬淡幽静的田园生活,"很少预算着前途,但也不追忆着过去";正当她怡然自得地"陶醉"于乐园之中的时刻,新军阀麾下如狼似虎的部队却强占了学校,赶走了学生。至此,"乐园"被摧毁了,幻梦也破灭了,少女也终于在现实教育下觉醒,开始觉悟到在此风雨如磐的中国,已不可能保有一寸土地来营造"优美的乐园",对付这邦"害民众的恶东西",我们"要合力,要组织,然后才反抗,对一切丑恶的反抗",从而走上"光明的前路"。作品实际上也反映了冯铿过往的思想演变轨迹,在同时代的知识青年中有相当的典型性。

《突变》作于一九二九年十二月下旬,发表后曾被蒋光慈编入《现代中国作家选集》,也就是被作为无产阶级革命文学曙新期的代表作品入选的。作品的主人公阿娥是一个笃信基督教的女工,她早年丧夫,孩子多病,身受资本家的剥削,生活极其困苦,然而由于受了宗教的麻醉和欺骗,对于一切压迫、凌辱都逆来顺受,而寄希望于虚无飘渺的天国;可是,贫富悬殊的严酷现实启发了她对宗教的妄言产生怀疑,由怀疑而逐步觉悟,终于抛弃了对"天堂"的幻想,准备投身反对资本家压迫的集团斗争,去"找求世上现实的天国"! 这篇作品虽然有明显的斧凿之痕,但却是冯铿把创作视野从知识分子圈子里跳出,开始注意并反映劳动者生活、斗争的尝试,是与当时芄然勃兴的无产阶级革命文学运动密切相关的同步措施。

一九三〇年三月二日,中国左翼作家联盟在上海成立,冯铿是五十余位发起人之一,从始"努力无产阶级的文化工作"。当时冯铿在上海南强书局编辑部工作,以此公开职业为掩护替左联工作,例如她曾是左联机关刊物之一《拓荒者》的主要联络员,负责征集、接收与转递稿件的工作。在创作上也更加严谨而勤奋,从成功的苏联作品中,从前辈作家或较为成熟的左翼作家的作品中,汲取与借鉴新的创作方法,以求更透彻的认识现实,更娴熟的把握现实,更迅捷的反映现实,把自己的思想感情乃至语言风格都从小资产阶级的缠绵悱恻、悒郁低回中解脱出来,力图从内容到形式都有另辟蹊径的新生面。

《贩卖婴儿的妇人》是冯铿创作新阶段的新收获,作品借劳动妇女李细妹被迫鬻儿的悲惨遭遇,无情揭露了资本家的吸血本性,猛烈鞭挞了资产阶级法律的虚伪与冷酷,故事本身并没有繁杂的结构与骨突的情节,而是在平实质朴而又环环紧扣的描述中,一幕幕地揭示了劳动者为了谋求得以苟活的工作,不得不处处兜售自己亲骨肉的人间惨剧,也一步步地暴露了这个吃人社会的极端野蛮与无比黑暗。作者也并没有晓谕出路问题,然而在这劳动者求生不能求死不得的绝境中,人们不是会从中得到应该突破这一绝境的启迪嘛!这一成功的短篇,显示了冯铿在革命现实主义道路上新的攀援,跃进到了一个新的高度。

一九三〇年五月,"全国苏维埃区域代表大会"在上海召开,冯铿是大会工作人员。会议为期四天,共有代表四十八人,除了中国共产党、全国总工会、中国共产主义青年团的代表外,还有全国总数在七万以上的红军的代表,以及湖北、广东、江西、湖南、福建、广西、河南、安徽、浙江等省的苏维埃区域代表,还有上海工联会、香港工代会、全国铁路总工会、武汉赤色工会、唐山赤色工会,乃至左联等革命团体的代表,围绕着"争取全国苏维埃政权之胜利"的中心议题进行了热烈的讨论,通过了政治决议案、暂行土地法令、暂行劳动法令、红军问题决议案以及大会宣言等二十七份文件。"大会的惊人的壮烈而透彻的讨论,表现了全国的革命群众是如何的热忱的接受共产党的领导,为全国苏维埃政权胜利而作战呵!"[1]这次大会给予冯铿以极大的鼓舞与激励,使她有机会与久历沙场的红军战士、翻身作主的苏区妇女、英武有为的少年先锋队队长、工人运动中涌现出来的职业革命家等等有了直接的交往与晤谈,为他们的英雄事迹所感动,为他们的精神面貌所感染,为中国大地上崛起的觉悟的工农大众而无限感奋。这些不仅影响与陶冶了她的思想感情,而且也丰富与更新了她的创作素材。后来,她把会上采访与搜集的材料,创作了以苏区生活、红军斗争为题材的作品《小阿强》、《红的日记》、《华老伯》、《铁和火的新生》等,并计划继续写下去,因为她认为:"只有这种斗争题材,才是读者所爱好的"[2]。

《小阿强》发表于左联有关刊物《大众文艺》第二卷五、六期合刊(1930年6月)的《少年大众》专栏内。这是一篇为"革命的小儿女"所作的儿童文

〔1〕 振鹏:《全国苏维埃区域代表大会的经过与青年问题》。载《列宁青年》第2卷第14期(总第38期),1930年6月10出版。

〔2〕 参见许美勋《冯铿烈士》第70页,广东人民出版社,1957年9月出版。

学作品。主人公的生活原型就是冯铿在全国苏维埃区域代表大会上所结识的一位湖南籍的小代表——十六岁的少年先锋队队长，柔石以"刘志清"署名的通讯《一个伟大的印象》中也曾描述过他的英姿："在这次代表会议里，有我们底十六岁的年轻的勇敢的少年列席。……他底身体非常结实而强壮，阔的肩，足以背负中国的革命底重任，两条粗而有力的腿，是支持得住由革命所酬报他底劳苦和光荣的。他是少年先锋队的队长，那想吞噬他的狼似的敌人，是有十数个死在他底瞄准里的。"〔1〕冯铿也为他的事绩所深深感动，遂以他为模特儿，用热情的笔触描绘了一个乡村贫农的孩子阿强，如何在党所领导的土地革命风暴中，接受了老一辈"布尔什维克"的教育，投身革命、参加红军的生动故事。作者饱孕着激情，把这个"中国那一片在地图上已经染成红色的一个村里的少年先锋队长"的感人事迹，如实而又形象地介绍给在暗夜中啼号的广大少年儿童。可以想见，这样簇新的文字，不啻会象火炬一样照亮孩子们的心。最后，作家还热烈地呼吁："新时代的小弟妹们！你们都愿意做这样的小布尔什维克、小斗士吗？"号召千万少年投身到革命的行列中去！这篇题材新颖、倾向鲜明，闪现着理想之光的作品，是我国革命儿童文学萌芽期的拓荒之作，给予尔后的创作以甚大的启迪。在中国现代儿童文学史的画廊中，小阿强的煜然如星的形象将占有一席显著的地位。

《红的日记》是现在所能见到的冯铿最后一篇作品，发表在纪念她及其他几位左联烈士的《纪念战死者专号》〔2〕上，也是从全国苏维埃区域代表大会上汲取素材的。这是一篇日记体小说，作者可能认为以第一人称的描写角度有裨于更真实、更亲切地展示红军的风貌与精神。女红军战士马英六天的日记，描述了红军的宣传鼓动，发动群众，组织妇女，攻占 T 城的战斗，建立苏维埃政权等等激动人心的活动，通篇洋溢着火热的激情，贯串着必胜的信念，为读者展示了中国工农红军为创建革命政权英勇奋斗的壮丽场景。马英的巾帼英雄勃勃英姿也从字里行间凸现而出，她的赤诚，她的热忱，她的无畏，都有力透纸背的感召力，她的心声："我们是铁和火的集团，我们红军的脑袋、眼睛里面只有一件东西：溅着鲜红的热血和一切榨取阶级、统治阶级拼个他死我活！"将久久地响彻在万千读者的耳际心间。作为在左翼文学歌赞中国工农红军的最早篇章之一，《红的日记》将永远在现代文学史上

---

〔1〕　载《世界文化》创刊号，1930 年 9 月 10 日出版。
〔2〕　即《前哨》第 1 卷第 1 期，1931 年 4 月 25 日出版。

熠熠发光。

在遗留下来的冯铿手稿中,我们看到了作于一九三〇年四月五日的随笔《一团肉》[1],控诉了封建制度把妇女压迫成驯服的"奴隶",资本主义又把妇女雕琢成"美丽的商品",现代妇女必须把自己从这"两重枷锁"中解放出来,从而在斗争中获取独立的人格,最后还满怀热诚地期冀与瞩望:

> 真正的新妇女是洗掉她们唇上的胭脂,握起利刃来参进伟大的革命高潮,做成一个铮铮锵锵推进时代进展的整个集团里的一分子:烈火中的斗士,来找求她们真正的出路的! 因为只有在未来的新世界里,女人才会完完全全的获得她一个"人"的真正的资格;新时代已经快要到了! 新的妇女也露出她们的光芒来了!

作为一个将青春与热血都献给革命事业,其中也包括妇女解放事业的女作家、女志士,她这段发自肺腑的铮言,表现了她对于在斗争中涌现更多新女性的期待,对于在新时代中妇女将获得人的尊严的企望,她自己曾为此而奋斗了一生。

特别值得注意的是,冯铿完成于一九三〇年五月一日的中篇小说《重新起来!》[2],凡十三章,四万余字。据许峨回忆曾交付出版,后因环境日趋险恶而未能印行。作为冯铿后期创作的代表作品,它确乎赋有不凡的风姿。与以往所作中、短篇相类似,作品的主人公亦是女性青年;然而,也有不同之处,即不再象大多篇什中纤弱善感的知识者出身的女主角,《重新起来!》的主人公小蘋是个"农村的女儿"。在她的血管里畅流着"勇敢朴诚的血液",并渗和着"要斗争的另一种热力",大革命的怒涛开启了她的觉悟,增添了她的知识,煽旺了她的斗志,奋起投身于农民们掀翻几千年所铸就的"压在上面的铁墓"的斗争,从而成为农民协会里的一员得力的"女斗士",还被选到县农民协会总会当常委;在热烈兴奋的工作中结识了党的青年部长辛萍君,为其倜傥的风度、伶俐的言辞所吸引,萌生了"薰风漾着麦浪似"的恋情;"四·一二"、"四·一五"的腥风血雨突然袭来,母亲无辜被杀,站在农民运动前列的哥哥壮烈牺牲,小蘋在沉重的打击下染上沉疴,幸得群众掩护才逃

---

[1]　手稿藏北京图书馆。
[2]　手稿藏鲁迅博物馆。

出虎口；小蘋与萍君分手两年后在上海会合了，不料两人的思想感情产生了严重的分歧，萍君经不起失败与挫折的考验，投靠了有钱的亲戚，谋取了优厚的职业，于是乎背弃了原先的信念；小蘋仍然执着于自己的信仰，不得不决心与怯懦的沦落者分道扬镳，重新投身到斗争的洪流中去；在参加示威时邂逅了原先认识的革命者炳生，又从团结奋斗的工人中汲取了力量，火热的斗争生活促使"她从迷梦中解放出来自己伟大的热力，达到了重新起来干着的目的"！作家结合着自己的生活轨迹与切身感受，深有体味地点染了主人公"重新起来"的题旨：

> 她的生命现在不是属于她自己所有，但也不是属于任何一个谁！那是已经交给了伟大的群众，象一根纤维般被织进一匹坚韧的布匹，永久的变成集团里的一员，而这集团便是推进那胎动的整个的原动力！

最后，小蘋衔命回到故乡 C 江一带工作去，"回到给黑暗掩覆了而现在是透出曙光的故乡，去创造未来的光明"，去迎接新的锻冶与考验！作品结尾以绚丽的笔墨描绘了在主人公脑际和眼前所"交互的闪耀着两道鲜明的光辉"：

> 她看见在这天海苍茫消逝去了的上海，正射着工人们重新啸动起来的光芒，伟大的爆发快要炸开来！
> 同时，在这海天苍茫的另一处尽头，无数的农村照耀起来一轮重新升上来的红日！
> 而整个的世界都在这光辉里面重新啸动起来！！！

就当时左翼文学界的创作水准而言，《重新起来！》不失为一部革命现实主义的力作，作者既如实反映了革命遭受挫折时的严酷现实，入微刻划了革命者面临考验时各各不同表现，有的虽经锤炼锻冶、烈火烧焙仍志坚如钢，有的则稍历艰难困顿、颠沛踬跌而蜕化变质，作品讴歌了从泥泞血泊中重新站立起来的英雄儿女，鞭掊了在敌人淫威下立即匍伏膝行的软体动物。对大革命失败后，革命队伍的分化离析、重新组合的历史现实作了典型的概括；同时，又运用革命浪漫主义的彩笔展示了前景的绚烂，给人以鼓舞与激励。

女革命家小蘋的形象塑造得颇为成功,她不是无根无源、超凡入圣的"女侠",而是经革命风雨吹拂的南国土地上绽发的一朵奇葩,起初植根于农民运动的丰饶沃土,其后汲取了工人斗争的精神力量,最后又以巨大的热情重新投身于"天国"的创造。作家饱孕着对在斗争中涌现的革命女性的爱,羼和着自己对革命的追求、对真理的饥渴,真实而细致地摹写了主人公的成长过程:她在蒙昧中的逐步觉醒,她在危难中的奋力拼搏,她在期待中的坚执追求,她在斗争中的勇毅无畏,尤其是不为逸乐所缅,不为温情所羁,毅然与背弃革命初衷的恋人决裂,都描绘得十分动人。即使在中国无产阶级革命文学的画廊中,小蘋的形象也不愧为其中熠然发光的一颗明星。

一九三〇年五月,左联派冯铿到全国苏维埃代表大会中央准备会所属宣传部门工作,她忘我地执行任务,"她越努力,工作越多,有时忙得连吃饭的工夫都没有,但她不表示丝毫疲倦"[1]。"苏准会"的领导人是李伟森,她在这位久经考验的老战士身上学到了不少东西;当李伟森、何孟雄等起而反对王明的机会主义路线的时候,她也毫不犹豫地参加了斗争。据一个当时了解情况的人士在一九三二年时回忆道:"……胡也频、冯铿、柔石和殷夫与何孟雄很接近。冯铿尤其忙,到处跑来跑去,煽动人们反对……"[2],可见她的积极与无畏。她为"苏准会"写了许多文告、宣言、社论之类的宣传文字,现在已无法一一查证了;不过尚可见到她以"梅"的笔名写的有关报道,如刊于党中央机关报《红旗日报》一九三〇年十二月二十九日第一百一十九期上的《苏准会积极筹备欢迎劳苦群众参观苏维埃区,大家去看看苏区工农解放的实况,更能明白国民党统治是工农死敌》的通讯。同时,她仍然经常参加左联的工作与活动,如一九三〇年九月二十五日,左联为庆贺鲁迅五十诞辰所举行的集会,冯铿作了热情洋溢的祝辞;她也经常参加在左联秘密接头处的创作座谈会,如曾就盟员马宁的两部中篇新作发表意见说:"《被忘却的市集》整个地是失业工人区的生活,我以为顶好;《土地快车》好固然好,但我总以为有几段应该多描写些,并且也多少写些家庭方面的。"[3]此外,她还鼓励和怂恿战友拓展与扩大创作的题材范围,柔石计划创作长篇《长工阿

〔1〕 《被难同志传略》之四《冯铿》,载《前哨》第1卷第1期"纪念战死者专号",1931年4月25日出版。

〔2〕 转引自夏济安作《五烈士之谜》之五(韩立译),载《明报月刊》第20卷第8期(总第231期),1985年3月出版。

〔3〕 马宁:《冯铿还活着的时候》。载《艺文线》第1期,1937年5月出版。

和》、沈端先(夏衍)后来创作《秋瑾传》,都曾受到冯铿的启发。

一九三一年一月十七日下午,冯铿与林育南、柔石、殷夫、胡也频、彭砚耕、李云卿、苏铁共八位同志一起在东方旅社三十一号房间被敌人逮捕,二十三日被递解至龙华警备司令部,与李文、伍仲文等被关押在女牢。在敌人的刑讯中表现得非常坚定,保持了共产党人的崇高气节。二月七日晚,与林育南、李求实、何孟雄、龙大道、恽雨棠、李文、王青士、柔石、胡也频、殷夫、欧阳立安等二十三位难友一道慷慨就义。

某些不了解情况的海外学者漠视冯铿的文学才能,曾不无轻率地议论道:"尽管《新群众》称她为'中国最有才气和前途的女作家之一',她在文学上留下来的只不过是十二首抒情短诗(见她的传记《冯铿烈士》附录)和一个女兵(大概是虚构的人物)日记的片段"[1],这当然是不符合实际的。冯铿在二十四岁的华年就惨遭杀害,她的文学才华尚未来得及如鲜花似地怒放,实在令人痛惜;但即使是从目前所能搜集到的冯铿作品来看,也颇为可观,有诗歌六十余首,散文七篇,论文、杂文、随笔七篇,短篇小说十八篇,中篇小说两部,以及独幕剧一出。其中若干篇什,与同时代的作家相比并不显得逊色;而且也正是这些作品,参预了中国无产阶级革命文学基础的垒筑,更值得我们珍惜。

---

[1] 夏济安:《五烈士之谜》之三(韩立译),载《明报月刊》第 20 卷第 1 期(总第 229 期),1985 年 1 月出版。

在黑浪中展翅翱翔的海燕

——左联烈士冯宪章及其诗作

　　在一九三一年八月十七日《文艺新闻》首版上,刊载了一条醒目的讣闻——《冯宪章病殁狱中》:"曾译有《新兴文学论集》和《叶山嘉树集》及其他著作多种之冯宪章,于去年五月因嫌疑被捕,判决徒刑三年,最近于上周因病卒于漕河泾狱中。""左联"五烈士的血迹未干,又一位年青的革命作家被法西斯政权的魔手扼杀了!

　　冯宪章被捕时系中国左翼作家联盟的盟员,是在参加左联所发动的"五·卅"示威中被敌人拘捕的。他是广东省兴宁县人,清光绪三十四年六月初五(公历 1908 年 7 月 8 日)诞生于兴宁南乡的鸭子桥,至一九三一年夏因敌人戕害而瘐毙狱中,年仅二十三岁。宪章出身于普通的农民家庭,从小勤奋好学,成绩优异,一九二三年岁末毕业于兴宁第一区私立立范高小,旋即考入梅县东山中学。东山中学的前身是东山初级师范,系清季爱国诗人黄遵宪捐资创办的。宪章曾联合兴宁籍的同学潘允中、伍扬俊等数十人组成"兴宁留梅学会",筹组剧团回兴宁县城演出话剧,宣传反封建的民主革命思想,并参予撰写剧本,登台表演。潘允中主编不定期刊《宁江青年》,宪章亦积极为其撰稿。在大革命潮流的冲击下,宪章奋起投身学生运动,参加了旨在"打倒军阀"、"打倒帝国主义"的进步社团"新学生社",同时在《东山学生》等刊上发表饱孕反帝反封建激情的诗作。一九二五年十月,中国共产主义青年团梅县委员会成立,首先在东山中学建立支部,宪章随即参加了共青团,在运动与斗争中显得十分活跃。一九二六年,中国共产主义青年团梅县委员会出版机关杂志《少年旗帜》半月刊,由冯宪章出任主编。一九二七年三月中旬,共青团梅县委员会组织宣传队分赴兴宁、蕉岭、大埔各县,深入山庄农村,宣传孙中山先生联俄、联共、扶助农工三大政策。宪章随宣传队回到家乡,在兴城、坭陂、新圩等地进行宣传活动,并劝阻其父冯砚田放帐剥削,以致引起与家庭的冲突。

一九二七年春夏之交,新军阀先后发动"四·一二"(上海)、"四·一五"(广州)反革命政变,学生运动高涨的梅县东山中学被封,宪章与其他进步学生都遭通辑。宪章遂回到家乡,参加了当地以刘光夏同志为首的赤卫队,在兴宁山区打游击。赤卫队被反动军队挫败后,宪章复遭追捕。敌人多次派便衣队到他家里搜捕,均幸得脱险。后拟取道汕头乘船赴广州,敌人又跟踪到汕头码头,幸好船已开出,遂又一次脱险。从此,宪章永远离开了不得回归的故乡。

宪章抵穗之后,继续投身革命斗争,接着参加了张太雷、叶挺、叶剑英、周文雍等领导的"十二·十一"广州暴动,与万千工农及革命军人一起,为保卫"广州公社"而浴血战斗。广州起义失败后,宪章再度流亡。一九二八年初辗转来到上海,考进了党所主持的上海艺术大学,不久又参加了革命文学团体——太阳社。该社主持人蒋光赤在太阳社机关刊物《太阳月刊》创刊号(1928年1月)的《编后记》中这样写道:"宪章是我们的小兄弟,他今年只有十七岁。他的革命(诗)歌里流动的情绪比火还要热烈,前途是极有希望的。"可见革命文学倡导者们对他的爱赏与推重。同年加入了中国共产党。

一九二八年秋,宪章东渡日本留学,其同学与战友森堡在《海风周报》第十期(1929年3月10日)上发表了《送行曲——送宪章、劲锋二兄留日》,以"我们的喉咙要始终为被践踏者而叫号,我们的热血要始终为被践踏的大众而奔流"相勉励。在滞留东京期间,并未在正规学校就读,而是努力学习日语,不到一年功夫,就达到了可以阅读并翻译文艺理论与作品的程度。于是,就开始着手翻译日本无产阶级革命作家的论著与创作。

一九二九年八月,蒋光慈(光赤)亦到了东京,与宪章、森堡等酝酿成立太阳社东京支部。光慈的旅日日记《异邦与故国》(现代书局,1930年1月初版)一九二九年九月十一日条记有:"今天上午我到他们的寓所去,正式成立了太阳社的东京支部。与会的是宪章、森堡、谷君和伍君。"他们积极从事于革命文学的鼓吹与建设,并与日本无产阶级作家同盟的藏原惟人等进行了联络与合作。宪章还翻译了日本革命作家叶山嘉树的小说集,以及藏原惟人、青野季吉、金子洋文、小林多喜二、片钢铁兵等人阐发马克思主义文艺思想的论著。

留日学生的爱国活动遭到了日本政府当局的忌恨,于是在一九二九年十月三日突然出动警察逮捕了一百多名中国学生,太阳社东京支部的成员冯宪章、古公尧、伍劲锋等均因此入狱。森堡曾作诗《十月三日》叙其事,歌颂宪章等的坚毅与无畏:

> 我好象看见了你们的身躯,
> 还看见了你们的血红的心儿;
> 殉道者的威严在眉间跃露,
> 别要看你们的四肢已被镣枷扣起。
>
> 狠毒的警官在把你们痛殴——
> 从实招来,暴徒,奴隶!
> 但你们却毫不畏惧——
> 坚持到底,有死而已![1]

　　是年冬,宪章出狱后即被遣送回国。甫入国门,他又立即投身于革命文学活动。既致力于马克思主义文艺理论的译介,又从事于革命文学的创作实践。
　　一九三〇年三月二日,中国左翼作家联盟于上海窦乐安路(今名多伦路)中华艺术大学举行成立大会,冯宪章出席了大会,成为第一批与会的盟员。自始,宪章积极参加“左联”的活动,例如他参加了《大众文艺》编辑部召开的文艺大众化座谈会,参与了“左联”所属的马克思主义文艺理论研究会的活动,为“左联”理论刊物《文艺讲座》撰稿,为“左联”刊物《拓荒者》翻译了苏联诗人布洛克、基里罗夫等十篇诗作,创作了小说《一月十三日》,承担了作为《科学的艺术论丛书》之一《蒲力汗诺夫论》(苏联雅各武莱夫作)的翻译……至同年五月被捕止,宪章在“左联”内的活动不及三个月,然而他以高涨的革命激情做了许多工作,完成了甚多的创作与译作。
　　同年五月二十九日,“左联”召开全体大会。大会决定“左联”全体成员参加“五·卅”示威。宪章于翌日的示威中被捕入狱,旋被判处了三年徒刑,羁押在漕河泾的牢狱中。在敌人的图圄中,宪章充分表现了共产党人的崇高气节与革命作家的嶙峋风骨,同狱的难友在回忆录中曾这样记述道:“在

---

[1] 载《拓荒者》第1卷第2期,1930年2月10日。

龙华警备司令部的政治犯牢里……有个叫冯宪章的人,他是作家。他看出我的情绪,对我说,'哈!年轻人,你应该认为干革命、坐牢带脚镣是必不可少的事,进牢要带脚镣,就等于吃饭时必定要吃菜一样!这种革命的乐观主义鼓舞了我。"[1]于此可见冯宪章坚贞品格之一斑。

《文艺新闻》的讣告是这样记述他的逝世的:"两年前曾犯有脚气病,狱中地气潮湿,兼之待遇不良,而终至殒没。"从这不得不闪烁其词的报道中,我们仍可清楚地看出:万恶的刽子手是用看不见的屠刀,杀死了我们年青的革命诗人。

冯宪章的创作生涯是很短促的,大约前后只有四年光景。但他却以炽热的革命激情,勤奋的创作努力,为我们留下了丰硕的文学遗产。

首先,宪章是以他的诗歌创作著称的。他留给我们的有诗集《梦后》(《火焰丛书》之一,上海紫藤出版部1928年7月初版),以及散见于当时文艺刊物《太阳月刊》、《海风周报》、《思想月刊》、《白华》、《海蜃》、《我们月刊》、《洪荒》、《摩洛》、《明天》、《沙仑》、《拓荒者》、《萌芽月刊》、《泰东月刊》等上的近百首诗歌,达数千行以上。另外,从有关书刊广告上看到,宪章的诗集尚有《警钟》、《暗夜》等,可能没有发行就遭到查禁的厄运,所以都不曾见到原书。最为可惜的是,据阿英同志一九六二年五月七日函称:"宪章同志的诗,他自己印稿《变后》(按即《梦后》——笔者)单行本找到否?其他还有三本原稿,都经我手送到泰东,没有出。赵南公死后,连原稿也找不到了。这件事我感到很痛心。"由此可见,宪章散佚的诗甚多,这是至为可惜的。

《梦后》作为宪章结集出版的唯一诗集,其中辑录了诗人一九二六年秋至一九二八年夏所创作的新诗二十九首,凡一千五百行。它真切地记录了一位憧憬光明,追求真理的青年知识者的心灵历程与进取轨迹,其主题诚如陈孤凤在该诗集的《序诗》中所揭示的:

> 在这些、诗篇里——……
> 有的是资本主义的棒喝,
> 有的是工农胜利的赞美!

宪章在《梦后的宣言》(代序)中也申明自己"景仰的是血染的旗帜",

---

[1]　徐平羽:《忘不了的年代》。载于1957年5月4日《青年报》(上海)第1版。

"歌咏的是争斗场中的鲜血","赞美的是视死如归的先烈","表现的是工农胜利的喜悦","欢欣的是资本主义的消灭"。以上内容在《梦后》中都有充分的反映。

诗集的主旋律是理想的礼赞,信念的讴歌,这在革命处于低潮的时期是异常可贵的战叫。诗人壮怀激烈的抒发了对革命的忠诚,表示要"如夸父一般追逐太阳"地战取光明(《自励》);诗人以社会革命为己任,明誓要"须当作时代的先驱"去扭转乾坤(《除夕》);诗人还准备追随李耳、仲尼、墨翟、夏禹、屈原、贾谊等先贤,乃至"建筑长城的无名的巨匠"、"开辟运河的义勇的健将",来改造这腐朽的故国,来拆毁这"人类的囚牢",庄严地宣示:

> 我们的赤心和热情,
> 要献给工人和农民;
> 我们的青春和聪明,
> 也要为工农而牺牲!
>
> ——《梦后》

诗人不仅勇敢地讴歌革命,而且对革命前景充满必胜的信念,既然我们肩负着"创造历史的使命",我们即自觉地承担起时代驭手的职责:

> 我们是旧社会的刽子手,
> 我们是新社会的创造主;
> 我们要毁灭现存的宇宙,
> 我们要创造理想的仙洲!
>
> ——《匪徒的呐喊》

"牢狱"被我们推坍,"屠场"被我们扫荡,"美丽的春天"即将降临——

> 那时自有嘹亮而又和谐的琴瑟,
> 那时自有樱花一般鲜艳的红色!
>
> ——《梦后的宣言》

诗集中闪现着亮声的是诗人发自衷心的对工农的礼赞,认为"只有工农才能代表光明的将来"，正因为诗人饱孕着对于"面黑如漆"、"裸体赤足"的工农的"情热"，故而希望能够成为"他们的喉舌"：

> 我要表现他们如狂风暴雨般的壮剧，
> 我要歌咏他们战胜凯旋时候的喜悦！

——《诗神的剖白》

诗人以诗的语言阐述了自己的文学观，认为文学应该表现"伟大的民族精神"，应该表露"纯洁的民族心灵"；诗歌作为"反抗的长啸"、"革命的军号"，必须力求将"那些酣睡的人们唤醒"；诗人作为"时代的先觉先驱"，也必须赋有"反抗的精神"，并且"要与平民分受运命，要与平民携手前进"，从而充当民众的代言者：

> 我们要将他们的感情痛苦，
> 我们要将他们的思想要求，
> 缀成我们的艺术制作，……

——《怎样干》

诗人不仅口头上申述了要为革命而歌吟的志愿，而且也在诗作中艺术地再现了身历的"狂风暴雨般的壮剧"，例如作于一九二七年十二月的《粗暴的幽静》，就含蓄而深沉地状绘了"震撼世界的三日间"——"广州公社"的悲壮场景：

> 永远保持着罢　你伟大的　同情
> 听　滴滴鲜血　滴在黑暗　乾坤
> 凄怆　悲惨　无伦
> 深沉里　织进了　一声　"拼命"
>
> 永远维系着罢　你反抗的　精神
> 看　累累白骨　垒积冷清　环境
> 哀愁　冷酷　残忍
> 惨淡里　喊出了　一声　"牺牲"

诗人作为曾在"广州公社"的街垒中浴血奋战的一员,拌和着浓烈的爱憎,热情讴歌了公社战士为捍卫新生苏维埃政权而英勇战斗、前赴后继的牺牲精神,愤怒指斥了阶级敌人为扑灭革命而大肆屠戮、滥杀无辜的狰狞与残暴,对比鲜明,节奏铿锵,急促的旋律如同催征的战鼓,赋有不可遏制的感召力。"广州公社"亲历者所写关于公社壮烈场景的诗似乎并不多见,实在值得我们珍视。

宪章政治抒情诗的题材比较广泛,其中有对被侮辱被损害的女性的同情,希望她们起而"反抗现实的恶劣环境",与"摧残我们的豪绅"厮斗拼命,从而同工农共负起改革社会的使命(《给大世界里的游绳女》);其中有对未来一代的瞩望,期冀"穷人的儿女"承担起"把现社会粉碎"的历史重任:

> 我们有纯洁无瑕的心灵,
> 我们有百折不挠的精神;
> 管他妈的枪炮与金银,
> 最后的胜利终属我们。
> ⋯⋯⋯⋯⋯
> 我们要粉碎现实的凡尘,
> 我们要创造光明的乾坤!
> 啊
> 只有我们才能代表未来社会的光明,
> 努力呀我们要努力向前厮杀与拼命!
>
> ——《劳动童子的呼声》

尤为令人感动的是,诗人慷慨激昂地一再表示了"誓死为工农而牺牲"的豪情,以及"我要勇敢地战死沙场"的壮志:

> 他们要我死便痛快地死,
> 人生横坚也有这么一回;
> 以其零星地被他们榨取,
> 倒不如为着自由而战死!
>
> ——《残春》

这种无畏的献身精神,成为宪章贯串其诗歌创作始终的基调。在《梦后》的《后记》中,诗人也顽强地奏出了这一高亢激越的音符:

> 布洛克先生说:"用你全身,全心,全力静听革命呵!"
> 蒋光慈先生说:"用你全身,全心,全力高歌革命呵!"
> 我这穷小子说:"用你全身,全心,全力努力革命呵!"

我们年青的革命诗人丝毫没有违悖自己的誓言,他把自己的灵感、青春和生命都贡献给了世界上最壮丽的事业。

宪章迸溅着革命激情的诗作在革命文学阵营得到普遍的好评,左翼文艺批评家钱杏邨曾以《介绍一部革命的歌集》为题推崇过《梦后》,认为《梦后》"完全是过渡时代向上青年心理状态的表现","奔进的,热烈的情绪如一束不可抵抗的炬火,在全集的各处跳动着。这就是你的诗歌里面所有的潜在的力",着重指出:"这种力是极为宝贵的"[1]。在后来有关中国现代诗歌史的著述中,论及冯宪章的并不多见,惟有在蒲风所著的《抗战诗歌讲话》(诗歌出版社,1938年4月初版)一书中却记有:"象殉难的殷夫,病死的冯宪章,及蒋光慈,也莫不都有势若悬河骤降的奔波情感;而这些情感之波也莫能否认都是由于他们之曾置身于群众社会里陶炼于生活里而得来的吧!"可见爱国的、进步的诗人对冯宪章是颇为称许并引为楷模的。

宪章在创作之余,还致力于马克思主义文艺理论的传播和外国无产阶级革命文学的绍介。曾先后翻译了苏联、日本等国革命作家的论文与作品,发表于各报刊。集结起来出版的有《新兴艺术概论》(上海现代书局,1930年7月初版),其中辑译了日本无产阶级作家小林多喜二、藏原惟人、青野季吉、金子洋文、贵司山治、片钢铁兵等的文艺论著十二篇。同时还译有苏联作家雅各武莱夫的专著《蒲力汗诺夫论》(未出版,译稿散佚)。另外,宪章还翻译了日本著名革命作家德永直的代表作《没有太阳的街》[2],以及另一革命作家的选集《叶山嘉树集》("拓荒者丛书"之一,上海现代书局,1930年5月初版),后者于一九三四年三月被国民党图书检查官以"欠妥"的罪名封

---

〔1〕 钱杏邨:《介绍一部革命的歌集》。载钱著《麦穗集》,上海落叶书店,1928年11月15日初版。
〔2〕 见《中国新书月报》第1卷第1期(1930年12月)文学栏广告,注明现代书局出版,署冯宪章译;但后来现代书局译本改署何鸣心译,不知是否因宪章入狱而变更了译者姓名,待考。

禁。宪章还与沈端先(夏衍)合译了德国女革命家露莎·罗森堡的《狱中通信》,先后被选辑入阿英所编的《现代文学读本》和洪灵菲所编的《模范小品文读本》。以上两书亦均被查禁。

　　冯宪章如同掠过夜空的流星,虽然过早地殒灭了,然而它的光焰永存;亦如同冲刺黑浪的海燕,虽然不幸地坠落了,然而它的矫姿长在。他以自己的热血与生命参预了中国无产阶级革命文学历史第一页的谱写,其不朽的业绩是不应泯灭无闻的,文学史家不应忽略与忘却这一勇猛无畏的革命诗人的贡献。

民族解放战争中羽化的凤凰

——天虚创作鸟瞰

三十年代中国文坛是一个繁星闪烁、人才辈出的时代,党所领导的左翼文艺运动孕育与培养了数以千百计的革命作家,他们在艰辛困厄的境况中,以无畏的胆识与勤劬的努力丰实了中国现代文学,云南籍的作家天虚就是其中出类拔萃的一员。一九四一年顷,当天虚以三十岁的英年夭折之时,友朋唏嘘,国人痛悼,前辈作家郭沫若在《张天虚墓志铭》中写道:

> 天虚年仅三十年。长才未尽,赍志而殁,惜哉!……然在君亦复何憾,虽未永年,业已不朽,铭曰:
> 西南二士,
> 聂耳天虚。
> 金碧增辉,
> 滇洱不孤。
> 义军有曲,
> 铁轮有书。
> 弦歌百代,
> 永式壮图。

作家在民族解放战争烽火正炽之际奄然逝去,就他自己而言,难免不无遗憾,然而他的业绩诚如郭老在墓志中所铭镌是百代不朽的,将如金马山、碧鸡山一样苍翠常青,若同滇池、洱海一样澄碧如玉。

短促而光辉的一生

鲁迅诗云："独见奔星劲有声。"如以这种光迹相连、掠天而驰、辟尘拂埃、坠地有声的"奔星"来概括比拟天虚的一生，倒也甚为贴切。因为他的生命虽然十分短促，然而却竭精弹力地散发着光热，当年左联东京分盟时代的战友欧阳凡海在忆及天虚时说："这个人瘦小的个子，心灵却好象一团火"[1]。这位心头长燃着不灭之火的作家，是把他的生命与青春作为革命文化事业的灯油来耗尽的。

天虚，原名张鹤，曾用笔名天虚、虚、天山等，一九一一年生于云南省呈贡县龙街。作家对生身的故土充满自豪与依恋之情，他曾写道："我生长在离省城只有一个钟头火车的小县城附近的一个小市镇上。我秉赋了'山国'人特有的梗（耿）直，刚愎的性格。也许因为自幼走出门来看见的便是巍峨崀峙的高山大峦的原故，我感受得一种伟大的印象，使得我时时刻刻允许给自己以魄力。"事实上也正是如此，奇山秀水的陶冶，骠悍民风的滋育，对于天虚百折不挠、矢志不渝的性格与志趣的培养，具有不可忽视的影响。

一九一七年至一九二六年夏在呈贡县城读初小与高小，童年与少年时代已领受了处于风雨鞭扑之中的农村颓相衰颜的刺激，"我曾眼看了在动荡时代的一般较不特殊，但是已经逐渐没落的乡村的各种面影，这些面影直接刻在我脑里"，这些直观的、感性的认识，有助于他日后创作中对于农村风貌、环境、人物、事件的真切刻绘。

一九二六年考入昆明的省立第一中学。一中是当时云南学生运动的"左翼"中心，与地方军阀唐继尧官办的"大陆中学"唱对台戏。学校的进步教师楚图南、陈小航（罗稷南）等在学生中组织读书会，积极宣传马克思主义。以学生领袖李国柱为首的地下党组织，也组织了外围的"青年努力会"。天虚热情地投身于学生运动，并在学生会刊物《滇潮》及其他报刊上开始发表文艺习作。他后来在忆及这一阶段有意义的生活时写道："由五四遗留给人们的精神教育，革命在艰苦中的滋长，在创造社文化潮掀起更高的一个狂澜配合在军事政治上的时候，我也被卷入"。又写道："一方面读新文学的书刊，学习文章，参加学生，社会，以及政治的活动，我生活的范围，由狭小的学

---

〔1〕　欧阳凡海：《悼东平并悼天虚》。刊 1941 年 12 月 6 日《新华日报》（重庆）第二版。

校的笼里扩展到大社会上来。"参加了共青团的天虚,成为学生运动中的积极分子,踊跃投身一系列的活动:如加入"五卅"惨案后援会,到五华山府署请愿,反对云南军阀唐继尧的"倒唐运动",反对龙(云)、胡(若愚)的军阀混战,支援北伐战争,反对蒋介石的"四一二"政变等等。在这些斗争中,天虚都站在前列。与此同时,自幼喜爱文学的天虚,为了冲破沉郁窒闷的低气压,"不得不借着笔尖来抒泄胸中闷气",当然更主要的还是服务于斗争,"要挣扎,笔尖也就成了一部份工具",于是乎,"悒郁和愤懑都变成些文章"。于此可见,天虚在文学道路上迈步伊始,就执着于"文学的真意义与伟大使命"。当时,在《云南民众日报》等进步报刊上都披露过天虚稚嫩粗拙然而情真意切的文字。

在学生运动的行列中,天虚认识了当时在省立第一师范学校念书的聂守信(聂耳),从始,共同的理想,相近的志趣,使这两位矢志献身革命文化事业的少年成了终生不渝的莫逆之交。

一九二八年,天虚考入东陆大学预科,由于从事革命活动,被迫中途离校。三〇年秋,云南地下党组织遭受大破坏,李国柱、赵琴仙、吴澄等学运骨干惨遭杀害,天虚也被迫从闭锁的山国出走流亡外地。

在流亡途中,天虚萍踪浪迹,在许多地方留下了展痕。一度在上海滞留,"黄浦滩头,自己曾徘徊了些时,相当了解码头苦力,和瘪三们处境的"。后来又到了北平。在北平期间,一面在大学念书,一面仍积极从事革命文艺活动。日本帝国主义的铁蹄在东北大地上蹒跚践踏的浊音,给了年青的作家以强烈的震撼,"九一八事变,轰然一声,在我底身旁爆发了,我从未敢偷懒的灵魂,在生活的大风中激荡,自然是愈更震奋。更因所处环境,与肇事地点毗邻,空气似乎特别紧张,成天给'打倒''拥护'的声浪波动着,便是顽石也要点头了,我安得镇静?"就在此时,云南籍同乡绿曦(陆万美)编辑《世界日报》的副刊《蔷薇》,遂联合天虚、许多(许晴)借此阵地提倡"活路文学"。"我们提出的'活路',就是谐音'普罗'。结合当时国家民族垂危的斗争形势,我们热烈地号召'一切不甘心做亡国奴的革命人民,快快团结起来斗争,争取全民族的活路'。"[1]天虚在《蔷薇》周刊上发表了连载的中篇小说《黄浦滩头的梦》,写的是"黄浦滩头徘徊着的大批失业工人,为沪战而逼

---

〔1〕　陆万美:《迎着敌人的刺刀坚持战斗的'北平左联'》。载《隽永的忆念》,云南人民出版社1981年1月初版,第66页。

得无家可归的劳苦大众。他们都在饥寒交迫中呻吟,挣扎和喘息。"倡导"活路文学"的《蔷薇》周刊以其战斗的风姿引得了左翼文化界的注意与欢迎。中国左翼作家联盟的外围刊物《文艺新闻》第五十五号(1932 年 5 月 16 日)文艺通讯《对垒中的北平文艺,新的文化深入大众》中报道云:"在报纸副刊方面有《蔷薇》在拼命的努力,她在可能的范围以内挣扎着。"可见革命文学阵营对于陆万美、天虚等在艰困中奋斗的欣赏与嘉许。

一九三二年初春,天虚与陆万美一起参加了北方左联。从始,他更加自觉与忘我地为无产阶级革命文学运动而献身。

同年八月,天虚的同乡与挚友聂耳自沪来平,与他一同住在宣外教场头条云南会馆,直至十一月才返沪。这两位情同手足的同志加朋友朝夕与共地一起畅谈理想,一道切磋学问,更一同参加北平的左翼文艺运动。诚如洪遒所回忆的:"天虚和聂耳交情最深厚,在革命文艺上的战斗友谊也最久。"[1]他俩的战斗情谊在现存的《聂耳日记》(手稿)中也有所记录,例如一九三二年十月二十日条记有:"咋晚和张鹤(按即天虚——笔者)、宏远发歪疯,十一点钟还鼓吹他们陪我跑马路,他们也觉月色可爱,便兴高气傲地手挽着手跑出去,三个活泼精悍的小孩,不顾一切地向前跳踊着;风虽冷,没穿长裤外衣的小四猫(天虚绰号——笔者)和光头无领的小四狗(聂耳绰号——笔者)还觉得心里发烧,因为我们沿途讲的青年人漂泊吃苦的事;他们很愿意听我讲去广东湖南的事经过。"这段难得的文献,真切生动地记述了天虚、聂耳之间诚挚的友情,相通的抱负,以及共同的不畏艰险,追求真理的执着精神。

他们还时常交流生活体验与创作经验,天虚鼓励聂耳在致力于音乐的同时也从事小说创作,聂耳在他的怂恿下萌动了写作长篇小说的拟想。《聂耳日记》一九三二年十月二十一日条就记有"我充满了创作欲",并在同日日记中拟出了长篇的"题材"、"意识"、"结构"等详细提纲,还表示要"今后将更勇敢地去实践人生,在这里面,取得伟大题材,创造伟大的作品"。聂耳欲致力革命文学创作,以及更加自觉地将自己的创作活动紧密结合于左翼文艺运动,这些都显然受到天虚的影响与熏陶。聂耳返回上海之后,曾写信给北平左翼剧联负责人之一任于人(于伶)说:"北平生活,把我泛滥洋溢的热情和兴趣,汇注巨流的界限"。所谓"巨流的界限",指的就是当时汹浦澎湃

---

〔1〕　洪遒:《聂耳居京三月记略》。刊 1957 年 8 月 2、3、5、7、9 日《北京日报》。

的左翼文艺运动。聂耳立志"汇注"入"巨流",当然是整个左翼文化界感召、引导、帮助、勉励的结果,其中毫无疑义也包含有天虚的劳绩。

天虚就在与聂耳分手后不久,于一九三二年十二月上旬,在云南会馆的居室中开始了酝酿已久的长篇《铁轮》的创作。翌年春,离开北平南下,先在南京逗留数月,后到上海住在真茹的暨南大学,与当时在暨大念书的左翼青年作家何家槐等交往。经何介绍,天虚、马子华参加了上海的中国左翼作家联盟。这一时期,天虚继续"挥汗埋头地写他的长达五十万字的长篇小说《铁轮》"[1],至同年七月终于完成了初稿。与此同时,他还为上海的左翼文艺刊物《文艺》(现代文艺社编)、《春光》(庄启东、陈君冶编)、《文学新辑》(蒋弼、葛一虹编)以及聂绀弩主编、叶紫助编的《中华日报》副刊《动向》写稿。

一九三五年春,天虚东渡日本,积极投身于留日学生的爱国活动,正如郭沫若在《张天虚墓志铭》中所勾勒的:"君忧国之念甚深,在东瀛恒集同志作文艺及其他活动,要在求祖国之独立与民族之解放也。"作为左联东京分盟的活跃分子,除仍继续从事长篇《铁轮》的修订而外,还参予了该分盟《东流》等刊物的编务。

东京当时成了爱国的、进步的文学青年的汇集地,在左联东京分盟等革命团体的领导与推动下,文学刊物如春蕾般绽发,戏剧运动也繁星般展开。天虚除进行文学创作而外,同时也参加了杜宣主持的"艺术界聚餐会",成为这一革命文化组合的主要成员,还参加了果戈理《视察专员》(现通译《钦差大臣》)一剧的演出,在其中饰演邮政局长一角。

一九三五年夏聂耳也到了东京,拟取道日本赴苏联学习,不幸于七月十七日溺死于神奈川的鹄沼海滨。天虚为挚友的夭亡而悲痛欲绝,旋与革命文化人一起在东京举行了聂耳追悼会,还会同诗人黄风(蒲风)一同编印了《聂耳纪念集》(东京聂耳纪念会,1935 年 12 月 31 日出版)。天虚在其中的《聂耳论》中高度评价了聂耳在中国革命音乐史上的开山之功:"正和从来底天才不会辜负人们的期望一样,在聂耳觉得了他本身存在的意义时,是怎样的加鞭了自己! 不久以后,《大路歌》、《开路先锋》、《毕业歌》、《进行曲》 …等等,一贯的发展下来,我们觉得是由单纯的情感,而进展到繁复,由粗暴以至细腻。不良的原素被淘汰着;刚健、明洁的优点,是保持下来,而且发展着。一个比一个尖锐,一个比一个有力的调子,象他一天天的进步

---

[1] 马子华:《意气方遒》。载《左联回忆录》,中国社会科学院出版社 1982 年 5 月初版,第 313 页。

样,一天天地流行起来,由都会到乡村,大学堂到幼稚园,终于代替了肖黎,而确定了新兴音乐的基础,打开新兴音乐的途径。"进而认为:"新兴乐坛,是由他一手奠定了初基!音乐,电影,戏剧合流巨浪的掀起,无疑地他是最得力之一人!"以上剀切的批评尚属前无古人的论断,在此之前述从未有人就聂耳在音乐史上的地位作出正确的估价。嗣后,天虚在纪念集的《编后》中还写下了瞩望与希冀:"这所遗给我们精神的影响,将成为无数健硕的聂耳,变成无数到敌人炮火中牺牲的战士,……我们谨以一颗赤心献上,给地球忠实的儿子未完成底意志!"天虚尔后确乎没有违悖自己的誓言,与他的知友聂耳一样,将自己身心全部献给了祖国与民族的解放事业。

一九三六年初,流亡在东京的郭沫若为天虚的长篇《铁轮》撰序,热情地鼓励与推重这位年青而坚韧的革命作家。天虚遂将郭序与《铁轮》原稿携回国门,在上海筹措经费,以付剞劂。这本长达五十万字的长篇,历时五载,凡三易稿,中受郭沫若、茅盾二位前辈的指教,屡经陆万美、聂耳、马子华、艾思奇、洪遒、田间诸友朋的切磋,终于在一九三六年十二月以东京文艺刊行社的名义自费出版。

天虚于《铁轮》出版后一度北上,一九三七年二月与北平诸大学的学生一起赴太原参加了半个多月的军训生活,并据此写下了《军训日记》。这篇报告文学洋溢着鼎沸的爱国热情,鲜明地表露了作者以身许国的决心。

神圣的民族解放战争揭开序幕的时刻,天虚立即奔赴革命圣地延安,以听命于党与祖国的召唤与调遣。一九三七年八月,延安文化界筹组了"西北战地服务团",丁玲任主任,吴奚如任副主任,下设总务股、通讯股、宣传股,天虚担任了通讯股的股长。该团的《成立宣言》阐明了宗旨:

> 我们愿赴疆场,实行战地服务。我们愿意以我们的一切供献于抗日前线,与前线战士共甘苦,同生死,来提高前线战士的民族自信心和民族牺牲精神,唤醒动员和组织战地的民众来配合前线的作战……我们将随时报告战地的状况,使全国远处后方的民众,都随刻与前线紧紧的联络着,使世界同情中国的人士,得慰他们的关怀。同胞们,青年们,到前线去,到前线服务去,为中华民族的解放,独立,自由,把我们的一切供献到前线去![1]

---

〔1〕 刊《战地》创刊号,丁玲、舒群编,1938 年 4 月出版(汉口)。

八月十五日晚,延安各界举行欢送大会,毛译东亲临致辞。九月二十二日,"西战团"自延安出发踏上征途,途径四十里铺、甘谷驿、里水铺、延长、石佛郸、古渡店等地,于十月一日渡过黄河,复经李家垛、曲城镇、大宁、午城镇、蒲县,十日到临汾,十三日抵达太原。他们沿途以活报剧、曲艺、歌曲、标语、讲演等多种形式宣传抗日救亡,发挥了强烈的宣传鼓动力量。据中共中央宣传部《征求战地服务团员》的启事称:"自我们的战地服务团出发后,经过大宁、蒲县、洪洞等处,沿途表演抗战戏,深得山西人民拥护。"〔1〕天虚主持的通讯股在长途跋涉的间隙中写了许多战地通讯,发表在《战地通信》(香港港报社编印)等报刊上,引起了广泛的关注与积极的反响。

因战局的恶化,"西战团"于十月二十五日离开太原,经由冀村、范村、灵石、顺县、石拐、榆社、武乡、郭村、沁沅、考驿村、安泽、苏保、洪洞、万安等城镇,复抵临汾。到了临汾之后,天虚由组织决定另有任用(到滇军做政治工作)调离了"西战团"。行前,八路军总指挥朱德曾约其谈话,予从诲导,并合影留念。

天虚遂从山西前线转赴武汉,在武汉滞留的短暂日子里,他夜以继日地勤奋写作了《两个俘虏》、《征途上》、《行进在西线》等三个报告文学集子。旋即奔赴滇军六十军(张云鹏部)一八四师从事政治工作,随部进军鲁南前线,参加了著名的台儿庄战役。在滇军中,曾与李乔、孟田等共事,一同编印《抗日军人》刊物。一八四师的夏师长是一个有正义感的爱国将领,天虚很注意搜集有关他的素材。夏师长率领一支为国民党嫡系部队所蔑视的云南地方军,在运河北岸与敌军玑谷师团周旋厮杀。这支英勇善战的云南籍将士们血洒运河之滨,鸣奏了一曲悲壮的抗倭战歌。天虚作为它的一员,身历目睹浴血奋战的活剧,写下了《二十世纪的爬虫》、《饿——血流之一》等报告文学的篇什,后来还交由读书生活出版社出版了《运河的血流》一本报告文学集。

滇军在津浦路北段一带以血肉筑成的防线,经受住了敌军的轮番进攻。然而,徐州的守军却承受不住敌人的奔突而失守,津浦线沿途的几十万军队遂陷入敌人的追围堵截之中。天虚所在的滇军也不得不撤出血战夺来的阵地而突围后撤。在杀出重围的过程中,滇军官兵英勇奋战,师长老夏指挥有度,终于杀开一条血路,把万里迢迢来抗日的云南军队带到了平汉路。这些

〔1〕 刊 1937 年 10 月 29 日《新中华报》。

惊天地而泣鬼神的场面都被天虚写进他的一组报告文学《鲁苏皖豫突围记》之中。

一九三八年秋,滇军刚刚突围,又被调去保卫武汉。武汉失陷后,国民党当局在滇军中执行反共摩擦政策,天虚被迫离开了一八四师。翌年春,天虚回到了阔别近十年的故乡,曾先后在昆明八个学校任教,同时参加了昆明的文艺界抗敌后援会。天虚仍然坚持以笔代刀,为《云南日报》副刊《南风》、《南方》(昆明南方社编,1937 年 10 月创刊)、《战时知识》(昆明战时知识社,1938 年 6 月创刊)等刊物撰稿,并曾到《云西日报》社当过编辑。

一九三九年夏秋间,天虚拟取道重庆再赴延安,甫抵渝而肺疾复发,咯血不止,只得转回昆明疗养。病稍愈即又遵组织派遣赴仰光,任华侨报纸《中国新报》的编辑,其时他为该报及其他华侨报纸所撰社论、小说、散文、随笔等"约在百篇以上",并完成了一本十万余字的中篇小说《五月的麦浪》的初稿。如此发奋,诚如郭沫若在其墓志中所云:"力疾服务,勤劳有加,尽力启发侨胞,打击敌伪,盖早已置生死于度外矣。"繁剧忘我的工作使天虚的病体日趋羸弱支离,仍至于"至月昏睡,失去意识",不得不于一九四〇年冬返回昆明治疗。自始缠绵病榻,终至不起,一九四一年八月十日逝世于昆明西郊赤甲(车家)壁的惠滇医院。

天虚的逝世使同仁不胜哀悼,遂卜葬于其生前挚友聂耳墓之侧。中华全国文艺界抗敌协会昆明分会主编的《西南文艺》第二期(1942 年 1 月出版)特辟了"追悼张天虚专号",其中刊发了以下悼文:秋帆的《悼天虚》,溅波的《追念天虚》和黄海平的《后死者,负有责任》。郭沫若闻其夭逝也不胜痛惜,惊叹其"长才未尽,赍志而殁,惜哉!"甚至称颂天虚"为青年百代之表率"。

以生命之火点燃的创作激情

唐代苦吟诗人杜荀鹤有句云:"直应吟骨无生死"(《读诸家诗》)。又有句云:"生应无辍日,死是不吟时"(《苦吟》)。这种生命以赴、心血尽倾的创作态度,也正是天虚的写照,不过他较前代的骚人墨客有更为崇高的信念与更紧迫的使命感。在他短暂的创作生涯中,把一切都无私地奉献给了无产阶级革命文学运动以及乃后的民族解放事业。

每一部作品都浸染与凝聚着作家的生命,然而,我总感到天虚的生命好象全部耗蚀在其主要作品《铁轮》里了。这部厚如砖石的五十万言巨著，是左翼十年中卷帙最繁浩的长篇，它是天虚奉献给左翼文坛的一份纪程碑式的作品，可惜当年乃至今天一直为文学史家所忘却与忽视。

《铁轮》自一九三二年十二月开手，翌年七月完成初稿，三四年五月二改，三五年六月三改杀青。前后历时三四寒暑，终于在一九三六年十二月以"东京文艺刊行社"的名义自费出版。在述及本书的创作动机时，作者是迫于"时代的需求"而勃发了"综结成一个长篇的决心"，于是乎"我抱了一颗雄心，我执着热情的火把，燃烧着我的灵魂"，开始了《铁轮》的创作[1]。至于《铁轮》的主题，作者在《关于〈铁轮〉》中有过如下的阐述：

> 用最落后的农民的终于转变成一个时代的前卫这一段过程来展开现阶段动荡中的农村悲惨的面影，怎样的喘息和咆哮。之后，又展开都会脉搏的跳动，以至一个新的社会底诞生。企图是暴露畸形社会的各层，展开作为世界动荡核心的中国的全面影，是给时代一个清算。[2]

以上创作意图展示了青年革命作家的抱负，当时的左翼作家群中尚很少有人作如许的擘划，然而由于作家过于年青，他的经历与功力似乎不足以负荷如此庞大沉重的任务。

长篇的布局宏恢，凡四部三十章。第一部是以浙东农村作背景的《动荡的土地》，凡九章，其内容大要，作者在致郭沫若信中曾予叙述："写一个青年农民，在天灾人祸的侵凌和土豪劣绅的剥削下，象现阶段千万农民样，罹入饥饿的劫运。千万人求生的本能结成了洪流，同一的要求是对劫运进攻，对无耻的不合理的社会反抗。在一个挫折下，作为落后农民的这位青年主人公，象目前流行的'农村到都会'的立脚不住的农民样，到都会来。"故事的环境系浙东的山村——万兴村，主人公叫潘祥生，一个赤贫而精悍的农村青年。通过这个勤勉而蒙昧的青年农民的痛苦遭际，反映了官、绅、兵、匪对于农民章鱼般的绞榨，也诱露了农民揭竿而起的信息，以及统治者对他们施加的血腥屠戮，主人公也因受牵连、遭追捕而出走。

---

〔1〕 天虚：《〈铁轮〉外话》。原刊 1934 年 7 月 5、19、26 日《中华日报》副刊《十日文学》第 60 期、62 期、63 期；后辑入《铁轮》。

〔2〕 载《铁轮》卷首，东京文艺刊行社，1936 年 12 月初版。

　　第二部是以上海工厂区为背景的《颤栗的都会》,凡六章,其概要作者也曾自述:主人公"又体验着都会的生活,领略都会摆给朴质农民的面孔;在许多苦难里,毕竟也做了一个机器人了,他便在侥幸里位置了自己。直到明白了侥幸的易于破灭,又才在绝望中甚至明白自诩健硕的躯体,是都有一天天用不成的危险哪。"主人公随同当时蜂涌入上海的万千破产农民一样,进入工厂成为资本的奴隶,且由于生活的重压与传统的桎梏,曾一度迷途为工贼所胁骗,旋即在工人运动的感召与冷酷现实的刺激下开始觉悟,绽发了反抗的萌蘖。

　　第三部是以上海、北平文化界为背景的《智识层》,凡十章。由于作者对知识青年群的情况十分了解,故而写来颇为得心应手,自我感觉也"较满意",然而这一部分似乎与情节中心线相游离,主要写豪绅阶级家庭出身的青年知识者王振武,如何挣脱布尔乔亚女人的柔情羁绊,投身工人行列,从事工人运动,逐渐锻炼成真正革命者的故事,作者意图在于"针对着沉溺女人乳壕间而想振奋的青年'给以刺马的作用'"。作者仔细观察了思想文化界的潮流与动向,对于周遭的知识青年又非常熟稔,因而十分真切地反映了"九·一八"前后北方青年掀起的救亡热潮,并且正面描写了十分活跃的左翼文艺运动。例如有若干章节直接述及了"北方左联"、"文总执委联席会"、"新兴文艺研究社"等组织,以及左翼文艺出版物《北方文艺》、《擎旗手》,乃至组织、宣传活动等等,大多系历史的实录。在该部第二十四章《风雨之中》还记录了反动当局对于左翼文学青年的虐杀:

> ……组织里来了消息,说这些日反帝浪潮高涨,民众运动激烈,使帝国主义走狗统治阶级胆寒了,因此加重了白色恐怖的压迫。昨天在天桥飞行集会被捕的左联群众霄振声和王洪彬俩,今早已在天桥枪毙。

这里记述的是一桩真实的事件。据天虚的同乡、朋友,当时同在北方左联的陆万美回忆:"不久,严重的流血牺牲事件发生了。大概是为纪念'五一'国际劳动节,在天桥举行飞行集会。……直到五六天后,各报纸第一版上突然发表了一个使我极为震动的消息,即所谓'共党在天桥举行武装暴动','判决枪毙五人,昨已在天桥立即执行'。被害的五人当中,有一个年纪最小,只有十八九岁的青年,仔细一对照他的姓氏、年龄、籍贯,不正是我们小组的那位山东同志吗? 我的心立刻沉下去。那青年的英俊健壮、朴质可爱的形象立刻清晰地出现在我眼前。"〔1〕由此可见,天虚以无畏的胆识将前驱者的以身殉志,以及自己与同志们所积极从事的左翼文艺运动,都尽可能摄取入长篇做素材,当时乃至尔后相当长一段时间内尚未见到有过类似的作品,即使从文献价值来看也是可贵的。

本部分若干章节还热情描摹了当年风起云涌的北平学生运动,尤其是刻绘了北平学生南下赴京请愿的历史性场面,渲染得十分悲壮激烈,是这部史诗式作品中情酣墨饱的一笔。

第四部是主要以苏维埃区域为背景的《向着太阳底进军》,凡五章,写主人公潘祥生在"一二八"上海事变中,怀着家破人亡的仇憝参加了抗日的十九路军,可是不久却被从淞沪前线调到江西去"剿匪",结果在战场上被红军所俘虏,经过教育才如大梦初醒,认识到"所谓的敌军,正好才是自己亲爱的弟兄"。旋即参加了红军,于是在他面前展现了苏维埃区域的新貌:"这里的人们,生活在新天地中。在新天地中工作;新天地中勤劳;新天地中歌唱;新空气里呼吸。"故事的结尾处余音袅袅:"伟大的事业延展着:我们的新战士,在欢歌声里开始了新生,参加集团战斗的工作。"对于"新天地"与"伟大的事业"的歌颂,作者的感情是诚挚的,热烈的,然而由于缺乏生活体验,描写难免流于粗疏与空泛。不过,在三十年代的革命文学作品中,象如此规模地正面描写中国工农红军与革命根据地的作品尚属少见,作者的胆识,作者的热情,作者的希冀,都是难能可贵的。

对于这部旨在"揭露近代畸形社会的各层,展开目前中国动荡的全面"〔2〕的长篇,若干前辈作家给予了勉励与推重,郭沫若在《〈铁轮〉序》中开宗明义地揭示了作品的时代意义:"天虚这部《铁轮》,对于目前在上海市场上泛滥着和野鸡的卖笑相仿佛的所谓'幽默小品',是一个烧夷弹式的抗议。"并且肯定了作者的努力:"天虚以一个不满二十三岁的青年费了三年的心血,经了几次的打折,写成了这部五十万字的《铁轮》,这正是我们年青人的应有的气慨,不管他的内容是怎样,已经是我们的一个很好的榜样了。"甚而赞美作品的"稚拙":"这部《铁轮》正难免有拙稚之嫌。然而在我看来,拙

〔1〕 陆万美:《迎着敌人的刺刀坚持战斗的'北平左联'》,载《隽永的忆念》,云南人民出版社 1981 年 1 月初版,67 至 68 页。

〔2〕 《〈铁轮〉消息》,刊《文学新辑》创刊号,1935 年 2 月 20 日出版。

稚却胜于巧老,年青人是应该拙稚的。"这些评语除表露了对新生力量的拳拳垂爱之情而外,也有裨于我们正确认识《铁轮》在现代文学史上的地位。茅盾曾经应天虚之请审阅了小说的原稿,天虚在《〈铁轮〉外话》中曾述及:"直到去冬(按即一九三三年冬——引者),才请茅盾先生看了,掬诚谢他:给了我很好的意见和鼓励。"茅盾后来也曾评骘道:"天虚曾经写过长篇小说《铁轮》。这恐怕是他抗战前所写的惟一作品。《铁轮》是他对于痛心的十年'内战'的抗议。"[1]这位中国现代最优秀的小说家对于天虚呕心沥血写成的长篇也是肯定的。

　　虽然郭、茅等前辈作家给《铁轮》以赞许与首肯,但严格考察起来它并非一部十分成功的作品。长篇的意图过于宏伟,容量过于廓大,一个二十刚出头的文学青年难以承受这样的负荷,他的生活阅历,他的观察能力,他的写作技能,都无力把握如许繁杂的题材与巍峨的结构,难以驾驭那些风云变幻的大事件与广阔多样的社会相。故而长篇各部之间缺乏有机的钩连结合,每部也因作者生活积蕴的厚薄不同而参差,有的丰饶而多姿,有的则瘠薄而粗疏。主人公潘祥生与另一主要人物王振武的性格发展逻辑,某些处所尚有牵强的斧凿之痕。环境描写也不大均衡,有的贴切逼真,有的则囿于想象而流于概念。丁玲在《忆天山》一文中曾提到这本长篇,并直白地叙述了自己的观感:"他(按即天虚——引者)送了我一本《铁轮》,太厚,放在那里了。有天拿起来一看,目录太多,题材太大,记得是分三部(此处记忆有误,应为四部——引者):动荡的都市,崩溃的农村,及新的天地。天山身个子很小,联系的想来,不免有两个感想,一个是这本书一定写得不很好,以他的生活经验和知识,决不能担负这末一本巨著的负担。第二是他的努力和雄心使我感动,也许就是将不能负担的责任加在了自己身上,不顾苦思焦虑,才会那末瘦小的吧。"[2]以上批评虽然苛刻一些,如就艺术而言,还是比较接近事实的。不过,尽管作品在思想与艺术上都比较稚嫩,而它在中国无产阶级革命文学发展史上的一席地位是不能抹煞的;它意欲反映历史转折期的时代风貌与革命主潮的尝试与得失,也正显示了中国革命文学从幼稚日趋走向成熟的进程。尤其不能忽视的是,天虚创作《铁轮》时那种近乎焦灼的使命感,那种之死靡它的意志力,那种废寝忘食的拼搏精神,都在在令人感动。

---

〔1〕　茅盾:《"两个俘虏"》。刊《文艺阵地》第1卷第8期,1938年8月1日出版。
〔2〕　"西北战地服务团丛书"之九:《一年》,丁玲作,生活书店,1939年4月初版,88至89页。

例如在"无情的冬天"里"僵木着手"修改《铁轮》时,竟发奋地每天写作一万六七千字,直至"身体精神两不支"地"咯血"乃止。这种"烛炬成灰泪始干"的忘我创作态度,正典型地表现了在重压下奋斗,在艰危中周旋,在困厄中辗转的左翼作家的坚毅、强韧、执着、无畏的战斗风貌与特殊品格。

事实上,天虚对自己的这本"巨著"也并不怎么满意,他曾说:"全书我不敢承认有一个成功的地方"。居留日本东京期间,他曾表示要写续集,而那将是"把我'创造生活'底口号,具体地提高到更进一步的'现实'化了,跑到最核心的地方去住过些时以后",从而使得原先的人物"用了新的形态再现身手,贯穿更高一个阶段的现实"。于此可以窥见,天虚也痛感自己"对核心的地方"——革命根据地——的隔膜,如要形象反映中国革命的进程,革命漩涡中心的生活体验是不可或缺的因素。后来,天虚果真奔赴革命圣地延安;我想,以天虚的忠贞、热诚与勤勉,如天假以年,他一定会实现创作《铁轮》续篇的夙愿,可惜狰狞的病魔过早地攫去了他的生命。

在左翼十年期间,由于倾注全力创作卷帙繁浩的《铁轮》,其他作品写得不多,现在所能见到的不过三五个短篇及若干诗作。短篇的篇什甚少,反映的生活面却颇为广阔:《血轮》篇写帝国主义控制下的云南铁路是如何草菅中国老百姓的人命,而被侮辱欺凌到极点的草野细民对"洋大人"挥起了反抗的拳头,乃至最后遭到血腥镇压的故事;《风水》篇写的是舟山渔民所承受的天灾人祸的打击,易怒多变的海吞噬了老渔民福寿及其长子小寿,妻子因绝望带领两个小孩子自尽,唯一幸存的二儿子阿宝也因欠债而身陷囹圄;《提防》篇写农民在抗灾斗争中的团结与觉醒,他们鄙弃了只知鱼肉乡里的"官家",自己组织起来筑堤防洪,其中最优异的青年为保护一百多万乡亲而奉献了生命,降伏洪水的胜利使大家认识到自身的力量,领悟到"只有我们自己才靠得住";《我的旅行》篇借写寄居军队的羁旅生活,揭露了旧军队的腐败与残忍,通过一个被俘的红军士兵机智地带领弟兄投奔红军的故事,"透露"了红军官兵平等、爱护百姓的诸多信息,促使人们也热切地翘望着"轰轰烈烈,光光辉辉地干着的'那边'";《雪琴》篇写的是从事地下工作的革命者的事迹,塑造了雪琴这样一个坚韧的新女性形象,她忘我地献身于革命,甚至在弥留之际还系念着"我们的工作和事业"。以上篇什显示了作者视野的广漠与爱憎的浓烈,也表露了这一现实主义作家直面冷峻的社会、正视淋漓的血痕的严谨创作态度。

一九三六年以降,天虚一度停止了小说创作,而致力于报告文学的写作。在中国报告文学的历史长廊中,应该铭记天虚的劳绩。民族解放战争的烛天烽火,燃炽了天虚的创作热情,选取了报告文学这样一种直接而迅疾地反映时代的文学样式,随之而投放了自己全部的激情。

现在所能见到的天虚最早的报告文学作品是一九三七年春写的《军训日记》。这是他作为平津学生的一员在太原参加军训时的生活实录。当民族危亡迫于眉睫的当口,天虚怀着满腔敌忾急于报国,希望不仅用笔抨敌,而且也能用枪杀敌,故而踊跃参加了军训。这种军事常识与技能的训练,对于尔后作为战地记者的军旅生活甚有裨益。李乔在忆及他们同在台儿庄战役中时写道:"天虚眼光敏锐,一会拾得一把刀,一会拾得一个手榴弹。他高兴地笑了起来:'现在我武装起来了,碰上敌人,我就跟他拼命!'他捏住那个手榴弹做了个投掷姿势。因为他在西北战地服务团受过军事训练,我们相信他真的会这样做。"[1]这就是天虚手执武器准备与敌人搏战的记录,而他这种临战不惧、执兵迎敌的军事素养,当然得力于所接受的军事训练,不过他最早受训的时间比李乔所说的稍早,也就是说始于太原。

《军训日记》的副题是"太原军训的生活记录",然而它却如同优秀的报告文学所要求的:"在伟大的报告作品的场合,它的目的不仅仅是在于再现一时的现实,而是在于造出一个那一瞬间的世界的形象。"[2]真实地、艺术地再现了全面抗战爆发前夕中国一隅风紧云密的爱国热情与抗敌决心。

作品自一九三七年二月二日"新兵生活的第一日"开始,至同月二十日"离散"止,在不及两旬的日子里,天虚以多彩的笔锋绘写了一系列历史的面影:其中有地方长官的抗战准备,也有山左群众的敌忾同仇;有革命志士的慷慨陈词,也有蕞尔小丑的曲线谬论;有引吭悲歌的动人场景,也有扼腕明誓的壮烈画面……。总之,作品真切而凝练地传达了山西军民在大敌当前之际的爱国热诚,也反映了平津学生当国家多难之秋的报国之志。

天虚报告文学创作的鼎盛期是他参加"西北战地服务团"之后,作为该团通讯股的负责人,他在"西战团"进军的战斗历程中写下了许多可歌可泣的速写与报告,分散发表于当时各地的报刊,大多没有个人署名,如今难以寻觅而散佚了。后来结集出版的报告文学集子有:《两个俘虏》、《征途上》、《行进在西线》以及《运河的血流》等四种。

---

〔1〕 李乔:《抗日时期的张天虚》。刊《边疆文艺》1979 年第 10 期。

〔2〕 加博尔语,转引自兰海(田仲济)著《中国抗战文艺史》,现代出版社,1947 年 9 月初版,85 页。

《两个俘虏》作为"战地生活丛刊"之一于一九三八年三月在广州出版，是作者利用从"西战团"调往滇军从事政治工作，在武汉短暂沐息的时间赶写完稿的。书的出版距书中事实发生的时间不到半年，可见报告文学的迅速与敏捷。

这本是天虚所欲全面反映的"西北战地服务团"战斗生活的一个片断，写的是八路军教育、感化日军俘虏的典型事例。天虚撷取了它予以绘写，借此歌赞了民族解放战争的神圣与正义。作者在本书开头部分强调说："我们觉得和敌人作战，俘虏问题的注意，在战略上也有相当的意义。"天虚是以见证人的身份来撰写这本报告文学的，他应八路军总司令部的召唤，去为审讯两名日军俘虏作翻译，亲眼目睹了总司令部内朱德总指挥、彭德怀副总指挥、任弼时政治委员、左权参谋长，以及美国作家史沫特莱，丁玲，以及敌工部的同志对日俘的审讯。从中了解到日军士兵因为受了军国主义思想的长期毒害，在欺骗与麻醉中已经"习非为是"了，因而对于审问都用"他们的那套帝国主义者的侵略理论来给因果倒置的回答"，可是，经过八路军政治工作人员的耐心教育，抗日民主根据地民众的悉心照顾，他们冰块似的心终于融化了。觉悟后的他们将日本军国主义者灌输的歪理诳言统统弃如敝屣，并愿意为新看见的光明而奋斗，从而掉转枪口对付中日人民共同的敌人。尤为令人感动的是，天虚以蘸满感情的笔触记录了日俘之一××四郎在朱德总指挥主持的一次群众大会上的讲话：

　　"亲爱的支那兄弟们，……我真实的了解了：中国的民众，并不是我们的敌人！……我们现在明白我们不仅是被压迫来送死，而且是被欺骗来打中国的弟兄。

　　"亲爱的兄弟们：我是一个工人，是被压迫被剥削者！我今天是真实的理解清楚了！支那民族，支那的民众，全是被压迫者，我们被压迫者应该联合起来！日本的被压迫被剥削群众，应该和支那被压迫民众联合起来！打倒我们共同的敌人——日本帝国主义！"

天虚接着还记叙了日本反战战士的讲话在群众中的热烈反映："掌声象除夕的爆竹，由断续而至掀天倒地的响彻了全院，突过了周围的墙壁和房屋，向辽远的田野扩散开去。"甚至也感动了在场的外国朋友："我回头看见写《大地的女儿》的史梅特莱，她也许为了不胜过分的激动，那原来已然表现出一个慈和的老太太的眼光,此刻是洋溢着热泪了。"此情此景,读后无不为之心折,中、日、美人民之间浓郁的国际主义情谊在天虚的笔底泛溢着醉人的馨香。

茅盾在看到《两个俘虏》之后,在其主编的《文艺阵地》上发表了评论。这位前辈作家认为:"对于写作前后作家的生活经验以及他的某一作品的写作的动机之探研,能够作为我们理解一部作品的主要因素",然后针对天虚说:"他有丰富的战地经验,他如果要写《两个俘虏》以外的东西,似乎也不难罢,然而他拣取了这题材,我以为不是随便的。"因为"他从丰富的经历中拣取了'对敌宣传'这一题材,他决不是没有经过一番深深的思考',而且进而认为《两个俘虏》是第一次把一个值得我们用力钻研的问题提出来了!"[1]茅盾的嘉许,说明天虚赋有敏锐的捕捉典型事例的目光,以及迅疾的描摹事件过程的笔力。

天虚以"西北战地服务团"的战斗历程为题材写了两本报告文学:一为《征途上》,副题是《从延安到太原》,作为"战地生活丛刊"之五,一九三八年六月于汉口出版;一为《行进在西线》,副题是《从太原到临汾》,作为"抗战动员丛刊"之一,一九三八年三月于汉口出版。天虚在《征途上》的《前记》中写道:"这儿所写的没有可泣可歌或惊天动地的血史,只是似乎有些特殊而实际却极平淡的一个抗战工作单位底生活和工作的记录。但正因为是平淡的,我觉得它会为更多的人所需要。"这里所谓的"一个抗战工作单位"即系指的是"西北战地服务团"。它是中国共产党领导下的一支服务于民族解放战争的文艺宣传劲旅,它的民族化、通俗化的文艺实践,既是左翼十年期间文艺大众化运动的延续,又是对新形势下"文章下乡,文章入伍"运动的深入。日本学者曾经指出:"西北战地服务团是最早成立的服务于抗日前线的文艺团体,它在许多从事抗日宣传的团体中起了模范作用。"[2]这一评价是并无溢美的,而天虚的报告文学正是具象地描述这战斗集体的"模范作用"。

首先,天虚在这两本报告文学中翔实地、艺术地再现了"西战团"跋涉征途的昂扬斗志与爱国热诚,以及其成员栉风沐雨、百折不挠的战斗风貌。这三十多位男女青年组成的队伍,在陕北晋西的崇山峻岭间徒步行军数千里,

---

〔1〕 茅盾:《〈两个俘虏〉》。刊《文艺阵地》第1卷第8期,1938年8月1日出版。

〔2〕 小林二男:《西北战地服务团》。刊《东京外国语大学论集》第34号,昭和五十九年(1984)出版。

烈日的曝晒,暴雨的鞭扑,汉奸的骚扰,顽劣的阻遏,都浇灭不了他们炽热如火的宣传抗日救亡的满腔热情。在此宛如一支小小"铁流"的行列中,天虚勾勒了"她在前头领着队,鲜红的旗子在她的后面热烈地飘摆着"的"丁玲——我们的主任",在化妆宣传《汉奸的罪恶》中逼真地"一边哭一边叫"的"宣传股长顽皮鬼小陈明",乐观诙谐、擅于辞令然而"一开腔就会引得人们笑的牛鼻音陕北调"的"高尔基"(绰号),与溃兵从容周旋的"四位女同志"——金明、白琳、君裁、郎宗敏,"比谁年纪都大些而态度比谁都天真"的诗人史轮,饰演"香姐儿"(《放下你的鞭子》中角色)催得观众潸然泪下的"抗战大明星",以及奚如、克寒、戈矛、袁勃、竹君、李唯、天马、藻如、建亭、敏夫、张可、何慧、东篱、巍峙、张子香、陈凝秋(塞克)等热血青年的面影。尤其是对"女中豪杰"丁玲着墨尤多,如在《行进在西线》之第八节《丁玲在工作中》就对丁玲作了夹叙夹议的"特写":

> 在共同工作的半年来,我才知道了丁玲的超乎一般女性的能力,不在于她是一个前进的文学家,她还有一套由于刚强坚顽的性格出发的政治手腕。我常和同志们谈起:当一个带兵官,我认为是容易的,有一定的军事纪律,一贯的系统,尤其是教育和习惯。然而,要把服务团三四十个由不同环境,不同阶层生长起来,不同性格,一切不同,只有一点相同,大家都是顽强、自信,而更多的则还是"老子天下第一"。把这三四十颗不同的脑筋统一起来,好好的在她的指导底下工作,当然,主要的是为着各人的信仰,意志相同,但她的能力,也是起着很大影响作用的!我想,另外换一个人,一定不会维持得象这样,至少纠纷是会更多。就如冀邺的事(按即说服溃兵事——引者),换另外一个人,格局就会两样了。难怪日本帝国主义者把她估价成中国唯一的女英雄,要他们女子作模范了。

当然,天虚竭力塑造的还是"西战团"的集体形象,将"这曾经在西北角上划上了光辉线条的集体"的"光焰",作了历史的、艺术的绘写与记叙。

其次,天虚还对"西战团"的宣传鼓动工作,及其在民众中的影响与反应作了详尽的报道。"西战团"在第一阶段数千里路的行程上,沿途采用了各种各样的形式与手段来宣传群众、组织群众,例如演出了通俗易懂的剧目,有《放下你的鞭子》(活报剧)、《王老爷》(话剧,张天虚作)、《东北之光》(话剧,孙强作)、《汉奸之末路》(街头剧,黄竹君作)、《最后的微笑》(一幕哑剧,孙强作)、《重逢》(三幕话剧,丁玲作)、《白山黑水》(京剧,史轮、东篱合作)等等;上述多样的剧种、剧目大都是"西战团"的成员创作的。同时,还利用、改编、再创作了快板《人民力量有多大》、铁片大鼓《战士还家》、京音大鼓《大战平型关》、秧歌舞《打倒日本昇平舞》,以及"双簧"、"四簧"、"相声"等;此外尚沿用民间小调创作了《妇女慰劳小曲》(原"江西送郎小调")、《劝夫从军》(原"打牙脾调")、《新河间调》、《我们要做个游击队》(原"山西阳曲调")、《新九一八小调》等,作曲者有周巍峙、贺绿汀、郑律成、吕骥等。这些节目因为采取了民众喜闻乐见的传统形式,或者创造了民众能够接受的崭新形式,都受到处于精神饥渴状态的城乡民众的欢迎,象《行进在西线》第十二节《友军们》所记述的:"晚间公演,军民拥挤不堪,但秩序非常好,情绪尤其好,节目很多,演完了一个多钟头都没有散,又唱了半天歌,讲了半天话,弄得很深的夜了,当我们把一切东西收拾完毕,走了,还有许多老百姓跟着,更有用马灯送我们回去的。"如此热烈的情景非独洪洞县特有,而是处处皆然的。

在中国文艺大众化运动的发展史上,"西战团"的劳绩应是其重要的一章。就在他们离开延安的前夕,毛泽东特地为该团作了《大众化问题》的讲演[1],勉励他们就此作出创造性的努力。事实上他们也没有违悖与辜负领袖人物的期望,以勤勉、艰辛的创作与演出实践,将文艺大众化推进了一大步。丁玲曾就此谈过感受:"我从前曾主张过文学大众化,老早也学过唱小调子,但总有一点勉强,我不真的爱那些,我的感情还不能接收那些,但这次我们在山西工作时,我们的同志四方搜罗小曲,歌谣,改编新作,我常常听到这些流传在东山,或是在西山的这些小调,我觉得很贴切,我同许多人一样的爱它们,我们把这些歌子教给了许多地方,我常听到这些歌子传到很远,我们感到无任的愉快,尤其是着手这些尝试的同志。"[2]这种思想感情与美学趣味的转变,也是"西战团"全体创作员、演员文艺观递进的历程。天虚的报告为"西战团"积极推进文艺大众化的进程及其业绩,留下了不可磨灭的历史见证。

---

〔1〕 参见丁玲:《政治上的准备》。载"西北战地服务团丛书"之九《一年》,生活书店 1939 年 3 月初版。

〔2〕 丁玲:《前记》,载"西北战地服务团丛书"之一《战地歌声》,生活书店 1938 年 9 月初版。

　　第三,天虚作为一个优秀的报告文学家,也不仅满足于再现某一局部的现实,而且致力于"造出一个那一瞬间的世界的形象"。为了反映中国全民抗战这一新历史时期的时代精神,天虚在叙述"西战团"战斗历程的同时,还调动笔力状绘、摹写了抗战初期中国社会的或一面影,点染、勾描了在时代帷幕前活动的各色代表人物,其中有高瞻远瞩、横刀跃马的八路军将领(朱德、彭德怀等),其中有可敬可亲、鞠躬尽瘁的革命老人(徐特立等),其中有热爱中国、无私无畏的国际友人(史沫特莱等),其中有报效家国、自愿投军的稚子儿童(洪洞县不知名的十三岁少年),其中有淳朴憨厚、关爱深沉的陕北老农,其中有腼腆天真、憧憬光明的山西少女,其中有道貌俨然、老谋深算的封疆大吏(阎锡山等),其中有邪不敌正、落荒而走的托派小丑(张慕陶)……天虚以刀法简洁、笔触有力的素描,表示了对如许错综人物的臧否,也色彩斑斓地凸现了中国主流力量的形象,强调了抗战军兴之际中国交响乐中爱国主义的主旋律。

　　一九三八年五月,天虚发表了报告文学名篇《二十世纪的爬虫》,它随即为孤岛的《大英夜报》副刊《星火》创刊号所转载,后又被重庆独立出版社出版的《抗战文艺选》所辑录,可见其得到广大读者的爱赏与欢迎。这篇两千字的速写报道的是一连武器装备简陋的中国军人,有的战士甚至拿着民国四年(1915年)"川造"的老枪,可是面对着武装到牙齿的日寇机械化部队,不仅没有畏惧与退缩,反而燃起了冲天的敌忾,用落后的武器击溃了有一百多辆汽车的大队敌人,并且炸毁了"二十世纪的爬虫"——坦克,守卫了"祖先的骨肉化成的土地"。通篇洋溢着誓以血肉捍卫祖国河山的悲壮情怀,以及"不克厥敌,战则不止"的英雄气慨,故而赢得了众多的读者。

　　稍后,天虚以参予滇军征战的经历写下了一组《鲁苏皖豫突围记》,以及另一组以《血流》为题的报告,以后皆辑入《运河的血流》的报告文学集内。这位胸中鼎沸着爱国激情的青年作家,将故乡苍山洱海所孕育的英雄儿女的事迹,一一摄入自己的笔底,以文字留下了铭镌滇军将士战绩的碑碣。据李乔回忆,天虚非常注意搜集滇军一八四师师长(姓夏,诨名"夏伯阳")的资料,准备为这位刚正不阿、服膺真理的爱国军人立传,可惜后来未能如愿,仅在《指挥所里》这篇报告中绘写了夏将军的风采。作者剪取了武汉保卫战的断片,在日军包围之中的木鱼墩指挥所里,夏师长的从容镇定与×副师长的仓惶怯懦形成了鲜明的对比,而后者却是一个几十年来"清查共产党"的反共老手,他平时制造磨擦,草菅人命,蔑视师长,虐待下属,可是值此临战的紧急关头,却被敌人的炮声吓破了胆,逡巡畏葸,丑态百出,从而反衬出夏师长临危不惧的无畏精神,指挥若定的大将风度,从容退敌的军事才华,以及精忠报国的爱国热忱。可惜这位因受周恩来、叶剑英、罗炳辉影响与诲导而追求真理的爱国将领,终于在新三军军长任上被蒋介石撤职。

综观天虚的报告文学作品,特别是有关战争报道的篇什,似乎可以闻嗅到战火硝烟的辛辣,可以谛听到战士呐喊的声浪,更可以感觉到作者那力透纸背的爱憎。可以毫不夸饰的说,天虚是生命以赴地来写作这些报告文学的,字里行间不仅跃动着时代的脉搏,而且也翕张着作家的心扉。他曾在被围困的绝境中写下了如下的字句:

> 同志们:
> 　请转告我所有的同志和朋友,不要念我,加强斗争的决心和信念,相信中华民族是会在艰难困苦和错误中挣扎进步和健全起来。争取最后的胜利,我们有充分的把握。
> 　踏着我的血路来!

天虚正是抱着牺牲的决心投身民族解放战争的,他以生命之火点燃创作激情,写下了一系列凝聚着血泪、迸溅着火花的作品,这位"我曾象火一样"的前驱者所赆予后代的精神遗产,我们应该珍惜!

国际无产阶级革命文学史上著名的报告文学大师基希(1885—1948)曾说过:"对于不失艺术的样式和规模而同时又能正确地显示真实这件事,较之诸君所想象的是一种更困难的工作。"[1]天虚的报告文学作品基本上达到了上述要求,他生死置之度外地亲躬弹雨枪林的前线,作品的真实性是毋庸置疑的;他不懈地磨砺自己的笔锋,锻炼自己的眼力,提高自己的技巧,故而其作品的艺术性也差强人意。加之,天虚的性格热情如火,在行文中拌和了浓烈的爱憎,更使已臻于真实性与艺术性相统一境界的作品,增添了炙人的热力与感人的魅力。在中国现代文学史上,应该公正地论述与评价这位以生命谱写战歌的作家的努力。

---

〔1〕　基希:《一种危险的文学样式》。载《论报告文学》,基希著,贾植芳译,泥土社 1953 年 3 月初版,第 8 页。

为了大众的需要而努力

——李伟森的文学"副业"

"左联五烈士"之一的李伟森,在敌人的法庭上,面对死亡的威胁,表现了凛然的正气,义正辞严地申斥了法官的利诱劝降:"禽兽,闭住你们的臭嘴!共产党员都是千锤百炼用纯钢打成的人。这样的人,你们永远杀不完。我们的良心和灵魂,永远属于我们的党。你们应当知道,中国人民你们杀不尽斩不绝,全世界共产党人你们更是无法斩尽杀绝的。你们要当心,倒是你们这些禽兽的末日快要来了,你们受民众审判的日子越来越近了。"(据中共中央军委特科工作人员李超时同志当时从敌人刑讯笔录中摘录)一九三一年二月七日夜,李伟森与林育南、何孟雄、龙大道、恽雨棠、王青士、蔡博真、柔石、胡也频、殷夫、冯铿、欧阳立海等二十三位难友一道壮烈牺牲于龙华警备司令部。

李伟森,乳名伟生,学名国伟,字北平,笔名求实、实、裘实、裘实子、伟森、卓如、南平等。祖籍湖北武昌金口,一九〇三年八月生于武昌一个"世为望族"的没落世家。一九一七年考入武汉高等商业专科学校。"'五四运动'时,以十六岁之青年,领导武汉学生运动"。嗣后,与恽代英、林育南同志等组成了"利群书社",形成当时武汉进步青年的革命核心。一九二〇年顷,到黄坡北乡木兰川余家大湾正谊小学教书。一九二一年,中国共产党成立,与恽代英等一起加入了党。一九二二年,随恽代英到四川泸州,创办了"泸州联合师范学校",培养了 批革命青年。同年因受军阀迫害又回到武汉,在武汉大学读书,并做团的工作,同时主编《日日新闻》。一九二三年参预京汉铁路工人大罢工,因受敌人通缉,到安源煤矿工作,任安源路矿工人俱乐部文书股长。同年,中国社会主义青年团第二次代表大会于八月在南京召开,被选为团中央候补委员。翌年四月,团中央执委会改选后,任农工部长。同

年被派往苏联东方大学学习,并继张太雷任驻少共国际代表。一九二五年
"五卅"之后,国内革命运动高涨,被团中央调回国内,一度主编《中国青年》,
随后又调任共青团河南地委书记。一九二六年夏复回上海主持《中国青年》
编务,同年八月调广州任团广东省委宣传部长,主编《少年先锋》。一九二六
年底调任共青团湖南区委书记。一九二七年四月到武汉,同年五月,中国共
产主义青年团第四次代表大会于武汉召开,当选为团中央委员,任团中央宣
传部长兼《中国青年》主编(尔后改名为《无产青年》、《列宁青年》)。"七·
一五"事变后回上海,从事于白色恐怖之下的全国总工会的复兴运动。旋调
任广州任共青团广东省委书记,并参加了"广州起义"。一九二八年春回上
海,同年十一月二十日,党中央机关报《红旗》三日刊创刊,受命与谢觉哉共
同编辑。一九二九年五月,又主编党在上海地区办的报纸《上海报》,"此后
竭全身精力,从事于党报工作,凡一年之久"[1],该报出至一九三〇年八月
十四日,与《红旗》合并为党中央机关报《红旗日报》。同时任团中央局宣传部
长至一九三〇年八月陆定一接任。旋调党中央宣传鼓动部任秘书。同年八月
兼任全国苏维埃代表大会中央准备委员会的党团书记。一九三一年初任全国
互济总会党团书记。一九三〇年春,中国左翼作家联盟的筹备与成立,李伟森
曾耗费心力甚多,并首批加入联盟,"帮助工农兵通信工作不少"。一九三一年
一月十八日晨在东方旅社被捕,起初被押在老闸捕房的拘留所,十九日被引渡
到市公安局,二十三日与三十多名同志一起被押解到龙华警备司令部,二月七
日被判处死刑,"临刑时颜色自若,高呼口号",遂壮烈就义。

　　李伟森长期从事党的宣传工作,先后主编过《日日新闻》、《中国青年》、
《少年先锋》、《列宁青年》、《风砂》、《红旗》、《上海报》、《实话报》、《中国苏
维埃周报》等报刊,除马列主义理论与党的方针政策宣传而外,亦十分重视
文学艺术,认为"学会使用文艺这武器,非常重要",甚至论断:"一篇思想正
确内容丰富的能鼓舞人心的文艺作品,其作用往往在一篇普通的论文之
上"[2],故而他所编辑的党刊、团刊以及其他报刊,均十分注重文艺作品的
刊布。

　　试以李伟森主编过的团中央机关刊物《中国青年》为例,他曾三度主持

---

〔1〕　此处及以下引号内未说明出处者,均引自《被难同志传略》之一《李伟森》,载《前哨》第1卷第
　　　1期"纪念战死者专号",1931年4月25日出版。
〔2〕　转引自陈农菲:《忆念李伟森同志》,载丁景唐、瞿光熙编《左联五烈士研究资料编目》(增订
　　　本),上海文艺出版社,1981年1月第3版。

该刊编务,第一次在一九二五年从苏联回国后的九至十月间,第二次是一九二六年四月至八月,第三次是一九二七年五月至十月。第一次主编《中国青年》时,刊布了《国际歌》(载 1925 年 9 月 7 日出版的九十三、九十四期合刊);另有一首《悼战士》(载 1925 年 9 月 14 日出版的第九十五期)的诗没有署名,很可能出自主编李伟森的手笔,兹引录如下:

> 啊! 啊! 英武伟大的牺牲者啊!
> 你们为了中华民族之独立与自由,
> 与那凶横残暴的英日等帝国主义,
> 在前线上拿鲜热的赤血与他们肉搏,
> 至于丧失了你们底性命!
>
> 啊! 啊! 壮烈光荣死的啊!
> 你们流的沸腾之赤血,
> 已经重复灌入到我们个个同胞的血管里;
> 你们那反抗的、英武的、奋不顾身的精神,
> 已经传导到我们个个同胞的神经里。
> "独立"、"自由"之血旗,已经遍悬于全中国了,
> 上海、青岛、汉口的前锋战士,
> 已经继你们而起,
> 继你们而与那凶横残暴的帝国主义肉搏死斗了!
> 战啊! 战啊!!!
> 为中华民族之独立与自由而战啊!!!

在这首为悼念血洒通衢的"五卅"烈士而作的诗中,流盪着火热的感情,喷射着仇恨的烈焰,在二十年代中期的诗坛上似不多见。

该刊第九十六期(1925 年 9 月 21 日)刊发了海丰农民协会供稿的《农工歌》;第一百期(1925 年 10 月 10 日)刊发了《少年先锋》,凡四节,后附歌谱,前有李伟森所加的按语:"这是全世界革命青年的歌声。他充分地表示看青年对于革命的热忱,勇敢与努力。在西方,尤其是在'劳农共和国'的苏联,这种歌声已经深入了群众中——在工厂里,在田野间,在课室中,特别在任何青年集会的时候,我们总可以听见一种雄壮而激越的音调:'我们是工人

和农人的少年先锋队！'我们特借《中国青年》把这歌送到亲爱的中国革命青年的耳鼓里,我们希望借每一个革命青年的歌喉,把它灌输到任何时任何地的青年群众中去！亲爱的革命青年们,是时候了,是应和世界革命青年歌声的时候了！歌起来吧！"从这里我们足以窥见,李伟森是有意识地倡导革命歌曲,旨在把它作为鼓舞青年向旧世界宣战的精神武器。

　　第二次主编《中国青年》时,更刊布了大量的文艺作品,其中有小说:《疯儿》(蒋光赤作)、《端午节》(振鹏作)、《四喜》(红荑作)、《九指十三归》(彭士华作)、以及《玛秀拉——新俄的少女》(M. J. Olgin 作,纯生译);有剧本:《牺牲者》(鸿干作)、《狗咬》(凤歌作);有诗歌:《奴隶们的誓言》、《革命进行曲》、《五卅周年纪念放歌》、《誓诗——闪电周刊发刊词》(以上均为刘一声作)、《使命》(饶荣春作)、《风声》(红荑作)、《献呈于北伐诸将士之前》(刘启龙作)、《弱水》、《两个盲人》、《蚊蚁的胜利》(以上均为雨铭作),以及《十一月七日——献于赤塚的同志们》(苏联 L. A. Motler 作,一声译)、《在红旗下联合起来——苏俄赤军的军歌》(一声译)等。李伟森还在刊发蒋光赤的小说《疯儿》那期刊物的《编辑以后》中写道:"我们对于文艺的意见,以为只要是真能表现现代被压迫者的人生,只要是从实际生活中喊出来的被压迫者的痛苦与欲求,那便好了;我们不着重形式上的美,老实说,我们真有点嫌'志摩式'的'华丽'！《中国青年》登载的文艺尽管有许多是为'文学名家'所'齿冷'的,然而我们咋天是这样,今天是这样,明天还是这样。"〔1〕于此强调了文艺作品要竭力反映被压迫的工农大众的痛苦现状与革命要求,并鉴于当时的需要,把对内容的要求置于形式的要求之上,这些都有裨于革命文学的萌蘖与发展。稍后,李伟森在一九二六年六月十三日出版的第一百二拾三期上的稿约中还特地标明欢迎"文艺——诗歌,小说,戏剧,小品文字等"的来稿,要求内容或是"各地所发生的学潮、工潮、农潮等实际运动的纪实",或是"各地青年——学生,学徒,工人,农民等生活状况的描写"。

　　李伟森不仅是革命文学的倡导者,而且亦是实践者,例如在一九二六年七月十七日出版的第一百二十七期上刊载的据《马赛曲》填词的《前进》就是他的创作,其后还有按语云:"《马赛曲》(La Marsaillaise)是法国的国歌。法国第一次大革命(1789 年)爆发以后,王党失败出奔,求援于普,奥,西班牙,请出兵代征国内的革命党人以恢复君权;一七九二年法奥宣战,法举国愤

---

〔1〕　载《中国青年》第 121 期,1926 年 5 月 30 日出版。

然,纷纷投效义勇军,誓死扑灭敌寇;一少年工程仕官名李塞儿(Lisel)者奉命作行军歌以壮士气,于一夜中成一曲六歌,悲壮激昂,得未曾有;未几,此曲即遍传于行伍间,军心大振;市廛闾里,亦莫不以高歌此曲以为荣。革命后被采为法国国歌,英、德、俄、意等国亦均采此曲作为革命歌谱以励战士;兹特按曲作一歌,名《前进》,愿我革命青年携手高歌,前进杀贼!"兹将李伟森按谱创作的《前进》歌引录如次,因为这是一首值得珍视的烈士佚诗:

前进啊,

革命青年,

前进啊!

强敌当前,

勿逡巡!

最可恨,

八十余年侵略吞并;

最可恨,

二十载特兵横行;

匪祸——兵灾——饥馑!

伤心哉,

我中华民族,

到今日,

无生活,

蔑性命!

是人,

便应起来反抗;

是人啊,

拼此热血,

洗净乾坤!

前进!

冲锋陷阵!

不胜,

不停!

死也甘心!

胜利啊,

终属于我们!

团结反帝的主题于此被谱写成高亢激越的战歌,配合《马赛曲》的旋律,在横遭践踏的中华大地上鼓荡流播,激励与鼓舞着那些高举反帝反封建大纛的战士。

还有一首《打倒帝国主义歌》,刊于一九二六年一月四日出版的第一百零七期,也出自李伟森的手笔:

> 帝国主义好利(厉)害,
> 大家齐心力打倒他,
> 乒乓乒乓,
> 乒乓乒乓,
> 齐心打倒他,
> 联合起世界上一切的被压迫民族
> 　　与无产阶级,
> 齐心打倒他,
> 乒乓乒乓,
> 乒乓乒乓,
> 齐心力打倒他。

这是一首以更通俗的语言写成的诗歌,作者有意识为之以便于工农民众的传唱。李伟森之所以在自己主编的刊物上以甚多的篇幅刊布诗歌,而且还致力于诗歌创作的实践,其原因也曾作了明确的阐述:"革命的战士们,你们感觉着工作的疲乏么?感觉着人生的枯燥么?请你们一同来唱革命之歌吧!它会给你们兴奋,它会给你们愉快,它会给你们安慰!来!跟我们一齐奏唱着,忘记一切似的努力向黑暗冲锋!"[1]强调革命诗歌的审美价值与鼓舞力量,并竭力促进诗歌创作的繁茂,乃至自己也身体力行于诗歌创作的实践,故而在中国现代诗歌史上,李伟森应归属革命诗歌最早一批倡导者与实践者的行列。

---

[1] 《革命歌集》广告,载《中国青年》第136期封三,1926年10月5日出版。

第三次主编《中国青年》的时间较短，时值"四·一二"、"四·一五"事变，环境亦十分险恶；即使如此，李伟森仍在刊物中以一定的篇幅刊发文艺作品，例如有昌平作的小说《小黑驴子》，青韦作的散文《哀潇湘》，马英作的报告文学《流浪杂记》等。

再以其主编的共青团广东区委员会机关刊物《少年先锋》为例，该刊创刊于一九二六年九月一日，旬刊，一九二七年四月一日出至第二卷十九期终刊。求实（李伟森）在代发刊词《寄元瑛》中揭示："我们定期发行这小册子，便是想唤起这般青年群众注意自己的问题，引导他们杀出一条血路来。"服从于这一总目标，刊发了许多谕扬反帝反封建精神的诗文，诗歌有《少年先锋歌》（附曲谱）、《礼教的葬歌》（泽华作）、《在风雨飘摇中》（元瑛作）、《入世的宝筏》（泽华作）、《铁牢里——纪念双十》（秀贞作）、《悼杨兆成同志》（天悯作）、《赤——的誓词》（甘的乾作）、《初逢底敬礼——呈台湾人张君》（敬文作）、《血花》（符莲君作）、《女工的歌》（王任叔作）、《新时代的"少年先锋"》（振远作）、《去荆棘中挣扎吧！——致到黑暗社会里去奋斗的汉光同志》（蔚周作）、《到和平之路》（甘的乾作）、《歌吗？醉吗？》（稻拜作）、《赤都之'红十月'——莫斯科通讯》（长诗，予虎作）、《诗人》（为农作）、《早操》（潘允中作）、《光芒》（方神作）、《我们的三个死者——一位劳死的战士》（萧朴生作）、《给一九二七年的〈少年先锋〉一点敬礼》（Y. W. 作）、《荆棘道上》（兵戎作）、《可诅咒的列宁》（焦桐作）、《造成美满的人间》（梦平作）、《采桑女》（秉公作）、《悼中山》、《他们俩——中山和列宁》（以上皆为朴生作）、《革命潮》（舞影作）、《青年的呼声》（素素作）、《呼声》（李烈作）、《丐妇的哀歌》（Y. M. 作）、《血钟》（素素作）等；小说有《"时间到了！"》（冯泽华作）、《暴徒们》（静如作）、《阿贵——一段事实》（天可作）、《深秋的一夜》（警魂作）、《红旗》（景白作）、《"怪物"》（廉生作）等；以及独幕哑剧《国民革命》（浪花剧社来稿）。以上丰饶的文艺作品的刊布，充分说明李伟森对于作为无产阶级革命重要一翼的文艺战线的重视。《中国青年》曾专门发表评论推重《少年先锋》："只看他一张封面画，就很足以使人兴奋的了。一个在怒马上的青年战士，举着剑，在硝烟弹雨人马杂沓里向前直冲！"认为"《少年先锋》的文字是短劲的，一句一字都不是浪费的"。"内容有评论，研究，诗，小说，通信等，都是很有趣味的"[1]。鲁迅亦很重视《少年先锋》，不仅在《日记》中录载

---

[1]　D. Y.《介绍〈少年先锋〉》，载《中国青年》第141期，1926年11月15日出版。

了受赠《少年先锋》的事实,而且在文章中也写到毕磊"还曾将十来本《少年先锋》送给我,而这刊物里面分明是共产青年的东西"[1]。洪灵菲在长篇小说《流亡》三部曲之二《前线》中也曾描述到革命青年林妙婵在"四·一五"反革命政变的危急关头"即刻想到《少年先锋》上面那幅封面画——一个怒马向前奔去,手持大旗,腰背着枪的少年战士的封面画——她的胆气即时恢复了"[2]。这些无不说明《少年先锋》上的政论、时评以及文艺作品,在大革命时期的积极影响与历史作用。

李伟森在《少年先锋》的《征文》启事中征求"小说诗歌戏剧等富有革命性的文艺",并要求"文字以浅显而饶有兴趣为要,若能以文艺体裁描写青年生活等等文字更好"[3]。另据该刊《编辑室通信》统计,两月来共收到诗歌稿二十五篇,小说稿十五篇,戏剧稿一篇,在全部来稿中,"文艺的占了三分之一"[4]。于此可见,刊物在诱导与刺激广大青年的文艺创作热情方面所起的作用。

《少年先锋》在思想文化界也影响弥深,李伟森以"求实"的笔名发表了《"反文化侵略运动"释疑》,揭示了"我们要积极从事反文化侵略工作的重要原因之一"在于"文化侵略是一暗箭",强调了抵制这"成了一个侵略的工具"的必要性[5]。此外,该刊还发表了《第三样世界的创造——我们所应当欢迎的鲁迅》(一声作),热情肯定了鲁迅的创作"对于革命"的"贡献",肯定"鲁迅终是向前的",认为鲁迅"不但在消极方面反对旧时代,同时在积极方面希望着一个新时代",热切希望青年们正确地认识与理解鲁迅与鲁迅精神,从而"有决心和勇气去负起创造这个新时代的使命"[6]。在鲁迅研究史上,这是较早"站在革命的观点上"来"观察"、"批评"鲁迅,科学地评析鲁迅的世界观,高度评价鲁迅作品的思想涵义与战斗作用,尤其是揭示鲁迅精神在大革命中的现实意义的重要文献。而上述观点当然是得到刊物主编李伟森的同意与首肯的,它对于当时的文学界乃至文化界不啻是有裨于辨明清浊善恶的南针。

———————

〔1〕 鲁迅:《三闲集·怎么写——夜记之一》。
〔2〕 洪灵菲:《前线》(《我们社丛书》之一)。上海晓山书店,1928 年 5 月 22 日出版。
〔3〕 载《少年先锋》第 1 卷第 10 期,1926 年 12 月 1 日出版。
〔4〕 载《少年先锋》第 1 卷第 10 期,1926 年 12 月 1 日出版。
〔5〕 载《少年先锋》第 1 卷第 11 期,1926 年 12 月 11 日出版。
〔6〕 载《少年先锋》第 2 卷第 15 期,1927 年 2 月 21 日出版。

　　李伟森在主编上海地区的党报《上海报》时,则更注意于通俗的大众文学与工农兵通讯运动的提倡,他在该报创刊号(1929 年 5 月 17 日)署名"老元"的发刊辞《请看起码货》中,强调与"专给大人先生看的"其他报纸不同,本报是"准备给起码社会中的朋友看的",故而"我们是简短俗话","说起码社会中的朋友要说的话","做起码社会中朋友的朋友"。该报开辟了"海上俱乐部"的副刊,发表了许多明白晓畅、通俗易懂的大众文学作品。该报自一九二九年四月至同年十二月,在上海地区就发展了六十二名通讯员,其中工厂通讯员五十三人,农民通讯员一人,学校通讯员八人;自一九二九年十二月至一九三〇年四月,又增加到七十六人,其中工人、苦力中的通讯员就有六十一人。这些开拓性的工作,是中国现代文学史上培养与发展工农兵文艺的最初尝试,有着不可估量的开山作用,故而"左联"机关刊物《前哨》高度评价了李伟森在这方面的贡献,称许其"帮助了工农兵通信工作不少"[1]。

　　作为"党的重要干部"的李伟森,是全身心献身理想与事业的职业革命家,他所担负的任务非常繁剧,然而他却热衷文艺,在紧张战斗的间隙中从事创作和译述,成为中国无产阶级革命文学曙新期的新进作家之一。他曾说:"做作家不是我的愿望,最多只能算我们的副业吧!虽然这是很重要的不可少的一种副业。"他还认为"武装斗争战线上的勇士",同时亦可是"革命文化战线上的尖兵",并且强调:"学会使用文艺这武器,非常重要"[2]。早在一九二二年,李伟森就在《民国日报》副刊《觉悟》上发表了题名《小儿的怨语》的诗作,凡八节,其中一节写道:

　　　　"月圆月缺",
　　　　是宇宙的法则;
　　　　你恨天公不做美,
　　　　这法则何曾是为你而设?

　　对于诗歌的注重与爱赏,贯串于李伟森文学活动的始终,集中地表现在

---

〔1〕《被难同志传略》之一《李伟森》,载《前哨》第 1 卷第 1 期"纪念战死者专号",1931 年 4 月 25 日出版。
〔2〕陈农菲:《忆念李伟森同志》。载丁景唐,瞿光熙编《左联五烈士研究资料编目》(增订本),上海文艺出版社,1981 年 1 月第 8 版。

《革命歌集》的搜集(其中有一部分是他自己创作的)的编印上。他编辑的这本《革命歌集》由中国青年社于一九二六年十二月出版,共辑有歌曲十五首。卷首有署名"求实"的《序》(作于 1926 年 7 月 27 日),并在其中三首——《少年先锋》、《前进〈马赛曲〉》、《"二七"纪念歌》上加了热情洋溢的按语;其他十二首是:《国际歌》、《国民革命歌》、《进行曲》、《反帝国主义歌》、《农工歌》、《赤潮曲》、《纪念五一歌》、《五七国耻纪念歌》、《追悼中山先生歌》(其一、其二)、《劳动儿童团歌》、《童子团歌》等。编者在《序》中声明这是奉献给"广大的被压迫青年群众"的"礼物",阐明其中"奏着的是简单而激越的曲调,唱着的是朴质而壮烈的歌声,通篇燃烧着的更是一片叛徒们不平的反抗的火焰",推崇这些使"一切的权力者都只能颤抖,趑趄不前"的革命旋律寓有恢宏深湛的内涵:"她画出了全世界十数万万被压迫民众的痛苦,她宣示了他们数百年的沉冤,她更充分地表现了他们全部所有的不可侮的力量与宏大的志愿"。至为重要的是,特别强调了革命诗歌在斗争中的作用:

> 革命的歌曲是革命军的"生命素",是他的无可抵御的炮火刀剑,是他的无限的生力军的源泉。大无畏舰可以在革命的歌声中沉没,巧妙的潜水艇更只好悄悄逃去一边。
>
> 我们每一个青年都可以不自菲薄地承认自己是革命战场中之一员,我们当然应该获得这个至宝,培养并且聪明地使用他在我们的后防,前线。

《革命歌集》在大革命中不胫而走,流播四方,充分发挥了它作为"革命军的'生命素'"的巨大威力,在中国现代诗歌史、中国现代音乐史上,都应该铭记《革命歌集》的历史性地位与作用。

早在二十年代上半叶,李伟森还尝试过小说创作。《姊姊的屈服》以"卓如"的笔名发表于《妇女杂志》第九卷第八期(1923 年 8 月)及第九期(同年 9 月)、《除夕》以"南平"的笔名发表于《妇女杂志》第九卷第十二期(1923 年 12 月)。以上两个短篇都是以妇女命运为题材的,从不同角度控诉了封建宗法社会对于妇女的戕贼与虐杀。《姊姊的屈服》系书简体小说,通过"我"(卓如)与桂姊的遭遇,反映了两种不同的道路,告诫人们如若不愿被积淀滞重的封建势力所吞噬,则要从"自杀"或"屈服"的故有命运下挣脱出来,寻求谋取妇女解放的新路。小说的引言部分写道:"'妇女解放'的声浪,虽然高叫了两三年,实际的效果还不见有什么,这实在是我们负有运动责任的人应该深自惭愧的地方。我细想所以如此,多半是由于大家都不明瞭实际的情形,一方是讳莫如深,一方是绝对不睬。象这样纸上谈兵,如何能有效果呢?"作者的意图很明显,意欲借此揭示"实际的情形"的一斑,以引起人们对于妇女不幸命运的关注:"我们对于这些不幸的姊妹,应该如何拯救呢?"主人公桂姊是一个未受新思想洗礼的"小家碧玉",仅由媒妁之言就嫁了一个游手好闲、不务正业的米店小开,在铜臭十足的封建家庭中饱受欺凌、痛苦万分,然而她无力冲决这绵密厚实、牵丝绊藤的罗网,只能在非人的境遇中苟活;后来由于卓如的启发,也逐渐萌发了争取自由的欲求,可惜又为奸人所陷,最后被冠以"不守妇道"的罪名而遭永远禁锢,终于被木然地塑造成一个"克尽妇道"的"贤妻良母"。与桂姊相对照的卓如,则是一个受"五四"潮流激荡的新女性,她从时代之波中汲取力量,还以"软弱如桂姊,自然难以超生"为前车之鉴,决计"努力预备实力出战",誓作与"黑暗社会的旧势力"搏斗的战士。作者肯定的是卓如追求自由解放的道路,热望有更多的姊妹奋起冲决封建的樊篱。

《除夕》主人公"她"是一个新寡的少妇,被封建宗法势力送进了"人间的地狱"——敬节堂,她将被迫在这里埋葬自己的青春,萎黄自己的生命,以博将来建个"万人瞻仰"的"牌坊"。作者借此对断送了千百万妇女终身幸福的"名节"提出了血泪的控诉,激励众多的妇女为砸碎这扼杀人性的锁链而斗争。

以上两个感人至深的短篇,显示了作者敏锐的观察力和纯熟的写作技巧,可惜后来没有继续从事小说创作,不然将为中国现代小说增添若干光彩的篇什。

在翻译文学史上,李伟森也尽过心力。二十年代初,他就在《民国日报》副刊《觉悟》、《晨报副刊》、《妇女杂志》、《学生杂志》等报刊上发表过若干外国文学的译作,其中有法国作家孟代(Catulle Mendes)的童话《爱字的失却》、英国作家 Gilbert Cannan 的小说《生》、俄国作家契诃夫的小说《范伽》、美国作家巴苏(Francis Buzzell)的小说《寂寞的地位》等,译者选材的时候,颇注意"平民作家"的"写实主义"作品,欣赏他们"直白地描写下级人民的生活"〔1〕,为

----

〔1〕 李伟森译《生》之《译者附识》,载 1922 年 3 月 31 日《晨报副刊》。

他们"于极简单极无兴趣的生活中,组成一种锋利的美"[1]所折服。

二十年代后期,李伟森则侧重介绍俄国文学及有关苏俄社会、文化的各种书籍。一九二八年夏,他所译的《朵思退夫斯基与屠格涅夫(关于他们间争端之信件)》刊发于鲁迅主编的《语丝》第四卷第十七期(1928年4月23日)及第十八期(同年4月30日);同年六月,上海北新书局出版了他所译的《朵思退夫斯基》(科捷连斯基原辑英译),译者在扉页上题辞云:"这部书给我的'小小'——道希妹",书前有《辑者引言》,分为两卷,上卷有《朵思退夫斯基夫人回想录》(1866年)、《朵思退夫斯基夫人日记》(1867年)、《朵思退夫斯基夫人回想录》(摘要)(1871年至1881年);下卷有《朵思退夫斯基与屠格涅夫》、《朵思退夫斯基与邵司乐夫姑娘》、《托尔斯泰与司特拉可夫对于朵思退夫斯基之批评》、《朵思退夫斯基夫人之答复》等,这是中国文学界较早迻译的一本有关陀思妥耶夫斯基的文集,在此之前仅只出版过陀氏作品的译本,如韦丛芜译的《穷人》等。另外,还译有美国工人代表苏俄调查团著《十年来之俄罗斯》(上海乐山书店,1929年7月初版)、欣都士著《动荡中的新俄农村》(上海北新书局,1929年11月初版),关于后者译者曾手拟一则广告,就中也可窥可其译述的意图:

> 本书是一部惊人的新俄农村的写照。作者欣都士在引言里说,他到苏俄,不是去谒见要人,不是去研究理论或问题,不是去搜求凶残的事迹,不是去窥探第三国际的计谋与策略,那只是步他人的后尘而已。他到新俄去的目的,是去听听民众的话——占着俄国最大多数的农民的话。他们有着生动而有意义的故事,他们说出全部历史中未曾说过的事,他们虽无组织,虽然愚蠢,但其权力竟使政府承认私有财产的法律地位,撤消雇佣劳动的禁令,减低日用必需品的价格,政府对他着着让步,这些事实不是很值得注意的吗? 革命对于农民有些什么影响,将他们的旧生活改变了吗? 将他们对于政府,社会,生活,宗教等旧观念排除了吗? 革命使他们更加愉快,更有知识吗? 或者只不过加上一道桎梏,一场新的灾难呢? 这些问题不是很值得研究的吗? 作者便是从这一方面去观察,有着惊人的成绩的。而文字的优美而有趣味,简直象契诃夫的小说,有使读者非一口气读完不肯掩卷的魔力。

---

[1] 李伟森译《寂寞的地位》之《译者附识》,载《妇女杂志》第8卷第12号,1922年12月出版。

　　实际上李伟森是将报告文学这一形式引进中国的最早一批绍介者之一,当时有关苏俄新生活的长篇报告尚不多见,他将其移植中土,将有裨于广大读者从中认识、了解苏俄革命给农村带来的巨大变革,客观上也有助于中国民众对于国内土地革命的理解与同情。基于同样目的,他还将早年发表于《新建设》第一卷第五期(1924 年 4 月 20 日)及第六期(同年 5 月 20日)的论文《俄国革命与农民》扩充改写成《俄国农民与革命》(上海泰东图书局,1930 年 3 月初版)的专著,凡十三章,详尽而全面地论述了这一命题。

　　二十年代末,李伟森还编辑了《俄国革命画史》(上海亚洲艺学社,1929年 11 月初版),分上下两集,以形象的资料展示了一九〇五年革命,一九二七年二月革命、十月革命,内战,第三国际成立,五年计划,工业化,农业集体化等革命历程,赋有强烈的宣传、鼓动、教育作用。

　　"为了大众的需要而努力"[1]这一箴言就是李伟森从事创作、译述、编纂的信条。我们要珍视这一前驱者的精神遗产,并继承与发扬他遵奉的为大众而努力的精神。

　　鲁迅在悼念"左联五烈士"的牺牲时曾经指出:"我们现在以十分的哀悼和铭记,纪念我们的战死者,也就是要牢记中国无产阶级革命文学的历史的第一页,是同志的鲜血所记录,永远在显示敌人的卑劣的凶残和启示我们的不断的斗争。"[2]前驱者李伟森及其精神遗产,确乎将永远给我们以启示与激励。

---

〔1〕　伟森:《建立出版界的水平——为低能的穷苦读者请愿》。载《北新》半月刊第 4 卷第 12 号,1930 年 6 月 16 日出版。
〔2〕　L. S.《中国无产阶级革命文学和前驱的血》。载《前哨》第 1 卷第 1 期"纪念战死者专号"1931年 4 月 25 日出版。

乙、陨星素描

被黑暗所吞噬的天才作家

——罗黑芷

"文学研究会丛书"之一的小说集《醉里》,由商务印书馆于一九二八年六月初版。作者是一九二五年就加入文学研究会的罗黑芷,他在《醉里》的《卷端缀言》中写道:

> 醉里原是模模糊糊的。黄仲则诗句:"醉里听歌梦里愁",这风韵很长,初不必这书中的《醉里》一篇强拖来做一个代表。不限定能饮酒,只要能醉,人生便在其中了。
>
> 十五年十一月黑芷志于长沙

读完小说集,心灵之弦不断颤动,深为作家那博爱的胸怀与坦诚的心旌所感动。这些观察入微、表现别致的篇什,充分显示了一个清醒的现实主义作家对人生的执着、关切与热爱,并非如其在自剖中所说的是醉眼朦胧地在看这个世界。

罗黑芷的作品不算多,《醉里》辑入短篇小说十七篇,是作者唯一自己生前编就的集子,大约于一九二六年底编讫,出版时作者已死去半年多了。其他作品尚有一本短篇集《春日》("文学周报社丛书"之一,开明书店,1928 年 6 月初版),是他逝世后朋友们帮同辑录出版的;还有一本《槿花》虽经李青崖搜集,赵景深编订,并登讨广告,但后来似乎没有出版。此外,曾以"晋思"笔名写过一册散文与诗的合集《牵牛花》("零星社丛书"之一,长沙北门书店,1926 年 6 月初版),现已甚不经见。就以上几种小说集看来,作者手订的《醉里》理所当然地值得探究。

若就题材论,反映小资产阶级知识分子生活与思想的篇什在《醉里》占有的篇幅不少,黑芷因为对彼辈十分熟悉,故能曲折有致又复刻划入微地绘写出这一特定的历史环境中,若干囿于一隅的小知识者的生活遭际与感情波澜。作者的态度是悲悯的,而笔调却时呈讥刺的锋芒。例如《出家》篇中歌哭无常、扬言出家的更生,《医生》篇中搔首弄姿、追逐异性的蔡先生,《无聊》篇中虑于委蛇、忙于应酬的桑先生,以及《在澹霭里》篇中那有所爱而不敢去爱的秦先生……这里所咀嚼的虽然是小小的悲欢,然而却反衬出了这个灰色世界中人们精神空虚愚妄与百无聊赖。黑芷的笔下也曾出现卓荦不群的人物,不过与浪漫派作家所渲染的锋芒毕露、行止生风的角色不同,相反却是谨厚朴纳、大智若愚的书呆子,象《辛八先生》篇的主人公,其出场时的形象是一个"披开白布短衣而赤脚拖着鞋子提塔提塔走路的乡下人",不仅貌不惊人,而且状似冬烘,可是略与相处即可感受到这个"喜欢替人家做了许多的事,不曾见他替自己做下极少的事"的乡村知识分子的炙人的热力。此君的生活原型肯定是作者的一位朋友,陈子展的回忆文字中曾述及黑芷与朋友在一次难得的酒宴嬉戏中,"打断了辛八先生的一柄伞",可见"辛八先生"是实有其人的,他的音容笑貌、嘉言懿行被作者耳濡目染、烂熟胸臆,故而写得挥洒自如,呼之欲出。

对于曾与之周旋的士绅,作者讽刺的锋镝则要尖锐些,如《胡胖子请客》篇,其中写到遗老与新贵碰杯,纨袴与老板呼卢,以及斗局、听歌、吃花酒等醉生梦死的淫靡生活,在貌似客观的状绘中,作者的鄙夷与轻蔑藏而不露,却抽丝剥茧似的揭去了这帮"正人君子"道貌岸然的画皮。例如本来正襟危坐的徐八见到心爱的歌伎的到来,而众人起哄叫绝:"哈哈!……徐八老爷的宝贝也来了!"起初他还假充正经"装出若无其事的态度",可是——

> 他的平稳的眼光四处游移着,很想说:"这是年轻人的把戏,我们已经是老年人了,你们还开什么玩笑?"但是这句话刚爬出了他的喉管,却又被那娇滴滴的一声"老爷……"软化了滚了进去。你坐在他的侧旁,很可以偷瞧见那老猾的目光有点昏眊而在他微温的笑容里停住不动了。

寥寥几笔,将一个老色鬼的形象勾勒了出来。

《低低地弯下身去》篇写的是士绅阶级的特权——纳妾仪式,这一中国封建社会残留的陋习被作为目击者的作家作了形象的描摹,充分显示了黑芷挥斥方遒的笔力。妾——一位十七岁出身寒微的紫衣黑裙的姑娘，在这陌生的世界里，如同待宰的牛羊一般觳觫着，作者以"伊站在那儿，心里害怕到微微颤抖"的描写来表现她"本能的畏葸"，向这位任人践蹂的少女流露了由衷的同情。这同一出剧中的各色人等，其肖像与性格也被写得各臻其妙：踌躇满志、春风得意的主人徐先生，老成持重、不苟言笑的老太太，举步从容、故作庄重的姑小姐，神经紧张、哭笑不得的太太，都在这以"延续香烟"为名的活剧中作了表演。

集内以女性作主人公的篇什也不少，作者对她们的感情是复杂的，有讥刺，有怜悯，更有那深切的同情。《二男》篇那个清朝名将孙女的"渺茫的梦"的幻灭，诱使读者与主人公一起"悲悼这一去而不复返的自由"；《醉里》篇那个被"雪亮的希望"所燃烧得眼饧耳赤的醺醺然的琬姑娘，以及那脸色青白、命途坎坷的蓉姑娘，通过她们各自细致曲折的心理活动，形成了鲜明的对比。《将这个献给我的妻房》篇赋有浓烈的自叙传性质，是一曲对于母性的赞歌，读后不能不深受感动。

《醉里》集中有四篇是直接反映下层劳动者乃至流浪者生活的，从中更强烈地感受到如同水银泻地似的无所不至的人道主义精神。作者的爱是广袤深厚的，从横受蹂躏的异域侍女到惨遭灭顶的肩担货贩，从路头倒毙的无名饿莩到生意清淡的荒货老板，都承受与披拂着那发自胸臆的同情与挚爱。

读完《醉里》、《春日》等集，掩卷冥思，想起其挚友李青崖所作《予所于罗君黑芷者》，颇同意李的观感："其所作短篇，忧郁酸苦，深刻无伦，饶有俄人朵思退益夫斯基之神味"。不过笔者还认为，若就作品风格的沉郁苦涩而言，庶几近之；然而若比较两者对于人生的态度，罗氏比陀氏热烈、执着得多多，陀氏擅于拷问人的灵魂，罗氏则更注意抉发社会的弊病。罗黑芷富有创作个性的作品，早就受到了中国文学界的瞩目，例如《醉里》集内两个短篇（《在澹霭中》与《无聊》），被茅盾于一九三五年选辑入《中国新文学大系·小说一集》。

罗黑芷还著有《牵牛花》一册，因在湘中梓行，此书早已十分罕见，它辑入了作者一九二五年至一九二六年所作诗与散文数十篇。作者在扉页的题辞中写道：

> 夏日早起，立窗前盥漱，徐徐视阶下竹枝上有叶蔓相缠，槿花数朵正盛，其色明，其气清；晓日方出，雾露未晞，而花萎矣。

虽然是对庭中牵牛花的信笔点染,却也是作者自己身世飘零的真实写照,因为黑芷的文采正如气清色明的"槿花",可惜的是,这赋有才情的生命却很快地萎谢了。

在《牵牛花》中,亦同样弥漫着作家那悲悯人世的人道主义精神,开首第一篇散文《甲子年终之夜》,就对自沉湘水的"死的处女"与彷徨歧路的"生的少妇"表露了深挚的同情;《无病呻吟的从兄》篇抒写了对在战乱与饥寒中挣扎的堂兄的挂念;《再纪游》篇细致描摹了独处江干小楼的"白衣女郎"难遣的寂寞;《与我死了三年的瑾妹》篇表现了对一个"失了生命的人"的不绝如缕的哀思;《死草的光辉》篇申述了对青春的眷怀与真爱的追求;《乡愁》篇以浓酽的感情追溯广漠无垠的母爱;《灯下》篇歌赞了新生命诞生的喜悦;《亲心》篇流露了对幼小者的怜爱;《寄友人》篇中的一段话,凝炼地反映了作者的思想与心绪:

> 这广大的世,处处有教你潜然流泪的喜悦,也有教你爱护生存的悲哀。朋友,乃至一度相识或竟不相识者的求生之念到了赤条条地深挚而宛转的时候,则请尽量地用你的同情罢;那为着情人而流的泪也便在这里得到真的价值了!

集内的《牵牛花》是一组散文诗的总题,凡十八篇,篇篇写得珠圆玉润、晶莹透彻,有的虽然记叙的是片断的感触,却蕴含有幽远的哲理。例如第十六则《小草》篇云:"在日光不到的阶石缝里,有婷婷嫋嫋生长出来的可怜的小草;她在夜色间得着那偶然飘下来的一点轻霏的露,也摇曳出她灵魂里的感激的欢欣。"从中我们不是可以足可窥见作者对生活的执着、对真理的渴求么!作者虽然在滞闷枯涩的环境中渡着了无生趣的日子,然而却竭力试图在"这死灰的境界中慢慢地看出一丝丝的生气",孜孜以求在此"人世间严肃的黄昏"中微茫的曙色,故而咏叹歌吟那"天真的光"、"初恋的心"、"可爱的青年人"以及"引吭而鸣的鸡声",其用心也甚为良苦。

若干诗篇也写得轻盈俏丽,歌吟的也是纯真的爱情与醇厚的友谊,诗的意象清新,设喻奇巧,例如其中一首题为《我醉》的爱情诗写道:

> 姑娘! 人说愿为多情的莺燕,
> 拼在花枝上要将这流光唤转;

> 我但愿为碧空的一朵轻云，
> 伴随你这轮红日到天边！

不啻是迥乎俗曲的异响。某些感怀的诗作也不重复前代骚人的陈词，而代之以蕴意深长的清词丽句：

> 烟也似的夜呵——我爱你！
> 不是因为你给了我温美的慰藉，
> 是因为你给了我悲寂的清醒。

罗黑芷尝试过小说、诗歌、散文等多种样式的创作，而且各各已臻精巧的境界，毫无疑问，他可以无愧地进入"五四"以来有特色、有影响的作家之列。然而，关于他的生平，人们所知甚少，在建国前的出版物中，仅见阿英在《中国新文学大系·史料索引》卷的"作家小传"中有简约的介绍："小说作者。江西人。文学研究会会员。原名象陶，字黑子。一九二七，病死于乡。作品有《醉里》、《春日》两种。"在近年出版的有书物中也大多语焉不详，如李立明编撰的《中国现代六百作家小传》（香港波文书局，1977 年 10 月初版）的罗黑芷条不及二百字，就中就有三处讹误，生年也错成"一八九八年"；北京语言学院《中国文学家辞典》编委会所编《中国文学家辞典》现代第二分册（四川人民出版社，1982 年 3 月初版）的罗黑芷条亦以讹传讹，除照抄李立明《小传》的错误生年外，还加以发挥道："可惜不到中年，就于一九二七年在江西省故乡逝世了。"其实，罗黑芷一九二七年逝世时已经三十多岁，早已届入中年了。他的正确生年是清光绪十五年，即一八八九年。据其挚友李青崖、陈子展、素丝等追忆，罗原籍江西省南昌府所隶武宁县，随父母生长于蜀中，早年赴日本留学，初就读于筑地立教大学，后转学至庆应义塾大学，毕业于该校文科。留日期间正值清季革命风潮高涨，黑芷积极投身革命活动，"是同盟会的一个很激烈的青年党员"。据与罗黑芷同时在东京留日的周作人回忆："光绪末年余寓居东京汤岛，龚君未生时来过访，辄谈老和尚及罗象陶事。……黑子努力革命，而终乃鸟尽弓藏以死，尤为可悲"[1]。辛亥革命时，罗参加上海举义，为监视沪宁路车站的电报被清廷逮捕。民国元年，因

〔1〕　周作人：《苦茶庵小文·罗黑子手札跋》。载周著《夜读抄》，北新书局，1934 年 10 月初版。

章士钊(行严)的介绍到湖南图书编译局工作,随后在长沙的几个学校做教员。一九二三年顷,与李青崖等六七人组织了文学社团湖光社,创办了文学半月刊《湖光》。一九二五年参加文学研究会,遂常在会刊《文学周报》与《小说月报》上发表作品。一九二七年"马日事变"后,罗因在其所服务的长沙《民报》上发表的两篇文章,遂被湖南省政府以"共党嫌疑"罪捕入监狱,并险被"割掉脑袋",经多方营救方得出狱,然已气成不可救的重病,终于一九二七年十一月十八日子时含愤逝世!

罗黑芷自一九一二年起就卜居于湘,婚于斯,养于斯,劳作于斯。据其友人回忆,当有人问及他的籍贯时,他即答曰:"我是本地人。"[1]这一方面说明了黑芷对湘楚之地的依恋,一方面也流露了无以为家的悲哀,他曾在《牵牛花》集《可怜的室中》篇内写道:"读着咏叹故乡的文词,却找不出一个故乡;处处都是可恋的,处处都成了可悲的。这拘因于一室中无形的飘泊,真有似落花不归来了!"个中情怀,令人心折。民国二年(1913 年)结婚,先后生育子女九人。后来,编译局取消,他就在长沙楚怡工业学校、武陵德山工校等校任教,在淡泊艰困的生活中,阅尽了人世的炎凉,性格也从原有勇健刚烈而趋于深沉肃穆,其挚友素丝以《狂飙下的落叶》为题的回忆录中,曾给这位风格沉郁的作家绘下如右的肖像与风姿:

> 表面看去,冷静得同石块一般。见了生人,是不开口的,除了在深凹的眼镜中,用阴郁的眼光,象要搜索出他人底狡狯似的严重地向人一瞥而外。在温和的春日里,在肃杀的秋风中,穿着蓝布长衫,拖着瘦削的影,颓唐地弯着背纤缓地走着的你底黯淡的姿态,一阖眼便显现出我之前;……你能够表里如一的冷静么? 象那样,已是有福的人。无如你热烈的心,终竟不肯冷下去,于是你惟有永远没落在悲哀中。你活在这虚诬诈伪的人间,你依然要热烈地憎恶这人间的虚诬诈伪。

为了寻找自己"热烈的心"的喷发口,黑芷遂将其热烈的爱憎熔铸入文学创作之中。一九一九年因受"五四"巨潮的冲击与启发而开始文学道路的跋涉,处女作是自叙传《忏悔》,刊于一九二〇年的长沙《民治日报》,从始而一发不可收拾。一九二三年,黑芷同李青崖、陈子展、素丝、德修等六七人创

---

[1]　陈子展:《追忆罗黑芷先生》。

办湖光社刊物《湖光》半月刊,于其上发表了若干短篇。不久,《湖光》停刊,他们又在长沙《大公报》上创办零星社刊物《零星周刊》,出版十余期后停刊。一九二五年夏,《零星》复刊,出满十期又复停刊。一九二六年六月,黑芷的诗歌与散文合集《牵牛花》作为"零星社丛书"之一由长沙北门书店出版。经李青崖介绍加入文学研究会,会员号为"156"。此后,常在《文学周报》、《小说月报》、《东方杂志》、《文艺月刊》等刊物,以及《大公报》、《南岳报》等报纸上发表作品。

一九二七年春,黑芷应友人冬生之召,任长沙《民报》的编辑,其主撰的《五分钟闲谈》在该报连日发布,因不满唐生智所部国民党对无辜人民的大肆屠戮,遂撰题为《力量》、《瘴气》二文抨击时政,为被残杀者挽一掬同情之泪。这种正义行为遭到当局的忌恨,以"共产党嫌疑"的罪名予以逮捕,在狱中被羁押两月之久,经友朋竭力营救方得出狱。其友人曾追忆他"在狱时的愤慨,对簿时的激昂",可惜当时无人记录下来。牢狱中的非人待遇摧残了他本来孱弱的身体,出狱后即忧愤成疾,终至一病不起,不幸于旧历十月二十五日(公历 11 月 18 日)之夜子时逝世!

罗黑芷这位极赋正义感的天才作家就如此被新军阀虐杀了,其友人于唏嘘之余作有悼诗一首,兹引录如下:

> 偷活人间亦苦辛,
> 燃将心火转机轮。
> 曼殊不作晋思死,
> 又是江南春草生。

罗黑芷的作品是足堪传世的,作为中国二十年代社会的生动画幅,这些饱孕"人世的味"的"笔墨",无疑会传之久远。

为觉悟的工农塑像的最早丹青手

——刘一梦烈士及其小说创作

　　鲁迅在《我们要批评家》中写道："这两年中，虽然没有极出色的创作，然而据我所见，印成本子的，如李守章的《跋涉的人们》，台静农的《地之子》，叶永蓁的《小小十年》前半部，柔石的《二月》及《旧时代之死》，魏金枝的《七封信和自传》，刘一梦的《失业以后》，总还是优秀之作。"〔1〕其中刘一梦的《失业以后》出版不久即被国民党当局以"普罗文艺"的罪名密令查禁，故尔后甚不经见，以至有人曾将其与蒋光慈所编"中国新兴文学短篇创作选"之一的《失业以后》（北新书局，1930 年 5 月初版）相混淆〔2〕，其实，前者系刘一梦个人的创作集，而后者则是刘一梦、冯乃超、洪灵菲、戴平万、华汉、钱杏邨、建南等作家的合集：

　　被鲁迅誉为"优秀之作"之一的《失业以后》，系《太阳社丛书》之一，由上海春野书店于一九二九年初版。其作者刘一梦，原名刘增容，笔名寒卉、大觉等。一九〇六年生于山东省沂水县原第九区垛庄村（现属临沂地区蒙阳县）刘姓大家庭。这一刘姓家族是闻名遐迩的，田仲济先生在回忆中曾述及："他的家庭是鲁南少有的大地主，住宅六七个院落，建筑形式和门窗的漆以至门窗帘形式和颜色，几个院落完全一样，很难辨别，因此，整个院迷宫似的，生人入内往往迷失道路。"〔3〕刘一梦出身于这样的大地主家庭，却毅然背叛自身的阶级而献身于革命事业，其精神十分可贵。他的叔父刘晓浦早年参加革命，曾任中共江苏省委组织部长、山东省委执行委员兼秘书长，后

---

〔1〕　《鲁迅全集》第 4 卷《二心集》。

〔2〕　见《中国现代文艺资料丛刊》第七辑（上海文艺出版社，1983 年 1 月出版）所刊《介绍鲁迅在〈我们要批评家〉中提到的七部小说》一文。

〔3〕　田仲济：《〈刘一梦作品集〉序》，未刊稿。

来与刘一梦同时牺牲。

刘一梦原就读于北京大学文学系,后转入上海大学社会科学系,约于一九二三年左右加入中国共产党。学生时代就从事实际的革命活动,一九二四年顷曾回到家乡一带进行地下工作,结果被沂水县政府觉察而逃亡。一梦所创作的新诗《吾甥之哭》(刊 1924 年 12 月 16 日上海《民国日报》副刊《杭育》),末署"十三,十,三十一,蒙山",即是在故乡写成的作品。从故乡逃亡出来以后的行踪,从他自己所写的《沉醉的一夜》中可窥见一二:

> 我从离开故乡南来,到现在已经有三年的样子了。在这三年的期间,完全是漂流着度了过去,而所住的时间较长的就是在上海。……我最讨厌着上海,但同时又似乎对它存着一种很大的依恋,我所依恋的是一般人所不能看到的那一部分社会的真态,依我看来,上海地方好比太阳光辉的射出地,是光明路上的一个中心点……

从中可以了解到,刘一梦无论浪迹何方,抑或蛰居上海,都坚定不移地"去踏着鲜红的血迹,走向光明的路途",即使在饥寒冻馁的困厄中仍执着于理想与事业,"还得干!"这就是他的誓言。

上海之所以令刘一梦感到"很大的依恋",诚如他所说的是"太阳光辉的射出地"——中国共产党的诞生地,是"光明路上的一个中心点"——中国共产党中央的所在地。就是在上海,刘一梦成为中国无产阶级革命文学最早的一批倡导者、实践者之一。他在从事实际革命活动的同时,又投身于革命文学的拓荒与开创,早在一九二七年七月就开始了反映工人斗争与农民运动的小说创作,比一般在一九二八年初倡导革命文学运动的热潮中开始创作的作家早半年左右。

现在我们所发见的刘一梦小说创作的处女作是《斗》,写于一九二七年七月十九日,发表于一九二七年七月出版的《小说月报》第十八卷第七期。故事的情节很单纯,写的是 Y 县的两个豪绅——南宅二大人与葛庄袁三爷,因争办牛头税而引起的勾心斗争;在描述二者明争暗斗的过程中,县长的颠顶无能,皂吏的狐假虎威,劣绅的颐指气使,帮闲的奸滑诡诈,都被勾勒得神形毕肖,显示了这位初出茅庐的青年作家的不凡腕力。《谷债》写于一九二七年七月二十五,发表于鲁迅主持的《莽原》半月刊第二卷第十七期(1927年 9 月 10 日),反映了地主对佃农的欺凌与压榨,土财主赵太爷的暴戾、贪婪的性格被刻划得相当生动,这只"吸足血的大臭虫"靠吮吸农民的膏脂养肥自己,却以辱骂与殴打报偿他们;佃户魏保被剥夺得一无所有、赤贫如洗,在"悲哀的空虚"中发出了:"还能过下去么?!……"的哀叹。作品的结尾有以下一段描写:

> 月在中天,由茅屋顶上的破洞里透进了晶莹的白光,正射着卧在地下的魏保。屋里是死沉沉地静。他醉后的脑子被冷凄的光辉刺得清醒,使他重觉着左颊上的麻木,心里忽然被恐惧包围着使他不安,有甚于卧在可怕的荒野里。他略定一定神,把眼睛一瞥时,仿佛浮现出蓬松而有青黄的谷堆,但一转念,马上就随着远处的犬吠声而消失了。他脑子里所存留的,只有对于赵太爷的臭虫脸的畏惧和默恨。

处于未觉悟阶段的佃农魏保,对封建的淫威感到畏葸,对敲剥的过度又感到愤恨,这种被压迫者的特殊心态被状绘得细致入微、贴切逼真,从而也加深了对封建剥削的野蛮性、残酷性的揭露。"五四"时期小说不乏有反映农民悲苦生活的作品,而直接描述封建剥削压迫的作品颇为少见;《谷债》剀切地揭露了中国农村繁冗沉重的封建剥削,直接摹写了地主的狰狞面目,在同时期同类作品中是一种突破。

竣稿于一九二七年十一月十日的《暴民》,刊于一九二八年二月十六日出版的《北新》半月刊第二卷第九期。作者怀着同情与期待,描绘了农民起而反抗的悲壮的场景。背景仍然是作者熟稔的北方农村——柳镇,这个拥有几百户的大村落,"自从遭过一次土匪的抢劫,两次过兵的骚扰之后,遂逐渐的败落下去"。故事开始又遇到了新的勒索,军队里来了一个连长带着护兵,诬蔑组织起来自卫的老百姓是"暴民",扬言"非严办不可",威胁道:"若是司令一发怒,管叫你们镇上鸡犬不留",接着就要敲榨两千元大洋,作为送给司令的"助军饷"款;村民们终于忍无可忍地聚集起来,愤怒的人群手刃了连长,揭起了斗争的旗帜。领头的杨二哥拍着胸膛说:"我们拼上干了!若是来剿,我们联起十八个村子一同拼上干!"作者也以欢快的节奏、明丽的语言祝贺农民的胜利:"太阳快落山了,闪出红而且大的光辉,照到桥下狼藉的血肉,照在柳镇人们的身上。人们整顿了一会,露着农民的壮健的筋肉,欢跳着,聚谈着,潮一般地涌着回来了。"如果说前一篇《谷债》反映了农民敢怒而不敢言的"默恨",亦即如同地下深藏的熔岩般的沉默的反抗情绪,那么,

《暴民》则大大跨进了一步,杨二哥、王魁元,以及老婆被抢去了的张二矮,乃至数以百十计的身受荼毒的村民们,他们不再象魏保那样默默饮泣,而是在组织起来的团结中认识到自己的力量,终于如同火山似的喷发出了反抗的烈焰。刘一梦是反映中国农民觉醒过程的最早尝试者之一,仅此这一点就值得我们认真探究。

一九二八年初,作为最早倡导无产阶级革命文学的文学社团之一——太阳社成立于上海,发起人为蒋光慈、钱杏邨、杨邨人等,成员有孟超、林伯修、洪灵菲、沈端先、戴平万、刘一梦、冯宪章、童长荣、王艺钟、迅雷、李圣悦(平心)、顾仲起等。太阳社成员任钧(森堡)在回忆录中曾述及:"刘一梦,北方人,也是写小说的,曾出版过短篇小说集《失业以后》。集中作品描给了工农群众在旧社会里被压迫、被剥削的非人生活及其反抗、斗争。可以说,在当时还是具有一定现实意义的。据说,他是当时太阳社内党组织负责人之一。"[1]刘一梦确乎是太阳社的中坚与主干之一。在该社机关杂志《太阳月刊》创刊号上就发表了作品,到他同年秋离开上海前半年多的时间里,共在该刊披载了四篇小说,其勤劬可见一斑。刘一梦的作品亦受到了《太阳月刊》编者蒋光慈、钱杏邨的奖掖与推重:《沉醉的一夜》发表于该刊一九二八年一月号,编者在《编后》中称其"表现了作者对于劳动阶级的真挚的同情";《在车厂里》发表于该刊二月号,编者在《编后》赞其"写工人的罢工的英勇,令人奋发";《雪朝》发表于该刊三月号,编者在《编后》中嘉许其"是一篇写农民运动的创作,使我们看到农村的革命战士是怎样的在军阀的刀斧下挣扎的情形,我们只觉得心痛,只觉得愤激";《失业以后》发表于该刊五月号,编者在《编后》中推崇其"比以前在本刊所发表的都有进度"。以上评骘并非溢美与吹嘘,而是合乎作品的实际的。

刘一梦将刊发于《太阳月刊》、《莽原》半月刊、《小说月报》、《北新》半月刊号等杂志上的八篇小说(其中作于一九二七年的五篇,作于一九二八年的三篇)集结起来,作为《太阳社丛书》之一,由春野书店出版了小说集,题名为《失业以后》。《太阳月刊》一九二八年六月号曾载过《失业以后》的"新书预告",概括其内容"大都是描写工农生活及劳资冲突的事件,文笔流畅,描写深刻,从事劳动文艺者不可不读"。在文学上反映中国工人阶级的觉醒、崛起与斗争,刘一梦亦是最早的尝试者之一。篇末说明"一九二七·十·二

---

[1]　任钧:《关于太阳社》。载《新文学史料》第2辑,人民文学出版社,1979年2月出版。

一·作于上海烟囱丛中"的《工人的儿子》(刊1927年11月25日出版的《莽原》第二卷第二十一、二十二期合刊),主人公是一个十五、六岁的少年工人毛阿宝,十二岁时父亲就因参加罢工遭到工头毒打而死去,母亲后来又受到工头的欺侮与凌辱,他背负着父辈的苦难与仇恨,自己又经受了集团斗争锻冶,终于手刃了杀父辱母的工头而出走了!阿宝的反抗当然带着自发倾向,然而随着生活的考验与觉悟的提高,他必然会汇入无产阶级革命运动的历史主潮。《车厂内》作于一九二八年一月三日,叙述的是上海电车工人罢工的故事,着力塑造了一个工人出身的罢工运动的组织者——张茂发的形象,使他英勇果断、嫉恶如仇的性格活现纸上。《失业以后》作于一九二八年四月十四日,它展现了罢工斗争的壮烈场景,形象地描摹了工人与工贼的智斗与力斗,尤其是镌刻了青年工人朱阿顺的正直与勇毅,当他因参加罢工被开除之后,在卧病的妻子与空着的米桶前面一时感到惶感,然而当他瞥见珍藏的革命导师像时,阶级的嘱托和革命的召唤又在耳畔鸣响,于是毅然抬起头、挺起胸以迎接新的斗争考验——

> ……忽然,在衣服里发现了一张半身像,他看着后,马上拿起来,珍重的捧着,用泪眼不住的细细的看。这张照片虽然印得不清楚,但庄严的姿态却很能看出来,像下边有一行英文字:"N——L——"。
>
> 他似乎对这张象片很熟识,并且很晓得,一切都晓得,有几十个工友们每人都是有一张。
>
> 他此刻拿着像片低头默想着,他心里就随着触起了一种莫名的惭悔来,他对于家庭,淑真……一切的烦念,立刻冰化了。他很决然的想:这又算了些什么呢? ……

象以上真切地反映产业工人的思想、生活与斗争的篇什,在当时的文学作品中并不多见,故而使人感到一新耳目。刘一梦与一般困守亭子间的作家不同,他有从事工运、农运的切身体验,故而作品能写得真切、生动、富有感召力,从而受到文学界的重视与好评。田仲济先生曾忆及:"蒋光慈对刘一梦的小说评价很高,说他是最早地描写了中国产业工人的形象。"蒋光慈还曾将《失业以后》编入《中国新兴文学短篇创作选》第一集,且取其题以为集名,并列为领衔的第一篇力作,以"显示中国新兴阶级文艺的最初的姿态"。其后,更受到左翼文学的盟主鲁迅的推重,愈足以证明其文字堪可传世了。

　　一九二八年秋，刘一梦奉调至济南任中国共产主义青年团山东省委书记，兼任《济南日报》星期刊《晓风》周刊的主笔。在繁剧与危殆的地下斗争中，仍然不忘情于无产阶级革命文学的建设，以笔名为周刊撰写了《论文学上的现实主义问题》等宣传马克思主义文艺观的文章。同时，还指导青年文学团体"晓风社"的活动，引导他们为宣传与扩展"普众文学"而努力，当年"晓风社"的成员鲁方明(余修)曾撰文回忆道："工作余暇，他(按指刘一梦——引者)就和我谈论文学，谈了不少当时文坛上的花絮，我很感兴趣。他能把当时著名作家的生平历史介绍给我，使我了解到某个作家的政治思想倾向，他还帮助我分析某个作家的代表作的特点，以及写作的技巧问题。"[1]正是在刘一梦的启发与引导下，一批无产阶级的文化新兵迅速成长起来。正当刘一梦为革命事业乃至革命文化事业忘我工作之际，因被叛徒出卖而被捕，时在一九二九年四月中旬。

　　刘一梦在狱中表现得如同磐石般地不可撼动，他大义凛然地对诱降的敌人说："你们看，太阳是从哪边出来的!"昂然斥退了鼠辈的谰言，顽强表露了坚信革命必胜的信念。一九三一年四月五日，与其权父刘晓浦等二十二名共产党人一起，被军阀韩复榘下令杀害，年仅二十六岁。

　　在中国无产阶级革命文学史上，应该铭记作为前驱者之一的刘一梦的拓荒之功，他力图在文学上反映中国工农的觉醒、奋起和斗争的最早尝试，亦值得我们认真研究与衡估。

---

〔1〕　余修：《一段往事》。载《柳泉》文艺丛刊1980年第1期，山东人民出版社，1980年6月出版；后辑入余著《往事集》，山东人民出版社，1983年8月出版。

顾仲起的悲剧

  茅盾在回忆录《我走过的道路》中曾忆及一位二十年代的青年作家："《红光》的作者顾仲起是我在一九二五年初介绍他去黄埔军校从军的青年作家，现在他也来到了武汉，而且居然没有放弃文学。可惜这本诗集和它的作者，后来都不知音讯了！"实际上，这位早年受过新文学运动主干茅盾的奖掖，又经历过大革命洗礼的作家，此后的"音讯"还是有踪迹可寻的。

  顾仲起于一九二三年开始创作活动，至一九二九年悲愤自戕止的五、六年间，先后在《小说月报》、《文学周报》、《白华》、《泰东月刊》、《新妇女月刊》、《太阳月刊》等刊物，以及《时事新报》副刊《学灯》、广东《国民新闻》的副刊《时代文艺》周刊、长沙《国民日报》副刊《新时代》、武汉《中央日报》副刊《上游》、梧州《民国日报》副刊《时代文艺》周刊、上海《民国日报》副刊《杭育》等报纸副刊，发表了若干论文、评论、杂感、小说、诗歌等作品，其中理论文字有《创作的生命》、《告文艺创作家》、《托尔斯泰〈活尸〉漫谈》、《几个无名作家的作品》、《关于国内创作坛之诤言》、《哭泣——〈笑与死〉的序》、《告读者——〈生活的血迹〉自序》、《我的怀疑》等；小说有《最后的一封信》、《归来》、《风波的一片》、《碧海青天》、《流浪的孤灵》、《寄给梅波的信》、《白衣人》、《夕阳秋》、《一个疯狂的人》、《她的回信》、《箱子》、《离开我的爸爸》、《创伤》等；诗歌有《深夜的烦恼》、《灵海波声》、《秋愁》、《深夜笛声》、《归感》、《中秋夜泛》、《黄昏》、《舟中感怀》、《秋晚》等。短篇《归来》原发表于《小说月报》第十四卷第九期（1923 年 9 月 10 日），得到沈雁冰、郑振铎的激赏，复编入《小说月报丛刊》第三辑之一《归来》集（商务印书馆，1925 年 3 月初版），且作为这本创作合集的带头文章。关于这件事，顾仲起的朋友在四十年代写的回忆文字里以《茅盾在二十多年前就发掘了他》为题写道："他（按指茅盾——引者）替商务印书馆编近代作家短篇小说集，就把这个新崛起的一个无名小卒的作品摆放在第一篇,置为冠军"〔1〕。由此可见,顾仲起在崭露头角时就以致密的观察、清醒的认识、显豁的爱憎、茂美的才情,吸引了前辈的注目与关爱。

顾仲起是一位严谨勤勉的作家,他留给后人的精神遗产是并不瘠薄的,结集出版的单行本有下列数种:《生活的血迹》(短篇集,现代书局版)、《笑与死》(短篇集,泰东图书局版)、《爱的病狂者》(短篇集,现代书局版)、《坟的供状》(短篇集,上海远东图书公司版)、《龙二老爷》(短篇集,江南书店版)、《葬》(中篇,时代社版)、《残骸》(长篇,中华新教育社版)等。在处女作《生活的血迹》的自序《告读者》中,顾仲起申明了自己服膺的文艺观:

> 我们知道,文艺上的主观色彩过于浓厚,便易于形成一种偏见的错误;文艺上的自我表现过于偏重,便易于流为个人主义上的矛盾;文艺上的浪漫意味过于深刻,便易于成为不忠实的忌点;文艺上的唯心趋向过于流露,便易于变为非现实的幻象! 在近来的文艺上,其所以有客观的,社会的,写实的,科学的新趋势者,便是为此。

于此明确地判定了"代表主观的,自我的,唯心的,浪漫的文艺制作"已到了"毁灭与崩溃"的阶段,而"客观的,社会的,写实的,科学的新文艺",亦即无产阶级革命文学君临文坛的时代已经到来! 他并举了"鲁迅的作品战胜了三四年前很流行的某某等作家的作品"作为革命文学日益壮大的例证(顺便说一句,在当时太阳社的作家群中,就如何评价鲁迅而言,顾仲起的态度还是最为公允的)。在同一篇序中,顾仲起曾表明:"我对于文艺,还抱有很大的野心,在中国这样的社会中我也没有其他的工作可做,我还是努力于文艺。"而他努力以赴的"文艺",当然是他亦参予倡导的无产阶级革命文学。

浏览了顾仲起的作品,感到几乎都有浓郁的自叙传性质,毫不夸饰地可以说是作者"生活的血迹",因为诚如他自己所说:"在现代矛盾的社会中穷困的我们,好似深夜中莽原上的孤旅者,生活上都含着血的痕迹",而作者也止是用"血的生活的痕迹"来显示现制度的不合理,来揭露新军阀的卑劣与凶残,来倾泄知识者与劳动者的愤懑与不平,来儆醒被恶势力所摧折的"残骸"们的复活与觉醒……

〔1〕 徐大风:《记天才作家顾仲起》,载《茶话》第13期,1947年6月16日出版。

　　顾仲起是以自己"生命的几页血史上"的"血痕"来对社会进行血的控诉的，如要研究他的作品，必须了解他的身世。蒋光慈在《鸟笼室漫话》中曾对顾仲起有如下的评价："他是一个思想很激进的青年"，"他的运命如现代很多的青年所经受的一样，是一个从旧社会里逃跑出来的叛徒。"[1]事实上正是这样，顾仲起系江苏如皋县人，一九〇三年出生于该县东南乡白蒲镇顾家埭"一个没落的中等家庭"，清季著名的国学家顾锡爵（延卿）就是他的族祖。先后就读顾埭小学、薛家窑高等小学，一九一七年考入邻县南通的通州师范学校。不幸的是他的母亲就在此时逝世了，父亲续弦的后母对他十分虐待，使其在学校感受到经济的压迫，物质生活非常拮据。时值"五四"新思潮澎湃之际，在科学与民主思想的滋润下，疗慰了少年顾仲起的精神饥渴，促使他萌发了初步的反帝反封建的革命思想。一九二二年顷，因私自拆阅宣传新思想的《新潮》《少年中国》等刊物，被封建守旧的学校当局借故开除。回乡后的遭际十分难堪，领受无数奚落与白眼，更遭长辈的斥责与诟骂，这些都使血气方刚的顾仲起难以忍受，终于在一个月黑风高的深夜离家出走了。

　　出走后的顾仲起，孑然一身，栖栖惶惶，不知何处是归宿？他晓得上海是一个通商巨埠，到那里或许可觅得一个谋生的机会，遂搭乘大达公司长江班轮的统舱到了陌生的大都市上海。上海对于冒险家来说是乐园，而对于流浪者来说却是地狱，为了生计他尝试过各种"低贱"的职业：在码头上扛过包，拉过黄包车，沿街叫卖小报，甚至当过乞丐……，关于这些痛苦的遭际，他后来在中篇《残骸》的自序中作过概括："数年来的奔波，劳碌，饥饿，乞丐，做工，卖报，当兵，革命，恋爱，而终于失败"。正是这种与下层劳动者一同辗转沟壑的共同命运，增强了他为改变无产者地位而抗争的决心。

　　顾仲起的创作活动，就是他在与穷困、失业诸般痛苦挣扎的同时开始的，这些浸润渗透着血泪的作品，绝不同于向壁虚构的无病呻吟，而是"血性文章血写成"的呕心之作。他最初的作品是在文学研究会的刊物上发表的，得到了沈雁冰、郑振铎等文学前辈的奖掖与提携。与之同时，因窘于生计，他也曾给鸳鸯蝴蝶派主持的刊物，如叶劲风编的《小说世界》等写过一些应时的通俗小说，因所署的均是化名，如今已无法查考了。

　　上海在孙传芳治下沉闷呆滞的生活，使顾仲起难以忍受，遂束装南下奔赴当时的革命根据地——广州。起始，他发起组织革命文学研究会（社址设

---

〔1〕　魏克特（蒋光慈）：《鸟笼室漫话》。载《海风周报》第4期，1929年1月20日出版。

在广州东山龟冈某号），吸引了许多进步的文学青年参加，并在《国民新闻》上附设了该会的专刊——《时代文艺》周刊，共出版了十多期。后经由沈雁冰的荐引，他投笔从戎进了黄埔军官学校，不久就参加了中国共产党。军校学习期间，他仍未能忘情于文艺，积极参予血花剧社的工作，并编撰过富有鼓动力的剧本。作为军校的学生，顾仲起也是革命的军事行动的积极参预者：首先，他参加了东征讨平陈炯明之役，并且在战斗中负了伤，据他的朋友回忆，因头部挂彩额角上留下了一道创痕，可见他作战的勇敢；后来，他又随军参加了北伐，曾在国民革命军第八军唐生智部中任团指导员。一九二六年十月，北伐军攻克武汉三镇，顾仲起在武汉期间，除积极投身政治活动外，还参加了沈雁冰发起组织的文学团体——"上游社"，社友有十人，除发起人沈雁冰外，尚有陈石孚、吴文祺、樊仲云、郭绍虞、梅思平、陶希圣、孙伏园及顾仲起等。该社还在武汉《中央日报》的《中央副刊》中辟了《上游》周刊，顾仲起是该周刊的主要撰稿者之一。顾还将结集的诗歌《红光》请沈雁冰写序。沈在一九二七年三月五日所撰《红光》的《序》中写道：

> 《红光》本身是慷慨的呼号，悲愤的呓语(？)，或者可说是标语的集合体。也许有些行不由径的批评家要说这不是诗，是宣传的标语，根本不是文学。但是，在这里——空气极端紧张的这里，反是这样奇突的呼喊，口号式的新诗，才可算是环境产生的新文学。我们知道俄国在十月革命以后，新派革命诗人如马霞考夫斯基等的著作，正也是口号的集合体。然而，正如讬罗斯基所说，这些喊口号的新诗，不但是时代的产物，环境的产物，并且确为十月革命后的新文学奠基石。并且，在变动的时代，神经紧张的人们已经不耐烦去静聆雅奏细乐，需要大锣大鼓，才合乎脾胃。

之所以不惮冗繁地摘引发表于一九二七年三月二十七日《中央副刊·上游》上的这篇序文，是因为它是一篇不经见的茅盾佚文，加之顾仲起的原诗集《红光》早已散佚，我们只能从此序中来忖度《红光》的内容了。沈雁冰首先肯定的是顾诗的内容与倾向，以及为革命而歌的情热，宽容这些戎马倥偬的急就章在艺术上的粗糙与稚拙。标语口号式是普罗文学幼稚期的必然现象，固然不必鄙薄嘲讽，当然也不必满足赞赏，而是要超越这一幼稚的形态而达到新的高度，这后来成为茅盾、顾仲起乃至所有革命文学倡导者与实践者的共同认识。

"宁汉合流"之后,汪精卫跟着蒋介石也向共产党人举起了屠刀,顾仲起只身逃出武汉,经南京回到阔别四五年的故乡。不料故里之行又遭无妄之灾,被驻南通的国民党军师长伍文渊以"共党嫌疑"的罪名逮捕并递解南京。在南京羁押期中求原国民革命军第八军上司保释而免了杀身之祸,出狱后即仓皇逃往上海。当时上海的白色恐怖十分浓重,又流亡到天津附近的农村,隐伏数月后又悄悄潜回上海。

一九二八年初,蒋光慈会同钱杏邨、洪灵菲、杜国庠、杨邨人等发起组织革命文学团体太阳社。顾仲起参加了这个纯粹由共产党人组成的社团,同时与会的还有童长荣、刘一梦、沈端先、卢森堡、孟超、戴平万、白莽、楼建南、徐迅雷、冯宪章、李圣悦、王艺钟等人。顾仲起在太阳社机关刊物《太阳月刊》第四期(1928 年 4 月 1 日)上发表了小说《离开我的爸爸》,作品结尾主人公喊出了:"资本主义的社会不崩溃,我是没有回归的时候!"这实际上也是作者自己的心声。《太阳月刊》的编者蒋光慈在该期《编后》中着重推荐:"仲起的小说,是他在穷窘忙迫之中为我们写的,这里面藏了很多的革命青年的悲愤。"顾仲起在参加太阳社期间,受芃然勃兴的革命文学运动的鼓荡与激励,创作热情空前高涨,在一年左右的时间里,写下了许多短篇以及中、长篇,从而显示了革命文学的实绩。顾仲起作为革命文学先行者的功绩,我们是不应该忘却的。

至于顾仲起的自杀,时在一九二八年底或一九二九年初,至迟不会超过一九二九年一月二十日,因为该日出版的《海风周报》第四号就已刊载了内有"顾仲起的自杀"小标题的《鸟笼室漫话》。顾的自杀在当时的文学界激起了不小的涟漪,有的表示难以置信,"我不信倔强热烈的顾先生会这么的了此一生"[1];有的表示痛惜;有的则加以非议。当时,有的批评家指出:"他所以终于免不了走入自杀的一途,其主要的动力就是不健全的小资产阶级固有的意识形志在作祟。"如今,也有的研究者论断:"作为一个共产党员,仲起当年走上自杀的道路,本身是一个很大的错误。"笔者认为以上皆系苛论,因为自杀并非皆是软弱、怯懦与逃避,在某些情况下,倒是大勇者对于环境的一种抗议,生命的抗议到底比纸墨的抗议沉重得多。我看还是蒋光慈在《鸟笼室漫话》里的议论比较公允,他认为顾的自杀是一桩社会悲剧,故而没

---

〔1〕 张钦佩:《关于自杀的顾仲起》。载《文学周报》第 8 卷合订本,1929 年出版。

有苛责死者,并且揭示道:"若政治没有光明的一天,那末这种悲剧是永不会停止的。"也许是蒋光慈与顾仲起有某些相似的遭际罢,因而给予了同情与谅解。

顾仲起之所以自戕,毫无顾惜地中止年仅二十六岁的年青生命,除了统治者的迫害、经济上的窘困与恋爱的失败诸因素而外,我认为还应加上"左"倾路线对他的倾轧,他在《生活的血迹》再版序言中曾写道:"我决不因为我们的同志不谅解我,打击我,说我'临阵脱逃',我便灰心。"甚至申辩:"我希望我忠实的朋友们,别要给我以使我难受的怀疑和猜度!从事普罗列塔利亚文艺运动的人,并不就是反革命派!"此中透露的消息值得探究与深思,蒋光慈被"左"倾路线执行者断送了政治生命终至伤心病笃而死,顾仲起的蹈江而亡与这些"怀疑"、"猜度"、"打击"有什么关系,笔者不敢妄测,但是有一点是必须做的,现在是认真梳理与总结左翼文学运动中"左"倾路线教训的时候了。

搏击罡风迎曙日

——征军和他的诗

　　海南岛是南中国海上的一颗明珠，笔者有幸作了两次环岛旅行，那旖旎的亚热带风光，深深地印在我的脑膜中。当我畅游宝岛之时，在巍峨的五指山巅，在湍急的太阳河畔，或在那目迷五色的莺歌海，我都曾默诵着一位海南革命诗人的警句：

> 静静的南渡江哟！
> 海南岛居民的乳娘！
> 雄壮的波罗树是你的儿子，
> 多情的椰树林是你的女儿，
> 静静的南渡江的波流呀
> 蕴藏着父母们的泪雨。

　　这首题名为《静静的南渡江》的诗出自征军的手笔，他原名施启达，海南岛琼山县人，少年时代就参加了琼崖农民革命斗争，经历过如同《红色娘子军》所抒写的铁与血的锻冶，无愧乎是一名战士。诗人在一首题为《两个士兵》的诗中曾写下如此的诗句：

> 我是一个志愿的小红鬼，
> 经过十年政变的风暴，
> 站在布尔雪维克斗争的前卫。

　　诗人正是一名经过火的洗礼的战士，自红军琼崖纵队被迫退入五指山后,征军从海南到了上海,参加了中国左翼作家联盟,积极参预"左联"所属的中国诗歌会的创作活动,后又东渡扶桑,继续致力于左联东京分盟的各项工作。抗战军兴,他即从日归国投身于抗战文艺的建树。一九四六年三月十七日,征军以三十三岁的英年在贫病中夭逝!

征军的遗作甚丰,已出版的诗集《蒙古的少女》、《红萝卜》及长诗《小红痣》,另一诗集《燕子来自何方》已编就而未及付梓,其他散见于《新诗歌》、《前奏》、《杂文》、《东方文艺》、《文艺阵地》、《抗战文艺》、《中国诗坛》等刊物上的作品,均未结集。对于诗人的不幸早逝,文化界同人深感哀惋,许多作家都写下了悼文,如司马文森的《哀征军》、陈残云的《郁郁而死的征军》、韩北屏的《惜死与慰生——悼诗人征军兄》、严杰人的《为战士与为诗人的征军》等,香港的《华商报》以及《中国诗坛》复刊第三期还出版了《追悼征军特辑》。

在抗日战争最艰苦的岁月中出版的《红萝卜》,系征军的代表作,该诗集由桂林诗创作社于一九四二年九月初版。《红萝卜》的装帧极为朴素,版心以窳劣的土纸印刷,由于铅版与纸质的原因,字迹甚为模糊,以致有的地方难以卒读。然而它却得到在烽火中辗转的读者的喜爱,因为它的创造者是以生命谱写诗篇的革命歌人。

诗集将政治讽刺诗《红萝卜》置于卷首,遂亦以此题名诗集,以降有《向苏联致敬》、《南方》、《春》、《海》、《临死的敌兵》等十七篇,卷末则有组诗《中国在射击》。集内各篇,最早的写于一九三八年,最晚的作于一九四〇年。

凡读《红萝卜》,常常为其中汹涌着的激情所震撼,诗人那鼎沸的情热仿佛从每一列诗行中喷射而出,中人欲醉,惹人欲歌,激人欲行! 诗歌的魅力在乎节律? 在乎色泽? 在乎形式? ……持论者莫衷一是,但任谁也否认不了诗人发自肺腑的激情的感召力。

征军诗作中反复谕扬的是对理想与信念的执着,他终生所服膺的真理,如同铭篆永远镌刻在心中,如在《南方》篇内集中铸炼了诗人对于富于革命传统的故土的眷恋与挚爱,"南方"不仅是诗人生身的故土,而且往昔是"革命的旗"曾"最初飞扬的摇篮地",如今,当民族解放战争的烽火正炽的时刻:

　　　　今天南方的山野上,
　　　　沉浸在震撼三日间的
　　　　勇敢的战士底血的木棉花

在开结着新生的花朵，
它象征着民主自由的色彩。

"广州公社"先烈们的壮举,曾被称作"震撼世界的三日间"(日本革命作家山上正义所作歌颂"广州公社"的剧本,就题作《震撼世界的三日间》),他们浴血苦斗的精神代代相传,注入了华南抗日战士的心胸,感奋激励他们——

迈着矫健的脚步
踏上自由的平野
用你多血的倔强的意志
去迎接新的战争
把敌人击溃在我们这响亮的土地!

在那与侵略者的铁骑殊死奋战的严峻日子里,亡国的威胁如阴霾君临天穹,而诗人却如同"迎春的群鸟",自身"痛苦无言地"承负着"历史的重荷",充当着春的信息的"播种者",把"一种火似的心"化作希望的种子洒向大地,热望祖国经受住劫难,然后"走十月河岸底路",最后在"新中国的塔上"升起"希望的星"。

祖国的存亡,民族的兴衰,革命的成败,如同梦魇一样执着地盘踞在诗人的脑海,必然也执拗地成为他诗歌创作的主题,除了在《春》等篇什中强烈表露而外,还在《祖国底路》、《冬天的道路》等诗篇中焦灼地探索着、歌吟着。如在《祖国底路》篇中,诗人愤激地鞭笞了出卖家邦的"秦桧式"的奸徒,谴责"任何不忠于祖国的行动",并且虔诚地祈祝:

祖国底路
是从战争的冶炉的深穴里
是从奸徒和敌人的尸臭的夜里
象巨人一般走过来了
深深地向大地和高天
呼吸着"民主国"晨曦的空气

另一姊妹篇《冬天的道路》以对比的笔法表明了爱憎,讴歌了在"血迹指着的里程"中跋涉前进的民族解放的战士,诅咒了在"腐烂的骨堆上"苟且偷生的出卖民族利益的汉奸。

理想之花在《走向北方》的诗篇中绽放得更为鲜明,这是一曲革命圣地——延安的颂歌,诗人饱孕激情抒唱了:

> 新中国永不朽的灯塔
> 傲然从西北角
> 向世界注射光明

延安是"春之子"——"解放了的儿女们"钦仰渴慕的"自由之城",是"创造的大地"、"光荣的国度"的首府,诗人召唤青年朋友"走向北方",向中国革命圣地进军!

对于同胞的厚爱也渗透于征军的诗行,如《新生之日》篇歌吟了老同志从历史转折期的惶惑中醒来,获取真理后又大踏步地向前走去;《给香港的女同学们》篇则表露了对新生一代的规诫与希冀,诗行间也流溢着挚爱的暖流。

集中描绘民族形象的是组诗《中国在射击》,其中包括《母亲》、《村长》、《农民》、《农妇》、《小孩》、《学生》、《姑娘》、《战士》等篇什,汇成了一曲敌忾同仇的抗敌交响乐。"母亲"是祖国的化身,她庄严地号召:"勇敢的儿女,我们的战士,拿着你的枪到战壕里去。"年迈的"村长"身先士卒地"为国土的自由而战",率领年青的兄弟们坚守"乡村——持久抗战的堡垒"。壮硕的"农民"都"拿了枪",瞄准着日本强盗射击。勤劳的"农妇"也奋起"保卫我们的田园",并自豪地宣称:"我们的血液都腾着战斗的笑"。幼稚的"小孩"亦在战火中锻炼为"中国的小英雄",斩截地明白了:"战斗生长的是光荣的国民,哭泣投降的是无耻的奴隶"。"学生"心底的仇恨也发芽萌发出"战斗的鲜红底花",从而"结队奔向战争的前线。"年青的"姑娘"更是"爱自由的姊妹",她们以辛勤的耕作去支持前线的胜利。抗敌的"战士"当然"永远不会颤栗",他们背负着国家的期望、父老的嘱托奋勇推进,以枪口对准枪口,以枪刺搏击枪刺,把"兽鲜"赶回坟墓里,从始——

> 中国人民底血的崇高工作,

将在新建的天空中

骄傲地揭起"自由王国"底旗

向全世界的人们扬着欢悦的微笑。

诗集中有相当篇幅是政治讽刺诗,如《智慧林中的蝗虫》、《他寻金去了》、《沉在泥沼中的人们》、《独眼的一群》、《叛徒汪精卫》诸篇皆是,诗风犀利如刀,挑剔敲剥,游刃有余。反共的顽固派,首当其冲是诗人鞭辟的对象,他们在诗中的形象,不是吮吸人民膏血的"毒蜥",就是偷窥一切的"猫头鹰"。变节者与叛卖者,理所当然的成为诗人抨击的矢的,《他寻金去了》就是对于背弃原有理想而"疲倦地卷了旗"的投机分子的入木揭露。还有那些喧嚣一时的托派分子,诗人对于他们假借马列以营私的丑行举起了投枪:

……他啊

那政治商附庸的头脑

被历史的怒潮

卷入了深池的泥涡里

唯物论者的壳破碎了

显露出他的脸

穿着二条裤子的脸——

一条是包着骷髅的白裤子

一条是裹着癞病的红裤子

诗人以贴切、形象的笔触,勾勒了托派分子红皮白心的假革命、真卖国嘴脸。

在征夫的诗作中,无论是高亢激越的政治抒情诗,抑或纵横捭阖的政治讽刺诗,旋律都急骤如南方夏季午夜的阵雨,迅猛、酣畅、淋漓,这大概是时代的氛围使然,也反映了诗人出身于战士的性格。诗人曾如此自我申述:

我握着时代的军旗

自然夸耀地大步前进

走在自由自在的路

把自己所有的煮沸的血

　　捧献给祖国的事业

　　以上并非故作惊人之语的妄言，而是诗人生命以赴的誓辞，征军确乎为祖国、为民族、为革命"溅尽最后一滴沸腾的血"，这正是我们应该永远忆念的。

南中国的"喇叭手"

——"中国诗歌会"主干温流及其诗作

南国诗人温流于一九三七年一月十三日病逝于广州,年仅二十五岁。他的不幸夭逝,在中国诗坛引起了震动。中国诗歌会发起人之一的蒲风为此惊呼:"温流的死是目今中国诗坛的最大损失!"[1]全国各地的许多报刊都发表了悼念文章,有的还出版了追悼专号,例如:《诗歌杂志》第三期(1937年5月)上特辟了"哀悼诗人温流"专号,在悼诗《恸》中称颂其为"永夜的照明灯"与"激动人们前进的号筒";袁勃、沈旭主编的《青岛诗歌》也出了"温流追悼专号";汕头《星华日报》副刊《流星》也辟了"追悼专号"……翌年一月,"中国诗坛社"同仁在温流墓前举行了周年祭,蒲风、黄宁婴等都朗诵了纪念诗章。同年同月十五日,《救亡日报》还发表了题为《警报声中的温流周年祭》的报导与诗文。郭沫若为温流周年祭写下了如次的题辞:

> 你的早逝,不仅是中国诗坛的损失,同时是中国抗敌战线上的损失。抗敌的军号,缺少了你这位优秀的吹手,使我们感觉着寂寞。

温流是无愧于前辈、侪辈对他的称许与赞颂的,他以自己创造性的劳作,开拓了新诗歌的新路径,丰实了三十年代左翼诗歌的战绩。

温流,原名梁启佑,又名梁惜芳,广东梅县松口堡人,一九一二年生。父名德余,小商人;有弟妹凡五人。七岁时随父往南洋婆罗洲帮戛埠住过若干时日,读过当地的正伦小学,一度做过打金工的学徒。十四岁时回到故乡,先后在松口初级中学、广州市立一中就读。一九三〇年顷,集合同好组织绿

---

〔1〕 蒲风:《温流的诗》。载《现代中国诗坛》,诗歌出版社,1938年8月15日初版。

天文艺社,后又擘划、创办并主编《绿天》半月刊(1931 年 5 月创刊,1933 年 5 月终刊,出至 5 卷 2 期)。同时还编辑梅县松口学会的《青松》。一九三四年夏考入中山大学文学院教育系,课余乃关注文学界的动向。受"九一八"后现实的刺激,一变往昔颓放纤弱的诗风,诚如其友白嘉所说的:"他丢弃了从前那种颓废的唯美的吟咏,踏上了健康的新写实主义的道路。"[1]此时开始受到中国诗歌会的影响与启迪,联合同志筹组该会的分支机构——中国诗歌会广州分会,并成为它的中坚。蒲风后来曾指出:"中国诗歌会广州分会之活跃,温流的功绩是不能磨灭的。"[2]这一时期,温流除致力于新诗歌创作而外,还编辑了《诗歌生活》以及《梅东日报》副刊《诗歌周刊》。一九三六年五月,出版了处女诗集《我们的堡》,有郭沫若的题签与蒲风作序。诗集问世后反映强烈,诚如《诗歌杂志》创刊号(1936 年 10 月)"诗坛消息"栏所报道:"温流的第一本诗集《我们的堡》出版后,在诗坛引起了极大的注意。"洪遒、方殷、一萤、兆铭、天佑等都发表了评论文章。

一九三六年秋,广州艺术工作者协会成立,温流被举为诗歌组组长,主编《今日诗歌》。同年冬,编讫第二部诗集《田地,咱们守护你!》寄给蒲风,拟作为《中国诗歌作者协会丛书》之一出版(后易名为《最后的吼声》,由诗歌出版社于 1937 年 11 月 5 日出版)。一九三七年一月十三日因鱼骨伤喉为庸医贻误而遽然病逝。

诗人黄宁婴曾经说:"温流是华南新诗运动的拓荒者。"这是毫无夸饰的名副其实的评价。温流是一个不尚喧嚣的新诗歌运动的倡导者与实践者,他所遗留给我们的遗产,雄辩地证明了这一年青的革命诗人在南中国诗运中的开山作用与主导地位。检视诗人的两本遗作:《我们的堡》与《最后的吼声》,以及一九三三年转向后散见于报刊的数十首诗作,虽然数量不甚多,但篇篇都是不吝心血的精心之作。从这些堪称呕心沥血的篇章中,可以明晰地窥测到诗人思想意识变化发展的脉络与认识现实不断深化的轨迹,也可以清楚地观察到诗人对艺术境界的执着追求和对通俗形式的艰辛探索。

《我们的堡》第一辑中的几首诗颇值得吟味,它们是诗人挣脱"现代派"诗风的羁绊,竭力向新诗歌跃进的第一组歌,其中真实地记录了自己心灵的历程:扬弃,否定,汲取,追求……。《醒》嘲讽了故我的幼稚与天真,把世界

〔1〕 白嘉:《温流小传》。刊《诗歌杂志》第 3 期,上海联合出版社,1937 年 5 月出版。
〔2〕 蒲风:《温流小传》。载《现代中国诗坛》,诗歌出版社,1938 年 8 月 15 日初版。

看成是美妙、圆满、找不到罅隙的"水晶的杯";然而,诗人终于看清了"世界忧郁的脸",懂得了"血变成酒"、"骨结成花车"、"肉培养芍药"的剥削真谛,从而揭露了:

> 一方面是淫荡,快乐,
> 一方面是痛苦,饥寒;
> 一个笑埋了千万个笑,
> 一个快乐造成整万整千的不幸,
> 一群的死为了少数人的生,
> 甜歌建筑在呻吟和哭上面。

　　严酷的阶级对立使诗人懂得了"人的欺骗",并且促使他立下了"我要在黑暗中点起火焰"的志愿。这首诗写于一九三三年十一月二十三日,是诗人世界观、艺术观转变的标志与佐证。另一首《吊》,诗人抒写在新思想的冲击下,自己心目中"仙岛"幻梦的倾坍,并对被扬弃与否定的实际上是"鬼的园地"的所谓"仙岛",进行了冷嘲式的凭吊,表示了与旧思想及旧艺术的批判与决裂。故而蒲风在《我们的堡》的《序》中说:"温流的这篇《吊》,凑巧正用来哀悼'现代'派的死"。并认为"它的形式跟内容更冲破了'现代'派的狭小范围,和臧克家之结束了新月派的死体一样,他是更进一层的揉碎了没落的'现代'派的死体"。此外,同一辑中的《自己的歌》和《唱》,则是温流自觉充当无产阶级歌手的誓辞。前者阐述了道路的艰险与困苦,然后"爱光明,爱真理"的信仰与热情鼓舞他们"不管饥,不管渴",认定前方的目标,排除各种的干扰,"挑着笨重的担子,唱我们自己的歌";后者更表明了自己矢志为无产阶级革命事业及其文化献身的精神:

> 一滴血就是排天桥的一只喜鹊;
> 一串歌跟着一滴血,
> 春天就在天桥那边哩。

　　作为一个严峻的现实主义诗人,温流不仅敢于正视那外寇横行、内贼跋扈的吃人社会,而且极目扩大自己的视野,认取并反映农村乃至城市日趋衰败、没落及崩溃的过程,例如《我们的堡》集内的《我们的堡》篇,在这一百三十余行的叙事诗中,生动而凝练地描写了作者所生活的小市镇数十年间的兴衰,以对比的手法来叙述这"二十多年前充满快乐的堡"的变迁,昔日的繁盛兴隆更反衬出今天的破敝凄冷;诗人还不满足于绘写其外观的衰颓,而且以有力的笔触来揭示其变迁的本质,形象地指出了"这是由于资本帝国主义的透骨的侵入,军阀统治的不断的殃民",以至"吃饭的人家有的改喝粥,喝粥的便喝着粥汤,挨饿",另一面却又是"新的店子,新的洋楼,起了一座又一座",于是乎"有人嚷着无聊找消遣,有人嚷着寒冷和饥饿",而这种不公平的对立现象,正是帝国主义、买办势力、封建地主纠结一起对中国农村施行章鱼般绞杀所形成的特殊形态。诗人刻划的"我们的堡"的衰变史,也正是中国农村破产过程的缩影。

蒲风曾经指出:"对于一般非产业工人——封建手工业工人以及其他下层百姓的痛苦,好象没有第二个诗人有如温流那般的熟悉。"这是因为温流来自农村,从小了解与同情下层民众的疾苦;更因为温流有意识地把视角移向受欺凌侮弄的劳苦大众,自觉充当他们的代言人,申诉他们的痛苦、怨愤和希望。《我们的堡》集内写了打砖的、打金的、搭棚的、筑路的和削竹篾的工人,也写了流民、叫化、船夫、耍猴者和卖菜的小贩;《最后的吼声》集内则写了凿石碑工人、老门房、卖糖的货郎、挑炭的女人以及牧牛、莳田、割禾的农夫。对于这些在饥饿与死亡线上挣扎的被压榨被侮辱的劳苦大众,温流心头蕴藏的远远不止是同情,他对于他们的苦难生涯是那末的感同身受、休戚相关,而且他"决不是拿一种高贵眼光去怜恤他们,而是自己本身作为上述诸种人之一分子而抒唱出自己的苦痛及前途来的"。有的甚至是他自己的生活实录,象《打金工人歌》就是诗人依据少年时代做打金学徒的体验写成的。又如曾被聂耳谱曲的《打砖歌》:

> 小的锤,方的砖,
> 六岁的孩子也来学打砖,
> 练粗臂膀练好脑,
> 造个世界来看看。
>
> 小的锤,方的砖,
> 咱们的世界在前面,
> 不要怜悯不怕死,

　　打呵,打呵,干呵干!

　　这首凡六节的小诗,不仅仅描写了打砖童工食不果腹的痛苦、腿软肌疲的辛酸,而且抒唱了他们将来创造新世界的抱负,十分清新而有力。

　　当温流第一本诗集《我们的堡》出版而后,有的评论者在作了热情肯定之后,也感到有若干不足,指出:"就这本集子来看,确实缺乏更强烈的反抗的战斗性的情绪"[1]。这一缺憾在其第二本诗集《最后的吼声》中作了弥补与充实,赋有了更浓郁的时代精神与斗争氛围,例如与《我们的堡》篇同样写故乡的《塔》,后者作于前者的两年多之后,就不再是悲惨现实的摹写与哀叹,而是斗争场景的展现和光明前景的预示:

　　　　几万个拳头伸出来了,
　　　　几万张嘴呐喊起来了。
　　　　倒下去吧,塔,
　　　　倒下去,不要有半点心伤,
　　　　这儿,你站过的山上,
　　　　农民们会筑个纪念塔,
　　　　纪念他们创造新天地的荣光。

　　随着民族危亡的迫于眉睫,中国诗歌会提出了创作"国防诗歌"的号召,温流是这一口号的积极响应者与实践者。他在一九三六年五月三日所拟《现阶段的诗歌》(大纲)中,首先就"主题"写道:"反帝反封建的主题,在文坛上是早已经提出来了的,也产生过不少有力的作品。然而,在眼前,我们最大的敌人×帝国主义正在拼命地侵略我们国家,为了唤起大众,组织大众,进行伟大的民族解放战争,我们的主题不能不移到配合眼前的现实的'反×反汉奸'。"上述主张当然体现在他自己的作品中,在《最后的吼声》集内,《永久的口供》、《炮台》、《血祭》、《青纱帐》、《新催眠歌》、《冲》、《吊郭清》、《田地,咱们守护你!》等篇,均被当时的诗歌评论界目为国防诗歌的佳制,其中《青纱帐》一首尤得好评,蒲风认为:"《青纱帐》是温流的最优秀作品,在那里他为我们留下了雄壮的军号,"笔者对此也甚有同感,至今仍为其悲壮

─────────────

[1]　洪道:《〈我们的堡〉》。刊《读书生活》第4卷第4期,1936年6月25日出版。

的旋律所折服。该诗凡四节,今引录其第三节以尝一脔:

> 青纱帐,
> 咱们的城墙!
> 咱们东跑西走,
> 咱们在炮火里死亡,
> 咱们在炮火里生长,
> 咱们给炮火炼成了钢。
> 五年了,五年了,
> 仇恨刻在咱们心上,
> 咱们喊:“抗日到底!
> 不卖国,不投降!”
> 咱们联合起来了,
> 十万枝枪,廿万枝枪,
> 筑成咱们新的青纱帐!

诗人歌赞的是东北抗日义勇军五年来坚持斗争的不屈意志与奋斗精神,足以激起富于爱国心的读者的敌忾与斗志。“青纱帐”后来成为抗战诗歌中习用的题材,而温流这首诗可算同类作品的嚆矢。

臧克家在《“五四”以来新诗发展的一个轮廓》一文中论及:“‘中国诗歌会’,注意诗歌大众化,提出利用歌谣形式和朗读问题,同时,在组织方面也大力开展,对于现实主义诗歌起了一定的推动作用。”温流作为中国诗歌会的中坚之一,是诗歌大众化坚定不移的倡导者与实行者,而且是成绩卓著的一个。关于大众化,温流还给自己的作品提出了具体的要求,应当注意的是:A,唱得出(和作曲家合作)。B,短小(在五十行以下)。C,通俗化(尽量地使用新文字)。”[1]他从民间歌谣中汲取了丰富的养份,创造性地谱写了许多便于吟唱歌咏的诗作,其中有的作品(如《打砖歌》、《卖菜的孩子》)经聂耳谱曲后得到更广泛的传播。

温流如同慧星一般匆匆掠过中国诗坛,如果天假以年,其前途是未可限

---

〔1〕 温流:《现阶段的诗歌》(大纲)。载《诗歌杂志》第 1 卷第 8 期“国防诗歌讨论特辑”,1937 年 1 月出版。

量的;即使从他所遗留下来的作品看,也应该充分估计其在中国新诗史上的地位。当年,温流的战友们曾给他以甚高的评价,例如蒲风在《诗歌大众化的再认识》一文中论及"为这新形式而努力写作"的诗人时,将温流列在首位,并且认为"最可以供我们参考研究的是温流的《我们的堡》"[1];在另一篇《目前的诗歌大众化诸问题》中又极力推崇:"事实上,温流的新鲜活泼的调子,已经证明在大众化的新形式上,我们业已有了不少的成就。"[2]这些都是对温流在诗歌创作上不懈努力的公允评价。在当年的诗坛上,甚至有人称誉温流是"我们最伟大的诗歌战士之一"[3],这也是并非过分的衡估。

附带可涉及的是,温流曾直接受到鲁迅温煦的照拂,查《鲁迅日记》一九二九年六月三十日条记有:"午后寄梁惜芳、高明、黄瘦鹤三人信并还稿。"梁惜芳即温流,可惜鲁迅致温流的信早已散佚,内容今无从考究,但肯定曾对温流产生积极的向上的促力。一九三六年夏,温流将自己的处女诗集《我们的堡》寄赠鲁迅先生,还在书面侧页以钢笔题辞:"鲁迅先生指正,作者五月八日。"这本诗集作为鲁迅的藏书如今珍藏在北京的鲁迅博物馆。

时至今日,人们也未曾将温流忘却,例如老作家陈残云曾回忆道:广州艺协诗歌组的"核心人物是温流……。温流工作很积极,诗的战斗性很强,是我们活动的中心,受到大家的爱护和推崇。"[4]作为新诗歌的爱赏者与研究者,我们对于这位天资聪颖而又勤奋不怠的诗人的早逝也感到深深的惋惜。希望研究中国现代诗歌史的学人,不要忽略了对这位只在诗坛上短暂停留的前驱者的论列。

---

〔1〕 载蒲风著:《抗战诗歌讲话》。诗歌出版社,1938 年 4 月初版。
〔2〕 载蒲风著:《抗战诗歌讲话》。诗歌出版社,1938 年 4 月初版。
〔3〕 伊仲一:《一九三七年的中国诗坛》。载《中国诗坛》第 1 卷第 8 期,1938 年 1 月 15 日出版。
〔4〕 陈残云:《黄宁婴的生活道路和他的诗》(《〈黄宁婴诗选〉前言》),载《花城》1980 年第 8 期。

一颗早陨的晨星

——胡洛及其文学业绩

一个为理想而斗争的战士倒下了,若干年后他为之奋斗的光明社会成为了现实;照理,沐浴在阳光之中的人们应该缅怀、纪念这位先行者,乃至出版他的遗著。可是,我们所要表述的这位先行者胡洛却遭到完全相反的对待。这位一九三七年就不幸夭亡的文化战士,建国后不仅没有任何人提起过他,反而在史无前例的"浩劫"中被冠以"国防文学"的鼓吹者而遭到挞伐,那些"四人帮"卵翼下的御用文痞以轻薄的口吻侮弄他,称其为"名不见经传的小吹鼓手"。

诚然,胡洛之名并不为许多人所知悉,然而他却比那些名见之经传的宠犬弄臣更经得起历史的洗汰。胡洛虽然知名度不高,他仅是左翼文化运动中一个普通的战士,他却以自己的生命之火投入了为光明而搏斗的事业,直至燃尽最后的一滴脂膏与血液。对于这样的战士,我们是应该将他的名字镌于典籍的。

胡洛,原名李安乐,安微芜湖人,一九一四年出生在一个世奉基督教的家庭,父亲是一个牧师。幼年所受的教会教育,并未使他沉浸在宗教的氛围中;《圣经》中的神话成分,却诱发了他的想象力与文学才华。进入萃文中学求学时,正值"大革命的号声正吹起了无数的憧憬光明的人们",开始接受新兴社会科学的洗礼,并着手运用文艺这一战斗的武器,于一九三二年一月,与友人共同创办《浐渭月刊》(在芜湖创刊,1934 年 10 月 3 卷 1 期起迁南京出版,1935 年 4 月出至 3 卷 6 期停刊),为冲破窒闷灰暗的芜湖文化界而努力,友人称许"他们在大地的一角上跋涉着光明的征程"。到上海进入复旦大学读书之后,更热情投身于革命文化的建树,与同学们共同编辑《客观》半月刊(1935 年 6 月创刊,出满一卷后于 1936 年 2 月"奉令停刊"),而胡洛则

是这一刊物的主干与中坚,关于他在《客观》编务中的作用,他的友人有如下的记述:

> 他又同我们共同推动起《客观》的车轮。在崎岖的道途上,《客观》遭遇过无数的困难。所有的困难,常都因他一人的勇断和负荷而解除。他在深夜借洋烛的微光赶稿,在毒日下和寒风中奔波印刷,甚至连打包寄邮的事也总是自己尽先动手。他们收获是伟大的:从监狱、工厂、军队、商店中不断地送来同情的呼应。虽然《客观》在刚满一卷时就不得不夭折了,可是正如他自己在我们心中不能消磨一样,《客观》已是永生在它读者的心底里了。[1]

以上是胡洛忘我地投身革命文化工作的实录,仅此一例也足可窥见这位青年斗士的赤诚、热忱、无畏、勤奋的品格。他出身清贫,自幼体质孱弱,加之努力学习与工作,自奉俭约,营养甚差(大学期间,每天早餐只是一只八个铜板的面包),于是健康日趋恶化,除了原有的砂眼、鼻衄等宿疾而外,又患上了恶性的消化不良症。然而,"身体的衰弱却没有折磨了他那颗火热的心",他坚毅地挪动支离的病体随着民族解放运动的巨浪前进:在"一二·九"波及全国的洪流中,向市府请愿的示威行列中有他挥舞的拳影;在北上请愿列车上,也有他声嘶力竭的鼓动声浪;在"一二·二四"四川路上的悲壮行列中,他的身上留下了"宣扬文明"者的鞭痕;在学生团体的七名干部被无理拘押时,又是他穿过重围到校后宿舍中去清理诸如《马氏文通》那样为愚蠢鹰犬引为口实的东西;即使在病笃之际,他已无力支撑病躯去参加纪念"五卅"十周年的大游行,然而却奋笔写下了纪念的歌词:

> "五卅"血曾洒遍南京路上,
> "五卅"血表现了反帝的力量,
> 纪念"五卅"更要挺起胸膛
> 拿我们的血争取中华民族解放!

为了理想,为了事业,胡洛沉毅而不懈地奋斗着,不仅与人魔抗争,更要

---

[1]　《关于胡洛》,载《胡洛遗作》,上海黎明书局,1937年4月1日初版。

与病魔厮斗。在南京鼓楼医院时已病入膏肓,然而他病床四周都堆满了书籍,坚持在病床上写作,离死前几天还挣扎着写完了最后一篇评论——《臧克家的路》,寄寓了他对于诗人乃至所有作家的期望与祈祝:"只有忠于现实,不断地认识现实的作家,才可以走健全的路。臧克家的起步虽不同,但因为他是忠于现实的,他终于从不同的路走拢来,跟大众连在一起,共同向民族解放的大路上迈进。"字里行间闪现着透辟的目力与睿智的才情,根本看不出其出于一个垂危病人的手笔。至为可惜的是,胡洛不幸于一九三七年一月十一日病逝了,年仅二十二岁!

胡洛英年夭逝,令人痛惜,因为他是在"争取光明"的"斗争生活"中"耗去了他全部的精力",他的同志与朋友们认为应该让更多的人"同情他的死,认识他的人格,他的刻苦,他的奋斗的精神",遂集资出版他的遗著。《胡洛遗作》由上海黎明书局于一九三七年四月一日出版,书面由钱君匋设计,以红黑两色作基调,红色似代表胡洛不死的奋斗精神,黑色则表示深沉的哀悼之情罢。扉页后的胡洛遗像系版画家马达所作,黑白分明、刀法峻峭的木刻显示了胡洛的睿智与坚毅。编者在《刊印的话》中写道:"我们给这位死去的朋友刊印这本遗作集有着两种目的:为了纪念,为了他生前那种争取光明的斗争精神,使之扩扬光大渗入大众群中去——增加那日夜在膨大着的力量。"遗作共分五辑:第一辑"文艺论谈"收《"国防文学"的建立》、《论文学的内容与形式》等论文二十六篇;第二辑"杂文"收《病中杂记》、《杀人不见血的学校》等杂感二十二篇;第三辑"介绍与批评"收《从文艺创作方法说起》、《曼海牟教授》等评论五篇;第四辑"创作"收《火焰》、《秋风与落叶》等小说四篇及诗《秦淮河中》一首;第五辑为《妇女问题研究大纲》。略一检视,即可领略作者学识的渊博与涉猎的广泛,尤其令人赞叹的是他那敏锐的观察力与深邃的洞察力,以及迅速作出攻守反应的胆识与笔力。他清晰透彻地认识到"这社会算老到尽头了",故而自觉地承应着"现社会的掘墓者"的"伟大使命",从而无畏地抉剔着这"在腐溃的基础上建立的逆流政治",揭露和抨击它的"非人道的血腥和疯狂"。

胡洛的文学才能是多方面的,他可以自由地驾驭各种文体,从驳难透辟的论著到桀骜锋利的杂文,都调弄得十分娴熟。遗作中有一组"创作"颇值得注意,特别是其中的小说《火焰》,是一篇颇不多见的以学生运动为题材的作品。作者因为是学生运动的积极分子,厕身其间,亲躬其事,写来十分真切生动。大学生们在民族危亡迫于眉睫之际所爆发的如火如荼的爱国热情,在小说中得到了形象的体现。作者笔下那些风姿迥异而爱国同心的学生群相,为我们留下了一帧大时代的剪影,尤其是就中一位始而逡巡畏缩、继而奋发昂扬的转变型青年一漠,给人留下难忘的印象,因为它再现了历史的真实:当时的许多青年正是从时代的风云中,从集体的斗争中,汲取了勇气与力量,从幼稚走向成熟,从空虚走向充实,从怯懦走向勇猛,最终成为民族的斗士与时代的前卫。

《胡洛遗作》所辑入的各种体裁作品约十五万字,占胡洛生前发表作品的三分之一,其他尚有三分之二约三十万言的遗文散见于三十年代中期的各报刊,诸如《泾渭》、《客观》、《读书生活》、《文学大众》、《文学青年》、《现世界》、《社会生活》、《诗歌生活》、《小说》、《文摘》、《妇女生活》等刊物,以及《中华日报》副刊《动向》、《申报》副刊《自由谈》、《立报》副刊《言林》等。作为先行者的跋涉轨迹,似应得到我们后来者的珍视。

胡洛已经逝世半个世纪了,他的血肉早已化为共和国基石的一部分;即使是十分微小的一部分,我们也可以惦量出其生命以赴的超分子结构的重量。

不应被遗忘的左翼文化战士

——韩起

在中国无产阶级革命文学运动的进程中,有若干战士在严酷的环境中倒下了,有的牺牲于敌人的屠刀之下,有的瘐毙于黑暗的牢狱之中,也有的则被贫病所绞杀……,所有这些前驱者,都值得我们忆念。他们之中有的虽然未及创作什么不朽之作,也没有建立什么卓著的业绩,然而他们却为革命文化贡献了自己的青春与生命。他们对信念的虔诚,他们对事业的执着,他们对真理的挚爱,他们对光明的追求,……将对一代又一代的青年以激励与启迪。

在这些早已夭逝的左翼文化战士中间,有一位名叫韩起的人,今天即使在文科大学生中,也未必有谁晓得这个陌生的名字。可是,在中国社会主义文学的母胎——无产阶级革命文学的不朽战绩中,却确实浸染有韩起的血汗。

韩起在当时文坛也知名度不高,因为他毕竟太年青,死的时候才二十三岁,然而正如他的朋友在悼文中所写的,他是个"埋头工作的人",是个在文化战线上"苦斗着的战士"[1]。

韩起逝世时是中国左翼作家联盟的盟员,原籍江西南昌,生于一九一〇年,病卒于一九三三年。笔名有寒琪、华恺等。一九三三年十二月在上海病逝时,有若干报刊刊布了有关他逝世的消息,如上海乐华图书公司的《出版消息》二十七、二十八期合刊(1934 年 1 月 16 日出版),以《韩起病死》为题作了报导:"译《列宁传》及《列宁回忆录》之韩起,最近因伤寒病,于上月病死于上海。夫人曼尼女士,悲痛异常。闻韩身后萧条,遗有仅三个月之遗腹

---

[1] 楳女士:《悼韩起》。载 1934 年 1 月 8 日《中华日报》副刊《十日文学》第 44 号。

子。按韩系江西人,前年曾作旁听生于南京中央大学,即开始从事于著译,著作不多,所译以上二书,一系国际译报社出版,一系正午书店出版。"另现代书局所出之《现代出版界》第二十期(1934 年 1 月 1 日出版)也称韩起逝世"亦文坛一新损失也"。

　　韩起的文学生涯是在南京开始的,时在一九三〇年,当时他是中央大学中国文学系的旁听生,联合罗西(欧阳山)、胡楣(关露)、钟深、林蘋等组织了"幼稚社",并于一九三〇年三月上旬创办《幼稚》周刊。韩起在周刊上发表有《沉痛的暴露》、《克复生活、》、《藤森成吉的〈牺牲〉》等篇,开始崭露了这位青年作家的叛逆性格与奋斗精神。如《沉痛的暴露》篇的结尾这样写道:

　　　　在真理的寻求中,人们向前走两步,又退回一步。苦痛,误会同疲劳使他们后退,但是求真理的渴念同努力又使他们向前。谁知道呢?——或许终有一日可以求到真理的。

　　如果说当时的韩起在追求真理的道路上尚有若干踟蹰与惶惑,那么不久他到上海参加中国左翼作家联盟之后,就更加清醒与自觉了。他不仅自己服膺真理,而且还尽力烛照别人。女作家草明就曾亲切地回忆起自己当年参加"左联"的介绍人:"到了上海,由欧阳山的朋友韩起的介绍,我们申请加入中国左翼作家联盟。一切都由韩起和欧阳山去办,经过审查,便被批准了。"[1]据闻韩起还是"左联"所属的青年文艺研究会的负责人,故而他十分重视马克思主义文艺理论的传播,译介了若干经典作家与权威学者的有关论著,例如在《现代文化》第一卷第二期(1933 年 2 月 2 日出版)上就连发了三篇:《德国新文学论》(Otto Biha 作,署韩起译)、《蒲力汗诺夫与艺术之马克思主义的探求》(Leon Dennen 作,署韩起译)、《蒲力汗诺夫文艺理论的错误》(A·Elistratora 作,署华恺译),并于第一篇的文末加了这样的"译者附记":"阿·毕哈(Otto Biha)是知名的德国马克思主义文艺批评家。《德国新兴文学底问题》便是他在哈里珂府的大会上底一篇报告。今日德国革命文学底问题与展望是透彻地被论及了。这篇大文是从第四期《世界革命文学》的英文版迻译下来的。如我们所知道,新兴文学最发达的国度,除了苏联以外,便要推德国了。此文所具体地论及的问题,如文学的问题,马克思主义

---

〔1〕　草明:《"左联"回忆片断》。载《左联回忆录》上册,中国社会科学出版社,1982 年 5 月初版。

的批评,工人通讯员运动,新兴文学底形式,创作方法等,对于目前中国新兴文学的发展,未始没有足资借鉴的地方。这也便是介绍此文的目的。"基于意欲给中国无产阶级革命文学提供学习、借鉴的理论武器的动力,韩起为此耗费了大量的心血,虽然身处贫困窘迫的环境之中,仍奋力赶译了数十万字的文稿,诸如罗曼・罗兰的《论高尔基》(刊《文学月报》第 1 卷第 2 期,1932年 11 月 15 日出版)、L・雷恩的《我怎样写〈战争〉的》(刊《微音》月刊第三卷第三期,1933 年 5 月 5 日出版)、O・Bicha 的《关于两个德国作家》(刊《文艺》第 1 卷第 2 期,1933 年 11 月 15 日出版)、Sergei Dinamov 的《约翰・里德底创作方法》(刊《当代文学》第 1 卷第 3 期,1934 年 9 月 1 日出版)、Theoelore Dreiser 著《个人主义与莽原》(刊《读书月刊》第 3 卷第 3 期,1932年 6 月 10 日出版)、E・Browder 的《托罗茨基的我的生活》(刊《读书月刊》第 3 卷第 6 期,1933 年 10 月 20 日出版)等皆是。

译作中还有两本专著,一是托罗茨基的《列宁传》,由国际译报社于一九三二年出版;一是列宁夫人克鲁普斯卡娅所作《列宁回忆录》,由上海正午书店于一九三三年一月一日初版,三月一日再版。前者是作为国际译报社的"国际人物传记丛书"第一种出版的,有五百余页,共二十五万字;后者内容除正文十一章外,还附录有《列宁工作的方法》、《列宁如何为群众写作》、《列宁与奢尼舍夫斯基》、《伊里基所爱读的小说》、《作为革命作家的列宁》等篇,以及蔡持金所作《列宁印象记》。

韩起不仅发奋译作,而且自己也撰写了若干论文、评论,例如他在李剑华主编的《流火月刊》上发表了《中国政治经济的一般状况与新兴文学》、《中国新兴文学的发展》等论文,在《文艺新闻》上发表了《世界革命文学》、《〈最初的欧罗巴之旗〉》等书评,在《流露月刊》上发表了《狂飚社论》、《介绍〈洋鬼〉到读书界》等;在《申报》副刊《自由谈》上发表了《读〈文艺创作概论〉》(该书系华蒂(以群)所作阐述"文艺创作方法"的小册子,由天马书局于 1933 年 7 月初版),在《长风》上发表了《一个青年的忏悔》、《邱华之死》等创作。值得一提的是,韩起在评介《最初的欧罗巴之旗》(日本村山知义作,袁殊译,湖风书店版)这一采用鸦片战争历史题材的剧本时,表露了对中国无产阶级革命文学前景的衷心祈祝:

　　诚如作者所说,欧罗巴之旗翻飞在中华大地上,已九十一年了。这九十一年当中,用鲜血与头颅换来的中国无产阶级斗争的经验与教训,不仅在目前的形势中将展开一崭新的胜利旗帜,即在中国新兴文学的原野上,革命纪念碑的著作之产生,也是可期的。

此外,韩起还编印过图文并茂的《苏联大观》,由上海良友图书公司出版。据《流火》创刊号(1931 年 11 月 1 日出版)所刊广告,韩起在南京还出版过一本杂感集《沉痛的暴露》,但这本书一直未找到。

韩起逝世的时候,他的战友楳女士(疑即胡楳——笔者)发表了《悼韩起》,对这位"战士底死"表示了沉痛的悼念与哀思。悼文还记述了一个真切感人的事迹,当胡秋原、向培良辈都发表了《卢那卡尔斯基论》,"满纸是歪曲与诬蔑",激起了韩起的义愤,遂"立誓要写一篇回驳的文章",甚至至死仍念念不忘,引为憾事,充分体现了一名战士的使命感与责任心。悼文最后写道:"风雨如晦,鸡鸣未己,一个韩起虽死,更多的韩起一定会生长起来,继续他未完的工作。"事实也是如此,随着反文化"围剿"斗争的深入,在左翼文艺运动中,更多的韩起式的战士成长了起来。

中编　作品蠡测

甲、创作试析

《孩儿塔》蠡测

——殷夫早期诗作浅探

> 我是一个叛乱的开始，
> 我也是历史的长子，
> 我是海燕，
> 我是时代的尖刺。
>
> ——殷夫:《血字》

中国无产阶级革命文学运动中的天才歌手——殷夫,诞生于一九〇九年六月二十二日,假若他不是过早地牺牲于敌人的屠刀之下,如今已是一位年逾古稀的老诗人了。在此漫长的战斗生涯中,他将献给中国诗坛多少震撼人心的诗篇呵! 殷夫殉难时虽只有二十二岁,而他遗留给我们的文学遗产却是丰硕多采的。鲁迅在《为了忘却的纪念》中曾断言:"将来总会有记起他们,再说他们的时候"。历史证实了鲁迅的预言,建国之后,殷夫的遗诗成为广大人民特别是青年一代的精神财富,化为激励他们的力量。可是狗彘不如的"四人帮"却挥舞所谓"三十年代文艺黑线"的大棒,妄图砍杀无产阶级革命文学的辉煌战绩,"左联五烈士"竟也成为这伙"黑暗的动物"挞伐的对象。烈士的遗容被从纪念馆的墙上撤走,烈士的作品再一次遭到禁锢……,在"四人帮"封建法西斯文化专制主义的淫威下,要想学习与研究五烈士的作品,也成为一种非分的奢望。但是,历史是公正而雄辩的,它再一次的证实了鲁迅的预言,现在更是我们"再说他们的时候"了! "四人帮"覆灭之后,最近,我有幸得窥了鲁迅当年保存下来的殷夫《孩儿塔》手稿的全豹,从而了却了一桩夙愿。因为殷夫自己编定的《孩儿塔》是辑入自一九二四年至一九二九年的诗作六十五首,而建国以来所出版的四种殷夫诗文选集,部只选辑了其中的三十五首,其余的三十首则一直未见公之于众。很久以来我以未得见《孩儿塔》的全璧而深感遗憾,许多读者、研究者可能也有同感。现就所读到的《孩儿塔》全帙,试作一些粗浅的评述。

鲁迅在《白莽作〈孩儿塔〉序》中特别强调殷夫的遗诗"别有一种意义在",并一连用了以下的排句来评骘道:"这是东方的微光,是林中的响箭,是冬末的萌芽,是进军的第一步,是对于前驱者的爱的大纛,也是对于摧残者的憎的丰碑。"这段话经常为人们所引用,却很少有人据此来认真分析《孩儿塔》中的诗作,不能不说是一件憾事。某些研究者可能认为以上评价有拔高之嫌,怀疑《孩儿塔》能否承受得了,如有人在引述以上这段话后写道:"在殷夫写了他的红色鼓动诗的时候,这段话就更显得切实而中肯了。"[1]问题在于鲁迅序文中的评语完全是针对《孩儿塔》而发的(因为是为《孩儿塔》所撰的序文),并未涉及《孩儿塔》集外的"红色鼓动诗",是否就显得不那么"切实而中肯"了呢?! 恐怕未必。鲁迅一生为青年作者的著译所作的序跋文达数十篇之多,可以说每篇都能切中膥理,既不溢美也不苛刻,而其中评价最高的,小说以《丰收》为最,诗歌则舍《孩儿塔》莫属。反复研读这浸染着鲁迅温煦手泽、镌刻着殷夫刚健笔锋的《孩儿塔》手稿,有助于我们对殷夫创作道路全貌的更明晰的了解,有助于我们对鲁迅序文深邃涵义的更深切的领会。试述管窥蠡测之见,以就正于方家与同好。

《孩儿塔》编就于一九三〇年,正当殷夫在革命征途上继续跃进的时刻,但诗人并不"悔其少作",而是站在新的思想高度将截至一九二九年秋的部分旧作进行了整理结集,诚如集名《孩儿塔》所寓意的,是为了"埋葬病骨",是为了"更加勇气"地在"光明的道路"上迅跑。从诗人少年至青年时代这些"阴面的果实"中,从诗人这些襟怀坦白、敞露心胸的显示"生命的曲线"的诗篇中,我们不仅可以看出诗人创作道路的真切轨迹,而且也可以看到在这一大时代中,与诗人同辈的青年知识分子憧憬光明、追求进步的艰辛历程。诗人所勾勒的一代革命青年的掠影,足可窥见他们的热情、向上、执着、忘我,而又因袭着历史的、阶级的弱点,脆弱而复感伤……但主导面是健康的,随着与工农大众的结合,随着受革命斗争的锻冶,就象一块纯钢,越来越发出耀眼的光辉。这一切,都在《孩儿塔》中留下了明显的痕迹。

《孩儿塔》中的诗作,展示了诗人少年、青年时代的思想、情操、志趣、抱

---

[1]　《论殷夫及其创作》第91页。

负,诗人的吟咏爱情、讴歌友谊、缅怀童年、眷恋母爱、抒发胸臆、臧否世态、礼赞光明、指斥腐恶……,都拌和强烈的爱憎。鲁迅关于《孩儿塔》的评价,我认为可以凝聚为两点,即"爱的大纛"与"憎的丰碑"。

一

别林斯基说过:"诗人首先是一个人,然后是他的祖国的公民,他的时代的子孙。"又进而认为:"任何伟大诗人之所以伟大,是因为他的痛苦和幸福的根子深深地伸进了社会和历史的土壤里,因为他是社会、时代、人类的器官和代表。"这些话是不无道理的,因为它强调了诗人必须是祖国、时代,尤其是人民的代言人。马雅可夫斯基则更直接地表明了诗人的职责:"无论是歌,无论是诗,都是炸弹和旗帜!"艾青在《诗人论》中也申述过:"普罗米修斯盗取了火,交给人间;诗人盗取了那些使宙斯震怒的语言。"以上这些批评家与诗人论诗的警句,都同声相应地宣扬了一种积极的、向上的诗歌观。殷夫由于早逝,没有为我们留下系统的诗论,但在他的遗诗中却一再顽强地表达了自己的诗歌主张。《孩儿塔》是诗人自己编讫准备公开出版的诗集,由于考虑到反动当局的审查不得不有所隐晦,同一时期所创作的政治性更强的诗都删落或者编入新集;即使如此,我们从《孩儿塔》中仍可清晰地谛听到年轻的革命诗人那赤诚的自白与斩截的宣言:

　　有火与力,
　　我要燃起生命的灯,
　　冷漠的世界,
　　要听我有力的声音。

　　　　　　　　——《是谁又……》(1929)

这首诗创作的背景是,殷夫在第二次被捕后由当时身据要津的大哥徐培根保释,复被其软禁在象山故里,后经妹妹的帮助才挣脱羁绊,来到上海寻找组织而又暂时无着,就在以上境况的短期流浪途中,殷夫写下了这首表明心迹的短诗。从中可以看出,诗人尽管身处逆境,暂时还没有投入党的怀抱,但他丝毫没有动摇火热的斗争生活,只有党及其领导的革命斗争才能点燃他旺炽的"生命的灯",从而使我们的革命诗人直面"冷漠的世界",并响彻自己"有力的声音"——诗歌。从这首诗中,可以强烈感受到殷夫对于重新投身斗争的向往,以及以诗歌这一武器服务于斗争的渴求。

> 沥出你的血海和勇猛,
> 发扬你高吭的歌唱吧!
> 把屠瞄着的地球,
> 用热情的火来震荡吧!
>
> ——《致纺织娘》(约 1928)

　　这首诗从未发表,从手稿中的排列次序看,大约写于一九二八年秋冬滞留象山期间。表面看来是对挚友的嘱咐,实际上是诗人的直抒胸臆,通篇感情浓烈、气势磅礴。当时的殷夫,首先是一个革命者,其次才是一个诗人,战士与诗人的职责在他身上是有机地统一在一起的。诗歌是被作为一种武器,置于以摧毁旧世界为己任的殷夫掌握之中;当然,对于这一种声如雷霆、势如奔马、动人心弦、激人斗志的武器,殷夫是十分珍爱的。为了把"屠瞄着的地球"这一昏瞆的世界,以喷射着"热情的火"的革命诗歌来惊醒震撼,让"高吭的歌唱"挟带着风雨雷电当作革命进军的鼙鼓,殷夫作出了"沥出你的血海和勇猛"亦即献出自己鲜血和生命的誓言。诗人此后的言行从没有违悖自己的心声,而是用年青的朝阳一般的生命,践约了这一庄严的誓词。

> 我的诗和彩虹一样,
> 从海起入天中,
> 直贯着渺漠的宇宙,
> 吹嘘着地球的长孔。
> 只有你的存在,
> 我的生命才放光芒,
> 我的笔可腾游宇寰,
> 每个歌鸟都要吟唱。
>
> ——《我醒时……》(1928,于象山)

　　诗人在这里展示了浪漫主义的彩翼,诗风大有其所崇奉的古典诗人屈原(殷夫称其"屈子",见手稿《在一个深秋的下午》一诗)的流泽。屈原在《离骚》中"朝发轫于苍梧兮,夕余至乎县圃"地上下求索,固然在于对理想的执着与真理的探求,而时代的、阶级的局限难免给他带来若干迷惘与失望;殷夫则不然,他把自己的诗喻为横亘天地的长虹,可以直贯宇宙、吹嘘地球,不仅气魄的雄浑廓大远胜于《楚辞》中的某些篇章,而且就思想基础而言,殷夫的奔驰自如的浪漫主义幻想植根于共产主义宇宙观,在如此丰厚的沃土上绽放的奇葩并不给人以虚玄与飘渺的印象。因为殷夫并非隶属某一剥削阶级的骚人墨客,他没有任何影只形单或形影相吊的孤独之感;而且他遨腾天宇的想象力也并非什么"自我扩张",却是无产阶级的意志、激情和创造力之形象化。殷夫自觉充任一名无产阶级歌手,他非常珍视为无产阶级放歌这一天职,认为只有为革命放歌才使自己的生命迸溅光芒。

> 若是朝阳已爬上你的窗棂,
> 还需要你把赞歌狂吟!
> 荣冠高踏(蹈)的时代先知,
> 在月夜就唱就了明晨新诗。
>
> ——《月夜闻鸡声》(1929.3.23.)

殷夫非常重视诗歌的战斗作用,既作为鼓舞斗志的战号,也作为召唤胜利的晓角。诗人还赋予自己"时代先知"的使命,亦即要在浓暗惨淡的黑夜,谱写出预兆光明、歌颂胜利的"明晨新诗"。在同一首诗中,诗人还这样写道:

> 你向前走去欢迎明晨,
> 你因为有必要做着第一个百灵!

殷夫深切地了解到一个革命诗人的崇高使命就是鞭笞黑暗、礼赞光明,鸣奏出爱与恨的最强音。为了无愧于做"第一个百灵"——一个真正的勇猛精进的无产阶级诗人,殷夫在暗夜如磐、杀机四伏的险境中,仍然无畏地颁发"黎明的通知",用战斗以及战斗中迸发的思想火花——诗歌,来召唤、战取和迎接"黎明"。

列宁曾称誉欧仁·鲍狄埃"是一位最伟大的用歌作为工具的宣传家"

（《欧仁·鲍狄埃》），移之于殷夫也可当之无愧。在中国无产阶级革命文学运动的开拓期，象殷夫这样自觉地、忘我地、坚韧地把诗歌作为宣传革命真理的工具，作为辅翼革命斗争的武器，作为鼓煽革命热情的动力，是有其不可磨灭的表率与示范作用的。

二

高尔基在致青年作家沙哈洛夫的文学书简中曾经强调创作活动"是需要信仰与爱的"。鲁迅也说过类似的话："创作根源于爱"。这两位大师为我们揭示了一条真理，没有浓烈的爱憎的作品，是决不会有生命力的。鲁迅之所以称颂《孩儿塔》是"爱的大纛"，是因为他深刻了解这位自己所挚爱的青年诗人，以及他那颗赤热的心，这颗心充溢着对党、对人民、对祖国的深沉的爱情。在《孩儿塔》中一千多行诗的字里行间，都鼓荡流溢着诗人那狂飚般猛烈，海洋般深邃的爱，至今我们吟诵这些诗篇，仍能仿佛听到诗人那激跳的脉搏。

炽热如火的革命赤忱

> 归来哟，我的热情，
> 在我心中燃焚，
> 青春的狂悖吧！
> 革命的赤忱吧！
> 我，我都无限饥馑！

——《归来》(1928.11 月于西寺)

诗人一度生活在革命遭受挫折暂时转入低潮的历史时期，敌人大肆屠戮的刀光剑影，鹰犬四出侦嗅的狼奔豕突，烈士慷慨就义的碧血红花，叛徒匍伏狗洞的奴颜媚骨……所有这一切，对于诗人的革命赤忱，非但没有丝毫的挫伤，反而是锻冶与激励。

诗人炽热的革命赤忱首先表现在百折不挠、义无返顾的勇毅与决心：

> 不是苦难能作践我的灵魂，

也不是黑暴能冰冻我的沸心,

只有你日日含泪望我,

我要,冒雨冲风般继着生命。

——《孤泪》(1928,于海滨)

诗人写这首诗时,已经两度被捕,几乎丧生,但是在革命的征途上,他并没有逡巡与畏缩,对象征黑暗势力的"苦难"与"黑暴",投之以鄙视的一瞥,又"冒雨冲风般"地继续前进了!

诗人炽热的革命赤忱还表现在不畏艰难、勇往直前的斗争精神:

我不留恋着梦的幽境,

我不畏惧现实的清冷;……

——《醒》(1928.4.20.)

困危的境遇,阴冷的现实,都冰冻不了诗人的革命热情,把畏惧留给懦夫,诗人敞开心胸放歌:

我们笑那倾天黑云,

预期着狂风和暴雨。

——《给某君》(1928,于海滨)

敌人虽然暂时还貌似强大,如同那倾盖遮天的乌云,但是诗人就象那栉风沐雨、劈波斩浪的海燕,勇敢地与暴风雨搏击,执着地坚信:阴霾终将驱散,光明必定来临!

坚定如磐的革命信念

你不看,景景的长夜将终了,

朝阳的旭辉在东方燃烧,

我的微光若不含着辉照,

明晨是我丧钟狂鸣,青春散殒,……

——《宣词》(1928年8月17日)

　　这首未发表的诗稿,诚如其篇名所揭示的是诗人的一篇申明志向的誓言。诗写于一九二八年仲秋,即诗人二次被捕的前夕。当时的形势是:同年四月,毛泽东、朱德会师于井岗山,成立了中国工农红军第四军;六月,方志敏同志在江西弋阳建立革命根据地,成立苏维埃政权;七月,中国共产党第六次代表大会在莫斯科召开,提出民主革命十大纲领;八月,红四军在毛泽东领导下,黄洋界之役大捷,一举歼敌五个团;同年五月,日本帝国主义制造"济南惨案",上海、北平等地掀起反日爱国运动;同年,上海开始成为反文化"围剿"的中心,党所领导的革命文学团体太阳社、我们社、新星社、引擎社等相继成立,殷夫经蒋光赤、钱杏邨介绍加入了太阳社,并于《太阳月刊》四月号(1928 年 4 月出版)发表长诗《在死神未到之前》,在《我们月刊》第三期(1928 年 8 月出版)发表《呵,我们踯躅于黑暗的丛林里!》。以上是殷夫最初发表的两首诗,前者写道:"劳动的兄弟们,唱吧,……光明,解放,就在前面候等!"后者则写道:"呵,我们踯躅于黑暗的,黑暗的丛林里,世界大同的火灾已经被我们煽起,煽起……"。所有这些——党中央会议精神的感召,根据地革命形势的激励,国统区人民运动的勃兴,从事地下工作的实践,革命文学运动的参予……都促进年青的殷夫思想急剧地发展与高昂,坚定了对党的事业的忠诚和革命必胜的信念,在这首"誓词"中,诗人充满信心地预言"曼曼的长夜"——国民党反动派的黑暗统治即将"终了",中国革命胜利的前景,如同"朝阳的旭辉"一样已在"东方燃烧",为我们描绘了一幅曙光在前、破晓可望的绚烂图景。毛泽东《星星之火,可以燎原》一文在论述中国革命高潮快要到时说:"它是站在海岸遥望海中已经看得见桅杆尖头了的一只航船,它是立于高山之巅远看东方已是光芒四射喷薄欲出的一轮朝日,它是躁动于母腹中的快要成熟的一个婴儿。"殷夫诗中对于胜利的翘首企望与热情召唤,与上述引文中的精神是完全一致的。正因为诗人把自己参天大树般的坚定信念植根于广漠无垠、丰腴厚实的大地之中,他把自己当作党的一员小兵,将小我的光与热都融会到整个革命事业的燎原大火中去,为了使自己的"微光"化成党的"朝阳"中的一线光谱,与之"含着辉照",诗人不惜献出自己的青春与生命……。

　　诗人把最美好的褒词献给党、献给革命、献给自己的理想与信念。他曾深情地吟咏:"暂依夜深人静,寂寞的窗头,热望未来的东方朝阳!"(《独立窗头》)他也曾热情召唤:"春风哟,偕着你的春阳来吧! 让我周遭飞跃些活泼玲珑的小鸟,竟放些馥郁的万紫花儿吧!"(《春天的祷词》),他还曾虔诚地向往那"虹的花的光的国"(《短期的流浪中》)。这里所讴歌的"朝阳"、"春风"、"春阳"、"花儿"、"光的国"等等,寄托着诗人生命以赴的革命理想,以鲜血浸染的革命信念,在中国那"黎明前最黑暗的年代里",它将点燃多少颗被侮辱与被损害的奴隶的心!

> 阳光哟,鲜和的朝阳,
> 在血液中燃烧着憧憬的火轮,
> 生命! 生命! 清晨!
> 玫瑰般的飞跃,
> 红玉样的旋进,
> 行,行,进向羽光之宫,
> 突进高歌的旋韵。

——《清晨》(1928.5 月)

　　《清晨》一诗在《孩儿塔》中值得注意,它色调浓艳、情绪激昂、节奏明快、韵律铿锵,犹如喷发的火山,倾泄了诗人高亢激越的革命热情。触发诗人创作这首诗的契机,我们已经很难探询,但可以肯定的是,一定是当时革命形势蓬勃发展的信息,诱发了诗人的灵感。党所领导的革命斗争,促使诗人热血鼎沸,并燃起"憧憬的火轮",这一"憧憬"是对于斗争的饥渴,是对于胜利的切盼。诗人为什么如此热切地歌咏"生命"的"清晨"呢? 我猜测是否与殷夫可能于此时参加党的组织有关(殷夫的入党年月一直未能考定,希望了解殷夫生平业绩的同志指正),假定这首诗是为自己参加伟大的中国共产党而作的,那么诗人在此"生命"的"清晨"放歌,用"飞跃"、"旋进"、"突进"的急促旋律,向党的化身"羽光之宫"——太阳顶礼赞颂,则是非常合乎逻辑的了。

之死靡他的献身精神

> 我是羽翮残敝的小鸟,
> 在杀身的网中回翔,
> 红的血肉,白的骨,

已奉献于自由的交响。

——《致纺织娘》(约 1928)

这首诗稿在《孩儿塔》手稿中排列次序置于五月至八月之间,其写作时间大约即在这一时期。诗人之所以称自己为在"杀身的网中回翔"的"羽翮残敝的小鸟",是对统治者以法西斯虐杀手段屠戮革命者罪行的控诉,诚如他在另外篇什中就身受反动派的暴行所咏叹的:"哟,底层底坎坷,创伤和血腥!"(《宣词》)在去年"四·一二"反革命政变期间,诗人第一次被捕并险遭枪杀;而在创作这首诗不久,时在一九二八年秋,诗人又第二次被捕。但是敌人的拘捕、囚禁、鞭笞、酷刑甚至屠杀,都消泯磨陨不了他献身无产阶级革命事业的意志。诗人在敌人的追捕中仍坚持斗争,早已置杀身之祸于不顾,把自己的耿耿丹心、铮铮铁骨,都贡献给了最神圣的事业——"自由的交响"。

稍后的《地心》一诗,写于第二次被捕释放后,被大哥软禁于象山的困厄时期,但请听诗人唱道:

> 我枕着将爆的火山,
> 火山要喷射鲜火深红,
> 把我的血流成小溪,骨成灰,
> 我祈祷着一个死的从容。

诗人虽身陷无形的囹圄之中,但却倾听与注视着"地心"中地火的奔突,热切地期待着"火山"内熔岩的喷射,在革命高潮降临之际,为了夺取胜利,即使自己血成溪、骨成灰也在所不惜,这种从容赴死、慷慨就义的献身精神在《孩儿塔》中一以贯之的表露着。

> 请别为我啜泣,
> 我委之于深壑无惜,
> 把你眼光注视光明前途,
> 勇敢! 不用叹息!

——《给——》(1928 年 10 月 31 日)

　　写在同一时期的这首短诗,也同样顽强地反映了诗人准备为革命牺牲的决心。他叮嘱战友说,我即使生命消殒、坠入深渊而无所顾惜,请不要为我流泪与叹息,你继续在奔赴光明的坦途上迅猛地前进吧!

　　一九二九春,诗人重返上海迎接新的战斗的时刻,他在《妹妹的蛋儿》一诗中再次申述了:

> 我不能为黑暗所屈服,
> 我要献身于光明的战争,……

　　从以上诗行中表露出来的甘为革命献身的精神,决不是纸上谈兵的浮夸之词,而是毫无涂饰的由衷之言,诗人短暂而光辉的生命途程印证了它,虽三次被捕而绝不返顾,虽威胁利诱而绝不动摇,虽斧钺在前而绝不畏缩……,最终又以一九三一年二月七日之夜的慷慨就义、从容赴死而最后实践了自己壮烈的誓言。

煜煜如星的新人形象

　　《孩儿塔》中大多是抒情诗,我们不能苛求其中有完整的形象描绘,但其中颇不乏诗人实际斗争生活的片断记录,在这些吉光片羽的掠影中,也为我们留下了那个大时代里活跃在地下的革命者的难忘面影。

> 我记得,我偷看着你的眼睛,
> 阴暗的瞳子传着你的精神。
> 你是一个英勇的灵魂,
> 奋斗的情绪刻在你的眉心。
>
> ——《我们初次相见》(1928 年 5 月)

　　有的殷夫研究者指出,《我们初次相见》并非 爱情诗,而是描述与党派来联系工作的同志接头时的欢愉心情,这是不无道理的。诗写得朴素而真挚,寥寥几笔就勾勒出一个坚持地下工作的革命者的形象,坚毅沉着,光彩照人。诗人采用白描手法,抓住体现性格特征的三个体征来渲染抒发,即眼睛、面颊与头发。从眼睛里"阴暗的瞳子"可以窥见他有一个"英勇的灵魂",

从面颊中"瘠瘦的两颐"可以看出他的辛劳、坚毅与奋发,从头发上"浓黑的光彩"可以象征他有"丰富的情热"……,诗人最后写道:"自此在心中印下你的人格",同样如此,一个充溢着"奋斗的情绪"的革命者的形象也深深铭刻烙印于我们的心扉。

> 在黑暗中动着是不可测的威吓,
> 后面追踪着时代的压迫,
> 你轻蔑的机警的眼中瞳人,
> 闪映了天际高炬的光影。
>
> ——《给某君》(1928 年于海滨)

这是一首献给战友的诗,为我们留下了曾与殷夫并肩战斗的青年革命家的英武风貌,从中也衬映出诗人自己的不凡风姿。看,诗人战友"某君"在暮色晚风的吹袭下,仍然挺起自己"坚硬的胸壁",沉毅地在"黑暗"中踽踽行进,何惧那四处隐伏的"不可测的威吓",不畏那无所不至的"时代的压迫",在他那灿若晨星的眼睛中,既放射有使敌人不敢逼视的轻蔑与鄙薄的凌厉光芒,又闪映了光华熠熠的"天际高炬"(按即隐喻党所领导的红区的武装斗争与白区的地下斗争)的斑烂光影。这种饱孕革命理想、赋有革命胆识的新人形象,在二十年代末的左翼诗坛中,是卓然矗立而并不多见的。

> 女郎,愤怒地跳舞吧,
> 波浪替你拍着音节,
> 把你新生的火把燃起来吧!
> 被压迫者永难休息!
>
> ——《赠朝鲜女郎》(1929 春,流浪中)

富有革命朝气的新女性的形象也开始在《孩儿塔》中出现,诗人对邻邦"东方的劫花"的歌咏,也是对祖国新一代女性的献词:她们的胸口燃烧着"复仇的火焰";她们的眼底闪耀着"新生燎光";她们倾听着"怒愤的潮声",宛如耳闻"痛苦的同胞在辗转呼号";她们欢迎着"咆哮的旋律",意欲掀起排天的波涛埋葬仇敌。诗人为我们塑造了一位为被压迫者的新生而不息地奋战的新女性的形象,这在《孩儿塔》中虽不经见,但也是一个良好的开端。此后,殷夫还写过《写给一个新时代的姑娘》等诗,但均在《孩儿塔》集外,这里不再赘述。

此外,手稿中尚有《自恶》一诗,写于一九二八年秋冬,实则是诗人的自我写照。全诗六节凡二十四行,愤怒地指控了社会的冷酷与虚伪,世俗的混浊与浅薄,自己"高洁的灵魂"招来的是嫉恨与排斥,蕴藏的"光和美",都得不到世人的"谅解"与"鉴赏",他们爱的是"蠢豕愚鹿",不是仰头瞻望"顶上的明星",而是俯首扪触"龌龊的衣带"。诗人抒发了自己的理想与节操不为"俗人"所理解的郁闷与愤懑,虽不免带有孤芳自赏的痕迹,但锋芒是指向那个充满血腥、人欲横流、尔虞我诈、狐鼠奔窜的黑暗社会的。诗中的"我"其实也是一个新人的形象,出污泥而不染,傲然挺立于昏暗之中,虽被世人谥为"恶人",备尝误解与责难,却始终保持着自己的"光和美",坚守崇高的理想,抵御浊浪的侵袭,这种革命者最可宝贵的操守,既是诗人自己人格的写照,也是众多革命者坚贞品性的概括。

诚挚深厚的阶级感情

诗人对于被压迫者的同情,并非出自浅薄的人道主义,而是基于阶级深情的肺腑之音。在《孩儿塔》中,随处可以听到诗人目睹被压迫者遭受凌辱践踏而发出的激楚之音。

> 你生于几千年高楼的地窖,
> 你长得如永不见日的苍悴地草,
> 默静的光阴逝去,
> 你合三重十字架同倒。
>
> ——《东方的玛利亚——献母亲》(1928,于西寺)

曾经有人歌咏道:"旧社会象苦井,黑格隆冬万丈深,妇女在最底层!"事实上也正是如此,千百年来多少妇女在君权、神权、族权、夫权的重压下辗转呻吟,在饥饿线与死亡线上挣扎。对妇女命运的关切,往往是革命者首先瞩目所在,《孩儿塔》中这一点也很突出。以上引述的这首诗虽然是献给母亲的,但从广义上看也是对于中国妇女艰危卓绝、含辛茹苦的遭际的同情与礼赞。殷夫把以自己母亲为代表的这类伟大的母性,看成是东方的"圣母",赞赏她们的坚韧与无私,即使置身于几千年封建宗法制度所设置的桎梏之中,象永不见天日的卑微"地草"一样任人践踏蹂躏,但却在"侮辱的血泊"中不懈地挣扎,让辛劳、贫困与压抑枯焦了"苦血的黄发",而对幼小者的新生代倾注了全部的爱……。诗人对于这种凌辱、压榨和摧残妇女的历史、制度当然非常激愤,所以更加无畏地献身于摧毁这一吃人社会的事业中去。

> 你伟大的心,
> 和解放的灵魂,
> 只换得讥嘲,
> 只换得伪笑,
> 掩埋了青春,
> 殡葬情热的梦影。
>
> ——《给——》(1928,于西寺)

这首仅见于手稿的诗,是致一位诗人所熟稔的姑娘的,她的身世虽不可考,但她赋有"伟大的心"和"解放的灵魂",肯定是一位革命的或进步的女性,但却遭到社会的冷遇与苛待,所遇皆是"讥嘲"与"伪笑"……这种遭遇在乌云低垂的二十年代的旧中国并非偶然,诗人寄予深厚的同情,并致以"摹(膜)拜尊敬"。

诗人在其他篇章中也深切关注着被压迫者的悲苦以及他们的起而抗争:他曾咀咒"吃人的上海市",马路上流淌着劳动者的鲜血,浦江里漂浮着牺牲者的骷髅;他也曾倾听着万千人众的"辗转呼号",恼心地在诗篇中记录他们的"悲嘶",焦渴地期待他们掀起"咆哮的旋律";他还曾指控"暗角有女人叫'来……'"的卖淫制度,"乞儿呻吟"的可悲现象,以及"凶恶的贫困"、"砭骨的寒冷"这伴随着穷人的孪生兄弟……。但是,诗人并未在同情的阶梯前止步,而是进而发出了富有号召力的战叫:

> 把你新生的火把燃起吧!
> 被压迫者永难休息!

爱情、友谊与童年的追怀

爱情的主题在《孩儿塔》中占有相当的比重,这些爱情诗大多写得清新、优美、质朴、自然,既少优柔造作的矫饰,也少缠绵悱恻的呻吟。

> 我的姑娘哟,
> 你是我孤独生途中的亲人,
> ──一朵在雨中带泪的梨花,
> 你可裁判我的灵魂,
> 但我们,一对友人,
> 从最初直至无尽。
>
> ──《宣词》(1928 年 8 月 17 日)

对于爱情的坚贞不渝,从来就是历代诗人吟咏的主题。殷夫虽也借"从最初直至无尽"之类的诗句,表达了对忠贞爱情的向往与追求,但他的爱情诗带给我们什么新的因素呢? 我觉得其中值得探究与注意的是,《孩儿塔》中的这类诗虽然写得不得不闪烁其词,但从字直行间却仍可得见,殷夫所歌咏的爱情是垒筑于共同革命理想的基础之上的,对革命的忠心赤忱与对爱情的矢志不二是融合为一、并行不悖的。

在若干篇什中透露出,诗人的爱情遭际是坎坷而曲折的,社会的冷眼,俗人的流言,都促使诗人把爱情的追求驰向瑰丽的幻想,在浪漫主义色彩浓郁的境界中寄托美好的遐想与企望:

> 我们,手携手,肩并肩,
> 踏着云桥向前;
> 星儿在右边,
> 星儿在左边。
> ············
> 太空多明星,
> 太空多生命,

> 我们手携手,肩并肩,
> 向前,向前,不停。
>
> ——《星儿》(1928 年于西寺)

在这篇未发表的手稿中,诗中的"云桥"、"明星"等等,看来都赋有象征意义。诗人心目中的爱侣必然是事业上的战友,只有这样的前提,他们才会共同携手并肩地朝光明的前景,"向前,向前"地"不停"奔驰!

> 你用你白晰的手儿,
> 承受这片白纸吧!
> 我要你,要你,要你,
> 明白在字影底下,
> 怎样狂跳我的心,
> 怎样乱印热泪与吻痕……
> 这不是墨的痕迹,
> 黑的字儿也用我的心血……
>
> ——《残歌》(1928 年于西寺)

在这篇手稿中,明白如话的诗行展示了一颗纯净无瑕的心,感情浓烈,深沉而质朴。在殷夫的爱情诗中,没有二十年代诗坛中那种常见的淫靡、奢华与颓废的气息,也没有那种为人所诟病的"恋爱加革命"的标语口号倾向。如果要予以譬喻的话,它正如殷夫诗中所描绘过的,好似一朵雪白皎洁的梨花,迎风而放,摇曳多姿,有着自己特异而不同流俗的意境与风骨。

《孩儿塔》中也不乏讴歌友谊的篇章,大致包括以下两方面的内容,一是对儿时童稚间纯真友情的缅怀,一是对现时同志间战斗情谊的抒唱。前者如《给茂》《给——》等,流荡着芬芳的泥土气息;后者如《给某君》、《给林林》等,弥漫着辛辣的鏖战硝烟。

鲁迅曾经说过:"故乡的春天又在这异地的空中了,既给我久经逝去的儿时的回忆"。正是这种温馨的回忆给这位前驱战士带来了休憩、慰安与奋然前行的力量,因为童年意味着乡土和人民的亲炙,而这是一个作家或诗人最需要的滋养之一。所以殷夫也在诗中写道:"幼稚的狂热慰我今日孤独",对于童年的缅怀大多见于未发表的手稿,其中的若干片断有助于我们对诗人身世的了解。如在《我还在异乡》(1928,于西寺)一诗中,诗人置身"残白"、"破产"的"久忘的故家",不禁神游于早已逝去的童年的忆念中:

> 檐下,我记得,
> 读倦了唐诗,
> 抱膝闲暇,
> 浮想着天涯,海洋,
> 飞越而去,幻想,
> 涣散了现实的尘网。

从这里我们可以了解到诗人从小就喜爱文学,常从古典诗歌的宝库中吸取养料,而且具有丰富的想象力,真所谓天涯海角任驰骋。这幅诗人童年文学生活的剪影,看来明丽而亲切。

> 绿色泛溢的后园,
> 春泥气氛,
> 草丛上露珠闪金,
> 旋舞着金的,绿的,红的苍蝇。
> 乾草堆儿,
> 母鸡样,
> 慈和地拥我哺过冬阳。

一幅多么悦目的农村儿童生活图景,这"绿色泛溢的后园",也不禁使我们联想起鲁迅笔下的"百草园"。从鲁迅到殷夫,在与泥土草莱的亲炙中,在与村野细民的接近中,以及在少年时代就感受到人民的疾苦与民族的灾难,都有许多共通之处。在现代中国,不少革命的、进步的作家似乎都有类似的经历。殷夫这节不足十行的诗中,形象而概括地描绘了一年四季的感受:有嫩绿浅黄的初春,有草丛承露的盛夏,也有收获的季节与闲暇的冬日,其中象干草堆如母鸡卵翼鸡雏似的,慈和地拥抱幼小的殷夫哺太阳的画面,读来是那样亲切感人,似乎使我们闻嗅到干草的芳香和感受到冬阳的温暖。只有深沉眷恋乡土的人,才会在追怀童年时饱蘸如此浓酽的感情,这不也从或一角度证明了人民养育了我们的诗人吗!

悲壮的挽歌　迸溅的愤火

殷夫曾身历"四·一二"反革命政变,对独夫蒋介石屠戮革命者的卑劣与凶残有切身的体会,他在后来所写的《血字》中曾记录了这血写历史的一页:"'四·一二'的巨炮振破欢调,哭声夹着奸伪的狂笑!"(《意识的旋律》)在同一组诗中,他还写道:"'五卅','四·一二'的血不白流,你得清算,……我们惩罚你的罪疣。"(《上海礼赞》)以上均写于一九二九年四月。那么在《孩儿塔》中,对于"四·一二"这一充斥着屠夫的暴戾凶狠、高扬着烈士的浩然正气的历史事件,有没有反映呢? 回答是肯定的。

早在一九二八年一月,殷夫就写下了一首题为《铙歌》的短章,在手稿中还为它专门画了插图,我忖度这是为牺牲在敌人屠刀下的战友所作的悼诗:

> 你苍白的脸面,
> 安睡在黑的殓布之上,
> 生的梦魅自你重眉溜逃,
> 只你不再,永不看望!
>
> 你口中含着一片黄叶,
> 这是死的隽句;
> 窗外是曼曼的暗夜,
> 罗汉松枝滚滴冷雨。
> …………

通篇气氛沉郁悲凉,诗人的哀悼之情溢于纸面。但毋庸讳言,调子略嫌低沉,难免给人以压抑之感。次年春所作的《梦中的龙华》,则命意相似而格调迥然不同,既有悲愤的控诉,也有光明的憧憬:

> 呵,龙华塔,龙华塔,
> …………
> 白云看着你返顾颤惊,

> 雷神们迅迅地鼓着狂声，
>
> 电的闪刃围绕你的粗颈，
>
> 雨般的血要把你淋，淋……

诗人把巍峨屹立的龙华塔，形象化地比拟为革命力量的象征，而这种比拟有着其特殊的意义。因为塔下的龙华正是敌人的屠场，"四·一二"以来多少革命者于此就义！丹丹碧血浸染了这里的每一寸土地。但革命是斩不绝、杀不垮的，殷夫所赞颂的耸立于平畴之上的龙华塔，正是这种前仆后继、不屈不挠的革命精神的化身。诗中所出现的诸如"白云"、"雷神"、"电的闪刃"、"雨般的血"等等，都是敌对势力的代表，他们"颤惊"于革命力量的勃兴，妄图用屠刀来加以扼杀，并把革命者淋沐于血泊之中……

> 可是你却健坚的发着光芒，
>
> 仇敌的肌血只培你荣壮，
>
> 你的傲影在朝阳中自赏，
>
> 清晨的百灵在你顶上合唱。

虽然烈士的热血如暴雨般的倾洒，敌人的凶焰如霹雳般的跋扈，但作为革命象征的龙华塔，却丝毫不为敌人的淫威所动摇和屈服，她仍然伟岸而坚强地挺立于朝阳之中，昂首翘望胜利的曙光——：

> 你高慢地看着上海的烟雾，
>
> 心的悸动也会合上时代脚步，
>
> 我见你渐渐把淡烟倾吐，
>
> 你变成一个烟突，通着创造的汽锅。

直指苍穹的龙华塔，凛然鄙视上海这座"冒险家的乐园"的过眼烟云，坚信时代的巨轮必将碾碎那些渣滓与垃圾。最可吟味的是最后一句，诗人画龙点睛地赋于龙华塔以新的艺术点染，亦就是将前驱者的流血捐躯、后继者的前赴后继这种不绝如缕的革命精神，譬喻为一柱高耸的烟囱，正肩负着创造新时代的历史使命。

三

　　《孩儿塔》因为要考虑到在文禁森严下争取出版的可能,所以它的批判锋芒是稍显含蓄的,但这也是与作者同时或稍后所写的"红色鼓动诗"相比较而言,因为后者大多发表在党、团的秘密刊物上。对于殷夫这样一位英勇无畏的革命诗人来说,这不过是斗争艺术的变异,明朗与隐晦同样是为了斗争。即使在上述有所"顾忌"的情况下,诗人在《孩儿塔》中,也没有放松对于反动势力与黑暗社会的讥刺、否定和抨击。

　　诗人在《春天的祷词》一诗中连用了"砭骨的寒冷"、"刺心的讽刺"与"凶恶的贫困",来形容在敌人高压下的生活感受。这既是诗人自己切身的实录,也是当年从事地下斗争的革命者艰险遭际的概括,但这类逆境却挫伤不了他们炽热的斗志和横溢的热情。对于敌人的岩石般的高压,诗人直截地咀咒道:

　　　　我不得不面对丑恶的现在,……
　　　　今日只是一个黑色的现在,

　　　　　　　　　　　　　　——《现在》(1928,于象山)

　　诗人面临"丑恶"与"黑色"的现实,不是逡巡回避,而是如同鲁迅一样,敢于直面惨淡的人生,敢于正视淋漓的鲜血,并用铁划银钩式的笔触,把黑暗现实形象而凸现地描画于人们眼前:

　　　　冷风嘘啸于高山危巅,
　　　　暮色狰狞地四方迫拢,……

　　　　　　　　　　　　　　——《地心》(1928,于西寺)

　　　　尖锐的刺在她周遭,
　　　　旷茫的野中多风暴,……

　　　　　　　　　　　　　　——《白花》(1928,5月5日)

　　诗中"冷风"、"暮色"、"尖刺"、"风暴"之类的贬词,在身受压榨欺凌的读者群中,它们所象征的邪恶指的是那些集团与势力,当然是不言而喻的。

诗人当时生活与战斗在上海,而上海是革命力量汇聚的中心,也是反革命势力麇集的巢穴。既是帝国主义侵略中国的桥头堡,又是蒋家王朝进行反革命文化"围剿"的重点区。生活于这敌我鏖战激烈的所在,诗人把掊击的投枪掷向代表反动、腐朽势力的畸形都会:

> 呵,此地在溃烂,
> 名字叫做"上海"!
>
> ——《无影的》(1929 春,流浪中)

诗人不仅揭示了盘踞在上海的反动势力必然溃灭的命运,而且揭露了他们的统治是建筑在劳动人民的骨殖膏血之上,昭示了阶级压迫与剥削的真谛:

> 上海是白骨造成的都会,
> 鬼狐魍魉到处爬行,……
>
> ——《妹妹的蛋儿》(1929 春)

在其他的篇什中,诗人也满怀义愤地控诉"吃人的上海市",剖示它街衢中充溢着"血腥",江水中漂浮着"骷髅",甚至飞扬着的每颗尘屑都曾把"人血"吸饮,而在这遍地哀鸿的"苦的呻吟"中,却反响着统治者、剥削者及其帮凶的"狞笑!"这里,把万恶的资本主义制度的吃人喋血的本性,暴露得淋漓尽致。

诗人不仅把冷酷昏暗的社会譬喻为"干枯的沙砾",把豺虎横行的上海指斥为"黑暗森林",而且还直接抨击暴虐无道的国民党反动政权:把它鹰犬的猖獗、爪牙的跋扈看成是"群浊的转运";把它御用文人的喧嚣当作是"狐的高鸣,和狼的狂唱"……。诗人还就自己备受追害的经历愤怒她控诉道:

> 我遇着是虐行和残暴,
> 欺诈,侮辱,羞耻,孤伶!
>
> ——同上

鲁迅曾经断言:在剧烈的阶级对垒与搏战中,一个作家或诗人"能杀才能生,能憎才能爱,能生能爱,才能文"。进而认为革命的作家应该"唱着所是,颂着所爱","他象热烈地主张着所是一样,热烈地攻击着所非,象热烈地拥抱着所爱一样,更热烈地拥抱着所憎——恰如赫尔库来斯(Hercules)的紧抱了巨人安太乌斯(Antaeus)一样,因为要折断他的肋骨。"殷夫是师奉与追随文化革命主将鲁迅的革命诗人,他的诗鸣奏出了爱与憎的最强音,《孩儿塔》中那些不朽的诗篇,赞之以"爱的大纛"、"憎的丰碑"是当之无愧的。

<h2 style="text-align:center">四</h2>

《孩儿塔》是殷夫的第一本诗集(可惜也成了最后一本诗集),是这位在中国现代文学史上象彗星一般留下璀璨光焰的青年诗人,为生命以赴的革命,为养育自己的人民,所绽放的第一簇诗的花朵。当然,其中的思想可能不尽完美,还有待于锤炼;艺术则处于探索与创造的途中,也尚需继续磨砺。但是,诚如鲁迅所说,殷夫之所以写诗,并不是在于要和当时诗坛上"一般的诗人争一日之长",而是有着"别一种意义在"。鲁迅还深情地断言:"一切所谓园熟简练,静穆幽远之作,都无须来作比方,因为这诗属于别一世界。"这属于与旧世界相对垒的"别一世界"的诗,确乎与当时标榜"园熟简练,静穆幽远"诗风的"新月派"之类迥然不同。思想固不待言,就艺术而论,《孩儿塔》也有着自己特异而鲜明的色泽。

有的殷夫研究者已经指出,殷夫早期抒情诗的艺术特色,诸如意境优美、构思新颖、感情浓郁、韵律和谐之类,这当然是无可疵议的,所以也就不再赘述。这里仅想探讨一下《孩儿塔》时期的殷夫是如何对民族传统文化以及外国进步文化进行继承、借鉴与改造的。

中国古典诗歌中积极浪漫主义的流泽是悠长而丰厚的,可以肯定,殷夫从这一方面民族文化的精英中汲取了养分。"中国自有历史以来的第一个伟大的诗人"(郭沫若语)——屈原,殷夫是十分尊崇的,他曾强烈地表露过对于这一被李白赞誉为"辞赋悬日月"的浪漫主义巨匠的倾慕与膜拜:

> 带着我爱的辽远的幽音,
> 我投到在屈子的怨灵。
>
> ——《在一个深秋的下午》(1928,于象山)

屈原是中国诗歌史上浪漫主义诗风的开创者,在那不朽的名篇《离骚》、

《九歌》所渲染的色彩浓艳的幻想境界中,诗人驾驭云霓龙凤,驱策日月风雷,遨游天堂地府,邂逅神灵仙女,扣问宇宙成因,探究古今奥秘……表现了他对理想的热烈抒发,对光明的执着追求。郭沫若曾指出:"屈原作品多有超现实的着想,如象描写天国,如象自然物的拟人化,和周人《雅》《颂》是有天渊的不同。"十分赞赏他的"想象的羽翼"的八方"驰骋",承认自己承受了他的有力影响(均见《屈原研究》,群益出版社,1946 年 7 月初版)。这种影响波及了许多现代革命诗人,在殷夫诗中也有明显的痕迹。《孩儿塔》中闪耀着革命浪撮主义的奇光异彩,这突出地表现在那些抒发理想、憧憬光明的篇什中,象《离骚》中着力塑造的上下求索、九死未悔的灵均形象一样,诗人也借神话境界的渲染来顽强申述对革命理想的追寻与渴求,当"朝阳放光"、"朝霞齐飞"的时刻,展示了奇幻画面:

> 你和我同在翱翔,
> 翱翔于万层的云锦之上,
> 哟,四望茫茫,
> 你轻渺的衣纱,
> 在风涟中奔荡,
> 我们——呵,如狂。
>
> ——《想》(1928,于象山)

　　如同屈原在吟咏"美人"、"香草"的诗篇中寄托对贤明君主与开明政治的希望一样,殷夫在某些爱情诗中也移植了对革命理想、信念的坚执与企望。通过幻想的形式抒发自己的政治理想,是处于逆境或重压之下的诗人常常采用的手法,这种特殊的表现形态在许多优秀浪漫主义诗人手中是运用得极其巧妙而娴熟的,常常正中鹄的,同道者深谙其意而会心微笑,统治者如芒刺在背而无可奈何。《孩儿塔》中的若干篇章都达到上述的境地,诗人借助幻想的彩翼,以"进向羽光之宫"(按指太阳)来畅想理想境界的到达,以"朝阳的旭辉"来暗示革命胜利的前景,以"虹的花的光的国"来譬喻光明的社会,以"将爆的火山"来象征动摇统治者宝座的革命力量……这种种奇丽的图景、多彩的画面,增添了殷夫诗篇的感染力与号召力。
　　鲁迅曾说过:"采用外国的良规,加以发挥,使我们的作品更加丰满是一条路"。阐明了借鉴外国进步文化的重要性,而且身体力行地作出了在"借他山之石以攻玉"的榜样。从《孩儿塔》中,我们也可看出殷夫在汲取与借鉴外国诗歌遗产精英方面,做了可贵的努力。被恩格斯称为"新时代的最初一位诗人",以及"是无与伦比的完美的典型"的意大利诗人但丁,殷夫曾一再在诗中摘引他《神曲》中的警句,并将但丁热恋的少女,后来写入《神曲》的天堂引导者贝亚德,移来称谓自己的恋人,如在《给——》中写道:"你是东方的Beatrice,我何时得见你于梦的天堂?"后又在《记起我失去的人》中吟唱:"同登——我的皮屈丽司(现通译为贝亚德),同登天堂,同入地狱。"由此可见殷夫对于这位文艺复兴时期"伟大人物"的"不朽的诗篇"熟悉与喜爱。殷夫还在另一首《给——》的篇首引录了拜伦的一句诗:"And though our dream at last is ended, My bosom still esteems you dearly."(大意可译为:"虽然我们的梦终于完结,但我的心胸仍然亲切地膜拜你。"——笔者)这一迹象也说明殷夫对这位毕生为民主自由、民族解放而斗争的英国诗人的人格与作品的倾慕。鲁迅曾称拜伦为"立意在反抗,指归在动作"的诗人们的"宗主",推崇他的诗歌"无不函刚健抗拒破坏挑战之声",这可能正是殷夫服膺拜伦的基因吧! 此外,对另一位英国浪漫主义诗人济慈,殷夫也是喜爱的,曾仿其名篇《希腊古瓮颂》而作《花瓶》,不过无论就立意或者思想来说,后者都要高得多。前者鼓吹"美即是真,真即是美"的所谓"唯美的观照",宛如一曲"冰冷的牧歌";后者却赞颂"和一个哥萨克一般英壮"的"集团中的成员",通篇焕发出"自由的光彩"。《花瓶》之所以比《希腊古瓮颂》高亢、活泼而热烈,充溢着战斗的气息,当然是由诗人的世界观所决定的,也说明了殷夫对于外国进步诗歌的批判续承,以及创造升华。

　　外国诗人中对殷夫影响最大的恐怕要算裴多菲,他曾为鲁迅主编的《奔流》译介过《彼得裴。山陀尔行状》,以及裴多菲诗《黑面包及其他》九首,还翻译过脍炙人口的"生命诚宝贵,爱情价更高;若为自由故,二者皆可抛!"的"格言",所以鲁迅称其为:"热爱彼得裴的诗的青年"。这位伟大的匈牙利革命诗人,曾经明白的宣称:"只有人民的诗才是真正的诗。一旦人民在的诗领域中成为诗的统治者,那么距离他们成为政治领导人的日子也就不远了。这就是这一世纪的任务,每一个有崇高的心胸的人都应该为这个目标而奋斗。……人民应该上天堂,贵族应该下地狱!"(《致奥洛尼函》)正是因为裴多菲鲜明坚定的人民立场,豪勇无畏的叛逆精神,嫉恶如仇的批判锋芒,为国捐躯的壮烈勋业,以及犀利如刀的战斗诗风,强烈地影响与震撼着殷夫年轻而火热的心,激起这位中国革命诗人的同情与共鸣。裴多菲曾经深情地呼唤:"我的祖国,你还要睡多久呢? 雄鸡已经啼了,它宣告早晨已经来到!"殷夫则恳挚地预祝:"鲜血的早晨朝曦,也是叫他们带来消信,黑暗和风暴终要过去,你呀,洁坚的光茫,永存!"他们都为各自的祖国、人民以及理想,奉献了青春与生命,裴多菲死于沙俄侵略者的矛尖,殷夫死于国民党反动派的枪口。他们各自的祖国与人民,当然永远不会忘却这两位不朽的革命诗人!

《孩儿塔》的手稿是鲁迅先生处于反革命文化"围剿"的险恶环境下,历尽艰辛地保存下来的。在《白莽作〈孩儿塔〉序》中,鲁迅曾无限感慨地说:"收存亡友的遗文真如捏着一团火,常要觉得寝食不安,给它企图流布的。"笔者在研读这份烈士遗著时,也犹如捧着一团火似的,感受到它炙手的热力与夺目的光彩,在那奔泻的诗行中,似乎可以听到诗人那有力的心音与激跳的脉搏。在感慨之余,不禁拉杂写下了以上一些感想,聊作引玉之砖,以期引起对以"同志的鲜血所记录"的"中国无产阶级革命文学的历史第一页"的关注与研究的深入。

一九七九年六月二十二日殷夫诞辰纪念日初稿,七月二十二日二稿。

光明探求者的心路历程

——郁达夫日记

郁达夫是"五四"以来最有影响的作家之一，他以自己回荡着新声、闪灼着异彩的创作，在新文学发展的途程上留下了深深的辙痕。

充分显露郁达夫文学才华的是他的小说乃至散文，此外，"日记文学"也尝为郁达夫所倡导。早在一九二七年六月所作《日记文学》一文就曾揭示"日记体"是散文中"最便当的一种体裁"，且可消除其他体裁易于招致的"真实性消失"的"幻灭之感"。进而在评介传世的中外日记（如吴穀人的《有正味斋日记》、瑞士亚米爱儿的日记等）时，认为读日记中的"不朽之作"，比读某些有始有终、变化莫测的小说还要有趣，甚至强调说："日记文学，是文学里的一个核心，是正统文学以外的一个宝藏"[1]。尔后，在一九三五年六月又写了《再谈日记》，昭示日记旨在"备遗亡，录时事，志感想"，更复阐明务必力戒"骄矜虚饰"，只有"坦白地写下来的关于当时社会的日记，才是日记的正宗"[2]。郁达夫的日记观，与同时代的进步作家是一致的，例如茅盾在《日记及其他》一文中也曾告诫目的在于"自诩而谀人"[3]的伪日记的倾向。

郁达夫不仅是日记文学的倡导者，而且亦是实践者。他曾多次将自己的日记结集出版、公之于世，一九二七年九月由上海北新书局出版了一九二六至一九二七年间日记的辑集《日记九种》（即分《劳生日记》、《病闲日记》、《村居日记》、《穷冬日记》、《新生日记》、《闲情日记》、《五月日记》、《客杭日

---

〔1〕 刊《洪水》第8卷第32期，1927年5月1日出版（衍期）。

〔2〕 刊《文学》第5卷第2号，1935年8月1日出版。

〔3〕 刊《中流》第1卷第9期，1937年1月15日出版。

记》、《厌炎日记》等)，一九三五年七月又"汇录改削"成了包括《日记九种》在内，复加《沧洲日记》、《水明楼日记》、《杭江小历纪程》、《西游日录》、《避暑地日记》、《故都日记》等，同由北新书局出版的《达夫日记集》；其间，还将编定的散篇日记辑入文集，如将《沧洲日记》、《水明楼日记》编入《忏余集》(天马书局，1933 年 2 月初版)，旅游日记《西游日录》等辑入《屐痕处处》(现代书局，1934 年 6 月初版)，《南游日记》等编入《达夫游记》(上海文学创造社，1936 年 8 月初版)，《梅雨日记》、《秋霖日记》、《冬余日记》、《闽游日记》、《浓春日记》等编入《闲书》(良友图书公司，1936 年 5 月初版)。不及辑集而散见于报刊的则有 1921 年 10 日月间的《芜城日记》(刊 1921 年 11 月 3 日《时事新报·学灯》)，一九三四年一月的《一月日记》(刊上海生活书店 1934 年 12 月出版的《文艺日记》)，一九三七年四、五月间的《回程日记》(刊 1937 年 6 月出版的《青年界》第 12 卷第 1 号."日记专辑")等。郁达夫生前编定并发表的日记凡二十四篇，时限起自一九二一年，迄于一九三七年。

在中国现代作家中，郁达夫是生前将自己日记披露得最多的一位。综观这绵亘十数年的日记，为我们展现了绚烂的文采，使我们从那清丽曼妙的叙述中，获得了心旷神怡的美感；为我们描摹了时代的眉目，使我们从那爱憎分明的褒贬中，认取了历史前进的脉胳；为我们速写了文坛的脸谱，使我们从那纷纭陆离的状绘中，窥测了聚合离异的分化；为我们倾诉了自我的心曲，使我们从那率直无伪的表露中，透视了心灵动荡的痕迹。

在鲁迅主编的《语丝》四卷三期(1927 年 12 月出版)上曾刊有《日记九种》的新书预告，其中写道："在这部日记里，我们不仅可以欣赏这部日记的自身，并且借此而赤裸裸窥见郁达夫先生的实生活，使我们读他的其他作品时，能以得到更深切的了解。"事实上也是如此，襟怀坦白、真实无伪正是郁达夫日记的特色。关于日记，鲁迅曾经说过："我本来每天写日记，是写给自己看的；大约天地间写着这样日记的人们很不少。假使写的人成了名人，死了之后便也全部印出；看的人也格外有趣味，因为他写的时候不象做《内感篇》外冒篇似的须摆空架子，所以反而可以看出真的面目来。我想，这是日记的正宗嫡派。"(《华盖集·马上日记》)在此之后，还在《怎么写——夜记之一》中就郁达夫《日记文学》的或一论点提出商榷，认为读文艺作品时所引起的"幻灭的悲哀"，症结在于"以假为真"，读者从"真中见假"之后才"极容易起幻灭之感"，故而反对日记流于"做作"(譬如李慈铭在日记中"钞上谕"希蒙有朝一日呈奉"御览")、"装腔"(譬如生造杜撰《林黛玉日记》以鬻钱)

之类的矫饰与虚伪,郁达夫在《再谈日记》中赞同鲁迅上述观点,认为"此论极是"。当然,他们自己的日记都是与"做作"、"装腔"绝缘的。

郁达夫在日记中坦诚地记录了自己情感的变迁,心理的创痕,爱情的波折,乃至行为的颓放,同时代还没有一个作家如此公开过自己的"私生活",但我们绝不可据此而轻易冠以"颓废文人"的谥号,因为不能单纯从字面上来衡测作家此时此地的是非曲直,若要知人论世,首先要剖示作家生活的历史环境。当时的时代是一个窒闭黑暗的畸形社会,郁达夫的某些放浪形骸的行为,也是变相的对那个噬人社会的抗议与反拨,当然也不排除作家思想中的消极因素。我们仔细审视,透过借醇酒妇人以抒愤懑的现象,在那些笑傲江湖的牢骚后面,仍可谛听到一颗热爱国家民族、企望光明自由的赤子之心的搏动。

至为宝贵的是,在日记的字里行间时常闪烁着电光火石般的思想火花,那就是对于祖国前途的执着,民众命运的关切,革命事业的同情,以及由此汇集成的对于光明未来的不倦追求。郁达夫曾说过:"逢着了大事,受到了些怎么的激刺,写下了怎么样的批评,也是日记中常有的事。"(《再谈日记》)他的若干"备遗亡,录时事"的日记,实际上可作为历史备忘录看,时代前迈的跫音常从中得到回响,例如在最早发表的《芜城日记》(1921年10月2日至6日)中,记述了初到安庆任教,目睹"逐李罢市"民众运动的成功,感到由衷的欣喜,情不自禁地在日记中歌呼:"民众终竟战胜了。无理的军阀,军阀的傀儡,终究在正义的面前逃避了。"面对那些表明胜利的"暴风的遗迹",作家亢奋地预言:"'将来'是我们的东西。"而对于祸国殃民的达官贵宦,对于敲骨吸髓的豪绅地主,对于荼毒生灵的军阀土匪,则表示了切齿的痛恨,于是极而言之地写道:"把这些人杀尽了,我们中国人民就不至于苦到这步田地。大同世界,就可以出现了。"同时,对于啼饥号寒的民众,则又深切地寄予同情,殷切地赋予厚望:"同胞呀,可怜的农民呀!你们经了这许多兵灾,旱灾,水灾,怎么还不自觉,怎么还不起来同那些带兵的,做(总统总长以及一切虐民的)官的和有钱的人拼一拼命呀!你们坐而待毙,倒还不如起来试一试的好呢。不管他是南是北是第三,不问他是马贼是强盗,你们但能拼命的前进,就有希望了。"其时,正是"五四"以后大革命方兴未艾之时,作家在日记中强烈地表露了对于国民革命成功的瞩望与期待。

大革命的狂飚掀起之后,郁达夫对于它的拥戴与赞颂在日记中也留有佐证,例如一九二七年初国民革命军攻克福州不久,正值作家自粤返沪途中过此,身处胜利的氛围中,不胜欣喜地写道:"革命军初到福州,一切印象,亦活泼令人生爱。……大有河山依旧,人事全非之感。"(《村居日记》1927 年 1 月 1 日条)与此相对比的是,当他亲眼目睹了孙传芳镇压上海工人起义、残酷虐杀无辜民众的暴行后,悲愤地指斥道:"这些狗彘,不晓得究竟有没有人心肝的。"(《新生日记》1927 年 2 月 23 日条)同时,对于中国共产党领导的工人运动则表示了由衷的钦仰:"上海的七十万工人,下总同盟罢工的命令,我们在街上目睹了这第二次工人的总罢工,秩序井然,一种严肃悲壮的气氛,感染了我们两人"(《新生日记》1927 年 3 月 21 日条),此后不久,作家自己也投身入这一革命的洪流:"吃过午饭,跟了许多工人上街去游行,四点钟回到出版部里,人疲倦得很"(《新生日记》1927 年 3 月 27 日条)。更难能可贵的是,当新军阀发动政变大肆屠戮革命人民之时,富于正义感的作家在当天的日记里写下了:"午后出去访友人,谈及此番蒋介石的高压政策,大家都只敢怒而不敢言。"(《闲情日记》1927 年 4 月 12 日条)直面指斥独夫蒋介石的叛变革命,并在文字上作出如此迅速的反映(包括《闲情日记》在内的《日记九种》就是在"四·一二"后不久的同年九月出版的),这在当时中国作家中是并不多见的。不久,又在日记中写道:"蒋介石居然和左派分裂了,南京成立了他个人的政府,有李石曾吴稚晖等在帮他的忙。可恨的右派,使我们中国的国民革命,不得不中途停止了。以后我要奋斗,要为国家奋斗,我也不甘再自暴自弃了。"(《闲情日记》1927 年 4 月 22 日条))作为一个进步的作家,郁达夫密切地注视着中国革命的进程,为她的跃动欢欣,也为她的挫折忧戚,对光明与真理的执着,是这位一生饱经忧患的作家的可贵品格。

郁达夫不是一个共产主义者,但他是一个具有正义感的爱国作家,虽不信仰却也赞同马克思主义,早年就曾宣称自己的社会改革主张系"从马克思的《资本论》脱胎而来"(《芜城日记》1921 年 10 月 6 日条),后来更从切身的体验中分清了泾渭,从而同情并拥护中国共产党人所浴血奋斗的事业。这种为统治者所忌恨的立场和感情,也时常渗透过森严的文网而闪现出来,例如他在评析日本作家江马修的长篇《追放》时说:"中间写主人公被帝国主义资本主义所逼迫,终究不得不走上共产主义的一条路上去的地方,很可以使人感奋"(《新生日记》1927 年 3 月 29 日条),甚至希冀"真正的共产政府"有实现的一日(同上)。稍后,更明白地宣示:"我所希望的,就是世界革命的成功。"(《五月日记》1927 年 5 月 6 日条)在"白色恐怖"的笼罩之下,如此无畏地表明自己的政治倾向,其胆识甚可钦佩。

基于"救我民族"的爱国信念,当日寇侵华日趋深入、民族危机迫在眉睫之际,郁达夫在日记中更常常流露出对国家民族前途的忧虑,如他这样写道:"北平天津济南等处,各有日本军队进占,……家国沦亡,小民乏食,我下半年更不知将如何卒岁"(《冬余日记》1935 年 11 月 29 日条)对国亡沦丧的悲愤,对生计困厄的愁戚,真切地流露了作家与民族存亡休戚相关的爱国情愫。

作为一位作家的日记,其中当然有他文艺观发展的线索可寻,郁达夫曾在其日记中写道:"应该把从前的那一种个人主义化的人道主义丢掉,再来重新改筑一番世界化的新艺术的基础才对,文艺是应该跑在时代潮流的先头,不该追随着时代潮流而矫揉造作的。"(《新生日记》1927 年 3 月 28 日条)进而还明确地申明:"我觉得这时候,是应该代民众说话的时候,不是附和军阀官僚,或新军阀新官僚争权夺势的时候。"纵观郁达夫一生的作品,是始终没有违悖自己这一为民众立言的文艺观的初衷的。

从反映时代的动向、表露作家的思想诸方面来考察,日记的资料价值诚如郁达夫所说:"日记的有助于考据,使历史家于干燥的史实之中,得见到些活的关于个人关于当时社会的记载,原是不可掩没的事实。"(《再谈日记》)用以作为研究作家思想轨迹、创作道路、生活遭际的第一手资料,由作家自己手订发表的二十四篇日记,毫无疑义是郁达夫研究的重要文献。

单就文学价值而言,郁达夫日记也是中国现代文苑中的奇葩,犹如《日记九种》的预告所揭示的:日记里"有美丽而细腻的散文诗,有灵活生动的小品文,有刻划心理变迁的小说",就中所纷呈的色泽:优婉的文笔,细微的心曲,坦诚的自白,丰富的阅历,繁剧的应接,错综的交流,勤劬的研读,深厚的学养,剀切的剖示,锐利的观察,白炽的情热,冷峻的鄙夷,恳挚的期待,急切的企盼,……凡此等等都使日记读起来经久弥新,至今仍可撼动我们的心扉。

中国文学源远流长,日记作为一种文体发轫甚早,从现存的文献考证,唐宪宗元和三年(公元 808 年)李翱撰《东南录》,排日记载来岭南的行止,被公认为日记的嚆矢。清代薛福成在《出使英法义比日记·凡例》中就说过:"日记及纪程诸书,权舆于李习之《东南录》、欧阳修《于役志》,厥体本极简要。"宋代时日记作者更为繁众,南宋学者周辉在《清波杂志》中写道:"元祐诸公,皆有日记,……书之惟详。"可见士大夫以至士子撰写日记已蔚然成风。其中如王安石的《安石日录》,黄庭坚的《宜州乙酉家乘》,周必大的《亲征录》,陆游的《入蜀记》,范成大的《吴船录》等,都是宋代日记影响弥深的名作,可惜有的于今已经佚亡。元代因为统治者施行酷烈的专制,日记文学故而十分凋零。明代日记十分勃兴,作者辈出,作品林立,摇曳多姿,各具特色:书身历战事的,有张煌言等;叙山川游历的,有徐霞客等;述朝政典故的,有谈迁等;志读书生活的,有高攀龙等;写园林掌故的,有潘允端等;谈书画评骘的,有李日华等;评时人著述的,有袁中道等;记晚明史实的,有祁彪佳等;……清代日记更为宏富,刻本、钞本传世者有千余种之多,其中镗然巨帙者有王士禛、林则徐、李慈铭、翁同龢、杨恩寿、王闿运、叶昌炽、王韬、皮锡瑞、张謇等所撰,既为我们提供了研究有清一代政治、经济、文化的珍贵资料,也是一笔丰厚的文学遗产。

郁达夫正是从中国绵亘千百年的日记文学的遗产中汲取了养料,博采古代各家所长熔于一炉,从而融汇锻冶为自成一家的风格。

达夫日记固然不必称为史笔,可也镌刻了时代的风云,摄取了社会的风习,叙述了文坛的轶闻,抒写了山川的秀媚,纪录了博览的心得,诉说了文章的得失,倾吐了情感的波澜,……内容十分丰硕;加之感情的深挚,态度的虔诚,心地的坦率,文笔的清隽,更使他的日记赋有惑人的魅力。日记固有的既文亦史的特性,郁达夫不仅没有乖背而且有所发展,文则妙手轻拈、信笔点染而自成佳趣;史则秉笔直书、不尚雕琢而翔实可信。绘人状物,妍媸立辨;臧否世态,忠奸昭然。郁达夫继承发扬了民族文学遗产,汲取借鉴了外域文学成就,将日记文学推向了一个新的极致,丰富了新文学的战绩。

纪游日记也在达夫日记中占有一定的比重,关于此他曾在《再谈日记》中说过:"游历的行旅者,遇到了新的山川景物,风土人情,要想把眼前的印象留下,可以转告他人,并且日后也可以唤醒自己的追怀,记日记自然是一个最好的方法。"例如《杭江小历纪程》、《西游日录》、《南游日记》等,就是这种"纪行程,叙游踪"的日记,以上篇章侪身于中国现代游记文学的最佳作行列也毫无逊色,祖国的山川在作家的生花妙笔下显得如此妩媚多姿、妖娆可人,令读者如入其境,如历其景。其中复羼入了地方志书中的遗闻轶事,父老口碑中的传说掌故,古典游记中的妙语佳言,以及同行侪辈中的幽默言动,凡此种种组合成一曲优美的山河颂乐章,悠扬隽妙,感人怡性。

郁达夫日记中还有甚大篇幅是读书笔记,从中足可窥见作家搜罗之广、研读之勤,循着其中作家觅书的足迹,我们也仿佛随之徜徉于旧肆冷摊,留连于破帙残卷,耽读于青灯之下,默诵于车旅之中,广泛涉猎与汲取中国乃至世界人类所酿造的智慧之蜜。如果把日记中提及的达夫所读书逐一浏览,再对照联系他的读后感,我们对于作家的思想艺术修养肯定可以有进一步的了解。故而这些读书笔记,不仅可作为文化史的资料,而且也是研究郁达夫思想与创作的应循而探之的路径之一。

日记中还不乏"记交游的来往,叙俗尚的迁移"的文字,读来也不感到枯涩,因为它有助于我们了解郁达夫生活的那个时代的风尚、习俗、礼仪,了解作家朋辈戚友的面目、品格、学养,也就有辅于我们掌握作家活动的社会环境。

综而言之,达夫日记无论作历史文献看,用以研究作家的生平、思想与创作;抑或作文学作品读,从中汲取知识,陶冶性情,都是不可多得的文学瑰宝。

一九八三年一月

朱墨点染作春山

——柏山在左翼十年中的小说创作

在鲁迅藏书中至今仍保存着题名《崖边》的小说集一册,并复本一册,作者署名"柏山",作为巴金主编的"文学丛刊"第二集之一,由文化生活出版社于一九三六年八月初版。当时的一般读者不会了解,当他们读到这本新进作家的处女作时,它的作者正羁押在苏州的牢狱中。

鲁迅既然收藏着《崖边》,当然与作者有一定的关涉。作为左翼文坛的盟主,鲁迅曾十分关切与垂爱这同一阵线的年青战友,从创作乃至生活上给予援手。柏山在若干年之后,仍深情忆念着导师的恩情:"我永远也不能忘怀他在苦难中给予我的温暖。"

短篇集《崖边》的问世,受到了文学界的广泛瞩目,发行量甚大的《国闻周报》第十四卷第十四期(1937年4月12日)发表了张振亚的《评〈崖边〉》,黎烈文主编的《中流》第二卷第九期(1937年7月20日)也刊载了题为《"崖边"偶拾》的评论,作者是当时已颇为知名的新进作家端木蕻良。端木以同道者的自豪与喜悦欢迎《崖边》的脱颖而出,并将其归属于以《狂人日记》为基石的"坚实的岛屿"的新生部分。他以欣喜的笔触,抒写了对这位脚踏实地、稳扎前行的作家的印象,以及对这本题材新颖、技艺不凡的作品的观感:"由于一个偶然的机会,我看到了柏山的《崖边》。对于这个素来被人冷落的作家,我感到激悦。我以为和这么一个不惊不躁的作家相遇(请不要误会,我只能在他的作品里和他相遇,听说现在他尚在狱中),是一件很愉快的事,他的态度是谨严而且谦逊,脚步是一步一个窠儿的。"认为"作者的态度是纯谨不苟,只能写他生活过来的事",甚至判定《崖边》里的五个短篇"都是好的(和谐而匀净)","那样短,那样精湛,那样透明,通体都是亮的"。

以上评骘写于半个世纪之前,今天看来也并无溢美之感,起码笔者是有同感的。《崖边》集的首篇《崖边》作于一九三四年五月，作者托胡风送鲁迅过目，复由胡风交杨骚发表。关于此事，胡风曾回忆道："他（按指冰山，即柏山——引者）用苏区题材写出了短篇《崖边》。当时，盟员杨骚出了一个小刊物《作品》，我把这小说拿给他，放在第一篇发表了。"〔1〕查柏园所藏《作品》创刊号（思潮出版社，1934 年 6 月 20 日出版），目录将《崖边》列为第一篇，正文则排在第二篇。嗣后，柏山致函鲁迅表达敬意与谢忱，《鲁迅日记》一九三四年七月六日条记有："午后得冰山信并《作品》两本。"翌日条记有："下午复冰山信。"可惜信已散佚，想来当与《崖边》有关，并示关爱与勖勉罢。《崖边》发表之后获得了文学界的好评，茅盾在《文学》第三卷第三号（1934 年 9 月 1 日）以"惕若"的笔名写了《两本新刊的文艺杂志》，其中就新刊《作品》上的《崖边》评论道："这是用了'严肃'的笔调，写了一件'严肃'不过的事。冰山好象是新人，他这一篇实在写得不坏。"一位不知名作家的处女作得到众口交誉的好评，他肯定给当时的文坛带来了新的东西。

中国左翼作家联盟执委会于一九三一年十一月通过的决议《中国无产阶级革命文学的新任务》中号召："作家必须抓取苏维埃运动，土地革命，苏维埃治下的民众生活，红军及工农群众的英勇的战斗的伟大的题材。"许多左翼作家都循此作了努力，然而由于国民党施行军事"围剿"与文化"围剿"所造成的白区与苏区的阻隔，没有条件进行亲身体验，只能依凭传闻、资料等第二手素材，这样创作出来的苏区题材的作品，难免就显得孱弱与苍白。柏山就完全不一样，鲁迅曾赞赏他"参加了英勇的战斗"〔2〕。原来，一九三二年顷，他就在湘鄂西苏区工作过，曾任《湘鄂西工人报》的编辑，红军第三军政治部宣传科长，以及湘鄂西省委荆门、当阳、远安三县特派员。旺炽的革命激情，亲身的战斗经历，复加上鲁迅、周杨、胡风、周文等左翼作家的激励与帮助，以及为无产阶级事业而写作的使命感与责任感，遂促使其振笔挥毫写下了《崖边》等一系列作品。

《崖边》写的是一个小生产者（裁缝师傅）出身的王全福，由于没有扬弃个体劳动者自私、狭隘、逸乐的劣根性，在革命队伍中不满、动摇、逃跑以至幻灭的故事。作者对于苏区农民武装的情况十分熟稔，环境、气氛、语言都富有浓郁的地方色彩，性格刻划亦鲜明生动，吊儿郎当的手工业者全福与诚

---

〔1〕 胡风：《回忆参加左联前后》。刊《新文学史料》1984 年第 8 期。
〔2〕 鲁迅：《且介亭杂文末编·答徐懋庸并关于抗日统一战线问题》。

朴忠厚的贫农少年木仔作了对比的绘写,反衬与渲染了广大贫苦农民不可遏制的革命热情。逃离革命队伍的王全福遭敌人捆绑后所流下的悲哀与悔恨的眼泪,雄辩地说明了即使"还有一门手艺"的小生产者,如果不与乡亲们一道奋起反抗豪绅地主的压迫,也是没有出路的。

被称誉为"实在写得不坏"的《崖边》,它的成功除了作者赋有丰厚的生活积累而外,还在于作者汲取了革命文学的养料。柏山在四十年代初所写的一篇创作经验中回忆道:"远在七八年以前吧,那时我最初读着《毁灭》这本书。对于书中的木罗式伽和美谛克,给予我的印象最深,我记得木罗式伽第一眼见到美谛克,因为他受了一点擦伤,就痛苦的尖喊起来。木罗式伽很轻视,甚至看着他那小白脸,还似乎有点不屑于同情他的受伤似的。这一个小小的动作,在当初我是并不在意的。后来我到队伍里去工作,生活中时常看见美谛克和木罗式伽。于是我再细细的想,他们两个人的动作,实质上是课赋了两个人最终的命运:一个动摇逃跑,一个英勇牺牲。由此使我更清晰地认识,每个人的动作和对话,都是有其历史的和社会的意义。对于这一点,我曾经每次都想用在自己的写作上,但是并没有得到成功。不过从此教育了我:应该怎样向生活学习。"[1]检视《崖边》的结构与命意,对照全福、木仔与美谛克、木罗式伽两组人物,不难发现作者从这一鲁迅所译的世界无产阶级革命文学经典作品中所获取的启示与滋养。

一九三六年四月,鲁迅应日本改造社社长山本实彦关于向日本介绍一些中国现代文学作品的要求,选了中国左翼作家所作短篇小说十篇,由《改造》杂志从本年六月开始连载。所选的作品中就有柏山的《崖边》,以及肖军的《羊》、周文的《父子之间》、欧阳山的《明镜》及艾芜的《山峡中》等。《崖边》译载于《改造》七月号,文前并有鲁迅委托胡风代写的柏山小传。鲁迅在为绍介上述作品而写的《〈中国杰作小说〉小引》(刊《改造》1936 年 6 月号)中指出:中国左翼文学"创作中的短篇小说是较有成绩的",并且认为:"从真实这点来看,应该说是很优秀的",这一奖掖当然包括《崖边》在内。

《崖边》集内其他几篇也大都在当时的报刊发表过,例如《皮背心》刊于《春光》创刊号(1934 年 3 月 1 日),《忤逆》刊于《文学》第二卷第四期(1934 年 10 月 1 日),《夜袭》刊于《东方杂志》第三十卷第十一期(1933 年 6 月 1 日),《枪》刊于一九三六年五月四日《大公报》副刊《文艺》第一百三十九期。

---

[1]　柏山:《我对于写作的学习》。载《七月》第 6 卷第 4 期(总第 30 期),1941 年 6 月出版,重庆。

这些反映苏区人民生活与斗争的篇什必定一新读者的耳目,使他们为新的土地上所出现的新的生活、新的人物而感奋。《皮背心》篇写"在这痛苦与贫困的境遇里,混过二十七个年头"的青年农民长发,在土地革命中所获取的胜利果实皮背心,不仅被反攻来的地主夺回,而且家里被洗劫一空,这严酷的斗争现实教育了这位憨厚甚至有些愚昧农民,小说的结尾点明了他的觉悟:

> 长发于是明白,这儿没有他立脚的地方。在第二天还没天亮的刹那,他朝着向天空画着起伏的曲线的濛濛的高山那一方走去了。

《忤逆》篇是集子里惟一非苏区题材的作品,不过反映的仍然是农村中的阶级剥削与对立。短篇是以第一人称写的,对照柏山的身世,可看出带有若干自叙传的成分。与同时期某些描写农村破产惨象的同类作品相比较,在揭露地主利用封建宗族关系压榨盘剥农民方而有独到之处,在刻绘地主婆娘"三面嘴"妄图夺人之子来延续香烟的非人道行为时也不脸谱化。

《夜渡》篇也不落窠臼,端木蕻良在《〈崖边〉偶拾》中认为其较深切地表现了"农民的缠绵不舍的韧性",倒也不无道理。主人公连生是地主润爷的长年,他顽强地承受着这个土财主一家大小的无故差遣与百般凌辱,沉默地、坚韧地积累他的愤恨与仇恚,终于象地下的溶岩一般奔迸而出,于红军夜袭之际将骑在他脖子上的地主掀下水去,然后昂然地大踏步走开去了。

《枪》篇的情节很简单,叙述的是赤卫队员其保如何将夺来的枪从私自占有到交公使用的故事。主人公的心理过程刻划得明晰如画,自然而合理。有的评论者赞许作者"用多么经济的事实和描写写出了这一个复杂的过程",确乎是若干人想做而没有做到的。

集内五个短篇有一个共同的主题,那就是试图反映在土地革命这一特定的历史环境与时代氛围中,各种不同类型的农民受革命狂飚的吹拂所发生的精神变革与思想升华,也就是着力表现了他们程度不同的觉察、觉悟与觉醒,长发的奔向高山,连生的挣脱桎梏,昌喜的毅然分谷,其保的弃私奉公,均是阶级觉悟的萌发与增强自不待言,即使全福的悔恨之泪,也是一种反省与醒悟。在左翼文学中,努力凸现背负着数千年思想羁绊与精神重负的中国农民的觉醒过程,是阶级的嘱托与时代的要求;能成功地反映这个觉醒过程的作家,当时尚不多见。

一九八〇年六月二十三日,晚开了多年的彭柏山追悼会的悼词中写道:"早在三十年代初期,他就参加了左翼文艺运动。一九三四年,他创作了《崖边》等短篇小说。这是我国现代文学史上最早反映苏区人民斗争生活的作品之一。"这当然是符合历史事实的,然而,由于众所周知的原因,迄今为止的中国现代文学史尚未就柏山这一创造性的艺术劳动作出公正的评估,这是必须补课的。

新文化运动在香港回响与勃兴的实录

——读《陈君葆日记》

日记作为一种文体发轫甚早,从现存的文献考征,唐宪宗元和三年(公元八〇八年)李翱撰《来南录》,排日记载来岭南的行止,被公认为日记的嚆矢,清代薛福成在《出使英法义比日记·凡例》中就说过:"日记及纪程诸书,权舆于李习之《来南录》、欧阳修《于役志》,厥体本极简要。"宋代日记作者更为繁众,南宋学者周辉在《清波杂志》中写道:"元祐诸公,皆有日记,……书之惟详。"可见士大夫以至士子撰写日记已蔚然成风。其中如王安石的《安石日录》,黄庭坚的《宜州乙酉家乘》,周必大的《亲征录》,陆游的《入蜀记》,范成大的《吴船录》等,都是宋代日记影响深远的名作,可惜有的已经佚亡。元代统治者施行酷烈的专制,故日记亦十分凋落。迨至明代,日渐勃兴,作者辈出,佳制如林,摇曳多姿,各赋特色:写身历战事的,有张煌言等;记游历山川的,有徐霞客等;述朝政典故的,有谈迁等;志读书生活的,有高攀龙等;叙园林掌故的,有潘允端等;谈书画评骘的,有李日华等;评时人著述的,有袁中道等;记晚明史实的,有祁彪佳等……。清代日记更为宏富,刻本、钞本传世者达千余种之多,其中锽然巨帙者有王士禛、林则徐、李慈铭、翁同龢、杨恩寿、王闿运、叶昌炽、王韬、皮锡瑞、张謇等所撰,既为我们提供了研究有清一代政治、经济、文化的珍贵资料,也是一笔丰厚的文学遗产。

中国现代作家的日记,不仅本身也是隶属于现代文学的一个有机组成部分,同时又是研究现代中国历史文化的可靠依凭。如以排印或影印方式出版的《鲁迅日记》、《周作人日记》、《郁达夫日记》、《阿英日记》、《蒲风日记》等,其文学与史料价值之巨大自不待言。郁达夫在评价传世的中外日记(如吴毂人的《有正味斋日记》、瑞士亚米爱儿的日记等)时,认为其所以成为日记中的"不朽之作",在于它们的作者力戒"骄矜虚饰",坦白地"备遗亡,录时事,志感想",方为"日记的正宗"(《再谈日记》)。无独有偶,鲁迅亦有同样的日记观,他说:"我本来每天写日记,是写给自己看的;大约天地间写着这样日记的人们很不少。假使写的人成了名人,死了之后便也全都印出;看的人也格外有趣味,因为他写的时候不像做《内感篇》外冒篇似的须摆空架子,所以反而可以看出真的面目来。我想,这是日记的正宗嫡派"(《华盖集·马上日记》)。正直的作家都反对日记流于"做作"(譬如李慈铭在日记中"钞上谕"希蒙"御览")、"装腔"(譬如生造杜撰"林黛玉日记"以鬻钱)之类的矫饰与虚伪,鄙弃那种"自夸而谀人"的伪日记倾向。

陈君葆先生的日记有幸读过不止一遍,坚信其是与"做作"、"装腔"等绝缘的,毫无疑问地可归属于《鲁迅日记》式的日记的正宗嫡派。它不仅无伪地记述了一位企望光明与正义的香港知识分子的心路历程,而且翔实地记录了香港三、四十年代全息图景的或一侧面。诚如周佳荣博士在卷首所揭示的它不啻为"大时代的证言",周博士将日记的内容提挈得十分准确,不佞不再重复,仅想从新文化运动在香港的回响与勃兴这一特定角度出发,申述一下读过陈君葆先生日记后的粗浅体会。

新文化思潮的第一波:鲁迅

所谓"第一波"云云,亦是概而言之。"五四"新文化运动发动以来,香港虽为"化外之地",但影响吹拂在所不免,惟因主观条件所囿,未成气候而已。

作为"五四"新文化运动倡导者与实践者之鲁迅,1927年2月莅港,先后在香港青年会作了两次演讲:首次于18日晚,讲题是《无声的中国》,二次是19日晚,讲题是《老调子已经唱完》。鲁迅痛感香港思想的窒闷与文化的凋零,一面抨击封建余孽的愚民政策,强行推行深奥难明的古文,宣传的是陈腐的思想,绝大多数人看不懂、听不明,故等于无声;主张现代人应该说现代的、自己的话,变无声的中国为有声的中国。一面对殖民当局利用中国的旧思想、旧文化,去奴役中国人的用心,予以无情的揭露,认为这种老调子也该唱完了。鲁迅旨在揭穿封建文化、买办文代所编织的罗网,从而对于"五四"文学革命的内涵和意义作出通俗的解说,揭示这是一场文学革新、思想革新和社会革新的运动。

稍后,鲁迅又连续发表了《略说香港》、《述香港恭祝圣诞》和《再说香港》三篇文章,表示了他对香港新思想和新文化发展的关注与祈望。据当时鲁迅演讲作记录的刘随的追忆,鲁迅对新文化在香港萌蘗勃发的前景毫不悲观,认为称香港文坛为"沙漠之区"的衡估未免太颓唐了,"他表示自己相信将来的香港是不会成为文化上的'沙漠之区'的,并且还说:'就是沙漠也不要紧的,沙漠也是可以变的!'"[1]

鲁迅的演讲与杂文,如同巨石击池,激起了波浪与涟漪,对受殖民者卵翼竭力抵制新文化的封建遗老遗少,不啻是当头棒喝;对倾慕与渴望"五四"新思潮、新文学的香港青年,却是久旱甘露。

《陈君葆日记》起自 1933 年,未能躬逢其盛记述鲁迅演讲及其影响,然而,三十年代的陈氏作为一名文学青年,《日记》真切地表达了他对鲁迅的仰慕与钦敬,如 1933 年 3 月 2 日条记有:

> 我们在良友看了看鲁迅的《竖琴》,我很想买来一读,但我不明白他的作品也订价这样地高,也许他的作品是无产者的呼声,所以是希望有产者读的,不是无产者自己读的吗? ……我有点拿不出九角钱来买那本书,我有点恨鲁迅先生不过。

在俏皮的反诘中,强烈显示出日记作者对于鲁迅著译的渴慕。
《日记》1935 年 3 月 30 日条记有:

> 下年到美美买了本《南腔北调集》。

《南腔北调集》是鲁迅所著杂文集,由上海同文书店于 1934 年 3 月初版。集内辑录鲁迅 1932、1933 两年间所作杂文,其中有〈我们不再受骗了〉、〈论"第三种人"〉、〈为了忘却的纪念〉、〈小品文的危机〉等名篇。该书出版不久即遭当局密令查禁,想不到却得到一位香港文学青年的欣赏与共鸣,也说明鲁迅思想在香港青年中浸淫日深。

翌年十月,鲁迅不幸逝世,在香港文化界也引起了震动。陈君葆其时已进入香港大学任教,他在《日记》1936 年 10 月 21 日条记有:"鲁迅十九日病逝于上海,中国文坛一个大损失。"并主动协助中文学院院长许地山筹办鲁迅追悼会,这可能是香港地区所举行的最早的鲁迅追悼会,《日记》1936 年

---

[1] 刘随:《鲁迅赴港演讲琐记》,刊香港《文汇报》1981 年 9 月 26 日第 13 版。

11月1日条记有:"鲁迅追悼会到的只有三十多人,但气象却很为肃穆,我想鲁迅先生有灵,对香港大学学生当抱相当希望罢。会中马先生讲鲁迅先生事略毕,许先生演讲他在文学上的贡献。"更难能可贵的是《日记》记录了许地山为追悼会所拟的挽联:"青眼观人,白眼观世,一去尘寰,灵台顿暗;热心做事,冷心做文,长留海宇,锋刃犹铦。"此联为《鲁迅先生纪念集》(生活书店版)所不载,幸赖《日记》以传。

尔后的《日记》中,频繁地记录了香港文化界学习与纪念鲁迅的活动:如鲁迅逝世五周年时,端木蕻良主编的《时代文学》特辟了鲁迅纪念专辑,陈氏应邀撰文;鲁迅逝世十二周年时,中华全国文艺工作者协会香港分会假六国饭店举行纪念晚会,由郭沫若致开会词;鲁迅逝世十三周年纪念时,纪念会就是在《日记》作者寓所中召开的,1949年10月19日条记有:

> 鲁迅纪念会今晚在家里开,到的三十多人满满地坐满了一屋子,几乎没有隙地。开会时大家先向我放在书柜里的鲁迅的像静默了三分钟,然后才由我致开会词,略说纪念鲁迅这位道师的三点意义。跟着张光宇、马国亮、廖冰兄、陈残云他们都分别讲过了,马先生早些回去了,其余的文友到十一点才散去。

《日记》作者不仅在自己家里举行鲁迅纪念会,而且到香港大学中文学会讲演《鲁迅与现阶段的文艺》,为此而嗓子发炎,"说话说不出声来了"。

陈君葆在四十年代末曾这样提挈鲁迅的精神:"鲁迅是始终追求着中国民族的进步,他的思想是始终朝着进步的一方面去发展的,我们要把握到这一点才能真正认识鲁迅。"而这代表着类似的香港进步文化人对鲁迅的理解与认同,他们自认是鲁迅精神的承继者,故而自觉而艰辛地为新文化在香港的拓展而不懈努力。

新文化思潮的第二波:胡适

胡适作为"五四"文学革命的领袖人物,1935年初南来香港接受港大颁授的法学名誉博士学位(这是胡氏一生接受三十五个名誉博士的第一个),停留五天,讲演五次,给香港文教界带来的冲击波是强劲而持久的。他在稍后发表的《南游杂忆》中不留情面地批评了当时香港高等学府的文科教育:

"这里的文科比较最弱,文科的教育可以说是完全和中国大陆的学术思想不发生关系。这是因为此地英国人士向来对于中国文史太隔膜了,此地的中国人士又太不注意港大文科的中文教学,所以中国文学的教授全在几个旧式科第文人的手里,大陆上的中文教学早已经过了很大的变动,而港大还完全在那变动大潮流之外。"〔1〕不仅对游离于新文化运动之外的港大中文教学针砭犀利,同时也提出了"改革文科中国文学教学"的具体建议,甚至列出了能主持这种改革事业者的四种资格:

　　　　(一)须是一位高明的国学家;
　　　　(二)须能通晓英文,能在大学会议席上为本系辩护;
　　　　(三)须是一位有管理才干的人才;
　　　　(四)最好须是一位广东籍的学者。

　　事实上不仅罗列了主持者资格,甚至据此资格先后推荐了陈受颐、陆侃如、许地山等学者供港大主事者遴选。

　　《陈君葆日记》详尽地记录了接待胡适的全过程,使香港文化史上这件影响深远的大事,来龙去脉更加清晰。

　　早在 1934 年 2 月 4 日,《日记》就记有:"阜士德(当时港大文学院院长——从经按)又告诉我说下次毕业礼,胡适之要来受博士衔。"陈氏受邀参加了香港定例局(相当于后来的立法局——从经按)华人代表周寿臣、罗旭和、曹善允、周俊年的假座华商俱乐部的招待胡适午宴;并作为港大教员直接参与了接待陪同的工作,如陪胡适去浅水湾、赤柱、香港仔、山顶等处游览,在游程中与胡谈论改革中文系的入手辩法;亲耳聆听胡适作《中国的文艺复兴》、《中国与科学》等讲演;甚至为使港大中文学院的学生更好的了解胡适,特地作专题介绍,"大意是胡适之尝试主义是本诸杜威之经验说,所以胡译杜威、詹姆士之学说为实验主义。胡适治学每要问个如何,这便是方法论。社威经验说的精义是'经义为思想的表现,思想为应付环境的工具',所以杜威又倡'工具主义',这是胡适的方法论所从生"(1935 年 1 月 23 日)。

　　从《日记》中可明显窥见,正是由于胡适的现身说法,以及陈君葆的循循善诱,遂使学生从遗老的旧文化与胡适的新文化的比较中得出正确的鉴别,

──────────

〔1〕　胡适:《南游杂忆》,载北平《独立评论》第 141 期,1935 年 3 月 10 日。

《日记》1935 年 3 月 14 日条记有:

> 今晨对学生言,指出徽师(即前清翰林区大典,时在港大中文系主讲经学——从经按)的偏见,原来许多学生都已察出,类如程志宏专从文学立论,罗鸿机谓一比较胡适的演讲与区先生的讲演便看出他们的优劣来,这是无可讳言的,其他陈锡根早就不满意于经学,以为那简直是骗人的东西⋯⋯

以上记载甚具文献价值,因觉悟是行动的先导,此正为新文化尔后得以在香港发扬光大的基础罢。

《日记》中也羼有一些轻松的花絮,由广东方言引起的误会,颇令人忍俊不禁,如 1935 年 1 月 6 日条记有:

> 晚八时到校长餐会,胡适问我的名字用哪两个字,何以他听起来总是大家说"陈公博"的样子,我告诉他后自己也笑起来。

此一阶段《日记》最有价值的部分是真切而生动地记录了当时香港知识界中对于胡适旋风式访问的不同态度,如时任汉文中学校长李景康的深闭固拒,港大中文系讲师罗憩棠(亦是前清翰林——从经按)的侧目而视,港大副校长贺钠称胡适为"中国文学革命的父亲",区大典为胡适到广州受挫而幸灾乐祸,避地香港的国民党元老胡汉民拒见胡适,南社社员马小进撰文攻讦胡适倡导的白话文学,同属旧文人之列的崔百樾却赞同以语录体白话文来整理中国哲学⋯⋯

胡适所引起的轩然大波在《日记》中有如实的刻绘,此行所引起的争论与驳难,正好为新文化在香港的进一步廓大作了舆论准备,待下一幕主角许地山登场之后,立即上演了有声有色的活剧。

新文化思潮的第三波:许地山

柳亚子在悼念许地山的文章中写道:"许先生和鲁迅先生一样,都是五四运动以来提倡新文化以至新文学的老战士",进而认为:"香港的新文化可说是许先生一手开拓出来的"[1]。这是实事求是、毫无夸饰的评价,如果说鲁迅、胡适对香港的新文化起了吹拂、鼓荡、呐喊、开路等作用,而许地山则不仅是这两位前驱者的同道,而且是开辟草莱的拓荒者,耕耘莳刈的垦殖者,荷戈执戟的捍卫者,为香港新文化的拓展与壮大,宵衣旰食,夙兴夜寐,真可谓鞠躬尽瘁,死而后已。

陈君葆作为许地山晚年的同事与挚友,竭尽心力地襄助与支持许氏在香港大学中文学院所进行的中文教育改革,以及在社会上所推行的一切有关新文化事业的举措,这些在《日记》中都有真切的记录。

许地山自 1935 年 9 月来港履新,直至 1941 年 8 月积劳成命疾遽逝,在香港渡过了他生命中最后的六年岁月。《陈君葆日记》不仅记载了许氏居港六年的事功与丰采,而且上溯来港的因由,下延死后的哀荣。

《日记》早在 1935 年 5 月 2 日条就记有:"罗伯生报告关于聘请陈受颐乙事,已接到渠及胡适之两方面来电说'不能来',胡适求电改介绍许地山或陆侃如。"同月 9 日条还记有港大校长贺纳向其征询对许、陆二人的评估,旋向贺钠表示"能得许地山则更佳"。6 月 8 日条则有了明确的记录:

> 十点开科务会议,讨论依据校董会议意思决定改聘许地山担任中文学院院长事,罗伯辛教授说明了我的意见,对于许地山的学问资格及在中国学术界的地位说了一番后,于是大众遂一致通过胡适的建议。

从以上记载可以看出,校方最后决定聘用许地山,陈君葆的意见起了一定的作用,港大校长的咨询,文学院长的绍介,说明香港大学的决策者相当尊重陈氏的意向。而陈君葆之所以推重许地山,丝毫没有私人的因素在内,完全出于对许氏学养人格的认同与赞许,这也许正是他们日后能紧密合作、友情甚笃的原因罢。对于前辈学者这种"君子之交淡如水"的纯真友谊,不禁悠然神往。

陈君葆对许地山的第一印象在《日记》中以八个字形容之:"几缕短须,岸然道貌。"实在颇为传神。从《日记》1935 年 9 月 5 日条得知,许地山上班伊始的第五天就提出了改革中文学院的五点建议,诸如:第一年学生应一律

---

[1] 柳亚子:《我和许地山先生的因缘》,载《追悼连地山先生纪念特刊》,全港文化界追悼许地山先生大会筹备会,1941 年 9 月 21 日初版。

增加历史课;港大中文系应形成自己的学术风格,拟以西南中国社会的民族的历史为研究重心;第七系改为史学系,增第八系为哲学系,第六系则专作文学研究系;学科增添子目,图书馆费应增加款项等。作为许地山施行中文改革的最初蓝图,在香港文化教育史上的意义重大,然迄今所知的有关资料,从未见到如此详尽准确的记述。仅此一端,《日记》的文献价值可知。

其实,《日记》有关中文改革的记载甚多,如许地山"发展中国文史学系意见书"的提出(1936 年 5 月);文学院讨论"发展中国文史学系意见书"(1936 年 9 月);校务会议通过许地山所提医、工两科学生都应习中文提案(1936 年 9 月);许地山再次提出"改革中文意见书"(1936 年 10 月);许地山倡议为医、工科学生开设国语课,报名者达四、五十人(1936 年 10 月);许地山提出港大应造就人才界中国用为目的,课程应求与内地需要联络的意见书(1937 年 1 月);许地山在文学院会议动议开设中文研究科,遭否决(1937 年 2 月);许地山通过定例局华人代表周寿臣向大学特委会呈递"中文学院发展意见书"(1937 年 3 月)……从中足可窥见许地山矢志改革、锐意进取的精神,恕不一一赘引。

许地山学贯中西,深明香港作为中外文化交流要冲的重要性,故致力于这一有裨于丰实与提高本民族文化的事业,《日记》在这方面也多有记述,如许氏参与创组中英文化协会并担任首届主席(1939 年 5 至 6 月),同时策划邀约了多位外国学者莅港讲学,如英国学者艾温讲演"近代英国文学所表现英国人的生活"(1936 年 11 月)、前日本帝国大学总长新城新藏博士来访(1937 年 1 月)、印度政治运动者 Rao 到访(同年 3 月)、美国哥伦比亚大学古力治教授来访(同年 7 月)、英国学者黑克洛斯讲演"英国花中底中国花卉"(1939 年 11 月),以及美国学者伊罗生、美国作者斯诺、史沫特莱等,以上不仅是许氏个人的业务活动,而且也是香港现代学术文化史上的佳事,值得我们珍视。

此外,许地山还着眼于从整体上提高香港的文化素质,力促新文化、新思想能深入人心,蔚为风气,故不惜耗费时间精力从事文化普及的工作,《陈君葆日记》中亦多有反映。例如许氏曾不间断地到香港各学校、社团演讲,若干讲题与内容赖《日记》得以保存,像 1935 年 9 月 9 日在港侨中学讲"中等学校之国学教学问题",同月 11 日在梅芳学校讲"服装问题",同月 18 日在港大中文系讲"白话文学",同月 19 日在中文学会讲"中国文艺的精神",同月 26 日在联青会讲"新文学运动之在今日"(据此可知许地山来港走马上任的第一个月就连续作了五次专题讲演)。10 月 3 日在华商会所演说,同月

10 日在港大学生会用英语演说,11 月 2 日在东莲觉苑讲"梵文与佛学",同月 12 日在文科学会讲"道家的和平思想",12 月 7 日在民生书院讲"怎样读书",同月 19 日在教员会讲"中国近代文学变迁与教员对此的态度"。1936 年 2 月 10 日在中华青年会讲"结婚的社会意义"。1937 年 1 月 28 日在汉文中学演说,同月 31 日在中文学会"苏东坡先生诞生九百周年纪念会"上演说。1938 年 3 月 18 日在学术座谈会上讲"汉代的社会生活",12 月 21 日在读书会讲"一九三八年的几本重要著作"。1941 年 4 月 4 日在中英文化协会欢宴港督罗富国的会上演说。……凡此种种,弥足珍贵。

民族解放战争爆发之后,许地山义愤填膺,衷心鼎沸,怀着高昂的爱国激情振髯作狮子吼,此情此景在《陈君葆日记》中亦有甚多写照。例如"七·七"事变不久,许地山即创作四幕粤语剧《木兰》,并指导学生排演(1937 年 11 月);参与筹备成立"中华全国文艺界抗敌协会香港分会"并担任该会常务干事(1939 年 3 月);参加中国文化协进会发起人大会并当选该会第一届理事(同年 9 月)……等等投身抗日救亡运动的行动,皆由亲见亲闻的陈君葆忠实地记录下来。

不仅如此,除了文字言行以外,陈君葆作为朝夕相见的同袍与挚友,还在《日记》中记叙了外人极少了解的许地山的精神风貌,他对事业的执着认真,他对学问的不懈追求,他对亲情的温煦体贴,他对友谊的忠实赤诚,他对学生的爱护关切(《日记》就记有港大清贫学生伍冬琼数年来得到许氏的资助方得求学)……使我们得以体认许地山先生学问文章以外的人性美。

许地山作为香港新文化奠基者的地位已为历史所证明,然而香港学术界对许地山的研究尚未足称至善(陈锦波著《许地山与香港之关系》、卢玮銮编《许地山卷》皆是有意义的开山工作,惜后继者寡)。我想如要深入研究许地山,除了许氏自己的著译及少数当事人的回忆录之外,《陈君葆日记》将是最丰硕而权威的研究资料(许地山自己亦有详尽的日记,可惜在许氏逝世后被当时香港《大公报》副刊编辑杨刚悉数借去拟摘录发表,结果不慎遗失在自港岛去九龙的渡轮上,惜哉! 悠悠半个多世纪过去了,想来许地山日记已不可能存于天壤间了。)

香港新文学曙新期的剪影

众所周知,由于环境所囿,香港新文学运动的起步较晚,直至 1927 年之后,因为鲁迅亲临其地作发聋振聩的呼颜,加之内地新文学理论、作品的影响、浸淫,遂绽发了香港新文学的幼叶嫩芽。

香港资格最老的新文学作家应数黄天石,早在二十年代初就开始作"偏重写实方面"的创作尝试,出版了短篇集《新说部丛刊》(上海清华书局,1921年3月初版)、中篇《我之蜜月》(1922年自印本)、散文集《献心》(香港受匡出版部,1928年4月初版)等。稍晚者则有龙实秀,出版了短篇小说集《深春的落叶》(香港粤港受匡出版部,1928年7月初版);还有谢晨光,出版有短篇小说集《胜利者的悲哀》(上海现代书局,1929年9月初版)。这几位都是香港早期新文学作家中的皎皎者,不仅经常在本港的文学刊物《墨花》、《伴侣》、《红豆》等上披露作品,而且在上海、广州等地寻找发袤园地,像《幻洲》、《语丝》、《现代》、《小说月报》等全国性的刊物上也时常可发现他们的踪迹。

陈君葆在三十年代前期与黄天石、龙实秀、谢晨光等志同道合,关系密切。在《陈君葆日记》中多处留下了他们共同为推进香港新文学艰辛跋涉的屐痕。

志趣相投是这群文学青年结合的基础,对于国家民族命运的焦灼,对于光明合理社会的企盼,促使他们走到一起来了。《日记》1934年1月7日条记有:

> 放着垂死的民族不救,倒去做些不急之务,这怎样叫得是真正的男子! 黄天石说得好:父兄费了这么多金钱,这么多心血,本来对你希望很大,而结果你读成了书却不去干些有用的事,你说如何能对得住社会人群呢? 这一番话,真如晨钟之声,顿醒我的梦,发我深省也。天石深夜来访,却说起家国大事来,骤然听到,似乎兹事体大,焉可以便随便决定甚么主张,但是我十年来处心积虑,实亦忘不了中国,平生痛恨于时局,痛恨于一班人物,痛恨于内争外侮,已不知叹了多少口气,到南京去,本来抱着十分紧严的态度入都的,然而两出都门,只带了些凄风碎雪回来,这岂初料所及? 天石说:我们神交已久,现在旨趣既然一致,便可以共同合作了。我在目前的场合下,似乎没有犹豫的余地了,因为时局如此逼切!

这段话非常典型,所以不惮烦冗全部引录,因为它活画出了三十年代中香港追求真理与进步的文学青年的共同心态,他们为国运日蹙的时局所刺激,于警醒之余极想有所作为。上述日记对于研究三十年代香港作家的思想动向、价值取向甚有裨益。

受国内外情势的影响,香港青年作家当时都有左倾的倾向,《日记》也忠实记录了当时的思想实际。如1934年2月19日条记有:

> 实秀说:目前只有两条可走,不是俄国的共产,便是意大利的法西斯蒂,然而法西斯蒂只不过是资本主义到了没落时期的一个回浪! 我问说:然则你的意思也是以为社会主义者若要走的,只有向左边了。他说:是的。

早期香港作家的资料异常缺乏,这可能正是坊间所有香港文学史对这一阶段阐述得含糊其辞、语焉不详的原因。《日记》极为难得地为我们保存了有关早期香港作家的若干史实,如1934年1月8日条记有:"谢维础也来访,大家又谈了些时,原来晨光便是他,他曾到过日本去,对于日本文艺,颇有研究,囊时曾写过小说,但现在则转而研究经济学政治问题等。"虽只吉光片羽,迨亦弥足珍贵了。

又如3月8日条记有黄天石自南宁寄赠的七律,诗云:

> 惊心柳色感离群,又向天涯送夕曛;
> 半壁河山分日月,百年怀抱郁风云。
> 潜龙未许因时会,匹马犹思老见闻;
> 惭愧书生筹国计,三边烽火正纷纷!

浓郁的忧国情怀,激起《日记》作者的共鸣,故他在诗下注云:"对别人的作品从没有这样打动过我的心弦",为之低回不已。

对光明的追求亦促成他们对理论的热中,故《日记》中写道:"和实秀……谈话中我们又讲到主张的理论尚未成立一层来,龙意也已感觉到这点,并曾向晨光表达过意见,晨光也承认有大家从事努力理论的建设之必要"(1934年1月27日)。在另一处则将上述努力的目标具体化,认为"心理改造"的目的有三:"其一,健全人格的完成;其二,社会主义的认识;其三,革命的意义"(1934年4月30日)。尽管这群人尔后的发展道路有甚大的变数,然而他们青年时代的这点热情,这点追求,都是难能可贵的,也是香港文学史中值得认真审视的一种现象。

《日记》记述这群青年作家没有仅仅停留在理论上,而且付诸了行动。例如他们曾想创办文学刊物,"因为没有刊物,我们便像没有口舌一样,说不出话来"(1934年1月27日)。甚至计划创办一份《九龙日报》(同年4至5月)。可惜由于环境的限制与经济的困窘,两者均未能实现。

正所谓"位卑未敢忘忧国",国事日益蜩螗,他们的爱国热情却未有或减,如《日记》1936年1月20日条记有:

> 许久没看实秀了,他近来对于国事似乎格外地感到兴趣,远不如前时的冷落,我心中觉得高兴起来。他提起上海的文化救国组织,说我们应该有同样的行动作响应,我十分同意。

可见他们从未忘却自身的责任,时刻准备以笔墨代剑刀服务于祖国救亡图存的大业,而这正是香港青年作家的主流。

感谢《日记》保存了香港早期新文学的若干史料,有志撰述香港文学史的研究者从中可获启示与裨益。

新文化中心之佐证

胡适于1935年春诚挚地祈祝曰:"我希望香港的教育家接受新文化,用和平手段转移守旧势力,使香港成为南方的一个新文化中心"[1],这一良好祝愿想不到数年之后竟然成为了现实。因为时代风云的骤变,加之香港环境的特殊,在三、四十年代之交与四十年代后半期,香港两度成为名副其实的中国的新文化中心。

一九三七年"七·七"卢沟桥的炮声宣告了中华民族全面抗战的开始,从此至1941年冬太平洋战争爆发,内地数以百十计的作家南下香港,使香港文坛在短时期内就麕集了众多文学生力军,从而使香港新文学阵营声威大振,如日方中。新的报纸副刊、文学期刊如雨后春笋不断涌现,佳作如林,人材辈出。文学史家蓝海(田仲济)在四十年代出版的《中国抗战文学史》中就

---

〔1〕 胡适:《南游杂忆》,载北平《独立评论》第141期,1935年3月10日。

已认为香港当时已堪称为中国的"文化中心"。当时身处香港的知名作家、报人萨空了甚至认为"现在香港已代替上海来作全国的中心了","并且这个文化中心,应更较上海为辉煌,因为他将是上海旧有文化和华南地方文化的合流,两种文化的合流,照例一定会溅出来奇异的浪花",并且呼吁内地的"外江佬"和本地的同胞,共同"为建设这新的文化中心而努力"〔1〕。香港文坛的空前繁盛,当然有裨新文化、新思想、新文学在此蕞尔小岛上的普及与深入。

第二次世界大战结束之后,由于内战烽烟燃遍大江南北,国统区作家为逃避缉捕与迫害,再次大批南来香港;也有部分作家来自南洋各地;另有则是十分活跃的华南作家群。八方汇集的进步文化人在此间兴办学校、组织社团、创办报刊、拍摄电影……开展多种文艺活动,利用众多文艺形式,群策群力推进香港新文化,从而使香港再度成为中国的新文化中心。

陈君葆作为一位爱国的、进步的学者,得到外来与本港文化人的认同与尊重。陈氏与他们携手,共同致力于继承"五四"传统的新文化事业。《日记》记述了陈氏与他们交往、叙谈、欢宴、共事等史实,从下列与陈氏有过关涉与情谊的名单亦可获取甚多的信息:卞之琳、王亚南、王云五、司马文森、史东山、任鸿隽、何永佶、何香凝、何家槐、吴涵真、宋云彬、宋庆龄、岑维休、李书华、李景康、李济深、杜定友、杜重远、杜埃、杜国庠、沈钧儒、沈雁冰(茅盾)、汪金丁、狄超白、杭立武、林焕平、邵荃麟、金仲华、金曾澄、冼玉清、侯外庐、侯曜、洪深、洪遒、胡仲持、胡明树、胡愈之、胡惠德、胡绳、郁茹、唐槐秋、夏康农、孙科、孙启孟、孙源、容庚、徐悲鸿、徐铸成、秦牧、袁同礼、袁晓园、马师曾、马国亮、马寅初、商承祚、崔书琴、张一磨、张永贤、张君勤、张志让、张春风、张毕来、张彭春、梁漱溟、梅光迪、梅兰芳、盛成、郭一岑、郭沫若、陈友仁、陈此生、陈序经、陈其瑗、陈哲民、陈寅恪、陈望道、陈残云、陈翰笙、陈芦荻、陈耀真、陈嘉庚、陆诒、陶大镛、陶行知、章乃器、傅彬然、乔冠华、彭泽民、曾昭抢、曾敏之、费孝通、阳翰笙、冯秉芬、冯裕芳、黄文衮、黄永玉、黄石、黄炎培、黄长水、黄般若、黄庆云、黄绳、黄药眠、杨天骥、杨圻、杨刚、杨晦、杨奇、温源宁、叶公赵、叶以群、叶次周、叶恭绰、叶启芳、叶圣陶、叶灵凤、邹韬奋、廖承志、廖梦醒、熊佛西、熊希龄、端木蕻良、赵少昂、刘思慕、割草衣、割殿爵、楼棲、欧阳予倩、蒋复璁、郑德坤、邓文钊、邓初民、邓尔雅、邓肇坚、翦伯赞、赖恬昌、赖宝勤、钱端升、鲍少游、戴望舒、薛汕、钟鲁斋、韩北屏、瞿白

---

〔1〕 了了(萨空了):《建立新文化中心》,刊香港《立报》副刊《小茶馆》,1938 年 4 月 2 日。

音、简又文、萨空了、丰子恺、罗文锦、罗明佑、罗香林、谭平山、谭雅士、谭宁邦、关山月、苏怡、饶宗颐、顾仲彝、顾而已、龚澎、柳亚子……在这份远非完整的名单中，略一检视即可知均非泛泛之辈，其中有权倾一时的政治家，卓然兀立的学者，各领千秋的艺术家，身体力行的教育家，名闻遐迩的报人，当然更多的是作家。作家中不乏"五四"前后即已驰骋文坛的老将，亦有崭露头角的新进。陈君葆所接触、所交往的绝非当时汇集香江的人才之全部，即使如此，《日记》中涉及的各色人等，已差不多囊括了当时中国学术界、教育界、文艺界等领域的精英与翘楚，他们麇集香港当然都是有所作为的，都程度不同地为推进香港的新文化事业而贡献心力，故我们说《陈君葆日记》堪当香港成为新文化中心的佐证，绝非虚妄之语、无根之谈。

陈君葆还多次应邀参加文艺界的聚会，《日记》中均有记述。如去温莎饭店参加郭沫若五十寿辰及文艺生活二十五周年纪念会（1941 年 11 月 16 日），赴六国饭店出席欧阳予倩六十大庆祝会（1948 年 5 月 16 日），参加为何香凝祝寿会（同年 7 月 1 日），出席岭南同学会欢迎陈序经的鸡尾酒会（同年 9 月 2 日），去六国饭店参加庆祝邓初民六十大庆的茶会（同年 10 月 17 日）等。

除应接酬答之外，陈君葆还参加了不少从事实际工作的文化社团，从《日记》中可提挈出以下社团：

一、中华全国文艺界抗敌协会香港分会：

成立于 1939 年 3 月 26 日，战后改名为"中国全国文艺界协会香港分会"。陈君葆大约从 1948 年起参与该会的活动，《日记》中记述了去六国饭店参加"文协"召开的文艺节纪念会，郭沫若、茅盾及陈氏均作了讲演（1948 年 5 月 4 日）；参加了"文协"欢迎洪深的会议，会上洪深、阳翰笙、史东山、何家槐、杨晦等均作了报告，陈氏亦作了"方言文艺的进行"的讲演（同年 12 月 12 日）；出席"文协"在孔圣堂举行的文艺节晚会，并作了讲演（1949 年 5 月 4 日）；在自己寓所内邀请"文协"文友聚会，有司马森、华嘉、陈实、黄庆云等二十多人参加（同年 8 月 7 日）。

二、香港新文字学会：

正式成立于 1939 年 7 月 30 日，陈氏当选为常务理事，负责教育部。《日记》自 1939 年 7 月至 1949 年 12 月，均间或有该会活动的记述。

三、保卫中国同盟：

宋庆龄主持的宣传和推动抗日运动的团体，1938 年 6 月成立于香港。该同盟向海外华侨和各国人士宣传抗日救国主张,以争取海内外对中国抗战的同情和支援。陈君葆于 1941 年初参加同盟宣传部的工作,协助金仲华等编辑该同盟的两周通讯。《日记》1941 年度全年有关于该同盟的记载十余处。

四、中国学术工作者协会华南分会:

四十年代后半期成立的进步学术团体,华南分会的理事有侯外庐、林焕平、马夷初、郭沫若、宋云彬、杜国庠、张铁生等,陈君葆于 1947 年 4 月入会,旋即被选为理事。《日记》自 1947 年 4 月至 1949 年 6 月,多次记录了协会的活动。

五、香港大学中文学会:

成立于 1930 年。陈君葆一直参与并支持该学会的活动,一度担任过会长。始终关切该会的活动,如曾请洪深为学会作讲演。

此外,陈君葆支持进步文化人创办的各类学校,先后担任中华业余学校、普商学校、南方学院、中业学院等校的董事,还应邀到达德学院演讲,《日记》1947 年 3 月 25 日条记录了该讲演的提纲。

以上社团、学校的组织与创设,目的都在于将香港新文化引向深入,陈君葆厕身其事,乐此不疲,在在显示了一位正直、坚毅的香港学者的使命感与责任心。忠实记载以上活动的《日记》,确乎成为香港二度作新文化中心的有力佐证。

柳亚子尝赠诗陈君葆云:

> 风辉台上陈君葆,
> 羝乳海滨苏子卿。
> 大节临危能不夺,
> 斯文未丧慰平生。
> 萧何劫后收图籍,
> 阮籍垆头证性情;
> 更喜谢庭才咏絮,
> 老夫眼为风鸢鸣。

> ——山村道畔喜晤陈君葆先生奉赠一律

又赠诗曰:

孔璋湖海士，

豪气最难忘。

柱下犹龙子，

寰中马季常。

瑯环罗典籍，

庠序焕文章。

愿借燃藜读，

期君发秘藏。

——赠陈君葆先生

　　柳亚子为南社的祭酒，才情卓绝的一代诗人，连赠两诗予陈君葆，且将中国历史上许多优秀人物与之比拟，诸如坚贞持节的苏武，足智多谋的萧何，志气宏放的阮籍，舍己为人的孔璋，博洽多能的马融，才情跌宕的冯梦龙，借此形象地揄扬陈氏的品德与学养。

　　以上同时代人的推重，足可证陈君葆实乃一不平凡的人物，作为一名正直的、爱国的知识分子在这块被侵占的土地上巍然屹立，赋有殖民地人民最可宝贵的性格，即没有丝毫的奴颜和媚骨，终身服膺真理，匡扶正义，坦荡不阿，矢志，靡他。从《陈君葆日记》中，我们可以明晰地窥见，负有使命感的先行者们，如何在榛莽中开路，在危岩下抗争，在不毛上播种，在平畴上垒筑，始终锲而不舍地从事张扬民族意识、弘扬中国文化的事业。同时，它作为新文化运动在香港回响与勃兴的实录，更应该得到后来者的珍视。

一九九九·四·于香港柘园

（载于《陈君葆日记》卷首，香港商务印书馆 1999 年初版。）

潘漠华的小说创作

在敌人狱中绝食而死的潘漠华烈士,生前是中国左翼作家同盟北方分盟的负责人,由于斗争的严酷与工作的繁剧,他遗留给我们的文学遗产不多,小说创作方面仅止短篇集《雨点集》,以及散见于报刊的一、二短篇。然而,虽然篇幅不多,却称得上字字珠玑,篇篇锦绣,闪烁着夺目的异彩。

《雨点集》由上海亚东图书馆于一九二九年四月初版,作者署名"田言",这一笔名是从作家本名"潘训"中析出的。内中分为三辑,第一辑有《牧生和他的笛》、《苦狱》、《心野杂记》等篇,作者在《序》中谓皆以"某人的恋爱事件为题材",其实就是作者自己爱情悲剧的自白;第二辑有《晚上》、《乡心》、《人间》、《冷泉岩》诸篇,"都以作者故乡的农人为题材",这八篇是全集的精粹部分;第三辑有《雨点》和《在我们这巷里》,是作者二十年代中期滞留"北京时的制作",写的是百无聊赖的学生公寓生活与被侮辱被损害者的悲辛。

茅盾在编选《中国新文学大系·小说一集》时,辑入了潘训的三篇小说:《心野杂记》、《晚上》、《乡心》,均选自《雨点集》。这位新文学的开拓者之一在该集《导言》中将潘归入"描写农村生活的作家"之列,对于一九二二年发表的《乡心》尤为推崇,认为"是应得特书的",因为"它喊出了农村衰败的第一声悲叹"。《乡心》引起茅盾的关注并非偶然,作者独具慧眼地首先揭示了农民在农村破产后逃亡城市而无法求活的悲惨命运,唱出了这一愈演愈烈的时代悲剧的"前奏曲"。《乡心》虽然没有跌宕的情节,然而却细密而逼真地描述了木工阿贵自农村流入城市之后,与"命生定的"宿命论作持久的挣扎,与日渐愁蹙的生涯作无望的争拒。从阿贵那赧然的羞颜,苦涩的泪水,颤抖的声音,乃至局促的态度,都显而易见地暗示了笼罩在他头上的恶运的阴影。"呵,缠绵的乡心。"这余音袅袅的哀叹,出自肺腑地表达了作家对于濒临破产的农村,日趋赤贫的农民的忧虑与同情。作家这一现实主义精神的流风余绪,影响与贯串于二三十年代许多作家的作品中,无论是塞北的冻土,抑或是岭南的蔗田,都在那些心怀正义的作者笔下不断涌现出奔驰、踬跌、挣扎、拼搏着的悲苦而倔强的"地之子"的形象。中国现代文学史应该充分肯定潘漠华在开掘这类题材方面的拓荒作用。

《人间》一篇也感人至深,"火吃司"的形象长久地印在脑膜上,怎么也驱赶不掉。作者在《雨点集》的《序》中曾说:"我的故乡的生活,是一味朴素的生活。在物质的生活的鞭迫下,被'命生定的'一句格言所卖,单独地艰苦地挣扎着。"火吃司正是这种人物的标本,诚如茅盾所指出:"尤其是《人间》内的主人公火吃司是'命生定'论者的代表"。火吃司原是一个被雇佣的杂工,后离开主人流落到一个异常荒僻的山乡——秦树坑,与家人过着赤贫如洗的生活。作家没有孤立去渲染主人公的艰辛困厄,而是与当时整个农村衰败破敝的背景相联系来刻绘的,在作品中展现了作为中国农村缩影的故乡在风雨飘摇中的寝貌衰颜:

> 后来,甚至于想起我家乡全般的生活底本质来了。无千无万的乡人,都被物质生活追逼着,使他们苦恼于衣食住的鞭下,只有颓唐,凄楚。流浪的也较前稀少了,赌博也较前衰落了,唱曲的也较前凋敝了,东西聚集着谈笑的也较前少见了,都各自各离开,消磨生命于家与苦作的中间。……天呀! 这是我家乡底生活。

点染与揭示农村衰败的趋势,无疑是作家所欲表达的主要思想,亦是被一般文学史家所反复咀嚼的。不过,我认为作品中仍有一层必须发掘的涵意,那就是作家对于主人公难以遏制的同情与爱。这不仅因为火吃司是若干年前"从井里救出我的恩人",或者是他早年怀着淳厚的感情抚爱过童年的"我",而且把这位饱经风霜鞭扑的老农,作为一个坚忍执着的劳动者来挚爱,这比同时期那些浅薄的歌吟人力车夫的诗篇厚重多了。作家赞赏的是火吃司那种"爱着人间,穿过痛苦去爱着人间"的劳动者的积极入世的精神。可以更直截地证明"我"对于火吃司的敬爱钦仰之情,莫过于他们重逢一幕的抒写:

> 面颊几宽绽,胡髭也有些颤动,大的泪,遂流过他面颊,坠入他胡丛中。我开始觉得他底身,是非常广漠。在我面前,象展开有蒙古的戈壁

沙漠来,象展开耶路撒冷旁的死海来,象展开西伯利亚的牧野来,是无上的沉默,亦无可比拟的伟大。

在以上渗透着浓酽激情的文字中,澎湃着一个受"五四"新潮洗礼的文学青年对于被压迫被摧残被践蹋的劳动者的爱,正是这种爱的升华,促使潘漠华后来献身于解救人民于倒悬的革命事业罢!

茅盾在《〈中国新文学大系·小说一集〉导言》的附注中写道:"潘训在一九二五以后没有创作"。其实不然,我们现在所见到的就有两篇,其一为短篇《夜》,作于一九二八年四月八日,发表于一九二九年三月十四日《朝花周刊》第十一期;其一为短篇《冷泉岩》,作于一九二九年一月,曾发表于一九二九年六月十日《小说月报》第二十卷第六期,后辑入《雨点集》。

《夜》与《冷泉岩》皆作于潘训成为共产主义者之后,其在作家创作道路上的地位颇可注意。《夜》赋有浓郁的讽刺色彩,场景与情节均甚单一,简约如同一篇速写,然而讽刺的锋镝却十分锐利。作者以勾魂摄魄的寥寥数笔,雕镂了牌桌上一群国民党党棍及其清客的嘴脸:带着"兽性的喜悦"擅长"玩玩女人"的区党部常务委员L君,被农民们称作"常务老爷"的县党部常务委员莫君,被党棍们所"轻蔑"然而却刻意奉承的女性化的C君,他们这乌合之群所吐露与表现的"资产阶级的骄淫",毒化了"室内的空气",使其"更可咒诅"。作家刻划群丑最画龙点睛的一笔在于写他们对于"总理遗嘱"的侮辱与篡改,终于剥脱了这伙新贵背叛革命的假面。作品中还有一段描写值得注意,即:"我明白地在他们的面上,看见我们的血。红的,燃烧似地红的血扩张起来,掩了他们的面部。"这是一种象征手法,在于点明新贵们无非是一撮喋血的刽子手,他们是以革命者的鲜血来染红自己冠冕上的顶子的。

《冷泉岩》篇也与作者以往反映农村生活的篇什不同,显示作家新世界观武装下在现实主义创作道路上的跃进。因为它不再重复高令、阿贵、火吒司们孤独与命运苦斗的故事,驱使、逼迫他们在饥饿线上挣扎的恶势力也不再显得空漠而不着形迹,而是具象地描画了农村中酷烈的阶级压迫与阶级对立,不仅娓娓道出了主人公"拐手"愁惨不堪的遭际,而且突出描述了陈富翁仗势打断他的手的暴戾与凶残,进而表现了被压迫者郁积的"弱者的愤怒",这"愤怒"虽然暂时尚如寥落的星火,但一旦聚集起来却也会燃成燎原之势。作家的弦外之音是对于这种觉醒与奋起的焦灼期待,他在本篇中写道:"这个沉默到死了的大地,冷酷地负着人类,阶级分化了,对峙了,争斗了;几番的更迭,直到最后的阶级对峙的现代:现时在我面前被解剖着。"《冷泉岩》虽然没有正面写到阶级的"争斗",然而却形象地、雄辩地显示了它的必然与迫近。作家在《雨点集》的《序》中写道:

> 我的故乡的生活,是一味朴素的生活。……但自去年以来,情形改变了,现在是集团地勇敢地争斗着了。朴素仍是朴素,但已是执着于争斗的朴素了。如《人间》一篇说,过去是没有奋亢事迹的故乡,近日闻也集团起来刺死两个地主了。

此后,潘漠华因为投身实际的革命工作,三十年代中期又壮烈地牺牲于敌人的狱中,故而未及创作出反映"集团地勇敢地争斗着"的"奋亢事迹",这对于无产阶级革命文学乃至整个现代文学来说,都是难以弥补的损失,实在是至为可惜的。

乙、名篇评骘

柔石文学旅程上第一个脚印

——《疯人》

鲁迅在《柔石小传》中述及这位青年作家文学道路迈步伊始时说："有短篇小说集《疯人》一本，即在宁波出版，是为柔石作品印行之始。"而这册柔石处女作《疯人》甚不经见，即使治现代文学的研究者亦很难见到原作罢，像曾撰《中国现代文学史》（香港文学研究社，一九七〇年初版）的东北旅港作家李辉英，在其《三言两语》（"中国现代文学论丛"之一，香港文学研究社，一九七五年初版）一书的《柔石的〈希望〉》篇也曾提及《疯人》，由于未见原书只能推测道："那他自印的小说集（按指《疯人》——引者）的写作，至少也该在一九二四年前后才算合理"。

柔石自己在其第二本短篇集《希望》（商务印书馆，一九三〇年七月初版）的《自序》里曾谈到《疯人》："从前（五六年前）我曾自己出钱印过一本薄薄的小说集，是可装订完毕之后，自己就愿意它立刻灭亡，因为发现出内容之幼稚与丑陋。那本书，以后是送给我底开着一家小店的哥哥，折了包货物用了。"其时柔石的哥哥赵平西承继父业在宁海城内市门头开着一家经营鲜咸水产名为"赵沅泉号"的小铺子，《疯人》化为页页废纸与鱼虾为伍，真是明珠暗投了。

六十年代初的一年仲秋，我自南方组稿回程路上在杭州小驻，甫住定后也无暇观赏西湖的湖光秋色，径直跑到旧书店去淘书，于不经意间觅得《疯人》，其喜悦莫可名状。书品极佳，经历三四十年的沧桑仍光洁如新，可见原主人对它的爱赏，只可惜原来的毛边被切成了光边，令人不无遗憾。书面不加修饰，惟在米色布纹纸上印着两个红色的手写体字："疯人"，想即出自作者自己的手笔。扉页印有"赵平复"三字，这是作者的本名。版权页印有几行小字："民国十四年元旦出版　实售小洋四角　宁波华升印局代印"。书后留有五六页白纸,可能是供读者写观感的罢。

《疯人》是柔石自费出版的第一本短篇集,辑入了自一九二三年至一九二四年所作小说六篇。在这本廿岁左右文学青年的习作里,就中透露出一个涉世未深然而敏感青年的呻吟、咀咒与呐喊。由于作者的阅历不深、视野不广,它所反映的生活面与社会相是较为狭窄、肤浅的,虽然如此,就中我们仍可谛听到"五四"巨潮的回声,即对于个性解放的追求,对于恋爱自由的向往,对于人生幸福的憧憬,对于社会进步的企盼。

集内《无聊的谈话》作于一九二三年十一月,是柔石已发表作品中写作时间最早的一篇。素材取自作者在杭州应姓人家做家庭教师的经历,颇具生活实感。一九二三年六月,柔石自浙江省立第一师范毕业之后升学无着、求职无门,经人介绍到杭州应宅做家庭教师,为其两个小孩授课,女孩十余岁,男孩六七岁。由于年龄的悬殊,柔石于教课之余也无法与他们作思想交流;他的志志、抱负,与情感,孩子们也无法理解,于是只能互相作一些无聊的谈话来打发日子。《无聊的谈话》正是柔石蛰居应宅时枯寂生活的写照。小说中的"我"对两个天真朦瞳的儿童倾诉自己心里的郁闷与惆怅:"……在我底今生,总没有可告之对象了! 对象,就是领受我底怨诉而同调和解慰我的人。由是,我更恨我生之无为! 宇宙间我是人类底孤独者!"作者浓重的孤独感透过"我"淋漓地宣泄而出,它虽非童稚之心所能了解与感觉,却正表现了柔石在刚步入社会即遭挫折的愤懑不平的心境。小说开头的景物状绘与心理描摹融合为一:"秋雨滴滴淅淅的落着,正如打在我底心上一样,使我底心染湿了秋色的幽秘,反应出人生底零落和无聊来。"被迫困于"狭的笼"中的"我",于壮志难酬、百无聊赖中发出了对人生的诘问与怨恚,他不甘于做一个"化筋肉为泥木"的"古庙厢旁底菩萨",但又哀叹于为社会服务的坚实岗位"茫茫何处"、寻觅无着。通篇虽然浸淫着一种无以排遣的孤独感,但它是主人翁渴求知音与同调而不见,热望有所作为而不得之后的心态,其实质并不怎样颓唐,而蕴含着歛羽待飞的意味。小说实际上反映了"五四"退潮期知识界普遍存在的一种彷徨求索心理,作为那个时代的剪影,还是具有相当的典型意义的。技术上当然比较幼稚,结构疏简,情节单一,实际上是一篇速写。使人难忘的是,柔石在他第一篇作品中,通过主人翁一个生活的横断面,如实披露了自己或一阶段的思想感情,委婉地表示了对于人世间隔膜与冷酷的不满,其态度是严正的,其手法是写实的,作为柔石在文学旅程上的第一个脚印,固然稚嫩粗拙,然而与新文学的方向是一致的。

《疯人》集中其他篇什,均作于一九二四年一至九月间。《他俩的前途》篇似乎颇受弗洛伊特学说的影响,绘写了少男少女间性的发动与困扰,当文与慧尝试了伊甸园的禁果时,由于世俗的规矩、礼教的樊篱决不会容许他们结合,横亘在他们前途的"步步是荆棘",尤其是不能主宰自己命运的女性,她"灰色的运命,自然只好随秋风春雨之摧残",以至于"萎黄潦倒"。就中颇可注意的是,柔石对于备受欺凌压抑的妇女之命运的关切,于此已可见端倪,这种关切贯串于他创作活动的始终,并且愈来愈表现得深刻。

《船中》篇写一个旅途飘泊的青年,枯槁的心田渴望甘露的滋润,当他在船中领受了一位少女美目盼兮的一笑,就感到是一种稀罕珍贵的馈赠,从而温暖了自己凄凉落寞的心怀;而当少女抵岸离船时,与她随行的长辈却对"我"投之以白眼,夺回了她一笑的赠与! 于是"我"顿觉无边的惆怅,只得悲切地中诉:"街头的小丐哟,你只好睁开眼看着明月,将难得一笑的馈赠哟!"作品中"我"那种对于爱与美的渴慕,以及那样敏感而自尊的心理特征,正是作者的自我素描。

《爱的隔膜》篇采用了对话体,通过一对青年夫妇的谈话与拌咀,曲折地反映了窒闷守旧的社会中男女社交的不自由,细致地刻划了株守家园的少妇的嫉妒心理,由丈夫口里说出的:"做现代中国的旧妇女,太冤枉了! 一些没有一个完全人底气象,只靠着丈夫一年几箩谷,几十元钱就够了,何等可怜!"叙说的正是当时中国社会中众多的因丈夫外出谋生而承担了瞻老抚幼重担的"旧妇女"的境况,她们苦捱着那寂寞、凄冷、辛劳、苦涩的漫长岁月而无可申告,作者为她们挽了一掬同情之泪。

《一线的爱呀》篇写青年 C 期待游学异国的爱人 A 归来,但却一直信息杳然,遂因相思焦灼而罹病,后在幻梦中见到 A 与别人在断桥上嬉戏,立即追上前去质询,而 A 却回答说:"我早已忘了你了!"于是一线的爱也幻灭了,终于凄楚、无望地死去! 小说形象地展示了封建或资本控制的社会中,爱情受社会经济地位的制约,家徒四壁的穷愁者当然企盼不到出洋渡金的高贵者的眷顾,揭示了 C 之所以失恋以至沦亡这一爱情悲剧的症结。

《疯人》篇是《疯人》集中最重要的一篇作品,写的也是一场爱情悲剧。小说的主人公原是一个姿质聪颖的孤儿,被一户"望族"收养,初犹目为螟蛉,继因秉性高傲而拂逆主人之意,遂被贬为"书记",饱受歧视与冷眼。而他最大的不幸,是与主人女儿的恋情被"以礼教的兽皮蒙脸者"所视为大逆不道,于是被斥逐,少女也被迫自杀。他只得浪迹街头,当闻及爱人死耗时便疯了。他在疯狂中狂歌代哭,四处寻觅已死的爱人,朋友们苦口婆心的规劝与破衣者"一切皆空"的说教,都不能阻遏他的狂跑乱走。他打着"爱"的旗帜奔驰于大河荒漠之际,高山深林之间,伫立于不毛的旷野,驻足于阴冷的沟壑,终于在幻梦中追随爱人轻歌曼舞踏浪而去的情影,投身江流,踏水而逝!"五四"时期发为雷霆的反封建思想,在很多场合是通过争取恋爱自由、婚姻自主的斗争来引爆出发的,而且这在相当一段历史时期内都是反封建斗争的重要内容。《疯人》以血泪迸溅的悲剧控诉了封建礼教、宗法制度、门阀观念乃至具体的卫道者对于纯真爱情的戕贱与扼杀,其主题是积极的。小说真切地摄取了二十年代中国的现实图象。封建势力的跋扈,封建意识的浓重,如同乌云一样笼罩在青年的头顶,柔石与他的同时代人是感受得很深切的,所以作品对腐恶的指控就比较有力。同时,也可窥见作家接受了当时声名遐迩的短篇小说大师鲁迅的影响,《疯人》的主题、结构、手法诸方面都明显受到《狂人日记》的启迪。在《狂人日记》这篇新文学的开山之作中,狂人通过日记抒发了对封建制度及其意识形态吃人本质的愤懑,《疯人》则依凭疯人的自白详尽地叙述了自己与恋人被封建礼教吞噬的过程。与《狂人日记》峻刻的风格相异的是,《疯人》的抒情色彩颇浓,其中羼以长歌,一唱三叹,加强了作品的感染力。

柔石作为一个不断追索的现实主义作家,后来在日趋成熟之际,于《〈希望〉自序》中对《疯人》的返顾,认为是"幼稚与丑陋"之作,某些研究者据此过多地否定了《疯人》集的思想意义与艺术实践,可能有着望文生义的误解。柔石从来是一个律己很严的人,在创作上不断否定、不断追求,承认自己早期创作的"幼稚"与"丑陋",是作者跃进到新的创作阶段时回顾旧作的谦词。《疯人》集作为一个受"五四"潮流激荡的文学青年的发轫之作,虽然不时流露伤感与悒郁,断续呻吟寂寞与孤零,但毕竟也对"五四"反封建的号角作了响应,使我们至今仍能从中窥测到时代精神的折光与谛听到时代浪涛的回响。对于特定历史时期的作品,我们不能离开当时的社会背景条件与文学界创作水平来衡量评判;另外,即使作为研究柔石早期生活、思想的素材,《疯人》集也值得我们注意。

(原载香港三联书店《读者良友》1986 年第一期,1986 年 1 月)

柔石的一部未刊稿

——《中国文学史略》

日前在杭州看到了一部新征集到的柔石手稿——《中国文学史略》。怀着崇敬的心情,在轩敞明亮的藏书楼中,我读完了这本珍贵的手稿。掩卷冥想,感慨万分。

中国无产阶级革命文学前驱者之一——柔石,所遗留给我们的文学遗产是颇为丰厚的:有短篇集《疯人》、《希望》,中篇《三姊妹》、《二月》和长篇《旧时代之死》等;但保存下来的理论著述却极为少见,可以说是绝无仅有。这部《中国文学史略》的发现,为我们提供了崭新的、极为重要的研究资料。

《中国文学史略》是一部未完成的残稿,具体写作年月不详,是用毛笔写在自备稿纸上的,稿纸右下端印有"赵平复"(柔石烈士原名)三字。据测,这本《史略》是柔石1926—1927年间在故乡宁海中学任教时撰写的,后因受反动势力迫害,于1928年4月离乡前往上海而中辍了。就现在的稿本来看,共有四十八页,分三章:第一章"绪论",第二章"诗经与楚辞",第三章"古诗十九首与汉魏乐府",全计约两万言。

柔石在写这部稿子时,可能还未成熟为一个马克思主义者。但从这本文学史著作中所反映出来的观点来看,与当时先进的文艺思潮是颇为相近的。在"绪论"中他就很明确地指出:"文学是时代的产物。一个时代有一个时代的精神,历史上没有两个情境相同的时代,因此,文学也各时代有各时代的异彩和特色。历史是进化的,文学也是演进的。"

柔石紧接着谈到了为什么要研究文学史,他认为"文学史里我们很可知道一时代一时代的生活情形及人民风尚。"阐述了文学史与人类现实生活的密切关系,肯定"文学史之价值观"的重要性:"一个民族有一个民族的特色的文学。我们要了解时代和民族,我们就该知道过去的材料。"

柔石在"绪论"中还把古典文学分为"贵族文学"与"平民文学",这与列宁的两种文化的学说是有血缘联系的。作者并且声明,这本文学史是侧重研究"平民文学"的。

在后面的两章中,柔石对人民口头创作寄予了极大的注意。如对"诗经"、"古诗十九首"和"汉魏乐府"等,都作了精湛的剖析与评述,并给予很高的评价。同时对受民间文艺哺育的优秀作家如屈原等,均推崇备至,一反过去历代反动文人横加贬抑的不合理批评。这种文学史观在二十年代的中国,不能不说是一种有意义的创举。唯一令人遗憾的是,这部文学史没有写完,仅仅开了头便因故而中止了。

不过,从这部手稿里我们可以看出:柔石不仅赋有杰出的创作才能,为我们留下了许多优秀作品;而且在文学史研究上也有很高的造诣,如果不是反动派的魔爪过早地扼杀了他年轻的生命,他在这方面也将作出可贵的贡献。

对于这份宝贵的文学遗产,希望能够引起有关方面的重视,加以整理和研究,使其成为探讨中国无产阶级革命文学历史经验的史料之一。

（刊 1962 年 2 月 7 日《人民日报》副刊）

殷夫《孩儿塔》未刊诗稿及其他

为无产阶级革命事业倾洒了热血的诗人殷夫,牺牲已经半个世纪了,而他的文学遗产迄今尚未全部整理出版,这不能不是一件憾事。仅就现代文学研究而言,若要对一个作家或诗人作出知人论世的评价,必须尽可能多地掌握有关资料,尤其是作家作品的第一手资料;更遑论殷夫作为中国无产阶级革命文学运动的前驱者之一,烈士的遗文更应得到珍视。为此,在研究过程中,甚为注意搜集殷夫的诗文,兹向现代文学研究的同行们介绍如下。

一、《孩儿塔》未刊诗稿

殷夫于一九三〇年顷编就了自己的第一部诗集——《孩儿塔》,辑入自一九二四年至一九二九年的诗作六十五篇。诗人生前,诗集未得出版;牺牲之后,鲁迅保存了诗集手稿,并为之撰写了序言,但也一直没有机会出版。建国以来编印的四种殷夫诗文选集,其中茅盾主编的《新文学选集》之一《殷夫选集》(开明书店,一九五一年七月版),未选入《孩儿塔》中的诗。其他如《殷夫诗文选集》(人民文学出版社,一九五四年八月版)、《殷夫选集》(人民文学出版社,一九五八年十二月版)及《孩儿塔》(人民文学出版社,一九五八年十二月版)等,均只选辑了《孩儿塔》六十五首中的三十五首,剩下的三十首则一直未公之于众。当时编者删落的理由可以想见,也是情有可原的;但作为读者与研究者来说,则以未见《孩儿塔》的全璧为憾。

《孩儿塔》结集时,正当殷夫在革命征途上继续跃进的时刻,但诗人并不"悔其少作",而是站在新的思想高度将截至一九二九年秋的部分旧作进行了遴选与编定,诚如集名《孩儿塔》所寓意的,也诚如诗人在《"孩儿塔"上剥蚀的题记》所昭示的,是为了"埋葬病骨",是为了"更加勇敢"地在"光明的道路"上迅跑。从诗人少年至青年时代这些"阴面的果实"中,从诗人这些襟怀坦白、敞露心胸的显示"生命的曲线"的诗篇中,我们不仅可以看出诗人创作道路的真切轨迹,而且可以看到在这一大时代中,与诗人同辈的青年知识分子憧憬光明、追求进步的艰辛历程。诗人以诗的形象所勾勒的一代革命青年的掠影,足可窥见他们的热情、向上、执着、忘我,而又因袭着历史的、阶级的微疵,脆弱而复感伤,敏感而复犹疑……但主导面是健康的、积极的。随着与工农大众的结合,随着受革命斗争的锻冶,就象一块纯钢,越来越发出耀眼的光辉。这一切,都在《孩儿塔》中留下了明显的痕迹。

《孩儿塔》中的诗作,展示了诗人少年、青年时代的思想、情怀、志趣、抱负,时时迸溅出理想的火花。在奔泻的诗行中,诗人吟咏爱情、讴歌友谊、缅怀童年、眷恋母爱、抒发胸臆、臧否世态、礼赞光明,指斥腐恶……,都拌和着浓烈的爱憎。诚如鲁迅在《白莽作〈孩儿塔〉序》中所揭示的:"这是东方的微光,是林中的响箭,是冬末的明芽,是进军的第一步,是对于前驱者的爱的大纛,也是对于摧残者的憎的丰碑。"

以下撮钞的三十首诗,正是从鲁迅保存下来的《孩儿塔》手稿中誊录下来的。当我虔敬地翻阅着这镌刻着烈士笔划、浸染着先哲手泽的诗稿时,心潮鼎沸难平,记得鲁迅曾就《孩儿塔》说过:"收存亡友的遗文真如捏着一团火,常要觉得寝食不安,给它企图流布的",而广为"流布"先烈的遗文,正是后来者的责任。现将《孩儿塔》未刊部分的目录先录引如下,诗稿则附于文末:

人间(一九二七,九月于象山。)

在一个深秋的下午(一九二八,于象山。)

挽歌(一九二八,一月八日晚。)

醒(一九二八,四,二十日。)

致纺织娘

宣词(一九二八,八月十七日。)

感怀(一九二八,于西寺。)

孤独(一九二八,八月十日。)

青春的花影(一九二八,于西寺。)

失了影子的人(一九二八,在西寺。)

我还在异乡(一九二八,在西寺。)

星儿(一九二八,于西寺。)

夜起(一九二八,于西寺。)

你已然胜利了(一九二八,于西寺。)

我爱了……(一九二八,于西寺。)

自恶(一九二八,于西寺。)

生命,尖刺刺(一九二八,于西寺。)

给——(一九二八,于西寺。)

残歌(一九二八,于西寺。)

飘遥的东风(一九二八,于西寺。)

干涸的河床(一九二八,于西寺。)

致 F(一九二八。)

别的晚上(一九二八,于象山。)

想(一九二八,于象山。)

死去的情绪(一九二八,于象山。)

现在(一九二八,于象山。)

春(一九二九春,流浪中。)

残酷的时光,我见你……(一九二九。)

记起我失去的人(一九二九。)

短期的流浪中(一九二九。)

需要说明的是,钞稿必须完全忠实于原著,故而手稿中明显的笔误亦未予改正,以存其真。至于这批未刊诗稿对于殷夫的思想与创作有何等意义,则留待研究者,读者去评判与分析罢。

二、《呵,我们踯躅于黑暗的丛林里!》

此诗署名"任夫",写于一九二八年六月,发表于《我们月刊》第三期(我们社编,上海晓山书店,一九二八年八月二十日出版),系笔者于一九六三年顷发见。当时之所以断定为殷夫的佚诗,是因为殷夫曾用"任夫"的笔名写过叙事长诗——《在死神未到之前》,刊载于《太阳月刊》第四期(太阳社编,上海春野书店,一九二八年四月一日出版)。殷夫是太阳社社员,而我们社与太阳社是关系密切的兄弟革命文学团体,所以殷夫为我们社的机关刊物写诗是完全可能的。当判断确系殷夫所作后,笔者曾撰文介绍,以《殷夫的一首佚诗》为题披露于一九六三年十月十二日《光明日报》副刊《东风》。该刊编辑黎丁同志于同年九月二十九日来函云:"稿及所附殷夫诗钞稿均请阿英同志看过,他肯定是殷夫的诗。"在上述短文中,我认为这是"一首富有战斗力与号召力的政治鼓动诗","过去,人们一直认为殷夫最早的一首红色鼓动诗是组诗《血字》,共七首,写于一九二九年三至四月。但《呵,我们踯躅于黑暗的丛林里!》一诗的发现,这一史实即可上溯到一年之前了。"此说虽有人表示异议,但笔者至今坚持这样的看法。如果不采用"摘句"的方法,而是通观全篇的剖视,我想是不难得出一致的结论的。

三、《怀拜伦》

署名"白莽",诗末注明"一九二九,于西寺",发表于《草野》周刊二卷十一号《中国现代名家作品专号》(草野社编,一九三〇年六月十四日出版)。这是最近发现的一首殷夫佚诗,为已出各种殷夫作品选集所不载,有关资料也未著录。

《草野》是草野社编的文艺周刊,社址在上海斐伦路三十四号,编辑为王铁华。这是一份十六开本的小型刊物,每期只有八页。该刊二卷十一期"中国现代名家作品专号"披载有郁达夫、鲁彦、王任叔、向培良、高歌、邵冠华等人的作品,殷夫署名白莽的一首诗——《怀拜伦》,就发表于同一期上。诗凡三节,十二行,末署"一九二九,于西寺"。

无论从诗的思想内涵,抑或章句风格看,毋庸置疑可以判定是殷夫的作品,它与殷夫同时期创作的辑入《孩儿塔》的篇什,在倾向与诗风方面都极为近似。《孩儿塔》中也有许多写于西寺的作品,如《东方的玛利亚》、《地心》、《青春的花影》、《星儿》等,诗末均署"于西寺"。西寺是殷夫故乡浙江象山丹城北门外的一座庙宇,一九二八,二九年间,殷夫因第二次入狱获释而蛰居家乡时,常到西寺一带去沉思漫步,于吟哦咏诵中创作了不少诗篇,《怀拜伦》即是其中的一首。

诗人将自己钦仰的英国革命浪漫主义的歌手拜伦比拟为"高晶的红星",呼吁曾急切地呐喊"为自由而战"(《本国既没有自由可争取》)的诗人的在天之灵,返顾其生身的地球,关切它生灵的命运。诗人殷夫通过与拜伦英灵交流的形式,倾诉了自己对于民众觉醒的热切期待,对于革命前途的焦灼企望,以及在困厄中挣脱羁绊,重新投身火热斗争的渴求。与殷夫同时期所作的诗歌相比较,情绪更为高昂,倾向更为鲜明,因而可看作殷夫思想递变时期的一篇重要诗作,希望引起研究现代文学同行们的关注。

被恩格斯称为"满腔热情的、辛辣地讽刺现社会的拜伦"(《英国工人阶级状况》),曾得到我国近现代思想文化界许多前驱者的热爱与共鸣。伟大的先行者鲁迅,早在一九〇七年所作的《摩罗诗力说》中,就称颂拜伦是"立意在反抗,指归在动作"的欧洲十九世纪积极浪漫主义诗人们的"宗主",赞许其"超脱古范,直抒所信,其文章无不函刚健抗拒破坏挑战之声";早年追随孙中山鼓吹民族民主革命的苏曼殊,于一九〇六年就翻译了《拜伦诗选》,并在该书《自序》中推崇道:"善哉! 拜伦以诗人去国之忧,寄之吟咏,谋人家国,功成不居,虽与日月争光,可也!"沈雁冰在一九二四年所写《拜伦百年纪念》一文中也大声疾呼:"中国现在正需要拜伦那样的富有反抗精神的震雷暴风般的文学,以挽救垂死的人心"。革命诗人殷夫对于拜伦的仰慕与钦敬,正是鲁迅等流风余韵的继续。他不仅写了《怀拜伦》,而且在同作于西寺的另一首诗《给——》的篇首引录了拜伦的诗句:

> 虽然我们的梦终于完结,
> 但我的心胸仍然亲切地膜拜你。

这些都无不说明殷夫对于这位毕生为民主自由,民族解放而斗争的英国伟大诗人人格诗风的挚爱与向往。

(原载《中国现代文学研究》〔北京〕1983 年第 1 辑)

左翼革命文学的最初画像

——蒋光慈编《中国新兴文学短篇创作选》

值此"左联"成立 50 周年纪念之际，我们深深地缅怀着左翼文艺运动创始期开辟草莱的拓荒者们，其中许多志在前驱的左翼作家，为创立、拓展无产阶级革命文学贡献了青春、热血以至生命，他们的名字应该用金字镌刻在中国文学史上。

鲁迅曾极其悲愤地写道："要牢记中国无产阶级革命文学的历史的第一页，是同志的鲜血所记录，永远在显示敌人的卑劣的凶暴和启示我们的不断的斗争。"[1] 为了寻求前驱者战斗的轨迹，为了学习前驱者宝贵的遗产，搜觅、蒐集、浏览"左联"前后革命文学书刊，已成了自己的志趣所在。但半个世纪以来，由于国民党文化"围剿"的疯狂禁毁，更加上"四人帮"所谓"批判三十年代文艺黑线"的暴虐摧残，"左联"时期的文献遭到空前浩劫，许多珍贵的手稿、信函、刊物、书籍等几乎毁灭殆尽，但不少有识之士与公私藏家却冒着被抄家、被迫害的危险，千方百计地保存了有关左翼文艺的资料。这一事实雄辩地说明，"四人帮"虽恶谥之为"黑线"，而在人民的心目中，左翼文艺却是猩红艳丽、光耀如火的。实际上也正是如此，因为在中国无产阶级革命文学运动史的"第一页"乃至全帙，无处不浸润、渗透着前驱者的鲜血。

《中国新兴文学短篇创作选》是"左联"成立后最先编选出版的左翼革命作家短篇创作的选集，由蒋光慈编辑，包括《失业以后》与《两种不同的人类》两本集子，均由北新书局印行，前者出版于 1930 年 5 月，后者出版于 1930 年 8 月，共选辑了洪灵菲、冯宪章、华汉、钱杏邨、冯乃超、孟超、建南（适夷）、戴平万、顾仲起、刘一梦、郑伯奇、森堡（任钧）、甘荼、黄浅原、黄弱萍等 18 位左

---

[1] 鲁迅：《二心集·中国无产阶级革命文学和前驱的血》。

翼作家的 20 篇作品。与此同时,蒋光慈还编选了《现代中国作家选集》,其中选辑了鲁迅、柔石、白莽、冯铿、王任叔、魏金枝、王洁予、菀尔、许峨等左翼作家以及光慈自己的作品共 19 篇,但因为环境的恶劣延至光慈逝世后才于 1932 年 7 月由上海文学社出版。以上三本蒋光慈所编的左翼文艺作品选集的问世,因为它所赋有的鲜明的政治色彩、凌厉的战斗锋芒,立即遭到国民党当局的忌恨与敌视。《失业以后》被冠以"普罗文艺作品"的罪名,《两种不同的人类》被加上"为普罗文艺短篇作品,诋毁党国鼓吹阶级斗争"的罪状,《现代中国作家选集》则被认为"所选各篇,多为一般左翼作家所著,此种选集,一面可以为其同类标榜,一面又可借此作主义上的宣传",先后均被禁毁。

"左联"曾经号召:"我们要唱统治阶级的挽歌,我们要唱伟大的新社会新世界诞生之歌!"[1]众多的左翼作家因之竭力创作,以有力的作品,敲响了统治者行将灭亡的丧钟,吹响了无产者必定胜利的号角,从而不辜负当时万千读者要求他们成为"大革命时期的喇叭手"[2]的希冀与期望。《中国新兴文学短篇创作选》、《现代中国作家选集》等较早的革命文学作品的结集,就是这方面的例证。关于革命文学如何力争成为整个无产阶级革命事业战斗的一翼,蒋光慈在《失业以后》的《前言》中有简约的申述与说明:

> 在艰苦的三年的奋斗之中,中国的新兴阶级文艺运动,因着客观条件的成熟,不但获得了它的存在权,而且是渐次的把这一运动的基础植立在被压迫的大众之间了。
>
> ……目前,整个的新兴阶级文艺运动,是更加活泼起来了。它不但一天一天的与整个的新兴阶级政治运动很密接的配合起来,更具体的担负起它的对于新兴阶级解放运动的斗争的任务,而且是通过了仅止"倾向正确"与"意识健全"的要求,走向"情绪的新兴阶级化"的克服的一阶级了。
>
> 这一部选集里所选的一些作品自然不能说是怎样健康的,也不能说是完全适应于现阶级的要求的,更不能说是最精粹的选集;然而,这

〔1〕　左联:《为苏联革命十四周年纪念及中国苏维埃临时中央政府成立纪念宣言》,刊《文学导报》一卷八期,1931 年 11 月 15 日出版。

〔2〕　菊华:《想对"左联"说的几句话》,刊《巴尔底山》一卷二、三期合刊,1930 年 5 月 1 出版。

些作品,确实是显示了中国新兴阶级文艺的最初的姿态,从写作的时间上也呈现了三年来的作品的发展的一般形式。……

光慈的《前言》写于1930年5月4日,对自1927年勃兴的中国无产阶级革命文学运动作了回顾与小结,热情肯定了运动进展的意义,以及日趋与革命运动相配合的倾向。只要将《失业以后》等"中国新兴文学的最初的画像"[1]略一巡视,我们就可以看出左翼作家的创作已经"一天一天的与整个的新兴阶级政治运动很密接的配合起来",也可以看出确已"担负起它的对于新兴阶级解放运动的斗争的任务;同时,也不能不为革命文学前驱者们的英勇无畏所折服,他们在森严的文网之下,在封禁、囚牢乃至杀戮的威胁之下,仍然自觉地担当起革命的"喇叭手"的神圣职责。其中展示了严峻的时代风貌和绚烂的斗争场景——我们看到了中国工人阶级踏着顾正红烈士的血迹,掀起了震惊中外的"五卅"怒潮,从谭子湾发源的涓涓细流,弥漫到全国汇成了不可抗拒的拍天巨涛;[2]看到了因罢工而被开除的工人,在卧病的妻子与空着的米桶前面一时感到惶惑,但当他瞥见珍藏的革命导师像时,阶级的嘱托和革命的召唤又在耳边鸣响,于是毅然地抬起头来;[3]看到了党所领导的农民运动所激起的巨大变化,不仅年轻的农民奋起抗争,甚至背负因袭重担与传统桎梏的老母亲,也在革命的熏陶与现实的教育下觉悟,认识到"穷人们惟一的生路只是向前";[4]看到了中国农村仍然滞留在中世纪般的黑暗中,悲惨已极的"典妻"制度活活拆散了穷人的夫妻与母子,忍辱负重、含辛茹苦的"为奴隶的母亲",牺牲了自己的灵魂与肉体,依然换取不了丈夫和儿子的温饱;[5]看到了蒋介石叛变革命、屠杀工农的惨烈景象,但革命者在囹圄之中、在刑场之上都始终保持不屈的节操,决不向统治者的屠刀俯首低头;[6]看到了在白色恐怖下坚持地下斗争的革命者的光辉面影,她背叛了大家庭的羁留,摒弃了伤感者的爱恋,跻身于贫困的女工们中,献身于为谋取她们利益的斗争,执着于"引下天火给人间"的理想;[7]看到了大

〔1〕 蒋光慈:《失业以后》广告,刊《沙仑》(沈端先编)创刊号,1930年6月出版。
〔2〕 孟超:《谭子湾的故事》。
〔3〕 刘一梦:《失业以后》。
〔4〕 洪灵菲:《在洪流中》。
〔5〕 柔石:《为奴隶的母亲》。
〔6〕 王任叔:《咀》。
〔7〕 白莽:《小母亲》。

革命如同大浪淘沙,投机者叛卖,悲观者沉沦,畸零者落荒,惟有真正的革命者经受住了失败与迫害的考验,最终找到了正确的出路,"投身到我们的军队里,许身于真正的革命的事业了";〔1〕看到了东海一隅的数万盐民,终年在烈日下煎熬、在泥泞中挣扎,复加盐霸"龙头"的劫掠与压榨,过着非人的生活,但一旦觉醒而升腾起冲天的烈焰,一切枭蛇鬼怪以及挟革命以营私的政客都将被燃成灰烬;〔2〕看到了南中国的一个普通农村,如何在不可遏制的革命潮流的泛滥中奋起,许多农民投身于×军(按即红军——笔者),为"劳苦群众最后胜利"而战,他们认识到"×××(按即苏维埃——笔者)是农民们惟一的生路,是人类光明的进军",于是揭竿而起在牛头山的最高处矗立起"一面血一般的大旗";〔3〕看到了在革命遭受挫折的艰苦岁月中,一群少年革命者在前辈的引导下,无畏地献身于地下斗争,心头仍然充溢着对信仰的坚贞和对胜利的企望;〔4〕……以上作品有一个共同的基调,即瞻望未来的坚定信念,昂扬饱满的战斗精神,奋发向上的乐观气氛,嫉恶如仇的爱憎感情,感人肺腑的革命激情。身处重压之下的革命作家,在迫人窒息的暗夜中,却用色泽浓烈的彩笔,记录了时代的风云,展示了前景的光明,给予读者以向上的促力和奋发的激励。鲁迅所要求的文艺应"是引导国民精神的前途的灯火",上述作品都可以无愧于这样的规箴,它们正如同暗夜中的炬火,以夺目的光焰和炙人的热力、吸引、影响、诱导了千百万的青年去唾弃黑暗、探求光明!

（原载《读书》〔北京〕1980 年 5 月号"禁书经眼录"专栏）

---

〔1〕 钱杏邨:《阿罗的故事》。

〔2〕 楼建南:《盐场》。

〔3〕 许峨:《牛头村》。

〔4〕 戴平望:《献给伟大的革命》。

为地之子哀　为建塔者颂

——《未名新集》中台静农的两本短篇集

　　一九三〇年四月,鲁迅在"左联"机关刊物《萌芽》第四期上发表了《我们要批评家》一文,列举了"近年来"的"优秀之作",其中就有台静农的《地之子》。其后在《〈中国新文学大系〉小说二集序》中,曾这样论及台静农的小说创作:"要在他的作品里吸取'伟大的欢欣',诚然是不容易的,但他却贡献了文艺;而且在争写着恋爱的悲欢,都会的明暗的那时候,能将乡间的死生,泥土的气息,移在纸上的,也没有更多,更勤于这作者的了。"在后一篇文章中,鲁迅特地列出了台静农的两本短篇小说集——《地之子》与《建塔者》。

　　台静农曾为鲁迅主持的未名社的成员,参预过《莽原》、《未名》等刊物的筹备与撰稿,二十年代下半叶至三十年代初写过一些小说。此后,仅在抗战期间零星写过些短篇,如《大时代的小故事》、《电报》等,所以可以说,台氏小说创作的精华都辑选在上述两本集子里了。这两个短篇集都列入了未名社出版的《未名新集》丛书:《地之子》出版于一九二八年十一月,作为《未名新集》之三;《建塔者》出版于一九三〇年八月,作为《未名新集》之六。鲁迅藏书中也保存有上述二书,均为作者寄赠,《地之子》的书面副页上以墨笔楷书:"试作呈鲁迅师　静农",《建塔者》的书面副页有墨笔题辞:"一九三〇年十月寄呈鲁迅师于上海　静农旧作时居北平市。"

　　《地之子》的装帧者为马慈溪。书面画有三支摇曳将灭的烛炬,烛泪淋漓流溢,可能是作者为饱受欺凌的"地之子"挽同情之泪的象征罢。集内辑有作者一九二六至一九二八年间的十四个短篇(一九二六年作二篇,一九二七年作九篇,一九二八年作一篇,年份不明者二篇),大部分原曾发表于《莽原》半月刊。扉页上题有"献给素园"的字样,表示对卧病西山的挚友韦素园的感念;据作者自述,当时创作多受素园的策动与鼓励。

　　结集之前,台静农曾将全部小说稿寄呈鲁迅先生审阅。查《鲁迅日记》,一九二八年二月二十三日条记有:"午后寄还小说稿。"翌日鲁迅致台静农笺中写道:"你的小说,已看过,于昨日寄出了。都可以用的。"同时指出书名《蟪蛄》"不好",建议另拟新名。由于鲁迅的首肯,《蟪蛄》遂以另名《地之子》出版,初版一千五百册,后即绝版。

　　《地之子》满怀愤懑与同情,勾勒了一幅幅"人间的酸辛和凄楚"的社会相:有生而为社会所遗弃,委之沟壑遭野狗争食的血肉狼藉的幼儿(《弃婴》);有老而为社会所忘却,辗转恣睢受命运拨弄的死无葬所的老农(《为彼所求》);有为封建宗法所禁圉,任人驱使被"冲喜"所误而青春受寡的少女(《烛焰》);有为兵燹匪患所祸害,爱子娇女被无辜残杀,以致疯癫而死的老妇(《新坟》);有不堪饥寒冻馁、忍痛典妻卖子的无告灾民(《蚯蚓们》);有忍受凌辱践踏,复遭缧绁之灾的诚朴乡人(《负伤者》);有愤然铤而走险,招来杀身之祸的赤贫小贩(《红灯》);更有那胸怀民族大义,最终慷慨以身相殉的异国志士(《我的邻居》)。此外,尚有《吴老爹》、《儿子》、《白蔷薇》等篇,也都抒写在黑暗势力下善良、卑微人物的凄惨命运,其中有穷途末路的老佣工,有痛失怙恃的幼小者,有华年夭折的畸零人……作者以并不繁复的情节和平直的笔墨,绘出了极富淮南农村风物特征的素描,寄寓了对故土乡亲的萦怀和对父老遭际的同情,读来令人心弦为之颤动。还有如《天二哥》、《拜堂》等篇什,则撷取了农村风习的或一断片,以笑谑中孕含的辛酸,以喜庆中隐伏的哀楚,描摹了皖北乡间生计艰辛、人情醇厚的风俗。作者在一九二八年十月写的《〈地之子〉后记》中说:"人间的酸辛和凄楚,我耳边所听到的,目中所看见的,已经是不堪了;现在又将它用我的心血细细地写出,能说这不是不幸的事么?同时我又没有生花的笔,能够献给我同时代的少男少女以伟大的欢欣。"对黑暗社会的刻绘,对人间悲剧的不平,对草野细民的悲悯,以及对狞恶势力的掊击,都显示作者的创作遵循着鲁迅所开创的现实主义道路。正是这种直面人生的风姿博得了鲁迅的欣赏吧,他作为文学导师,欣喜地肯定了这一有为青年关切着"乡间的死生"、荡漾着"泥土的气息"的新作,认为它们充实和丰富了二十年代中期的中国文坛。

　　《建塔者》是台静农的第二本短篇集,其中辑有小说十篇,均写作于一九二八年度。急剧变化的时代,在这些作品中烙下了深深的印痕。这本小说集初版一千五百本,后亦绝版。

　　封面装帧者署名王秦实,即王青士烈士。当时他的公开职业是在未名社门市部当店伙,卖书、画广告画和书的封面,实则担任共青团北京市市委书记,后任太原特委书记、山东省委组织部长兼青岛市委书记,一九三一年春到上海开会时被捕,二月七日与"左联五烈士"等被秘密枪杀于龙华。据青岛市革命烈士纪念馆周馆长告知,青士同志设计的封面画有未名社版的《第四十一》、《烟袋》、《蠢货》等,但我查过上述原版书、装帧设计均未署名,惟这本《建塔者》的书面图案边绘有"王秦实"的朱文印章,内封亦印有"王秦实制封面"的字样——这位《建塔者》封面画的作者,不久就成为了为革命而牺牲的"建塔者",仅此一端,这本书籍也弥足珍贵了。再看书面设计:所选取的书面画,绘有一位孔武有力的半裸体劳动者,手持铁锤猛击钢钎,正在为建塔而奋力劳作,远景衬以一轮光芒四射的红日,近景则是一座尖峭伟岸的塔影。对光明的渴求,对事业的执着,都通过黑白分明的造型形象地表露出来——不啻是这个短篇集主题的具象化。

集内小说都是在国民党新军阀疯狂屠戮革命者的严酷年代写的。作者本着"以此纪念着大时代的一痕"的意愿,怀着对万千"伟大的死者"的崇敬,以昂奋的心绪谱出了对"建塔者"的挽曲与颂歌。一九三○年七月二十六日,在"大野上的血痕"殷殷之时,作者在《〈建塔者〉后记》中写下了如此的一段话:

> 以精诚以赤血供奉于唯一的信仰,这精神是同殉道者一样的伟大。暴风雨之将来,他们热情地有如海燕一般,作了这暴风雨的先驱。本书所写的人物,多半是这些时代的先知们。

集子中有六、七篇专为赞颂与悲悼"暴风雨的先驱"和"时代的先知们":其中有"悲壮地唱着歌"("这歌曲的伟大,比一千七百九十二年的 La Marseillaise 还有意义":比《马赛曲》更有意义的当指《国际歌》——笔者)和"高呼着万岁"携手赴死,以自己的血肉贡献做"我们的塔的基础"的一双恋人(《建塔者》);有任凭敌人的毒刑煎迫,不顾死亡威胁而始终坚贞如一,"闪闪的目光中,依然表现着不屈不挠的精神",以自己的生命之火照亮前驱遥程的"庚辰"之"星"(《死室的慧星》);有执着于"新的道路"而忘我地工作,奋斗,最后将"生命和肉体整个地献给人间"的殉难者(《春夜的幽灵》);有"早已将生命置之度外",无畏地以青春的碧血染就希望的朝晖,作为"晨曦的使者"昭示后人努力的女革命者(《历史的病轮》)……这些作品的共同

主题,是对于"时代之光"——"伟大的死者"的礼赞。正如作品中所说的:
"在新时代的前夜,时时刻刻有人在黑暗中牺牲的。我们现在希望的光明,
正是恒河沙数的青年的血染就的";这些短篇不过剪取了当时万千烈士的掠
影,他们的风姿各别,音容殊异,但是为革命而万死不辞的精神却是一致的,
都以自己的血"奠了人类的塔的基础"。作者预言,"这时代将给后来的少男
少女以永久的追思与努力"!

　　《建塔者》中另外的篇什,如《人彘》、《被饥饿燃烧的人们》、《井》等,刻
绘了劳动人民的悲惨生涯,以及他们在"黑暗,沉压,饥饿,死亡"重轭下的挣
扎,但其中的幽愤之情似乎比《地之子》激烈深广。而且,可喜地描写了被压
迫凌辱至极的工人开始觉醒:"他以肮脏的脚步,迈进新的时代;他以泥土的
手,创造全人类的新的生活"——"忠诚地作了一个英勇的战士"。

　　毋庸讳言,《建塔者》中有关革命者的若干篇章,由于作者自己陈述的原
因:"我惭愧自我的懦怯,我沉痛于良友的毁灭。""然而我的笔深觉贫乏,我
未曾触着那艰难地往'各各得'上十字架的灵魂深处……"即对于实际斗争
生活的隔膜,某些形象稍嫌单薄。但作为一个革命的同情者,作者能于白色
恐怖中在作品里表现出那样的胆识、勇气、正义感,是非常难能可贵的,而且
感情是那么真挚浓洌! 例如当时担任地下党北平市委书记的刘愈,与未名
社同人相交甚笃,不幸于一九二八年春惨遭军阀杀害,作者便悲愤地写下了
情深意切的短篇《春夜的幽灵》(曾发表于《未名》半月刊一九二八年二月一
卷四期),直书其名地悼念亡友,钦敬地写道:"我确实相信,你是没有死去;
你的精神是永远在人间的! 现在,我不愿将你白留在我的记忆中,因为这大
地上的人群,将永远系念着你了!"卧病西山的韦素园读到此篇,在病榻上作
了《忆亡友愈》的悼诗(发表于《未名》半月刊一九二八年十月一卷七期),并
于诗末附记中注云:"读静农的《春夜的幽灵》,才知道愈已惨死多日,病人本
不能文,这不过是个偶感罢了。"

　　共产党人的碧血红花,在未名社作家的诗文中留下了文字的碑碣,这也
说明鲁迅倡导的进步文化是服膺于党所领导的革命事业的。《建塔者》出版
之后,在文学界激起了反响。上海的《文学生活》第一期(一九三一午三月)
上发表了关于《建塔者》的评论,批评者表示赞赏作者的努力,认为他"有着
热情,有着愤懑,有着反抗的心","想努力反映出他的时代的黑暗与恐怖",
"显示着我们的这个特殊残酷的时代",而"这种显示,给与了他的作品以价

值",并热切期待作者"能给我们一些更深刻的新的创造"[1]。这当然也是当时从事进步文化活动的人们共同的祝愿。

鲁迅一九三五年在编选《中国新文学大系・小说二集》时,辑入了台氏的四个短篇,即《天二哥》、《红灯》、《新坟》和《蚯蚓们》,为这个未名社主要作家留下了不可磨灭的足迹。一九八〇年五月,远景出版社出版了《台静农短篇小说集》,旅居香港的作家刘以鬯先生撰写的论文《台静农的短篇小说》指出:在现代文学史上不应忽视台静农小说创作的成就,并揭示台氏短篇"不但转机与高潮都有适当的安排,'结'与'解结'也能处理得很好,而且用字经济,对白简短而含蓄,环境描写也能做到不浓不淡,显然是依照短篇的规律来写的"。这些都不失为很有见地的分析。写到这里,忍不住要抄几句台静农先生在一九八〇年一月为《台静农短篇小说集》所写《后记》中的话:

> 此十二篇中的前十篇,是在北平写的,并曾编成集子名作《地之子》的,早就绝版了,后两篇《大时代的小故事》及《电报》是抗战中重庆友人编杂志逼出来的。其十篇中的九篇都是以我的故乡为题材的,还保留了些乡土的语言。这次读过后,使我有隔世感的乡土情分,又凄然的起伏在我的心中。

这些言语充溢着对故乡的拳拳之情。我们衷心地祝愿台静农先生健康长寿,而且相信祖国统一之日为期不会太远,台先生亲炙自己日夜眷恋的故土的夙愿是一定会实现的。

---

[1] 侍桁:《文艺短评:〈建塔者〉》。

大时代的血浪花

——黎锦明长篇《尘影》

鲁迅在《而已集》的《题辞》中写道：

> 这半年我又看见了许多血和许多泪，
> …………
> 泪揩了，血消了；
> 屠伯们逍遥复逍遥，
> 用钢刀的，用软刀的。
> 然而我只有"杂感"而已。

在这沉郁悲愤的诗句中，蕴藏了鲁迅对"屠伯们"叛变革命、屠杀工农的罪行的仇恨。而这种对国民党新军阀施行白色恐怖的控诉与声讨，象一条耀目的红线，贯串在这本一九二七年杂文的结集——《而已集》中。

《而已集》中的《〈尘影〉题辞》，同样表露了鲁迅对屠伯们假借大义的欺骗、惨无人道的屠戮的揭露与抨击；但由于当时不得不用的隐晦曲折的象征性文字，警策深邃的哲理性语言，使后人对这篇文章的理解增加了困难。记得前年在厦门鼓浪屿开会，傍晚与中山大学陈则光副教授在海滨漫步，谈及他们正在进行的《而已集》注释工作，由于资料的散佚、匮乏时感棘手。陈老师举例说，即如《〈尘影〉题辞》的题解与注释，如不找到黎锦明的原著《尘影》对照考索，是很难阐发诠释得清楚的，而《尘影》一书在广州竟遍觅无着，最后还是在四川省图书馆借到的。由此可知，第一手资料的掌握确实是非常重要的，尤其是鲁迅为青年作家著译所撰写的序跋，如果不对照所序跋的原著（译），也是很难理解与研究透彻的。正因为如此，《尘影》本身的考察也就不是多余的了。

在我所藏鲁迅序跋书中倒是有《尘影》的，系湖南籍作家黎锦明所作长篇小说，竣稿于一九二七年十月七日。查《鲁迅日记》，一九二七年十月十四日条记有："夜黎锦明、叶圣陶来。"据叶圣陶先生一九七七年六月十二日回忆说："该日去鲁迅先生家，是黎锦明去请鲁迅先生给《尘影》题词。"鲁迅于同年十二月七日写就《〈尘影〉题辞》，同月二十四日《日记》记有："午寄叶圣陶信并稿"，稿即《〈尘影〉题辞》。《尘影》版权页标明由开明书店于一九二七年十二月初版，但从当时的出版周期估计，实际出版时间大约要延至二八年初。《鲁迅日记》中没有收到《尘影》的记录，但鲁迅藏书中藏有该书二本。

《尘影》的封面为钱君匋所绘制，错落有致的图案颇具匠心，画着在烈日如火的淫威下，一叶阒无人迹的孤舟在茫茫水际孑然而行，水波作鲜红色，恐怕是"血海"的象征吧，画面寂寥而冷落，倒也不失为"无声的中国"的写照。正文分十二章，其篇目有"缺题"、"同情猎"、"烟榻上的协定"、"酒馆里的协定"、"碰墙"、"蜕蛹"、"事变一"、"事变二"、"事变三"、"寻仇"、"复活"、"尘影"等。故事以一九二七年蒋介石"清党"前后为背景，描写南方一个滨海小县城时局的骤变，以及与此相应的各色人等的面面观。这个小县城（作品中写作明清县）在大革命中成立了"县执行委员会"和"农工纠察队"，斗争了地主豪绅，保障了工农利益，呈现着一派革命的朝气。然而在蒋介石叛变革命之后，当地大土豪和各类反动人物，与国民党新军阀相勾结，对革命力量实施袭击，许多革命者和工农群众惨遭屠杀。小说情节的主线，是有关被县执委会羁押的大土豪劣绅刘百岁的生死予夺的矛盾，围绕着这个犯有十一桩命案的恶霸的处理，跌宕多姿地展现了各种角色的言动、面目、本质。

县执委会主席熊履堂是作品的主人翁，他出身农家，在新文化运动的策源地——北京接了高等教育，同时也经历了革命思潮的洗礼，"镇日攻读着社会主义一类的书"，"力倡平民革命的学说"，思想十分激进，作品虽没有点明他的政治身分，但从字里行间的暗示，从他研读的《新青年》、《中国青年》、《少年先锋》等革命刊物，和《共产主义 ABC》、《唯物史观》、《显微镜下的国家主义》等"赤化书籍"的情况，以及他本人的言谈行动中，无不看出他是一个信奉共产主义的革命者。小说一开头即写熊从旧政府的档案卷宗中竭力翻检恶霸刘百岁侵占民田、残害人命的反证材料，以便应广大农协会员的要求对刘处以极刑；同时斥退了刘百岁之子——小劣绅刘万发的贿赂，严辞拒绝了他提出的为刘百岁减刑与释放刘的要求。熊履堂作为一个在大革命潮流中拍波击浪的革命者的形象,一上场就崭露了锋芒,写得血肉丰腴、声态并作。

小劣绅刘万发在熊履堂处钻营无门,在碰了一鼻子灰后并不死心,又狡诈地企图从县执委会其他委员身上打开缺口。县执委会中鱼龙混杂地羼进了一伙投机革命的异己分子,这伙旧官僚、小店主、孔教会长、监工之流沆瀣一气,组成了所谓"温和派",为保护豪绅阶级的利益而与县执委会中的革命派相对抗。"温和派"委员韩乘猷是一个鸦片烟鬼,他不但接受了刘万发的贿赂,而且为其出谋划策。"温和派"诸公在酒馆分赃之后,即狼狈为奸地订立了为恶霸刘百岁解脱的协定。韩乘猷一伙叛卖工农利益的提案,理所当然地遭到了以熊履堂为首的革命派的驳斥和否定。韩恼羞成怒之际以退出执委会相要挟,暗地里却对刘万发面授机宜,劝其献巨款给省城的新军阀头目,借重"军方"来"解救"其父;同时,韩自己则挟带赃款携妓远逃上海。韩乘猷的出逃倒成了县执委会改组的契机,投机分子逐个被清洗出去,农工运动更得以蓬勃的发展。县执委会施行了许多保护农工利益的措施,打击了豪绅的气焰,伸张了民众的正气,熊履堂遂被全县人民尊为"革圣"。旋于全县各界民众联盟大会上,正当农工纠察队执行大会公判准备将罪大恶极的刘百岁押赴刑场枪决的时刻,被收买的新军阀派兵把刘犯劫持而去。激起公愤的民众奔赴驻军团部,要求交还刘百岁,竟然遭到军队的枪击。屠杀无辜民众的枪声,撕破了国民党新军阀假革命的帷幕,剧变后的县城顷刻之间遭到叛卖革命的屠伯们的血洗,各式反动角色也如同沉滓竞相泛起,如小劣绅刘万发穿上了形如老虎皮的戎装,手持杀人武器到处搜捕;原被清洗的投机分子也官复原职,重新骑在民众的头上……而农工民众却从此浸于血泊之中,甚至连藏有工会或农会的会员证都遭到捕杀。熊履堂当然被作为"首犯"拘捕,被省府派来的胡委员三言两语就判了死刑,并立即颈上被套上绳索拉赴屠场:

> 履堂已在一堆血里跪了。他看了看面前那几尊尸体,眼角流出两行泪来。这时那执白旗的士官忽叫了一声,履堂的头被绳拉伸了。后面站着一个红脸袒胸的大汉,将手里一碗酒一口喝了,沙沙的搓了搓两手,在脚边拿起一柄半月形锈钝的刀一举,喝道:"快!"接着履堂全身一颤,膊〔脖〕子上起了一条裂痕;又喝:"快!"履堂又一颤,颈已和肩膀

分开了;又喝:"快!"他的颈上只留了一块皮;又喝:"快!"刀直陷在土里。履堂的颈上三道血直喷了出来,洒到他那在地上滚着两目忽瞑的头上。

革命者被反动派虐杀的惨象,这里作了惨不忍睹的描绘,此处即是鲁迅在《题辞》中点明的"为三道血的'难看'传神",以历史的实录来铭刻敌人的凶残。也正如鲁迅所说:"许多为爱的献身者,已经由此得死。"熊履堂正是万千热爱理想的"献身者"之一,他以及无数同道者壮烈的"死",掀起了排天而立的血浪花,"给若干人以重压",催人觉醒,促人奋起,激人猛进,以争取和迎接中国的"大时代"的降临。作品的现实意义,即在于此罢。

黎锦明后来在《我不愿意放弃文学》一文中返顾自己创作道路时说:"我写了一本描绘革命的书——《尘影》,这是我从广东福建间一个小县份中旅行时所得的一点印象。但写成此书,我费去不少的精神和健康,同时也得了许多不满意的批评。"[1]另据黎于一九七五年五月间就此所作的追忆,作为小说背景原型的这一县份即农民运动异常勃兴的海丰。关于海丰农民运动展开的盛况,彭湃当年曾有所记述。一九二六年,全国农民协会会员共有九十八万人,其中广东最多,达六十四万七千人;而海丰则有九万五千人,约占广东的百分之十四点七,全国的百分之九点七。[2]海丰农运在《尘影》中得到了形象的反映。作者当时在海丰中学任教,对如火如荼的农运耳濡目染,感同身受,所以在作品中有逼真的绘写。加之作者笔力雄健,倾向鲜明,小说中更"蓬勃着楚人的敏感和热情",对熊履堂等正面形象以及农工纠察队等集体群象泼墨挥洒,使之粗矿而醒目地兀立在读者面前;同样,又运用"湘中的作家"特具的"含讥"的笔锋,剥脱了韩秉猷、刘万发之流的假面,他们或假革命以营私,或藉军阀以杀人,也无不绘声绘影,毫不概念化。例如在《酒馆里的协定》章,写到韩受贿后设宴召集同党协商如何开脱恶霸的罪行,在杯觥交错间竟恬不知耻地与谈什么:"人家为孝道,我就为仁义,各从天性",活画出这个"满嘴里仁义道德,一肚子男盗女娼"的无耻之徒假藉大义、中饱私囊的奸滑嘴脸。整个长篇的结构也较严谨,枝蔓修整,浓淡得当,情节发展也腾挪跌宕,正如鲁迅后来针对这位作者所说的:"它显出好的故事作者

---

〔1〕　载《文学》一周纪念特辑:《我与文学》,生活书店一九三四年七月初版。
〔2〕　彭湃:《海丰农民运动》,广东省农民协会一九二六年十月印。

的特色来";鲁迅所揭示的"瑰奇"和"警拔",在《尘影》中也时见风采。

　　《尘影》的出版,由于当局的禁毁和时光的洗汰,已渐不为人所经见与称道了。但它为鲁迅所推重。它在"四·一二"、"四·一五"被难烈士鲜血未干的时刻即脱稿问世,直面揭露屠伯们的伪善、暴戾、凶残,形象昭示"中国现在是进向大时代的时代",这一历史作用,是不应被湮没的。

奔突的地下火之歌

——蒲风长诗《六月流火》

一九三五年岁末，中国诗坛上出现了一本铿然鸣响的诗集，这就是"中国诗歌会"的中坚——蒲风，在日本东京印制出版的《六月流火》。次年四月，即被当局以"鼓吹阶级斗争"的罪名密令查禁。

《六月流火》为什么会使者敌人如此惶恐不安，象遇到洪水猛兽般地急于封禁呢？我曾反复摩挲过这本珍藏的"禁书"，深深地怀念着这位早逝的革命诗人。诗集的装帧朴实而凝重，由当时日本著名的左翼作家秋田雨雀题签，"蒲风著　六月流火　秋田雨雀题"几行字，写得遒劲有力。封面画系洪叶所作，构思新颖，寓意鲜明。在蔚蓝色的天穹下，奔驰着一列手持火炬的人，远处则已汇成一片燎原的烈火，正是诗集内容形象化的表征。扉页后印的是新波所作的"著者剪影"。这本诗人自题为"长篇故事诗"的叙事长诗，凡二十四章，一千八百行。长诗热烈而豪迈地讴歌了"地心的火"的力量，反映了南中国一隅的农民，在党的领导下掀起了暴动的"怒潮"，勇敢地发出了"旧的世界行将粉碎了"的呼号，无畏地昭示了"火将烧出了新生命的辉煌"的前景。书后还附有蒲风于一九三五年十二月十日所写的题为《关于〈六月流火〉》的跋文，阐述了自己对于诗歌的社会作用的见解，认为它必须赋有"预言社会，指导社会，鼓舞社会"的职责。叙述了长诗酝酿、创作的过程，使我们了解到它并非向壁虚构，而是诗人取材于亲见亲闻的事实。同时，还可以从中得知，诗人的创作态度是严谨的，曾三易其稿，并一再"就教于大众"。这篇跋文还为我们保留了一段新文学史上的佳话，即诗集的定名，是经由郭沫若的关切与斟酌的。

蒲风是三十年代左翼文艺运动中一位十分活跃的青年诗人，也是诗歌大众化运动的热心倡导者。他曾宣称："中国诗歌会，肩起了诗歌大众化的重担,以'创造大众化诗歌'为主要任务之一。"以蒲风为首的"中国诗歌会"的同人,确实都是向这一方向努力的。在《六月流火》这本意欲"表现大时代下的农村动乱"的长诗中,诗人创造性地运用了自己故乡流行的客家山歌的形式,广泛采集了岭南农民群众中活的口语,利用"对唱"、"轮唱"、"合唱"等民间歌谣的传统手法,并创造了"大众合唱诗"这一旨在抒发"大众心声"的新形式,气势磅礴地反映了党所领导的农民暴动。尤为可贵的是,这首长诗脱稿于一九三五年十一月,其时中国工农红军经过二万五千里长征刚刚胜利到达陕北,而长诗对于这一伟大的、亘古未有的历史事件,就已作了热情的礼赞,成为左翼革命文学中最早歌颂长征的作品之一。郭沫若于一九三六年春与蒲风谈话时也曾指出:"至于《六月流火》,虽无主角,但也有革命情调作焦点。其咏铁流一节可以把全篇振作统率起来。结尾轻轻地用对照法作结,是相当成功的。"(《郭沫若诗作谈》,刊《现世界》创刊号,一九三六年八月十六日出版。)"咏铁流一节",是在长诗第十九章《怒潮》中。这里,诗人敞开赤热的心胸放歌:

> 铁流哟,到头人们压迫你
> 　滚滚西吐,
> 铁流哟,如今,蟠过高
> 　山,流过大地的胸脯,
> 铁的旋风卷起了塞北沙
> 　土!
> 铁流哟,逆暑披风,
> 无限的很难,无限的险
> 　阻!
> 咽下更多数量苦楚里的愤
> 　怒,
> 铁流所到处哟,建造起铁
> 　的基础!

诗人在炽热如火的诗行中,对创立旷古奇勋的"铁流"——中国工农红军的万里长征,谱写了高亢激越的颂歌,寄托了对于光明灿烂的憧憬。另外,他还在诗集的跋文中表示"我们要来歌咏铁流群的西征北伐",准备以

"起码千行以上的叙事体诗"来记录这一"伟大的史诗"。在文禁森严的黑暗旧中国,我们年轻的人民歌手,不仅无畏地写下了长征的胜利,而且勇敢地表露了创作史诗的欲望。这种蔑视"文化围剿"的浩然正气,这种宣传革命真理的执着意愿,正是当年左翼文艺运动中革命文艺战士的特色,永远值得我们学习与忆念。

《六月流火》熔铸了火焰般的革命激情,镌刻了怒涛般的革命史实,必然会使反动势力感到战栗,而得到人民及其先行者的赞赏。鲁迅就曾推崇过这本长诗,把它成批地寄给北方的学生和战友。他在一九三六年四月一日致曹靖华的信中写道:"《六月流火》看的人既多,当再寄上一点。"曹靖华后来在上述书简的注释中也写道:"《六月流火》,清新活泼,充满革命朝气,颇受当时革命青年所欢迎"。诗集出版的当时,也有人撰文评论说:"《六月流火》是在中国诗坛上沉闷的氛围里投进一枝火箭,披着雪亮枭流的棱角,在动乱时代下燃起了巨大的火把"(岳浪:《六月流火》,刊《现代诗歌论文选》,一九三六年六月初版。)从中也足可窥见,《六月流火》在当时诗歌界产生过甚大影响。

在此前后,蒲风的诗作曾多次被反动政府所禁毁,如一九三四年四月出版的《茫茫夜》,同年七月即以"普罗文艺"的罪名查禁;又如一九三六年十月出版的《钢铁的歌唱》,同年十一月即被查禁;再如一九三九年十二月出版的《取火者颂》,一九四〇年四月即以"故不送审原稿"的罪名密令查禁。但是,诚如鲁迅所说:"纸墨更寿于金石",无论金戈斧钺的围剿,还是磐石危岩的重压,都绝对封禁不了革命文艺的滋长、壮大和流播。鲁迅还说过:"试看新的文艺和在压制者保护之下的狗屁文艺,谁先成为烟埃。"如今,历史已雄辩地证明了国民党反动派及其承袭者"四人帮"所推行的封建法西斯文化专制主义的破产。无产阶级革命文学的不灭战绩,其中包括《六月流火》,将永远成为人民所珍视的精神财富。

(原载《读书》"禁书经眼录"专栏,第 3 期,1979 年 6 月)

卅年代现实世界的谑画

——张天翼长篇《鬼土日记》

在中国小说史上，出现过一些专门描述鬼的世界的通俗小说，明清之际有过《钟馗全传》、《斩鬼传》（署"阳直樵云山人编次"）、《平鬼传》（署"东山云中道人编"），同光年间有《何典》（张南庄撰）、《宪之魂》（未署撰者名号），虽然都描摹得一片愁云惨雾、鬼声啾啾，但"写鬼之意不在鬼"，而是旨在讽谕，便于嬉笑怒骂而已。

现代文学中有否以上写鬼小说的流风余绪呢？有。文学史家阿英在一九三五年所写的一篇文章中曾介绍说："几年以前，我们有过一部鬼话小说，叫做《鬼土日记》，作者是张天翼。在书里，他借用鬼话，把中国社会里的一些丑恶，着实的讽刺了一番。"〔1〕这本《鬼土日记》由于曾被国民党当局以"普罗文艺"罪名禁毁，如今已甚不经见；正好柘园有藏本，不妨作些介绍。

《鬼土日记》的外观颇不俗，布脊纸面精装，书面画由红绿黑三色的图案组成，构图奇特，甚有"鬼"气。上海正午书局，一九三一年七月初版，印数壹千册。正文前冠有《献辞》、作者申明此中献给"闲情逸致的爷们"的只是"不中听的声音。"随后是作者假托日记主人韩士谦所写《关于〈鬼土日记〉的一封信》，其中强调说："鬼土社会和阳世社会虽然看去似乎是不同，但不同的只是表面，只是形式，而其实这两个社会的一切一切，无论人，无论事，都是建立在同一原则之上的。这两个社会是一样的，没有什么差别。"作者于此阐明，他所记述的鬼土社会即是现实社会的投影，虽然不免有些夸张与变形，但其实质是一致的。

---

〔1〕 阿英：《中国维新运动期的一部鬼话小说》，刊《文艺画报》第一卷第四期，一九三五年四月十五日出版。

　　故事当然是荒诞的,韩士谦通过"走阴"到了"鬼土",事先曾焚信通知其死去十年的故友肖仲纳来接引;经肖介绍结识"颓废派文学专家"司马吸毒,复与"极度象征派文学专家"黑灵灵订交,又邂逅了"后期印象派艺术专家,兼国立文艺大学校长,兼浪漫生活提倡人"赵蛇鳞,以及什么"都会大学历史学系主任,史学委员会主席,《宇宙演进史》及《世界详史》的作者,历史学专家"魏三山,还有什么"恋爱小说专家,兼诗人,兼幸福之男人"万幸……形形色色的文化人,五花八门的广告术,造成了漫画式的讽刺效果,试举其中"象征派文学专家"的呓语式对话为例:

　　　　"烟屁股的灵和肉都洗在汗毛的翡翠夜壶里,而波斯毯不写知更雀的乌云之诗,真岂有此理!"

　　这种浓艳芜秽的不知所云的文字游戏,对于拾外国象征派唾余的诗人的无创造力的依傍与模仿,是一种甚得其神髓的刻骨讥刺。
　　还有那位"颓废派文学专家"的无病呻吟,也复制得惟妙惟肖:

　　　　"韩爷,我昨夜失眠,我抽了一夜大烟,我写了一夜诗,我获得了神经衰弱,我伸开了两手,一天一天向坟墓走去。"

　　至于对"恋爱小说专家"用掷骰子来决定小说结构的描写更令人忍俊不禁,转述很难传神,还是照抄如下以供鉴赏:

　　　　"诸位爷,对不起",主人万爷说。"我突然 Inspiration 来了,打断了很可惜,让我先把这篇小说结构一下罢。"
　　　　他走到桌边坐下,开了抽屉拿纸。但他并不去写什么。很快地从口袋里拿出两颗骰子,在桌子上掷一下,嘴里说"唔,好的,"拿起笔来就写。大概写了三页,他休息了。
　　　　我去看那两颗骰子:上面并不是么二三四五六,是些字——
　　　　其一:女伶,多愁多病的女子,女诗人,公主,女学生,妓女。
　　　　其二:男伶,多愁多病的男子,男诗人,王子,男教员,相公。
　　　　万爷告诉我,要写恋爱小说,便掷骰子,以决定这篇小说的主人婆与主人公。这回他所得的是:女诗人,相公。……

通过以上如同哈哈镜的折光作用被夸张与放大的戏剧性场景中,如与三十年代文坛光怪陆离的现象相印证,是不难找到这位"恋爱小说专家"的原型的。

也许是因为张天翼于文化界的情况比较熟悉罢,写起来颇能驱遣自如,饶有分寸,那些变了形的讽刺鹄的也不使人有鹘突与不实之感。

而其中描画的政界人物就不然,概念化的感觉就突出一些,某些影射的情节,譬如其中"坐社"与"蹲社"在议会的争斗用以丑化资本主义社会的两党制,大统领的化钱竞选用以抨击西方世界的假民主等等,均有图解式之嫌,读起来也味如鸡肋。

不过,总的说来,作品在当时还是产生了积极影响的,不然就很难理解国民党当局为什么要在一九三五年三月密令查禁它了。文学界对它也毁誉不一,有的批评家基本肯定它,如前所引述的阿英就认为它"把中国社会里的一些丑恶,着实的讽刺了一番",胡风对其中"能够使人笑的漫画手法"也是首肯的[1];持否定态度的有李易水(冯乃超)的评论,认为作者讽刺的"是空想的纯粹资本主义社会,这首先失掉了他的讽刺文学的价值"[2]、董龙(瞿秋白)也认为:"《鬼土日记》即有点使我们失望",随即就题材方面、幻想的合理性问题等对作者提出了建设性的批评,并且希望:"与其画鬼神世界,不如画禽兽世界"[3]。这些对于作者都是有益的规箴,将激励与促使其在讽刺文学砥石上进一步磨利自己的武器。

《鬼土日记》作为中国现代讽刺文学长链中的一环,还是值得我们注意与研究;作为中国左翼文学讽刺作品最初形态之一,也有待我们进行分析与探究。

一九三六年元月,张天翼在上海良友图书公司所出版的自选集《畸人集》("良友文学丛书"大型本之一)中,辑入了《鬼土日记》这本自己所创作的第一部长篇作品,保留了在文学道路上跋涉的最初履历之一。一九七二年顷,苏联莫斯科出版了《鬼土日记》的俄译本,书前置有著名汉学家 H·T·费德林所作序,这说明它已经走出了国界,从而获取了更广大的读者。

---

[1] 胡丰:《张天翼论》,刊《文学季刊》第二卷第三期,一九三五年九月十六日出版。

[2] 李易水:《新人张天翼的作品》,刊《北斗》创刊号,一九三一年九月二十日出版。

[3] 董龙:《画狗罢》,刊《北斗》创刊号,一九三一年九月二十日出版。

战绩不灭　浩气长存

——冯宪章诗集《梦后》

在我枯涩的书箧中，珍藏有一叠无产阶级革命文学前驱者的遗著，其中就有一册题为《梦后》的诗集。诗集的封面经过岁月的洗汰虽已破敝，但那由鲜艳的色泽所组成的图案仍很清晰，尤其是几乎布满整个画面的深红，仿佛是一缕缕耀眼的火苗在升腾，给人以奋发向上的促力。《梦后》列为"火焰丛书"之一，由上海紫藤出版部于一九二八年七月出版。翌年，即被国民党反动当局以"普罗文艺作品"的罪名密令查禁。

《梦后》的作者冯宪章，与无产阶级歌手殷夫一样，也是一位为革命贡献了青春与热血的烈士诗人。也许由于时间的流驰、史迹的磨灭吧，说起这位年轻的革命诗人的人已经不多了，一般的文学史也不见著录他的生平与创作。对于一位身殉革命文学事业的烈士，这样是不大公正的。关于冯宪章的牺牲，当时在中国左翼作家联盟的外围刊物《文艺新闻》（一九三一年八月十七日第二十三号）上曾刊载过《冯宪章病殁狱中》的讣闻："曾译有《新兴文学论集》（应为《新兴艺术概论》——笔者按）和《叶山嘉树集》及其他著作多种的冯宪章，于去年五月因嫌疑被捕，判决徒刑三年，不幸因病卒于漕河泾狱中。"当时距"左联五烈士"殉难不及半年，殷夫等的血迹未干，又一位年轻的革命作家被国民党反动派的魔手扼杀了！

在有关中国现代诗歌史的著述中，论及冯宪章的并不多见，但在蒲风所著《抗战诗歌讲话》（诗歌出版社，一九三八年四月初版）一书中却记有："象殉难了的殷夫，病死了的冯宪章，及蒋光慈，也莫不都有势若悬河骤降的奔波情感"，可见当时左翼文艺运动中人对冯是颇为称许的。

为了探询冯宪章的生平，在六十年代初期曾蒙承阿英、孟超、任钧等前辈作家热情相告，使以得知：冯宪章，广东兴宁人，生于一九〇八年，至一九三一年因敌人戕害而病逝狱中，年仅二十三岁。他原是梅县东山中学的学生，在大革命浪潮的冲击下，很早就投身学生运动，发起并组织进步团体"新学生社"。在党的教育下，随即参加了共产主义青年团，在革命斗争中显得十分活跃。一九二七年"四·一二"及"四·一五"反革命政变之后，东山中学被封，宪章与其他进步学生都遭到通缉，因而被迫流亡。不久参加了广州公社的赤卫军，"广州起义"失败后再度流亡。一九二八年初辗转来到上海，考进了党所主持的上海艺术大学，同时参加了革命文学团体——太阳社。蒋光慈在《太阳月刊》创刊号（一九二八年一月）的"编后记"中这样写道："宪章是我们的小兄弟，他今年只有十七岁。他的革命诗歌里流动的情绪比火还要热烈，前途是极有希望的"。同年加入中国共产党。一九二八年下半年，宪章东渡到日本留学。在东京时，他与蒋光慈过从甚密，并联合适夷、森堡等共同组织了太阳社东京支社，从事无产阶级革命文学活动。关于光慈、宪章等的友情以及支社的活动，在光慈的旅日日记《异邦与故国》（现代书局，一九三〇年一月初版）中有着详尽的记载。后来，日本警察当局发动了镇压革命运动的大搜捕，逮捕了许多中国留学生，宪章也同时株连入狱。不久释放后，被强制遣送回国。回到上海以后，宪章仍努力参加革命活动，积极进行创作与翻译。在这期间，他写下了许多优秀的红色鼓动诗，翻译了不少马克思主义文艺编著。一九三〇年三月，中国左翼作家联盟成立，宪章是第一批与会的盟员之一。不幸于同年五月被抓入狱。在敌人的牢狱中，宪章同志充分表现了共产党员的崇高气节。徐平羽在革命回忆录《忘不了的年代》中曾这样记述道："在龙华警备司令部的政治犯牢里……，有个叫冯宪章的人，他是作家。他看出我的情绪，对我说：'哈！年轻人，你应该认为干革命，坐牢带脚镣是必不可少的事，进牢要带脚镣，就等于吃饭时必定要吃菜一样！'这种革命的乐观主义鼓舞了我。"仅此一端，可见宪章立志为革命而献身的浩然正气。

《文艺新闻》的讣告是这样记述他的逝世的："两年前曾犯有脚气病，狱中地气潮湿，兼以待遇不良，而终至病殁。"从这不得不闪烁其词的报道中，我们仍可清楚地看出：万恶的刽子手是用看不见的屠刀杀死了我们年轻的革命诗人。

冯宪章的创作生涯是很短促的，大约前后只有四年光景。但他却以炽热的革命激情，勤奋的创作努力，给我们留下了丰硕的文学遗产。而《梦后》则是其结集出版的唯一的一本诗集，其中辑录了诗人一九二七年至二八年

初所创作的新诗二十九首,凡一千五百行。内容诚如陈孤凤在《序诗》中所揭橥的:

> 在这些诗篇里——……
> 有的是资本主义的棒喝,
> 有的是工农胜利的赞美!

宪章在《梦后的宣言》(代序)中也申明自己"景仰的是血染的旗帜","歌咏的是争斗场中的鲜血","赞美的是视死如归的先烈","表现的是工农胜利的喜悦","欢欣的是资本主义的消灭"。以上内容在《梦后》中都有充分的反映。诗人壮怀激烈地抒发了对革命的忠诚,表示要"如夸父追逐太阳"般地战取光明(《自励》);诗人也发自衷心地表达了对工农的礼赞,认为"只有工农才能代表光明的将来"(《怎样干》);诗人还诚挚热烈地申述要为革命而歌吟的志愿,但愿自己能够成为"狂风暴雨般的壮剧"的"喉舌"(《诗神的剖白》);诗人并且慷慨激昂地一再表示了"誓死为工农而牺牲"的豪情,以及"我要勇敢地战死沙场"的壮志:

> 他们要我死便痛快地死,
> 人生横竖也有这么一回;
> 以其零星地被他们榨取,
> 倒不如为着自由而战死!
>
> ——《残春》

这种无畏的献身精神,成为整本诗集的基调。甚至在《后记》中,诗人也顽强地奏出这一高亢激越的主旋律:

> 布洛克先生说:"用你全身,全心,全力静听革命呵!"
> 蒋光慈先生说:"用你全身,全心,全力高歌革命呵!"
> 我这穷小子说:"用你全身,全心,全力努力革命呵!"

我们年轻的革命诗人丝毫没有违悖自己的誓言,他把自己的灵感、青春和生命都贡献给了世界上最壮丽的事业。

除了《梦后》之外，还有散见于当时的《太阳月刊》、《海风周报》、《沙仑》、《新星》、《拓荒者》等革命文学刊物上的近百首诗歌，达数千行以上。另外，从有关书刊广告上看到，宪章的诗集尚有《警钟》、《暗夜》等，可能未及发行就遭到查禁的厄运，所以都不曾见到原书。最为可惜的是，据阿英同志一九六二年五月七日函称："宪章同志的诗，他的已印稿《变后》(按即《梦后》——笔者)单行本找到否？其他还有三本原稿，都经我手送到泰东，没有出。赵南公死后，连原稿也找不到了。这件事我感到很痛心。"

宪章在创作之余，还先后翻译了苏联、日本等国革命作家的论文与作品，发表于各报刊。集结起来出版的有《新兴艺术概论》(上海现代书局，一九三〇年七月初版)，其中辑译了日本无产阶级作家小林多喜二等的文艺论著多篇。与此同时，还译有《叶山嘉树集》，列为现代书局发行的"拓荒丛书"之一，一九三四年三月被国民党图书检查官以"欠妥"的罪名封禁。此外还和夏衍同志合译了德国女革命家露沙·罗森堡的《狱中通信》，先后被选辑入洪灵非所编的《模范小品文读本》和阿英所编的《现代文学读本》。以上两书后均被查禁。

鲁迅在《中国无产阶级革命文学和前驱的血》中昭示我们"要牢记中国无产阶级革命文学的历史的第一页，是同志的鲜血所记录，永远在显示敌人的卑劣的凶暴和启示我们的不断的斗争"。冯宪章烈士以自己的生命参预了中国无产阶级革命文学历史第一页的谱写，其不朽的业绩是不应泯灭无闻的，建议我们的文学史家不要忽略和忘却了他的贡献。

（原载《读书》〔北京〕1979 年第 7 期，1979 年 10 月）

荆天棘地一束花

——钱杏邨编《现代文学读本》

　　左翼作家、批评家钱杏邨（阿英）的著作，在三十年代大多遭到禁毁，如今翻检当年国民党政府图书杂志审查官有关批语，大多为划一的陈词滥调，然而这些低能儿寥寥数语的信笔涂鸦，却决定了一本书的命运：抽禁、支解或全毁。钱杏邨二三十年代的著译大多践上了这样的蹄痕：如在其小说集《义冢》上批道："内容多含挑拨阶级感情，鼓吹阶级斗争之暗示，为初期之普罗作品。"又如在其《文艺批评集》上批道："站在马克思主义的立场，批评一切文艺作品，为纯粹宣传普罗文学之作品。"再如在其所编《青年自修文学读本》上批道："一，三两册无碍，二册有鲁迅作《〈争自由的波浪〉小引》一篇，多同情共产党言论，应删。"其他判词也多半大同小异，有的一律冠以"普罗文艺理论"的罪名（如钱著《文艺与社会的倾向》、《创作与生活》、《现代中国文学论》等书），有的同样扣上"鼓吹阶级斗争"的帽子（如钱著《玛丽莎》、《荒土》等）。此外，钱杏邨曾以张若英的笔名编过一本《现代文学读本》，由上海现代书局于一九三〇年七月初版，同年十月即被当局冠以"普罗文艺"的罪名密令查禁。因为禁毁的迅速，这本书在坊间流传极少。前两年，泰昌为其泰山搜集遗著时，曾托我在沪代寻，然亦遍觅无着，上海的各大图书馆都没有收藏。六十年代初，我曾从藏书家瞿光熙先生处借阅过，如今瞿先生丰盈的藏书经过浩劫早已散供，幸好我抄录了该书的目录，遂将书目寄给了泰昌，也算聊胜于无罢。

　　《现代文学读本》由于统治者的禁毁而迹近湮没了，然而它却保存着当时中国无产阶级革命文学曙新期的若干资料，以及迻译国际无产阶级革命文学的一些情况，如任其散佚无闻，是极为可惜的。为了藉以保存这一文献性"禁书"，使读者以至研究者了解其概貌，兹将其目次引录如下，并在某些

篇目下作简约的注释:

序例　　　编者一九三〇·六·

1、玻璃工厂　柯根作　沈端先译

2、谁没有孩子呢?　高尔基作　赵诚之译

3、大仇人　高尔基作　沈雁冰译

(原载一九二三年十一月出版的《中国青年》第四期,题为《巨敌——一段神话》——笔者)

4、我的自传　高尔基作　亦还译

5、致高尔基书　伊理支(列宁)作

6、进向那未来之邦(诗)　瑞典　司柏客作　建南译

7、文艺批评家的职工　德国格龙伯雷作　贺菲译

8、金齿　苏联　曹斯前珂作　刘穆译

9、玛秀拉　苏联　俄尔金作

(原载一九二六年八月七日出版的《中国青年》第六卷第四期,译者署名纯生,而本《读本》未署译者名——笔者)

10、劳动组织　龚冰庐

11、长蛇　黄浅原

(原载一九二九年一月六日出版的《海风周报》第二期——笔者)

12、一个回忆　柯涟

(原载一九三〇年二月十日出版的《拓荒者》第一卷第二期,柯涟系殷夫挚友,后来牺牲。——笔者)

13、狱中通讯　德国　庐森堡作　端先　宪章译

14、从故乡带来的消息(诗)　蒋光慈

(原载一九二九年一月二十七日出版的《海风周报》第五期——笔者)

15、寨主　俄国　索波里作　蒋光慈译

(原载一九二八年三月一日出版的《太阳月刊》第三期——笔者)

16、弥海儿溪亚　波兰　勃频斯基作　建南译

(原载一九二八年十二月廿五日出版的中国济难会主办的文艺刊物《白华》第三期——笔者)

17、MOSCOW 印象记　高尔基作　沈端先译

18、托儿所访问记　日本　山内田鹤子作

（原连载于一九三〇年三月十七日至十八日的中共江苏省委机关报《上海报》——笔者）

19、工厂汽笛（外一首，诗）　苏联　嘉斯托夫作　郭沫若译

20、写给一个哥哥的回信　伊凡

（原载一九三〇年五月十日出版的《拓荒者》第四、五期合刊，署名IVan，系殷夫于一九三〇年三月十一日所作——笔者）

21、两种不同的人类　森堡

22、自序传　美国　杰克·伦敦作　邱韵铎译

23、我怎样成为个SOCIALIST　美国　杰克·伦敦作　邱韵铎译

24、议书（外二首，诗）殷夫

25、爱的开脱　日本　林房雄作　郁达夫译

26、士敏土坛里的一封信　日本　叶山嘉树作　张资平译

27、自序传　英国　戈尔特作　周起应译

28、碾煤机　美国　戈尔特作　邱韵铎译

26、外国兵（外一首，诗）　郭沫若

30、住居二楼的人　美国　辛克莱作　顾均正译

综览以上目录，我们可以了解到《现代文学读本》的编者从公开的革命文学刊物乃至秘密的党内刊物上作了广泛的探寻，从而搜集了中国无产阶级革命文学先行者郭沫若、沈雁冰、蒋光慈、沈端先、殷夫、周起应、冯宪章、柯涟、建南、刘穆（刘思穆）等的著译，它们是左翼文艺运动所绽放的最初一束花朵，既展示了我国革命文学创作的实绩，也介绍了国际无产阶级革命家及作家列宁、卢森堡、高尔基、戈尔特、叶山嘉树等的作品，其无疑对于新进的左翼作家有相当的学习与借鉴的作用。即使对于今天研究左翼文艺运动的历史，亦不失其参考价值。

敌人的文网妄图消弥它的影响，甚至毁灭它的存在，我们则更要记住前驱者在荆丛中艰苦跋涉的劳绩与足迹。

沈从文的《新文学研究》

作为中国现代著名作家的沈从文(一九〇二至一九八八),其丰硕的小说创作,在文学史有如矗立的丰碑,自不待言;其晚年所撰《龙凤艺术》、《中国古代服饰史》等论著,亦显示了他作为学者博洽精深的一面。

人们常说由于五十年代创作环境的阙如,沈氏才被迫转向学术研究,这当然是事实。但是,从事研究对沈氏而言并非改弦更张,另起炉灶,其学术生涯至少可追溯到三十年代初。谓予不信,有书为证。

寒斋柘园藏有沈从文手撰的讲义《新文学研究》与《中国小说史讲义》,就是有关的佐证。前者系沈氏一九三〇年在国立武汉大学讲授中国新文学史的讲义,由该校铅印线装出版;后者系稍后在上海暨南大学讲授小说史的讲义,与孙俍工(一八九四至一九六二)合编,由该校出版室铅印洋装出版。《沈从文文集》及其他有关出版物,均未辑入这两部佚著,尤其是前者,似乎从未有人提到过。

中国新文学史作为一门新兴的学科,究竟是何人何时在何校首先开设该课程的,一直是研究中国现代学术文化史的学人所关注的问题。八十年代初,我曾赴京托北大王瑶教授转请朱自清先生的哲嗣朱培隽,央其将朱自清二十年代末在清华大学的讲义《中国新文学研究纲要》检出提供出版。结果所见到的讲义有油印、铅印以及剪贴与手稿参半的三种,后由赵圆女士整理刊发于上海文艺出版社的《文艺论丛》,王瑶师还为此特撰《先驱者的足迹》一文志念。朱先生在清华开设此课始于 九二九午春季,当然是开天辟地第一家。然而翌年沈从文就在武汉大学开设《新文学研究》,亦可谓堂而皇之的"亚军"了。可惜黄修己《中国新文学史编纂史》未及记录沈先生的劳作,希望将来修订时能补进去。

我们还注意到一个有趣的现象,即最早在中国开设现代文学史课的朱、沈二位,都是新文学运动的骁将,他们各自丰硕的创作成果已在当时的文坛影响遐迩,故而皆为开设该课的最佳人选,深谙此中三昧的夫子自道总比隔靴搔痒辈高明多多。

《新文学研究》外观质朴,折页线装,书面上仿古籍贴有红纸书签,经过半个多世纪的岁月洗汰,仍残留有殷殷浅赤,上镌宋体"新文学研究"数字。装帧古意盎然,内容却是与"古"不相侔的簇新的新文学史(从一九一六年揭起"文学革命"之旗算起,至一九三〇年才不过短短的十四、五年),这种别具风味的"调和",可能正出自作者锦绣的匠心。

卷首部分置署"从文编"的《现代中国诗集目录》,共著录"五四"以来的新诗集凡八十六人,一百二十八目。这是自新诗诞生以来最早的一份目录,比阿英(一九〇〇至一九七七)所编新诗目(载《中国新文学大系·史料卷》)和柳倩(一九一一———)所编《中国新诗目》(刊《文学》月刊),都要早上好多年。

其后乃是正文,题为《新文学研究·新诗之发展》(颇疑应另有一册讲义为《小说之发展》,但多年来遍觅无著),下署"沈从文编",中缝下鱼尾处则有"国立武汉大学印"字样。

讲义析为两部分,前半为讲述的作品引例,后半为作家作品编。纵览前半,大致可以窥见沈氏对新诗分期以及流派、倾向的看法,乃至或一作家、作品的衡估,兹将有关标目引录如下:

> 第一期后半期诗由文体的形式影响及于散文发展的标准引例(例举郭沫若《夜步十里松原》,俞平伯《菊》,朱自清《静》,沈玄卢《玻璃窗》等)
>
> 第一期的在纯散文上发展的引例(例举胡适《乐观》,周作人《小河》,沈尹默《月》等)
>
> 后尝试中求自放仍然成就于旧形式中之作品引例(例举李大钊《山中即景》,刘大白《我愿》,刘半农《忆江南》等)
>
> 第二期转入恍惚朦胧的几个作者的作品(于赓虞《骷髅上蔷薇》,鲁迅《墓碣文》,李金发《松下》,高长虹《从民间来》等)
>
> 第一期新诗在小诗方面之成就(例举胡适《江上》,康白情《疑问》,汪静之《过伊家门外》,冰心《春水·六》等)
>
> 第三期诗第一段引例(例举戴望舒《夕阳下》、《雨巷》,蓬子《新

丧》,邵洵美《春夫》,胡也频《我喜欢裸体》等）

　　在文字中无节制的一些作品引例（例举王独清《别了》,蒋光慈《血祭》,陈醉云《海的舞曲》等）

　　沈氏关于以上新诗分期及其特征的讲述,可惜都已随风而逝,不可复得（除非有当年学生听课的笔记发现,然这一希望是十分渺茫的）,但从上所引录的标目与引例,我们仍然可窥测与探究出若干信息。

　　后半全为沈氏自撰的新诗论文,有《论汪静之的〈蕙的风〉》《论徐志摩的诗》《论闻一多的〈死水〉》《论焦菊隐诗》《论刘半农〈扬鞭集〉》《论朱湘的诗》等,姑不论研究的水准与深度,就当年中国现代文学的研究现状看来,尚未有任何一个其他研究者对新诗史作过如此密集的探讨,何况以上研究对象都是"五四"以降新诗坛的最活跃分子,或是湖畔诗社的翘楚,或是新月派的中坚,或是现代格律诗的里手,或是象征主义的信徒,或是民谣俗曲的模仿者……其中有的作品还曾是论争的中心,如《蕙的风》因胡萝华攻击其为"堕落轻薄"的作品而引发轩然大波,周作人、章衣萍、鲁迅等都愤而反击胡的澜言,鲁迅甚至将他写进历史小说《不周山》（女娲两腿中间一个古衣冠的小丈夫）。沈氏有关中国新诗史的论述,应视为留给我们的一份珍贵精神遗产。

　　至于另一本《中国小说史讲义》,已在即将由上海文艺出版社出版的拙著《中国小说史学史长编》第五章中详加论析,就不再于此饶舌了（正好借冯伟才兄的宝地作作广告,一笑）。

（原载香港三联书店《读者良友》月刊,1990 年代）

李南桌及其《论文集》

在编纂《香港近现代文学书目》时，竟然发现"五四"以降的二、三十年代，香港从未出版过一本文艺理论著作，直至一九三九年八月才有首册文艺理论书籍问世，此即香港生活书店出版的《李南桌文艺论文集》。

李南桌何许人也？茅盾在该书跋文《悼李南桌》中，称其为"一个坚实的文艺工作者"，并为"中国文艺界深痛失此一前程万里的人才"，甚至说："侵略的烽火使我们丧失了一个有为的人才，这悲痛和忿恨是我们全国文艺界所不能忘的。"

从茅盾的跋文与后来写的回忆录《我走过的道路》中，我们方才了解到李南桌生平与业绩的片断、点滴。李氏系湖南人，家原寓居北平，南桌系长子，其大弟服役空军，在抗战中殉国。他是在北平读大学的，旧京沦陷之后，回到故乡的省会长沙。茅盾在回忆录中记述了与李南桌邂逅与相识的过程，时为一九三八年二月："在长沙小住时，曾应长沙文化界之请在'银宫'作了一次公开讲演。在讲演的下一天，有一个二十多岁的青年来找我，说是昨天听了我的讲演，才打听到我的住址的。他爱好文学，想聆听我的教诲。我以为他是想问问写作方面的问题，或者拿出他的习作让我批改（这是一般的青年文学爱好者常常要求我的）。谁料不是，他与我纵谈了文艺上的诸多问题，从外国的谈到中国的，从古典的谈到现代的，所提的问题很有见地，尤其他对当前的战时文艺发表了甚为精辟的意见。他思路敏捷，许多观点很能与我一致。我不禁惊讶于这个青年人的才气。"作者很少在回忆录中用如许的篇幅和笔墨来叙说一个初识的文学青年，从中可见茅公舐犊情深，求贤若渴的奖掖后进之心，亦可见李南桌才华横溢，目光锐利的孜孜向上之状。

同年二月，茅盾南来香港，主编《文艺阵地》及《立报》副刊《言林》，二者皆得到李南桌的来稿支持。《文艺阵地》创刊号（四月十六日）就刊发了李氏的论文《广现实主义》,就中广征博引中外文学史料之后,提出了一个大胆的命题,即应该从最广阔的含义上来理解现实主义。他认为任何一个作家,皆必定是一个现实主义者,不管他自己自觉不自觉,愿意不愿意,因为作家跳不出现实去。他希望作家们"放开笔来写,不要顾到那些形式主义""如果我们非要一个'主义'不可,那么就要最广义的'现实主义'吧!"这种挑战教条的新颖而独到的见解,得到茅盾的重视与激赏。故从《文艺阵地》创刊号起,李氏就以他那坚实而明辩的论文,成为该刊的主要撰稿人之一;该刊前十三期共刊出二十篇文艺论文,其中李作就占了八篇。

李南桌在长沙大火后于八月南迁香港,一方面在某中学教国文,一方面从事勤劬的理论著述。除为《文艺阵地》、《立报》副刊《言林》等香港报刊撰文外,还打算系统地写几篇研究莎士比亚、歌德的论文,并准备创作长篇小说。由于战时生活环境的艰困,再加上工作与创作的繁剧,严重损害了年青理论家的健康,十月八日起病,十一日入九龙医院诊断为盲肠炎,病情急剧恶化,十三日晚即遽然病逝了。临终时仍念念不忘治学作文的未竟事业,凄厉的呼喊道:"我就要死了吗? 我要活,要活,我还有许多事要做呢!"亦师亦友的茅盾深感痛惜,在李病逝的翌日就写下悼文,刊发于十月十六日的《言林》上;并将他的论文汇集起来,推荐给香港生活书店出版。

寒斋柘园藏有《李南桌文艺论文集》,系六十年代初购自广西南宁邕江畔的冷摊,三十多年来一直珍藏行箧。集内辑入《广现实主义》、《关于"文艺大众化"》、《评曹禺的〈原野〉》、《论"差不多"和"差得多"》、《关于岂明先生》、《抗战与戏剧》、《"意识"与"形象"》、《再论广现实主义》、《论典型》、《论集体创作》、《关于鲁迅先生》等十一篇论文。对于这本香港文学史上第一本理论著述,希望引起研究者的关注与探究。

被茅盾称为"犹如一颗明亮的彗星掠过长空"的李南桌,他短暂生命的最后岁月是在香港度过的,他殚精竭虑的精神遗产是在香港出版的,然不知其埋骨何处、碑碣可在? 然无论如何,《香港文学史》应镌刻他的劳作。

(原刊香港《大公报》1998 年 12 月 13 日副刊)

聂耳的文学天才

　　早在童年时代,音乐老师曾教我们唱过一曲《聂耳挽歌》,歌词至今还依稀记得:"风在呼,海在啸,浪在相招,当夜在深宵,月在长空照,少年的朋友,他,投入了海洋的怀抱;被吞没在水的狂涛,浪的高潮。……听万千人唱着你谱写的雄歌,你应在九泉含笑。……"后来,老师虽然在朝鲜战场上牺牲了,但她却使聂耳在我们稚嫩的脑海中留下了深深的印痕。

　　聂耳的音乐天才是尽人皆知。我想说的是聂耳在文学的才华。电影《聂耳》中曾有一段聂耳撰文批判软性歌舞的情节,但聂耳当时究竟写了一篇什么文章,发表在什么报刊上,都弄不清楚,或莫衷一是,或语焉不详。笔者一直有心想把它找出来,以使治中国文化史的同志得睹这一文献的全貌。皇天不负有心人,在搜觅左翼文艺运动史料的过程中,终于意外地发见了聂耳这篇批判旧文化的檄文。

　　聂耳这篇题名《中国歌舞短论》的文章写于 1932 年 7 月 13 日,以"黑天使"的笔名发表于《电影艺术》第 1 卷第 3 期。《电影艺术》编辑兼发行者为电影艺术社,1932 年 7 月 8 日创刊,周刊,16 开本,每期 12 页,大约出至 4 期而止。关于该刊的背景,我请教过凌鹤同志,他当时是中国左翼戏剧家联盟的电影领导小组的成员。据凌鹤同志回忆,这是左翼剧联主持的一份电影理论刊物。1 至 4 期的刊物上披载有郑伯奇、司徒慧敏、沈西苓、金焰、汤小丹、易英、绫君、异郎等人的论文与撰述。

　　聂耳所撰《短论》确乎很短,大约不及 500 字,但却内容丰实,立论精辟,辞锋甚为犀利。首先,揭露了中国歌舞的"鼻祖"率领一班红男绿女四处奔波,虽然打着"艺术"与"教育"的幌子,却卖弄的是"香艳肉感,热情流露"的"软功夫",其社会效果是"被麻醉的青年儿童,无数!无数!"其次,对黎氏歌舞也进行了分析,认为其中也含有"反封建的元素",若干作品也试图反映出

"贫富阶级悬殊",对《夜花园里》所表露的"劳苦大众的痛苦",《小利达之死》所揭示的"一点点贫富的冲突",作者都作了肯定,因而对之呼吁道:"我之对于歌舞和那鼻祖,还存着一线的希望之路"。

在这篇《短论》中,聂耳除写下了若干对比强烈的排句而外,还一气呵成地将每句句子的句尾都押上了相同的韵脚,谈起来铿锵有力,韵味无穷,充分显示这位年仅二十岁的作者的文字修养与艺术匠心。

笔者所见到的聂耳文字作品,当然不止《中国歌舞短论》一篇,还有如以"噪森"笔名所撰的《观中国哑剧(香篆幻境)后》(刊 1935 年 8 月 16 日《电通半月画报》第 7 期)等,以及若干信札与日记断片,从这些文字中都足可窥见聂耳思想的敏锐,观察的深邃,文思的迅捷,乃至语言的练达。这些文字都是研究聂耳思想与创作的可贵资料,同时它们本身也雄辩地宣示了:文学修养对于一个音乐家来说也是不可或缺的。

今年是聂耳诞生七十周年,为了缅怀与纪念这位伟大的革命音乐的前驱者,草此小文,以作为奉献于灵前的菲薄的祭品。

"历史的碑记"

——《聂耳纪念集》

　　最近欣闻云南人民在昆明西山为聂耳修葺墓茔的消息,说明这位伟大的新兴音乐家永远活在人民的心中。聂耳墓旁的大理石音符如同碑铭一样,象征着无产阶级音乐奠基人以音乐为武器,竭诚服务于祖国、民族、人民的一生。半个多世纪以前,一九三五年七月十七日,聂耳在日本神奈川县藤泽市鹄沼海滨不幸溺水逝世之后,他的悲恸的朋友们在东京为他开了追悼会,还以"东京聂耳纪念会"的名义于一九三五年十二月三十一日出版了《聂耳纪念集》,以纸墨为英年夭逝的天才树立了一块不朽的碑碣。

　　《纪念集》的编辑人是天虚与黄风,他们都是聂耳生前志同道合的战友。前者是聂耳的同乡、同学,左翼小说家,长篇小说《铁轮》的作者;后者即蒲风,左翼诗人,"中国诗歌会"的发起人之一,长诗《六月流火》的作者。天虚在《编后》中写道:"这不是个人的纪念册,是一块历史底碑记。"并且表示要承继和发扬聂耳的遗志,以"赤心"来保证完成他"未完底意志"。

　　这本凝结着战友的意志与哀痛的《纪念集》分为四辑:第一辑是"传记",其中有承箕的《聂耳传记》、日本滨田实弘的《聂耳遭难时之情形》;第二辑是"评论",其中有天虚的《聂耳论》、皮雨的《革命歌人》、林蒂的《纪念聂耳的意义》、维华的《关于聂耳》;第三辑是"纪念文",其中有杜宣的《永别了聂耳》、伊文的《记聂耳》、蒲风的《"天才损失年"悼聂耳》、陈字书的《致死者》、洪干的《纪念聂耳》、阿非的《〈毛毛雨〉、〈渔光曲〉和〈大路歌〉〈开路先锋〉》、侯枫的《忆聂耳》、每戡与新珉的《伤逝二章·悼聂耳君》;第四辑是"诗",郭沫若的《悼聂耳》、黄风的《海的暴君——为纪念聂耳写》、日本秋田雨雀的《纪念聂耳》(雷石榆译);最后是天虚的《编后》。

　　天虚是聂耳的同窗与挚友,他的《聂耳论》持论公正而警策,追述了聂耳在左翼文化运动的感召、培育下，充任无产阶级革命音乐开路先锋的战斗历程，认为他在短短的二十四年生涯中，"除戏剧、电影以及其他参加社会活动的种种功绩我们不提外，显然的，新兴乐坛，是由他一手来奠定了初基！音乐，电影，戏剧合流巨浪的掀起，无疑地他是最得力之一人！"赞颂他"确定了新兴音乐的基础，打开新兴音乐的途径"，天虚第一个就聂耳在中国无产阶级革命音乐史上的地位与作用发表了意见，历史后来也证明这一评价是正确无误的。

蒲风的纪念文《"天才损失年"悼聂耳》为我们提供了在左翼文艺运动内部音乐与诗歌结缘的可贵史实："六月二日，在东京中华青年会馆内举行的第五次艺术界聚餐会会场上，聂耳先生的关于中国的音乐界的报告引起了整个会场的兴趣。……后来，说到他自己的作曲，最先就提起了'中国诗歌会'主编出版的《新诗歌》旬刊上的《码头工人歌》，使我心里感到兴奋的跃跳，想着：'原来，这就是我们的《码头工人歌》的作曲呵！'"为了推进文艺大众化的进程，聂耳主动为"中国诗歌会"成员蒲风的《码头工人歌》谱曲，也曾为"中国诗歌会"另一成员温流的《打砖歌》、《卖菜的孩子》谱曲。蒲风还接着写道："在聚餐的时间中，我跟他作了一个联络。我说：'此后，我们诗歌界应该多多和音乐界合作。'同时，我要求他参加我们的诗歌座谈会。当我的要求得到满意的答复后，他说：'在上海时就要找寻'中国诗歌会'，只是忙……'"，六月十六日，聂耳果然很早的出席了蒲风主持的诗歌座谈会，并应邀演唱了自己谱曲的《码头工人歌》。以上是有关革命诗歌与音乐相结合的一段佳话，可惜因为聂耳的夭亡，故而未能绽放出更艳丽的花朵。

悼诗部分以郭沫若的《悼聂耳》为首篇，该诗作于一九三五年九月十八日，曾发表于同年十月十日由雷石榆主编在东京出版的《诗歌》半月刊一卷四期《聂耳纪念特辑》。诗人将聂耳比拟为与雪莱一样同是"民众的天才"，认为人民大众都热爱他的"新声"，并讴歌聂耳的精神不死，将鼓舞大家战取光明：

> 聂耳啊我们的乐手，
> 　你永在大众中高奏；
> 我们在战取着明天，
> 　作为你音乐的报酬！

　　黄风的悼诗情真意切地哀痛战友的早逝,痛惜革命诗歌运动丧失了一位并肩攻伐的同志,大众也丧失了"一个知心朋友"。

　　值得注意的是日本文学界前辈、中国旅日文学青年的朋友秋田雨雀的悼诗《纪念聂耳》,诗前有小序写道:"聂耳遭难时,我的女婿俩(上田进等)也住在鹄沼海岸。"老作家以深挚的情感抒写了对一个年青的中国友人的惋惜与哀痛:

> 鹄沼波深,溺死了一个中国人,
> 早听见儿辈说过,谁期就是聂君,
> 听着《进行曲》、《开路先锋》,
> 连我都在震荡着胸襟的手舞足蹈的,
> 客厅的窗户送来冷意之夕。

　　编者在《编后》中也指出:"应该特别一提的是,日本文化的权威指导者秋田雨雀老先生,当聂君遭难的时候曾接住住鹄沼的他女婿上田进先生的报告,甚致悲悼之忱,我们同在牛込俱乐部排剧的时候,一谈起来,他也愿意为之纪念",我们应该感谢这位日本老人关心、扶植中国进步文化,照拂、疼爱中国一代文化新人的拳拳之心。

　　《聂耳纪念集》出版于中日战争爆发前夕的东京,如今在国内极难找到了,故而能看到的人甚少。然而它确如天虚在五十年前所确认的:"这是一块历史底碑记",因为它铭记着革命文化先行者的功绩,也镌刻着中日文化交流的轨迹。

血乳铸就的碑碣

——鲁迅《序跋集》

　　还在那迫人窒息的"四人帮"肆虐的年代里，北京一位从事报纸副刊编辑的朋友，寄来一束题为《序跋集》的拟目清样。我一见十分欣喜，因为这是鲁迅生前允诺王冶秋辑录的集子，想不到时隔四十年倒有了出版的机会！可是当时正是文化灭绝的岁月，人们的美好愿望往往会泡沫般的被击碎，鲁迅的《序跋集》终于没有能出版……

　　鲁迅致王冶秋的书简，曾多次述及《序跋集》的搜集、选辑以及出版事宜。例如一九三六年四月五日函中说："序跋你如果集起来，我看是有地方出版的；不过有许多篇，只有我有底子，如外国文写的，及给人写了而那书终未出版的之类，将来当代添上。至于那篇四六文，是《淑姿的信》的序，初版已卖完，闻已改由联华书店出版，但我未见过新版，你倘无此书，我也可以代补的。"并说："《文学大系》序的不能翻印是对另印而言，如在《序跋集》里，我看是不成问题的。"以上是鲁迅自己文字中涉及《序跋集》的资料。从书简的语气看来，《序跋集》编辑的动议是王冶秋提出而得到鲁迅赞同的。这一判断可证之以王冶秋的回忆。一九四六年十月十九日，《大公报》的《文艺》副刊第六十八期有《鲁迅先生逝世十周年纪念特刊》，其中刊发的王冶秋的《纪念鲁迅先生》写道："为着纪念这一时期鲁迅先生对我的援助和爱护，我便在又得着'饭碗'的那一年的春天，开始编辑先生的《序跋集》。因为我觉得将可以从这本书里，使人们可以看到他辛勤劳绩的剪影。"《序跋集》选辑的范围在这里也有简略地说明，即"他自己的全部著译，以及他虽是写了序而终未出版的书……都将在这里看到精要的说明，因为他的序跋：不是吹嘘，不是夸示，而是最好的提要，索隐和注释"。编者花费了几乎半年的时间，抄完了这二十几万字的"巨制"；当他抄竣编讫集子，抬头瞥见那浩瀚无际、烟波浩渺的大海,不禁慨叹道:"鲁迅先生的伟大无私和成就,只有这大海可以比拟吧!"在《序跋集》整个集抄编录过程中,鲁迅始终给予关切与帮助,并为之提供了若干篇没有刊出过的序跋,还应允为之探询出版印行处所,认为"想必有人肯印的"。《序跋集》于一九三六年仲夏抄就后,王冶秋即寄奉鲁迅先生。查《鲁迅日记》,一九三六年六月三日条记有:"的王冶秋信,并稿。"鲁迅时值病重弥笃,至七月中旬稍愈,即复信王冶秋:"事情真有凑巧的,当你的《序跋集》稿寄到时,我已经连文章也无力看了,字更不会写。"并说:"现在还未能走动,你的稿子,只好等秋末再说了。"(一九三六年七月十一日致王冶秋笺)不料仲秋时分,鲁迅先生就遽然逝去了,《序跋集》的出版遂被搁置。

王冶秋惊闻鲁迅先生逝世,立作悼诗《雪夜忆豫才先生》,无比悲痛地悼念与追怀这位伟大的先行者:

　　…………

　　　　为了纪念亡友,我向
　　先生写了第一封信。
　　　　盼着,盼着,
　　向这仿佛没有人烟的荒域,
　　　　投来了诚挚的回音。
　　从此我常常得到先生的鼓励;
　　也看到先生愤激的心情。
　　…………
　　然而,先生终于长眠在地下了!
　　冷风从愤懑哀伤里把我唤醒,
　　　　抬头,
　　仿佛看到那无边的风雪里,
　　耸立着这巨人,
　　"横眉"冷笑![1]

鲁迅先生逝世之后,《序跋集》的出版事宜也曾得到许广平的关注。她

---

〔1〕　刊鲁迅纪念委员会编:《鲁迅先生纪念集》,文化生活出版社一九三七年十月初版。

了解此书抄稿寄达后,先生在大病之余仍"打算秋间动手改,却因为屡次的计划易地疗养而拖延下来,终于成为有志未逮"[1]。王冶秋于鲁迅逝世之后不久,在一九三七年四月二日致函许广平商洽《序跋集》出版事宜,并表示:"此书之版权版税,前已说过,作为我对海婴弟的一点极微弱的帮助,所以关于出版处的交涉,望先生费神办理,总以能抽得版税给婴弟买几本课外看的书为宜。"许接信后即四出斡旋,于该年秋征得费慎祥主持的联华书局同意承印,后因故迁延而未果。

不久,上海成为"孤岛",但许多文化战士仍然奋斗在这块"四面倭歌"的阵地上。一九四一年八月,许广平与文化生活出版社的陆蠡谈起这本集子,陆读完《序跋集》的抄稿后,告之很愿意出版这本有价值的遗著。但不久太平洋战争爆发,日军进驻上海租界,之后陆蠡被侵略者逮捕。由于这位以精湛清丽著称的散文家失踪,《序跋集》的出版计划也随之再次告吹。

"孤岛"时期出版的文艺刊物《萧萧》(柯灵等编)第二期(一九四一年十一月十六日出版),刊发了许广平提供的一组《关于〈序跋集〉》的文献(《序跋集》署鲁迅著,景宋序言,王冶秋编跋,三闲书屋出版):鲁迅先生遗书手迹(一九三六年四月五日夜致王冶秋笺),许广平的《序》与王冶秋的《跋》。以上文章使我们对《序跋集》有了更切近的了解。王冶秋原抄序跋自一九二一年起,共九十余篇,复由鲁迅先生提供、又经许广平补充四十篇左右,定稿时计收集序跋一百三十四篇,凡二十五万字,起自一九〇三年的《科学小说〈月界旅行〉辨言》,讫于一九三六年十月十六日即逝世前三天写的《〈苏联作家七人集〉序言》。许广平在《序》中说:"以一个文化工作者的立场,仅衹是介绍著作,就写了二十几万字,而每一篇序跋,即可以概括那书的精要,我们读了这集之后,不仅对许多书有了概括的认识。同时对于鲁迅的博学精湛,也随之增加深一层的认识,这是首先应向编者致谢的。"王冶秋则以编者名义先后写过三篇跋文:一九三六年五月用汪洋的笔名写有《后记》;一九三七年四月写第二次《后记》;一九四一年九月写了《跋》。《跋》写得很有感情,亲切追忆了鲁迅对自己的教诲、帮助,从这些朴实叙述中,我们明晰地看到了鲁迅当年对一个失业的文学青年的爱护与激励:

　　　　……打算编集这本书的时候,是在我失业期中,那时五年半以前的

---

[1]　景宋:《〈序跋集〉序》,刊《萧萧》第二期,一九四一年十一月十六日出版。

事了。

天津英租界的边上，荒草丛中，常有一个年青的人，替猎夫赶着鹌鹑，替野草传布着种子——仿佛所有的人都带着"有业"的气焰来威逼着他，使他只有走上这寂寥的草原，向蓝色的天空吐几口几乎喘不过来的气息。

这心境是难以描述的。

然而这时候鲁迅先生伸出他援助的手，一封封的信，一包包的书，——使我没有理由拒绝这既慈祥又严厉的"民族老人"的爱护与拯救，虽然，我那时仿佛要拒绝了一切。

我在这样情形之下，我想起编集这本书。

因为得到鲁迅先生的关怀与支持，所以经过半年奋战便顺利编讫这个集子。编者面对着先生坚卓的劳作与辉煌的战果，在《跋》中感佩无已地写道：

先生自己的著译，以及主编的刊物……为别人校稿，以及介绍，编订的刊物……这样的序言及后记之类，就写了廿万字以上——这在中国，怕是空前的罢！而且他的序言，后记，是切实的为读者"提纲挈领"，没有吹嘘，没有掩饰，披筋抽骨，使读者对于一书一事一个作者，先有了概括简要的认识。——这对读者的帮助，是极大的。

同时，编者还从另外一个角度阐述了《序跋集》的意义：

……这书便是鲁迅先生一生战斗事业的辉煌的缩影，从这里可以看出这巨人对荒凉的中国的"丰功伟绩"。

有谁是这样辛勤过的？——著作，翻译、辑考，校订，编选，印行……三十年如一日。……——不知休息，不畏寒暑，舍上自己的血肉，为荒原中肥壮着劲草，为中国的新文化，实在是尽了"开拓者"和"大旗手"的任务。

这些发自一个私淑过鲁迅先生的文学青年的肺腑之言，使我们感到比一些空泛的赞词倍觉亲切。

　　编者在《跋》中还感叹着"这书的厄运"：因为延宕五六年而未能出版，而这第三次的擘划的复遭阻遏，却为编者始料所不及的。更使人难以理解与置信的是，到了四十年后的新时代，《序跋集》竟第四次胎死腹中。回顾这半个世纪以来《序跋集》的难产史，倒也看清了一些问题。三十年代受到国民党反动当局文化"围剿"的威胁，四十年代遭到日本帝国主义"文治武功"的践踏，七十年代竟又被"四人帮"文化专制主义所禁锢，这些，不正雄辩的说明这一伙都属于同一类"黑暗的动物"吗？

　　浏览《序跋集》的拟目，不禁为鲁迅先生奖掖后进、培育新苗的忘我精神深自感动。舍去鲁迅自己著译的序跋不计，鲁迅为他人作品所撰序跋有五六十篇之多，其中许多都是"名不见经传"的无名作家的处女作。鲁迅所序跋的青年作家的创作几乎包括各种文学样式，其中有洋洋洒洒的长篇，如黎锦明的《尖影》，柔石的《二月》，叶永蓁的《小小十年》，萧军的《八月的乡村》，萧红的《生死场》；有铸精锻锐的短篇集，如叶紫的《丰收》，葛琴的《总退却》；有形如短兵的杂文，如徐懋庸的《打杂集》；有犀利的诗歌，如殷夫的《孩儿塔》；有心裁别出的剧本，如陈梦韶的《绛花洞主》；有旨在窃火的译文，如曹靖华译《一月九日》，柔石译《浮士德与城》，蔡咏裳、董绍明译《士敏土》；有显幽发微的文献，如川岛校点的《游仙窟》，王品青校点的《痴华鬘》；还有刚健清新的木刻，如新波、刘岘合作的《无名木刻集》等等。鲁迅还热心地应外国文学青年之请，为他们的编译或编集作序跋，如为苏联王希礼译《阿Q正传》写《序》，为美国伊罗生编《草鞋脚》作《小引》、为日本增田涉译《支那小说史》作《序》，为捷克普实克译《鲁迅小说选》作《序》等。许广平曾忆及："鲁迅先生凡有写序，都不是空泛敷衍，必定从头到尾，细读一过，然后执笔。所以读了他的序，对于原书已经十得八九，真够得上忠实二字。"（《〈序跋集〉序》）王冶秋在为《序跋集》所写的第一篇《后记》中也曾指出："在每一本书的序跋里，就很可以看见他铁腕在精心的开发着土石。"事实上也正是如此，鲁迅是甘愿以自己的躯体化为血乳来滋养青年的，例如他在为贺菲（赵广湘）《静静的顿河》译本写《后记》之前，曾连续好几夜将译稿一句句的推敲、校改，到写定《后记》之后，因为实在太劳累的缘故，生了一场不轻的病（查《鲁迅日记》，一九三〇年九月十六日条记有："为广湘校《静静的顿河》毕。"同月二十日条即记有："夜发热。"二十一日及二十三日皆有"上午往石井医院诊"的记录）。应该说这册苏联文学译本的出世，自始至终都浸润着鲁迅的心血，因为连译者据以翻译的德文底本也是鲁迅提供的（《鲁迅日记》一九三〇年五月十六日条记有："收诗荃所寄《Die stille Don》一本，即交贺菲。"）。在鲁迅为校改译稿以及撰写《后记》而积劳成疾后，又为此书亲笔题签，并编入自己主编的《现代文学丛书》交神州国光社于一九〇三年九月出版……鲁迅以"吃的是草，挤出的是牛奶、血"的忘我精神与不息劳作，表现了"寂寂不求闻誉的奠基者的态度"。

　　《序跋集》终于迄今也未能出版，这不能不是中国出版、文化史上的一件憾事；但是，鲁迅先生所撰序跋却并不因此而泯灭。这血乳铸就的碑碣，将永远巍然屹立在中国万古长青的文苑！

鲁迅、瞿秋白精诚合作的象征

——《萧伯纳在上海》

在《文艺连丛》之一、之二封底页由鲁迅手拟的广告下端,专用方框标出了同由野草书屋出版却不属于该《连丛》的另一本书——《萧伯纳在上海》的预告:

> 萧伯纳一到香港,就给中国一个冲击,到上海后,可更甚了,定期出版物上几乎都有记载或批评,称赞的也有,嘲骂的也有。编者便用了剪刀和笔墨,将这些都择要汇集起来,又一一加以解剖和比较,说明了萧是一面平面的镜子,而一向在凹凸镜里见得平正的脸相的人物,这回却露出了他们的歪脸来。是一部未曾有过先例的书籍。编的是乐雯,鲁迅作序。

这则署以"上海野草书屋谨启"的广告,无论从内容的警拔,抑或行文的峭厉,都显现不可取代的鲁迅风格,有很大可能是出自鲁迅手笔。虽只寥寥百余字,却也攫住了这本鲁迅、瞿秋白合编的"未曾有过先例的书籍"的精髓,昭示了他们鉴裁忠佞的编辑意图。鲁迅在《萧伯纳在上海》的序言中申明了这本书"将文人,政客,军阀,流氓,叭儿的各色各样的相貌,都在一个平面镜里映出来"。我怀着焦渴、期冀、好奇,甚至不无怀疑之感,急于披阅这"一部未曾有过先例"的书。

《萧伯纳在上海》的外观就颇为不凡,在横排的书名下注有"乐雯剪贴并编校　鲁迅序",下署"野草书屋印行　1933",封面左侧印有萧伯纳的漫画像;作为整个书面背景图案的是以红色叠印的中外报刊有关萧伯纳的剪报书影,不仅美观别致,而且也切合书的内容。以上匠心独运的设计,想亦出自鲁迅先生的心裁。

鲁迅的《序言》作于一九三三年二月二十八日夜。对这本自己与瞿秋白合编的《萧伯纳在上海》,鲁迅以第三者的口吻作了评述,认为"伯纳·萧一到上海,热闹得比泰戈尔还利害"的原因,在于人们风闻萧是一个"讽刺家",目的不过"要听洋讽刺家来'幽默'一回,大家哈哈一下子"。同时,各种外国势力的代表,各伙政治派系的斥侯,各个社会集团的"贤达",各门帮会宗社的龙头,乃至乞食于各宗各派各帮的文氓文丐,都怀揣着各自的企图纷至沓来,诚如鲁迅所形容的:"蹩脚愿意他主张拿拐杖,癫子希望他赞成戴帽子,涂了胭脂的想他讽刺黄脸婆,……"但被鲁迅称道为"和下等人相近的,而也就和上等人相远"的萧伯纳,何尝甘愿满足他们的要求,结果当然是"不见得十分圆满"的。鲁迅愤慨于萧伯纳"在中国,好欺人的家伙多,坏话不少"(一九三三年四月一日致山本初枝笺)的境况,对这位"颇有风采的老人"不无欣赏地推崇道:

> 萧的伟大可又在这地方。英系报,日系报,白俄系报,虽然造了一些谣言,而终于全都攻击起来,就知道他决不为帝国主义所利用。至于有些中国报,那是无须多说的,因为原是洋大人的跟丁。

萧伯纳在上海呆了还不足一整天,各色人等却都作了精彩的表演,无不淋漓尽致地"显出了藏着的原形",且不论他们面孔上涂饰着怎样的"脸谱"。

《萧伯纳在上海》是鲁迅、瞿秋白合作编辑的唯一书籍,当时瞿秋白正第二次到鲁迅家中避难,亦即这两位伟大的文化战士在大夜弥天之际难得朝夕相处的时日。这次避难的起讫时间大约一个月,其间正值萧伯纳周游世界路过上海的日子,《鲁迅日记》一九三三年二月十七日条记载了鲁迅当日在宋庆龄住宅与萧伯纳、史沫特莱等午餐事。关于当日情况,许广平后来曾撰文忆及:"归来已傍晚,但刚好秋白夫妇住在这里,难免不把当时情况复述一番。从谈话中鲁迅和秋白同志就觉得:萧到中国来,别的人一概谢绝,见别的人不多,仅这几个人。他们痛感中国报刊报导太慢,萧又离去太快,可能转瞬即把这伟大讽刺作家来华情况从报刊上消失,为此,最好有人收集当天报刊的捧与骂,冷与热,把各方态度的文章剪辑下来,出成一书,以见同是一人,因立场不同则好坏随之而异地写照一番,对出版事业也可以刺激一下。""于是由鲁迅和秋白同志交换了意见,把需要的材料当即圈定;由杨大姐和我共同剪贴下来，再由他们安排妥贴，连夜编辑，鲁迅写序，用乐雯署名，就在二月里交野草书屋出版，即市面所见《萧伯纳在上海》是也。"〔1〕细考鲁迅这一阶段的日记、书信以及著译，一九三三年度的整个二月份鲁迅除撰写了几篇与萧伯纳有关的杂文而外，还把很多粮力用于与秋白合编《萧伯纳在上海》。

在鲁迅的日记、书信中，还有一些有关《萧伯纳在上海》的史料线索足值钩沉，如鲁迅三月一日致台静农笺云："我们集了上海各种议（疑衍一"论"字——笔者）以为一书，名之曰《萧伯纳在上海》，已付印，成后亦当寄上。"因鲁迅《序言》写于"二月二十八日灯下"，而此日既云："已付印"，我估计即于今日（三月一日）发稿付排。三月三日开手校读部分清样，是日《日记》记有："夜……校《萧伯纳在上海》起。"三月十三日条记有："夜……校《萧伯纳在上海》讫。"三月廿四日条记有："《萧伯纳在上海》出版，由野草书店赠二十部，又自买卅部，共价九元，以六折计也。"由上观之，这本书的编校与出版的速度是惊人的。

《萧伯纳在上海》除鲁迅撰序外，还有秋白于二月二十二日作《写在前面——他并非西洋唐伯虎》，直截地揭露了关于萧伯纳来华，"中英俄日各报上，互相参差矛盾得出奇"，但尽管他们极尽歪曲、诬蔑之能事，"然而萧的伟大并没有受着损失，倒是那些人自己现了原形"。他称赞萧是一个"真正为着光明而奋斗"的"激进的文学家，戏剧家"，他不愧"是世界的和中国的被压迫民众的忠实朋友"。然后，则更直白地道出了编辑意图：

> 我们收集"萧伯纳在上海"的文件，并不要代表什么全中国来对他"致敬"——"代表"全中国和全上海的，自有那些九四老人，白俄公主，洋文的和汉文的当局机关报；我们只不过要把萧的真话，和欢迎真正的萧或者欢迎西洋唐伯虎的萧，以及借重或者歪曲这个"萧伯虎"的种种文件，收罗一些在这里，当做一面平面的镜子，在这里，可以看看真正的萧伯纳和各种人物自己的原形。

全书共分五辑，第一辑标题为《Welcome》，前有引言说明因上海欢迎萧伯纳的文章太多，故分剖为上下两半截。并借《申报》副刊《春秋》上"不顾

---

〔1〕　许广平：《鲁迅回忆录》，作家出版社一九六一年五月初版。

生命,只求幽默"这句口号"割裂"为上下两截的小标题,这当然是针对上述
"警言"的讽刺。上半截《不顾生命》部分所辑录的,皆为秋白在《写在前面》
所说的对萧伯纳真正衷心欢迎的,即"只有中国的民众,以及站在民众方面
的文艺界"这一方面的文章,选自《申报·自由谈》、《生活周刊》、《艺术新
闻》等左翼与进步文化界控制或影响的报刊,其中选入鲁迅、郁达夫、玄(即
茅盾)、韬奋、洪深、许杰、朴(即李公朴)等十余家的文章。下半截《只求幽
默》部分辑录的即为《写在前面》所言"各怀着鬼胎"者的妙文,选自《大晚
报》副刊《辣椒与橄榄》、《申报》副刊《春秋》以及《红叶》、《海潮》等国民党
御用文人或无聊文人盘踞的报刊。《只求幽默》栏内诸文后大多附有鞭辟入
里的按语与补注,一一抉剔了这伙文化娼妓的本相;这些"按语"语言犀利,
形式波俏,其中有打油诗式的"补白",或章回小说式的"平话",以及广告式
的反拨,想来都出自才华横溢的秋白的手笔。

　　第二辑题为《吓萧的国际联合战线》,其中选录与辑译了上海中外文报
纸反萧"国际联合战线"的一片喧嚣声。其中有"英国的上海政府半官报"
《字林西报》骂他想做鲍罗廷;"中国的上海当局半官报"《大陆报》和《大晚
报》骂他"不诚恳","卖狗肉";"日本的上海殖民地机关报"《每日新闻》骂他
怕老婆;"白俄的上海移民机关报"《上海霞报》骂他"挂羊头卖狗肉"……在
这些"吓萧文件"之前之后,也都冠以或附缀"嘻笑怒骂,皆成文章"的按语,
例如在选译的二月十八日《字林西报》的报导《一个谈话》之后,编者针对这
家英文报纸别有用心地将萧伯纳比附鲍罗廷(大革命时的苏联顾问——笔
者),愤慨地指斥道:

　　　　帝国主义的大人先生……,他们自己拿着枪炮飞机到殖民地上来
　　购买"尊敬",搜括几万万民众的膏血,而萧伯纳之流偏要来戳穿他们的
　　西洋镜,所以可恶,所以要说他抢了鲍罗廷的饭碗。如果萧伯纳是把自
　　己的脑袋"放在底下",那么,这班"殖民专家"——Colonisators 是要把殖
　　民地民众的脑袋永久捺在地下。

　　　　抬起头来罢! 抬起头来,向这些帝国主义者说:我们的确不愿意做
　　僵尸,我们要请你们出去了。出去罢,去! 去! ——假使你们到那时
　　候,慌乱得来不及随手带上中国的大门,那也可以不必费心了!

　　在三十年代的出版物中,像这样义正辞严地指斥帝国主义并喝令其滚

出中国的檄文,似乎并不多见。类此的按语在文中比比皆是。

　　第三辑题为《政治的凹凸镜》副题是《"比较翻译学"和"小辫子的科学研究"》。关于前者,即所谓"比较翻译学",编者考察了这些或为帝国主义喉舌,或为反动当局号筒的"转辗传译",翻覆杜撰,移花接木,无中生有,从而"弄出许多'修正','删改','补充','捏造'的把戏来"。但结果呢——每一方面都企图把萧伯纳变成凹凸镜,借他的"光",以照出自己的"粗壮"、"俊美"、"娇媚",而把别人照成"三寸丁谷树皮"的"武大郎"。可是,天不从人愿,历史的天平是公正的,人民的眼光是锐利的,于是乎"他们各自现了原形:是戏子的还是戏子,是畜生还是畜生,是强盗的还是强盗。那有什么法子呢?"关于后者,即所谓"小辫子的研究",也就是关于新闻纸上小标题的"科学研究",就它们各自编缀的各式各样"小辫子",编者列举了《申报》、《时报》、《时事新报》、《商报》、《大陆报》、《字林西报》等六家报纸有倾向性的标题,揭橥其无不流露出"各人的态度,各人的私心",同时也自我暴露了各自的后台老板。

　　第四辑为《萧伯纳的真话》,辑录了萧伯纳在香港、上海、北平的言论,系选自路透社电及《申报》等,当然是经过编者甄别鉴定过的。其中路透社香港十四日电所报导的萧伯纳在香港大学对学生的讲演:"如果你们在二十岁的时候不做赤色的革命家,那么,到五十岁就要变成不堪的僵尸;你们要在二十岁的时候就变成赤色革命家,那在四十岁的时候就不致于有落伍的机会。"鲁迅在《萧伯纳颂》中曾引录了这段大胆而精辟的言论,并因此而盛赞"他的伟大"。

　　第五辑为《萧伯纳及其批评》,选录了黄河清(即黄源)作《萧伯纳》(原刊《社会与教育》第一一六期)和德国尉特甫格作、刘大杰译的《萧伯纳是丑角》(刊《海潮》第二十一期),后一篇译者在《附记》中注明:"此文为德国马克司学者尉特甫格(Karl August Wittfogel)原作,登于柏林出版的《Die Rcte Fahne》报纸上;后被英人译出,刊登于《The Living》杂志。我现在是从英文转译的。"编者对本辑选文未加按语,而其原旨可能是为了借此向读者提供有关萧伯纳及其业绩的参考材料吧。

　　读完《萧伯纳在上海》,我才较为深切地体味到鲁迅与瞿秋白之所以在激烈的鏖战中,仍竭尽心力地编印这本"未曾有过先例的书籍",目的当然在于:一方面集中展示中国赋有正义感的作家对于萧伯纳访华的真诚欢迎与热情赞赏,促进国际进步文化事业同声相应、同气相求的声援与交流;另一方面则是以集纳的方式将上海滩上各种文化形态荟萃一堂,从而在萧伯纳这面"镜子"前剥蚀已尽地暴露出"藏着的原形"。这是两位革命文化的先哲在文化"围剿"这一严酷条件下,创造性地所采取的一种特殊方式的战斗,终于给予买办文化与封建文化合流的反动文化以沉重的一击。

半个世纪骎骎而过,这本先驱者的精神遗产仍旧给予我们甚多的启示:他们并肩携手、团结战斗的风范;他们锐利敏捷、捕捉战机的迅猛;他们废寝忘食、持续进击的拼搏;他们战取光明,翘望新生的信念;他们精裁妙剪、妍媸立现的高艺;他们嘻笑怒骂、皆成文章的泼剌……对于有志于建设革命文化的后来者来说,是钦仰的范例,也是效法的楷模。

（原载《读书》〔北京〕1982 年 7 月号）

中日文化交流史上的丰碑

——《支那小说史》

一九三五年顷，鲁迅先生的学术著作《中国小说史略》，经日本友人增田涉翻译，由东京赛棱（号笛）社出版了题为《支那小说史》的日译本。应增田涉之邀，鲁迅亲自为之作序，欣喜地说："听到了拙著《中国小说史略》的日本译《支那小说史》已经到了出版的机运，非常之高兴。"〔1〕同年六月十日，鲁迅在致增田涉的信中说："《中国小说史》豪华的装帧，是我有生以来，著作第一次穿上漂亮服装。"

《支那小说史》出版于昭和十年（一九三五年）七月。书品端庄凝重，确乎装帧得非常漂亮豪华：布面精装，书顶烫金，重磅道林纸印制。装帧与题签均为赛棱社主——三上於菟吉，可见该社对这部力作的重视。置于我案头的这部初版本虽然经历了近半个世纪的岁月剥蚀，仍然簇新、厚实地矗立着，不减当日的"金碧辉煌"。书脊上一行"支那小说史　鲁迅著　增田涉译"的金字，在墨绿色麻布底纹的映衬下照旧熠熠发光。书的开本较大，宽十五厘米，高二十二点五厘米，厚达四点五厘米，计有五百多面。无论装帧的精美，还是开本的开阔，抑或书页的厚度，都超过了当时已出版的鲁迅各种著译，难怪鲁迅在致增田涉的信中高兴地说："我喜欢豪华板"。又对另一位日本友人山本初枝说："我的书这样盛装问世，还是第一次。"这本书一出世就受到读者的欢迎，更使那些鲁迅著作版本的收藏家爱不释手。

《支那小说史》的扉页则设计得很朴素。在粗细相间的栏框中，分行排列着："鲁迅著　增田涉译　支那小说史　东京·サイしン社版"等字样，看来也出于三上於菟吉氏的手笔。版权页上粘有钤着增田涉印章的版权印

---

〔1〕《且介亭杂文二集·〈中国小说史略〉日本译本序》。

花,发行者署名盐谷晴如。

正文卷首就是鲁迅专为日译本所撰之序,后署"一九三五年六月九日灯下"。次为增田涉所写《译者的话》,文末署明于一九三五年三月二十五日作。然后是鲁迅分别于一九二三年及一九三〇年写的序言和题记,都是悉照中文原本移译的。卷末则有增田涉于昭和十年七月十三日所写的《跋》。

增田涉《译者的话》,是一件中日文化交流的可贵实录。译者极为推重《中国小说史略》的学术价值,强调指出,"原著一经问世,立即博得各方面的绝赞,不仅一般研究家,连专门研究家也仰仗此书而获益非浅。受此书刺激或启发,不断出现中国小说史上的新发现和新研究,原著在中国小说研究上可称为是划时代的"。译者高度称颂原著者严谨、勤奋的治学实践,诸如从浩如烟海的典籍中锐意穷搜关于小说史的片断记载,把大量散佚的资料进行考核、整理并化成小说史的体系,将缤纷多姿的中国古典小说加以搜辑、分类、考订、评析等,认为鲁迅"虽然总览历来各家的记载,又从独自的见地而下严正的推断",并且"在自己的字里行间,闪烁着尖锐的批评锋芒,可以窥见'作家鲁迅'的面貌"。译者还热情洋溢地写道:"作家鲁迅的名字,是因为《阿Q正传》而在中国文学史上闪烁着不灭的光辉。同时,鲁迅作为文学史家乃至学者,因《中国小说史略》,恐在百年后,仍被世人称誉。"以上皆并非过誉之词,出自一位日本友人之口,就令人倍感亲切与信服。译者还叙述了在鲁迅指导下译介该书的过程:译者曾在上海从作者依据此书改订本受到小说史的讲解,每日约三小时,在作者寓所度过几个月。一边听讲解一边笔记字义的解释。后来是根据那笔记尝试译日文,翻译中遇到疑问时再一一用信请教作者。如此约有两年,直到译文完稿。这段授者谆谆善诱、学者孜孜不倦的中日文化交流的佳话,增田涉后来在回忆鲁迅的专著《鲁迅的印象》(日本雄辩会讲谈社一九四八年十一月初版,角川书店一九七〇年十二月增订重版;湖南人民出版社于一九八〇年五月出版了钟敬文的中译本,据后一版本翻译)以及讲演《我的恩师鲁迅先生》(一九七四年十月十九日在纪念会的讲话,刊于一九七五年三月由日中友好、鲁迅先生仙台留学七十周年纪念祭实行委员会编辑发行的《鲁迅祭记录集》)中都曾更详尽的追忆过,但这里是最初的记述,当更翔实无误。

最后,译者介绍了作为《中国小说史略》的"副产品"——《小说旧闻钞》、《古小说钩沉》和《唐宋传奇集》,认为鲁迅辑录的《稗边小缀》和《小说旧闻钞》,"作为考据资料,对小说史研究有益的地方不少"。这里值得注意的是,这可能是第一次由增田涉透露出鲁迅的未刊稿——搜辑从周到隋的古佚小说的《古小说钩沉》,这部书稿在鲁迅生前一直未能出版。此外尚须指出的是,这篇《译者的话》在出版前曾邮奉鲁迅过目。鲁迅在一九三五年六月十日致增田涉的信中说:"《译者的话》多蒙费心赞扬,不必再加改动,只有三处误植,已代为订正。"鲁迅订正之处今虽已不可考,但曾经他首肯并校阅,这点则是毋庸置疑的了。

　　增田涉译介这部学术著作的态度是极其认真的,不仅谨守"信、达、雅"的圭臬,而且凡是遇到难解之处,均驰函鲁迅请教。从现存鲁迅致增田涉书简看来,其中一九三三年五月二十日函、六月二十五日函、九月二十四日函、十一月十三日函,一九三四年五月十八日函、五月三十一日函、六月七日函、六月二十七日函,一九三五年二月二十七日函等,都论及《中国小说史略》,回复了增田涉所提出的问题,并将原文作了两次订正。增田涉自己也用力甚勤,细心地将原著引文作了校订,如他发现第二十二篇《清之拟晋唐小说及其支流》中所引纪昀《姑妄听之》提及《牡丹亭·叫画》,而《牡丹亭》中并无此出,类此情节为该剧第二十六出《玩真》。为此他专门写信给鲁迅,鲁迅在复信中说:"我不大了解戏曲,或者在《牡丹亭》原本中的《玩真》,也许是后人演唱时改题为《叫画》,也许是纪昀的失误。"[1]增田涉后来则在这段行文的注释中注明《叫画》即同剧第二十六出《玩真》。即此一端,也足可窥见译者的一丝不苟。为了便利日本读者,原著中引文均据中文照录,另再附日译;凡认为难解之词,还一一加以注释。除了名词、史实、典故等的诠释而外,在有些篇章中,译者还插入了若干学术性的补注,不仅显现了增田涉对于中国古典小说的渊博学识,也赖此保存了鲁迅当年对译者的议论。如第二十篇《明的人情小说》(下)篇末译者注云:"进入清朝以后,才子佳人小说仍绵绵相继出书,盖在通俗方而,因所谓才子佳人,尤其是小说的好题材。原著者本来把才子佳人小说看成没有价值——原著者对译者说,因为要编小说史,所谓才子佳人小说也非放进去不可,要放入,就必须将原书一一看过,但他的内容的愚劣方面是颓丧,看了这些,实在闭口无言——因而,在这里也仅奉彼世所称道的四种,进入清朝后,追随这种踪迹的等等,尽量省略,也有不提及的,但正如这种小说广泛蔓延一样,古代日本,这种小说,不少被舶载进来——可看图书寮的《舶载书目》(此书记载了自元禄八年到宝历四

---

〔1〕《鲁迅书信集·一九三四年二月二十七日致增田涉》。

年的舶载书)及《小说字汇》(好象有天明四年的题辞,宽政三年刊行)的引用书目,或古旧的文库、图书馆的藏书目录。最近,郭昌鹤在《文学季刊》创刊号及第二期中,写了《佳人才子小说研究》,将这类东西一起加以研究,据说:'才子佳人小说,存在的有四十九部,目存书无的一部,共计五十部。'将书名按年代次序列举,记录了卷回;撰稿人,其中闻名的,且有较详的内容介绍。"其中鲁迅论及才子佳人小说之处,不见鲁迅致增田涉书简,想必是于一九三一年春夏间从鲁迅学《中国小说史略》时笔录了鲁迅的上述议论,然后整理写在此处的。

增田涉翻译的底本是一九三〇年的"订正本"。实际上,鲁迅为了对日译本负责起见,又对该书作了一次校订。如一九三四年五月三十一日致增田涉函,其中提及的对第二十四篇《清之人情小说》中《红楼梦》部分的订正,就是根据当时小说史研究的新进展所作的。还有一处则为第二十六篇《清之狎邪小说》中《花月痕》作者魏子安生平的补正,原著中的"子安名未详……"至"然其故似不尽此"均删去,日译本中加入了:"子安名秀仁,福建侯官人,少负文名,而年二十八始入泮,即连举丙午(一八四六)乡试,然屡应进士试不第,乃游山西陕西四川,终为成都芙蓉书院院长,因乱逃归,卒,年五十六(一八一九——一八七四),著作满家,而世独传其《花月痕》(《赌棋山庄文集》五)。秀仁寓山西时,为太原知府保眠琴教子,所入颇丰,且多暇,而苦无聊,乃作小说,以韦痴珠自况,保偶见之,大喜,力奖其成,遂为巨帙云(谢章铤《课余续录》一)。然所托似不止此"。这段文字对于魏秀仁的生平厘剔颇详,著者舍去了原书中根据《小奢靡馆脞录》撰述的内容,另按新发现的资料作了更详尽的考订。

译本的最后,增田涉还写了校毕的《跋》:"这本译注本的印刷校正,极为费事,我一人为此而忙碌,常感叹校正不易进展。那时,畏友法政大学讲师松枝茂夫兄,鼓励我且协助校正,每逢有关译文及注释的修改时,给予有益的帮助。那种诚挚的友谊,使我永感不忘。特此对松枝茂夫兄的厚谊深表谢意。"由此可知,松枝茂夫对于《支那小说史》的译成也作了推动与协助。后来,松枝茂夫也是著名的汉学家与鲁迅研究者。早在一九三七年,他就参加了改造社版的《大鲁迅全集》的翻译工作;一九四〇年,与增田涉等合译了包括鲁迅作品在内的《现代中国随笔》(东成社版);一九五五年,他又为岩波书店全译了《朝花夕拾》;一九五六年,与增田涉、竹内好合译了十三卷本的《鲁迅选集》(岩波书店版);一九七三年,为讲谈社译了《世界文学全集》之九十三卷《鲁迅》。

　　增田涉翻译《中国小说史略》以后,参加了《鲁迅选集》(一九三五年岩波书店版)、《大鲁迅全集》(一九三七年改造社版)、《现代中国随笔集》(一九四〇年东成社版)、《鲁迅作品集》(一九四六年东西出版社版)、《鲁迅选集》(一九五六年岩波书店版)等鲁迅著作的翻译;同时,还独自翻译了《鲁迅的话》(一九四六年创元社版)、《阿 Q 正传》(一九六二年角川书库版)二书。此外,撰写了《鲁迅的印象》,参与编选了《鲁迅指南》(一九五六年岩波书店版)。作为一位知名的汉学家,他还写过《中国文学史研究》的专著。在他六十岁诞辰时,他执教的大学还专门出版了"增田涉教授还历纪念"的专集《中国六大小说论集》。可以说,增田涉为向日本人民介绍鲁迅乃至中国文学,为促进中日文化交流,贡献了毕生的精力,值得我们永远忆念。

　　《支那小说史》的出版问世,是中日两国文化使者友谊的结晶,也是中日两国文化交流的丰碑。骎骎半个世纪过去了,鲁迅和增田涉都已作古,但他们以自己的心血培植的中日文化交流之花,将盛开得更加艳丽夺目!

〔附记:文中所引《译者的话》等,均请前辈作家萧岱先生译出,谨此致谢。〕

惠赠新进作家的有益规箴

——鲁迅主编《创作的经验》

在三十年代的书市上，充斥着各式各样东抄西袭的所谓《小说作法》，《创作入门》，乃至《文坛登龙术》之类。这些以牟利为目的的劳什子，随着时间的流驰都被洗汰无踪了。鲁迅曾针对这种敛钱的骗术写道："凡是有志于创作的青年，第一个想到的问题，大概总是'应该怎样写?'现在市场上陈列着《小说作法》、《小说法程》之类，就是掏这类青年的腰包的。然而，好象没有效，从《小说作法》学出来的作者，我们至今还没有听到过。"（《且介亭杂文二集·不应该那么写》）但是，鲁迅并不反对文学青年学习那真切无伪、实事求是的创作经验。例如他曾推荐苏联文艺评论家惠列赛耶夫的论著《果戈理研究》，要求一个懂俄文的青年朋友将这本探究果戈理世界观及其创作经验的书译成中文。这就是后来由文化生活出版社于一九三七年三月出版的《果戈理怎样写作的》。

鲁迅自己曾经写过一篇创作经验——《我怎么做起小说来?》这篇文章最早发表在一本题作《创作的经验》的书中，该书由天马书店于一九三三年六月初版。这本书中鲁迅、郁达夫、茅盾、洪深等有关创作经验的文字，大多写于一九三三年三月至五月;全书十六篇文章都并非转载而是第一次刊发。有些篇章，如田汉的文章劈头就写道："S兄要我写一点关于创作经验的文章";柳亚子的文章也说及:"S先生编辑一部《创作的经验》，要我写一点东西"……由这些迹象推测，这本集子可能是与天马书店有关系的适夷编的。一九七九年春我访问了适夷先生。这位满头华发的老文化战士见到我给他看的这本《创作的经验》，风趣地说:"久违久违!"随之回忆道:"这本书确是我编的，后记也是我写的。编这本书得到了鲁迅先生的赞助，他提供了文章与资料，还亲笔为它题签。"他还谈到《创作的经验》的编辑与出版,主要是为了给"左联"筹措经费,所以得到以鲁迅为首的著名左翼作家的支持;同时,为了使内容更加充实,并使倾向性不那么显著,以免引起鹰犬的注意,也约请了一些非"左联"成员而有相当影响的作家撰稿。之后,又据天马书店主持人之一楼炜春回忆《创作的经验》出版后很受文学青年欢迎,在七个月内再版了两次,作者义务写稿,把稿酬全部捐作"左联"的活动经费。鲁迅先生除特地为该书撰写《我怎么做起小说来?》而外,还介绍日本作家高见顺的一篇《写得出与写不出》,叫适夷译出来放在书后,作为附录。

这些先生的回忆,使我对鲁迅先生与《创作的经验》的关系有了更进一步的了解。检索《鲁迅日记》,一九三三年度鲁迅与适夷以及天马书店的交往是甚为频繁的,我想除了"左联"工作与天马书店出版《鲁迅自选集》事宜而外,则肯定是与《创作的经验》有关了。《鲁迅日记》一九三三年三月五日条记有:"上午寄天马书店信。"《我怎么做起小说来?》文末即署一九三三年三月五日作,想来五日信中可能附有此稿。三月九日日记有:"晚往致美楼夜饭,为天马书店听邀,同席约二十人。"此次邀宴可能也与《创作的经验》有关。四月十三日日记记有:"得适夷信,即复。"信佚,疑其中附有应适夷请为《创作的经验》所写的题签。六月十八日日记记有:"午后得《创作的经验》五本,天马书店赠。"此后的日记中尚有将《创作的经验》分赠友好(如许寿裳)的记载。鲁迅自始至终对这本书是极为关切的。

《创作的经验》开本不大。封面底纹绘有从古代图案中撷取的连锁式花纹,系出自陈之佛的手笔;在浅黄与嫩绿相间的背景上,鲁迅手书的"创作的经验"几个红字显得更加夺目。封面里页印有天马书店出版物图案,即两匹展翅飞腾的天马,朝旭日风驰电驰般地翱翔追索,也许象征着一种向往与战取光明的精神吧。扉页上的书名沿用封面的鲁迅手迹;版权页则注明出版于一九三三年六月,证之《鲁迅日记》,倒是没有衍期。

在三十年代同类出版物中,《创作的经验》可说是内容最丰实的一本,作者的阵容也相当强劲可观。其中既有"五四"巨涛里戏波弄潮的老兵,也有左翼文艺中破土而出的新苗,甚至还有清季诗坛上振髯而吼的宿将;他们畅叙的经验包括小说,诗歌,戏剧创作等方面,并且阐述了自己文艺观与创作观的变迁、发展。辑入该书正编部分的有创作经验谈十六篇,其中计有:鲁迅的《我怎么做起小说来?》,茅盾的《几句旧话》,郁达夫的《再来谈一次创作经验》,叶圣陶的《随便谈谈我的写小说》,丁玲的

《我的创作生活》,田汉的《创作经验谈》,华汉的《谈谈我的创作经验》,张天翼的《创作的故事》,郑伯奇的《即兴主义的与即物主义的》,鲁彦的《关于我的创作》,洪深的《我的经验》,柳亚子的《我对于创作旧诗和新诗的感想》,施蛰存的《我的创作生活之历程》,以及适夷的《痛苦的回忆》。从以上篇目的作者姓氏可见,截至三十年代前期为止所涌现的中国现代知名作家,十之八九都撰述了自己的创作经验。我还检视过以上文章篇末注明的写作日期,鲁迅先生是交卷最早的一名,于此也可见先生对此书的鼎助。

续编部分包括两个附录:"附录一"系选取已发表的国内著名作家的文字,其中有鲁迅的《〈阿Q正传〉的成因》,茅盾的《我的回顾》,冰心的《小说集自序》,郁达夫的《五六年来创作生活的回顾》;"附录二"系选载国外作家的有关文字,其中有高尔基的《和工人作家的谈话》(林琪译),绥拉菲摩维支的《我怎样写〈铁流〉的?》(曹靖华译),以及日本作家高见顺的《写得出与写不出》(适夷译)。《铁流》作者绥氏的文章原载于三闲书屋版《铁流》,估计也是鲁迅向《创作的经验》编者提供的。

编者在《编辑后记》中申述了编辑意图:摈弃那些"天才从天而降,灵感由灵而生"的妄言谬说,证明《小说作法》、《创作入门》之类的荒诞不经,使读者从有成就的作家的经验中,得知"文艺的路不是一条轻巧的路,创作事业是一种刻苦的事业"。其次——

> ……每个作家都有他独自的方法,这种方法,是他们从创作经验中所锻冶出来的,多少可以给想从事创作的人以一种参考,一种选择。要从他们的作品以外,更明白的看出他所抱的态度,心境,对于事物的观点,使用技巧的心得等等,这只有作家的经验才能告诉我们。
>
> 所以我们就抱了一个宏愿,准备普遍的征求作家的自述,编成一本创作的经验,使那些专门找作法入门的人,可以有机会认识一些创作的实践的途径。

这里揭示得十分清楚,最终目的还是为文学青年提供范例,并指出所谓"经验",不限于技巧的精拙、用笔的得失,还包含"态度"、"心境"、"观点",实际上即世界观。中国文学界有代表性的左翼作家、进步作家的创作实践,对于广大文学青年当然具有相当的启发与诱导作用。

《编辑后记》末尾表示："我们应该感谢执笔的诸家,他们大半是很忙迫的写作生活中,特地为我们抽出时间来的。有几位先生,还在编制上指导了我们,替我们找到两个附录的材料。又足深感。"我想,鲁迅先生应该是这"几位先生"中最热诚、最主动的一位吧。

说实在话,我们还应该感谢《创作的经验》的编者。正是由于他的创议与组稿,促使鲁迅、茅盾、叶圣陶、郁达夫等中国第一流的作家写下了这些可贵的篇章;是他们辛勤垦殖新文学莽原的犁痕,是他们悉心培育文学新军的箴言,不仅有裨于当时青年作家的创作,而且也是如今现代文学研究中的可靠资料。就是从鲁迅研究的角度来考察,鲁迅为《创作的经验》特地撰写的《我怎么做起小说来?》一文,正是研究鲁迅思想轨迹与创作道路的重要文献。因为在这篇文章中,鲁迅追述了自己从事小说创作的动因、过程与心得,并根据创作实践,阐扬了坚持现实主义创作方法之必要,批判了"为艺术而艺术"的资产阶级文艺观,强调了文艺"为人生"亦即为改革社会服务的原则;同时就典型化问题作了精辟的论述,并结合小说创作的结构、语言、细节等介绍了许多经验。正因为如此,这篇文章一再为鲁迅研究者所征引与探究。除此而外,《创作的经验》的其他篇章中,也有一些值得珍视的鲁迅研究资料。例如柳亚子在《我对于创作旧诗和新诗的感想》中写道："我最近又发现鲁迅先生的旧诗是不可多得的瑰宝,曾从《现代杂志》二卷六期上抄到下面的一首:'惯于长夜过春时,挈妇将雏鬓有丝。梦里依稀慈母泪,城头变幻大王旗。忍看朋辈成新鬼,怒向刀丛觅小诗。吟罢低眉无写处,月光如水照缁衣。'郁怒清深,兼而有之。我想,在庚白所编的四院长诗钞中,怕找不到这种好诗,更无论'满洲国'宰相郑太夷先生的《海藏楼诗集》了。"将鲁迅旧诗喻为"瑰宝",盛赞其"郁怒清深"——这话出自"南社"创始人之一柳弃疾先生之口,当非肤泛的谀词;从鲁迅旧诗研究来说,这可能也是万籁千氤第一声罢!

丙、繁星掇拾

在柘园中徜徉的郁达夫……

这当然是一个非常潜妄的题目，未免有哗众之嫌，因为早已殉国的一代才子郁达夫，是绝对不会莅临敝人此间窄而小的书斋的；然而，某位哲人云："文章作为作家灵魂物化的结晶，故其永生而不朽。"郁达夫是笔者自幼心仪与挚爱的作家，自六十年代初即开始寻觅他的遗作，日积月累，涓滴皆惜，不仅其生前编就的著译初版本搜罗几备，而且其散见于报章杂志的诗文也搜集甚多。日本郁达夫研究专家伊藤虎丸教授、铃木正夫副教授曾莅敝寓浏览，发见有不少书物与文章，为他们所未曾寓目。目下坊间出版了多种郁氏文集、选集、研究资料集之类，对"郁迷"来说皆是福音。笔者曾将以上所有出版物翻检一过，对照我所搜集的郁氏作品，发见尚有相当篇什未为它们所收辑。与其任这些郁达夫精神所化的文字在柘园的陋室中徜徉，不如让其迈入更广阔的世界，以使更多的郁达夫作品爱好者，共享这一份爱国作家的精神遗产。

一、未完成的小说——《没落》

一九三○年十一月出版的《读书月刊》创刊号"国内文坛消息"栏刊出了《郁达夫失窃原稿》的短讯："郁达夫自从安徽大学回来后，忽然失去未完成的原稿《没落》一篇，后来忽然相继在上海及宁波的刊物上登出，所以先由北新书局代登广告，代达夫追寻原稿，后来达夫自己在《北新》半月刊登·启事，语多牢骚感慨。闻其底细，在因达夫去年至安庆时，曾与某君同去，回来时，达夫之行李书籍均由某君带回，某君乃并未取得达夫同意，私将其原稿取出发表，以致有此误会云。"

早在二十多年前，我就见到这则消息，一直想探访这篇未见续作的小说稿《没落》，可是几乎将三十年代全部文学期刊与副刊都勘查过了，仍然遍觅无着。后来终于在南宁的冷摊上找到了刊载该小说的刊物——《草野》，当时的惊喜之情真莫可名状，兴奋得连朋友刚送我的一盆水横枝也遗失了。

《草野》系草野社编印的文艺周刊，社员有王铁华、汤增扬等，创刊于一九三〇年一月，至一九三一年八月六卷一期停刊。因每期仅有四页八面，极易散失，故各大图书馆均未收藏。郁达夫的《没落》刊于一九三〇年六月十四日出版的二卷十一期"中国现代名家作品专号"（上）与同年六月二十一日出版的二卷十二期同一专号（下）。该刊编者王铁华在"专号"（上）〈前提〉一文中说："达夫先生是好久不见到他底作品，现在竟能在我们小小《草野》上读到他底长篇《没落》或许会出人意外。"并说："这几篇稿子，能在本刊上发表，替我们《草野》放了无限异彩，大都靠着我们的朋友史济行先生的力量，我们应向他以及各个作者道谢。"在"专号"（下）同一文中又说："这两期的稿子，大半是由我们的老友史济行供给，因为他和达夫、鲁彦等诸先生都属很要好的知交。"就中已透露了郁达夫小说稿来源的个中消息。

两期"专号"刊发了除达夫而外的作者有鲁彦、向培良、高歌、王任叔（巴人）、邵冠华、白莽（殷夫）、郭兰馨、汤增扬、适夷、孙俍工、百吹（陈伯吹）、章衣萍等的作品，包括小说、诗歌、散文、小品等多种文体。

兹将郁达夫《没落》引录如次：

没落　郁达夫

"总之这一个现在的穷境，连想行动一步都没有余钱的穷境，是顶顶不好！"

余均等赵哲侯夫妇下山去后，又是和往日一样的发起牢骚来了。

窗外面是清淡的秋空，和迟迟的日脚，湖面上也有几只游船，在那里享乐这初秋的午后。

山上寺里，除了西面晒台照进来的几块太阳之外，什么响声动静都没有，只让余均一个人在那间面西南的房屋小床上高声独语，这时候似乎连左右繁茂着的草间树里的秋虫，都停声不响了，在愤人怨世，哼哼鸣不平的，只有余均独自一个。

"我何尝不会奋发？我何尝不想努力前进？可是现在的一个穷境，这一个进退不得，移动不来的苦况，教我有什么法子摆脱呢？"…………"哼，学学他们，学学他们！…………放你娘的屁，你这浅薄的臭肋骨，你晓得什么？你难道想教我也去挖出良心，剥下面皮来做人么？哼，学学他们！"

这一段牢骚里所说的，"你"，是赵哲侯的夫人。余均平时总抱有一种偏见，以为女人都是浅薄的。圣经上说，女人不过是从男子胸前掏出来的肋骨做成的，所以他骂女人的一个名词，就叫作臭肋骨，意思是腐臭的肋骨。赵哲侯夫人，虽是他毕生唯一的爱人陈金凤的姊姊，但由他看来这一位赵夫人的浅薄，却同别的女人是一个样子，不过金凤可是不同，金凤却并不是这现实世界——尤其是现代中国社会上的一个生物，"她简直是一位天神，是一个理想的美的化身，那里能和这些臭肋骨在一道讲呢？"

可是理想中的天神，已经死去了，而在他左右，日日和他接触着，日日看见和日日听见的，却仍旧是这一块千篇一律，在男子身上本来也可以没有的臭肋骨。使他尤其要觉得恼恨难过，简直要使他眼睛里冒出火来的，却是她在像今天这样的时候，当她出去赴宴会或访朋友之先老说的那一句"学学他们！"

赵夫人所谓的"他们"，是指余均和赵哲侯在北京时代的那一批同学及两三年前在一道教书的那几位同事而说。现在，"他们的革命都已成功"，各在社会上献身手了。

没落(续)　郁达夫

余均在学生时代，就是一个著名的怪物。自从进了北大的哲学系以后，同学们就晋呈了他一个名字叫作"康德叔"，系说他这一个人是由康德叔本华两大哲学家合拢组成的。他的容貌，看起来实在有点像那位厌世哲学家叔本华。头发是左右有两丛挂落的，颜面瘦削，色青而带黑，颧骨很高；眼睛异常的大，同金鱼似的突出在外面，但是是一双近视眼，嘴长尖出，远看起来，竟像一只猴子。他的身材倒并不短小，可是瘦骨峻嶒，常年不换的那件青皮长衫，披在身上，就像是一把收得并不紧密的洋伞，他的容貌，是这样地和叔本华的像片有点相合的，其次是他的脾气,习惯,和行动了。他平常不大开口,朋友简直是没有一个的;行住坐卧,不离开他的双手的,是从图书馆里借来的几册洋皮大版的哲学书。早晨六点钟起来,大便一次,洗面刷牙,读外国语一小时,早餐,上图书馆或听讲,午膳;睡半点钟,午后再去图书馆或听讲,四点到六点之间,大小便抄书及记日记,吃晚饭,散步四十分,回来读书,到九点半睡觉。

这是他每日排定的功课表,一年三百六十日,连礼拜日也在内,图书馆不开的时候就在寄宿舍里读书,这一个日课,他从来也没有闲放缺欠过一日。而最奇怪的,是他的大小便。他在功课表上虽则是照一定的时刻排列在那里,可是旁人看了,总没有一个不歪了嘴背转了身想窃窃私笑起来——因为当了他那副严肃的面,是虽【谁】也不敢和他开一开玩笑——而他哩,却行之若素,到了时刻,就跑到便所里去,一到便所,也竟会马上源源而下,并没有脱过一次空。所以正为他的这一种行动的刻版划上,面貌的严肃不苟,大家都说他是像康德,而"康德叔"这一个绰号,就成了他的最适当也没有的尊称。

康德叔像这样的在北大读了两年书,寒假暑假到了也并没有回家过一次,因为他家里父母都不在了,所有的就是一位已经分居的胞兄和几位堂房的叔伯。但到了他正修满二年级的功课的时候,他家里的大伯伯死了。几封快信和一个电报,就将康德叔催上了火车,不得不回家来过一个暑假。(未完)

以上刊发的两节,不过是长篇小说《没落》的开首部分。擅自将作家的未完成稿偷去发表,理所当然地受到郁达夫的抗议,遂于一九三〇年六月十七日在《申报》第二版上刊登了《私窃创作原稿者赐鉴》的启事:"谨告者:郁达夫先生未完之创作原稿《没落》的头上数页,不识被何人窃去。现郁先生因欲续成此稿,急在找寻。如有人能够将该稿送还,或告以私窃人姓名者,本局当予以相当酬报。报知信件乞寄至北新书局编辑所内。"实际上"私窃者姓名",达夫心中自然有数,不过欲借公开登报的形式予以揭露与抨击而已。

关于窃稿始末,郁达夫于一九三〇年六月二十三日致周作人信中叙述得更为详尽:"说到了未完的稿件,又有一件事情想起来了,可以报告一声。有一个文学青年名史济行者,对于中国杂志著作界的人,都是十分佩服,常在通信的。他见了普罗比普罗还要普罗，见了不普罗，比不普罗还要不普罗。最近居然大发慈悲，替我的未完稿件，全都偷了去发表卖钱，大作文章。此外还说因为是我在生病，穷到衣食不全，向我的凡稍稍认识或竟不认识的友人处，三元五元，以至二十三十的借拢了许多款项，竟不至飞上那里去了。直到近来忽在各种《红杂志》、《玫瑰杂志》上看见有许多我的小说，及接到了许多莫名其妙的朋友的信后，留心一探，才知道这一位姓史的郁达夫在过去半年之中，大努了这一番力。据他的对友人之所说这就是阶级斗争在文学上的应用。"寥寥数笔就将"窃稿人"的面目勾划而出。我们感到深为惋惜的是，长篇《没落》可能就因为被窃而辍笔。如今仅留下吉光片羽的几页开头，亦弥觉珍贵了。

二、迷失的日记:〈一月日记〉

笔者在《郁达夫日记集》的〈序引〉中曾写道："在中国现代作家中，郁达夫是生前将自己的日记发表得最多的一位。他的日记，为我们展现了绚烂的文采，使我们从那清丽曼妙的叙述中，获得了心旷神怡的美感；为我们描摹了时代的眉目，使我们从那爱憎分明的褒贬中，认取了历史前进的脉络；为我们速写了文坛的脸谱，使我们从那纷纭陆离的状绘中，窥测了聚合离异的分化；为我们倾诉了自我的心曲，使我们从那率直无伪的表露中，透视了心灵动荡的轨迹。"至今仍作如是观，故而也认为郁达夫的日记应与他的其他作品一样，同样得到珍视。

生活书店于一九三四年十二月出版的《文艺日记》中，辑入了郁达夫〈一月日记〉，为迄今公开出版的文集、日记集所未收，兹钞引如次:

一月日记(一九三四年一月×日)

数日来，伤风未愈，故读书写作，都无兴致。晨起，觉郁闷无聊，便步至城隍山看远景。钱塘江水势已落，隔江栈桥，明晰可辨；钱江铁桥若落成，江干又须变一番景象了。西湖湖面如一大块铅板，不见游人船只，人物肃条属岁阑，的是残年的急景。元郭天锡〈客杭日记〉中，曾两度上吴山，记云："下视杭城，烟瓦鳞鳞，莫辨处所；左顾西湖，右俯浙江"……心胸不快时，登吴山一望烟水，确能消去一半愁思，所以我平均每月总来此地一二次。

午后饮酒微醉,上床入被窝看 Balzac 小说,昏昏睡着了。二点多起床,觉头脑清了一清,开始执笔,写《明清之际》的一段,成两千字,已觉得腰酸目晕,终于搁下了笔,出去漫步。

漫步实在是一件好事情,因在街上或邻近乡村里走着,会有非常特殊的想头飞来;在道旁一块大石上坐下,取出铅笔小账簿,记下了几行后,一群寒鸦,忽从我的头上飞过;鸟倦归巢,短短的冬日又是一日去了。

晚上复喝酒一斤,骗小儿们上床后,在灯下看日间收到的信札,写了两封回信,读了一篇《残明记事》里的文章,十点钟上床睡觉。

残存于世的达夫日记据闻尚有不少,我们期待这批中国文学的瑰宝有公诸于世的一日。

三、《〈日本少年文学集〉序》

笔者曾经写过一本《中国作家与儿童文学》,了解到几乎所有的现代作家都曾"染指"过儿童文学,唯独缺乏郁达夫的有关资料,这曾一度使我感到难以理解。因为从他的文章与作品中,常常可以感受到对于幼小者与新生代的关注与热爱,例如在一九三八年四月四日《武汉日报》的"儿童节纪念特刊"上发表的〈承前启后的现代儿童〉一文中写道:"亲爱的小朋友们,你们是创造新中国,打倒日本军阀,建设世界理想国家的主人公,是承前启后的我们中国这一代的重要人物。"而他竟然没有在儿童文学园地中莳刈过,这是不可思议的事。后来我在旧书店尘封的书架上找到了一本《日本少年文学集》,长久的疑惑顿时冰释了。

《日本少年文学集》由张一渠先生主持的儿童书局于一九三四年六月初版发行,编译者为钱子袺,校订者为郁达夫、丰子恺。封面系丰子恺绘制,灰蓝色的天幕中有一架飞机在翱翔,地面上有一位垂髫少女在仰望,画面简洁而素雅,给人清新明朗之感。集内辑译了日本作家南山正雄、字野浩二、小川未明、秋田雨雀、吉屋信子等所作童话十篇。

译者钱子袺于一九三三年九月所作〈序〉,申述了自己"向来爱好儿童文学"的志趣,以及编译本书的动机,主要是受了《申报·自由谈》上玄先生(茅盾）的〈给他们看些甚么〉、〈孩子们要求新鲜〉两篇文章的启发，并声叙："本书承郁达夫先生和丰子恺先生的校阅，丰子恺先生特为本书绘封面画，特在此志谢！"

郁达夫于一九三四年三月六日所作〈序〉置于卷首，今钞引如次：

序

我童话读得很少，对于这一门文字的别派，当然也没有什么研究。可是它的重要性，它的对于国民教育的意义，却时常在想到。记得初学德文的时候，曾经念过几则格离姆兄弟的童话，现在偶一看到身边的可爱的女孩，以及凶悍的老妇人之类，便自然而然的会回想到当时所读的童话上去。可见好的童话，给与读者的印象，要比经书、说教，以及历史、剧本、小说等，来得深切得多。

中国的童话之汇集成书者，一向就很少很少。只近几年来，因新书业的丕振，才有几册三不像的儿童读物，流行在市上。但大体也如本书译者之所说，谨能供幼稚生的阅读而已。高级一点，带有一点艺术性的童话集译，大约要算这一本书导其先路了罢？我深望这书出后，能有同样的译品，或作品，会继续的出世，庶几乎高年级的儿童，可以不再去看那些恶劣得不堪的狸猫换太子、七剑十三侠一类的连环画本。

译者钱子衿女士，是日本女师大的毕业生，也是儿童文学的研究者。对于中日文学的素养，当然可以不必说起，就是英文学的根底，也迥非一般浅薄的学子所追赶得上。现在当她将再去英国留学之先，来把这一册童话集问世，或者也是一个绝好的纪念。

一九三四年三月六日郁达夫序于杭州

在此数百言的短序中，达夫强调了儿童文学"对于国民教育的意义"，不仅阐明了它的"重要性"与感染力，而且在赞许本书"导其先路"的作用而外，更企望有好的儿童读物陆续"出世"，以抵制恶劣不堪的文化垃圾，以丰实新生一代的精神生话。

四、郑子瑜:〈天仙访郁达夫记〉

柘园所藏的《九流》第一期,系厦门大学九流社编辑的社刊,出版于一九三七年五月二十日。该刊编辑委员会有王斤役、黄典诚、叶国庆、郑子瑜、欧阳飞云等,各流的编辑人分别为:语言——黄典诚,史地——张沦波,考据——叶国庆,漫淡——郑子瑜,人志——黄典诚,民俗——欧阳飞云,翻译——薛澄清,书评——王斤役,文艺——戴逸冰。仅出一期,即因"七·七"庐沟桥事变而停刊。就在第一期上刊发有郑子瑜所作〈天仙访郁达夫记〉,这篇颇具史料价值的访问记,本来似乎不必再来饶舌绍介了,因为不久前郑子瑜先生所作〈琐忆达夫先生〉(辑入《回忆郁达夫》,湖南文艺出版社一九八六年十二月初版)一文,已引了该访问记的"全文"。可是我将《九流》所刊与〈琐忆〉所引两相对照时,发现原文不少内容被删落了,其中若干片断被剔除实在可惜,例如原文篇末引录有达夫致作者的信:"社会破产,知识阶级没落,是一般现象。我辈生于乱世,只能挺着坚硬的穷骨,为社会谋寸分进步耳。"〈琐忆〉中则已删削无存。类此删改的地方甚多,并新增了若干内容。一般说来,还是早年发表的访问记(尤其是被访问者尚健在时所发表者)更具有史料价值罢,故亦全文引录如次:

天仙访郁记　子瑜

除夕读报,知道郁达夫先生来厦门。第二天元旦,上午十一时,便冒雨到厦门去。依照报纸上的记载,到中山路,上天仙旅社三楼一号,"茶房"云,郁先生到禾山去玩去了。因留壹名刺而出。

傍晚,再到原址,见房中围了一大堆的青年男女,及挤进去,一位西装的中年人坐在椅子上,正在开笔写联,"郁达夫先生快来吗?"我想问出来,这位西装的中年人已写出这样的一句:"乱掷黄金买阿娇,"这明明是郁达夫的手笔,而且又明明是郁达夫的扬州旧梦寄语堂一文里的诗句,我正疑想,这位西装的中年人已继续把全首诗写好了:"穷来吴市再吹箫,箫声远渡江淮去,吹到扬州念四桥"。看签名,又竟是这样的三个字:"郁达夫"。我唐突的很不好意思,自己介绍之后,也去买了两张宣纸,央他写两条"单条"和一对"对联"。所写的都是他游记中的诗句。

对联的两句,还是我从他的一首律诗中摘出来的:

　　曾因酒醉鞭名马,　　生怕情多累美人。

以前在人间世,宇宙风等刊看见过他的影像,都是穿着长衣,头发凌乱,人是那么的颓唐的。现在看见他的本人,却又是那么的勇壮,活像三十多岁人,真难怪他年已逾"不惑",还是那么的多情呢!

七时许,大批的青年都回去了,留在房间里的,只有我和两位厦门的文艺青年。一会儿,我们四人乃张伞同至附近的一家咖啡馆吃饭。谈话中,他得知我颇喜欢他的旧诗。他说他做过许多的旧诗,自己也都散佚不全,有些未发表的,也都已经忘记了。他告诉我如果要搜集他的旧诗,编订完毕,可寄给"台湾台北帝国大学神田教授"处去出版。

饭毕,大家回到原处。厦门文艺青年之一马寒冰君问:"郁先生,人家批评你的文章,你怎么样?"

"我一概置之不理。我写文章就是写文章,还管什么批评。看了批评,反要拘束,文章反要写不好呢!"于是,马君又问:"然则看文章看外国作家作的好呢? 还是看中国作家作的好?"

"都好。凡是好的文章,无论是中国作家或外国作家作的,都可以看。"

"先生几时开始写文章?"又一厦门文艺青年赵璧君问。

"二十一岁吧。"

"那很早啊!"赵君说。

"是的,我比鲁迅还早,鲁迅怕是二十九岁才开始呢!"

"徐懋庸在他的打杂集自序中,说他在十三四岁的时候,就已经常常和人家笔战了,这恐怕是他成名了后,故意要显示他的天才的一种自我的广告术也说不定的。"我也插嘴。

"哈哈,哈哈,"郁先生笑的眼睛闭下来。

"有人称赞先生的游记,说是写到'前无古人,后无来者,'……"我的话还没说完,郁先生就这样说:

"那还了得!'后无来者',则中国的文学前途就没有希望了。哈哈!"接着,他又说:"我还是写小说好,游记不好,游记不好。"联续的谈话,大家谈到"新作家"的作品,赵君问:

"郁先生,像舒群,宋之的,罗烽,荒煤……诸君的作品,你看怎样?"

"噢,这些名子都很生疏吧,他们的作品,我都没有看过的。"

赵君随手拿出一本光明半月刊来,翻开立波的一篇关于一九三六年中国国防小说的检讨来,指给郁先生看。郁先生只是"喔,喔。"的点了点头。"现代社会的改进,有所赖于你们这班青年的力量很大很大!"我们临走的时候,郁先生这样的勉励着。我忽然记起去年郁先生寄给我的信,有这样的句子:"社会破产,知识阶级没落,是一般现象。我辈生于乱世,只能挺着坚硬的穷骨,为社会谋寸分进步耳。"

希望郁先生不要忘记了自己的话!

廿六年三月底于芎江

以上是历年所搜集的郁达夫佚文与有关资料,另外还找到过如〈两位英国的东方学者〉、〈花坞〉等文章,以及若干通书简,但一时不知放在哪里了,俟翻到后再向诸君介绍罢。

(原载《明报月刊》〔香港〕1989 年 2 月号)

迷失的脚踪

——郭沫若佚文掇拾

郭沫若研究的开展与深入,实在令人欣喜。笔者没有专攻郭沫若研究,对于研究的评价毋容置喙;但作为一个郭沫若作品的爱赏者,检视箧藏的书物与撮钞的资料,发现若干郭沫若的文字,不仅其生前未曾辑集及编入文集,而且迄今面世的两种年谱与数种系年目录之类均未著录,这些为研究者与编目者所忽略的佚文,如任其淹没,未免可惜,似乎有加以补缀、揭示与阐扬的必要,也许将有裨于郭沫若研究乃至现代文学研究的推进。

一、《再上一次十字架》

在研究郭沫若思想发展的论著中,都毫无例外地将郭于 1924 年 8 月 9 日所写的《孤鸿——致仿吾的一封信》作为其思想转换的标志,甚至称之为"是他转向马克思主义的宣言书"[1],这无疑是贴切的。因为郭在这封信中陈述了翻译河上肇《社会组织与社会革命》而后思想的演变与飞跃,昭示了自己政治观、哲学观、文艺观的转变,并开始了对个性主义与自由主义的批判。

最近,笔者发现了郭沫若一篇重要的佚文,使我们对于他思想演进的轨迹观察得更加清晰。这就是发表在《狮吼》(半月刊)第三期(1924 年 7 月 15 日,实际衍期出版)上的《再上一次十字架》。《狮吼》系狮吼社的社刊,由上海四马路中市的国华书局发行。关于狮吼社,该社成员章克标有如下的回忆:"二十年代末(此处章记忆有误,狮吼社筹组于二十年代中期,1924 年 6

---

〔1〕 陈永志《郭沫若传略》,上海文艺出版社 1984 年 1 月初版第 96 页。

月 15 日创刊社刊《狮吼》半月刊,出至四期而止;1927 年 5 月创刊《狮吼》月刊,两期而止;1928 年 7 月复刊《狮吼》半月刊,十二期而止。——引者),在上海出了一个同人刊物,名叫《狮吼》,意义不是取自佛家的狮子吼,而是英文字 Sphinx 的译音。这是埃及的古物狮身人面像。……《狮吼》同人,我记得的有滕固、方光涛、张水淇、黄中这几个人了,其他还有三五人已遗忘,总共原只有十人左右;以滕固为中心,大都是上海及江浙人。"[1]章所"遗忘"的社员尚有倪贻德、刘思训、徐葆炎、滕刚诸人,其中坚人物滕固,字若渠,江苏宝山人。1924 年半月刊的形制甚朴素,了无装饰的十六开小册,仅八页十六面,售价也只四分。也许是因为它的瘠薄不易保存吧,如今《全国中文期刊联合目录》(书目文献出版社,1981 年 8 月增订本)已无著录。

《再上一次十字架》作于七月二十三日,署名"沫若",系自日本写给若渠(滕固)的书简。滕固为《狮吼》的编者,与郭夙有交谊,尝在创造社所属的《创造周报》等上撰文,著有《唯美派的文学》、《唐宋绘画史》以及小说《迷宫》、《壁画》,诗与散文《死人的叹息》等。1941 年殁于重庆。

郭沫若是将当时的"狮吼社"引为同志的,故而在这封信中写道:"'狮吼'是我们的兄弟,请尽管放大声音吼罢!在中国的大沙漠中吼罢!总有人认识你们这个'SPHINX'的呢!"因此在信中也尽情地倾诉了思想转捩的兴奋与渴于报国的焦灼。

信中首先谈到在浅草公园看《Euo Vadis》电影的观感,影片中耶苏对使徒彼得说的话:"你要离开罗马逃走时,我只好再去上一次十字架!",曾给自己以强烈的震撼:

> 啊,能(我)看到这里,把我全部心神都感动了呢!我此次出国放浪,暂不复返的决心从根本上生了动摇,"我要再去上一次十字架!"——一种严励的声音在我内心的最深处叫出了。"我要再去上一次十字架!"——我坐在观音堂畔的池亭上沉思了一点钟的光景。……

当然,《往何处去》中耶苏的警句仅仅是触发郭沫若思想蝉蜕的契机,重新点燃了一度冷却了的以身许国的爱国主义情热。更深邃的突变在于河上肇《社会组织与社会革命》的研习与翻译;稍后,他又曾回顾:"因此译了这部

---

[1] 章克标《回忆邵其美》,刊《文教资料简报》1982 年第 5 期(总第 125 期)。

书,不仅使我认识了资本主义之内在的矛盾和它必然的历史的历史的蝉变,而且使我知道了我们的先知和其后继者们是具有怎样惊人的渊博的学识。世间上所诬蔑为过激的暴徒其实才是极其仁慈的救世主。"[1]而这种决心皈依马克思主义的过程,在这篇佚文中有着详尽的叙述:

> 我初来时本是想在此地的生理学研究室里作一个终身的学究,我对于生理学是很趣味的,我自信我在生理学里只要研究得三五年定能有些发明;但是一从现实逃出来,愈离现实远的时候,它对于我的引力却反比例地增加了。一句话的觉悟:我现在不是当学究的时候。——我自从把这种志愿抛去之后,我决心把社会经济方面的学问加以一番的探讨,我近来对于社会主义的信仰,对于马克思列宁的信仰愈见深固了。我们的一切行动的背景除以实现社会主义为目的外一切都是过去的,文学也是这样,今日的文学乃至明日的文学是社会主义倾向的文学,是无产者呼号的文学,是助成阶级斗争的气势的文学,除此而外一切都是过去的,昨日的。我把我昨日的思想也完全行了葬礼了。
>
> "我要再去上一次十字架!"
>
> ——这句话的精神是我数月来的生命。(着重号为引者所加)

作者思想发展变化的脉络在这里阐述得非常明晰。以上观点虽与《孤鸿——致成仿吾的一致信》中所说的:"我现在成了个彻底的马克思主义的信徒了!马克思主义在我们所处的这个时代是唯一的宝筏。"意义是相近的,但比后信早写半个多月。

郭沫若新的文艺现在此也阐明道:文学应"以实现社会主义为目的",进而强调"今日的文学乃至明日的文学是社会主义倾向的文学,是无产者呼号的文学,是助成阶级斗争的气势的文学",这段话笔者认为尤其值得注意,是对自己早期的"自然流露"说明显的否定与反动,也是表明自己开始服膺马克思主义文艺观的最早文字,它表露得如此确切,稍后在《孤鸿》中所说的:"今日的文艺,是我们现在走在革命途上的文艺,是我们被压迫者的呼号,是生命穷促的喊叫,是斗士的咒文,是革命豫期的欢喜"云云,相比之下就显得有些空泛了。

---

[1]《创造十年续篇》,《沫若文集》第7卷第183页。

此外,信中还述及"不久又要回国了",拟到武昌师大去当教授,并将武昌比喻为"俄国的莫斯科"。还谈到创造社同人的近况,以及"我们可要重整旗鼓"的打算。信末的署名是:"郭沫若　七月二十三日"。

《再上一次十字架》堪当郭沫若思想跃动的纪程碑,是研究他的思想发展的一份重要文献;作为郭从泛神论到马克思主义思想转折的重要标志,与《孤鸿——致成仿吾的一致信》可称姊妹篇。不过,较之后者不仅早写半个多月,而且发表的时间要早将近两年(后者刊发于 1926 年 4 月《创造月刊》第一卷第二期)。

二、《致〈榴花诗刊〉编者函》

一九三二年顷,"左联"影响下的一群爱好诗歌的文学青年组成了左翼文学团体——榴花社,她"以发展新的诗歌及推进文化运动为宗旨",并创办了"努力复兴大众诗歌运动"的《榴花诗刊》,其主要撰稿人有华蒂(以群)、森堡、李白英、刘揆同、林重映等。与鲁迅有过交往的汉学家辛岛骁在他的论著《中国现代文学研究》(东京汲古书院,1983 年版)中,述及过这份遭了封禁的诗刊。刊物因禁毁而今甚不经见,《全国中文期刊联合目录》亦未著录。

《榴花诗刊》仅出二期,创刊号出版于 1932 年 1 月,刊载有刘揆同的《日本出兵了》(诗)、李白英的《讯》(诗)、肖凤的《沉默的愤怒》(诗)、洛夫的《新婚》(诗)、曼虹的《晨光曲》、一勺的《老长工》(诗),默尔的《咸蛋》(特载小说),以及通讯《参观东京普罗诗》。第二期出版于 1932 年 7 月,诗歌创作有李白英《最丰饶的城》、王独清《滚开吧,白俄!》、华蒂《我听见了飞机的爆音》,一勺《中国学生到那里去?》与《煤油》、揆同《我们的学校》、肖凤《狱中》、勉之《争回我们底青春》,译诗有日本新井彻作、华蒂译的《萝莎在咱们底胸中》,诗论有刘揆同《我们诗的路》、白铁《唯物辩证法的理解与诗的创作》,国外诗坛概况有森堡《日本普罗列塔利亚诗人会发展概观》、林重映《五年计划下之苏联诗坛展望》,此外尚有日本普罗列塔利亚诗人会书记长远地辉武的来信(谢冰莹译)。

郭沫若的东京通信发表于第二期,兹引录如下:

　　××同志:
　　廿九日信收到。

《榴花》想已出版了罢！希望你们的精神就如榴花一样在炎天烈日之中如火如荼地燃烧起去。我久没作诗,如有时一定寄给你们。但我觉得与其要我的诗,你们不如多采集些劳苦大众的呻吟,呐喊,信号罢,我现在患右侧三叉神经痛,不能够多写。

祝你们努力!

沫　若
一月六日

这封佚简从未见诸著录,也尝有人钞引,加之这一时期郭在国内刊上发表的文章不多,虽寥寥数言,也弥珍贵。它说明远在异邦的老诗人未尝忘对于作为无产阶级革命文学战斗一翼的诗歌运动的关切。

无论从探索郭沫若与当时方兴未艾的左翼文学运动的关系,抑或从中国现代诗歌史的角度考察,这封不及百言的短简,都有相当的价值。

三、《关于天赋》

本文刊于"左联"东京分盟有关刊物《文海》(东京小石川区中华留日青年会所属东京文海文艺社编)第一期(1936 年 8 月 15 日),该刊与郭沫若有较深切的关系,编者在《后记》中曾这样写道:"首先,我们所要说的,便是秋田雨雀和郭沫若两先生,在忙碌中为本刊写稿。……尤其是郭沫若先生很关心本刊的长成,他给我们贡献了许多宝贵的意见;并为本刊命名《文海》,这是我们十分感激的。"

《关于天赋》系对于发表于同期的李春潮作《郭沫若先生〈七请〉理论的再认识》的答辩,《文海》编者曾在李文前加按语云:"记得是去年下半年,在《杂文》三号上发表了郭沫若先生关于诗歌问题的两封信,当时曾引起了国内的一场热烈的论争,《七请》便是郭先生具体的夕响的夕响;但,在《七请》以后,似乎这论争早告结束了。现在,李君突然又在《七请》一文中,提出了许多不同的意见,而写了《再认识》;同时,郭先生又写了《关于天赋》一文,似乎这问题又重新讨论起来了。希望亲爱的读者们多多发表意见,如有关于这问题的稿件,本刊当尽量刊登。"李春潮也在文末自注道:"本文初稿曾送给沫若先生亲自看过一遍,承郭先生的好意,给我贡献了许多很宝贵的意见。并写了一篇《关于天赋》——对于'天赋'问题已有很明白的解释。"以上都有助于我们了解《关于天赋》一文的写作背景。

文章开首也说及曾读过李文的原稿,并说:"我很愉快,因为他对我那篇草率写出的《七请》认识得那样深切,而且能够有所补充。"随即写道:"除由理论移向实践而外,我似乎没有什么意见再可以贡献的了。但关于'天赋'的解释不妨让我再补说几句。"第一,郭认为"天赋"的定义是:"这是生理上的先天的赋性,是脑髓的某部分的组织特殊。"又认为"这种生理的先天的基质,便是向来所说的'天赋'或'天分'。这是实际的自然现象,其所以然的原因大抵是根据于遗传因子们的某种特殊的组合而生出的突变。这在目前是在人力以外的。"第二,郭接着说明不能自恃"天赋"而庸懒与放任,强调了"天赋"与后天努力的辩证关系:"有了这种'天赋',如以教养,努力,实践——即后天的发展,便能成全为一种异材。假如由于主观上的怠懒客观上的限制,得不到充分的后天的发展,那不怕就有顶好的'天赋'也是枉然的。"如此论述,对于在十年动乱中被"天才论"与"非天才论"的论争搞得昏昏然的我们,仍然不失其一定的参考价值。

比较重要的段落是郭老就"天赋"对自己的估价,这种自我评判对于了解与研究一个作家的心态、性格与思想脉络都有所裨益,不妨撮钞如下:

> 至于我自己呢?虽然有朋友在称我是"天才",其实我是很惭愧的。
>
> 让我自己很公平地估计一下吧——我自己用不着谦虚,也用不着夸负。
>
> 我自己的天赋怕只有六七十分的光景,而后天的发展呢,怕还不上四十分。我假使能够得些分在(的)教养,更加以主观上的充分的努力和实践,我的成就自己觉得还可以增加得几分。我自己深深地知道,我的教养,努力,实践都不够。这儿在客观和主观上都有种种的限制,而这限制有好些是在个人的力量以上的。
>
> 不过我在自己的主观上,觉得还很够吃苦耐劳,还有是始终觉得自己的渺小而感觉着一些先进者的伟大。先进者们的言行,我瞻仰起来,时时惭愧得要流眼泪。因为先进者们言了,行了,我们要去了解,有时都感觉得十二分的吃力。这是往往使我焦燥,甚至落胆的事。
>
> 和一些伟大的先进者比较起来,我自己只好像是一条爬虫。

"爬虫"云云,当然是郭沫若的自谦,但也如实反映与透露了这一身处异域的作家对于正在山林沟壑之间、深川大泽之上为祖国民族命运而战的"先进者们"战斗生活的萦思与渴慕。

四、《关于华北战局所应有的认知》按语

《关于华北战局所应有的认识》并非佚文,该文初收《全面抗战的认识》(广州北新书局,1938 年 1 月初版)及《羽书集》(香港孟夏书店,1941 年 11月初版),后辑入《沫若文集》第十一卷。

然而,迄今各种年谱与编目均未注明原发表处,其实它刊载于上海前卫社编辑委员会所编的《前卫》(半月刊)第一卷第一期(1937 年 11 月 16 日)。同期发表有何香凝、柳亚子、彭德怀、周宪文、陈高庸、史沫特莱等的文章。

郭文题下有作者按语数行,则系佚文:

> 这篇文章本是一月前写的,写好以后,不日李服膺被枪毙,郝梦麟军长阵亡,第八路军连战连捷,于是华北军威大振,此文遂搁置。但华北如溃痈之形仍未解除,有少数士大夫甘愿为秦桧洪承畴之继承者,实属可痛,此等人诚不足以左右大局,然而抱杞忧者亦不乏人,自觉此文仍未失掉时效,故籍本刊发表之。
>
> 作者记　十一月四日晨

五、《略论文学的语言》

这是一篇重要的文学论著的佚文,刊于老舍、姚蓬子主编的《文坛》、第二卷第一期(重庆作家书屋,1943 年 4 月 30 日出版)。同期作者有许寿裳、老舍、郑伯奇、欧阳凡海、林辰、臧克家、黄芝岗等。

《文坛》是一份八十页左右的小三十二开刊物,大约总共出了七八期,现甚不经见。不知什么原因,郭于 1943 年 10 月编辑《今昔集》时漏收了这篇文章,尔后其他集子与《文集》均未辑入。这篇沉埋了四十余年的文论约二千言,由于刊物系土纸本,文字漶漫难识,揣摹辨认良久,兹将全文整理引录如下:

小说注意在描写,我感觉着它和绘画的性质相近。它的成分是叙述和对话。叙述文是作家自己的语言,对话便应该尽量地采用客观的话。

作家自己的语言依作家的气质而不同,有的偏于诗的,有的偏于散文的。过分的诗了,反伤于凝滞,局势便不能展开,描写也难于切实。过分的散文了,则伤于琐碎,局势便流于散慢,描写也不一定能够扼要。

最好要简洁,和谐,慰贴,自然。任何一种对象,无论是客观的景物或主观的情调,要能够用最经济的语言把它表达得出。语言除意义之外,应该要追求它的色彩,声调,感触。同意的语汇或字面有明暗,硬柔,响亮与沉抑的区别。要在适当的地方用有适当感触的字。太生涩的字眼不能用,笔画太多的字也宜忌避,我感觉着那种字必然附带有一种闷感,如"麑郁""龌龊"之类。应该用极平常的字眼而赋予以新鲜的情调。由二字或三字的配合可以自由自在地组成新词,作家是有这种权衡的。

形容词宜少用,"的的的"一长串的句法最宜忌避,句调不宜太长,太长了使人的注意力分散,得不出鲜明的印象。章节也宜考究,大抵轻松的文体宜短,沉重抑郁的文字宜长,无论语言,句调,章节都要捶练,而且要捶练到不露痕迹的地步。

对话部分要看你所写的是什么人,要适合于他的身分,阶层,年龄,籍贯,性别,而尽量地使用他们自己的语言。这事情相当的难,非有充分的研究或经验是不能够运用的。因此一个小说家对于自己所能写的范围或人物应该有一定的限制,没有研究的东西不能写,要想写便应该从事研究。

戏剧文学中的话剧,其语言与小说中的对话相同,但应该还要考虑到舞台上的限制。小说中的对话是供人看,话剧中的对话除供人看之外还要考虑到供人听。声调固必须求其和谐,响亮,尤须忌避同音异义字的绞线。太长了的对话不宜于舞台,但一句话中太简单了的词汇反而容易滑脱听者的注意。话剧的语言最好是多念几遍,念给自己听,念给朋友听,务求其容易听懂,而且中听,有好些语言的适合度要经过试演之后的才能判定。

诗剧的情形又不同,我觉得这有点象图案画,应该尽力求其和谐,匀称,美妙。各个人物的个性固然是须得考虑的,作家要化身为各个人物,用那各个人物的语言表抒他们自己的情感,做出各个人的抒情诗。

诗剧在西方舞台上的演出,和话剧没有什么区别,并不是唱而是念。念出时并不依诗的韵脚而停顿,全依词意的起转。这种尝试在中国还不曾有过。旧时的杂剧曲套必须唱,应该是属于西方歌剧的范畴了。

诗的语言恐怕是最难的,不管有脚韵无脚韵,韵律的推敲总应该放在第一位。和谐,是诗的语言的生命。

古人爱用双声,叠韵,或非双声叠韵的连绵字,这种方法在新诗里也是应该遵守的,尤其中国语言是由单音转化为复音的过程中,正要靠着这种方法以遂成其转化。

新诗的韵律虽然没有旧诗严,但平仄的规定是不能废的。有时同是平声的字也应该分别阴平与阳平,同是平仄声的字也应该分上去入。但过于铿锵了也是一种累赘,而且那样的诗便会流而为歌了。这里应该有一个法则可循,我相信会有心细的人在不久的将来要把它寻出的。

字面的色彩和感触同样的重要,应该称着诗的格调去选择,恕我也不能有什么具体的方法贡献。大凡一个作家或诗人总要有对于言语的敏感,这东西“如水到口,冷暖自知”,实在也说不出一个所以然。这种敏感的养成,在儿童时代的教育很要紧,这工作不是作家或诗人自己所能左右,差不多要全靠做母亲的人来担负。因此一个优秀的作家或诗人每每有贤淑的母亲。

但作家或诗人自己不用说是不容懈怠的,多读名人的著作,而且对于某几种作品还须熟读,烂读;便能于无法之中求得法,有法之后求其化。古人所谓“文选烂,秀才半”就是说的这个秘诀了。

我们是用中国字,中国语言写东西的人,对于中国的书不读是最要不得的。五四过后有些人过于偏激,斥一切线装书为无用,为有毒,这种观点是应该改变的时候了,我自己要坦白的承认,我在中国古书中爱读《庄子》,《楚辞》,《史记》。这些书对于我只有好处,并没有怎样的毒,明清两代的几部大小说,读来也很够味。不过这些书究竟和我们的时代相隔得远了,在生活情调上不能合拍,因而便不感觉得怎样亲切了。在这一点上近代欧美名家的作品反而更亲近于我们。可以提供我们无数近代式的表现方法。

学习新的方法来锻炼本国的语言吧,最好要把方块字的固体感化成流体,中国有好些美妙的词曲是做到了这步工夫的。语言能够流体化或成流线形,那么抒情诗和抒情的散文就可以写到美妙的地步了。

自己写出的东西总要读得上口,多读几遍,多改几遍,朗诵给自己听,朗诵给自己亲近的人听,不要急于求发表,这也是绝好的方法,这便是古人所说的"推敲"。

在以上约两千言的文论中,荟萃了这位艰辛跋涉的文学大师关于语言艺术心得的精英,它是一个有着多方面创作才华与实践的语言艺术家的经验得失之谈,既体现了同时代关于文学语言的最高研究水平,又对于当时乃至今日的作家在文学语言的运用方面有指导与借鉴的作用,其中要求语言的"简洁,和谐,熨贴,自然",追求语言的"色彩,声调,感触",禁忌生涩、晦暗、滞闷的词汇,注意语言的性格化,促成语言的流体化,以及关于话剧、诗剧、诗的语言的具体论述,强调了"和谐,是诗的语言的生命",乃至韵律等等,都值得我们认真研究与思考。最后,作家还结合自己的切身经验,谈到了如何从中国古典文学与欧美名家作品中汲取养料,要求"学习新的方法来锻炼本国的语言",这些不仅是至今未失时效的有益规箴,而且也有裨于我们循此而探索郭沫若在文学之路上攀援的轨迹。

六、书简两通

1935 年 11 月 5 日《立报》副刊《言林》刊载了该刊编者谢六逸《社中偶记》一文,其中引述了"郭沫若先生来信":

目前因为翻译一部大东西,弄得颇有点筋疲力尽。短文章实在比长文章难做,因须短而好,实是文章的结晶体。以后有得一定奉上。

其中述及"翻译一部大东西"云云,据笔者的考证大约是指作为东京质文社"文艺理论丛书"之一的马克思、恩格斯著《艺术作品之真实性》(东京质文社,1936 年 5 月 25 日初版),卷末注明"一九三六年二月十五日译毕",与书简日期较为相符。全书共有八章,摘译自马恩合著的《神圣家族》的第五章及第八章。也许是因为马克思主义经典作家著作的迻译是一件严肃而艰巨的工作,所以称之为"大东西"罢。

另一封是致《东线文艺》编者笺。《东线文艺》系江西上饶东线文艺社主编的文学刊物,编辑者为殷梦萍、张煌,创刊号于1940年3月1日出版,仅出一期即止。创刊号上刊有蒲风、艾芜、辛劳、绀弩、高咏、兰海、孟超、黄药眠、王亚平等人的诗文。

巷末的"东线箫声"(作家短简)栏披露了一组作家来信,其中第一通即是郭沫若1939年12月28日寄自重庆的书简:

> 你们要创刊《东线文艺》,你们的热心,你们的努力,使我感受兴奋。
> 你要我帮助你们,是的,祇要我力量办得到! 一切我都是乐于帮助的。但我现在的思路实在枯窘得很,就是要写千字,都觉得是超过了自己的力量范围。使我自己成为了这样的,细细地分折起来,当然会有种种的原因,但其中最大的原因怕还是在后方太住久了的原故。自入四川以来,一切都好象受着限制,尤其是最近的半年,因为先严过世,自己到峨眉山下的故乡去营葬营莫,前后共经过了四五个月,处在极偏僻的乡下,使自己的感情枯涸了,生活失掉了酵母之力。在这样的精神条件之下,要写文章是很困难的。因此我要请你们原谅,我实在不能有多大的贡献来帮助你们。
>
> 我对于你们是十二万分羡慕的,你们处在前方,就象在流动着的活水,你们的生活是有趣的,感情是丰裕的,所接触的外景是多样的,故尔你们有蓬勃的创造欲。你们想写,你们有东西写,你们就请尽量的写罢。创造的世界是你们的世界,你们丝毫也不必踌躇,不必推诿。看到什么写什么,想到什么写什么,四处都是材料,你们何至愁文稿缺乏呢?
>
> 我所诚切希望的倒还是你们尽量的做,多做些记录,多写些报告吧。这种时代资料是很可宝贵的,是自己伟大创作的素材,也是伟大的国民文学的基础。少出主张,多看事实;少发感情,多加分析。多多活用自己的感官,对客观事像和其间的各种微妙的关系,丝毫不要放松。抓着便写! 这便是使文艺活动展开的一个秘诀。
>
> 郭沫若于重庆
十二月二十八日

短简的字里行间浸染着一位老文化斗士对于坚持在民族解放战争前线

的青年的厚爱与关切,期待与勉励他们多做记录,多写报告,多方观察,多看事实,多加分折,多积累"伟大创作的素材",从而为建设旨在反帝反封的"伟大的国民文学"打好基础。如果要研究郭沫若与抗战文学的课题,这也许是一件不可或缺的文献。

（原载《郭沫若研究学会会刊》总第 5 集,1985 年 8 月）

飘逸的落叶

——艾青集外佚诗掇拾

　　浙江人民出版社不久前出版了由艾青夫人高瑛等编辑的艾青诗集《落叶集》，其《编后》中写道："诗人周良沛为这本书取名《落叶集》，它暗喻着艾青这株高大、挺拔并且常绿的诗的生命树上，有一束散落的叶子，现在收集起来了。"并说明辑集的是人民文学出版社一九七九年版《艾青诗集》而外的一九三二年至一九四九年的诗作，有的从原版单行本中选录，有的从原发表的报刊抄引。这对于艾青诗歌的爱好者来说当然是一个福音，使他们有福得睹了艾青诗作中"很难读到"、"不易查找"的部分。笔者自少年时代起就是艾青诗歌的崇拜者，数十年来凡读到艾青的诗作辄记录于册，以便日常欣赏与吟哦，所得也颇不菲。对照五十年代以降出版的辑录有艾青三、四十年代诗作的《艾青选集》(开明书店，一九五一年初版)、《艾青诗选》(人民文学出版社，一九七九年七月初版)、《艾青抒情诗选一百首》(香港时代图书有限公司，一九八〇年八月出版)、《域外集》(花山文艺出版社，一九八三年七月初版)等，乃至新近出版的《落叶集》，我发现自己历年抄存的艾青诗作有若干首为它们所未收。其中不乏佳作，有些可能诗人自己也遗忘了罢。

　　在艾青的早期诗作中，笔者认为较为重要的一首佚诗是《在路上》，是诗人在狱中欣闻巴比塞调查团即将来沪而创作的，发表于一九三三年七月一日出版的《出版消息》第十五期。这个刊物系上海乐华图书公司所编印，该书店的总编辑顾某为"左联"盟员，故而刊物上常常刊发进步作家的作品。《在路上》的副题是"为欢迎爱人类的罗曼罗兰来中国而作"，兹引录如下：

　　　　我们从不同的路
　　　　走上了同一的交叉口；

走吧，一起的走，
真理在向我们招手。

在过往你曾嘲笑过巴比塞
——因为你愤于一切流血的战斗吧？
在今天你同他以一样的使命
乘着航轮来了
——因为你发觉了那真正的敌人了吧！

一边从托尔斯泰，
一边从依理契，
由两个不同的灵魂的深处
摄取了同一的憎和爱。

我们从不同的路
走上了同一的交叉口；
走吧，一起的走，
真理在向我们招手。

阴暗的时日已经到来：
我们所挈（挚）爱的世界
和着几千万的生命
将像蚂蚁似的受铁蹄的踩！

战争的轮子
又要在我们的背上轧过；
和平是一块绷纱布：
在不曾伤败之前又有什么用处？

我们从不同的路
走上了同一的交叉口；
走吧，一起的走，
真理在向我们招手。

受遍了欺蒙与苦厄，
我是个年轻的老人；
而你不倦于战取，

正是个苍发的少年。

年老人，年少人，
我们都一样的生存，
一样的生存着
为对于人世的爱的斗争。

确信着我们的胜利！
我们是该牵着手的！
走吧，一起的走，
真理在向我们招手。

于狱中。

在诗的标题下面有《出版消息》的编者所加的按语："据六月廿三日《申报》云：'本埠欢迎巴比塞调查团各界代表大会筹备会，昨日下午二时，在威海卫路中社开筹备会议，讨论筹备欢迎巴比塞调查团来华一切事宜。到会者有平津后援会，新文学社，春令文艺社，中国论坛社，电灯厂，三三剧社，民权保障同盟等各派代表参加讨论。巴氏系法国文学家，此次领导同来者，共同十一人。约七月三四日，即可抵沪。'如是恐巴比塞、罗曼罗兰等即将来沪，本刊上期曾有《××巴比塞》一文，本期再刊《在路上》以示欢迎。"当时的背景是"世界反对帝国主义战争委员会"（国际反法西斯蒂的统一战线组织）决定于一九三三年在上海召开远东反战会议，主题是反对日本帝国主义侵略中国。原拟派巴比塞、罗曼·罗兰、威尔斯等著名作家作为代表来华，鲁迅、茅盾等领衔发表了《中国著作家欢迎巴比塞代表团启事》，中称："同人等对此伟大的世界反战会议，对此主持正义的巴比塞代表团，极端表示拥护。"[1]实际上后来国际派了四位代表，英国的马莱爵士、法国的瓦扬·古久列、比利时的马都等，于八月十八日抵沪，至九月三十日，"远东反战反法西斯大会"在上海秘密举行。宋庆龄主持了会议，并发表了讲演。会议选举了高尔基、鲁迅、巴比塞、罗曼·罗兰、片山潜、台尔曼、毛泽东、朱德等为名誉主席团主席。鲁迅在一九三四年十二月六日致肖红、肖军信中曾就此次反战大会答复说："会是开成的，费了许多力；……结果并不算坏，各代表回

---

〔1〕　载一九三三年八月十六日《大美晚报》第三页。

国以后都有报告,使世界上更明瞭了中国的实情。我加入的。"此次体现了国际反法西斯力量的团结与力量的反战大会,无疑是中国乃至世界现代史上的一件大事。

艾青《在路上》热情地表示了对远东反战大会的拥护与欢迎,证明了这位身在囹圄的青年诗人仍执着于"对于人世的爱的斗争",并且无畏地申明了对"依理契"(列宁)的皈依与信仰,这可能是艾青早期诗作中唯一明白表露自己政治信仰的诗句,有裨于我们探循诗人早年的思想轨迹。诗中还倾注了对于罗曼·罗兰这位正义作家的爱,这种深沉的爱持续了很久,当他在延安惊闻罗曼·罗兰逝世的噩耗后,于一九四五年一月二十七日写下了充满忧伤与哀悼之情的《悼罗曼·罗兰》,称颂其为"欧罗巴最好的老人",赞美他"用思想灌溉整个欧罗巴",不愧为"人类智慧的勃朗峰"[1]。《在路上》的形式也颇值得注意,与诗人同时期创作的带象征派诗风的作品不同,采用了三段一组,四组平行,反复咏叹,层层递进的形式,其每组首段字句相同,系中国传统诗歌中的复沓手法,有突出主题、加重情感的效果。以上也许是诗人对于中国诗歌民族传统的一种汲取与利用罢。

同期《出版消息》还发表了艾青旅法期间好友李又燃的文章《PROLOGUE》,作者自注此系拟编文艺半月刊《雪底下的火山》的《发刊词》,其中"几个基本写稿者介绍"中有一则写道:

> ×××:画家兼诗人。在×里生病。写信的"自由"都被"没收"了,他的诗,他的画,是决难——决难与读者们认识的了。

这里写的肯定是蒋海澄(艾青原名),"×里"即"牢里"之谓也。由此我估计《在路上》是李又燃转交给《出版消息》发表的。这在李又燃的回忆录里也得到了证实:"艾青要移解到别处去了,没法把他的诗稿交给我。我估计他要被关死的,当他的遗作保存着。"[2]并追忆将艾青的诗向《春光》、《现代》等刊物推荐的过程,那么,李向《出版消息》介绍则是意料中事了。

笔者掌握的艾青佚诗佚文还有一些,象《十二个诗人》、《乌脱里育》、《海员烟斗》、《灰色鹅绒袴子》、《赠诗二章》等,不仅均未收在集子里,也为

---

[1] 刊一九四五年一月二十九日《解放日报》。
[2] 李又然:《艾青——回忆录之三》,刊一九八三年《新文学史料》第三期。

《中国当代文学研究资料·艾青专集》(江苏人民出版社,一九八二年六月初版)所未著录,这里就不一一赘述了。不过还有一首佚诗我十分喜欢,那就是一九三九年七月作于桂林的《女战士》,副题是"题阳太阳作画",刊于一九四〇年四月出版的郁风编辑的《耕耘月刊》创刊号,出版者是由丁聪、郁风、徐迟、夏衍、黄苗子、张光宇、张正宇、叶灵凤、叶浅予、戴望舒等组成的耕耘社(重庆中三路六十五号)。《女战士》就刊于阳太阳同名画幅之旁,其诗如下:

> 纤美的耳朵谛听着:
> 春色的天外的悠长的号角,
> 温柔的心遂漾起了
> 对于祖国土地深沉的爱;
> 把眼睛凝住在战斗的遐想里,
> 圆润的肩背上了枪。
> 你的剪短了的黑发是美的,
> 你的绿色的军服是美的,
> 我祝祷里的你中国的女性啊,
> 一天,你宽阔的前额,
> 将映上胜利的曙光。

一九三九年七月,桂林。

　　歌颂觉醒中的迎战状态的中国女性,这样的题材在艾青的诗作中似不多见,孤陋寡闻如我仅见发表于一九四二年三月八日《解放日报》的《给姊妹们》,与此篇的主题近似。笔者认为《女战士》诗然盎然,精美绝伦,诗人以淋漓的彩笔描摹了民族解于斗争烽火中巾帼英雄挺拔秀美的英姿,如任其湮没则太可惜了。

(原载《读者良友》〔香港〕1986 年第 1 期)

胡也频遗简

——致《猛进》编者的信

一九二五年前后,在沉郁的北京城,由北京大学哲学系教授徐炳旭等联合创办了《猛进周刊》。刊物以自由讨论、追求真理为宗旨,内容侧重于时事政治评议和对国家现状与发展的讨论,以及对政治制度、哲学思想、历史观念的研究;同时也刊发一些小说、散文、诗歌等文学作品。一九二五年六月特辟"沪案特刊",详细报道了如火如荼的五卅运动。鲁迅经常在该刊发表文字,先后披载有:《通讯》、《并非闲话》、《从胡须说到牙齿》、《十四年的"读经"》及《碎话》等,后均收入《华盖集》。

不久前在澳门路中华书局图书馆尘封的书架上见到一册颇为珍罕的《猛进》合订本。展卷浏览,衷心鼎沸,不禁为那些在黑暗中勇猛奔实的斗士们所感动无己;同时,又意外地在该刊第十五期(一九二五年五月八日出版)上发现了胡也频烈士的佚文,即第七版"通讯"栏中所载的胡也频致该刊编者旭生(徐炳旭)的短简。此函为丁景唐、瞿光熙所编之《左联五烈士研究资料编目》(上海文艺出版社一九六一年版)中"胡也频著作系年目录"所未著录。观其内容,似可作为检视作者思想发展轨迹的研究资料。兹引录如次,以飨同好:

> 旭生先生:
>
> 我觉得中国现在思想之混乱,是浅薄的感情和卑劣的理性在那儿作怪;这种传统的感情和理性很容易使人走到堕落和盲从的道上去的。我想,如果我们(僭分得很)要做思想革命的工作,改造和发展我们的生活,非首先铲除掉这种堕落和盲从的症结不成功。我们应当创造真挚而热烈的感情来培养我们的生命,使我们的生命有价值。

我记得日本林癸未夫的论文中曾有这样的一段话：

"……没有革命的感情的人，无论在理性上如何赞成革命到底，都不能做真正的革命家，从来没有纯粹的学者与理论家能使革命成功的。革命之实行，必须有可以灭绝理性的伟大的革命的感情才可能。没有革命的感情，虽堆上一百篇革命的理论，也不能起纸烟灰那样的热。……"

我以为可以灭绝理性的伟大的革命的感情，是真正的"思想革命"的热。但不知先生亦为然否？

胡崇轩   四·二四日

"胡崇轩"是烈士的原名，一九二四至二五年间，他在《京报副刊》、《晨报副刊》及《民众文艺周刊》上所发表的诗文皆署这一姓氏，直到一九二六年初才改作"胡也频"。

在此仅是三百字的短简中，我们可以明晰看到一颗向往光明的心在剧烈跳动，它是那样赤诚、那样炽热！此时的胡也频尚未成熟为一个革命者，然字里行间所表露出来的对旧思想、旧势力的憎恨，与对革命的憧憬和追求，无疑是力透纸背的。

一九六二年十二月

（原载《中国现代文艺资料丛刊》〔上海〕第 3 辑，1963 年 11 月）

叶紫佚作钩沉

　　叶紫，一个在疾患寒馁的困厄中夭折的天才。英年早逝，倏忽而没，如同彗星一样匆匆掠过三十年代文坛，创作生涯十分短暂；而他以严谨的态度创作的作品，却如同不可撼动的石碣，屹立在新文学的里程上。我爱叶紫，早在少年时代就耽读他的乡土气息浓郁的作品，八百里洞庭的湖光山色，在他的笔底泛溢着醉人的馨香，其中有菱角的清芬，荷叶的淡泊，以及蓼花的微薰……；更使人难忘的是叶紫笔下那些休养生息在滨湖沃土上的父老乡亲，他们那柔韧不屈的生之意志，他们那前仆后继的生之挣扎，尤其是他们那为创造新生活而进行的坚卓不懈的搏战，给人以一种悲壮的美感。

　　年来因应某出版社之约编辑《叶紫文集》，颇着力于叶紫作品的搜集整理。本来锐意穷搜的是散佚在报刊上的零篇残简，不意却寻觅到了湮没已久的一本叶紫手撰的专书，其欣喜真是难以名状。

　　这本尘封埃掩数十载的《现代女子书信指导》，是叶紫撰述而署以夫人汤咏兰女士之名的一本佚作。叶紫研究者与读者过去都不了解叶紫曾写过这样一本书，笔者在编纂《叶紫年谱》时也忽略了该项资料；虽经叶紫夫人的提示，却在各大图书馆遍觅无着，直至不久前才在友人的协助下于上海一家有七十多年历史的图书馆内寻获。本书作为姚名达主编的《女子文库》中"学术指导丛书"之一种，由女子书店于一九三五年二月一日初版。女子书店是姚名达、黄心勉夫妇主持的一家比较进步的小书店，在三十年代的上海倒也颇有影响，出版《女子月刊》与《女子文库》，注重妇女解放，持论甚为开明。黄心勉曾与赵清阁等编辑《女子月刊》，早在三十年代中期病逝；姚名达曾著有《中国目录学史》等，后于抗战中殉国。

　　叶紫曾一度供职于女子书店，常以汤咏兰署名为《女子月刊》撰稿，如在该刊第二卷第九期（一九三四年九月一日）发表了《女子经济独立与教育平等》,正确地揭发了妇女解放的症结在于社会经济制度的改革。大约与此同时,叶紫撰写了《现代女子书信指导》这本通俗性的小册子。

本来我以为这是一本换取稿费以维持生计的不经意之作,因为当年若干作家由于生活窘迫,是不乏有人在创作之余写些类似的小册子来卖钱的。其时,坊间出版的《尺牍精华》、《书信辅导》之类的书籍可谓汗牛充栋,少说也不下于百种。鉴于以上原因,故而开始对于新发掘的这本叶紫佚作也就不甚重视。可是,当我读完了这本百余页不及十万言的小册子后,肃然地改变了原先的成见,发现它是一本严肃的书。如同进行小说散文创作一样,叶紫同样也是以严谨的态度从事撰述的。

《现代女子书信指导》共分六编,其中有四编为"家庭书信"、"社会书信"、"爱情书信"的范例,实际上就是叶紫手撰的几十篇各自独立的不同体裁的文章,有的是犀利的杂文(如《禁娼杂感》),有的是简约的通讯(《如《灾情与友谊》),有的侧重叙事(如《打听女诗人的消息》),有的偏于抒情(如《离散之前》),无不各臻其妙的显示了叶紫多方面的文学才华。试以第四编第七章《囚笼》为例,其蕴意的深刻、行文的婉妙,不啻是一篇带"野草"风的散文诗:

　　　　我梦见我自己在茫无涯际的荒漠中奔走。没有人迹,没有田舍、房屋……有的,只有沙、飞沙……我恐惧,我悚慄,我受了恐惧和悚慄的催逼而愈奔愈速了。

　　　　黄昏的幕渐渐的降下来,天色已坠入乳白朦胧中,前途已有些辨不出东西的状态了。于是我更恐惧、更悚慄!但,终于被它们的催逼而放大了胆,更迅速的向前进……

　　　　夜了,我在黑暗中猛撞。

　　　　"汪!汪汪!"犬的吠声。接着就有一位外面非常仁慈、亲热、和蔼的老妇人出来,装着那虚伪的、勉强的笑容来对我说:

　　　　"止步吧,好姑娘!你看,前途,前途尽是危险的途径:峻山绵亘,怒涛汹涌,或是荆棘丛林……好姑娘!止步吧!前途更加黑暗呀!……"

　　　　我不管,也不答应,……更迅速的向前急进……

　　　　后来,我模糊了,甚么都很渺茫,直到我的四肢被绳子绑住了,犬吠就在我的周围的时候,我才明了:我曾一度的昏迷过。在这一度的昏迷里,她们就将我缚住在囚笼之中。

　　　　"我欲光明！我欲自由！我……"
　　　　我发急了，我狂呼，我挣扎，我的汗如雨下，我醒了！

　　在这篇清隽的散文诗中，"我"身上所焕发的一往无前、之死靡它的精神，令人很自然的想到其无疑师承自《野草》中的《过客》。执着、坚韧、勇毅、无畏，可谓鲁迅精神的一个侧面，作为鲁迅学生的叶紫当然钦仰如上的风范，不仅在人生道路上引为楷模，而且在创作过程中奉为圭臬，《囚笼》就是后者的例证。

　　类似佳作在这本佚作中在在皆是，不胜枚举。诸君欲窥全豹，请读湖南人民出版社即将出版的《叶紫文集》。

　　　　　　　　　　　（原刊 1982 年 7 月 20 日《新晚报》〔香港〕副刊"书话"）

徐志摩佚文摭拾

徐志摩自一九二五年十月起始接编《晨报副刊》,至一九二六年十月十三日刊布《志摩启事》:"我告假回老家去几时,晨副的编辑自本月初起请瞿菊农先生担任"止,除二六年二月至三月因回南一度托江绍原代编外,将近一年的《晨副》编务,徐志摩是勤恳地亲躬其事的。

志摩曾说过:"做编辑的最大的快乐! 永远是作品的发现。"(《诗刊《第二期《前言》)他确实在编辑生涯中饱尝了发现新作、提携新人的欢欣,故而在他所莳育的园地中处处留下了精心构筑或信笔点染的鳞爪。志摩在《晨副》上发表的文章与诗作很多,泰半被他收进自己的集子里;不过孑遗的也甚多,商务版的《全集》、传记文学社版的《全集》以及梁锡华编录的《徐志摩诗文补遗》都作了搜集。在这块刘芟过的土地上,经过复勘,还是有所收获的。

在爬梳中所发见的有引言、按语、跋文、附志、启事、短笺乃至译文,这些当然都属于志摩的精神遗产。某些按语写得文采飞扬,本身就是一篇独立的美文,例如刊于一九二六年一月十一日第五十二期一四二二号的刘大杰《(余痕)之余》的《志摩附案》:

> 刘君的这篇悲痛的文章,我相信句句都是实情——"我有时相信悲哀是人间唯一的真理",王尔德在狱中说过。但文里受罪的不止作者一个人;还有那位吐了几天血吐得不象人的"T君",你猜他是谁? T君就是"我们最钟爱"的郁达夫先生。他这次在武昌叫人赶跑了,为的是,我听说,在某地方发表了几句不趋附群众一类的真心话。当然他活该! 谁叫他不识趣,这样的不识时宜? 他就往上海跑(刘大杰君跟着走的,据说),不久他就病例了,新近也没有消息不知他好些没有。我们当然

盼望他早些健全。但是健全,我说? 这世界这日子容得人健全的过活吗? 达夫胸中也不知道怎么尽是些压得死人的块垒,他无聊极了就浇酒,一喝起头就不到烂醉不休,并且他每天喝每天醉;他的吐血与他的纵饮分明是有关系。但为什么他甘心这样糟蹋他自己身体,为什么他是这样的消极,悲观? 达夫的天才早经得到我们的认识,他的不留余沥的倾倒他自己的灵魂使我们惊讶,他的绝对的率真使我们爱敬。这年头收成不好,象他那样的人在我们中间能有几个? 真的,你能举出第二个人来吗? 但他这回的病势似乎很沉重,他又是几乎绝对不沾恋他的躯壳的,他能活吗? 我们真有些着急。

但是达夫决不能抛却我们,虽则时代的压迫在在认定了象他那样胸坎里只有真挚血赤的爱的少数人们,逼他们上死路去。达夫决不能死——我们再也不能不留住他的一星理想主义的圣火,现有的黑暗已经深够深沉的了。

达夫前途还有生命,那是启发我们的力量,慰安我们的柔情。达夫还得继续奋斗,没有你我们更受不住这时代压迫的死重了。但他终究能平安吗? 我们战竞竞的在这里替他祷祝了。

志　摩

过去我们只知道,在志摩逝世时,作为同学同庚的郁达夫曾写过一篇情真意切、文情并茂的《志摩在回忆里》,却并不晓得徐志摩早在一九二六年就写下了这篇声泪俱下的"达夫印象记"。就对达夫的了解、同情与挚爱的程度而言,同时期的作家中如此珍视与痛惜达夫那"一星理想主义的圣火"者并不多见。

有的引言写得波诮,不啻是一篇具体而微的作家作品论,它不同于正襟危坐的高头讲章,而以幽默轻灵的语言出之,读之亦中人欲醉。例如刊于一九二五年十一月五日第五十期一三〇二号王统照小说《水夫阿三》的前记:

剑三,真想不到你近来会得这样的大胆,这样的无忌惮,这样的惨刻! 我意思是说你的小说,不指你的行为。前好几天我初接到你的来稿,我好不欢喜,我就随手回你一个信说立即付印。但我看不到一半我心里已经觉得老大的不自在;看完以后,我益发踌躇了。象这样粗恶的描写下等人的性欲生活的东西,我这体面的《晨报副刊》,小姐太太们都看得到的,如何能登? 而况这正是提倡风化,整顿纪纲的明时,这类恶滥的作品如何可以占据清白的篇幅? 并且还得从我个人编辑的名誉着想。不,我得考虑。反正我即使不登,剑三也决不会见怪的。

那晚我自己这样想。

后来我又顺便请一两个朋友替我看,他们的批评力都比我高明;他们的案语是,"不很看懂"。

这篇稿已经在我桌上有两星期了。我并没有看第二遍,但"水夫阿三"的影子只是浓浓的在我的记忆里或者想象里动着。我可以说这篇写得还不好,用字还着实欠经济。许多粗浊的字样可以避去同时不至损及作者要表现的粗浊的意致;但我凭良心不能说这篇东西是完全要不得,虽则我从不怎样喜欢曹拉派的写实小说。我们可以批评文学家运用题材的方法,但我们不能干涉他运用任何的题材;所以我们至多只能说剑三的水夫阿三写得还不好,却不能说剑三你不该写这样的文章。

现今的作品,尤其是小说与所谓新诗,其实是本质太单薄,都象是小器主人拿出来的面汤,只见混水,捞不到几根面条。这原因是作者们自身没有真实的经验的背景,单想凭幻想来结构幻影,或者把不曾亲自"实现"的经验认作了现成的题材,更谈不上想象的洗炼,结果写出来的都是不关痛痒的"乱抓抓"——叫你看了不乐而不恼,反正是这么一回事。这是最难受不过的。剑三可以自傲也就是这一点,因此,我把它压了两个星期的结果还是忍不住拿来付印,抵拼分捱一部分的痛骂,剑三,我想我这当编辑的总算是负责的了!

志摩记

其实,这是一篇很有见地的文学批评,就中关于小说、新诗"单想凭幻想来的结构幻影"的创作现状的针砭,是正中鹄的意见。这是表述与反映志摩当时文艺思想的一篇颇为重要的文字,希望得到志摩研究者的注意。

还有刊于一九二六年八月二十五日第五十九期一四三五号金岳霖《白由意志与因果关系的关系》一文前的小引,也一直为人们所忽略,兹引录如下:

金先生嘱咐我替他校阅,我替改了几个"白字",给补了几个漏字。

金先生用字真会省俭，你一眼看下去，只见重复又重复的字样。"因"，"果"，"事实"、"关系"、"自由"，"不"，颠来倒去，就只几个字(虽然全文有六千字数"，你要是身体寡弱，竟会看头眩的！我倒真替我们的排字房着急，他们那会有这么多的现成字模，金先生的句法也不见得高明。一看就知道是湖南人写得：罗哆、呆板，拐湾不方便。但这是篇文章。正如顺嘴的说话往往不中听，因为不是"话"，流畅的文章也往往不中看，因为不是"文章"。不论是口里说的，笔下写的，只要是真纯"连贯的"思想表现，十九是没有看相的；笨滞、拘谨、拐湾不方便的一类。思想的路径是窄的多，曲折的多，不平顺的多。全北京摇笔杆的先生们大约不会比拉洋车的多，会说话的人更多，哑巴究竟不热闹，但我不知道我们平均得间几个月份(且不说年头吧)，才能看到一篇文章，真听得的话似乎更来得名贵些。在北京就我所知道的。真有"话"说的人就有一个；真有文章写出来的手笔，我一时简直想不起有谁。但话又说远了，而且如果读者太拘泥了字面，容易误会我是瞧不起人，但不是这回事，我有我的意思，此时却不及细说。此时我要说的是金先生这篇文章是很用心写的，很值得我们看，虽则这篇文章的面目迹近可憎，上口也是光骨头似的没有多大滋味。说实话，这类文章是不应得登入副刊的，虽则这话多少有点唐突副刊的看官们。金先生的嗜好——金先生就有这一样嗜好除了吃大西瓜——是拣起一根名词的头发，耐心的拿在手里给分；他可以暂时不吃饭，但这发丝粗得怪可厌的，非给它劈分了不得舒服。说明白一点，他是个喜欢弄名学的，他为要纠正一般人(或是他自己)思想的松懈，他不得不整理表现思想的工具，那就是我们应用的字，但这工程太大，他只能选择几个凑手的词儿，一半当作抛棉花球儿的玩艺，擎在手里给剥去点儿泥，擦去点儿脏，磨掉点儿霉，显出他们的本来面目，省得一般粗心人把象牙看作狗骨头，或者是狗骨头看作象牙，这点子不弄清楚知识是不易进步的。说来一般讲学问的先生们，有时也似乎太勇敢了，听了什么大和尚的一两次讲就来讲佛经，翻了詹姆士柏格森一两篇文章就来谈哲学——Poor Sonl sl they Never Know What they are talking about and yet they keep on talking as if they knew!

我们真用得着金先生劈头发丝一类的工作。早几年，我们拜观了玄学与科学的论战，真够热闹的，有三两学问的谁不来凑一个，他们谁都祭祀了法宝，金光万道的在半空跃着，多大的词儿，水牛似的一只只从黑黑的河水里爬上来,看是就好看的,谁都得承认,可惜的就只彼此不很碰头,乾坤袋并没有把乾坤圈收了去,咬天狗并没有咬着孙悟空的腿,结果一阵冷风吹来的时候,很多的法宝全落了地,我们都看了的,——原来全是纸剪的! 话说的太花泡了,有罪孽的,但我们随便说话随便要词儿的事实,也不能说是完全没有不是? 金先生手里有把金鲛剪,有他来替我们剪去了思想的浮的泛的以及种种不相干的部分,我们才可以期望真的知识上的讨论出现,现在似乎还谈不到,但他的工作也还等于开头,我的偏见觉得他似乎有些能耐,但这也得看了。

志摩饶舌

以上我们介绍了志摩的散文、小说、论文诸稿上所作引言或跋语各一,也足以窥见编辑者志摩其时思想脉络、审美趣味之一痕,其他如在慰慈译开痕司《论苏俄》前所加案语、夏斧心译 Havelock Ellis《接吻发凡》的附案、张道藩《画与看画的人》的案语等等,就不一一赘述了。

值得一提的是,在一九二六年一月二十五日第五十二期一四三〇号上,披载了由丁晓先、王伯祥、李石岑、汪静之、沈雁冰、周予同、周健人、周越然、胡仲持、胡愈之、夏丏尊、章锡琛、郭沫若、陶希圣、叶圣陶、赵景深、樊仲云、蒋光赤、蒋经三、郑振铎、应修人、丰子恺等四十二人签署的《人权保障宣言》,该宣言指控了军阀当局滥杀无辜的暴虐罪行:"淞沪现在军警当局有上述行为。同人等认为蹂躏人权,破坏国法。充其所至,则淞沪数十万人民身体,无日不在幽忧恐怖之中,而言论行为,无日不在钳制压迫之下。"志摩于其后以记者名义加按语:"这样看来,终究还是上海人文明些,非法杀了人还有这许多旁人出来说话的。北京呢?"寥寥数言,诗人的义愤已于字里行间迸溅而出。

还有刊于一九二六年三月二十四日第五十四期一三六八号的一则《订误》也颇值得注意,其文如下:"三月二十二日副刊《三月十二深夜大沽口外》第二诗段第三行'谁敢说。人生有自由?'说字漏印。又第三段第三行'心空如不波的湘水'应作'心空如不波的湖水'。"该诗写作背景据复塸在《石虎旧梦记》中记述:《深夜大沽口外》及《白须的海老儿》两诗,是民国十五年初春,国民三军孙岳的军队守在大沽口以拒奉军,我与志摩同乘通州轮北上,在大沽口停了一星期,无法进去。志摩正魂思梦想,与小曼相见,徘徊甲板,做了这两首诗。"两诗均辑入志摩手编的诗集《翡冷翠的一夜》(新月书店一九二七年九月初版),《三月十二深夜大沽口外》也悉照《订误》作了校正,惟"心空如不波的湖水",原诗"湘水"已改为"湖水",而"心空"(《订误》改为"心定")仍未改,是诗人编选诗集时的疏误,抑或还是觉得手民误植的"空"字较能传神? 则不得而知了。若从修辞逻辑看,还是"心定"合理,能与"不波"照应。

刊于一九二五年十月八日第四十九期—二八六号尼采《超善与恶》节译,虽未署译者之名,然而与刊于同年十一月五日第五十期一三〇二号赫孙《鸱鹰与芙蓉雀》同例,也可以肯定是志摩的译文。译者从《超善与恶》中节译了十四节,兹引录其中数则以见一斑:

> 造成大人物的不是伟大情感的力量,而是伟大情感的经久。
> 有的孔雀永远不开屏让人看——自以为是他的骄傲。
> 本性——房子着了大火,桌上摆的饭都会忘记的。
> ——不错,但是你又在灰堆里把它找出来了。
> 引起我们觉得很聪明的人靠不住的时候是他们发窘的时候。

志摩好象没有专门写过关于尼采的文章,惟在《丹农雪乌的作品》一文中论及丹农雪乌(现通译邓南遮)所受的思想影响时写到过:"丹农雪乌又逢到了一个伟大的势力:他读了尼采。……超人早已是这潜伏的理想。现在他在尼采的幻想的镜中,照出了他自己的体魄。"并说:"尼采给了这标准,指示了他途径,坚强了他的自信。敦促了他的进取。"[1]从以上评骘中也透露出志摩自己对于尼采文章的激赏,这可能就是这与此差不多同时翻译《超善与恶》的动因罢。

检阅志摩在《晨报周刊》上所遗的文字,即使吉光片羽,也闪现着不凡的才情,不得不为那横溢的才思,矫健的笔力以及炙人的热情所折服。

---

[1]　刊一九二五年五月十五日《文学旬刊》第七十号。

下编　辙痕初揆

甲、战绩不灭

铁律的丰碑　血镌的铭篆

——"左联"反文化"围剿"斗争的辉煌战绩

中国到处伸出烈焰的舌头

大猛火一直冲到天宇……

如此炎炎的只是自由和饥饿的，

铁律的丰碑：中国起了火。

——鲁迅译诗《中国起了火》

　　中国无产阶级革命文学运动在压迫与屠戮之中萌蘖，在奋斗与搏战之中成长，以中国左翼作家联盟的成立为标志，发展到了一个团结战斗、胜利推进的新阶段。"左联"领导的革命文学运动所建树的不灭战绩，为中国现代文学史写下了划时代的一章。"左联"的历史功绩是多方面的，本文仅就其在反文化"围剿"斗争方面所获取的辉煌战果，作一粗浅的考略探究。

　　蒋介石一巴掌把人民打入血海，窃取了大革命的果实而粉墨登场之后，为了巩固与强化他的法西斯统治，在对中国共产党所领导的革命武装进行军事"围剿"的同时，也对中国共产党所领导的革命文化施行文化"围剿"。这两种反革命"围剿"的酷烈凶残，在中外历史上都是仅见的。在整个第二次国内革命战争时期，凭借其鹰犬爪牙的刀枪斧钺与御用文人的笔伐口诛，妄图扼杀与窒息中国的革命文化，而且它的鬼蜮伎俩真所谓到了无所不用其极的地步，但结果呢？诚如毛泽东在《新民主主义论》中所指出的："文化'围剿'也一败涂地了"。在抵制、抗击与粉碎文化"围剿"的斗争中，中国左冀作家联盟及其所领导的无产阶级革命文学运动，无疑是一支重要的方面军；而这一方面军乃至整个文化新军的旗手，就是"没有丝毫奴颜与媚骨"的伟大的鲁迅。

　　鲁迅曾经义愤填膺地指控道："统治者也知道走狗的文人不能抵挡无产阶级革命文学，于是一面禁止书报，封闭书店，颁布恶出版法，通辑著作家，一面用最末的手段，将左翼作家逮捕，拘禁，秘密处以死刑，至今并末宣布。"[1]"左联"就是在如此艰险的环境中，在如此浓重的黑暗里，始终高举无产阶级革命文学的旗帜，英勇而不懈地战斗以至取得伟大的胜利。

一

　　中国无产阶级革命文学的理论与创作，主要是通过书籍与报刊来发表流播的。针对于此，国民党反动当局采取了一系列的反革命措施，接二连三地颁布了扼杀言论出版自由的"出版法"、"图书杂志审查办法"：早在一九二九年二月，公布《宣传品审查条例》，实施所谓"党治文化"；一九三○年十二月，颁布《国民政府之出版法》四十四条，动辄以"妄图颠覆国民政府或损害中华民国利益者"的罪名"禁止登载"、"禁止出售"，并加以"罚金"、"徒刑"甚至"更重的刑罚"；一九三一年十月，伪内政部颁布了《出版法施行细则》二十五条，对《出版法》中的专制措施具体化，并补充了"应以稿本送内政部申请许可才能出版"的恶辣办法；一九三二年十一月，国民党宣传部又有《宣传品审查标准》的公布，规定凡是宣传共产主义，不满现实，要求抗日等一律视为"反动"，应予"恶惩不贷"；一九三四年六月，又有《图书杂志审查办法》的公布，这"办法"据说是根据《中央宣传委员会图书杂志审查委员会组织细则》和《出版法施行细则》的规定而来的，强制要求应"将稿本呈送中央宣传委员会图书杂志审查委员会申请审查"，并且着重指明"审查范围为文艺及社会科学"。随即在上海设立了专司砍杀封禁革命书刊的"图书杂志审查委员会"。

　　以上反动法令的颁布和审查机构的设置，对革命文学进行了疯狂的迫害与摧残，记录在案的大规模查禁图书杂志的行动有：一九三一年十月，查禁书刊二百二十八种；一九三四年二月，查禁进步书籍一百四十九种，禁止七十六种刊物的发行。另据国民党中央宣传委员会编制的一九二九、三○、三一年度的《中央查禁反动文艺刊物一览表》，国民党宣传部《中央查禁反动刊物表》，伪中央图书杂志审查委员会印发的《取缔书刊一览》等国民党反动

〔1〕　鲁迅：《二心集・中国无产阶级革命文学和前驱的血》。

文件所透露,以及当时《出版消息》(1932 年 12 月—1935 年 3 月,共出 49 期)、《中国新书月报》(1920 年 10 月—1932 年,出至 3 卷 3 期)等有关刊物的披露,粗略统计在左翼十年期间被国民党无理封禁的书籍约一千六百多种,刊物三百多种,其中有相当部分是"左联"及其盟员所创办的刊物、所撰述的理论、所创作的作品。仅以一九三四年二月查禁的一百四十九种书籍为例,其中"左联"盟员的著译就达一百十七种,占总数的百分之七十八强。又以一九三六年第一季度为例,三个月就查禁了《海燕》(鲁迅主持,史青文编辑)等文艺刊物二十三种。"左联"所创办的机关刊物如《拓荒者》、《萌芽月刊》、《巴尔底山》、《世界文化》、《十字街头》、《北斗》、《文学月报》、《前哨·文学导报》、《文学》(半月刊)、《文艺讲座》以及《文艺新闻》等,几乎都全部遭到查禁。由此可以想见,国民党反动当局所布下的文网是何等的森严与横暴。

首先,国民党急于封禁的是宣传马克思生义文艺思想的理论书籍。例如,在国民党党棍吴醒亚、潘公展、童行白等所签署的《禁令》中特别申明"介绍普罗文艺理论"的书刊应予严禁,因而许多介绍与阐释马克思主义文艺理论的书籍,都被冠以"普罗文艺理论"的罪名而达到查禁的厄运。据一九三四年四月一日《出版消息》第三十三期所刊《应禁止发售之书目》披露,图书审查官在左翼批评家钱杏邨所著的《文艺批评集》条下批注云:"站在马克思主义文艺批评的立场,批评一切文艺作品,;为纯粹宣传普罗文艺之作品。"又在另一左翼理论家冯雪峰所译之《文学评论》条下批注云:"内容皆为鼓吹无产阶级文艺理论之文字。"这群"黑暗的动物"害怕马克思主义文艺理论的传播,竭尽全力地妄图加以遏止和禁绝。

"左联"一成立就鲜明地昭示要"确立马克思主义的艺术理论与批评理论",作为左翼文艺运动的行动纲领之一,同时设立了相应的机构——"马克思主义文艺理论研究会",并以"中国无产阶级作品及理论的发展之检讨"、"外国马克思主义文艺理论的研究"、"中国非马克思主义的文艺理论的检讨"、"外国无产阶级文学作品之研究"、"文艺批评的研究"等为其研究课题。其后,在"左联"的机关刊物上也曾发表过该会的研究成果,如《文学导报》一卷二期(1931 年 8 月 5 日出版)就曾刊载过丙申(茅盾)的《'五四'运动的检讨》副题就是"马克思主义文艺理论研究会报告"。在"左联"的《理论纲领》中也明确要求:"我们的理论要指出运动之正确的方向,并使之发展,常常提出新的问题而加以解决,加紧具体的作品批评,同时不要忘记学术的研究,加强对过去艺术的批评工作,介绍国外无产阶级艺术的成果,而建设艺术的理论。""左联"执委会在一九三〇年八月通过的决议《无产阶级文学运动新的情势及我们的任务》也要求"理论斗争"的"充分的展开",即"针对运动过程中发生的问题和错误的倾向加以批判加以斗争,以完成文学运动的指导理论。""左联"执委会在一九三一年十一月通过的决议《中国无产阶级革命文学的新任务》,也着重指出了在理论批评战线展开斗争的必要性。"左联"的有关领导人也撰文强调了"加紧正确的马克思主义文学理论的宣传",进而"确立中国无产阶级的文学运动理论的指导"[1]。"左联"秘书处扩大会议于一九三二年三月九日通过的《关于左联目前具体工作的决议》[2]中,也指出了"在反对和肃清一切非无产阶级意识的斗争过程之中,研究普罗文艺的理论和技术"的必要性。就在这次会议中决定新设立的创作批评委员会,也规定了它的主要任务之一是"马列主义文艺理论及创作方法之研究"。同时通过的《关于左联理论指导机关杂志〈文学〉的决议》[3]中也明确阐明:"左联的理论机关杂志,必须负起建立中国马克思列宁主义的文艺理论的任务"。鲁迅在"左联"成立不久发表的《我们要批评家》中更恳挚地呼吁:"现在所首先需要的,也还是——几个坚实的,明白的,真懂得社会科学及其文艺理论的批评家",热诚希望有谙熟与精通马克思主义文艺理论的理论家、批评家产生。

事实上,在斗争中也涌现了一批精锐干练的理论家与批评家,象当时活跃在左翼文艺战线上的鲁迅、瞿秋白、茅盾、潘汉年、冯雪峰、周扬、胡风、沈端先、蒋光慈、钱杏邨、林伯修、冯乃超、冯宪章、王任叔、华蒂(以群),以及稍后期的张香山、林基路、任白戈、林林、胡洛、李南桌、陈君冶、胡绳、梅雨(梅益)、周立波、王淑明等,都曾为建设中国的马克思主义文艺理论作出了贡献。

"左联"先后编辑出版了理论机关杂志《文艺讲座》(1930年4月创刊)、《文化斗争》(1930年8月创刊)、《世界文化》(1930年9月创刊)、《前哨·文学导报》(1931年4月创刊)、《文学》(1932年4月创刊)等,此外在《萌芽

---

〔1〕　《左翼作家联盟的意义及其任务》,刊《拓荒者》1卷3斯,1930年3月出版。
〔2〕　均见《秘书处消息》第一期(油印本),左联秘书处编,1932年3月15日出版。原件藏上海鲁迅纪念馆,系鲁迅生前收藏。
〔3〕　均见《秘书处消息》第一期(油印本),左联秘书处编,1932年3月15日出版。原件藏上海鲁迅纪念馆,系鲁迅生前收藏。

月刊》、《拓荒者》、《巴尔底山》、《北斗》、《十字街头》、《文学月报》、《文艺新闻》等综合性或文艺刊物上,都发表有不少介绍与阐明马克思主义文艺理论的论著及文章。稍后,"左联"东京分盟的有关人员还创办了理论刊物《文艺科学》,致力于新兴文艺理论的宣传,开展了关于社会主义现实主义问题的讨论。

在鲁迅支持下,冯雪峰还主编了"科学的艺术论丛书",准备系统介绍马思主义文艺理论的有关论著。鲁迅为这套丛书翻译了蒲列汉诺夫(现通译普列汉诺夫)的《艺术论》、卢那卡尔斯基的《文艺与批评》及苏联的《文艺政策》;冯雪峰则翻译了梅林格(现通译梅林)的《文学评论》、普列汉诺夫的《艺术与社会生活》、卢那卡尔斯基的《艺术之社会的基础》及伏洛夫斯基的《社会的作家论》。该丛书原计划中还有冯乃超译的《艺术与革命》(列宁等著)、冯宪章等译的《蒲力汗诺夫论》(雅各武莱夫著)以及成文英(冯雪峰)译的《文艺论集》(马克思等著)等,均因环境的日趋恶劣而未能出版。此外,鲁迅还为陈望道主编的"艺术理论丛书"译介了卢那卡尔斯基的《艺术论》。瞿秋白曾经强调:"真正革命文艺学说的介绍,那正是革命普洛文学的新的生命的产生。"因此他十分关注传播马克思主义文艺理论的工作,尤其是非常注重马克思主义经典作家文艺论著的翻译与介绍。他在一九三二年编译了《现实——马克思主义文艺论文集》,其中包括马克思、恩格斯、列宁、拉法格、普列汉诺夫等有关论著的译介,以及自己关于马克思主义文艺观的撰述。同年,译成《高尔基论文选集》。翌年,又译成列宁论托尔斯泰的一组文章。当时流亡在海外的郭沫若,也支持"左联"东京分盟的质文社编印了"文艺理论丛书",内辑有马、恩等经典作家的文艺论著,还亲自为该丛书翻译了从马、恩合著的《神圣家族》中节选出来的《艺术作品之真实性》。该丛书中还包括有恩格斯等著的《作家论》(陈北鸥译)、高尔基的《文学论》(林林译)、吉尔波丁的《现实主义论》(辛人译)、倍斯巴洛夫的《批评论》(辛人译)、西尔列索的《科学的世界文学观》(任白戈译)、高濑·甘粕的《艺术史的问题》(辛苑译)、罗森达尔的《现实与典型》(张香山译)与《世界观与创作方法》(孟克译)等。

此外,许多左翼作家都为此作了努力,尽一切可能来译介经典作家的文艺论著。当时在浓重的白色恐怖下,颠顶而复暴戾的敌人,连《马氏文通》也要无理禁毁,要公开刊布马克思主义的有关论述,当然是需要译者具有足够的胆识与勇气的,但坚韧而执着地从事马克思主义文艺理论的宣传与普及这一重要使命的大有人在。如冯雪峰译了马克思的《艺术形式之社会的前提条件》(即《〈政治经济学批判〉导言》的摘译,刊《萌芽月刊》一卷一期,1930年1月出版)、《马克思论出版底自由与检查》(即马克思《评普鲁士最近的书报检查》等文的摘译,刊《萌芽月刊》1卷5期,1930年5月出版)、列宁的《论新兴文学》(即《党的组织与党的文学》,刊《拓荒者》1卷2期,1930年2月出版);沈端先翻译了罗莎·卢森堡的《俄罗斯文学观》(刊《拓荒者》1卷1期,1930年1月出版)以及《伊里支(按即列宁——引者)的艺术观》(刊《拓荒者》1卷2期);杨潮(羊枣)译有《马克思论文学》(刊《文学新地》创刊号,1934年9月出版);商廷发(即瞿秋白)译有列宁的《托尔斯泰象俄国革命的一面镜子》(出处同上);胡风译有恩格斯的《与敏娜·考茨基论倾向文学》(刊《评文》1卷4期,1934第12月出版)等。

综观以上资料可以看到,马列主义经典作家文艺论著的代表作,在左翼十年期间都基本上得到了介绍。左翼作家也力图以此来武装自己的头脑,并策励自己学习运用马克思主义文艺观来观察、分析、论述、解决左翼文艺运动实践中的许多问题,去辨别、解剖、批判、击溃敌对营垒中不断变幻旗号的反动思潮。《拓荒者》的编者在该刊译载了列宁的《党的组织与党的文学》之后指出:"于此,我们可以看到,伊里支对于艺术的指导理论是如何的正确。希望读者从他的艺术观里去认取自己在文艺运动中所应担负起的任务。"我们的左翼作家、批评家正是从经典作家的论述中汲取了正确的立场、观点与方法,来剖析复杂的文艺现象,来抨击反动的文艺思潮,来探索正确的创作道路,来总结丰厚的历史经验。据日本芦田肇所编纂的《中国左翼文艺理论翻译引用文献目录(1928—1933)》(东洋文化研究所1978年3月出版)所记述,象鲁迅、史铁儿(瞿秋白)、麦克昂(郭沫若)、潘汉年、蒋光赤、钱杏邨、洛扬(冯雪峰)、周起应(周扬)、林伯修(杜国庠)、谷荫(朱镜我)、彭康、何大白(郑伯奇)、冯乃超、李初梨、王任叔等,都在自己的文章中引述或运用了马克思主义经典作家的观点或言论。这些无产阶级革命文学的前驱者们,轻蔑与鄙薄国民党不准宣传"普罗文艺理论"的禁令,无畏地冲破了文化"围剿"所设置的藩篱,为使马克思主义文艺理论在中国的传播与普及,立下开辟草莱的拓荒之功。也正由于马克思主义文艺理论广泛而深远的影响,使得左翼文艺运动获取了正确的思想指针与坚实的理论基础,从而开创了创作全面丰收和论战节节胜利的新局面。这不仅是中国无产阶级革命文学克敌致胜的重要标志,也是文化革命逐渐深入,文化新军日趋成熟的重要标志。它为革命作家指出了前进的方向,给予他们锐利的思想武器,赋予他们旺健的精神力量,启迪他们机敏的斗争艺术,激励他们蓬勃的革命朝气,从而使得他们有可能在创作中尽力把握时代的脉搏,准确描摹时代的风貌,把革命文学从数量到质量都飞速向前推进;也使得他们能够在历次与敌对思想的论战中,特别是与国民党御用的"三民主义文学"和"民族主义文学"的斗争,有力地揭露了这种附着于"流氓政治"的"流尸文学"的丑恶本质,打退了这群为其法西斯主子"嚎丧"的"宠犬"们的猖狂进攻,取得了反文化"围剿"斗争中思想战线上的巨大胜利。另外,在对资产阶级文艺思想的批判中,论证了文艺的阶级性,文艺必须为政治服务等原理,廓清与阐明了文艺与政治、文艺与生活、学习与批判文化遗产等等的辩证关系,挫败与清除了种种似是而非的谬论。同时,在文艺大众化运动中,他们也遵循经典作家的有关教导,努力探索革命文艺为劳苦大众服务的道路,开始了文学从"亭子间"走向"工场"与"农村"的有益尝试。总而言之,"左联"以及广大的左翼文艺战士正是在马克思主义文艺思想的指导下,才取得了反文化"围剿"的伟大胜利,这是根本的、关键的一条。当然,反"围剿"的胜利反过来又扩大了马克思主义文艺思想的影响,同时也进一步拓展了思想阵线的战果,促进了创作领域的丰收,推动了文艺队伍的壮大,从而又使得反文化"围剿"的胜利更为广泛而深入。

二

其次,国民党严令封禁的则是所谓"违反三民主义"、"斫丧民族生命"、"鼓吹阶级斗争"的文艺作品。一九三三年国民党行政院第四八四一号《查禁普罗文艺密令》就曾惊呼革命文学作品"煽动力甚强,危险性甚大",认为"此普罗文学全系挑拨阶级感情,企图煽起斗争,以推翻现有之一切制度,其为祸之烈,不可言喻"。统治者鉴于革命文学作品赋有强烈的鼓动性与号召力,因此象害怕洪水猛兽般地急于禁毁,仅一九三四年二月一次就查禁了上海北新、光华、湖风、南强等十几家书店的文艺书籍一百四十九种,其中绝大多数是左翼作家的作品,均以"普罗文艺"、"鼓吹阶级斗争"、"触犯审查标准"、"故不送审原稿"等罪名查禁与销毁。审查官在丁玲的短篇小说集《夜会》上批注道:"《某夜》、《消息》及《法网》等篇,均有鼓吹阶级斗争诋毁政府当局之激烈表现。"在洪灵菲的长篇小说《转变》上批注道:"描写共党从事秘密工作,确为宣传共产革命鼓吹阶级斗争之作品。"从敌人这些充满恐惧与颤抖的批语中,我们同样可以看出,左翼作家的革命作品,既饱孕着激励劳苦大众奋起斗争的感召力量,又显现出刺激统治阶级脆弱神经的凌厉锋芒。

"左联"成立伊始,就在自己的"理论纲领"中呼吁"无产阶级艺术的产生",并在"行动纲领"中要求所属盟员必须"从事产生新兴阶级文学作品"。"左联"决议《中国无产阶级革命文学的新任务》(1931年11月)也辟有专章论述"创作问题",强调创作在"现在占居了十分重要的地位",并就题材、方法、形式诸问题作了细致而周详的阐明。《关于左联目前具体工作的决议》(1932年3月)也号召"运用自己的特殊武器——文艺的武器"去为革命斗争服务,同时设立了"创作批评委员会"和"大众文艺委员会",积极从事组织、引导、鼓励左翼文艺运动的创作活动。

"左联"在创作实践方面所获取的成绩是极其丰颀的。左翼作家在危岩般的重压之下仍葆有高昂的革命激情,自觉地采用各种文学形式服务于"火与剑"的斗争,为中国现代文学史创造了灿若繁星的力作,不论在小说、诗歌、戏剧,抑或杂文、报告文学、儿童文学等方面,都涌现了许多优秀之作。当时有一位读者在"左翼"刊物《巴尔底山》上撰文向左翼作家提出热切的要求,希望他们"成为大革命时期的喇叭手"[1],吹奏出时代的最强音。绝大多数左翼作家都没有辜负万千读者的希翼与期望,用他们色泽浓艳的彩笔,记录了时代的风云,礼赞了坚卓的斗士,传播了革命的真理,展示了前景的光明,当然也鞭笞了黑暗的罪恶,刻划了屠夫的凶残。现仅举蒋光慈所编的《中国新兴文学短篇创作选》(包括《失业以后》与《两种不同的人类》二书,均由北新书局发行,前者出版于1930年5月,后者出版于1930年8月)和《现代中国作家选集》(上海文学社,1932年7月出版)为例,略加评析,以见一斑。以上三本"选集"中的作品,大多选自"左联"初期的杂志《萌芽月刊》《拓荒者》以及《大众文艺》、《现代小说》等刊物,正如编者蒋光慈在一九三○年五月在《失业以后》的《前言》中所指出的:"显示了中国新兴阶级文艺的最初的姿态",但即使在这"中国无产阶级文艺的最初的画像"里,我们也可清晰地看出左翼作家的创作已经"一天一天的与整个的新兴阶级政治运动很密接的配合起来,更具体的担负起它的对于新兴阶级解放运动的

---

[1]　菊华:《想对"左联"说的几句话》。刊《巴尔底山》2、3期合刊,1930年5月出版。

斗争的任务"。我们只要将其中作品略一检视,就能发现蒋光慈的《前言》毫无矫饰之词,而且不能不为革命文学前驱者的英勇无畏所折服,他们在森严的文网之下,在拘捕、监禁、苦役乃至杀头的威胁之下,仍然自觉地充任着革命的"喇叭手"的神圣职责。从这几簇中国无产阶级革命文学最初绽放的花朵中,展现了严峻的时代风貌和绚烂的斗争场景——我们看到了中国工人阶级踏着顾正红烈士的血迹,掀起了震惊中外的"五卅"怒潮,从潭子湾发源的涓涓细流,弥漫到全国汇成了不可抗拒的拍天巨涛(孟超:《潭子湾的故事》);看到了因罢工而被开除的工人,在卧病的妻子与见底的米桶前面一度感到惶惑,但他瞥见了珍藏着的革命领袖的肖像时,阶级的嘱托和革命的召唤又在耳边鸣响,于是毅然决然地抬起头来(刘一梦:《失业以后》);看到了农民运动的暴风骤雨所激起的巨大变化,不仅年轻一代的农民奋起抗争,甚至背负因袭重担与传统桎梏的老母亲,也在革命的熏陶与现实教育下觉悟起来,认识到"穷人们唯一的生路只是向前"(洪灵菲:《在洪流中》);看到了中国农村仍然滞留在中世纪式的黑暗中,悲惨、野蛮的"典妻"制度活活折散了穷人的夫妻与母子,忍辱负重、含辛茹苦的"为奴隶的母亲",牺牲了自己的灵魂与肉体,依然换取不了丈夫与儿子的温饱(柔石:《为奴隶的母亲》),看到了蒋介石叛变革命、屠杀工农的悲惨景象,但革命者在囹圄之中、在刑场之上都凛然保持着不屈的节操,决不向刽子手的屠刀低头(王任叔:《唔》);看到了在白色恐怖中坚持地下斗争的革命者的光辉面影,她背叛了大家族的羁留,摈弃了伤感者的爱恋,跻身于贫困的女工群中,献身于为谋取她们利益的斗争,执着于"引下天火给人间"的理想(白莽:《小母亲》);看到了大革命如同大浪淘沙,投机者叛卖,软弱者沉沦,畸零者落荒,惟有真正的革命者经受住了失败与迫害,最终找到了正确的道路,"投身到我们的军队里,许身于真正的革命的事业了"(钱杏邨:《阿罗的故事》);看到了东海一隅的数万盐民,终年在烈日下曝晒,在盐池中煎煞,在泥泞中挣扎还要遭受盐霸"龙头"的劫掠与欺凌,过着非人的生活,但当他们一旦从统治者的蒙骗中,从投机者的愚弄中觉醒,必将焚烧升腾起使敌人匍伏战栗的冲天的烈焰(楼建南:《盐场》);看到了南中国的一个普通农村,如何在不可遏制的革命潮流的泛滥中苏醒,许多农民投奔红军,为"劳苦群众最后胜利"而战,他们认识到"苏维埃是农民唯一的出路,是人类光明的进军",于是在牛头山最高处矗从起"一面血一般的大旗"(许峨:《牛头村》);看到了在那血雨腥风的岁月里,一个女革命者勇往直前、之死靡它的光辉形象,她忍受着世人的误解与冷眼，为革命奉献了尚在襁褓的儿子、共同战斗的丈夫以及自己年较的生命，而毫不顾惜，临就义前仍表露了对新生代深挚与强烈的爱（魏金枝：《奶妈》）；看到了在革命暂时处于低潮的日子里，一群少年革命者并未冷却自己心头对革命的赤诚与炽热，在前辈的引导下，在斗争的锻冶中，更加英勇地献身党的事业，而且充满着对信仰的坚贞和对胜利的企望（戴平万：《献给伟大的革命》）……以上作品只占革命文学创作成果很小的一部分，但古语说"尝一脔而知全鼎，窥一斑而及全豹"，从此可以了解国民党为什么要急于封禁他们。这些作品虽然题材有别、风格各异，但它们共同的基调是：瞩目未来的坚定信念，昂扬饱满的战斗精神，奋发向上的乐观氛围，嫉恶如仇的爱憎感情，并把揭露与评击的锋芒勇猛地指向帝国主义及其走狗国民党反动派。所以国民党反动当局才气急败坏地要禁止它的迅速流播，要消弭它的强烈影响，于是《失业以后》被冠以"普罗文艺作品"的罪名，《两种不同的人类》被加上"为普罗文学短篇作品，诋毁党国鼓吹阶级斗争"的罪状，《现代中国作家选集》则被认为"所选各篇，多为一般左翼作家所著，此种选集，一面可以为其同类标榜，一面又可借此作主义上的宣传。"统统予以密令查禁。但纸包得住火吗?！革命文学作品在读者群中不胫而走、辗转流传，是任何"禁令"都封锁不了的。在那风雨如磐的暗夜中，革命文学作品如同指路的明灯，陶冶、鼓舞和引导了千百万的青年，许多人正是从这些谕扬革命真理的作品中得到启示、受到教育，从而逐渐地走上了革命道路。

　　"左联"曾经号召："我们要唱统治阶级挽歌，我们要唱伟大的新社会世界诞生之歌！"[1]众多的左翼作家以各种体裁的作品，去敲响统治者行将灭亡的丧钟，去鸣奏无产者必定胜利的号角。检阅这一历史时期左翼革命文学的创作，真可谓成绩斐然、硕果累累。小说方而：有被瞿秋白赞誉为"中国第一部写实主义的长篇小说"——《子夜》（茅盾），有被鲁迅称颂为"文学是战斗的"短篇集《丰收》（叶紫），有反映在革命风暴之中广大农民"朝着解放的路上迅跑"的《咆哮了的土地》（蒋光慈），有刻划东北同胞在敌人铁蹄下的困苦、挣扎与抗争的《生死场》（肖红）、《八月的乡村》（肖军），有描述知识青年如何挣脱非无产阶级思想羁绊而投身革命的《光明在我们前面》（胡也频），有状绘南中国革命风云变幻以及革命者经受冶炼的《流亡》、《前线》、

〔1〕　中国左翼作家联盟：《为苏联革命第十四周年纪念及中国苏维埃临时中央政府成立纪念宣言》，刊《文学导报》1 卷 8 期，1931 年 11 月出版。

《转变》三部曲(洪灵菲)……以及丁玲、柔石、张天翼、沙汀、艾芜、周立波、东平、荒煤、征农、欧阳山、草明、葛琴、端木蕻良、冰山、奚如等的短篇。诗歌方面:有被鲁迅推重为"爱的大纛"、"憎的丰碑"的《孩儿塔》(殷夫),有被郭沫若称道为"相当成功"的长篇叙事诗《六月流火》(蒲风),有被闻一多评骘为"没有一首不具有一种极顶真的生活的意义"的《烙印》(臧克家),有散发着泥土芬芳和闪烁着熠熠才情的《大堰河》(艾青)……,以及田间、温流、森堡、杨骚,冯宪章、王亚平、柳倩、石灵、杜谈(窦隐夫)、穆木天、雷石榆、胡楣(关露)、袁勃、邵冠祥等的诗作。

"左联"也曾要求左翼作家"必须抓住苏维埃运动,土地革命,苏维埃治下的民众生活,红军及工农群众的英勇的战斗的伟大的题材"[1],对于这一崭新的创作课题,左翼作家中不少人怀着满腔政治热情,尽了最大的努力。鲁迅也曾有过创作反映红军战斗历程长篇的拟想,后因多种原因而未能实现。此外,象柔石的长诗《血在沸》,特写《一个伟大的印象》,冯铿的短篇《红的日记》和《小阿强》,胡也频的小说《同居》,应修人的童话《旗子的故事》、《金宝塔银宝塔》等,都是左翼革命文学创作中最早试图反映苏区人民斗争与生活的作品。后来,叶紫《丰收》中的某些篇什,艾芜的短篇《太原船上》,邬契尔(吴奚如)的小说《动荡》,冰山(彭柏山)的小说集《崖边》等,也致力于把正在浴血奋战的红军以及苏区的新生活,形象化地介绍在黑暗中企盼光明的白区人民。

还有为了反文化"围剿"斗争的需要,左翼作家们努力寻求最适合于战斗、最有利于攻守、最有效于宣传、最便捷于流通的文体。在鲁迅的倡导与带动下,杂文成为三十年代文坛盛行的"匕首与投枪"式的文学样式。鲁迅不仅自己以旺盛的战斗意志写下了大量的杂文,象犀利的解剖刀使形形色色的敌人无所遁其形迹;而且诱导左翼文学青年娴熟地运用这一武器,引导杂文沿着正确的方向发展,为此费了许多心血,如为徐懋庸的杂文集——《打杂集》作序,替唐弢的杂文集——《推背集》推荐刊行,支持《太白》(陈望道编)、《新语林》(徐懋庸编)、《芒种》(曹聚仁、徐懋庸编)、《杂文·质文》(杜宣编)等以披载杂文为主的刊物;在自己编辑或支持的刊物上开辟"社会杂观"、"掂斤簸两"、"旧事重提"、"立此存照"等杂文的专栏;争取、推动、利

---

〔1〕 "左联"执委会决议:《中国无产阶级革命文学的新任务》(1931 年 11 月),刊《文学导报》1 卷 8 期,1931 年 11 月出版。

用资产阶级报纸的或一版面,如《申报》的副刊《自由谈》(黎烈文编辑)、《中华日报》的副刊《动向》(聂绀弩编辑、叶紫助编)等作为杂文攻伐的阵地。因而,形成了杂文一度十分繁盛的局面,以鲁迅、瞿秋白为代表的左翼作家的杂文,明快精悍,桀骜锋利,它们指摘时弊、剖示黑暗、戳穿假面、剥露原形,常如短兵出击,敌人因猝不及防而无所措手足,所以在反文化"围剿"斗争中发挥了巨大的战斗作用,不仅剔除了敌人的秽恶,而且也记录了"时代的眉目"。

也是在鲁迅的发难下,"历史小说"作为一种锐利的文学武器而勃兴,它的出现当时是对法西斯文化专制的有力反动。鲁迅创作了《故事新编》、郭沫若出版了《豕蹄》,以及茅盾的《神的灭亡》、郭源新(郑振铎)的《取火者的逮捕》、圣旦的《发掘》等,都是这方面的收获。历史小说目的不在于演绎史事,而是如同郭沫若所揭示的是"对于现世的讽谕"〔1〕,也如同茅盾所指出的"借古事的驱壳来激发现代人之所应憎与应爱"〔2〕,这种"以史事来讽谕今事"的特殊文学样式,在言语道断的年代里,它可以较易于避过图书审查机构的非难,又可借对古人古事的讽刺、鞭挞,达到对当今群丑揭露、评击的艺术效果。有些优秀的历史小说寓意深刻、形象感人,可以收到很强的社会功效:统治者读了如同芒刺在背而无可奈何,同道者读了即能心领神会而颔首微笑。《故事新编》中的若干篇章就是此中的表率,所以茅盾说:"鲁迅先生这手法曾引起不少人的研究和学习"〔3〕,于是力争突破文网一角的"以讽谕为职志"的历史小说创作一时蔚如风气。

与此同时,报告文学这一新的文体也根据斗争的需要而萌发苗长,因为它可以迅速地反映现实、配合斗争。早在一九三二年,沈端先就在《北斗》上译介了日本革命作家的《报告文学论》,随即以夏衍的笔名创作了最早报导我国产业工人悲惨遭遇的《包身工》,从而"为我国报告文学开创了新生面"〔4〕。世界革命文学中的有关论著与作品也陆续引进,如国际知名的报告文学家E·基希的《危险的文学样式》(胡风译),以及P·梅林的《报告文学论》(徐懋庸译)、A·马尔罗的《报告文学的必要》(沈起予译)等论文,以及基希的《秘密的中国》(周立波译)、史沫特莱的《一个中国绅士的轮廓》

〔1〕　郭沫若:《〈豕蹄〉序》。
〔2〕　茅盾:《〈玄武门之变〉序》。
〔3〕　茅盾:《〈玄武门之变〉序》。
〔4〕　周扬:《继往开来,繁荣社会主义新时期的文艺》。

（黄峰译）等作品，都足资学习与借鉴。于是，报告文学应阶级斗争、民族斗争的需要而发展，如钱杏邨编的《上海事变与报告文学》，尽快反映了"一二八"事变中上海人民可歌可泣的反帝斗争事迹；又如茅盾主编的《中国的一日》，则动员了各方面的群众共同描绘广阔的社会生活，以浩瀚的篇幅记取了中国的或一横断面，留下了时代的鸿爪。其他如宋之的《一九三六年春在太原》、李乔的《锡是如何炼成的》、征农的《查关》、邵子南的《搬米》等，都显示了报告文学这一文艺轻骑兵的战斗作用。

　　"左联"非常重视文艺大众化问题，强调大众化是建设无产阶级革命文学"第一个重大的问题"，认为这是"完成一切新任务所必要的道路"[1]。一九三二年三月，"左联"秘书处扩大会议通过的《关于左联目前具体工作的决议》中也着重指出："首先，左联应当'面向群众'！应当努力的实行转变——实行'文艺大众化'这目前最紧要的任务。"[2]并设立了"大众文艺委员会"，责成其"创作革命的大众文艺（壁报文学，报告文学，演义及小调唱本等等）"，以及组织与开展"工农通讯员运动"、"读书班"、"讲报团"、"说书队"等等。总之，文艺大众化，成了整个无产阶级革命文学运动注意的中心。若干左翼文艺运动的领导者也身先士卒地作了示范，鲁迅曾创作了《好东西歌》、《公民科歌》、《南京民谣》、《'言词争执'歌》等，瞿秋白创作了《英雄巧计献上海》、《江北人拆姘头》、《五月调》、《上海打仗景致》等，以上通俗歌谣的创作，起了很好的表率作用。"左联"还曾与"美联"所属的美术研究会一起出版民众唱本多种，其中有瞿秋白所创作的《东洋人出兵》（乱来腔），分普通话与上海话两种歌词，每段都配以图画，印制成连环图画故事的形式，很受劳苦大众的欢迎，所以《文艺新闻》报导说："这是中国最初的真正的大众文学的作品"[3]。应修人主编的江苏省委机关报《大中报》（1932年4月创刊）曾发表有《反日罢工歌》等大众化作品。适夷等编辑的《文艺新闻》以"给在厂的兄弟"为题，连续刊载了《关于工厂通信的任务与内容》、《关于工场壁报》、《如何写报告文学》、《如何看报》等有关大众化的启蒙文字，还提倡通俗化的"墙头小说"，发表有《千人针》、《放工后》、《火线上》、《矿工手记》等创作或译作。欧阳山、草明、于逢等创办了《广州文艺》，积极创作大众

〔1〕　"左联"执委会决议:《中国无产阶级革命文学的新任务》(1931年11月),刊《文学导报》1卷8期,1931年11月出版。

〔2〕　刊《秘书处消息》第1期,左联秘书处编,1932年3月15日出版。

〔3〕　《〈东洋人出兵〉——左联的大众文学》,刊《文艺新闻》第30号,1931年10月5日出版。

文艺和方言小说。蒲风等发起中国诗歌会，提出要使"诗歌成为大众歌调"的宗旨，主张"要用俗言俚语"来写"歌谣体"，来创作"民谣小调鼓词儿歌"，并在自己的机关刊物《新诗歌》上专门开辟了"歌谣专辑"。郑伯奇编辑《新小说》，也以登载通俗作品相号召。阿英在《大晚报》副刊《火炬》上编《通俗文学》版。一群文学青年创办"向文学大众化的前途进军"的《文学大众》。何谷天（周文）在鲁迅支持下编写"大众文艺丛书"，出版了《毁灭》、《铁流》等革命文学名著的通俗改写本。华蒂（以群）等编印了"左联"的通俗刊物《十字街头》，刊载歌谣体政治讽刺诗，转载工厂壁报等大众化作品。"左联"还与"社联"等兄弟组织联合创办了《工农小报》小周刊（1933 年 3 月创刊），这一旨在"把文化运动的影响扩大到大众中去"的通俗刊物，分社论、短评，大众讲座，政治及群众斗争消息，工厂、农村、街头通信以及大众文艺作品（包括小小说、歌谣、谈话等）等栏，深得工农读者的喜爱。党的出版机构春耕书局（即原来的华兴书局的后身）在一九三二年还出版了工农通讯运动的成果——《工农通讯集》。以上都是"左联"在文艺大众化运动中的具体实践，这种可贵的搜索为今后的革命文艺运动积累了经验。

　　鲁迅异常重视外国革命文学作品的介绍，曾把这一汲取与传播真理的工作譬喻为普路米修斯盗火种给人类，以及为起义奴隶运送军火，他强调说："而对于中国，现在也还是战斗的作品更为重要"[1]，茅盾也认为："中国青年已经从'十月革命'认识了自己的使命，从苏联的伟大丰富的文学收获认识了文学工作的方向了"[2]。在《关于左联目前具体工作的决议》[3]中曾要求"必须开始有系统的介绍世界的革命文艺和普罗文艺的工作"，并要求"要有系统的经常的介绍中国普罗革命文学运动给国际无产阶级和劳动群众"，并设立了"国际联络委员会"，组织与促进国际无产阶级革命文学运动的切磋与交流。在译介苏联及其他国家革命文学方面，鲁迅有着开山之功，他曾主编了"现代文艺丛书"，大力介绍新俄作家的优秀作品，并亲自为这套丛书翻译了《毁灭》（法捷耶夫作）和《十月》（雅各武莱夫作），约请曹靖华译了《铁流》（绥拉菲摩维支作）、柔石译了《浮士德与城》（卢那卡尔斯基作）、侍桁译了《铁甲列车》（伊凡诺夫作）。后来又主编了"文艺连丛"，约请

---

〔1〕　鲁迅：《且介亭杂文・答国际文学社问》。
〔2〕　茅盾：《茅盾论创作・答国际文学社问》。
〔3〕　刊《秘书处消息》第 1 期。

瞿秋白译了《解放了的董·吉柯德》(卢那卡尔斯碁作)、曹靖华译了《不走正路的安得伦》(聂维洛夫作)。鲁迅还编辑出版过《戈理基文录》,分请柔石、雪峰、沈端先、亦还、侍桁等翻译了《戈理基自传》、《列宁之为人》等九篇高尔基的论文与回忆录;后来还有与郁达夫合译《高尔基全集》的打算。鲁迅与茅盾支持、黄源主编的《译文》,更大量的译介了苏联及其他国家革命的、进步的文艺作品。其他左翼作家也曾为此勤奋译述,如沈端先译了高尔基的《母亲》,潘念之译了小林多喜工的《蟹工船》,蒋光慈译了里别丁斯基的《一周间》,张采真译了门塞烈夫的《饥饿》,董绍明、蔡泳裳合译了革拉特柯夫的《士敏土》,林淡秋译了潘菲诺夫的《布罗斯基》……。蒋光慈、沈端先等还曾发起编译"世界新兴文学丛书",拟译介高尔基、格拉特柯夫、里别丁斯基、小林多喜二、巴比塞、果尔德、辛克莱、杰克·伦敦等的作品。关于外国革命文学作品的积极影响,夏衍在《乳母与教师——关于俄罗斯文学》一文中说得好:"一九二七年以后,我们从《铁流》,从《毁灭》……得到了多少的营养,得到了多少的教示,那是用天文学的数字,也无法形容他的浩大与深刻吧"。[1] 事实不正是如此吗!《毁灭》与《铁流》不知被国民党查禁过多少次,奇怪的是特务的侦嗅、邮政的扣检都无济于事,反而越禁越流播得广、传递得快,在"一二九"运动参加者的行列里,在万里长征红军战士的行囊中,在东北抗日联军营地的篝火旁,……都曾出现过《毁灭》、《铁流》及其他革命者常备的精神粮食。统治者对于"窃火者"——苏联文学的翻译家的迫害是阴毒凶险的,诚如鲁迅所指出:"这之间,自然又遭了文人学士和流氓警犬的联军的讨伐。对于介绍者,有的说是为了卢布,有的说是意在投降,有的笑为'破锣',有的指为共党"[2],于是恐吓、污蔑、囚禁乃至屠戮也就跟踪而至,但所有一切都禁止不了左翼作家自觉地从事这种偷运军火的危险工作,也同样禁绝不了这些"火种"在读者群中如同地下奔突的岩浆一般广泛流布。

在国际革命作家联盟以及外国进步文化战士的努力下,中国左翼作家的作品也被陆续介绍到国外,产生了深远的国际影响。例如美国作家斯诺在鲁迅的帮助下,选译了鲁迅、郭沫若、茅盾、柔石、丁玲、郁达夫、巴金、田军、张天翼、肖乾、孙席珍等的作品,出版了小说集《活的中国》;当时在上海

----

〔1〕 刊《时代文学》1卷4期,1941年9月出版(香港)。
〔2〕 鲁迅:《南腔北调集·祝中俄文字之交》。

编印《中国论坛》的美国进步人士伊罗生,在鲁迅与茅盾的帮助下,翻译了鲁迅、茅盾、蒋光慈、适夷、沙汀、欧阳山、草明、何谷天、吴组湘、张天翼等的作品,准备出版中国短篇小说集《草鞋脚》,并请鲁迅为该书写了《小引》;日本革命作家、记者尾崎秀实、山上正义在沈端先等的协助下,翻译出版了鲁迅、柔石、胡也频、冯铿、戴平万等作品的《中国小说集〈阿 Q 正传〉》。此外,国际革命作家联盟的机关刊物《国际文学》也经常发表中国左翼作家的作品,例如叶紫的短篇《电网外》就曾被其译载,所以鲁迅在《丰收》的序文中说:"但我们却有作家写得出东西来,作品在摧残中也更加坚实。不但为一大群中国青年读者所支持,当《电网外》在《文学新地》上以《王伯伯》的题目发表后,就得到世界的读者了。这就是作者已经尽了当前的任务,也是对于压迫者的答复:文学是战斗的!"事实上也正是如此,压迫者的摧残与封禁,非但不能窒息战斗的左翼革命文学,反而使它在艰危困厄的磨难中更加坚实,不仅影响和哺育了中国的广大读者,而且还冲决了文化"围剿"信的禁锢与封锁,在国际上显示了中国无产阶级革命文学运动的巨大威力。

三

鲁迅曾经义愤填膺地写到:"中国的无产阶级革命文学在今天与明天之交发生,在污蔑与压迫之下滋长,终于在最黑暗里,用我们的同志的鲜血写了第一篇文章。"[1]是的,中国无产阶级革命文学运动史的每一页,都浸染着前驱与先烈的热血,将永远光华灿烂地彪炳于史册。在国际无产阶级革命文化运动史上,象中国左翼革命文学承受了如此深重的压迫、遭受如此惨重的牺牲,可以说是绝无仅有的。我们应该永远铭记那些"将生命殉了他们工作"[2]的无产阶级革命文学的前驱者们:

柔石、殷夫、胡也频、冯铿、李伟森等五位左翼作家,一九三一年二月七日被秘密杀害于龙华警备司令部;

革命儿童文学作家叶刚(曾著有《红叶童话集》),一九三〇年春被活埋于南京;

左翼剧联盟员宗晖,一九三〇年十月被枪决于雨花台;

---

〔1〕 鲁迅:《二心集·中国无产阶级革命文学和前驱的血》。
〔2〕 鲁迅:《且介亭杂文·〈草鞋脚〉小引》。

　　革命作家、翻译家张采真(曾著有《怎样认识西方文学及其他》和译有《如愿》、《饥饿》及《真理之城》)，一九三〇年十二月被枪杀于武汉；

　　"左联"盟员、革命诗人冯宪章(曾著有诗集《梦后》)于一九三一年夏瘐死漕河泾狱中；

　　青年作家田夫(曾著有《复仇》、《幽灵塔》等)于一九三一年九月九日病殁警备司令部狱中；

　　革命作家任国桢(曾编译有《苏俄的文艺论战》，由鲁迅作《前记》，并编入"未名丛刊")，一九三一年十一月被杀于太原；

　　左翼作家、诗人应修人，一九三三年五月十四日被特务追捕坠楼牺牲；

　　左翼文艺团体"三三剧社"成员周辉，一九三三年八月一日被捕牺牲；

　　"左联"常委、著名革命作家洪灵菲(曾著有长篇小说《流亡》、《前线》、《转变》、《明朝》、《家信》、《大海》、短篇小说集《归家》、《力气出卖者》)，一九三三年秋在北平被捕遭秘密杀害；

　　"左联"北平分盟负责人、革命作家、诗人潘训(曾与应修人、冯雪峰、汪静之合著有诗集《湖畔》、《春的歌集》，著有小说集《雨点集》，译有《沙宁》)，一九三三年冬在天津狱中绝食牺牲；

　　无产阶级革命家、作家、批评家、翻译家瞿秋白，一九三五年六月十八日在福建长汀壮烈牺牲；

　　…………

　　国民党反动派如同一匹嗜血的野兽，已丧心病狂到不择手段的地步，妄图以肉体消灭的"最后措施"来禁绝无产阶级革命文学，来瓦解左翼文艺运动，来恫吓集结在"左联"旗帜下的革命作家，但这一罪恶目的是绝对不会得逞的。早在一九三〇年十月，国民党中央秘书长、CC特务头子陈立夫就签发了"取缔左联，通缉鲁迅等左联委员"反动命令，随即鲁迅果然遭到了国民党浙江省党部的通缉，其他左翼作家也大部被通缉、被拘捕、被监禁，许多同志都生活在地下或半地下状态之中，但他们并没有屈服在国民党的淫威之下，仍然坚韧地战斗在各自的岗位之上。"左联"所领导的革命文学队伍，在柔石、殷夫等烈士牺牲之后，除了极个别的投机分子游离或叛变之外，绝大多数的革命作家都更紧密地团结战斗在以鲁迅为旗手的文化新军之内。

　　"左联"为了抗议国民党对革命作家的疯狂虐杀，为了唤起国内各阶层人民的愤怒与抗议，为了争取国际上各国人民与进步舆论的同情与声援，发表了《中国左翼作家联盟为国民党屠杀大批革命作家宣言》[1]和《为国民党屠杀同志致各国革命文学和文化团体及一切为人类进步而工作的著作家思想家书》[2]。鲁迅也在极度悲愤之中撰写了战斗的檄文——《中国无产阶级革命文学和前驱的血》,激励与昭告后死者:"要牢记中国无产阶级革命文学的历史的第一页,是同志的鲜血所记录,永远在显示敌人的卑劣的凶暴和启示我们的不断的斗争。"烈士的鲜血决不会白流,它确乎在不断地启迪、激励左翼作家勇敢、顽强、坚韧地进行斗争,鲁迅及其战友在悲恸与哀悼的日子里,首先关切的不是自身的安全,而是对于刽子手的声讨与抗争。就在柔石等被难的消息被证实之后,鲁迅与冯雪峰等就筹备创办了"左联"的机关杂志——《前哨》,创刊号就是"纪念战死者专号",发表了烈士的传略和遗著,刊布了抗议和宣言。国民党虐杀革命作家的卑劣凶残的兽行,激起了全世界进步文化界的愤怒,对国民党的抗议与对"左联"的声援纷至沓来,"左联的机关刊物与外围刊物连续披载了这方面的消息:国际革命作家联盟主席团,美国《新群众》社以及德国革命作家路特威锡·棱、美国无产阶级诗人和作家密凯尔·果尔德、奥国革命诗人翰斯·迈伊尔、英国矿工作家哈罗·海斯洛普、日本无产阶级作家永田宽等均来信来电,愤怒抗议国民党的白色恐怖。国际革命作家联盟主席团还决定"要集中全力来引起一场反对你们最近告诉我们的严重的虐杀和白色恐怖的斗争",随即发表了《为国民党屠杀中国革命作家宣言》,以高亢激越的国际主义精神庄严申明:"国际革命文学家联盟,坚决的反抗国民党逮捕和屠杀我们的中国同志,反对蒋介石的'文学恐怖政策',同时表示极深切的信仰——相信中国的革命文学和无产阶级文学,虽然受着残酷的摧残,仍旧要发达和巩固起来",并且"号召全世界一切革命文学家和艺术家共同起来反抗国民党对于我们同志的压迫"[3]。在宣言上签字的有苏联作家法捷耶夫、革拉特珂夫,捷克报告文学家基希,法国作家巴比塞,美国作家辛克莱、果尔德,德国作家棱等。苏联作家高尔基、绥拉菲摩维支等二十余人,"接到中国左联的檄文后,即有连同署名的反对枪杀作家的抗议送出"[4]。美国著作家一百零四人联名就国民党

〔1〕　均刊《前哨》1 卷 1 期"纪念战死者专号",1931 年 4 月 25 日出版。
〔2〕　均刊《前哨》1 卷 1 期"纪念战死者专号",1931 年 4 月 25 日出版。
〔3〕　刊《文学导报》1 卷 3 期,1931 年 8 月 20 日出版。
〔4〕　刊《文艺新闻》第 16 号,1931 年 6 月 29 日出版。

政府"捕杀急进著作家事件"向中国驻美使馆提出抗议[1]。美国《新群众》杂志一九三一年六月号也译载了《前哨》"纪念战死者专号"的全文,以示抗议[2]。德国革命作家培赫尔计划"要写一篇长诗,给我们左联的几位牺牲了的战士"[3]。德国著名版画家珂勒惠支也厕身抗议国民党暴行的行列,鲁迅曾记有:"一九三一年一月,六个青年作家遇害之后,全世界的进步文艺家联名提出抗议的时候,她是签名的一个人"[4]。国际革命作家联盟一九三一年十一月在哈尔科夫召开大会,开幕式上首先追悼李伟森、胡也频等六位中国无产作家,"因为他们是为了革命运动及劳苦阶级的事业而死的"[5]。日本左翼作家尾崎秀实(欧佐起、白川次郎)、山上正义(林守仁)等编译了"谨呈李、徐、冯、胡、谢等同志之灵。献给在白色恐怖下继续英勇斗争的中国左翼作家联盟"的纪念集——《中国小说集〈阿Q正传〉》。……由此可见,国民党的兽行已引起了全世界进步文化界的同仇敌忾,这种声如巨雷、势同飓风的舆论力量,即使是"杀人如草不闻声"的屠夫也不得不闻而气馁的。

英勇不屈的中国左翼作家,在自己的战友遭受屠杀之后,除了争取国际舆论的同情与声援而外,更利用了各种方式与国民党的文化专制和白色恐怖进行斗争。鲁迅除发表了《中国无产阶级革命文学和前驱的血》、《黑暗中国的文艺界的现状》等严正揸击国民党的文章而外,还在"左联"机关刊物《北斗》创刊号(1931年9月)上刊载了一幅刻划"一个母亲悲哀地献出她的儿子去"的版画《牺牲》(珂勒惠支作),以寄托对柔石等烈士的哀思。其他左翼作家也发出了郁雷般的激楚呼号,文英(冯雪峰)写了《我们同志的死和走狗们的卑劣》,林莽(适夷)写了《白莽印象记》,梅孙写了《血的教训——悼二月七日的我们的死者》,……纷纷向敌人擎起了投枪。丁玲则不仅丧失了众多的战友,也包括自己的亲人,但她却顽强地承受着悲怆,更勇猛地投入战斗。她于同年五月二十八日到中国公学去演讲,就继承"左联五烈士"的精神呼吁道:"但死人的意志,只在一个人身上吗?难道不在大家身上吗!你们都是大学生,似乎也应该负起这责任才对。"并且表白道:"现在我不怕

---

〔1〕　刊《文艺新闻》第38号,1931年11月30日出版。

〔2〕　见《文艺新闻》第19号,1931年7月20日出版。

〔3〕　思明:《德国无产阶级革命文学运动的概况》,刊《文学导报》1卷4期,1931年9月13日出版。

〔4〕　鲁迅:《且介亭杂文末编·〈凯绥·珂勒惠支版画选集〉序目》。

〔5〕　刊《文艺新闻》第50号,1932年4月11日出版。

寂寞,也不怕摧残,仍旧继续下去!"随即在"左联"机关杂志《文学月报》创刊号(1932 年 6 月)发表了短篇小说《某夜》,还在《附记》中点明:"这大约都是真事,为纪念一个朋友而作。"其实就是描述二月七日夜间,包括"左联五烈士"在内的二十五位革命志士,心里高扬着"红色的大纛",眼角藐视着"无边的黑暗",胸间憧憬着"灿烂之光明",口中呐喊着"雄壮的声音",最后在"起来,饥寒交迫的奴隶⋯⋯"的悲壮歌声中慷慨就义。这篇小说有着文献意义,可能是革命文学中第一篇正面反映"左联五烈士"壮烈牺牲场景的作品。所以《文学月报》的编者在《编后记》中特别指出:"丁玲先生的《某夜》是一个写英雄们之死的悲壮的 Sketch,感人的力量非常大。"还有更多的左翼作家则以行动来悼念与追怀自己的战友,《文艺新闻》曾辟有一版"祭坛之下",以凭吊为革命文化而献身的烈士,其中刊载有朱歹写的《秋之歌》:

> ⋯⋯正泛流的,在刀下的有前驱的殷血;⋯⋯
> 此时,黎明的前进,我们正在征程。
> 征程,向必到的黎明;杀奔去,杀奔!⋯⋯
> "起来,饥寒交迫的奴隶!"推动,
> 转进着,转进着——
> 这大的,大的,历史的铁轮!

这首悼诗颇能表达广大左翼文艺战士的胸怀与抱负,他们紧步前驱者的足迹,奔驰在黎明前的征程,为推动"历史的铁轮"而奋战不息!

后来,一九三三年五月十四日,丁玲、潘梓年被秘密逮捕,应修人拒捕牺牲,"左联"立即发布了《中国左翼作家联盟为丁潘被捕反对国民党白色恐怖宣言》[1]。宋庆龄主持的中国民权保障同盟亦组织了"丁潘保障委员会",并发表《对青年作家应修人被害宣言》。进步文化界也组织了"文化界丁、潘营救会",参予者有蔡元培、杨杏佛、邹韬奋、叶圣陶、胡愈之、郁达夫、陈望道、柳亚子等,并发表了《文化界为营救丁潘宣言》,中云:"年来政府取缔思想,法网严密,屡兴文字之狱,我文化界惴惴于恐怖之下,已觉啼笑皆非;今丁潘二人,未经宣布罪状,不用正式拘捕,而出于秘密绑架,实开思想压迫之

---

[1]　刊《中国论坛》2 卷 7 期,1933 年 6 月 19 日出版。

新纪录。"[1]左翼作家的遭受迫害、身陷囹圄，激起社会上整个文化界的义愤，这说明无产阶级革命文学运动的深入人心，也说明"左联"所坚持的反文化"围剿"斗争有深广的群众基础。

国民党通辑、囚禁、杀害左翼作家的目的，是企图从组织上瓦解与破坏无产阶级革命文学运动，迫使"左联"解体。但事与愿违，历史的辩证法常常嘲弄倒行逆施的独夫，"左联"非但没有星散，反而在浓重的白色恐怖之中日益发展，相继在北平、东京两地设立了分盟，在广州、天津、武汉、南京等地成立了小组。它的影响遍及各省，有力地推动了全国范围的革命文学运动。同时，"左联"通过秘书处所属的"创委"（创作批评委员会）、"众委"（大众文艺委员会），利用文艺研究会、读书会等形式，建立与发展"左联"的外围组织。《关于左联目前具体工作的决议》（1932 年 3 月 9 日）中也强调："青年文艺研究团体应当是左联的后备军"，认为对此"必须加强领导，努力发展新的组织。"当时，受"左联"领导或影响的青年文学团体是非常多的，仅以上海为例，就有：普罗诗社（殷夫、宪章、森堡等），中国诗歌会（蒲风、杨骚、穆木天、窦隐夫等，出版有《新诗歌》半月刊、月刊），无名文艺社（叶紫、陈企霞等，出版有《无名文艺》旬刊、月刊），海燕文艺社（白兮、韩起、周钢鸣等），狂流文学会（盛马良、方珍颖等，出版有《狂流》月刊），铁流文艺社（荒漠文艺社与青年文艺社合作组成，出版有《铁流》文艺周刊），无名作家组合（出版有《无名作家》月刊），草芽社（贺宜等，出版有"草芽丛书"《小草》）……这些文学社团虽然倾向不尽一致、成分也有参差，但都曾在"左联"旗帜下为建设革命文学尽力，也为"左联"吸收和输送了新鲜血液。同时，"左联"还提倡工农通讯运动，提出"培养工农通信员及工农作家"的任务。因而"左联"所属的刊物甚为注意工农作者的发现与培养，例如《北斗》发表过署名"白苇"的工人作者所创作的"墙头小说"《夫妇》、《墙头三部曲》等，《文艺新闻》刊载过工人作者白弢的"工场通讯"《生命与货品》等，《文学丛报》发表了女工三三写的小说《逼》，《新语林》发表了农民作者周白月的小说《接见》……。这些都为培育工农出身的作家作了有益的尝试。

"左联"还参加了"国际革命作家联盟"，作为该联盟的中国支部，鲁迅、郭沫若还被推举为该联盟机关刊物《世界革命文学》（后易名为《国际文

---

[1]　刊中国左翼戏剧家联盟广州分盟机关刊物《戏剧集纳》第 1 号，1933 年 7 月 15 日出版；又刊左联北平分盟机关刊物《文学杂志》第 3、4 期合刊，1933 年 8 月 15 日出版。

学》)的顾问,茅盾、田汉、华汉、沈端先、钱杏邨等也被约请为该刊撰稿人。与国际无产阶级革命文学运动联系的加强,有利于我国左翼文学的发展,也有助反文化"围剿"斗争的强化。"左联"还把反对国民党统治的斗争与参加国际反帝反法西斯斗争结合起来,以尽国际主义的义务。例如,一九三三年二月,日本政府虐杀革命作家小林多喜二,"左联"立即发表了《为小林事件向日本政府抗议书》,鲁迅还就小林之死发了唁电,并与郁达夫、茅盾、田汉、叶绍钧等人联名发布了《为横死之小林遗族募捐启》,以上既支持了在艰危中奋战的日本无产阶级革命文学运动,同时也控诉了同样屠杀革命作家的国民党反动当局。同年,希特勒大肆摧残进步文化,五月十三日,鲁迅亲临德领事馆递交抗议书,并发表了《华德保粹优劣论》、《华德焚书异同论》等杂文,对法西斯头子希特勒及步其后尘的蒋介石,都进行了有力的鞭挞与辛辣的讽刺,其他左翼作家也利用各种阵地进行揭露与抨击,发表有《起来!全世界文化底战士们!》(S·M)、《反对法西斯蒂摧残文化》(艾云)、《为大众而反抗》(红樱)、《法西斯毒菌》(钟英〉等文章抗议德国法西斯的暴行,同时也把锋芒指向效法法西斯的国民党,其中有的文章一语双关地写道:"听!法西斯蒂的葬钟已叮咚的在响了,离开死亡期是很近很近的了!起来,文化界的同志!为了文化,为了大众,我们要和这凶暴无理的法西斯蒂者们拼!拼!拼!"[1]这些都足以说明"左联"反文化"围剿"斗争不是孤立的,它已成为国际文化斗争的一个有机的组成部分。

革命文学队伍在严酷的环境中,虽经监禁捕杀、饥寒冻馁,之所以非但没有削弱与星散,反而更加壮大和成熟,成为文化新军中一支浩大的方面军,这里还有一个重要的因素,即"左联"非常注重于文学新人的培养与扶植。早在"左联"成立大会上通过的《理论纲领》所附的"工作方针"中就提出"帮助新作家之文学的训练,及提拔工农作家"的任务。鲁迅在会上所作题为《关于左翼作家联盟的意见》的讲演中也要求:"我们应当造出大群新的战士"。鲁迅、茅盾等前辈作家都身体力行地致力于培植新生力量的工作:鲁迅曾为柔石的《二月》、殷夫的《孩儿塔》、叶紫的《丰收》、肖军的《八月的乡村》、肖红的《生死场》、徐懋庸的《打杂集》、葛琴的《总退却》等青年作家的处女作或新作品写序,热情地肯定他们从事革命文学拓荒与垦殖的新收获,恳切地指明他们继续努力的方向和尚待锤炼的所在;郭沫若也曾为周而

---

[1]　红樱:《为大众而反抗》。刊《出版消息》第 13 期,1933 年 6 月 1 日出版。

复的诗集《夜行集》、张天虚的长篇小说《铁轮》、苏夫的诗集《红痣》以及"国防诗歌丛书"写了序或序诗;茅盾则不断诚挚热烈地推荐革命文学中的新人新作,先后评介了叶紫的《丰收》、沙汀的《法律外的航线》、臧克家的《烙印》、吴组缃的《西柳集》等。此外,他们在编刊物,看书稿,写序跋,代校阅,作讲演,复书信,以及日常交往晤谈中,都是"一向就注意新的青年战士底养成的"〔1〕。在"左联"以及鲁迅、茅盾等前辈作家的诱导与培育下,新的作家不断涌现,这股新鲜血液的源源输入,给中国无产阶级革命文学带来了蓬勃的生气与多彩的风姿,其中象殷夫、冯铿、冯宪章、周起应(周扬)、叶紫、周文、丁玲、郑伯奇、张天翼、沙汀、艾芜、彭家煌、欧阳山、草明、肖军、肖红、东平、蒲风、天虚、温流、尤兢(于伶)、凌鹤、田间、周立波、李守章、杨潮(羊枣)、杨刚、黄源、荒煤、冰山(彭柏山)、周而复、林淡秋、王西彦、刘白羽、征农、奚如、黑丁、葛琴、安娥、关露、唐弢、罗荪、聂绀弩、徐懋庸、华蒂(以群)、李乔、石灵、邵子南、周纲鸣、司马文森、端木蕻良、蒋牧良、王亚平、陈白尘、莪伽(艾青)、胡洛、李南桌、周木斋、臧克家、吴组缃、宋之的、柯灵、张香山、杜宣、林林、魏猛克、林焕平、白曙、耶林、陈君冶、黑婴、方之中、魏金枝、石灵、陈企霞、杜埃、马宁、谷牧、徐平羽、沈起予、路丁(王尧山)、柳倩、任白戈、尘无、叶沉、朱凡、戴平万、窦隐夫、陈落、谷万川、杨纤如、张秀中、马加、金肇野、段雪笙、臧云远、余修、魏东明、胡风、欧阳凡海、罗竹风、远千里、黄药眠、曹靖华、金人、董秋斯、陈北鸥、王志之、陈沂、陆万美、于逢、白兮、贺宜、韩起、章泯、何畏、舒群、何家槐、丽尼、陆蠡、洪道、张庚、罗烽、侯枫……等理论家、批评家、小说家、剧作家、杂文家、诗人、翻译家、儿童文学家等,都曾以满腔激情为建设革命文学而努力。其中有不少年轻有为的志士,如殷夫、冯铿、东平、蒲风、冯宪章、童长荣、任国桢、林基路、张眺、朱镜我、刘一梦、金剑啸、邵冠祥、辛劳、蒋弼、史轮、杨潮等,还为无产阶级革命事业或民族解放事业贡献了青春和生命;其中有的成为当时或后来的著名作家与诗人,以灿然的力作为中国文学史增添了不凡的一章;其中有的成为党的文艺事业的组织者与领导者,为当时与以后的革命文艺运动而忘我工作。总之,"左联"时期的文学新人大多成为一代文化新军的骨干力量,成为我国革命文艺事业的栋梁之材。创作丰收与新人辈出,是左翼文艺运动的丰硕战绩之一,有力地冲击了国民党的文化专制主义,全面地轰溃了反革命文化"围剿",从而使中国共

---

〔1〕 鲁迅:《二心集·关于左翼作家联盟的意见》。

产党所领导的革命文艺运动成为中国"惟一的文艺运动"〔1〕。包括"左联"的老将与新兵,还有其他兄弟左翼文艺、文化团体以及其他进步文化战士,共同汇合组成一支中国历史上空前强盛的文化新军,"这个文化新军的锋芒所向,……其声藏之浩大,威力之猛烈,简直是所向无敌的。"〔2〕在这场粉碎国民党反革命文化"围剿"的所向披靡的伟大斗争中,"左联"所领导的革命文学队伍,作为文化新军的一旅重要的方面军,充分发挥了自己强大的战斗作用。

鲁迅曾经自豪地宣示:"'左翼作家联盟'五六年来领导和战斗过来的,是无产阶级革命文学的运动。"并且赞赏道:"这文学和运动,一直发展着"〔3〕。回顾与追溯"左联"不断进击的战斗历程,可以清晰看到它在反文化"围剿"斗争中所创立的历史功绩,如同一座巍峨高耸、钢浇铁铸的丰碑,碑铭由无数前驱者的鲜血所镌刻,在这永不漫漶销磨的铭篆中,"中国左翼作家联盟"的英名将在中国文化史乃至整个中国历史上闪耀着不灭的光辉。因为"左联"肩负着阶级的、时代的嘱托,代表着全民族的利益,进行了艰苦卓绝、前赴后继的斗争,正如鲁迅所说,无产阶级革命文学和革命的劳苦大众是在受一样的压迫,一样的残杀,作一样的战斗,有一样的运命,是革命的劳苦大众的文学。"〔4〕事实也确实如此,第二次国内革命战争时期的无产阶级革命文学运动不愧被称为"革命的劳苦大众的文学",在它的轨迹上深印着中国革命进程的辙痕,在它的旗帜上浸染着革命文艺战士的血迹,在它的履历上铭刻着万千劳苦大众的苦难,在它的战果上凝聚着整个中华民族的意志。正是由于无产阶级革命文学真切地、深刻地、勇敢地表达了本阶级乃至全民族反帝反封建的心声,它才能得到亿万人民的同情与支持,从而获得了粉碎中外历史上最凶残暴虐的统治者之"围剿"的巨大力量,并孕育和诞生了自己战线上空前的民族英雄——鲁迅。这是"左联"及其领导的无产阶级革命文学运动最值得珍视的传统,即代表全民族的大多数,充任人民的正义、英勇、坚毅、忠实、热忱的代言人。在经受了建国三十多年来正反两方面的经验教训之后,我们的社会主义文学从她的母胎——无产阶级革命文学

〔1〕　鲁迅:《二心集·黑暗中国的文艺界的现状》。
〔2〕　毛泽东:《毛泽东选集·新民主主义论》。
〔3〕　鲁迅:《且介亭杂文末编·论现在我们的文学运动》。
〔4〕　鲁迅:《且介亭杂文末编·论现在我们的文学运动》。

中,所得到的最深刻的启迪,无非是仔细地谛听着、正确地反映出人民的心声与足音罢!

写于"左联五烈士"殉难五十周年前夕,上海。

一九八二年春,改定。

中国现代历史小说的形成和发展*

　　20 世纪初,时代矛盾、民族矛盾、文化矛盾集结汇拥于近代中国,传统生死相搏,民族前途可危,"五四"的先驱者们,高举起科学与民主的大旗,把独立和自由的希望带给苦难深重的中华大地。伟大的"五四"开创了一系列具有建设意义的现代文明、文化和艺术流别,贯串了整个现代中国史。反过来说,从这些文明、文化和艺术流别的兴起、湮没和复兴、发展中,正可以窥见"五四"的精神绵绵不息,民族的创造生机不绝,人的解放和民族的现代化劫难重重又在顽强地延伸。正是从这个意义上,让我们对"五四"所开创的中国现代历史小说的兴盛发展过程,作一番历史的回顾。

　　现代意义上的历史小说远不仅仅是一种艺术样式,更是一种文化现象,是现代人本意味的历史观和审美意味的历史观所孕育的一脉长河。

　　美学家卢卡契曾经意味深长地说:谁如果有兴趣,可以把中世纪根据古代的故事传说改编的作品称之为历史小说的"先驱",并可以追溯到中国和印度的古代作品上去。然而,这不可能从本质上阐明历史小说的意义。真正的历史小说要求对一个具体的历史时期作艺术上的忠实描写,它的诞生有赖于社会的民主化进程和革命性变革,它是在 19 世纪初,拿破仑失败前后产生的。[1]

　　卢卡契把历史小说的发展动因和人民历史意识的普遍觉醒联系起来,这个见解是十分深刻的。尽管从修昔底德时代算起,欧洲的历史学研究年代久远,但在广大民众还缺乏自觉意识的时候,历史和他们是无缘的,他们

＊ 本文与上海文学研究所花建教授合作。

〔1〕 卢卡契:《历史小说产生的社会和历史条件》,见 H. 米契尔的英译本,英国伦敦默林出版社,1962 年版。

只是历史被动冲涮的砂粒。是法国大革命把千千万万的第三等级唤醒了，他们意识到自己的利益和要求，也意识到这场大革命所要冲击的历史惰性和将要产生的历史性飞跃，于是"法国革命、革命战争、拿破仑的兴起和失败使历史变成群众的感受，而且是在全欧洲的范围之内"。[1] 公众历史意识的觉醒促成了审美情趣的转变，它象春潮催动了文学的风帆，使它们组编成一支新的船队——历史小说。锐意进取的小说家们开始以"现实感、家常的方式，使我们熟悉过去的年代"。[2] 为民主和共和而斗争的时代浪潮又促使他们去开掘欧洲腐败的历史原因。欧洲历史小说的开拓者司各特正是在1814 年发表了第一部历史小说《威弗利：或六十年以前》。从那以后，随着民主革命的浪潮由西向东，由欧洲影响亚洲，从英国的历史小说大师司各特到法国的雨果、罗曼·罗兰，又从俄国的托尔斯泰等人到日本明治维新后出现的《恐怖时代》《地狱变》《法成寺物语》等等作品，各国先后出现了历史小说的优秀代表和创作热潮。在东方文明的古国——中国，这样的现代历史小说终于也出现了！

中国自明代以来，表现历史生活的演义、传奇、话本数量不少，但多受封建主义的历史观和文学形式束缚。鸦片战争以后，随着西学东渐，各地报纸和出版物中，陆续出现了具有近代民主意识，兼采白话形式的历史文学作品。如 1903 年出版的《中国白话报》就登有《黄帝传》《盘古以来种族竞争之大势》《搏浪椎》《娘子军》《颜习斋》《陈涉传》等作品；同期，吴趼人发表了历史题材的报刊连载作品《痛史》，借南宋的史实铺衍成篇，痛陈政治上的不满情绪；还出现了黄小配的《洪秀全演义》（未写完），以褒扬的笔调展示了太平天国革命的历史风云；待飞生的《黑籍魂》则在第一回写了林则徐广州禁烟的历史故事；而鲁迅早年所写的文言小说《斯巴达之魂》，则以慷慨悲歌的浪漫主义情调，叙写了古代斯巴达人舍身御敌、张扬民族之魂的悲壮场面。这些作品带有明显的"转型期"特色，很多作者把不满现实、渴望个人和民族自立的一腔激情投注于历史素材，但愤激的民主情绪毕竟不能代替理性主义、人本主义的历史观，难以对历史生活进行深入的观照和艺术的再现；他们采用的小说形式也大抵从旧式演义、话本、文言小说相去不远，远未达到用生

〔1〕 卢卡契：《历史小说产生的社会和历史条件》，见 H. 米契尔的英译本，英国伦敦默林出版社，1962 年版。
〔2〕 卢卡契：《历史小说产生的社会和历史条件》，见 H. 米契尔的英译本，英国伦敦默林出版社，1962 年版。

活化的白话语言将早已湮没的历史人物和场景,更富现实感地传达给当代读者。这恰好说明,历史小说作为一种文化更新,也是一个系统发生过程,需要在历史意识、审美意识和语言载体三个层次上进行综合性的更新。

是伟大的五四运动为中国现代历史小说的发展带来了真正的转机。五四运动是继洋务运动、戊戌变法、辛亥革命之后,中国现代化进程的新起点。它超越了前此提出的"师夷长技"、[1]更换政府首脑和推翻帝制的阶段,要对中国的传统文化和社会结构进行全面清理,为中国的现代化打开文化观念上的前进道路。所以,五四新文化运动的前驱者和后续者们不约而同地把目光转向历史:"我翻开历史一查,这历史没有年代,歪歪斜斜的每页上都写着'仁义道德'几个字。我横竖睡不着,仔细看了半夜,才从字缝里看出字来,满本都写着两个字是'吃人'!"[2]鲁迅对国民的主奴根性"吃人"作了深刻揭露,代表了五四时代先觉者们的认识,他一针见血地指出,在排除了"人"的中国历史,便形成了两个时代,"一、想做奴隶而不得的时代;二、暂时做稳了奴隶的时代。"[3]胡适《藏晖室札记》1914 年 6 月 7 日记中痛陈了中国封建家族制度四大危害,呼喊"此何等奴性! 真亡国之根也!"吴虞的《说孝》一文,详细剖析了千年封建社会中,儒家的"孝"思想如何实现对人的控制和压抑,"麻木不仁的礼教,数千年来不知冤枉害死了多少无辜的,真正可为痛哭呀!"[4]五四先驱者一方面要批判封建礼教对人的泯灭和摧残,另一方面又要吸收西方先进的民主政治思想,重新确立人在历史活动中的主体地位。人的生命应该是属于他自己的,别人或者外在性的力量不能对他进行干预和规定,个人最终对自己负责而不是对别人或者外在性的力量负责,也只有在这样人本位的历史观指引下,人才有可能充分发挥其改造历史、推动历史的伟大力量。1919 年,胡适发表《新思潮的意义》,他这样总结说:"新思潮的根本意义只是一种态度。这种态度可以叫做'评价的态度'。……尼采说现今时代是一个'重新估定一切价值(Transvalution of all Values)的时代'。重新估定一切价值,八个字便是评价的态度的最好解释。"[5]这种新的民主主义和人本主义历史观弥漫在五四时代的社会生活

[1]　《魏源集》上册,第 207 页。
[2]　鲁迅:《狂人日记》。
[3]　《鲁迅全集》第 1 卷,第 213 页,人民文学出版社 1981 年版。
[4]　《吴虞文录》卷上,第 17 页,民国十二年,亚东图书馆版。
[5]　《胡适文存》卷四,第 152~153 页,民国十四年,亚东图书馆版。

中，形成了一种新的文化氛围，它象东风化雨，催生了具有新型历史意识和小说美学意识的中国现代历史小说！

从五四时期开始到 20 年代，是中国现代历史小说的发端期。鲁迅在1922 年创作的《补天》(又名《不周山》)是它真正的发韧之一。小说通篇洋溢着五四先驱者开创历史新纪元的豪迈、自信精神和青春活力。那洪荒年代补天的女蜗氏象油画人体一样凸现在我们面前，她尽情袒露着人的身体，无拘无束地徜徉在天地之间；她按自己的意志自由生活，却对"补天"和"造人"的公益事业有极强的责任心，并为之献出了自己的生命。小说中的女娲氏是古代先民的象征性形象，更是五四先驱者的人格投影，相形之下，那些只会照搬孔孟教条、专在女娲两腿之间下禁令的封建士大夫们，显得何等猥亵和渺小。几乎是同时，五四时期著名作家郁达夫发表了他的第一篇历史小说《采石矶》，主人公黄仲则是中国清代的著名诗人。小说以心理描述、景色渲染和诗句穿插等多种艺术手法相织，将这位清代才子不堪庸常污蔑，凭吊李白诗魂，借诗抒发情怀的形象塑造得非常鲜明，虽然多有敏感、脆弱、孤僻的弱点，更有自依主见、自写历史的风骨："仲则，我们的真价，百年后总有知者，还是保重身体要紧。戴东原不是史官，他能改变百年后的历史么？一时的胜利者未必是万世的胜利者，我们还该自重些！"在鲁迅、郁达夫之后，又有郭沫若的《鹓鶵》(后改名为《漆园史游梁》)《函谷关》等历史小说先后问世。这些新型的历史小说越出了近代历史文学如演义、小品、文言故事的形式，以一种更富生活气息的文学白话，将数百年前，甚至上千年前的历史人物娓娓道于读者。它们多依史料，铺展开去，并非点染自娱，而是表现着一种重写历史、弘扬个人、重在"立人"的新型历史观。无论是写历史人物的物态化创造，如女娲补天，还是写历史人物的艺术性构思，如仲则赋诗，都突出了人的创造活动的自主性和自信性：只有给人以自由的心态，他才可能有真正的创造；而只有真正的人的创造，才会留存下丰富人类生活的长久价值！

二

以五四为发端的中国现代历史小说，虽然有很高的起点，但在 20 年代毕竟是初创，数量也少，难怪郁达夫在 1920 年 4 月要大声疾呼："目下的中国，作历史小说的人，竟会这样的少，实在是一种不可解的现象。我很希望今后

的青年作家,能向这一方面去努力,向现在这沉闷的中国创作界里,输入一点新鲜的空气来。"〔1〕

　　经过一段时间的蓄势、酝酿,中国现代历史小说终于在 30 年代形成了大爆发期,一直绵延到 40 年代初,成为中国现代历史小说发展的第一次大潮。究其成因,大抵有三个发生因素:其一,整个 30 年代,民族危机日渐加深,中华民族面临着亡国灭种的巨大危险,而这个古老民族所焕发的自我更新的顽强努力也令世人震惊,这本身就具有浓重的戏剧性,它使人们对悲剧性的中国历史和历史上的中国人产生了再认识的浓厚兴趣,恰如著名美国历史学家费正清所说:"中国人认为自己的文化伟大,但在世界文化面前又感到自卑,所以来了一个 1898 年的改革运动,然后又失望了。1911 年的革命带来了很大的希望,可是灾难接踵而至⋯⋯如果你是一个中国的爱国主义者,而且很熟悉中国当代历史上所发生的一系列灾难,你会很为难,会有措手无策之感。这是一个真正令人感动的人的故事。中国人民是那样能够坚持下去,能够继续面对问题,这一点是人类最伟大的戏剧所在⋯⋯"〔2〕其二,关于历史小说的外国译介和理论探讨逐渐增多和深入。如 1936 年洪秋雨译介了日本文艺理论家菊池宽的《历史小说论》,它对历史小说的发生、历史小说家与历史的关系、历史小说家与人生的关系、历史真实与艺术虚构的关系等等历史小说的基本属性,都作了详尽的探索,特别指出历史小说家"一方面不受历史的束缚,而他方面又尽量地利用历史。创作对于历史的关系,有如败家子对于其慈爱的有钱的父母的关系一样"。〔3〕再如早亡的文艺理论家石怀池所作的《论历史小说的创作》,更对"五四"以来直到 30 年代中期的历史小说创作进行了具有理论深度的概观,他区分了以鲁迅为代表的"故事新编"型和以郭沫若为代表的"历史小品"型,认为是迄今历史小说的两大趋向,强调要发扬由鲁迅所奠定、由茅盾所概括的"历史文学的战斗精神"——"借古事的躯壳来激发现代人之所应憎与应爱,乃至将古代和现代错综交融,则我们虽能理会、能吟味,却未能学而发现代之所应憎与应爱,乃至将古代和现代错综交融"的精神;〔4〕其三,在 30~40 年代特殊的国内政治条件下,一方面是国民党政府的高压政策,给左翼文学和其他有社会进步性的文

---

〔1〕　郁达夫:《历史小说论》,《创造月刊》1926 年 4 月 16 日。
〔2〕　《费正清谈话专访》,美国《知识分子》杂志创刊号第 6~7 页。
〔3〕　菊池宽:《历史小说论》,《文艺创作讲座》大光书局 1936 年 5 月版。
〔4〕　石怀池:《论历史小说的创作》,《石怀池文学论文集》耕耘出版社版。

学创作带来了极大的压制,另一方面,由于抗战前后政局的混乱、租界的存在等原因,这张"文网"上又有许多漏洞可钻,用郁达夫的话说:"我们处在这一个内战不息、民生凋敝的现代的中国,心里的情感,实在是想去到稠人广众之中,大喊革命,可是一则有因革命而要丧失自家的地位的军阀在那里监视,你若言语稍一不慎,就要拉你到司令部去砍头,二则有一个外人用以保护他们在中国向我们榨取的利益的巡捕房在作梗……当这一个时候,他若想做一部鼓吹革命的小说,最好莫如借了法国或俄国革命前的史实,来寄托你的感情思想的全部",[1]因这种种原因,吸引了国内大批学者、文学家、理论家、翻译家来进行历史小说创作,不仅有大文豪鲁迅、茅盾、郭沫若,有理论家、文学家、文化界人士冯乃超、蔡仪、何其芳、唐弢、宋云彬、蒋星煜、吴调公、施蛰存、李俊民、廖沫沙、杨刚、包文棣、苏雪林、聂绀弩、郑振铎、孟超、许钦文、朱雯等,更有一批文学新人如张天翼、沈祖棻、端木蕻良等等,形成了一个数量众多、品种丰富的创作领域。

这股空前的历史小说热潮,表现着两个引人注目的重大倾向,其一便是鲁迅所倡导的"借历史人物躯壳来激发现代人之应憎与应爱"的战斗精神得到了弘扬,这决不是脱开历史作政治理论,而是意味着新文化的建设者们不仅有权利,而且也有义务用文学形式重新解释历史,用 K. 波普尔的话说:"因为的确有一种迫切的需要等着解决。我们要知道我们的困难同过去有怎样的关系,并且我们还要知道沿着怎样一条路线我们可以前进,去解决我们所感觉到的和选取的主要任务",[2]因此在对历史题材的选择上,在对历史生活素材的心理点染和艺术加工,都洋溢着强烈的现实批判和反抗斗争精神。如茅盾在 1930 年开始写作的《豹子头林冲》《石碣》《大泽乡》,以现实主义大家的手笔极写风狂雨暴、千钧一发的历史危机和官逼民反,殊死相拼的起义发动,那愤懑抑扬的感情节奏不啻是对 30 年代阶级大搏斗的真切感应。更早些,孟超 1929 年发表在我党领导的《引擎》杂志上的《陈涉吴广》,则以浓烈的笔触塑造了我国历史上第一次农民大起义的领袖人物,喊出了至今还使统治者胆战心惊的起义纲领:"我们反,我们不是自己不愿安居乐业,我们是无路可走才反的,我们是国家逼迫我们反的,反了或者还有

〔1〕 郁达夫:《历史小说论》,《创造月刊》1926 年 4 月 16 日。
〔2〕 转引自《当代西方史学流派文选》第 154～155 页,第 152 页,上海人民出版社 1982 年版。

一线活路,不反是只有死了!"〔1〕而郑振铎的《桂公塘》(黄公俊之最后》写于1931 年"九一八"事变之后。这两篇历史小说借明朝末年的抗清名将文天祥和太平天国后期冒着生命危险去策反曾国藩部队的义士黄公俊,唱出了国难当头、坚贞不屈的一曲壮歌,小说中那一片国破山河在的图景,使人立即联想起东北沦陷的民族危机,激荡起共赴国难的悲怆情怀。在 30 年代的历史小说创作中,这一寄寓现实情怀、抒发反抗热情的创作倾向,是如此地强烈和富有感染力,以至于在倡导民族主义文学的《黄钟》杂志上,也刊登了描写明末名将袁崇焕"功到雄奇即罪名"的中篇小说《宁远之守》,言辞真切,梗概志长,展示了 300 多年前袁崇焕和辽东军民抵抗外侮的激烈战况,揭露了昏庸腐败的封建朝廷,使人不由得联想起今日在同一地点遭受日寇蹂躏的东北同胞!〔2〕

　　其另一大趋向是历史小说的艺术特征受到了越来越多的注意。一方面,参与历史小说创作的多饱学严谨之士,他们对中国的史学、史籍、史实有比较扎实的功底,因此在创作中总是自觉地把历史考据和艺术想象结合起来,使小说的细节、语言尽可能逼近(而不是重合于)史籍上记载的历史生活,因此许多历史小说皆有浓厚的书卷气。如鲁迅的历史小说《理水》有大禹和皋陶的一段生动对话,晓白流畅,生动朴实,既象是远古时代的两位治水者在回忆自己"调有余、补不足"的豪迈业绩,又仿佛是他们在用现代语言与今天的读者对话,确实称得上具有历史美感的对话语言创造。它和作者精通史籍,吸收古代书面语言之精髓,化用《史记·夏本纪》中的精彩语言密不可分。这是 30 年代历史小说创作一个非常重要的特征。

　　这种推重历史真实性和艺术形式感的追求体现在小说艺术的各个方面。巴金创作的《马拉之死》等 3 篇有关法国大革命的历史小说,融入了自己旅居法国时对 1789 年法国史籍的细心体会,也融入了自己所深切体会到的大动荡年代的不安氛围。而苏雪林在创作《偷头》等历史小说时,对明末清初满汉人民及军士兵器、服饰、旗帜、风俗都有认真查考,为了表示自己所写细节之有据,特地把自己参考的《全祖望:明故都督江公墓碑铭》《钱忠介公画像记》等史书一一列于小说之后。尤其要称道的:许多历史小说作者皆有很深的古典文学功底,他们在小说中常能真切体验历史人物的心灵,不仅

〔1〕　孟超:《陈涉吴广》,《引擎》1929 年 5 月 15 日。
〔2〕　陈大慈:《宁远之守》,《黄钟》1936 年 2 月八卷一期。

代古人拟言,更能根据古人的性格文风,编创古典诗词,并能和小说中的情节、情境、语言习惯丝丝入扣。许多西方文学批评家曾赞誉英国作家司各特的历史小说注重了历史细节,包括服饰、马匹、兵器、教堂、建筑、旗帜的真实性。[1] 而中国现代历史小说不仅吸收了西方历史小说的长处,而且继承了中国古典文学的传统,在生活化的白话叙述中融入了大量诗、词、曲、赋、碑、铭等古代韵文作品,而形成了独特的历史文学的文体。另一方面,不少作家在写作历史小说时,注意到了作为审美样式所要求的结构、语言、文风的多样性,注意到了作者自由投入和张扬个性的多样性。历史小说和历史著作可以说是一对姻亲,都需要查考钻研大量史料,但历史小说毕竟又不同于历史著作。后者是一个二维结构,作者主观一维,历史客观一维,两者统一于认识的"真",而前者是一个三维结构,作者主观一维,历史客观一维,还有小说的形式规范是第三维,它超越了认识的"真",统一于艺术的"美",而这个"美"的境界不是一种先验的规定,而是作家在体验中借助生命的投入所形成的自由创造。虽然是在政治斗争非常尖锐残酷的年代中,但是中国现代的历史小说仍然尽力表现着对审美多样化的追求。如果说郭沫若的《孔夫子吃饭》《秦始皇将死》等善于截取历史名人的生活片断,透视其作为文化现象的性格内涵,尤其是郭沫若的幽默笔调,决非那种刻意讥诮的表面机锋,而是以一个现代学问大家,把握住了历史人物和历史情势的规定以后,所表现出来的纵揽历史过程的自信和幽默,具有举重若轻的内在力度,那么,文坛新人张爱玲的第一篇历史小说《霸王别姬》,则以女才子的灵秀去揣度虞姬的复杂心理。垓下被围,项羽危在旦夕,这自然容不得她犹豫再三,但这弱女子抚动小刀流苏的举止和毅然自刎的决心,却把她缠绵和刚烈的双重性格凸现得分外鲜明。[2] 如果说冯至以诗人兼翻译家之手笔写下中篇小说《伍子胥》,自然要把诗人的浪漫情调投注笔端,使主人公为复仇雪耻而千里流徙的故事染上传奇色彩,那么,被后人称之为"新感觉派"的一群出名作家,尤其是施蛰存的历史小说《石秀》《将军的头》,则融入了刚介绍到中国来不久的弗洛伊德的精神分析学说的一些原理,通过展示历史人物的性欲的发动、潜意识的流窜和灵与肉的交战,来透示他们在人生关头重大决心的心理动因,虽在当时只是小说艺术中一条支流,却为中国现代历史小说的

---

[1] 赫伯特·格黑尔森:《历史和小说》,《司各特研究》第 137～139 页,外语教学和研究出版社。
[2] 张爱玲:《霸王别姬》,《国光》1937 年 5 月 10 日第 9 期(转引自香港《明报》1989 年第 1 期)。

多样化发展,贡献了可贵的探索,也为几十年后集各种艺术手法之大成的历史小说二次高潮,设下了重要的伏脉。

中国现代历史小说在 30 年代形成高潮,余波延及 40 年代,并有李劼人的长篇《大波》作为殿军,成为以五四为起点的中国现代文学的一大成就。当然,它也有比较明显的局限性,由于紧迫的阶级斗争、民族斗争的影响,许多作者更注重了它的思想启蒙意义、现实指斥意义、社会批判意义,来不及充分展开自身美学建设;在小说的立意主题上过于"直"、"露",成为不少作者常犯的通病;此外,由于创作经验积累尚不丰厚,而情势又十分紧迫,绝大多数作品都是短篇和 5 万字之内的"小中篇",在中篇尤其是长篇小说方面还没有积累起更多的经验,以包含更大的思想、感情、历史和艺术的容量。

<h2 style="text-align:center">三</h2>

建国以后,我国现代历史小说理应随着国家精神文化的建设而获得更大发展。但在极左思潮肆虐的年代,历史小说创作常被视为"影射"、"攻击"的不祥之物,50 年代末 60 年代初创作的《西门豹治河》《海瑞的故事》《广陵散》等寥寥可数的几篇作品连同它们的作者,后来都遭受了各种批判和迫害,除了建国后续写而未完的《大波》及《李自成》第一卷,中长篇历史小说更是寂寞。经过"文化大革命"的摧残,它几乎断了延续的根脉。随着 1978 年开始的思想解放运动和改革开放的逐步深入,它犹如严冬过尽的怒放春花,正在逐步形成第二次创作高潮。自 1982 年以来,几乎每年都要推出好几部甚至十几部历史长篇,每年发表的中短篇历史小说更数倍于这个数量。其发展速度之快、小说题材之广、艺术形式之多,前所未见,继花城出版社主办专门的《历史文学》刊物外,广西人民出版社又在酝酿全国第二家纯文学性的历史文学刊物,并举办了多次学术研讨会。这蓬勃的生机有着深刻的社会原因,根据系统发生的理论,一个系统的生成被迫中断后,要重新发展要把系统的逻辑生成过程重演一遍。粉碎"四人帮"后,中国重新开展了现代化的进程,从最初草率冒进的"洋跃进"计划,到实事求赴地引进和消化国外先进管理科学;从 80 年代初干部队伍"四化"到 80 年代中期的"文化比较热",更到近年来对 10 年改革的全面反思和对政治体制改革的强烈呼声,在更高的意义上重新跨越了中国近代改革图强更新的四个阶段,终于使越来越多的人认识到:改革是一个社会全面改造的系统工程,站到了文化更新和

全面改革的新起点上。这种逻辑重演的历史相似性和历史跨越性,形成了探究中西文化及其历史生成的一代风气。它极大地影响了新一代小说家的审美选择方式,激励他们走进历史文学那一座雄浑的大门。正如长篇历史小说《风萧萧》及续篇《黄梅雨》的作者、知名学若蒋和森所说:"鲁迅先生诗云:'人海苍茫沉百感',望着那浩如烟海的历史,想起我们祖先曾经走过的道路,不禁产生一种深沉而又浩茫的感受。真是'渺渺兮予怀',我仿佛听到一种内心的召唤,想把那些感受通过一种形式表达出来,这便想到写小说上去了。"[1]无论是 70 年代中期写作问世的《星星草》,还是 80 年代初一大批以近代史为题材的《一百零三天》《庚子风云》《义和拳》《辛亥风云录》,或是以外国历史人物为主人公的《伽里略》,更有 80 年代后期创作的《中华第一大帝》《努尔哈赤传奇》,无不具有这种沉思的基调和悲怆的意味。诚如 K.波普尔在谈到更富于主体意味的现代历史观时说:"既然每一代人都有它自己的困难和问题,从而有它自己的利益和自己的观点,那么每一代人就有权按照自己的方式去观察历史,去补充前人的不足。说到底,我们研究历史是因为我们对它有兴趣,并且也许是因为我们想懂得一点自己的问题。"[2]新时期的历史小说作者们不取浅露的比附影射之意,而是努力把握历史的发展机制,透视民族和人类心理结构的积淀过程,以自觉把握作为历史延续的现实和我们自己。这是新时期历史小说不同于前一个创作高潮的重大特点。

具体地说,新时期的历史小说正在历史的理性审美、历史的心理审美、历史的感官审美三个层次上取得重大进展,逐步走向历史小说"文的自觉"。

首先,历史小说家们开始把握住历史的理性审美原则,不简单地希求去概括历史的规律,更不是单纯地介入历史生活,对历史人物下功利性的褒贬判断,而是从超功利的审美层次上,注重对历史人物、历史事件和历史生活的意义阐释,注重古今人类的精神交流,把这些历史对象放在一个更广大的意义结构中来思考、来玩味,也使人们对自身的解释获得一个人类性和历史性的意义参照系。

从《辛亥风云录》到《太平天国》,晚近的多部历史长篇都体现了这种理性审美的宏大气派。尤其是徐兴业的巨著《金瓯缺》,展开了北宋末年多民

〔1〕 蒋和森:《黄梅雨·后记》,上海文艺出版社 1985 年版。
〔2〕 转引自《当代西方史学流派文选》第 154~155 页,第 152 页,上海人民出版社 1982 年版。

族生活真正宏伟的大视野和大剖面,它以雄大的手笔写出了宋、金、辽三个民族波澜壮阔的战争、外交、内政活动,更重要的是作者凭借他对各民族生存机制的深刻理解,写出了促使整个宋朝两军、女真武士和契丹民族行动的深层文化心理。如北宋年间的辽(契丹)民族,在宋以后的许多汉族史籍、话本和传说中,多是作为狄夷之邦、侵凌之师的面目出现的,而《金瓯缺》却写出了这个强悍民族特有的心理内聚力,一种把个体聚合于民族整体之中的传统观念,一种牺牲个人也要换取子嗣绵延的民族自信心,这正是全书的最得意之笔之一。它使我们透过古战场的硝烟看到了文化心理意义上的历史真实性,悟到了我们民族之所以有今天的历史生成机理。

其次,历史小说家们开始深化历史的心理审美原则,尤其是用自己独特的心理结构去综合与亲和古人的心理经验,加强了历史生活的情感化表现。歌德说得好:"历史给我们的最好的东西就是它所激起的热情",[1]这不愧是大诗人大文豪读历史时的独特感受! 郁达夫当年也说过:"历史家读历史的时候,要以理智判断,辨别记事的真假,推寻因果的关系。而小说家读历史的时候,只要将感情全部注入这记事之内,以我们个人的人格全部,融合于古人,将古人的生活、感情、思想、活泼泼地来经验一遍。"[2]而更进一步的工作是把他所体验到的历史上的人类感情,用一种"有意味的形式"表现出来。历史小说虽然是叙事性再现性很强的艺术形式,但它的各个艺术构成,如结构、节奏、意象、语言等又具有高度的表情性。新一代历史小说家们不仅敢于提炼每个时代不同的感情基调,而且开始综合多种手段来强化情感表现力,使得历史的激情仿佛是从小说本身中鼓荡起来的一样。如近年来以古代著名文人生活为题材的小说可谓不少,但一批小说高手却各擅胜场,指挥出或高昂或悲伤或凄迷的历史乐章来。端木蕻良的《曹雪芹》,仿佛是用硬笔勾出的铁线画,极写悲剧大师曹雪芹穷愁潦倒,但风骨屹然,跌宕人生而不坠青云之志的文人情怀;而钟新的《〈金瓶梅〉和笑笑生和冯梦龙》借片断史实铺衍成篇,笔虽平易,却借笑笑生、冯梦龙、袁宏道、袁中道等明代才子坎坷的人生,抒发着对中国知识分子不幸处境的悲怆情怀。再如多部以唐朝黄巢起义为题材的小说,郭灿东的《黄巢》摄取了唐朝末年"山雨欲来风满楼"的危急氛围,烘托了农民英雄拯民于倒悬的慷慨情怀。以险象环

---

〔1〕 《歌德的格言和警句选》第 84 页,中国社会科学出版社 1983 年版。
〔2〕 郁达夫:《历史小说论》,《创造月刊》1926 年 4 月 16 日。

生、高潮叠起的情节进程,构成一种急管繁弦、悲壮激烈的情绪主调。杨书案的中篇《冲天香阵透长安》则着重于空间美的追求,表现感情运动的巨大幅度,以唐僖宗送张承范出京拒敌的低沉压抑为蓄势,而以黄巢在公元880年登基大典为收束,起伏跌宕,力透纸背,真有"冲天香阵透长安"的情绪感染力!

再次,新时期的历史小说家们在历史生活的感官审美上有了新的发展。他们吸收了80年代以来新时期小说形式更新的重要成果,以更富于感觉真实性和意象强烈性,把历史生活的形象外观更鲜明地凸现出来。如果说《天京之变》把太平天国内讧的悲惨情景,以血淋淋的画面,蒙太奇式的跳跃再现出来,表达了人类历史进程中那种狰狞、残酷的美,那么,王有华的长篇《喋血宜城》则通过陈玉成的意识流动,对他兵败安庆的战场感受,太平军和湘军最残酷的一场血战,作了更富于心理性的视觉传达。同时,新时期历史小说在语言的历史风格化和可读性的统一方面,也作了大量有益的探索。

从"五四"发端的中国现代历史小说正在走向第二个高潮。当代中国思想界文化界对民主、科学的热切呼唤,整个民族对改革历史和前景的深切思考,以及文学自我发展的内在动因,这一切如春风化雨,催促着它的空前发展。让我们继承五四先驱者勇于创新、敢于建树的伟大精神,推动中国现代历史小说迈向更高的境界!

鲁迅·胡适·许地山

——1930 年代香港新文化的萌蘖与勃兴*

辛亥以后,大批逊清遗老南下香江,自最高学府至新闻媒体,俱为伧等盘踞。二十年代中逊帝傅仪大婚之时,香江竟有所谓二十四位太史为之庆贺的闹剧,可见其麇集之众多、声势之烜赫。温肃(1878—1939)等甚至将香港当作复辟的基地,北上勾结张勋等军阀谋图恢复帝制。

"五四"巨潮澎湃于中华大地,新文化运动因之勃兴而繁盛,而于此"化外之域"的蕞尔小岛,其文化现状又如何呢? 二十年代中,当时甚为活跃的本港作家吴灞陵揭示道:"香港这块地方,在现在以前,大家都不大注意汉文的,那一部分研究汉文的人,又不大喜欢新文学,更有一大部分的读者,戴著古旧的头脑,对于新文学,简直不知所云"[1]。甚至到了三十年代中期,尚有人指出:"现在试把香港的文学来检讨一下,大概文言文占优势,语体文几乎不能为一般人所注意"[2]。以上是鲁迅莅港前后的背景资料,情况是未必乐观的。

新文化思潮的第一波:鲁迅

所谓"第一波"云云,亦是概而言之。"五四"新文化运动发动以来,香港虽为"化外之地",但影响吹拂在所不免,惟因主观条件所围,未成气候而已。

---

　* 副题中的"1930 年代"前后稍有延伸,即指自 1927 年至 1941 年底太平洋战争爆发止。
〔1〕 吴灞陵:〈香港的文艺〉,载香港《墨花》第 5 期,1928 年 10 月出版。
〔2〕 郑德能:〈胡适之先生南来与香港文学〉,载《香港华南中学校刊》创刊号,1935 年 6 月 1 日出版。

作为"五四"新文化运动倡导者与实践者之鲁迅,1927年2月莅港,先后在香港青年会作了两次演讲:首次于18日晚,讲题是《无声的中国》,二次是19日晚,讲题是《老调子已经唱完》。鲁迅痛感香港思想的窒闷与文化的凋零,一面抨击封建余孽的愚民政策,强行推行深奥难明的古文,宣传的是陈腐的思想,绝大多数人看不懂、听不明,故等于无声;主张现代人应该说现代的、自己的话,变无声的中国为有声的中国。一面对殖民当局利用中国的旧思想、旧文化,去奴役中国人的用心,予以无情的揭露,认为这种老调子也该唱完了。鲁迅旨在揭穿封建文化,买办文代所编织的罗网,从而对于"五四"文学革命的内涵和意义作出通俗的解说,揭示这是一场文学革新、思想革新和社会革新的运动。

稍后,鲁迅又连续发表了《略说香港》、《述香港恭祝圣诞》和《再说香港》三篇文章,表示了他对香港新思想和新文化发展的关注与祈望。据当时鲁迅演讲作记录的刘随的追忆,鲁迅对新文化在香港萌蘖勃发的前景毫不悲观,认为称香港文坛为"沙漠之区"的衡估未免太颓唐了,"他表示自己相信将来的香港是不会成为文化上的'沙漠之区'的,并且还说:'就是沙漠也不要紧的,沙漠也是可以变的!'"[1]

鲁迅的演讲与杂文,如同巨石击池,激起了波浪与涟济,对受殖民者卵翼竭力抵制新文化的封建遗老遗少,不啻是当头棒喝;对倾慕与渴望"五四"新思潮、新文学的香港青年,却是久旱甘霖。

据当时的资料展示,香港文学青年对鲁迅莅港言论的反映是热烈而积极的,如署名"探秘"者在《听鲁迅君演讲后之感想》中说鲁迅号召"创造一种新思想的新文艺",而此种新文艺方是"真正的文学","与社会民众生有密切关系的,然后文学前途方有一线曙光"[2]。碧痕在《文学青年》一文中也记述了鲁迅在青年会的演说,"极得一般人的欢迎","我相信经过了许多的时候,我们还留存着他的印象,和那一番伟大的议论",甚至推重鲁迅的演词"不啻是一个暮鼓晨钟",将激励与引导"香港的青年们"走向"光明的路",脚踏实地去"做文学革命的工作"[3]。

就在鲁迅莅港不久,香港的文学青年起而响应,向被封建文化所笼罩、

---

〔1〕 刘随:〈鲁迅赴港演讲琐记〉,刊香港《文汇报》1981年9月26日第13版。
〔2〕 探秘:〈听鲁迅君演讲后感想〉,刊香港《华侨日报》1927年2月23日。
〔3〕 碧痕:〈文学革命〉,刊香港《华侨日报》1927年2月25日。

所盘踞的新闻媒体争夺阵地,结果《大光报》的副刊〈微波〉和〈光明运动〉,《循环日报》的副刊〈灯塔〉,均成为新文学的阵地,"以崭新的姿态,涌现于古旧的封建气氛弥漫下的香港文坛,挺然地与旧文坛对峙"[1]。

与此同时,"红社"、"岛上社"等新文学社团亦纷纷成立;社团的蜂起又促进了阵地的扩大,除上述副刊外,又有《南强日报》的〈过渡〉,《大同晚报》的〈大同世界〉和〈三昧〉等,成为主张新文学的文学青年们的疆场。

在香港新文学萌蘖期中,第一家新文学出版机构——香港受匡出版部于1927年顷成立,创办人孙寿康(1900—1965)亦是受"五四"新文化洗礼的文学青年,据侣伦(1911—1988)在《香港新文化滋长期琐忆》中云:"经他(指孙寿康——从经按)的手出版的,全是新文艺作品和属于新文化范畴的学术性译著,这不能不说是难能可贵的事"[2]。经我在编纂《香港近现代文学书目(1840—1950)》[3]时调查得知,受匡出版部当时出版的新文学作品,小说类有香港青年作家龙实秀作短篇小说集《深春的落叶》,罗西(欧阳山,1908—　)作短篇小说集《再会吧,黑猫》、汪幹廷作短篇小说集《余灰集》及罗西、家祥、伯贤等作短篇小说集《仙宫》;散文类有黄天石(1898—1983)作散文集《献心》,杜格灵(?—1992)作散文、随笔集《秋之草纸》等;译文类有袁振英译、陀斯妥耶夫斯基、莫伯桑、高尔基等原著的短篇小说集《牧师与魔鬼》。以上似亦可看作,香港新文苑中受鲁迅之波冲击下所绽放的第一批新芽。

再据我的调查,并反映在《香港近现代文学书目》附录之一〈香港文学期刊简目〉中鲁迅莅港至1934年的七、八年间,香港的新文学刊物犹如雨后春笋,竞相破土而出,此起彼伏,煞是热闹。兹表列如下,以见一斑:

《伴侣杂志》　　　　香港伴侣杂志社
1—9　　　　　　　(1928,8—1929,1)
《字纸篓》　　　　　香港字纸篓杂志社
1∶1—3∶1　　　　(1928,8—1929,8)

[1] 贝茜:〈香港新文坛的演进与展望〉,刊香港《工商日报》副刊〈文艺周刊〉第95期,1936年8月25日。

[2] 侣伦:〈香港新文化滋长期琐忆〉,载侣氏著《向水屋笔语》,三联书店香港分店,1985年7月初版。

[3] 胡从经:〈香港近现代文学书目〉(1840—1950),香港朝花出版社,1998年5月初版。

《墨花》　　　　　香港墨花旬刊社
1—15　　　　　　（1928,9,5—1929,4,15）

《探海灯》　　　　香港时报社
1—200　　　　　　（1928—1932）

《铁马》　　　　　张吻冰主编,香港铁马社出版
1　　　　　　　　（1929,1）

《岛上》　　　　　香港岛上社
1—2　　　　　　　（1930,4—1931,10）

《嘤鸣》　　　　　香港锋芒社
1　　　　　　　　（1930,7）

《南星杂志》　　　香港南星社
1∶1—2∶8　　　　（1931,7—1933,11）

《南华文艺月刊》　香港南华日报社
1∶1—2　　　　　（1931,9—10）

《白猫现代文集》　香港白猫文社
1　　　　　　　　（1931,10）

《人造一月》　　　香港人造社
1　　　　　　　　（1931,10）

《人间漫刊》　　　龙永英主编
1　　　　　　　　（1931,11）

《辑识》　　　　　香港大学中文学会编,商务印书馆香港分馆印行
1　　　　　　　　（1931）

《新命》　　　　　张辉主编
1∶1　　　　　　　（1932,1）

《缤纷集》　　　　香港缤纷杂志社
1　　　　　　　　（1932,6,16）

《晨光》　　　　　张辉主编
1　　　　　　　　（1932,8）

《春雷半月刊》　　香港文艺研究会
1　　　　　　　　（1933,5）

《小齿轮》　　　　香港群力学社
1　　　　　　　　（1933,10,15）

《红豆》　　　　　香港南国出版社
1：1—4：6　　　（1933,12—1936,8）
《时代写真》　　　香港时代写真社
1　　　　　　　　（1933）
《今日诗歌》　　　戴隐郎、刘火子主编
1　　　　　　　　（1934,9）

　　从以上绚烂多彩的状况看,足以窥见香港的文学青年如何在艰困中跋涉、于棘丛里奋进的情景。当时活跃在以上刊物上的香港青年作家与诗人有张稚卢(1903—1956)、侣伦(1911—1988)、张吻冰(？—1959)、谢晨光、陈灵谷、岑卓云(1912—　)、林英强(1913—1975)、戴隐郎(1907—1985)、刘火子(1911—1990)、李育中(1911—　)、侯汝华、易椿年、鲁衡、张辉、卢狄、柳木下、陈红帆等,其中有相当一部分人后来成为坚实的文学工作者。

　　鲁迅作为"五四"新文学的倡导者与实践者,当时就在全国范围内受到文学青年的景仰与推崇;"五四"前驱者中亦惟有他最早来此殖民地散播芳馨,其影响的深巨是毋庸置疑的。

　　除了从社团的蜂起、刊物的蓬勃、作品的迭出等方面来衡估、推测这种影响外,还拟从个案方面予以剖示与证实。不久前,我编辑并注释了《陈君葆日记》,并称之为:"新文化运动在香港回响与勃兴的实录"[1]。陈君葆(1898—1982)为香港知名学者,三十年中起即任职于香港大学,历任港大冯平山图书馆馆长,中文学院讲师、教授,乃香港现代文化史上一位不可小睇的角色,柳亚子(1887—1958)曾以萧何、苏武、马融、阮籍、孔璋等汉魏晋唐名人比拟他,可见其之卓荦不凡。

　　三十年代时的陈君葆亦是一名文学青年,当时即与香港作家黄天石(1898—1983),谢维础(晨光)、龙实秀等交往密切,并计划合作创办一份《九龙日报》,鼓吹社会改革与文学革命,后因环境的限制与经济的困窘而未实现。

　　《陈君葆日记》(后简称《日记》)真切地表达了对鲁迅的仰慕与钦敬,如1933年3月2日条记有:

――――――――――

[1]　胡从经:〈新文化运动在香港回响与勃兴的实录—读《陈君葆日记》〉,载《陈君葆日记》页1111至1130,商务印书馆(香港)有限公司,1999年4月初版。

我们在良友看了看鲁迅的《竖琴》,我很想买来一读,但我不明白他的作品也订价这样地高,也许他的作品是无产者的呼声,所以是希望有产者读的,不是无产者自己读的吗?……我有点拿不出九角钱来买那本书,我有点恨鲁迅先生不过。

在俏皮的反诘中,强烈显示出日记作者对于鲁迅著译的渴慕。
《日记》1935 年 3 月 30 日条记有:

下年到美美买了本《南腔北调集》。

《南腔北调集》是鲁迅所著杂文集,由上海同文书店于 1934 年 3 月初版。集内辑录鲁迅 1932、1933 两年间所作杂文,其中有〈我们不再受骗了〉、〈论“第三种人”〉、〈为了忘却的纪念〉、〈小品文的危机〉等名篇。该书出版不久即遭当局密令查禁,想不到却得到一位香港文学青年的欣赏与共鸣,也说明鲁迅思想在香港青年中浸淫日深。[1][2]

新文化思潮的第二波:胡适

胡适作为“五四”文学革命的领袖人物,1935 年初南来香港接受港大颁授的法学名誉博士学位(这是胡氏一生接受三十五个名誉博士的第一个),停留五天,讲演五次,给香港文教界带来的冲击波是强劲而持久的。他在稍后发表的《南游杂忆》中不留情面地批评了当时香港高等学府的文科教育:“这里的文科比较最弱,文科的教育可以说是完全和中国大陆的学术思想不发生关系。这是因为此地英国人士向来对于中国文史太隔膜了,此地的中国人士又太不注意港大文科的中文教学,所以中国文学的教授全在几个旧式科第文人的手里,大陆上的中文教学早已经过了很大的变动,而港大还完全在那变动大潮流之外。”[3]不仅对游离于新文化运动之外的港大中文教学针砭犀利,同时也提出了“改革文科中国文学教学”的具体建议,甚至列出

---

〔1〕《陈君葆日记》页 13。
〔2〕《陈君葆日记》页 134。
〔3〕 胡适〈南游杂忆〉,载北平《独立评论》第 141 期,1935 年 3 月 10 日出版。

了能主持这种改革事业者的四种资格：

> （一）须是一位高明的国学家；
> （二）须能通晓英文，能在大学会议席上为本系辩护；
> （三）须是一位有管理才干的人才；
> （四）最好须是一位广东籍的学者。

事实上不仅罗列了主持者资格，甚至据此资格先后推荐了陈受颐、陆侃如、许地山等学者供港大主事者遴选。

《陈君葆日记》详尽地记录了接待胡适的全过程，使香港文化史上这件影响深远的大事，来龙去脉更加清晰。

早在 1934 年 2 月 4 日，《日记》就记有："皋士德（当时港大文学院院长——从经按）又告诉我说下次毕业礼，胡适之要来受博士衔。"陈氏受邀参加了香港定例局（相当于后来的立法局——从经按）华人代表周寿臣、罗旭和、曹善允、周俊年的假座华商俱乐部的招待胡适午宴；并作为港大教员直接参与了接待陪同的工作，如陪胡适去浅水湾、赤柱、香港仔、山顶等处游览，在游程中与胡谈论改革中文系的入手办法；亲耳聆听胡适作《中国的文艺复兴》、《中国与科学》等讲演；甚至为使港大中文学院的学生更好的了解胡适，特地作专题介绍，"大意是胡适之尝试主义是本诸杜威之经验说，所以胡译杜威、詹姆士之学说为实验主义。胡适治学每要问个如何，这便是方法论。杜威经验说的精义是'经义为思想的表现，思想为应付环境的工具'，所以杜威又倡'工具主义'，这是胡适的方法论所从生"（1935 年 1 月 23 日）。

从《日记》中可明显窥见，正是由于胡适的现身说法，以及陈君葆的循循善诱，遂使学生从遗老的旧文化与胡适的新文化的比较中得出正确的鉴别，《日记》1935 年 3 月 14 日条记有：

> 今晨对学生言，指出徽师（即前清翰林区大典，时在港大中文系主讲经学——从经按）的偏见，原来许多学生都已察出，类如程志宏专从文学立论，罗鸿机谓一比较胡适的演讲与区先生的讲演便看出他们的优劣来，这是无可讳言的，其他陈锡根早就不满意于经学，以为那简直是骗人的东西……

以上记载甚具文献价值,因觉悟是行动的先导,此正为新文化尔后得以在香港发扬光大的基础罢。

《日记》中也羼有一些轻松的花絮,由广东方言引起的误会,颇令人忍俊不禁,如1935年1月6日条记有:

> 晚八时到校长餐会,胡适问我的名字用哪两个字,何以他听起来总是大家说"陈公博"的样子,我告诉他后自己也笑起来。

此一阶段《日记》最有价值的部分是真切而生动地记录了当时香港知识界中对于胡适旋风式访问的不同态度,如时任汉文中学校长李景康的深闭固拒,港大中文系讲师罗憩棠(亦是前清翰林——从经按)的侧目而视,港大副校长贺纳称胡适为"中国文学革命的父亲",区大典为胡适到广州受挫而幸灾乐祸,避地香港的国民党元老胡汉民拒见胡适,南社社员马小进撰文攻讦胡适倡导的白话文学,同属旧文人之列的崔百樾却赞同以语录体白话文来整理中国哲学……

胡适所引起的轩然大波在《日记》中有如实的刻绘,此行所引起的争论与驳难,正好为新文化在香港的进一步廓大作了舆论准备,待下一幕主角许地山登场之后,立即上演了有声有色的活剧。

新文化思潮的第三波:许地山

柳亚子在悼念许地山的文章中写道:"许先生和鲁迅先生一样,都是五四运动以来提倡新文化以至新文学的老战士",进而认为:"香港的新文化可说是许先生一手开拓出来的"[1]。这是实事求是、毫无夸饰的评价,如果说鲁迅、胡适对香港的新文化起了吹拂、鼓荡、呐喊、开路等作用,而许地山则不仅是这两位前驱者的同道,而且是开辟草莱的拓荒者,耕耘莳刈的垦殖者,荷戈执戟的捍卫者,为香港新文化的拓展与壮大,宵衣旰食,夙兴夜寐,真可谓鞠躬尽瘁,死而后已。

陈君葆、马鉴(1883—1959)作为许地山晚年的同事与挚友,竭尽心力地

---

[1] 柳亚子:〈我和许地山先生的因缘〉,载《追悼许地山先生纪念特刊》,全港文化界追悼许地山先生大会筹备会编,1941年9月21日初版。

襄助与支持许氏在香港大学中文学院所进行的中文教育改革,以及在社会上所推行的一切有关新文化事业的举措,这些在《陈君葆日记》中都有真切的记录。

许地山自 1935 年 9 月来港履新,直至 1941 年 8 月积劳成疾遽逝,在香港渡过了他生命中最后的六年岁月。《陈君葆日记》不仅记载了许氏居港六年的事功与丰采,而且上溯来港的因由,下延死后的哀荣。

《日记》早在 1935 年 5 月 2 日条就记有:"罗伯生报告关于聘请陈受颐乙事,已接到渠及胡适之两方面来电说'不能来',胡适来电改介绍许地山或陆侃如。"同月 9 日条还记有港大校长贺纳向其征询对许、陆二人的评估,旋向贺纳表示"能得许地山则更佳"。6 月 8 日条则有了明确的记录:

> 十点开科务会议,讨论依据校董会议意思决定改聘许地山担任中文学院院长事,罗伯辛教授说明了我的意见,对于许地山的学问资格及在中国学术界的地位说了一番后,于是大众遂一致通过胡适的建议。[1]

从以上记载可以看出,校方最后决定聘用许地山,陈君葆的意见起了一定的作用,港大校长的咨询,文学院长的绍介,说明香港大学的决策者相当尊重陈氏的意向。而陈君葆之所以推重许地山,丝毫没有私人的因素在内,完全出于对许氏学养人格的认同与赞许,这也许正是他们日后能紧密合作、友情甚笃的原因罢。对于前辈学者这种"君子之交淡如水"的纯真友谊,不禁悠然神往。

陈君葆对许地山的第一印象在《日记》中以八个字形容之:"几缕短须,岸然道貌。"实在颇为传神。从《日记》1935 年 9 月 5 日条得知,许地山上班伊始的第五天就提出了改革中文学院的五点建议,诸如:第一年学生应一律增加历史课;港大中文系应形成自己的学术风格,拟以西南中国社会的民族的历史为研究重心;第七系改为史学系,增第八系为哲学系,第六系则专作文学研究系;学科增添子目,图书馆费应增加款项等。作为许地山施行中文改革的最初蓝图,在香港文化教育史上的意义重大,然迄今所知的有关资料,从未见到如此详尽准确的记述。仅此一端,《日记》的文献价值可知。

---

[1] 《陈君葆日记》页 148。

其实,《日记》有关中文改革的记载甚多,如许地山"发展中国文史学系意见书"的提出(1936 年 5 月);文学院讨论"发展中国文史学系意见书"(1936 年 9 月);校务会议通过许地山所提医、工两科学生都应习中文提案(1936 年 9 月);许地山再次提出"改革中文意见书"(1936 年 10 月》;许地山倡议为医、工科学生开设国语课,报名者达四、五十人(1936 年 10 月);许地山提出港大应造就人才界中国用为目的,课程应求与内地需要联络的意见书(1937 年 1 月);许地山在文学院会议动议开设中文研究科,遭否决(1937 年 2 月);许地山通过定例局华人代表周寿臣向大学特委会呈递"中文学院发展意见书"(1937 年 3 月)……从中足可窥见许地山矢志改革、锐意进取的精神,恕不一一赘引。

许地山学贯中西,深明香港作为中外文化交流要冲的重要性,故致力于这一有裨于丰实与提高本民族文化的事业,《日记》在这方面也多有记述,如许氏参与创组中英文化协会并担任首届主席(1939 年 5 至 6 月),同时策划邀约了多位外国学者莅港讲学,如英国学者艾温讲演"近代英国文学所表现英国人的生活"(1936 年 11 月)、前日本帝国大学总长新城新藏博士来访(1937 年 1 月)、印度政治运动者 Rao 到访(同年 3 月)、美国哥伦比亚大学古力治教授来访(同年 7 月)、英国学者黑克洛斯讲演"英国花中底中国花卉"(1939 年 11 月),以及美国学者伊罗生、美国作者斯诺、史沫特莱等,以上不仅是许氏个人的业务活动,而且也是香港现代学术文化史上的佳事,值得我们珍视。

此外,许地山还着眼于从整体上提高香港的文化素质,力促新文化、新思想能深入人心,蔚为风气,故不惜耗费时间精力从事文化普及的工作,《陈君葆日记》中亦多有反映。例如许氏曾不间断地到香港各学校、社团演讲,若干讲题与内容赖《日记》得以保存,像 1935 年 9 月 9 日在港侨中学讲"中等学校之国学教学问题",同月 11 日在梅芳学校讲"服装问题",同月 18 日在港大中文系讲"白话文学",同月 19 日在中文学会讲"中国文艺的精神",同月 26 日在联青会讲"新文学运动之在今日"(据此可知许地山来港走马上任的第一个月就连续作了五次专题讲演)。10 月 3 日在华商会所演说,同月 10 日在港大学生会用英语演说,11 月 2 日在东莲觉苑讲"梵文与佛学",同月 12 日在文科学会讲"道家的和平思想",12 月 7 日在民生书院讲"怎样读书",同月 19 日在教员会讲"中国近代文学变迁与教员对此的态度"。1936 年 2 月 10 日在中华青年会讲"结婚的社会意义"。1937 年 1 月 28 日在汉文中学演说,同月 31 日在中文学会"苏东坡先生诞生九百周年纪念会"上演说。1938 年 3 月 18 日在学术座谈会上讲"汉代的社会生活",12 月 21 日在读书会讲"一九三八年的几本重要著作"。1941 年 4 月 4 日在中英文化协会欢宴港督罗富国的会上演说。……凡此种种,弥足珍贵。

民族解放战争爆发之后,许地山义愤填膺,衷心鼎沸,怀着高昂的爱国激情振髯作狮子吼,此情此景在《陈君葆日记》中亦有甚多写照。例如"七·七"事变不久,许地山即创作四幕粤语剧《木兰》,并指道学生排演(1937 年11 月);参与筹备成立"中华全国文艺界抗敌协会香港分会"并担任该会常务干事(1939 年 3 月);参加中国文化协进会发起人大会并当选该会第一届理事(同年 9 月)……等等投身抗日救亡运动的行动,皆由亲见亲闻的陈君葆忠实地记录下来。

不仅如此,除了文字言行以外,陈君葆作为朝夕相见的同袍与挚友,还在《日记》中记叙了外人极少了解的许地山的精神风貌,他对事业的执着认真,他对学问的不懈追求,他对亲情的温煦体贴,他对友谊的忠实赤诚,他对学生的爱护关切(《日记》就记有港大清贫学生伍冬琼数年来得到许氏的资助方得求学)……使我们得以体认许地山先生学问文章以外的人性美。

香港大学成立于 1911 年,直至 1950 年代仍是这块殖民地上唯一的综合性大学。其中的中文学院系 1918 年顷由逊清翰林赖际熙(1865—1937)等集资创办。许地山由胡适推荐就任中文学院院长之后,竭尽全力推动与促进中文教育改革,并力图将港大中文学院办成在香港宣传与弘扬"五四"新文化精神的基地。首先在组织架构上进行了筹划,引荐了曾任燕京大学国文系主任的马鉴南下任中文学院教授,马氏为"五四"时期著名的"三沈(沈士远、沈尹默、沈兼士)、三马(马裕藻、马衡、马鉴)、二周(周树人、周作人)"之一,道德文章均极一时之选。他于 1936 年来港后,倾力支持许地山弘扬新文化的拓荒工作,兹引雷洁琼(1905—   )的回忆以证之,1937 年顷雷氏曾来港,与许地山、马鉴"相聚数次,畅谈其欢",亦亲身感受到:"他们通力合作,锐意改革港大中文学院的教学工作,努力扩大民族文化在这块殖民地的影响,促进青少年学生了解和认识祖国文化,成效卓著,连香港的文化风气也发生了积极的变化,令人钦佩感奋。"[1]作为同时代的见证人,雷女士的观感是符合历史事实的,亦可从另一位同时代见证人陈君葆的日记中得到旁

---

[1] 雷洁琼《〈马鉴传〉序》,载戴光中著《马鉴传》卷首,宁波出版社,1997 年 6 月初版。

证,因前以述及,不赘。

陈君葆为本港学者,时任港大冯平山图书馆馆长,他因与许地山在反对封建教育、殖民教育方面的文化理念相同,故亦全力支持许氏的中文改革与拓展新文化声威的事业。陈君德并称许地山是"诲人不倦"的"真正学者"[1],甚至推重他是"伟大的呆子"[2]。在许地山逝世时,陈君葆代香港大学拟的挽联写道:

> 长沙作赋,擅一代文章,怎教天意忌才,雄辩惊筵犹昨日;
> 讲院传经,才六更寒暑,谁料秋霖罗疾,断肠分手自今年。[3]

真切表达了陈氏自己及港大师生的痛惜与哀思。

许地山本身就是"五四"时期发动新文学运动的主要社团——文学研究会的发起人之一,与鲁迅、胡适是同道的战友。许氏与后者的关系自不待言,对于鲁迅更是钦敬和服膺的。就在鲁迅逝世不久,1936 年 11 月 1 日,香港大学师生假冯平山图书馆举行"鲁迅追悼会",许氏为中文学院代拟的挽联云:

> 青眼观人,白眼观世,一去尘寰,灵台顿阁;
> 热心做事,冷心做文,长留海宇,锋刃犹铦。[4]

追悼会上,马鉴讲了鲁迅事略,许地山则作了题为《鲁迅先生对于中国新文学之贡献》的演讲[5]。嗣后,许地山直至逝世,每年都参与发起与组织纪念鲁迅的活动,借以弘扬堪当新文化方向的鲁迅精神。

诸如 1938 年 10 月,许地山与宋庆龄(1890—1981)、茅盾(1896—1981)、欧阳予倩(1889—1962)等发起"鲁迅先生逝世二周年纪念会",并于同月 22 日出席了纪念会,作了演讲。会后,与茅盾等联名致电上海慰问鲁迅

---

[1] 《陈君葆日记》页 275。
[2] 陈君葆:〈伟大的呆子〉,载《追悼许地山先生纪念特刊》页 16 至 17。
[3] 陈君葆:〈悼许地山先生挽联〉,载陈氏著《水云楼诗草》页 44,广东旅游出版社,1994 年 8 月初版。
[4] 《陈君葆日记》页 262。
[5] 参见香港《大众日报》1936 年 11 月 2 日之报导。

夫人许广平。[1]

1939 年 10 月 19 日下午,香港《大公报》副刊《文艺》的编辑杨刚(1905—1957)为纪念鲁迅逝世三周年召开了题为"民族文艺的内容与技术问题"的座谈会,首先由许地山作了纪念鲁迅的演讲,与会者尚有刘火子、郁风,刘思慕、林焕平等二十余人。[2]

1940 年 8 月,香港文化界为纪念鲁迅六十诞辰举办了一系列活动。在本月 3 日举行的纪念大会上,由许地山担任大会主席并致开幕词,随由萧红(1911—1942)报告报告鲁迅事迹。同日晚举行的纪念晚会还演出了据鲁迅作品改编的话剧《阿 Q 正传》、《过客》,以及萧红创作的哑剧《民族魂鲁迅》。[3]

从以上事迹的钩沉看来,许地山是以鲁迅精神的承继者与发扬者自居,因为他们生命以赴的目标是一致的。

爝火不灭　薪传有继

本次大会的主题是鲁迅经验,故本文除了纵述鲁迅及其秉承的新文化精神在此南疆一隅流播的粗略轨迹之外,还想横切面地检讨一下 1930 年代的香港在认识鲁迅、研究鲁迅与承传鲁迅方面担当的角色。

一、引导体认鲁迅的伟大

任何一位伟人被本民族及其民众所认识、认同与拥戴,需要有一个逐步深化的过程,鲁迅也不例外,何况在此经历了百年殖民统治与殖民教育的化外之地。

蔡元培(1868—1940)被公认为"五四"新文化运动的掌门人之一,他的晚年是在香港度过的(1937 年 11 月至 1940 年 3 月)。蔡氏对于鲁迅从来是呵护有加、推崇备至的,不仅在"五四"前后作为同一营垒的战友时期,即便在 1927 年"清党"后存在政治分野之时,仍继续关注、爱护鲁迅。蔡元培在

---

[1]　刘宁:〈纪念鲁迅,廿四日在孔圣堂举行隆重纪念会〉,刊香港《大众日报》1938 年 23 日第 1 张第 3 版。
[2]　《〈文艺〉鲁迅纪念座谈会纪录〉,刊香港《大公报》,副刊〈文艺〉第 723 期,1939 年 10 月 25 日。
[3]　子燮:〈纪念鲁迅先生六十诞辰〉,刊香港《立报》1940 年 8 月 4 日第 4 版。

《我在教育界的经验》中曾忆及:"大学院时代,设特约著作员,聘国内在学术上有贡献而不兼有给职者充,听其自由著作,每月酌送补助费。吴稚晖、李石曾,周豫才诸君皆受聘。"〔1〕吴、李二位与国民党渊源有自,故不待言;而周豫才即鲁迅却一直对国民政府持批评甚至反对的态度,而每月却可领受大学院(中央研究院的前身)的补助费三百大洋直至终老,可见蔡元培对其关爱之深。

鲁迅不仅生前受到蔡元培的资助,得以在没有固定职业的情况下能安心写作、著述而且身后也得到蔡元培的深切理解与正确评价。蔡氏作为鲁迅先生纪念委员会主席(副主席为宋庆龄),居港时曾为《鲁迅全集》作《序》,称颂鲁迅为"新文学开山"〔2〕;稍后更宣示:"鲁迅先生为一代文宗,毕生著述,承清代朴学之绪余,奠现代文坛之础石。"〔3〕不仅在公开文章中如此推重鲁迅,而且在私人简牍中亦并无二致,如1938年4月30日致许寿裳(1883—1984)函云:"盖弟亦为佩服鲁迅先生之一人"〔4〕。我们可以断言,在鲁迅同时代人当中,蔡元培应属对鲁迅理解最伸、对鲁迅爱护最殷的少数人之一。

由于蔡元培具有党国元老、一代宗师的特殊地位,加之又是现代的国子监祭酒(中央研究院院长),他对鲁迅的评骘,在全国学术界、文教乃至科技界都具有导向的作用,可谓"一言九鼎",远胜一般人的洋洋万言。

南社的创始人柳亚子(1887—1958)于1940年12月17日偕家人自沪抵港,居留至翌年12月底太平洋战争爆发方辗转离港。同年初,柳氏在致友人柳非杞的信中说:"我和鲁迅只是见过数面,也许他也未必对我满意。不过我对于他,却是衷心地佩服的……讲人格和气节,他都比我伟大得多了。"并谓:"人家说他是中国的高尔基,老毛说他是中国现代的圣人,我看他真是当之无愧的。"甚至诚挚地剖白:"告诉你,我是喜欢批评人的;而对于鲁迅先生,实在是五体投地,并非有意伪谦也。"〔5〕1941年10月19日,由中华全国文艺界抗敌协会香港分会主办了鲁迅逝世五周年纪念会,主席马鉴,与会者

〔1〕　蔡元培:〈我在教育界的经验〉,载《宇宙风》第56期,1938年1月出版。

〔2〕　蔡元培:〈《鲁迅全集》序〉(1938年6月1日),载《蔡元培全集》第8卷,中国蔡元培研究会编,浙江教育出版社,1997年12月初版。

〔3〕　蔡元培:〈征订《鲁迅全集》精制纪念本启〉(1938),载《蔡元培全集》第8卷。

〔4〕　蔡元培致许寿裳函(1938年4月30日),载《蔡元培全集》第14集,浙江教育出版社,1998年9月初版。

〔5〕　柳亚子致柳非杞函(1940年1月13日),载《柳亚子文集·书信辑录》页179至181,上海人民出版社,1985年10月初版。

有柳亚子、茅盾、夏衍、乔木、林焕平、郁风等。柳亚子在会上发表了演讲,后来在致友人的信中亦兴奋地言及此事:"十月十九日,迅翁纪念,我还去大演其讲呢,你道痛快不痛快?!有便衣巡捕坐在我旁边,但我讲吴江话,他是广东人,一句都听不懂,哈哈。"[1]与此同时,应端木蕻良之请,为其所编《时代文学》1941年5、6期合刊"鲁迅逝世五周年纪念特辑"作〈鲁迅逝世五周纪念〉七律一首:

> 鲁迅先生今圣人,
> 此公赞语定千春。
> 死开铁血鏖兵局,
> 生是金刚历劫身。
> 团结未坚愁抉目,
> 澄清有待漫伤神。
> 沪郊展墓知何日,
> 护榇难忘民族魂。

　　此诗为《柳亚子诗词选》、《柳亚子文集·磨剑室诗词集》等所漏收,然当时在香港却影响匪浅,有张一麐(1867—1943)等相唱和。[2]

　　茅盾在抗战期间曾两度居港,一是自1938年2月至同年12月,一是自1941年3月1942至年1月。在这两段时间里,先后撰写了三篇纪念鲁迅的文章和作了一次演讲。

　　1938年10月19日,茅盾发表了〈以实践'鲁迅精神'来纪念鲁迅先生〉,强调值此民族解放战争炮火方殷的时刻,"鲁迅精神"正是一切中华民族斗士"行动上最可靠的南针",因为"鲁迅先生的伟大的人格与坚卓的事业始终给与我们以勇气,以光,热,力!"[3]

　　同月22日又发表了〈鲁迅先生逝世二周年纪念——关于"鲁迅研究"的一点意见〉,郑重提出:"认真地研究鲁迅,在今日实属不可缓"[4]。

----

[1]　柳亚子致柳非杞函(1941年10月30日);同上。页239。
[2]　柳亚子:〈鲁迅逝廿五周纪念〉,载香港《时代文学》5、6期合刊,页1,1941年11月出版。
[3]　茅盾:〈以实践'鲁迅精神'来纪念鲁迅先生〉,刊港《立报》1938年10月19日第3版。
[4]　茅盾:〈鲁迅先生逝世二周年纪念——关于'鲁迅研究'的一点意见〉,刊香港《大公报》1938年10月22日第8版。

1941 年 9 月,复写了〈"最理想的人性"——纪念鲁迅先生逝世五周年〉,认为鲁迅一生的努力,在于试图解答中国国民性有如何的特点?而此等特点对于民族的生存与发展其为福抑或为祸?如何为最理想的人性?"给这三个相联的问题开创了光辉的道路"[1]。同时指出,若从事鲁迅著作的研究,也应"从这相联的三个问题下手"[2]。

1938 年 10 月 19 日晚,茅盾应香港中华艺术协进会文艺组的邀请,在"怎样纪念鲁迅"的座谈会上发表了〈学习鲁迅〉的演讲,号召青年学习鲁迅"谨严不苟的态度"和"彻底不妥协的精神"[3]。

以上我们择取了蔡元培、柳亚子,茅盾等三位中国文化界重量级人物在香港所发表的有关鲁迅的言论与诗文,相信当时有裨于香港乃至全国民众对鲁迅的了解与体认。

二、推动研究鲁迅的进程

"鲁迅研究"自课题的提出就产生甚大的分野,有的研究者将其分为青年浪漫派的鲁迅观,社会人生派的鲁迅研究,马克思主义学派的鲁迅研究,人生——艺术派的鲁迅研究等等,也仅庶几近之。而香港于三、四十年代之交时的鲁迅研究,一度亦甚为繁盛,如与同时期的内地城市相比较,似乎与"孤岛"期的上海、抗日根据地中心的延安成鼎足而三的局面。

就笔者所知见香港出版的有关鲁迅的专著与专辑有:

1. 巴人著《论鲁迅的杂文》
香港远东书店 1940 年初版
本书共分五章:一、序说,二、鲁迅思想的三个时期,三、鲁迅杂文的形式与风格,四、鲁迅杂文中所表现的思想方法,五、战斗文学的提倡。附录二篇:鲁迅先生的艺术观,鲁迅的创作方法。

---

[1] 茅盾:〈"最理想人性"—纪念鲁迅先生逝世五周年〉,刊香港《笔谈》第 4 期页 2 至 5,1941 年 10 月 16 日出版。

[2] 茅盾:〈"最理想人性"—纪念鲁迅先生逝世五周年〉,刊香港《笔谈》第 4 期页 2 至 5,1941 年 10 月 16 日出版。

[3] 茅盾:〈学习鲁迅〉(游子笔记),刊香港《大众日报》副刊〈文化堡垒〉第 22、23、24 期,1938 年 10 月 12 、19 、26 日。

此为研究鲁迅杂文的第一本专著。

林焕平在总结中华全国文艺界抗敌协会香港分会 1940 年度工作时指出:"在有系统的理论和翻译上,一九四零年的成绩也远较前二三年为优",其中特别列举了"巴人先生著《论鲁迅的杂文》",认为:"这些,对于理论建设,对于文艺青年,相信都会有其应有的影响和贡献"[1]。

2. 萧红著《回忆鲁迅先生》

香港生活书店 1941 年初版

除正文外,后有附录二篇:许寿裳作〈鲁迅的生活〉,景宋作〈鲁迅和青年们〉。在香港《时代文学》5、6 期合刊(1941 年 11 月)上刊有本书广告,中谓:"这是一本研究鲁迅先生生平的最丰富最真切的书籍"。

另萧红在香港大时代书局出版的《萧红散文》(1940 年 6 月初版),其中也有两篇〈鲁迅先生记〉。

3. 茅盾、适夷主编《论鲁迅》("文阵丛刊"之二)

香港生活书店 1941 年 8 月初版

本丛刊的副题是"鲁迅先生六十诞辰纪念",刊发了〈鲁迅先生诗钞〉,论文有冯雪峰〈鲁迅与中国民族及文学上的鲁迅主义〉、唐弢〈鲁迅思想与鲁迅精神〉、萧三〈鲁迅与中国青年〉、端木蕻良〈论鲁迅〉、周木斋〈鲁迅与中国文学〉、巴人〈关于鲁迅杂想〉、欧阳凡海〈驱除寂寞〉(《中国近代社会变革的默史——鲁迅》第六节)及景宋〈民元前的鲁迅先生〉等。

编者在〈编后记〉中云:"一个朋友说得好:'精密完备的鲁迅研究工作之完成。也许还得让子于我们的后代,作为同时代人的我们的责任,更在于为这种研究工作,多多的寻觅资料。'因此在每次纪念先生的时会,我们总在注重于资料搜起(集)的责任。"

4. 周鲸文、端木蕻良主编《时代文学》5、6 期合刊"纪念鲁迅先生逝世五周年"特辑

香港时代书店 1941 年 11 月 1 日初版

特辑的阵容相当坚实,论文有胡绳〈鲁迅与中国的新文化〉、于毅夫〈完成鲁迅先生的遗志〉、陈此生〈反奴才的"鲁迅风"〉、陈君葆〈口号与民族革命战争的文学〉等,评论、杂感有吴重翰〈"闯将"〉、周鲸文〈从作

---

[1] 林焕平:〈一年来的理论活动〉,刊香港《立报》1941 年 1 月 2 日。

人想到鲁迅〉,史述有林焕平〈鲁迅的留学日本时代〉。自 1940 年至 1941 年,全国范围内共出版有关鲁迅的书籍、丛刊十二种[1],香港就占了四种,即三分之一,这是一个不小的比例。

　　抗战前期香港的鲁迅研究大致有如下的特点:首先,视鲁迅精神为争取民族解放战争最后胜利的动力和支柱。如华石峰(华岗,1903—1972)在1941 年 3 月所写的长篇论文〈论中国文学运动的新现实和新任务〉的篇末高呼:"伟大的时代正向我们招手,中华民族优秀儿女之一部分的前进文艺工作者,应该高举起鲁迅的旗帜勇敢迈进!"[2]有的论者揭示,鲁迅以〈《解放了的董·吉诃德》后记〉、〈华德保粹优劣论〉、〈华德焚书异同论〉等一系列力作,早在 1933 年就有力抨击了希特勒及其在中国的信徒,提出了反法西斯的主张[3]。总之,不再将鲁迅研究囿于文学的范畴,而是将鲁迅"不克厥敌,战则不止"的鲁迅精神作为抗御侵略者的精神武库。

　　其次,进一步将鲁迅思想的研究引向深入。如冯雪峰阐释了中国民族及文学上的"鲁迅主义",认为其中包括:独创了将诗和政论凝结于一起的"杂感"这尖锐的政论性的文艺形式;为民族和大众而战斗的意志和博大的爱,透视历史与直面人生,形成他闪烁异彩的独特现实主义艺术的大众主义,肯定中国文学之"大众化"的出路[4]。有的论者则试图依凭毛泽东所提出的"鲁迅的方向就是中华民族新文化的方向"之论断,按照鲁迅一生业绩,分头从目标、路线、办法、作风诸方面加以论证,最后揭示鲁迅之死靡它所欲垒筑的新文化——"民主的,科学的,大众的,民族的新文化是一定能光辉发展起来的。"[5]。有的论者甚至论及鲁迅的学术思想,先后从彻底革命的或战士的态度,精博的介绍和翻译工作,咬定了人生、咬定了现实的认真态度等方面阐发,进而断言"中国学术界将鲁迅先生的产生而截

〔1〕　据沈鹏年辑《鲁迅研究资料编目》的统计,上海文艺出版社,1958 年 12 月初版。
〔2〕　华石峰:〈论中国文学运动的新现实和新任务〉,载香港《时代文学》创刊号页 33 至 39,1941 年6 月 1 日出版。
〔3〕　于毅夫:〈完成鲁迅先生的遗志〉,载香港《时代文学》5、6 期合刊页 23 至 27,1941 年 11 月 1 日出版。
〔4〕　冯雪峰:〈鲁迅与中国民族及文学上的鲁迅主义〉,载《论鲁迅》("文阵丛刊"之二),1940 年 8月出版。
〔5〕　胡绳:〈鲁迅与中国的新文化〉,载香港《时代文学》5、6 期合刊页 13 至 19,1941 年 11 月 1 日出版。

然地划分了一个新的时代"〔1〕。其他尚有论述文学观、农民观、青年观等,兹不赘述。

再次,开始重视研究资料的搜集与整理。除了前已述及《文阵丛刊·论鲁迅》的编者吁请"多多寻觅资料"之外,许多研究者亦著手于鲁迅研究资料的发掘与梳理,并获得初步的成果。

最后,有一篇鲁迅研究史上不容忽视的论文未可遗忘,即被茅盾称为"一个坚实的文艺工作者"的李南桌所撰〈关于鲁迅先生〉。这位天才而早夭的评论家以敏锐的眼光加犀利的笔锋来捍卫鲁迅,他认为鲁迅"是一个不知道妥协为何物的,一切黑暗、一切恶势力的死敌;他是一个彻底的唯物论者,一个最忠实的现实主义者"〔2〕,尤其赞赏鲁迅"绝不妥协的韧性的战斗精神"〔3〕,比拟鲁迅"是这个民族的伟大的医生"〔4〕,推重鲁迅的"目光始终不离受难的大众"〔5〕,等等均可窥见李南桌对鲁迅及鲁迅思想理解之深与剖析之细。李氏在另一篇谴责周作人的文章里,也雄辩地论析了周氏兄弟虽一样是由民族主义的信仰,发掘民族性的病根,方走上文学之路;但后来彼此的理想、志趣逐渐背离,是有其深刻的思想根源的,并告诫周作人"不要再变而成洪承畴"〔6〕。

三、拓展承传鲁迅的领域

处于民族解放战争艰困环境中的香港文化人,强烈地意识到必须让鲁迅精神化为万千民众的血肉,我们的民族方有未来。有的论者精辟地揭示:"然而改革社会,决不是一个乃至几个'鲁迅'所能够的;我们不要忘掉鲁迅

---

〔1〕 大敦:〈鲁迅的学术精神〉,载香港《时代批评》第 3 卷第 57 期页 19 至 21,1940 年 10 月 16 日出版。

〔2〕 李南桌:〈关于鲁迅先生〉,载李氏著《李南桌文艺论文集》页 115 至 125,香港生活书店,1939 年 8 月初版。

〔3〕 李南桌:〈关于鲁迅先生〉,载李氏著《李南桌文艺论文集》页 115 至 125,香港生活书店,1939 年 8 月初版。

〔4〕 李南桌:〈关于鲁迅先生〉,载李氏著《李南桌文艺论文集》页 115 至 125,香港生活书店,1939 年 8 月初版。

〔5〕 李南桌:〈关于鲁迅先生〉,载李氏著《李南桌文艺论文集》页 115 至 125,香港生活书店,1939 年 8 月初版。

〔6〕 李南桌:〈关于岂明先生〉,载李氏著《李南桌文艺论文集》页 115 至 125,香港生活书店,1939 年 8 月初版。

先生的话：'我们应当造出大群的新的战士。'"〔1〕有的论者亦劝论青年要谨遵鲁迅的遗训："寻朋友联合起来，同向著似乎可以生存的方向走。"吸引更多的青年加入争取民族解放的大军，"全国的青年联合起来，整个中国的命运就大可以决定了"〔2〕。

香港的文化团体采取了多种形式、多种手段来弘扬鲁迅精神。例如成立于 1937 年 5 月 27 日的香港中华艺术协进会，至 1938 年 10 月鲁迅逝世两周年纪念之际，即制定纪念工作大纲，题为〈如何纪念伟大的导师——鲁迅〉，分别刊于香港的《立报》和《大众日报》。该会还与宋庆龄、何香凝、许地山、茅盾、阳翰笙、欧阳予倩、金仲华等二十余人联名发表〈召集鲁迅纪念大会缘起〉，中谓：

> 当此中华民族与侵略主义作殊死战以求解放独立之严重关头，追念鲁迅先生之生平事业，继承其未竟遗志，意义之重且大，非可言喻。〔3〕

该会还于同月九日组织"怎样纪念鲁迅"的座谈会，邀请茅盾作了〈学习鲁迅〉的演讲。

中华全国文艺界抗敌协会香港分会于 1939 年 3 月成立，10 月即与中国文化协进会、中华全国漫画界协会香港分会、中国青年新闻记者学会香港分会等团体联合筹办并举行了鲁迅逝世三周年纪念会。《星岛日报》、《立报》、《大工报》、《大众日报》等皆刊出纪念专辑。

翌年，文协香港分会仍联同"漫协"等团体本"以国难方殷，正宜发扬鲁迅先生之精神"的宗旨，发起与举行鲁迅六十诞辰纪念的活动，其中包括举办"木刻展览"，举行纪念大会与纪念晚会等。同年 10 月，还举行了鲁迅逝世四周年纪念会。

文协香港分会于 1941 年 10 月单独主办了鲁迅逝世五周年纪念晚会，与会者有二百余人。

---

〔1〕 陈此生：〈反奴才的'鲁迅风'〉，载香港《时代文学》5、6 期合刊页 9 至 10,1941 年 11 月 1 日出版。

〔2〕 萧三：〈鲁迅与中国青年〉，载《论鲁迅》（"文阵丛刊"之二）,1940 年 8 月出版。

〔3〕〈召集鲁迅纪念大会缘起〉，刊香港《大众日报》副刊〈文化堡垒〉，第 23 期"鲁迅纪念会专号"，1938 年 10 月 19 日。

　　以上个人或团体的言动,目的都是为了承继与弘扬鲁迅精神,除了利用文字的功效而外,还动用木刻、漫画、音乐、话剧、哑剧、朗诵、演讲等多种形式和手段,有力拓展了承传鲁迅的领域,其感召力是强劲的,诚如香港市民与学生在鲁迅追悼会上唱的〈鲁迅先生挽歌〉所云:"啊导师,我们会踏着你底路向前,那一天就要到来,我们站在你底墓前报告你,我们完成了你底志愿"!

　　(在日本东京大学举办的"东亚鲁迅研讨会"上的报告,2000 年 1 月,辑入该研讨会论文集,2000 年 1 月,东京)

中国革命儿童文学发展述略

（1921～1937）

  党历来就关心儿童文学的成长和发展。革命儿童文学在党的领导下，作为无产阶级革命文艺的一脉支流，很早就担负起以社会主义、共产主义思想教育新生一代的神圣职责。在党的教育影响下，鲁迅先生自始至终地维护与扶植新兴的儿童文学事业，革命文学团体也把儿童文学列入了战斗的营垒，著名的前辈作家郭沫若、茅盾、叶圣陶等都为儿童文学园地的开拓和垦殖贡献过劳动，为革命事业与革命文化倾洒了自己鲜血的柔石、冯铿、应修人、洪灵菲等烈士，也以许多篇章，为现代儿童文学史写下了光辉的一页。在第一、第二次国内革命战争期间，伴随着革命运动的发展，和革命文学运动的兴起，革命儿童文学也在斗争中萌生、发展、壮大起来，创造了卓著的成绩。

  党一开始就给儿童文学指出了明确的政治方向。早在一九二三年，中国社会主义青年团中央机关报《先驱》上刊载的《儿童共产主义组织运动决议案》中，就十分肯定地指出："儿童读物必须过细编辑，务使其成为富有普遍性的共产主义劳动儿童的读物"。运用这样的读物"在儿童纯洁稚嫩的脑子里，栽下共产主义的种子"，目的是为了"培植未来的同志"。这样就非常明确地规定了儿童文学的以共产主义精神教育下一代的任务。

  党一直十分关切他注视和扶育着儿童文学。在第一次国内革命战争时期，党领导的革命团体就创办了革命儿童报刊。现在能见到的有：中华全国总工会省港罢工委员会机关报《工人之路》的副刊《小孩子周刊》（1926 年 9 月 19 日于广州创刊》，和中国济难会儿童团创办的《济难儿童》（1927 年 1 月于上海创刊）。党的一些负责同志和革命作家也为儿童创作，如彭湃同志一九二一年在海丰组织农民运动时,就利用当地方言创作了新童谣《田仔打田公》等,用最浅显的形式向下一代进行阶级斗争的教育。刚从苏联归国的蒋光赤同志,在他的第一本诗集《新梦》(1926 年上海书店初版)中,就曾热情地歌颂了"十月革命的婴儿"——皮昂涅尔(少先队员),他是第一个把崭新的苏俄儿童生活介绍到黑暗中国来的革命诗人。一九二三年创刊的中国共产主义青年团中央机关刊物《中国青年》(1923——1927)上,也刊载不少有关儿童文学的文字,包括小说、诗歌和童话,其中如蒋光赤的《疯儿》(刊《中国青年》121 期"五月特刊号",1926 年 5 月出版),就是反映"五卅"运动的出色的短篇,它首次表现了儿童生活和人民斗争相结合的题材,积极宣传反帝反封建的革命思想,正如《中国青年》编者所指出的,作品表现了"现代被压迫的人生",喊出"被压迫者的痛苦和欲求",并被推崇为"时代所要求"的作品。同一时期,在团中央所主持的上海《民国日报》副刊《平民之友》[1](1924 年 6 月 13 日创刊)上,也辟有"小孩子唱的歌"栏,发表了不少具有革命思想的儿歌童谣。从以上这些早期的作品看来,我国革命儿童文学一开始就显示了鲜明的政治倾向,证明了我国革命儿童文学是有悠长的战斗传统的。

第二次国内革命战争时期,在党的直接领导下,革命根据地开展了蓬勃的群众文艺运动,全力为革命政治和革命战争服务的歌谣创作和戏剧活动,即是这一运动的主流;作为运动的组成部分;红色儿歌和儿童戏剧也成了革命根据地儿童文学的主要内容。

根据地红色儿歌是革命斗争中的群众创作,歌颂革命、歌颂红军则是它们最中心的主题,大都采用生动的、儿童所喜闻乐见的形式。它们不仅是儿童的教材,而且对广大群众也起着革命影响。据一九三一年十月在上海出版的左联机关杂志《文学导报》六、七期合刊所载的《苏区文化情形概况》一文报导:"童子团是识字运动的主力军,他们利用了教唱革命歌、教讲革命英雄故事来推动识字运动,宣传革命道理。"我们现在看到的最早的红色儿歌的辑集,是中央根据地一九三四年出版的"青年实话丛书"之一——《革命歌谣选集》,它的第六部分《月光光》,就收录了当时的红色儿歌数十首。另外,

---

[1] 参看《中国青年运动历史资料》第 2 卷(1925),中国共产主义青年团中央委员会办公室编,1958 年出版。《平民之友》原件藏上海图书馆珍藏室。

同年出版的《革命歌曲》,其中就有《少年先锋歌》、《劳动童子团歌》和《共产儿童团歌》等。这一时期革命根据地所出版的儿童报刊,如《时刻准备着》(共青团中央机关刊物《青年实话》的儿童专栏,1931 年于瑞金出版)、《时刻准备着》半月刊(中央儿童局机关刊物,1933 年 10 月 5 日于瑞金创刊)、以及《儿童实话》、《共产儿童》、《赤色曙光》和《红孩儿报》上都刊载有很多红色儿歌。它们以自己的战斗性和群众性,为我国革命儿童诗歌建立了优秀的传统。

革命根据地的群众性戏剧活动也十分活跃,当时工农剧社、工农歌舞团和农村俱乐部纷纷成立,戏曲、活报、歌舞活动在红军和农村中都有普遍的开展,少年儿童也热情参加了这一浩大的群众运动,成为一支小小的生力军。

瞿秋白同志亲自主持的高尔基戏剧学校,拥有一千名以上少年和儿童演员、学员。在党的教育扶养下,广大工农子弟的艺术才能得到了发挥,因此在为工农兵服务的艺术实践中,涌现了许多"红色童星"。他们不仅戏演得好,而且还能创作小型剧本,成为"文武双全"的小文艺干部。后来学校组织了战地剧团,分赴前线,慰问红军和群众,演出了许多优秀剧目,如《我——红军》、《武装起来》、《沈阳号炮》、《阶级》、《粉碎敌人的乌龟壳》和《无论如何要胜利》等。这些献身革命的儿童演员们,被人们称誉为:"少年艺术兵",受到广大群众的热烈欢迎。据一九三四年三月三十一日《红色中华》报导》:"他们每到一个地方,群众就很热烈地募捐呀,募灯油呀;送禾草呀,茶油米果呀,鱼呀,忙得剧团的小同志应接不暇。他们每到一个地方,群众总不轻放他们过去,至少要演几出才准走。"[1] 从这里我们可以看出,革命儿童文艺活动在为无产阶级政治服务,试图和工农兵群众相结合等关键问题上,已作了非常有意义的尝试。

一九二七年大革命失败后,国民党统治区内的左翼文化运动,在党的领导下,迅速地成长壮大起来。革命儿童文学作为无产阶级革命文艺运动的一翼,也同样获得了卓著的战绩。

"中国文化革命的主将"鲁迅在建设我国革命儿童文学的事业中,作出了卓越的贡献。他对封建的、买办的、市侩的儿童文学进行了毫不妥协的斗

---

[1]《红色中华》1934 年 8 月 31 日,原件藏江西省博物馆。

争,以《看图识字》、《登错的文章》等犀利无比的杂文,抨击了种种反动倾向,对整个儿童文学事业提出了许多精辟的见解与可贵的建议。他还为建设革命儿童文学进行了艰苦的劳动,在他早期创作中就曾出现过不少令人难忘的儿童形象,后来又陆续翻译了至尔·妙伦的《小彼得》和苏联作家班台莱耶夫的《表》,给予我国儿童文学创作以良好的影响和促进;他还热心扶植革命的、进步的儿童文学的成长,非常关心左翼作家在儿童文学创作中的成就,给予他们正确的评价、热情的支持和剀切的批评,披荆斩棘地开垦了儿童文学的批评园地。

一九二七年前后,新兴的革命文学团体对儿童文学也给予了一定的注意。如创造社、太阳社、我们社、引擎社、海蜃社、未明社、摩洛社、新星社等的刊物上都刊载有儿童文学的作品与译文。创造社还编有"世界儿童文学选集",介绍国外著名的儿童文学作品;太阳社的"太阳小丛书"中也有关于儿童文学的专集,如王艺钟翻译的匈牙利女作家至尔·妙伦的童话集《玫瑰花》;朝花社的"朝花小集"中,列入了鲁迅先生翻译至尔·妙伦的童话《小彼得》。一九三〇年,中国左翼作家联盟成立以后,儿童文学得到了进一步的重视,同年五月就在《大众文艺》的"新兴文学专号"上创办了儿童文学专栏——《少年大众》;后来周扬同志主编的《文学月报》上也有开辟儿童文学副刊的打算,由于环境的日趋恶劣而没有实现。左联的机关刊物《前哨》、《拓荒者》、《萌芽》、《新地》、《北斗》和《文学月报》,以及外围刊物《文艺新闻》、《无名文艺》、《文学青年》和《新诗歌》等都发表过儿童文学作品。中国文化总同盟的机关杂志《文化月报》,也发表了应修人烈士的童话作品。这些史实都说明了党所领导的革命文艺运动,对于儿童文学给予了足够的重视和关怀。这一时期革命儿童文学的战斗任务也是十分明确的,正如《少年大众》编后记所说的:"我们知道我们将来的社会中,我们劳动者的弟妹们将要占重要的地位,我们不能再任被欺骗、被蒙混下去了。我们应该把应知的常识灌输给他们,使他们成为社会进程中主力的军队。"

在革命儿童文学理论建设方面,许多革命作家也都作出了努力,据一九三〇年三月二十九日"大众文艺第二次座谈会"的记录,这次会议就如何建设无产阶级革命儿童文学,以及当时的儿童文学刊物《少年大众》的编辑方针进行了讨论。与会者有蒋光赤、洪灵菲、田汉、华汉、钱杏邨、孟超、叶沉、冯乃超、戴平万等作家、诗人和批评家,他们对我国革命儿童文学的建树与发展,发表了许多建设性的意见。[1] 这次座谈会,对儿童文学领域中的很多问题都有所涉及,像教育任务,创作方法,以及主题、题材、大众化诸问题,大家都取得了一致的看法。这些崭新的理论原则,对于"五四"以来资产阶级学者所传播的"儿童中心论"等谬论,是非常有力的反对,同时也积极指导了当时儿童文学的创作。

特别使人激动难忘的是,我国无产阶级革命文艺运动的前驱者柔石、冯铿、胡也频、洪灵菲、应修人等烈士,他们不仅以自己的鲜血写下了瑰丽的诗篇,而且也为革命儿童文学事业开辟了一畴新土。那是正当国民党反动派在疯狂的白色恐怖中用卑劣手段肆意摧残革命文化界的时候,我们的革命作家在火热的搏战中,在紧张战斗的间隙里,写出了不少描绘儿童生活的作品,以革命思想教育年轻一代。如冯铿的《小阿强》(刊《大众文艺》2 卷 5.6 期合刊的"少年大众"专栏第 2 辑,1930 年 6 月出版),是一篇最早直接描述根据地革命斗争和革命儿童生活的作品。作者根据她在一九三〇年五月参加一次有革命根据地代表出席的会议时所搜集到的题材,把这个"中国那一片在地图上已经染成红色的一个村里的少年先锋队队长"的动人事迹,如实地介绍给在反动统治下的广大少年儿童。她以革命的激情,塑造了一个光辉红色少年英雄的形象,并通过他公开号召广大少年群众投身到革命的行列中去。稍后,柔石为了纪念一个在南京被杀的小同志,写下了抒情长诗《血在沸》(刊《前哨》"纪念战死者专号",1931 年 4 月 25 日出版)。柔石也同样熟识冯铿所写的这个少先队队长,在他参加同一次会议后所写的通讯《一个伟大的印象》(载《全世界文化》创刊号,1930 年 4 月 10 日出版)中曾记有:"在这次的代表会议里,有我们的十六岁的年轻的勇敢的少年列席。……他是少年先锋队的队长,那想吞噬他的狼似的敌人,是有十数个死在他底瞄准里的"。十月,当这个小同志在南京牺牲的消息传来后,柔石怀着满腔的悲愤,以血泪凝成了这首充满革命激情和阶级仇恨的诗篇,对敌人的刻骨仇恨,对烈士的由衷热爱,构成了"爱"和"恨"的最强音。胡也频烈士创作的《黑骨头》(刊《现代学生》1 卷 2 期,1930 年 11 月出版),也是一篇感人至深的作品。它以曲折有致的笔触,记述了一个十四岁的童工阿土,如何在革命斗争中觉悟与成长的过程,在我国儿童文学作品中,首次展现了我国工人阶级在党领导下英勇战斗的壮丽场面,描绘了上海工人三次起义的光

---

〔1〕　见《大众文艺》2 卷 4 期"新兴文学专号":《大众文艺第二次座谈会》1930 年 5 月 1 日出版。

辉侧影。洪灵菲烈士的长篇创作《前线》、《大海》中，就已出现过"劳动童子团团员"等儿童形象，作者还写下了单篇的儿童文学作品——《女孩》（载《我们月刊》第2期，1928年6月20日出版）。这个短篇创作的时间较早，却是一个很好的开端，对如何在作品中用阶级意识武装下一代的问题，做了可喜的尝试。小说不仅暴露了当时吃人制度对劳动人民子弟的残酷虐待，也写出了被侮辱被损害的"劳动儿童"在革命教育下逐渐觉悟的过程。应修人根据根据地传说写的两篇童话:《旗子的故事》和《金宝塔银宝塔》（后者曾发表于1932年5月出版的《中国论坛》和同年11月出版的中国文化总同盟的机关刊物《文化月报》创刊号），更为革命儿童文学增添了新的收获。前者歌颂红军的革命英雄主义，后者表现根据地人民对革命政权的信赖和热爱。这些作品不仅产生了一定影响，而且用童话形式反映革命斗争这种大胆尝试，在儿童文学史上也是一件有意义的创举。

　　在革命文学阵垒中，还有许多作家关心和扶植儿童文学这株幼苗。老一辈的著名作家郭沫若、茅盾、叶圣陶等，都曾为孩子们创造过有益的精神食粮。郭沫若早在一九二一年就在《民铎》杂志上发表了《儿童文学之管见》，这是我国最早的有关儿童文学的论文之一，随后又创作了童话剧《广寒宫》和童话《一只手》，并在后一篇的题目下热情地写下:"献给新时代的小朋友们"，对下一代寄予了殷切的挚爱与期望。茅盾也早在"五四"之前，就为儿童编译了许多童话，以后也数十年如一日地关怀着儿童文学事业，为孩子们创作了《大鼻子的故事》和《少年印刷工》等作品，并写下了《论儿童读物》、《儿童文学在苏联》、《"给他们看什么好呢？"》和《孩子们要求新鲜》等有关儿童文学的评论文字。叶圣陶更是中国现代儿童文学初期的著名作家，早在一九二三年就出版了第一个童话集《稻草人》，鲁迅先生称之为"是给中国的童话开了一条自己创作的路的"[1]。一九三一年他又出版了童话集《古代英雄的石象》，在思想和艺术上又都向前跨进了一步。与此同时，也涌现了一批新作家、新作品，壮大了革命儿童文学的队伍。特别值得提出的是张天翼，他以讽刺小说家所特有的锐利笔锋，先后创作了童话《大林和小林》（一九三二）、《秃秃大王》、《奇怪的地方》（一九三六）和《学校里的故事》（一九三七）等，以及小说《搬家后》（一九三〇）、《蜜蜂》（一九三二）、《小帐》（一九三三）、《奇遇》、《巧克力》（一九三四）、《回家》（一九三五）和

―――――――――

[1]　见《表》的《译者的话》，《鲁迅译文集》第4卷，225页。

《大来喜全传》(一九三六)等。这一系列战斗性很强的作品,抨击了黑暗腐朽的反动势力,歌颂了革命和斗争,在广大小读者群中激起了积极的反响。

经过党和革命文学阵营的不断倡导,许多作家群起响应,写出了不少内容进步的作品,使这一时期的儿童文学出现了蓬蓬勃勃的新面貌,在小说方面有茅盾的《大鼻子的故事》(一九三五)、《少年印刷工》(一九三六),叶圣陶的《寒假的一天》、《半年》(一九三五),老舍的《小坡的生日》(一九三一),王统照的《小红灯笼的梦》(一九三五),钱杏邨的《小林檎》(一九二九)、《编给少年读者的故事》(一九三〇),戴平万的《小丰》(一九二八)、《献给伟大的革命》(一九三〇),刘白羽的《锻冶——写给这时代的孩子们》(一九三七),宋之的的《忌日》(一九三七),沙汀的《码头上》(一九三二),艾芜的《爸爸》(一九三四),以群的《在监牢里》(一九三六),勒以的《同根草》(一九三七),蒋弼的《小罗子》(一九三四),肖红的《小六》(一九三五),陈伯吹的《华家的儿子》(一九三三),王西彦的《爱的教育》(一九三七),石灵的《小立子的悲哀》(一九三五),草明的《小玲妹》(一九三六),舒群的《孤儿》(一九三六)、《没有祖国的孩子》(一九三七)等;在诗歌方面有蒲风的《摇篮歌》(一九三五),杨骚的《小兄弟的歌》(一九三二),陈正道的《少年先锋》(一九三〇),温流的《打砖歌》(一九三三),田间的《坏傻瓜》(一九三四),白兮(钟望阳)的《拾荒孩》(一九三四),白曙的《天未明》(一九三四)和萧三的《三个(上海的)摇篮歌》(一九三三)等;在童话方面有郭沫若的《一只手》(一九二七),叶圣陶的《慈儿》、《蚕儿和蚂蚁》(一九三〇)、《皇帝的新衣》、《古代英雄的石象》(一九三一)、《鸟言兽语》(一九三五)、《火车头的经历》(一九三六),巴金的《长生塔》(一九三七),陈伯吹的《阿丽丝姑娘》(一九三五),鲁彦的《小雀儿》(一九二七),苏苏的《小顽童》(一九三五),贺宜的《小草》(一九三六)等;在戏剧方面有于伶的《蹄下》(一九三三),熊佛西的《儿童世界》(一九三七),崔嵬的《墙——一幕儿童街头剧》(一九三六),陶行知的《少爷门前》(一九三四),陈白尘的《两个孩子》(一九三四)、《一个孩子的梦》(一九三七),许幸之的《古庙钟声》、《最后一课》(一九三七)等,以及蔡楚生编导的电影《迷途的羔羊》(一九三六);在歌曲方面有《卖报歌》(安娥词、聂耳曲),《打砖歌》(温流词、聂耳曲)、《卖菜的孩子》(温流词、聂耳曲)、《儿童先锋歌》(陆洛词曲)、《儿童年献歌》(陶行知词、吕骥曲)等。同时,在外国优秀儿童文学作品的介绍方面,有鲁迅先生翻译的匈牙利女作家至尔·妙伦的《小彼得》,和苏联作家班台莱耶夫的《表》;张采真(黄岚)烈士翻译的妙伦童话集《真理的城》,夏懿翻译的班台莱耶夫的《文件》,曹靖华翻译的盖达尔的《远方》和《第四避弹室》,适夷翻译的《苏联童话集》,董纯才、胡愈之、赵家璧、吴朗西等则翻译了苏联儿童科学文艺作家伊林的《五年计划的故事》、《几点钟》、《人和山》、《黑白》和《书的故事》等。此外,在理论批评方面有钱杏邨的《劳动儿童故事》(一九二八)、《革命的儿童与农民的新姿态》(一九三〇),郑振铎的《中国儿童读物的分析》(一九三五),罗荪的《关于儿童读物》、《再谈儿童读物》(一九三五),梦野的《饥饿的儿童文学》(一九三六),白分的《儿童文学的写法问题》(一九三五)、《我们的儿童读物》(一九三七),冯沅君的《关于儿童读物》(一九三七),文雄的《儿童需要怎样的读物》(一九三六),许寿裳的《关于儿童》(一九三六),凌鹤的《由儿童年的儿童电影谈到(迷途的羔羊)》(一九三六),董纯才的《翻译伊林作品的经过和印象》(一九三七)等;并有瞿秋白翻译高尔基的《关于小孩子》(一九三二),沈起予翻译高尔基的《儿童文学的"主题"论》(一九三七)等外国儿童文学理论。

由上可以看出,儿童文学作为革命文艺运动战斗的一翼,在左联时期,无论是创作、理论、作家队伍都有了巨大的发展。这一时期的成就,为现代儿童文学史写下了光辉的一页。

一九二一——一九三七年间第一、第二两次国内革命战争时期革命儿童文学的发展道路是光辉的战斗历程。探讨和总结这两个历史时期革命儿童文学的成就和经验,还缺乏更充分的史实,同时又限于水平,仅能就学习心得,试谈一二:

首先,革命儿童文学从它诞生的第一天起,就在党的领导下,密切配合实际斗争,成为党的宣传武器与教育工具,成为整个革命事业的有机组成部分。这一根本特征在革命根据地儿童文学中体现得尤其明显,正如根据地《江西各县儿童局书记联席会议的总结》所指出:"唱歌游戏、图画故事是教育儿童以共产主义的活泼的最好方法,但总必须与参加革命工作联系起来,目前要特别领导儿童,积极参加革命战争的后方工作。"[1]革命根据地的儿歌、戏剧活动都努力配合当前斗争,为阶级斗争和革命战争服务,成为犀利

----

[1] 《青年实话》"儿童栏",1932 年 2 月 10 日出版,共青团中央局主办。原件藏共青团江西省委员会办公室。

的战斗武器。国民党统治区的革命儿童文学也同样发挥了战斗作用,党、团的一些负责同志和革命作家,都自觉地把儿童文学当作以革命思想教育和武装下一代的有效工具,创作了许多斗争性很强的作品。如欧阳立安作的歌谣《天下洋楼什么人造》,就曾在当时上海的童工中广泛流传,在一定程度上启发了他们的阶级觉悟;阿英用"若虚"的笔名发表了《编给少年读者的故事》〔1〕,把全世界无产阶级领袖——列宁的光辉事迹,介绍给黑暗中国里苦难深重的广大少年儿童,给他们带来了斗争的勇气和光明的憧憬。同类性质的作品还很多,大都在当时发生了一定的教育作用,争取和团结了更多的少年群众准备和投身到革命的洪流中去。《少年大众》的发刊词《给新时代的弟妹们》这样写道:"这里的种种,都是预备给新时代里的弟妹们阅读的。这个光明的时代快到了,我们的社会是不断地在进展着。……我们要告诉你们,现在是怎样,将来又是怎样,我们要告诉你们真的事情。这是我们编《少年大众》唯一的抱负。"〔2〕这儿所显示的革命倾向性是如此鲜明和强烈,它也代表了当时整个革命儿童文学的总趋势。以上事实都说明了一个问题:党的领导,保证了革命儿童文学不可移易的共产主义方向,为无产阶级革命事业服务,是革命儿童文学坚定不移的方针。其次,革命儿童文学在历史的进程中,逐步确立了马克思主义文艺理论的指导思想,坚持了两条道路的斗争,以鲁迅为首的革命作家,批判了胡适、周作人等以"儿童中心说"为核心的反动的儿童文学理论,以及形形色色反动儿童读物的袭击,保证了无产阶级的思想领导和革命儿童文学的健康发展。再次,革命儿童文学在整个革命文艺巨流中,热诚团结了老一辈作家,组成了统一战线;并且在斗争的过程中,也培养了一批新的文艺战士,为革命儿童文学的进一步发展提供了干部。

一九六二年六月,上海。

(原载《文学评论》1963 年 4 月第 2 期)

---

〔1〕《拓荒者》1 卷 1 集,1930 年 1 月 10 日出版。
〔2〕《大众文艺》2 卷 4 期"新兴文学专号"(下)(1930 年 5 月 1 日出版):《少年大众》专栏。

新文学运动曙新期的"晨光社"

"五四"狂飚横扫中国的当儿,全国各地的文学社团如雨后春笋般地涌现。据茅盾《〈中国新文学大系·小说一集〉导论》中统计,共计有一百多个文学团体,数百种文学刊物,终经酝酿成波澜壮阔的新文学运动。

当时,除了文学研究会、创造社、沉钟社、新月社等著名文学社团外,在江南的胜地——杭州也出现了一个晨光社。她的基本成员是浙江第一师范学校的学生。朱自清、叶圣陶二先生正在该校执教,在他们的赞助下,该社于 1921 年秋正式成立,参加者有赵平复(柔石)、潘漠华、魏金技、汪静之、冯雪峰等。据当年社员的回忆:"晨光社"曾有过自己的章程,也常常举行活动,如星期天到西泠印社或三潭印月等处聚会,一边喝茶,一边相互观摩各人的习作,畅谈与讨论国内外的文艺动态,并编辑作为《浙江日报》副刊之一的《晨光》文学周刊,发表社员的作品。该社大约存在了一年时间,到 1922 年下半年就自行星散了。回忆者还说,由于年代的久远,"晨光社"的章程和《晨光》周刊,大概很难再见到了。

可是,往往"纸墨更寿于金石"。一个偶然的机会在旧文学期刊上发见了两帧有关"晨光社"的史料,即刊发于 1922 年 12 月 10 日出版的《小说月报》十三卷十二期的"晨光社"的简章,以及该社主干潘训(漠华)致《小说月报》主编沈雁冰的信。兹逐录如下:

晨光社简章

一、定名:本社定名为晨光社。

二、宗旨:本社以研究文学为宗旨。

三、社员：凡有志于文学之男女青年由本社社员二人以上之介绍经全体社员半数以上之同意者为本社社员。

四、职员：设事务员二人专司本社一切事务,编辑员二人专司编辑事宜。均以投票选举法产生之,任期为半年,得连举连任。

五、事业：暂分下之三项：

A. 展览会：每月开一次,每社员须有一篇以上作品或译品(凡关于文学之作品均可)。

B. 演讲会：本社得名人随时讲演。

C. 出版物：本社集展览会之上品及社员平时之佳作出《晨光》周刊一种。

(本章程得经开常年会时修改之)

通信处：暂设杭州第一师范学校。

其次则为潘训致沈雁冰的信,似是为回复沈氏问询"晨光社"的概况而写的,可谓系关于此一社团弥足珍贵的第一手资料：

雁冰先生：

前几日查猛济先生来,说先生想知道我们晨光社过去和现在的情形。因我们功课都忙迫,今天才来答复你。兹奉上晨光社的简章和社员名单各一纸,望你检阅。本社是成立于去年双十节；结合的旨趣,亦不过想聚集一些同志趣的朋辈,以增加读书的趣味而已。自成立后,每月聚会一次,或各人拿些近作来给大家观览,或选出一本书来说说对于本书的意见,或买些果饼来大家吃吃,或往那去游览一回。自今年下半年来,始每周出版《晨光》一张,未登载社员间的作品,但这不过是求增加我们改研的兴味。因社员散虔四方,各人意见又不尽同,社内实无特别繁复的组织,也无将来的预计的步骤,只不过是自由的集合而已。所能举以告诉先生的,不过如此。

潘训　十六晨

上海通信图书馆与新文学

在中国近代文化史上,有一个由知识青年与职业青年自己组合的图书馆——上海通信图书馆,在它存在的十年间,哺育与滋养了数不清的有志之士与好学之才,故而它在思想文化史上的功绩是不可抹煞的。

即使从新文学史的角落来考察,也有许多踪迹可觅。该馆成立于一九二一年五月一日,是年六月三十日《民国日报》副刊《觉悟》刊布过《上海互助团通信图书馆的宣言及章程》;馆址最早设在天津路一家钱庄楼上,后迁至天津路四十四号,后复迁至横浜桥天寿里九十号,一九二六年夏再迁至宝山路三德里 A 十六号;一九二九年五月四日被国民党市党部所无理封闭。国民党当局这桩摧残进步文化的暴行,激起了文化界的义愤,鲁迅主编的《语丝》在五卷十四期(六月十日)、十七期(七月一日)连续发表文章揭露与谴责这一事件;作家彭家煌在《北新》半月刊三卷十五号(八月十六日)上发表了《我们的犯罪》,形象地抨击了权势者这一暴虐的倒行逆施,喊出了愤激的反语:"还看书?!还捐书?!蠢才,索兴把头颅也捐了吧!"以上都可以说明它在当时进步文化界中的地位与影响。

著名的湖畔诗人应修人曾是上海通信图书馆的发起人与主持人之一,先后担任过该馆的执行委员、常务委员、月报委员会委员,负责过编目科的工作。馆内组织了"上海通信图书馆共进会",他是会务与馆务工作最热心的参予者,为会务与馆务的开展与推进不断提出建设性的提案与动议,如曾提出:《规定借书者误期办法案》、《本馆筹办月报案》、《改革图书分类案》、《修改组织大纲改组月报委员会案》等,甚至该馆"绿邮"式馆徽也是修人所拟交由执委会第十七次常会(一九二六年二月一日)议决的:邮票形,表示通信;日月,算是光明;五月一日纪念本馆成立;五月环抱一日,象征团结、互助;绿地,象征亲爱;白色,象征纯洁。修人还特地为此撰写了《从"绿邮"徽章谈起》(刊一九二六年二月《上海通信图书馆月报》第七期)一文。还有馆刊《上海通信图书馆月报》创刊于一九二五年八月,其编务也多由修人主持,直至他于一九二七年初赴广州黄埔军校为止。修人还在《月报》上发表了《四年来的工作》《我们这个小社会》《通信》《上海通信图书馆与读书自由》等文章。修人还在《月报》上辟了《通信者》专栏,栏下加按语云:"我们特地仿 Esperanto 书报式,开辟这小小的一栏,专为促进会员与借书者的情好,及借书者与借书者的联络。无论是会员是借书者,假使愿意与人通信,都可把名字和地址送到这儿来,我们希望造成许多许多的好朋友。"他自己就在其中刊出了如下启事:"修人(会五)欢迎领意和他通信的青年借书者和他通信。他有兴趣于艺术呢革命笔的商量。信寄上海河南路二号。"河南路的地址可能就是他所服务的中国棉业银行吧。

上海通信图书馆与当时活跃的文学社团关系也很密切。湖畔诗社自不待言,它的主干人物应修人(会员号五)、谢旦如(会员号七)、汪静之(会员号九十三)、潘训(会员号九十五)等均是该馆会员。创造社的中坚人物郭沫若、郁达夫等也是会员,《月报》第二期(一九二五年九月)有创造社赠书的记载,《月报》第二卷第六期(一九二八年九月)还有创造社赠书一百十二册的记载。《月报》第五期(一九二五年十二月)还以《一个好消息》为题发布了《创造社紧要启事》,这是一帧不之他见的史料,兹予引录:

(一)发行月刊　征求预定

现在我们决定于一九二六年三月一日出版《创造月刊》的创刊号了,月刊的负责编辑是达夫和仿吾;月刊的内容便是季刊和周报的集合体,是侧重文艺的,更是侧重于创作的;……

(二)组织出版部　募股五千元

创造社出版部也决定成立了。……

……本部第一期股款收款处指定如下:

上海　静安寺路学艺大学或环龙路44号后八郭沫若

阜民路二九五号周全平

武昌　国立武昌大学或长湖堤南巷九号张资平

长沙　北门外油铺街五十二号成仿吾

北京　什刹海河沿八号后宅南宫房口东口郁孙荃

日本　东京帝国大学文学部穆木天

以上有关《创造月刊》的发刊、创造社出版部的筹组,尤其是创造社成员郭沫若、郁达夫等的通讯地址,都是创造社的难得史料,皆赖《月报》而保存下来。

文学研究会的主要作家叶绍钧、郑振铎、徐调孚、赵景深、徐雉等也都是该馆会员,《月报》第二期(一九二五年九月)有文学研究会赠书二十册的记录。

未名社也有赠书该馆的记录(见《月报》第十、十一期合刊,一九二六年五月),该刊还发表有建南(适夷)写的未名社期刊介绍;推荐《莽原》七八期合刊的"罗曼·罗兰号":"今年罗曼·罗兰做六十步的生白,国内文艺界,似乎还没有什么举动,只在北京,于炮火兵燹杀戮之中,产生了这本专号。我想我们总不该忘记现代唯一健存的自由思想的老翁,他真是一个真理的产物,他是被压迫者的救星。"另从《上海通信图书馆书目》中得知,该馆庋藏的鲁迅著作以及未名社的出版物是很多的。

其他社团如少年中国学会、光明社、太阳社、我们社、洪荒社、血潮社、狮吼社、山雨社等,都与上海通信图书馆发生过或深或浅的关系,因为他们之间有着程度不同的"同声相应,同气相求"的感应与共鸣。反之,对于具有明显反动政治倾向的社团则采取抵制的态度,如一九二七年顷,宣扬国家主义的醒狮社曾致函该馆表示颐赠阅《醒狮》全年,结果被常委会议决"璧谢"了。

早期共产党人也是这一进步文化事业的积极赞助者,除应修人而外,恽代英(会员号四十七)、杨贤江(会员号六十四)、恽雨棠(会员号六十七)等都是最早与会的。恽代英担任过该馆的监察委员,恽雨棠担任过执行委员并兼管文书科工作。杨贤江在该馆五周年纪念会(一九二六年五月一日)上作了题为《我对于本馆的感想》,认为通信图书馆这一事业"是于中国青年运动上很有意义的"。

新文学运动中的若干骁将,如胡适之曾于一九二六年三月入会(见《月报》第八期),并曾为《上海通信图书馆月报征求特刊》(一九二八年五月)题签。其他还有许多作家,像滕固、樊仲云、顾颉刚、魏金枝、卜成中、钱俊瑞、徐敦夫、张竞生、叶灵凤等,都曾参加该会。

上海通信图书馆的藏书中,新文学书也占了很大的比重。笔者所见到的钤有"上海通信图书馆"红色圆形馆章的新文学书就有:郭沫若《文艺论集》、赵平复(柔石)的《疯人》、谭正璧《诗歌中的性欲描写》、沈君《春痕》、闻一多《红烛》、郁达夫《达夫代表作》、李伟森译《朵恩退夫斯基》、张采真译

《饥饿》、李金发《古希腊恋歌》等。寒斋也藏有两册该馆的旧藏,其一是郭沫若的诗集《瓶》(《创造社丛书》第七种,上海创造社出版部一九二七年四月一日初版),封二贴着"上海通信图书馆书眉":书类——342,书号——GMH3,借期——5,登记号——3178,重量——80。另一为王艺钟所译匈牙利至尔·妙伦童话集《玫瑰花》,系太阳社编。《太阳小丛书》第三种,上海春野书店一九二八年二月十五日初版,馆章尚存,书眉已经脱落。

　　截至一九二八年九月,上海通信图书馆的会员已增至四百八十五人,这至哈尔滨、甘肃、云南、新加坡都有人参加;藏书也多达四千余册,一九二六年借书六千五百二十二人次,一九二八年三月至九月三千零八十三人次。我们据此可以想见,在整个二十年代,从旧军阀乃至新军阀统治的滞闷压抑的岁月中,上海通信图书馆犹如一座传播知识、昭示光明的天灯,它在推进新文学乃至新文化运动中发挥了不可低估的作用。

（原载《社会科学》〔上海〕1982 年 5 月号）

"左联"东京分盟文献知见录

东京分盟是中国左翼作家联盟中的一支劲旅,在三十年代上半期十分活跃,为推进与拓展中国无产阶级革命文学起了不可替代的作用。然因它在异邦的特殊环境下活动,所存文献资料业已寥寥。一九八六至一九八七年,笔者乘负笈东瀛游学之便,曾着意搜集分盟的有关史料,并蒙日本"中国三十年代文学研究会"丸山昇、尾上兼英、伊藤虎丸、佐治俊彦、卢田肇、近藤龙哉诸教授的襄助,今择其中部分整理出来,以飨关心左联历史的诸君。

《文化斗争》

东京分盟所属新兴文化研究会书记局编辑,通讯处为东京神田区中华青年会第三号信箱北因君转。所知见者为创刊号、第二期、第四期,油印本,国内未见收藏。

因该刊甚不经见,兹将其要目引录如下:

创刊号(一九三二年五月一日出版)

发刊之词
　　　——告留日同学　　　　　　　　　　　　　　编辑局
日本帝国主义对华侵略战争的本质及其前途　　　　　北　因
怀苏联(诗)
　　　——读胡著《莫斯科印象记》而作　　　　　　小　六
满洲国的土产话　　　　　　　　　　　　　　　　　记　者
编　后

以理论以外的矛攻理论以外的盾　　　　　　　　召　年
社会科学研究会分会发抖了！　　　　　　　　　绮　割
编　后

　　编者在《发刊之词》中揭示了刊物的性质与使命："随着无产阶级底成长,随着无产阶级政治的经济的斗争之发展,无产阶级的文化现在早已越过了萌芽时代。然而,和政治的经济的斗争一样,无产阶级的文化是在和资本主义文化对立的状况之下存在的。换言之,无产阶级文化运动,要结合在无产阶级整个历史使命之下,才能得到胜利。""我们这个小小刊物选择了五一做创刊的日子,也是希望在'文化斗争'不能离开实践这一意义之下而被认识的。"

　　在第二期中还揭橥了新兴文化研究会的宗旨："一、研究马克思列宁主义的理论及其活动;二、阐明封建文化与资本帝国主义文化的本质。"并且开列了该会下属五个已成立的分组名单:新兴文艺研究组、经济研究组、政治研究组、哲学研究组、苏联研究组,以及筹组中的妇女问题研究组、法律研究组,还有计划组建的中国革命研究组、日本资本主义研究组、宗教研究组、新兴教育研究组、军事科学研究组等。

　　与国内左翼文艺运动相互呼应的史迹,于刊物中也可窥见一二,如第二期所载《介绍我们的友军》,就将中国左翼作家联盟的机关杂志《北斗》以及有关刊物《文学》、《流水》、《现代》、《文艺新闻》、《新地》、《白话小报》、《文化通讯》、《东方青年》、《中国论坛》等介绍给留日的文学青年,并强调说:"上面的刊物是我们的友军,他们都是在反动压迫与经济困难中作苦战的,我们希望读者在民族解放的义愤之下对他们予以援助:一、纠合朋友长期订阅;二、供给稿件。"

　　至于该刊与《科学半月刊》的论战,请参看胡风、楼适夷的有关回忆文字,兹不赘引。

《文化之光》

　　亦系新兴文化研究社所编,知见者为创刊号(一九三二年十月一日),油印,国内无藏本。

　　兹将创刊号目录钞引如次:

其中较为重要的史料是中国左翼作家联盟东京特别支部的《宣言》，为国内出版的所有有关左联文献的出版物所未载，兹全文引录如下：

为"八·一"国际反战示威运动及上海革命民众反帝反战大会宣言

在"八·一"国际反战总示威运动和为了履行这一任务而将在同日举行的上海革命民众反帝反战大会之前，本支部特向侨居日本的工人、店员、学生、露店商人诸君以及各种进步的文化学术团体宣言如左：

在国民党与十九路军的将军们将革命士兵与上海革命大众底反帝抗日的胜利出卖了以后而举行的"上海停战会议"，是日本帝国主义者占领了东三省以后着着进展的干涉苏联、绞杀中国革命的帝国主义强盗战争具体发展的一个计划的阶段。由于"上海停战会议"，地主资产阶级的国民党能运用其全力压迫革命的反帝抗日运动，重新树立进攻苏联的计划，用最大的努力来尽帝国主义"绞杀中国革命"的走狗底任务。由于"上海停战会议"，帝国主义列强间的对立冲突在瓜分中国、绞杀中国革命的共同目标之下，得到了某一程度的妥协，停战以后各国军舰在长江沿岸的移动，广东福建沿海诸港各国军舰的增多，都是"反□□"上海停战会议之结果。由于"上海停战会议"，帝国主义进攻苏联的危机表现了更进一步的激化：日本帝国主义者将南方问题放在"□□各国"的协力之下，实行将其兵力集中到北满一带，最近攻击热河暴举！含有□□□□进攻苏联的狂想，而所谓□头政治统一，要不外将满洲完全殖民地化及战时统治的准备而已。

现阶段上战争的具体形态，使全世界革命大众对于帝国主义战争的反动性，得到了更深刻的了解。已经迫近的国际反战示威运动，在全世界无产阶级及殖民地革命大众动员之下，在"拥护苏联"、"拥护中国革命"的口号之下，将要光辉地进行它底任务。直接在帝国主义炮火之下的中国民众，将要更踊跃地、更英勇地来执行这一伟大的斗争。

上海无产阶级及革命的学生劳苦大众，为了进行这一任务在各种革命的组织的计划之下，将举行一个大规模的反帝反战群众示威大会，为了争取这一计划的实现，上海无产阶级及各种革命组织已经开始了必死的战斗行动。上海无产阶级在中国革命运中一向是站在领导的地位上的。每一个新的阶段它都英勇地执行了它底任务：在最近日本帝国主义侵略上海的战争中，它那种献身的壮烈行动，使全中国工农大众得到了莫大的自信和兴奋。在这种革命的传统和经验之下，我们相信，在"八·一"这一天，和全世界无产阶级相呼应，上海无产阶级必然能够领导全中国的工农劳苦大众，来完成那个伟大的反帝反战的示威运动的。

本支部号召侨居日本的工人，店员，学生，露店商人诸君及各种进步的文化学术团体，对于将要举行的上海革命民众反帝反战大会，有努力宣传其意义而表示积极拥护的任务,在侨民之中,诸君应暴露帝国主义战争底反动性,暴露国民党出卖东三省、上海的真相,说明国民党进攻苏区压迫反帝抗日运动摧残文化运动是替帝国主义战争效劳的意义,说明要争得中华民族解放免掉瓜分的奇祸,只有拥护工农兵政权的中华苏维埃政府和拥护苏联的一条路。最后诸君应解释上海革命民众"八·一"反帝反战大会的意义之重大,召开各种集会,组织游行队,散发传单,在行动上表示积极的拥护。

本支部号召侨居日本的工人,店员,学生,露店商人诸君及各种进步的文化学术团体,从阶级的反战运动之国际连带性出发,有积极参加日本当地各种革命组织底反战运动的任务。战争的元凶日本帝国主义一面占领中国领土屠杀中国民众,一面对于国内的革命运动加以无情的压迫。政府的法西斯化,对于无产阶级的前卫共产党员处以死刑、重刑,对于普罗文化的摧残,皆不外为了进行战争而事先威吓工农阶级压迫革命运动的手段。在反战斗争之中,切不能放松反对法西斯化,反对处共产党员以死刑重刑的阶级裁判,反对摧残普罗文化运动等等实际活动,自然诸君还有一面与侨居日本的朝鲜台湾底同志取得亲密的接触,一面向日本工农大众宣传中国革命的胜利的实况,介绍中国革命民众反帝反战的斗争之必要。

本支部号召侨居日本的工人,店员,学生,露店商人诸君及各种进步的文化学术团体,在反战斗争中,将积极的拥护七月二十八日在日内瓦举行的世界反战大会之任务,世界反战大会是一个广泛的组织,包含了一切反对帝国主义强盗战争的个人与团体,这不但不会减少它的意义,反而使他负上了一个广大的任务。因为在原因上,它表示了反对帝国主义强盗战争是全世界大多数民众底一个普遍要求,在效果上,它会把全世界大多数民众号召在反对帝国主义强盗战争的旗帜之下,在反战斗争之中,有宣传它的任务和以实际活动来充实它的意义之必要。

反革命的帝国主义战争之危机,在一天天地发展,结合在"拥护苏联"、"拥护中国革命"的口号下的反战运动,是每一个革命组织每一个革命大众底当然的实践任务。这一任务之能否成功的进行,不用说,将依主观努力而决定。以此,本支部将与诸君以实际斗争来完成这一任务!

反对帝国主义强盗战争!

反对进攻苏联！拥护苏联革命的平和政策！

反对瓜分中国，拥护中国革命！

拥护中华苏维埃共和国临时政府！

反对国民党压迫反帝抗日运动！

反对国民党压迫文化运动！

反对国民党进攻苏区！

打倒帝国主义绞杀中国革命底猎犬国民党！

撤退中国各地日本及各帝国主义底军队！

打倒日本帝国主义之傀儡满洲国！

反对日本帝国主义压迫国内的革命运动、文化运动！

打倒日本帝国主义！打倒一切帝国主义！

日内瓦世界反战大会万岁！

"八·一"国际反战示威运动成功万岁！

"八·一"上海革命民众反战反帝大会成功万岁！

七　月

中国左翼作家联盟东京特别支部

　　《"大众文艺"文献解题》一文亦值得注意，它以"大众文艺是甚么"、"为甚么要提倡大众文艺"、"大众文艺所应克服的坏倾向"、"大众文艺的先决问题"、"大众文艺的形式"、"大众文艺的内容"、"大众文艺的前途"等专题，辑录了列宁、史铁儿、宋阳（以上二笔名系瞿秋白）、洛扬（冯雪峰）等的有关论述，以供分盟的盟员以及有关文学青年参考。

　　还有一篇黄草的剧评《中国湖南省》，具有相当的史料价值，早在一九六七年，就受到了日本汉学家的重视，著名学者竹内实、尾崎秀树、野原四郎、高杉一郎、桥川文三等曾以《日本与中国》为题举行座谈会，其中就专门谈到了这篇剧评。《中国湖南省》系日本左翼作家久保荣以东逢吉的笔名所作剧本，据《震撼中国的红旗》改编，曾由日本左翼戏剧团体"左翼剧场"于一九三二年八月二十日至九月五日公演于筑地小剧场。该剧共七场，据黄草记述："主题是写湖南苏区由克服大洪水灾荒到成功地举行全国代表大会的实践斗争之经过。"作者对该剧提出三条意见，最后仍热情地指出："《中国湖南省》是到现在为止以中国革命运动为内容的剧本中主题的积极性和党派性最强的一个。它底主题，是现阶段上中国革命运动中最重要的课题之一，《中国湖南省》的创作与演出，以及评论，都应是中日革命文化交流史上的重要史实之一。

《文艺科学》

左联东京分盟机关杂志之一，由后来四十年代牺牲于新疆的林基路烈士主编。主编兼出版者署"文艺科学社编委会"，地址在东京淀桥区诹访町二一一番高桥方。创刊于一九三七年四月十日，仅出一期而止。国内藏本稀见。

兹将创刊号要目摘录如次：

提倡文艺理论重工业运动	编委会
"社会主义的现实主义"专辑（上）	
苏联文学运动方向转换的考察	许修林
社会主义的现实主义概观	
施惠林　多利科诺夫合作	梁　惠译
论社会主义的现实主义　吉尔波丁等作	田方绥译
社会主义的现实主义基本的诸源泉　罗森达尔作	卓戈白译
社会主义的现实主义的前提　西尔列尔作	李　微译
新现实主义和革命的浪漫主义　吉尔波丁作	赫　戏译
"文学讲座"（一）	
文学的诸问题　奴西诺夫作	维　邨译
"文学与巨人"	
伊里奇与现实主义作品　伊里奇夫人作	白　楚译
"文坛展望"	
苏联作家的行动	李曼罗
现代西班牙文坛的展望	黎　端
日本童话界之现状	胡明树
诗：	
伊里奇　马耶考夫斯基作	田方绥译
俘虏之歌	施巴克

报告文学：

　　到动乱的漩涡里去　爱伦堡作　　　　　　　　　米　芙译

　　战线上的多罗莱丝　　　　　柯列诃夫作　胡明树译

　　火车上的苏联　　　　　　　　基　希作　菲　戈译

　编完了　　　　　　　　　　　　　　　　　　　编　者

　　在左翼文学杂志中，侧重文艺理论的刊物并不多见，除早期的《文艺研究》、《文学讲座》而外，《文艺科学》应是在海外开辟的一个重要阵地。尤其值得关注的是，《文艺科学》对于"社会主义的现实主义"理论的系统介绍，编者于卷末申述道："'社会主义的现实主义'在中国，与其说是还很贫乏，毋宁干脆地说是缺如。所以，我们大胆地愈快愈好地企图把'社会主义的现实主义'的诸问题，系统地介绍到中国的文坛。而正唯其如此，我们之不能臻其完善，原是大家所可意想；也正唯其如此，我们暂时侧重在编译。这说是大胆的尝试，不如说是大胆的学习。"编者的意图是计划连续开辟两个"社会主义的现实主义"的特辑，上辑是清算"拉普"（俄罗斯普罗作家同盟）及社会主义的现实主义的问题的提起，下辑拟深入到社会主义的现实主义的个别特殊问题。在创刊号封三前页已刊出了第二期预告要目，特辑下拟发表奴西诺夫的《社会主义的现实主义与世界观及创作方法》、《社会主义的现实主义的心理表现》，鲁那差尔斯基（现通译为卢那卡尔斯基）的《戏剧上之社会主义的现实主义》，日本高冲阳造的《现实主义与艺术形式的问题》，以及林为梁（林基路）所作论文《现实主义与浪漫主义》。因为"七・七"事变爆发在即，环境的日趋恶劣致使第二期终于胎殒。

《诗歌》

　　编辑发行兼印刷者为雷石榆，地址是东京市杉并区高圆寺三丁目二三九番地岸方，发行所为诗歌社。创刊于一九三五年五月，同年十月出至四期终刊。所知见者仅为第二期，一九三五年六月廿八日出版；第四期，同年十月出版。

　　第二期刊有卓戈白的论文《诗歌在苏联》；诗创作有新波的《流》、黄风（蒲风）的《我们已经站起来了》、石榆的《兵》、戴何勿（萧岱）的《彼女》、王亚平的《瀑布》、焕平的《我的肺为什么痛》、易斐君的《死街的迈步》、北鸥的

《农夫歌》、林林的《孩子》、陈子鹄的《战幕》、紫秋的《放浪者》、骆驼生的《明日》、林蒂的《世纪末的人》、阮夫的《新啼哭郎》、潘枫的《笑》等。译诗有科力曹华作《耕耘与收获》（代石译）、后藤郁子作《铅板屋顶下》（梦回译）等。其他还有李春潮《给编者的信》、纱雨《诗集、诗刊介绍》等。

第四期改署东京诗歌社出版，为"聂耳纪念特辑"，刊有郭沫若《悼聂耳》、洪遒《陨落的巨星》、天虚《悼聂耳》、蒲风《悼》等。论文部分有林林《关于海涅和他底诗》、吴坤煌《现在的台湾诗坛》等。诗创作部分有陈凝秋的《青年铁匠》、新波的《前夜进行曲》、覃子豪的《歌者》、黄风的《暗夜里的一幕》、魏晋的《如果我是画家》、冰子的《母亲的儿子儿子的母亲》、林林的《给"现代诗人"》、岳浪的《老哥，我知道尔》、李华飞的《渡洪江》、史樵的《别》、林蒂的《夜渡曲》、罗尘中的《逃荒者》、陈子鹄的《到海滨去》等。译诗有《休士诗钞》（杨任译）等。

《前奏》

诗刊。编辑者与发行者为前奏诗社，创刊号于一九三六年四月十五日出版，仅出一期而止。

创刊号理论部分刊有梅雨（梅益）《关于诗歌的通俗化》、忍冬《新诗歌的一些问题》、徐懋庸《关于新诗歌的杂记随想录》、王独清《"另起炉灶"》等诗论，以及雷石榆所译苏联文学研究编辑部编《关于诗作法的文献》。诗创作部分有艾青的《马赛》、白曙的《二月的西班牙》、田间的《自己底枪——给〈八月的乡村〉作者》、任钧的《黄浦江》、臧克家的《野孩子》、王独清的《我在马路上走着》、许幸之的《端阳》、马趋夫的《穷孩子》、胡明树的《朝鲜妇》、柳倩的《自己的歌》、黎明雀子的《幸福的船》等，还有俯拾作词、星海谱曲的《战歌》。译诗有法国雨果作的《海夜》（穆木天译）、波兰科诺伯尼支加的《在国王去打仗的时候》（孙用译）。

《大钟》

编辑兼发行人为大钟社，代表人为杨任、静庐，地址在东京杉并区天沼二丁目三九一号。所知见者仅为一九三五年七月出版的一辑。

本刊系综合性杂志，亦即编者在《编后》中所揭示的，包括"社会"、"自然科学"和"文学"三部分。文学部分所刊论文 I·南率奥乎作《高尔基与苏俄文学》(杨颖译)、V. Kirpotin 作《苏联文学的社会主义者底写实主义》(孔芥译)、高冲阳造作《意大利的人本主义艺术》(辛人译),以及易斯矣所作《美国的新剧运动》、焕平所作《关于现实主义》。作品有陈子鹄《春》、岑家梧《午夜之回想》等诗歌,为济《解剖》、孟克《"讽刺"》等随笔。还有编者所辑"美国作家大会"、"甘尼士夫依林出版诗集"、"苏联艺术节"等"世界文坛消息"。

《小译丛》

封面标明为"介绍的,综合的,进步的半月刊",编辑者为陈小基、王亚洪,发行者为郑太,出版者为小译丛社,通讯地址是日本东京中华留日学生会七号信箱。第一卷第一期出版于一九三六年五月十日,同年七月出至第三期停刊。

编者在创刊号卷末《编者的话》中写道"在这动乱的世界之中我们这《小译丛》也诞生了,它从母亲的胎里带来了大地上每个角落里人类的真实的动的消息,使大家都象他亲眼看到的真象一样。"其倾向性是昭示得很鲜明的。

就所知见的第一期而言,共设有四个专栏:第一个专栏为"小国际",有美国左翼作家果尔德作《大使——安卡利茄·婀丽娜》(陈泽概译自《新群众杂志》),卡尔·雷德克的《德国法西主义的经济政策》(泽洵译)以及《苏蒙的亲善》(萧君译)、《苏联一九三六年的重工业》(若彬译),以上三文均译自《莫斯科新闻》。第二个专栏为"小研究",有日本左翼作家川口浩作《拥护新写实主义》(韦芜译),苏联洛密利叶夫作《法西主义成功后所给予大众的是什么》(郑太译)。第三个专栏为"大地的动",有英国菲锡尔作《柏林社会主义陈列所》(剑峰译),美国 N. Masses 作《一位海尔斯战士的来信》(杨月华译),陈小基、王亚洪合译的《乌克兰革命诗人的七十五年祭》(译自《莫斯科新闻》)。第四个专栏为"小艺园",有高尔基作《少女》(佚名译),法国罗曼罗兰作《克拉琳玻尔特》(梦采译),俄国特特尼可夫作《铺道小石的旅行》(逆子译),普式庚(现通译为普希金)作《自由之歌》(爱群译),海涅作《警告》(陈达来译),惠特曼作《给你》(陈达来译),A·托尔斯泰作《草堆 》、(白晔译)等。

《文海》

编辑者兼发行者为东京文海文艺社,地址在东京小石川区中华留日青年会。刊物由郭沫若命名并题署。第一卷第一期出版于一九三六年七月十五日,仅出一期而止。

创刊号卷首为编者之一覃子豪的《献词》,就中表达了一个忧国忧时的诗人对民族命运的关切:

> ……
> 远望大陆的脉搏
> 　　向祖国沉痛地唱歌
> ——啊啊! 我们受难的祖国哟
> 　　为着洗掉你满身的创伤
> 　　我们掀起一个大的潮浪

日本著名作家秋田雨雀的"特别来稿"《给中国的青年艺术家》一文,对在艰难中搏战的中国新生代文化战士给予赞许、勖勉与希冀:"现代中国的艺术家,正确的反映了中国现阶段的现实的积极和消极两方面的事实,这不仅是单为了中国的民众,同时还给了我们的艺术活动一个正确的反省。"并说:"我却对他们怀抱着无限的感谢。"

在"纪念高尔基"的专栏中刊发了李春潮的《悼高尔基》与红飞的《高尔基的死》。编者在《后记》特别写道:"我们刚把稿集收齐》准备付印的时候,高尔基便在这时逝世了。本期在仓促中只有两篇关于高尔基的纪念文,但是,为着时间关系,我们只好在第二期尽量地筹备高尔基的纪念文章,本同人特在此表示哀悼之意。"

理论部分刊发有郭沫若的《关于天赋》,李春潮的《郭沫若先生"七清"理论的再认识》,苏联斯达鲁起亚珂夫作《三个时代》(淑侣译),日本除村吉太郎作《苏联大众与文学》(余颀译),朝鲜张赫宙作《朝鲜文坛的作家和作品》(蒋俊儒译)。此外,还有李虹霓的《世界名著介绍——〈开拓了的处女地〉》,鸿怡的《中国文化工具的改革问题》。

创作部分也比较丰硕,小说有叔风的《奇遇 》、杨素的《一个不灭的仪型》、浑人的《俊子》、余颀的《晚归》，以及苏联 M·高特索夫作《胆力》（林川译）；散文有李华飞的《刺》、彭弄梅的《雷家坪之夜》、蔡松的《老战士》、野薇的《女店员》，与日本左翼作家小林多喜二作《信》（水工译）；诗歌有覃子豪的《我祈祷在亚波罗面前》、李华飞的《一株海草》、陶映霞的《南风》、西露的《归来吧》、彭湃的《这里已留不住欲归的人》、甦夫的《塞北曲》、骆驼生的《卖"纳豆"的少年》、冷风的《给祖国》、阴息众的《艺人》，以及法国雨果作《播种之夕》（覃子豪译）、德国海涅的《休勒耶吉引的机织》（黄日珺译）。

《东流》

编辑者兼出版者署东流文艺社，地址为东京涩谷区代代木西原町八六三番。创刊于一九三四年八月一日，一九三六年七月出至第三卷第一期停刊。第一卷一至六期编辑为林焕平，第二卷一期起改为陈达人。

刊物颇注重于国际无产阶级革命文学运动的理论建设与创作实践的绍介，以及对于外国古典、现代作家的研究与评介。较为重要的理论文学有郭沫若的《中日文化的交流》、冥路的《大众语文学的建设问题》、邢桐华的《安娜卡列尼娜的构成和思想——研究报告之一》、焕平的《最近日本文坛的轮廓》等。翻译的论文有《郭哥里的写实主义》（日本冈泽秀虎作，焕平译）、《从郭哥里到妥斯退益夫斯基》（日本除村吉太郎作，曼之译）、《现代的现实主义与心理主义的表现》（苏联 E·奴希诺夫作，欧阳凡海译）、《托尔斯泰与现实主义》（德国梅林格作，斐琴译）等。第二卷第三期（一九三六年三月）还开辟了'《世界文学新动向》的特辑，其中刊发了魏晋的《德国的移民文学》、邵欣的《法国文学的新倾向》、以人的《英国文学的新潮流》、曼曼的《苏联文学的开展》、张香山的《日本文学的动向》、蒔人的《美国文学的倾向》等。

创作方面的小说作者有凡海、雍夫、斐琴、流矢、俞冰、何亏、逢模、东平、洪为济、俞鸿模、陈达人等；散文作者有魏猛克、陈达人、流矢、白莱、菲戈、纱雨、胡佛、新波、吴天、钟慧霞等；戏剧作者有吴天、林铃等；诗歌作者有斐琴、焕平、何菲、陈子鹄、欧阳凡海，王桑、纱雨、林林、北欧、吕绍光、蒲风、江克灼、魏晋、李若川等。

东流文艺社还编印了"东流丛书"与"东流文库"。前者所知见者有第一种《宇宙之歌》，诗集，陈子鹄著，一九三五年七月出版；第九种《乡村的太阳》，小说集，雍夫作；第十种《炼》，小说集，俞鸿模作。后者与前者有部分书

目重复。兹将《东流》二卷四期(一九三六年四月一日)封三所载"东流文库第一辑"广告引录如下,并间加案考:

一、《炼》　　　　　　　　　　　　　　　　　　　俞鸿模著

(按:小说集,内含《人的价值》、《秀苹日记》、《追悼会》及《炼》四个短篇,一九三六年二月出版。)

二、《初期的人们》　　　　　　　　　　　　　　　　斐　琴著

三、《决堤》　　　　　　　　　　　　　　　　　　　吴　天著

(按:剧本,内含《小虎的家》、《人与兽》及《决堤》等,其中《决堤》曾在中华戏剧座谈会上公演并获得好评。)

四、《麦汉姆教授》　　　　　　　　　　　　　　　　陈达人译

(按:系德国流亡作家华尔夫所著反法西斯剧本,凡四幕。)

五、《白夜》　　　　　　　　　　　　　　　斐琴、陈达人合译

(按:俄国作家妥斯退也夫斯基所作小说。)

六、《父子》　　　　　　　　　　　　　　　　　　　路剑冰著

七、《乡村的太阳》　　　　　　　　　　　　　　　　雍夫著

(按:小说集,内含《乡村的太阳》、《落第》、《中学皇帝》、《父亲》等四篇。)

八、《苏联小说集》　　　　　　　　　　　　　　　　林林译

九、《英美小说集》　　　　　　　　　　　　　　　　俞念远译

十、《法国小说集》　　　　　　　　　　　　　　　　魏　晋译

十一、《日本小说集》　　　　　　　　　　　　　　　张香山译

十二、《大时代的日记》　　　　　　　　　　　　　　陈达人译

(按:法国作家罗曼·罗兰作)

以上所知见者仅为《炼》、《决堤》、《麦汉姆教授》、《乡村的太阳》及《白夜》五种,其他出版与否,待访。

《杂文·质文》

编辑者为杜宣,地址在东京杉并区阿佐个谷四丁目三四五番地;发行者为卓戈白,地址在东京神田区猿乐町一丁目九番地一号。创刊于一九三五

年五月十五日,一九三五年十二月出版的一卷四号易名为《质文》,一九三六年十一月十日出至二卷二号后停刊。该刊因于六十年代初由上海文艺出版社影印,故毋庸赘述。

杂文社曾致力于马克思主义文艺理论的研习与传播,曾刊行"文艺理论丛书",兹绍介如下:

首先,在《质文》一卷四号(一九三五年十二月)卷首发表了《刊行文艺理论丛书启事》:

> 近年来杂文的流行,正反映着广泛的大众对黑暗势力搏战的加剧;在这剧烈的搏战中,我们需要刺刀步枪和梭标,我们也需要飞机大炮和炸弹——我们还应该有具体的理论的建设。理论是我们实践的规范,也是任何一种文化的重要的基石。
>
> 诸君更知道理论的建设,并不是凭空而来的,这首先要获得正确的方法和具体的知识,然后才能从实践中发展出正确的理论来。但在这方面,我们感到莫大的缺乏。在新文学短短的发展史中,对于国际上基本理论——特别是现阶段的理论的介绍和摄取,还显得极其薄弱。这当然也是环境的各种障碍所致成的,但因此也正要求我们用百倍的努力,来变革旧的环境!
>
> 我们在这里先来发动一个规模不大的计划,刊行"文艺理论丛书",挑选一些不太专门的正确的论著,介绍到我国来。

后来,在一九三六年一月开始出版的"文艺理论丛书"每册卷末均刊载了《文艺理论丛书刊行缘起》:

> 人类历史上的一切伟大的成果,都是从理论和实践之科学的统一中长成的。在艺术学上,理论和创作、批评家和作家的关系之密切重要,已是万人皆知的事实了。象倍林斯基对于改革前的俄国文坛的影响,象藏原惟人对于日本新兴文学的影响,即其一例。"伟大的作品是批评家和作家协力完成的",卢那卡尔斯基的话,并非没有根据。作家应该把握住科学的理论,以认识和表现社会的现实,理论也应该以现实和作品去丰富它的内容。
>
> 但在我国,这还正是在开始的事业。

数年前也有忠实的学者在努力这事业的介绍与启蒙的工作,使普列哈诺夫、卢那卡尔斯基、弗理契、梅林格诸人的科学种子,在我们的土地上成长起来。可是和现实的发展一样,理论的发展是飞快的。现阶段的理论,扬弃了普列哈诺夫、布哈林、德波林的不正确的影响,清算了卢那卡尔斯基、弗理契、玛察、阿卫巴黑诸人的错误,展开了更广泛更丰富的领域,把握了更吻合着现实的发展和反映现实的发展的方法。

但在我国,这还正是在开始的事业。

我们刊出这部丛书,就是这个开始的开始。不消说,这种工作是还需要更充实的力量的,我们相信这个开始将收到应有的收获,将得到普遍的共鸣协助,正和我们坚信现实之必然的发展一样。(质文社)

以上《启事》与《缘起》,作为中国马克思主义文艺理论传播史上的文献,将会得到人们的重视。

兹将所知见的“文艺理论丛书”分述如下:

一、《艺术作品的真实性》

马克思、恩格斯合著,郭沫若译

卷首有郭沫若一九三六年二月十五日作《前言》,说明从马、恩合著的《神圣家族》中摘译。

一九三六年五月廿五日初版。

二、《现实与典型》

罗森达尔著,张香山译

一九三六年一月初版。

三、《现实主义论》

吉尔波丁著,辛人译

卷首有辛人于一九三六年三月廿六日作《译者的话》

一九三六年六月十五日初版。

四、《世界观与创作方法》

罗森达尔著,孟克译

卷首有孟克于一九三七年元旦作《前记》

一九三七年四月二十日初版。

五、《文学论》

高尔基著,林林译

卷首有林林于一九三六年正月廿五日初雪之夜作《前记》

一九三六年六月十五日初版。

六、《作家论》

恩格斯等著,陈北鸥译

一九三七年一月初版。

七、《批评论》

倍斯巴洛夫著,辛人译

卷首有辛人于一九三六年正月十二日作《译者小引》

一九三七年一月廿九日初版。

八、《科学的世界文学观》

西尔列索著,任白戈译

卷首有任白戈于一九三六年十二月作《前记》

一九四〇年二月十五日初版。

九、《艺术史的问题》

高赖太郎、甘粕石介等著,辛苑译

卷首有辛苑于一九三六年八月作《译者序言》

一九三七年四月廿日初版。

十、《文化拥护》

纪德等著,邢桐华译

卷首有邢桐华于一九三六年一月二十一日作《译者小序》

一九三六年六月廿九日初版。

　　以上将左联东京分盟有关的九种期刊与丛书简约介绍了一下,因篇幅所限,每种皆点到即止,不作评述,目的在于给研究左联的同仁提供一些线索,俟有适当的机会,再详尽地细述罢。

（原载《中国三十年代文学研究》丛刊创刊号,上海社会科学院出版社 1990 年 10 月）

乙、刊林撷华

鲁迅·胡风·《木屑文丛》

鲁迅在一九三五年九月十二日致胡风的信中说："《木屑》已算账，得钱十六元余，当于那时面交，残本只有三本了，望带二三十本来，我可以再交去发售。"《木屑》是一本什么样的呢？竟要劳动鲁迅亲自去交售与收款呢？……当我第一次在许广平编，三闲书屋一九三七年版影印本《鲁迅书简》中读到这封信的手迹制版时，不禁油然产生了以上一些疑问。

当我搜集到《木屑文丛》原书时，所有疑问都冰释了，而且为当年在鲁迅统率下的革命文学战士，在反文化"围剿"斗争中所进行的英勇搏战所感动。

《木屑文丛》的外观很不起眼，没有任何涂饰的蓝灰色封面上仅印有"木屑文丛第一辑"一行字，左侧的括弧中则注明"评论与作品的不定期刊"一列小字。版权页上仅只标明编辑发行者为"木屑文丛社"，第一辑于一九三五年四月二十日出版。值得注意的是，通讯处也仅止"木屑文丛社"数字，未注明具体处所或信箱，也没有公开的出版发行单位，仅止印着：代售处为各大书店。这些征象都足以说明，这是一本力求回避鹰犬耳目的非公开发行的革命文学刊物。

封二的《凡例》四则也写得泼辣生动，警策有力，既有郁怒的抗言，也有庄重的自剖。它说明集内文章的性质是"一些在公开刊物上通不过的或元（原）来就不预备在公开刊物上发表的文章"，虽没有"整然的系统"，却都有"共同的特色"。对于刊名的题解，编者也有申述，实际可看作"木屑文丛社"的宣言：

> 这里面没有佳作巨制，也许不过只是一些竹头木屑，但伟大的匠手在柱石栋梁之外，对于一钉一楔也是不肯抹杀它们底功用的。自命为"木屑"并不完全是由于自谦，在时代底泥泞的道上如果能够尽点木屑

的任务,在力微的我们也是一种安慰。

《凡例》也明白地宣示刊物创办的宗旨就是针对国民党法西斯文化专制主义的控诉与斗争:"对于极端压迫进步文化活动的现状,我们很想把本刊当作一个事实上的抗议继续下去";事实上刊物内容也正是对国民党反动当局及其推行的文化"围剿"进行有力的挑战与反击。

《木屑文丛》鲜明的色泽与凌厉的锋芒,在揭开书页后即令你顿感扑面而来的战斗气息。它在扉页后面的显著地位刊登了列宁的一段教导:

> 普罗列塔里亚文化并不是从什么地方跳出来的东西,也不是自命为普罗列塔里亚文化底专门家的人们脑子里造出来的东西。这些都是胡说八道。普罗列塔里亚文化应该是人类在资本主义社会,地主社会,官僚社会底压迫下面所造成的知识底积累之合法则的发展。

据编者后来回忆,引用列宁的《共青团的任务》中这段语录,意图在于对左翼文艺中某些浮嚣不实、率尔操觚的现象下一针砭,想来会起到一定的效果。

《木屑文丛》第一辑的作者大都为"左联"的成员,或者从事左翼文化运动、美术运动的战士。内容也很丰实,在理论方面,既有关于中国左翼文艺运动的论文,也有关于国际无产阶级革命文学运动的译文;在创作方面,既有中、短篇小说,也有木刻作品。

首先揭载了一九三四年度召开的《苏联作家大会的两个决议》,前一决议就高尔基《苏联的文学》的报告提出苏联文学今后的任务,后一决议就国际革命文学运动的报告,向"英勇地执行了自己的正确的义务和劳动人类的最好朋发罗曼·罗兰、……和鲁迅致送兄弟的祝问",并且庄严地宣告:"大会坚信,未来属于国际的革命文学的,因为它是和为全人类解放的无产阶级底斗争结合着的。"大会决议所总结的苏联乃至国际无产阶级革命文学运动的历史经验,以及大会向中国左翼文艺运动的旗手——鲁迅的致敬与尊崇,对于在白色恐怖下英勇博战、不懈奋斗的中国文化新军,将是有益的滋养与强有力的振奋。

论文部分有谷非(胡风)的《关于青年作家底创作成果和倾向》、何丹仁(冯雪峰)的《〈子夜〉与革命的现实主义的文学》与叶籁士的《中国的文字革命》诸篇。谷非的论文追溯了左翼文艺创作的指导理论经历了"目的意识论"、"新写实主义"、"唯物辩证法的创作方法"以至"社会主义的现实主义"等阶段的锻冶,扬弃谬误,探索新途,对马克思主义美学理论的认识逐步深化;创作也经历了从早期"革命底喇叭"的标语口号式作品,以至近来"革命的现实主义文学"的发展。为了检视青年作家的"成长姿态",发见其中"进步的要素",指出其中"注意的倾向"。论文肯定了左翼文学在主题方面展开了前所未有的广大视野,这种"现实主义的发展"表露在青年作家创作新主题的拓展与深入,其中如"反战文学底成长"、"农民文学底广大的发展","工人生活和斗争底反映","×××(按:指苏维埃——笔者)运动的反映",从中可以看出"青年作家们底成长和急激发展着的现实生活的血缘关系"。该文还逐项揭示了所应注目的"倾向",即塑造典型昀艺术概括力的不足,客观主义观点的滞留,理智分析与生活体验的脱节,艺术表现贫弱造成标语口号式的残存,典型环境围氛创造的失真与造作,抽象的心理主义倾向等等,论述尚平直,恳切。认为以上问题存在的基因在于"作家底主观生活和现实生活的参差",指出作家如果不熟识现实生活里劳苦大众的姿态、思绪、欲求,感受不到隐伏在他们生活里的潜流,就不能广泛摄取他们的特征来创造典型。这种与劳苦大众现实生活相游离的"闭门临帖"的现象,也反映在某些作家对表现手法的探求上,即一些有才能的作家对于技巧的过分追求,以花俏的噱头来掩饰内容的贫弱;还有相当数量的作家放弃了大众文艺形式的探求,从而使革命文学只能在知识分子群中流播;还有则是对于文学语言的用功不力,应努力推进新近勃兴的建设大众语文学运动。作者最后还热情地嘱望道:"为突破民族危机而斗争的劳苦大众底影响到了各个生活领域的火一样的意志,也会把作家们底'心灵'动员到壮烈的革命民族战线上面,使他们得到更钢强的成长,生活内容底充实将纠正他们观点上的虚弱,将补救他们形式探求上的失败,使他们底作品取得更高的艺术的完成而发生更深的思想的或教育的影响罢。"这篇论文是否经由鲁迅先生校读,由于缺乏佐证而不敢妄断,但其中的若干论点,与鲁迅当时所倡导的:"在革命的旋涡中心","求内容的充实和技巧的上达","还是要技术","到大众中去学习,采用方言","为了大众,力求易懂","应该着眼于一般的大众"等等,并不相悖,有些甚至是鲁迅某些论点的敷衍和阐发。当然,文章的某些论点未免存在有失偏颇或过甚其词之处,但作者力图促进革命文学创作发展的动机是毋庸置疑的。

　　冯雪峰以何丹仁的笔名撰写的《〈子夜〉与革命的现实主义的文学》，反驳了韩侍桁《〈子夜〉的艺术、思想与人物》（刊《现代》四卷一期，一九三三年十一月一日）一文对无产阶级革命文学重要收获之一——《子夜》的贬斥与歪曲，以及对整个左翼文艺的攻击。严正地抨击了所谓"从无产阶级文学的立场来观察"是"最愚蠢，最无味的事"的"第三种人"的谰言，自豪而雄辩地声称；"总之，中国'五四'后十几年来的新文学，那主潮是社会的、革命的、现实主义的、前进的文学，而不是'现代评论派'、'新月派'、'××××派'（按：指民族主义文学的御用帮派——笔者），……或者现在的乏力的，'第三种文学'，等等所代表的那些僵尸与鬼影。在现在，普洛革命文学早已是中国新的文学的主潮，早已取得新的文学的领导者势力，也是当然的——可惜的是，直到现在，所有'第三种人'，以至一切文学上反动的人们，竟还不能明白这一个分明的事实。"文章最后还不容置辩地论断："《子夜》不但证明了茅盾个人的努力，不但证明了这个富有中国十几年来的文学的战斗的经验的作者已为普洛文学所获得；《子夜》并且是把鲁迅先驱地英勇地所开辟中国现代的战斗的文学的路，现实主义的创作的路，接引到普洛革命文学上来的'里程碑'之一。"以上评价是继瞿秋白认为《子夜》的出现"是中国文艺界的大事件"，"一九三三年在将来的文学史上，没有疑问的要记录《子夜》的出版"[1]等评论之后，革命文学阵营为保卫自己辉煌战果之一——《子夜》，所进行的又一次反击。

　　叶籁士的《中国的文字革命》，展望了拉丁化运动的前途，认为"拉丁化是对现存象形文学的彻底的变革，是中国大众要求解放而争取文字武器的斗争"。作者还热情洋溢地预言："五千年来在暴君军阀买办地主重重压制下的中国数万万工农大众，将为拉丁化而斗争，在亚细亚的广漠的大地上，会长出革命中国工农大众自己的文化的灿烂的花来。"拉丁化运动作为无产阶级文化运动的一翼，自来受到鲁迅的重视，他也曾强调："拉丁化提倡者的成败，乃是关于中国大众存亡的"（《且介亭杂文·中国语文的新生》），并且号召道："新文字运动应当和当前的民族解放运动配合起来同时进行，而推行新文字，也该是每一个前进文化人应当肩负起来的任务"。（《与〈救亡情报〉访员谈话》）因此在鲁迅所关切的刊物上，刊发有关新文字运动的论著，是并不显得突兀的。

――――――――

〔1〕《〈子夜〉和国货年》，署名乐雯，刊一九三三年四月二、三日《申报·自由谈》。后辑入《乱弹》。

　　译文部分有阳潮(羊枣)所译高尔基的《论文学及其他》、徐行所译苏联学者幼锦的《苏联作家总论》以及方楫所译藤田和夫的《日本普罗文学最近的问题》。在后一篇译文所附的编者按语中说明,此篇系某左翼作家(藤田和夫为其化名)就日本普罗作家同盟的解散为本刊所撰特约稿,"作者注重地说明了'作同'的解散是一个'败北',这倒可以使我们这里的在'作同'解散了这件事里面感到了'快意'的'伙伴'们短气,但他同时也分析了主观客观的原因,这就可做我们底'他山之石'。"编者还强调指出:本文"不就是证明了健全的组织活动在革命的文学运动里有决定意义的么?!"编者按语的主旨与鲁迅反对解散'左联'的意见是一致的,可惜当时国际无产阶级革命文学运动的经验教训,以及鲁迅结合中国斗争实际所得出的结论,都没引起左翼文艺运动某些领导人的足够重视。

　　创作部分也相当可观,从或一角度显示了左翼文学的实绩,其中有邬契尔(吴奚如)的中篇小说《动荡》,臧其人的短篇《棉袄》,王苦手(欧阳山)的短篇《心的俘虏》,何谷天(周文)的短篇《退却》。这些闪烁异彩的短篇赋有发表于公开刊物的作品所缺的特点,即有的正面反映了苏区的新人新事新生面,有的侧面反映了红军反军事"围剿"的胜利。这种新的突破,正如本刊中的一篇论文所揭示的,革命文学的新主题之一即"苏维埃运动的反映"——"和帝国主义地主资产阶级政权相对立的工农政权,是一切进步势力所趋赴的中心,它的光辉的然而是艰辛的战史,它在胜利底途上所忍受的牺牲,它所创造的新的生活样式,它给与劳苦大众底世界观和性格上的改变,劳苦大众对于它的热望和为了争取最后胜利而执行的各种斗争……——在一部分青年作家们底创作里面或强或弱地反映了这些活的形象,这个新的主题底展开,明确地反映了两个政权对立的情势,说明了左翼文学战线底一切斗争有了统一的发展。"试以《动荡》为例,此篇的副题是"谨以此纪念叔父死难一周年",可见作者是基于切身体验的生活实感而作的。小说以鄂豫皖苏区的一个普通农村为背景,反映了在建立了工农政权的土地上广大农民的新生活,标志着革命的红旗"红艳艳地在熏熏的南风里飘扬着。对着碧釉釉的天,火似的太阳,像一个红衣的仙子,翩跹地跳着舞"。这种欢快的调子,是苏区人民愉快心情的象征写照,也是革命作家祈祝、向往的真实表露。作者对新土地上的新人物充满挚爱,以其叔父作模特儿的主人翁德春叔是村苏维埃的主席,在这个衷心拥护共产党和新政权的老农身上,赋有许多可贵的素质:他向红军奉献了独子,足见其对革命的忠贞;他为苏维埃竟日奔波,更显其对革命的热诚。但他脑袋中也残留着因袭的思想,旧观念,常常在新事物的面前,或举止失措,或固执保守,表现了农民狭隘性的一面,而就整个形象看来还是憨厚可爱的。与之相对照的是"一个帮人做长活的雇工"——年生,他年富力强,性格爽朗,而且目光锐利,言语泼辣,更可贵的是秉公无私,勇于与危害革命的势力进行不妥协的斗争,这一土地革命中涌现的新人形象,在卅年代左翼文学的画廊中是并不多见的。其他人物如贫嘴多舌的梅婶婶,热情外露的金麻子,伶牙俐齿的长庚嫂,贪鄙浮荡的独眼龙,阴鸷寡言的尹和尚……,虽然都着墨不多,但都在土地革命疾风暴雨的"动荡"中各各有所表现,以风姿迥异的语言动作显示了他们的阶级属性与性格特征。人物对话中还采用了颇具特色的湖北方言,加之对于鄂中地区农村风物人情的渲染,使作品充溢着浓郁的乡土气息。总之,《动荡》作为左翼作家力图反映苏区题材的尝试是难能可贵的,因为这种尝试由于敌人封锁的阻隔,文化"围剿"的封禁,也因为生活实感的缺乏,即使在整个左翼文艺运动中也是很难普遍从事的,为此而作过努力的不过只柔石,冯铿,胡也频,应修人,叶紫,冰山(彭柏山)等而已。中国现代文学史对于这些勇敢的前驱者,似乎不必过于吝啬自己的笔墨。

《心的俘虏》的创作意图也是要表彰当时正在艰苦搏战中的中国工农武装斗争的胜利,不过它采用的是迂回曲折的形式。小说的主人公是一个曾被红军俘虏过的国民党军士兵,这个名叫李存的伙夫,原来是乡间果园里的杂工,妻子儿女都死于饥荒,被抓壮丁当了兵后也不知为谁去打仗。当他在江西"巢匪"时于鸡公山一役被红军俘虏,红军战士教育他"不要再给人愚弄,不要再当兵",然后释放了他。从此,他逐步觉悟到为国民党当炮灰"这算是什么意思"?因而屡屡开小差,最后因违抗上司的命令而被枪毙。所谓"心的俘虏",作者欧阳山在一九七七年五月的一次谈话中有所解释:"写一个国民党的反动士兵,在江西'围剿'被我俘虏,遣返回家时的心理状态,逢人便说共产党好话,意思说我们俘虏了他的心。"也据欧阳山回忆,该稿曾于三四年底寄鲁迅先生审阅并请介绍发表,查《鲁迅日记》一九三四年十二月十三日条记有:"得欧阳山信并稿一篇。"同月十八日条又记有:"下午寄申报月刊社短文二篇,小说半篇,又欧阳山小说稿一篇。"以上所记"稿"、"小说稿"均指《心的俘虏》。后因《申报月刊》将稿退回,鲁迅只得还给作者,故《日记》一九三五年一月十九日条记有:"还欧阳山稿。"据欧阳山回忆:"我写信给先生,他第二天退还给我。确实,这种作品在当时怎么能公开发表呢？……后来，我们在上海搞了一个秘密刊物《木屑文丛》，收进了《心的俘虏》。"同时他还记得，《木屑文丛》的稿件最后都是鲁迅先生决定的，出版后由内山书店及各学校左联小组秘密发行。

《木屑文丛》作为鲁迅关切下出世旳一份非公开发行的文学刊物，所运用的一些反文化"围剿"的斗争策略值得注意，例如为了保护作者，大都用了外间不大了解的笔名，有的故意注明作者已经出国，象编者 K·F（疑即克夫，胡风笔名）在何丹仁（冯雪峰）的论文篇末附记中写道："这是作者去年这个时候离开这'古老的中国'之前留下来的。"事实上作者并未出国，而且去了中央苏区。还有的作者在文末注明："一九三四年三月二十二日晚于香港"，这恐怕也是一种遮眼法。再有就是作品中某些遭忌违碍字眼均用谐音字代替，如《动荡》中"苏维埃"代之以"梭威岩"，"红军"代之以"鸿钧"，"赤卫队"代之"刺尾队"，"白军"代之以"绿军"等。以上施放的烟幕，是规避敌人鹰犬耳目的护卫手段，如今则成了左翼文学反"围剿"斗争的值得记念的遗迹了。

《木屑文丛》由于众所周知的原因，几十年来人们绝少提及这本不畏斧钺的出版物，所以不惮冗烦地详细介绍。历史从来是公正的，它不应也不能淹泯这一烙印着鲁迅战迹的《木屑文丛》。

一枝先已透春寒

——春雷文学社的《春雷文学周刊》

一千九百二十四年十一月十六日,中国第一个革命文学周刊在上海《民国日报》副刊《觉悟》上揭开了序幕,这就是蒋光赤会同上海大学的学生组成的春雷文学社所创办的《春雷文学周刊》。之所以判定它是第一个革命文学刊物,那是有史为凭的,在此之前还从未出现过倡导革命文学的纯文学刊物。华汉(阳翰笙)在《中国新文艺运动》第五节《革命文学运动》中就曾指出:"在五卅运动之前,光慈确曾主张过革命文学的,当时也确曾有许多青年给以不少的同情的回响,(我彷彿记得,光慈和泽民曾合办过《春雷》,赞之者有王环心、王秋心兄弟及许多青年朋友)惟在那时,因客观的历史条件的不成熟,提倡尽管提倡,而形成一种运动却没有那么一回事。"[1]当时囿于各种因素,虽然没有因此诱发与引爆成云蒸霞蔚的革命文学运动,然而作为发聋振聩第一声的"春雷",其"一枝先已透春寒"(明·张新:《山茶》)的报春之功是不可没的。

在《春雷》创刊同日的《觉悟》第八版上刊载了《春雷文学社小启事》:"我们几个人——光赤,秋心,泽民,环心……组织了这个文学社,宗旨是想尽一点力量,挽一挽现代中国文学界'靡靡之音'的潮流,预备每星期日在《觉悟》上出文学专号,请读者注意!"这是中国现代文学史上第一个革命文学社团问世的消息,颇值得文学史家的注目。

革命文学前驱者蒋光赤在代文学专号宣言《我们是些无产者》中宣告:

朋友们啊!

---

[1] 刊《文艺讲座》第一册,神州国光社,一九三〇年四月十日初版。

我们是些无产者；
除了一双空手，一张空口，
我们连什么都没有。
但是这已经够了——
手能运用飞舞的笔龙，
口能做狮虎般的呼吼。
…………

在中国现代文学史上，这可能是第一次如此鲜明地昭告，这一刊物作为无产者的喉舌，必须自觉与坚定地为无产阶级的斗争摇鼓助威："我们的笔龙能为穷人们吐气，我们的呼吼能为穷人们壮色"！如此胆识与气魄，在文学史上也堪书一笔。

除了以诗的语言明白昭告刊物的职责与使命而外，蒋光赤还在论文《现代中国的文学界》中剖析了中国文学的现状，尖锐的揭示了"所谓'靡靡之音'的文学潮流，现在漫溢全国"，而这种"文学界中的颓相"，实际上"简直是亡国的征象"，从而认为："无论如何，我们要努力地振作中国的文学界，我们要努力地使中国的文学趋于正轨，走向那发展而光辉的道上去！"而《春雷》的发刊，正是光赤等先行者试图"使中国的文学界能够发点生气"的尝试罢！

春雷文学社的同仁沈泽民在《春雷》创刊前不久的同年十一月六日的《觉悟》上发表了题为《文学与革命的文学》的论文，就中也透露了这一社团的文学宗旨，认为革命文学家"不过是民众的舌人，民众的意识的综合者；他用锐敏的同情，了澈被压迫者的欲求、苦痛与愿望，用有力的文学替他们渲染出来"，要求他们"走到无产阶级里面去"，强调指出："因为现代的革命的泉源是在无产阶级里面，不走到这个阶级里面去，决不能交通他们的情绪生活，决不能产生革命的文学！"以上言论说明革命文学的倡导者们，是抓住了问题的症结所在的。

事实上，春雷文学社的成员大多是实际的革命者，有的后来还为革命奉献了生命，例如在创刊号上发表剧本《爱情与面包》的王环心，就是一九二二年在上海大学参加中国共产党的革命青年，毕业后从事兵运工作，并曾担任过中共永修县委书记，一九二七年被敌人杀害于南昌；又如茅盾的胞弟沈泽民长期从事党的工作，三十年代中期病逝于苏区。

《春雷》第二期出版于同年十一月二十三日，以后就戛然中辍了。两期刊物上的作品除已引述的而外，尚有蒋光赤的诗《哀中国》、王秋心的《和平女神颂》(有序)及王环心的剧本《爱情与面包》等。

《哀中国》是一曲饥饿孕爱国激情的政治抒情诗，诗人登高望远，回溯前瞻，为民族的厄运而忧心如焚，为外寇的跋扈而睚眦欲裂，那炽热的忧国之情与报国之志在"革命的诗人，人类的歌童"的笔底迸射而出：

> 唉！亡国之惨不堪重述啊！
> 我忧中国沦于万劫而不复。
> 我愿跑到那昆仑之高巅，
> 做唤醒同胞迷梦之号呼；
> 我愿倾泻那东海之洪波，
> 洗一洗中华民族的懒骨。
> 我啊！我羞长此沉默以终古！

值得注意的还有诗后的小跋，后此诗辑入《哀中国》集(汉口长江书店，一九二七年初版)时，跋文被作者删落，但它记录了创作的过程与表明了诗人的心迹，不妨录以备考：

> 昨日我做完此诗前四节时，本据(拟)搁笔不再续；今日忽觉意犹未尽，爱提笔再续写二节，可是因为非一气呵成，致后二节音调不能与前四节一致，深以为歉。
> 读者读此诗时，或以为我是一个极端的爱国主义者；可是我自己承认自己是一个极端愿意彻底解放中国的人。
> 著者志 一九二四，十一，二十。

这段跋语，可能对我们了解与研究蒋光赤彼时的思想甚有裨益，因为他在此鲜明地表示了自己的共产主义者的立场。

《春雷》创刊至今已有六十余年了，其甫出世之际，难免有曲高和寡之叹，可是不过三年之久，各地响应者即已不可胜数。一九二八年顷兴起的革命文学运动及其春笋般绽发的刊物，从或一角度看也可认为是《春雷》的流风余绪，当然是更为绚烂、更为坚实、更为繁茂了；即使今天花团锦簇、如荫如林的社会主义文学，如果追溯其源流，也会在《春雷》中找到根须里。

（原载 1987 年 3 月 21 日《文艺报》〔北京〕）

浓暗中的一支烛炬

——中国济难会主办的《白华》

阿英同志在《高尔基和中国济难会》[1]一文中曾经提及："……一九二八——一九二九年,我和济难会有一些工作关系。那时郁达夫和我替会里编辑一本半公开的文艺性半月刊,叫做《白华》。"最近,在上海找到了这份珍贵的革命史料,为我们了解当时如火如荼、前仆后继的革命斗争提供了最真切最生动的实录;同时,也是我国现代文学史上,革命文艺积极配合当前斗争的一页可贵史实。

《白华》是中国济难会主办的文艺刊物。中国济难会,又名中国革命互济会,是党为了保护一切解放运动的斗士,救济为反动派所迫害的被难者,于是联合各阶层的民主人士发起组织的进步群众组织。成立于1926年1月,由恽代英、张闻天、沈泽民、杨贤江、郭沫若、沈雁冰等联名发起,并公布了《中国济难会宣言》(刊《济难月刊》创刊号,1926年1月出版)。宣言中明白昭示:"本会以救济一切解放运动之被难者并发展世界被压迫民众之团结精神为宗旨。"稍后,中国左翼文化总同盟的机关刊物《世界文化》创刊号(1930年9月出版)上《中国互济运动的发展》一文记述了该会的活动,当时这一组织遍布全国,对大革命失败后的中国革命运动起了一定的作用。

中国济难会全国总会设于上海,曾创办机关杂志《济难月刊》,另又出版有文艺性刊物《光明》、《牺牲》等。唯《白华》为过去《中国现代出版史料》等书所未曾著录,所以很少有人知道济难会早期还创办有《白华》。这次由于当事人阿英同志的提示,我们共搜集到《白华》三期,分别藏于作协上海分会资料室和上海图书馆两处。它们的出版日期如下:第一期,1928年10月16

---

[1] 载《人民日报》1961年2月13日第六版。

日;第二期,1928 年 11 月 15 日;第三期,1928 年 12 月 25 日。三期封面皆同,底分黑、灰两色,左侧有一燃炽的蜡烛,烛焰放射出无数红白相间的圆点组成的光环,火焰的顶端有一束象征着光明与胜利的红光,显得异常鲜明、绚丽,整个画面庄严、朴素,给人以一种蕴有深意的悲壮之感。

《白华》为一侧重文艺的综合性刊物,计有发刊辞一篇、政论六篇、小说四篇、诗四首、独幕剧一出和随笔通讯四则,编辑者与发行者均署“白华社”,撰稿人有钱杏邨(阿英)、郁达夫、伯川、建南(楼适夷)和冯宪章等,大都为当时进步的作家和诗人。

创刊号上发刊词《我们的态度》,实际上是一篇声讨国民党反动派血腥罪行的檄文。首先一一例举了蒋介石叛变革命、屠杀人民的种种劣迹,指出“《白华》的第一个使命,就是站在人道主义的立场上,反对统治阶级的对民众的一切压迫与屠杀。”其次,揭露了帝国主义发动战争、满足私欲的罪恶目的,撕毁了他们标榜的“和平”、“正义”的虚假面貌,“所以《白华》的第二个使命,是站在和平的立场上,反对第二次的帝国主义的世界大战,反对国内的军阀的割据的混战。”再次,明白指出帝国主义不打倒,全世界被压迫民众的解放是没有希望的,我们要谋中国民众的解放,我们定要打倒帝国主义,“所以《白华》的第三个使命,就是站在全人类的解放的立场上做着彻底的‘打倒帝国主义’的运动。”最后,针对当时在国民党黑暗统治下,人民生命财产得不到丝毫保障的血淋淋的现实,提出“《白华》的第四个使命,是站在被压迫的大多数的民众的立场上,追寻为大多数人的利益而革命的真精神,努力不断的做着‘民权运动!’”文章结尾表明,《白华》的刊行,就是要做“被压迫民众的喉舌”。

事实上,从现存的三期《白华》来看,它是在努力完成自己的使命的。

郁达夫在《白华》上先后写过两篇政论:一为《〈白华〉的出现》,另一为《故事》。

《〈白华〉的出现》一文,可看作是创刊词的继续。郁达夫是一具有爱国思想的进步作家,当时在党的影响和形势教育下,是倾向并同情革命的,因此作家激于义愤,认为要“不平则鸣”,他说:《白华》的出现,是想对革命尽一种“微之又微”的小力,并祝《白华》将来化作白虹:可以贯日,打倒日本及其他帝国主义;化作长桥,普渡众生,以救度被压迫得无路可走的同胞。事实上,《白华》是在尽力执行这样的使命的,它无情地鞭挞帝国主义及其走狗国民党反动派,把真理灌输给那些在黑暗中彷徨苦闷的人们。

《故事》借秦始皇焚书坑儒、虐杀百姓的故事来暴露蒋家王朝叛变革命、屠戮人民的罪行,作者最后点明:"现在是什么朝代,我不晓得,我只晓得上面所述的仿佛是秦朝的,仿佛也是秦朝以后一直一直传下来直传到了现在的故事。"

伯川曾写有政治论文多篇:《国际的形式与日本的侵略》、《日本资本主义的发展与其矛盾》和《日本三月十五后的反动局面》。均针对着当时在各帝国主义的纵容与默契下,日本帝国主义对我国虎视眈眈、蠢蠢欲动,侵华战争迫在眉睫的危险局面,指出卖国政府屈膝外交的卑鄙行径和各帝国主义狼狈为奸的丑恶伎俩,从而发出警钟般的呼号:"同胞们!我们'隐忍的时候'已过了,我们应该快点团结起来,打倒日本帝国主义!我们应该相信我们民众自己的力量,一切帝国主义及其走狗的甘言蜜语都是靠不住的!"

创作小说有:《乔琪从酒馆里出来》(建南)、《夜》(钱杏邨)、《黎明》(张梅奇)、《从狱里归来》(依非)和《末日》(牟珠)等。

适夷同志的《乔琪从酒馆里出来》是一篇燃炽着反帝思想烈焰的控诉书,它写一个英国水兵乔琪,满腹包着殖民者的野心,带着强梁跋扈的狂妄神色,在上海的马路上象一条狗样的到处嗅着。不但乘黄包车不给钱,反而打车夫的耳光;更加可恶的是,在光天化日之下竟敢污辱我们的女同胞,当她为了自卫而奋力反抗时,这嗜血成性的豺狼竟用短刀刺死了她!结果这"喋了血的野兽"不但没有受到法律制裁,第二天又以征服者的姿态出现了。象这样的事件在当时的上海是很普通的,作家抉取了这个使人义愤填膺的事实,用形象的手法将它公之于世,无疑是一份声讨侵略者血腥罪行的控诉书!

《夜》和《黎明》反映的是同样的题材,作者们怀着强烈的阶级感情,暴露了"四・一二"大屠杀这一惨绝人寰的血腥现实,抨击了蒋介石集团叛变革命的罪行,正如《夜》中女主角叔仪所说的:"这还是人间么?这也叫做革命!——这些假借革命旗号在欺骗人民的骗子!"作品通过一幅幅血的图画,统治者的刀光剑影和革命者的鲜血头颅交织成的场景,表达了熔岩般的怒火、刻骨似的仇恨和扑不灭的斗争热情,正如钱杏邨同志在《夜》中所写的:"你白色的统治者哟!末日就要临头,看你还有几多横行的时日。"接着他还激情的祝祈:"天色是慢慢的白了,是慢慢的亮了,她想道,这是最后的肉搏,一切的被压迫者都应该参加到阵线里去人类的解放而战斗,光明是就要到临的。"

　　诗歌有《动荡》(藻雪)、《暗夜》(冯宪章)、《致死了的模特儿们》(孙伟)和《狱中歌》等,其中尤以冯宪章的《暗夜》一诗的革命倾向性最为强烈,在《明日的我们》一节中,年青的革命诗人这样写道:

> 我们将用锄头去夺回我们的世界,
> 我们将用犁耙去把自由种子种栽,
> 不久自由之花将媚笑颜开,
> 同志们哟,那就是我们的时代!

　　诗人以满腔的激情讴歌了革命,展示了灿烂的前景!

　　孙伟在《致死了的模特儿们》一诗中,对牺牲了的革命志士奏起了悲壮的颂歌:

> 你们为革命而被枪亡,
> 你们为谋解放去栖牲,
> 这便是你们光荣无尚!
> 这一个很深刻的印象,
> 将浸在人们脑海里永远地永远地不会灭泯!
> 呵! ——永远不会灭泯!
> 光荣无尚,光荣无尚!

　　另外一首《狱中歌》(副题——赠我们的战士曼西同志),则有一定的文献意义,它记录了中国现代革命史上著名的"南昌起义"、"广州公社"等重大事件,热情歌颂了党领导的革命斗争。

　　通讯报告有《忘记了付邮的信》(谢斯宾)和《从湖北寄来的一封信》,这些应该被称为"血的报告文学",因为它们最直接最鲜明的暴露了蒋介石卑劣凶残的反革命罪行。

　　《忘记了付邮的信》一文,利用了书信的形式,报导了大革命失败后湖南耒阳、醴陵一带的种种情况。其中如实地记述了国民党反动派对共产党人和革命群众的疯狂杀戮,信里有一个目击者这样说:"他们屠杀的多着哩! 听说剿匪司令入城的那天,就杀了七百多。只要你是农人,只要你是工人,只要你是学生。总之,只要你是人,见了就杀。唉! 现在的世界,真不知成了什么世界……"这篇通讯不仅鞭挞黑暗,而且也歌颂光明,通过许多侧面描写和正面阐述,反映了革命者坚贞不屈的高贵品质,工农红军骁勇善战的赫赫威名,以及革命根据地的新人新事,把光明和真理传播给暗夜中的人民。最后,信中还大胆地记下了许多振聋发聩的革命口号:

> 全世界劳动的人们联合起来奋斗到底!
> 全世界的农民和工人解放万岁!
> 打倒土豪劣绅,打倒资本家!
> 打倒屠杀工农的军阀!
> 共产党万岁! 万岁! 万万岁!
> …………

另有杂文《不忍环顾的周遭》(沈玄),鞭辟入里地揭露了蒋介石集团的反革命实质,活画出在国民党血腥镇压下:"枪声响处,子弹与赤血齐飞;利刃掉时,人头与刀光同落。"的悲残景象。面对着这样的现实,作者大声疾呼:

"时代是壁垒分明的时代,杀人者和被杀者的中间没有看杀的余裕。我们拿着刀去杀杀人的人吗(呢)? 还是伏着等人家杀呢?

"人类有创造环境的能力,过去的历史,这是人类造成,不满意于现代社会的朋友们! 前进吧,创造我们的社会!"

此外,还有翻译作品《弥海儿溪亚》(波兰勃频斯基著,舒夷译),这是一篇儿童文学作品。其中塑造了一个光辉的少年英雄形象——弥海儿溪亚,他饱孕着革命意志和激情,不畏艰险,不畏强暴,在暗黑的牢房里,在敌人的皮鞭下,仍高唱战歌不息! 他的充满革命号召力的歌声,激励了难友们的斗志,吓破了刽子手的肝胆,一直回荡在无数同志们的心底。舒夷(即适夷)在"译者附记"中这样写着:"S. Bobinski 的作品,国内似仅有鲁彦君译述。……《弥海儿溪亚》原文在波兰无产阶级儿童读本中。……介绍此文的目的,并不想在文艺上作什么贡献,只因自己读了有'火焰跌进胸头'与'被泼上沸水般'的感觉,便也想借这笨拙的拙笔,多少传染一些给我们的战士们。"译者的用意是非常明显的,他把当时国际无产阶级革命儿童文学的优秀作品,介绍到漫漫长夜的中国来,对我国的儿童文学创作也是一个促进。

总之,《白华》是一份珍贵的革命史料,应该得到我们的爱护与珍视。可是因为限于我们的水平,不能对《白华》及其影响作全面的论述,仅仅只作了一些简单的介绍,可能还有不妥和错误之处,请参与编辑《白华》以及熟悉这一杂志的老同志们给予指正。

1961 年 11 月 21 日

编者按:

这篇稿子经编者修改后,将它寄给阿英同志征求意见。阿英同志在百忙中审阅了稿件,并作了许多可贵的指正和补充,他在信中说:"……这个刊物,只搞了三期,以后是被禁还是由于其他困难未继续,已想不起。伯川确是林伯修同志。《夜》和《黎明》即使涉及"四·一二",但决不止于写"四·一二",可能主要反映第一次大革命失败后上海的白色恐怖,我已没有这刊物,希从经同志再检查一下。《我们的态度》记得是我执笔的,牟珠一稿,很可能也是我写的,这些暂时都不要提了。"

附录:《白华》目录

第一期　(1928.10.16)

我们的态度(创刊词)	
白华的出现(论文)	达　夫
乔琪从酒馆里出来(小说)	建　南
反对第二次世界大战(论文)	沈佽非
动荡(诗)	藻　雪
国际形式与日本的侵略(论文)	伯　川
不忍环顾的周遭(杂文)	沈　玄
暗夜(诗)	冯宪章
末日(小说)	牟　珠
忘记了付邮的信(通信)	谢斯宾

第二期　(1928.11.15)

故事(论文)	郁达夫
从非战公约说到国际联盟(论文)	省　吾

从狱里归来(散文) 　　　　　　　　　　　沈依非
致死了的模特儿们(诗) 　　　　　　　　　孙　伟
日本资本主义的发展与其矛盾(论文) 　　　伯　川
夜(小说) 　　　　　　　　　　　　　　　钱杏邨
打倒帝国主义!(杂文) 　　　　　　　　　于赓尧
朝晨(独幕剧) 　　　　　　　　　　　　　若　真

第三期　(1928.12.25)

弥海儿溪亚(小说) 　　　　　　　　　　　舒　夷译
日本三月十五后的反动局面(论文) 　　　　伯　川
我的怀疑(对话) 　　　　　　　　　　　　顾仲起
反对第二次世界大战(论文) 　　　　　　　伟　士
狱中歌(诗) 　　　　　　　　　　　　　　Y. H. Tsin.
我们高擎着人道主义的旗帜(论文) 　　　　筱　云
黎明(小说) 　　　　　　　　　　　　　　张梅奇
从湖北寄来的一封信(通信) 　　　　　　　吴　涛

编辑者　　　白华社
　　　　　　　(通信暂寄上海邮箱1682转)
发行者　　　白华社
代售处　　　各大书局

(原载《中国现代文艺资料丛刊》第3辑,上海文艺出版社1963年11月)

郁郁青山　芃芃小草

——无名文艺社的《无名文艺》

　　旅港作家刘以鬯在他的近作《看树看林》(香港书画屋图书公司,1982年4月初版)中写了一篇《叶紫与"无名文学会"》,亲切地回忆了自己少年时代参加"无名文学会"(应为"无名文艺社"——笔者)的往事,述及了该社的机关刊物——《无名文艺》。刘先生对自己早年身历其间的社团十分怀念,认为"这个团体的重要性,不应忽视"。诚如斯言,从现代文学史的角度考察,这一文学社团的地位作用应予重视;而它的刊物《无名文艺》,在中国文学期刊史上也应给予应有的注意。

　　叶紫主持的无名文艺社曾先后出过两种均署"无名文艺"的刊物,一种是旬刊,一种是月刊,皆出版于1933年度。

　　《无名文艺旬刊》于1933年2月5日创刊,三十二开本,篇幅仅有二十页,封面了无装饰,上端惟叶紫手绘"无名文艺"四个中空美术字,下端即为目录。创刊号首页刊发了叶紫署名"叶子"所写的《从这庞杂的文坛说到我们这刊物》,这不啻是《无名文艺旬刊》的发刊辞,也堪当无名文艺社的宣言。它阐明了社名的由来:"就是因为大家都是'无名',所以叫它个'无名社'",昭告本社团创立的鹄的是企图构筑一座"为大众而奋斗的营阵",从而同心同德地"用自己的力量来开拓一条新的文艺之路"。同时,也鲜明地表露了归依于无产阶级革命文学大纛之下的立场,强调"新的文艺之路"应该"完全是大众的",亦即赋有"大众的内容,大众的情绪,一直到大众的技术"。最后,挥臂号召:"亲爱的朋友们! 我们团结起来,冲到时代的核心中去,开拓一条光明灿烂的出路!"叶紫执笔的这篇文章,充分表示了以叶紫为中心的一群文学青年渴求投身革命文学运动的热情,而他们决心遵循与追随的正是党领导的革命文学运动的指挥部——中国左翼作家联盟所开拓的路线。

创刊号所披载的创作稿有小说《吠声》(汪雪湄)、《梦里的挣扎》(陈企霞),诗《前夜》(陈亢摩)、《我是一只小羊》((萍生),散文《疯了的人》(李梨)、《姊姊》(盛马良)等,以及一之译的巴比塞作短篇《复活》。其中颇可注意的是《吠声》,它通过一对热血青年的牺牲,揭露与指控了新军阀叛变革命后所实施的浓重的白色恐怖。作者悲愤之情溢于言表,对前驱者表示了悼念与钦仰:"曙光在望,他们将这光明的世界赠给了未来的人们……"。

第二期于1933年2月15日出版,开本、篇幅均同前期,刊发有岛西(彭家煌)的论文《文学与大众》,另外有小说《三日间》(雨沫),诗《蠢真蠢莫过于我》(雪湄)、《声色依然》(惠月仙)、《给》(宗廉),以及珍颖译的弗鲁达作《绝命书》。

彭家煌的论文《文学与大众》由"大众在哪儿?"、"大众文学在哪里"、"大众不需要文学吗?"等三部分组成,逐层阐发了文学大众化所必须注意的问题,认为"从事大众文学的人们,应该明了大众在那里? 怎样去建设大众文学? 而尤要注意的是怎样使文学为大众所需要? 文学与大众密切的联系起来,便成功推进人类到幸福之路的一种力量。"作者鼓动无名文艺社的同仁乃至所有"从事大众文学者们",处此危难之秋,要不顾艰苦和毁誉功利,脚踏实地的去努力工作,"为文学去唤醒大众,为大众去创造文学"。彭家煌自己正是这样做的,可惜在贫病与牢狱的夹击下,这位严谨而勤奋的作家不久即被黑暗吞噬了。

本期发表的小说《三日间》,作者雨沫,我疑系叶紫的又一笔名(谐音余家最末的孩子),曾就此面询过叶紫夫人汤咏兰,她不能肯定,但认为可能性甚大。即就作品本身来看,其主题、题材、风格与叶紫以后的同类作品颇为相似。故事写的是南方某镇一度为工农红军占领,旋又被白军攻克的三日间发生的剧变,红军"为着所有穷苦的人们过着舒适的生活"而分田分地、济贫救苦,白军则大肆屠戮、残杀无辜,从而形成强烈的对比。

《无名文艺旬刊》在当时的文学界影响不是很大,然而却获取了许多追求光明的文学青年的共鸣。

《无名文艺月刊》创刊号出版于1933年6月1日,编辑人署叶紫、陈企霞,出版者为无名文艺社。开本十六,篇幅一百二十页,与当时的大型文学刊物《文学》、《现代》相仿佛。封面系叶紫设计,红黑色调相间,复罩以翠绿,整个画面凝重而大方,显示了这位曾就学于华中美术学校的作家的艺术才华。

创刊号辟有"创作小说"、"翻译小说"、"诗"、"童话"、"小品"、"书评"等栏目,后附有编者叶紫所作《编辑日记》。"创作小说"部分内容丰实,篇幅约占刊物的三分之二,其中有叶紫的《丰收》、黑婴(张又君)的《没有爸爸》、岛西(彭家煌)的《垃圾》、刘锡公的《巷战》及汪雪湄的《雁》。

叶紫在《编辑日记》中对编入本期的小说创作都进行了简约的评述,如对岛西的《垃圾》写道:"描写的细致沉痛,词句的隽永诙谐,其使我为它感动不少。作者在这里大声的喊出了中国下级军官和兵士们的苦痛,这是一篇如何生动的作品啊。"彭家煌(岛西)系叶紫的同乡,又是曾一同坐监的难友,他们之间的同志情谊是诚笃而亲密的;彭于1934年春不幸病逝,叶紫在《中华日报》副刊《动向》上发表了《忆家煌》,表示了深切的痛惜与悼念。

同期还发表了白冷(钟望阳)的童话《雪人》,叶紫在《编辑日记》中评析道:"我和企霞都觉得这篇作品的意义是伟大极了,在过去中国文坛上还没有看见过这样好意义的童话。虽然技巧并不十分新奇,然而,在描写方面也另有他的独到处。"这不无溢美的评价对于作者当是一种鞭策与鼓励,白冷日后成为中国著名的儿童文学作家,也许与此有若干因由罢。

据白冷回忆,当《无名文艺月刊》创刊号问世之后,他即通过朋友捎信给鲁迅先生,并附《无名文艺月刊》一本(《鲁迅日记》1933年6月5日条记有:"午后得白冷信并《无名文艺月刊》一本。")信的内容主要是请求鲁迅先生给刊物写稿。鲁迅于6月10日复信,大意说很赞赏《无名文艺月刊》,但表示不能为它写稿,因为这会被国民党当局豢养的文化特务侦嗅出来,从而遭致刊物的夭折;并在信中引述了一句中国古语"留得青山在,不怕没柴烧",给无名文艺社以勉慰与期许。白冷为此曾甚为感动地追忆道:"这句本来就蕴含哲理,又被先生赋予革命内容的话,数十年来一直深深地铭刻在我的脑海里。"(《心中的碑铭》)另外,叶紫通过其他渠道也给鲁迅奉呈了《无名文艺月刊》,如今在鲁迅藏书中仍保存了这份刊物,其刊名页有钢笔题字:"鲁迅先生指正　叶子　陈企霞敬赠　一九三三,六,一"。以上均说明了鲁迅对新生的革命文学幼芽充满着深挚的爱。

左翼文艺运动领导人之一的茅盾,在《无名文艺月刊》创刊号出版不久,即在《文学》上发表评论,热情推重道:"《无名文艺月刊》的一群青年作家有很大的前途,我们虔诚地盼望他们继续努力。"他尤其激赏叶紫的《丰收》,认为"这是一篇精心结构的佳作";其次喜欢汪雪湄的《雁》,欣赏其"主人公桂生的性格描写";对于岛西的《垃圾》从侧面暴露军营生活的黑暗,感到"写来也还细腻"……。凡此种种,皆流露了一位前辈作家关心爱护新生力量的拳拳心意。

《无名文艺月刊》只出版了一期就因为续出经费无着而停刊。

无名文艺社及其主持的刊物存在的时间虽不长,然而却在中国现代文学的进程中留下了深深的轨迹。与此有关的作家叶紫、陈企霞、彭家煌、黑婴、钟望阳、刘以鬯、韩尚义、汪雪湄等,在此后的岁月中,都为建设与壮大中国的进步文化贡献了智慧与力量,由茸茸细草成长为齐云乔木;有的即使英年夭逝,但他们的姓氏与作品也将毫无愧色的载入中国现代文学史册。

（原载《文学知识》1986 年第 3 期）

夜鸣求旦　咸与司晨

——吴承仕与《盍旦》

　　一九七七年仲夏，我曾拜访齐燕铭同志，向他请教并约稿。齐老的寓所在京西南沙沟，书室敞朗而幽雅，吴作人的一幅水墨画挂在最显目的地方。他不仅应允为我们的刊物写稿，而且主动提出要写一篇回忆安徽歙县人吴承仕先生的文章，我们当然表示欢迎。甚为可惜的是，原约的稿子不多时日即寄来了，而回忆录却不见寄来，不久就惊闻他遽尔逝世的消息。

　　忆及在齐寓晤谈时，齐老曾谈到早年与其师奉的吴承仕先生一同编《盍旦》的往事，恰巧我翻阅过这份刊物，就随之请教了几个有关的问题。齐老均一一作了解答，并承蒙告知了吴承仕的笔名，使我在后来仔细研读这份刊物时，有所帮助与启发。

　　《盍旦》的刊名由吴承仕先生拟定，出自《礼记·坊记》："诗云，'相彼盍旦，尚犹患之。'"郑玄就"盍旦"注云："夜鸣求旦之鸟也"。同见于《礼记·月令》："鶡旦不鸣"。"鶡"同"盍"，据同时参予《盍旦》编辑的张致祥同志回忆：《文史》停刊后，一九三五年的一天，先生约了燕铭到我家里，提出办一个杂文为主的刊物，定名为《盍旦》。"随之阐释了刊名的深邃寓义，并强调说："既然渴望黎明，就要为迎接黎明而鸣。"[1]

　　《盍旦》于一九三五年十月二十五日创刊，版权页上"主编兼发行人"署齐燕铭、管舒予（张致洋），实际上主持人是吴承仕。封面上标明："文艺、哲学、历史:杂文月刊"。创刊号辟有"短长书"、"杂文"、"诗歌"、"小说"、"学林"、"批评与介绍"等栏，其他各期也变化无多，惟增加"读书记"、"漫谈"。

[1]　张志祥:《忆我们的老师和同志吴承仕》。

执笔的作者有吴承仕,齐燕铭、管舒予、王余杞、孟超、梅雨(梅益)、孟式钧、欧阳凡海、澎岛、曹靖华、臧克家、鲁方明(余修)等。一九三六年一月三日《大公报》副刊《文艺》第七十一期所刊《北平文艺》的通讯中也曾报导:"在十一月里,《盍旦》月刊(齐燕铭主编)以集纳的形态出现于北平,内容包括甚广,据说这个刊物是《文史》的后身。"该刊于一九三六年二月出至第五期后被迫停刊。

吴承仕先生不仅是《盍旦》热诚的主持者,而且也是积极的撰稿人,他以鼎沸的激情、渊博的学识写下了各种体裁的文章,这位晚年觉醒服膺于马克思主义的经学大师,怀着焦灼的历史使命感与沉重的社会责任感,竭尽全力地"为迎接黎明而鸣"。他以各种笔名在五期刊物上撰写了十四篇长短不一的文章,其中有试图以一元论的历史哲学从事中国思想文化史研究的论文,如《士君子——中国封建社会意识形态论之一》(署名夏雍,创刊号"学林"栏)、《从(说文)研究中所认识的货币形态及其他——(中国语言文字与社会意识形态)之一》(署名吴承仕,刊第二期"学林"栏)、《关于宋元明学术思想——宋元明思想史纲序》(署名夏雍,刊第三期"学林"栏),其中有有的放矢的学术性考辨,如《张献忠究竟杀了若干人?》(署名夏雍,刊第三期"杂文"栏);有指摘时政的匕首式杂感,如《我们要自由,同时要自由的保障——平津十一校呈六中全会文书后》(署名汪少白,刊第二期"长短书"栏)、《关于华北的非常时期教育问题》(署名汪少白,刊第四期"长短书"栏);有抨击妄言谬论的批评文字,如《介绍一篇乌龟型的文学作品》(署名虞廷,刊第五期);也有鲁迅式的"立此存照",如《"木狗子"与"本位文化"》(署名少白,刊创刊号"剪刀下的笑林广记"栏)等。

兹以《张献忠究竟杀了若干人?》为例,这并非一篇单纯的考辨文章,而是藉此驳斥国民党反动派对于红军杀人如麻的诬蔑。在白色恐怖的地区,正面批驳是不可能的,他谮于经史,因此便摘取了"张献忠杀尽四川人"和"黄巢杀人八百万"这样"最典型的可怕传说",运用史实来戳穿它的荒诞无稽,让读者领悟统治者诬蔑革命者的谰言是如何的虚妄不经。

齐燕铭是《盍旦》的主干之一,创刊号开宗明义第一篇《(宇宙风)万岁!》就出自他的手笔,对于承继《论语》,《人间世》的衣钵,在民族危亡之际仍然高弹"闲情逸致"老调的《宇宙风》提出了严正的批评与忠告。其后又在第二期发表了读书笔记《西晋田赋制度》,指出刘道元著《中国中古时期的田赋制度》(新生命书局版)中的错误;"著者认为历史上竟有不要田租那样慈善的统治者,在某一点上说这个意思是有害的"。

张致祥(管彤,字舒予)也是《盍旦》的主干,撰述十分勤奋,每期均刊发两篇以上。创刊号上所披载的杂文《喉痛》,藉这窒塞的病痛来隐喻险恶的现实,迸发出:"我们要自由,我们要有活跃的生命。为了这个,我们更要拉起手来,撕碎这血腥的封建的束缚……"同期发表的《苍蝇》篇,揭露社会人生如同嗜腥逐臭的苍蝇世界般卑污,而因贪图苟安只在这狭小的圈子里盘旋是永无出息了的,必须急迫地开发新路,"为了子孙,为了自身,用血和肉建筑一条坦途。"在第二期刊发的《"人""与非人"的界限》一文有相当的儆戒作用,要求青年朋友审慎抉择自己的道路,否则将堕入万劫不复的深渊,作者最后还语重心长地告诫道:"全世界到处燃烧着罪恶的疯狂火焰。把自己投向火焰里,添些油膏,帮助它的燃烧;抑是擎起水龙,扑灭它:当然听凭各自的选择。但在选择之前,朋友,请你注意,在不远的将来,连流浪在街头卖毡子的环境都没有啊!"《送别》一诗发表于第四期,热情歌颂了"一二·九"运动中涌现的"庞大的觉醒之群":

> 群与群的汇合,
> 那便成为春天山洪般的力;
> 排江倒海的冲荡吧,
> 迎向东方的红日!
> 整肃起自己行列,
> 这已是该出发的时候。

刊物还致力于马克思主义文艺观的宣传,刊发了若干论文与译文,如曹靖华的《纳巴斯图派的文艺观》,介绍了苏联文学界四大集团之一的纳巴斯图派的文学主张;欧阳凡海的《辩主题与题材》,就申去疾与任白戈的论争发表了看法,批评了申文尾随苏汶把"作家的主观"与"社会的客观"机械地分开所作的形而上学解释;有关的译文先后发表的有:高尔基的《批判的现实主义》(乌生译),《关于创作技术》(林林译),高冲阳造的《尼采及柏格森的思想与近代思潮》(铭王译),臧原惟人的《论艺术之评价的客观底规准》(唐守愚译),卢卡且的《小说理论》(臧英译),甘粕石介的《弗理契主义批评——艺术史的问题》(辛人译),谷耕平的《普希金的写实主义》(孟式钧译)等。

　　除了论文、杂文与有关译文而外,刊物还刊发了一定篇幅的小说、诗歌、散文。小说创作有李仲毅的《罂粟花》、澎岛的《不算玩笑》与《摸索》、张凝的《瓜田之夜》等,《摸索》一篇颇值得注意,它以北平左联刊物《文艺杂志》被封事件作素材,围绕着权势者迫害进步文化这一轴心,刻划了各式各样的人物,其中有以"不过,不过"来搪塞敷衍的市党部的新贵,有以倡言"民主"却谴责学生"不安分"的新从美国考察回来的教授,也有象"马戏班上的老板那么狡猾"的最高学府的校长,当然,更多的笔墨是渲染那并未出场的主角——被捕的刊物编辑老顾,如从他在解押南京途中写来的"并不寂寞"的信,点染了他的乐观与坚韧。作者是以对旧时代溃灭的期待来结束全篇的:"秋深了。冬就要来。那么,代替冬的呢?"人们会对此产生强烈的共鸣。

　　各期还刊发了若干散文,诸如孟超的《给莹的信》、丁非的《街头艺术家》、干因的《夜的浮雕》、舒予的《钱塘江潮的故事》等都是各臻其妙的文章,象孟超那篇致王莹的书简,充溢着眷念战友的深情厚谊,以不绝如缕的袅袅情思系念着游学岛国的青年艺术家,并热望她有所奋发,有所作为:

　　　　告诉你黑暗是惧怕光明的!莫幻想着这里那里,燃起烛火来吧!只有照明它,莫怕着它躲。莹呀,我望你做一个勇敢的扑灯蛾,我不希望你熄了灯光的摸索。

　　诗歌在每期都占有一定的篇幅,有紫扬的《初夏》、臧克家的《秋》、鲁方明的《水》、陈辉的《汽车道》、《都市之夜》,舒予的《送别》、《水》、丁非的《MAYDAY》、《王府井大街》、《给阿比西尼亚》、《唁辞》等。给我留下最深印象的,即是丁非于一九三五年十二月二十日所作的《唁辞》,诗人创作这篇诗作时,距中国现代史上划时代的"一二·九"与"一二·一六"北平学生爱国运动不过几天,故而无疑是对于伟大的"一二·九"运动的礼赞,是献给在运动中献身的爱国志士的一束洁自的花:

　　　　我们生活在这漫漫长夜,……
　　　　你们首先举起了手——
　　　　你们昂然地冲过街头,

谁能比得上你们的光耀灿烂？

……

让那些鹰隼去帮助淫威，
让那些画眉鸟去安于闲情，
我们却只期望怒涛，
因为在安息中决没有活路。
把流亡当作日课，
把牢狱当作自己的家，
我们翻开历史来一看，
不甘默默地偷生。

是的，我们什么都没有，
但不要紧，他们始终是少数！
我们的歌声可以吓退他们，
我们的心儿便是战鼓。
总有一天，这世界会风调雨顺，
地面将满布绿茵，
吩咐长天，快把夜幕揭开，
在我们头上悬起七色的彩虹。

那时我们自会把万朵鲜花，
结成环儿来作你们的祭奠，
现在我们不能不赶紧拭干泪痕，
因为你们的工作尚未完完……

　　诗人本身就是战斗中的一员，故而感情真挚而浓烈，对于牺牲的战友不仅倾洒了一掬热泪，而且敞示了赤热心胸，表明要矢志完成先行者的未竟事业。本篇可能是歌赞"一二·九"运动的最早文学作品之一，希望欣赏者与研究者不要等闲视之。
　　王西彦作为吴承仕的学生，他在一篇回忆文章中曾忆及这份"高举抗日救亡旗帜"的《盍旦》："刚问世时，有些人不明白为什么要采用这个《礼记》上的古怪名字，觉得不大好懂；其实，如果你注目当时的形势，……就丝毫不会感到诧异了——在漫漫长夜里，有良心的中国人谁不在引颈期待天色的黎明呢?[1] 这可能就代表了当时广大爱国青年对于这份"为迎接黎明而鸣"的刊物的看法与感受罢!

（原载《社会科学》1982 年 4 月号,上海社会科学院出版社）

---

[1]   王西彦:《回忆北平作家协会及其他》,载《左联回忆录》下册 639 至 640 页,中国社会科学院出版社,一九八二年五月初版。

召唤春天的雏鸟之鸣

——"左联"安徽分盟刊物《百灵》

寒斋"柘园"保存了安徽三十年代出版的一册题名《百灵》的刊物,系该刊第三期,一九三三年二月出版,编辑者为"百灵社"。刊物的装帧十分朴素,封面仅用蓝黑两色套印,中麇以"1933"美术体阿拉伯字。然而内容却颇为充实,卷首刊有何谷天(周文)的论文《创作方法论》,随后的小说、散文、诗歌等,看来皆是当地文学青年的创作,同期还辟有"'一·二八'征文"等栏。此外,尚有批评胡秋原等"自由人"的论文与推荐周扬编《文学月报》的评介文章,"文坛消息"栏报道了鲁迅、茅盾等五十七名著名作家为中苏复交致苏联的电文。刊物的倾向性十分鲜明,正是当时蜂起的左翼文艺刊物中的一支新军;然而关于刊物的背景与缘起,却长期探访无着,感到非常遗憾。

在一个偶然的机会里,读到了《安徽文史资料》第十五辑(安徽人民出版社,一九八三年十二月初版)上班志洲先生关于《百灵》的回忆文字,才了解了"百灵社"及其刊物的始末;再对照刊物复按,则更豁然开朗了。

《百灵》系"百灵社"的社刊,原由安徽省立高级中学的学生王聪、刘世模、班志洲、张士铉、陈安邦等十数人,在进步教师邹一平指导下筹办的社名、刊名均署"百灵",其意据班文回忆"是指百灵鸟,意为将唱出春天悦耳的歌声",表露了这些文学青年对于光明的憧憬与追求。《百灵》创刊号出版于一九三二年秋,发表的皆为省立高级中学同学的作品,内容也还是一般文学习作的性质。创刊号出版之后,在省会安庆及全省影响尚好,得到了当时在安徽工作的左翼作家叶元灿(叶以群)、何谷天(周文)、刘彭复(刘丹)等的注意、关切与支持,何谷天在刊物上发表了《文艺作品的评价标准》(刊第二期)、《创作方法论》(刊第三期)等宣传马克思主义文艺观的文艺论文,刘复彭以"晓夫"的笔名撰写了《〈百灵〉第二期的批评》(刊第三期)。何谷天的

《创作方法论》分为"以社会的眼光去研究"、"文艺的分化性"、"作家的立场"、"怎样去把握题材"、"批判的认识"、"有目的意识"、"在动的上面去把握必然与偶然的关联"等章节,着重强调了"我们要明白'时代'和它的'动向',在现象上去暴露它本质的矛盾,把偶然的事件关联到必然的途径,把表面的浮沫似的东西指出它的作用和意义而揭穿它的假面,并且指出那事件中人物的情绪和那事件发展的动向。要这样,我们的文艺才是真实的反映着客观的现实,而在处理那问题的时候,也才不致陷入于盲目的欺骗或主观的观念的武断。"以上观点对于引导《百灵》周围的文学青年遵循革命现实主义的创作法则,具有相当的指导意义。刘复彭《〈百灵〉第二期的批评》,首先热情肯定了"百灵社"同仁的努力,认为一、二期的《百灵》"虽说不怎样成熟,但总算相当地表现着很好的倾向,在这样灰色的颓败的安庆,能够有这样一个刊物产生,虽不怎样算是照耀一切的明星,总已经多少叫出了被压迫者的呼喊。"故而称之为"值得爱护的刊物"。随之具体评析了第二期内的作品,指明了它们的得失和概念化的通病,这些都有裨于作者们在创作上的提高。

一九三三年初,中国左翼作家联盟批准成立左联安徽分盟,"百灵社"的主干王聪、刘世模、班志洲均由刘复彭介绍参加了左联,并担任了左联安徽分盟的负责人,《百灵》遂成为分盟的机关刊物。

试观已作为左联安徽分盟机关刊物的第三期《百灵》,确乎显示了这群为中国左翼文艺运动所哺育的雏鸟的蓬勃朝气,以及他们召唤光明、唾弃黑暗的凌厉锋芒。小说创作部分有四个短篇,即亢衡的《砍柴》、江金沙的《溜冰》、菡菲(即王聪)的《张家楼》及志洲的《烟草公司》。四篇中有三篇是写反映当时中国现实的工农反抗压榨的斗争,其中两篇均写在土地革命感召下的农民暴动,一篇写工厂的罢工。相比较而言,《砍柴》篇显得成熟些,它较生动地反映了山地的农民从自发的争生存的反抗,逐步发展为有组织的斗争的过程,并笔法粗放地勾勒了"大鼻子"等从蒙昧中觉醒的农民战士的形象。

诗歌也占有相当的篇幅,刊发了世模、王云开、何运芬(何为)、许守英、曹文英等写的八首诗。大多标语口号的倾向较为明显,但其中也不乏清新的佳作。例如"百灵社"中坚分子刘世模创作的《醒后》,捕捉了生命史上值得纪念的一页,吟唱了思想转换与升华的欢快,可能是为纪念自己参加左联而写的:

在梦里我看不见社会,看不见群众,

到而今我已经醒了,我是已经醒了,
我看见社会的铁轮在如疾电一样的飞奔,
全宇宙被压迫者叫出了洪大的呼声。
…………
我要涂尽生命史上不堪回首的碑文,
投进那人山人海在汹涌的浪涛上使劲的翻腾。

芜湖二女中的许守英同学则写下了《前进曲》,祝颂《百灵》肩负起时代的使命,迈开前进的步伐,去扫除一切黑暗的魔障,去创造光明的未来:

旧的世界还在拼命地挣扎着,
全人类被压迫的民族在呼号,
大时代已经象潮水般的来了,
《百灵》前进吧!

愿你们拿着新兴的武器,
来唤醒那些迷梦的同胞,
奋起生命之力呀!
站在时代的轮子上领着群众跑。

《百灵》于一九三三年三月出版了第四期后,代售处安庆北新书局受到了国民党特务的警告,各学校的代售点也受到了威胁。不久,国民党安徽省党部委员兼中统安徽省肃反专员魏某率领特务逮捕了王聪、刘世模、班志洲等,左联安徽分盟遭到破坏,《百灵》被查封,"百灵社"也随之解体。

诚如班志洲在回忆文章中所说:"左联安徽分盟在三十年代安徽文坛上虽为期甚短,但由于它所领导的《百灵》文艺月刊社曾在省内作过左翼文化的宣传,撒下了革命的火种,这对一批青年后来参加革命起了一定的作用。"然而《百灵》时至今日已很难见到了,甚至《全国中文期刊联合目录》(书目文献出版社,一九八一年八月增订版)也未著录,足见其传世甚少,故写下如上札记,以志不忘。

（原载《艺谭》〔合肥〕1987 年第 1 期）

闲话《声色》

　　有一段时期,我曾着意搜集晚清以降某些不经见的文学刊物,经年累月,所获不菲。其中大多为《全国期刊联合目录》(1883—1949)所不载,也就是说国内各大图书馆均未入藏。就中若干刊物,从文学史角度来考察,未必是不值得保存的史料,兹以《声色》为例而略述之。

　　三十年代的上海滩出版过不少以"声色"作招徕的报刊,有的甚至直截了当地题名曰《声色画报》,大多不外乎裸女、嫖经之类,早已成为为时代所洗汰的文化垃圾。本篇所绍介的《声色》,却是新月社属下的一份文学刊物,但所有有关新月社的回忆文字或研究文章,均未曾有片言只字提及这份刊物,一度令我颇为惊诧。翻查当年的报刊倒有线索可寻,如 1931 年 10 月 19 日出版的《文艺新闻》第三十二号第四版刊出了署名"V. T."的《现代文坛百观百感:猫样的温文》,就是批评《声色》的文字。

　　《声色》创刊号出版于 1931 年 9 月,由新月书店总经售。封面淡泊素雅,了无装饰,仅在翠绿的底色上镶有"声色创刊号"两行美术体字,但无论封皮与书芯的用纸都相当好。兹引要目如次:论文有邵洵美的《水晶的符咒》;诗有邵洵美的《蛇》,朱维基的《过旧园门》、《RONDEAU》、《神奇》、《黑渊》、《喝龙头水者》;散文有徐志摩的《一个诗人》,林微音的《红》,芳信的《一个色彩的素描》、《我爱我的狐步》等。封三刊有将由新月书店发行"自己丛书"的广告,包括徐志摩的《志摩诗集》,林微音的《舞》,朱维基的《花香街》,芳信的《Blues 底忧郁》,邵洵美的《诗与女人》,但好像除诗集《花香街》后来由朱维基自费出版(印制得十分精美华贵)外,其余皆未见问世。

　　创刊号没有版权页,所以未见署明由何人或何社编辑,不过我臆测是邵洵美编的,因为卷首形同发刊辞的论文《水晶的符咒》即出自他的手笔,中谓:"我要一张水晶的符咒! 我要透明,我要坚硬,我要纯净,我要冰冷:我要在上面写着迷惑仙神的奇文。我要她反映着神秘，柔软，色彩与火。我要她留住那忘却了一切话语的声音。"在那闪灼而华瞻的文字中，表露了作者乃至《声色》同人的唯美主义的美学追求。

在诗与散文作品中确也弥漫着一派唯美的气息，就中不乏官能刺激的描摹，女性胴体的赞美，以及感伤乃至颓放的情绪的抒发，像邵洵美所作诗《蛇》中首段："在宫殿的阶下，在庙宇的瓦上，/你垂下你最柔嫩的一段——/好像是女人半松的裤带，/在等待着男性的颤抖的勇敢。"就曾为当时的批评家所诟病。

林微音的散文《红》状绘得更为冶艳：

> 你看，这两点红，像象牙塚之端的珊瑚顶似的。这两点红真饥死了我的心。真饱死了我的手。是的，凡女子身体上的红的部分都是集中天地间的精灵的所在；没有这几处红就没有女子，也就没有宇宙，而最受她们迷恋的是这中间的两粒，两粒精圆的母珠，两只无瑕的稚鸠，两颗透明的灵魂。

就三十年代初中国文坛的现状而论，已将纯文学中的色情描写推向了极致。

当然就中也不乏真挚、优美的文字，徐志摩的散文《一个诗人》，我认为就写得相当出色。兹钞引如下：

一个诗人

我的猫，她是美丽与壮健的化身，今夜坐对着新生的发珠光的炉火，似乎在讶异这温暖的来处的神奇。我想她是倦了的，但她还不舍得就此窝下去闭上眼睡，真可爱是这一旺的红艳。她蹲在她的后腿上，两支前腿静穆的站着，像是古希腊庙楹前的石柱，微昂着头，露出一片纯白的胸膛，像是西比利亚的雪野。她有时也低头去舐她的毛片，她那小红舌灵动得如同一剪火焰。但过了好多时她还是壮直的坐望着火。我不知道她在想些什么，但我想她，这时候至少，决不在想她早上的一碟奶，或是暗房里的耗子，也决不会想到屋顶上去作浪漫的巡游，因为春时已经不在。我敢说，我不迟疑的替她说，她是在全神的看，在欣赏，在惊奇这室内新来的奇妙——火的光在她的眼里闪动，热在她的身上流布,如同一个诗人在静观一个秋林的晚照。我的猫,这一晌至少,是一个诗人,一个纯粹的诗人。

对于外部世界中"新来的奇妙"的敏锐观察与迅捷反映,本是诗人的天赋,就这一点而言,可视作徐志摩的自我写照。作为徐氏的晚期作品(甚至可能是他的最后作品,因他同年十一月十九日就不幸坠机遇难了,距《声色》的出版不过一个多月的时间),已臻炉火纯青的化境。而这篇重要的晚年之作,为梁实秋、蒋复聪合编《徐志摩全集》(台湾传记文学出版社出版),陆小曼编《徐志摩文集》(香港商务印书馆出版),国内某人编《徐志摩全集》(贵州出版社出版)均未辑录的佚文,后来我将它编入了与吴宏聪、陆耀东二教授共同主编的《徐志摩文集续编》(商务印书馆 1994 年出版),读者有兴趣可找来翻翻。

《声色》作为一本在三十年代文坛上转瞬即逝的刊物,似不值得为之浪费笔墨,不过我不作如是观,不佞认为它有裨于对新月社的研究,认真检视这本《新月》《诗刊》等之外的新月社刊的,将必会有更深的体认。

最后不妨说句笑话,以往我一直将《声色》诩为天下孤本,无奈前年美国芝加哥大学李欧梵教授莅敝寒斋柘园看书聊天,他见到《声色》立即全本拷贝而去,如今则孤本不孤也。

丙、木运轨迹

希望就正在这一面

——鲁迅作序的《一八艺社习作展览会画刊》

浙江美术学院卢鸿基教授于去年仲夏之日来敝寓晤谈,话题很自然地就围绕着木刻运动史展开了。这位满头银发的老艺术家,曾是五十年前一八艺社的社员,回首当年仍昂奋不已。他无限感念地追忆道:"鲁迅对我们稚嫩的作品充满挚爱地说:'惟其幼小,所以希望就正在这一面。'这句话一直温暖激励着我的心,它使我在任何厄运中都充满希望、追索光明!鲁迅是中国现代木刻之父啊!"以上肺腑之言,出自一位已有半个世纪艺术生涯的老画家之口,使我深深体味到鲁迅眷爱力的伟大与深长。

一八艺社作为中国第一个新兴美术团体,它的诞生可以说是爱与仇交织的产物。一八艺社初由国立西湖艺术院(后改名为国立杭州艺术专科学校)的进步学生创立,时值一九二九年,即民国十八年,故命名"一八艺社"。起初并不是纯粹的木刻团体,而是一个进步的美术组织,发起人有陈卓坤(陈广)、陈铁耕、顾洪干等,约有二十名成员。一九三〇年顷,该社分化为两个组织,一个标榜"为艺术而艺术",另一个则倾向进步,并派出社员胡一川等到上海联系参加中国左翼美术家联盟,从此成为左翼文艺运动中的一支劲旅。在"美联"的领导推动下,一八艺社经常组织学习讨论普列汉诺夫的《艺术论》(鲁迅译,光华书局一九三〇年七月初版)和卢那卡尔斯基的《艺术论》(鲁迅译,人江书铺一九二九年六月初版)等马克思主义文艺论著;观摩研究《新俄画选》(鲁迅编《艺苑朝华》之一,光华书局一九三〇年五月初版)等外国革命的、进步的美术作品;并曾组织深入杭州拱宸桥水电厂和贫民区施粥厂观察体验下层人民生活……一八艺社因而遭受校方国民党党棍的忌恨,被宣布为"非法",社员陈广、顾洪干、胡一川、姚馥(夏朋)、汪占非、杨澹生等先后被开除。但反动当局的迫害并不能遏制这群美术青年的革命热情,他们先后奔赴左翼文艺运动的中心——上海,联合周熙(江丰)、黄山定等重新组合成立上海一八艺社研究所,成为"美联"所属的一个公开活动的美术团体。正在这个时候,一八艺社的成员见到了鲁迅先生自费出版的《梅斐尔德木刻〈士敏土〉之图》。这位德国版画家以黑白的鲜明对比与刀法的豪放奔驰,塑造了资产阶级艺术家所不屑为之的生动鲜活的工人形象,使这群渴望以艺术为斗争服务的青年感奋不已,茅塞顿开,以为真正找到了学习与效法的范本;对鲁迅所说的,"当革命时,版画之用最广,虽极匆忙,顷刻能办"(《集外集拾遗·〈新俄画选〉小引》),也有了更深切的领悟,于是纷纷下决心从此从事木刻创作。当时,冯雪峰代表"文总"(中国左翼文化总同盟)领导"美联",因而也常到一八艺社去。鲁迅曾通过雪峰赠送该社八本外国美术书籍,表示支持。

　　一九三一年六月,沪杭两地的一八艺社在上海举办了习作展览会。这次展览是得到鲁迅的大力协助的,他托日本朋友内山完造租得日本每日新闻社作为展览场所,还捐赠十五元钱作为租赁费。鲁迅还偕同日本友人增田涉参观展览,《鲁迅日记》一九三一年六月十二日条记有:"下午……与增田君观一八艺社展览会。""左联"的外围刊物《文艺新闻》第七号(一九三一年四月廿七日)、第十二号(同年六月一日)、第十三号(同年六月八日),刊发了"一八艺社一九三一年展"的预告与消息,该报第十四号(一九三一年六月十五日)在头版头条发表了鲁迅的《一八艺社习作展览会小引》,附以展品之一——胡以撰(胡一川)的木刻《征轮》。同时还载有"一八艺社展"的报道:"前载一八艺社一九三一年展,原拟在日本小学举行,兹因会场不便改在每日新闻社举行,该社此次出品,共计有一百八十余点(件),内分油画,木刻,雕塑,图案数种,尤以木刻为中国各艺术团体前所未见者,十一,十二,十三,三日以来参观极形踊跃。"在这简略而翔实的短讯中,可以看出一八艺社所展出的"前所未见"的木刻作品,引起了观众浓郁的兴趣。

　　在鲁迅藏书中,保存了有关这次展览会的重要文献——《一八艺社1931年习作展览会画刊》封面上标明的出版日期是"1931.6.1"。这本《画刊》当时曾在为期四天的展览会上发售,颇受观众的欢迎。该刊卷首揭载了鲁迅于五月二十二日所撰的《小引》,这是一篇"内容深刻的革命檄文",它揭示当时的中国美术界已出现了两个对立的营垒,即统治阶级的御用美术和无产阶级的新兴美术,前者追随它的主子"蔑视、冷遇、迫害"乃至"叫咬"后者,但后者却得大众的"同情、拥护、支持",因而这"新的,年青的,前进的"革命美术,将随着"时代"而"不息地进行",并且"以清醒的意识和坚强的努力,在榛莽中露出了日见生长的健壮的新芽",必将战胜那"连骗带吓"的封建文化与买办文化杂交的所谓"艺术"。鲁迅还以开拓者,奠基者、建设者的远见卓识,断言新兴木刻艺术以至整个革命美术目前看来是"很幼小的",然而,"惟其幼小,所以希望就正在这一面。"被鲁迅这篇《小引》的犀利锋刃所刺痛的杭州艺专当局,在呈请通缉"堕落文人"鲁迅的国民党浙江省党部的怂恿下,竟然强令展览会将《小引》从《画刊》中撕去,这一借助主子指挥刀权势的丑行,恰恰反证了这篇革命檄文的作用与价值。一九七八年夏,笔者为编辑《鲁迅回忆录》曾约请原一八艺社成员、工人出身的老文艺战士江丰(周熙)撰写回忆文字,他在《鲁迅先生与一八艺社》一文中述及《小引》时强调指出:"这篇文章的意义确实非常重大,应该看作是中国现代美术史上具有划时代意义的文献。"[1]这样的估价是切合史实的。

《画刊》辑录了一八艺社成员以下作品:

王肇民:《静物》

汪占辉:《五死者》

李可染:《人体》

季春丹:《装饰图案》

周备华:《图画》

胡以撰:《饥民》

姚　馥:《幽闲》

陶思瑾:《海滨》

陈　瑗:《肖像》

张伯陨:《风暴》

黄显之:《素描》

刘梦莹:《残午》

沈福文:《失乐园》

周备华:《捣衣者》

许士镛:《卖油条者》

刘志仁:《自画像》

---

〔1〕 载《鲁迅回忆录》二集,上海文艺出版社一九七九年六月初版。

还有陈得仁、陈汉奇、卢隐等人的作品。这些作品包括油画、雕塑、素描、图案等，其中有三幅木刻，其一为胡以撰的《饥民》，抉取了中国劳动人民啼饥号寒生活的一个断面：父亲萎顿而倚于拖车，母亲冻馁而卧于草荐，孩子在饥寒中颤抖呻吟……从此举一反三可以得见，中国新兴木刻曙新期的作品，刚脱颖而出就显得锐利非常，敢于触及一些重大的社会问题，形象地提出诘问：为什么工农大众终年不得温饱，挣扎于饥饿线、死亡线上，不得不流落街头，辗转沟壑！旨在引起人们对现存制度的怀疑、否定、抗争，乃至起而推翻它的统治。另外，汪占辉（汪占非）的木刻画《五死者》是纪念左联五烈士的殉难而挥泪创作的，当时距柔石等牺牲的日子不及半年，龙华沃野，血迹未干，战友义愤，澎湃如潮，因而作品的控诉力量是巨大的。这里尤其要提一下姚馥，她笔名夏朋，是一八艺社最早的成员之一，因为从事木刻创作与地下活动，先则被杭州艺专校方开除，继而遭到国民党当局的逮捕囚禁，前后三次，斗志弥坚，最后一次被捕终于瘐死无锡狱中。姚馥是第一个为中国新兴木刻运动而牺牲的烈士，值得我们永远的忆念与追怀。《画刊》中辑有她的作品《幽闲》，后来她又创作有木刻画《清道夫》、《早市》、《四等车厢》（均发表于《现代》特辑《现代中国木刻选》，一九三三年四月十五日出版）等，以女性画家所特具之细密的观察，圆熟的线条，恰当的明暗，流利的刀法，刻绘了下层人民的困顿与艰辛，以及他们沉默悲凉的表情所掩藏的郁怒与不平。从以上作品所显露出的才华，可以预测这位女木刻家的前途是未可限量的，可恨敌人的魔爪过早地扼杀了这位坚毅有为的青年艺术家的生命！

《文艺新闻》第十五号（一九三一年六月二十二日）为这次展览会特辟了"一八艺社迎送致词"的专栏，刊发了于海（于寄愚）与萧石的有关评论。于海盛赞他们"以新的一代人的资格跑向劳动大众"，认为李可染、许士镛、汪占辉等的作品"表示了他们技巧的十分纯熟"；进而指出应该注意"有着新的蓄意的作品"，即陈瑷的《汗血》、王肇民的《叫》，认为"这表示他们晓得人类有汗血一类的事而且他们晓得有人在叫了，唯有这肯于先晓得，人类才有了解除汗血的榨取及痛苦叫号的希望；"还特别提到："胡以撰君的九幅木刻如《饥民》、《囚》、《流离》等"，可作为新兴木刻开始进入艺术领域的标志，它们在揭示劳动人民"被惨（残）酷压迫的地位而要加以反抗"的主题方面，比较"有点暴露的意味"。作为"美联"的领导人之一的于海还热诚地规诫与祝愿道:"已竟(经)走向大众的诸君,不要太多的时间徜徉在白堤与苏堤之间,因为那只能给诸君以挹郁的或萧闲的情调的,虽然用了诸君极佳美的技巧。杭州不只是西湖,它同一切的大地一样,还有拱宸桥[1]呵!"希望一八艺社坚持执着现实、同情大众的艺术方向。

为了提倡木刻,《文艺新闻》先后发表了一八艺社社员的不少木刻作品,如胡以撰的《绞榨》(刊第十九号,一九三一年七月廿日)和《不抵抗主义现形》(刊第五十号,一九三二年四月十一日),耀唐的《街头骚动之刹那》(刊第二十二号,一九三一年八月十日),佚名的《前进》(刊四十八号,一九三二年三月二十八日),以及后来参加春地美术社的周熙所作木刻《码头工人》(刊第五十八号之"美术版",一九三二年六月六日)等。同时,该刊还多次刊发有关这中国第一个新兴木刻团体的消息,如第二十一号(一九三一年八月三日)上以《一八艺社的新进展》为题报道说:"一八艺社在上海之部,曾在江湾路上海饭店之后,设有研究所,由基本社员七八人现已扩充至二十余人。……最近致力木刻,作品精彩有力,颇为木刻之倡导者鲁迅氏赞许。"稍后,该刊第三十号(一九三一年十月五日)在"文化界抗日"专栏中刊发了《一八艺社之壁画》的报道:"一八艺社,最近因日本出兵东三省事件,作大幅壁画多张,分贴在各街头各工厂内,同时并自行印刷《反帝画报》一种,经常出版,定价每份洋一分,由书店代售。该社现已迁至闸北同济路九三弄九号。扩大组织,欢迎加入。"鲁迅保存了一八艺社为"上海反帝联合会"编绘印制的《反帝画报》第一期(一九三一年九月出版),和为"上海民众反日救国会"编绘印制的《慰劳画报》第一期(一九三二年二月出版),前者揭露和控诉了日本帝国主义发动"九·一八"事变,疯狂鲸吞我东北三省的侵略罪行;后者系慰劳"一二·八"之役中英勇抗日的十九路军将士,其中有《英勇的十九路军》的连环画,也有政治讽刺画,如有一幅画着一个佩指挥刀的军官在拉持枪前进的十九路军兵士的后腿,旁有说明写道:"兵士说:'打! 打! 打倒日本帝国主义,中国才有生路,'政府说:'退! 退! 不要抵抗,有国联替我们讲公理的。'……"形象化地谴责了国民党当局"攘外必先安内"的不抵抗主义。以上两期画刊,如今都妥善地保存在鲁迅的遗物之中,可见当年鲁迅对这些美术宣传品是珍视的,对一八艺社的同人以革命美术服务于反帝反封建斗争的作为也是赞许的。

---

[1] 拱宸桥当年为杭州工厂区与劳动人民聚居点。

　　鲁迅对一八艺社的发展与壮大十分关心，一九三一年八月十七日举办了"木刻讲习会"，吸收了以一八艺社社员为主的木刻青年十三人参加，请日本友人内山嘉吉讲授木刻创作技法，鲁迅亲自担任翻译。为期六天的讲习会，在技艺上给木刻青年以很大的启迪与帮助。《鲁迅日记》同年八月二十四日条记有："为一八艺社木刻部讲一时"，惜讲题不明，讲稿已佚，但鲁迅悉心培育木刻新芽的热诚于此可见一斑。

　　鲁迅所倾洒的心血并没有付之东流，历史雄辩地证明了他在《一八艺社习作展览会小引》中揭橥的预见——"希望就正在这一面"。中国新兴木刻运动在鲁迅亲手的扶育培植下，始终坚韧而不屈地成长与茁壮，敌人的封禁、搜捕、羁押乃至屠戮，都遏制不了它的发展，继一八艺社之后，春地美术研究所、现代木刻研究会、野风画会、无名木刻社、野穗木刻社、M·K木刻研究会、铁马版画会等在上海竞相创立，如雨后新蕈，彼伏此起，使统治者顾此失彼，禁不胜禁。最后，还联合组成了上海木刻工作者协会。全国各地由于鲁迅的倡导与影响，也先后涌现了现代版画研究会（广州）、木铃木刻社（杭州）、深刻木刻研究会（香港）、平津木刻研究会、太原木刻研究会、开封木刻研究会、南昌木刻研究会……等。这支日益强劲而浩大的木刻新军，成为了反文化"围剿"斗争中一支锋芒凌厉的重要方面军，不愧为无产阶级革命文艺运动战斗的一翼。民族解放战争爆发之后，广大木刻工作者遵循党的抗日民族统一战线的政策，组成了"中华全国木刻界抗敌协会"，使木刻在抗日救亡运动中发挥坚甲强兵的战斗作用。解放战争时期，又组成了"中华全国木刻协会"，更使木刻服务于推翻中国历史上最后一个王朝的斗争。叶圣陶在《抗战八年木刻选集》（中华全国木刻协会编，开明书店一九四六年九月初版）的《序》中指出："我们要永远记住鲁迅先生，介绍许多国外作品，印行一些木刻选集，鼓励青年艺术家善于学习，邀请能手指授技法，全是他的劳绩。假如没有鲁迅先生的倡导，我们的木刻艺术会不会发展到目前的地步，是很难说定的。"事实不正是如此吗！检视这半个世纪以来鲁迅所手创的木刻运动，伴随中国革命的进程所立下的奇勋，无一不铁铸般地展示："希望就正在这一面"！

新兴木刻运动的里程碑

——鲁迅编《木刻纪程》

在四十年代出版的一本题为《中国现代木刻史》的土纸本书中,我读到这样一段话:"最值得注意的,要算鲁迅先生选辑中国现代木刻作家的代表作《木刻纪程》的出版,使中国现代木刻走上艺术的正轨,在木运的历程上给予划出一个'创作的'纪程。"[1]作者唐英伟是南中国"现代木刻研究会"的成员,从三十年代初就开始从事木刻创作。作为一个木运历史的见证人,以上几句话虽然概括得不尽善美,但却指出鲁迅亲自编选的《木刻纪程》,无疑可以作为中国新兴木刻运动的一块里程碑。

《木刻纪程》是怎样一本书呢? 由于它印数很少,加上敌人的禁毁,岁月的洗汰,存世恐已寥寥,因而不为一般年轻的朋友所知。然而,要了解中国木刻史的人,是不能不去鉴赏一番鲁迅曾为之耗费不少心血的这本木刻选集。经过一番寻觅,我终于得睹了它的风采。

气宇不凡、端庄凝重是《木刻纪程》封面设计的特色,而这,是出于鲁迅的手笔。在灰黄色的硬纸面上粘有一方宣纸,上以墨笔挥洒着:"木刻纪程壹"几个字,字体近隶,苍虬遒劲,整个画面的构图,宛如碑碣,铭篆俨然。封面背页贴有一纸《告白》,也系鲁迅手拟,说明刊物性质、编选方式、征集办法、联系地点,印邮价目等,下署"铁木艺术社谨告"。扉页上端印有美术体"木刻纪程"四字,笔锋峻峭,锐如剑刃,可能是作为木刻的象征吧。书名下印有阿

---

[1] 唐英伟:《中国现代木刻史》,中国木刻用品合作工厂(福建崇安赤石)一九四四年七月初版。类似的话也有人说过,如野夫在《怎样研究木刻》(丽水会文图书社一九四〇年一月初版)中写道:"最值得注意的还是鲁迅先生所选集的中国现代木刻《木刻纪程》的出版,而使木运跨上更广泛的阶段。"

拉伯字"1",表示第一辑。下端印有"一九三四年六月,铁木艺术社印行,一百二十本之一"一行字,标明了出版者、出版年月及印数,系版权页的简化。扉页后刊有鲁迅以"铁木艺术社"名义所写的前言,即后来辑入《且介亭杂文》中的《〈木刻纪程〉小引》。该《小引》在《木刻纪程》初版本中无标题,全文以四号仿宋体铅字排印,天地开阔,行距疏朗,大方而悦目。其后即为目录与作品,共辑入八位青年木刻家(十个笔名)的创作木刻二十四幅,均以抄梗纸据原版拓印,计有:

一　工：《推》(1934)

何白涛：《艇》(1933)

何白涛：《街头》(1933)

何白涛：《烟》(1934)

何白涛：《上市》(1934)

李雾城：《窗》(1933)

李雾城：《风景》(1933)

李雾城：《拉》(1933)

陈铁耕：《母与子》(1933)

陈铁耕：《岭南之春》(1934)

普　之：《船夫》(1934)

张致平：《生路》(1933)

张致平：《负伤的头》(1934)

张　望：《丐》(1934)

张　望：《猪》〔树胶版〕(1934)

刘　岘：《少女》(1933)

刘　岘：《乐人》〔仿 A. ZORN〕(1933)

刘　岘：《风景》(1934)

刘　岘：《风景之二》(1934)

兰　加：《黄包车夫》(1934)

罗清桢：《爸爸还在工厂里》(1933)

罗清桢：《静物》(1934)

罗清桢：《韩江舟子》(1934)

罗清桢：《夜渡》(1934)

　　鲁迅手撰的《小引》,简约地回溯了中国木刻尤其是现代新兴木刻的历史,并愤怒指控了文化"围剿"实施者对木刻的摧残、绞杀。但与统治者的意愿相违,木刻并未因暴虐所及而杳然无踪,反而对内更深入大众之中,对外更跨出国门获得了世界的读者与观众。出于促进木刻兴盛繁茂的目的,他选印了若干"中国的优秀之作",铸就"一个木刻的路程碑",以裨作为"读者的综观"与"作者的借镜"。特别值得注意的是,鲁迅于此提出了:"采用外国的良规,加以发挥,使我们的作品更加丰满,是一条路;择取中国的遗产融合新机,使将来的作品别开生面也是一条路。"这是鲁迅综合体察中外艺术史发展规律的深切体会,中国现代木刻运动正是遵循以上宝贵的规箴不断推进的;即使今天,木刻乃至整个文学艺术事业的发展,同样必须既要继承民族的传统,又要汲取异域的营养,才能开创中国社会主义文化的新生面。

　　《木刻纪程》这座纪念碑的奠基与铸造,耗费了鲁迅大量的精力与物力。自一九三四年三月开始擘划,他分别向木刻作者说明原委、商借木版,信札往来,连篇累牍。检索《鲁迅书信集》,最早述及编印此书的为一九三四年三月二十九日致李雾城(陈烟桥)函,其中说到:"中国的木刻,已经象样起来了,我想,最好是募集作品,精选之后,将入选者请作者各印一百份,订成一本,出一种不定期刊,每本以二十至二十四幅为度,这是于大家很有益处的。"此后,在四月五日,六日,十二日,十九日致李雾城的信中,更具体地陈述了印刷、纸张、成本、发行以及集稿、选稿等具体问题,强调目的在于"鼓吹木刻",但要考虑文化"围剿"严酷的特殊条件,亦即遮蔽敌人耳目以求流布的可能。鲁迅非常讲究斗争艺术,主张编选时既要"谨严",达到"少而好"的要求,同时又须"顾及流布",为此而语重心长地告诫道:"木刻还未大发展,所以我的意见,现在首先是在引起一般读书界的注意,看重,于是得到赏鉴,采用,就是将那条路开拓起来,路开拓了,那活动力也就增大;如果一下子即将它拉到地底下去,只有几个人来称赞阅看,这实在是自杀政策。我的主张杂入静物,风景,各地方的风俗,街头风景,就是为此。现在的文学也一样,有地方色彩的,倒容易成为世界的,即为别国所注意。打出世界上去,即于中国之活动有利,可惜中国的青年艺术家,大抵不以为然。"(一九三四年四月十九日致陈烟桥笺)在木刻运动中提倡逐步"开拓"、不断"增大"的韧性战术,与在杂文中提倡"壕堑战"一样,都是为了左翼文艺运动的生存、立足、发展以至壮大。

在与李雾城商洽的同时,鲁迅还与"M. K. 木刻社"、"未名木刻社",以及木刻作者何白涛、罗清桢等通讯联系,而在同年五月二十八日致罗清桢的信中第一次提及拟定的集名:"弟拟选中国作家木刻,集成一本,年出一本或两三本,名曰《木刻纪程》,即用原版印一百本,每本二十幅,以便流传,且引起爱艺术者之注意。"此后,在致西谛(郑振铎)、杨霁云、吴渤(白危)等信中均述及编印《木刻纪程》事。六月六日致木刻青年陈铁耕信中更说明:"我为保存历史材料和比较进步与否起见,想出一种不定期刊,或年刊,二十幅,印一百二十本,名曰《木刻纪程》,以作纪念。"在六、七月份致青年木刻家们的书简中尚有不少商讨编选事宜,议论作品优劣,以及征集木刻原版、拓本的文字。《鲁迅日记》一九三四年七月十八日条记有:"下午编《木刻纪程》并作序目讫。"想即当日初步选定入集作品并撰《〈木刻纪程〉小引》。八月十四日条记有:"上午……编《木刻纪程》讫,付印。"看来是这天定稿并送交印所。十月三日条记有:"《木刻纪程》(一)印成,凡一百二十本。"十月六日在致何白涛信中说::"《木刻纪程》已印出……此次付印,颇费心力,经费亦巨";同日致罗清桢笺亦云:"此次印工并不佳,而颇费手续,所费亦巨"。而这"所费",都是鲁迅节衣缩食奉献出来的血汗代价,更遑论那宝贵而无法估价的"心力"!鲁迅将印就的《木刻纪程》当即分赠"M. K. 木刻研究会","现代版画研究会"、"平津木刻研究会"等木刻团体,以及入选与未入选的青年木刻作者及木刻爱好者。为了使中国新兴木刻"跨出世界上去",鲁迅还将《木刻纪程》寄赠给当时在燕京大学任教的美国朋友施乐(即埃德加·斯诺——笔者)夫妇、苏联木刻家 A. 克拉甫兼珂与 A. 冈察罗夫,以及旅居苏联的德籍美术评论家 P. 艾丁格尔等。艾丁格尔于年底复信,认为该集构图虽多简单,技术也未纯熟,但有几个是大有希望的,即:清桢,白涛,雾城(他特别指出《窗》及《风景》),致平(特别指定《负伤的头》)而云云[1]。由此可见《木刻纪程》已得到了国际上有关专家的好评。

青年木刻家新波(即《木刻纪程》领衔作品《推》的作者"一工")在一九三四年十月十四日《中华日报》副刊《动向》撰文评介《木刻纪程》,他从自己执着于木刻运动的切身感受出发,抒写了新兴木刻家同一旋律的心曲:"抱着热诚而致力于木刻的青年,他们在努力过程中,虽然没有什么惊人的作品,而他们在热诚的研究中所得的,总把它贡献于大众之前!"作者还希望木

---

[1]　据鲁迅一九三五年三月十三日致陈烟桥笺。

刻青年"一致共同努力",从而"紧抓着时代的意识,社会的现实,表现于木版上,负起艺术为教育大众的使命来"!青年木刻家认为惟有如此,才不致"辜负了大众对作者们热烈的希望",同时,也才不致于辜负了"中国现代木刻之父"——鲁迅的殷切而高远的瞩望。

茂林嘉卉的萌芽

——鲁迅作序的《无名木刻集》

一九七九年十二月二十六日晚,新波同志乘来沪参加《中国木刻运动五十年》编委会议之便,莅临舍间晤谈,并带来两本新近出版的作品:一本是人民美术出版社版的《新波版画集》,一本是三联书店香港分店版的《春华散记——黄新波版画集》,这凝聚他一生艺术结晶的赠品,使我非常感动。新波师轻抚着那册硕大精致的《新波版画集》,情意深长地唔叹道:"这是我四十多年创作生涯的结集,对大家来说,是一种汇报;对自己来说,是一种纪念。可是,更要纪念的是他——"说着打开画集,指着《引言》上方的一幅照片(一九三六年十月第二次全国木刻联合流动展览会上鲁迅与新波等木刻青年谈话时所摄)中侃侃而谈的鲁迅先生,更加深情地说:"他的爱博大深沉,影响、感召、推动了整整一代人走上革命道路;中国木刻运动更是他一手扶植,没有他的引导……"话没有说完,这位饱经沧桑的老版画家的眼睛润湿了。

起初我不甚理解,何以那些老一辈文学家,艺术家对鲁迅的感情如此真挚、深邃?后来,智识渐开,世事日晓,读到了鲁迅为青年所撰写的数十万言的序跋、书简,见到了鲁迅为青年所编校的纷如繁星的书刊、画册,听到了亲聆鲁迅教诲的老人的追述……我于是深深领会到"导师鲁迅"所含蕴的一切……

新波曾多次追忆过关于他与刘岘合集的处女作——《无名木刻集》的往事。这本《木刻集》收辑了新波、刘岘二位木刻青年从事木刻创作曙新期的一些习作,当时手拓印制了五十本,于一九三四年四月初版。画集装帧得十分朴素,灰紫色粉画纸作封面,上方镌有分文的"木刻集",下署"无名木刻社印",中央另粘有一方拓印的马克思像。集内作品署名有"一工"、"王之兑"、"慎思"等,实则皆为黄裕祥(新波原名)和刘岘二人的笔名。可是就是这两个当时不仅名不见经传,而且身无分文的"无名"木刻青年,却得到了一代宗师鲁迅的关切、垂爱、支持,欣然为他们的《木刻集》作序(甚至第一次序的手稿被刘岘摹刻坏了,又不厌其烦地再写一稿),同时资助五十元供作印制费用,这种奖掖后进的义举,在中外艺术史上恐怕也不多见吧。

画集的内容,有刘岘刻的列宁、高尔基肖像,新波刻的《拾荒者》、《推》、《逃难之群》,以及风景,花卉等。因为是艺术学徒刚刚学步的习作,技术上难免稚拙,但却力求遵循现实主义法则,反映劳动人民的苦难生活和非人境遇;他们决心师奉鲁迅先生,献身新兴木刻运动的热情,也力透纸背地显现出来。另外,在某些方面也表现了政治上的幼稚,如将马克思像置于书面,勇气固可嘉,但却极易招引敌人的注意,反而妨害《木刻集》的流布,这些也受到了鲁迅的批评。

鲁迅《序》由刘岘依手迹雕版拓印,置于卷首。《序》写得言简意赅,纸短情长,充分肯定新兴木刻是"充满着新的生命"的"大众的艺术","刚健分明"是它的风格,朝气蓬勃是它的气质,服务大众是它的方向,从而对新兴木刻的特征作了精辟的概括。为了坚定这群乃至全体刚刚学步的木刻青年的意志。鲁迅还有力揭示了新生事物成长发展的普遍规律,即茸茸幼芽在风雨的搐击、霜雪的凌厉中坚韧不折,必然会锻炼成长为参天的"茂林"和绚丽的"嘉卉"——他如此热情的勖勉、赋予了年青的木刻新兵藐视文化"围剿"危岩般重压的信心。

在鲁迅精神的与物质的扶植下,"无名木刻社"(后易名"未名木刻社")的成员们作为左翼文艺运动的一员,积极创作,坚持战斗,并接受鲁迅的规箴,注意斗争策略,从而成为新兴木刻运动中一支活跃的力量。在短短的几年中,他们的成绩相当可观。现根据新波、刘岘的回忆,复参照内山完造编《中国新木刻集初集》(内山书店一九三四年十月初版)所附的"未名木刻社出版之木刻集"广告,并补以我自己的收藏,其成果计有:

《○○木刻集》(1933)

《平凡的故事》(1933)

《无名木刻集》(1934.4.)

《木刻画》(1934.9.)

《未名木刻选》(1934.10.)

《无名木刻选集》(1934. 12.)

《怒吼罢中国之图》(1935)

《阿 Q 正传画集》(1935. 6.)

《罪与罚图》(1936)

《子夜之图》(1937. 7.)

《血债》(1937)

《法复尔斯基选集》(1937)

《木刻新辑》正续编(1936—37)

《木刻自选集》(出版年月不明)

从以上不完全的统计中,可见"未名木刻社"成员的执着与勤奋;而该社作品的创作及出版,也始终得到鲁迅的关切,上述许多木刻集都是经鲁迅介绍由内山书店代售的,有的木刻集封底之右上角至今还保存有"内山书店"的浮签式店标。鲁迅还将《无名木刻集》的复本转赠"平津木刻研究会"的木刻青年,促进他们之间的切磋。为了文学与木刻结合的相得益彰。鲁迅还介绍青年作家叶紫来请新波为其处女作《丰收》插画,并出钱为之购木板(木刻需用梨木或桃木板);新波为《丰收》设计了封面并创作了十二幅木刻插图。叶紫为了感激这友谊的支援,与新波在虹口公园合影留念,并在《丰收》(奴隶社一九三五年三月初版)的《后记》中写道:"感谢新波先生日夜为我赶刻木刻,使我的这些不成器的东西,增加无限光彩。"稍后,鲁迅又介绍田军(萧军)来请新波为其《八月的乡村》设计封面,新波也为之刻绘了东北抗日联军在白山黑水间蜿蜒挺进的书面画。以上两书连同萧红的《生死场》,都由鲁迅为之作序,并编入《奴隶丛书》。鲁迅还向新波赠送《引玉集》等供其观摩学习,并将他的作品选入《木刻纪程》以资鼓励。甚至新波初期创作的五十多幅木刻,也因为当年鲁迅的妥为收藏而保存至今。直至逝世的前几天,鲁迅在一九三六年十月八日全国第二次木刻流动展览会上,还与新波等木刻青年亲切洽谈,谆谆诲导……鲁迅对刘岘的木刻创作也备多关注,《鲁迅日记》一九三四年一月十一日、廿五日,二月二十六日,三月十日、十四日、二十八日,四月三日、十七日,六月二十七日,十月四、六、九日,十一月五日、十二日,一九三五年一月六日,二月十九日等条,均有"复刘岘"的记录,函札多达十六通(可惜已大多散佚),即从保存的断片看,有问题的解答,有作品的评述,更有方向的指引,其字里行间无不跃动着哺育者的拳拳之心。

　　左翼文艺批评家胡风于一九三七年三月为新波的木刻集《路碑》撰《序》时,极其"惊喜"于他的新作《鲁迅先生葬仪》等是"用着充溢的热情刻出了那悲壮的时间",赞赏他为服务民族革命战争而创作的《长征》、《抗敌归来的义勇军的遭遇》、《被牛马化的同胞》等"目光坚利",认为是"紧站在生活实地上面"的"生气盎然的发展",并且衷心祝福年青的木刻家前途无量——"和民族的大众的求生存求进步的斗争一同,更大的成就当在将来"。四十年后,新波自己在纪念鲁迅的文章《不逝的记忆》中写道:"追思他扶育青年木刻艺徒的一些往事,心情十分激动。要是鲁迅先生能活到今天,亲眼看到他当年苦心扶育的木刻新苗,今天在艺苑里正新枝竞发,虽或未算长成茂林嘉卉,但也可算绰约多姿,那末,他当然是会感到欣慰的吧。"[1]新波同志今春不幸逝世了,党和人民高度评价了他的政治与艺术活动。这位青春长在的无产阶级文艺战士,终其近五十年的创作实践,可以毫无愧色地说没有辜负鲁迅先生的栽培与瞩望:终于从稚弱柔嫩的"萌芽"苗长为中国木刻运动中出类拔萃的"嘉卉。"倘若鲁迅先生九泉有知,一定会颔首而笑地"感到欣慰"。

---

〔1〕 载《鲁迅回忆录》第二集,上海文艺出版社一九七九年六月初版。

木铎奋鸣以警众

——《木铃木刻集》

在鲁迅收藏的美术品中,有一幅题为《三个受难的青年》的木刻画,是版画家力群在三十年代创作的。一九七九年冬,许多知名版画家为编纂《中国木刻运动五十周年》云集上海,力群也来了。在请他追述从事木刻的往事时,我问及《三个受难的青年》的涵意,力群说,这幅木刻是为纪念木铃木刻社三名社员被捕入狱而作的,三个受难者即曹白、叶洛及力群自己。

与此同时,我在编辑《鲁迅回忆录》的过程中,曾和曹白、许天开商洽稿件,这两位原木铃木刻社的成员与我谈起了该社在鲁迅先生感召下萌发与搏战的历程;谈到木铃木刻社自成立至因敌人迫害而解体不及一年,但她孕育了中国新兴木刻运动中十分活跃的优秀木刻艺术家。曹白在追溯建社动因时深情地说道:"我尊重鲁迅,也爱好木刻,因此建议组织了木铃木刻社。"这一新兴木刻团体的全称是"木铃木刻研究会",由国立杭州艺术专科学校的学生于一九三二年十二月组成,大多数是高中部三年级的学生,也有少数大学部的同学。其中有原一八艺社的负责人胡一川,社员汪占非等。该社主要成员有曹白(刘平若)、力群(郝丽春)、叶洛(叶乃芬)、万斯年、陆离、王肇民、肖传玖、许天开等。

木铃木刻社,是杭州艺术专科学校继一八艺社之后成立的又一个革命美术团体。关于"木铃"的命意,在该社手拓印制的第一本作品集《木铃木展》(一九三三年四月出版)的《前言》中有所阐释:"以木造铃,明知是敲而不响的东西,但在最低的限度上,我们希望它总有铮铮作巨鸣之一日的。"其中"敲而不响"云云,当然是自谦之词;但在古代礼仪中却有木铎,也就是以木作舌的铃铛。《周礼天官小宰》篇中有"徇以木铎"之句,其注云:"古者将有新令,必奋铎以警众,使明听也。"我想,木铃恐怕是借古木铎之义,即复兴木刻这一中华固有的艺术,赋予它无产阶级革命文艺的"新令",使其铿然鸣响,以警醒、召唤万千群众起来斗争。鲁迅在论及新兴木刻时曾褒扬它是"新的青年的艺术",因为它为"更光明,更伟大的事业"作"前哨",所以为"大众所支持",也"为革命所需要"。木铃木刻社不辜负导师的期望,在《木铃木展》的前言中写道:

> ……木刻是最经济、便利,而且更为普遍性的艺术。在德国,连环版画的流行,好象我们市上小书摊上的连环图画《七剑十三侠》、《封神榜》一样地为下层民众所爱好,比之一幅油画专为上层阶级的人所占有,真是不可同日语。

> 站在研究和发展的立场上,尽我们的所能,贡献给大众,使大众能从这简单的东西里得到些什么,这就是我们的目的。同时也就是我们对时代所负起的一点些微的责任。

在这相当于木铃木刻社宣言的文字中,明白昭示了他们的目的正是"奋铎以警众"。所谓"使大众能从这简单的东西里得到些什么(重点为引者所加),这"什么"寓意深邃,是文化"围剿"的阴影笼罩下不得不用的借代词,它可以包括许多内容——革命真理的谕扬,光明前景的憧憬,黑暗现实的暴露……

木铃木刻社成立之后,经过社员数月的努力,于一九三三年四月在杭州艺专校内举办了第一次木铃社作品展览会,共展出木刻作品九十多件,并在会上出售手工拓印的《木铃木展》画册。这本手拓的画册只印一百二十本,选辑了展览会的代表作品十四幅,其中有:曹白的《卢那卡尔斯基像》,力群的《生路》,肖传玖的《交涉》,许天开的《关外的反抗》,以及其他社员的创作《工厂》、《苦工》、《劳动者》等。稍后,曹白刻的卢氏头像披载于一九三三年四月间的杭州《民国日报》上,竟被那些不学无术的国民党官僚诬指为红军军官造像,并成为曹白等被捕的"罪证"之一。同年暑假中,木铃木刻社同杭州艺专的另一美术团体白杨绘画研究会合作,于六月十五日开始在湖滨的旗下民众教育馆举行了第二次作品展览会。展品中除木铃木刻社的六十七幅木刻画外,尚有油画、水彩画、木炭画等共二百余件。这次展览会的版画创作,选辑了一本《木铃木刻集》,于同月由印刷厂机印出版一千册。我所珍藏的这册《木铃木刻集》系许天开同志馈赠,是他保存了四十多年的藏本。

画集以十六开道林纸印制,书品还是比较精美的。封面用鲜红单色,"木铃木刻集"的书名之下是一幅版画——人们在掌握时代的舵轮前行。扉页刊有《写在刊前》,据说出自曹白的手笔,反映了木铃木刻社同人的艺术观,兹撮要引录如下:

> ……许多人说,现在艺术家的任务,不是尽在色和形的抽象上面用功夫,重要的还是在使艺术的内容接近于大众,才是艺术自身的生命,不错,艺术的作制,是不能离开大众的,我们虽然尚未能把握到艺术家的任务,可是对艺术的使命,当尽我们的所能,来尽力经营。

> 在压迫,欺诈,剥削,榨取种种人与人间的惨酷行为之下的一般劳苦大众们,艺术早已和他们隔膜了,他们无从领受艺术的施予,他们无欣赏艺术的机会,他们挣扎于血汗辛劳之中,还不能得到生活的安慰,但是新的时代已经展开了,艺术家再不应当隔绝他们,智识阶级者,当把所有的贡献给大众,给他们以指示,给他们以自觉,从反抗斗争之中,找求生路。

> 这里,技术的不够,内容的空虚,自然还不能避免缺陷,我们期望着同情的朋友们,尽量地给我们纠正,使我们更充实,更正确,我们当凭着我们的热和力,向前推进。

这里所申明的宗旨,比二个月前《木铃木展》的《前言》中所写的还要鲜明,无畏地提出了艺术应服务大众、武装大众,从而鼓动与引导他们"从反抗斗争之中,找求生活"。本集作品凡三十一幅,其中有力群(署名丽春)的《病》和《午餐》,曹白(署名寇子)的《休息》和《小贩》,叶洛(署名代洛)的《街市战》和《斗争》,肖传玖(署名佩之)的《憩》和《月台上之小贩》,许天开(署名彦厂)的《囚》和《宝石山风暴》,以及其他社员创作的《猪猡之群》(雪蓑)、《饥饿》(洪野)、《讨乞》(佑乾)、《码头》(陈拓烟)、《恐怖》(卢薪)、《在黑暗中》(剑峰)、《到前线去》(恺之)、《五月之回顾》(陈光)等。这些木刻画大多遵循现实主义的创作方法,多方面地反映劳动人民的苦难和斗争,倾向鲜明,对比强烈,能充分运用木刻艺术的特点来抒发爱憎,倾泄积愤。其中有对食利者肥如猪豚的讥嘲(《猪猡之群》),有对权势者草菅人命的控诉(《〈烟袋〉的插图》),也刻绘了劳动者饥肠辘辘的郁怒(《饥饿》),幼小者嗷嗷待哺的呻吟(《失业》),绝望者悬梁自缢的惨象(《没落》),更发出了战斗者的呐喊(《到前线去》),歌颂了无产者的斗争(《五月之歌》)……凡此种种,已经较大地拓展了新兴木刻的题材范围,显示了木刻新军的胆识与魄力,他们确实没有违悖自己所宣示的"我们当凭着我们的热和力,向前推进"!曹白等曾将以上二本木刻集寄奉鲁迅先生,后者于一九三四年六月所撰《〈木刻纪程〉小引》中回溯中国新兴木刻运动史时记有:"新的木刻……到一九三一年夏,在上海遂有了中国最初的木刻讲习会。又由是蔓衍而有木铃社,曾印《木铃木刻集》两本。"据曹白回忆,后来他到上海与鲁迅晤面时,鲁迅曾勉励说:"你们的胆真大! 你们的斗争性真好啊! 在杭州这种地方能闹得这样轰轰烈烈,上海都不能那样闹。"

由于木铃木刻社在中国新兴木刻运动中显示了凌厉的锋芒,国民党当局于一九三三年十月十日的早晨逮捕了该社的三个骨干成员:曹白、力群和叶洛。在敌人的追索下,其他人员星散,迫使木铃木刻社解体。伪法庭对木铃社提出的所谓起诉书写道:"……所组织之木刻研究会,系受共党指挥,研究普罗艺术之团体也。被告等皆为该会会员……核其所刻,皆为红军军官及劳动饥饿者之景象,皆以鼓动阶级斗争而示无产阶级必有专政之一日。"敌人的无理指控,反证了木铃木刻社很使这群黑暗的动物感到惶恐。

但是,统治者的镣铐、棍棒,甚至斧钺,都封禁、剥夺不了长仅三寸的木刻刀。木铃木刻社的许多成员,不论后来虎口余生,或者是浪迹四方,都没有放下自己战斗的武器,仍然坚持新兴木刻创作。例如曹白出狱后辗转来到上海,在中学教课的业余从事木刻创作,曾刻了《鲁迅像》和《鲁迅与祥林嫂》拟送第壹次全国木刻联合展览会,不料前一幅被国民党上海市党部稽查官禁止展出。曹白于愤慨之余,就将此像寄给鲁迅。查《鲁迅日记》,一九三六年三月二十二日条记有:"得曹白信并木刻一幅,即复。"信中写道:"……我要保存这一幅画,一是因为是遭过艰难的青年的作品,二是因为留着党老爷的蹄痕,三,则由此也纪念一点现在的黑暗和挣扎。倘有机会,也想发表出来给他们看看。"鲁迅还以愤激的心情在这幅木刻上题词:"曹白刻,一九三五年夏天,全国木刻展览会在上海开会,作品先由市党部审查,'老爷'就指着这张木刻说'‘这不行!’剔去了。"就这样,鲁迅铭记了又一桩文化"围剿"的罪行,并通过美国朋友史沫特莱寄到国外去。当木刻《鲁迅像》连同鲁迅的题词在太平洋彼岸的《新群众》杂志披露时,历史又一次记录了文化"围剿"的破产。

鲁迅非常关心曹白这个因从事木刻创作而横遭迫害的青年,根据曹以

"人凡"的笔名所写的《坐牢纪略》撰成《写于深夜里》一文,通过国民党取谛木铃木刻社以及囚禁曹白等人的事件,揭露反动当局践踏人权,疯狂镇压革命文艺运动的狰狞面目与衰弱本质。这一反文化"围剿"的革命檄文是为英文刊物《中国呼声》而作,英译稿载该刊一九三六年六月的一卷六期,中文稿发表于同年五月十日出版的《夜莺》一卷三期。从三月到十月,即至鲁迅逝世前的半年中,曹白共收到鲁迅的书札十四通之多,页页纸面流溢着导师对木刻青年的拳拳深情,在一九三六年三月二十六日信中说:"人生现在实在苦痛,但我们总要战取光明,即使自己遇不到,也可以留给后来的。我们这样的活下去罢。"这对于一个无辜受害而后复于艰困中挣扎的青年,该是多么强劲的促力和多么温暖的慰藉呵!

对于木铃木刻社的其他成员,鲁迅也是很关切的。当他从曹白信中得悉力群仍在坚持木刻创作时,兴奋地复函说:"关于力群的消息,使我很高兴。他的木刻,是很生动的。"(一九三六年五月四日致曹白)。后来力群托曹白将自己刻的鲁迅像寄给鲁迅先生,鲁迅在复信中写道:"郝君给我刻像,谢谢,他没有这些弊病(指当时木刻界的某些弊病——引者),但他从展览会的作品上,我以为最好是不受影响。"(一九三六年八月七日致曹白)从这片言只字中可以感受到,鲁迅对于木刻青年的成长,从人生哲学、思想修养乃至艺术道路,都是关注备至的。

在鲁迅的关怀和鼓舞下,木铃木刻社的青年当时一旦挣脱敌人的羁绊,立即又聚集到以鲁迅为主将的左翼文艺旗帜下,执着于新兴木刻的创作与流布。力群等在此后数十年,取得了很大的成就。木铃木刻社在中国现代木刻史上,虽然象彗星似的一闪即逝,但是它的光束与热力并未消弭!

艺徒的热诚　社会的魂魄

——鲁迅作序的《全国木刻联合展》

　　鲁迅一生为文学艺术界的新人新作写过数以百计的序跋文,其中有一个特异的现象引人注意,即不少序跋保存下来了,而被序跋的作品却杳如黄鹤。之所以产生序存书亡的情况,是蒋家王朝施行文化"围剿"的"勋业德政"造成的:党老爷的蹄痕所及,立即呈现一片"书"灵涂炭的惨象。而这些曾经鲁迅序跋的书,虽然同经禁毁而遭遇也不尽相同:有的作品手稿幸存至今,得以重见天日;有的则原稿也散佚殆尽,形成"此地空余黄鹤楼"的局面。《且介亭杂文二集》辑存的《〈全国木刻联合展览会专辑〉序》即属后者。

　　该《序》是鲁迅于一九三五年六月四日为平津木刻研究会所主持编辑的《全国木刻联合展览会专辑》撰写的。平津木刻研究会系北方左翼文艺运动的产物,一九三三年春成立于北平,由北平、天津地区的左翼青年木刻家许苍音(又名蔡思诚)、金肇野、唐诃、段干青、周涛等发起创立,其骨干大多是北方左翼美术家联盟的成员。

　　平津木刻研究会成立后,即在北平西长安街艺文中学举办了木刻画展览会。当时北平左联的机关刊物《文学杂志》第一期(一九三三年四月十五日)的扉页背面刊有《木刻展览会通告》,其中写道:"木刻研究会主开之木刻展览会,于本月十六日至十九日假西长安街艺文中学举行,作品约百幅,系北平上海木刻作家近作,并收集世界名家木刻多件,欢迎参观。本刊所载木刻二幅,即系该会出品。"这两幅木刻为《上海民族革命战争之"工人义勇军"》和《水灾》,均未署作者姓名。

　　该会还在平、津两地学办木刻讨论,由许苍音、金肇野等主讲,参加听讲的木刻爱好者有四十人左右,讲座内容包括版画史、创作方法、印刷术等,讲稿后来陆续在天津《庸报》的《另外一页》栏刊出。

为了促进新兴木刻运动的开展,平津木刻研究会倡议举办第一届全国木刻联合览展会。这一开拓性的创举立即得到鲁迅先生的赞同与支持,他主动积极地为之搜集和提供展品。《鲁迅日记》一九三四年十一月七日条记有:"寄北平全国木刻展览会筹备处信并《木刻纪程》一本,木刻三十二幅。"同年十一月十三日条记有:"得林绍峇信并木刻三十枚,午后复,并将木刻转寄北平木刻展览会筹备处。"十一月十九日条记有:"以罗清桢及张慧木刻寄北平全国木展筹备处。"二十日条记有:"得木展筹备处信,即复。"二十一日条记有:"上午得北平木刻展览会信。"十二月二日条记有:"午得全国木刻展览会信。"十八日条记有:"得木刻筹备会及田际华信即复。"一九三五年六月五日条记有:"上午寄唐诃信并《全国木刻展览会专辑序》稿一篇。"十月三日条记有:"午后复唐诃信并捐全国木刻展览会泉二十。"从以上记录上可以看到,鲁迅自一九三四年冬以来与全国木展筹备处通讯频繁:推荐作品,撰写序言,捐赠款项,致函指导……足见"中国木刻之父"为力促新兴木刻的勃兴所倾注的鼎沸激情。当年在木展筹备处工作的唐诃(即田际华)后来回忆道:"从一九三四年十月份开始,即不断收到全国各地寄来的木刻拓本和信件。大约在最早收到的一批信件中,就有鲁迅先生用何干署名的一封信,这封信在筹办人员间引起了热烈的反映。信中提到上海木刻活动停滞的情况,对全国木刻展览会寄予很大的希望,并将自己手中存的青年艺术家的作品寄来参加展出。"[1]这段回忆作为以上引录日记的注脚,更可说明鲁迅全力支持新兴木刻运动的无私、热情、执着。

由于平津木刻研究会的积极筹备,从全国征集到了四百多件木刻作品(其中鲁迅为之提供的约有一百二十余幅,约占全部展品的三分之一),于一九三五年元旦,假北平天安门东侧的太庙举行了有史以来第一次全国性的木刻画检阅——全国木刻联合展览会。

关于展览会的盛况,当时北平出版的《晨报》、《北平新报》、《北辰报》,甚至国民党直接控制的《华北日报》,都进行了报道,刊载了评论,并发表了展品中的部分木刻作品。而最翔实的记录则莫过于鲁迅先生保存的一册《全国木刻联合展》了。这本专刊是平津木刻研究会主持人之一的金肇野在展览会开幕前夕寄给他的。鲁迅一九三四年十二月十八日致金肇野信中写

---

[1]《第一次全国木刻联合展览会纪事》,刊《版画》第十七期。

道:"十三日信……已收到。(并专刊,亦到。)""专刊",即拟于展览会上发售的《全国木刻联合展》,因为类似说明书性质,所以印制得十分朴素,系三十二开本毛边装,仅仅二十页上下的小册子。封面上也没有什么装饰,仅在简单的图案上印着几个美术字:"1935 全国木刻联合展",不过字写得勾划嶙峋,颇有木刻的韵味。扉页印有《小引》,是仅存的有关第一次木展的文献之一,不妨引录如下:

> 随着刻版印刷的发明,木刻画是最早为宗教宣传品所引用的。在中国,印刷术发达较先,然而正象别的一样,木刻艺术,始终凝滞于原始的创作技巧。
>
> 十五年之划时代的变动,西方创作版画术开始输入中国。经过一度蓬勃,接着便陷入了沉寂状态。等到一九三四,这一潜伏已久的新艺术运动,又以不可一世的雄姿,开始向旧艺术猛冲。
>
> 为民众艺术的木刻版画,自有其特殊之根基的,古旧的,陈腐的,让着它没落下去吧,新的必须新生,怎样清算着过去,藉以展望未来,这工作便落在了每一个青年艺徒的身上。
>
> 现在,全国木刻联展,第一次揭幕了。它在这孕育着丰富艺术的东方古国,会投起怎么样的反响,这是每一个关心木运的人,所急欲知道的。
>
> 不应该是旁观者,更没有生疏的必要。人啊,让我们亲密的握着手吧!

在这简洁而含蓄的引言中,既回顾了木刻作为民族文化传统的历史渊源,又阐述了新兴木刻运动勃兴的时代背景,更强调了木刻艺术"为民众"的方向,及其肩负的清算过去、展望未来的使命,最后则是热情的召唤,恳挚地希望组成规模更宏大的木刻新军。在中国新兴木刻运动史上,这应该也是一篇重要的文献,除了历史碑碣式的价值而外,也有助于我们理解鲁迅为这次木展专辑所撰的序文。

第一次全国木刻联合展的规模甚大,据当时的报刊报道,在太庙(即今劳动人民文化宫)内辟了两个陈列室,第一陈列室展出中国现代木刻作品,第二陈列室展出中国古代及外国木刻作品,以及木刻工具(以实物示范说明木刻画的创作与印刷过程)等。而《全国木刻联合展》则更详尽具体地反映了当时展品的全部情况。其"出品目录"分"古代木刻版画之部"及"现代创作木刻之部"。前者为郑振铎先生所提供，其中有宋刊本的《佛顶心陀罗尼经》、《妙法莲华经》插绘，金刊本《本草》插绘，元刊本佛经的扉画，明嘉靖刊本《日记故事》，明万历刊本《顾氏画谱》、《程氏墨苑》，明崇祯刊本《金瓶梅》插图，清同治刊本《剑侠传》等四十八种，洋洋大观地展示了中国古代版画艺术的精英。"现代创作木刻之部"规模更为浩大，显示了木刻这一古旧艺术在新时代的发展、更新与繁衍，展品多达四百零五件（唐诃在《第一次全国木刻联合展览会记事》中，回忆"展出作品约二百余件"，显系误记——笔者），其中有：

一　川：《要饭吃》等二件

一　工：《推》

王兴佺：《苦力》等七件

王　修：《捡煤碴的人们》等二件

田　友：《绝望》

史苦雁：《母与子》

司徒奏：《寒》、《傀儡》

沃　渣：《灾民》等七件

余汉秋：《锄禾日当午》等四件

李　桦：《兵变》等二十三件

李雾城：《汽笛响了》等五件

辛　蚁：《失业群》

何白涛：《私斗》等八件

沈福文：《筑路工人》等二十件

林世忠：《铁的怒吼》等四件

段干青：《九一八之夜》等三十件

胡　藻：《没有归宿的人》等八件

陈铁耕：《岭南之春》等二件

陈葆真：《力》等二件

陈克白：《工作》等二件

唐英伟：《呼诉》等十六件

唐　达：《梢工》等八件

许韰音：《幽僻的陈庄》插图十件

张　望：《丐》等二件

张致平：《负伤的头》等二件

张世光：《机器》

张　慧：《黄浦滩头》等二十八件

张　影：《荷锄牵犊到田间》等十六件

梅长业：《少女》

野　夫：《光明在前》等十一件

普　之：《船夫》

温　涛：《她的觉醒》连环画一部

董化羽：《静物》等三件

杨　镞：《城市之光》等十七件

鲁　木：《炭坑夫》等五件

潘学昭：《野火》等十一件

潘成业：《绞刑》等十件

田松涛：《石匠》

邓　清：《肖像》

赖少麒：《打出幽灵之塔》等十七件

刘　岘：《暴风雨之将至》等三十三件

刘光宪：《梅光小品》等十二件

闻　凯：《囚》

兰　加：《黄包车夫》等二件

罗清桢：《韩江舟子》等三十六件

夏　朋：《呐喊》

新　波：《爸爸没工做了》等二件

韵　波：《一二八之夜》等三件

靳家友：《母子》

缐光野：《刘》等三件

王青芳：《偶像》

王　华：《临别》

之所以不惮冗长地将作者作品悉数罗列，是因为从中足可窥见中国新兴木刻运动第一次检阅时的阵容。作者中有的后来为革命事业奉献了生命（如夏朋），更多的在此后的民族解放战争、第三次国内战争以及建国后的社会主义文化建设中作出了贡献，成为革命美术事业的一支骨干力量，如一工（新波）、胡一川、李桦、赖少麒、温涛、沃渣、野夫、陈烟桥、张望、刘岘、罗清桢等，都曾为推进木刻运动而奋斗不息。从以上木刻作者的队列中也可看出，木刻运动作为革命文化阵营的一翼，随着时代的演进在不断拓展，自一九二九年诞生第一个木刻团体——一八艺社后，随之竞相成立的春地美术研究所、野风画会、野穗社、木铃木刻研究会、无名木刻社、M.K. 木刻研究社、铁马版画研究会、现代版画研究会、平津木刻研究会等新兴木刻团体，都展示了自己在艰危中搏斗的战绩，于此进行了一次各路木刻新军的大会师，其声威的浩大是空前的。

展览会的"参考品"部分，其中有不少是鲁迅编印的供木刻作者观摩学习的外国版画作品和中国古代版画，如《引玉集》、麦绥来勒《一个人的受难》、《北平笺谱》、《木刻纪程》，以及鲁迅题签的《张慧木刻集》，另外还有德国珂勒惠支、美国凯斯等人的版画原拓本等。

展览会为期七天，据当事人回忆，整个展出期间气氛非常热烈："一日清晨，未到开幕时间，太庙南门外已经涌来不少热情的观众。以后从早到晚，参观人络绎不绝，陈列室内非常拥挤。"[1]北平展出之后，由金肇野、唐诃等携带展品转赴天津、济南、太原、汉口和上海等地巡回展览，至同年十月份方告结束。

在全国木刻联展开幕不久，即一九三五年一月十一日，唐诃就致函鲁迅先生，请求为该展览会准备编印的《全国木刻联合展览会专辑》写序，鲁迅当即应允，在同月十八日致唐诃信中写道："那一本专刊，我或者写几句罢，不过也没有什么新意思。"《鲁迅日记》同年六月五日记有："上午寄唐诃信并《全国木刻展览会专辑序》稿一篇。"《专辑》的编选，系由木展筹备处从四百多件展品中选取四十幅较为优秀之作，并且听取了鲁迅的建议，不用机印，而是分别请作者自己手拓，以保持原作的风貌。部分入选作品拓本印就后存放于金肇野寓所，不久金因参加"一二·九"运动遭逮捕，因此许多木刻原拓也被国民党宪兵团抄走了。惟有鲁迅序文的刻版由唐诃保存下来，总算没有遭到暴徒们的践踏。鲁迅逝世以后，唐诃遂将鲁迅手撰《〈全国木刻联

---

〔1〕 唐诃：《第一次全国木刻展览会记事》，刊《版画》一九五九年第十七期。

合展览会专辑〉序》第一次发表在自己所编辑的刊物《文地》一卷一期(一九
三六年十一月),并在同期刊载的一篇悼念文章《哀鲁迅先生》中喟然感叹
道:"……鲁迅先生亲笔所写的序文的刻版,算是这一次全国木刻联合展览
会遗留下来的惟一的纪念品!"这篇悼文以隐晦的文笔表达了对国民党摧残
文化的抗议。

鲁迅在《〈全国木刻联合展览会专辑〉序》中对五年来勇猛精进的中国新
兴木刻运动作了估量与评价,热情地赞赏在困厄中搏斗,在冷遇中挣扎,在
重压下抗争,在迫害中进击的木刻青年的创作,是与人民大众"血脉相通"
的,也出于"社会大众的内心的一致的要求",因而"为大众所支持",它所
表达的是"艺术学徒的热诚",同时也凸现了"现代社会的魂魄",这些都不
啻是崇高的褒奖与勖勉,极大地温暖与激励了广大的木刻青年。此外,还
诚挚地提请木刻青年在承袭木刻艺术民族传统的同时,谨防受其束缚,而
要有所创新,要着力表现"人物和故事画",亦即反映人民的疾苦与现实的
斗争,从而使木刻更好地服务于"更光明,更伟大的事业"——中国人民的
解放斗争。

在《序》的结尾,这位中国新兴木刻运动的开拓者热诚地祈祝:"这选集,
是聚全国出品的精粹的第一本。但这是开始不是成功,是几个前哨的进行,
愿此后更有无尽的旌旗蔽空的大队。"既是回顾,更是前瞻。历史没有违背
这一革命先哲的昭示,木刻在此后的战斗岁月中发挥了不可估量的作用,木
刻作者也在中国革命的进程中汇成了宏伟浩荡的新军。鲁迅所瞻望的前景
如何呢? 另一位文化前驱郭沫若在四十年代后期作出了回答:"我们谁都知
道感谢近代的文化巨人鲁迅先生。就象中国的近代文化是由鲁迅先生发挥
了领导作用一样,濒死的木刻也就靠了他又才苏活了转来,而且很快的便茁
壮无比了。新的木刻技术是由他首先由国外介绍过来的。但更重要的是他
在意识上的照明。他使木刻由匠技成为艺术,而且成为了反帝反封建的最
犀利的人民武器。木刻没有走过怎样的冤路,一出马便以健全的现实主义,
配合着人民的要求,紧追着时代的动向,迈进了他的大步。……成为人民所
乐见,而反人民者所害怕的东西。"[1]郭沫若进而指出:"在这人民意识全面
觉醒的阶段,木刻艺术,实开风气之先。……木刻作家们在中国人民解放的

---

[1] 《〈北方木刻〉序》,载《北方木刻》,高原书店一九四七年五月初版。

斗争中确确实实是走在最前头了。"[1]以上两段话写于中国人民取得历史性胜利的前夕,距鲁迅撰序的时间已过去十二年,木刻艺术所闪烁的异彩,木刻队伍所挥斥的神威,木刻运动所获取的成功,无不一一印证了鲁迅的预言!

---

[1]　《〈北方木刻〉序》,载《北方木刻》,高原书店一九四七年五月初版。

木艺新花　南国奇葩

——《现代版画》

　　我珍藏着一册《现代版画》，它是我国新兴木刻运动先行者之一新波同志所赠。

　　《现代版画》是现代版画会的机关刊物，一九三四年十二月创刊于广州。它的出世，与中国新兴木刻运动的奠基者——鲁迅有着密切的关系。这首先得从现代版画会的创立谈起。

　　现代版画会的全称是现代创作版画研究会，一九三四年六月在广州市立美术学校成立。发起人为当时在该校任教的青年版画家李桦。最初的成员有赖少麒、张影、唐英伟、陈仲纲、刘光宪、刘仑等二十七人，大多是广州市立美术学校西画系二年级的进步学生，也有部分是该校其他系科的进步学生及校外爱好美术的进步青年。后来会员陆续有所增加，最多时达三十余名。现代版画会的负责人李桦及骨干成员赖少麒、唐英伟、张影等人，与在上海的鲁迅先生建立了通讯联系，不时求教，鲁迅先生总是及时地具体地答复。例如，他在一九三四年十二月十八日给李桦的第一封信中，就对这位素昧平生的木刻青年既有严肃的告诫："木刻确已得到客观的支持，但这时候，就要严防它的堕落和衰退，尤其是蛀虫，它能使木刻的趣味降低，如新剧之变为开玩笑的'文明戏'一样"；也有热情的祝愿："我深希望先生们的团体，成为支柱和发展版画之中心"；并且提出，为了推动中国的新兴美术运动，必须创办有作品观摩与理论切磋的全国性美术杂志："论理，以中国之大，是该有一种(至少)正正堂堂的美术杂志，一面绍介外国作品，一面绍介国内艺术的发展的，但我们没有"。李桦后来在回忆这封终生难忘的信时写道："这封信使一个摸索着前进的木刻作者立刻打开了眼界，看到了前途，有了信心和力量，更使他觉得身上已负担着一个重大的责任。我就是这样从鲁迅先生

的关怀,指导和鼓舞中吸取了前进力量的。"〔1〕

于是,现代版画会起初以发起人李桦的名义,在广州的《市民日报》上编了一个《木刻周刊》;而后,自一九三四年十二月开始,遵照鲁迅先生所提出的"该有一种(至少)正正堂堂的美术杂志"的建议,创办了会刊《现代版画》。创刊号所刊作品的作者有:李桦、唐英伟、刘光宪、潘学昭、胡其藻、陈仲纲、司徒奏、刘憬辉、潘成业、赖少麒、杨长业、张世光、区旭洣、张影、李烂荣、林世忠、李同和等;几乎现代版画会的所有成员都为创刊号提供了创作。我所见到的《现代版画》第一集系上海鲁迅纪念馆保存的鲁迅遗物,封面上有钢笔书写的:"给豫才先生纪念 李桦 廿三·十二·十七"。刊名"现代版画"自右至左横排,中央部位印有一个圆形的木刻图案,画中绘有两人朝初升的旭日奔驰,可能是表达同人对光明的憧憬吧!下标"第一集",并署有"现代创作版画研究会出版"与"1934"的字样。

一九七七年仲夏,我在北京沙滩西屋书室的寓所访问了年已古稀的李桦同志,承他见告了有关《现代版画》的编印情况。第一集是以木刻原版上机印刷,共印五百册,印制效果不甚理想,鲁迅于一九三五年一月四日致李桦信中曾指出:"《现代版画》……选择内容且作别论,纸的光滑,墨的多油,就毁损作品的好处不少,创作木刻虽是版画,仍须作者自印,佳处这才全备,一经机器的处理,和原作会大不同的,况且中国的印刷术,又这样的不进步。"遵照鲁迅的指导,版画会同人决定以后改为手印,以保持创作木刻的韵味。据木刻原版手拓的《现代版画》第二集,于一九三五年二月一日出版,印数五十本;以后逐期俱为手印,每集印制五十、六十、八十本不等,最多一百本。

《现代版画》在鲁迅的关切下,自一九三四年十二月至一九三六年五月共出十八集,初为半月刊,第十一集起改为月刊。每集刊载作者手拓版画原作十二幅至十五幅不等,其中不少是专号与特辑,有风景静物专号(第二集),新春风俗尚号(第四集),广州生活专号(第五集),民间风俗专号(第八集),藏书票特辑(第九集),第二回半年展纪念专号(第十集),贺年片特辑(第十五集),反帝专号(第十七集)等。

这些集子里的作品,充分显示了处于重压之下的新兴木刻的顽强生命力,其内容的坚实、风格的多样,甚得鲁迅的好评。在收到李桦寄来的最初

---

〔1〕《鼓舞着我前进的一封信》,刊《美术》一九五八年第十期。

的几集后,鲁迅在一九三五年三月九日的复信中写道:"内容以至装订,无不优美,欣赏之后,真是感谢得很。"他推荐给内山书店代售,还准备寄给苏联的木刻家及美术评论家,以扩大影响。鲁迅在此后的通信中,对《现代版画》提了许多中肯的意见与建议:在思想内容方面,要警惕"小资产阶级的气分太重","但要消除此气分,必先改变这意识,这须由经验,观察,思索而来,非空言所能转变,如果硬装前进,其实比直捷他所固有的情绪还要坏";关于艺术修养,强调"木刻是一种作某用的工具",但是"它是艺术",告诫青年木刻家不要"蔑视技术",不能"缺少基础工夫";至于题材,则认为"范围太狭",应该拓展、"变革",即使刻静物吧,也可以刻"枪刀锄斧"、"草根树皮",使它们具有"和古之静物""大不相同"的神采,揭示它们的社会意义;还具体举出《现代版画》的缺点,如作品"选得欠精"(以上均见一九三五年六月十六日致李桦信)。鲁迅在写给现代版画会其他成员的信中也备多勉励,如一九三五年六月二十九日致赖少麒笺云:"太伟大的变动,我们会无力表现的,不过这也无须悲观,我们即使不能表现他的全盘,我们可以表现它的一角……"同日致唐英伟笺,阐明木刻的任务在于"助成奋斗,向上,美化的诸种行动";新发现的一九三五年一月十八夜致张影笺,在指出青年艺术学徒在修养与技艺方面的不足以后,热情地鼓励道:"……在学习的途中,这些是并不要紧的,只要不放手,我知道一定进步起来"[1]。鲁迅热望木刻青年在思想、艺术上都健康成长的精诚,在书简中在在显现出来。

在鲁迅的哺育与指导下,《现代版画》所刊发的若干作品,在中国现代木刻史上也留下了明显的印痕。例如,新波师贻我的第十四集载有李桦的木刻画《怒吼罢,中国!》它以有力的刀法刻画了一个被蒙目缚身的巨人形象,象征中华民族的觉醒与奋起——他那搏跳的挣扎,已颤动到指头与脚踵;他那高亢的呐喊,震醒了人们的酣梦与沉迷;他攫取武器的意志,以及浑然焕发的"不自由毋宁死"的精神,无不促人深思:是置身刀俎之上任人宰割呢?还是挣脱镣铐奋起抗争? 两者必居其一,后者才是生路! 随着民族危机的日趋严重,《现代版画》上这类作品的反帝救亡主题得到了深化。例如第十七集"反帝专号"上李桦的另一幅木刻《前进曲》,采用诗画相辅的诗传单形式,上图为手执"打倒帝国主义"大纛的民族解放运动的先锋,后有浩浩荡荡的反帝大军;下文中的诗这样写道:

---

[1]　刊鲁迅研究室编《鲁迅研究动态》第五期,一九八〇年十月十日出版。

　　　　我们头上架着帝国主义的刀枪,

　　　　手脚给汉奸们绊住了!

　　　　可恨自家人做刽子手!

　　　　甘心亡国屈膝帝国主义的铁蹄下!

　　　　前进! 前进!

　　　　不愿做奴隶的人们,起来罢!

　　画面上的擎旗手在振臂疾呼,必将召唤更多的爱国者投入反帝救国的大军! 又如第十五集"贺年片特辑"中,有刘仑的作品《恐怖的一九三六年——一九三七年》,它以黑白木刻特具的遒劲刀触,刻划了侵略者烧杀淫掠的罪行,形象地再现了中国已经成为日本帝国主义者的屠场,悲愤郁怒之情溢于纸面。

　　在艺术方面,《现代版画》注意民族风格的探索;因为鲁迅在论及木刻艺术时,屡屡强调"艺术上是要地方色彩的"(参见一九三三年十二月十九日致何白涛函),认为"有地方色彩的,倒容易成为世界的,即为别国所注意"(参见一九三四年四月十九日致陈烟桥函),希望木刻青年继承民族艺术传统:"中国古时候的木刻,对于现在也许有可采用之点"(参见一九三五年四月四日致李桦函)。在《现代版画》的第四集"新春风俗崇号"和第八集"民间风俗专号"中的作品,广泛采取中国传统版画以及民间木版年画的艺术表现形式,讲究形象的丰满,线条的流畅,布局的密实,场景的热闹,并赋有装饰性。第九集"藏书票特辑",则继承中国固有的画像石、肖形印等简约生动的象征手法,也借鉴了日本以及西欧的藏书票的若干表现手法,呈现出玲珑透剔的风姿。第十五集"贺年片特辑",采用中国传统木刻艺术的笺纸形式,表现了东方的美的力量。

　　《现代版画》的装帧也别具匠心。以中国古代典籍书面常用的磁青纸或朱红纸作封面,以佛山特产的图案标致、色彩艳丽的民间木版花纸作环衬,以称作"玉扣纸"的土制竹纸做贴木刻画的书页,尤其是衬页的形式多样,色彩缤纷。如第六集环衬用红底蓝白相交的民间图案作装饰,第十期环衬系黑底白纹的类似民间蜡染蓝印花布纹图案。我所藏的第十四期环衬是黑底白纹,饰以民间传统的龙凤呈祥图案。这些佛山传统木版花纸,体现了我国劳动人民的聪明才智和美学修养,赋予《现代版画》一种妩媚、质朴的特色。

　　一九三六年,现代版画会为配合第二届全国木刻联合展览会的展出,又创办了一种图文并茂的版画杂志——《木刻界》,系锌版铅印,每期发行五百份。鲁迅在一九三六年三月二十三日致唐英伟的信中称赞:"……《木刻界》的出版,是极有意义的。"但由于反动当局的戕害,同年七月被勒令查禁,仅出版了四期。与此同时,现代版画会还曾协助民众教育馆出版过《民众画报》的木刻画期刊,也只出了三期便被迫中止。此外,现代版画会还出版了手拓或机印的会员个人版画集或合作版画集。其中有:李桦的《春郊小景》、《一九三四年即景》、《罗浮集》、《李桦版画集》,连环木刻《黎明》;赖少麒的《诗与版画》、《自祭曲》、《赖少麒木刻集》;胡其藻的连环木刻《一个平凡的故事》、《胡其藻版画集》;唐英伟的《青空集》、《藏书票集》;还有《张影版画集》、《刘宪版画集》、《潘业版画集》、《陈仲纲版画集》、《梅长业、张憬辉版画合集》、《黄功荣、张在民版画合集》等。

　　现代版画会在鲁迅的培育下,犹如一簇绽放在南中国的木艺新花,成为我国新兴木刻运动的一支劲旅;《现代版画》等版画集铭记着他们的战绩,保存了这枝南国奇葩的丰硕果实。在上海鲁迅纪念馆所存的鲁迅遗物中,全套十八集《现代版画》至今完好地收藏着,显现了鲁迅对木刻新军的眷爱。

为阿 Q 造像

——刘岘《〈阿 Q 正传〉画集》

　　《阿 Q 正传》是中国新文学的奠基之作,自一九二一年发表以来,为其插图画像者时不乏人;仅就笔者的闻见所及,就有丰子恺、司徒乔、丁聪、蒋兆和、程十发、范曾等画家创作的单幅或专集,丹青白垩,异彩纷至。其中丁聪在抗战时期创作的《阿 Q 正传》插图二十四帧,运用了鲁迅先生提倡的木刻连环图画的形式。从序跋看来,这套版画作于一九四四年,但我所藏注明初版的本子却是上海出版公司一九四六年九月的出品,布面精装,道林纸印,书品不俗;前有茅盾,景宋、吴祖光的序,后有黄苗子的跋。吴祖光的《序三》中有这样一句话:"《阿 Q 正传》不但没有过时,反而在此时更显出它刺心贯革的锋芒。"这也许就是画家们乐于为阿 Q 造像的动因吧。

　　早在一九三四年,袁牧之在《中华日报》主编《戏》周刊时,曾与田汉合作,以袁梅的笔名改编《阿 Q 正传》为剧本,在副刊连载,同时刊登启事征求画家为阿 Q 造型。应征者倒也不少,《戏》周刊于是连续刊发了许幸之、李跃丹、梁鸿等人创作的好几帧阿 Q 像,其中包括叶灵凤所画的头戴瓜皮小帽的阿 Q。鲁迅看了颇不以为然,于《寄〈戏〉周刊编者信》中说:"在这周刊上,看了几个阿 Q 像,我觉得都太特别,有点古里古怪。我的意见,以为阿 Q 该是三十岁左右,样子平平常常,有农民式的质朴,愚蠢,但也很沾了些游手之徒的狡猾。在上海,从洋车夫和小车夫里两,恐怕可以找出他的影子来的,不过没有流氓样,也不像瘪三样。只要在头上戴上一顶瓜皮小帽,就失去了阿 Q,我记得我给他戴的是毡帽。"(刊一九三四年十一月二十五日《戏》周刊第十五期,后辑入《且介亭杂文》)在这里,鲁迅就阿 Q 的肖像、气质、性格乃至衣着特征,作了准确的勾勒,为美术家、表演艺术家再创造阿 Q 的形象提供了依据。《戏》周刊第十一期(一九三四年十月二十八日)还刊载过一篇沈宁的《阿 Q

的作者鲁迅先生谈阿Q》，其中记录了鲁迅议论其他艺术形式再创造阿Q的原则:须"得'阿Q的地'说出来";"说'阿Q的地'是说不要超过一个辛亥革命当时的农民的理论就好"。要求忠实再现原著的精神,准确传达作者的思想,恰当把握人物性格的特征,不能违悖作品的时代背景及当时风貌。

《〈阿Q正传〉画集》,则是一本与鲁迅有直接关系的木刻集。《鲁迅日记》一九三五年八月九日条记有:"得刘岘信并木刻《阿Q正传图》两本。"这本木刻集由未名木刻社于一九三五年秋手拓印制发行,因印数少,流传至今的恐已寥寥。画集的封面顶端印有一行英文"WOOD ENGRA VING"(木刻),以下分行排列着:"鲁迅著阿Q正传·刘岘插图",下署"未名木刻社发行"。扉页上则题书名《〈阿Q正传〉画集》,旁注"木刻二十幅"与"手印一百部之一",扉页后引录杜诗一首作题辞:

> 我有一匹好东绢,重之不减锦绣段;
> 已令拂拭光凌乱,请君放笔为直干。
> ——杜甫:《戏韦偃为双松图歌》

二十幅木刻画均以抄梗纸手拓印制,每图后以另页附以铅印的说明(摘取《阿Q正传》的原文)。卷末缀以刘岘写的《后记》,尾书"一九三五年六月三日夜刘岘记于上海"。版权页标有:"刘岘:阿Q正传画集",以及代售处"上海北四川路底内山书店",未注明出版年月。

这本未名木刻社版《〈阿Q正传〉画集》,大概是最早的一本关于《阿Q正传》的美术品单行本。查陈铁耕在一九三四年刻的《阿Q正传》木刻十帧,似未正式成集;丰子恺的《漫画〈阿Q正传〉》,开明书店在一九三九年才初版;丁聪的《〈阿Q正传〉插图》,则于一九四六年由上海出版公司初版;此外,在建国前好象未见有别的画本。可能正因为是初创吧,加上作者当时初习木刻,技术稍嫌稚拙粗糙。

画集的《后记》却是难得的文献,它保存了若干散佚的鲁迅书简片断,如实记述了鲁迅作为中国新兴木刻的倡导者,对于当时一个普通木刻青年的爱护;同时也侧面反映了《阿Q正传》在三十年代的深广影响。

刘岘在《后记》中首先申述了自己创作这部画集的缘由:"《呐喊》是一部曾抓着整千万读者的著作,这其中的一篇《阿Q正传》是反映中国国民的灵魂的,虽说中国的农村是在急剧的转变,但,这《阿Q正传》在现时还是富有意义的,当然,我所要刻《阿Q正传》的意思,倒也是为它反映'这样沈默的国民的魂灵'的。"《后记》记述了画集的创作过程。在酝酿阶段,刘岘曾就拟刻《阿Q正传》等的计划面询鲁迅先生:"那是一九三三年,在一个展览会上偶然碰到〈呐喊〉的作者,我就向他商量,希望他同意我刻《呐喊》的意思"。随后他又写信征询鲁迅的意见,鲁迅在一九三四年一月十一日的复信中说:"我很赞同"(原信已佚)。《呐喊》中的篇章,作者先后刻了《孔乙己》、《风波》,发表于《读书生活》等刊物;一九三四年夏秋之间,作者自河南老家带回二百多块梨木板,准备用来刻《阿Q正传》,并为再创作这旷代的力作作了充分的氤氲。例如前面引述的沈宁作《阿Q的作者鲁迅先生谈阿Q》中,录有鲁迅说的另一段话:"……他们画的阿Q都和我所想象的不同。我想象中的阿Q还要少壮一点,还有是辫子问题。年轻的画家们'去古已远',对于辫子一道似乎不甚有研究。有的画家们把阿Q的辫子画得太下了。还得上去一点,因为从前农民的辫子是四周围都剃得光光的,只剩下后脑上一个蒂的。有工作时往顶上一挽,很是干脆。"为着使辫子这一细节不致失真,刘岘特地请朋友从北京寄来的蓄辫子的画片竟有一百幅之多,弄清了先前的辫子是怎样一回事。作者拟想中的《〈阿Q正传〉画集》的篇幅有二百帧,意图是"把文字译作图画,使不识字的人也知道这阿Q是怎么的一个",创作"一部无字的连环《阿Q正传》图"。但后来因为时间、材料等关系,刻了仅二十幅。在正式创作之前,作者把头脑中揣摹再三的阿Q、赵太爷等形象刻绘了草图,寄奉鲁迅先生请教,隔了两天即接到先生的复信:阿Q的像不好,"赵太爷可如此",对人物造型提出了具体的意见。作者于是自四月十八日至五月二十日,刻出了收进画集的二十幅木刻。

刘岘在《后记》中还述及,《怒吼罢,中国!》插图的创作也曾得到鲁迅的指导:"尤其是L先生抽假〔暇〕改正了那文字的错误,我更万分的感谢"——《怒吼罢,中国!》是苏联作家特力雅可夫所作剧本,特氏又名铁捷克,也是有名的汉学家,二十年代初曾在北京大学当教授,一度与鲁迅同事。这一剧本同情中国人民的反帝斗争,所以在三十年代很受人们的称道;至于"L先生"是否鲁迅,我一九七七年夏赴京访问刘岘同志时曾面询过,他对这个问题的答复是肯定的。后来,他在撰写《回忆鲁迅琐记》时,增补了《关于〈怒吼罢中国之图〉》的若干文字,其中写道:"一九三四年我以特力雅可夫著《怒吼罢中国》为蓝本,刻成二十八幅木刻,在木刻的过程中,曾和鲁迅先生写信多次,他又为我代找特氏的照片(后来这幅像印在掘作《木刻新辑》中),以及为印本的'说明'和'后记'作了修改。"[1]鲁迅修改增加的字句五处近百字,最后一则是:"是的,我的确承认看木刻画是没有看肉感色彩明星照片及春画的有趣味的,然而,我总相信这艺术是与大众很有益处"。

　　这"与大众很有益处",是对处于萌芽阶段的新兴木刻的褒奖与期待,也是鲁迅之所以不辞辛苦地扶植木刻的原因。

---

〔1〕　载《鲁迅回忆录》第二集,上海文艺出版社一九七九年六月初版。

第一本讲说木刻的书

——白危《木刻创作法》

版画家野夫在抗战期间所作《中国新兴木刻艺术发展的概况》一文中写道:"白危著的《木刻创作法》(读书生活出版社)……使一班初学者得以很多的方便。"[1]野夫是中国最早的一批木刻画家之一,他的记述当然是源于切身的体验。

辑入《南腔北调集》中的《〈木刻创作法〉序》,众所周知,这是一篇有关中国现代木刻运动的重要文献,早在一九三七年,就有人指出鲁迅这篇文章"已指出木刻今后在中国发展的方向"[2]。事实正是如此。因为这篇文章明确申述了介绍"创作木刻"到中国来的三个理由:首先,可供劳作之后的怡悦,战斗间隙的休息,这种可以赏心悦目的美感作用,鲁迅谓之曰:"第一是因为好玩"。在一九三三年十月八日《申报·自由谈》,上有人发表《〈庄子〉与〈文选〉》一文攻击鲁迅说:"新文学家中,也有玩木刻……难道他们是以'今雅'立足于天地之间吗?"鲁迅藉此进行了反击。其次,木刻创作较之其他美术形式,无论从资财耗费的合算,抑或作品传播的便捷,都远为优胜,因而"是比别种作法的作品,普遍性大得远了",重复强调了以前说过的"虽极匆忙,顷刻能办"[3]的优点,即所谓:"第二,是因为简便"。再次,提出了把木刻从贵族的沙龙、仕女的暖阁移向书籍刊物这一向大众传播知识与真理的任务,使木刻普及成为"大家的东西",发挥其"当革命时,版画之用最

---

〔1〕 郑野夫:《怎样研究木刻》浙江丽水会文图书社一九四一年一月初版。

〔2〕 柳湜:《鲁迅先生与木刻》,载中华全国木刻界抗敌协会重庆办事处编《鲁迅先生逝世周年纪念特刊》,一九三七年十月初版。

〔3〕 《集外集拾遗·〈新俄画选〉小引》。

广"[1]的效能，即所谓"第三，是因为有用"。鲁迅综而言之地强调：木刻，"这实在是正合于现代中国的一种艺术"。以上有关木刻艺术的特征、意义、作用的论述，对于处于创始期的中国新兴木刻运动，当然具有方向性指导作用。

鲁迅在《〈木刻创作法〉序》中十分推重白危编译的这本木刻入门书的发轫作用："至今还没有一本讲说木刻的书，这才是第一本"。《序》写于一九三三年十一月九日，但书却迟迟不能出版，其原因正如鲁迅给该书作者信中所说："上海有官立的书报审查处，凡是较好的作品，一定不准出版"（一九三五年二月十四日致吴渤笺）；直至一九三七年一月，《木刻创作法》始由李公朴、艾思奇主持的读书生活出版社出版，其时为之审阅定稿、撰写序言、修改文字、选择插图的鲁迅先生，已经于数月前逝世了。

检视一下《木刻创作法》编辑出版的过程，我们可以得到若干启示：吴渤（笔名白危），当时从事文艺评论工作的一个普通文学青年，他并不从事木刻创作，但热爱木刻这一新兴艺术。关于编译此书的动机，他在鲁迅逝世十三周年纪念时所写的《回忆鲁迅先生二三事》中有过追述："我不懂艺术，更没有学过美术。不过因为偶然的机会和一些学艺术的朋友常在一起，他们都感到缺乏版画理论，很是苦恼，要我找点日本方面的理论作参考，这才提起我的兴趣，去请教鲁迅先生，承他介绍了一些书，叫我自己去选择，并且在内山书店买了有关版画的仅存的两本书，还托人在日本买了一本专门论版画的理论。"[2]白危在一九三三年十一月九日所作《〈木刻创作法〉自序》中叙述编译经过时也说："今夏闲着无事，几位学木刻的朋友觉得理论的缺乏，叫我移译木刻理论。因为自己不是木刻的实行者，向来就没有这种意思。后来得着他们的鼓励和帮助，我才开始关心。"白危根据编译的资料有：日本旭正秀的《创作版画的作法》、小泉癸已男的《木版画雕法与刷法》，以及日本平凡社版的《世界美术全集》中《东洋版画篇》、《西洋版画篇》等。据白危回忆，由于是第一次涉猎木刻艺术理论，故而在编译过程中遇到了不少困难，凡是不懂的地方，就去请教鲁迅先生，鲁迅先生为此花费了不少时间和精力。

尤为值得注意的是，鲁迅在收到吴渤《木刻创作法》书稿的当天夜间，就看完了长达数万言的文稿，除校阅修正而外还写下了约两千字的《序言》，序

---

[1] 《集外集拾遗·〈新俄画选〉小引》。
[2] 刊一九四九年十月十九日《大公报》的"鲁迅先生逝世十三周年纪念特辑"。

文竣稿后还写了近五百字的信给作者:仅在一昼夜间,鲁迅为此付出的劳动量是何等惊人!查《鲁迅日记》,一九三三年十一月九日条记有:"得吴渤信并《木刻创作法》稿子一本。"同日夜致吴渤笺云:"今天收到来信并稿子,夜间看完,虽然简略一点,但大致是过得去的。字句已略加修正。"鲁迅不仅审阅、校改了文字,而且还检视、选择了插图,拣出了借给作者制版作插图的苏联木刻画册,提出了更易中国木刻作品插画的建议……信中还说:"序文写了一点,附上"。可以想象,做完以上一系列的事,即使聪颖敏捷、饱学练达如鲁迅,也非耗费十个小时以上时间不逮;完全可以断定,当鲁迅写完致吴渤函于信末署上"迅上,十一月九夜"时,其时已超过了午夜,进入了十日的凌晨——为了培育新进的作家,为了滋养新兴的木刻艺术,对于一位素昧平生的青年如此热诚,这就是鲁迅精神的或一光辉吧!其后,鲁迅还经常与吴渤通信,并陆续赠与《引玉集》、《南腔北调集》、《毁灭》等书籍。同时,还留心将《木刻创作法》书稿推荐出版,无奈因环境的日遂恶劣而无法实现。

在民族解放战争的烽火即将燃起的前夕,由鲁迅校阅、选图并作序的《木刻创作法》终于出版了,给方兴未艾的木刻运动以新的启迪与激励。封面设计得端庄而朴素,在美术体"木刻创作法"书名下面,署白危编译、鲁迅校阅,下面是一帧鲁迅在第二次全国木刻展览会上与青年木刻家谈话的照片,其中就有作者在内(摄影者为沙飞,后来牺牲于抗日前线)。鲁迅的序言印于卷首,后附有一帧鲁迅致吴渤书简的手迹(一九三三年十一月九夜函),其次即是作为作者自序的《编译经过》,其中以钦敬的心情论及鲁迅对木刻运动的倡导扶植:"谈到中国的木刻复兴运动……我们却不能否认鲁迅先生的热心的提倡。他曾介绍过廿世纪的世界各国的原版木刻,开过展览会,也翻印过几本名作。这在木刻理论和作品非常贫弱的中国,总算是值得庆贺的事。"并对先生施于作者个人的关切辅导表示感佩。

正文凡八章,计有:概说,创作版画的意义,版画的种类,中国木刻史略,西洋木刻史略,木刻作法,附录,以及介绍几种翻印的木刻画等。

在《概说》章中,开宗明义地阐明了"木刻画,她的最大的任务是对于一般大众的理解与需要",进而指出:"木刻画是含有时代性的,而为大众所需要的艺术"。

《西洋木刻史略》章则叙述了创作木刻"发轫的历史"及其代表作家:"至十九世纪末,木刻又从画家手中复活起步,尽量发挥了木刻的本领,是为'创作木刻'。如英国的尼戈尔生(William Nicholson),法国跋洛顿(Felix

Valloton)，瑙威的蒙克(Edward Munck)，这一派足以代表现代欧洲创作木刻的创始人的。不过，他们的技法总是倾向于拟古这方面。"这些知识对于初习木刻的艺术学徒，都是必不可少的日课。

还有一章专门讲述木刻创作的技法，分析木面木刻(纵横面木刻)和木口木刻(横断面木刻)的区别，以及两类木刻的雕刻法和印刷法，并说明木面木刻"是我们中国现在需要的木刻"，因为这是"中国固有的木刻"，是属于民族文化传统的"一种遗艺"，应该得到发扬和光大！

《附录》部分则更具体地图文相辅地介绍了糊浆法、内雕法、外雕法、刻法、套版法、印刷的布置、雕刻刀具、压制、毛刷等雕板、印刷技艺以及木刻工具的性能、用法等等，对初学木刻者入门很有用处。

最后一章介绍了许多翻印和创作的木刻画，既为当时的木刻创作提供了按图索骥的参考，又为木刻史保存了历史文献，其中包括了《艺苑朝华》中的三本版画集，良友版的四本木刻连环画，三闲书屋版的《士敏土之图》、《引玉集》、《珂勒惠支版画选集》，文化生活版的《死魂灵百图》，以及《苏联版画集》、《木刻纪程》等。最后尚列有一种《E·蒙克版画集》，此书鲁迅已编就，并拟列入文化生活出版社的"新艺术丛刊"之内，可惜因先生逝世一直未得出版。

所附插图，本来也是鲁迅与作者商洽选定的，因一时出版无着，图均存鲁迅先生处，不料先生遽然逝去，遗物一时无法清理，所以此书于一九三六年十一月付印时，作者只好另选了一批插图附于书后，并作说明："其中半数以上还是依他(按指鲁迅先生——笔者)生前指定的。至于选择的标准，纯以艺术的价值为取舍，或在构图，或在技巧，每幅总有可供参考的地方。"故而插图也可部分地看作鲁迅关于木刻创作借鉴的遗训。插图分中外两部分，中国部分辑有当时八位青年木刻家的创作：力群的《鲁迅先生像》，铁耕的《母与子》，烟桥的《都市背后》，野夫的《"九·一八"之回忆》，新波的《被变作牛马的同胞》，李桦的《狱中回忆》，罗清桢的《愤恨》，何白涛的《烟》。基本上搜罗了当年中国新兴木刻代表作家的作品，也藉此保存了有关木刻运动的史料。外国部分辑有德国的珂勒惠支，比列时的麦绥莱勒，苏联的法复尔斯基、克拉甫兼珂、毕斯凯莱夫、潘夫立诺夫、毕珂夫、亚历克舍夫、冈察罗夫、保夫理诺夫、苏复洛夫、索洛赤维克、犹多文、缪尔赫泼脱、乌沙米瓦等十八位版画家的三十二幅作品，其中有《安娜·卡列林娜》、《铁流》、《静静的顿河》、《母亲》等文学名著的插画，有斯大林、高尔基、契诃夫等性格各异的肖像,还有巴库油田、尼泊尔水闸等宏伟工程的剪影,也有童话故事中轻灵神妙的插绘……其艺术风格也多采多姿,各臻其美:有麦绥莱勒的奔驰峻峭,也有珂勒惠支的凝重沉郁;有亚历克舍夫的放笔直书,也有法复尔斯基的精雕细镂……这些移植自异国艺苑的奇花异卉,足值成为中国青年艺徒观摩学习的范本。

《后记》写于一九三六年十月二十二日鲁迅先生出殡之夕,白危以怆痛的心情悲悼导师的辞世,回顾了此书历时三年之久的难产史,指控了黑暗势力对木刻的摧残和迫害;在追溯木刻运动三年来的历程时,又欣喜它"长足的进步":"三年前,玩木刻的青年是屈指可数的,而且范围也只限于上海和杭州。但现在可就不同了:广州开过灿烂的花朵,平津各地都有了根深蒂固的成苗,远在西南边埠,内及农村腹地,有许多的地方都曾播下了种子"——这初步的收获,也足堪告慰新兴木刻的播种者鲁迅先生了。"

但是,"在漫漫的长夜中,黑暗无头、前途飘渺之际,而我们的导师却撇下我们,去了!"作者以《后记》的绝大部分篇幅来缅怀、追思鲁迅先生扶植木刻的不灭功绩,称他是"中国新兴木刻的母胎","他不但亲手扶植它,并且在千辛万苦中从欧洲各国搜罗粮食给我们。往往自己掏荷包,来翻印画集,开展览会,都只为了几个爱好木刻的青年——自然他的使命是伟大的。"最后还代表木刻青年表示要继承鲁迅的遗志,永远秉承他的遗言,"不妥协,不屈服","多学习,小心观察"……同时申明:"本书的印行,就算是纪念鲁迅先生吧。"

鲁迅在《〈木刻创作法〉序》中曾经希望中国木刻"开出一条新的路径",祈祝中国木刻界将来璀灿地"发生光焰",辉映于世界艺坛而毫不逊色;与此同时也期待《木刻创作法》发挥其"一粒星星之火"的光与热,有裨于木刻运动的演进。事实上这本书是起过这样的历史作用的。郑野夫在《木刻史话》中曾写道:"白危的《木刻创作法》,及金肇野的《木刻制作过程》,也是这时候出版的,专门研究木刻理论的文章,也一天天的多起来,木运到这时候为止……可说是渐渐抵达论技并进的白热化的阶段了。"[1]此后,民族解放战争揭开序幕,木刻亦以新的姿态投入战斗,木刻理论随着战火的淬炼而更加日遂成熟与练达了。

（原载《人民日报》增刊《战地》,1981年9月）

---

〔1〕 野夫:《木刻手册》,文化供应社。一九四九年七月再版。

丁、译丛选萃

给起义的奴隶输送军火

——冯雪峰主编《科学的艺术论丛书》

　　鲁迅先生晚年的知友冯雪峰,在五十年代初写了一本《回忆鲁迅》(人民文学出版社一九五二年八月初版),其中第一章第一节《我怎样去见鲁迅先生》,追怀了他第一次拜谒先生的情况:"一九二八年十二月的一天晚上(查《鲁迅日记》,同年同月九日条记有:"夜……柔石同画室来。"——笔者),柔石带我去见了鲁迅先生……我去见他的主要目的,是我那时候正在从日本文译本转译马克思主义的文艺理论作品,碰到的疑难,没有地方可以求教,知道鲁迅先生也在从事马克思主义文艺理论的翻译工作,所根据的也是日本文译本,所以我去见他,是想请他指教,并且同他商量编一个马克思主义文艺理论的翻译丛书。"这套丛书即《科学的艺术论丛书》,在鲁迅支持下由冯雪峰主编,并于此由冯出面开始约人编译,而第一个为这套丛书译稿的也是鲁迅。冯雪峰在同书中还回忆道:"第二次去见他(查《鲁迅日记》,一九二九年一月一日条记有:"夜画室来。"——笔者),话仍然不多,虽然我已经提出请他翻译普列汉诺夫的几篇关于艺术起源的通信体的论文,编在我发动的马克思主义文艺理论丛书的第一本的意思,而他也当即答应了。"中国第一套有关马克思主义文艺理论的丛书——《科学的艺术论丛书》,就这样在上海景云里十八号鲁迅寓所氤氲成熟、付诸实施了。

　　鲁迅承应支持《科学的艺术论丛书》之后,就以极大的热情与坚韧的毅力从事这一严肃的工作,因为他的目的性非常明确,即对于中国无产阶级革命文学运动有所裨益,有所依傍,有所导引,有所遵循。而对于马克思主义经典著作其中包括文艺论著的关注与学习,鲁迅早在二十年代前期就已经开始,这是在他历年的《书账》中窥见端倪的;一九二七年以后,鲁迅更有系统地钻研马克思主义的文艺论著,并以此为武器来观察与剖析文艺现象,如在一九二八年七月二十二日致韦素园的信中说:"以史底唯物论批评文艺的书,我也曾看了一点,以为那是极直捷爽快的,有许多昧暧难解的问题,都可说明。"稍后,在一九二八年八月间所写的一篇文章中又说:"我是希望有切实的人,肯译几部世界上已有定评的关于唯物史观的书——至少,是一部简单浅显的,两部精密的——还要一两本反对的著作。那么,论争起来,可以省说许多话。(《三闲集·文学的阶级性》)其后也曾重申:"我们所需要的,就只得还是几个坚实的,明白的,真懂得社会科学及其文艺论的批评家"(《二心集·我们要批评家》),强调如要评论文艺现象或文艺作品,"则非研究唯物的文学史和文艺理论不可"(《〈毁灭〉第二部一至三章译后附记》,刊《萌芽》月刊一九三〇年四月一卷四期)。即使在遭受某些同道因误解而进行的围攻中,鲁迅也诚心希望对手中"有一个能操马克思主义批评的枪法的人"出现……正是基于以上原因,鲁迅竭尽全力地支持冯雪峰编印《科学的艺术论丛书》,参予了丛书编辑方针与计划的制订,并承担了其中五种论著的译述。

《科学的艺术论丛书》原由水沫书店出版,出有六种后改由光华书局出版。在鲁迅主编的《萌芽》月刊创刊号(一九三〇年一月)的封底副页刊有该丛书的广告,中谓:"全丛书十二本,鲁迅,雪峰、苏汶,沈端先,林伯修,冯乃超诸先生翻译;雪峰先生负责编辑。"兹将其中开列的书目与著、译者钞引如下,以见鲁迅、雪峰合作编印这套丛书的原有规划:

　　(一)艺术论　　蒲力汗诺夫著　　鲁迅译

　　(二)艺术与社会生活　　蒲力汗诺夫著　　雷峰译

　　(三)新艺术论　　波格达诺夫著　　苏汶译

　　(四)艺术之社会的基础　　卢那卡尔斯基著　　鲁迅译

　　(五)艺术与文学　　蒲力汗诺夫著　　雪峰译

　　(六)文艺与批评　　卢那卡尔斯基著　　鲁迅译

　　(七)文艺批评论　　列什涅夫著　　沈端先译

　　(八)文学评论　　梅林格著　　雪峰译

　　(九)蒲力汗诺夫论　　雅各武莱夫著　　林伯修译

　　(十)霍善斯坦因论　　卢那卡尔斯基著　　鲁迅译

　　(十一)艺术与革命　　伊立支等著　　冯乃超译

　　(十二)文艺政策　　　　　　鲁迅译

　　而《萌芽》一卷二期(一九三〇年二月)封三关于该丛书的广告中,又增加两种,共为十四种;并有个别译者易名,如苏汶易名为李今。增加的两种为《社会的作家论》(伏洛夫斯基著,画室译)和《艺术社会学初案》(雪峰译)。稍后刊于《科学的艺术论丛书》第一种的《艺术论》(蒲力汗诺夫著,鲁迅译,光华书局一九三〇年七月初版)版权页后的该丛书广告仍为十四种,但与《萌芽》月刊一卷二期广告又稍有不同,即删去了《霍善斯坦因论》与《艺术社会学初案》,而易之以《文艺论集》(马克思等著,成文英译)和《文学论》(蒲力汗诺夫著,雪峰、镜我译),并其中《蒲力汗诺夫论》的译者由林伯修(杜国库)易为冯宪章与韩侍桁。

　　实际上《科学的艺术论丛书》仅出版了八种就因为反动当局的封禁而难以为继了。兹将这八种的书目及出版单位、时间列表如下:

　　(一) 艺术论　　蒲力汗诺夫著　　鲁迅译
　　　　　　光华书局一九三〇年七月初版
　　(二) 艺术与社会生活　　蒲力汗诺夫著　　雪峰译
　　　　　　水沫书店一九二九年八月初版
　　(三) 新艺术论　　波格达诺夫著　　苏汶译
　　　　　　水沫书店一九二九年五月初版
　　(四) 艺术之社会的基础　　卢那卡尔斯基著
　　　　　　雪峰译　水沫书店一九二九年五月初版
　　(五) 文艺与批评　　卢那卡尔斯基著　　鲁迅译
　　　　　　水沫书店一九二九年十月初版
　　(六) 文学评论　　梅林格著　　雪峰译
　　　　　　水沫书店一九二九年九月初版
　　(七) 社会的作家论　　伏洛夫斯基著　　画室译
　　　　　　光华书店一九三〇年三月初版
　　(八) 文艺政策　　藏原外村辑　　鲁迅译
　　　　　　水沫书店一九三〇年六月初版

　　八种译著中鲁迅即占三种,但距原承应五种尚差两种——其一《艺术之社会的基础》,后改由雪峰译述;另一种《霍善斯坦因论》则系鲁迅未译完。据《萌芽》月刊一卷一期封底副页广告,其中"《霍善斯坦因论》卢那卡

尔斯基著　鲁迅译　近出"条下,有题解云:"霍善斯坦因是欧洲最进步的艺术批评家,卢那卡尔斯基一边批评他,一边发挥自己的意见,读此篇,可知道霍善斯坦因底主张,亦可知道卢那卡尔斯基底主张。"直到同年六月鲁迅所作《〈浮士德与城〉后记》中还说:"Lunacharski 的文字,在中国,翻译要算比较地多的了。《艺术论》(并包括《实证美学的基础》,大江书店版)之外,有《艺术之社会的基础》(雪峰译,水沫书店版),有《文艺与批评》(鲁迅译,同店版),有《霍善斯坦因论》(译者同,光华书局版)等,其中所说,可作合在这《浮士德与城》里的思想印证之处,是随时可以得到的。"于此可见到一九三〇年年中,鲁迅仍拟译或正在译此书,不知何故后来没有译竣出版。

　　作为《科学的艺术论丛书》之一的《艺术论》,鲁迅依据的是外村史郎的日译本,其中辑译了蒲力汗诺夫的《论艺术》、《原始民族的艺术》、《再论原始民族的艺术》及《论文集〈二十年间〉第三版序》等,前三篇"大要以原始民族艺术为唯物史观的艺术家之例",后一篇"则发表对于文艺批评的意见"。后者曾发表于夏康农、张友松编的《春潮》月刊一卷七期(一九二九年七月),鲁迅在该篇译后记中就指出作者"是用马克思主义的锄锹,掘通了文艺领域的第一个",值得玩味的是,普列汉诺夫强调马克思主义在研究文艺中的先导作用,鲁迅则引伸指出:"要宣传主义,必须豫先懂得这主义,而文艺家,适合于宣传家的职务之处的却很少:都是简明切要,尤合于介绍给现在的中国的",这当然是对于那些不谙马克思主义批评枪法而妍媸不分乱戳枪者的告诫,也是对于左翼文艺批评家、作家的针砭。鲁迅还在《〈艺术论〉译本序》中力图运用历史唯物主义的观点来评价普列汉诺夫,权衡他在俄国革命运动中的功过得失,并对他的美学论著《艺术论》作了简约的评析。在文艺学领域中,鲁迅是首先把这位"俄国的马克思主义的先驱"的美学论著介绍给中国的"窃火者"。

　　作为《科学的艺术论丛书》之六的《文艺与批评》,是根据日本金田常三郎、中杉本良吉、茂森唯士、藏原惟人等人的世界语译本与日译本重译的卢那卡尔斯基的文艺论文集,其中共辑入《艺术是怎样地发生的》、《托尔斯泰之死与少年欧罗巴》、《托尔斯泰与马克思》、《今日的艺术与明日的艺术》、《苏维埃国家与艺术》、《关于马克思主义文艺批评之任务的提要》六篇文章。其中两篇关于托尔斯泰的译文曾分别发表于《春潮》月刊和《奔流》月刊,《苏维埃国家与艺术》部分译文发表于《奔流》月刊。另外还翻译了日本尾濑敬止的《为批评家的卢那卡尔斯基》置于卷首,以作"聊胜于无"的作者概略。鲁迅在《译者附记》中指出,卢氏文艺论著思虑深远、简明切要,迻译中土,引为规箴,对于那帮高喊自由主义的新月派"正人君子",以及那群挥舞"打发他们去"大棒的"革命文学家",都不啻"是一帖喝得会出汗的苦口良药"。强调如要"豁然贯通"地掌握文艺批评的武器,则必须"致力于社会科学这大源泉的","深通"马克思主义的"学说",这对于当时以至今日的批评家,都是值得终身服膺恪守的箴言。

作为《科学的艺术论丛书》之十三的《文艺政策》,是根据外村史郎、藏原惟人的辑译本重译的,其中包括一九二四年至一九二五年俄共(布)中央关于文艺政策的两个文件:《关于对文艺的党的政策》、《关于文艺领域上党的政策》,以及全俄无产阶级作家协会第一次大会的决议——《观念形态战线和文学》。书前有藏原惟人为日译本写的《序言》一篇,卷末附有冯雪峰译的《以理论为中心的俄国无产阶级文学发达史》。鲁迅的译文曾以《苏俄的文艺政策》为题连载于《奔流》月刊一卷一期至五期(一九二八年六为至十月),在一卷一期的《编校后记》中,说明《苏俄的文艺政策》可看作未名社版《未名丛刊》之一的《苏俄的文艺论战》的续编,认为从中足可窥见"在劳动阶级文学的大本营的俄国的文学的理论和实际",而这"于现在的中国,恐怕是不为无益的"。而结集成书时所撰《后记》中也引录了上述《〈奔流〉编校后记》及《'硬译'与'文学的阶级性'》中的有关文字,重申了"从别国里窃得火来"的本旨,惟愿"于社会上有些用处",亦即奉献读者以"火和光"。

鲁迅为《科学的艺术论丛书》所译的《文艺与批评》和《文艺政策》,译稿皆经冯雪峰对照原译加以校勘,故而在以上两书的《后记》中,鲁迅皆特行"声叙"表示"感谢"。

冯雪峰自己为《丛书》承应了《艺术与社会生活》(蒲力汗诺夫著)、《艺术之社会的基础》(卢那卡尔斯基著)、《文学评论》(梅林格著)、《社会的作家论》(伏洛夫斯基著),以及《文艺论集》(马克思等著)、《艺术社会学初案》(作者小详)、《艺术与文学》(蒲力汗诺夫著)、《文学论》(蒲力汗诺夫著,拟与朱镜我合译)等八种,后四种因敌人的封禁而未能出版。

作为《科学的艺术论丛书》之二的《艺术与社会生活》,系普列汉诺夫的美学论著,据称是"以史的唯物论的观点,研究近代阶级社会的艺术;说明艺术上的各潮流,怎样地随社会生活而发生,而变迁,并它们的本质是什么,价值又如何"的专著,雪峰在《译者序志》中说明是根据藏原惟人的日译本重译的,译述中曾得到鲁迅和端先(夏衍)的指数,而原注中羼有的法文即由江思协助译出,"十分感谢他们"。同时还附带说明这套《丛书》将包括普列汉诺夫的三本著作,即拟将他关于艺术与文学论文的代表作"尽行翻译","但因为时间,人力及材料诸关系,未能满意地如愿也说不定",事实上《丛书》的计划是在当局的高压、摧折下而中辍的,因为这群"黑暗的动物"何等惧怕闪烁着马克思主义真理的"火和光"啊!

作为《科学的艺术论丛书》之四的《艺术之社会的基础》,是卢那卡尔斯基的美学论集,包含有《艺术之社会的基础》、《新艺术倾向论》等三篇论文。

作为《科学的艺术论丛书》之八的《文学评论》,是德国著名马克思主义理论家梅林格(现通译梅林——笔者)的文学论文集,据译者称:"本书一面披露对于艺术和文学的著者自己的见解,一面评论近代欧洲最重要的作家如莱心,歌德,席勒,海涅,迭更斯,左拉,易卜生,般生,霍普特曼等均有论到"。

作为《科学的艺术论丛书》之十二的《社会的作家论》,是苏联革命家、政治家兼评论家伏洛夫斯基的论文集,译本曾于一九二九年五月由昆仑书店印过一版,后收入《丛书》由光华书局于一九三〇年六月再版。中含《巴札洛夫与沙宁》、《戈理基论》两篇论文,后附弗理契跋文《作为文艺批评家的伏洛夫司基》,以上三文均从能势登罗的日译本重译,而日译根据的即系苏联新莫斯科社于一九二三年印行的伏氏作家论集《文学的轮廓》。译者曾于《萌芽》月刊创刊号上介绍过本著作:"以社会的眼光,评论俄国近代极重要的三个作家——屠格涅夫,阿尔志跋绥夫,戈理基。屠格涅夫和阿尔志跋绥夫先后写了两个俄国智识阶级社会的典型,两个虚无主义者巴札洛夫与沙宁;而马克思主义底文艺批评家就阐明俄国社会怎样地构成这两个虚无主义者,及俄国智识阶级怎样由'巴札洛夫型'变成'沙宁型',并比较两个主人公与两个作者的差异。因此,《巴札洛夫与沙宁》这篇不仅是作家论,实在是俄国智识阶级社会史。为世人所崇戴,又被称为无产阶级文学开山祖的戈理基,他又是在怎样的时代出现的?他是怎样地以勇猛的力与不屈的意志奋斗过来的?……《戈理基论》这篇正确地以社会的见地回答这些。"译者在该书卷首的《题引》中更介绍了伏洛夫斯基作为"一个纯粹的 Bolsheviki"而集"党的组织者,苏维埃外交官,马克思主义者批评家这三者"为一身的战斗生涯;他生于一八七二年,一九二三年在出席日内瓦经济会议遭法西斯分子狙击而不幸殉难。作为俄国革命早期三个主要的马克思主义文艺评论家之一（另两位是普列汉诺夫与卢那察尔斯基），他从事文艺批评"不以向来的玄妙的术语在狭小的艺术范围内工夫所谓批评的不知所以然的文章，而依据社会潮流阐明作者思想与其作品底构成，并批判这社会潮流与作品倾向之真实否，等等"。译者对伏洛夫斯基这种"马克思主义批评家的特质"十分赞赏与推重，因而有感于当时某些自命为"革命文学家"者流对鲁迅的"围攻"，是违悖于马克思主义的批判原则的，进而痛感"真正的从马克思主义的立场的，严正而峻烈的批评"之紧要与必须，这是"因为在我们中国，对于现存的文学作家，也有人试以猛烈的批评——但有谁真正用过马克思主义的批评方法吗？那种学者的可厌的态度当然是可以抛弃的，但最要紧的是在用'马克思主义的 x 光线'——象本书著者所用的——去照澈现存文学的一切；经了这种透视，才能使批评不成为谩骂，却是峻烈的批评。"译者正是企图通过这具有"马克思主义批评家特质"的范文，给中国文艺批评界引进了有益的借镜。

《科学的艺术论丛书》计划中的选题，因文化"围剿"的阻遏而未能出版的尚有列为《丛书》之五的《艺术与文学》，原著者普列汉诺夫，拟译者雪峰。据译者述及该书内容包括四篇论文，即《从社会学的见地论十八世纪法兰西底剧文学及绘画——无产阶级运动与资产阶级艺术文学及艺术底意义》、《培林斯基·军勒芮绥夫斯基·皮沙列夫》等。列为《丛书》之七的《文艺论集》，马克思等著，成文英（即冯雪峰）译，内容不详，据估计可能包括《艺术形成之社会的前提条件》（即《〈政治经济学〉导言》，译者署名洛阳，刊《萌芽》月刊一卷一期）等篇什。列为《丛书》之九的《蒲力汗诺夫论》，雅各武莱夫著，原拟译者为林伯修，后改为冯宪章，复改为宪章、侍桁合译，据编者称该书主要论述普列汉诺夫的艺术观，包含《蒲力汗诺夫对于艺术的态度》、《诗人与社会》、《文学作品底主人公》、《蒲力汗诺夫底辩证法》等篇。鲁迅在所译普列汉诺夫《艺术论》的《序言》中也曾提及"不久又将有……I·雅各武莱夫的《蒲力汗诺夫》（皆是本丛书之一）出版"，可惜这本译著终至被扼杀，译者之一的冯宪章（"左联"盟员），一九三〇年被反动当局逮捕，后来即瘐死狱中。列为《丛书》之十的《文艺批评论》，原著者列什涅夫，拟译者沈端先。该书内容有《为艺术理论家的蒲力汗诺夫》、《蒲力汗诺夫与现代底批评》、《列宁与艺术》等五章。鲁迅在普氏《〈艺术论〉序言》中也曾提及"不久又将有列什涅夫《文艺批评论》……出版"。列为《丛书》之十一的《艺术与革命》，乌略诺夫（按指列宁——笔者）等著，拟译者为冯乃超，据编者称该书内容为符拉迭弥尔·伊立支和蒲力汗诺夫评论托尔斯泰的文章六篇,弗理契序论一篇,"对于我们,本书具有教训的意义"。列为《丛书》第十三的《文学论》,原著者普列汉诺夫,雪峰、镜我合译,具体篇目不详。与《文艺政策》同列为《丛书》之十四的《艺术社会学初案》,雪峰拟译,原著者及内容均不详。

以上考索基本上勾勒了《科学的艺术论丛书》的粗略轮廓,但也已经可以看到鲁迅、雪峰以及其他的革命文学前驱者,如何在虎狼奔突、鹰犬横行、雉兔偷生、狐鼠谄媚的境况中,冒着凶险的窥伺和窒人的重压,从事中国无产阶级革命文学运动中首要的理论建设工作。

《科学的艺术论丛书》因国民党反动当局的横暴干预而中辍出版,即使已发行的也屡遭禁毁,据上海乐华图书公司编印的《出版消息》第三十三期(一九三四年四月一日)披露,在由文化特务头子潘公展等签署的"中国国民党上海特别市执行委员会批答执字第一五九二号"禁令中,所谓"应禁止发售之书目"内即列有《文学评论》(冯雪峰译),其"罪名"批语是:"内容皆为鼓吹无产阶级文艺理论之文字"。所谓"暂缓发售之书目"内列有水沫书店版的《科学的艺术论丛书》四种——《文艺与批评》(鲁迅译),《文艺政策》(鲁迅译),《艺术之社会的基础》(冯雪峰译),《艺术与社会生活》(冯雪峰译)。另据国民党长沙市党务整理委员会所编《工作报告书》(一九三一年九月)所列一九三一年度查禁二百二十八种书刊回录,其中列有《社会的作家论》(伏洛夫斯基著,冯雪峰译),以"普罗文学论文"罪名查禁。从以上极不完全的禁毁记录中也可以明显看到,反动当局怎样如同畏惧洪水猛兽,战慄于马克思主义文艺思想的传播!

鲁迅晚年执着于马克思主义文艺理论的研讨与宣传,《科学的艺术论丛书》不过是他有关业绩的一部分;而关于这不朽的业绩,冯雪峰曾追忆得十分真切:

> ……他对于马克思列宁主义及其文艺理论,开头确实采取了客观研究的态度,但他很快就进行宣传它,为它在中国的胜利而奋斗的态度,而不是停在单单研究的态度上了。这种时候,他的姿态,是一个工农大众的革命的启蒙主义者的姿态。他翻译那些马克思主义的文艺理论,一面有自己学习的用意,一面很清楚当作一种必要的任务,因此,几次说到:"我们是有工作可做的。"或者说:"这是我们应该做的

工作,责无旁贷! 难道应该给现在连读书认字都难的工农大众来做么?"……介绍新思想的翻译工作,鲁迅先生从来就看重,认为这也是战斗的工作;在晚年特别看重马克思列宁主义的书籍及苏联文学作品的介绍与翻译,认为好比偷运军火给起义的奴隶或象希腊神话中普洛美修斯窃火给人类的那么重要,并以此鼓励一切这样的翻译工作者。[1]

冯雪峰作为鲁迅"偷运军火给起义的奴隶"与"窃火给人类"的战友与助手,他对于鲁迅从事这一"战斗的工作"的高昂的姿态、忘我的精神、无畏的意志乃至积极的态度,都在上述引文中叙述得宛如目前,无须浅陋的笔者再饶舌了。

---

[1] 《回忆鲁迅》,人民文学出版社一九五二年八月初版。

寒凝大地发春华

——任国桢译《苏俄的文艺论战》

一九二五年仲秋,第一册关于苏俄文艺理论的书籍在中国问世了。译者是一位读者陌生的文学青年——任国桢,编校者则是鲁迅先生。本书题名《苏俄的文艺论战》,作为《未名丛刊》之二由未名社于一九二五年八月初版。其中辑译有:褚沙克著《文学与艺术——培养什么呢》? L·阿卫巴赫、A·培赛勉司基、I·瓦进、B·敖林、C·英古罗夫、G·烈烈威支、U·里培进司基、S·绥苗罗陀夫等著《文学与艺术——中立呢? 抑向导呢?》,瓦波司基的《认识生活的艺术与今代——讨论俄国各派文学的问题》等三篇论文,皆为一九二三年至一九二四年间苏俄文艺界关于文艺政策的论战文字,各代表《列夫》、《在岗位上》与《红色处女地》等杂志为中心的文学团体。“附录”中则选译了瓦勒夫松著的《蒲力汗诺夫与艺术问题》。

鲁迅为《苏俄的文艺论战》作了《前记》,主要根据日本俄罗斯文学研究者升曙梦著的《新俄文学曙光期》和《露国现代的思潮与文学》二书,以及任国侦提供的摘译资料,概述了十月革命后苏联各文学流派的简况,其中侧重介绍了参加这次论战的“列夫”派的沿革与文艺主张。这里应当说明,鲁迅对“列夫”派所倡导的所谓“推倒旧来的传统”,以及“毁弃”所有“资产阶级艺术”的极左口号,仅仅是客观的介绍,因为鲁迅当时对马克思主义的文艺论正处于开始学习与探索的阶段,对于苏俄国内尚未定论的文艺论争的是非,他当然不可能超越历史地辨别清楚(《前记》写于一九二五年四月十二日。同年六月十八日,联共(布)中央才作了《关于在文艺领域内党的政策》的决议,全面检视了各文学流派的文学主张,纠正了左的或右的偏差,结束了这场论战),也不可能对论战的各方作出评判。但他支持、赞助任国桢选译该书,并将其列为自己主编的《未名丛刊》之二(“之一”系鲁迅所译述的

《苦闷的象征》),表现了他对于学习新兴文艺理论的渴求,以及引起国人关注苏俄文艺的深意,其动机是无可非议的(一九二八年某些攻击、讥嘲鲁迅"不甘没落,而可惜被别人着了先鞭"者,当时尚不知作何营生也!),其效果则是在中国破天荒第一次引进了前所未闻的苏俄文艺理论,绽放了无产阶级革命文学的第一簇报春花。鲁迅在《前记》的末尾,强调了编印该书的现实意义:"不独文艺,中国至今于苏俄的新文化都不了然,但间或有人欣幸他资本主义制度的复活。任国桢君独能就俄国的杂志中选译文论三篇,使我们借此稍稍知道他们文坛上论辩的大概,实在是最为有益的事"。至于"有益"到什么程度,此外倒可以举一个见诸四十多年前的文字的实例。徐懋庸在应《文学》周年纪念特辑《我与文学》征文所写的一篇文章中说:"直到一九二六年,有一个不相识的人送我一本《苏俄文艺论战》,读了之后,才知道所谓文学,原来还有这样那样的许多问题。那个送我《苏俄文艺论战》的人,在翌年春天和我相识了,而且还约我一起做事。那时候他所做的,是为大众的事。我对于他的思想和行动,非常佩服。自己的对于文学的见解,也在他的指导之下改进了不少,从此我就想做个'新文学家'。"[1]从中可以窥见,在左翼文艺运动中十分活跃的青年作家徐懋庸,他的走上文学道路,固然主要在于党的教育与这位他"非常佩服"的先行者的引导,如果说这一先行者所赠予的《苏俄的文艺论战》也起了一定的启蒙作用,恐怕也并非夸大其词。

《前记》中最后的一句话似乎很值得注意,即"别有《蒲力汗诺夫与艺术问题》一篇,是用 Marxism 于文艺的研究的,因为可供读者这类的参考,也就一并附上了。"据笔者所知,这是鲁迅最早见诸文字的对于马克思主义文艺论著的肯定。这是否可作为鲁迅开始热烈学习、探索、掌握马克思主义文艺观的标志之一呢!

《苏俄的文艺论战》辑译的文字是译者从当时苏俄主要的文艺杂志中选择的,任国桢于一九二四年十月九日为该书所作《小引》中有所说明:"从去年来,在苏俄的各派学者中,关于艺术的问题,起了一个空前未有的大论战。加入这个论战的有三大队:一队是《列夫》杂志,一队是《纳巴斯徒》(即《在岗位上》——引者)杂志,一队是《真理报》(Pravda)。今择各派关于艺术问题的主要论文,试各译一篇,以饷读者。"然后还将"三派所下的艺术定义和他们的见地"逐一作了简约的介绍。今天看来,以上三派的"艺术定义"都不

---

〔1〕《我在文学方面的失败》,载《我与文学》,生活书店一九三四年七月初版。

无訾议甚至谬误之处，而且本书原作者中如"岗位派"的瓦进（后通译为瓦尔丁）、烈烈威支（后通译为列里维奇），"山路派"的瓦浪司基（后译为瓦郎斯基），后来均作为托洛茨基分子施行了政治上的"清算"，但这都是后话；编者与译者不可能洞察一切、预测未来，即使今天我们也未必清楚苏联二、三十年代肃反扩大化波及文艺界的情况，也就不必苛求于事件发生前编译者的失察了。还有一些话，笔者纯属臆测，请读者姑妄听之，即鲁迅在《前记》中侧重绍介"列夫派"，我怀疑受了该派主干铁捷克的影响。铁捷克原名特烈季亚珂夫，著名的未来派诗人，曾著有长诗《怒吼吧，中国！》及同名剧本，一九二四年来华任国立北京大学教授（任国桢是他的学生）。《鲁迅日记》虽不见有与铁捷克往还的记录，但作为同一所大学任教的同事，他们之间有所接触是完全可能的。鲁迅在一九三三年十一月十六日致英渤的信中曾提及："《怒吼罢，中国！》能印单行本，是很好的，但恐怕要被压迫，难以公然发卖，近来对于文学界的压迫，是很厉害的。这个剧本的作者，曾在北京大学做过教员，那时他的中文名字，叫铁捷克。"从语气看来，好象是相熟的样子。如果这个推测属实，那么铁捷克作为"列夫派"的主干进行先入为主的灌输，可能对鲁迅《前记》的撰述有所影响。

《苏俄的文艺论战》的封面未注明装帧者姓氏，设计得朴素而新颖，书名及译者署名均用黑色美术体字书写，背景以红色图案体字写："PLEKANOV与艺术问题"。作为理论书籍，这种装帧在当时要算别致的了。我疑此系陶元庆所作，因《鲁迅日记》一九二五年九月二十九日条记有："寄钦文信并《苏俄的文艺论战》三本"，查同日致许笺云："《苏俄的文艺论战》已出版，别封寄上三本。一本赠兄，两本赠璇卿兄，请转交。"据此，我推测陶为封面画作者，不然为什么要寄赠两本样书呢？也许由于纯以文字组成图案吧，所以不复见有陶元庆画那特具的神韵了。

译者任国桢的生平，据锡金的考证如下："任国桢，又名任鸿锡；他字子清，也作子卿。辽宁省丹东市（原安东）人。一八九八年十一月十一日出生于丹东，一九三一年十月十八日在山西省太原市牺牲。终年只有三十三岁。"[1]任国桢原为北京大学俄文专修科的学生，曾听过鲁迅先生中国小说史的课，他们的交往，最早见于《鲁迅日记》一九二五年二月十八日条："寄任国桢信。"自此至一九三〇年四月止，《日记》断续有关任的记录有三十一次，

〔1〕《鲁迅与任国桢》，刊《新文学史料》第二辑，一九七九年二月出版。

其中以通信为多,晤面仅两次。实际他们师生间的交往远不止此的。与《苏俄的文艺论战》有关的往还,大约为一九二五年二月至九月这段时间。《日记》二月二十一日记有:"寄任国桢信并译稿。"译稿即《苏俄的文艺论战》。此后二月二十三日、二十四日,三月十六日、十八、十九日,四月九、十日均有信札来往的记录,可能即关于译稿文字的商榷及洽谈出版事宜。《未名丛刊》之一的《苦闷的象征》初版本(未名社一九二五年三月初版)封底副页广告《〈未名丛刊〉是什么,要怎样?》中,关于《苏俄的文艺论战》注有:"俄国褚沙克论文三篇,任国桢。"想当时已经付排。同年四月十六日《日记》已记有:"校《苏俄文艺论战》讫。"所校者当是该书的清样了。《日记》四月二十七日又记有:"得任国桢信并译稿一本。"此处"译稿",据锡金考证仍为《苏俄的文艺论战》的手稿,我认为是任国桢的另一种书稿——契诃夫的中篇小说《黑僧》,这部译稿作为鲁迅遗物至今仍保存于鲁迅博物馆。此译稿鲁迅生前一直设法为其出版,至终未能如愿。在任国桢牺牲的翌年——一九三二年的六月二十日,《鲁迅日记》仍记有:"午后收霁野寄还之任译《黑僧》稿子一本。"同年七月二日鲁迅致李霁野笺中也提及:"《黑僧》译稿早收到。"此后,译稿即作为烈士的手泽,一直为鲁迅所珍藏着。

任国桢第一次拜谒鲁迅先生在一九二五年五月间,《鲁迅日记》同月二十二日条曾记有:"晚任国桢来,字子卿。"这可能是鲁迅与这位青年共产党人的首次晤面(课堂听讲时可能没有直接晤谈过)。此后,《日记》六、七、八月都有通信的记录,其间七月中旬,任还曾介绍同学胡成才(即《十二个》译者胡斅)持函前去拜访鲁迅先生,七月十一日条记有:"胡成才来并交任国桢信。"其时任国桢已成为职业革命家,本年夏受党的领导人李大钊同志派遣前往东北开展工作,于八月底离京北上至哈尔滨任中共市委书记。《日记》九月三日记有:"夜得任子卿信,一日奉天发。"故而《苏俄的文艺论战》于九月中旬正式出书时,任已不在北京。《日记》九月十八日记有:"访李小峰取《苏俄的文艺论战》十本……"九月二十日又记有:"寄任子卿信。"此信可能即通知《苏俄的文艺论战》的出版。任国桢不久调任中共奉天省委书记,虽然地下工作十分艰险而忙迫,但仍与鲁迅保持时断时续的通讯联系。据楚图南一九七七年六月二十八日的回忆,任国桢在哈尔滨从事地下工作期间,鲁迅的信由有公开职业的楚图南收转。楚对于一九二八年春鲁迅的一封信印象特别深刻,其中述及自己在沪受某些"革命文学家"围攻的情况,并且表示自己很想找些马列主义关于文艺的论述看看,从理论上加强修养与认识,也好应付围攻,以及更有把握地对敌人进行战斗,因此希望任国桢介绍一些有关的书,帮同开个书单。信写得非常挚、迫切,任与楚商量后,遂找苏联中东铁路局哈尔滨站附设图书馆馆长替托夫帮忙,替是内战时期因受伤锯掉一条腿的残废军人,对鲁迅先生也很景仰,于是三人一起商讨拟出了一个书目,中、英、俄文的书都有,寄给了鲁迅先生。楚图南还忆及,后来鲁迅主持、由冯雪峰编辑的《科学的艺术论丛书》,其中有些选目好象就是任国桢等所提供的。在这虽无文献可稽的口碑中,我们可以看到鲁迅与一位革命家之间真诚、坦荡、亲密而又相互切磋的同志式关系。

鲁迅对于任国桢译介《苏俄的文艺论战》的开山之功是竭力不使泯灭的。例如他在《奔流》一卷一期(一九二八年六月)译载《苏俄的文艺政策》时,曾于《编校后记》中写道:"俄国的关于文艺的争执,曾有《苏俄的文艺论战》介绍过,这里的《苏俄的文艺政策》,实在可以看作那一部书的续编。如果看过前一书,则看起这篇来便更为明了。"稍后,鲁迅所译有关苏联文艺政策的译文以《文艺政策》为书名,由上海水沫书店于一九三〇年六月出版时,仍在该书《后记》中引录了以上《〈奔流〉编校后记》中的这段话,同样自谦地把自己的译本看作任国桢译《苏俄的文艺论战》的续编,而且认为从这有关苏俄文艺政策的正、续编中,"可以看见在劳动阶级文学的大本营的俄国文学的理论和实际,于现在的中国,恐怕是不为无益的"。另外,鲁迅于《春潮》月刊一卷七期(一九二九年七月十五日)中译载了普列汉诺夫的《论文集〈二十年间〉第三版序》,在其《译者后记》里也特地提到:"评论蒲力汗诺夫的书……中国则先有一篇很好的瓦勒夫松的短论,译附在《苏俄的文艺论战》中。"随后,一九三〇年七月由上海光华书局出版了鲁迅译普列汉诺夫《艺术论》,鲁迅又在《译本序》中再次提及《苏俄的文艺论战》,并"希望读者自去研究他们的文章"。在在证明,鲁迅是把任国桢传播革命文化的劳绩一直铭记在心的。

一九三〇年,任国桢乘来上海向党中央汇报与学习之便,曾去北川公寓寓所拜访鲁迅先生。《鲁迅日记》一九三〇年三月九日条记有:"午前任子卿来。"三月十一日条也记有:"夜得任子卿信。"四月二十一日条再记有:"得任子卿信。"——这是见于《鲁迅日记》的最后一次通讯的记录。此后,任国桢辗转于青岛、北京、天津、唐山等地从事地下工作,历任山东省委书记、北京市委书记等党内要职;一九三一年十月赴太原,任中共华北局山西特派员兼山西特委宣传部长,不幸于十月十八日被捕,旋于十一月二十三日壮烈牺牲于太原小东门外,时仅三十三岁。他牺牲的噩耗传来,鲁迅的悲愤沉痛是可以想见的。任国桢就义后的两个月,即一九三二年一月二十三日,鲁迅在为日本友人高良富子夫人所书《无题》诗云:

> 血沃中原肥劲草,寒凝大地发春华。
> 英雄多故谋夫病,泪洒崇陵噪暮鸦。

这首诗寄寓了鲁迅不能公开形诸笔墨的怆痛与哀悼:向血洒中原大地的中华民族优秀儿女奉献了一瓣心香!而本诗创作的契机,我认为与一九三一年二月间所作《无题》("惯于长夜过春时……")痛悼柔石的牺牲同样,是为任国桢的被难致哀的。

勃洛克与《十二个》

　　苏联早期著名诗人勃洛克的代表作《十二个》，我先后见过至少四种汉语译文：一是刊于《小说月报》十三卷四期（一九二二年四月）饶了一据史罗康伯英译转译者；一是时代出版社于一九四八年七月刊行的戈宝权译本；还记得一种也是四十年代出版的十六开无书面的印本，译者姓氏与出版单位均已忘却；再则是未名社于一九二六年八月出版的胡斅的译本。后者列为鲁迅主编的《未名丛刊》之六，系北京大学俄文专修科一九二四届毕业生胡斅（成才）据原文翻译的，是《十二个》第一个中译单行本，也是苏联文学作品译介到中国来的第一部单行本。

　　先前在搜集《未名丛刊》的时候，《十二个》久觅无着。查阿英编纂的《中国新文学大系·史料索引》卷中《十二个》条下也注云："此书现已绝版。"在三十年代中期此书已不经见，我想现在恐怕很难再找到了；翻检一些图书馆的藏书，也都不见收藏……但是，"皇天不负有心人"吧，我竟从旧书店尘封的货架上找到了这册渴慕已久的书！

　　《十二个》在中国翻译文学史上的地位，似乎很少有人述及，但我觉得它在文学与版画两方面都有不可忽略的启迪、借鉴作用。鲁迅为译本所作的《后记》，是他第一篇系统论及苏联文学特别是苏联诗坛，并对其中代表性诗人之一作出具体评价的文字。

　　该文首先用热烈的言词赞颂十月革命，认为这场"怒吼着，震荡着"的"大风暴"，是涤荡湔洗旧世界的伟大变革，"枯朽的都拉杂崩坏"，在这"连底的大变动"中覆灭了。以如此明确浓烈的褒辞讴歌十月革命，是鲁迅世界观跃动期的可贵征象，是鲁迅思想发展轨道上的显目碑碣。鲁迅思想演进的标志，立场感情的转换，还可以从其对于十月革命后表现各异的作家所持

爱憎来审视。例如安特列夫,原是鲁迅青年时代就很热衷的作家,早在一九
〇九年就翻译了安氏的短篇《默》,并在《杂识》中称其为"俄国当世文人之
著者",还拟译他的长篇《红笑》;即使到了安氏从苏俄流亡客死他乡后的一
九二一年,还译述了他的短篇《黯澹的烟霭里》、《书籍》等,仍然称道其创作
"都含着严肃的现实性以及深刻和纤细",甚至认为没有一个俄国作家能达
到他创作中主客观世界的融洽一致。但到了写作《〈十二个〉后记》阶段的鲁
迅,由于思想认识的递进,对于安特列夫有了再认识与再估价。撰写《后记》
前不久,他在一九二五年九月三十日致李霁野笺中就已论断:"安特列夫,全
然是一个绝望厌世的作家。"而在《后记》中,则更因安氏的背离十月革命而
谴责之,斥其为因"禁不起这连底的大变动"的浮沤,以至达到了"脱出国界,
便死亡"的可悲、可叹复可鄙的结局。我认为《〈十二个〉后记》可作为鲁迅
关于安特列夫评价的分水岭,变尊崇为贬抑(对安氏前期作品的进步性还是
作了实事求是的肯定的),反映了鲁迅思想发展的轨迹。此后,随着认识的
深化,在《〈竖琴〉前记》等文中揭示了某些俄国作家"凋零"的过程:原先他
们也"企望着转变",而十月革命的到来却又使他们感到是"意外的莫大的打
击",于是坠入幻灭、动摇、失望乃至敌对的末路,并列举了"安特列夫(L. N.
Andreev)之流的流亡"作为例证。以上可作为《〈十二个〉后记》中关于安氏
评价的衍义,不过已冠诸"之流",更显得对他的否定与鄙弃了。与此相反,
鲁迅对俄国知名作家中十月革命的拥护者与讴歌者,则表示了由衷的钦敬
与赞赏。他在《后记》中不无欣喜地指出:"但也有还是生动的;如勃留梭夫
和戈理奇、勃洛克。"无产阶级革命文学奠基人高尔基以及苏联诗人勃柳索
夫、勃洛克为十月革命而歌吟的言行,看来对于鲁迅有所启迪与激励。因为
后者正是从旧垒中来向"癞皮狗似的旧世界"杀回马枪的诗人。当然,鲁迅
后来所走的道路比他们远为坚实而壮阔。

关于勃洛克,鲁迅在《后记》中介绍得颇为详尽,不仅简约地叙述了他的
生平与创作,而且指出勃氏是十月革命后象征派诗人中"收获最多"的一个。
他曾经是在"庸俗的生活"、"尘嚣的市街"中发现诗歌要素的"都会诗人"。
处于革命狂飚袭来的剧变时期,其作为既有别于旧诗人的缄默与逃亡,又领
先于新诗人的学步与粗拙。他以他全部的激情"倾听着革命",竭尽心力地
谛听着"咆哮狞猛"的"破坏的音乐",辨析着其中历史的登音与人民的心声,
进而挟着澎湃的情潮与难抑的冲动,以炽热的笔触创造了"将最强烈的刺戟
给与俄国诗坛"的《十二个》。鲁迅以十分经济的笔墨提炼了长诗的精髓,画

龙点睛地凸现了勃洛克借助诗的形象所表达的对旧世界的仇恨与憎恶,以及对于锻冶新俄国的"血和火"的礼赞与挚爱,并以欣赏的口吻肯定诗人的转变与跃进:"他向着革命这边突进了!"甚而论断:"《十二个》于是便成了十月革命的重要作品,还要永久地流传。"历史已经无误地证实了鲁迅的预见。

鲁迅对勃洛克的赞赏还强烈地表现在以下一段警句中:"呼唤血和火的,咏叹酒和女人的,赏味幽林和秋月的,都要真的神往的心,否则一样是空洞。"这句话既揭示了诗歌乃至整个文学创作的普遍规律,也强调了勃洛克正因为真心诚意地神往革命,正如他自己所说:"请你们用整个身心、整个意识来谛听革命吧!"所以才能创作出如此震撼人心的《十二个》。为了共同深入研讨鲁迅对勃洛克的评价,不妨引录一段勃洛克在《知识分子和革命》(一九一八年一月)一文中的断片:

> 革命象猛烈的旋风,咆哮的雷雨,苦寒的风雪,总是带着新的、出人意料的事物,它无情地使许多人的希望落空,它轻易地在自己的漩涡中损毁了有价值的人,要常常把没有价值的人完好无损地带上海岸,但这是它个别的现象,并不改变激流的总的方向,也不改变激流所发出的威严而震耳的轰鸣。无论如何,这一种革命的呼啸与轰鸣,总是意味着伟大。

似乎就在撰写这篇文章的同时,勃洛克于一九一八年一月廿九日完成了长诗《十二个》的创作。在当天的日记中他这样写道:"我今天终于成为一个天才了。"而他曾经说过:"天才总是属于人民的。"他把自己的才华归属于人民的赋予,把自己的命运联系于革命的进程……也许正是这些深深地激动着鲁迅吧!

《〈十二个〉后记》写于一九二六年七月廿一日,即鲁迅离京南下(八月二十六日)的前夕。其时正值北伐军兴(七月九日革命军誓师北伐;十日,叶挺独立团攻克株洲,进驻醴陵),大革命方兴未艾之际。鲁迅肯定从《十二个》的革命律动中获取了共鸣,因为他与勃洛克同样对革命有一颗"真的神往的心"。对革命的向往,对战斗的渴求,对祖国、民族、人民命运的焦灼:鲁迅终于奋然南行也"向着革命这边突进了"。我以为,《〈十二个〉后记》作为鲁迅离京南下前所作最后两篇文章之一,把它看作鲁迅思想递变途中的一个标志,是并不牵强的。

《十二个》作为《未名丛刊》之六,由北新书局于一九二六年八月初版,印数一千五百本,后即绝版。封面可能是借用俄文原作的装帧设计。上印 V·玛修丁的木刻画,前方为一持枪迈进的红军剪影;背景天幕上绘有勃洛克长发披拂、昂然突进的侧面头像;"十二个"兰字错落地散布于书面之上,显得颇为别致。书面上端署有原作者姓氏:亚历山大·勃洛克,下端印有:胡斅翻译,V·玛修丁作画,"未名丛刊"之一,一九二六年印行。扉页后刊有勃洛克的木刻画像,作者佚名,系鲁迅自日本学者升曙梦所著《新俄罗斯文学的曙光期》中选取制版。书端所置《亚历山大·勃洛克》一文也系鲁迅从托洛茨基作《文学与革命》的日译本中有关章节转译,并经韦素园据原文校订。这里我要说些题外的话。鲁迅的这篇译文,既为《鲁迅译文集》所不载,也为《鲁迅著译系年目录》所不记,复为三种《鲁迅年谱》所不著录,都好象不承认鲁迅有这篇译文似的。其实,鲁迅翻译过托洛茨基的论著并无损于鲁迅的伟大。因为托氏当时尚未被批判及被联共(布)开除,更未流亡国外组织所谓"第四国际"。鲁迅当时只了解托氏既是"一个暗恶叱咤的革命家和武人",又是"一个深解文艺的批评者",所以选译了他的《勃洛克论》。鲁迅并非洞察未来的"先知",他不可能预测托洛茨基后来的变化。经典作家的文集中,都照样保留他们写给后来变为机会主义分子的信函;我以为,把鲁迅这篇译文"开革"出他的著译之外,好象不是历史唯物主义的态度。

《十二个》是胡斅从原文翻译的,关于译者的情况,我曾请教过曹靖华先生。承曹老告知,胡斅字成才,浙江龙游人,系北京大学俄语专修科一九二四届毕业生,与《未名丛刊》之一《苏俄的文艺论战》译者任国桢是同班同学,他们都曾到同校文学系的课堂听过鲁迅先生的中国小说史课。查《鲁迅日记》,胡斅与鲁迅的直接交往始于一九二六年五月二十日,该日日记记有:"得胡斅信。"七月十一日记有:"胡成才来并交任国桢信。"同年七月十五日、十九日、二十一日及十月三日均有胡斅来寓访问的记录,七月十六日还记有:"伊法尔来访,胡成才同来,赠以《呐喊》一本。"伊法尔即鲁迅在《〈十二个〉后记》中提及的译本"先由伊法尔先生校勘过"的伊。伊原名 A.A.伊文,苏联的汉学家,当时在北京大学教授俄文,他对俄国诗坛情况比较熟悉,后来曾写过《勃洛克论》,称勃氏"是以风雪和大雷雨为象征的背景,在诗歌和散文中描写大革命和革命英雄的第一个人"。十六日来访,可能与《十二个》的翻译与出版有关。八月九日日记有:"寄胡成才信。"惜信已佚,似也应与

《十二个》有关。据较先出版的一册《未名丛刊》——《苏俄的文艺论战》书后所附《未名丛刊》广告，其中《十二个》已注明"在印"字样，说明于此之前已经发稿。又据《〈十二个〉后记》所述，译文除经伊法尔校勘外，还经鲁迅与韦素园复加校订，并作文字上的润饰。《鲁迅日记》一九二六年五月二日记有："访素园，校译诗。"此日即以《十二个》印样请韦素园据原文共校。《彷徨》初版本〈北新书局一九二六年八月初版〉后所附《未名丛刊》广告，其中关于《十二个》写道：

> 俄国勃洛克作长诗，胡斅译。作者原是有名的都会诗人，这一篇写革命时代的变化和动摇，尤称一生杰作。译自原文，又屡经校定，和重译的颇有不同。前有托罗茨基的《勃洛克论》一篇；鲁迅作后记，加以解释。又有缩印的俄国插画名家玛修丁木刻四幅；卷头有作者的画像。

这则广告似系鲁迅手拟，此处不及详述，将另撰文考索。广告将《十二个》的精义撮要拎出，称其为勃洛克的"一生杰作"！译文因为译自原文，复经苏联汉学家与中国文学大师的校定，其雅驯可想，请看第三章：

> 我们的孩子们
> 到红军里去服务——
> 到红军里去服务——
> 抛却勇敢的头颅！
> 唉，你这苦中苦，
> 甜蜜的生活！
> 破裂的外套，
> 奥大利的枪炮！
>
> 为叫资本家受莫大的痛苦
> 我们煽动世界的大火，
> 血中的世界的大火——
> 上帝，请你保护！

本章后有尾注云："原是俄国民间的歌谣"；苏联的勃洛克研究者早在四

十年代所写的文章中也曾指出,这一章采用的是俄罗斯民间舞蹈配曲节奏。可见勃洛克非常注重诗歌的音乐性;对民谣节奏与韵律的吸取借鉴,更使饱孕革命激情的诗篇增强了艺术魅力。

再看第十一章,以雄迈笔锋描绘了十二个红军战士的无畏进军:

> 十二人并不祈祷,
> 向远处行走。
> 准备牺牲一切,
> 什么也不可惜……
>
> 他们的钢枪,
> 向着隐藏的敌人……
> 在黑暗的巷子那里,
> 仅有大雪风刮起……
>
> 陷进雪堆——
> 拔不起腿……
>
> 　　红旗子
> 　　打眼角。
>
> 　　放开
> 　　均匀的步伐。
>
> 你看　　凶恶的雠敌
> 要醒来了……
>
> 风绞雪刮向他们眼前
> 　　日和夜
> 　　不停一会……
>
> 前进,前进!

劳动的人民！

十分明确,《十二个》的主题就是对于亘古未有的伟业——十月革命的礼赞。这首诗所选取的题材只是宏伟壮丽的革命场景的一角,以在风雪中前进的十二个红军形象作为革命势力的象征,即小见大地反映了十月革命这场"大风暴"的磅礴威势与凌厉锋芒:一切都受到它的审视与检验;旧世界在它的狂飙吹袭下,如同枯木朽枝般地崩坏。长诗凡十二章,每一张犹如一幅绚烂的油画;十二幅画面各自表达出的相互关联的生活场景,构成了一整幅被革命风云笼罩着的城市的全息图象。诗人以炽热的情感,奔泻的才华,娴熟的技巧,繁响的节奏,如此强烈地表达了对旧世界的切齿痛恨与对新世界的由衷赞颂! 诗的结尾出现了耶稣基督,这种宗教色彩的流露当然是诗人世界观局限性的表现。鲁迅对此作了精辟的剖析:"篇末出现的耶稣基督,仿佛可有两种的解释:一是他也赞同,一是还须靠他得救。但无论如何,总还以后解为近是。"事实也正如鲁迅所断言的,勃洛克"究竟不是新兴的革命诗人",《十二个》也"还不是革命的诗",因为诗人对十月革命的本质与意义尚缺乏真正深刻的理解,于是乎才会去祈求基督的庇护。高尔基在回忆勃洛克的文章中虽然赞赏:"他的诗有那样多的柔韧性和才华"! 可是也锐利地指出:"布罗克的信仰相当紊乱",因为他曾经直言不讳地对高尔基陈述:"事实上所谓生活与信仰的支持者,就是有上帝和我自己"[1]。对上帝的皈依,对革命的向往,本来是冰炭不相容的,却统一于勃洛克一身,这看来虽不无滑稽之感,但勃洛克却是真心诚意的,耶稣基督是他把革命神圣化所能找得到的最崇高、最圣洁的象征性形象;至于比拟的显然不得当,我们似乎不必苛求这一早逝的讳大而真诚的浪漫主义诗人了。

《未名丛刊》版的《十二个》还值得一提的是其中介绍了苏联木刻:书面及卷中的四幅插图,都是苏联版画家 V・玛修丁(V・Masiutin)所作木刻画。鲁迅在《后记》结尾处特别提到苏联木刻随着革命而勃兴的情况,启发性地指出:"只要人民有活气,这(按指木刻——笔者)也就发达起来"。这可能是鲁迅倡导木刻艺术与木刻运动的最早的言辞。

一般认为鲁迅介绍苏联木刻始于一九二九年,例如酆中铁就曾记述:"鲁迅先生是中国版画的介绍和培植者,经过他的介绍,苏联版画才出现在

---

〔1〕　高尔基:《回忆布罗克》,巴金译,平明出版社一九五〇年七月初版。

中国。最早的一幅大概是陀蒲晋司基（M·Dobuzinski）的《窗内的人》。刊于一九二九年的《艺苑朝华》第一期第三辑《近代木刻选集》中。"〔1〕其实，早在一九二六年，鲁迅就在《十二个》的《后记》中推崇刚健清新、不同凡俗的苏联木刻。鲁迅后来在翻译契诃夫的《奇闻三则》所写的《译后附记》中也曾提到："这位插画家玛修丁（V·N·Massiutin），是将木刻最早给中国读者赏鉴的人，《未名丛刊》中《十二个》的插图，就是他的作品，离现在大约已有十多年了。"（刊《译文》一卷四期，一九三四年十二月）玛修丁的作品线条明快，韵味浓郁，富于象征性，诚为鲁迅所称道的"木刻的名家"。请看，《十二个》画面上一排十二个红军战士，行列何等威武，步武何等豪迈，几乎使我们隐约可闻：旧世界正在那硕大的军靴践踏下吱吱作响哩！右下角一个切齿斜睨、因仇恨扭歪了脸的形象，即与工农政权为敌的资本家。长诗的第九章有一节关于敌视十月革命的反动资本家的写照：

> 资本家站着好象这只饿狗，
> 他站着，沉闷着，好象一个疑问符号。
> 旧世界也象一只无家的狗，
> 夹着尾巴站在他们背后。

诗人的爱憎至此可谓宣泄得淋漓尽致了。而画家也以创造性劳动，在画中生动、形象地再现了诗人炽热如火的爱与冷峭如冰的憎。

马雅可夫斯基曾经说过："勃洛克的创作是整整一个诗的时代。这个伟大的象征派诗人，对于现代诗歌的影响确实很大。"这种影响也由于《十二个》中译本的出现而波及中国，许多先觉的革命知识分子也很推崇勃洛克及其代表作。例如蒋光赤在《革命与罗曼谛克》（刊《创造月刊》一九二六年五月一卷三期）中就曾称誉勃洛克："在革命中看见了电光雪浪，他爱革命永久送来意外的，新的事物；他爱革命的钟声永远为着伟大的东西震响。"并且指出："《十二个》的意义与价值，将随着革命以永存"，甚至"将永远地为劳农群众所珍贵"。蒋光赤还在自己的第一本诗集《新梦》（上海书店一九二五年一月初版）的《自序》中这样写道：

---

〔1〕《木刻版画概论》，商务印书馆（长沙）一九四一年一月初版。

……我生适值革命怒潮浩荡之时,一点心灵早燃烧着无涯际的红火。

我愿勉力为东亚革命的歌者!

俄国诗人布洛克说:

"用你的全身,全心,全意识——静听革命啊!"

我说:

"用你的全身,全心,全意识——高歌革命啊!"

在这里,我们是可窥见勃洛克及其《十二个》,对于中国革命诗歌的萌蘖、革命诗人的滋生,都有着一定的感召、催生的作用。

鲁迅在此后的文学活动中,也并没有忘却勃洛克及《十二个》。他在一九二八年十月九日所译的日本片上伸作《北欧文学的原理》(刊《大江月刊》一九二八年十一月号)中,有相当篇幅论及《十二个》,如认为:"要知道现在的俄国,最为必要的东西,则有亚历山大勃洛克(Alexander Blok)的长诗《十二个》。"并揭示《十二个》的主题在于:"无论看见或不看见,无论意识到或没有意识到,都正在创出新的真的世界来。"译者鲁迅与作者的这一点认识显然是有共鸣的——《十二个》焕发着"光明底创造底思想",所以,鲁迅特地在《译者附记》中介绍了《十二个》的中译版本——"《十二个》,胡斅译。《未名丛刊》之一。北京北新书局发行",并希望读者与研究者"拿来参考"。

中国第一本高尔基文集

——鲁迅主编《戈理基文录》

在二十世纪无产阶级文化的天幕上，高尔基与鲁迅是两颗交相辉映的巨星。由于自然的，更甚是人为的关山阻隔，他们终生并未晤面，但是这两位文化巨人的心却是相通的。

一九三四年，高尔基主持召开的苏联第一次作家大会所作的决议中，就曾向"英勇地执行了自己的正确的义务的劳动人类的最好朋友"鲁迅以及罗曼·罗兰等，致以"兄弟的祝问"（中译刊于《木屑文丛》第一辑，木屑文丛社一九三五年四月初版）。稍后，萧三在致"左联"的信（一九三四年九月十五日）中又转达了高尔基为主席的国际革命作家联盟对鲁迅访苏疗养的邀请："豫翁北上事，IURW 无任欢迎！……兹 IURW 特托转致欢迎之意，并望能早日成行。"以上均可见，以高尔基为首的苏联乃至国际的革命作家，对中国革命作家的代表——鲁迅，怀有深厚的感情。

鲁迅当然也是高尔基的知音和朋友。在他翻译与介绍外国文学的活动中，诚如冯雪峰所指出的，不仅是"高尔基作品的翻译工作的最大的提倡者"，而且"他本人也翻译了高尔基的作品"。一九三二年顷，正当高尔基创作生活四十年纪念之际，鲁迅与茅盾、丁玲、曹靖华、洛扬（冯雪峰）、突如（夏衍）、适夷等联合致以祝词——《高尔基的四十年创作生活——我们的庆祝》，中谓："我们承认高尔基是我们的导师，我们要向高尔基学习，我们要为着中国几万万的劳动群众的文化生活而奋斗！"[1]正是基于对国际无产阶级革命文学奠基人的尊崇，并引为中国左翼文艺运动的尘圭臬，鲁迅还于中国左翼作家联盟成立不久，编辑出版了我国第一部高尔基文集——《戈理基

---

〔1〕 刊《文化月报》一卷一期，一九三二年十一月十五日出版。

文录》(最早的高尔基作品中译本是宋桂煌译的《高尔基小说集》,民智书店一九二七年出版;而最早的高尔基论文中译本则是鲁迅编辑的这册《文录》)。

《戈理基文录》作为萌芽月刊社编辑丛书之一,曾于《萌芽月刊》一卷五期(一九三〇年五月一日)封底前页刊登过广告,后由光华书局于一九三〇年八月初版,毛边装,一厚册,印数二千册。封面题《戈理基文录》(一九三二年一月再版时易名《高尔基文集》),下署"鲁迅编",书名、编者名的字体,以及书面的装帧风格,悉同《科学的艺术论丛书》,我怀疑这也是鲁迅亲自设计的。扉页则在书名下署"鲁迅编"而外,加署"柔石等译"字样。内容分上下两辑,上辑收《戈理基自传》(亦还泽译,曾发表于《萌芽月刊》一卷一期)与《玛克辛·高尔基》(P. S. 柯刚作,雪峰译,系从日本秋田雨雀著《年青的苏俄》中所载重译);下辑所收皆为高尔基自撰文,有《托尔斯泰的回忆》(柔石译)、《关于托尔斯泰的一封信》(柔石译,于文末注云:"以上杂记与信译自Hogarth Press 出版的《Reminiscences of Leo Nicolayevitch》。英译者为 S. S. Koteliansky 和 Leonard Woolf 两君。"),此外尚有《契诃夫的回忆》(侍桁译,据日本内山贤次与小松原隽的两种译文参照重译)、《列宁之为人》(侍桁译)、《莫斯科通信》(沈端先译)、《给苏联底"机械的市民"们》(雪峰译,文末有《译者附记》云:"以上译的,是揭载在去年十月七日《真理报》上的戈理基给他底通信者们的回答文,据《国际文化》去年十二月藏原惟人底译文重译的。由这回答文,我以为可以明白二点:第一,在现在的苏维埃联邦内,竟还有具着这样的思想与心情的反动者们。二,可以明白为一个战士的高尔基底最近的态度——对于反动的俗物们,同时也对于苏维埃政权的态度。这回答文,出于戈理基之手,要比纯文艺作品更能给与读者对于人生的勇气;同时,在对于戈理基的理解上也要比他的纯文艺作品明白些。一九二九年九月四日记。")、《劳动阶级应当举成文化的工作者》(雪峰译,原载一九二九年七月二十五日莫斯科《伊慈维斯察》,系据日本《日俄协会报告》第四十九号重译)等。除柯刚的评传而外,共辑入高尔基撰写的自传、政论、书简、回忆录等八篇。这样颇具规模而且编译谨严的高尔基文集,在当时的中国还是开风气之先的创举;即使到今天,国内也还没有再出版过一本附带评传、自传以及代表性论著的高尔基文集。所以,这本鲁迅在五十年前编辑的《戈理基文录》,无论从文献意义,抑或实用价值,仍然葆有生命力。

鲁迅对高尔基是备极推崇的。其钦敬的程度,诚如他在致萧军的信中所说:"……高尔基,那是伟大的,我看无人可比。"在他去世前写的最后一篇文章中,更称道"高尔基是战斗的作家","他的一身,就是大众的一体,喜怒哀乐,无不相通"(《且介亭杂文末编·关于太炎先生二三事》)。鲁迅的文学活动中,有许多是与高尔基及其作品有关的:他早年曾予嘉奖的周瘦鹃译《欧美名家短篇小说丛刊》,其中有高尔基的作品《大义》;他所主编的《未名丛刊》,其中如韦素园的《黄花集》、董秋芳译的《争自由的波浪》等集子,里面都有高尔基的作品;他所编辑或校阅的报刊如《民众文艺周刊》、《莽原周刊》以至《奔流》、《萌芽月刊》、《译文》等,也经常刊发高尔基的作品或者论及高尔基的文字;他曾为高尔基作品中译本写过序跋,如曹靖华译《一月九日》的序、韩白罗翻印亚历克舍夫《〈母亲〉木刻画》的序等;他也译述过评骘高尔基的文字,如日本升曙梦所作《最近的戈理基》等;他还翻译过高尔基的作品《恶魔》、《俄罗斯童话》等,并曾有与郁达夫等合译《高尔基全集》的拟想……凡此种种,包括编印《戈理基文录》在内,目的都是使中国的左翼作家与读者群众较全面地认识高尔基,了解他之所以被革命的导师称许为"新俄的伟大的艺术家"的缘由,从而沿着他所开创的无产阶级革命文学的道路前进。

　　至于《戈理基文录》的编辑过程,由于文献散佚已不可考,但仍有蛛丝马迹可供钩沉。如一九三〇年上半年,鲁迅与柔石、雪峰等往还的记录很多,他们共同擘划编印《文录》的情况于中或以想见。另外,《鲁迅日记》一九三〇年八月三十日条记有:"往内山书店买《新洋画研究》(2)一本,四元。又托其寄达夫以《戈理基文录》一本。"郁达夫是鲁迅的知友,也是高尔基著作的爱好者(曾译有高尔基的《关于托尔斯泰的一封信》等),赠以《戈理基文录》,正乃"好书贻知己"是也!

新理想是一切言动的南针

——柔石译《浮士德与城》

在中国无产阶级革命文学运动方兴未艾之际,为了滋养与哺育年青的文化新军,鲁迅曾以相当多的精力致力于国际革命文学的鼓吹、绍介与组织编印有关丛书的工作,因为他认为"对于中国,现在也还是战斗的作品更为紧要"(《且介亭杂文·答国际文学社问》);同时鉴于"中国作家的新作"失于"稀薄",原因之一即在于"没有好遗产",故而更感到"翻译之不可缓"。一九三〇年顷,鲁迅主编《现代文艺丛书》,即旨在"竭力运输些切实的精神的粮食",以疗慰新进左翼作家与广大进步读者的精神饥渴。

鲁迅主编的《现代文艺丛书》由神州国光社订约承印事,在《鲁迅日记》中也有记录可查,一九三〇年四月十一日条记有:"下午雪峰来并交为神州国光社编译《现代文艺丛书》合同一纸。"关于这一种专门"收罗新俄文艺作品的丛书"的发动与收束,鲁迅在《〈铁流〉编校后记》中交待得很清楚,即"那时我们就选出了十种世界上早有定评的剧本和小说,约好译者,名之为《现代文艺丛书》"。随之开列了十种书的书目及著、译者,其第一种就是——

《浮士德与城》,A·卢那察尔斯基作,柔石译。

其他尚有《被解放的堂·吉诃德》、《十月》、《精光的年头》、《铁甲列车》、《叛乱》、《火马》、《铁流》、《毁灭》、《静静的顿河》等"具有纪念碑性的作品"[1]。这

---

〔1〕《现代文艺丛书》原先拟由鲁迅先生资助的春潮书店出版,在《萌芽》一卷一期(一九三〇年一月)封底前页登过广告,其书目与此目稍有不同,不见此目的有《一周间》、《水门汀》、《新俄短篇小说集》(一至三)、《赫莱尼之遍历》等。

套丛书承译者最早交稿的是柔石，鲁迅在同篇《编校后记》中说："我们的译述却进行得很慢，早早缴了卷的只有一个柔石，接着就印了出来"。查《鲁迅日记》，一九三〇年六月十六日条记有："作《浮士德与城》后记讫。"据此推算，即柔石译稿完成距四月十一日与神州国光社订合同日期仅两月（年初，《现代文艺丛书》拟交春潮书局印行时，《浮士德与城》的预约译者为蓬子，可见柔石当时并未计划翻译此书，而是与神州国光社订约后，由鲁迅与柔石洽商决定由后者译是书的），足见柔石译述的勤奋。

柔石是由英译本《卢那察尔斯基剧本三种》（《Three Plays of A·V·Lunacharski》）转译的，英译者为 L·A·摩格那思和 K·沃尔特，该书内收《浮士德与城》（文学剧本）、《东方三博士》（幻想剧本）和《贤人华西里》（神话剧）三个剧本，一九二三年英国伦敦出版。《浮士德与城》的创作过程，据鲁迅为柔石译本特地译出的《作者小传》（日本尾濑敬止作）称："……一九一〇年所作，而六年后大加修改的《浮士德与城》，在这里，已可以辨认革命的曙光之在闪烁了。"鲁迅在为《浮士德与城》中译本所作《后记》中，引录了英译本《卢那察尔斯基剧本三种》的《译者导言》，其中也述及："Lunacharski 又是音乐和戏剧的大威权，在他的戏剧里，尤其是在诗剧，人感到里面鸣着未曾写出的伤痕。……其次为《浮士德与城》，是俄国革命程序的预想，终在一九一六年改定，初稿则成于一九〇八年。"两文关于始作年份有参差，而定稿于一九一六年则是一致的。

至于《浮士德与城》的创作意图与时代背景，原著者为英译本所撰《小序》中有所申述。兹将柔石摘译部分钞引如下：

> 　　无论那一个读者倘他知道 Goethe 的伟大的《Faust》就不会不知道我的《浮士德与城》是被《Faust》的第二部的场面所启发出来的。在那里 Goethe 的英雄寻到了一座"自由的城"。这天才的产儿和它的创造者之间的相互关系，那问题的解决，在戏剧的形式上，一方面，是一个天才和他那种开明专制的倾向，另一方面，则是德莫克拉西的——这观念影响了我而引起我的工作。在一九〇六年，我结构了这题材。一九〇八年，在 Abruzzi, Introdacque 地方的宜人的乡村中，费一个月光阴，我将剧本写完了。我搁置了很长久。至一九一六年，在特别幽美的环境中，Geneva 湖的 St·Leger 这乡村里，我又作一次最后的修改；那重要的修改即在竭力的剪裁（Cut）。

更可探究的是鲁迅对于该剧的阐明。他在《后记》中引录英译者认为该剧是"俄国革命程序的预想"后，以"是的确的"四字表示赞同；但进而指出，它也是"世界革命的程序的预想"。以鲁迅的评骘为指针，我研读了《浮士德与城》，也旁骛了歌德的《浮士德》，拟在后面谈一点心得，这里暂且打住。

《浮士德与城》封面署"现代文艺丛书之一"，并标明"鲁迅编"与"柔石译"。书面图案似系版画，中刻绘一力士型的石匠，手持铁锤，奋力凿石，凸结的肌肉，表现着劳动创造者的伟美，背景是绚丽的朝日、凌空的尖塔与正在兴建的城堡……此画可能即原英译本的封画，鲁迅曾据此摄影制版，《鲁迅日记》一九三〇年六月十八日条记有："午后柔石来，收《浮士德与城》编辑费及后记稿费九十。下午往春阳馆照插画一枚。"六月二十日条又记有："取《浮士德与城》插画之照片，即赠内山、雪峰、柔石及吴君各一枚。"所谓"《浮士德与城》插画"即指该幅版画。不仅复制作为中译本的封面，而且翻拍多幅分赠友好，可见鲁迅对这幅画的爱赏，可惜由于笔者的孤陋，不了解该画的作者，希望熟悉外国版画的先生赐教。差不多同时出版的未名社《未名新集》之一——《建塔者》（台静农作），也曾采该画作封面图案，不过已经王青士的重新配置与设计。

版权页作一九三〇年九月初版，从发稿到出书不过三个月。正文首页在"浮士德与城"剧名下列有副题"一篇为读者的剧本"。之所以这样注明，我想即所谓"文学剧本"，亦即堪供案头阅读而不适宜舞台饰演的吧。

全剧分序幕及其后的十一幕，正如作者所自白的，是受歌德的诗剧《浮士德》第二部的启发而创作的。《浮士德》第二部的什么内涵是激发卢那察尔斯基创作此剧的契机呢？我翻阅了一些卢氏的论文，见他于一九三二年三月在歌德诞生一百周年纪念大会上的讲话——《歌德和他的时代》中，有一段涉及歌德晚年政治理想的文字这样写道：

　　歌德的生命快结束的时候，他已开始看出资产阶级社会发展所带来的内在矛盾。他热爱劳动，热爱技术，热爱科学。他对资产阶级这些好的方面并无反感；引起他反感的是资产阶级带来的市侩习气和混乱局面。因此他企图向自己描绘出一种制度，在那种制度之下，计划化的原则将取得胜利，自由的劳动人民会结成一小劳动联盟。这一点在戏剧体的伟大诗篇《浮士德》最后一部分有所反映。这几行著名的诗常常

为人引用,可是我们不妨再引用一次,——它们证明歌德怎样超越了他的时代界限:

> 这无疑是智慧的最后的结论:
> "要每天每日去开拓生活和自由,
> 此后才能够作自由与生活的享受。"
> 所以在这儿要有环绕着的危险,
> 以使幼者壮者——都过着有为之年,
> 我愿意看见这样熙熙攘攘的人群,
> 在自由的土地上住着自由的国民。
> 我要呼唤对于这样的刹那……
> "你真美呀,请停留一下!"
> 我在地上的日子会有痕迹遗留,
> 它将不致永远成为乌有。[1]

诚如恩格斯在《〈自然辩证法〉导言》中所指出的:"给现代资产阶级统治打下基础的人物,决不受资产阶级的局限。"卢那察尔斯基演绎这句话来评价歌德在《浮士德》第二部所显露的空想社会主义的乌托邦:"年轻的资产阶级思想家有时甚至超越了本阶级利益的界限。"卢氏认为歌德不仅仅属于资产阶级,而"以他的某个方面而论,他也属于我们",所以《浮士德》第二部中闪烁的火花成为点燃卢氏创作热情的触媒,是并不感到突兀的。卢氏当然不会停留于欣赏歌德的乌托邦空中楼阁,而是藉此作为再创作的闪机。《浮士德与城》的情节很简单,即叙述浮士德幻想建立"自由之城",但却凭借权力对人民实行专制,以致遭到人民的反对,于是被迫退出王位,愤而出走;当人民自己掌握政权之后,终于建成了真正的"自由之城",而浮士德也终于悔悟而投靠人民,并且作为"自由之城"的开创者,仍然受到人民的尊敬,最后在人民的歌颂声中安然逝去。我在读剧本时,常常被其中或一场面的警句所震慑。如第四幕写浮士德与起义者领袖斯各忒等谈判,囿于传统的偏见与高位的隔膜,把人民看作"群氓",竟然表示要用暴力来镇压"叛乱"时,斯各忒斩钉截铁地回答道:

---

〔1〕　卢那察尔斯基:《论文学》,蒋路译,人民文学出版社,一九七八年十二月初版。

"你底意思是要用暴力么？我们正也预备着这个的。我们也不会后退。你愿意流血么？预备着流血罢。……那末，就流罢！我们将骄傲地用我们底紫色的血写我们底名字在历史上，为自由流血。这不过是暴君底千古的罪案。"

读到这段起义者悲壮的誓辞，我不禁想起了柔石：他在译完这段话不到一年的时间，即被中国历史上最凶残的"暴君"杀戮，"左联五烈士"的碧血也迸溅在中国的历史上，永远铭记着暴君的罪案。而当时在浓暗中呻吟挣扎的人们在读到这喷发着火星的起义者的壮言时，他们的心弦怎能不发生强烈的共鸣呢？！

更令人感动的是剧的尾声——浮士德归附人民之后彻悟的心声："你们已经教训我，对于人民底天才应如何的看重。……孩子们，兄弟们，接受我罢！我早已听到，你们是怎样的智慧地正直地实行你们底巨大的决议。我注意你们底稠密的，杂色的，伟大的，不能解释的生物——群众，同着它底流动的洪流，迅速的行动，和它底声音——在它的集团上，象洋海底波涛般的汹涌，但是为理性与生活启迪着，生活在一切它底原子的推动之内。孩子们，兄弟们，我相信——我相信你们！集合你们底收获，生长，加紧这世界，建筑，用思想与明瞭来充满它，如此，你们都将似神了……"对胜利了的劳动者的皈依与礼赞，决不是浮士德濒死之际的投机，而是这一正直的学者弥留之时的觉醒。剧中浮士德的命运揭示了一条真理，即知识者只有把自己的命运与人民的事业相渗透融合，才能对国家民族有所作为，并实现自己造福人群的理想。这一质朴无华的真理在三十年代的中国宣扬流播，对于郁闷愤懑、彷徨歧路的知识分子群，将起到有益的引导作用。

除此而外，鲁迅在《后记》中还从分析浮士德形象的典型意义出发，联系卢那察尔斯基的美学思想，结合自己的观察、体验、思考，精辟地阐述了无产阶级批判继承文化遗产这一重要命题，其核心论点即人们所常引用的：

因为新的阶级及其文化，并非突然从天而降，大抵是发达于对于旧支配者及其文化的反抗中，亦即发达于和旧者的对立中，所以新文化仍然有所承传，于旧文化也仍然有所择取。

鲁迅认为卢氏笔下之所以描画"开辟新城而倾于专制——但后来是悔

悟了的——天才浮士德死于新人们的歌颂中的原因",在于卢氏"主张择存文化底遗产",其理由是"因为'我们继承着人的过去,也爱人类的未来'的缘故"。鲁迅随即还有一段警策的论述:

> 他之以为创业的雄主,胜于世纪末的颓唐人,是因为古人所创的事业中,即含有后来的新兴阶级皆可以择取的遗产,而颓唐人则自置于人间之上,自放于人间之外,于当世及后世都无益处的缘故。但自然也有破坏,这是为了未来的新的建设。新的建设的理想,是一切言动的南针,倘没有这而言破坏,便如未来派,不过是破坏的同路人,而言保存,则全然是旧社会的维持者。

老实说,我确乎震惊于鲁迅在文化遗产继承问题上论述的精当。要知道以上两段话写于三十年代初(一九三〇年六月),而当时即使在苏联,诸如未来派、无产阶级文化、派、拉普派等极左派对文化遗产持全盘否定态度的虚无主义倾向,并未得到彻底清算(联共〔布〕中央于一九三二年四月二十三日才作出了《关于改组文学艺术团体》的决议,宣布解散拉普等组织),他们曾经这样宣称:"为了我们的明天,我们要烧掉拉斐尔,拆毁博物馆,踩死艺术之花。"(无产阶级文化派诗人符·基利洛夫的诗《我们》)马雅可夫斯基则自称是基利洛夫在"反拉斐尔之流的战役中"的"同一团队的战友",号召向普希金"进军",甚至扬言"活的'列夫'(未来派的团体名称——笔者)胜过死的列甫·托尔斯泰",可见他们的谵狂与虚妄。想不到遁迹多年的"列夫"之流,六十年代却到东方古国来借尸还魂! 不过十年浩劫中的"造反英雄"远比那些故作惊人之语的诗人们"激进"得多,仅仅在所谓向"四旧"进军的壮举中,行动也远比那些极左派的先辈们酷烈凶残:有多少孤本秘籍被付之一炬,又有多少稀世之珍被毁于一旦啊! 这已是题外之言,无须絮聒。

被列宁夫人克鲁普斯卡娅称之为"为了用知识武装群众、为了用艺术领域内的全部成就来武装群众这一事业而奋斗的一名战士"的卢那察尔斯基,是始终反对未来派、无产阶级文化派、拉普派的偏激片面的极左观点的,他认为把过去的传统与当前的创新对立起来是愚昧无知的短视与偏见。鲁迅当然是站在卢那察尔斯基一边,同意并赞赏他的观点的,如在翻译卢氏《艺术论》(上海大江书铺一九二九年六月初版)所撰《小序》中也曾援引《浮士德与城》为例指出:"如所论……甚至于以君主为贤于高蹈者,都是极为警辟

的"。鲁迅赞同卢氏对于"高蹈者"、"颓唐人"之流的谴责,因为他们缺乏
"新的建设的理想"作为"言动的南针",故而堕入了"未来派"一流的"破坏
的同路人";而所谓"新的建设的理想",则毫无疑义指的是真正的马克思主
义,绝不是什么冒牌的或自封的"绝对真理"。鲁迅的伟大不仅在于他当时
已领先踞于马克思主义美学观的高水准上,而且在国际无产阶级文化运动
中也属于前茅与翘楚之列,更遑论国内的某些论者了。鲁迅对于新文化的
承传、旧文化的择取方面,在理论的建树、实践的力行方面都给我们立以圭
臬;遗憾的是,某些以鲁迅的继承者自命的人们,并没有认真遵循鲁迅的遗
志去言动。十年浩劫期间,对于人类文明的鄙弃,对于民族文化的践踏,其
疯狂与暴戾是任何历史上的"高蹈者"与"颓唐人"之类都要自愧不如的。鉴
于此,重温鲁迅编校、柔石译述的《浮士德与城》,尤其是重读鲁迅关于无产
阶级如何对待文化遗产的论述,对于中国文化政策的决策人以及将为贯彻
这一政策而生命以赴的千百万执行者,都不失为有益的规箴。

并未凋零的花卉

——《黄花集》

鲁迅在《韦素园墓记》中悲恸而痛惜地写道:"呜呼,宏才远志,厄于短年。文苑失英,明者永悼。"对于这一位"切切实实"的未名社的"骨干",由于他于事业的认真、勤奋、执着,鲁迅为他的英年夭折感到深切的悲痛;后来又不甘于他"在默默中泯没",曾撰《忆韦素园君》予以纪念,其中亲切而公允地写道:"是的,但素园却并非天才,也非豪杰,当然更不是高楼的尖顶,或名园的美花,然而他是楼下的一块石材,园中的一撮泥土,在中国第一要他多。他不入于观赏者的眼中,只有建筑者和栽植者,决不会将他置之度外。"而鲁迅自己正是"慧眼识英豪"的"建筑者"和"栽植者",既赞赏于他的献身精神,更神往于他的坚忍毅力。我想,在鲁迅私淑的学生当中,除柔石而外,最挚爱者恐怕就是丰素园了。

在《〈中国新文学大系〉小说二集序》中,鲁迅在述及未名社同人时,仍满怀深情地记叙她的"主持者韦素园,是宁愿作为无名的泥土,来栽植奇花和乔木的人,事业的中心,也多在外国文学的译述。"韦素园确实将自己短促的生命都献给了外国文学的翻译事业,其结集者在《未名丛刊》内有三种之多,即《外套》、《黄花集》和《文学与革命》(与李霁野合译),此外则由商务印书馆出版过一册俄国短篇小说集《最后的光芒》。

《黄花集》列为《未名丛刊》之十八,由未名社于一九二九年二月初版。司徒乔作书面,封画构图寥廓而空疏,一枝藤蔓,几茎菊花,墨线勾勒的花瓣上,信笔缀以鹅黄的色泽,活绘出一派秋的气息,与书名"黄花"显得吻合无间。这是一本北欧散文诗歌的结集,第一辑为散文,其中有俄国作家契里珂夫的《献花的女郎》(回忆契珂夫)、勃洛克的《孤寂的海湾》(回忆安特列夫)等文学回忆录;第二辑为散文诗,其中有俄国作家都介涅夫(屠格涅夫)、科罗连珂、戈理奇（高尔基）、安特列夫、专司基、契里珂夫、珂陀诺夫斯基，波兰作家解特玛尔，丹麦作家哈谟生，以及埃顿白格、埃治、纳曼等的作品；第三辑为诗，其中有俄国诗人玛伊珂夫、蒲宁、茗思奇、白斯金、米那夫、撒弗诺夫的诗作，以及梭罗古勃的《〈蛇睛集〉选》十六首。

　　至于集子什么题名《黄花集》，译者在一九二八年十月二十八日写的《序》中有所申说，"黄花"即取义"明日黄花"之意，因为"实在，这些东西在新的北俄，多半是过去的了。将这与其说是献给读者，倒不如说是留作自己纪念的好。倘读者还以为有几篇可读的东西，那就是译者意外的欣喜了。"以上虽是译者的谦逊，却也道出了部分的事实，即集内辑译的大多是十月革命前俄罗斯文学作品，这些在"新的北俄"（按指苏联。——笔者）当然是属于"过去"的东西了；但迻译到当年的中国，却不乏其现实意义，这点后面再说。关于集内作品的原发表处，我翻查了一下二十年代下半叶的报刊，见其大多发表在鲁迅主持的莽原社、未名社有关的刊物上，其他则大多发表于经鲁迅荐引由韦素园自己编辑的《民报副刊》。

　　韦素园早年作为中国社会主义青年团的代表，曾赴苏参加列宁主持的共产国际第三次代表大会，后又进入莫斯科东方劳动大学学习，沐浴了十月革命的阳光与红雨，在辉煌的曙色中认清了献身祖国的途径，遂立志要以研究、绍介俄罗斯与新俄文学为终生事业，目的在于唤醒民众走十月革命所开创的道路。一九二五年结识鲁迅之后，更在这荷戟挺进的前锋故士的感召率领下，参加了进行"社会批评"与"文明批评"的战斗行列。《黄花集》内的三辑诗文，主要皆是一九二五至二六年间的译作。与此同时，韦素园也已开始译述苏俄的文艺论著，如在《莽原》半月刊上刊发的《无产阶级的文化与无产阶级的艺术》等；所以他即使翻译旧俄作家的作品，也跟当时一般俄罗斯文学介绍者的态度与目的有别，不仅不停留于肤浅的鉴赏与褒扬，而是站在相当的思想高度来鉴别与剖析。例如集内勃洛克所作《孤寂的海湾——回忆安特列夫》文末的《译者附言》，就曾点明勃洛克与安特列夫同属于"象征派"，而这篇文章的译述使读者"由此可以窥见两位象征派作者的关系"。

　　散文诗部分是这本集子的精华所在，荟萃了俄罗斯文学中许多文情并茂之作，在那些迸溅着火花、流溢着碧血的字里行间，似乎也搏动着译者难抑的情热，其中最为震撼心弦的恐怕要算戈理奇（高尔基）的《海鹰歌》（现通译为《海燕》），该篇原刊发于《莽原》周刊第十二期（一九二五年七月十日），请听这革命者渴望战斗的心音：

在灰白的海的平原上风敛集着乌云。在乌云和海的中间有如黑电似的海鹰高傲地翱翔着。

她有时以一只羽翼触着波浪，有时如箭矢一般直冲向乌云中高叫着——并且乌云在这鸟的勇敢的喊声里听出欢快。

在这喊声里是暴风雨的渴慕！

乌云在这喊声里听见愤怒的力，热欲的火焰和胜利的信心。

…………

这个勇敢的海鹰临在怒鸣的海上，界于急电中间，高傲地翱翔着；胜利的先知于是叫起：

——任暴风雨将更有力些响动吧！……

韦素园雄健遒劲的译笔，形象而有力地表达了回荡奔驰于高尔基原作中对于革命的期待，对于战斗的焦渴，对于斗士的钦仰，对于懦夫的鄙薄，对于光明的赞颂，对于黑暗的诅咒……。译文发表的当口，中国大革命的狂涛怒潮即将排天而立，高尔基不朽名篇的迻译，想必有益于陶冶、鼓舞战斗者的情怀，其作用是不应泯灭的（就译文的晓畅练达而言，韦译当然不及后来瞿秋白所译的同一篇《海燕》，但瞿译的正式发表已是一九三三年了）。

另一篇高尔基名作《雕的歌》（现通译为《鹰之歌》）的译文则发表于鲁迅所编的《国民新报副刊》（乙刊）第一号（一九二五年十二月五日），而且署于首版头条的位置，可见编者对它的激赏与重视。散文诗通过奋斗不息的雕与因循苟活的蛇的对比，来讴歌革命者的无畏和鞭笞小市民的懦怯，散文诗中的文学形象凸现而贴切，这种在长空怒风中搏击、在崇山峻岭间巡弋的战斗豪情，是蛰居于洞穴内、蠕动于阡陌间的蛇所未经体验和不能想象的；但当雕以不屈的意志、满腔的赤诚对理想不惜身殉之际，蛇却卑怯地投之以污蔑与诽谤，并为自己的苟且偷生辩护与解嘲——但真理的光泽是不会因毒蛇的涎沫所掩蔽得了的。鲁迅赞赏这篇译文当然是不无原由的，当时"五卅"烈士的血迹未干，他在杂文《杂忆》中振臂呼吁，"勇往直前，肉搏强敌，以报仇雪恨"，表示了对血洒通衢的烈士的悼念，以及对于外国资本豢养的屠伯的愤慨；稍后，在杂文《忽然想到（十一）》中，更对怯于帝国主义威焰，或贪于外国老板沥余的"同胞"，妄图里应外合施行破坏的危险，提醒五卅运动中的爱国者："我敢于说，中国人中，仇恨那真诚的青年的眼光，有的比英国或日本人还凶险"。对于烈士的礼赞,对于顽敌的声讨,对于内奸的抨击,对于懦夫的鄙弃,也正是高尔基的《雕的歌》的主题,鲁迅、韦素园自己与之感应并期望读者与之共鸣,则不是偶然而无为的了。

《黄花集》的某些篇什,在新俄虽然早已成为"明日黄花",但在二十年代中期的中国并未失其时效,例如屠格涅夫的散文诗《门槛》,译文刊发于《莽原》周刊第一期(一九二五年四月二十四日),这是作家一八八三年九月为纪念俄国革命党人苏菲亚而作的,以饱孕崇敬与挚爱的笔触,采用象征的手法,凸现了一个甘冒"寒冷"饥饿、仇恨、嘲笑、轻视、侮辱、疾病、牢狱和死"而矢志不移的"露西亚女郎"的圣洁形象,她无畏地摈弃"青春时的生命",毅然迈进"牺牲"的"门槛"……。译者在《译后附记》中也特地叙述了苏菲亚的生平:"按苏菲亚本系皇族,她的父亲做过圣彼得堡副行政长(和省长差不多);她幼年时,便深受了当时急进的社会思潮的影响,后经同学戈尼拉姊妹介绍,得入一个成立最早的含有革命性的卡以珂夫社。俄国智识阶级在十九世纪下半期转变得非常厉害:由'虚无党人'不做事起,一变而为绝对的献身社会,——'往民间';从'往民间'的失败,才知道徒作社会运动是不行的,于是大家又转过脸来,注意到政治上面。他们,有一般人,以政治上的主要障碍物是皇帝及官吏,因之,发生了秘密结社,暗杀团,即一般人称为'恐怖党'的便是。苏菲亚天性本近于做社会事业,她曾以此自誓;后来完全因为受了恋人什连宝夫的影响,转投身于暗杀。一八八一年春炸死了亚历山大第二,己身因之而遇害,受刑者共有五人。"这段附言加得很好,因为苏菲亚在中国近代及"五四"前后影响弥深,旧民主主义革命运动的前驱者之中不乏有人以苏菲亚自命,如秋瑾等皆是;故而苏菲亚的勇烈行为,对于中国早期妇女解放运动有过一定的启蒙作用,但暗杀作为一种盲动行为,并不能撼动盘根错节的专制统治。韦素园在译介这篇作品时,对苏菲亚的献身精神是感佩的,而对她的投身暗杀、终以身殉的行动则持保留态度,因为译者早已领悟应该采取什么手段、通过什么途径来推翻旧世界了。

散文诗《奴隶》(纳曼作),原刊《国民新报副刊》(乙刊)第六号(一九二五年十二月十日),壮烈地展杀了奴隶们在重轭下呻吟辗转,压抑不住的怨恨之声如波涛般泛滥,终于冲决了权力者危岩似的重压,汇成了铁的洪流——

　　……民众愤怒的大海的狂涛涌起了。他们去吧! 光灿的电和乌云战斗,扯毁了它,直透穿进去。并且当战败的乌云向大地洒下灰惨的眼泪的时候,欢快的蔚蓝的清朗的晴空上正燃起大阳。

他们去吧!

任将来死亡吧!任血好似鲜红的泉一般流着。任它的飞溅的流珠遮盖全世界吧!

在血所浸流的平原上年青自由的嫩绿的芽向蔚红的太阳微笑了一下。

他们去吧!

他们多着哩。他们健强,他们武勇,他们将要战胜!

《奴隶》中熔岩般奔泻的战斗激情,给《黄花集》增添了一抹热烈的色彩;然而,集子也不可能全都选译剑拔弩张的作品,如第三辑中的诗,则大多是浅斟低唱的抒情之作,象茗思奇的小诗《我怕说》:

　　我怕说,我是怎样爱你;
　　我怕,晨星窃听了我的述语,
　　将一动不动的立在阴暗的穹窿中间,
　　而且黑夜将无出路的挂起……

　　我怕,我的心窃听了我的述语,
　　发起爱的疯癫
　　并且由于幸福和苦痛……丝丝碎去……

这些质朴、清新的爱情诗,对于稚嫩的中国新诗倒也不失为或一的借镜;即使在上述小诗中也不乏写实的作品,如米那夫的《厄运》也抒写了"小屋里看不见灯火,倦乏的母亲在哭着"的"穷人的生活",却也哀切感人。

鲁迅作为《未名丛刊》的主编,对《黄花集》的结集印行是很关心的,如于一九二八年三月十四日致李霁野笺中说:"《黄花集》中应查之人,尚查不出,过几天再说罢。"翌年三月二十二日《日记》记有:"上午收未名社所寄《黄花集》两本。"当晚就写信给正在西山疗养的韦素园:"我想你要首先使身体好起来,倘若技痒,要写字,至多也只好译译《黄花集》上所载那样的短文。"这本是师长对于沉疴在体的学生的关切,但此时的素园虽长期卧病、痊愈无期,已不复满足译述《黄花集》中类此的诗文,而是透过病室的窗口,怅望着祖国的天穹,系念着民族的命运,关切着革命的进程。……当他闻知挚友刘愈,当时地下党的北京市委负责人之一,于一九二八年春惨遭杀害的噩耗,撑持着支离的病体写下了悼诗《悼亡友愈》(刊《未名》半月刊一卷七期,一九二八年十月一日出版),公开地称颂不久前惨死于敌人屠刀的亡友"为人是太好了";当《未名》创刊的时候,他致函未名社的同人,剖白自己多年的心得:"怀疑是对旧时代的破毁,坚信却是对于新时代的创造",期冀《未名》"在文学中能叫出一些新的希望"(刊《未名》半月刊一卷一期,一九二八年一月十日出版);当革命文学运动急需马克思主义文艺论著滋养的当口,他不顾"这事于病是颇不相宜的",竟在病榻上奋力译述了卢那察尔斯基的论文——《托尔斯泰底死与少年欧罗巴》(刊《未名》半月刊二卷二期,一九二九年一月二十五日出版)。……虽然致命的病菌在吞噬韦素园,但他却始终如同一名战士似的与不治之症抗争;鲁迅闻及他在病榻上仍在翻译新俄文艺论著,深自感动地说:"韦素园君的从原文直接译出的这一篇(即《托尔斯泰底死与少年欧罗巴》),也在《未名半月刊》二卷二期上发表了。他多年卧在病床上还翻译这样费力的论文,实在给我不少的鼓励和感激。"[1]鲁迅还从韦素园来信中发见他"措辞更明显,思想也更清楚,更广大了",在通信中更把他引为探求新思想的同道与知己,如一九二八年七月二十二日致韦素园笺中就畅叙了自己学习马克思主义文艺观的体会:"以史底唯物论批评文艺的书,我也曾看了一点,以为那是极直捷爽快的,有许多昧暧难明的问题,都可说明。"见于文字的同样议论,似乎并不见于给其他人的信函中。后来即使在遭受"围剿"的白色恐怖之

(原载《读书》1981 年 10 期,1981 年 10 月)

---

[1] 《〈文艺与批评〉译者附记》,载《文艺与批评》,卢那察尔斯基著,鲁迅译,上海水沫书店,一九二九年十月初版。

《文艺连丛》之一

——曹靖华译《不走正路的安得伦》

　　一九三三年顷,鲁迅先生为了突破文化"围剿"的禁锢堵截,以"野草书屋"的名义出版《文艺连丛》。据鲁迅自己的解释,这是"一种关于文学和美术的小丛书",而"所收的稿子,也就是切实的翻译者的稿子",并且申明:"对于读者,也是一种决不欺骗的小丛书"〔1〕。以上所引,与《集外集拾遗》所收的《〈文艺连丛〉的开头与现在》稍有异同,但我认为前者关于丛书的性质阐述得更为明确,即《文艺连丛》是一套专出译作的小丛书,所谓"文学和美术",并非分指两类作品而言,而是指溶文学与美术于一炉的书籍,简言之即文图并懋的插图本文学作品。就《文艺连丛》已出版的三种而言,《不走正路的安得伦》有蔼支的插图五幅,《解放了的董·吉诃德》有毕斯凯莱夫的木刻插绘十三帧,《坏孩子与别的奇闻》有玛修丁的木刻插图八页。另拟印行的巴罗哈《山民牧唱》插绘情况不详,而戈庚的《Noa Noa》,则配有画家自作木刻画十二幅。诚如鲁迅所说:"欢迎插图是一向如此的",认为"插图不但有趣,且亦有益"〔2〕是鲁迅的一贯主张,在鲁迅著译、编校、序跋书物中可以说不乏其例,如他自己曾为《朝花夕拾》画过"活无常"等插图;译作中,《小彼得》有格罗斯的插图,《表》中有鲁诺·孚克插图,《死魂灵》中有勃罗日插图;序跋书中的《十二个》有玛修丁插图,《小小十年》中有作者自己的插图,《士敏土》中有梅斐尔德插图,《勇敢的约翰》中有 Λ·Jaɜcnik 及 B·ɕandor 插图,《夏娃日记》中有里斯德·莱勒孚插图,《丰收》有新波的插图,《孩儿

---

〔1〕　均引自《〈文艺连丛〉出版预告》,载《萧伯纳在上海》封底副页,上海野草书屋一九三三年三月初版。

〔2〕　一九三四年五月二十二日致孟十还笺。

塔》有林林的插图等；此外，还编印过文学作品插图的专集，如梅斐尔德的《士敏土之图》，毕斯凯莱夫的《铁流之图》（未印，图版为炮火所毁），阿庚的《死魂灵百图》，亚历克舍夫的《城与年插图》（未印）等；甚至还为韬奋的《革命文豪高尔基》、黎烈文译的《红罗卜须》等提供过插图。不过如《文艺连丛》作为一套插图本文学名著译本丛书，在鲁迅的整个文学生涯中倒是惟一的举措。

　　所谓"野草书屋"，也与"三闲书屋"类似，是先生自己出资创设的暂时性出版机构，当时委托原北新书局的职工费慎祥主持，费后由野草书屋进而发展为联华书局，终于成为一个独立的出版单位。关于此中情况，许广平在《鲁迅和青年们》一文中有所记述："又因同情被压迫者之故，先生不惜助之者，如联华书局。主持人某君，本为某书局职员，多年做工，月入不过数金，要求先生给他一二本书出版，以济困急。乃以《南腔北调集》……及曹靖华译的《不走正路的安得伦》等与之；有时且为之垫付排工等费。因其困迫，不但先生自己不肯开口讨版税（只在后来病时及先生死后陆续收到版税二十元）。"[1]后来又在《为革命文化事业而奋斗》一文中补充道："鲁迅除把一些书交由各书店出版外，又由联华书局出书，目的全是为了革命文学不被敌人扼杀而特行印出的。只要印得出，在读者中间得到传布，即算是对敌人示威的目的达到了。故由费慎祥出的书，从未结算过版税，甚或自己贴出纸张、印刷费亦所甘愿。这里看出鲁迅为文化事业而艰苦奋斗，不顾一切，凡有路可通，能抗击敌人的都用尽心思去对付了。"[2]鲁迅自己在一九三三年九月一日致曹聚仁笺中也曾谈及："野草书屋系二三青年所办，我不知其详，大约意在代人买书，以博微利，而亦印数种书，我因与其一人相识，遂为之看稿。……其实他们之称野草书屋，亦颇近于影射，令人疑为我所开设也。"不过我认为，信中所谓"不知其详"云云，是免涉纠葛的一种遁词，以避鹰犬的侦嗅，而实际上野草书屋无论从资金到书稿，大都是鲁迅一手擘划的。虽由费慎祥出面，不过藉此"以博微利"来周济他的困急，而主要目的则在于在文网的缝隙中求得革命文学书刊的流播。鲁迅除曾以"上海野草书屋谨启"的名义刊发过《〈文艺连丛〉出版预告》（附《萧伯纳在上海》书后）而外，另于日记一九三三年五月廿日条记有："假野草书屋泉五十"等，皆可作上说的佐

〔1〕　见《欣慰的纪念》，人民文学出版社一九五一年七月初版。
〔2〕　见《鲁迅回忆录》，人民文学出版社一九六一年五月初版。

证。《文艺连丛》由野草书屋印行的惟有其一《不走正路的安得伦》，其二《解放了的董·吉诃德》（一九三四年四月初版），其三《坏孩子和别的奇闻》（一九三六年十月初版），则均改由联华书局发行了。

《文艺连丛》之一的《不走正路的安得伦》，由野草书屋于一九三三年五月初版，鲁迅在《〈文艺连丛〉的开头和现在》的广告中就本书写道：

> 《不走正路的安得伦》　苏联聂维洛夫作，曹靖华译，鲁迅序。作者是一个最伟大的农民作家，描写动荡中的农民生活的好手，可惜在十年前就死掉了。这一个中篇小说，所叙的是革命开初，头脑单纯的革命者在乡村里怎样受农民的反对而失败，写得又生动，又诙谐。译者深通俄国文字，又在列宁格勒的大学里教授中国文学有年，所以难解的土话，都可以随时询问，其译文的可靠，是早为读书界所深悉的，内附蔼友的插画五幅，也是别开生面的作品。

《文艺连丛》这套丛书的封面我估计是鲁迅自行设计的，格式一律，醒目大方，每本均选取其中一幅插图作封画，然后冠以丛书的名称。《不走正路的安得伦》择取的是"安得伦看自己将要胡胡涂涂死在他的斧子底下，就气愤起来"这张插图，头戴红星军帽的安得伦挥舞手枪与守旧的农民"搏斗"，其窘迫与愤怒的神情是绘写得十分生动的；而这个布尔什维克战士的形象在公开出版物的封面上堂而皇之地出现，倒也是对文化"围剿"的一种挑战。

关于本书的出版始末，在有关的文献中是有踪迹可寻的。一九三一年底，曹靖华将苏联中央出版局印行的自己所译的《不走正路的安得伦》中译本，自列宁格勒寄奉鲁迅先生，希望先生在国内设法为之重行出版。《鲁迅日记》一九三一年十二月二十五日条记有："收靖华所寄……改正中译《不走正路的安得伦》一本。"翌年春，曹靖华又将该书俄文原版插图本寄鲁迅先生，《鲁迅日记》一九三二年一月十一日条记有："得靖华所寄小说一本……"查《书账》，该小说即：《Andron Neputevii》"，又查《鲁迅手迹和藏书目录》卷三俄文文学类藏书部分有：

Неверов А · Андрон Нелутевый

М—п · Госпиздат · 1931 · 48 · С ·

此即有蔼支插图的《初学丛书》本,后《文艺连丛》版的中译本插图即从该书内复制。

鲁迅接受曹靖华委托之后,即积极为之擘划筹措,无奈当局压迫日甚,许多书店都不敢承印,一时尚无着落,故于一九三二年九月十一日致曹靖华笺云:"《安得伦》尚无出版处"。第二年春末,鲁迅交野草书屋出版了与瞿秋白共同编译的《萧伯纳在上海》之际,即萌动了自己付资印行《文艺连丛》的计划,力图突破敌人以封禁销毁、武力威胁、经济困厄等手段所造成的书店不敢出版左翼文学书籍的瘖哑局面,在文化"围剿"中打开一个缺口,遂于一九三三年三月初版的《萧伯纳在上海》的封底副页刊发了《〈文艺连丛〉出版预告》,以曲折的笔触抨击了国民党当局的文化专制,同时申述了该丛书的编辑出版方针在于:"投机的风气使出版界消失了有几分真为文艺尽力的人。三闲书屋曾经想来抵抗这颓运,而出了三本书,也就倒灶了。我们只是几个能力未足的青年,可是要再来试一试,看看中国的出版界是否永是这么没出息。"并且还郑重表示所"约定的编辑,是真的肯负责任的编辑",实际上的编辑就是鲁迅先生,他是当时中国最"肯负责任的编辑",这是任谁也不会发生疑义的;而"所收的稿子,也就是切实的翻译者的稿子",这句话也毫无夸饰,因为从已出版的三种译作看,译者是鲁迅、瞿秋白、曹靖华,作为中国第一流"切实的翻译者",他们都是当之无愧的。鲁迅拟定编印《文艺连丛》的计划时,首先将《不走正路的安得伦》列入其中,据《萧伯纳在上海》所附《〈文艺连丛〉出版预告》,《不走正路的安得伦》至迟在一九三三年三月"已经付印"。《鲁迅日记》一九三三年五月七日条记有:"下午得野草书店信。"可能这天收到费慎祥寄来的《安得伦》校样,因五月十一日日记记有:"校《不走正路的安得伦》起。"五月廿一日记有:"午后校《不走正路的安得伦》毕。"其间还于五月十三日记有:"夜作《安得伦》译本序一篇。"书于六月初印成,六月三日日记记有:"费君持来《不走正路的安得伦》四十本。"鲁迅随即分赠友好与青年,使他们得以分享这来自"黑土"的精神粮食。

《文艺连丛》之一《不走正路的安得伦》的出版,对当时中国出版界"投机的风气"是有力的针砭,也是以榜样来"抵抗这颓运"的努力,与三十年代某些粗制滥造的出版物截然相反,它编辑的严谨是无可挑剔的,因为由中国一代文学巨匠亲自校阅译稿与印稿,并亲笔撰写《小引》以绍介作者的生平、创作及其在苏俄文学史上的地位;同时,译笔的忠实也无可怀疑,译者青年时代就曾赴苏留学,译述本书时又旅居苏联任教于列宁格勒大学,而且早在二十年代中期即开始致力于苏联文学的译介,诚如鲁迅在该书《小引》中所说:"关于译者,我可以不必再说。他的精通俄文和忠于翻译,是现代的读者大抵知道的";开本的廓大,装帧的精美,也与当时充斥场肆的陋书劣籍迥然相异:以二十五开道林纸与白报纸分别印制精印本和普及本,书面设计素朴大方,蔼支的插画更是"别开生面";此外,价廉物美,显然目的在于流通而不在于赢利,普及本仅售二角半,精印本也才三角半,这对于当年学生、店员一类的青年读者也是负担得起的。总之,鲁迅先生使其成为一种决不欺骗读者的小丛书的初衷,在第一本《文艺连丛》中得到了初步的实现。

《不走正路的安得伦》的问世,在进步文化界引起了广泛的注意,发行伊始,乐华图书公司编印的《出版消息》第十三期(一九三三年六月一日)就有以下报道:

> 本埠新开办之野草书屋,自出版《萧伯纳在上海》之后,销路甚为畅旺,闻该书屋现计划出版鲁迅主编的《文艺连丛》,其第一种现已出版,为聂维洛夫的《不走正路的安得伦》,译者为曹靖华。其第二种为鲁迅译之《山民牧唱》闻亦将于最短期间出版云。

这则消息曹靖华得睹后曾函告鲁迅,后者在一九三三年十二月二十日复信中说:"《出版消息》不知何人所办,其登此种消息,也许别有用意:请当局留心此书。"如此揣测可能是因为鲁迅未及见到《出版消息》原书所引起的误解。我曾翻阅过《出版消息》的全帙,该刊系乐华图书公司总编辑顾瑞民编辑,创刊于一九三二年十二月,停刊于一九三五年三月。从乐华图书公司的出书倾向及《出版消息》的主要内容看,在当时应算是比较进步的。蒲风、艾青、何谷天、杜埃、白兮、雷石榆、方土人、庄启东、李又燃等左翼作家,都曾为《出版消息》撰稿,该刊也时而披露一些国民党当局摧残进步文化的消息,鲁迅后来在《且介亭杂文二集·后记》中也曾征引过《出版消息》第三十三期(一九三四年四月　日)上公布的由潘公展等签署的国民党上海市执委会关于查禁革命文学书刊的文件。

北平"左联"机关刊物《文学杂志》第三、四号合刊(一九三三年七月三十一日)也刊发了雪笙作关于《不走正路的安得伦》的书评,称之为"是本可读的小说",可以从中学到许多有益的东西。评者认为作者以鲜活泼刺的形象、毫不板滞的笔触再现了革命给俄罗斯乡村带来的巨大变革,"当着支持社会的基石——经济制度——一经动摇以后，一切上层的观念形态，正如此书所叙述的一样，伦理，宗教，科学……全盘都嘻里哗啦的塌下去了"。评论还联系中国的现实写道："这种动人的活鲜的史实，我国在'马日'事变前，湘鄂两省正不知发生过多少。此刻，这耀眼的史实更向前具象着，演变着。我们的作家，抓住了没有呢？"评者将苏联文学反映农村革命的典范作品引为借镜，希望中国的左翼作家也同样把目光集注于风起云涌的土地革命斗争，力求以"鲜明的染着诗的色彩"的优美感人、生龙活虎的艺术形象，去反映中华大地上这亘古未有的"耀眼的史实"。

"左联"成员聂绀弩主编、叶紫助编的《中华日报》副刊《动向》，也于一九三四年五月七日发表了署名陈颉的关于《安得伦》的书评，同样盛赞作品"象磁石一样吸引着无数的读者"，认为聂维洛夫作品不可抗的媚力所在，是由于作者对人类新生活的热爱所唤起的激情，在他的作品中响彻着不断改造生活、变革生活的呼声；热切希冀在中国革命作家群的笔底，也出现如同安得伦一样"对于生活具有强固不屈的意志的战士"。

与革命的、进步的舆论支持相对峙的是反动当局的忌恨及敌视，鲁迅曾于一九三三年十二月廿日致函曹靖华告知《安得伦》在文化"围剿"的低气压下销售的情况："《安得伦》销去还不多，因为代售处不肯陈列，一者自然为了压迫，二者则因为定价低廉，他们利益有限，所以不热心了。"直至一九三六年九月七日致曹靖华笺中仍说及："至于《安得伦》……大书局是怕这本书的，最初印出时，书店的玻璃窗内就不肯给我们陈列，他们怕的是图画和'不走正路'四个字"。但反动当局的高压与市侩商人的刁难，都不能禁止《安得伦》在大众和青年中的流布。

解放战争期间，华北新华书店于一九四八年七月再版发行了《不走正路的安得伦》，其时解放区农村正实行土地改革，为粉碎盘踞千年的封建制度而奋战。为了配合这场伟大的土改运动，译者曹靖华在新写的《后记》中钞录了鲁迅为初版所撰《小引》中的一段文字："聂维洛夫在《不走正路的安得伦》这部小说里，号召着毁灭全部的旧式的农民生活，不管要受到多么大的痛苦和牺牲。"这其实正是《安得伦》的主题与真谛，不仅对四十年代末为解除农民头上的封建重轭的斗争有现实意义，即使在今天来说，要彻底挣脱中国农民身上原始劳动的重负，并使他们走上富裕、文明、科学等现代化道路，在这一伟大的变革中，安得伦的精神也未必丧失其生命力。

《文艺连丛》之二

——瞿秋白译《解放了的董·吉诃德》

　　鲁迅在一九三三年十一月,针对当时国民党特务所谓"中国电影界铲共同志会"、"铁血锄奸团"等的法西斯暴行:逞凶捣毁上海艺华影业公司、《中国论坛》印刷所,持械袭击良友图书公司、神州国光社,并向文化界各机构投寄《警告文化界宣言书》、《铲除电影赤化宣言》等恐吓信⋯⋯曾在致姚克的信中愤怒地指斥道:

　　　　⋯⋯近来报章文字,不宜切实,我的投稿,久不能登了。十二日艺华电影公司被捣毁,次日良友图书公司被毁一玻璃,各书局报馆皆得警告。记得抗日的时候,"锄奸团""灭奸团"之类甚多,近日此风又盛,似有以团治国之概。⋯⋯校印的有《解放了的 Don Quixote》,系一剧本,下月可成,盖不因什么团而止者也。

　　对于文化"围剿"的刀光剑影,飞镖流锤,鲁迅仅投以轻蔑的一瞥;他的出资自印"违禁犯科"的《文艺连丛》,实际上就是对文化专制的抗议和对流氓政治的愤慨。《解放了的董·吉诃德》校印过程中,正值特务横行肆虐之际,但鲁迅凛然宣言"盖不因什么团(按指特务组织的所谓"同志会"、"锄奸团"之类——引者)而止者也",表示了与法西斯暴政周旋斗争的不妥协立场。

　　《解放了的董·吉诃德》系苏联作家卢那察尔斯基所作剧本,它的本事曾由鲁迅在《〈文艺连丛〉的开头与现存》中用精炼的文字予以概述:"我是一大篇十幕的戏剧,写着这胡涂固执的董·吉诃德,怎样因游侠而大碰钉子,虽由革命得到解放,也还是无路可走。并且衬以奸雄和美人,写得又滑稽,又深刻。"〔1〕对于卢那察尔斯基这个剧本,鲁迅是非常热衷的,不仅自己根据德译本迻译,而且在因为所据译本的不完全而中辍后,又复推荐给瞿秋白请其按原文版译出,并编入自己主编的《文艺连丛》。我曾思考过这样一个问题,即卢那察尔斯基创作的剧本达二十六本之多,鲁迅为什么单单选中了《解放了的董・吉河德》呢?关于这点,曹靖华的解释是,鲁、瞿二位介绍《解放了的董・吉河德》的目的"主要是向中国读者介绍画,而把这些没有十分必要译的东西译出来了。因为他们都是特别注意插画的。"〔2〕曹老我是十分尊敬的,但上述解释却不敢苟同。鲁迅先生诚然是爱画的,《文艺连丛》即特别注明是"一种关于文学和美术的小丛书",足见对于书籍艺术的重视,甚至在《文艺连丛》之三《坏孩子和别的奇闻》的《译者后记》中说过:"这回的翻译的主意,与其说为了文章,倒不如说是因为插画";但是,《解放了的董・吉河德》却并非如此。早在一九二八年,鲁迅就对《解放了的董・吉河德》发生了兴趣,《鲁迅日记》一九二八年四月九日条记有:"午后往内山书店买《社会文艺丛书》二本,一元八角。"查《鲁迅手迹及藏书目录》第三册日文书部分,著录有东京金星堂于昭和二年(一九二七)编印的《社会文芸丛书》第三编——"《解放されたドニ・キホーテ》ルナチヤルスキイ著　千田是也・辻恒彦合译"。到了一九三〇年,鲁迅又请在德国留学的徐诗荃搜购德文本,《鲁迅日记》一九三〇年二月二十六日条记有:"午后收诗荃所寄德文书七本,约价二十九元五角",查上述《目录》第三册西文书部分,著录有一九二五年出版的戈支(I・Gotz)译的《Der breite Don Quixote》,对照该年《书账》二月二十六日项,即为徐自德国所寄。以上两种《解放了的董・吉河德》文本的购取,都是为翻译是书作准备的。鲁迅对这一剧本的评价甚高,他一九三〇年一月二十四日所作《"硬译"与"文学的阶级性"》中曾写道:"就我所见的而论,卢那卡尔斯基的《被解放的堂・吉河德》,法兑耶夫的《溃灭》,格拉特珂夫的《水门汀》,在中国这十一年中,就并无可以和这些相比的作品。"检索《鲁迅日记》,鲁迅曾两次收到曹靖华寄赠的原文《解放了的董・吉河德》,第一次在一九三〇年五月十六日:"上午得靖华信并原文《被解放的堂吉河德》一本",第二次在一九三一年三月十三日:下午收靖华所寄书三本。"

---

〔1〕　初刊于《文艺连丛》之一《不走正路的安得伦》封底副页,上海野草书屋一九三三年五月初版;后辑入《集外集拾遗・附录》。

〔2〕　见《素笺寄深情》,载《花》,作家出版社一九六二年八月初版。

查该年《书账》三月十三日项有："《Osvobozhd，Don Kixot》一本，靖华寄来。"
复按《鲁迅手迹和藏书目录》，其中俄文书部分著录有：Гослитиздат 一九二
二年版的《ОсВоъожденный Дов Кйхог》，亦即附有毕斯凯莱夫木刻插画的
初印本。另据鲁迅在《〈解放了的董吉诃德〉后记》中记有："三年前，我曾根
据二译本（按指日译本与德译本——引者），翻了一幕，载《北斗》杂志中。靖
华兄知道我在译这部书，便寄给我一本很美丽的原本。"由此可见鲁迅并非
是见到毕斯凯莱夫的木刻插图本才萌动翻译是书的念头的，虽然他很欣赏
毕氏的木刻，后来即收在《文艺连丛》版的瞿秋白译本中。至于将该书划入
"没有十分必要译的东西"之列，也是不能同意的，因为我想鲁迅、瞿秋白在
紧张与忙迫的斗争生活中，不论撰述抑或翻译，如果"没有十分必要"，他们
是不会为之耗费精力的，原因很简单：敌我鏖战的情势不许可。浏览一下鲁
迅著译、编校、序跋的书籍，再联系当时中国的政治、军事、经济、文化的态
势，可以决断的说，每一本都是有所为而作的，早期侧重于启迪民智、宣传共
和，前期侧重于"社会批评"与"文明批评"，后期的十年则无不着眼于无产阶
级革命文化的建设，以及对于法西斯文化统制的反拨。虽然斗争的策略与
方式是千变万化的，而立场的坚定性与目标的明确性却是坚执不二的；鲁迅
还非常讲究斗争艺术与社会效果，因而不会分心于"没有十分必要"的书籍
的编译和流布。

　　回顾一下鲁迅译印《解放了的董・吉诃德》的过程，可能有助于我们认
识鲁迅选择这本书的意图。一九三一年九月，中国左翼作家联盟的机关刊
物《北斗》创刊，由著名左翼作家丁玲主编，成为又一畴反文化"围剿"的新阵
地。鲁迅理所当然地全力支持，在创刊号上即于卷首发表了"德国珂勒维支
木刻《战争》中之———《牺牲》"，以表示对柔石等"左联五烈士"无声的悼
念，并藉此表达"对于更新和更好的'将来'的督促和信仰"。还为同期的
"世界名著选译"栏翻译了苏联女作家绥甫林娜的短篇《肥料》。编者丁玲在
创刊号《附白》中特地声明："本刊暂时不收译稿，因第一卷内对于世界名著
选译已拟有具体计划。"这"具体计划"肯定是有鲁迅先生与闻的，因为此后
几期均有他的译作。鲁迅以"隋洛文"的笔名所译《被解放的堂・吉诃德》第
一幕即发表于该刊一卷三期（一九三一年十一月二十日）。而一卷四期（一
九三一年十二月二十日）上则改而刊发了瞿秋白以"易嘉"笔名译的《被解放
的董・吉诃德》第二幕，文末有译者附言："卢那察尔斯基的这个剧本，本来
是隋洛文先生动手译的；现在因为：（一）洛文先生有别的工作，（二）找到一

个新的版本,比洛文先生原来译的那一本有些不同,和原本俄文完全吻合,所以由易嘉从头新译起。《北斗》杂志应当可以每期登两场,至多五期可以登完。易嘉志"。此后《北斗》所刊皆为瞿秋白(易嘉)从俄文原版翻出的译文,该刊出至二卷三、四期合刊即被封禁,剧本因而中辍未及刊毕。

鲁迅为什么仅译《解放了的董·吉诃德》第一幕而中止,他在该书《后记》中有所说明:一九三〇年六月间译完第一幕之后,对照了据以译述的日、德文本与曹靖华寄来的俄文原版本,"我虽然不能读原文,但对比之后,知道德译本是很有删节的,几句几行不必说了,第四场上吉诃德吟了这许多工夫诗,也删得毫无踪影。这或者是因为开演,嫌它累赘的缘故罢。日文的也一样,是出于德文本的。这么一来,就使我对于译本怀起疑来,终于放下不译了。"但瞿秋白的续译又为什么如此凑巧,正好衔接而刊于《北斗》呢?据鲁迅在同书《后记》中说:"但编者(按指《北斗》编辑丁玲——引者)竟另得了从原文直接译出的完全的稿子,由第二场续登下去"——这段话是鲁迅为了保护续译者而施放的遮蔽敌人耳目的烟幕,因为当时秋白正处于地下状态,"编者竟另得"云云不过是混淆鹰犬视听的曲笔而已。其实,瞿秋白翻译《解放了的董·吉诃德》是鲁迅向其建议的,甚至瞿据以翻译的俄文原本也是鲁迅提供的(即曹靖华寄给鲁迅的两本原版书之一)。但据丁景唐的考订:"鲁迅和瞿秋白的最初会见,是在一九三二年夏秋之间"[1]。那末托译之时(约在一九三一年十一至十二月间),这两位伟大的文化战士虽早已"心有灵犀一点通"却素未谋面,而秋白又处于地下状态,他们之间的信息是如何沟通的呢?直至读了冯雪峰的《回忆鲁迅》,我才恍然而悟。冯雪峰同志作为历史见证人回忆道:"秋白同志和鲁迅先生接近是从一九三一年下半年开始的……"这位"通讯员"还亲切地忆念道:"于是,两人就在这种纯真赤诚的伟大的精神下接近起来了,例如,最初鲁迅先生请我拿了《铁流》的序文去请秋白同志去翻译,秋白同志马上就赶译出来了。"查《鲁迅日记》,一九三一年九月二日条记有:"下午得靖华信并《铁流》序文等,八月十六日发。"序文系G·涅拉陀夫作,鲁迅托雪峰请秋白译当在此后不久,这可能就是他们直接联系的开始。又据丁景唐、文操合编《瞿秋白著译系年目录》(上海人民出版社一九五九年一月初版)著录,《〈铁流〉序言》为一九三一年十月所译,由此

---

[1]　见《从〈鲁迅日记〉看鲁迅和瞿秋白的友谊》,载《学习鲁迅和瞿秋白作品的札记》,上海文艺出版社一九六一年九月新二版。

推算即至迟至一九三一年十月,鲁迅已与瞿秋白开始了函札往返与口信交递。关于《解放了的董·吉诃德》的翻译,雪峰在《回忆鲁迅》中也有述及,"后来又拿卢那卡尔斯基的《被解放的唐·吉诃德》俄文原本请他翻译,在《北斗》杂志上连载;这剧本,本来鲁迅先生已经根据日文译本翻译了第一场,并已经用了'隋洛文'的笔名在《北斗》第三期登出;鲁迅先生认为最好是请秋白同志从原文从头翻译,继续在《北斗》连载,并拟再出单行本。秋白同志也欣然答应,并且立即动手,在《北斗》第四期就登了剧本第二场的他的译文(用'易嘉'这笔名)。"鲁迅在该书《后记》中谈到当见《北斗》上续刊的瞿秋白自原文译出的剧本,高兴得"不可以言语形容",但是"可惜的是登到第四场,和《北斗》的停刊一同中止了"(此处鲁迅记忆有误,实际上一九三二年七月二十日出版的《北斗》二卷三、四期合刊仅连载到该剧第三场,刊物即遭当局查禁——笔者)。全剧由秋白于一九三二年五月十五日译竣,大约断续花了半年左右的时间。这部译稿虽未在《北斗》刊完,但鲁迅却竭力设法使其出版问世。鲁迅于一九三三年二月九日致曹靖华笺中曾说及:"它兄曾咯血数口,现已止,人是好的。他已将《被解放之 Don Quixot》译完,但尚未觅得出版处",可见鲁迅当时正力促剧本的出版成为现实的;不久,在当局文网日密,许多书店不敢接受苏联文学译稿的情况下,鲁迅决定自己出资为之出版,遂交由费慎祥经办的野草书屋代理印制事宜。关于编校出版的经过,在《鲁迅日记》中有许多踪迹可寻。如一九三三年七月二日条记有:"夜寄野草书屋信。"可能即为印制此书事;同年七月五日条记有:"得疑仌及文尹信,并文稿一本。"疑仌为秋白代号,文稿即《解放了的董·吉诃德》;同年十月十五日条记有:"夜校《被解放之堂吉诃德》起"。十月廿一日致曹靖华笺云:"我现在校印《被解放的唐·吉诃德》,它兄译的。"同月三十一日致曹靖华笺中又谈到白色恐怖下出版业的凋零:"日内又要查禁左倾书籍,杭州的开明书店被封了,沪书店吓得象小鬼一样,纷纷匿书。这是一种新政策,我会受经济上的压迫也说不定。不过我有准备,半年总可以支持的,到那时再看。现正在出资印《被解放了的董吉诃德》,这么一来,一定又要折本了。"但敌人的淫威与经济的窘迫,何尝能销融鲁迅传播革命文化的热情?"折本"在所不惜,"封禁"更冷然对之。为了战友译著的传世,鲁迅真正做到了尽心尽力。《鲁迅日记》中还有多处校阅印稿的记录,自一九三三年十月十五日起,至十二月二十五日迄,历时约二月之久;还有多次垫付印费的记录,一九三三年十二月二十二日条记有:"假费仁祥泉百。"十二月三十日条记有:"付《吉诃德》排字费五十。"一九三四年二月七日条记有:"付《解放了的董吉诃德》排字费五十。"由于出版周期的缓慢,一九三四年初,瞿秋白离沪赴苏区时还未及见到译本的问世。直至四月,《鲁迅日记》四月二十日条才记有:"夜费君送来《解放的董吉诃德》五十本来。"当时秋白可能已抵苏区,但由于敌人封锁,音问阻隔,不知他是否曾亲睹这本汇注了鲁迅与自己心血,凝聚了他们无私的革命情谊的译本。

与已出版的《文艺连丛》之一以及后来出版的《文艺连丛》之三相比较,这本书的印刷、装帧乃至纸张质量显得略差,主要是由于经手人偷工减料的缘故;为此,鲁迅于一九三四年五月十日在寄赠该书时的附笺中说:"此书系我自费付印,但托人买纸等,就被剥削了,纸墨恶劣,印得不成样子,真是可叹。"同月二十四日致函王志之时也说及:"剧本译的很好,但印得真坏,此系我出资付印,而被经手人剥削了。"鲁迅痛心疾首于好书被败墨陋纸糟蹋,也可见他对于建设中国革命文化的认真与执着,以及对于"斯世当以同怀视之"的战友的一片赤诚。

书的印刷质量虽然不够理想,但辗转流传至今,却也成为新文学书中的珍本,尤其因为它是两位伟大革命先行者胼手胝足的遗产,更觉弥足珍贵。封面装帧采用《文艺连丛》的通用格局,书名印红色,作、译者名印黑色,封画可能沿用俄文原版书面的毕斯凯莱夫木刻,为盔、剑、盾三者组成的图案,中有一颗围以荆棘的心,这可能即是四处碰壁的吉诃德主义的象征罢。扉页上也印有一幅毕氏的木刻,瘦骨伶仃的董・吉诃德正骑马执戈向旭日升起的东方驰去。全剧十场前均有毕氏木刻作为题花,或写实,或象征。都各有风味,惜图版制作不精,造成油墨漶漫模糊,使原作神韵损色不少。剧本的末尾也插印有一幅毕氏木刻:董・吉诃德在暮色朦胧中骑着蹩足的老马悄然远去……全书总共插印毕斯凯莱夫的木刻画十三帧,他的作品本为鲁迅所喜爱,曾编入《引玉集》,这次则将该书原版所有毕氏木刻插图悉数收入了中译本。

卷首还刊有苏联画家由拉武莱夫所绘卢那察尔斯基的彩色画像,大约是从靖华寄赠的《俄国作家像》中复制印入。正文前印有鲁迅译的《作者传略》(日本尾濑敬止作),这篇卢氏小传是一九三○年六月为《浮士德与城》的柔石译本所译,曾附于神州国光社版《浮士德与城》卷末。鲁迅还于一九三三年十月二十八日为《解放了的董・吉诃德》写了《后记》,指明"这一个剧本,就将吉诃德拉上台来,极明白的指出了吉诃德主义的缺点,甚至于毒害。"至于什么是"吉诃德主义",鲁迅藉剧情作了明确的阐释,即吉诃德幻想实现"牛羊式的平等幸福",起始"他用谋略和自己的挨打救出了革命者,精神上是胜利的;而实际上也得到了胜利,革命终于起来,专制者入了牢狱;可是这位人道主义者,这时忽又认国公们为被压迫者了,放蛇归壑,使他又能流毒,焚杀淫掠,远过于革命的牺牲。他虽不为人们所信仰,——连跟班的山嘉也不大相信,——却常常被奸人所利用,帮着使世界留在黑暗中。"这真是言简意赅地道出了"吉诃德主义"的真谛。鲁迅还就卢氏再创造而成的吉诃德这一典型的社会意义进行了剖析,认为"吉诃德即由许多非议十月革命的思想家,文学家所合成的",指出卢氏的创作意图在于辩护无产阶级专政的正义与必要。剧本完成于一九二二年,正值帝国主义势力包围苏联之际,世界上盛行着各色反对者的种种谣诼、流言、诬蔑、非议,企图中伤新生的革命政权,他们打着"崇精神的,爱自由的,讲人道的"旗帜,不平于"党人的专横",批评革命非但不足以"复兴人间",倒是使民众"得了地狱",而卢氏"这剧本便是给与这些论者们的总答案"。鲁迅不仅阐明了作品问世时的历史意义,而且还联了三十年代中国国内外阶级斗争的严酷现实——国际上德、意、日法西斯势力日趋猖獗,第二次世界大战迫于眉睫;国内希特勒辈的"黄脸干儿"进一步效法法西斯蒂、强化特务统治,加紧军事与文化"围剿"——,强烈告诫人们注视这阴霾满天的局势,警惕绥靖、妥协、朦昧的"吉诃德主义"的抬头,为了证明剧本所揭橥的"反革命的凶残",以及作者"豫测的真实性",鲁迅征引了当时中外报刊披露的事实,列举了德国国社党上台不久的种种酷刑与虐杀,认为这些希特勒的"勋业"倒是这部十年前就写下的剧本的"极透彻的解释,极确切的实证",并且显示了作者绘写反革命的凶残暴虐,不仅并非夸大,而是远未淋漓尽至。鲁迅的结论鲜明而斩截:"是的,反革命者的野兽性,革命者倒是会很难推想的。"对嗜血成性的统治阶级反革命本性的透彻认识,对口蜜腹剑的帮闲文人假人道妄言的坚决揭露,是从千百万革命者与无辜者的郁积成潭的血中所引出的教训。但鲁迅所未料及的是,他所挚爱的《解放了的董·吉诃德》的译者,在剧本译成之后不到两年即被国民党的刽子手虐杀!鲁迅的愤怒与悲痛是不可言喻的,但他的悼念不流于形式,而是尽力流布烈士的遗文,《解放了的董·吉诃德》也被鲁迅编入为纪念亡友而自资付印的《海上述林》下卷《藻林》之中,从而获取了更广大的读者。鲁迅更未及料及的是,在瞿秋白为之捐弃鲜血与生命的革命取得胜利之后的六十年代,也就是"史无前例"的民族浩劫之中,瞿本人竟被诬作"叛徒"而被掘墓开棺、焚尸扬灰,鲁迅不顾一切保存与编印的秋白遗文也再度遭到"封禁"!面对这些事实,我深深感到鲁迅所揭示的"反革命者的野兽性,革命者倒是会很难推想的"这一箴言是一条难撼的真理,同时也为鲁迅目力的透辟所折服:当希特勒刚刚上台,远未建造奥斯维辛、达豪等集中营的时候,他就透剔而深入地剖示了这一法西斯魔王的野兽性。历史雄辩地证明了鲁迅准确的"豫测"。

迄今为止,鲁迅所揭示的这一真理也并未丧失它的生命力。林彪、"四人帮"这一伙野心家、阴谋家的"反革命者的野兽性",也确实为一般革命者所"很难推想",但现实生活是极好的老师,人民从"十年浩劫"中深切地感受了这种"野兽性"给国家民族带来的灾难!写到这里,我又想起了鲁迅在剧本《后记》中所特别引录的剧中"专制魔王的化身"——谟尔却伯爵的"高论",即:"毁坏上帝和人的一切法律,照着自己的意志的法律,替别人打出新的锁链来!权力!这个字眼里面包含一切:这是个神妙的使人沉醉的字眼。"这是多么耳熟的台词!在林彪嘶喊"权就是一切","四人帮"狂吼"全面专政"的反革命喧嚣中,不是正响应与回荡着这"专制魔王的化身"的声音么!鲁迅、瞿秋白合力迻译的《解放了的董·吉诃德》,留给我们极为重要的启示与训诫:人民的权力千万不能让"专制魔王"攫取——仅就这一点讲,它的光辉都是不可磨灭的。

《文艺连丛》之三

——鲁迅译《坏孩子和别的奇闻》

　　鲁迅先生身处危邦,生活在一个特殊环境中,为了对付绵密的文化"围剿",他创造并采取了多种多样的斗争形式,其斗争艺术的高妙委实令人叹为观止。就翻译介绍外国文学作品而言,这方面也是鲁迅一畦很重要的斗争阵地,曾比拟为普罗米修士为生民窃火的义举;而在具体译介中,苏联文学等国际无产阶级革命文学的介绍故不待言,即使是"大抵是叫唤,呻吟,困穷、酸辛,至多,也不过是一点挣扎"的旧俄文学,也是为反文化"围剿"总的战略目标服务的。因为独夫治下中国的昏暗与窒息,与沙皇亚历山大二世辇下俄国的专制与禁锢,可以说并无二致,所以读者完全可以心领神会作者掊击的锋芒以及译者藉以弹射的矢的。这可能就是鲁迅晚年在压迫日甚之下为什么花相当的精力翻译果戈理、契诃夫等俄罗斯作家讽刺作品的基因吧;当然也不排斥另一因素,即引进这些大家手笔,以作为年轻的新进作家"正确的师范"。

　　《坏孩子和别的奇闻》的翻译缘起,鲁迅在该书《前记》中说明:"我的翻译,也以绍介木刻的意思为多,并不着重于小说"在《后记》中也同样复述道:"这回翻译的主意,与其说为了文章,倒不如说是因为插画"。鲁迅喜爱木刻,玛修丁的作品更为他所激赏,这都是事实;而且《文艺连丛》早就申明是"一种关于文学和美术的小丛书",向来侧重于插图艺术的。然而,鲁迅藉契诃夫的讽刺小品略抒愤懑、借代讥嘲的意图,也不能说完全没有,之所以强调"因为插图"云云,不妨看作有意施放的烟幕。鲁迅不仅借助契诃夫笔下旧俄时代的"奇闻"来臧否世态人情,使某些角色在这面古旧的镜子面前也显得慄慄危惧;而且还记录了国民党图书审查官践踏的蹄痕,把《后记》写成了一篇声讨反动当局文化高压政策的檄文。

关于书内八个短篇的翻译过程，鲁迅在《后记》中写得很明白："契诃夫的这一群小说，是去年冬天，为了《译文》开手翻译的"，查《鲁迅日记》，一九三四年十一月十二日条记有：下午译契诃夫短篇三，共七千余字。"此日所译为《假病人》、《簿记课副手日记钞》、《那是她》，以《奇闻三则》为题发表于《译文》一卷四期（一九三四年十二月十六日），《译者附记》中说明是从亚历山大·伊里斯伯格的德译本《波斯勋章及其他奇闻》（柏林世界出版社一九二二年出版）中译出，这一翻译底本——《Der Persische Orden und andere Grotesken》，在鲁迅藏书中至今仍保存着。此书还是数年前委托留学德国的徐诗荃搜购的，《鲁迅日记》一九三〇年四月三十日条记有："收诗荃所寄在德国搜得之木刻画十一枚……又书籍九种九本，约直六十八元。"《波斯勋章及其他奇闻》即其中之一，鲁迅对这本书很欣赏，并认为"德译本的出版，好象也是为了插画的。这位插画家玛修丁（V. N. Massiutin），是将木刻最早给中国读者鉴赏的人，《未名丛刊》中《十二个》的插图，就是他的作品，离现在大约有十多年了。"（此处鲁迅记忆有误，《十二个》初版于一九二六年，距此不及十年——引者）

《鲁迅日记》一九三五年一月十五日条记有："晚为《译文》译契诃夫小说二篇讫，约八千字。"即《暴躁人》与《坏孩子》，以《奇闻二则》为题刊于《译文》一卷六期（一九三五年二月十六日）。同年一月二十三日致《译文》编者黄源的信中述及："《奇闻二则》亦已译讫，稿并原本（制图用）都放在内山店，派人来取，如何？俟回信照办。"黄源同志近年在回忆中追记道："《奇闻二则》鲁迅先生已在一月十五日为《译文》译好，是契诃夫的二个短篇《暴躁人》和《坏孩子》。一月二十四日《日记》上记着'河清来取稿'，就是去取《奇闻二则》和原本。德译原本有插画名家玛修丁的插画，《译文》也翻印。"[1]鲁迅在《〈奇闻二则〉译者后记》中说："这种轻松的小品，恐怕中国是早有译本的，但我却为了别一个目的：原丰的插画，大概当然是作品的装饰，而我的翻译，则不过当作插图画的说明。"其实，译者也在同一《后记》中揭示了作者创作这些篇什时"日见阴郁，倾于悲观"的思想，以及他观察现实的"广博"。

《鲁迅日记》一九三五年三月二十四日条记有："夜译契诃夫小说三篇，约八千余字，全部八篇俱毕。"此三篇为《难解的性格》、《阴谋》与《波斯勋章》，前二篇以《奇闻二则》为题载于《译文》二卷二期（一九三五年四月十六

---

〔1〕《鲁迅书简漫忆》，载《西湖丛书》之二，《西湖》文艺编辑部一九七九年五月出版。

日），后一篇为刚开张的国民党"图书杂志审查委员会"抽去，并删去了《译者附记》中关于《波斯勋章》的题解。就在同一《附记》中，鲁迅再次重申了侧重介绍玛修丁木刻的目的，希望中国的美术青年及木刻作者从外国美术作品中汲取有益的养分，不要沦于依傍和模仿，而要有所鉴别与选择，探索"插画的正轨"，在创作中力求达到"形神俱似"的境界。

为了抗议国民党审查官的淫威，鲁迅决定自资印制出版这本契诃夫短篇集的全帙，编入了《文艺连丛》。原先，据鲁迅手撰的《〈文艺连丛〉的开头和现在》所拟定的计划，准备衔接《解放了的董·吉诃德》出版的是鲁迅自己翻译的西班牙巴罗哈的《山民牧唱》和法国戈庚的《Noa Noa》，至于将原计划外的《坏孩子和别的奇闻》编入《文艺连丛》，我推测是鲁迅先生愤慨于党老爷而作出的决定。这在该书《译者后记》中有着明确的说明，鲁迅愤怒地指控道："谁知道今年的刊物上，新添的一行'中宣会图书杂志审查委员会审查证……字第……号'，就是'防民之口'的标记呢，但我们似的译作者的译作，都就在这机关里被删除，被禁止，被没收了，而且不许声明，象衔了麻核桃的赴法场一样。"鲁迅之所以特别点明"我们似的译作者"，正如他在一九三三年十一月二十五日致曹靖华笺中所云："我尤为众矢之的"。作为左翼文坛的盟主，鲁迅理所当然的成了文化"围剿"的主攻对象。但是，鲁迅岂是特务的手枪与文氓的秃笔所能吓哑的！他以如椽的巨笔记下了："这《波斯勋章》，也就是所谓'中宣……审委会'暗杀账上的一笔。"而这"暗杀账"，却显示出这伙党老爷的颟顸昏庸而又暴戾凶横，因为《波斯勋章》不过描写帝俄时代的官僚的无聊的一幕，在那时的作者的本国尚且可以发表，为什么现在中国倒被禁止了？——我们无从推测。只好也算作一则'奇闻'。"鲁迅称之为天方夜谭式的"奇闻"，实则是当时中国文化界面临的一个严酷的现实，即不学无术或者老谋深算的一伙文痞，竟然可以野马似的在文苑中驰骋蹂躏，造成"所过残破"的肃杀景象。鲁迅对他们的勋业投以轻蔑的一瞥，曾经辛辣地冷嘲道："至于审查员，我疑心很有些'文学家'，倘不，就不能做得这么令人佩服。……倘使真的这样，那么，他们虽然一定要把我的《契诃夫选集》（即指《坏孩子和别的奇闻》——引者）做成'残山剩水'，我也还是谅解的。"（《且介亭杂文二集·后记》）实际上鲁迅当然是不会"谅解"文化屠夫的砍伐的，他既不畏惧于"御用诗官的绝威"，也不忌惮于"帮闲文人的助虐"，而决心与这伙"王之爪牙"作针锋相对的斗争。鲁迅坚定而自豪地宣示："一面有残毁者，一面也有保全，补救，推进者，世界这才不至于荒废。我是愿意属于后一类,也分明属于后一类的。"肆虐未久的图书审查制度终于因为"《新生》事件"而"烟消火灭"地破产,反文化"围剿"的主将鲁迅以高屋建瓴的胜利姿态宣言:"现在仍取八篇,编为一本,使这小集复归于完全,事虽琐细,却不但在今年的文坛上为他们留一种亚细亚式的'奇闻',也作了我们的一个小小的纪念。"当年读这这段冷峭而复波俏的文字,颟顸的审查官以及他们的主子不知将作何感想?!

《鲁迅日记》一九三五年九月十五日条记有:"星期……上午编契诃夫小说八篇讫,定名《坏孩子和别的奇闻》。"前此一日作该书《前记》,同日撰《译者后记》,旋即交付排印。这本书的出版周期拖得很长,直至翌年十月才正式出版。一九三六年十月十七日《日记》记有:"费君来,并交《坏孩子》十本。"此书印就的第三天,鲁迅先生就不幸逝世了,它成了鲁迅生前出版的最启一本译著。

该书封面以红字印的书名是《坏孩子和别的小说八篇》,书脊与扉页则皆作《坏孩子和别的奇闻》,均标明:《文艺连丛》之三,A. P. 契诃夫作,鲁迅译。书面画选取了集内《坏孩子》篇的插绘,玛修丁为本书作木刻画中人物神情最为生动的一幅,坏孩子珂略的顽皮,拉普庚的窘急,安娜的羞涩,都无不跃然纸上。扉页前印有契诃夫青年时代的照片,下印有"A. P. CHEKHOV一八八二年在墨斯科摄"等字样,看来也是鲁迅加注的。

关于《坏孩子和别的奇闻》的出版处,《鲁迅译文集》第四卷(人民文学出版社一九五八年十二月初版)说明中写道:"初版于一九三六年由上海联华书局出版",一般都沿用这一说法,其实这是不甚准确的,因为该书初版本上粘贴有"鲁迅"版权印鉴的版权页上标明:"鲁迅译　V·玛修丁木刻插画　三闲书屋印造　1935",所以,鲁迅创设的"三闲书屋"才是《坏孩子》的出版单位,而费慎祥主持的联华书局不过是发行单位(封面上明白标示:"联华书局发行")。由此可见,三本《文艺连丛》,是分别由野草书屋、联华书局、三闲书屋出版的。最后一本《文艺连丛》之三之所以由"三闲书屋"出面印造,可能是鲁迅考虑到《文艺连丛》之二由于经手人渎职造成"纸墨恶劣",而改用三闲书屋名义有利于督促提高印刷质量吧。《坏孩子和别的奇闻》与《解放了的董·吉诃德》相比,无论图版与文字的清晰程度,抑或封面、插图、书芯的纸张优劣,前者都较后者略胜一筹。

"中国正缺少这一类书"

——曹靖华译《烟袋》

曾经被鲁迅先生称誉为中国翻译界的"中坚"的曹靖华，早在二十年代就致力于苏联文学的介绍，可以说是中国翻译文学史上译介苏联文学最早的工作者之一。在鲁迅主编的《未名丛刊》中，印行了三本曹靖华翻译的苏联文学结集，即《未名丛刊》之八的苏俄独幕剧集——《白茶》，之十九的苏联短篇小说集——《烟袋》，之二十二的苏联作家拉甫列涅夫的小说集——《第四十一》。以上仅仅是译者截至一九二八年的成绩，证明了他"实地劳作，不尚叫嚣"的精神。

《烟袋》是在鲁迅的关切下问世的。译者当时旅居苏联列宁格勒，大约于一九二八年初将译稿寄至北平东城景山东街的未名社，后即由留平的未名社成员李霁野、台静农将译稿寄奉在上海的鲁迅审阅。《鲁迅日记》一九二八年二月二十三日条记有："下午得静农信，十五日发。"此即收到《烟袋》译稿的记录。同月二十四日鲁迅致台静农笺云："曹译《烟袋》，已收到，日内寄回，就付印罢，中国正缺少这类书。"作为未名社的主持人，鲁迅先生不仅支持《烟袋》的出版，而且考虑到政治风云的险恶，顾虑青年人缺乏斗争经验，因而提出了有益的忠告。当时蒋介石的王朝已经在南京建立，而北方仍置于北洋军阀的势力之下，北平则为奉系军阀张作霖所盘踞。南北新旧军阀之间虽有利害矛盾，但他们力图扼杀革命的文化却是一致的。鉴于此，鲁迅耽心出版苏联文学作品结集《烟袋》会使未名社留平同人遭到迫害，极为缜密地为之筹划防范——这种培育者、护卫者的苦心孤诣，可以见之于一九二八年二月二十六日致李霁野的信中：

　　《烟袋》已于昨夜看完了，我认为很好，应即出版。但第一篇内有几个名词似有碍。不知在京印无妨否？倘改去，又失了精神。倘你以为能付印（因我不明那边的情形），望即来函，到后当即将稿寄回。否则在此印，而仍说未名社出版，（文艺书籍，本来不必如此，但中国又作别论。）以一部分寄京发卖。如此，则此地既无法干涉，而倘京中有麻烦，也可以推说别人冒名，本社并不知道的。如何，望即复。如用后法，则可将作者照相及书面（我以为原书的面即可用）即寄来。

李霁野等虽为鲁迅先生的拳拳之心所感动，但为了不让出版印刷的琐细事务去占用他宝贵的时间与精力，决定仍在北平印行；同时，听从先生的告诫，将原书名《共产党的烟袋》改为较隐晦的《烟袋》，避免反动当局的侦嗅与忌恨。鲁迅的顾虑绝非杞人之忧。连他得悉李霁野等拟在北平印行《烟袋》时，亲自去邮局邮寄他校阅过的译稿，可是被派驻邮局的鹰犬遏阻。他们可能震慑于译稿中的"共产党"三字吧，竟然不准先生寄稿，三月十二日的日记中，先生以愤慨的心情写道："往邮局寄稿子，局员刁难，不能寄。"鲁迅是很少在日记中写下掺和感情的字句的，在这寥寥数言中，既表示了先生对国民党邮政检查制度的嫉恶，也记录了蒋家王朝践踏人权的"德政"。由于邮局的无理阻滞，鲁迅只好将译稿托北新书局夹在其他书稿一起寄出。

《鲁迅日记》一九二九年一月二十二日条记有："收未名社所寄《烟袋》两本。"此时，《烟袋》已由未名社于一九二八年十二月初版，印数一千册。

书的封面设计出于王青士烈士的手笔，系根据俄文原版书面改作的。构图凝重，以红黑两色相间，对比强烈，豁然醒目。书名以黑色美术体字标出："烟袋"，下以红色印刷体俄文字母印出原书名："ТРУБКАКОММУНАРА"（共产党的烟袋）；旁置二行红色小字："苏联短篇小说集　曹靖华译"。封画内容取集内第一篇《烟袋》的情节：贵族小姐迦布丽在未婚夫、国民军上尉爱孟尼的怂恿与陪同下，用来福枪击毙巴黎公社起义者的遗孤——陆波尔；而年仅四岁的小波尔尚未懂得死亡的恐惧，在枪口之下，还天真地用粘土制的玩具烟袋吹胰子泡。这是一幕多么怵目惊心的惨剧！画家以版画式的黑色剪影来表现这一场景，更给人难以磨灭的印象。

短篇集辑译了以下作品：爱伦堡的《烟袋》，左祝梨的《哑爱》，左琴科的《贵妇人》，赛甫琳娜的《两个朋友》《犯人》《乡下老关于列宁的故事》《黄金似的童年》，伊凡诺夫的《幼儿》，亚洛赛夫的《猪与柏琪嘉》《和平、面包与政权》，捏维洛夫的《女布尔雪维克——玛丽亚》。卷首刊有译者的《引言》，书后附录有《著者略历及照像》：这些作家大都是二十年代苏联文坛的活跃分子，其中许多还是第一次被介绍到中国来。

鲁迅为什么针对《烟袋》说"中国正缺少这类书"呢？因为苏联文学为中国读者展示了"黑土"的奇花，使他们"知道了变革，战斗，建设的辛苦和成功"（《南腔北调集·祝中俄文字之交》）。译者在一九二八年五月十八日所撰的《引言》，概述了自十月革命以来的十年苏联文学，这是继瞿秋白、蒋光赤合著的《俄罗斯文学》（创造社出版部一九二七年版）之后，较为撮要的苏联文学简介：

> 在苏联的革命的十年中，文坛上产生了不少的惊人的苏维埃的文学。无产阶级的作家和"同路人"在这空前的事变中得到了无限的创作的动力。
>
> 一九一七年世界的十月；关于土地与和平的檄文；光荣而英勇的国内战争；震撼世界的破坏；死人遍野的饥荒；布尔雪维克党在军事和劳动战线上的凯歌；经济的改造；工业化及社会主义建设的第一步——这些统统都反映在十年来的苏联文学上。

《引言》中还列举了苏联文学十年来的代表作品，其中有亚可史列夫（现通译雅各武莱夫）的《十月》，马雅可夫斯基的长诗《好》，傅尔曼诺夫（富尔曼诺夫）的《叛变》、《卡巴耶夫》，赛拉菲莫维其（缓拉菲维支）的《铁的奔流》（现通译《铁流》），拉甫列涅夫的《第四十一》，伊凡诺夫的《铁甲列车》，格拉得可夫（革拉特珂夫）的《水门汀》，捏维洛夫的《丰饶的城市——塔什干》，赛甫琳娜的《肥料》等，并对每一部作品作了简约精当的评介。

短篇集《烟袋》搜集的多半是在苏联文学界有定评或有影响的作品；有些作家后来虽然有变化，但在当年的新俄文坛上却是佼佼者。置于卷首的爱伦堡的短篇《烟袋》，写的是巴黎公社的历史题材。作者从短篇所能包涵的容量考虑，抉取了这一伟大历史事件的一个断片，即起义参加者、瓦匠陆六逸的儿子波尔在公社失败后，遭到贵族小姐戏谑般枪杀的故事，歌颂了巴黎工人为建立与保卫第一个无产阶级政权进行的殊死斗争，暴露了法国统治阶级与侵略者相勾结的叛变活动，以及他们血腥屠戮劳动者及其子女的凶残暴行。译者在篇末就巴黎公社写了一则掺和着感情的尾注："巴黎公社（Paris Commune）……是巴黎工人组织的无产阶级独裁制的政府机关；是世界上第一次的工人政府,第一次无产阶级专政;是世界工人阶级斗争史上最光荣的一页。……法国的银行家,资本家,房东,地主都一致联合起来与当前的敌人(按指俾斯麦率领的德国侵略军——引者)妥协,并接受他的帮助来消灭本国的无产阶级。在此客观情形之下,巴黎公社就于一八七一年五月二十日随巴黎城陷而灭亡了!自二十一日至二十八日有一星期之大屠杀;计革命工人之被杀者约三万人,被充军者一万人,被监禁者三万八千五百三十人,内有妇女一千零五十八人,孩童六百五十一人;被捕者无算,合之巴黎共失去十万人!是谓之'流血星期'!"如此详尽地介绍巴黎公社及其在敌人血腥杀戮下的巨大牺牲,除了帮助读者理解作品的背景而外,也是抗议国民党反动派"四·一二"血洗中国共产党人与革命者的暴行!因为译者早在二十年代初就参加了中国社会主义青年团,曾赴苏参加共产国际第三次代表大会,后留学于莫斯科东方劳动大学,不久归国投身于轰轰烈烈的大革命,在戎马倥偬中转战南北,最后因蒋介石叛卖革命、施行白色恐怖而北行出国。对于刽子手嗜血成性的暴戾,对于无产者宁死不屈的坚贞,译者作为革命的参加者,历史的见证人,都是深有体验的。《烟袋》的结尾这样写道:"我常常把烟袋嘬到我那由气愤而干了的嘴唇里。在那上有天真烂漫的小孩子呼吸的痕迹,或者还有经久被胰子泡浸蚀的痕迹。但是这被世界无与伦比的巴黎美人迦布丽杀害的陆波尔的小玩具却告诉了我这'无限的憎恨'。我嘬着烟袋祈求着——我见了白旗,不要放下枪,好象那穷苦的陆六逸一样;我恳切地祈求着:不要把那还有三个无知工人防御着和一个赤子在吹胰子泡的圣文岭赛的战线交给敌人去!"这些告诫人们对敌人不要抱任何幻想的忠告,对于中国正在浴血奋战的革命者和祈望光明的劳动者,都是会激起共鸣与感奋的。

短篇集中值得一谈的还有捏维洛夫的《女布尔雪维克——玛丽亚》。它表现在新思想、新政权、新生活的催发下,妇女的觉醒与奋起。玛丽亚本是一个平凡的乡村妇女,在传统的桎梏下,常受她那鄙陋的丈夫卜寻裴的詈骂与凌辱。但革命给妇女的命运带来了转折的契机,玛丽亚开始变了——"从前她是少要脾气,多受家庭的闷气的。可是到提倡自由的布尔雪维克出世的时候,女人们也都咕咕唂唂的说什么男女平等了,这时连玛丽亚的眼界也开了。"革命真理启迪了玛丽亚的智慧,增添了玛丽亚的勇气,她逐渐挣脱丈夫的羁绊,"想过别样的生活"——"作男人的事业了"。由于她的正直淳朴、秉公无私,群众选举她担任镇苏维埃的第一位女委员,戴上了"嵌着红星"的帽子,成长为"布尔雪维克的有力的人了"。不仅如此,女布尔什维克——玛丽亚的榜样引起了连锁反应:女人们逐个醒悟投身于革命,不再是丈夫拴在裤带上的附属品了。作者捏维洛夫是苏联早期描写农村题材作家中的翘楚,虽然在一九二三年因心脏病早逝,却在短暂的文学生涯中留下了丰厚的遗产。捏氏作品着力表规的是农村妇女,他把反映她们的命运与心声作为自己的职责。他曾这样宣示:"我唯一的愿望和思想是将那举世为男子所无理抛弃的女子,为教会所无理的视为下贱、污秽及罪恶结晶的女子,在我的文艺作品上表现出她们的美丽、伟大与崇高来。尤其是农女与女工的命运特别的艰苦与凄惨!"《女布尔雪维克——玛丽亚》正是他创作宗旨的体现。而这一煜煜如星的新女性典型,对于方兴未艾的中国妇女运动的参加者,确是值得仿效的揩模。

《烟袋》中的其他篇什也都妍丽多姿,各具异彩:《哑爱》活画了城市流氓凌辱残疾者的无耻与鄙陋;《贵妇人》以喜剧笔法讽刺了寄生成性的贵族妇女在巨变后的沦落与贪婪;《两个朋友》、《犯人》、《黄金似的童年》,展示了苏联建国初期流浪儿的颠沛生活,并在"接近儿童心灵的赛氏"的笔下,生动地再现了新政权把受污染的野孩予塑造成新人雏形的情景;《幼儿》是一曲革命人道主义的赞歌;《猪与柏琪嘉》描绘一个九岁的孩子在狱中难友的薰陶下,立志献身共产主义事业的动人故事;《乡下老关于列宁的故事》则以民间传说的形式,反映了普通劳动者对授与他们革命真理的导师的真挚而浓烈的爱……

书后附录的《著者略历》系译者撰述,有捏维洛夫、亚洛赛夫、伊凡诺夫、赛甫琳娜、爱伦堡、左琴科等作家的小传及其代表作品评述;每则小传前面缀以相片,使读者得睹作者的风采。如此集中地介绍苏联的知名作家,在中国文学界这可能还是第一次。

《烟袋》作为"中国正缺少"的书之一,它必然要遭到反动统治者的忌恨。鲁迅在《曹靖华译〈苏联作家七人集〉序》中曾经记述《烟袋》为当局无理没收的史实:"未名社……被封闭过一次……后来没有事,启封了。出盘之后,靖华译的两种小说(按指《烟袋》与《第四十一》——引者)都积在台静农家,又和'新式炸弹'一同被没收,后来虽然证明了这'新式炸弹'其实只是制造化装品的机器,书籍却仍然不发还,于是这两种新书,遂成为天地之间的珍本。"这"天地间的珍本",我们如果任其湮没,未免辜负了革命文化开拓者与先行者的苦辛,所以略为详尽地叙录,作为对他们的感念与缅怀。

一部"早出最好"的译作

——曹靖华译《第四十一》

在为曹靖华同志编辑他的散文结集——《飞花集》时,曾为一篇题为《安得一饮黄河水,九泉长眠愿已足!》的旧稿的取舍商洽再三。这是曹老一九五九年春为拉甫列涅夫逝世写的悼念文章,感情悲凉、深挚,于怆痛的忆念中记叙了当年为奴隶"盗运军火"的史实。对这篇文情并茂且有史料价值的悼文,我是极想辑入集子内的;但是,作者与编辑都没有忘却六十年代的往事:《第四十一》曾被作为修正主义文艺标本,遭到大肆挞伐。为着不冒风险,我们恳商的结果还是把它抽去了。

《第四十一》是鲁迅先生在荆天棘地之中力主引进中国的作品。当他在一九二九年四月二十日致李霁野信中谈到它时,感慨那时"上海的出版界糟极了,许多人大嚷革命文学,而无一好作",认为介绍一些象《第四十一》似的"别国的好著作,实是最要紧的事"。他写道:"《四十一》早出最好。"

《第四十一》来到中国,一开始就为厄运所羁绊:二十年代末初版不久,就被反动当局封禁。鲁迅继续深切地关注着它,三十年代中期,他再次为之擘划,准备自费印行它的插图本;甚至在临终前两天仍在为包括《第四十一》在内的《苏联作家七人集》写序。如果说《第四十一》是赫鲁晓夫集团修正主义文学的标本,拉甫列涅夫泉下有知一定会啼笑皆非,因为这个中篇完成于一九二四年,其时赫鲁晓夫辈尚名不见经传!莫非拉氏真有"先见之明",竟在三十年前就为赫鲁晓夫作"吹鼓手"?

鲁迅在浓重的白色恐怖之中,有如普罗米修斯盗天火给人类那样,无畏地向中国人民输送《第四十一》这样的革命文学作品,使它成为了企望光明的人们的精神武器之一。这里仅举一例。一九三〇年,中国左翼戏剧家联盟成立之后,剧联所属的大道剧社演出了安娥根据《第四十一》改编的话剧

《马特迦》(李尚贤饰女红军战士马特迦,刘保罗饰红军党代表叶秀可夫,郑千里即郑君里饰白党军官,此外周起应、朱光、周伯勋等都参加了演出),据当事人侯枫回忆:"这一次的演出,效果很好,可以说是轰动一时哩!"在莫斯科出版的国际革命作家联盟机关刊物《世界革命文学》,还专门刊载了有关《马特迦》演出情况的报道。一九三一年八月三十日,主演《马特迦》的左翼剧人李尚贤不幸病逝,《文艺新闻》第二十七号在"祭坛之下"专栏刊发了《雪风沙漠征程对方何止"四十一"——纪念李尚贤》的悼念文章,其中述及这位"以火一样的热情献身于中国革命的左翼剧台"的"勇敢的同志",在弥留时昏迷中还在念着《马特迦》中的台词:"叶秀可夫英勇的指挥着,要把那些混蛋冲破!"这些事实说明,中国左翼文艺运动的或一方面,正是从《第四十一》激发了灵感,甚至汲取了力量!到了六十年代,《第四十一》被判为人性论的渊薮而遭到口诛笔伐,这倒是鲁迅所未料及的。对于如此兴师动众的横蛮讨伐,纯朴敦厚如曹靖华同志才会缄默以对,要是鲁迅先生健在,我想他一定会疾声抗争的!

追溯一下《第四十一》在中国流播的经过,也许有助于我们理解这部作品的真正价值,以及鲁迅、曹靖华等引进这部作品的功过是非。

《第四十一》作为《未名丛刊》之一,由未名社于一九二九年六月初版,辑译了拉甫列涅夫的两部中篇——《第四十一》与《平常东西的故事》。前者作于一九二四年十一月,译于一九二八年七月;后者作于一九二四年七月,译于一九二九年一月。曹靖华于大革命失败后再次赴苏,当时正在列宁格勒某大学任教,业余从事俄罗斯文学与苏联文学的译介工作。据曹自述:"苏联的作家我最爱的是拉氏",因为拉氏是坚决的走上十月之路的作家,他双足坚固的站到革命的立足地上来讴歌十月,讴歌光荣的世界十月的胜利,颂扬红的,诅咒白的;他心灵里燃烧着颠覆旧统治权的愤火,敌视一切的剥夺阶级,憎恶一切的十月的敌人,他内心里迸发着灿烂的天才的火花,充满着革命的热情与伟大的力量,站到无产阶级观点来描写十月,描写这大时代的血花,描写这大时代的暴乱,描写这大时代的壮美,描写这大时代的英勇伟大;这些,不但'同路人'不能同他相比,即无产阶级的作家对之也有逊色的,虽然名义上他还是属于'左翼同路人',而未列于无产阶级作家的营垒里去"[1]正因为译者对作者如此钦敬,故而在紧张的授课之余,甚至在"情绪

----

[1]　见《〈第四十一〉后序》,刊《萌芽》一卷二期(一九三〇年二月)。

频频打断在孩子的哭声里"的困扰中,仍然坚持翻译不辍,终于在忙迫与苦寒的环境下完成了拉氏两个中篇的译述。译稿完成之后,译者还专程访问了拉甫列涅夫,请作者为中译本提供《序》、《传》以及相片。译者自己撰写了长达万言的跋语,对作品作了细致的评析。

译稿大约于一九二九年初邮寄国内未名社,该社同人当时留平的尚有李霁野、台静农等。鲁迅一九二九年三月二十二日致李霁野笺云:"《未名丛刊》中要印的两种短篇,我以为很好的,——其中的《第四十一》,我在日译本上见过——稿子可以不必寄来,多费时光。"李霁野当时在主持未名社的社务,可能在收到曹靖华译稿后,随即将《第四十一》列入《未名丛刊》的译印计划,并请示鲁迅先生。作为《未名丛刊》主编人的鲁迅所以立即首肯,是因为对作者与译者都了解,并读过《第四十一》的日译本。《鲁迅日记》一九二九年八月三日条有:"收未名社所寄《四十一》共五本"。那末,这年七月下旬是《第四十一》的实际出版时间。这本书因为被敌人封禁、没收,初版本传世不多。

初版的《第四十一》封面,构图以红黑两色相间,绘有篇末女红军战士马柳特迦在海岸上枪击白匪军官郭奥特罗的剪影式图案,抉取的是前者持枪击发、后者中弹倒毙的刹那,画面再现了作品中的高潮所在,赋有一种肃穆的美感。背景是布满天幕的俄文"第四十一"字样,红色;书面上端也以俄文印出作者姓氏"鲍里斯·拉甫列涅夫";右下角的红框中则印有中文:"第四十一 曹靖华译"。据青岛市革命烈士纪念馆馆长周庆本同志告知,《第四十一》的封面系王青士烈士绘制(他曾任中共山东省委组织部长兼青岛市委书记)。烈士的遗墨,的确为这册历尽劫波的"禁书"增色生辉!

书内卷首置有作者拉甫列涅夫特地为中译本摄制的肖像,以及专门为中译本撰写的《对中国读者的序》与《作者传》。在《序》中,作者站在无产阶级国际主义的立场,谴责"横暴的沙皇的武力主义"给中国人民造成了巨大的"灾害",并导致文化交通、文学交流"长久的隔绝";作者热望中俄文化交流在新的思想的曙光照耀下"复活"、"开花",使文学成为"友谊树上的第一个花蕾"。作者还在《序》中表示,他非常赞赏"中国文学之花",不仅喜爱"中国旧时的作品",也欣赏中国现代的文学作品,"更使我们欢喜的是读了鲁迅的《阿Q正传》等";并为《第四十一》等作品的移译中国感到由衷的高兴:"我们的作品,生养在战争情况中和向着新生活建设的我们的青年的俄国文学,能得中国读者的注意,这在我们是深以为光荣的。"最后热诚地祝愿道："我们,苏联的作家们,隔着这数万里地域的间隔,向你们,向我们遥远的朋友们和读者们,伸着友谊的弟兄的手,希望这友谊将来坚固而且久远。"拉甫列涅夫对中国、中国人民、中国作家的感情,始终是真挚而友好的。在一九二八年冬,当曹靖华赴拉氏寓所访问时,这位十月革命的参加者,内战时期曾经担任过红军铁甲车指挥和乌克兰炮兵司令部参谋长的老战士,在苏联已是闻名遐迩的大作家。他那时曾激情横溢地称颂："呵! 中国人! 淳厚真诚、勤劳勇敢! 中国人! 一颗向往光明的心总在燃烧着!"拉甫列涅夫在五十年代初为新版《第四十一》所作的序文中,也满腔热情地写道："长期以来,我们在苏联怀着热爱和激动,注视着你们在同人民敌人的严峻的斗争中所建树的丰功伟绩,我们曾以你们在战斗中所取得的胜利而感到欢欣,就象现在以你们在和平、创造性的劳动中所取得的胜利而感到欢欣是一样的。"一九五九年初,他在逝世前不久给曹靖华的信中,还表示了对中国的渴慕与向往："我真想到你们国里去一趟呵,可是,看来象我这样一个残废人,喝不到中国江河里的一口水,就不知所终了。"纵观拉甫列涅夫的一生,好象并没有说过对中国不友好的话,更不用说有什么反华言论了。对于这样一位始终与我们分享战斗的焦灼与胜利的欢欣,几十年如一日对中国怀有如此醇厚感情的作家,我们不应该随便忘却,更不应该以莫须有的罪名"鞭尸"! 鲁迅在自己的著作与书简中提及拉甫列涅夫及其作品时,就从未置一贬词,赞誉之语倒在在可见。例如在《〈竖琴〉后记》中曾就拉氏的另一个中篇评论道："所写的居民的风习和性质,土地的景色,士兵的朴诚,均极动人,令人非一气读完,不肯掩卷。"并认为它是苏联文坛中"同路人"作品的"最优秀之作"。对拉甫列涅夫创作的激赏,也并非鲁迅个人的偏爱,其他的左翼作家也很热衷拉氏的作品,如徐懋庸就译过他的讽刺小说《伊特勒共和国》(生活书店一九三六年初版)。

　　拉甫列涅夫为《第四十一》中译本所撰《作者传》,是以第三人称写的,叙述了自己的身世、教养、经历以及创作道路、代表作品等,自称："拉氏在苏联文坛上是属于所谓俄国革命的'同路人'一派的。"他关于"同路人"的定义与解释也足堪玩味——认为他们是"出身贵族和资产阶级,同现在执掌政权的无产阶级和农人阶级没有血统上联系的作家们",但"他们决然的同情革命,描写革命,描写它的震撼世界的时代,描写它的社会主义建设的日子"。同时不无自豪地提及："他们是革命后直到现在俄国文坛上极丰饶而有力的一翼,他们的作品不但风行到自己的国度里,并且越出国界风行到世界上。"

苏联文学界早年关于"同路人"的提法是不甚科学的,后来已不再在作家中以出身与教养划分类别;但是就在当年被称为"同路人"的作家中,涌现了A·托尔斯泰以至拉甫列涅夫这样的大手笔。"四人帮"的文痞们曾就"同路人"大作文章,进行恶意的曲解与阴险的影射,不仅暴露了他们的昏聩,更显现了他们的居心叵测。

《鲁迅日记》一九二九年十二月二十日条记有:"上午收霁野所寄《"四十一"序》一篇。"此《序》即曹靖华所作《〈第四十一〉后序》,稍后经鲁迅编入自己主编的《萌芽》一卷二期(一九三〇年二月)。当时《后序》所以没有印入初版的中译本,我估计有两种原因:一是该序作于一九二九年五月,而译本出版于同年六月,可能来不及印入;另一原因可能是该序的政治色彩太浓,恐遭当局忌恨而危及译本发行,所以没有印入。这篇《后序》征引了苏联学者柯甘(当时通译为柯根)的《我们文学上表现的红军》、波夷马洛夫的《论拉甫列涅夫》等研究资料,以及《第四十一》原本的作者自传,较为详尽地介绍了拉甫列涅夫的生平与创作,分别评析了《第四十一》、《平常东西的故事》中主人公的思想与性格特征。关于《第四十一》的主人公马柳特迦,译者认为写得"生动有力而感人",是一个"十月的女布尔雪维克的典型"。正因为她以"整个生命感觉到革命是她的切身的事业",所以她对阶级与事业的忠诚是不可动摇的,既不为荒岛的爱情关系所茧缚,也不为恋人的甜言蜜语所动摇,因而在敌我相持、生死攸关的时刻,并未忘却自己的使命,举枪击毙了第四十一个敌人——"蓝眼睛"的郭奥特罗。译者指出,作者以洗练的笔墨,跌宕的情节,展示了一幕悲壮的正剧,所欲表达的主题是说明无产阶级革命利益高于一切,为了它必须作无情的斗争,所有与革命义务有冲突的个人情感因素都应摒弃,解决冲突的唯一办法是为无产者的权益而牺牲一切。今天看来,这难道不正是无产阶级人性的最高体现吗! 如此纯正的主题有什么可以非议的呢? 艺术地体现主题的感人形象——女红军战士马柳特迦又有什么可以訾议的呢?!

《第四十一》这一焕发异彩、不落窠臼的早期苏联文学优秀之作,始终得到鲁迅先生的肯定。不仅在二十年代末将其列入自己主编的《未名丛刊》,一九三三年,还把刊于《萌芽》的《〈第四十一〉后序》检出寄给当时已经归国的曹靖华,以便与译文合璧重印;一九三四年在追述未名社的业绩时,列举了印行拉甫列涅夫的《第四十一》等译著,并为它们生命力的坚强而不无欣慰地说:"事实不为轻薄阴险小儿留情,曾几何年,他们就都已烟消火灭,然而未名社的译作,在文苑里却至今没有枯死的。"(《且介亭杂文·忆韦素园君》)直至一九三六年四月一日致信曹靖华时,还在商洽《第四十一》出版事宜,建议换一个书名以避鹰犬耳目,并有"自己设法来印"的打算,同年五月三日致曹靖华笺中又说:"《41》印起来,款子有法想,不必寄。"再一次表示了自己斥资出版这本书的拟想。可惜这一计划因鲁迅六月的病笃而中止。俟病稍愈,鲁迅又向良友图书公司推荐《第四十一》等译作,后遂由良友出版了《第四十一》与《烟袋》合二而一的《苏联作家七人集》;在逝世前三天,鲁迅还撑持病体,为《苏联作家七人集》写了《序》……鲁迅晚年如此力促《第四十一》在中国流播,可见并非一时的"失察"。当时即使暴戾蛮横如国民党反动派,也禁止不了这一译本的流布,想不到到了六十年代,它却遭到了新的"围剿"!

　　歪曲与诬陷终归是不能长久的。历史会对鲁迅致力的为奴隶"盗运军火"的伟业作出公正的评价。

晕碧裁红点缀匀

—— 戴望舒的译作

诗人戴望舒的文笔如行云流水,有妙语天然之致,其文学成就虽以诗著称,却是同时秉赋多方面的才能:作为一位严谨博洽的学者,他的古典小说研究与考证十分精到缜密;作为一位勤劬多才的翻译家,他译述的范围涉及文艺理论、小说、散文与诗歌,量多质纯,在翻译文学史上也占有相当的地位。

望舒是诗人,故而诗歌翻译贯串其文学活动的始终,不久前湖南人民出版社出版了《戴望舒译诗集》,编者施蛰存在《序》中说:"我所能收集到的望舒译诗,已尽于此。"编者是作者相知多年的老朋友,应该说诗集是搜罗得相当完备的;不过披览过后,觉得仍有一些遗漏。

举其大者有古罗马诗人沃维提乌思(今通译奥维德,公元前43年——公元18年)所作长诗《爱经》的译介。望舒译述该诗集大约在一九二七年至二八年之间,因《无轨列车》创刊号(第一线书店,一九二八年九月十日创刊)封三刊登了《爱经》的广告:"在译述界乱纷纷地翻译现代小说剧本的时候,戴望舒君却从古旧的羊皮纸堆里费了一整年的工夫译出了这部有趣味的古典文学名著。这部书是古罗马四大诗人之一的沃维提乌思的一本艳丽的诗。……戴君用流利的散文译出全书,并加详细的注解,真是译述界伟大的工程。"后来在一九二九年三月二十三日《申报》上也刊登了内容大致相同的出版广告。

《爱经》由水沫书店于一九二九年四月二十五日发行了初版本,笔者藏有的是现代书局一九三二年九月一日的再版本。初版本与再版本皆甚不经见,柘园的藏本是六十年代赴广州参加中南区会演时在文德路旧书店找到的,陪我同去的江林(林遐)同志也诧为奇遇,此公亦嗜书如命,所藏"五四"

以降的散文集甚夥,可惜在"文革"中已被迫害至死。《爱经》的书品颇精,封面上以银粉印制的图案还灿然如新,惹人摩挲不忍释手。译者在一九三二年作的再版本序中简约绍介了布勃里乌思·沃维提乌思·拿梭(Publius Ovidius Naso)的生平与代表作,并译述《爱经》云:"以缤纷之辞藻,抒士女容悦之术,于恋爱心理,阐发无遗,而其引用古代神话故实,尤其渊博,故虽遣意狎亵,而无伤于典雅;读其书者,为之色飞魂动,而不陷于淫佚,文字之功,一至于此,吁,可赞矣!"奥维德是创作了不朽之作《变形记》的著名古典作家,连恩格斯也赞赏"奥维德的那些愤怒和渴望复仇的诗句"(《论古代日耳曼人的历史》),而当时中国文化界对他的介绍甚少,戴望舒第一个迻译了他的诗作的单行本,应该说是开了风气之先的。译者还在《序》中解释了以散文体译诗的原因:"诗不能译,而古诗尤不能译。然译者于此书,固甚珍视,遂发领以散文译之,但求达情而已。"因原作是分为三卷的长诗,虽以散文译出,也仍然应属于译诗的范畴的。

望舒在译述这部古诗时,态度是严肃而勤谨的,仅举一例即可说明,他在译本中手撰了四百零一条注释,其花费的心血可以想见。而《爱经》在二十年代末面世时也遭到若干人的訾议,甚至连鲁迅这样的哲人亦因未睹原书而有误解,故而在一九二九年四月七日致韦素园的信中对《爱经》颇有微辞,而后来得悉其系古典文学名著后作了订正,即前信被孔另境编入《现代作家书简》时,鲁迅删去了其中对《爱经》的批评。

戴望舒译诗的单行本尚有《道生诗歌全集》(与杜衡合译,手稿本存施蛰存先生处)、《新俄诗选》(与施蛰存、杜衡合译,译稿已佚)、《西班牙反法西斯谣曲选》(大部分译稿散佚,未出版)、《恶之花掇英》(一九四七年出版)、《洛尔迦诗抄》(一九五六年出版)等。

戴望舒的小说译作也非常繁多,柘园所藏的译本有如下若干种,其中颇有一些早已绝版数十载的稀见本,不妨一一罗列:《良夜幽情曲》(西班牙伊巴涅兹作,光华书局一九二八年版)、《少女之誓》(法国沙多勃易盎作,开明书店一九二八年版)、《一周间》(苏联里别进思基作,与苏汶合译,水沫书店一九三〇年版)、《西万提斯的未婚妻》(西班牙阿左林作,与徐霞村合译,神州国光社一九三〇年版)、《醉男醉女》(西班牙伊巴涅兹作,光华书局一九三〇年版)、《比利时短篇小说集》(商务印书馆一九三五年版)、《紫恋》(法国高莱特作,光明书局一九三五年版)、《法兰西近代短篇集》(天马书局一九三五年版,后加增删易名为《法国短篇文艺精选》由上海译社于一九四〇年出版)等,其他仅闻其名而不及访见的尚有《屋卡珊与谷莱特》(光华书局版)和《高龙芭》(中华书局版),单看以上长长的书目就不免令人咋舌,这位译笔优美的翻译家在中国翻译文学园地中,确乎是一位勤垦而丰产的耕耘者与收获者。如此繁剧的劳动是不免有甚么动力在促使的,我想望舒的动力就在于对于所译作家的作品之热爱吧,例如他十分激赏伊巴涅兹,所以在《良夜幽情曲》的《译者题记》中写道:"他的木炭画似的风格和麦纽艾(Menuet)似的情调是我所十分爱好的。……这完全是由于我对于他的过分的爱好的本能的冲动。"从这些自白中我们可以品味出他的情趣、他的动机。

此外,戴望舒还是一位文艺理论的翻译者,这一点常为人们所忽视,例如李丘明编著的《中国现代六百作家小传》(香港波文书局,一九七七年十月初版)的戴望舒条,所列译作部分缺漏甚多,他最早的一部理论译作也付阙如,那就是作为《科学的艺术论丛书》之一的《唯物史观的文学论》(伊可维支作,水沫书店一九三〇年八月初版),那套丛书是冯雪峰在鲁迅支持下主编的,拟在中国首次系统介绍马克思主义文艺论著,戴望舒能积极参与其事,并且颇注意于"马克思主义的文艺理论和唯物史观在文艺上的应用"(《译者后记》),说明译者当时对于正在勃兴的无产阶级革命文学运动是持赞助,起码是同情的态度的。

他从苏联本约明·高力里用法文写的《俄罗斯革命中的诗人们》所译成的《苏联诗坛逸话》,其中若干章节(如《佛拉齐米尔·玛牙可夫斯基》篇)曾发表于望舒自己主编的《现代诗风》第一册(脉望馆,一九三五年十月十日出版),其后集结起来交由上海杂志公司于一九三六年出版了单行本。至今仍不失为一本研究苏联早期诗歌的有价值的参考书。

戴望舒的译作中也荡漾着其诗人气质的投影与回声,他在评论某外国作家时所揭示的:"他以美丽的风格出之,使人觉得诗趣盎然",正可以移来形容他自己的译文,因他的译文也萦绕着诗的氛围,清丽、精妙、流畅,试以他所译的比利时洛德·倍凯尔曼的《圣诞节的晚上》末尾的译文为例:

那诗人开始在那一望无际的闪烁的微青的白色之间,慢慢地徘徊着。他既不感到严寒,也不感到烈风,他看出去一切都是美丽,纯洁,皎白,而被一片银色的微光烘托出来。他想着那在酒店的后房中的新生的婴儿,想着那天真的母亲,想着那两个女子的发光的眼睛,想着那两个异乡人,又想着他们献给生命的虔心的礼物。

译文的曼妙如同淙淙的流泉,我们尝一脔而可推知全鼎了。金代诗人元好问论诗绝句云:"晕碧裁红点缀匀",移来评骘戴望舒的译作,倒是颇为贴切中肯的。

心有灵犀一点通

——艾思奇与海涅及其他

南德意志的夜，照遍了满月的辉明，
温柔，宛然一切神话又复临近，
塔上落下时钟的声音，
沉重地堕入夜的深底，如落进海心。

一阵簌簌的响动，一阵巡逻的呼声，
一会儿又来了沉寂，空虚。
是那儿又苏醒了 Violine 的声息，
幽曼地诉语：金发之女……

以上这首题为《月夜》的诗，是笔者从一九三五年十二月出版的《中华月报》上钞引的，它的原作者是德国近代著名的象征主义诗人莱纳尔·玛利亚·里尔克（Rainer Maria Rilke，1875—1926），译者署名"思奇"，即会时已颇为知名的新进哲学家艾思奇。同期还刊载了同一译者所译的与里尔克齐名的另一位德国象征主义诗人史推芳·盖欧尔格（Stefan George，1893—1933）的《归航》，兹引录其首段与末段：

我乘着满载的船回乡，
目的地醒现在暮霭中，
白色的旗在桅上飘扬，
我们越过了许多小舟。
…………

你在晨光熹微中离乡，

你的旅行只如一日之久，

波之女神前来迎你，

迎你的还有堤岸，和最初的星。

　　两首译诗颇为成功地体现了原作空灵、曼妙的风格，意境幽远，文字清丽，很难想像如此诗味浓郁的译文竟然出自一位以逻辑思维见长的哲学家之手。其实，艾思奇早年就十分热爱文学，尔后对文艺现论更有精到的研究，尤其是与诗歌结了终生不解之缘。

　　早在学生时代，他就是昆明省立一中学生会刊物《慎潮》的主要撰稿人之一，并在其大哥李生庄主编的《云南民众日报》副刊《杂货店》上，以"小吃"，"店小"、"生萱"、"S. G."等笔名，发表了所译的英国诗人济慈的名篇《夜莺歌》和日本作家国木田独步的小说《孤独者》，以及德国诗人海涅的十几首短诗[1]。

　　被恩格斯称作"德国当代最杰出的诗人"的海涅，始终受到艾思奇的崇拜与热爱。刘白羽在回忆艾思奇时曾说："他还是一位意绪蹁跹的诗人"，并认为："他翻译的海涅的诗歌是很出色的"，事实也正是如此。一九三三年，艾思奇撰写了《海涅的政治诗》，翌年七月发表于《中华月报》第二卷第七期，这是中国学术界第一篇试图以马克思主义观点论述海涅政治诗的论文。论文称《德国——一个冬天的童话》是"海涅的政治中最典型最有特色"的代表作，认为其中"梦影和现实的交错"，形成了特有的形式与风格，而在这一巧妙结构的"空想的世界"中"弥漫了他内心的真实的热情的燃烧"。作者进而揭示，对于像中国这样的封建残余的最大的老巢，《德国——一个冬天的童话》对德国封建社会大肆讥嘲的"批判的主题"，还是具有相当的现实意义，是值得译介与研究的。

　　附带说一句，《海涅的政治诗》一文最早辑入艾思奇的《论中国特殊性及其他》一书，香港辰光书店，一九四一年五月初版。该书共分四辑，收政论、哲学论文、文艺论文三十篇。《海涅的政治诗》列于第三辑的首篇，其后还附录了海涅作《世祖亚当》一诗的译文。这首译诗不见于该文的原发表处《中

　　　　　　　　　　　　　　　　　　　　

〔1〕　参见陆万美：《回忆艾思奇同志在〈云南民众日报〉片断》，载《一个哲学家的道路——回忆艾思奇同志》，云南人民出版社，一九八一年三月初版。

华月报》，也未见他处发表或收录，想来是艾思奇编集子时特地附录的。《论中国特殊性及其他》一书系柘园的珍藏，外间已很难见到了，不妨将《世祖亚当》引录如下：

用火剑，
用天国的宪兵，
你把我逐出乐园，
没有容赦，也不讲道理。

我带着妻，
到地上飘零，
但我已吃了智慧的果实，
这事你终于无法变改。

你无法变改，
我已知你是怎样无能和渺小，
不怕你就用死和雷霆，
来严重地威吓我。

哦，上帝！多么可怜哪，
你这谕旨的革命！
我把这叫作世界的壮丽，
叫做世界的光明。

我对天国的乐园，
已决不慕恋，
它决不是真的乐园。

我要的是完全的自由，
只要有些儿的束缚，
即使天国，
在我也会成为地狱！

艾思奇之所以将《世祖亚当》附录于后,引以为海涅的政治诗的代表之一,也许是赞赏其中小可遏制的叛逆精神,并期望读者无论是在异族抑或本邦的强权者面前都不要俯首。

由于钦敬海涅"是社会斗争中的一个将士",尤为喜爱他的政治诗代表作《德国——一个冬天的童话》,艾思奇从一九三一年就开始翻译这部凡二十七章的长诗。此后经历了漫长的岁月,直至一九四四年才将译稿杀青。是年冬,同在延安《解放日报》副刊部工作的林默涵将调重庆,艾遂将译稿托林带交读书生活出版社。林默涵曾回忆云:"他拿出一包稿子,是他翻译的海涅的诗《德国——一个冬天的童话》,这是他利用工作的余暇,一点一点地翻译出来的。他要我带到重庆交给黄洛峰同志,请他帮助出版。"〔1〕一九四六年由重庆读书出版社出版了《德国——一个冬天的童话》的单行本,署艾思奇译。这一译本得到了文学界的好评,吴伯箫曾追忆道:"我很喜欢他从德文海涅原著翻译的《德国——一个冬天的童话》,流利、押韵,保持了海涅诗歌的隽永幽默、情感炽热的特点。"〔2〕根据吴伯箫的回忆,在延安时艾思奇就将自己珍藏多年的海涅诗英译本借给他,鼓励他翻译;一九四九年春,吴将从该英译本译出的《波罗的海》译稿清样寄给艾思奇,请为之校订,艾立即复了信:

> 谢谢你寄来的译诗集,庆贺解放的中国出版了海涅的第一部译诗!我读了几首,我很喜欢它译得自然!我的《冬天童话》因为拘泥于押韵,倒很生硬了。
>
> 很可惜的是,不论德文原文,以及英译本,在延安撤退时都丢弃了!这是很大的损失。我当时的情形,不容许避免这样的损失,所以我不能帮助你完成愿望,这是很难过的!
>
> 有空盼望常常通信!
>
> 艾思奇　三月廿六日

---

〔1〕 林默涵:《怀念艾思奇同志》,载《一个哲学家的道路——回忆艾思奇同志》,云南人民出版社,一九八一年三月初版。
〔2〕 吴伯箫:《我所知道的老艾同志》,载《吴伯箫散文选》,人民文学出版社,一九八三年七月初版。

王匡是艾思奇延安时期的同事（艾是中央文委秘书长，王是秘书），他在回忆中说艾思奇十分喜爱诗歌和音乐，闲暇时喜欢朗诵海涅、歌德、拜伦等的诗，对中国诗人艾青、贺敬之、郭小川、鲁藜等也很推崇，曾赞许《白毛女》是"划时代的杰作"……

一代哲人与诗歌的不了缘，从中我们可以获取不少启示。

（原载香港商务印书馆《书海》"翻译文学史话"栏，总九期，1986 年 3 月）

光明的祝颂　永在的情谊

——《蟹工船》中译本之问世[*]

早在一九三〇年初,夏衍同志就以"若沁"的笔名在《拓荒者》第一期上发表了《关于〈蟹工船〉》一文,这可能是我国文学界对日本革命作家小林多喜二的最早评介。文章写道:"假使有人问,最近日本普罗列塔利亚文学的杰作是什么? 那么我们可以毫不踌躇地回答:就是《一九二八年三月十五日》的作者小林多喜二的《蟹工船》。"文末还强调说:"我们可以大胆地推荐:《蟹工船》是一部普罗列塔利亚文学的杰作。"

小林多喜二的代表作《蟹工船》脱稿于一九二九年三月,起初在期刊《战旗》上连载,同年九月出版单行本。次年春,鲁迅主编的《文艺研究》创刊号(一九三〇年二月十五日出版)上就刊出了《蟹工船》的出版预告:"日本普罗列塔利亚文学,迄今最大的收获,谁都承认是这部小林多喜二的《蟹工船》。在描写为帝国主义服务的《蟹工船》中,把渔夫缚死在船栏上,这一工船专为自身利益宁愿牺牲求救的别一工船的数百性命,这种凄惨的场面中,惊心动魄地显示出了两大阶级的对立。"

一九三〇年四月,陈望道等主持的大江书铺出版了潘念之译的《蟹工船》,但不久即被国民党反动当局以"普罗文艺"的罪名密令查禁。我珍藏多年的这册《蟹工船》虽已创痕斑斑,可它经历了半个世纪的风雨侵蚀,基本上仍完整无缺,这是件很值得庆幸的事。

中译本《蟹工船》的封面呈紫褐色,中绘有高耸的烟囱,挺拔的水塔,以及连绵不绝的城堞式的厂房。构图刚健有力,甚为别致。全书近二百面,轻磅道林纸印造,书品颇佳。而这本"禁书"的最可贵之处,是它的卷首载有小

---

[*] 本文系 1979 年时为纪念《蟹工船》出版 50 周年而作。

林多喜二专为中译本所撰写的《序文》，现引录如下：

> 中国普罗列塔利亚底英雄的奋起，对于切肤相关的日本普罗列塔利亚，是怎样地增加其勇气呢。我现在想到《蟹工船》由着潘念之同志底可敬的努力，得在这英雄的中国普罗列塔利亚之中被阅读的了，感到异常的兴奋。在这作品上所采取着的事实，象在日本底这么一般，对于中国普罗列塔利亚，或许是关系较浅罢。然而，假如把《蟹工船》底极度残虐着的原始榨取、囚人劳动，和被各帝国主义底铁链所紧缚着、被强迫在动物线以下虐使着的中国普罗列塔利亚底现状，就这么换置了过来，是不能够的么？是可以的啊！那么，这个贫弱的作品，虽是贫弱，但得成为一种力。我坚确地相信着这一点。

> 哦，同道的中国的朋友们啊，我永久地祝颂你们底康健与光明！献给你紧固的握手！

> 一九二九年十二月七日

> 小林多喜二

这篇简洁精炼，而又寓意深远的《序文》，既是这一日本伟大的战士兼作家所馈赠给中国读者的珍贵礼品，也是中日文化交流史上极有意义的一页。在这短短的序文中，它含孕了多么浓郁的革命情谊，它寄托了多么殷切的深挚希望，真切感人地表露了这一日本人民的优秀儿子对中国无产阶级革命事业的热诚祝愿。经过了五十年的悠长岁月，今天展卷诵读，仍为那力透纸背的深情厚谊所浸染、所感动，这永在的温情，将深深镌刻在我们心头。

《蟹工船》的出版，在我国读书界产生了积极而热烈的影响。王任叔在《现代小说》三、四月会刊上发表了《小林多喜二底〈蟹工船〉》，予以评介与推荐。《中国新书月报》等刊物上也刊载了评论文章。我国许多作家也热心译介小林多喜二的作品，如郭沫若就翻译了《"替市民"》（刊《日本短篇小说集》，商务印书馆，一九三五年三月初版）。当小林多喜二于一九三三年二月被虐杀的噩耗传来，激起我国进步文学界的极大义愤。据《出版消息》第十三期（一九三三年六月出版）报道："日本新兴作家小林多喜二被害后，中国的作家鲁迅、茅盾等曾去电致悼，并有抗议文发出云。"北平左联的机关刊物《文学杂志》创刊号（一九三三年四月出版）就载文对"刚被日本统治阶级虐杀的普洛文学作家小林多喜二"表示悼念，并发表了诗剧《小林多喜二哀

辞》。《洪荒》创刊号(一九三三年七月出版)也发表了《悼小林多喜二》。其中尤以鲁迅的唁电至为哀切沉痛,又复昂扬踔厉:

> 日本和中国的大众,本来就是兄弟。资产阶级欺骗大众,用他们的血划了界线,还继续在划着。
>
> 但是无产阶级和他们的先驱们,正用血把它洗去。
>
> 小林同志之死,就是一个实证。
>
> 我们是知道的,我们不会忘记。
>
> 我们坚定地沿着小林同志的血路携手前进。
>
> 鲁　迅

以上原是用日文拟的,题为《闻小林同志之死》,最初发表于日本的《无产阶级文学》一九三三年第四、五期合刊。

如今,鲁迅所说的"界限",由于中日人民的共同努力,已经开始和正在消弭,中日友好的浪潮逐日高涨。小林多喜二对中国朋友的光明祝颂,业已成为现实。这都是足堪告慰这两位国际无产阶级文学运动的前驱者的。建国之后,《蟹工船》又有了适夷的新译本,从而获得了更广大的读者。小林氏的其他作品也被陆续绍介过来,人民文学出版社出版了多卷本的《小林多喜二选集》。广大读者怀着虔敬的心情,认真阅读着这些烙印着血迹的不朽力作;我们永远不会忘记:日本革命作家小林多喜二对于中国革命的恳挚期望、对于中国人民的良好祝愿!

(原载《读书》总 2 期,1979 年 5 月)

坚实者的战绩

——曹靖华译《苏联作家七人集》

  鲁迅在一九三六年十月十六日,亦即逝世前三天所写的最后一篇序跋文——《曹靖华译〈苏联作家七人集〉序》中,对相稔二十余年的一位翻译家深情地写道:"靖华就是一声不响,不断的翻译着的一个",对他的质朴与勤恳,流露了由衷的赞赏;认为正由于认真与坚韧,故而"他的译作,也依然活在读者们的心中",他执着而专注地从事"默默的有益于中国的读者"的译述,不事喧嚣,不求闻达,"终使坚实者成为硕果"。鲁迅前后为曹靖华译的《铁流》、《一月九日》、《不走正路的安得伦》、《〈城与年〉插图本》等撰写过校读记、小引或跋文,而在这篇两重意义上说的绝笔——先生撰写序跋文的绝笔,以及为曹靖华译著作序跋文的绝笔中,对这位锲而不舍终于在翻译界"成为中坚"的跋涉者,作了小结式的品评,既恺切也深寄着期望。

  《苏联作家七人集》由上海良友图书公司于一九三六年十一月十五日出版发行,其时鲁迅先生已逝世匝月,未及亲见他曾为之擘划经手的译作面世。译者在扉页上恭谨地献辞:"谨以此书纪念 豫才先生",并在译序中深挚而沉痛地写道:

  《七人集》要出版了,在百忙中要写几句话,作为小引。

  但一提起笔来,一想到《七人集》,无限的悲哀好像黑流似的,又在残酷的袭击着不曾平复,而且永远也难以平复的创痛的心。

  《七人集》要出版了,但与它的出版息息相关的鲁迅先生已经离开我们一小月离十天了。倘若先生在世,看到它的出版,一定愉快的同自己的书出版一样的。我们知道他诚恳的为朋友帮忙,为青年介绍精神的食粮,是他一生最快意的事。在《七人集》的出版上,他曾用了极大的关怀。但不幸得很,现在《七人集》却做了先生灵前的祭礼!

作为"祭礼"的《苏联作家七人集》,装帧得庄重而素洁,封面图案与文字纯以深蓝色印制,于沉郁的色调中寄寓哀思。书名"苏联作家七人集"一行字以翻白镂空字列于书面右侧,大方而醒目,下面注有"短篇小说集"一行小字。左侧图像为拉甫列涅夫的速写像,这是译者最为喜爱的苏联作家之一,也是《七人集》中领衔作品的作者。

《苏联作家七人集》系曹靖华所译《烟袋》与《第四十一》的合集,二书均曾列入鲁迅主编的《未名丛刊》,于二十年代末先后出版。因这两种译本的存书,皆堆放于未名社成员台静农家中,一九三四年夏末,台静农被捕,存书也全被伪宪兵三团悉数没收。所以鲁迅先生在《七人集》的《序》中说:"于是这两种新书,遂成为天地之间的珍本"。此话虽系戏言,但也符合事实,因其确乎流传甚少。例如上海图书馆近年所编纂的《中国近代现代丛书目录》(一九七九年九月出版)著录的《未名丛刊》子目,《第四十一》就付阙如:以庋藏中国现代出版物最为丰硕著称的上海图书馆都未入藏,其稀见可以想见了!据曹靖华回忆,大约在一九三三年冬,台静农就"以为《烟袋》与《第四十一》很有推广到大众中间的必要",愿介绍给现代书局出版,并由译者将稿本作了校订,附录的作者传略也作了增删。但译稿寄给现代书局之后,却如石沉大海,从此杳无信息,"不出版,不退回,写信不答复,托人就近询问也不理"。一九三四年二月间,曹靖华南下来沪访问鲁迅先生期间,曾读及请先生探询并索回书稿事。曹靖华返北平之后,鲁迅于一九三四年二月二十四日致笺云:"那两本小说稿,当去问一问,我和书局不相识,当托朋友去商量,倘收回时,当照所说改编,然后再觅商店。"事隔三月之后,现代仍无回音,先生又托茅盾去催索,并于同年五月二十二日致曹靖华笺云:"现代存稿,又托茅兄写信去催,故请暂勿去信,且待数日,看其有无回信,再说。倘仍无信,则当通知,其时再由农兄写信可也。"鲁迅自一九三四年二月始,直至一九三六年三月,历时二年余,屡次辗转托人(茅盾、黄源等),才将书稿索回。早在二十年代末初次出版这两本书时,鲁迅就认为"中国正缺少这一类书",将它们引进中国"实是最要紧的事",因而对当局无理抄没它们感到愤慨,对书店无端滞留它们也感到不满。一俟取回译稿,就希望它们重新得到流播,既作为青年作家创作的借鉴,又可作为民众的精神滋养。所以一九三六年四月一日致曹靖华笺中写道:"兄给现代书局的两种稿子,前几天拿回来了,我想找一找出板的机会。假如有书店出板,则除掉换一篇(这是兄先前函知我的)外,再换一个书名,例如有一本便改易先后,称为'不平常的故事'。否则,就自己设法来印,合成一本。到那时当再函商。"信中提出"掉换"、"改易"云云,无非都是对付文化"围剿"的斗争手段,是舍小求大的必不可免的牺牲。其中所欲掉换的一篇,据《鲁迅书简——致曹靖华》(上海人民出版社一九七六年七月初版)中受信人自注:"指国民党检查官禁止过的聂维洛夫(一八八五——一九二二)的短篇小说《女布尔雪维克玛丽亚》。"译者得悉鲁迅先生准备帮助出版,当然非常高兴,即将有著名木刻家亚历克舍夫作画的插图本《第四十一》寄给先生,目的在于"不但助中国读者的兴趣与理解,而且给中国前进的艺术界一点小小的参考"(《〈苏联作家七人集〉译者序》)。《鲁迅日记》一九三六年四月十一日条记有:"得靖华所寄插画本《第四十一》一本。"同月二十三夜复曹靖华笺即写道:"插图本《41》,早已收到能出版时,当插入。"但插图本《第四十一》的筹划出版,因鲁迅先生六月的一度病危而中辍,《苏联作家七人集》初版时可能考虑到体例的关系,也没有收入亚氏的插图。翌年五月,良友图书公司出版了《第四十一》的插图单行本,纸面精装,黑底烫银,十分美观大方,可惜鲁迅先生已不及见到了。

当曹靖华致函鲁迅说,为了把书传播到读者中间,如无书店承印时,只有自己印,由译者承担印费,鲁迅当即于一九三六年五月三日复曹靖华信说:"《41》印起来,款子有办法想,不必寄。"鲁迅当时准备万一没有书店承印,就自己斥资印制,不料六月间的大病,阻滞了这一计划的实现。但他在七月初大病初愈之后,即念念于朋友的嘱托,在七月七日致良友图书公司编辑赵家璧的信中写道:"靖华译过两部短篇,一名《烟袋》,一名《四十一》,前者好象是禁过的,后者未禁,我想:其实也可以将《烟袋》改名,两者合成一本,不知良友愿印否? 倘愿,俟我病好后,当代接洽,并为编订也。"当八月初收到赵家璧函,表示良友同意接受曹靖华译稿时,鲁迅便就该书题名、体例、编排、甚至插页等,在八月七日致赵笺中申述了具体的意见:

……靖华译的小说两本,今寄上。良友如印,我有一点意见以备参考:

即可名为《苏联作家七人集》。

上卷为《烟斗》(此原名《烟袋》,已被禁,其实这是北方话,南方并不如此说,现在正可将题目及文中的名词改过),删去最末一篇《玛丽亚》(这是译者的意思,本有别一篇换入,但今天找了通,找不到,只好作罢),作者六人。照相可合为二面,每面三人,品字式。

下卷即《41》。照相一个。

后来书店方面要抽去《烟袋》(可能因其锋芒较露吧),并对《七人集》的书名不大满意。鲁迅在八月二十日致赵家璧笺中云:"对于曹译小说的两条,我认为是都不成问题的,现在即可由我负责决定:一、暂抽去《烟袋》;二、立一新名。"并认为"新名可以用漂亮点的",不要弄得"太平凡"。同时还将与书店商洽的结果,于八月二十七日致函曹靖华:"良友公司愿如《二十人集》例,合印兄译之两本短篇小说,但欲立一新名,并删去《烟袋》。我想,与其收着,不如流传,所以已擅自答应他们,开始排字。此事意在牺牲一篇,而使别的多数能够通行,损小而益多,想兄当不责其专断。书名我拟为《七人集》,他们不愿,故尚未定。"曹靖华后来回忆接读鲁迅此信后,感到多年来屡遭灾厄的《烟袋》与《第四十一》竟能重新问世,正是求之不得的事;至于删去一篇而保留多数,这也是苛政文网之下不得已的牺牲,对此并无异议。他于欣悦之余,捡出四篇译稿(涅维洛夫三篇,左琴科一篇),连同《不走正路的安得伦》一起邮寄上海,拟将它们加入新集,并请鲁迅为该集写篇小引。鲁迅同意就新补四短篇与书店商量,至于中篇《安得伦》则认为不必编入,并于九月七日致曹靖华笺中予以说明,同时,九月五日致赵家璧信中除代译者转达希望补入四短篇译稿一事外,还就译者要求自己撰序也通知书店:"他函中要我做一点小引,如出版者不反对,我是只得做一点的,这一层亦希示及"。九月九日在得悉书店同意补充新稿后,即将译稿寄书店并在致编辑的信中说明,因考虑译者在北平中国大学等校教授新课而无暇校稿,自己准备代劳,"末校我想只要我替他看一看就好,因为学校已开课,他所教的是新项目,一定忙于豫备。"于此可见鲁迅对译者的关切何等周到。因校稿久俟未至,鲁迅还于十月十二日致笺赵家璧催促。《鲁迅日记》十月十六日条记有:"下午为靖华作译本小说集序一篇成。"次日即函告曹靖华:"兄之小说集,已在排印,二十以前可校了(按《鲁迅日记》十月十五日条记有:"午得赵家璧信。"其中即附有《七人集》校样。鲁迅是日起为之校阅,翌日即撰序文,所以估计约二十日可校毕,不料十九日晨即奄然逝去了! 未校迄的清样,后由黄源负责校完。——笔者),但书名尚未得佳者。"这封信在《鲁迅日记》中也有记录,十月十七日条有:"得靖华信,午后复。"即以午后二时计,距先生十九日晨五时二十五分逝世也仅止三十多个小时……作为中国文化新军的哺育者,鲁迅先生在他生命的最后时刻还在为青年校阅译稿、撰写序文,可以说,他把自己的最后一滴血、最后一丝生命力,都奉献给了中国革命文化的开拓与建设。

鲁迅于十七日付邮的,也是先生写的最后一封信,曹靖华是在先生逝世的次日即二十日才收到的。对于导师的骤然长逝,译者的悲哀与怆痛难以言谕,他稍后在《〈苏联作家七人集〉译者序》中感念无已地追怀道:

> ……先生真挚的火热的心,刻刻的在顾念着友人,刻刻的在顾念着中国新文化的生长,刻刻的在给中国青年大众推荐最滋养的精神上的生命素,刻刻的在创作,翻译,校印"不欺骗人的书"给中国的读者大众;去滋养他们,栽培他们,使这些书在他们的心灵里"开出灿烂而铁一般的血花来!"

> 《七人集》合集的编定与校样都是先生亲自作的,这可以说是先生最后编校的一部书,我只是供给了两本稿件的材料而已。

为了纪念鲁迅先生,译者与出版者商定,书名决定采用先生亲拟的《苏联作家七人集》。其内容包括七位苏联作家的十五篇作品,即拉甫列涅夫的《第四十一》与《平常东西的故事》,赛甫琳娜的《两个朋友》、《犯人》、《乡下老关于列宁的故事》及《黄金似的童年》,伊凡诺夫的《幼儿》,亚洛赛夫的《猪与柏琪嘉》和《和平,面包与政权》,左祝梨的《哑爱》,左琴科的《贵妇人》与《澡堂》,以及涅维洛夫的《平常的事》、《带羽毛的帽子》、《委员会》等。卷末的《著者略历》分别概述了上述七位作家的生平与创作。

一九五一年春,《苏联作家七人集》由生活·读书·新知合组的三联书店发行过新版本,内容悉同初版,仅扉页改题作:"谨以此书纪念　鲁迅先生　译者",保留了鲁迅序及初版译者序,后记中所附的作者传略则因历史的推进有所增删,集内《第四十一》篇增添了亚历克舍夫的插图,使作品生色不少;装帧也较初版本考究,绸面精装,书脊烫金,气概颇为不凡。这是新时代所赋予的新装吧!

擎天绿树正婆娑

——史沫特莱《大地的女儿》

中国民族解放战争烽火正炽的时刻,在香港出版的《时代文学》(周鲸文、端木蕻良主编》创刊号(一九四一年六月一日)上发表了一篇题名《安妮·史沫特莱》的人物特写,作者是美国 V·莱西克,其中以感佩的口吻写道:"她生来就是'大地的女儿',从底层下挣扎出来,成为近代中国最有名人物之一","她不仅把自己的生命和中国农民士兵们的生命看成一个,并且也把受苦的人类和她自己打成一片",认为"她最大的愿望是要看到一个自由中国,一个从剥削中解放出来的人性的社会。也就是这一个愿望赋予她以工作的动力。"最后还下结论说:"安妮·史沫特莱自己选定了要生活在中国人民中间,埋葬在中国的泥土里。"后来事实也确实如此,一个把自己毕生精力都用以谋求中国人民解放的国际主义战士,最终长眠在这块她眷爱至深的土地上了,在她的墓碣上镌刻着朱德题写的碑铭:"中国人民之友 美国命作家 史沫特莱女士之墓"。

史沫特莱的代表作《大地的女儿》早在半个多世纪以前的三十年代初就介绍到中国来了,林宜生(疑今)译,由湖风书店于一九三二年十一月初版。封面装帧粗犷奔放,女作家萧红曾作以下的形容:"《大地的女儿》的封面画一个裸体的女子。她的周围:一条红,一条黄,一条黑,大概那表现的是地面的气圈,她就在这气圈里边像是飞着。"扉画则全用红色,画的也是一个裸体女子,右手高举着光芒四射的太阳。书面画与扉画的作者都是柳杞,两幅画的立意也相同,可能都是象征着作者对光明的执着,对理想的追求,以及她那坚忍不拔的奋斗精神吧。

《大地的女儿》中译本前有杨铨(杏佛,1883—1933)的《序》,他称这部书"便是史女士从劳苦无告的家庭里出来与饥寒法律礼教和其他一切黑暗势力奋斗的历史,也可说是史女士的自传",认为"史女士的文笔犀利沉痛,一泻千里,使读者顺流而下不能中辍。所以《大地的女儿》不仅是妇女运动的急先锋,而且是最近革命文学上第一流作品。"当时,杨铨任国民政府中央研究院总干事,中国民权保障同盟执行委员,就在《大地的女儿》出版的翌年六月十八日,被兰夜社特务暗杀于通衢。鲁迅曾作:"何期泪洒江南雨,又为斯民哭健儿"句以悼之。

史沫特莱曾为《大地的女儿》中译本写了《自序》,杨铨将史寄给他的《自序》英文稿译成中文羼入自己写的《序》里,并特别注明这是"她要对读者与批评者说的话"。史氏为中译本所作的《自序》是一件难得的文献,好像迄今尚未见著录与引述过,为提供研究史沫特莱的思想轨迹并为增进读者对其代表作的理解,不妨引录如下:

> 自从本书出版以来,批评者议论纷纷。有的说这是个人主义者的奋斗。有的说这是妇女向男子宣战。也有说这是一个妇女主张自由性生活。也有说这是一个偏于精神的妇女,被非人的痛苦击倒在地上。德国与苏俄的批评者比较客观,认本书为社会研究。中国某杂志对于本书的批评的结尾是"对于书中所表现的苦难如何救济?作者不置答语,已经停笔。"

> 我可以简单的答复这些问题。本书是我生活史的一部分。我是一个劳动妇女,我只能描写我所经历的生活——美国劳动阶级所过的生活。假使觉着这本书艰苦,这是因为劳动阶级的事实本来艰苦。这些事实包括生活的各方面:如妇女,宗教,两性,与帝国主义等问题。但是这些问题,在我看来,不过是现代掠夺社会制度的反射。这种制度使一切人类关系堕落残毁,因为这种社会的动机,完全为了赢利。在这种制度之下,要希望男子与妇女间,男子与男子间,民族与民族间有健康的关系是绝对不可能。我不信在现代制度之下妇女的解放可以实现。从社会科学家如摩根(Morgan)恩格尔(Engels)拉法格(Lafague)等著作中我们知道妇女的屈服是私产制度发展的背影。有了私产,童贞与贞法的束缚,便单独的加到妇女身上,男子们由此可以认清自己子孙来传授遗产。妇女本身从此也变成私产。在劳苦妇女的背上压满了各式屈服的负担。凡是有形的法律和习惯的势力所不及屈服的地方,礼教便替它们来屈服妇女

的身体和精神。

　　照上面所说。似乎我的生活经验已经将我毁灭了，或者使我变成一个偏于精神专求个人完美的妇女。事实却大不然。我的生活经验，只教导我深深地向前进！不是去寻求个人的快乐或完美，却是去努力自觉的社会动作。

　　我知道我这种信念，是不能使我进身上流社会或受外交家的欢迎。但是因此得与欧美各国的劳动阶级和知识分子的思想接触，现在更可得中国青年的考虑，使我感觉万分荣幸！

　　《自序》是对于这部自传体小说提纲挈领的概括与阐明，是有裨于读者领会小说神髓的锁钥，可惜长期以来被遗忘与忽略了。希望将来出版这本不朽之作的新译本时（顺便说一句，作家出版社一九五六年初版，三联书店一九八一年十二月再版的陶译本，不知何故将原书第七章全部略去未译，该章在林译本中占了二百一十一页，约占全书篇幅三分之一强。陶译本版权页说明，所据为纽约科沃德・麦卡恩出版社一九三五年版本，未知此版本是否原就有删节？作为读者来说，我们希望能读到全译本。），能将这篇有纪念意义与文献价值的《自序》置于卷首。

　　《大地的女儿》展示了资本主义压榨下所呈现的血淋淋的图象，既如实绘写了作者早年生活的苦涩与酸辛，又锐利剪取了二十世纪初叶的时代面影，正如她在作品开头所揭示的："我描写着地球——就是我们全人类莫明其妙地偶然生存在那上面的地球。我描写着卑贱人们的快乐和悲哀。孤独。苦痛。和爱情。"这种"描写"不是高贵者的怜悯，也不是旁观者的同情，而是一个纯真、敏感的灵魂在困厄中饱受熬煎的痛苦呻吟，是一个热情、善良的少女对茹毛饮血者的愤怒指控，是一个旧时代的叛逆者在弓林箭簇之下的不断进击，是一个光明探求者在浓暗中的坚执求索。字里行间焚烧着爱与仇的烈火，也回荡着生与死的绝唱，有献给爱者的热情花束，也有投给仇名的致命鸣镝。尤其令人感动的，是这个历尽坎坷、饱遭蹂躏的不屈女性对于理想的执着与坚贞。

　　正因为如此，所以它获得了在苦难中跋涉的中国民众，尤其是女性的欢迎，他们从中汲取了奋然前行的精神力景。还在中译本问世之前，中国文化总同盟所属的刊物《大道》就发表评论赞赏《大地的女儿》的主人公"抱着她那创痛的心和崇高的理想,磨拳擦掌的奋斗下去"[1];中译本出版之后,更激励了更广大的读者群,例如艾思奇主编的《读书生活》就刊文指出:"《大地的女儿》使世界各国的妇女劳动阶级和先进的知识分子的思想接触,感情调和,携手共同向前奋斗!"称颂作者"是与生死饥寒法律礼教强权奋斗的战士",该文还揭橥了这一译本对于中国读者的现实意义,即她的主人公的榜样与楷模的作用:

> 世界正还在朦胧的子夜:牢狱,刑罚,敌人的破坏和路人的嘲笑,这对于一位英勇坚决、百折不回的战士又算得什么呢? 史沫特列书中的主人公好比一棵擎天的大树,风霜雨雪只能使它愈长愈高,愈见得葱茏蓊郁,生气勃发。[2]

《大地的女儿》的中译者也曾在《译后》中写下了希望:"我祝读者——特别是女读者们——读了这书,能够增加他们的兴趣,鼓起他们的勇气,激荡他们奋战进取的意志,以取得人们的幸福!"我想,半个多世纪以来的历史会证实,译者当年译介的初衷不会落空。在人民革命事业的进军中,或在民族解放战争的烽火里,肯定会有许多巾帼英雄从这本不平凡的作品中受到鼓舞,得到激励,虽无文献可征,却也有例可援,譬如著名女作家萧红在抗战初期曾经写道:"《大地的女儿》的全书,是晴朗的,健康的,艺术的。有的地方会使人发抖那么真切。"故而郑重地向女同胞推荐:这本书"非读不可",因为"在现社会中,以女子出现,造成这种斗争的纪录,在我觉得她们是勇敢的、是最强的"[3],她希望抗战中的新女性能从中汲取勇气与力量。我甚至认为,即使到了今天,《大地的女儿》的旺健的生命力并没有衰竭,我们同样可从中得到策励与启迪。谓予不信,请君一读。

(原载香港商务印书馆《书海》"翻译文学史话"栏,总八期,1985 年 12 月)

---

[1] 秋景明:《〈大地的女儿〉》,刊《大道月刊》第一卷第一期,一九三〇年二月出版。

[2] 小禾:《〈大地的女儿〉》,刊《读书生活》第三卷第十二期,一九三六年四月五日出版。

[3] 萧红:《〈大地的女儿〉与〈动乱时代〉》,刊《七月》第一卷第七期,一九三八年一月十六日出版(汉口)。

真理探求者的遗爱

——张采真译《真理之城》

　　据已故的原北新书局主持人李小峰先生告知,在三十年代初北新曾出版过一本《真理之城》,译者署名黄岚,即张采真烈士。在此之前北新还出版过他的两本译著,即莎士比亚的剧本《如愿》和苏联塞门诺夫的小说《饥饿》。后两种书都陆续搜集到了,并且还找到了一册他在北京朴社出版的《怎样认识西方文学及其他》,但《真理之城》却遍觅无着,此事使我很感慨:一是对独夫蒋介石摧残进步文化的愤慨,一是对先烈遗文横遭禁毁以至湮没的惋惜。一九六二年在为《世界文学》撰写"翻译文学史话"——《至尔·妙伦在中国》时,也因未见到这本有特殊意义的至尔·妙伦作品的中译本而深以为憾。后来幸得庋藏现代文学史料甚丰的瞿光熙同志(他已于一九六七年被林彪、"四人帮"迫害含冤去世)慷慨惠赠,当他满头大汗地从繁浩的书堆中拣出这本《真理之城》送给我时,我的喜悦真是莫可言喻的。

　　《真理之城》的外观是和真理一样朴素无华的,没有什么浓艳的涂饰,只在十分明朗的背景中,选用了书中《真理的城》篇中的插图——"真理之城的光落在她头上了"作为封面画,寓意深长而有力。初版于一九三〇年五月,原著者署缪莲女士。缪莲即通译为至尔·妙伦的当时国际知名的左翼儿童文学作家。当时中国的进步文化界对于至尔·妙伦的作品甚为赞赏,早在二十年代后期就开始出现了中译本,如鲁迅译的《小彼得》(上海春潮书局,一九二九年十一月初版)、王艺钟译的《玫瑰花》("太阳社小丛书"之三,上海春野书店,一九二八年二月初版)等,另据《我们月刊》创刊号(一九二八年五月出版)的封底所刊"我们社"新书预告中载有:"《真理的城》(翻译童话),林伯脩译","林伯脩"是杜国庠的笔名,可见杜老当年也曾留心到儿童文学,可惜这本书后来因故未及出版。同时,许多文学刊物如《创造月刊》、

《太阳月刊》、《语丝》、《白露》、《山朝》等都竞相披载妙伦的作品,译者有王任叔(巴人)、黄绍年等。钱杏村(阿英)还曾在《小说月报》第十九卷第三号(一九二八年三月)上发表过题为《劳动儿童故事》的短评,热情推荐至尔·妙伦的"写出现代的苦闷和光明的创作的童话"。

张采真署名黄岚所译的《真理之城》,在结集之前,曾以"晴嵋"的笔名分别在刊物上发表过,如在《创造月刊》二卷五期(一九二八年十二月)发表了《真理的城》,又在《语丝》的五卷二十七期(一九二九年九月)起连续发表了《桥》、《帚》、《夜的幻》、《怪壁》和《三个朋友》等篇。在结集时又补译了《国王的帮手》、《猿与鞭》、《墙壁》、《街马车的马》等,连同已发表的总共十篇。译者在《引言》中作了如下的介绍:

> 著者赫尔美娜·兹尔·缪莲女士(Hermynia Zur Muehlen)是匈牙利的闺秀作家,现在德国殊为活动。在德国所有的社会主义者的宣传杂志——尤其是为青年和少年刊行的,几乎没有例外的,可以看见女士的名字。……据说她代表的作品有《赤色救济者》。此外如《为什么?》、《小彼德》、《小市民》、《德国国民党员》等,都可以看得出她致密的观察,坚实的笔力,不愧其为本格的社会主义的作家而自成一家。尤其是她独创的童话,使她在国际上以童话作家之名备受欢迎。世界各国的社会主义新闻杂志都译载她的作品,不是无故的。现在把她介绍到中国来,固然很愿国人有同这位作家的作品亲炙的机会,同时,也实在望有更精于此道者起,多多介绍作者的或同性质的作品。这于目下要求解放的呼声正高的中国,中国被压迫的民众,不是无益之业罢。

译者的意图是十分明确的,即希望借他山之石以攻玉,使这些饱孕革命精神的作品广为流布,以有裨于中国人民的解放事业。至于这个集子的内容,试举其首篇《真理的城》以见一斑,作者娴熟地运用童话艺术的浪漫手法,把革命真理具象化为一座巍然耸峙的、光芒四射的"真理之城",它使剥削者裸露了嗜血的虎狼凶像,使帮凶者还原了卑污的走狗嘴脸,使寄生者显出了臭秽的狐媚本相,而却使劳动者获取了百倍的斗争勇气。作品的结尾还乐观地展示了胜利的前景:"于是太阳的光辉和真理的光辉驱散夜来的黑暗,投射光明的光线于世界之上。"而且庄严地宣示:"富者的统治和权力终止的时候,还依然屹立的是真理的城——不能毁灭的永远之城。"正因为至尔·妙伦的作品积极宣传无产阶级革命思想，以生动的、富有象征意义的艺术形象，来启发与激励广大群众乃至少年儿童的阶级觉悟，给予他们斗争的勇气与技能，所以统治者像害怕洪水猛兽一般地畏惧它的存在，加以封禁（据国民党反动当局一九三一年度《查禁二百二十八种书刊目录》披露，《真理之城》被禁的罪名是"提倡阶级斗争"）。鲁迅先生在《黑暗中国的文艺界的现状》一文中就愤慨已极地写道："……至尔·妙伦所作的童话译本也已被禁止，所以只好竭力称赞春天。"

关于张采真烈士的事迹，左联外围刊物《文艺新闻》第二十七号（一九三一年九月十五日出版）上辟有追悼杨贤江、蒋光慈、张采真等革命文化战士的"祭坛之下"特辑，其中所刊《张采真传略》云："采真，原名士隽，河北霸县人。天才过人，二十一岁毕业于燕京大学。在北平孔德中学教书半年后即加入北伐军，于一九二七年秋在河南参加讨张（作霖）之役，胜利后，是年冬至福建。一九二八年至上海。一九三〇年，又至武汉工作，即于是年冬十二月被捕枪决。死年二十八岁。"读至此真如有物塞喉之感，悲愤不能自已，蒋介石这个屠夫杀戮了多少有为的中国青年！《传略》继称："以采贞之学之才，固不难换取高官厚禄者，而乃自甘于艰苦，并其亲而不能顾；以数年自己困斗得来之学识供献给中国之革命运动，今并生命而奉献矣。"对于这样将学识乃至生命都奉献给中国革命的前驱者，后死者是不应也不该忘却的。当时由于文禁的森严，关于采真的牺牲以及他对于革命文化的建树，除《文艺新闻》外似乎不见其他地方道及，但相信他的同志与战友是会久久地追悼怀念他的。稍后，夏斧心在《难忘的一瞥》（载"燕大周刊丛书"之一《纪念中国文化巨人鲁迅》，一九三六年十一月出版）中就曾写道："从鲁迅的逝世，我于是想到了采真的死。和鲁迅同情的人，采真是其中的一个。鲁迅的遗言中说中国没有兵，但是有斗士之心的，都不得长寿。他自己是身经百战，宜乎其百病丛生，而象采真这种年少气盛、行为积极一点的人，连病死的资格也都没有了。"作者既悲悼作为鲁迅追随者之一的采真的早逝，也以冷峭的笔调指控敌人戕害英灵的暴行，足见采真烈士是活在同时代战友的心中的。

如前所述，张采真烈士的遗文尚有：《如愿》，北新书局一九二七年三月初版）；《怎样认识西方文学及其他》，朴社一九二七年五月初版》；和《饥饿》，北新书局一九二九年二月初版。鲁迅曾于《北新》半月刊第二卷第二十三期（一九二八年十一月一日）译介了日本作家黑田厦男的《关于绥蒙诺夫及其代表作〈饥饿〉》，并在其后《译者识》中说到："《饥饿》这一部书，中国已有两种译本,一由北新书局印行,一载《东方杂志》。"所谓"北新书局印行"者即张采真的译本,后来也被国民党反动当局以"普罗意识"的罪名通令查禁。

（原载《读书》总第 8 期,1979 年 11 月）

《沙宁》书话

俄国作家阿尔志跋绥夫的作品,一度曾引起我国文学界的极大兴趣。最早绍介阿氏的中国作家是鲁迅,早在一九二〇年就在《小说月报》上连续译载了阿氏的中篇《工人绥惠略夫》,后又由商务印书馆作为"文学研究会丛书"之一出了单行本;随即又译了他的短篇《幸福》、《医生》。在《小说月报》十二卷号外《俄国文学研究》(一九二一年九月)上,鲁迅还发表了题为《阿尔志跋绥夫》的论文。鲁迅称阿尔志跋绥夫"是俄国新兴文学的典型的代表作家的一人",并且认为"表现的深刻,到他却算达了极致",这些都是激赏与推崇的话。

自《工人绥惠略夫》而后,中国文学界还陆续译介了《血痕》(包括《血痕》、《朝影》、《革命党》、《医生》、《巴莎杜麦拿夫》、《宁娜》等六短篇,译者为鲁迅、郑振铎、沈泽民、胡愈之,开明书出版)、《战争》(乔懋中译,光华书局版),其他合集羼有阿氏作品的有《俄罗斯短篇杰作集》(一)(水沫书店版)中的戴望舒译《夜》,《近代俄国小说集》("东方文库"本,商务印书馆版)中愈之译的《革命党》等。

三十年代初,阿尔志跋绥夫的代表作《沙宁》在中国差不多同时出现了三种译本:伍光建译的《山宁》(华通书局一九三〇年初版),潘训(漠华)译的《沙宁》("欧罗巴文艺丛书"之一,光华书局一九三〇年二月初版),郑振铎译的《沙宁》("义学研究会世界义学名著丛书"之一,商务印书馆一九二〇年五月初版)。三种译本都是依据康纳安(G·Cannan)的英译本转译的,不过郑译本由耿济之用俄文原本校改过。一个外国作家的作品同时出现三种全译本,这在中国翻译文学史上是非常罕见的现象,何况又是长达数十万言的长篇巨制。翻译家对于自己绍介的对象都有衡量与评判,这些评价大都反映了各各不同的思想观念与审美趣味。就《沙宁》各种译本而言,伍光建的译本没有译者的序跋，然而译载了英译者康纳安的原《序》，这篇《序》虽然承认《沙宁》"是一本叫人心里很不舒服的书"，但却认为"这本小说却有可贵的地方，虽乏爱情，却满纸都是爱生爱活。有许多人连圣经都说是一本秽书，他们所求的一种快乐，这本小说却不能给他们。这本书说兽性太多，不合他们的口味。凡是引诱卑劣情欲的书都是最有害的书，这本小说却不是的。"译者本身没有针对《沙宁》发言，看来是同意英译者的观点的。郑振铎的译本有一篇甚长的《译序》，对于作者的生平、作品产生的背景以及作品的思想、艺术、影响等等都有所阐述，认为贯串于阿氏作品的"是他的无政府的个人思想与他的厌世思想"，而这两种思想在《沙宁》中得到了集中与淋漓的表现。郑解释这两种思想的产生，是因为阿氏"身体的虚弱"与"久病"的缘故："他因为病弱之故，便发生了一纯无端的忧闷，觉得人世于他是无可恋慕的，是毫无生气的，是毫无趣味的，因此便发生了他的厌世思想。同时，他又因此发生了反动，便是因他自己的病废，而梦想着壮健的超人，梦想着肉体的享乐；他们——超人们以身体的健全与壮美，享受人此间的一切美，一切乐，而超出于一切平凡的人之上，蔑视人间的一切道德、习惯、法律、信仰以及其他束缚，而独往独来，凭着自己的本能，自己的愿望去做一切事；只要自己所要做的，便不顾一切的直截的做去。但即在这超人的无政府的个人主义的思想里，他的灰色的憎厌人间的思想也还如浓浓的液体渗透在里面。"尽管从生理的因素来解释阿氏的思想起因是并非精当的，然而却也揭示了他的病态的思想特征。同时，郑还认为阿氏"实是最深刻的写实主义的作家"，因为在他的作品中，"他却直捷叙说出他的敏锐的感觉所见到、所想像到的残虐恐怖的影象，叙述出人类的最赤裸的性欲的本能。他运用他的纯熟的文字上的技能表白出他的尖刻的观察与真切的想像。他是第一个用最坦白的态度去描写人的性欲冲动的，又是第一个用最感动人的，真切的文字去描写'革命党'与革命时代的。他的作品的新奇的内容与动人的描写促住了一切的读者，使他们惊骇的连呼吸都暂住了。"对于《沙宁》，郑认为其反映了一九〇五年革命失败后俄国青年的热烈的个人思想与行动，是"一部最好的表白无政府个人主义的书"，故而在俄国思想史上有极大的价值。郑在其所著的《俄国文学史略》（商务印书馆，一九二四年三月初版）中也说《沙宁》"这部书是代表当时一部分青年的极端个人主义的趋向，同时亦可代表阿志巴绥夫的思想。他所受的影响，非尼采而为史谛纳（Max Stirner）。"郑还阐明了自己译述此书的原因，一是因为该书是引起了全世界注意的"不朽之作"，一是因为该书具有极深刻的写实精神，而"现在我们的文艺界正泛溢了无数的矫揉的非真实的叙写的作品；尖锐的写实作品的介绍实为这个病象的最好的药治品"。感到不足的是，郑译本的《译序》没有注意引导当时的读者如何正确地阅读与剖析《沙宁》。

潘漠华的译本与前两种译本显著的不同之点，就在于译者试图以马克思主义观点来分析《沙宁》，开宗明义地揭示了：："阿尔志跋绥夫底这部小说，曾以各方面的意义，震动了当出版时的社会。但到了今日，我们以历史的见地来观察，它实在只是一部为反动的小资产阶级底个人主义辩护的小说。"接着结合二十世纪初叶俄国革命兴衰涨落的时代背景，指出随着"新兴的普罗阶级的革命"的崛起，某些"八十年代的垂头丧气人"就抱持着个人主义而显著地反动，而《沙宁》正是这种人在"憎恶政治并显露反动的时代"的产物，也是这种倾向的"艺术的表现"，如同阿氏底自白："沙宁是个人主义底辩护"。沙宁是作者歌颂的理想的英雄，他是一个"爽爽快快否认一切政治，否认一切社会改造运动，明目张胆地宣言个人主义的反动的生活"的人，译者就是如此透剔地抉发了沙宁这个形象的思想内涵，并且正确无误地判断他是"以享乐主义和虚无主义构建他底个人主义的"。更重要之点在于，潘译本之《序》告诫中国读者要用如下的观点来读这本"为反动的小资产阶级底个人主义辩护的小说"：

> 在新的普罗革命的当日的阶段上，那在以前的革命阶段上作为主力的小资产阶级知识分子，经过一个政治烦闷的时期，向自身底资产阶级性投降，觅到个人主义的反动的出路——这样，产生了沙宁这个典型。
>
> 我希望读者，能用了以上的观点来读本书。不然，我们怕没有权利可把它当作文学遗产而接受吧。

译《序》写于一九二九年四月，可以说是中国文学界先进分子对于《沙宁》较为正确的评价，在当时是卓然不群与影响甚深的。然而，不久前见到一篇有关潘漠华的回忆文章，其中《〈沙宁〉的译者》一节记叙了"漠华翻译《沙宁》的动机"，并引潘的自述云："我翻译《沙宁》一书，不过想把俄国阿尔志跋绥夫所代表的十九世纪那种提倡个性解放的思潮，介绍到中国来，想借此冲击中国封建社会极其顽固的伦理思想。"[1]坦白地说,我对以上一段回忆文字表示怀疑,因为它与漠华自己写的译〈序〉意旨完全相悖,而且也与常识相违,《沙宁》所宣扬的根本不是什么十九世纪的个性解放思潮,而是二十世纪初革命落潮期所孳生的一种颓废的极端个人主义思想。另外,我认为译者的动机也并非借此冲击什么伦理思想,而是以此为鉴对中国知识分子群中由于大革命失败而蜕变、腐化成的"沙宁"式或准"沙宁"式的人物痛加针砭。"沙宁"确非俄国的特产,在中国革命的进程中,甚至在十年浩劫期间,"沙宁"式的角式皆不乏其人,大都作过花式繁多的表演,即使到了今天,也难说没有"沙宁"式的余孽在繁衍。从这一意义上看,今天的青年是不妨看看《沙宁》的,不仅可以了解历史上出现过这样的人物,也可以观察与识别生活中类似的角色。

当然,中国知识分子对于《沙宁》的认识也有一个过程,甚至鲁迅也不曾得免。前面已经说过,鲁迅早先对阿尔志跋绥夫十分激赏,至于《沙宁》,他早在一九二〇年就曾提到:"使他更出名而得种种攻难的小说是《沙宁》(Sanin)"[2],其后又揭示了《沙宁》的"中心思想",即"无治的个人主义或可以说个人的无治主义",概括指明:"赛宁的言行全表明人生的目的只在于获得个人的幸福与欢娱,此外生活上的欲求,全是虚伪";然而,鲁迅又为其辩护,认为"批评家以为一本《赛宁》,教俄国青年向堕落里走,其实是武断的"[3],也同意阿氏自己的辩解:"对于他的《沙宁》的攻难,他寄给比拉尔特的信里,以比先前都介涅夫(Turgenev)的《父与子》,我以为不错。攻难者这一流人,满口是玄想和神阔,高雅固然高雅了,但现实尚且茫然,还说什么玄想和神阔呢?"[4]鲁迅从现实主义文艺观出发,指出沙宁这一形象概括了一九〇五年前后的俄国的或某一类型的知识分子的思想面貌,描写了"时代的肖像",肯定了它的典型意义与认识作用,这是无可非议的;然而,毋庸讳言,对于沙宁这一形像的思想内涵尚剖析得不够。鲁迅后期对于《沙宁》的认识逐步深化,一九二八年四月七日致韦素园笺中写道:"今年大约要改嚷恋爱文学了,……恐怕要发生若干小 Sanin 罢,但自然仍挂革命家的招牌。"这里所说的"沙宁"已完全是贬义了。一九三〇年五月所作的《〈艺术论〉译

---

〔1〕 江天蔚:《琐忆湖畔诗人潘漠华》,刊《西湖》一九八〇年第十二期。

〔2〕 《鲁迅全集》第十卷《译文序跋集·〈幸福〉译者附记》。

〔3〕 《鲁迅全集》第十卷《译文序跋集·译了〈工人绥惠略夫〉之后》。

〔4〕 《鲁迅全集》第十卷《译文序跋集·〈幸福〉译者附记》。

本序》中更把《沙宁》看作了"淫荡文学盛行"期的标本。一九三〇年顷，鲁迅主持编印的《科学的艺术论丛书》之十二为苏联革命家、政治家兼评论家伏洛夫斯基的论文集《社会的作家论》(雪峰译，光华书局一九三〇年六月初版)，其中有《巴札洛夫与沙宁》一文，这篇论文就屠格涅夫和阿尔志跋绥夫所创造的两个俄国知识阶级的典型，阐明俄国社会如何构成这两个虚无主义者，以及俄国智识阶级怎样由'巴札洛夫型'变成'沙宁型'，并且比较了两个主人公与两个作者的差异。作者称其是"俄国知识阶级社会史"。此文尖锐地揭露沙宁的特征在于"对平民知识分子半个世纪的传统的背叛"，即"对为被压迫阶级服务的背叛"，以至"最终脱离了他们几十年中在事实上或形式上保持着联系的劳动群众"，从而"就不可避免地要投到统治阶级、资产阶级的怀抱里去"。彼时的鲁迅想来是同意伏氏上述观点的。一九三五年八月，鲁迅在《〈中国新文学大系〉小说二集序》中则更直截地称那些"以一无所信为名，无所不为为实"者为"沙宁之徒"。在此之前，一九三三年十二月二十日致徐懋庸的信中还曾说："沙宁……其实俄国确曾有，即在中国也何尝没有，不过他不叫沙宁。"至此，鲁迅不仅鞭辟入里地揭示了"沙宁"式人物"无所不为"的言动，而且告诫人们在中国也有不叫沙宁的沙宁式蠹虫与狂徒，提醒人们警惕与小心识别。

《沙宁》作为一部有影响的外国文学名著，而且与中国现代思想界、文学界有甚大的关涉，建议不妨重印三种译本中的一种，抑或从原文版直译新译本，以俾今天的读者从中认取历史的曲折的轨迹，并认真地观察、分析与解剖沙宁这一形象，也许会获取若干教训与启示。

（原载《世界文学》1985 年第 10 期，1985 年 10 月）

至尔·妙伦在中国

——翻译文学史话

匈牙利女作家海尔密尼亚·至尔·妙伦是在我国有较大影响的外国儿童文学作家,早在 20 年代就有了她童话创作的中译本。鲁迅在翻译她的作品时曾介绍说:"作者海尔密尼亚·至尔·妙伦(Hermynia zur Muehlen),……是匈牙利的女作家,但现在似乎专在德国做事,一切战斗的科学底社会主义的期刊——尤其是专为青年和少年而设的页子上,总能够看见她的姓名。作品很不少,致密的观察,坚实的文章,足够成为真正的社会主义作家之一人,而使她有世界底的名声者,则大概由于那独创底的童话云。"(《小彼得》序言)

《小彼得》是至尔·妙伦的一本童话集,最初由许广平根据日本林房雄译本重译,由鲁迅加以改校,并为之作序,1929 年 11 月由上海春潮书局出版。由于鲁迅的重视和推荐,这一作家的童话作品就被陆续介绍到中国来,对我国当时的儿童文学创作产生了一定的影响。还可以追溯得更早的是,在 1928 年,革命文学团体太阳社的机关刊物《太阳月刊》创刊号(1928 年 1 月 1 日上海春野书店出版)上,就刊载了至尔·妙伦的童话《玫瑰花》(王艺钟译),创造社的《创造月刊》刊载了晴峭译的《真理的城》(1928 年 12 月二卷五期);进社文艺研究会的刊物《白露》刊载了王任叔译的《夜之幻象》(1929 年 6 月一卷六期)。这些出版物都是当时著名的大型文艺刊物,足见至尔·妙伦的作品在那时已引起了普遍的注视。《白露》的编者在"后记"中曾这样说:"《夜之幻象》是王任叔君从林房雄《真理的城》日译本中转译的。这虽然是一篇童话,但也颇有一读的价值。尤其是普罗文艺提倡以来有了三年历史的今日中国,却还没有看到一个普罗童话作品出现。……这也是编者很希望国内同情于普罗文艺的人要注意的一点。"他们的用意是很明显的,都是把妙伦的童话作为借鉴,以促进与推动中国无产阶级革命儿童文学作品的产生。

从 1928 年起,我国出版至尔·妙伦童话的单行本计有:

《玫瑰花》(太阳社小丛书第三种,王艺钟译,内收童话四篇,上海春野书店印行,1928 年 2 月 15 日初版。)

《小彼得》(许霞译,鲁迅序,内收连续性的童话六篇,上海春潮书局出版,1929 年 11 月 1 日初版。)

《缪伦童话集》(现代文艺丛刊之一,钱歌川译,中华书局印行,1932 年 1 月初版。)

《真理的城》(赵纶时译,上海联华书局印行,1939 年 1 月初版;联合出版社,1945 年 11 月二版。)

后面两种的内容相似,前者收有童话十篇,后者多一篇《蔷薇姑娘》。在《玫瑰花》的扉页上,译者明白地标示:"此书译给穷小子们!"而在《真理的城》的封面上,则更直接地指明:这是"劳动人们的少年读物"。这些作品的倾向性是十分鲜明的,正如《玫瑰花》"英译原序"里所指出的:"米伦同志,她写这些童话,用一个美妙的方法告诉我们这些事物怎样才能终止。我们大家劳动的人们,一定要明白,要是我们彼此帮助,我们定能够把世界造成一个给劳动者及其孩子们居住的好地方的。她指示我们那些不作工而只是抑制我们于奴隶地位的富人是我们的敌人;我们世界上的工人,必须联合拢来,消灭这些敌人才好。"也正因为至尔·妙伦的童话富有强烈的革命内容,积极宣传无产阶级革命思想,所以在 20—30 年代的中国,才会受到如此热情的欢迎。

钱杏邨同志曾经在《小说月报》第十九卷第三号(1928 年 3 月出版)上发表过题为《劳动儿童故事》的短评,评介至尔·妙伦的作品(此文后收入作者的文艺评论集《力的文艺》,泰东图书局,1929 年 5 月出版)。他指出《劳动儿童故事》(即王艺钟译的《玫瑰花》)是"一部写出现代的苦闷和光明的创造的童话,……每篇无论在思想方面或技巧方面都有独立的特色"。作者更进一步的阐明:

这些事实的本身或许是唯美派的作家所不屑采取的,但是在穷苦的我们看来,却每一篇都是现代穷人们的孩子们所需要的食料。他们可以借此以愉悦他们的心灵,他们可以借此认清穷苦的背景,他们更可以因着书中人物的鼓励起而谋他们本身的利益；不是消遣，不是装饰，而是最迫切的知识！

　　事实上也正是如此，例如童话《玫瑰花》的结尾这样充满信心地写道："孩子们呀，当你们长大的时辰，将不会再怅惘地在大门之外留停。那时的全世界呀，全世界都属于劳动的人们。"明显地告诉广大的少年群众，将来的世界是属于谁的！而在今天的中国，这样的预言已成为活生生的现实。但我们却不要忘记在三十多年前的黑暗中国，这种赋有革命性的警句，一定会象火种一样，点燃千百万向往光明、要求解放的小读者的心灵，促使他们燃起熊熊的革命热情。

　　正因为至尔·妙伦的作品积极宣传无产阶级革命思想，以无比生动的艺术形象来启发激励广大少年群众的阶级觉悟，授与他们斗争的勇气与技能，所以阶级敌人象害怕洪水猛兽一般地畏惧它的存在，于是在"文化围剿"的网罗下，对翻译过来的妙伦童话加以查禁和销毁。鲁迅先生在《黑暗中国的文艺界的现状》一文中就曾提到："……至尔·妙伦所作的童话译本也已被禁止，所以只好竭力称赞春天。"（《鲁迅全集》卷4第224页）另外，根据《中国现代出版史料乙编》所载《国民党反动政府查禁二百二十八种书刊目录》（1931年）揭露，其中上海北新书局出版的《真理之城》（黄岚译），则以"提倡阶级斗争"的罪名密令查禁。反动派企图把妙伦的革命作品与中国小读者群隔绝开来，但是这种阴谋的不能得逞就象纸包不住火一样。至尔·妙伦的童话仍旧秘密而广泛地在广大少年读者中流传，得到他们的珍爱与欢迎。

　　建国以后，少年儿童出版社重新排印出版了鲁迅译的《小彼得》，使孩子们得到了一份珍贵的精神食粮。我认为让今天的孩子们读一读这种反映过去儿童悲惨生活的作品是非常有益的，可以促使他们以革命的名义想想过去，更加珍惜现在和未来。同时我还想建议，今后有关出版社是不是可以考虑组织翻译、整理出版一些妙伦其它的童话作品，述些作品一定会受到孩子们的欢迎的。

（原刊《世界文学》[北京]1962年7、8月合刊）

外编　簿录草纂

叶紫年谱

　　以鲁迅为旗手的左翼文艺运动,在中国文学史上开创了一个繁星闪烁的时代。反文化"围剿"的激烈鏖战,催生、培育和锻炼了一批优秀的作家与诗人,其中曾经被鲁迅赞誉为"文学是战斗"的青年作家叶紫,就是其中的皎皎者之一。

　　叶紫是中国共产党党员,也是中国左翼作家联盟盟员,他既经历过大革命失败后血与火的严峻考验,又亲历着反文化"围剿"斗争的战斗洗礼,如果称他为战士兼作家,他也是当之无愧的。从一九三二年冬筹组无名文艺社开始从事文学活动起,至一九三九年秋因不幸夭逝而中辍《太阳从西边出来》的创作止,叶紫从没有轻易放下用以战斗的笔。在同时代的作家中,叶紫的观察力是深邃的,他的表现力也颇为练达,加之他立场的纯正,经历的丰富,学习的勤奋以及创作态度的严肃,使得他那些反映农村变动的作品闪烁着异彩。

　　在叶紫短短七年的创作生涯中,他为我们留下了近百万字的文学遗产。这一心血结晶是中国无产阶级革命文学的宝贵财富,应得到现代文学研究者的足够重视与认真探索。

　　早在学生时代,我就很爱读叶紫的作品,曾屡屡为其中绚烂地展开的农村阶级斗争的壮丽画卷而激动不已。六十年代初就想着手学习和研究叶紫,为此而开始搜集资料,并先后访问过熟悉叶紫的前辈作家周立波、钟望阳、黄新波、贺宜等,承他们热情答询,使自己对叶紫的生平与创作有了进一步的了解。因手撰叶紫年谱一份,公诸同好,以期引起大家研究探索的兴趣。

一九一〇年　　一岁

叶紫,原名余昭明。是年(庚戌)阴历十月十四日黄昏生于湖南省益阳县月塘湖乡余家垸。小学时,学名余鹤林。中学时,学名余繁。曾署化名、别名、笔名汤宠、余自强、叶紫、阿芷、叶子、紫、杨镜清、伊凡、柳七、杨樱、黄德、汤泳兰、卒卓佳、陈芳等。

父亲余达才,农民出身,先后种过田,当过布贩,教过私塾,一度曾任桃江马迹塘镇团防局长。故而叶紫回忆说:“童年时代,我是一个小官吏家中的独生娇子。在爸妈的溺爱下,我差不多完全与现实社会脱离了关系。”(见叶紫《我怎样与文学发生关系》,以下引文不另注出处者均见此文。)在这个小康的家庭中,叶紫平静地渡过了自己的幼年。余达才于一九二五年顷在四弟余璜的引导下走上革命道路,稍后由袁铸仁介绍参加中国共产党,积极从事农民运动,任益阳县农民协会秘书长。一九二七年五月二十一日“马日事变”之后,国民党新军阀伙同地主武装疯狂镇压湖南各地的农民运动,大肆屠戮共产党人与革命工农。同年六月某日,余达才在借寓的徐氏宗祠里被益阳地主武装头子、县团防局长曹明阵抓捕[1],被诬以“无业游民共匪”的罪名,于六月十六日押至益阳县城资江边大码头砍头示众,牺牲时年五十二岁。

母亲刘氏,出身塾师家庭,晚年随叶紫在上海过着饥寒冻馁的生活,一九三七年三月三日卒于上海,终年六十三岁。

大姐余裕春,大革命时期参加农民运动,任兰溪女子联合会会长。经袁铸仁介绍加入中国共产党,并任第四支部负责人,在“马日事变”前曾当过短期的益阳县副县长。

二姐余也民,在大革命中任益阳县女子联合会会长与共青团负责人。一九二七年六月十六日与父亲余达才同时牺牲于益阳县城资江边大码头,年仅十八岁。

二叔余寅宾,大革命中任月塘湖乡农民协会会长,天成垸清丈委员。大

---

〔1〕　一九六五年春,在湖南长沙新华村访问周立波同志时,我曾询及叶紫的情况。立波同志是叶紫的同乡,承他告以叶紫父亲余达才被捕时的情景:当反动武装搜捕时,余达才掩藏在徐氏宗祠厅堂上匾额的空隙里,不料被敌人发现。匪徒们持枪向匾额射击,余达才不幸中弹,鲜红的热血凌空滴下,染红了地上的方砖……遂与二女余也民一起被团防局的团丁所执。另据叶紫一九三九年日记手稿二月七日条记有:“除了父亲和姐姐的血债和坟坟之不安以外,我别无痛心之事。……上街去,恰巧住在徐家宗祠,这十二年前他老人家被难的地方,一看见,我的心裂了!”。

革命失败后,长期过着颠沛流离的流亡生活。

四叔余璜,于二十年代中叶结识了湘籍共产党人夏曦、郭亮、夏明翰等,参加了中国共产党。一九二六年,与袁铸仁等组成益阳县最早的党组织,领导全县的工农运动,先后任益阳县总工会会长、县农民协会会长兼农民自卫军大队长。"马日事变"后,余璜率领农民自卫队与反动军队及团防武装斗争,后转战湘西,率部加入红六军段德昌部。余璜在红军中艰苦奋战,战功卓著,被任为团长。一九三二年,在洪湖突围时,为保护掩蔽他的群众在敌人枪口下挺身而出,结果与爱人郭雄一道被敌十九师残酷杀害。

一九一六年　　六岁

以学名余鹤林进入益阳县第七学区兰溪高等小学,直至十二岁小学毕业。该校系益阳开明人士孙慕韩创办,叶紫就读时,受到孙慕韩与另外两位青年教师袁铸仁、彭国材的教诲与影响。后来,孙、袁、彭均由夏曦介绍入党,建立了益阳第一个党小组。

一九二二年　　十二岁

到"距离我的故乡约二百里路程"的长沙妙高峰中学读书,改用学名余繁。开始思索将来做一个怎样的人——"志愿问题",牛顿、哥伦布、李太白等都成为年幼的叶紫十分神往的人物。

中学时代,阅读了不少古典诗词与旧小说、戏曲。

一九二五年　　十五岁

是年夏初中毕业,旋即考进华中美术学校(校址在长沙油铺街)。在校中与同籍的同学、共产党员卜息园时相过从。卜系益阳磨子湾人,当时就是湖南学生运动中的活跃分子,他带领叶紫积极参加了反对帝国主义及其走狗赵恒惕的群众斗争。

一九二六年　　十六岁

"不料一九二六年的春天,时代的洪流,把我的封建的古旧的故乡,激荡得洗涤得成了一个畸形的簇新的世界。"正当叶紫在华中美术学校学习的时候,湖南全省在中国共产党和毛泽东同志的领导下,掀起了轰轰烈烈、波澜壮阔的农民运动怒潮,其势如暴风骤雨,迅猛异常。"我的一位顶小的叔叔,便在这一个簇新世界的洪流激荡里,做了一个主要的人。"这位叔叔是共产党员余璜,当时担任了益阳县农民协会的会长兼自卫大队大队长。在叔叔的推动影响下,叶紫一家都卷进了革命旋涡,全都参加了革命。父亲担任县农民协会的秘书长,二位姐姐分别担任县与乡妇女运动的领导工作,叶紫自己也利用假期为革命做过宣传工作。在"新的时代的潮流"的冲击和陶冶下,在父辈革命精神的教育和影响下,叶紫全身心地热爱并准备献身革命。

"'孩子是不应该读死书的,你要看清这是什么时代!'这样叔叔便积极地向我进攻起来。爸爸没有办法,非常不情愿地,把我从'读死书'的中学校里叫了出来,送进到一个离故乡千余里的,另外的,数着'一,二,三,开步走!'的学校里去。"这个学校就是中央军事政治学校武汉三分校,时间是是年十月北伐军占领武昌之后的秋冬。

一九二七年　　十七岁

继蒋介石于上海发动"四·一二"反革命政变之后,五月二十一日,国民革命军第三十五军第三十三团团长许克祥在长沙发动"马日事变",大肆搜捕屠杀共产党人,随即整个湖南都浸在血泊之中。国民党新军阀和地主武装重新盘踞了益阳,叶紫的四叔余璜率领农民自卫军继续周旋转战,二叔余寅宾出走逃亡,大姐余裕春蒙乡亲隐匿免遭不测,惟叶紫的父亲余达才与二姐余也民被敌人逮捕。叶紫回忆当时情况时说:"第二年(一九二七)的五月,我正在数'一,二,三,'数得蛮高兴的时候,突然,从那故乡的辽远的天空中,飞来了一个惊人的噩耗:——整个的簇新的世界塌台了!叔叔们逃走了!爸爸和一个年轻的姊姊,为了叔叔们的关系失掉了自由!……我急急忙忙地奔了回去。沿途只有三四天功夫,慢了,我终于扑了一个空……"是年六月十六日,叶紫父亲、二姐同时在益阳县城殉难,母紫刘氏竟被缚陪斩!

叶紫自武汉赶回家乡,父亲、二姐已被杀害。年仅十七岁的叶紫,也遭反动武装的通缉,幸得亲友的掩护,才逃出了充满白色恐怖的故乡。

一度滞留在长沙一个庙里,不久与卜息园一道潜回益阳,住在腰铺子曹家祠堂里,借编斗笠为生,企图发动农民重新起来斗争;无奈白色恐怖的浓重,实在无法立足,只得再度离开家乡。是年初冬的一日,母亲给了叶紫六十四个铜板,嘱咐他"到那些不吃人的地方去"。这个心头充满着阶级仇恨,身上仅带着几十文钱的少年,从此过着颠沛流离的流亡生涯。

是年十月上旬,叶紫到达长沙,住在天心阁侧面的一家小客栈里。其间一天正值其父亲死难的百日,凄凉悲愤,百感交集,决心离开这"活的墓场"去探取新路,"天明,我就要离开这里——这黑暗的阴森的长夜!并且要提起更大的勇气来,搏战地,去踏上父亲和姊姊们曾经走过的艰难底棘途,去追寻和开拓那新的光明的道路!……"(《夜雨飘流的回忆·一　天心阁的小客栈里》)

一九二八年　　十八岁

在流亡途中,叶紫怀着报仇雪恨的决心,谋求各种出路。"天涯,海角,只要有一线光明存在的地方,我到处都闯!"他做过苦力,当过乞丐,寻过剑侠,访过神仙,结果都一无所获。

一九二九年　　十九岁

"'还是到军队里去吧,'我想。只要做了官,带上了几千几万的兵,要杀几个小小的仇人,那是如何容易的事情啊!还是,还是死心塌地地到军队中去吧!"于是是年初,叶紫辗转进了湖南一支地方军阀的队伍,在湘南的宝庆、衡州、祁阳、郴州一带行军、打仗。"挨着皮鞭子,吃着耳光;太阳火样地晒在我的身上,风雪象利刀似地刺痛着我皮肤;沙子掺着发臭的谷壳塞在我的肚皮里;痛心地忍住血一般的眼泪,躲在步哨线的月光下面拼死命地读着《三国演义》、《水浒》一类的书,学习着为官为将的方法。"然而这一"陷人的火坑"中严酷的现实击碎了借此复仇的幻梦,从而也认清了旧军队是政客、军阀鱼肉人民、夺权争位的工具,于是在其中栖身两个年头之后,终于开小差逃了出来。

"'我又到什么地方去呢?'徬徨,浑身的创痛,无路可走!……为了报仇,我又继续地做过许多许多的梦。然而,那只是梦,那只是暂时地欺骗着自家灵魂的梦。"叶紫执着地怀抱着复仇的凤愿,继续在长江中下游的长沙、汉口、南京、九江、衡阳、邵阳、祁阳、岳阳等大小城市以及沿途的乡村中漂泊,顽强地忍受着"酷日"与"风雪"的侵袭,"饥饿"与"寒冷"的煎迫,坚毅地承受了"一切人类的白眼,一切人类的僧恶!"在受尽了千般苦楚、万种侮辱之后,他终于醒悟到个人行动的不可取,"于是,我完全明白了:世界上没有不吃人的地方,没有可以容许痛苦的人们生存的一个角落!""我完全明白了:剑仙,侠客,发财,升官,侠义的报仇……永远走不通的死路!"从而决心到中国共产党的诞生地、当时党中央的所在地——上海找党。

一九三〇年　　二十岁

经过长途的跋涉，叶紫来到了全国最大的都市——上海。"我从大都市流到小都市，由小都市流到农村。我又由破碎的农村中，流到了繁华的上海。"为了争取生存、探求真理，终于到了这富有革命斗争传统的城市。

叶紫抵达上海时大约是是年初春，旋即与挚友卜息园取得了联系，并由卜介绍参加了中国共产党。关于这一阶段他们的革命情怀与抱负，叶紫后来在一九三九年日记手稿五月二十四日曾予追述："想起应该写篇纪念息园的文章，而身体不允许。九年来，我除在《丰收》上标了一句纪念话于卷首外，我没有再写过一个字，我是太对不住亡友了。记得在上海时，他答复一位笑他有官不做，而去做'永不会成功的'革命工作的朋友（那朋友笑他为'夸父追日'），仅寄了一首诗去，没有加一个字。这个人是在南京某某部里当科长的。他曾经表示欲再介绍息园做官，被息园拒绝了。诗云：'春去秋来耐缠绵，花落花开断复连！旧迹尽凭潮尽洗，新生应共铁尤坚！笑看夸父曾追日，忍待娲娘更补天！乱世是非原未定，莫将成败论当年。'"稍后，叶紫与卜息园联袂由上海回湖南从事革命活动，同住长沙来安旅店。不久，卜息园赴湘阴时不幸被捕，他在狱中化名王世昌给汤咏兰写信，要她转告叶紫迅速转移。叶紫立即回乡进行救援活动，这在他后来所写的纪实性散文《还乡杂记》中有不得不闪烁其辞的反映，如第一节《湖上》写道："后方，便是我们这小船刚才出发的×县城了。虽然我们离城已有十来里路了，但霞光一灭，那城楼上面的几点疏星似的灯光，却还可以清晰的数得出来。'啊！朋友们啊！但愿你们都平安无恙！'我望着那几点灯光默祝着。"又如第三节《变了》写道："要不是为着几个病着的朋友，我真懊悔不应当回家的。"再如第四节《有什么值得我的留恋呢？》写道："在家里住了两天，跑到两个朋友家里，告诉了朋友们的病况，要他们派人到×县医院去招呼。……过度的悲伤，使我不愿意再在这一个破碎的故乡逗留了。只要朋友们能够给我一个平安的消息。然而，我终于连这一点儿最渺小的希望都破碎了，过了一天，一个朋友的哥哥泪容满面的跑来告诉我：他的弟弟，当他跑到×县医院中去的时候，已经不治了！……还有一个呢，据说也是靠不住的。我仰望着惨白的云天，流着豆大一点的忏悔的眼泪。我深深的感觉到：我不但失掉了可爱的年青的兄弟，就是连两个要好的朋友都丢我而走了。"以上文中述及的"朋友"，其一就是卜息园，"×县"即"湘阴"，"医院"、"病况"云云则是监狱、案情的隐语。

是年五月十日,卜息园被反动当局杀害于长沙浏阳门外。叶紫闻讯悲愤欲绝,从兰溪赶往磨子湾卜息园家,与战友的遗体挥泪告别后即回到上海。叶紫对这位英勇为革命献身的引路人,终生保持着感佩、钦仰与崇敬之情。一九三五年,叶紫在自己处女作《丰收》的扉页上题着献辞:"纪念我的亡友卜息园。"在他最后一年——一九三九年的日记中,也屡屡忆及卜息园,如五月十日条记有:"息园逝世九周年纪念日",五月十一日条记有:"昨天是息园逝世九周年纪念,为了这伟大的朋友,我想写点纪念他的日记,但昨天的暴风雨竟弄得满屋透湿,人只能躲到床上。为什么呢? 难道这'暴风雨'也是纪念这位先烈吗?"五月二十四日条记有和卜息园诗的两句:"痛哭故人心欲裂,忍看时局志弥坚!"并写道:"无论哪一天,只要续好这诗,总要写几句话到杂志上去发表,以作纪念的。"

是年五月梢回到上海之后,叶紫仍然从事革命活动。是年下半年,"我江南兵委得悉浙江温州玉环岛有三支枪,掌握在一个曾经参加过大革命的和尚手里,便指派叶紫到那里去找和尚要枪,并要他以这三支枪为基础,组织一个红军师。叶紫去温州居然找到了那个和尚,但经了解,和尚只有一支坏枪,已埋入地下,组织红军师的计划当然成了泡影。后来,清算'左'倾机会主义路线时,叶紫把这件事说给挚友陈企霞听,以说明'左'倾路线盲动到了何等地步。"(叶雪芬:《叶紫史实考》)

当时的上海,是无产阶级革命文学运动蓬勃滋生的中心,各种革命文学团体如同雨后春笋般地涌现,这些必然会波及、影响到正在苦闷彷徨的叶紫。他勤奋地、饥渴地读着"文学研究会,创造社,太阳社,以及新近由世界各国翻译过来的文学作品……"从而接受了革命文学的熏陶与指引;同时也萌生了献身革命文学事业的愿望,"那仅仅是短短的三四年功夫,便使我对于文学发生了非常浓厚的兴趣。"中国左翼作家联盟的成立,更使叶紫犹如大旱中望见云霓般地欣喜与兴奋。

一九三一年　　二十一岁

是年某月,叶紫以"共党嫌疑"案被捕,关在上海龙华警备司令部,同监的难友有左联盟员彭家煌等。叶紫被羁押了八个月,后经党组织的营救才被开释出狱。彭家煌于一九三三年八月二十二日所作《〈喜讯〉序》中曾忆及这段牢狱生活:"不幸,一九三一年六月二十一日,以共产党中央执行委员兼《红旗日报》主笔的名义被拘,直至十一月中旬才被开释,本来也可如公安局长所说'优待',也可如我自己所说'休息',然而,出狱后,神经衰弱和胃病反而一天一天加重,生活也一天一天加苦。人象活尸一样,什么也不能干,倒觉得还是被拘禁,被判无期徒刑,或者枭首示众的好。"从中透露了政治犯待遇的酷烈与恶劣。彭家煌于一九三四年春病逝之后,叶紫曾悲怆地忆及这位同监的难友:"在抽屉里,无意的发现家煌的遗稿——《出殡路由》——使我又悽然的浮起了家煌的印象。……家煌呢? 在生前,我是非常知道的:他是一个十足的坏家伙。他有官不做,有福不享,有高价的稿费不卖稿子;情愿整天的跑马路,嚼大饼油条,以致老婆不认他做丈夫,朋友不认他做朋友,弄得后来无法生活,一病就死。这样一个家伙,要说他是一个好人,那是如何的不可能啊!"(《忆家煌》)以愤激的反语,对这位革命作家威武不能屈、富贵不能移的坚贞品格,作了由衷的赞赏与高度的评价。彭家煌是叶紫走上革命文学道路之前所直接接触的第一个革命作家,几个月朝夕相处的难友感情与言谈诲导,肯定对于叶紫不久即投身革命文学运动有甚大的启蒙与导引作用。

一九三二年　　二十二岁

由于生活的煎迫,叶紫在这一时期曾先后做过学徒、警察、小学教员、书店校对甚至一度还曾给西林寺和尚抄写签文度日。和劳动人民广泛、密切的接触,增进了他的阶级感情,丰富了他的社会经验,不仅赋予他追求光明的促力,而且也为日后的创作积累了丰富的素材。

是年春,日本侵略军进攻上海的"一·二八"事变爆发,蔡廷锴等所率十九路军,在上海人民爱国精神的影响推动下,对日军进行了英勇抵抗。叶紫其时在上海法南区公安局当警察,也积极地投身于后方的锄奸工作。后来应《每周文学》社组织"一二八纪念特辑"之约忆及此事:"四年前的一二八,我正在××公安局当警察,因为用不到我们上前线去,便只好日夜不停地在后方做维持治安的工作——捉汉奸! 那时候只有捉汉奸和杀汉奸是最快人心的事。我记得,我们每次捉到一个或者两三个专门掼炸弹的汉奸去枪毙时,我们的后面总要跟上成千成万的群众,大声地喊打,喊杀! 拍掌,欢呼! ……有的甚至于还亲自拿着小刀子,到枪毙后的汉奸的尸身上去戳,去割,去挖他们的心肝!"(《"作家的感想·意见·回忆"之八》)

一度在章衣萍所办的新世纪函授学社工作,教务杂事荟于叶紫一身,不仅忙迫而琐细,薪给也十分低微,在函授学生中有个宁波籍的文学青年陈企霞,通过书信来往而熟稔,并成为志同道合的终生挚友。

是年秋冬,叶紫进入姚名达、黄心勉夫妇创办的上海女子书店任校对与编务,后曾在黄心勉主编的《女子月刊》(1933 年 3 月创刊)上发表文章,并在姚名达主编的"女子文库"中撰写了属于"学术指导丛书"的小册子。

叶紫在为生活奔忙的繁剧工作中,仍执着地不能忘情于革命文学事业,饥渴地阅读着大批中外文学名著,"一方面呢,我是欲找寻着安慰;我不惜用心用意地去读,用心用意地去想,去理会;我象要从这里找出一些什么东西出来,这东西,是要能够弥补我的过去的破碎的灵魂的。一方面呢,那是郁积在我的心中的千万层,千万层隐痛的因子,象爆裂了的火山似的,紧紧地把我的破碎的心灵压迫着,包围着,燃烧着,使我半些儿都透不过气来……"叶紫最热衷地耽读的是鲁迅所倡导的俄罗斯文学与苏联文学,任钧在回忆中说:"他对于伟大名著的精心研读,的确很使人佩服,很足为文艺工作者们的效法。他顶喜欢的,乃是俄国古典作家的作品。果戈理的《死魂灵》和屠格涅夫的《猎人日记》……等书,尤为他所爱读,精读。据他亲口对我说,有几部作品,他简直看了又看,足足看了十几遍;而在每本或每篇当中,凡有他所认为写得特别出色的地方,更不惜研读再三,几可成诵。"(《忆叶紫——略记他在上海时的一段生活》)从叶紫自己的文章、日记中,以及亲友的回忆文字里,可以窥见他涉猎之广与研读之勤。他所读过的俄罗斯古典作家的作品有:列夫·托尔斯泰的《战争与和平》(曾写有厚厚的一本读书笔记),契诃夫的《坏孩子》,陀思妥耶夫斯基的《穷人》,乃至阿尔志巴绥夫、安特列夫等人的小说。他曾说:"当我在作品中描绘一个人物或是一种场面时,我便不由的想起那些名作家所曾描绘过的,相似的,或是比较相似的人物和场面;当我写好了之后,便将它们加以比较:看看是否可以赶得上它们的几分之几;倘认为还不至于相差太远,则保留之,不然,就实行改写,直到自己觉得比较满意时方罢手。"对于苏联文学更是眷爱弥深,叶紫曾说:"高尔基是我受影响最大,得益最多,而且最敬爱的一个作家"(《我们的喑词》),其他苏联早期的文学名著,如法捷耶夫的《毁灭》、绥拉菲摩维文的《铁流》、革拉特珂夫的《士敏土》、潘菲洛夫的《布罗斯基》、柯岑泰的《赤恋》、肖洛霍夫的《顿河故事》、涅维洛夫的《丰饶的城塔什干》、奥斯特洛夫斯基的《钢铁是怎样炼成的》等等,叶紫都曾爱赏不已,郑重推崇,并且颇神往于这些十月革命所孕育的作家"沸腾的热情","洗练的手法",以及"惊心动魄的取材"。

在贪婪阅读中外文学名著尤其是革命文学作品的同时,叶紫激发了不可遏制的创作冲动。"于是,我没有办法,一边读,一边勉强地提起笔来也学着想写一点东西,这东西,我深深地知道,是不能算为艺术品的,因为,我既毫无文学的修养,又不知道运用艺术的手法。我只是老老实实地想把我的浑身的创痛,和所见到的人类的不平,逐一地描画出来;想把我内心的郁积统统发泄得干干净净……"叶紫终于"毕竟是忍不住的了",他带着难忘的仇恚,遍体的伤痕,人世的酸辛,焚烧的激情,以及"对于客观现实的愤怒的火焰"与"千万层隐痛的因子",如同奔涌的熔岩,从文学创作这一爆裂的火山口喷发而出!

这一时期进行了长篇小说《离叛》的创作尝试,故事背景是叶紫所熟悉的大革命的勃兴与失败,写一对青年在革命高潮中相恋,可是男青年在危急关头叛变革命,仍然忠贞于革命的女青年投书指斥他的叛逆行为,并与之决裂。后来,叶紫拟将该书稿编入无名文艺社丛书,因故未果,稿已佚。

是年九月三日作《打听女诗人的消息》,署名"咏兰",投寄杭州《国民新闻》的《现代妇女》栏(伊凡女士编),已发表,具体时日不详,后辑入叶紫以夫人汤咏兰名义所撰写的《现代女子书信指导》中,其后按语写道:"罗琇芬是我的一位好朋友,她的历史和逃亡的事实,在本信中已说了一个大概,她的那几封信,可以说是她的血泪结晶品,都曾在杭州《国民新闻》的《现代妇女》栏内陆续的发表过。随后,我又将它交给了章衣萍君,编入在另一本女子的书信里。这就是我去年写给《现代妇女》编者伊凡女士的一封信。"

是年十二月,叶紫与陈企霞等文学青年组成"无名文艺社。"(社址在上海南市小西门中华路蓬莱里五号)。叶紫曾述及本社的缘起与鹄的:"青年们有热烈的情绪,勇敢坚毅的精神,都想在这乌烟瘴气的阵线中找着一条良好的出路。文坛的防垒太坚固了,青年们衡撞不进!……然而这是文坛大混战的前夜呀!无名的青年们不甘寂寞,都需要一个为自己为大众而奋斗的营阵!因此去年十二月里,我们这几个百分之百的无名小卒,为着思想上性情上都没有大不了的分歧,又同是一样的没有出路,便偶然的组成了这么一个'社'。"又说:"这不是一个大大的集团,没有门墙也没有派别。就是因为大家都是'无名'所以叫它个'无名社'。我们十万分诚挚的同情于象我们这样的无名朋友,欢迎加入到我们这社里来。大家团结着,用自己的力量来开拓一条新的文艺之路。从这大混战的前夜里,冲到时代的核心中去!"进而申明这一新兴的社团隶属于无产阶级革命文学运动的一翼,要求社员"老老实实地攀住时代的轮子向前进",从而"在时代的核心中把握到一点伟大的题材,来作我们创作的资料",以求创作出具有"大众的内容,大众的情绪,一直到大众的技术"的革命文学作品(《从这庞杂的文坛说到我们这刊物》)。叶紫手撰的《无名文艺社章程》之"宗旨"也写明:"专代无名作家发表作品,联络感情,交换文学智识,提高文学兴趣。"茅盾在《几种纯文艺的刊物》中也曾记有:"据说'无名文艺社'组织的发生是一幕'悲剧':大概是一年前罢,有一位青年作家因为'无名',他的作品被某书店拒绝了,后来这位青年作家悒悒而死,他的朋友为纪念这死友以及反抗书坊走板的压迫,就组织了这个'无名文艺社'。"以上可见该社的组织经过与旨趣。

一九三三年　　二十三岁

二月五日,无名文艺社的机关刊物——《无名文艺旬刊》创刊,编辑者署"《无名文艺旬刊》编辑部",实际由叶紫主编。旬刊为三十二开、二十页的铅印小册子,封面无彩饰,显得简朴而醒目。其《征稿简章》云:"本刊公开欢迎外来无名作家以及本社社友投稿。但只限文艺批评、论文、翻译,创作小说,戏剧,诗歌,小品文等项。"由此得见刊物的性质是综合性文艺刊物。创刊号上刊发有叶紫(署名叶子)撰写的发刊词:《从这庞杂的文坛说到我们这刊物》,有力抨击了中国文坛上的"乌烟瘴气"的恶象,鞭笞了"狂呼着热血头颅"的"民族主义文艺"走卒,讽刺了"守在象牙之塔里"的"唯美主义"信徒,规箴了"只写贫病交加"的无病呻吟的"颓废者",针贬了"沉醉于风花雪月"的"才子佳人"作家。昭示了创办刊物的目的在于,"大家都穷,暂时只好借着这么一本小册子,来经常发表我们的郁积。"诚挚地声叙:"我们这几个无名小卒,不敢有丝毫的妄想。……我们只求多认识几个无名的朋友,共同来开拓一条新的出路!"其他尚发表有雪楣的小说《吠声》,陈企霞的小说《梦里的挣扎》,巴比塞作、一之译的小说《复活》,陈亢摩的诗《前夜》,萍生的诗《我是一只小羊》,李梨的散文《疯了的人》,盛马良的小品《姊姊》等。

《无名文艺旬刊》第二期于二月十五日出版,叶紫以"雨沫"(余家最末一个孩了的谐音)的笔名发表了小说《三日间》,义末注有:"这是北伐时 W 省 F 县别动队的一段事实"。这是逃避文网的一种障眼法,因为作品的背景不是北伐时期,而是土地革命时代,分明是写一座小镇在被红军占领三日前后的剧变,描摹了"老百姓打扮"的红军,"好像是杂着鲜血"的旗帜,"我们打开了我们自己世界"的宣传"一切只归……"(省略号代表"苏维埃")的口号,而这种充溢着"粉红色的晨曦"的"新的生活"仅仅维持了三天,就被反攻的敌军所打断,未及撤退的乡亲遭到残酷的屠戮,妇孺不免,尸积如山,"S 镇又为这沉沉黑暗的夜色深镇着"。本篇是叶紫绘写同类题材的先声,虽然稚拙粗糙,却显露了作者炽烈的爱憎与坚执的信念。其他刊载有岛西(彭家煌)的论文《文学与大众》,弗鲁达作、珍颖译的《弗鲁达的绝命书》、雪湄的诗《蠢真蠢莫过于我》,惠月仙的诗《声色依然》、宗廉的诗《给》,陈企霞的小说《梦里的挣扎》等,叶紫最后以"编辑室"名义写了《编后记》与《社友信箱》,声称:"我们的主人翁是广大的无名作者。谁爱护这个小小的园地,谁就是这社里的主人翁。至于本刊的编辑,那是完全由我们几个发起人负责的。"并宣布:"我们为感谢社友们爱护本刊的热诚,决定从下期起,社友作品,有不合旬刊性质的,渐次另行收集起来,每季出一本社友作品选集。一年出四本,随旬刊附赠社友。"这一计划后来没有实现。其他诸如《无名文艺社章程》"社务"栏拟订的"出版文艺丛书"、"设立文艺图书馆"、"设立分社于外埠"、"举行文艺竞赛"等项均因环境的恶劣与经济的拮据而未付诸实行。

三月,开始筹备出版《无名文艺月刊》。其时,另一文学团体——"海燕交艺社"提出合作要求,遂共同议决联合编印《无名文艺月刊》。此事的当事人之一钟望阳,一九六三年夏接受笔者访问时曾作了以下回忆:"海燕文艺社"由他及周钢鸣、韩起等同志组成,本拟出刊《海燕》,因经费无着而延宕,后决定与"无名文艺社"合作,并派钟前去洽谈;当钟前往"无名文艺社"说明来意时,叶紫等热情地应允了合作事宜。后来,见到钟望阳于一九三九年以"苏苏"笔名所写的《忆叶紫》,所述始末也太抵相似,不过较为细致地写下一些细节,例如关于刊物经费的来源:"他(按指叶紫——引者)叹着气,告诉我:'《无名文艺》第一期的印刷费,是完全由企霞从故乡带出来垫付的,现在,恐怕要亏本……'关于印刷费的事,在企霞那里我也听到过他的牢骚。我们都是穷小子,但我们对'文艺'都抱着一种挚爱,可是在这凡百事业的开展都要靠金钱的时代,我们的苦闷也就来了。"又如关于"无名文艺社"的解散:《无名文艺》终于因为穷而没有出第二期,《火》是发表在《文艺》上。而无名文艺社,也在无形中解故了。这之间,虽然也有过一度挣扎。例如在电影女明星胡萍的家里,我们曾经开过几次会,想向南洋募款。"后又见钟望阳于一九七八年以"白兮"的笔名所写的《心中的碑铭》,就中更详尽地叙述了"海燕"与"无名"两个社团合作的经过:"一九三二年'一·二八'事变后,由叶以群同志介绍,我参加了'海燕文艺社'。社友有周钢鸣、韩起等同志,每周座谈小说或文艺理论问题。大家贪婪地读着高尔基、鲁迅等革命作家的作品。半年之后,社友们想创办一份刊物——《海燕》。可是,我们都很穷,办刊物的钱凑不出。当时看到报摊上有一本薄薄的《无名文艺》旬刊,内容是进步的,用当时流行的话来说,是属于'左翼'的,编辑者叶紫与陈企霞。有些社友建议我们的《海燕》是否去和他们合办,大家讨论后就决定我去和他们谈判。我找到他们洽商,把《海燕》准备与《无名文艺》合并的想法跟他们谈了。叶紫是非常热情的,和陈企霞商置了一下,就同意了。并且告诉我,他们原来正打算把《无名文艺》旬刊改为月刊,要我们为月刊写稿。我随即为月刊写了一篇反映穷孩子悲惨命运的童话《雪人》,就刊载在《无名文艺》月刊第一期(1933 年 6 月出版)上。叶紫写的《丰收》也发表在这一期。月刊仅出了一期,就与别的刊物合并了。"

三月十日,"无名文艺社"迁入新址(上海重庆路 808 号)。叶紫在该日的《编辑日记》(刊《无名文艺月刊》创刊号,1933 年 6 月 1 日出版。)上写着:"旬刊决计暂时停刊了,第三期的稿件已由印刷所取回,大部分将移至月刊里去发表。"

三月十五日,"将社友稿件整理清楚后,分出一大部分来交宗廉为旬刊复活张本。"(《编辑日记》)叶紫委托宗廉编辑的《无名文艺旬刊》第三期为"新诗专号",其要目有编者的《复活》、菊芳的《幽灵的喊叫》、穆因的《春呀,自从你的来临》、于濛的《悔恨》、克林的《清晨》及天因的《农村》等。该期广告曾刊于《无名文艺月刊》第一卷第一期封三前页,未见原刊。

三月十九日,"将长篇小说《离叛》整理了(一)天,准备另出单行本,编入丛书。"(《编辑日记》)该计划后因故未实现,稿已佚。

三月二十日,"发催稿信件十八封。"(《编辑日记》)可见无名文艺社的社员是颇为广泛的。

三月二十三日,"读完黑婴的长篇创作《赤道上》,我觉得这是一篇很有意思的作品,作者是部份的抓住了时代的核心。内容完全是叙述'赤道上'的故事,决计从第二期起先行陆续在本刊发表,然后再出单行本。编入丛书。"(《编辑日记》)这一拟想后也未实现,然而从中可以窥见叶紫的选稿标准是要求抓住"时代的核心"。

三月二十五日,"岛西将《垃圾》寄来,囫囵地把它读完,描写的细致沉痛,词句的隽永诙谐,真使我为它感动不少。作者在这里大声的喊出了中国下级军官和兵士们的苦痛,这是一篇如何生动的作品啊。"(《编辑日记》)

"岛西"即叶紫过去同监的难友彭家煌,他也是一位竭力反映下层人民苦难的严肃的现实主义作家,叶、彭俩的创作风格有若干相似之处。

四月五日,"白夕君来社,适因事外出,和企霞谈了很久,留下童话《雪人》。回社来将它细读了一遍。我和企霞都觉得这篇作品的意义是伟大极了,在过去中国文坛上还没有过这样好意义的童话。虽然技巧并不十分新奇,然而,在描写方面也另有他的独到之处。"(《编辑日记》)按白夕即日后之著名儿童文学家苏苏,此处可窥见叶紫当年对儿童文学的关注。

四月八日,"同企霞至真茹访黑婴,当将短篇作《没有爸爸》拿给我们。全篇的技巧新颖,写来尽是些南国风味。"(《编辑日记》)黑婴后来曾忆及叶紫等这次来访:"记得是一九三三年的夏天,我在上海暨南大学读书,有一天收到一封信,是'无名文艺社'寄来的,写信人是叶紫;信内附有'无名文艺社'章程,约我参加。那时已出版了两期《无名文艺》旬刊,准备改出月刊,约我写一篇小说。……想不到过了几天,叶紫(还有一位青年同来,记得是陈企霞)乘长途汽车到真茹暨南大学来看我了。……初次见面,我看到的叶紫是个中等个子,瘦瘦的,长长的头发,脸色苍白,一望而知他的身体不太健康。他穿着兰布长衫,白色布鞋,说话带湖南口音。……叶紫他们听了我的情况:千里迢迢从南洋回国求学,有一些殖民地生活经历,身受过殖民主义的压迫,就鼓励我写这方面的小说,并约好写完以后送到'无名文艺社'去。"(黑婴:《叶紫与〈无名文艺〉》)

四月九日,"下个决心,今天把全部诗稿编好,选出后主的《我记着你》,琴心的《卖唱的》,绿意的《夜的素描》,和问津的《电影》,总共四篇。问津的技巧完全是一种新的尝试,我们总觉得他很有意思。此外琴心的《卖唱的》,也是技巧很新奇的。后主的句子美丽。把它一口气编完之后,又重新的读了一遍。我们想:在这样沉默的中国诗坛里,能给新诗歌开拓一条出路,那真是应该的啊!下期起,还是多登一两首有意义的诗吧!"(《编辑日记》)此处显示了叶紫对于新诗歌运动的关切与翘望。

四月三十日,"稿子差不多编好半个月了,为了社务——接洽印刷所,找发行处,找新社址,筹钱等等——和企霞整天的跑着,没有一丝毫的闲暇。今天编辑室全部搬到了新址里来办公,心算是要安定许多了。"(《编辑日记》)关于"无名文艺社"的"新址"以及社友联系的情况,当年的"无名文艺社"社员韩尚义曾有如下回忆:"又过了一年多,到一九三三年秋天,我突然收到无名文艺社的通知,叫我去领社刊和交社费。当时我很兴奋,恨不得马上拿到第一期社刊,看看它是什么样子。可是身边没有钱交社费,怎么办呢? 我就把一件从乡下穿出来现在已无用的毛葛马褂送进隔壁的当铺,就兴冲冲地跑到重庆北路三百五十四号(这是建国后的新门牌,原为重庆路808号——引者按)——江阴路口的一家烟纸店楼上。一上楼就见到一个瘦小个子,穿一身子麻布学生装的青年。我把通知给他,他和我热情地握手说:‘我是叶紫。’接着,他转身在书桌上取过一本《无名文艺》创刊号给我。这本创刊号的封面是当时时兴的大号扁扁的老宋体,十六开厚厚一大本。叶紫热情地说:‘一直没有通知你新地址,实在是我们已搬了不少次的家了,不安定啊!’我点点头,表示明白为什么要搬的原因。我爱不释手地翻阅着创刊号,这期主要登了叶紫的小说《丰收》。我把当马褂的钱交了社费,喜孜孜地离开了我生平第一次参加的文艺团体。”(韩尚义:《“无名文艺社”的社址》)电影艺术家韩尚义当年是一个年仅十六岁的香粉铺的学徒,他的报名参加“无名文艺社”,质衣交纳社费,欣喜地阅读社刊,都说明了贫苦的文学青年对于该社的热爱与支持;叶紫的坦诚热忱的印象也一直铭刻在当年“无名文艺社”一个普通社员的脑海中。

五月二日,小说处女作《丰收》脱稿,发表于《无名文艺月刊》创刊号。叶紫在《编辑日记》中这样写道:“《丰收》今日脱稿了。……云普叔是我自己的亲表叔,当家乡那里来一个年老的公公告诉我关于他们的状况时,我为他流了一个夜晚的眼泪。自己做了流浪的人,家乡的消息茫然了许久,不料竟有这样大的变动。立秋已经被团防局抓去枪毙了,是在去年九月初三日的清晨。为了纪念这可怜的老表叔,和年轻英勇的表弟,这篇东西终于被我流着眼泪的写了出来。”

关于本篇的创作契机,叶紫曾与战友畅叙:“本来,一个作家对于自身的作品总是格外爱护与关切的。在《丰收》没有写成以前,我只觉得对于这个亲身经历的故事,以及其中活泼泼的几个人物,亏负了一种精神上的债务。即至写成以后,我又觉得,我之所以完成《丰收》的创作,与其说是为了解脱个人精神上的重担,不如说是为了大众。终于斗胆地把它放上《无名文艺》上发表了,明知拙劣的技巧不值成名作家的一顾,然而,我所关心的,全不是这些;而是这一个故事究竟如何地感动人,如何地被读者接受了。”又说:“我现在的生活,全然不能由我支配。我底精神上的债务太重了。我亲历了不知多少斗争的场面,那是善与恶,真与伪,光明与黑暗,公理与强权的殊死的搏斗,凡是参加这些搏斗中的人,都时刻在向我提出无声的倾诉,‘勒逼’我为他们写下些什么,然而,我这枝拙笔啊! 我能为他们写下些什么呢。《丰收》算是初次的尝试,我担心别辜负了那班为人间的真善,光明与正义而抗争的人所流去的血!"(李满红:《悼〈丰收〉的作者——叶紫》)

五月四日,《无名文艺月刊》稿付排。(见《编辑日记》)

五月七日,作《紧要申明》,刊《无名文艺月刊》第一卷第一期。

六月一日,《无名文艺》第一卷第一期出版。十六开,一百二十页。封面由叶紫设计。编辑者为叶紫与陈企霞。叶紫在其上发表了小说《丰收》,并写有自三月十日至五月四日的《编辑日记》数十则,记述了社务活动与刊物编辑的经过。同期刊发有创作小说:《没有爸爸》(黑婴)、《垃圾》(岛西)、《巷战》(刘锡公)、《雁》(汪雪湄);翻译小说:《巴加》(依斯特拉谛作,贺一之译)、《赌》(柴霍甫作,真译);诗:《卖唱的》(宋琴心)、《我记着你》(后主)、《电影》(问津)、《夜的素描》(绿意);童话:《雪人》(白兮);小品:《积谷防饥》(陶涛)、《审问》(丁锦心)、《闯进人寰去》(宗廉)、《狗》(幸桂荣);评论:《评〈她是一个弱女子〉》(陈企霞)、《关于〈回忆〉》(君)等。封三前页有《本社征稿简章》:"本社旬刊月刊,均欢迎外来无名作家以及本社社友投稿。""来稿只限文艺论文,批评,翻译,创作小说,戏曲,诗歌,小品,以及国内外文坛消息等项。"

《丰收》发表尔后,在中国文学界激起了很大的反响。左翼文艺运动领导人之一、著名作家茅盾首先撰文赞许《丰收》:"'丰灾'是近来文坛上屡见的题材,但是我们要在这里郑重推荐《丰收》,因为此篇的描写点最为广阔;在二万数千言中,它展开了农事的全场面,老农的落后意识和青年农民的前进意识,'谷贱伤农'以及地主的剥削,苛捐杂税的压迫。这是一篇精心结构的佳作。"《几种纯文艺的刊物》)其他报纸刊物也都竞相评骘《丰收》。《申报·自由谈》上秀侠的文章写道:"《无名文艺》中所使人值得注意的两篇创作,是叶紫的《丰收》与岛西的《垃圾》。这两个生疏作者的名字,以前我们没有看见过,但他们作品所表现的修养与意识,不比所谓成名作家的成熟作品为坏。"(《介绍〈无名文艺〉中的两篇创作》)同刊小雪的文章写道:"关于《丰收》,……深深的引起我的注意的,可说是那丰害的农村生活经验。在一九三三年所产生的几篇描写丰收成灾的小说,在内容的充实上,大概是以这篇为最了。"(《读书琐记》)《现代》上凌冰的文章更因《丰收》的出现而赞叹:"伟大的作品便不会因为其出于新进作家之手而遭忽视了",并且指出:"全篇的长处在于作者绝不观念地引导农民接受革命,而是十分谨严的由自然的要求上展开他们行动必然的步骤,它不是公式的演绎,而是事实的复现,这可以说是《水》后仅见的杰作。"(《〈丰收〉与〈火〉》)《第一线》发表了唐琼的《〈丰收〉》,《清华周刊》发表了余平的《〈丰收〉》,都对《丰收》交口称誉。

六月五日,社友白兮将《无名文艺月刊》投寄鲁迅先生并约请其为月刊写稿。《鲁迅日记》一九三三年六月五日条记有:"午后得白兮信并《无名文艺》月刊一本。"六月十日条又记有:"午后寄白兮信。"据白兮回忆,鲁迅复信中赞赏了他们的刊物,但表示不能为它写稿,因为这样会使刊物夭折(指因文化特务嗅知有鲁迅的文章而查禁)。鲁迅还引了两句中国古语——"留得青山在,不怕没柴烧"——来勉励他们,"这句话,数十年来一直深深地铭刻在我的脑海里。鲁迅先生当年身处危邦、四面受敌,在浓重的白色恐怖中横眉冷对、威武不屈;但他对新生的革命文学幼芽却充满着深挚的爱,希望他们坚持韧性战斗,在不断的进击中壮大自己,既勇于斗争,又善于斗争,坚定革命信念,夺取最后胜利。在这仅只十个字的赠言中,倾注了先生多么深切的关注,寄托了先生多么殷切的希望! 当时对于我以及无名文艺社的战友们以极大的鼓舞、鞭策和激励!"(《心中的碑铭》)

六月六日,作成短篇《火》,发表于《文艺》第一卷第一期。(上海现代文艺研究社编,华通书局出版)该刊"编者按"写道:"这篇文章究竟怎样,我们也同其他的一样,不说甚么评语。不过据作者自己说,这是发表在《无名文艺月刊》上《丰收》的续篇。读者如果要作批评,顶好是连着《丰收》读。"唐琼在评论中指出:"我们往《火》中,可以看见一种如火如荼的群众运动,我们更可看见豪绅地主阶级及与其相为结托的统制势力底没落的狼狈相。"(《〈丰收〉——叶紫短篇小说集》)

六月,由潭林通、胡楣(关露)介绍,叶紫加入了中国左翼作家联盟。关露曾忆及此事:"叶紫加入'左联'时,周扬同志派我去和他谈话,他房里连一张书桌都没有。我见他用铺板当桌子,坐在一张小板凳上在写东西。他已结了婚。当时正是夏天,好些人都吃西瓜,但叶紫的孩子在吃菜瓜。"(《我想起了左联》)沙汀也追忆了在"左联"内与叶紫的交往与切磋:"周扬把叶紫同志介绍给我。此后,我们每一次碰头总要谈谈创作。叶紫同我有了联系不久,又添了个欧阳山同志。这样,我们三个每星期大体都要聚会一次。而且几乎都在叶紫家里。叶紫当时生活很苦,住的衖堂破烂不堪,房间窄小,三代同房:他的母亲、妻子和一个小孩。叶紫本人、他爱人和孩子都很瘦弱,老太婆倒健旺。每次聚会,主要都是谈创作问题。谈报刊上的作品,旁人的和自己的作品;也谈自己的写作计划。我记得,有一次叶紫谈到他一个作品的构思,要我们提意见。于是我就哇啦哇啦,认为可以这样、可以那样剪裁。最后欧阳山笑道:'啊喝! 分明一件长衫,这一剪下来,就变成汗衫了。'我回嘴说:'依我还得去掉两只袖子,改成背心! ……'这多少有点穷开心的味道,因为当时都有不同程度的困难。不止生活方面,安全也常受威胁。往往到同志们家里去,或者回到自己家里,进门之前,都得注意有没有形迹可疑的人盯梢。但,不管如何,大家的情绪还是好的,而且都想通过作品为革命和人民尽一份力量。这一点也值得一提,议论中虽有分歧,却从未伤过和气。有时不止谈笑风生,偶尔也要喝点高粱酒。叶紫的母亲则往往拿些泡菜供我们下酒。"(《一个左联盟员的回忆琐记》)任钧在一九四〇年曾忆及与叶紫共同参加的左联活动:"大概是一九三三年的春天吧,有一天,住在上海的一小部分文艺工作者们曾有过一个类似座谈会或是聚餐会性质的,小规模的集会。地点是在北四川路底的一家饭馆里。记得当日除鲁迅和茅盾两位先生之外,还有好些朋友在座。自己和叶紫兄就是在这一次的聚会中认识的。因为是一个类似座谈会或聚餐会性质的集会,所以,参加的人都不拘形式,边吃东西,边自由发表意见。记得当时,鲁、茅二位先生,以及其他在座的朋友们,都先先后后或多或少的讲了一些有关文艺创作方面的话,叶紫兄自然也没有例外。当时叶紫兄仿佛曾提出了一些在创作实践当中遭遇到的关于人物和典型的描写问题来向鲁、茅二位先生请教,并征求大家的意见。鲁迅先生最先发表了一些意见,大致和《我怎样做起小说来》(?)那篇文章里头所说的差不了多少。后来,茅盾先生及其他在座的朋友们也跟着讲了不少的话。大家显然都对这一问题感到颇为浓厚的兴趣。最后,叶紫兄还提出并报告了他打算或正在写作的短篇小说的题名和内容。那些短篇后来都被陆续地写出来,而且大部分被收集在《丰收》里面。就中,《电网外》一篇给我的印象特别来得深刻;一则因为那时候他把这篇的故事叙述得比较详细,生动;再则因为当他说明他打算把这小说题作《电网外》时,他那纯粹的湖南口音使得大家简直无法听懂;后来,到底还是我先把它听懂了;当时茅盾先生很觉奇怪,就问我:'怎么你却把他的话先听懂了?''大概因为我是广东人,彼此到底是邻省的关系吧。'记得我当时是这样回答他的。从此,我们就时常有了见面的机会。"(《忆叶紫——略记他在上海时的一段生活》)任钧于一九七九年又追忆了这段往事:"具体时间记不清了,可能是在一九三二年的下半年或一九三三年的上半年,'左联'在北四川路底一家饭店的楼上,用聚餐会的形式,召开过一次有关创作问题的座谈会。出席参加的计有沙汀、艾芜、杨骚、周文、叶紫、林焕平等十多个人。茅盾先生也到了。那时叶紫已经在刊物上发表了包括《电网外》在内的几个短篇(后来它们都被编进题为《丰收》的短篇集里),引起了大家在会上的热烈讨论,茅盾先生也发了言,一致认为写得不错。其间还谈到了些其他跟创作有关的问题。"(《关于'左联'的一些情况》)叶紫还参加了"左联"下属的文艺大众化的机构,周钢鸣曾忆及此事:"'左联'常委下设大众化委员会。各区委分设大众化工作委员会,法南区大众化工作委员会是吴奚如、陈克寒、叶紫、齐速、勇余。"(据华东师大《鲁迅全集》注释组一九七七年七月访问周钢鸣谈话记录)

七月,叶紫主持召开了"无名文艺社"第一次全体社员大会,截至此时止报名参加的社友已达三百多人。会上进行了改组,修正了总章,并宣布了纲领:

一、站在时代的最前线,推翻封建意识的文学废垒,扫除一切阻碍时代前进的反动文学,努力提高大众文学的水准。

二、发表无名作家作品,研究新兴文学。

三、联络一般意志相同的时代青年,站在正确的文学路线上,努力推求和创作新时代所需要的文学,介绍国外的新兴文学理论。

四、争取言论,出版,及结社自由。

五、本社纯系无名作家所组织,并无党派及背景。

纲领的前三条鲜明地表示了"无名文艺社"坚定地站立在中国左翼作家联盟的大纛之下,作为隶属于无产阶级革命文学运动的一支劲旅,决心为建设"新时代所需要的文学"而艰辛搏战。第四条是对国民党当局施行文化专制的指控。第五条则是在森严的文网下的一种保护性语言。

同月,《出版消息》发表了叶菲的文章介绍"无名文艺社",其中写道:"很希望一般爱好文学的无名青年,给他们同情与有力的赞助。假如个个社友能象叶紫那末的努力,这社的前途是很有希望的。"(《上海文艺团体之介绍·无名文艺社》)

九月一日,作短篇《王伯伯》,署名杨镜清,发表于《文学新地》一卷一期(上海文学新地社编辑、出版,1934年9月25日)。不久,国际革命作家联盟机关志《国际文学》译载此篇,从此获得了世界读者。

同月,作短篇《刀手费》,署名叶紫,文末注有:"一九三三年九月,姨母逝世的第三周年。"刊于一九三三年十月六日《申报》副刊《自由谈》。

九月二十九日,作短篇小说《响导》,发表于《现代》第四卷第二期(施蛰存编,现代书局发行,1933年12月1日)。

十二月二十五日,作短篇《夜哨线》,发表于《当代文学》一卷三期(当代文学社编,天津书局发行,1934年9月1日)。徐懋庸编辑的《新语林》刊发了评论,其中写道:"这篇小说的作者,仿佛对于军队里的生活有很丰富的经验,所以能把出发的情形与行军的配备,写得有条不紊。沿路上劫后战区的计划,和搜查难民时动乱的场面,也很真实动人。最后,赵得胜在步哨线那一段,是全篇的结穴,也正是作者卖气力的所在,情节非常紧张,是全篇中最精彩的一段。一结,也恰到好处,不多不少,这都是作者结构谨严的地方。"(何兰人:《叶紫的〈夜哨线〉与李辉英的〈动乱中〉》)

一九三四年　　二十四岁

一月,作短篇《毕业论文》,刊于一九三四年一月二十四日《申报》副刊《自由谈》。

二月,作短论《爱伦凯与柯岺泰》,署名紫,刊于一九三四年二月十八日《申报》副刊《妇女园地》第一号及二月二十五日《妇女园地》第二号。

四月六日,作短篇《懒捐》,刊于《中华月报》第二卷第五期(中华月报社编辑发行,1934年5月)。

四月十一日,聂绀弩主编,叶紫助编的《中华日报》副刊《动向》发刊,日出一期,每逢周三停刊。发刊辞《头一回讲话》中申明:"这是一个小小的《动向》,我们把它献给全国进步的青年。要使它成为青年底所有,青年底所产,同时又是为青年的。"聂、叶都是左联盟员,故而《动向》理所当然地成为了左翼文艺运动的阵地之一,许多左翼作家与进步文化人都很关心与支持这个副刊。鲁迅先生给它写了数十篇桀骜锋利的杂文,如《古人并不纯厚》(署名翁隼)、《法令和歌剧》(署名孟弧)、《刀'式'辩》(署名黄棘)、《拿来主义》(署名霍冲)等。其他如茅盾、陈望道、艾思奇、胡绳、蒲风、羊枣(杨潮)、梅雨、张天虚、新波、张香山、徐懋庸、张谔、陈凝秋、周木斋、张庚、叶籁士、曹聚仁、周谷城、陈子展、曹白、杜谈(窦隐夫)、蒋弼、杨刚、方之中、魏猛克、林默、曹伯韩、柳倩、白兮、风子(唐弢)、杜重远、田间、许幸之、王淑明、欧查(黄振球)、于黑丁、许之乔、胡洛、胡楣等都曾为其撰稿。

四月十二日,杂文《文坛登龙新术》发表于《中华日报》副刊《动向》,署名阿芷。

四月十二日,杂文《忆家煌》刊发于《中华日报》副刊《动向》,署名柳七。

四月十九日,杂文《新作家草明女士》刊发于《中华日报》副刊《动向》,署名杨樱。

四月二十日,作《我怎样与文学发生关系》,刊载于《文学》一周年纪念特刊——《我与文学》(文学社编,生活书店发行,1934 年 7 月初版)。叶紫在此文中记述了自己的家世生平,历年来不平凡的遭遇,以及献身革命文学运动的始末。其中还鲜明地表述了自己的创作意图:"我只是老老实实地想把我的浑身的创痛,和所见到的人类的不平,逐一地描画出来;想把我内心中的郁积统统发泄得干干净净……"他还自谦地说:"我所发表的几个短篇小说和一些散文,便都是这样,没有技巧,没有修词,没有合拍的艺术的手法,只不过是一些客观的,现实生活中不平的事实的堆积而已。"作家进而昭示了自己的前进方向:"现在呢,我一方面还是要尽量地学习,尽量地读,尽量地听信我的朋友和前辈作家们的指导与批评。一方面呢,我还要更细心地,更进一步地,去刻划着这不平的人世,刻划着我自家的遍体的创痕!……一直到,一直到人类永远没有了不平!我自家内心的郁积,也统统愤发得干干净净了之后……"

四月三十日,评论《关于〈天下太平〉》刊发于《中华日报》副刊《动向》,署名杨樱。

四月,开始与鲁迅先生通讯及交往。查《鲁迅日记》一九三四年四月二十八日条记有:"得叶紫信。"同月三十日条记有:"上午寄叶紫信。"聂绀弩曾忆及因鲁迅投稿《动向》(查《鲁迅日记》一九三四年四月二十三日条记有:"投《动向》稿一。"稿即署名翁隼的《古人并不纯厚》),但稿未署真实姓名与地址,从内容与字迹来揣摸,疑系鲁迅所撰,遂请叶紫投书询问:"有一天(大概是《动向》问世一个多月以后),我收到一封用普通白纸(不是带格的稿纸)写成的稿子,字是用毛笔一笔不苟地写成的,从头到尾没有一个字的涂改,活脱是一篇范文,但落款没有作者的姓名和地址。那样的文章和字体不是一般人能写得出来的,我心里猜到一个人,却不敢确定,就去找叶紫辨认(叶紫那时早已认识鲁迅先生,还和鲁迅先生通过信)。他一看就说:'肯定是老头儿的。'(鲁迅比我们年长二十多岁,我们背后都亲切地称他为'老头儿'。)但他也不敢最后确定,于是我叫他写封信去问问,并顺便问一问他肯不肯接见我们。回信很快就来了,那篇稿子果然是他写的,并约我们在内山书店会面……自此,鲁迅先生就不时用各种笔名向我投稿,成了《动向》的一

个主要作者。"（季强：《聂绀弩谈〈动向〉和〈海燕〉》）

五月六日，杂文《洋形式的窃取与洋内容的借用——杨昌溪先生的小说是洋人做的》刊发于《中华日报》副刊《动向》，署名阿芷。该文揭露了民族主义文学的走卒杨昌溪所作小说《鸭绿江畔》（刊《汗血月刊》第一卷第五期）系剽窃法捷耶夫的《毁灭》而成。同月七日，鲁迅作《刀"式"辨》（署名黄棘，刊同月 10 日《动向》）予以响应："本月六日的《动向》上，登有一篇阿芷先生指明杨昌溪先生的大作《鸭绿江畔》，是和法捷耶夫的《毁灭》相像的文章，其中还举着例证。这恐怕不能说是'英雄所见略'罢。因为生吞活剥的模样，实在太明显了。"

五月十八日，"午后……遇叶紫及绀弩，同赴加非店饮茗，广平携海婴同去。"（《鲁迅日记》）

六月八日，"下后得叶紫信，即复。"（《鲁迅日记》）叶、鲁信均佚。

六月十三日，作小说《杨七公公过年》，署名柳七，刊于《中华月报》第二卷第六期（1934 年 6 月）及第二卷第七期（同年 7 月）。

六月二十一日，杂文《"手续费"与"刀手费"——读〈裤子掉下来了〉以后》刊发于《中华日报》副刊《动向》，署名黄德。该文揭露了"咱们的故乡——胡适之先生称为模范省的湖南"的"奇闻"，在统治者虐杀工农的血腥罪行中，刽子手还要向被难者家属索取二十至三十元钱的"刀手费"；如果不送，就不许家属收尸，甚至将家属监禁。

七月二十七日，散文《还乡杂记》之一《湖上》刊发于《中华日报》副刊《动向》，署名黄德。

七月二十八日，散文《还乡杂记》之二《在小饭店中》刊发于《中华日报》副刊《动向》。

七月三十日，散文《还乡杂记》之三《变了》刊发于《中华日报》副刊《动向》。

七月三十一日，散文《还乡杂记》之四《有仆么值得我们的留恋呢?》刊发于《中华日报》副刊《动向》。

八月二十八"得耳耶及阿芷信，即复。"（《鲁迅日记》）。

八月三十一日，"得阿芷信。"（《鲁迅日记》）

九月一日，"阿芷来谈。"（《鲁迅日记》）同日，评论《女子经济独立与教育平等》刊发于《女子月刊》（黄心勉主编，女子书店发行）第二卷第九期，署名汤咏兰。该文流露了对中国妇女悲苦命运的挚爱与同情："中国妇女，受了数千年封建遗毒的磨折,怎么也抬不起头来。即使智识妇女,也还有许多是脱不了樊笼的。她们感受的只有痛苦与压迫。国民革命以后的现今,又何尝不是一样呢?'男女平等'还只是一句口号,痛苦与压迫丝毫没有解除。"并进而揭示了妇女解放的症结在于:"社会的经济是一切社会现象的原动力,社会的经济力是社会制度和社会思想的总枢纽。要想把女子的地位提高,我以为应在这一方面着手。"

九月十四日,"得阿芷信即复。"(《鲁迅日记》)

九月二十七日,"得阿芷信,即复。"(《鲁迅日记》)

十月五日,散文《行军掉队记》刊发于《新语林》半月刊(徐懋庸编,光华书局发行)第五期,仅刊其半,下期拟续,但第六期未见连载。该刊编者在第六期的《后记》中曾这样说明:"这里要声明一下,因为有几篇文章被抽去了,尤其是叶紫君续稿也被抽去,使读者只看到头没看到脚,真抱歉。"叶紫的文章受到国民党图书审查官的忌恨,竟被无理抽毁。

十月十五日,"得阿芷信。"(《鲁迅日记》)

十月二十一日,"下午得耳耶及阿芷信。"(《鲁迅日记》)鲁迅当日就给叶紫复信,就审阅叶的短篇《夜哨线》,提出了中肯而详尽的修改意见。

十月三十一日,"得叶紫信与稿费五元,即复。"(鲁迅日记》)

十一月一日,散文《行军散记》刊发于《小说》(梁得所编,上海大众出版社发行)第十一期。(按:《小说》第十一期目录上分明列有叶紫的《行军散记》,但正文中却付阙如,另换了蒋弼的《文明的焦点》。该刊同期刊有《启事》云:"本期叶紫君作《行军散记》由中央宣传部图书杂志审委会将原稿存会候审,未及发还付印,故另补本篇,读者当可原谅。"这里所记录的党老爷的蹄痕,也反证了叶紫的作品使他们何等惧怕。

十一月四日,作评论《读〈丰饶的城塔什干〉》,署名黄德,刊发于《读书生活》(李公朴主编,艾思奇等编辑,读书生活出版社出版)第一卷第三期(1934 年 12 月 10 日)。该文评骘了苏联作家涅维洛夫作长篇《丰饶的城塔什干》(穆木天译,上海北新书局出版),认为这一"苏俄很负盛誉的天才作家"的力作,给予自己"深切的感动","在这里,作者正确的深沉的描画出了俄国农民个性的典型",形象而雄辩地表现了主题:俄国农民"私有财产观念的牢不可破,集团性的缺少,靠他们来领导革命是不行的,而且,在那个时候,必得实行新经济政策"。同时,还指出了"作者的技巧是处处都值得我们学习的":其一,"他告诉了我们要描写而不要长篇大论的叙述,而且要描写得简练,明快";其二,"他告诉了我们,描写景物,一定要通过主人公的情感。否则,那景物是不存在的。他在这部作品里,没有描写过半点多余的景物。"

十一月十三日,"上午得耳耶信一,阿芷信二,午复。"(《鲁迅日记》)

十一月二十日,"得阿芷信,即复,附画片四幅。"(《鲁迅日记》)

十二月十七日,"得阿紫信并补稿费一元。下午寄……阿芷信,附木刻八张。"(《鲁迅日记》)"木刻八张"系鲁迅委托新波为叶紫小说集《丰收》所作封面与插图。一九七七年夏,新波同志向我详述过这件事的始末,后来他均写在关于鲁迅先生的回忆录《不逝的记忆》(载《鲁迅回忆录》二集,上海文艺出版社,1979年6月初版)里:"一九三四年底,组织遭到严重破坏,白色恐怖笼罩上海,我的生活极为困顿,靠了朋友的帮助,准备东渡日本。那年我是十九岁,一天。突然收到一封陌生的来信,来信人自称叶紫,说他写了一本小说名《丰收》,是周先生介绍他来找我的。并说明拟请我代为设计封面并插图。我因准备赴日,异常奔忙,但因为是鲁迅先生的介绍,我遂给叶紫一信,请他按约定的时间地点来找我。是日,他依约前来,这是我首次与叶紫见面。以后,叶紫告诉我事情的经过:叶紫本与鲁迅先生相识,他写好《丰收》之后,与鲁迅先生商量,要求他介绍一位木刻家给设计封面插图。是鲁迅先生向他介绍了我,并嘱咐他来找我的。但是,我当时连买木板的钱也没有,叶紫也没有钱,怎么办? 最后还是找鲁迅先生给解决了。他给叶紫五块钱,让我去买木板,给《丰收》插图和设计封面。第一版《丰收》的封面、插图并'丰收'两字,都是我设计和题字的。据叶紫当时说,鲁迅先生看了《丰收》的封面和插图,表示满意,并且说过:'这青年刻得细致,很有希望。'我听了这一番话,很受感动。《丰收》封面、插图设计完成后,我和叶紫曾在一起共进午餐,餐后到虹口公园合照了一帧照片,以纪念我们的友谊。"叶紫在《丰收》后记中也曾记有:"感谢新波先生日夜为我赶刻木刻,使我的这些不成器的东西,增加无限光彩。"

十二月十九日,"晚在梁园邀客饭,谷非夫妇未至,到者肖军夫妇、耳耶夫妇、阿紫、仲方及广平、海婴。"(《鲁迅日记》)梁园是位于广西路三三二号的一家北京馆子,关于这次邀宴,许广平于一九三九年所作忆念叶紫的文章中曾予追述:"在刘军和肖红两先生刚到上海不久,和鲁迅先生通信间,时常诉说他们度着凄凉的旅居生活:成天闷在房间里,一个朋友也没有,除了给先生通信和等回信之外没有快乐。虽则因此先生只能格外多写回信来慰藉这两位新交的远来旅人,但是为了必不可免的工作而耽误了写回信,弥补这一缺憾,最好是给他们找到社交的对象了。某一天,约了七八位朋友,在一个北京馆子吃夜饭,记得其中有特别介绍的一位就是鲁迅先生认为可以做朋友的叶紫先生,就在当场,他们很谈得投机似的,而且马上交换住址约期相见了。消瘦的书生本色,豪爽的谈吐举止,不堪提起的惨痛遭遇,丛集在一身的他,给人一个深刻的印象,是同情? 还是愤慨!"(《忆叶紫》,刊 1939 年 12 月 22 日《大美报》副刊《浅草》)肖军于一九七九年所作《我们第一次应邀参加了鲁迅先生的宴会》也追忆了这次梁园之宴与鲁迅先生将叶紫介绍给他们的良苦用心:"回想起来,鲁迅先生当时这次请客的真实目的和意义是很分明的:在名义上是为了庆祝 H 夫妻儿子的满月,实质上却是为了我们这对青年人,从遥远的东北故乡来到上海,人地生疏,会有孤独寂寞之感,特为我们介绍了几位在上海的左翼作家朋友,使我们有所来往,对我们在各方面有所帮助;同时大概也耽心我这个体性鲁莽的人,不明白当时上海的政治、社会环境……的危险和恶劣,直冲蛮闯可能会招致出'祸事'来,所以特地指派了叶紫做我们的'向导'和'监护人'。……由于这次宴会上鲁迅先生的介绍,我们不但与叶紫渐渐地熟悉了起来,而且成了很要好的朋友,他有时竟开玩笑的叫我为'阿木林'(即上海人所谓的'傻瓜'之意)。他,热情、善良、正直,坦率……我所著的《八月的乡村》得以出版,叶紫是起了决定性作用。"

　　十二月二十七日,"上午寄生生公司稿一篇。……复阿芷信。"(《鲁迅日记》)

　　十二月二十八日,聂绀弩主编,叶紫助编的《中华日报》副刊《动向》停刊,共出二百十五期。聂绀弩同志一九七九年十二月四日致笔者信中忆及了与叶紫共事的往事:"在我的记忆中,叶紫当过助编是确切的。我之找他当助编,决不是因为他爱写小文章,而是因为在左联小组和再大一点的范围中,他是最穷,家累最重(有母、妻、儿),真不知怎么在生活。我见他没衣服,把一些破西装给他,谁知他也不穿,而是拿去卖了,我才知道那么破的衣服也可以卖,这种事,他很熟习。有一次他从我给他的破衣口袋中搜出一张五块钱的票子,他用了,他还骂我:老聂真糊涂,衣服口袋里有钱都不知道。这事他没对我讲,我是听见陈企霞或吴奚如、庄启东等人说的。他常从鲁迅先生那里得到一些接济,鲁死后恐怕许广平先生也接济过他。至少有一次,他妈死了,他到我家,求我把这事传给许先生,我给他到许家走了一趟,带回了十块钱,是许先生给他的赙礼。他在当助编时……有很大的功劳。他先到上海,先加入左联,有许多文坛事件他知道我还不知道。有些人物他认识我不认识,有些事经他一告诉,就好办得多。比如说,鲁迅先生投稿来了,我看了稿子的字一笔不苟,全文一字不增删,心知有异。但我还未和鲁迅先生通过信,未见过他的笔迹,经他一指出,我就明白了。他还带我去拜访过一些作家,我第一次拜访鲁迅先生也是由他去信得到同意,由他带我去的。"

一九三五年 二十五岁

一月一日,散文《古渡头》刊发于《小说》十五期"新年特大号"。散文《岳阳楼》刊发于《文学》第四卷第一期。

一月四日,"得阿芷信即复。"(《鲁迅日记》)鲁迅在致叶紫的信中对短篇小说集《丰收》的插图、出版与销售等问题表示了关注,并应允为其撰序:"序当作一篇。"叶紫在保存下来的原信上作了附注:"这封信的后半页是回答我关于另一个朋友的话(大概是这封信,现在记不十分清楚了)。我裁下来,寄给那位朋友了。那朋友在北平清华大学读书,写信来要我转请鲁迅先生给他们的文艺社写一块招牌。先生回信给我,说他不能写:一者,是说他的字并不好,写招牌要请字写得漂亮的人写。二者,他写的招牌不但不能替文艺社生光,而且还有许多不便,甚至有害。三者,他希望中国的青年以后作事或研究文艺,都要脚踏实地地去干,不要只在外表上出风头,图漂亮。招牌的用处是:只在指明这是什么地方而已。……意思大概是这样的。"

一月七日,"得阿芷信并检查官老爷所禁之《脸谱臆测》稿一篇。"(《鲁迅日记》)一九六四年曾访问贺宜同志,承他告知:他曾以朱菉园的本名与李辉英一起编过《生生月刊》(由生生美术公司发行),约在一九三四年秋冬开始筹办,曾托叶紫约请鲁迅先生写了《脸谱臆测》一文,后在送审时被国民党图书审查委员会的检查官抽去不许刊登。关于此事,鲁迅在一九三五年一月六日致黄源函中赞说:"去年曾为生生美术公司做一短文,绝无政治意味或讽刺之类的,现在才知道确被抽去。"同日致曹靖华简中也说:"我新近给一种期刊作了一点短文,是讲旧戏里的打脸的,毫无别种意思,但也被禁止了。他们的嘴就是法律,无理可说。"贺宜于一九八〇年所写回忆自己文学生涯的文章里也曾谈及《生生月刊》的编辑始末以及与叶紫的交往:"后来就正式委我以《生生月刊》主编的名义。我一口气编好了四期,封面也预先印好了四期。创刊号于一九三五年二月正式出版。上面发表的有茅盾的小说《微波》,郁达夫的散文《黄山纪游》,艾芜的小说《南行漫记》,叶紫的小说

《流亡》，还有征农、王任叔等的小说。鲁迅先生也给了我们一篇杂文，题名《脸谱臆测》，这是我在一九三四年十月托叶紫去组稿的。鲁迅先生对这个刊物很支持，没有多久就给我们寄了稿。但是刊物的全部稿件送审以后，有一天我得到国民党书报检查委员会的电话，要我去他们那里谈。我到了南市乔家栅附近的检查机关，见了检查老爷。他把稿件和出版许可证交给我，另外从抽屉中拿出一篇稿件，说这篇文章有问题，不能刊用。我一看，就是鲁迅先生这篇《脸谱臆测》。其实这篇杂文，鲁迅先生当时未用鲁迅笔名（换上别的什么笔名，我现在想不起来）。只是鲁迅先生用墨笔书写的笔迹，对于人们是熟悉的，尤其是有如匕首一样犀利的笔锋，对于那些嗅觉灵敏的检查官来说，那是最憎恨的，所以他们必然要把此稿判处死刑，勒令抽去了。"

"就是从我编《生生月刊》的时候，我开始和叶紫建立了比较密切的友谊。而我的第一本童话集，就是在叶紫的帮助下自费出版的。"（《为了下一代》）

一月九日，作《〈丰收〉自序》，载于上海容光书局一九三五年三月初版《丰收》卷首。其中有质朴的谦词与坦诚的自白："经过很多朋友的鼓励，我终于厚颜的将这本不成器的小东西付印了。我很能知道自家的缺点：这本小东西里面缺少艺术成分，技巧大半都不大高明。对于人物的把捉，故事的穿插，往往都现得笨拙。有些地方叙述得太多，描写得太少。……这里面，只有火样的热情，血和泪的现实的堆砌。毛脚毛手。有时候，作者简直象欲亲自跳到作品里去和人家打架似的！……"并且表示要继续"刻苦的，辛勤的，不断的学习"，从而"更加努力的向文学前程迈进"。最后则强调："不失掉我的原有的热情，加强我的技术的修养与生活的体验，便是我印这本小东西的主要动机。"

一月九日，得鲁迅信（此信《鲁迅日记》失记）。

一月十日，"下午得阿芷信并小说稿一本。"（鲁迅日记》）小说稿即《丰收》原稿，供鲁迅先生为其撰序用。

一月十七日，"上午寄阿芷信并小说序。"（《鲁迅日记》）"小说序"即《叶紫作〈丰收〉序》，写于一九三五年一月十六日。鲁迅在这篇千余言的短序中，对这位左翼文艺队伍中崭露头角的年青作家给予了充分的肯定与热情的鼓励，称许他在"转辗的生活"中的艰苦跋涉与坚卓搏战，认为这种"抵得太平天下的顺民的一世纪的经历"，正是革命现实主义创作的基础；进而推重叶紫在统治者"对于作者和作品的摧残"中仍然"写得出东西来"，并且"作品在摧残中也更加坚实"，作为对于文化"围剿"的抗议与挑战，不仅为大群的中国读者所支持,而且获取了"世界的读者";随即以"文学是战斗的"这一警句给予叶紫的创作以精湛的概括,并寄之舐犊情深的期许与祈祝:"我希望将来还有看见作者更多,更好的作品的时候"。

一月二十日,作小说《盘湖》,署名黄德,刊发《小文章》(胡依凡、方士人编辑,上海春光书店发行)创刊号(1935 年 4 月 10 日出版)。本篇辑入短篇小说集《山村一夜》时有修改,且易名为《鱼》。

一月二十一日,鲁迅在致肖军、肖红的信中称赞叶紫:"叶这人是很好的"。肖军于一九四八年为该信所作注释中写道:"他是我在上海作家群中最先熟悉的人。他热情、坦率、正直、年轻……,是鲁迅先生请他为我们在上海做'向导'的。是我们三人——叶紫、我、肖红——号称一个'奴隶社'。……不幸,在抗日战争时期(1939 年),他竟因贫病死于他的故乡湖南。"

一月二十三日,"得阿芷信。"(《鲁迅日记》)

二月一日,散文《流亡》刊发于《生生月刊》(李辉英、朱菉园编辑,上海生生美术公司发行)创刊号,署名黄德。

同日,《现代女子书信指导》作为姚名达主编的《女子文库》中《学术指导丛书》之一,署名汤咏兰女士著,由上海女子书店出版。三十二开本,例言二页,正文一百三十三页,约六万言。其序目如下:第一编　绪论(一、什么叫书信;二、书信的渊源;三、古代的女子书信;四、白话书信与现代女子),第二编　女子书信的作法(一、书信的作法总说;二、书信的格式;三、标点符号的用法;四、女子书信的种类;五、女子家庭书信的作法;六、女子社会书信的作法;七、女子爱情书信的作法;八、女子学校书信的作法),第三编　女子家庭书信举例(一、病愈了;二、请寄学费;三、妹妹结婚的礼物;四、玉佩之死;五、婚姻问题的争执(三通);六、遗嘱),第四编　女子社会书信举例(一、禁娼杂感;二、饯别;三、妇女经济独立与教育均等;四、畸形的爱;五、汤饼会;六、灾情与友谊;七、囚笼;八、打听女诗人的消息;九、寿礼;十、爽约之什;十一、雪花菜;十二、死者与生者;十三、关于姨父的革命史料;十四、元旦节预约;十五、一封平常的介绍信),第五编　女子爱情书信举例(一、初恋(二通);二、爱的顶点(三通);三、离散之前;四、寄远人;五、病了),第六编　女子学校书信举例(一、苦闷的中学生;二、病;三、双十节;四、小游预约;五、祈求;六、暑期补习班之什;七、毕业以后;八、失学者的微音;九、书报介绍;十质疑)。在这本通俗性小册子中,后四编内的范文,实际是叶紫手撰的几十篇各自独立的体裁各异的文章,有的是犀利的杂文(如《禁娼杂感》),有的是恺切的政论(如《女子经济独立与教育平等》),有的是简约的通讯(如《灾情与友情》),有的是抒情的散文(如《离散之前》),有的更犹如《野草》风的散文诗(如《囚笼》),都无不各臻其妙的显示了叶紫多方面的文学才华。

二月二十日,作小说《偷莲》,署名杨樱,刊发于《小说》第十九期(1935年3月1日)。

二月二十四日,"得阿芷信。"(《鲁迅日记》)

二月二十七日,"午后复阿芷信。"(《鲁迅日记》)鲁迅在信中多方关切《丰收》的出版:"小说稿送去后,昨天交回来了。我看也并没有什么改动之处。那插画,有几张刻的很好。但,印起来,就象稿上贴着的一样高低么?那可太低了,我看每张还可以移上半寸。"叶紫曾在该信后说明:他托鲁迅将《丰收》稿"送给茅盾先生去看一着,改一改"。

二月二十八日,作《我们需要小品文和漫画》,刊载于《太白》(陈望道主编,夏征农、丘东平等编辑,生活书店发行)一卷纪念特辑——《小品文和漫画》(1935年3月出版)。该文热烈地为鲁迅首倡的战斗的小品文——杂文鼓噪:"小品文能兴奋我们的精神,能加强我们对于黑暗的现实的认识,能把我们从悲哀和沉默中激发出来,指示出我们的宽庄的大道。它是'匕首',是'投枪',它是文学作家们短兵接战时的唯一的武器。"

三月一日,"得阿芷信即复。"(《鲁迅日记》)鲁迅致叶紫信已佚,但在同日致肖军、肖红信中云:"已约叶定一个日期,我们可以谈谈。他定出后,会来通知你们的。"所约谈为商洽筹印《奴隶丛书》事。

三月二月,作《〈丰收〉后记》,载于《丰收》初版本卷末。文曰:"自己的东西是永远不会满意的,所以校完后,除惭愧和加勉之外,一无话说。感谢鲁迅先生抽空为我作序。感谢新波先生日夜为我赶刻木刻,使我的这些不成器的东西,增加无限光彩。感谢丁,杜诸先生,及社中的好友。或为我奔走印刷,或为我校对,或为我发行与推销。"丁待考,杜即杜辉义,叶紫挚友,湖南慈利人,早年因参加湖南学生运动,被军阀何健通缉而出走,当时在上海从事党的地下工作,间或亦执笔为文,如曾在《生生月刊》创刊号发表小说《旱》。

三月四日,"上午得阿芷信。"(《鲁迅日记》)

三月五日,"晚约阿芷、肖军、悄吟往桥香夜饭,适河清来访,至内山书店又值聚仁来送《芒种》,遂皆同去,并广平携海婴。"(《鲁迅日记》)此次邀宴系鲁迅欲与叶紫、肖军、肖红商洽擘划编印出版《奴隶丛书》事,许广平曾就此事作如下回忆:"以后从刘先生的口中,也时常提起叶先生,并且他们似乎对于文学上有什么计划似地,要共同和先生商讨。在一个薄暮之际,大家在内山书店见到了,就由先生邀请,在附近的广东馆子吃便饭,顺便还邀请也恰巧在书店的曹聚仁先生。那天人不算多,吃的也简单,但谈得似乎很畅快。临了叶刘两位和先生,还临时开了一次三头会议,讨论的结果,就是关于出版奴隶丛书的事。先生同意了从旁尽力之后,决定第一次出版的就是《丰收》,继续有《八月的乡村》和《生死场》,稿请先生看过,兼作序,艰难的校对,付排,以及印刷费等等,则是他们辛苦支持而成的。"(《忆叶紫》)肖军后来也曾回忆道《"我们这三个'小奴隶'——肖红、叶紫和我——经过了鲁迅先生的'批准',还一起创建了'奴隶社',出版了《奴隶丛书》……""我所著的《八月的乡村》得以出版,叶紫是起了决定性作用的。""由于鲁迅先生介绍了绀弩和叶紫与我们相识,不独对我们本人有过很大帮助,同时对于后来开展左翼革命文艺运动——例如共编《海燕》刊物,形成'奴隶社'——和发扬鲁迅先生战斗精神方面也血肉一体,不可分开的。"(《我第一次应邀参加了鲁迅先生的宴会》)肖军于一九四八年所作的鲁迅书简(1935年1月21日函)注释中也曾写道:"是我们三人——叶紫、我、肖红——号称一个'奴隶社'。因为叶紫的《丰收》快印刷完了,这虽然是所谓'非法'出版的'私书',但却应该象个'合法'出版的样子,要有个堂堂正正的书店名字,还要有地址,这由叶紫想出来了,就是后来印在书页的容光书局——上海四马路(按:《丰收》初版本将容光书局的地址注为:北四川路狄思威路口北,再版本才改为:"上海四马路中",当然都是虚拟的——笔者)。还有个'社'的社名,这社名是由我想出来的,经过了鲁迅先生的'批准'也就'合法'化了。我们的《八月的乡村》和《生死场》得以出版,也还是经他介绍了《丰收》出版那家印刷厂——记得是民光印刷厂——一位王先生的关系得以出版的。否则,我们当时是毫无门路的……。"

三月十八日,"午得阿芷信。"(《鲁迅日记》)

三月二十八日,"得阿芷信即复。"(《鲁迅日记》)

三月二十九日,鲁迅致函曹聚仁云:"《丰收》序肯与转载,甚感,因作者正苦于无人知道,因而没有销路也。"时曹聚仁、徐懋庸合编《芒种》,原拟转载《叶紫作〈丰收〉序》,后未果。

同日，"得阿芷信。"（《鲁迅日记》）

三月，开始创作中篇小说《星》。

同月，短篇小说集《丰收》，作为鲁迅主编的奴隶社《奴隶丛书》之一出版，出版者署奴隶社，发行者署上海容光书局。关于"奴隶社"，在《奴隶丛书》之二《八月的乡村》（田军作）扉页刊有"奴隶社"的《小启》："我们陷在'奴隶'和'准奴隶'的地位，最低我们也应该作一点奴隶的呼喊，尽所有的力量，所有的忍耐。——《奴隶丛书》的名称，便是这样被我们想出的。第一册是叶紫的《丰收》。第二册便是田军的《八月的乡村》。第三册……我们也正准备着。以至若干册……——奴隶社"。三十二开本，正文三二五页，约十二万字。新波制书面并木刻插图十二幅。扉页题辞："纪念我的亡友卜息园"。序目如下：鲁迅作《序言》，叶紫作《自序》，作品为《丰收》、《火》、《电网外》、《夜哨线》、《杨七公公过年》、《响导》，叶紫作《后记》。

短篇集《丰收》在文学界影响弥深，左联后期的机关刊物《文艺群众》第二期（1935 年 11 月 1 日）发表了少阶作《评〈丰收〉》，肯定了《丰收》中篇什对于革命现实的积极反映："《丰收》里的几个短篇，都是一九二七年以后的新的阶级斗争的现实中的故事。农民们忙着逃难，闹荒，同时也加深了他们的政治的自觉。"进而揭示作品的时代意义："《丰收》的几个故事，在白匪的新闻纸的不断造谣的现在，在文坛上有着狐狗横行的现在，它很有战斗的作用。"认为叶紫只要"不断参加革命运动的实践"，则"艺术的光亮前途，为他准备着"。另一位评论者也满怀热情地指出："一点也不夸张，一点也不矫情地我以极大的热忱和愿望介绍叶紫君的短篇小说集《丰收》给广大的读者。作者叶紫君是一个青年，他有一颗追求光明的心，因此他在辗转动乱的流浪生活中，以严肃而又热情的态度，正视现实，并把握现实，通过了他底全部创作过程，把时代转变中几个特定人物底剪影，栩栩欲活地描画在读者大众的面前。"（唐琼：《〈丰收〉——叶紫短篇小说集》）

四月四日，"得阿芷信即复。"（《鲁迅日记》）

四月五日，散文《南行杂记》之一《熊飞岭》刊发于《芒种》（曹聚仁、徐懋庸编辑，上海北新书局发行）第三期（1935 年 4 月 5 日）。署名杨樱。

四月八日，"得阿芷信。"（《鲁迅日记》）

四月十三日，"得阿芷信即复。"（《鲁迅日记》）。

四月十九日，"得阿紫信。"（《鲁迅日记》）

四月二十日，散文《南行杂记》之二《夜店》刊发于《芒种》半月刊第四期。署名杨樱。

四月,将作于本年一月二十日的短篇小说《盘湖》略事修改,易名为《鱼》,后辑入短篇小说集《山村一夜》。

五月五日,散文《南行杂记》之三《一座古旧的城》刊发于《芒种》半月刊第五期。署名杨樱。

五月六日,"午后得阿芷信。"(《鲁迅日记》)

五月十二日,"上午寄阿芷信。……得阿芷信并小说稿一本。"(《鲁迅日记》小说稿"疑即中篇小说《星》。

五月十三日,"复阿芷信。"(《鲁迅日记》)

五月十四日,"上午得阿芷信。"(《鲁迅日记》)

五月二十日,散文《南行杂记》之四《浯溪胜迹》刊发于《芒种》半月刊第六期。署名杨樱。

五月二十三日,"得阿紫信。"(《鲁迅日记》)

六月七日,"得阿芷信。"(《鲁迅日记》)同日,鲁迅致肖军笺云:"叶的稿子,交出去了,因为我无暇,由编者去改。他前信说不必大改,因为官们未必记得,是不对的,这是'轻敌',最容易失败。《丰收》才去算过不久,现在卖得很少。"此处说的可能是鲁迅已将叶紫的《星》稿交给了郑振锋、章靳以编的《文学季刊》。

七月三日,"得阿芷信"。(《鲁迅日记》)

七月六日至十二日,散文《山行记》刊发并连载于《时事新报》副刊《青光》(朱曼华编辑)。本篇辑入《叶紫散文集》时易名为《行军掉队记》。

七月八日,小说《广告》刊发于《申报》副刊《自由谈》(黎烈文编辑)。署名辛卓佳。

七月十三日,"得阿芷信并酱肉、鱼干等一碗。"(《鲁迅日记》)

七月十六日,"复阿芷信。"(《鲁迅日记》)

七月二十五日,散文《好消息》刊发于《申报》副刊《自由谈》。

七月三十日,"得阿芷信即复。"《鲁迅日记》)鲁迅在本日致叶紫信中说:"郑公正在带兵办学,不能遇见;小说销去不多,算帐也无用。还是第三条稳当,已放十五元在书店,请持附上之笺,前去一取为盼。"叶紫在该信后作了说明:"我写一信给先生,说我已经挨饿了,请他(一)问一问郑振铎先生,我那篇小说《星》怎样了?那小说由先生介绍给郑、章合编的《文学季刊》。(二)内山书店的《丰收》可不可以算一算帐?(三)如果上列两项都无办法,就请他借我十元或十五元钱,以便救急。"

七月三十一日,"得阿芷信。"(《鲁迅日记》)

同日,散文《插田——乡居回忆之一》刊发于《时事新报》副刊《青光》。

八月十一日,"得阿芷信,即复。"(《鲁迅日记》)

八月二十六至二十八日,散文《长江轮上》刊发于《申报》副刊《自由谈》。

八月二十八日,"得阿芷信,即复。"《鲁迅日记》)

八月二十九日,小说《鬼》刊发于《时事新报》副刊《青光》。

九月二十一日,"晚得阿芷信。"(《鲁迅日记》)

九月二十三日,"午后复阿芷信。"(《鲁迅日记》)鲁迅在信中对其失子之痛(长子维泰系汤咏兰上年回湖南益阳兰溪探亲时所生,是年夏历 7 月 27 日因罹时疫病死于其外祖汤汉卿家)表示同情与慰安,并告知《星》已发表。

九月二十四日,散文《夜的行进曲》刊发于《申报》副刊《自由谈》。署名辛卓佳。

九月二十七日,"得阿芷信。"(《鲁迅日记》)

九月,中篇小说《星》刊发于《文学季刊》,(郑振铎、章靳以编辑,上海良友图书公司发行)第二卷第三期。署名陈芳。

《星》在文学界也获取了好评,《大公报》副刊《文艺》第四十八期(1935 年 11 月 24 日)发表评论指出:"这作品可说是一九三五年中国最有希望的一个新人的作品",认为"故事里的几个主要角色,不能一例看作一种抽象的意识的化身,而实是有强固的灵魂的血肉之躯站在我们面前",推重"它成功的地方有的是很超越的达到一个极顶点,如布局的坚定,行文的毫不费力,无畏的裸露人性,唾弃教训主义,都好象孤耸在黑夜的大海上的灯塔一般,有睥睨一切之概",赞叹其"人物是写到了独步的程度"(黄照:《〈星〉》)发表于该刊第六十三期(1935 年 12 月 20 日)的另一篇评论也强调指出:"《文学季刊》这期小说颇有几篇极有成就的,特别是第一篇《星》。由于这几年,我们敢断定陈芳先生虽对读者比较陌生,但在艺本制作之方法的运用及处理上却极稔熟。作者对心理分析及性格的解剖都极见长,处理题材亦颇自然,是很有希望的一位。这里我们谨对陈芳先生的前程致以最深诚的切望!"(李影心:《〈文学季刊〉》)

十月一日,散文《殇儿记》刊发于《申报》副刊《自由谈》。

十月二日,"夜寄阿芷信并书账单。"(《鲁迅日记》)

十月三日,"下午得阿芷信。"(《鲁迅日记》)

十月二十八至三十日,小说《玉衣》连载于《申报》副刊《自由谈》。署名辛卓佳。

十一月二十四日,"得阿芷信。"(《鲁迅日记》)

十一月二十六日,"复阿芷信并书二本。"(《鲁迅日记》)鲁迅在本日致叶紫笺中对其"十步九回头"的作文法进行规箴:"你还是休息一下好。先前那样十步九回头的作文法,是很不对的,这就是在不断的不相信自己——结果一定做不成。以后应该立定格局之后,一直写下去,不管修辞,也不要回头看。等到成后,搁它几天,然后再来复看,删去若干,改换几字。在创作的途中,一面练字,真要把感兴打断的。我翻译时,倘想不到适当的字,就把这字空起来,仍旧译下去,这字待稍暇时再想。否则,能够因为一个字,停到大半天。"

十二月二十日,《卷首语》(即《我们需要小品文和漫画》的摘录)刊于《漫画和生活》(张锷编辑,漫画和生活社发行)第一卷第三期卷首。

十二月二十二日,"下午得叶紫信即复。"(《鲁迅日记》)鲁迅在本日致叶紫笺中要求叶紫蔑视"狗报"的攻讦:"对于小说,他们只管攻击去(按:1935 年 12 月 13 日上海《小晨报》发表了署名阿芳《鲁迅出版的奴隶丛书三种:作者叶紫、田军、肖红》一文,其中攻击《丰收》"内容多过火的地方",并指明"《丰收》的作者叶紫,是笔名,真名是余日强"——笔者),这也是一种广告。总而言之,它们只会作狗叫,谁也做不出一点这样的小说来:这就够他们的死症了。"

十二月二十六日,"下午得阿芷信。"(《鲁迅日记》)

十二月二十九日,"午后寄阿芷信。"(《鲁迅日记》)

同日,散文《天心阁的小客栈里——夜雨飘流之一》刊发于《时事新报》副刊《青光》。署名陈芳。

一九三六年　　二十六岁

一月六日,"得阿芷信,即复。"(《鲁迅日记》)

一月八日,散文《飘流之夜》刊发于《时事新报》副刊《青光》。

一月二十八日,《时事新报》副刊《每周文学》(每周文学社编)第十九期《一二八纪念特辑》中"作家的感想、意见、回忆"专栏刊发了叶紫的文章,表示了对国民党当局不抵抗主义的不满与抗议,发出了愤激的反语:"今年的一二八呢？我的心也就由冷静而变得更冷,冷成了冰凉了——不错,这正是奴隶的心!"在这一"表示作家们的爱国情绪和热诚都是一致的"专栏中,与叶紫同时撰文的有郑振铎、关露、丽尼、王任叔、方光焘、陈子展、荒煤、谢六逸、孟十还、何家槐、周木斋、黎烈文、沈起予、徐调孚、赵景深、鲁彦、徐懋庸等。

二月十日,"得阿芷信。"(《鲁迅日记》)

三月十日,"下午寄阿芷信。"(《鲁迅日记》)。

三月十四日,"得阿芷信。"(《鲁迅日记》)

三月,《丰收》再版。

五月十二日,"得阿芷信。"(《鲁迅日记》)

五月十三日,"午后阿芷及其夫人至书店来,并赠肉一碗,鲫鱼一尾。"(《鲁迅日记》)

五月十九日,作短篇小说《校长先生》,署名陈芳,刊发于《文学丛报》(王元亨、马子华编辑,文学丛报社发行)第一卷第三期(1936 年 6 月 1 日)。

五月三十一日,"得阿芷信。"(《鲁迅日记》)

五月,《丰收》三版。

同月,风沙编《新少年文学拔萃读本》第一集(上海现实出版社,1936 年 5 月初版)辑入叶紫作《商议》(节录自短篇《火》)。

六月四日,"上午得叶紫信。"(《鲁迅日记》)

七月四日,作短篇小说《山村一夜》,刊发于《作家》(孟十还编,作家社发行)第一卷第四期(1936 年 7 月 15 日)。

七月十日,作吊唁高尔基的悼文《我们的唁词》(之七)刊发于《文学界》(周渊编辑,文学界社发刊)第一卷第二期"高尔基逝世纪念特辑"。该文以哀切与虔敬的心情写道:"高尔基是我受影响最大,得益最多,而且最敬爱的一个作家",认为从他的作品里"可以看到这个作家底伟大的灵魂,也可以学到一些'怎样去生活'的方法","他的死,不但是苏联的损失,而且是全世界文学青年的损失。因为我们将再得不到他底新的指示,再看不到他底新的伟人的作品了。纪念他和哀痛他,只能由他遗留下来的作品里去找寻我们'怎样去生活'的路。这'路'是非常的长的,黑暗而且艰难的,他的作品将永远象一盏明灯那样的照耀我们前进!"

七月,加入中国文艺家协会,当时各文艺杂志均载有《中国文艺家协会宣言》与《中国文艺家协会简章》(见《文学》7 卷第 1 期、《文学界》1 卷 2 期、

《文学丛报》第 4 期等）。该会宗旨为："本会以联络友谊,商讨学术,争取生活保障,推进新文艺运动,致力中国民族解放为宗旨。"《中国文艺家协会会员名录》中第九十名为叶紫。

同月,由蔡元培、鲁迅、郭沫若、茅盾等领衔签名的《我们对于推行新文字的意见》（刊《文学丛报》第 4 期,1936 年 7 月 1 日出版）中也有叶紫的签名。

八月一日,作小说《变动》,刊发于《文学界》第一卷第三朋（1936 年 8 月 10 日）,此即补作的《星》之第四章,叶紫在题下注有："去年——一九三五年——九月,我在《文学季刊》第二卷第三期上,发表了一篇中篇小说《星》。因为某种关系,抛弃了这一章没有写进去,以致使很多读者都看不懂,现在因急于出单行本,特仍将它加上去,以填空白,并先在这里发表了。"

八月十日,《国防文学随感二则》（一、你为什么不多写些国防的作品;二、找不到国防的材料）,刊发于《文学界》第一卷第三期。第一则议论了"国防文学"的题材问题,认为虽然不否认写义勇军和汉奸浪人之类的作品为"国防文学"的"第一义",但也不应该排斥"多方面地描写和反映一点帝国主义者的经济和文化底侵略"之类的作品,这就犹如既要创造条件去"制造连你看都没有看见过的'大炮''飞机'和'毒瓦斯'",同时也要发挥"你目前所熟用的'匕首''投枪''大刀'和'九响棒棒'之类的功用"。第二则愤怒地指斥了"帝国主义者底势力,及其走狗汉奸们是怎样在倾全力地执行'愚民'工作,'粉饰太平'和压制'国防'底言论"。

八月十八日,作《〈星〉后记》,后载于文化生活出版社出版之《星》卷末。《后记》阐述了自己的精神负荷、生活积累与创作计划："因了自己全家浴血着一九二七年底大革命的原故,在我的作品里,是无论如何都脱不了那个时候底影响和教训的。我用那时候以及沿着那时候演进下来的一些题材,写了许多悲愤的,回忆式的小品,散文和一部分的短篇小说。本来,我还准备在最近一两年内,用自己亲人的血和眼泪,来对那时候写下一部大的,纪念碑似的东西的。可是,我底体力和生活条件都不够,每一次的尝试,都归失败了。我不能够一气地写下去;为了吃饭和病,我只能写一段,丢一下,写一段,又丢一下;三四年来,结果还仅仅是那么一大堆的材料,堆在一个破旧的箱子里。然而,我又不能停下笔来,放弃写作生活。于是,除了写一些现时的短篇作品之外,便在那一大堆的材料里面,割下了一点无关大局的东西来,写了两个中篇:一个便是这一篇《星》,另一个是正在写作中的《菱》。这篇《星》是去年三月间完稿的。因为受着种种方面的束缚,故事和人物都没有方法尽量地展开;以致在九月间的《文学季刊》上发表时,还留下着第四章那样一个大大的空白。目前,总算是勉强地补缀上去了。"

八月十九日,"得叶紫信。"(《鲁迅日记》)

八月二十四日,作《〈丰收〉四版的话》,刊于一九三六年九月上海容光书局出版《丰收》第四版。其中写道:"这本小册子往今年底半个年头之内,——三月至九月——居然重版了三次,这是使我非常感激而且惭愧的事情。感激的是这样一本不成器的,粗暴的小东西,竟能得到这样多亲爱的读者底垂爱;惭愧的是这本小东西出版一年多来,因了贫穷和不断的病底原故,使我不但不能够多创作一点较好的东西,供献给亲爱的读者,而且连给这本小东西好好地修饰和装帧一下的余功,余力都没有。这在作者,是实在惭愧得无话可说的。"同时,还策励自己道:"我更希望自己从今以后再不得病,好多多地,刻苦地创作出一点象样的东西,以回答亲爱的读者诸君底爱护!"

八月二十九日,"得阿芷信。"(《鲁迅日记》)

九月四日,作短篇小说《电车上》,署名陈芳,刊发于《作家》(孟十还编辑,作家社发行)第二卷第一号(1936年10月15日)。

九月五日,杂感《痛苦的感觉》,刊发于《文学大众》(房坚编辑,上海群众杂志公司发行)第一卷第一期《'九·一八'五周年纪念特辑》中"我们沉痛的纪念"专栏。该文强烈地表达了叶紫高亢的爱国义愤:"自一九三一年以后,每年到这个时候,我总得给逼着写一遍这样的文章。这在我,——不,应该说着全中国不愿意做汉奸和亡国奴的人,——实在是一桩最大的苦痛!我们为什么要写这样的文章的呢? 在我们的历史上,为什么会有'九·一八'和'一·二八'这一类的字眼的呢? ⋯⋯我们要到什么时候才能把这些字眼抹去,才能不写这样的文章呢? ⋯⋯过去了'五三','五九''五卅',又新添了'九一八','一·二八'! ⋯⋯而且这些日子还仍旧不住地在一个一个地加上去。这是谁的罪过呢? ⋯⋯等到我们的那唯一的'好政府','长期抵抗'到中国的'堪察加'去了时,恐怕在我们的历本上,将无法再找出一个没有'国耻'的日子了吧!"呼吁"不愿意当汉奸和亡国奴的每一个中国人"应该"马上就自己的力和血去将这些字眼揩掉"!

九月八日,"得叶紫信,附李虹霓信,并《开拓了的处女地》五本,下午复。"(《鲁迅日记》)

九月十五日,"得叶紫信。"(《鲁迅日记》)

九月,《丰收》四版。

八、九月间,创作中篇小说《菱》(《〈丰收〉四版的话》两次提及"正在写作中的《菱》"),作品第一章仅成五节,第六节刚开头就戛然中辍了,残稿约万余字。后连载于《大公报》(香港版)副刊《文艺》(杨刚编辑)一九四〇年三月二十日第八〇三期、三月二十二日第八〇四期、三月二十五日第八〇五期、三月二十七日第八〇六期、三月二十九日第八〇七期、四月一日第八〇九期、四月三日第八一〇期、四月五日第八一一期、四月八日第八一二期。《文艺》编者曾加按语道:"叶紫先生的长篇小说《菱》属稿仅成一章,就因了种种原故而搁笔,现在则业已成了绝笔了。此稿据李健吾先生谓是叶紫作品中最完整的一篇,(然而是永远残缺的完整呵!)一向由巴金先生保存。《文艺》得巴金先生的许可,将它发表,愿与读者共谢巴金,并对我们少年作家之可痛的亡逝致无限悼忱!"

十月二日,作短篇小说《湖上》,刊发于《作家》第二卷第一号(1936 年 10 月 15 日)。

十月六日,"上午得芷夫人信,午后复,并泉五十。"(《鲁迅日记》)其时,叶紫因肺病兼伤风进院治疗,鲁迅先生闻讯后即寄五十元给叶紫夫人汤咏兰,并嘱叶紫安心静养;当时,先生自己已经病得很危险了,但他却念念不忘他的学生与战友——叶紫,表露了伟大而深挚的阶级爱。

十月十九日,上午五时二十五分,鲁迅先生逝世。

十月二十日,叶紫作悼诗《哭鲁迅先生》,刊《申报・文艺专刊》第五十一期(1936 年 10 月 30 日)。这位深受鲁迅关切与抚爱的青年作家,挣扎在病床上含泪写道:"我患着肺结核和肋膜炎,他写信来,寄来一包钱,对我说:'年青人,不要急,安心静养,病自然会好的。'但是忽然地,朋友来告诉我他的恶消息。于是,我哭了起来。⋯⋯我怎能不哭呢!我们不但是死了伟大的导师,伟大的战友,而且失掉了伟大的民族底灵魂。这——我怎能不哭呢!"

十月,林淙选编《现阶段的文学论战》(文艺科学研究会,1936 年 10 月初版)第四辑辑入叶紫《国防文学随感二则》。

十二月,中篇《星》作为巴金主编的《文学丛刊》第三集第一册,由文化生活出版社出版。三十二开本,正文一百六十五页,约七万字。凡六章,末署:"一九三五年三月,初稿,一九三六年八月,增补,修正。"其《后记》写道:"这篇《星》是去年三月间完稿的。因为受着种种方面的束缚,故事和人物都没有方法尽量地展开;以致在九月间的《文学季刊》上发表时,还留下着第四章那样一个大大的空白。目前,总算是勉强地补缀上去了。但是,现在和一年前的环境既殊,心情和笔调又各不能一致,我想:参差,错乱和不贯通之处,总该不能免的吧!然而,我却没有余裕的功夫,再来将它细细地修饰了。"

本年内尚编就《叶紫散文集》,收散文十六篇,曾由上海商务印书馆打好纸型,因抗日战争爆发而未能出版。纸型仍保存完好。

一九三七年　　二十七岁

三月三日,母亲刘氏病逝于上海,葬于浦安公墓。宋之的在忆及叶紫这一阶段的艰辛生活时写道:"叶紫母亲死的时候,他正病得很严重,他不得不一面咯着血,一面忍受着房东的斥责,尽使母亲的尸身躺在床上,自己却东一家西一家的乞求着朋友的帮助。他是没有法子埋葬母亲的。"(《怀叶紫》,刊1940年6月13日《国民公报,》副刊《文群》)聂绀弩也曾忆及叶紫母故之时的困境及求助朋友的事:"他妈死了,他到我家,求我把这事传给许先生,我给他到许家走了一趟,带回了十块钱,是许先生给他的赙礼。"(1979年12月4日致笔者函)

四月十五日,短篇小说集《山村一夜》由上海良友图书公司出版。三十二开本,正文一三一页,约五万五千字。序目:《偷莲》、《鱼》、《山村一夜》、《湖上》、《校长先生》、《电车上》。

叶紫在这一阶段,因病魔的困扰,生活的窘迫,以及民族敌人、阶级敌人的迫害,严重地影响了他的健康和创作。当时他家住在法组界拉都路福履里的一个小弄堂里,一家五口(夫妇俩,一子一女,还有一个侄女)过着贫困的生活。后来一位友人回忆叶紫当时的生活情况说:"总之,一壁跟残酷的病魔相搏,一壁跟困危的境遇奋斗!这就是作家叶紫在这一时期的生活的全部!"

在如此困厄的环境中,他仍不能忘情于学习与创作,据铁弦回忆:"记得一九三七年春天,我和×兄住在一起,还有一个小弟弟(他早已到山西去了,消息不明),叶紫曾到我们那里来过一次,这是我和他最初的会面,同时也是最后的会面,当时谈了些什么,现在已经记不清了,他仿佛说过,有机会要我帮他读一点外国文,记得桌子上摆着一份四月二十三日的《真理报》,他随手在报面上乱画了一些钢笔字,这份报纸因为登载着几篇重要的文艺论文(检讨'拉普'取消后五年间苏联文学的成长），所以被我心爱的保存着，它陪伴着我，走遍了鄂南、湘北，被狂炸了的桂林、重庆，以后又流转到陕西，最后来到鄂北。昨天我打开它，看到叶紫留下的笔迹，同时忆起他的苍白的面容。这位'病榻上的战士'于今和我们永别了。"（《怀叶紫》，刊1940年2月8日《救亡日报》副刊《文化岗位》）

叶紫健康恶化，生活困窘，但却仍然燃烧着一颗忠诚事业、关切同志的赤热的心，钟望阳曾经忆及："抗战爆发之前的两个月吧，他来到我虹口的学校里，他的身体是瘦弱得连路都走不动。他还是在穷困中过活，我送他上十八路无轨电车的时候，我给了他三块钱的角票，他推辞着，说：'你也困难吧？'车开行的时候，他的头伸出车窗，一个惨然的微笑浮在他的脸上。后来，他又到我家里来了，问我为什么不写东西？现在看些什么东西？我便告诉：'我写些童话，看书看得很杂。'他态度很严肃池说：'你跟企霞一样，不专门一样学问。企霞世界语也学会了几句，可是有什么用呢？'他劝我看一些文学的名著。我当时很感动，他去了之后，我写给他一封信，告诉他，我准备专心一致地研究文学。我到书店里去买了一本托尔斯泰的《安娜·卡列尼娜》，我开始用用心心地读起来了。"（《怀叶紫》，刊《上海周报》第1卷第8期，1939年12月20日。）

"八·一三"上海保卫战之后，叶紫因肺病加剧，友朋星散，在上海生活无着，遂决定率眷返回湖南故里。任钧曾忆及叶紫离沪之际的情景："后来，经过再四考虑的结果，他终于作了最后的决定：走！

"朝内地，朝故乡走！……且，'没有水便行不了船'，要走，就得有路费；可是，没有！怎么办呢？——这，却使得他感到万分的焦灼！好在正有如带宿命论臭味的俗语所说的：'天无绝人之路'，几经奔走，到底得到了解决——原来他有一位亲戚住在闸北，抗战爆发后，家全给毁了，正找不到房子住……。于是，叶紫兄便把房子让给那位亲戚去住，而对方则替他筹措回湘的路费。这样，他就在九月半左右，率眷朝着整日整夜为敌机所威胁着的内地之途冒险进发。他首途时的姿态和装束，直到现在都还清清楚楚地深印在我的记忆里。——由于忙于收拾和准备一切的缘故，清癯的脸颊上已经透露出兴奋的红晕，穿着一条运动裤，和一件淡绿色的中山服，脚登一双胶鞋，背着一个包袱和一只热水瓶，一手牵着孩子，一手拿着一把湖南雨伞。我明明知道他是朝内地逃难的，但，不晓得什么缘故，看到他那种装束和神情时，我总觉得宁愿相信他是一位抱着一颗悲壮的决心，正准备开向前方的战士！——其实我也并没有想错呀，作家叶紫可不是一开始便作为一位英勇的斗士而艰苦奋斗，直到死而后已吗！"（《忆叶紫——略记他在上海时的一段生活》）

九月，叶紫挈妇将雏自上海乘火车至南京，换乘江轮至武汉，然后搭乘小火轮回到益阳，住腰铺子曹家祠堂。不久，因旅途劳顿而病势加重，遂赴长沙就医，进位于麻园岭福寿桥的肺痨医院。

住院诊治疗养期间，叶紫还参予了魏猛克、潘开茨、张天翼、蒋牧良、张生力等人筹办长沙《大众报》的工作。

一九三八年　　二十八岁

一至四月仍在长沙肺痨医院诊治疗养。同时也间或为于一九三七年十二月创刊的《观察日报》文艺副刊《观察台》写稿，这份报纸是中共湖南省委领导的，编辑部的骨干有黎澍、杨赓、王德昭、汤德明等，文艺副刊的编者前先有魏猛克、罗高（张先畴）、王西彦、张天翼等，魏、张皆为叶紫挚友，故常常向叶紫约稿。四月梢回到益阳乡下。

五月二十日，《回到乡村》刊发于《战地》（丁玲、舒群编辑，武汉战地社发行）第一卷第五期"病榻上的战士"栏。其中写道："几个月不和外面的朋友通信了。病苦着我，生活苦着我。在长沙疗养院睡了整整五个月，因为疗养费的无着落，和女人孩子的要吃饭，使我时刻不能安心治疗，以致毫无结果。五个月——不好也不坏，宝贵的金钱和光阴是完全虚掷了。这才使我感到贵族式的疗养对我只有痛苦而无补益的。我又回到乡下来了。在乡下虽然完全脱离医生，但我自己也会知道如何疗养。最主要是我每月省下了二三十元的病院费。在乡下，二十元可以维持五六人一个月的生活。

"我需要和外面的朋友通信，我时刻关心着外面的朋友。……

"我虽然病在床上，但我仍然不愿意而且也不能放弃我的工作。五六个月来，我一个字不写，病并未进步。以后，我想还是写一点的好。在乡下，材料会和前线一样的多。前线的工作重要，乡下的工作也同样重要。我是时常在病的可能范围做着我的工作的。重要的是推行兵役和反封建势力。你们不会知道，近年来湖南农村中的封建迷信到了如何的程度，居然有自称神仙的人到乡下来卖避刀枪炸弹的符水，招募神兵，散布着不可思议的谣言，而乡镇长还和他们勾结着。我曾揭破过四五个这样的阴谋，救了许多要去当神兵的青年农民。这些东西在农村中简直是毒虫，汉奸，我真怀疑这些东西是有系统和组织的呢。

"我只要有可能,一定要将这些情形(还有许多奇怪的和可歌可泣的事),写出报告文学或小说来。但病苦着我,常常使我不能提笔。

"我是看了汉口《新华日报》上关于全国文艺家协会的新闻,才知道你们在汉口的。其他的许多朋友,我都时刻的系念着呢!"

这一热忱的战士,在病榻上仍不忘记斗争,仍不忘却国家与民族的灾难,执着地要贡献出自己的一切力量。

一九三九年　　二十九岁

二月一日,题为《杂记·笔记·日记·感想·回忆》的一九三九年度日记开手,至六月二十六日因病笃中辍。在这一日的日记中写道:"无论什么开始写日记,都不嫌迟。人,总是进步的。今天觉得昨天的不是,明天也许又会觉得今天的不对。这就是一本很好的镜子———部摄影机。她会详细地照出你自己的生命的旅程,永不漠灭。"又说:"人的心地,应该同雪一样的洁白,火一样的热情,日月一样的光明、正大。人的心地应该永无污浊。人应该没有隐私,而尤不应该有阴谋。人应该做到终身无不可告人之事。""我的日记又是读书笔记,现时杂记,未来感想,过去回忆。所以,我总称之为'材料库',也就是随时随刻的写作的源泉。"(均见日记手稿《杂记·笔记·日记·感想·回忆》,以下简称《日记手稿》)

二月二日,计划开始积累写作长篇《太阳从西边出来》的资料:"大长篇的材料,过去的都被毁掉了,以后我应当慢慢地,象修行似的,一个一个字地将它修筑起来,但那东西太长太长了,决不宜放在日记本里,我应当另外再订两三本这样的本子,专作大长篇的材料库。"(《日记手稿》)

二月三日,在日记中阐述革命作家乃至普通革命者的职责:"人应该用全力攻击社会的丑恶,揭破社会的丑恶,毫不容情地将社会的一切腐烂,罪恶统统暴露出来。……高尔基之所以伟大,一切伟大的作家之所以伟大,就是在他们能够将人类一切罪恶都归咎到社会制度。"(《日记手稿》)

同日还准备开手撰写《鲁迅先生的回忆》:"应当慢慢开始来写《鲁迅先生的回忆》,一个一个小段片记起来,将来抄集拢来,便是一篇文章,既不费力伤脑,又完了一段几年来的大心事……"(《日记手稿》)

二月七日,进城住于徐氏宗祠,此处即一九二七年叶紫家临时寓所,父亲与二姐被反动武装所执的地方,触景生情,感慨万端:"除了父亲和姐姐的血债和坟坟不安以外,我别无痛心之事。我觉得最安心的是我母亲的安息,件件如了她老人家的意。……只有父亲和姐姐,不但血债未能讨还,坟坟不安,就连纪念他老人家的伟大作品,亦未能动笔。上街去,恰巧住在徐家宗祠,这十二年前他老人家被难的地方,一看见,我的心裂了! 我不能够用理智来抑制感情。我沉默了,但我没有哭。不能哭,我不愿意哭,而且事实上哭不出来。我十二年来已经没有眼泪了。白天不能吃饭,夜晚不能安睡。……我究竟不是伟大的政治家,我的感情遇到了这样的事件还不能抑制。但我也还不是懦弱的文学家,我除了悲哀、沉默、愤怒之外,决没有伤感,没有丝毫的懦弱态度。”(《日记手稿》):

二月二十二日,《致张天翼书》发表于《观察日报》副刊《观察台》,信末有《编者按》云:“这封信发表有两个意义。第一,可作为文坛消息,使读者知道这位作家的生活。第二,我们想在朋友中间推行募捐,接济叶紫先生,无论生熟朋友,如有捐款,请交本报观察台代收。”

二月,计划创作《邂逅》、《十四个和一个》、《自卫团》、《寿》、《第六次入营》、《盐》、《兄弟》、《寄兵》、《病》、《过年》等短篇,后均未完成。

二月十三日至三月十日,日记失记,叶紫在“这一个月中,大病几乎死去,终于硬挺好了”。

三月十一日,“这一个月中,治小儿麻疹发斑,凡十人。危急万状而救活者,计三人。……心中无愧于天地也。”(《日记手稿》)叶紫在乡间免费给贫苦的乡亲治病,自己在艰危困顿之中仍不忘民众的疾苦。

同日收到张天翼为其募捐之十六元。

三月二十四日,自兰溪镇河北千家洲的汤家祠堂迁居兰溪河畔古渡头船夫刘少山家,叶紫以欢愉的心情,在日记中描绘了新居的环境:“风景是这样的优美:前面便是小河的古渡头。兰溪象镜子里的画面似的,横摆在我的面前。枫林桥,三叉小河口。往来的船只,对岸的一色青的树木,无涯的天际。红的、白的、一片片、一条条、一块块的云彩。早上晚上的太阳。夜间的呼渡声,往来过渡的人物。在面前,又有一块广大的草坪,孩子们的游戏场。……多好啊”

是日,还写有“门联”一首:

　　“住虽只三尺地,且喜安心,小堂屋中,任我横行直闯。
　　睡足了五更天,若嫌无事,大堤坡上,看他高去低来。”

同日日记记有："以一天的功夫，来追记我几个月中所作的旧诗，旧对子。这些东西，虽说无聊消遣，也可娱乐性情，调剂生活。（但无疑是开倒车的东西。）"遂将自己所作旧体诗词题名为《倒车集》。

同日日日记还记有："四月一日起，一定开始作那巨大的长篇工作——《太阳从西边出来》。搜集，整理，和追述材料。"（均见《日记手稿》）

三月二十六日，作《渡夫诗》：

"经年风雪鬓毛灰，放荡江湖一酒杯，

苦煞夜寒更漏水，隔河人把渡船催。"（《倒车集》）

三月二十九日，陈企霞来访，并馈赠三十元。

四月七日，"发邝达芳平信，桂林桂西路三十五号新华分馆交。"（《日记手稿》）该信后发表于四月十九日的《救亡日报》（桂林版），其中跃动着一颗战士的渴望战斗的红心："朋友，你劝我'为了将来做更多的工作，目前应该好好地休养'一下，并把您自己和肺病奋斗几年的经验告诉我，拿现世纪已死和未死的伟大人物：鲁迅、高尔基和史大林鼓励我，叫我安心。又肯定说'最后胜利'一定是我的。这真是太爱护我了。……但不幸的是我们恰生在这动乱的时代！当着国家和民族的生死关头，炮火血肉，连天遍地，只要病菌还未将我们啃到失掉知觉，想象一个隐士似的躲藏起来，不闻不问，不但不可能，在目前的中国，恐怕也找不出一块这样的'世外桃源'吧。事实上，我们这里朝晚都有沦陷的危机，即使只想苟安几天，怕也不可能了，那里还谈得到'休养'呢？不过，亲爱的朋友，请您放心吧，我虽然在开始做一些工作，但也决不是'拼命'，而是以病势为转移的，有计划的'持久战'。我们当然不是'孤注一掷'主义者。在我们这世纪中，还有不少带病做过伟大工作的前辈：除上述三人之外，如瞿秋白先生，如《钢铁是怎样炼成的》的作者奥斯特洛夫斯基先生……。在工作上，他们都是胜利者呀！前者的肺病早到了第三期，而后者还瞎了眼睛，成了残废。而他们所完成的伟业，却都留下了永不磨灭的光辉。何况我们还没有病到他们那样程度呢？日本的小酒井石木博士说：'肺病人应安于自己的环境，应该有迎苦和吃苦的决心，应该在工作中寻求乐趣'，是至理名言啊！亲爱的朋友，我诚挚地感谢您的温情的慰藉，我也坚决相信'最后胜利'是您的和我的。我们虽不敢说在事业上能做出什么了不得的成绩，但至少也不致于白白地懦弱地任肺菌和敌人来摆布吧！那么好，朋友，我们各自努力呀！"

四月十六日,"人应该无条件的,以伟大的爱,爱全人类! ——尤其是被摧残,被迫害,被侮辱与被损害的下贱(?)的人群。原谅任何人的无理吧!人应该做到永远不生气! 永远和蔼可亲! ……(自箴之一)"(《日记手稿》)

"人应该爱每一个人类,而不应该爱由人群所造成的,有了一定代名词的东西。那,一大半都是可憎可恶的东西呀! 的确,一大半,一大半还不止呢。(以上自箴之一解)"(同上)

"严厉的制止自己的体力劳顿! 百分之百的履行铁的生活规律!(自箴之二)"(同上)

四月十七日,"我的一生,过去从未浪费过金钱,糟踏过财物;今后的我,也应该永不糟踏和浪费金钱。更不应该浪费时间! 不浪费精力!(自箴之三)"(《日记手稿》)

"不断地,虚心地向任何人学习!(自箴之四)"(同上)

"'急辩'的口才,也有锻炼之必要。(自箴之五)"(同上)

四月十九日,开始写《战时农村诸问题材料和意见》(一、论滨湖各农村中的汉奸活动;二、改革农村兵役弊端的几个具体意见;三、目前滨湖各县的耕种和食粮问题;四、论战时农村的政治机构;五、怎样着手战区农村的宣传工作。)

四月二十四日,叶紫对《观察日报》被迫停刊表示愤慨:"《观察日报》十七日起被迫停止,理由是不合登记手续,真滑稽! 真令人欲哭不得! ……"(《日记手稿》)按:《观察日报》系我党领导的进步报纸,一九三七年十二月在长沙创刊,一九三八年十一月"长沙大火"时随中共湖南省委机关迁往邵阳,同年十二月五日在邵阳复刊。该报于一九三八年十二月二十五日至一九三九年一月五日全文发表了毛泽东在中共扩大的六届六中全会的报告《论新阶段》,并在一月六日全文发表了六中全会决议。这些都遭到了国民党当局的忌恨,报社于三月十一日接到邵阳县政府通知说,据邵阳县党部公函,按照中宣部规定,凡申请登记报社,非领有内政部登记证不得发行,限三天内呈验登记证。原先《观察日报》并未领到内政部登记证,仅仅在长沙申请登记时勉强得到过一个"准予先行出版"的非正式许可,自然无从"呈验"登记证。在国民党当局的要挟胁迫下,《观察日报》于是就在一九三九年四月十七日正式宣布停刊。

五月二日,作报告文学《查仓》,准备投寄《力报》半月刊。

同日,"故意神秘,是要不得的,故意坦白,也大可不必。我常常犯后一

种毛病啊！（自箴之六）"（《日记手稿》）

五月十日，"息园逝世九周年纪念日……"（《日记手稿》）

五月十一日，"昨天是息园逝世九周年纪念，为了这伟大的朋友，我想写点纪念他的日记，但昨天的暴风雨竟弄得满屋透湿，人只能躲到床上……为什么呢？难道'暴风雨'也是纪念这位先烈吗？难道暴风雨不让我纪念吗？……"

"因为××，今天又不能写纪念息园的文章了，这是多么伤感的事啊！明天，也许要到后天以后呢？啊！啊！我的伟大的亡友啊！……"（《日记手稿》）就中强烈表露了对于先烈、亡友、引路人——卜息园的缅怀与挚爱！

五月十三日，《救亡日报》在"作家书简"栏以《期待〈太阳从西边出来〉叶紫在病中——期待他的读者的鼓励》为题，发表了叶紫五月一日写给邝达芳的信，题下附有邝达芳的按语："曾在文坛上，尽过最大的努力，《丰收》的作者叶紫先生，他的作品已不和读者见面很久了，曾经看过他的《电网》和《丰收》的人，当不会忘记的吧？现在他病在湖南的一个乡村里，受着穷与病的煎熬，然而他还努力地工作，在着手写一约百万字的长篇：《太阳从西边出来》。为着使他的病能较快好了起来，可对于祖国抗战尽更多的力量，我希望一切与叶紫先生相识或不相识爱好他作品底朋友，对他作精神上物质上特别是金钱的接济，钱的多少是不论的，因为我们对于这样一个作家底爱切，主要还是在于精神上底鼓励！"叶紫在信中表现了对于文学事业的执着与提高修养的切盼："说起'文学修养'来，我真是可怜得很！……尤其是在血和铁相搏斗的现阶段。不过，我们大半都是不甘堕落的，虽然是牛步法，总还在一天一天地进步，并且也还不太慢。当然，比起外国作家来（尤其是比起十九世纪的诸大作家来），当然是差得太遥远了。这是指艺术的修养而言。我们太少接近伟大遗产的机会了。这一问题，在现阶段，也是没有办法的，不过，亲爱的朋友！我希望您能提一些问题来互相讨论。"随后，还谈及自己的生活状况："大概说起来，我每天工作三小时，上午七时半至九时，搜集整理大长篇（一百万字）材料。长篇名《太阳从西边出来》。下午三至四时写短篇或书信。晚间七时半至八时，日记。余时是散步，睡。"

五月二十三日，日记记有："'救救孩子！'这是伟大的先辈鲁迅的呼号。但救孩子，必先从改造社会制度着手。否则，孩子是救不了的。……"（《日记手稿》）

五月二十四日，"想起应该写篇纪念息园的文章，而身体不允许。九年来,我除在《丰收》上标了一句纪念话于卷首外,我没有再写过一个字,我是太对不住亡友了。

"记得在上海时,他答复一位笑他有官不做,而去做'永不会成功的'革命工作的朋友(那朋友笑他为夸父追日),仅寄了一首诗去,没有加一个字。这个人是在南京某某部里当科长的。他曾经表示欲再介绍息园做官,被息园拒绝了。诗云:

> 春来秋去耐缠绵,花落花开断复连!
> 旧迹尽凭潮尽洗,新生应共铁尤坚!
> 笑看夸父曾追日,忍待娲娘更补天!
> 乱世是非原未定,莫将成败论当年!

"本来和久龄约定,在他的忌辰去上坟的,大家在那里作一次野餐,祭祭他,回来再作纪念文。结果,因病,因暴风雨,而不果!……

"有一天,想和他一首诗,仅得两句,云:

> 痛哭故人心欲裂,忍看时局志弥坚!

(《倒车集》)

"算了吧,无论那一天,只要续好了这诗,总要写几句话到杂志上去发表,以作纪念的。"(《日记手稿》)

同日,"人类的'夸大狂'最发达的地方,怕要算是中国了。我所看见的每个中国人,差不多都有点欢喜'夸大',以'夸大'为快乐。文学家更不用说,有名的如李白的'白发三千丈'!现今的,连我自己,有时都有点这毛病,并且简直是不自觉的,成了习惯了。这大概是脊髓小神经的作用吧!真是不可解的问题。应时刻注意啊!(自箴之七)"(《日记手稿》)

五月二十五日,"'忍耐',我一定要百分之百的做到。永恒地不要忘记由'忍耐'所得到的好处。(自箴之八)"(《日记手稿》)

五月二十七日,"午后,大开倒车,和久龄合伙开某诗人的大玩笑。戏和五首,戏改四首,并附一短跋。也是针对着反对旧诗而作的,不无小意义。改日再记吧。因为诗还待斟酌。不过,下次再不许自己开这样的玩笑了。一者伤脑,二者耽误时间,三者终不免使人难堪。虽然我绝不写作者的名

字,不告诉别人作者是谁,但终不免传给作者本人知道,而生怨恨和误会。切戒! 切戒! (自箴之九)"(《日记手稿》)

六月二日,"环境使我和全中国农村中的劳苦大众享受不到科学的幸福。"(《日记手稿》)痛感政治腐败、科学落后使中国人民陷于痛苦、穷困和愚昧的际遇中。

六月六日,汉奸曹明陈在省城长沙被枪决,此人即是杀害叶紫父亲的元凶,听到这一消息,叶紫在日记中写道:"对于这样一个封建余孽的罪魁,土劣总代表,是必然要走到这条路上去,也必然要得到这样归宿的。……说到私仇,当然我应当向我的先父(祝他老人家灵魂平安)祝告的! 不过,与其说,我看了一个大仇人的死而高兴,到不如说看到替国家民族除了一个大害而高兴,还恰当得多。……"(《日记手稿》)

六月十六日,"看到一个生客人,或高兴的人,或高兴的事,即大为兴奋,这是非常有害于我的病的。应绝对抑止。兴奋之后,一定要受伤害的。一定要受刺激的。何必呢? ……切戒切戒! (自箴之十)"

"'矫枉过正'也是我的最大的缺点之一。我常常犯这样的毛病。'过正'者,'过度'也,'过火'也。'过度'即变成了'夸大',略发展一点,就有成为'说谎'的危险。'过火'就不免'苛责'或'苛求',尤其是要不得的。这毛病不小啊! 不偏,不激,虽中庸之道,却也是非常难得的道理,用之于年青人,是最困难的。(自箴之十一)"

"'残酷地批判自己,无限地宽恕别人。'我昨天对企霞说了,今后,自己更应当时刻警惕! (自箴之十二)"(《日记手稿》)

六月二十四日,日记记有:"病势一天较一天严重。多天体温达 37°6。脉搏 102 跳。喉痛得几乎失音。……我关心着世界大局,耽心着祖国的存亡,关心着全中国的文化事业,时刻不能忘记自己所负的伟大的时代的使命,文化人应尽的一切责任……假如这是我的致死的原因,那我真是'死'而无怨。"(《日记手稿》)

六月二十五日,日记记有:"'苦',我不怕! '死',我不怕! 来吧! 一切的魔难! ……老子不怕你!"(《日记手稿》)叶紫对严重的疾患表现了顽强的战斗精神,他勇敢地与病魔对持,以磐石般的意志力支撑着,从没有放下自己的武器——笔。

六月二十六日,在致友人信中写道:"最近,在一九二七年大革命失败时,杀掉我父亲和姐姐以及一千个以上革命者的一个大仇人,反动的封建土劣巨魁,因为劫夺军队枪枝,企图扰乱后方的汉奸,在长沙枪毙了。情不自禁写了一篇《报复欲》的杂感,寄到《力报》去了……"。

八月七日,在致邝达芳的信中这样写道:"我不但不怕死,而且坚信死神决不敢到头上来,要使他象日本鬼子一样,长期陷他于泥淖中,而在反攻时歼灭之,现在还不到我的反攻时候呢!"表现了他与痼疾苦斗的乐观精神。

叶紫在乡间的生活十分困迫,他在同一封信中说:"最近的生活比去年冬季还糟十倍,欠了廿元的高利贷(每元每月一角利息),被逼得要命,他们会用全世界最难堪的话来侮辱你,不是没有米就是没有油,发一封信,常常要借二三处方借到五分钱,但'活人不断粮'是中国的'古话',我还没有死者,怕还是这句话的力量,好笑得很。"就这样,万恶的旧世界借"病"和"贫"这两条毒蛇,最后绞杀了叶紫年轻的生命!

十月五日下午七时十五分,这位以自己坚实而战斗的作品丰富了左翼文艺运动光辉战绩的青年革命作家终于停止了呼吸!

当叶紫逝世的消息传到桂林时,夏衍、艾芜、新波、立波等立即发起《为援助叶紫先生遗族募捐启事》:

"《丰收》作者叶紫先生,不幸于十月五日下午七时一刻在湖南益阳兰溪故居,溘然病逝,同人惊悉恶耗,痛悼弥深,盖先生不独为青年文艺家之秀出,且身世之凄凉,经历之艰苦,实集人世之惨痛于一身,而为社会损害之结果,同俦之感,尤足使人发其深痛也。

"叶紫先生生前从事文艺工作,不遗余力,以至积劳成疾,生活维艰;去春以来,回乡养疴,贫病相侵益甚,然先生曾不以环境稍隳其心,犹力疾从事写作,计划中之长篇《太阳从西边出来》,乃其反映中国革命之巨制也,然卒以贫病交迫,终至不起,遗篇未及完成,即赍志以殁,先生遗憾之深,文坛损失之巨,可以知也。今先生溘然长逝,身后萧条,骸骨未归良壤,妻儿已受饥寒,同人悼惜之余,爰特发起叶紫先生丧葬募捐,以为文艺战士身后之恤。

"台端或为叶紫先生生前好友,或为文艺界同仁,必能解囊为助,共襄义举,不特殁存俱蒙厚惠,即我同人亦感同身受也。

发起人:

夏　衍	艾　芜	新　波	立　波	沫　沙
奚　如	芦　荻	达　芳	叶灵凤	郁　风
林　林	黄苗子	杨　刚	戴望舒	适　夷

收款处:

> 桂林太平路十二号救亡日报社转叶先生家属。
> 叶紫遗孤有二:女,余蒂丽,子,余雪驹。"

叶紫的不幸逝世,在中国文化界引起震动,无不对这一年青的天才作家的萎谢感到痛惜与哀惋。中华全国文艺界抗敌协会总会机关刊物《抗战文艺》第五卷第四、五期合刊(1940 年 1 月 20 日)发表了"作家叶紫于二十八年十月五日病死故乡"的《文艺简报》,编者在《编后记》中呼吁:"叶紫先生死后,他的夫人和儿女的生活极为困难,现在除发表他的夫人的求援信外,希望叶紫先生生前的朋友和广大的作家们能够给予他的家属以经济的援助。"茅盾主编的《文艺阵地》除披载夏衍、艾芜、奚如、戴望舒等《为援助叶紫先生遗族募捐启事》(刊第四卷第三期,1939 年 12 月 1 日)外,还刊发了夏明的《叶紫之死》(同期)、适夷的《悼叶紫》(同期)。夏衍主编的《救亡日报》除刊登《为援助叶紫先生遗族募捐启事》外,还发表了新波的《哀叶紫》(1939 年 10 月 30 日)、铁弦的《怀叶紫》(1940 年 2 月 8 日)等。"孤岛"上海的许多报刊都发表了许多文章悼念与缅怀叶紫,例如蒋策主编的《文艺新闻》除刊发《为援助叶紫先生遗族募捐启事》、《关于叶紫赙金报告》等而外,还登载了若干诗文:有洛凡作《一个战士的死——叶紫》(刊第六期,1939 年 12 月 10 日)、谷寒的《悼叶紫》(同上)、荒牧作诗《〈太阳从西边出来〉——悼叶紫》(刊第八期,1939 年 12 月 24 日)等。柯灵编辑的《大美报》副刊《浅草》也发起以"稿酬移赠"叶紫遗族,并发表了许广平的《忆叶紫先生》(1939 年 12 月 22 日)。王季深编辑的《长风》发表了满红的《悼〈丰收〉的作者——叶紫》(第 2 期,1940 年 2 月 1 日)。杨刚编辑的《大公报》(香港版)副刊《文艺》也发表了碧野的诗《悼叶紫》(第 806 期,1940 年 3 月 27 日)与李健吾的论文《叶紫论》(第 809 至 811 期,1940 年 4 月 1 日至 5 日)。

附言:

叶紫是我自幼心仪的作家,早在六十年代初就草撰了一份《叶紫年谱》,并拟作进一步研究。《年谱》交上海文艺出版社拟刊于《中国现代文艺资料丛刊》第四辑,甫发排而"十年浩劫"的风暴袭来,遂废置。"四人帮"覆灭之后,《年谱》稍事修改后刊布于中国现代文学研究会的会刊《中国现代文学研究丛刊》创刊号。随之又重新开始中辍了十余年的叶紫研究,并在编辑《叶紫文集》的过程中广泛涉猎了三十年代的有关书物,访问了叶紫生前的故交友好,搜集了不少叶紫生平与创作的资料,并且发见了大量的佚作,篇幅约同于已知的叶紫作品,遂据新资料将《叶紫年谱》重行厘订补正,以求较能全面勾勒出叶紫生活、创作、斗争的轨迹。在修订过程中曾得到许多师友的指导与匡正,湖南师范学院叶雪芬副教授帮助尤多,均此声叙鸣谢。

一九六三年二月初撰。
一九七八年九月修订。
一九八四年六月三改。

叶紫著作编目

一、叶紫著作系年目录

一九三三年

叶　子：

从这庞杂的文坛说到我们这刊物(发刊词)

载 1933 年 2 月 5 日《无名文艺旬刊》(上海无名文艺社旬刊编辑部编辑,无名文艺社发行)创刊号

编辑室：

编后记

载 1933 年 2 月 5 日《无名文艺旬刊》创刊号

编辑室：

编后记

载 1933 年 2 月 15 日《无名文艺旬刊》第二期

叶　紫：

《无名文艺月刊》封面画

载 1933 年 6 月 1 日《无名文艺月刊》(叶紫、陈企霞编辑,上海无名文艺社出版)创刊号

叶　紫：

丰　收(小说)

1933 年 5 月 2 日脱稿于上海

载 1933 年 6 月 1 日《无名文艺月刊》创刊号

叶　紫：

编辑日记(3月10日至5月4日)

载1933年6月1日《无名文艺月刊》创刊号

紫：

紧要申明

载1933年6月1日《无名文艺月刊》创刊号

叶　紫：

火(小说)

1933年6月10日作于上海,9月19日修正。载1933年10月15日《文艺》(上海现代文艺研究社编辑,华通书局出版)第一卷第一期

杨镜清：

王伯伯(小说)

1933年9月1日上午十一时,脱稿于上海。

载1934年9月25日《文学新地》(上海文学新地社编辑、出版)第一卷第二期

(按:本篇曾译载国际革命作家联盟机关刊物《国际文学》,后辑入短篇小说集《丰收》时易名为《电网外》)

叶　紫：

刀手费(小说)

1933年9月,姨母逝世的第三周年。

载1933年10月6日《申报》副刊《自由谈》

叶　紫：

向　导(小说)

1933年9月29日深夜在上海

载1933年12月1日《现代》(施蛰存编,现代书局发行》第四卷第二期

叶　紫：

夜哨线(小说)

1933年除夕前五日,在上海。

载1934年9月1日《当代文学》(当代文学社编,天津书局发行)第一卷第三期

一九三四年

叶　紫：

毕业论文（小说）

载 1934 年 1 月 24 日《申报》副刊《自由谈》

紫：

爱伦凯与柯仑泰（上）

载 1934 年 2 月 18 日《申报》副刊《妇女园地》第一号

紫：

爱伦凯与柯仑泰（下）

载 1934 年 2 月 25 日《申报》副刊《妇女园地》第二号

叶　紫：

懒捐（小说）

1934 年 4 月 6 日下午十时在上海。

载 1934 年 5 月《中华月报》（中华月报社编辑发行）第二卷第五期

阿　芷：

文坛登龙新术

载 1934 年 4 月 12 日《中华日报》副刊《动向》（聂绀弩主编，叶紫助编）

柳　七：

忆家煌

载 1934 年 4 月 12 日《中华日报》副刊《动向》

杨　樱：

新作家草明女士

载 1934 年 4 月 19 日《中华日报》副刊《动向》

叶　紫：

我怎样与文学发生关系

载 1934 年 7 月《文学》（文学社编，生活书店发行）一周年纪念特刊——《我与文学》

1936 年 4 月 20 日夜深改正。

杨　樱：

关于《天下太平》

载 1934 年 4 月 30 日《中华日报》副刊《动向》

阿 芷：

洋形式的窃取与洋内容的借用

　　——杨昌溪先生的小说是洋人做的

载 1934 年 5 月 7 日《中华日报》副刊《动向》

柳 七：

杨七公公过年(小说)

1934 年 6 月 13 日脱稿于上海。

载 1934 年 6 月《中华月报》第二卷第六期及 1934 年 7 月《中华月报》第

二卷第七期

黄 德：

"手续费"与"刀手费"

　　——读《裤子掉下来了》以后

载 1934 年 6 月 21 日《中华日报》副刊《动向》

黄 德：

还乡杂记

　　——（一）湖上

载 1934 年 7 月 27 日《中华日报》副刊《动向》

黄 德：

还乡杂记

　　——（二）在小饭店中

载 1934 年 7 月 28 日《中华日报》副刊《动向》

黄 德：

还乡杂记

　　——（三）变了

载 1934 年 7 月 30 日《中华日报》副刊《动向》

黄 德：

还乡杂记

　　——（四）有什么值得我的留恋呢?

载 1934 年 7 月 31 日《中华日报》副刊《动向》

汤咏兰：

女子经济独立与教育平等(评论)

载 1934 年 9 月 1 日《女子月刊》(黄心勉主编,女子书店发行)第二卷第

九期

叶　紫：

行军掉队记（散文）

载 1934 年 10 月 5 日《新语林》半月刊（徐懋庸编，光华书局发行）第五期

（按：该篇在《新语林》第五期仅刊第一节，拟下期连载，但第六期未见续刊。该刊编者在第六期的《后记》中曾这样说明："这里还要声明一下，因为有几篇文章被抽去了，尤其是叶紫君续稿也被抽去，使读者只看到头没看到脚，真抱歉。"

叶　紫：

行军散记（散文）

载 1934 年 11 月 1 日《小说》（梁得所编，上海大众出版社发行）第十一期

（按：《小说》第十一期目录上分明列有叶紫的《行军散记》，但正文中却付阙如，另换了蒋弼作《文明的焦点》。该刊同期刊有《启事》云："本期叶紫君作《行军散记》由中央宣传委员会图书杂志审委会将原稿存会候核，未及发还付印，故另补本篇，目录不符，读者当可原谅。"）

黄　德：

读《丰饶的城塔什干》（评论）

1934 年 11 月 4 日作。

载 1934 年 12 月 10 日《读书生活》（李公朴主编，艾思奇等编辑，读书生活出版社出版）第一卷第三期

一九三五年

叶　紫：

岳阳楼（散文）

载 1935 年 1 月 1 日《文学》第四卷第一期

叶　紫：

《丰收》自序

1935 年 1 月 9 日深夜，在上海。

载 1935 年 3 月上海容光书局版《奴隶丛书》之一《丰收》卷首

黄　德：

盘　湖(小说)

1933 年 1 月 20 日作

载 1935 年 4 月 10 日《小文章》(胡依凡、方士人编,春光书店发行)创刊号

(按:本篇辑入短篇小说集《山村一夜》时易名为《鱼》)

黄　德：

流　亡(散文)

载 1935 年 2 月 1 日《生生》(李辉英、朱菉园编,上海生生美术公司发行)创刊号

杨　樱：

偷　莲(小说)

1935 年 2 月 20 日。

载 1935 年 3 月 1 日《小说》第十九期

叶　紫：

我们需要小品文和漫画

1935 年 2 月 28 日作。

载 1935 年 3 月《太白》(陈望道主编,夏征农、东平等编辑,生活书店发行)一卷纪念特辑——《小品文和漫画》

叶　紫：

《丰收》后记

1935 年 3 月 2 日在上海。

载 1935 年 3 月上海容光书局版《奴隶丛书》之一《丰收》卷末

陈　芳：

星(小说)

1935 年 3 月作。

载 1935 年 9 月 16 日《文学季刊》(郑振铎、靳以编,上海良友图书公司发行)第一卷第三期

杨　樱：

南行杂记

　　——(一) 熊飞岭

载 1935 年 4 月 5 日《芒种》半月刊(曹聚仁、徐懋庸编,上海北新书局发行)第三期

杨　樱:

南行杂记

　　——(二)夜店

载 1935 年 4 月 20 日《芒种》半月刊第四期

杨　樱:

南行杂记

　　——(三)一座古旧的城

载 1935 年 5 月 5 日《芒种》半月刊第五期

杨　樱:

南行杂记

　　——(四)浯溪胜迹

载 1935 年 5 月 20 日《芒种》半月刊第六期

叶　紫:

山行记(散文)

载 1935 年 7 月 6 至 12 日《时事新报》副刊《青光》(朱曼华编)

(按:本篇即《新语林》第 6 期被抽的《行军掉队记》的第 2—5 节,辑入《叶紫散文集》时恢复题名为《行军掉队记》)

辛卓佳:

广　告(小说)

载 1935 年 7 月 8 日《申报》副刊《自由谈》

叶　紫:

好消息(散文)

载 1935 年 7 月 25 日《申报》副刊《自由谈》

叶　紫:

插　田

　　——乡居回忆之一

载 1935 年 7 月 31 日《时事新报》副刊《青光》

叶　紫:

长江轮上(散文)

载 1935 年 8 月 26 日、27 日、28 日《申报》副刊《自由谈》

叶　紫:

鬼(散文)

载 1935 年 8 月 29 日《时事新报》副刊《青光》

辛卓佳：

夜的行进曲（散文）

载 1935 年 9 月 24 日《申报》副刊《自由谈》

叶　紫：

殇儿记（散文）

载 1935 年 10 月 1 日《申报》副刊《自由谈》

辛卓佳：

玉　衣（散文）

载 1935 年 10 月 28 日、29 日、30 日《申报》副刊《自由谈》

叶　紫：

卷首语

载 1935 年 12 月 20 日《漫画和生活》（张谔编，漫画和生活社发行）第一卷第二期

叶　紫：

我为什么不多写

1935 年除夕前十日在上海。

载 1936 年 1 月 20 日《漫画和生活》第一卷第三期

陈　芳：

天心阁的小客栈里

　　——夜雨飘流之一

载 1935 年 12 月 29 日《时事新报》副刊《青光》

一九三六年

陈　芳：

飘流之夜（散文）

载 1936 年 1 月 8 日《时事新报》副刊《青光》

叶　紫：

作家的感想·意见·回忆

载 1936 年 1 月 28 日《时事新报》副刊《每周文学》（每周文学社编）第十九期"一·二八纪念特辑"

陈　芳:

校长先生(小说)

1936 年 5 月 19 日作于病中。

载 1936 年 6 月 1 日《文学丛报》(王元亨、马子华编,文学丛报社发行)

叶　紫:

山村一夜(小说)

1936 年 7 月 4 日,大病之后。

载 1936 年 7 月 15 日《作家》(孟十还编,作家社发行)第一卷第四期

叶　紫:

我们的唁词

载 1936 年 7 月 10 日《文学界》(周渊编,文学界社发行)第一卷第二期
"高尔基逝世纪念特辑"

叶　紫:

国防文学的随感二则

　　一、你为什么不多写些国防文学的作品

　　二、找不到国防的材料

载 1936 年 8 月 10 日《文学界》第一卷第三期

叶　紫:

变　动(小说)

1936 年 8 月 1 日,补作。

载 1936 年 8 月 10 日《文学界》第一卷第三期

(按:此即补作的《星》之第四章,作者在题下注有:"去年——一九三五年——九月,我在《文学季刊》第二卷第三期上,发了一篇中篇小说《星》。因为某种关系,抛弃了这一章没有写进去,以致使很多读者都看不懂,现在因急于出单行本,特仍将它加上去,以填空白,并先在这里发表了。")

叶　紫:

《星》后记

1936 年 8 月 18 日,大病之后,记于上海。

载 1936 年 12 月上海文化生活出版社版《星》卷末

叶　紫:

《丰收》四版的话

1936 年 8 月 24 日晨,在上海。

载 1936 年 9 月上海容光书局版《奴隶丛书》之一《丰收》四版卷末

陈　芳：

电车上(小说)

1936 年 9 月 4 日

载 1936 年 10 月 15 日《作家》第二卷第一号

叶　紫：

痛苦的感想(杂感)

载 1936 年 9 月 5 日《文学大众》(房坚编,上海群众杂志公司发行)第一卷第一期"'九·一八'五周年纪念特辑"中"我们沉痛的纪念"专栏

叶　紫：

湖　上(小说)

1936 年 10 月 2 日

载 1936 年 10 月 15 日《作家》第二卷第一号

叶　紫：

哭鲁迅先生(悼诗)

1936 年 10 月 20 日,在病院。

载 1936 年 10 月 30 日《申报文艺专刊》第五十一期

一九三八年

叶　紫：

回到乡村(书简)

载 1938 年 5 月 20 日《战地》(丁玲、舒群编,汉口战地出版社出版)第一卷第五期"病榻上的战士"专栏

一九三九年

叶　紫：

回忆·感想·日记·笔记·杂记

(按:即 1939 年 2 月 1 日起至同年 6 月 26 日止的日记手稿,解放后曾由其子余雪驹寄张天翼,后张交给了冯雪峰,再由冯转给北京图书馆珍藏。)

叶　紫：

致张天翼书

1939 年 2 月 8 日

载 1939 年 2 月 22 日《观察日报》副刊《观察台》

叶　紫：

致张天翼书

1939 年 3 月 29 日

载 1939 年 4 月《力报半月刊》(湖南邵阳力报社)创刊号

叶　紫：

致达芳函

1939 年 4 月 7 日

载 1939 年 4 月 19 日《救亡日报》(桂林救亡日报社)

叶　紫：

致邝达芳书

1939 年 5 月 1 日

载 1939 年 5 月 13 日《救亡日报》(桂林版)

叶　紫：

报复欲(杂感)

作于 1939 年 6 月

叶　紫：

"叶紫遗书"(即同年 5 月 1 日致邝达芳函)

载 1939 年 12 月 10 日《文艺新闻》(蒋策编,上海文艺新闻社发行)第六期

一九四〇年

叶　紫：

菱(小说)

载 1940 年 3 月 20 日《大公报》(香港版)副刊《文艺》(杨刚编)第八〇三期

(按:《文艺》编者在题下写道:"叶紫先生的长篇小说《菱》属稿仅成一章,就因了种种原故而搁笔,现在则业已成了绝笔了。此稿据李健吾先生谓是叶紫作品中最完整的一篇,(然而是永远残缺的完整呵!")一向由巴金先生保存。《文艺》得巴金先生的许可,将它发表,愿与读者共谢巴金,并对我们少年作家之可痛的亡逝致无限悼忧!")

叶　紫：

菱（一续）

载 1940 年 3 月 22 日《大公报》（香港版）副刊《文艺》第八〇四期

叶　紫：

菱（二续）

载 1940 年 3 月 25 日《大公报》（香港版）副刊《文艺》第八〇五期

叶　紫：

菱（三续）

载 1940 年 3 月 27 日《大公报》（香港版）副刊《文艺》第八〇六期

叶　紫：

菱（四续）

载 1940 年 3 月 29 日《大公报》（香港版）副刊《文艺》第八〇七期

叶　紫：

菱（五续）

载 1940 年 4 月 1 日《大公报》（香港版）副刊《文艺》第八〇九期

叶　紫：

菱（六续）

载 1940 年 4 月 3 日《大公报》（香港版）副刊《文艺》第八一〇期

叶　紫：

菱（七续）

载 1940 年 4 月 5 日《大公报》（香港版）副刊《文艺》第八一一期

叶　紫：

菱（八续）

载 1940 年 4 月 8 日《大公报》（香港版）副刊《文艺》第八一二期

二、叶紫著作目录

一九三五年

现代女子书信指导

署汤咏兰女士著

姚名达主编《女子文库》"学术指导丛书"之一

1935 年 2 月 1 日上海女子书店初版

32 开本,例言 2 页,正文 133 页。

目　次:

丰　收（短篇小说集）

鲁迅主编《奴隶丛书》之一

（按：关于"奴隶社"，在田军作《八月的乡村》扉页刊有"奴隶社"的《小启》："我们陷在'奴隶'和'准奴隶'的地位，最低我们也应该作一点奴隶的呼喊，尽所有的力量，所有的忍耐。——《奴隶丛书》的名称，便是这样被我们想出的。第一册是叶紫的《丰收》。第二册便是田军的《八月的乡村》。第三册……我们也正准备着。以至若干册……——奴隶社"）

1935 年 3 月上海容光书局初版

32 开本,鲁迅序言 4 页,自序 2 页,正文 322 页,后记 1 页。

新波制书面

扉页题有——"纪念我的亡友卜息园"

目 次:

序 言

1933 年 1 月 16 日,鲁迅记于上海。

自 序

丰 收

火

电网外

夜哨线

杨七公公过年

向 导

后 记

木刻插图十二幅(新波作)

一九三六年

新少年文学拔萃读本(第一集)

风沙编

1936 年 5 月上海现实出版社初版

辑入叶紫《商议》(节录自短篇《火》)

丰 收

1936 年 9 月上海容光书局四版

内容悉同初、二、三版,惟加有《四版的话》(1936 年 8 月 24 日晨,在上海。)

现阶段的文学论战

林淙选编

1936 年 10 月 15 日文艺科学研究会初版

本书第四辑选入叶紫《国防文学的随感二则》

鲁迅纪念集

鲁迅纪念会编

1936 年 12 月 30 日上海北新书局初版

本书第五辑中选入叶紫的悼诗《哭鲁迅先生》

星（中篇小说）

署叶紫作

巴金主编《文学丛刊》第三集第一册

1936 年 12 月文化生活出版社初版

32 开本，正文 165 页，后记 2 页。

目　次：

　　第一章

　　第二章

　　第三章

　　第四章

　　第五章

　　第六章

　　　1935 年 3 月，初稿。

　　　1936 年 8 月，增补，修正。

　　后　记

一九三七年

山村一夜（短篇小说集）

署叶紫作

1937 年 4 月 15 日上海良友图书印刷公司初版

32 开本，正文 131 页。

目　次：

　　偷　莲

　　鱼

　　山村一夜

　　湖　上

　　校长先生

　　电车上

一九四六年

丰　收

1946 年大连大众书店重印本。

内容悉与初版本同。

一九四七年

丰　收

1947 年东安东北书店重印本。

内容悉与初版本同。

一九五五年

叶紫创作集

1955 年 2 月人民文学出版社初版

大 32 开本,作者小传 2 页,正文 356 页。

目　次:

作者小传

　　人民文学出版社编辑部　1954 年 12 月

第一辑

　　丰收　火　电网外　夜哨线　杨七公公过年　向导

第二辑

　　星

第三辑

　　偷莲　鱼　山村一夜　湖上　校长先生　电车上

第四辑

　　行军散记　行军掉队记　夜的行进曲　流亡　古渡头　岳阳楼
长江轮上　夜雨飘流的回忆　我怎样与文学发生关系

一九五九年

叶紫选集

1959 年 3 月人民文学出版社初版

大 32 开本,前言 6 页,正文 356 页,附录 9 页

目　次:

前　言

　　人民文学出版社编辑部　1958 年 10 月

　　丰收　火　电网上　夜哨线　杨七公公过年　向导

　　星

　　山村一夜　湖上　校长先生　电车上

　　行军散记　行军掉队记　夜的行进曲　流亡　古渡头　岳阳楼

　　长江轮上　夜雨飘流的回忆

　　附录一：

　　　《丰收》序(鲁迅)

　　附录二：

　　　我怎样与文学发生关系

一九六二年

丰　收

署叶紫作

《文学小丛书》之一

1962 年 8 月人民文学出版社初版

长 32 开,前言 4 页,正文 108 页。

目　次：

　　前　言

　　　编者　1962 年 4 月

　　丰　收

　　火

一九七八年

叶紫选集

1978 年 7 月人民文学出版社再版

大 32 开,前言 6 页,正文 363 页。

　　内容悉同于初版,惟将原作为"附录一"的鲁迅所写《叶紫作〈丰收〉序》一文移至正文前面,叶紫的《我怎样与文学发生关系》也不作为附录,仍置于卷末。

三、叶紫未出版作品

离　叛（长篇小说）

据叶紫所撰《编辑日记》（刊 1933 年 6 月 1 日《无名文艺月刊》创刊号）一九三三年三月十九日条云："将长篇创作《离叛》整理了（四?）天,准备另出单行本,编入丛书。"所谓"丛书"即叶紫所主持的无名文艺社拟编印的《无名文艺丛书》,这一计划后来未能实现,《离叛》也未见出版。据陈企霞同志回忆,《离叛》是一部以大革命作背景的长篇创作,主人公是一个秀外慧中、感悟浓冽的女性,由于憧憬光明、向往革命,在革命浪涛的拍击中爱上了一个"革命者";但是,那个"革命者"却在革命落潮时刻背叛了自己原先的理想与组织,少女于是坚决与之决裂,并投书痛斥他的叛卖行为。

奇闻集（短篇小说集）

《丰收》四版本（1936 年 9 月上海容光书局版）封三《叶紫新著四种》广告云："……（三）《奇闻集》将出。"后未见此书出版。

古渡头（散文集）

方之中编《夜莺》第一卷第二号（1936 年 4 月 5 日出版）封底广告——"新钟书局出版《新钟创作丛刊》",其中第一辑十六册为："叶紫作《古渡头》·散文·三角半";同时,杨晋豪编《1936 年度中国文艺年鉴》（1937 年 7 月北新书局初版）第四辑《一九三六年的文艺产品》之《重要单本简目》散文书目部分列有："《古渡头》叶紫作·三角五分·新钟",而该书始终未发见,可能没有出版。

叶紫散文集

系作者自己编定的散文结集,共辑入散文十六篇,于一九三六年交由商务印书馆出版。该书广告同见于《丰收》四版本封三《叶紫新著四种》之内,中谓《叶紫散文集》正"排印中"。后纸型打就后,因抗旧战争爆发而未能出版。

四、叶紫未完成作品

菱（中篇小说）

《丰收》四版本（1936 年 9 月上海容光书局版）封三《叶紫新著四种》广告云："（四）《菱》（中篇）将出。"同年八月十八日所撰之《〈星〉后记》中亦提及："我希望我这篇正在写作的《菱》，能得一个较好的结果"。但该中篇后来并未竣稿，仅写成第一章而中辍。据巴金同志告知，《菱》原拟刊载于他与靳以合编的《文季月刊》，故而未完残稿由他保存；一九四〇年顷曾交香港《大公报》副刊《文艺》编者杨刚，于该报同年三至四月间连载。

太阳从西边出来（长篇小说）

作者在《星》的《后记》中曾说："因了自己全家浴血着一九二七年底大革命的原故，在我的作品里，是无论如何都脱不了那个时代的影响和教训的。我用那时候以及沿着那时候演进下来的一些题材，写了许多悲愤的，回忆式的小品，散文和一部分的短篇小说。本来，我还准备在最近一两年内，用自己亲人的血和眼泪，来对那时候写下一部大的，纪念碑似的东西。"并且焦灼地期冀："我更希望我那久久被血和泪所凝固着的巨大的东西，能够有早早完成的一日！"此间所谓"纪念碑似的东西"与"巨大的东西"，都即指的是这一试图反映创造了亘古未有的奇勋的湖南农民运动的长篇——《太阳从西边出来》。由于敌人的迫害，贫病的侵扰，这萦绕于作家脑际胸间的百万字的巨著，不得不因为环境的窘迫而时常中辍；但是，直至作家最后困卧病榻及劳瘁以殁，都始终执着于要完成这一凤愿。据叶紫最后一年（1939年）的日记记载，在贫无以为炊、病难以举肘的情况下，仍念念不忘于长篇的创作，如日记二月二日条记有："大长篇的材料，过去的都被毁掉了，以后我应当慢慢地，象修行似的，一个一个字地将它修筑起来。"并决定："这件事我必须赶快做"。三月廿四日条记有："四月一日起，一定开始作那巨大的长篇工作——《太阳从西边出来》。搜集，整理和追述材料。"又如一九三九年五月十三日《救亡日报》（桂林版）所刊《期待〈太阳从西边出来〉》的通讯中，引录了叶紫于同年"五·一"节致友人的信，言及自己的"生活状况"："上午七时半至九时，搜集整理大长篇（一百万字）材料。"长篇名《太阳从西边出来》的未完成手稿也因作家的夭亡而散佚，这一巨著的未能完稿与面世，是中国现代文学史上一个重大损失。

鲁迅先生回忆录

据莫洛编《陨落的星辰》（1949 年 1 月人间书屋初版）中《叶紫》篇称：叶紫创作计划中未完稿者有："……回忆散文《鲁迅先生回忆录》等"。又据叶紫最后一年日记手稿二月三日条记有："应当慢慢开始来写《鲁迅先生的回忆》，一个一个段片记起来，将来抄集拢来，便是一篇文章，既不费力伤脑，又完了一段几年来的大心事，一举两便，慢慢记，一天一天，脑子清醒，毫无烦恼的时候记。每段尾上都记上《鲁迅先生回忆》字样,以便将来抄。"可惜由于作者健康的日渐恶化,这一夙愿没有实现。

第七次入营(中篇小说)

据莫洛编《陨落的星辰》中《叶紫》篇称,叶紫"计划中未完稿者,有……中篇小说《第七次入营》,内容不详。"

邂逅(短篇小说)

据作者一九三九年度日记手稿二月二日条记有:"先写出这几个小说的腹稿的题目来吧,免得放在脑子里挤得发痛,以后再去追忆内容事实的概要好了。(一)《邂逅》。……还有很多很多,一时记不起了。以后记得一个写一个吧。不过以后记起来的,应该接着上面的数目字,从第七起,每一年中看我有多少短篇材料可写。"

十四个和一个(短篇小说)

出处同上。

自卫团(短篇小说)

出处同上。

寿(短篇小说)

出处同上。

第六次入营(短篇小说)

出处同上。

盐(短篇小说)

出处同上。

兄弟(短篇小说)

据叶紫一九三九年度日记手稿二月三条记有:"第七个小说题目《兄弟》。富有存时的兄弟,穷极时的兄弟,大难时的兄弟,逃难时的兄弟,病时的兄弟,分家时的兄弟,兄弟死的时候,……。但不要为潘菲洛夫的《旧的现实》所套住,应该有新的发现。《兄弟》,也可以参入大长篇中。"

寄兵(短篇小说)

病(短篇小说)

以上两篇均据叶紫一九三九年度日记手稿二月十一日条所记:"第八个小说题目《寄兵》,第九个小说题目《病》。不是自己病,一般乡下人生病。"

过年(短篇小说)

据叶紫一九三九年度日记手稿二月十一日条记有:"乡下人一年千辛万

苦,只有过年能勉强自己忘记几天生存的痛苦。假如综合各种型的农民来写一篇过年的小说,我想一定很有味的。那么,我就定第十篇小说题目为《过年》吧。"

查仓(报告文学)

据叶紫一九三九年度日记手稿五月二日条记有:"今天开始写一篇报告文学《查仓》,准备给《力报》半月刊的。为了生活,为了开始锻炼工作能力。"后来未见发表。

倒车集(旧体诗词)

据叶紫一九三九年度日记手稿三月廿四日条记有:"以一天的功夫,来追记我几个月中所作的旧诗、旧对子。这些东西,虽说无聊消遣,也可娱乐性情,调剂生活(但无疑是开倒车的东西)。"此后日记中尚记有所作《渡夫诗》、《和卜息园》等诗。旋于张天翼笺中也曾说及:"说起旧诗词、对子来,我近来是大开倒车了。……将来如果收成集子,就叫做《倒车集》,与老兄的《牛奶之路》,定可并驾齐驱,永垂千古而不朽了。"

五、叶紫编辑刊物

无名文艺旬刊

叶紫主编,无名文艺社(社址:上海中华路蓬莱里五号)发行,系该社机关志。32 开本二十页的小型文艺刊物。创刊号出版于 1933 年 2 月 5 日,第二期出版于 1933 年 2 月 15 日,仅出二期。第三期为"新诗专号",已编就而未能出版。叶紫(署名叶子)撰写了创刊号的"发刊词"——《从这庞杂的文坛说到我们这刊物》,恳挚地呼吁道:"就是因为大家都是'无名',所以叫它个'无名社'。我们十万分诚挚的同情于象我们这样的无名朋友,欢迎加入到我们这社里来。大家团结着,用自己的力量来开拓一条新的文艺之路。从这大混战的前夜里,冲到时代的核心中去!"创刊号卷末刊有"无名文艺社"的《本社章程》,称该社"宗旨"为:"专代无名作家发表作品,联络感情,交换文学智识,提高文学兴趣。"两期旬刊共载有:文艺论文《文学与大众》(岛西),小说《三日间》(雨沫)、《梦里的挣扎》(陈企霞)、《吠声》(雪湄),诗《前夜》(陈亢摩)、《我是一只小羊》(萍生)、《声色依然》(惠月仙)、《给》(宗廉),以及译文《复活》(巴比塞作,一之译)、《绝命书》(弗鲁达作,珍颖译)等。第三期"新诗专号"仅存要目(刊 1933 年 6 月 1 日《无名文艺月刊》创刊号),其中有《复活》(宗廉)、《幽灵的喊叫》(菊芬)、《春呀,自从你的来临》(穆因)、《悔恨》(于濛)、《我们的清晨》(克林)、《农村》(天囚)等。

无名文艺月刊

叶紫、陈企霞编辑,无名文艺社(社址:上海重庆路八〇八号)出版发行。第一卷第一期出版于一九三三年六月一日,仅出一期而止。封面亦由叶紫设计,16开本,120页。叶紫在创刊号上发表了小说创作的处女作《丰收》,并写有自三月十日至五月四日的《编辑日记》数十则,记述了刊物的编辑经过。同期刊载的作品——创作小说:《没有爸爸》(黑婴)、《垃圾》(岛西)、《巷战》(刘锡公)、《雁》(江雪楣);翻译小说:《巴加》(依斯特拉谛作,贺一之译)、《赌》(柴霍甫作,真译);诗:《卖唱的》(宋琴心)、《我记着你》(后主)、《电影》(问津)、《夜的素描》(绿意);童话:《雪人》(白兮);小品:《积谷防饥》(陶涛)、《审问》(丁锦心)、《闯进人寰去》(宗廉)、《狗》(辛桂荣);书评:《评〈她是一个弱女子〉》(陈企霞)、《关于〈回忆〉》(君)等。《无名文艺月刊》也是战线扩大的结果,即由原"无名文艺社"与另一进步文学团体"海燕文艺社"联合而筹办的。后者的成员有白兮(钟望阳)、周钢鸣、寒琪(韩起)等,据钟望阳回忆:"一九三二年'一·二八'事变后,我由叶以群同志介绍,参加了'海燕文艺社'。……半年之后,社友们想创办一份刊物——《海燕》。可是,我们都很穷,办刊物的钱凑不出。当时看到报摊上有一本薄薄的《无名文艺旬刊》,内容是进步的,用当时流行的话来说,是属于'左翼'的,编辑者是叶紫和陈企霞。有些社友建议我们《海燕》是否去和他们合办,大家讨论后就决定我去和他们谈判。我找到他们洽商,把《海燕》准备与《无名文艺》合并的想法跟他们谈了。叶紫是非常热情的,和陈企霞商量了一下,就同意了。并且告诉我,他们原来正打算把《无名文艺旬刊》改为月刊,要我们为月刊写稿。"钟后还将《无名文艺月刊》寄奉鲁迅先生,先生在复信中引述了一句中国古语:"留得青山在,不怕没柴烧"予以勖勉,给社友以极大的激励与鼓舞。

《中华日报》副刊《动向》

《动向》为上海《中华日报》的文艺副刊,聂绀弩主编,叶紫助编。日出一期,每逢周三停刊。发刊于一九三四年四月十一日,停刊于一九三四年十二月二十八日,共出刊二页十五期。编者在发刊词《头一回讲话》中申明:"这是一个小小的《动向》,我们把它献给全国进步的青年。要使它成为青年底所有,青年底所产,同时又是为青年的。"聂绀弩、叶紫都是左联盟员,所以

《动向》理所当然地成为了左翼文艺运动的阵地之一,当时许多左翼作家与进步文化人都很关心与支持这个副刊,鲁迅先生为它写了数十篇桀骜锋利的杂文,如《古人并不纯厚》署名翁隼)、《法令和歌剧》(署名孟弧)、《清明时节》(署名孟弧)、《刀'式'辩》(署名黄棘)、《论'旧形式的采用'》(署名常庚)、《连环图画琐谈》(署名燕客)、《推己及人》(署名梦文)、《拿来主义》(署名霍冲)、《商贾的批评》(署名及锋)、《骂杀与捧杀》(署名阿法)等。其他如陈望道、艾思奇、胡绳、梅雨(梅益)、羊枣(杨潮)、蒲风、张天虚、新波、张香山、徐懋庸、张谔、陈凝秋、周木斋、张庚、叶籁士、曹聚仁、周谷城、陈子展、曹白、杜谈(窦隐夫)、蒋弼、杨刚、方之中、魏猛克、林默(廖沫沙)、曹伯韩、柳倩、白兮(钟望阳),风子(唐弢)、杜重远、苦手(欧阳山)、田间、许幸之、王淑明、于黑丁、许之乔、胡洛、金满成等,都曾为其撰稿。叶紫亦以杨樱、阿芷、黄德、柳七等笔名,也在《动向》上撰写了若干杂感与书评。

中国现代诗刊目录[*]

一、"五四"时期，(1919—1927)：

1.《诗》。叶圣陶主编；北京。

    （1：1—2：2，1922. 1—1923. 5）

2.《诗学半月刊》。诗学研究会编；北京。

    （1—6，1923. 3—6）

3.《诗与小说》。张静庐编；上海。

    （1：1，1923. 9）

4.《诗坛》。天津《新民意报》副刊。

    （1923，1—11）

二、三十年代，(1927—1937)：

5.《黄华》。黄华诗社编；上海。

    （1：1—2，1928. 2—3）

6.《诗与散文》。诗与散文社编；上海。

    （1，1929. 9）

7.《当代诗文》。刘大白主编，上海。

    （1，1929. 11）

8.《绿》。上海绿社编。

    （1：1—2：2，1930—1932）

---

* 本目录系与我的研究生孙绍谊教授合编。

9.《诗刊》。徐志摩主编;上海。

（1—4，1931.1—1933.7）

10.《绿天》。温流主编;广州。

（1:1—5:2，1931.5—1933.5）

11.《榴花诗刊》。李白英编;上海。

（1—2，1932）

12.《我们诗歌》。我们诗歌社编;北平。

（1，1933.1）

13.《新诗歌》。中国诗歌会编;上海。

（1:1—2:4，1933.2—1934.12）

14.《我们的诗》。国立武汉大学荒村诗社编;武昌。

（1:1—2，1933.6—12）

15.《诗篇》。朱维基主编;上海绿社。

（1—4，1933.11—1934.2）

16.《诗剧文》。京报社编;北平。

（周刊;1—71，1934.3—1935.7）

17.《诗歌月报》。诗歌月报社编;上海。

（1:1—2:2，1934.4—11）

18.《诗与散文》。六月社编;上海。

（1—3，1934.6—7）

19.《诗帆》。土星笔会编;南京。

（1:1—4:5，1934.9—1937.5）

20.《今日诗歌》。今日诗歌社编;香港。

（1，1934.9）

21.《火山》。路易士主编;上海。

（1，1934.12）

22.《诗歌季刊》。诗歌季刊社;上海。

（1—2，1934.12—1935.3）

23.《诗歌漫画月刊》。诗歌漫画月刊社;上海。

（1，1934）

24.《新诗歌》。中国诗歌会河北分会。

（1—4，1934）

25.《大风诗刊》。中国大学大风诗社;北平。
　　　（1，1935.1）

26.《当代诗刊》。当代诗刊社;上海。
　　　（1:1—4，1935.1—5）

27.《诗经》。大夏诗社编;上海。
　　　（1—6，1935.2—1936.4）

28.《每月诗歌》。每月诗歌社编;上海。
　　　（1—3，1935.5—1936.1）

29.《诗歌》。诗歌社编,雷石榆主编;东京。
　　　（1—4，1935.5—10）

30.《诗歌月报》。草原诗歌会编;天津。
　　　（1:1—2:5，1935.6—1936.3）

31.《黄沙诗刊》。黄沙诗社编;北平。
　　　（1—2，1935.7—1936.1）

32.《现代诗风》。戴望舒主编;上海。
　　　（1，1935.10）

33.《诗歌》。白云诗社编;广州。
　　　（1—2，1935）

34.《现代诗草》。脉望馆编;上海。
　　　（1，1936.2）

35.《诗歌生活》。诗歌生活社编;上海。
　　　（1—2，1936.3—10）

36.《前奏》。前奏社编;上海。
　　　（1，1936.4）

37.《诗风半月刊》。诗风社编;上海。
　　　（1—2，1936.4）

38.《诗林》。诗林社编;上海。
　　　（双月,1:1—2:1，1936.6—1937.1）

39.《菜花诗刊》。菜花诗社编;苏州。
　　　（1:1，1936.9.20）

40.《诗歌杂志》。诗歌杂志社编;上海。
　　　（1—3，1936.10—1937.5）

41.《新诗》。新诗社编；上海。

　　（1:1—2:4, 1936.10—1937.7）

42.《诗歌小品》。海风诗歌小品社编；天津。

　　（1—3, 1936.10—12）

43.《诗志》。菜花社编；苏州。

　　（1:1—4, 1936.11—1937.3）

44.《创造诗刊》。创造诗刊社编；上海。

　　（1, 1936）

45.《诗歌新辑》。诗歌新辑编；青岛。

　　（1, 1937）

46.《厦门诗歌》。厦门诗歌会编。

　　（1, 1937）

47.《广州诗坛》。广州诗坛编委会编。

　　（1:1—3, 1937）

48.《诗歌青年》。大厦大学诗歌青年社编；上海。

　　（1:1, 1937）

三、抗战时期,（1937.8—1945）：

49.《中国诗坛》　（1:1—光复版4, 1937.8—1946.5）

50.《高射炮》　（1—2, 1937）

51.《战歌》　（1—8, 1937.10—1938.5）

　　　　　　　（新1:1—2:6, 1939.2—1940.4）

52.《时调》　（1—3, 1937.12）

53.《诗报半月刊》。诗报社编；重庆。

　　（试刊号—1, 1937.12—1938）

54.《诗群众》。诗群众社编；广州。

　　（1—2, 1938）

55.《民族诗坛》。民族诗坛社编；重庆。

　　（1:1—5:5, 1938.5—1945.12）

56.《中国诗艺》。中国诗艺社编；重庆。

　　（1:1, 1938.8;复刊1—4, 1941.6—10）

57.《战歌》。云南救亡诗歌社编；昆明。

（1:1—2:2, 1938.8—1941.1）

58.《新诗刊》。新诗刊社；上海。
　　（1—2, 1938—1939）

59.《新诗》。新诗社编；上海。
　　（1, 1938.11）

60.《东方诗报》。东方诗报社编。
　　（1—2, 1938）

61.《大众诗坛》。大众诗坛社编；开平。
　　（1—2, 1938）

62.《中国诗艺》。中国诗艺社编；贵阳。
　　（1:1—3:9, 1939.1—1941.9）

63.《诗人丛刊》。诗人丛刊社；上海。
　　（1, 1939.6.1）

64.《顶点》。艾青、戴望舒主编；香港。
　　（1, 1939.7）

65.《新歌》。蔡冰白编；上海。
　　（1, 1939.7）

66.《流火》。流火诗歌研究社编；广东梅县。
　　（1, 1939）

67.《开拓者》。诗歌丛刊社编；成都。
　　（1, 1939）

68.《诗》。诗社编；桂林。
　　（1:1—3:6, 1940.2—1943.2）

69.《暴风雨》。海燕诗歌社编；温州。
　　（1—2, 1940）

70.《诗星》。海星诗社编；成都。
　　（1:1—3:1, 1940.7—1942.8）

71.《诗与散文》。诗与散文社编；昆明。
　　（1:1—3:5, 1940.8—1946.10）

72.《新诗歌》。肖三主编；延安。
　　（1—6, 1940.9.1—1941.5.21）

73.《未央》。未央社编。

（1—2，1940.11—12）

74.《诗歌与木刻》。诗歌与木刻社编；江西秦和。

（1—9，1940.12—1942.5）

75.《匆匆诗刊》。匆匆诗刊社；延安。

（1—4，1941.1—5）

76.《黎明之歌》。李白凤主编；广东惠平。

（1—2，1941）

77.《散文与诗》。散文与诗社编；成都。

（1—2，1941.3—5）

78.《每月诗丛》。每月诗丛社编；上海。

（1—2，1941.6—7）

79.《海星》。海星诗社编；成都。

（1：1—2：5，1941.6—1942.4）

80.《诗创作》。诗创作社编；桂林。

（1—19，1941.7—1943.3）

81.《诗垦地》。诗垦地社编；成都。

（1—6，1941.11—1946.7）

82.《诗丛》。诗丛社编；重庆。

（1—2：1，1942.3—1945.5）

83.《诗歌丛刊》。诗歌丛刊社编；成都。

（1，1942.5）

84.《中国诗刊》。中国诗社编；南京。

（1—3，1942.10—21）

85.《诗风》。诗风社编；昆明。

（1，1942.11）

86.《诗家丛刊》。戏剧文学出版社编；重庆。

（1—2，1942—1943）

87.《诗座》。诗座月刊社；重庆。

（1，1943.3）

88.《诗站丛刊》。诗站丛刊社编；桂林。

（1—4，1943—1944）

89.《诗月报》。诗月报社编；四川乐山。

　　（1—2，1943）

90.《现代诗》。天津工商学院附中现代诗社编。

　　（1—13，1944.3—1947.5）

91.《诗领土》。路易士主编；上海。

　　（1—5，1944.3—12）

92.《诗前哨》。诗前哨社编；四川。

　　（1—2，1944.7）

93.《诗丛》。诗丛社编；湖北恩施。

　　（？，1944）

94.《歌与诗》。歌与诗社编；西安。

　　（1—7，1945.1—7）

95.《诗文学丛刊》。诗文学丛刊社编；重庆。

　　（1—2，1945.2—5）

96.《诗与音乐》。诗与音乐社编；成都。

　　（1，1945.4）

97.《诗与散文》。中国诗坛岭东分社编；广东潮汕。

　　（1，1945.4）

98.《诗羽》。诗羽社；四川万县。

　　（1945）

99.《七月诗刊》。七月诗社编；广东梅县。

　　（？）

四、四十年代时期，(1945—1949)

100.《民歌·诗音丛刊》。诗音社编；上海。

　　（1，1946.2）

101.《浪花》。浪花诗叶社编；昆明。

　　（1—4，1946.3—4）

102.《诗歌月刊》。诗歌社编；重庆。

　　（1—5，1946.3—7）

103.《大地诗丛》。大地社编；西安。

　　（1，1946.4）

104.《诗与批评》。诗与批评社编；贵州遵义。

（1，1946.5）

105.《诗激流》。诗激流社编；重庆。

　　（1—2，1946.7—8）

106.《诗生活》。诗生活社编；重庆。

　　（1—2，1946.8—10）

107.《诗文学》。诗文学社编；北平。

　　（1—2，1946.10）

108.《诗地》。诗地社编；汉口。

　　（1，1947.1）

109.《新诗歌》。新诗歌社编；上海。

　　（1—10，1947.2—1948.11）

110.《诗音讯》。北京大学文学院诗音讯社。

　　（1—3，1947.2—6）

111.《诗歌生活》。诗歌生活社编；青岛。

　　（1，1947.3）

112.《诗垒》。诗垒社编；汉口。

　　（1—3，1947.3—6）

113.《诗生活丛刊》。南开大学新诗社；天津。

　　（1—3，1947）

114.《诗创造》。诗创造社编；上海。

　　（1:1—2:4，1947.1—1948.10）

115.《诗之叶》。诗之叶社；福州。

　　（1:1—3:1，19?—1947.8）

116.《杂文·讽刺诗》。华侨出版公司编；香港。

　　（1，1947.8）

117.《新诗歌丛刊》。新诗歌社编；香港。

　　（1—8，1947—1948）

118.《诗建设》。诗建设社编；广州。

　　（1，1948.1）

119.《新诗潮》。新诗潮社编；上海。

　　（1—4，1948.1—12）

120.《诗学习》。诗学习社编；北平。

（1—3，1948）

121.《中国诗坛》。中国诗坛社编，香港。

（丛刊，1—3，1948.3—1949.5）

122.《诗联丛刊》。北京各种大学新诗团体 4/12 联合会编

（1—3，1948.4—11）

123.《中国新诗》。中国新诗社编；上海。

（1—5，1948.6—9）

124.《诗号角》。北京大学三院诗号角社编。

（1—8，1948.6—1949.11）

125.《诗星火》。孙望主编；上海。

（1，1948.10）

126.《异端》。纪弦主编；上海。

（1，1948.10）

127.《诗思诗刊》。诗思诗刊社编；成都。

（1—6，1948.12—1949.10）

128.《长歌》。长歌社编；成都。

（1—6，1949.1—6）

129.《学谊诗丛》。学谊诗丛社编。

（1，1949.3）

130.《诗歌月报》。诗歌月报社编；上海。

（1—15，1949）

《香港近现代文学史长编》大纲

（1841～1949）

绪　论

香港文学内涵的界定

香港文学渊源、流变及其特点

香港文学与内地文学的交融渗透和催化影响

第一编　萌蘖期

第一章　广袤雄丽的中国文化披复、淋讪中的南疆一隅

1. 民族、历史、地域所制约的文化背景

2. 香港地区不绝如缕的中国文学传统

唐：韩愈、刘禹锡、高骈……

宋：蒋之奇、方信儒、文天祥……

明：祁顺、汪鋐、郑文炳、龙河、侯璩、陈仲弘、邓孕元……

清：李銮宣、阮元、彭泰来、魏源、何绍基、林昌彝、斌椿、张焕元、洪仁玕……

第二章　香港自开埠以来所形成的特殊文化环境，得欧风美雨之沾，促成文学观念的革新，进而引发新文体的证生与勃兴

1. 香港作为近代中西文化交流的要冲，新的传播媒介诱发催生了新的文学样式，中文报刊蜂起引致副刊滥觞及"报章文学"的兴起

① 中文报刊竞相问世

《遐迩贯珍》(1857)、《香港中外新报》(1858)、《华字日报》(1864)、《循环日报》(1874)、《维新日报》(1879)、《粤报》(1885)、《环球日报》(1896)、《东报》(1899)、《香港晨报》(1899)……

新的传播媒体为新文体的萌发准备了土壤与园圃。

② 王韬(1828~1897)及其报刊政论新文体的创立

容闳、郑观应、胡礼垣、何启等的响应与拓展

2. 晚清"诗界革命"的辐射中心之一

① 黄遵宪(1848~1905)"我手写吾口,古岂能拘牵"的"诗界革命"之倡导及代表作《日本杂事诗》香港版的发行

② 香港诗坛如响斯应、和者云起

王韬:《蘅华馆诗录》

潘飞声:《香海集》

丘逢甲:《岭云海日楼诗钞》中有关篇什

郑观应:《罗浮结鹤山房诗草》中有关篇什

左秉隆:《勤勉堂诗钞》中有关篇什

康有为:《南海先生诗集》中有关篇什

……

3. 近代小说变革的契机与香港作家的努力与追求

① 文言传奇小说之题材变迁

王韬《遁窟谰言》及其他

② 白话章回小说之主题升华

吴趼人:《发财秘诀》(1895)

洪子式:《中东大战演义》(1900)

昙　郎:《白莲教》(1900 前后)

卢醒父:《归来燕》(1899)

陈善祥:《红茶花》(1905)

……

4. 新体记叙散文的萌发

以"鼓民力"、"开民智"、"新民德"为宗旨

罗　森:《日本日记》(1853)

王　韬:《漫游随录》

《扶桑游记》(1879)

客　闳:《西学东渐纪》(原名《我在中国和美国的生活》,1909)

……

5. 香港学人含有新因素的传统文学批评

王　韬:《东人诗话》

潘飞声:《在山泉诗话》

……

第二编　曙新期

第一章　时值十九、二十新旧世纪交替之际,革命党人利用香港得天独厚的环境,将其建设成为推翻帝制的革命基地和舆论阵地,而这对于香港文学的转型与更张有巨大的促进与催化作用

1. 辅仁文社的成立(1892)及其成员的文学活动

陈镱勋:《香港杂记》(1894)及其他

谢缵泰等诗文

2. 革命报刊如雨后春笋苗长,给革命文学提供了广阔的阵地

《中国日报》(陈少白,1900)

《世界公益报》(郑贯公,1903)

《广东日报》(郑贯公,1904)

《东方报》(谢英伯,1906)

《少年报》(黄世仲,1906)

《新汉日报》(黄世仲,1911)

……

第二章　革命党人在采用传统形式抒发革命豪情,以期同声相应;同时利用通俗形式致力启迪民智,旨在鼓吹革命。两者均系近代香港文学的瑰宝,尤其是后者,为尔后"五四"新文学作了试验、氤氲和准备,可视为"文学革命"的先奏

1. 革命党人将"诗界革命"所倡导的新派诗推向更高境界

孙中山、黄节、黄兴、胡汉民、郑贯公、陈少白、马君武、宋教仁、谢英伯、陈树人、廖平子、尤列、胡毅生、冯自由等发聋振聩的诗歌创作。

2. 在晚清文话文运动的基础上,进一步深化文学通俗化、近代化的进程。

① 进行从内容到形式的文学革新实践

《中国日报》副刊《中国旬报》(1900)(杨肖欧、黄鲁逸主编)中"鼓吹录"(刊发粤讴、南音、曲文、院本、班本等拟广东民间文艺形式的作品);

《世界公益报》(1903)谐部;

《广东日报》(1904)副刊《无所谓》(辟"俗话史"、"谈风"、"舞台新籁"、"社会新声"等栏)

《唯一趣报有所谓》(1905)谐部(辟有"落花影"、"滑稽魂"、"新鼓吹"、"风雅丛"、"小说林"、"金石屑"等栏);

《东方报》(1905)、《少年报》(1906)、《新少年报》(1911)等场没有文学专栏。

② 郑贯公(1881~1906)的新闻、文学活动及其主编的第一本香港文学选集——《时谐新集》(1906)

③ 黄世仲(1873~1912)的小说理论与小说创作

黄在港十年(1900~1911)是其小说创作的黄金时期,其创作了《洪秀全演义》、《大马扁》等十六部中长篇,在全国乃至东南亚华人社区产生深远影响。

④ 其他革命派作家创作巡礼

王斧、廖平子、陈树人、冯自由、陈少白、谢英伯、刘师复、黄伯耀、李孟哲、何天炯、潘达微等的诗与小说的创作。

⑤ 多种文学样式的改造、试验与创造

陈镶勋:《香港杂记》(1894)(乡土杂记)

黄世仲:《五日风声》(1911)(关于黄花岗之役的报告文学)

……

本编所要强调的是,革命派作家基于开发民智、鼓吹排满的需要,竭力赓续与发扬清季维新派白话文运动的成果,又积极借鉴西方文学的形式与技巧,从而在小说、诗歌、散文、报告文学创作方面均成绩斐然,不仅推进了香港文学近代化的进程,而且影响深远,成为尔后中国新文学的重要源流之一。

第三编　光大期

第一章　新旧交融的文学现象

1. 得风气之先行　鼓新潮之激荡

——新旧转型期文学观念之变迁

传统文化的投影,西方文化的撞击,以及在此特殊文化环境中所孕育的先行者的探索与实践,引致文学本质论、价值论、文体论诸方面的变革。

2. 新文学在召唤中苏生,在曲折中萌蘖,在抗衡中勃兴

3. "近代诗文"在香港的分野

① 辛亥之后南下的逊清遗老诗文

② 南社社员及辛亥革命倡导者、参与者的诗文

第二章　香港新文学的发轫与勃兴

1. 优良的基因:世纪之交的香港文学曾是中国新文学的源流之一

2. 拓荒者在五四新潮的威召下挥袂而起,呼啸而出

① 民初至二十年代的香港十数家新团纸如《循环日报》、《华字日报》、《大光报》、《工商日报》、《南强日报》等大多辟有副刊,然皆文白相羼、新旧咸与,新文学在夹缝中破土而出,挣扎求存。

② 昙庵、亚荔、昆仑、天石、冰子、尔雅、灵谷、卓云等新文学青年逐步涌现,出现中篇小说《我的蜜月》(黄天石著)之类较优良作品

3. 新文学社团的诞生,新文学刊物的出现,新文学实绩的展示,加之五四新文学倡导者、实践者的吹拂和催化,香港新文学呈现一派盎然的生机

① 鲁迅(1927)、胡适(1934)莅临香港,抨击封建文化与殖民文化,阐发新文学的划时代意义,要求实行文学革新与思想革新,继而勇敢地发出"真的声音"!

② "香港新文坛的第一燕"《伴侣》的创刊(1928),继出的新文学刊物不断涌现,此起彼伏

③ 新文学社团"岛上社"(成页有谢晨光、张吻冰、岑卓云、侣伦、黄谷柳、丘东平等)的成立,岛上社、南星社、香港文艺学会等络绎而出

④ 第一家新文学出版社——受匡出版部开张(孙寿康主持),出版黄天石、龙实秀、罗西(欧阳山)、倪家翔、汪于廷等本港与广州作家的作品

4. 本土作家群的崛起及其多元化的创作探索

在本港及内地出版的作品集:

龙实秀:《深春的落叶》(短篇集,1928)

谢晨光:《胜利者的悲哀》(短篇集,1929)

张稚子:《床头幽事》(中篇,1929)

张稚子:《献丑之夜》(短篇集,1930)

侯　曜:《太平洋上的风云》(长篇,1935)

侯　曜:《摩登西游记》(长篇,1936)

黄天石:《献心》(散文集,1928)

侣　伦:《红茶》(散文集,1935)

杜格灵:《秋之草纸》(散文集,1930)

潘范庵:《饭吾蔬庵微言》(杂文集,1934)

侯汝华:《海上谣》(新诗集,1936)

杜英强:《蝙蝠尾》(新诗集,1936)

……

5. 作为都市文化重要一翼的通俗小说的盛行

王绍薪的言情小说

何恭第的《玉面狐狸》、《十艳恋槟郎》等鸳湖式小说

黄冷观的小说

杰克(黄天石)的《红巾泪》等

望云(张吻冰)的《黑侠》等

平可(岑卓云)的《山长水远》等

罗礼铭的《胭脂江泪》

第三章　抗战时期香港文学的空前繁盛

1. 战时小说创作的丰收

优秀之作有:

许地山:《铁鱼的鳃》(短篇)　《玉官》(中篇)

茅　盾:《第一阶段的故事》(长篇)　《腐蚀》(长篇)

夏　衍:《春寒》(长篇)

肖　红:《呼兰河传》(长篇)、《马伯乐》(中篇)……

端木蕻良:《大江》(长篇)、《新都花絮》(中篇)……

骆宾基:《一个倔强的人》(中篇)

杨刚:《伟大》(长篇)、《恒秀外传》(历史小说)

侣　伦:《黑丽拉》(短篇集)、《永久之歌》(中篇)、《无尽的爱》(中篇)

司马文森:《新形》(中篇)

黑　厂:《北荒之道》(短篇集)

欧阳凡海:《没有鼻子的金菩萨》(中篇)

巴　人:《沉滓》(长篇)

马　宁:《香岛云烟》(长篇)

楼　栖:《窗》(短篇集)

平　可:《满城风雨》(长篇)

……

2.“国防诗歌”成为香港战时诗歌的主旋律

胡明树编《若干人集》(周为、洪遒、柳木下等)

刘火子:《不死的荣誉》(诗集)

李育中:《凯旋的拱门》(诗集)

李育中等:《怒》(诗集)

鸥外鸥:《鸥外诗集》

林英强:《麦地谣》(诗集)

鼓耀芬:《香港百年祭》(长诗)

蒲　风:《黑陋的角落里》(讽刺诗集)

陈残云、黄药眠、袁水柏等八人集体创作《保卫莫斯科》(长诗)

陈孝威编《太平洋鼓吹集》(诗集)

杨　刚:《我站在地球的中央》(长诗)以及黄宁婴、徐迟、袁水柏、芦荻、邹荻帆、陶行知、陈残云等的若干新作。

新诗刊物也竞相出现:《中国诗坛》(黄宁婴主编)、《顶点》(艾青、戴望舒主编)等,另《大公报·文艺》、《立报、言林》、《星岛日报·星座》、《华商报·灯塔》、《国民日报·新垒》、《大众日报·文化堡垒》等报纸副刊均辟有诗歌专号。

以上逐使香港成为抗战前期“国防诗歌”制作的中心之一,诗人麕集之众,诗集出版之多,在全国范围言均是较突出的。

3.战时报告文学的芃然勃发

代表作有:

江上青(舒湮):《万里风云》

华　嘉:《香港之战》

萨空了:《香港沦陷日记》

唐　海:《十八天的战争——香港沦陷记》

茅　盾:《脱险日记》

以　群:《生长在战斗中》

刘良模:《十八个月在前方》

林焕平:《西北远征记》

郑瑞梅:《港沪脱险记》

以上为单行本,单篇较有影响的是干逢的《溃退》、《我看见广州在毁灭》,华嘉的《姚勇士》,叶国雄的《南国之夜》,麦烽的《香港午夜战》,加因的《百年来的第一声炮》等。

4. 散文、杂文创作亦异彩纷呈

散文集有:

刘思慕:《樱花和梅雨》

肖　红:《肖红散文》

林淡秋:《交响》

吴涵真:《苦口集》

……

杂文集有:

陈孝威:《若定庐随笔》

林语堂:《披荆集》、《行素集》

陈斯馨:《初步集》

巴　人:《生活·思索与学习》

落华山(许地山):《杂感集》

……

4. 戏剧文学与电影文学:

① 戏剧文学

抗战前期香港成为国防戏剧中心之一,香港戏剧协会于1938年8月7日成立于九龙城侯王庙侧寰乐园,标志香港剧运进入了团结抗日的新阶段。资深戏剧家欧阳予倩、夏衍、阳翰笙、蔡楚生、胡春冰等连翩莅港,共襄剧运,精英荟萃,蔚为大观。

优秀之作有:

《黄花岗》(阮琪、罗海沙、周钢鸣、楼兆揭、苏碧青、夏衍等执笔,夏衍、阮琪、胡春冰整理定稿,夏衍谓其为中国戏剧运动"开了新纪元")

《中国万岁》(唐纳)

《女国士》(许地山)

《中国男儿》(胡春冰)

《海上春秋》(马参祥)

《前夜》(巴人)

《祖国在召唤》(宋之的)

《民族魂鲁迅》(肖红)

《再会罢,香港》(田汉、夏衍、洪深合作)

......

② 电影文学:

抗战前期香港的电影事业也一度鼎盛,出品大多以抗日救亡为主题,以及励志养节之作。

影响较大的电影文学脚本有:

《白云故乡》(夏衍)

《中国五十年》(同上)

《血溅宝山城》(蔡楚生)

《游击进行曲》(同上)

《孤岛天堂》(同上)

《前程万里》(蔡楚生)

《南海风云》(同上)

《万世流芳》(同上)

《小老虎》(李枫)

《民族的吼声》(汤晓丹)

《流亡之歌》(刘芳)

《烽火故乡》(卢敦)

《大侠一枝梅》(侣伦)

《强盗孝子》(同上)

《民族罪人》(同上)

......

5. 战时的文艺论争与理论建设

① 关于"民族形式"问题的论争(1938~1939)

② 关于"通俗文艺"的论争(1939)

③ 关于"新式风花雪月"的论争(1940~1941)

本时期致力于香港文学批评与理论探索的作家有许地山、茅盾、李南桌、林焕平、周钢鸣、以群、胡春冰、简又文、巴人等。结集的论文集有李南桌的《李南桌文艺论文集》,林焕平的《抗战文艺评论集》、《话的文学》等。

6. 以抗日救亡为帜志的旧体诗文

无可否认,旧体诗文亦是香港文学不可忽略的一翼,尤其是抗战前期香港的旧体诗文与新文学作品一样,同样响彻抗敌御侮的爱国旋律

主要诗人有:

蔡元培:《满江红》(为国际反侵略大会中国分会作歌)

杨　圻:《江山万里楼诗钞》

叶慕绰:《遐庵汇稿》、《遐庵词》

张一麟:《古红梅阁别集》

徐　谦:《卧病述全民抗战之旨》等

何香凝:《香港沦陷有感》等

柳亚子:《图南集》

林庚白:《丽白楼自选诗》

(林氏于 1941 年 12 月 19 日在九龙天文台道遭日寇枪杀)

陈寅恪:《己卯冬发香港重返昆明有作》等

冼玉清:《高阳台》等

田　漠:《赠关德兴》等

陈君葆:《水云楼诗草》

施蛰存:《许地山先生挽辞》等

7. 日据时代的香港文学

① 一边是庄严与正义

戴望舒:《灾难的岁月》

古卓仑:《香江曲》、《后香江曲》

陈君葆:《日军印籍宪查搜屋后有句》等

洪　浩:《民国三十年耶诞香港沦敌感赋即用杜工部诸将原韵》等

……

② 一边是叛卖与无耻

《大同画报》、《新东亚》等报刊所披载的觍颜事敌的汉奸文学。

第四章　战后香港文学

战后香港再度成为南下文人的渊薮,然与战时单纯的抗日救亡基调异趣的是,本时期居港作家大多因政治立场而分野。一部分作家强调文学的阶级属性、政治倾向,视"大众化"等内容与形式的革新为达至政治目标的手段;另一部分作家则执着文艺的自由。

由于人才的集中,载体的繁多,本时期香港文学创作的丰盛也是不争的事实。

1. 战后"大众化"方向的提倡与华南作家群特色的形成

如果说战时香港小说还是以南下作家担大梁、唱主角的话,战后却大为改观,以本土与周遭地区作家所组成的华南作家群,以坚实而不凡的创作成绩,充分展现了自己的特色。

① 黄谷柳长篇《虾球传》的问世震撼了全国文坛

茅盾盛赞这部体现了鲜活的本土特色的杰作"打破了'五四'传统形式的限制而力求向民族形式与大众化的方向发展"。

② 洋溢着浓郁的南国风情的作品纷纷脱颖而出

小说创作有:

《刘半仙遇险记》(黄谷柳作章回体中篇)

《风砂的城》(中篇,陈残云)

《新生群》(中篇,同上)

《南洋伯还乡》(中篇,同上)

《小团圆》(短篇集,同上)

《穷巷》(长篇,侣伦)

《贱货》(中篇,秦牧)

《忙人世界》(长篇,华嘉)

《初阳》(短篇集,华嘉)

《南洋淘金记》(章回体长篇,司马文森)

《危城记》(短篇集,同上)

《初恨》(中篇,胡明树)

《江文清的口袋》(中篇,同上)

《奔流》(中篇,许穉人)

《最初的羽毛》(中篇,周为)

《学士帽子》(中篇,紫风)

……

诗歌创作有:

《老爷歌》("潮州大众诗歌"之一,王崑编)

《逻罗救济米》("潮州大众诗歌"之一,丹本作)

《愤怒的谣》(薛汕采集与改作)

《鸳鸯子》(楼栖用客家方言写成的长篇叙事诗)

《民主短简》(政治讽刺诗,黄宁婴)

《溃退》(长诗,同上)

《瓜红时节》(诗集,犁青)

《旗下高歌》(芦荻)

……

散文、杂文、报告文学创作有:

《生命树》(散文集,梁青蓝)

《浮沉》(散文集,黄秋耘)

《清明小简》(散文集,黄茅)

《父兮集》(杂文集,楼栖)

《尚仲衣教授》(报告文鉴,司马文森)

……

就中各种题材所展露的南国风情,异域色泽,所显示的南人气质、阶段氛围,所表现的臧否分明、爱憎浓烈,在在反映了华南作家群的形成与特异风格的崭露。

2. 南下作家的创获:

① 小说:

《锻炼》(长篇,茅盾)

《将军向后转》(长篇,马宁)

《新桃花扇》(中篇,陈迹)

《红白旗下》(中篇,黑婴)

《暗影》(短篇集,黄药眠)

《再见》(同上)

《回顾集》(短篇集,魏中天)

……

② 诗歌:

《今年新年大不同》(政治讽刺诗,马凡陀)

《解放山歌》(同上)

《百丑图》(政治讽刺诗,沙鸥)

《桂林底撤退》(长诗,黄药眠)

《舵手颂》(诗集,艾青)

《我们开会》(诗集,何达)

《射虎者》(诗集,力扬)

《元旦》(诗集,聂绀弩)

……

③ 散文、杂文,报告文学:

《新绿集》(散文集,钟敬文)

《蜗楼随笔》(散文集,夏衍)

《美丽的黑海》(散文集,黄药眠)

《无梯楼随笔》(散文集,卜少夫)

《二鸦杂文》(杂文乐,聂绀弩)

《替美国算命》(杂文集,乔木〔乔冠华〕)

《狮和龙》(杂文集,默涵)

《怒向集》(杂文集,裴裴〔恭丁〕)

《臧大咬子传》(报告文学,唐海)

《松花江上的风云》(报告文学,周而复)

《集中营回忆录》(希风)

……

④ 戏剧文学:

《恶梦》(章泯)

《香港暴风雨》(麦大非)

《群猴》(宋之的)

《费娜》(巴人)

《独幕剧选》(司马文森编)

《人人说好》(文向珠编)

《春英翻身》(同上)

⑤ 电影文学:

《风雪夜归人》(吴祖光)

《正气歌》(同上)

《清宫秘史》(姚克)

《火葬》(万岳〔陈西禾〕)

《春城花落》(柯灵)

《野火春风》(以群)

《水上人家》（瞿白音）

《三女性》（曹雪松）

《恋爱之道》（夏衍）

《静静的嘉陵江》（夏衍、莲琴）

《珠江泪》（陈残云）

《平城恨史》（黄谷柳）

《大凉山恩仇记》（李洪辛）

《情深恨更深》（侣伦）

《喜事重重》（同上）

《谍网恩仇》（同上）

《怕到乡思路》（吴其敏）

《郎晚归》（同上）

《太太万岁》（同上）

《魂断蓝桥》（同上）

《西施》（同上）

……

3. 文艺论争与理论建设

① 关于"方言文学"的讨论（1946）

②《大众文艺丛刊》关于"主观论"的论争（1948）

③ 关于小说《虾球传》的讨论（1949）

结集的论文集或专著有：

《大众文艺新论》（林洛）

《文学论教程》（林焕平）

《关于创作》（茅盾等）

《论方言文艺》（华嘉）

《释新民主主义的文学》（艾青）

《诗歌杂论》（林林）

《在微变中》（默涵）

……

结　论

《香港现代文学史》拟目

绪　论

香港文学内涵的界定

香港文学的渊源与流变

香港文学与中国文学的异同暨两者之间的渗透和影响

第一章　香港现代文学发展轨迹鸟瞰

第一节　得风气之先行　鼓新潮之流荡

——新旧转形期文学观念之变迁

（传统文化的投影,西方文化的撞击,以及在此特殊文化环境中所孕育的先行者的探索与实践,引致文学本质论、价值论、文体论诸方面的变革。）

第二节　新文学在召唤中苏生,在曲折中萌蘖,在抗衡中勃兴

（简述香港新文学受"五四"大潮的催生而呱然坠地,及其在尔后二十年间的发展历程。）

第三节　"近代诗文"在香港的分野

（"近代诗文"系指经通晚清"诗界革命"之后的虽利用传统的形式而思想、意境乃至语言已大不相同的新派诗文,姑名之"近代诗文"。"五四"以后,此类诗文受新文化运动的大力排击,阵地已大为缩小,但在香港却不然。这是因为辛亥之后大批南来的胜朝遗老仍然坚持以传统的诗文形式用作表情达意、酬酢交谊的工具,并形成颇具规模的"诗坛";其中并非"冬烘"成群,颇不乏学养丰厚的骚人墨客,如何藻翔就是清季维新运动的积极参予者,也

受近西方文化的薰陶,但居港时政治上是敌视民国、拥戴逊清的,甚至参加二十年代初的复辟活动。政治上与他们相对立的有南社在港成员,以及辛亥元勋中由于各种原因居港者,如胡汉民在三十年代上半期就是在香港,其《不匮室诗钞》中有三分之二篇幅在此地写成;又如叶慕绰、徐谦、廖恩焘、柳亚子等皆居港有相当时日,创作有大量诗文。以上两种不同背景的诗文,皆与“五四”新文学不相侔,然而不能否认它们亦是香港现代文学史一个有机的组成部分。钱基博在三十年代中所作《现代中国文学史》,所论述的甚至全部是旧体诗文。)

第二章 香港新文学的发轫、勃兴与繁盛

第一节 优良的基因:世纪之交的香港文学曾是中国新文学的源头之一

(“五四”新文学运动所标榜的思想以至形式的“文学革命”,其实早在世纪之初就由香港的革命党人作了成功的实验,陈少白、谢缵泰、郑贯公、黄世仲、黄伯耀、陈树人、王斧、刘师复、杨肖欧、黄音逸、廖恩焘等不朽的开拓之功。香港作为民主革命的舆论基地与革命文学的辐射中心,对中国本土的思想与文化革新,起了不可估量的启迪与导向作用。)

第二节 拓荒者在五四新潮的召唤下呼啸而起

(毋庸讳言,辛亥革命的成功引致居港的大批革命文化人北上,原本蓬勃的革命文化一度呈现“真空”状态;与此同时,成群的胜朝遗老南下,传媒上充斥他们吟风弄月,浅斟低唱之作。香港本土的文学青年在窒闷低迷的文化氛围中,仍然勇敢地响应“五四”新文学运动的召唤,致力于开辟香港新文学的第一畴新土,催发香港新文学的第一叶新芽:岛上社、南星社、香港文艺学会等社团的创立,《伴侣》、《铁马》、《岛上》、《红豆》、《时代风景》等刊物的创刊,受匡出版部等新文学出版社的创办,以及《深春的落叶》、《胜利的悲哀》等第一批新文学作品集的创作。)

第三节 战时香港文学的空前繁荣

(三十年代末、四十年代初,内地作家两番大举南下,其中既有著作等身的文坛耆宿,也有锋芒凌厉的艺苑新锐,给香港文学注入了强旺的新血。似不必将他们视为香港文学的附赘,而应看作是香港以自己特殊的社会环境与文化氛围为他们提供了赖以施展才华的创作空间,所以他们的创作成果,理所当然地隶属于香港文学这株母树。本节将简叙“中华全国文艺界抗敌

协会香港分会"、"中国文化协进会"两个文化团体的组成及其活动;绍介《文艺阵地》、《时代文学》、《文化通讯》、《耕耘》等四、五十种文艺或综合性刊物的发行;评述数以百计的作品集〔中长篇小说约二十部,短篇集十余部,诗集十余部,散文、报告文学二十余部,舞台剧本与电影文学剧本近二十部〕的出版。)

第四节　战后香港文学"大众化"方向的检讨

(战后香港再度成为南下文化人的渊薮,然与战时单位的抗日救亡基调异趣的是,此时强调文学的阶级属性、政治倾向,视"大众化"等内容与形式的革新为达至政治目标的一种手段。虽然"大众化"推行的结果出现了《虾球传》这样赋有鲜活的本土特色的出类拔萃之作,却也不可避免地泡制出若干"泛政治化"的平庸产品。当然,由于人才的集中,载体的伙众,本时期香港文学的创作成绩也不可过于低估,将简单百多种创作集〔中长篇约三十部,短篇集十数部,诗集三十余部,散文、报告文学二十部,舞台剧本与电影文学剧本约三十部〕。)

第五节　文艺论争与理论建设

(与内地二、三十年代两军对垒进行白热化文艺论争不同的是,自三十年代末方揭开文艺论争帷幕的香港文学界,大多进行建设性的文学探索与辩难,如1938至1939年展开的关于"民族形式"问题的论争,1939年关于"通俗文艺"的论争,1940年至1941年关于"新式风花雪月"的论争,1946年关于"方言文学"的讨论,1946年《大众文艺丛刊》关于"主观论"的论争,1948年至1949年关于小说《虾球传》的讨论等。致力于香港文学批评与理论建设的作家、批评家有茅盾、李南桌、许地山、林焕平、周钢鸣、邵荃麟、华嘉、林林、黄秋耘、聂绀弩、巴人、以群、胡春冰等。)

第六节　播种者、耕耘者、刈获者所汇集成的作家队伍

(二丨世纪上半叶的中国社会动乱迭迮、战祸频乃,因而作家的流动性甚大,故"香港作家"只能相对地界定,其中包括土生土长的本土作家,较长时间滞留的居港作家,较短时间居留的旅港作家,当然不必囊括那些稍纵即逝的匆匆过客。时间长短也是相对而言,有些即使居港的时间不长,然而却把生命的最后光热消耗在这块土地上,如肖红、李南卓、林庚白,似乎不应把他们开革出香港作家之列。纵观二十至四十年代的香港作家队伍,无论文化素质,抑或创作才华,都是卓然兀立、举足轻重的。其中有"五四"时代就开始创作的文坛宿将,诸如蔡元培、茅盾、夏衍、叶圣陶、许地山、陈衡哲、欧

阳予倩、侯曜、黄天石等;也有二、三十年代就崭露头角的知名诗人、作家,诸如戴望舒、叶灵凤、施蛰存、端木蕻良、肖红、杨刚、侣伦、谢晨光、肖乾、杨刚、黄药眠、龙实秀、吴灞陵、刘思慕、简又文、胡春冰、于伶、宋之的、廖沫沙、臧克家等;更有许多本土涌现与内地南下的新进作家,就中优异者有黄谷柳、吴祖光、郁茹、彭耀芬等。他们献身文学事业的热诚有口皆碑,有老作家对文学青年的热情奖掖与呵护,如茅盾推重李南桌、郁茹;也有青年作家对侪辈同道的无私帮助与奉献,如新波在人间书屋中大力组织推动友朋作品的面世。他们对文学创作的执着也有实绩为证,秉承各自不同的教养背景与生活积累所形成的富美取向的多元化,促进了香港文学的多彩与繁茂。香港作家赋有不少卓荦不凡的特质,值得认真挖掘与探讨。)

第三章　香港新文学创作成果的检阅

第一节　小说

一、本土作家群的崛起及其多元的创作探索:

(本小节试图论述本土作家由幼稚趋向成熟的过程,以及他们的艺术追求:黄天石标榜"写实小说"的《新说部丛刊》〔短篇集,1921〕、《我的密月》〔中篇,1922〕,自称"偏重写实方面",表露了与内地倡导"为人生的艺术"的文学研究会同调的现实主义取向;龙实秀的《深春的落叶》〔短篇集,1928〕、张稚子的《床头幽事》〔中篇,1929〕、《献丑之夜》〔短篇集,1930〕,显示了与内地创造社相响应的浪漫、唯美倾向;谢晨光的《胜利的悲哀》〔短篇集,1929〕则展现了取法意识流手法的尝试,与内地新感觉派作家刘呐鸥、穆时英、施蛰存等异地同工、南北辉映;其他将论及侣伦、吴灞陵、罗西、汪干廷、黎觉奔、玄玄、苏小薇、张吻冰、张灵谷、黄襄等人的小说创作。

(除了不同作家采取不同的创作方法而外,也有个别资深作家尝试分别采用相异的手法创作出各异其趣的作品,如早在"五四"时期就以社会问题剧《复活的玫瑰》等蜚声文坛的侯曜,三十年代中就在香港先后创作了侧重写实手法的《太平洋上的风云》〔长篇,1935〕及侧重浪漫手法的《摩登西游记》〔长篇,1936〕。以上无不说明香港作家对小说艺术的把握已日趋成熟。)

二、战时小说创作的丰收:

(在"国防文学"与"民族革命战争的大众文学"等口号的感召下,麇集香港内地作家与坚守岗位的本土作家相结合,共同投身团结救亡的时代浪潮,在此相对安定的创作环境中,焕发了创作激情,成果是丰饶而多样的。

本时期的优秀作品有许地山的中篇《玉官》、短篇《铁鱼的鳃》、茅盾的长篇《第一阶段的故事》、《腐蚀》,夏衍的长篇《春寒》,杨刚的长篇《伟大》、中篇《桓秀外传》、《黄雷村的故事》、历史小说《公孙鞅》,肖红的长篇《呼兰河传》、《马伯乐》,短篇《小城三月》等,端木蕻良的长篇《大时代》、《大江》、中篇《新都花絮》、《江南风景》等,骆宾基的中篇《一个倔强的人》,侣伦的中篇《永久之歌》、《无尽的爱》、短篇集《黑丽拉》,宋之的的短篇集《小夫妻》,欧阳凡海的中篇《没有鼻子的金菩萨》,司马文森的中篇《转形》,巴人的长篇《沉滓》,艾芜的长篇《故乡》,马宁的长篇《香岛云烟》,楼栖的短篇集《窗》,平可的长篇《满城风雨》,黑丁的短篇集《北荒之夜》……在三、四年间所获取的丰硕成果值得认真探究。)

三、战后"大众化"方向的提倡与华南作家群特色的形成:

(如果说战时香港小说还是以南下作家担大梁、唱主角的话,战后却大为改观,以本土与周遭地区作家所组成的华南作家群,用坚实而不凡的创作成绩,充分展现了自己的特色。就中代表性的作家作品有黄谷柳的长篇《虾球传》、章回体中篇《刘半仙遇险记》,陈残云的中篇《风砂的城》、《新生群》、《南洋伯还乡》、短篇集《小团圆》,侣伦的长篇《穷巷》,秦牧的中篇《贱货》,华嘉的短篇集《初阳》、长篇《忙人世界》,江萍的长篇《马骝精与猪八戒》,司马文森的章回体长篇《南洋淘金记》、《雨季》、短篇集《危城记》、《成长》等,胡明树的中篇《初恨》、《江文清的口袋》,许稺人的中篇《奔流》,周为的中篇《最初的羽毛》,紫风的中篇《学士帽子》……就中所展露的南国风情,异城情调,所显示的南人气质、抒情色调,所表现的臧否分明、爱憎浓烈,强烈地震撼了当时的文坛。

(同时期有影响的其他作家作品有:茅盾的长篇《锻炼》,马宁的长篇《将军向后转》,怀湘〔廖沫沙〕的历史小说集《鹿马传》,丹木的中篇《死了的动脉》,陈迹的中篇《新桃花扇》,平可的《山长水远》,黄药眠的短篇集《暗影》、《再见》,于君的短篇集《无声的英雄》,魏中天的短篇集《回顾集》,黑婴的中篇《红白旗下》等。)

第二节　诗歌

一、新诗之苗在岛上萌发

(试图论述香港第一批青年诗人李心若、李育中、刘火子、易椿年、林英强、侯汝弟、杜格灵、张任涛、陈芦荻、戴隐郎、伦冠、黎学贤、鲁衡、鸥外鸥、陈江帆、柳木下等为开拓新诗的一畴新土所作的努力:诸如创办《今日诗歌》、

《诗页》等诗刊,出版《阑夜》〔吴其敏〕、《海上谣》〔侯汝第〕、《聪马驱集》、《蝙蝠屋》〔林英强〕、《南国风》(陈江帆)等诗集。与中国诗坛的诸多流派遥相呼应,香港青年诗人也进行了多元的艺术探索,如标榜"以灵感的幻象为出发点",追慕与模仿象征主义诗风的戴隐郎;倡言"意境上的奥秘",被称为现代派中"活泼的小伙计"的林英强;以及认为"诗代表民族最高的心灵境界"要求表达"社会下层的人的叫喊、怒号"的新现实主义诗人刘火子、柳木下等。)

二、"国防诗歌"成为战时诗歌的主旋律:

(在民族危亡的艰难岁月里,香港诗人的诗风大多作了调整与改变,他们汇合内地南下的诗人,谱写了抗日救亡的时代最强音。本时期较知名的诗作有胡明树编的《若干人集》〔作者有周为、洪遒、柳木下等〕、刘火子的诗集《不死的荣誉》、李育中的诗集《凯旋的拱门》、杨刚的长诗《我站在地球的中央》、鸥外鸥的《鸥外诗集》、陈孝威编《太平洋鼓吹集》、戴望舒的诗集《灾难的岁月》、李育中、徐讦、韩北屏等的合集《怒》、彭耀芬的《香港百年祭》、蒲风的讽刺诗集《黑陋的角落里》、陈残云、黄药眠、晦晨、袁水柏等八位诗人集体创作的长诗《保卫莫斯科》,以及黄宁婴、徐迟、劳荻、邹荻帆、陶行知、陈残云等的若干诗篇。

本时期香港的诗歌刊物也不少,据我编的《中国现代诗刊目录》著录,有黄宁婴主编的《中国诗坛》、艾青与戴望舒主编的《顶点》,以《大公报·文艺》、《主报·言林》、《星岛日报·星座》、《华商报·灯塔》等副刊所辟诗歌专号,遂使香港成为抗战前期"国防诗歌"创作的中心之一。)

三、战后香港诗歌:

随着"大众化"与"方言文学"的倡导,香港诗歌界出现了一批付诸实践的作品集,例如以潮州方言写作、列为"潮州大众诗歌"的《老爷歌》〔王嵩编〕、《逻罗救济米》〔丹木作〕,以及薛汕采集与改作的《愤怒的谣》,楼栖采用客家方言写成的长篇叙事诗《鸳鸯子》等,都是这方面的收获。

由于国共政争的白热化,政治讽刺诗也随之兴盛,诸如黄宁婴的《民主短简》、马凡陀〔袁水柏〕的《今年新年大不同》、《解放山歌》、史与恩《犯罪的功劳》、沙鸥的《百丑图》、芦荻的《旗下高歌》等,都是产生过相当影响的政治讽刺诗集。

其他诗作有黄药眠的长诗《桂林底撤退》、黄雨的《残夜集》、力扬的《射虎者》、金帆的《野火集》、黄宁婴的长诗《溃退》、郑思的《夜的抒情》、萧野的

《战斗的韩江》、海滔的《饥饿》、艾青的《舵手颂》、马婴的《一个战士的遗诗》、何达的《我们开会》、冻山的《逼上梁山》、戈阳的长诗《血仇》、海蒙的《激变》、聂绀弩的《元旦》、笔军的《遥远的声音》、邹荻帆的《总攻击令》、犁青的《瓜红时节》,童胜岚的长诗《狼》以及中国诗坛社编的《最前哨》〔辑入华嘉·黄宁婴等十六人诗作〕等,仅三、四年间有如此多的诗集问世,就量而言是不少的,然而其中羼有若干粗糙的、应景的、喧嚣的平庸之作,不仅急功近利,而且诗味索然。)

第三节　散文、报告文学

一、初期散文创作

(回溯新文学的源流,香港于作为新文为重要组成部分的散文也功莫大焉。早在十九世纪七十年代,王韬就在香港创立了报刊政论新文体;中国近代第一个革命社团"辅江文社"成员陈镇勋于十九世纪九十年代撰著的《香港杂记》,可视为具有近代意识与形式的新叙事散文的雏形;容闳于本世纪初所作《我在中国和美国的生活》,实开近代回忆录体之先河。香港新文学初期的散文创作秉承了先辈的优良传统,利用了香港文字传播媒体众多的有利条件,甫出世就气慨不凡。当时除《循环日报·灯塔》、《工商日报·文库》、《大光报·大光文艺》等报和副刊发表散文而外,《伴侣》、《墨花》、《岛上》、《红豆》、《时代风景》等刊物也刊载相当篇幅的散文。二、三十年代香港作家创作的散文集有《献心》〔黄天石,1928〕、《秋之草纸》〔杜格灵,1930〕、《饭吾蔬庵微言》〔潘范庵,1934〕、《红茶》〔侣伦,1935〕等,各各展示了不同的审美趣味与文采风姿。)

二、战时报告文学的芃然勃发

反映辛亥"黄花岗之役"的《五日风声》,是具备近代模式与形态的最早报告文学作品,它就是香港作家黄世仲所写的,可见香港报告文学也有自己悠长的传统。抗战爆发之后,肩负时代使命的报告文学更盛极一时,报纸与刊物竞相披载报告文学,当时与稍后结集出版的以香港为题材的报告文学有江上青〔舒湮〕的《万里风云》、华嘉的《香港之战》、萨空了的《香港沦陷日记》、唐海的《十八天战争——香港沦陷记》、茅盾的《脱险杂记》、以群的《生长在战斗中》等。在报刊发表的单篇报告文学更不计其数,较知名的有于逢的《溃退》、《我看见广州在毁灭》、华嘉的《姚勇士》、犁园雄的《南国之夜》、麦烽的《香港午色战》、加因的《百年来的第一声炮》等。

本时期散文创作也颇不弱,先后问世的散文集有刘思慕的《樱花和梅

雨》、肖红的《肖红散文》、林淡秋的《交响》、陈孝威《若定庐随笔》、吴涵真的
《苦口集》等;杂文集有巴人的《生活·思索与学习》、林语堂的《披荆集》与
《行素集》、陈斯馨的《初步集》、落华生〔许地山〕的《杂感集》等。)

三、战后香港散文的复苏:

(日据时期,香港文学惨被扼杀,散文也不另外。胜利后散文创作很快
复苏,充溢于复刊与新出版的专刊,甚至出现了专门发表散文、杂文的刊物
《野草》。结集出版的散文集有梁青蓝的《生命树》、黄药眠的《美丽的黑
海》、黄秋耘的《浮沉》、黄茅的《清明小简》、钟敬文的《新绿集》、夏衍的《蜗
楼随笔》、卜少夫的《无梯楼随笔》等。结集的杂文有楼栖的《反刍集》、聂绀
弩的《二鸦杂文》、乔木〔乔冠华〕的《替美国算命》、斐斐〔黎丁〕的《怒向集》、
默涵的《狮和龙》等。报告文学集则有司马文森的《尚仲衣教授》、唐海的
《臧大咬子传》、曾子敬的《远征心影录》、马寒冰的《王霞南征记》、周而复的
《松花江上的风云》、希风的《集中营回忆录》、陈祖武的《四十八天》、以空编
《大江流日夜》等。)

第四节 戏剧文学与电影文学

一、戏剧文学

(香港的话剧运动肇始于本世纪初,孙中山的得力助手陈少白早年就参
予振天声的话剧社的筹组,并亲自搦管创作了《自由花》、《赌世界》等剧本。
但尔后一度沉寂,直至抗日战争爆发,香港遂成为国防戏剧的中心之一。香
港戏剧协会于1938年8月7日成立于九龙城侯王庙侧寰乐园,标示香港剧
运进入了团结抗日的新生面。内地资深的戏剧家如欧阳予倩、夏衍、阳翰
笙、蔡楚生、胡春冰等连翩莅港,对于香港剧运与戏剧创作当然有甚大的推
动。本时期香港戏剧文学的最大收获是大型历史剧《黄花岗》的创作,参予
执笔者有阮琪、罗海沙、周钢鸣、楼兆揭、苏碧青、夏衍,最后由夏衍、阮琪、胡
春冰整理定稿。夏衍称其为中国抗战剧运"开了新纪元"。在香港报刊上发
表的剧本有欧阳山的《敌人》、陈白尘的《魔窟》、夏衍的《赎罪》、锡金的《横
心熊》、任钧的《出发之前》、《中华儿女》、欧阳凡海的《动员》等。同时期在
香港创作、出版或以香港为题材的剧本有:许地山的《女国士》、唐纳的《中国
万岁》、胡春冰的《中国男儿》、马彦祥的《海上春秋》、巴人的《前夜》、宋之的
的《祖国在召唤》、田汉、夏衍、洪深合作的《再会吧,香港》,以及肖红的《民
族魂鲁迅》等。

战后戏剧文学创作的收获也颇可观,有章泯的《恶梦》、麦大非的《香港

暴风雨》、宋之的的《群猴》、巴人的《费娜小姐》,司马文森编的《独幕剧选》、文向珠编的《人人说好》、《春英翻身》等。)

二、电影文学:

(电影文学在香港有悠长的历史,它当然是伴随着电影事业的开创而诞生的。香港的电影事业实开国人自办电影公司之先河,早在1913年,黎民伟就创办华美影片公司拍摄了《庄子试妻》,1922年又再创办民新影片公司。据我所藏中国第一本电影年鉴——《中华影业年鉴》记载,民新甫成立就设有专职编剧的职位,由欧阳予倩、侯曜担任,并没有编辑科长职务,由朱维基、芳信担任,可见对电影文学剧本的重视。据同本年鉴著录,侯曜为"民新"所创作的电影文学剧本有《和平之神》、《伪君子》等,欧阳予倩则为"民新"创作有《玉洁冰清》、《三年以后》,以上应是香港电影文学创作的嚆矢。侯曜于1933年来港执导,其中《太平洋上的风云》是根据他自己创作的同名长篇小说改编的,他当然也是该电影文学剧本的作者。战时的香港电影文学创作进入鼎盛期,影响较大的有夏衍的《白云故乡》、《中国五十年》,蔡楚生的《血溅宝山城》、《游击进行曲》、《孤岛天堂》、《前程万里》、《南海风云》、《万世流芳》,李枫的《小老虎》,汤晓丹的《民族的吼声》,刘芳的《流亡之歌》,卢敦的《烽火故乡》,侣伦的《大侠一枝梅》、《强盗孝子》、《弦断曲终》、《蓬门碧玉》、《如意吉祥》、《民族罪人》等。战后的电影文学创作又再度兴盛,较著名的有关组光的《正气歌》、《风雪夜归人》,姚克的《清宫秘史》,万岳〔陈西禾〕的《火葬》,柯灵的《春城花落》,以群的《野火春风》,曹雪松的《三女性》,瞿白音的《水上人家》,夏衍的《恋爱之道》,夏衍、葛琴的《静静的嘉陵江》,陈残云的《珠江泪》,黄谷柳的《羊城恨史》,侣伦的《情深恨更深》、《喜事重重》、《谍网恩仇》,吴其敏的《怕到乡思路》、《郎晚归》、《太太万岁》、《魂断蓝桥》、《西施》等。)

结　语

《香港文学大系》缘起

　　香港开埠一百六十年来,作为中外文化交流要冲,因常得风气之先,催发与孕育了兼得中西文化之长的文风,故其文学传统悠长而丰厚,人才辈出,佳作联翩,举其荦荦者而言,即有:创报刊政论新文体,从而开一代新风的王韬;被章太炎推重既有"存古之功",又能"文亦适俗",以十数部中长篇小说丰实晚清文坛之黄世仲;率先响应"五四"文学革命,倡言"侧重写实"的小说家黄天石;以《虾球传》展示华南作家群的鲜亮特色,辟民族化、通俗化新路之黄谷柳;在"灾难的岁月"中卓然兀立,堪称香港新诗坛祭酒的戴望舒;摩顶放踵,死而后已,以创作,更以生命丰实香江文苑之许地山;化腐朽为神奇,将旧体诗词推陈出新、焕发异彩的旷代大儒饶固庵;将通俗小说提高到前所未有的文学境界,其魅力远超"有井水处无不唱柳词"的柳三变,风靡了整个华人世界的金庸……

　　以上文学成果并未全面、系统地整理,如不及时抢救、认真董理以往百余年的文学成就,那末就根本谈不上对香港文学发展史的整体认识与把握,更遑论研究。

　　文学遗产的抢救、整理与研究,应为刻不容缓的当务之急,故呼吁政府予以重视与支持,期冀同道积极参与,共襄盛举。

　　任何一种大型丛书的编纂,必须有大师级学者任编纂以保证学术质量,如解缙之于《永乐大典》,陈梦雷之于《古今图书集成》,纪昀之于《四库全书》,蔡元培之于《中国新文学大系》,而目今香港正有大师级的学者与作家,堪负《香港文学大系》总纂的重任。

　　不佞草拟《大系》体制,聊作引玉之砖。拟分近代、现代、当代主编,依次析为十卷、二十卷、三十卷,共计六十卷。洋洋洒洒,堂堂皇皇,将香港一个半世纪多的文学精华悉数搜于卷帙之中,亦功莫大焉!

《香港文学大系》拟想

第一编 · 近代编:1840—1911(约十集)

第二编 · 现代编:1912—1949(约二十集)

第三编 · 当代编:1950—2000(约三十集)

《香港文学大系:第一编 · 近代编(1840—1911)》拟目:

1. 文学理论集

2. 小说集一 · 短篇卷

3. 小说集二 · 中篇卷

4. 小说集三 · 长篇卷

5. 散文集

6. 诗词集

7. 俗文学集

8. 翻译文学集

9. 戏剧集

10. 史料索引集

《香港文学大系:第二编 · 现代编(1912—1949)》拟目:

1. 文艺理论集一

2. 文艺理论集二

3. 小说集一 · 短篇卷一

4. 小说集二 · 短篇卷二

5. 小说集三 · 短篇卷三

6. 小说集四·中篇卷一

7. 小说集五·中篇卷二

8. 小说集六·长篇卷一

9. 小说集七·长篇卷一

10. 小说集八·长篇卷三

11. 散文集一

12. 散文集二

13. 杂文集

14. 报告文学集

15. 新诗集

16. 诗词集

17. 戏剧集

18. 电影文学集

19. 史料索引集一

20. 史料索引集二

《香港文学大系:第三编·当代编(1950—2000)》拟目:

1. 文学理论集一

2. 文学理论集二

3. 小说集一·短篇卷一

4. 小说集二·短篇卷二

5. 小说集三·短篇卷三

6. 小说集四·短篇卷四

7. 小说集五·中篇卷一

8. 小说集六·中篇卷二

9. 小说集七·长篇卷一

10. 小说集八·长篇卷二

11. 小说集九·长篇卷三

12. 小说集十·长篇卷四

13. 散文集一

14. 散文集二

15. 杂文集一

16. 杂文集二

17. 报告文学集

18. 新诗集一

19. 新诗集二

20. 诗集一

21. 诗集二

22. 戏剧集一

23. 戏剧集二

24. 电影文学集一

25. 电影文学集二

26. 翻译文学集一

27. 翻译文学集二

28. 史料索引集一

29. 史料索引集二

30. 史料索引集三

《香港文学史料丛书》拟目

小　引

梁启超云:"史料为史之组织,史料不具或不确,则无复史可言。"诚哉斯言,每一个研究者都会服膺这一得之于实践与经验的箴言。对于香港文学史研究而言,近现代文学史料的匮乏与贫弱更显得突出;试观坊间各种香港文学史,无不将长达百余年的近现代部分写得含糊其词、语焉不详,就是明证。鉴乎此,抢救与整理香港近现代文学史料应是刻不容缓的当务之急。香港艺术发展局《五年策略计划书》中文学艺术所欲达至的目标之一是"促进与保存及研究香港文学",故不佞不揣谫陋,提出此拟目供同道议论、教正,亦藉此呼吁当局采纳、付诸实行。

《香港文学史料丛书》拟分甲、乙编,甲编"文学书籍"类析为八辑,计分"近代文学"、"现代小说"(一至三)、"现代散文"、"现代诗歌"、"现代戏剧"、"文艺理论"等,凡八十种;乙编"文学期刊"类亦分八辑,凡四十种。

"拟目"之提出,系据拙编《香港近现代书目》千余目中甄选而出,斟酌再三,数易其稿,然囿于学力与眼力,恐仍有所偏颇,恳请方家指正与增补,以裨其更其完备与完善。

《丛书》如能获准刊行,将采用影印的方式,力求将最接近原作的形式,提供给研究者、教学者、鉴藏者。

《香港文学史料丛书》拟目

小引

甲编:文学书籍

第一辑(近代文学)

第二辑(现代小说·一)

第三辑(现代小说·二)

第四辑(现代小说·三)

第五辑(现代散文)

第六辑(现代诗歌)

第七辑(现代戏剧)

第八辑(文艺理论)

共八辑凡八十种

乙编:文学期刊

第一辑至第八辑,凡四十种(一九〇八~一九五〇)

甲编:文学书籍

第一辑(近代文学)

《蘅华馆诗录》(王韬·一八八〇)

《香海集》(潘飞声·一八九一)

《洪秀全演义》(黄世仲·一九〇七)

《熙朝快史》(饮霞居士·一八八五)

《中东大战演义》(洪子式·一九〇〇)

《瑞士建国志》(郑哲·一九〇二)

《斧军说部》(王斧·一九〇八)

《发财秘诀》(趼人·一九〇九)

《宦海升沉》(黄世仲·一九〇九)

《归来燕》(卢醒父·一九一一)

第二辑(现代小说·一)

《武汉风云》(黄伯耀·一九一二)

《新说部丛书》(黄天石・一九二一)

《仙宫》(罗西等・一九二七)

《深春的落叶》(龙实秀・一九二八)

《余灰集》(汪幹廷・一九二八)

《胜利者的悲哀》(谢晨光・一九二九)

《床头幽事》(张稚子・一九二九)

《献丑之夜》(张稚子・一九三〇)

《太平洋上的风云》(侯曜・一一九三五)

《摩登西游记》(侯曜・一九三六)

第三辑(现代小说・二)

《生死爱》(杰克・一九三九)

《香港小姐》(杰克・一九四〇)

《黑丽拉》(侣伦・一九四一)

《香岛烟云》(马宁・一九四三)

《脱缰的马》(穗青・一九四三)

《满城风雨》(平可・一九四五)

《危巢坠简》(许地山・一九四七)

《呼兰河传》(萧红・一九四一)

《传奇》(张爱玲・一九四四)

《第一阶段的故事》(茅盾・一九四五)

第四辑(现代小说・三)

《春寒》(夏衍・一九四七)

《尚仲衣教授》(司马文森・一九四七)

《无尽的爱》(侣伦・一九四七)

《虾球传》(黄谷柳・一九四八)

《贱货》(秦牧・一九四八)

《失去的爱情》(刘以鬯・一九四八)

《一个女人的悲剧》(艾芜・一九四九)

《在吕宋平原上》(杜埃・一九四九)

《风砂的城》(陈残云・一九四七)

《懦夫》(萨空了・一九四九)

第五辑(现代散文)

《香港杂记》(陈镂勋·一八九四)

《献心》(黄天石·一九二八)

《红茶》(侣伦·一九三五)

《沸腾的梦》《杨刚·一九三九)

《麦地谣》(林英强·一九四〇)

《初步集》(陈斯馨·一九四一)

《香港之战》(华嘉·一九四二)

《香港沦陷记》(唐海·一九四二)

《劫后拾遗》(茅盾·一九四二)

《杂感集》(许地山·一九四六)

第六辑(现代诗歌)

《阑夜》(吴其敏·一九三〇)

《不死的荣誉》(刘火子·一九四〇)

《若干人集》(胡明树编·一九四二)

《鸥外诗集》(鸥外鸥·一九四四)

《马凡陀的山歌》(袁水拍·一九四六)

《民主短简》(黄宁婴·一九四六)

《灾难的岁月》(戴望舒·一九四八)

《烧村》(沙鸥·一九四八)

《鸳鸯子》(楼栖·一九四九)

《恶梦备忘录》(邹荻帆·一九四九)

第七辑(现代戏剧)

《中国万岁》(唐纳·一九三八)

《黄花岗》(胡春冰等·一九三九)

《黄花曲》(光未然等·一九三九)

《中国男儿》(胡春冰·一九三九)

《香港牡丹》(陈大悲·一九四一)

《风雨归舟》(原名《再会罢,香港》,田汉、夏衍、洪深著·一九四二)

《最后的圣诞夜》(又名《香岛梦》,许幸之·一九四二)

《祖国的呼唤》(宋之的·一九四三)

《碧血丹心》(黄谷柳·一九四五)

《香港暴风雨》(麦大非·一九四七)

第八辑（文艺理论）

《李南桌文艺论文集》（李南桌·一九三九）

《抗战文艺评论集》（林焕平·一九三九）

《许地山语文论集》（许地山·一九四一）

《林黛玉的悲剧》（阿印·一九四八）

《文艺三十年》（中华全国文艺协会香港分会·一九四九）

《论方言文艺》（华嘉·一九四九）

《诗歌杂论》（林林·一九四九）

《论〈虾球传〉及其他》（于逢·一九五〇）

《论走私主义的哲学》（黄药眠·一九四九）

《在激变中》（林默涵·一九四九）

乙编：文学期刊

第一辑

《新小说丛》（一九〇八）

《天荒》（一九一五）

《双声》（一九二一～一九二三）

《文学研究录》（一九二一～一九二二）

《文学研究社社刊》（一九二二～一九二三）

第二辑

《小说星期刊》（一九二四～一九二五）

《伴侣》（一九二八～一九二九）

《字纸篓》（一九二八～一九二九）

《墨花》（一九二八～一九二九）

《铁马》（一九二九）

第三辑

《岛上》（一九三〇～一九三一）

《南华文艺》（一九三一）

《小齿轮》（一九三三）

《红豆》（一九三三～一九三六）

《今日诗歌》（一九三四）

第四辑

《时代风云》(一九三五)

《文艺漫话》(一九三五)

《南风》(一九三五)

《中国诗坛》(一九三九～一九四〇)

《顶点》(一九三九)

第五辑

《文化通讯》(一九三九～一九四四)

《南线文艺丛刊》(一九四〇)

《耕耘》(一九四〇)

《文艺青年》(一九四〇～一九四一)

《时代文学》(一九四一)

第六辑

《野草》(一九四〇～一九四八)

《文坛》(一九四一——)

《笔谈》(一九四一)

《文艺通讯》(一九四六～一九四八)

《新诗歌丛刊》(一九四七～一九四八)

第七辑

《文艺生活》(一九四八～一九五〇)

《大众文艺丛刊》(一九四八)

《南方文艺》(一九四八)

《海燕文艺丛刊》(一九四八～一九四九)

《新文化丛刊》(一九四八)

第八辑

《小说》(一九四八～一九五二)

《新畜生颂》(一九四六～一九四七)

《现代作家》(一九四六)

《青年文艺》(一九四九)

《文化岗位》(一九三九～一九四〇)

(载《香港文学》164 期,1998 年 8 月 1 日)

关于《香港文学史料丛书》中的拟目说明

一、近代文学史料（第一辑）：

王韬《蘅华馆诗集》

香港印务总局，1880年版。

（王氏在香港文化上的地位未可低估，他在《循环日报》上开创的报章政论新文体，实开中国新闻史之新生面；而政府中所宣扬的维新思想，对中国近代的思想启蒙运动有甚大的促力。他的政论、尺牍，国内早已整理出版，香港三联即将出版他的《弢园文录外编》〔"中国近代学术名著丛书"之一，是我经手编辑的〕，惟独文学性最强的《诗集》未闻有任何整理出版的讯息。此《诗集》虽在香港出版，然目下香港各书与馆均无收藏；国内也只有一两家图书馆藏有此书。而此集与香港近代文学干涉甚大，故可作为"香港文学史料丛书"之一种影印发行。）

潘飞声《香海集》

（潘氏在十九、二十世纪之交的香港文化界十分活动，曾任数家港报的主笔，又与黄遵宪、丘逢甲、郑观应等相酬唱。颜其在港居屋为"在山泉"，写有《在心泉诗话》，传诵一时。《香海集》系潘氏居港时所作诗，文献性与文学性等佳。）

郑贯公《时谐新集》

（郑氏由孙中山于日本授命来港开辟舆论阵地，襄助陈少白创办《中国日报》，后又独自主编《世界公益报》、《少年报》、《惟一趣报有所谓》等，从事民主革命宣传不遗余力。本集为郑1906年所编，包容了各种体裁的文学作品，实为香港第一本文学选集。）

　　黄世仲《洪秀全演义》

　　（黄氏也系革命党人，民初为陈炯明所诬杀。他亦是晚清著名小说家，创作有十数种长、中篇，此为代表作，前冠有章太炎序。）

　　卢醒父《归来燕》

　　（卢氏为世纪初香海文化闻人，设帐授徒，门生甚夥。此专恐为香港人最早创作的小说之一。）

二、现代文学史料（第一辑）：

　　黄天石《新说部丛刊》

　　（黄氏在香港文学界活动五、六十年，早年从事新文学创作，后改署笔名杰克，专写通俗小说，影响颇大。此书为黄氏于二十年代初所作，从中可窥见香港早期作家受"五四"新文化运动的感召所作的尝试与努力。）

　　龙实秀《深春的落叶》

　　（龙氏为香港早期新文学作家之一，此为短篇小说集，从中可见香港新文学之一斑。龙氏后曾任《工商日报》主笔。）

　　谢晨光《胜利者的悲哀》

　　（谢氏亦系香港早期新文学作家，与国内创造社同仁交往频密，创作有新感觉派风，在三十年代中国文坛有一定影响。）

　　张稚子《献丑之夜》

　　（张氏对香港新文学运动有一定贡献，曾创办《伴侣》文学月刊，并热衷于小说创作，在上海出版有两本小说集。）

　　杜格灵《秋之草纸》

　　（杜氏亦系香港早期新文学作家，此系散文与评论的合集，有裨于窥见当时的文学界的若干情况。）

三、文学期刊（第一辑）：

　　《伴侣》（1—9，1928—29）

　　（张稚卢〔笔名稚子〕主编，该刊被喻为"香港新文学的第一燕"，有相当的史料价值。）

　　《时代风景》（1，1935）

（侣伦等编辑,系有影响的香港文学刊物。）

《时代文学》(1—6,1941)

（端木蕻良主编,太平洋战争爆发前香港重要文学刊物。

《顶点》(1,1939)

（戴望舒、艾青主编的香港重要诗刊。）

《耕耘》(1—4,1940)

（郁风主编,抗战期间香港重要文学刊物。）

〔附言〕　香港近现代文学不仅赋有自己的特异风姿,而且对中国内地乃至周边的华文文学有相当的启示与催化作用,有关她的研究仍很薄弱,这与资料的阙如甚有关系,如上述一、二部分的书籍,绝大部分本港未有度藏。为有关研究者提供罕见的史料,并为国内高等院校普遍开设的港台文学史课提供教学参考资料,影印出版上述文学史料似甚有必要。

跋

　　编讫掩卷，闭目冥思；回首往昔，浮想联翩。在我的学术生涯中，中国左翼文学研究起步甚早，贯串多年。早在上世纪六十年代初，甫出校门有幸得到阿英、唐弢、田仲济等前辈学者的垂顾与引导（至今尚保存着他们百十通书简，字里行间，循循善诱），开始了中国左翼文学研究的研习与摸索。最早给予发表光荣的是姜德明、袁鹰先生负责的《人民日报》副刊，于其上刊载了"左联"烈士柔石、应修人、冯宪章、叶刚等的评论，系我研究中国左翼文学所绽放的第一簇小花，虽然稚拙，却表达了对以鲜血和生命谱写中国左翼文学绚烂篇章的前驱者的诚挚敬意。其中《柔石烈士的一部未刊稿——〈中国文学史略〉》一文，还被日本东京《大安》杂志译载，刊于该刊八卷四期（1962年5月）。稍后，我的一篇简述中国左翼儿童文学史的万字长文——《中国革命儿童文学发展述略（1921～1937）》，经阿英、唐弢二位师长联合推荐给当时最权威的文学研究刊物《文学评论》，刊发于该刊1963年4月第2期。责编为林非先生，我们亦从此订交。回顾这些往事，使我感到十分温馨的是，不佞的中国左翼文学研究迈步伊始，庆幸有中国左翼文学运动的参与者、研究者阿英、唐弢、田仲济、以群、罗荪、丁景唐等前辈为之导引与匡扶，使我少走了许多弯路。

　　大学毕业后在上海一家出版社当编辑，不久被借调至上海作家协会文学研究所。文研所由作协书记处的以群、罗荪、姜斌负责，成员有陈鸣树、陈冀德、高玉蓉、吴立昌、吴胜昔、高彰彩、邓牛顿、戴厚英等，戴厚英是我同校同系高一级的师姊，我们叫她"黑妞"。此外，还有刚出图圄的王元化先生，他18岁时便当上了上海地下文委的书记，解放后任上海文艺出版社社长，在反胡风运动中被作为胡风反革命集团骨干分子锒铛入狱。我这人向来政治觉悟不高，出于对王先生经历、学养的尊敬，故尊称元化先生为"王老师"，结果在团小组会被批评为立场有问题，我也不明其所以，继续我行我素。上海作协有一座丰沛的资料室,可谓中国现代文学的渊薮,由博学的魏绍昌先生管理,我是每日必到资料室消磨半日的常客,遂与魏先生成了忘年交。当时沉埋在资料室的还有一个书虫,他因撰写《鲁迅——中国文化革命的旗手》一书借住在资料室楼上,与陈鸣树相邻而居。此人即后来大名鼎鼎的姚文元,不过当时很谦和,脸上常现憨厚的笑容,与我很谈得来,我有时看书忘了吃中饭,他还特地带馒头或花卷给我。在上海作协文研所度过的青葱岁月,是我读书量最多的一段时间,真有焚膏继晷、夙兴夜寐的疯劲儿,得以浏览了大量有关于中国左翼文学的作品和期刊,丰实了有关的知识和涵养。老魏曾笑眯眯地对人讲:"小胡像老虫(沪语:老鼠)落到了米缸里,神知吆知得饭都忘记吃。"

当时我已在《人民日报》、《光明日报》、《文汇报》等全国性报纸,《文艺报》、《文学评论》、《世界文学》等主要刊物陆续发表了不少有关中国左翼文学的论文与札记,百花文艺出版社还跑来约稿,正当意气风发之时,史无前例的"文革"黑潮扑面而来,使整个民族陷于劫难,我等卑微的个人理想更如同泡影被无情击碎了!

"文革"十年不仅使国家民族经历浩劫,小我的青春岁月也蹉跎流逝。不仅混沌度日,而且由于我出身不好,觉悟低迷,更是运动冲击的靶的。上海的《文艺战线》点名批判我是"鼓吹三十年代文艺黑线的小爬虫",《讨瞿战报》则谩骂我是"围着叛徒瞿秋白跳舞的小丑"。更有甚者,"批林批孔"运动将我定为上海文化宣传系统走白专道路的典型,在文化广场接受全市性的批判。当时上海新闻出版系统的负责人贺某在《朝霞》编辑部的大会上公然宣称:"像胡从经这样的资产阶级接班人,首先是清理阶级队伍的对象!"我闻之倒也坦然,大不了回徽州老家种田去。"四人帮"垮台之后,这位仁兄却因屡向张春桥密告自己的儿女亲家(原上海农委主任)一事暴露而羞愧自戕,我当时在《文汇报》上发表了一篇题为《历史的辩证法是无情的》杂文,中谓要清理别人的人,自己先被历史清理到垃圾堆里去了,这样说可能不大厚道,也说明我的愤懑难抑!

改革开放的新时代,确令我有脱胎换骨之感,唤发我久抑的求知热情和久违的钻研劲头。我出席了 1979 年在厦门鼓浪屿召开的首届中国现代文学研讨会,全国数百名现代文学教学者和研究者云集于斯,在会上我作了重写中国现代文学史,公正评价若干文艺社团和作家的呼吁,激起反响与呼应,该讲稿被摘要刊发于《新华月报》(文摘版)1979 年 9 月第 9 期。为中国左翼文学乃至整个中国现代文学正名的激情,首先表现在编辑工作上,我负责的编辑组复刊了《中国现代文艺资料丛刊》,创刊了《鲁迅研究集刊》,分工了《文艺论丛》中有关现代文学的书稿。中国现代文学课程是朱自清先生于1930年首先在清华大学开讲的,我请朱先生的高足王瑶教授将朱氏的《新文学概论》讲义发表于《文艺论丛》,籍以保留了这一珍贵的文献。策划与开展"中国现代文学研究丛书"、"中国现代作家研究丛书"的出版计划,倡导中国现代文学,尤其是中国左翼文学的研究,反拨"四人帮"的"三十年代文艺黑线论",这在全国范围都是开风气之先的。大力约组前辈作家和新进学者的研究成果,前者出版了周建人的《回忆鲁迅》、曹靖华的《鲁迅书简》、《飞花集》,茅盾、巴金的《鲁迅回忆录》(二卷本),唐弢的《回忆·书简·散记》、王西彦的《第一块基石》等;后者有林非、范伯群、曾华鹏、吴中杰、高云等的中国现代文学研究著作,而且皆是他们的处女作。拜访与请教赵家璧先生,策划了《中国新文学大系》的影印和新编,对于承继与发扬中国新文学、中国左翼文学的传统,无疑都是有意义的工作。

1979年顷,上海文艺出版社社长姜彬先生受命去上海社会科学院筹建文学研究所,他与出版局领导宋原放、杨冷等先生商量,将我调到了上海社科院文学所,从事专业的研究工作,这对我而言当然是梦寐以求的事。在社科院文研所的十年研究生涯,使得我有充分的时间和条件从事中国左翼文学研究。时值国家大力倡导社会科学,中国社会科学院主持社科基金的审评与发放,经该院文学所正、副所长刘再复、马良春二位推荐,由我作为学科带头人的"中国三十年代文学研究"课题被列国家重点资助项目,获得了九万元的社科基金资助,这在三十多年前是一笔不少的经费(当时上海正教授的月薪是184元)。我们积极开展与推进中国左翼文学研究,撰写并出版了《中国三十年代作家研究》两巨册。发起组织了中国三十年代文学研究会,创办了《中国三十年代文学研究》丛刊(我请了革命前辈、左翼文学老战士李一氓先生题签)。以上种种,都为推动中国左翼文学研究略尽绵薄之力。

在主持大课题、辅导研究生的本职工作之外,所有业余时间都用于研究与著述,无问寒暑,笔耕不辍,成果亦颇不菲。论著散见于《文艺报》、《文学评论》、《中国现代文学研究丛刊》、《世界文学》、《学术月刊》(上海)、《社会科学》(上海)、《文艺论丛》(上海)、《鲁迅研究集刊》(上海)、《社会科学辑刊》(辽宁)、《钟山文艺论集》(江苏)、《齐鲁学刊》(山东)、《鲁迅研究》(北京)、《读书》(该刊为我辟有"禁书经眼录"专栏,连载多期),以及香港的《明报月刊》、《开卷》、《书海》（香港商务印书馆）、《读者良友》（香港三联书店）等，以及《人民日报》副刊、《光明日报・文学》、《文汇报・笔会》、《解放日报・朝花》等。结集出版的有《榛莽集——中国现代文学管窥录》、《柘园草》、《晚清儿童文学钩沉》、《新文学散札》等。

受日本东京大学中文系主任丸山昇教授与东洋文化研究所所长尾上兼英教授通过日本文部省学术振兴会的聘请，我于 1986～1987 年度赴东京大学任外国人研究员，他俩还为我争取到外国访问学者的最优 A 级待遇（学术振兴会给予外国学者待遇是分四级：A 级（专家级）、B 级（教授级）、C 级（助教授即副教授级）、D 级（助手即讲师级））。在东京大学研究与讲学期间，我参与了日本"中国三十年代研究会"的学术活动。会长丸山昇教授是日本权威汉学家，执日本鲁迅暨中国左翼文学研究的牛耳，会员遍及全日本。每周在东洋文化研究所举行一次读书会，泛东京圈的学者都赶来参加，每次都达三、四十人。读书会以施蛰存先生主编的《现代》杂志为蓝本，边读边议，气氛热烈。施先生是我大学时代的老师，我打电话告诉他以上情况，他十分高兴。经我的介绍，丸山昇、尾上兼英、伊藤虎丸等教授都与施先生通了话，邀请他到东京访问，施先生也愉快地接受，后因年迈健康问题未能成行。

我所接触的日本学者，深感他们学风非常严谨，重视历史实证，不发空泛议论，例如时任东京女子大学中文系主任伊藤虎丸教授，是权威的鲁迅、郁达夫研究专家，为了搜集郁达夫抗战时期流亡南洋时的作品，他率队三下南洋（新加坡、马来西亚），经年累月，锐意穷搜，所得佚文盈尺，以"东京大学东洋文化研究所"的名义出版了三厚册《郁达夫南洋佚文集》，嘉惠后学，功德无量。当时有两位上海的大学教师为广州花城出版社编辑出版了十卷本的《郁达夫文集》，其中有两卷完全袭用了佐藤教授们的调研、编选、审定的成果，然而在前言、后记乃至出版说明中不着一字申明出处。伊藤教授对此行为异常不满，他严肃地跟我说："胡教授，你是中国现代文学学会的理事，请你在理事会中代我们声明一下：我们非常欢迎中国学者借用、吸纳我们的研究成果，但希望尊重我们的辛苦和劳作，请遵循国际惯例：注明出处。"我表示十分歉疚，再三表示一定将意见带到。丸山昇教授的人品与学养都令我敬仰，他青年时代是东京大学的学运领袖，在监狱中被警察打坏了肾，需要终身透析；虽然沉疴在身，依然热忱授业、勤奋著述。他曾不止一次对我说："鲁迅于我而言，是神一般的存在！"丸山先生故世多年，但他的事业后继有人，其高足藤井省三教授已成为日本权威的鲁迅研究学者，著作赓绩不断,他也是我的好朋友,每收到他的新著,都惊叹他的勤勉与神速。

聚集在"中国三十年代文学学会"中的日本老、中、青三代学者,共同的频率是对中国左翼文学的热衷与钦敬,他们的成果甚多,在日本汉学界也有甚强劲的影响,于此不再赘述。丸山先生逝世之后,继任会长的是佐治俊彦教授,他是我在 1980 年代中在上海带的高级进修生,后任东京和光大学文学院院长,努力赓续丸山先生开创的事业。在日研究和讲学期间,受到众多日本学者的帮助与鼓励。仅举一例即足可说明,芦田肇教授为了支持我的中国左翼文学研究,竟然将他珍藏多年的昭和初年由日本左翼文学理论家藏原惟人主编的整套的"国际无产阶级革命文学理论丛书"惠赠予我,而这就是当年鲁迅主持、冯雪峰主编的"科学的艺术论丛书"依据译介的底本,这当然是异常宝贵的馈赠。

正当我的中国左翼文学研究日趋深入之际,1990 年衔命赴港从事文化回归工作,不得不中止战意犹酣的学术生涯。面对素所尊敬的领导与前辈的嘱咐叮咛,本着"书生报国"的家国情怀,只能义无反顾的走出沪西徐家汇的"柘园"书斋,奔赴海隅一蕞尔小岛,在殖民文化笼罩下的阴霾中,筚路蓝缕,披荆斩棘,从事中国文化的启蒙、拓荒和弘扬工作。

有前辈的引导,有祖国的后盾,还有香港爱国者的鼎助,倡导、筹备和创建了中国文化研究院。汪道涵先生担任首届名誉院长,并亲自题写院名。董建华先生担任督导委员会主席。饶宗颐教授担任首届创院院长。梁振英、李业广、方心让、谭尚渭、李兆基、区永熙、孙大伦等香港各界领袖都参与了筹备与创建,从此,在香港首次矗立了以研究与弘扬中国文化为帜志的第一家研究机构,在促进文化回归的事业中发挥了应有的作用。

为了更有效地弘扬中国文化,利用了新兴的资讯科技手段,策划、筹建、编纂了全面绍介中国传统文化的超大型文化网站《灿烂的中国文明》,涵十八个系列、三百个专题、数万个页面和图片。动员和网罗了海内外近千名专家学者投身斯役,调动和发挥了多媒体的互联网技术,保证了网站学术的权威性、知识的系统性和表现的趣味性。网站在香港、内地乃至国际都产生巨大影响,被文化泰斗季羡林称许为"功德无量",资深学者许嘉璐赞誉为"厥功钜哉",并被联合国颁授"世界最佳文化网站"大奖。

《灿烂的中国文明》网站还被中央十二部委联合主办的"寻找美丽的中华"社会教育活动(2007~2009)列为向全国推广的电子教育平台;应中央文明办要求,将网站无偿捐献,成为该办官方网站《中国文明网》的重要内容;

遵国务院领导之命,制作100万套《灿烂的中国文明》多媒体系列光碟(含网站全部内容)捐献全国老少边贫地区学校……我们的工作,获得了党和国家领导人温家宝、李长春、陈至立、孙家正、刘延东、许嘉璐、董建华、梁振英等的赞许和好评。

我是一介书生,当国家需要的时候,不佞还是做到了不辱使命,牢记叮咛,心无旁骛,之死靡它,克尽职守,未敢懈怠,以二十余年的坚守,基本上完满完成了任务。

鱼和熊掌,不可兼得。二十余年来学术生涯的基本中断,也使我感到惶惑和遗憾。暂时已无精力完成计划中的《中国左翼作家联盟史论》、《左翼五烈士传论》、《中国文学期刊史》等著述,遂决定将以往有关中国左翼文学研究的篇什整理成册,以就正于方家和同好。

感谢"娘家"——世纪出版集团总裁阚宁辉先生、上海文艺出版社陈征与毕胜前后两任社长的奖掖,理论编辑室主任胡远行先生的辛劳,还有老同事江曾培、郝铭鉴、赵南荣诸先生的关注。

最后,深切缅怀为本书题耑的赖少其先生。赖老是服膺追随鲁迅先生的左翼文艺战士,系我自幼心仪的革命前辈。鲁迅在致赖少其函中曾经昭示:"巨大的建筑,总是一木一石叠起来的,我们何妨做这一木一石呢?"少其先生挥毫为不佞书室额曰:"柘园",旁以小字注云:"一木一石之意",流溢着长者对后辈的期冀与关切,令吾不胜感动。少其先生曾为我的三本拙作题署:《柘园草》、《芃草集》、《爝火集》。惭愧的是,《爝火集》问世时,先生的墓木已拱。谨以此笺笺小册权当一瓣心香,敬献少其先生在天之灵。

胡从经

戊戌年仲秋于柘园

图书在版编目（CIP）数据

熻火集：中国左翼文学论丛/胡从经著. -- 上海：上海文艺出版社，2021

ISBN 978-7-5321-7785-1

Ⅰ.①熻… Ⅱ.①胡… Ⅲ.①左翼文化运动－文学研究－文集 Ⅳ.①I209.6-53

中国版本图书馆CIP数据核字(2020)第251116号

发 行 人：毕　胜

责任编辑：胡远行

封面设计：周志武

书　　名：熻火集：中国左翼文学论丛

作　　者：胡从经

出　　版：上海世纪出版集团　上海文艺出版社

地　　址：上海市绍兴路7号　200020

发　　行：上海文艺出版社发行中心

　　　　　上海市绍兴路50号　200020　www.ewen.co

印　　刷：杭州锦鸿数码印刷有限公司

开　　本：710×1000　1/16

印　　张：54.75

插　　页：5

字　　数：897,000

印　　次：2021年5月第1版　2021年5月第1次印刷

Ｉ Ｓ Ｂ Ｎ：978-7-5321-7785-1/I · 6183

定　　价：198.00元

告 读 者：如发现本书有质量问题请与印刷厂质量科联系　T：0512-52605406